VERÖFFENTLICHUNGEN
DER WOLFRAM VON ESCHENBACH-GESELLSCHAFT

Herausgegeben von
Franz-Josef Holznagel · Ricarda Bauschke-Hartung · Mathias Herweg

WOLFRAM-STUDIEN
XXVII

Literatur im mittelniederdeutschen Sprachraum (1200–1600)

Produktion und Rezeption
Rostocker Kolloquium 2021

Herausgegeben von
Franz-Josef Holznagel und Jan Cölln

in Verbindung mit
Ricarda Bauschke-Hartung und Mathias Herweg

ERICH SCHMIDT VERLAG

Bibliografische Information der Deutschen Nationalbibliothek
Die Deutsche Nationalbibliothek verzeichnet diese Publikation
in der Deutschen Nationalbibliografie;
detaillierte bibliografische Daten sind im Internet über
http://dnb.d-nb.de abrufbar.

Weitere Informationen zu diesem Titel finden Sie im Internet unter
ESV.info/978-3-503-21297-2

Gedrucktes Werk: ISBN 978-3-503-21297-2
eBook: ISBN 978-3-503-21298-9
DOI https://doi.org/10.37307/b.978-3-503-21298-9

Genthiner Straße 30 G, 10785 Berlin
info@ESVmedien.de, www.ESV.info

Satz: Thomas Ziegler, Tübingen
Druck: C.H. Beck, Nördlingen

Inhalt

III. Geistliche und weltliche Rede

IV. Enzyklopädischer Lehrdialog

V. Faktuales Erzählen in Bibeldichtung und Chronistik

VI. Fiktionales Erzählen

Workshopbericht

Wolfram-Studien XXVII (2025)
Erich Schmidt Verlag Berlin

Vorwort

Der vorliegende Band enthält die Beiträge zum XXVII. Kolloquium der Wolfram von Eschenbach-Gesellschaft, das an der Universität Rostock vom 15. bis zum 19. September 2021 als *online*-Veranstaltung organisiert worden ist und sich der Literatur im mittelniederdeutschen Sprachraum widmete.

Wir danken den Vortragenden sowie den Diskussionsleiterinnen und -leitern, die sich auf das Wagnis eines Veranstaltungsformats eingelassen haben, das in zweifacher Hinsicht ungewöhnlich war. So galt es zum einen, unter den Bedingungen des Corona-Jahrs 2021 eine risikofreie Interaktion zu organisieren; dieses Ziel war nach einhelliger Ansicht des Vorstands nur dadurch zu erreichen, dass die Tagung als Video-Konferenz abgehalten wurde. Zum anderen waren die Beiträgerinnen und Beiträger gebeten worden, ihre ausgearbeiteten Aufsätze bereits im Vorfeld zugänglich zu machen und sich in ihren Präsentationen auf ein kurzes Impulsreferat zu beschränken, um auch unter den technischen Bedingungen einer *online*-Konferenz eine lektürefundierte und gleichermaßen ausführliche wie intensive Diskussion zu ermöglichen.

Dann gebührt unser Dank Doreen Brandt und Hellmut Braun für ihre Bereitschaft, die seit dem Jahre 2014 fest verankerte Tradition des Nachwuchs-Workshops in eine digitale Veranstaltung zu überführen, die am 19. September 2021 zum Thema „Der Seele Trost und Speise. Zur Konzeption der mittelniederdeutschen Exempelsammlung *Der Große Seelentrost*" stattfand.

Die praktische Durchführung der Tagung lag in den Händen eines Organisationsteams, dem u. a. Hellmut Braun, Robin Breski, Anne Gessing, Andrea Hallier und Romy Karl angehörten; bei der Video-Konferenz und insbesondere der digitalen Mitgliederversammlung wurde es tatkräftig durch Christine Bach, Julia Hallab und Martin Setzkorn vom „Rostocker Innovationszentrum" unterstützt. Eine besondere Herausforderung bestand darin, die ursprünglich als öffentliches Konzert konzipierte musikalische Interpretation von ausgewählten Stücken Wizlavs durch das Ensemble ‚Andergolt'[1] in das neue Tagungsformat zu integrieren; dazu wurden im Kapitelsaal der Hochschule für Musik und Theater Rostock technisch anspruchsvolle Tonfilme produziert, die nicht nur

---

1 Es musizierten: Jeroen Finke (Gesang: Bariton), Max Hattwich (Lauten und Quinterne), Sandra Havenstein (Blockflöten und Drehleier), Gertrud Ohse (Diskant- und Tenorgambe) sowie Erika Tandiono (Gesang: Sopran).

während der *online*-Konferenz gezeigt werden konnten, sondern zudem über den Youtube-Kanal der Universität Rostock zur Nachnutzung zur Verfügung stehen.[2] Allen, die auf diese Weise zum Gelingen der Veranstaltung beigetragen haben, sei herzlich gedankt.

Wissenschaftliche Veranstaltungen dieser Art sind ohne Förderungen nicht zu realisieren; aus diesem Grund geht ein besonderer Dank an die Einrichtungen, die sich an der Finanzierung des Rostocker Kolloquiums beteiligt haben. In erster Linie ist hier das Department „Wissen – Kultur – Transformation" der Interdisziplinären Fakultät der Universität Rostock zu nennen, das die musikalische Arbeit an den Wizlav-Stücken und die Produktion der Tonfilme alimentiert hat. Sodann bedanken wir uns bei der Philosophischen Fakultät der Universität und dem Institut für Germanistik für einen großzügigen Druckkostenzuschuss. Carina Lehnen vom Erich Schmidt Verlag (Berlin) hat die Entstehung des Bandes von Beginn an mit Expertise und Tatkraft gefördert und mit freundlicher Geduld begleitet, Thomas Ziegler hat in bekannter Zuverlässigkeit und Umsicht den Satz besorgt. Ein letzter und besonders herzlicher Dank geht an den Mit-Herausgeber Jan Cölln, der (anfangs zusammen mit Robin Breski) die Beiträge mit größter Sorgfalt redigierte.

*

Auf der Rostocker Mitgliederversammlung vom 16.09.2021 wurde vorgeschlagen, die hier nun vorgelegte Konferenzschrift nicht ohne einen Hinweis auf Agathe Lasch zu publizieren. Dieser Band wird aus diesem Grund mit einem eigens dafür konzipierten Beitrag von Ingrid Schröder eröffnet, der das Leben und Werk dieser Forscherin würdigt, die als erste Frau an einer deutschen Universität eine Germanistikprofessur bekleidete und die von der 1910 erfolgten Drucklegung ihrer Dissertation bis zu ihrer Ermordung durch das nationalsozialistische Terrorregime im Jahre 1942 mit ihrem akademischen Engagement und ihren vielfältigen wissenschaftlichen Arbeiten die Basis für jede weitere Beschäftigung mit der mittelniederdeutschen Sprache und Literatur gelegt hat. Ihrem Andenken ist der XXVII. Band der Wolfram-Studien gewidmet.

Der Vorstand

---

2 https://www.youtube.com/watch?v=u3Qpfo1vQS8&list=PL-GoQ_4_tQTXciovK4Xz08P0iKMUuX oht. – Kamera: Toni Zölfel und Sören Schwichtenberg, Edition: Sören Schwichtenberg, Tonaufnahme und -mischung: Carsten Storm.

Wolfram-Studien XXVII (2025)
Erich Schmidt Verlag Berlin

In honorem Agathe Lasch

Professorin für niederdeutsche Philologie (1879–1942)

von Ingrid Schröder (Hamburg)

Eine Beschäftigung mit der Literatur im mittelniederdeutschen Sprachraum ist unmöglich, ohne sich mit den Arbeiten von Agathe Lasch auseinanderzusetzen. Ihr verdanken wir die Schlüsselwerke zur Erforschung des Mittelniederdeutschen, die ‚Mittelniederdeutsche Grammatik' (1914) und das ‚Mittelniederdeutsche Handwörterbuch' (ab 1923), die beide bis heute für die Sprach- und Literaturwissenschaft sowie für die Geschichtswissenschaft unterschiedlichster Richtung (Hanse-, Regional-, Kultur-, Rechtsgeschichte) unabdingbare Grundlagen und Werkzeuge für die Erschließung mittelniederdeutscher Texte darstellen.

Agathe Lasch war die erste Frau, die an einer deutschen Universität eine Germanistikprofessur bekleidete.[1] Zunächst hatten es ihr die Beschränktheit des preußischen Bildungssystems und die Borniertheit des Lehrstuhlinhabers unmöglich gemacht, wunschgemäß in Berlin die akademische Ausbildung zu absolvieren. An preußischen Universitäten war eine reguläre Immatrikulation für Frauen erst ab dem Wintersemester 1908/09 möglich; die Bitte um eine

---

1 Zu den Lebensdaten Agathe Laschs und zum akademischen Werdegang vgl. v. a. Ulrike Hass-Zumkehr, Agathe Lasch (1879–1942?), in: Jüdische Intellektuelle und die Philologien in Deutschland 1871–1933, hg. v. Wilfried Barner u. Christoph König (Marbacher Wissenschaftsgeschichte 3), Göttingen 2001, S. 203–211; Christine M. Kaiser, Agathe Lasch (1879–1942). Erste Germanistikprofessorin Deutschlands (Jüdische Miniaturen 63), Teetz / Berlin 2007; Christine M. Kaiser, „... ausnahmsweise eine weibliche Kraft". Agathe Lasch – die erste Germanistikprofessorin Deutschlands am Germanischen Seminar der Hamburger Universität, in: 100 Jahre Germanistik in Hamburg. Traditionen und Perspektiven, hg. v. Myriam Richter u. Mirko Nottscheid in Zusammenarbeit mit Hans-Harald Müller u. Ingrid Schröder (Hamburger Beiträge zur Wissenschaftsgeschichte 19), Berlin / Hamburg 2011, S. 81–105; Ingrid Schröder, Agathe Lasch – die erste Professorin der Universität Hamburg, in: Respekt! Frauen verändern Wissenschaft an der Universität Hamburg, hg. v. Dagmar Filter u. Jana Reich, Norderstedt 2019, S. 22–30.

Ausnahmegenehmigung wurde vom Fachvertreter an der Friedrich-Wilhelms-Universität Gustav Roethe abschlägig beschieden. Daher nahm Agathe Lasch 1907 das Studium an der Universität Heidelberg auf, wo sie bereits im Jahr 1909 mit einer Dissertation über die Geschichte der Schriftsprache in Berlin bis zur Mitte des 16. Jahrhunderts und einer mündlichen Doktorprüfung in den Fächern Deutsche Philologie, Altfranzösisch und Altnordisch bei Wilhelm Braune promoviert wurde. In seiner Rezension der Dissertation konstatierte Virgil Moser, das Buch gehöre „zum besten, was in den letzten beiden Jahrzehnten zur Geschichte des Nhd. geschrieben worden“ sei.[2]

Im September 1910 verließ Agathe Lasch Deutschland, um am renommierten amerikanischen Frauencollege Bryn Mawr bei Philadelphia zu lehren, ab 1913 in der Position eines Associate Professor of Teutonic Philology. In diese Zeit fällt auch die Entstehung der ‚Mittelniederdeutschen Grammatik‘, die 1914 erschienen ist. Nachdem sich Lasch im Jahr 1916 entschlossen hatte, ihren Vertrag nicht weiter zu verlängern, nahm sie 1917 das Angebot des Hamburger Professors Conrad Borchling an, am Deutschen Seminar eine Stelle als wissenschaftliche Mitarbeiterin (‚wissenschaftliche Hilfsarbeiterin‘) anzutreten. Dort wurde ihr die Verantwortung für das Hamburgische wie auch später für das Mittelniederdeutsche Wörterbuch übertragen. 1919 habilitierte sie sich, 1923 wurde ihr der Professorentitel verliehen, und 1926 erfolgte der Ruf auf eine außerordentliche Professur für niederdeutsche Philologie an der Hamburgischen Universität. Die Philosophische Fakultät – so heißt es im Protokoll der Sitzung der Hochschulbehörde vom 14.12.1926 – hatte „nicht umhin [gekonnt], für diese Stelle ausnahmsweise eine weibliche Kraft vorzuschlagen“[3].

Die Arbeit an den Wörterbüchern und die Studien zum Alt- und Mittelniederdeutschen, zur historischen Stadtsprache (Berlinisch, Hamburgisch) und zum Sprachkontakt und Sprachwandel prägten die Forschungstätigkeit in den 1920er Jahren. In der Lehre bot Agathe Lasch ein breites Themenspektrum zur Geschichte der hochdeutschen wie der niederdeutschen Sprache und Literatur an. Bemerkenswert ist ihr Engagement für Studentinnen, die sie u. a. bei der Einwerbung von Stipendien unterstützte. Die fruchtbaren Jahre der Forschung und der Lehre endeten abrupt, als Agathe Lasch 1934 als Jüdin vom Dienst suspendiert und in den Ruhestand versetzt wurde. Ab 1935 bemühte sich Agathe Lasch mehrfach um eine wissenschaftliche Anstellung im Ausland, aber jüngere männliche Kollegen wurden ihr vorgezogen, und 1939 scheiterte eine Berufung an die Universität Dorpat am Einspruch der deutschen Behörden. 1937 zog Agathe Lasch nach Berlin, wo sie fast gänzlich vom Forschungsbe-

---

2 Rezension von Virgil Moser, in: Literaturblatt für germanische und romanische Philologie 33 (1912), Sp. 8–13, hier: 12f.

3 Kaiser, …weibliche Kraft (Anm. 1), S. 82.

trieb abgeschnitten war. Am 15. August 1942 wurde sie nach Riga deportiert und dort drei Tage später ermordet.

‚Mittelniederdeutsches Handwörterbuch' und ‚Mittelniederdeutsche Grammatik' bilden den Kern ihres wissenschaftlichen Vermächtnisses. Die ‚Mittelniederdeutsche Grammatik' ist bis heute Arbeitsinstrument für die Forschung wie auch für den akademischen Unterricht geblieben. Die beeindruckende Fülle des von Lasch verarbeiteten und dargebotenen Materials verweist auf die profunde Quellenkenntnis der Autorin. Eine neue wissenschaftliche Grammatik, die mittlerweile ein dringendes Desiderat darstellt, hat an Laschs methodischem Anspruch strikter Empirie anzuknüpfen, um die Variation und die Ambiguität historischer Sprachmerkmale angemessen beschreiben zu können. Das ‚Mittelniederdeutsche Handwörterbuch', das von der Zunahme an erschlossenen mittelniederdeutschen Quellen fortdauernd profitiert, hat sich im Laufe der Bearbeitungszeit von einem knapp gehaltenen Nachschlagewerk, dessen Artikel sich wesentlich auf eine differenzierte Bedeutungsangabe beschränken sollten, zu einem ausführlichen Belegwörterbuch entwickelt. Im Vorwort formuliert Lasch die Programmatik, die sich aus dem spezifischen mittelniederdeutschen Schriftaufkommen mit einem deutlichen Schwerpunkt in den öffentlichen, offiziellen und fachlichen Domänen ergibt: „Durch die enge Verknüpfung der niederdeutschen Sprachgeschichte mit der Zeitgeschichte, der politischen und der Geistesgeschichte, die die moderne niederdeutsche Philologie energisch unterstrich, die Betonung der wirtschaftlichen Bedeutung des Niederdeutschen als Hansesprache, die Bewertung und sprachliche Verwertung der Stadtbücher und verwandter Aufzeichnungen ist eine ungeheuer reiche Quelle für den Wortschatz erschlossen."[4]

Aus linguistischer Perspektive sind die Studien zu den historischen Stadtsprachen von besonderem Interesse.[5] In ihnen verknüpfen sich auf erhellende Weise Methoden der historischen Grammatikforschung, der Variationslinguistik und der Erforschung der historischen gesprochenen Sprache. Vor allem die gesellschaftlichen und kulturellen Bedingtheiten von Sprache und Sprechen hat Lasch in ihre Analysen einfließen lassen und betont, „daß die Sprachgeschichte

---

4 Mittelniederdeutsches Handwörterbuch, begr. v. Agathe Lasch u. Conrad Borchling, fortgef. v. Gerhard Cordes u. Dieter Möhn, hg. v. Ingrid Schröder, Bd. 1ff. Neumünster 1928ff, hier: Bd. 1, Vorwort [unpaginiert]; zur lexikographischen Tätigkeit Agathe Laschs vgl. Ingrid Schröder, Agathe Lasch und die Hamburger Lexikographie, in: Auskunft. Zeitschrift für Bibliothek, Archiv und Information in Norddeutschland 29 (2009), H. 1/2, S. 47–62.

5 Vgl. auch Ingrid Schröder, „den sprachlichen Beobachtungen geschichtliche Darstellung geben" – Die Germanistikprofessorin Agathe Lasch, in: Das Hauptgebäude der Universität Hamburg als Gedächtnisort. Mit sieben Porträts in der NS-Zeit vertriebener Wissenschaftlerinnen und Wissenschaftler, hg. v. Rainer Nicolaysen, Hamburg 2011, S. 81–111, hier: 84–87.

hervorwächst aus der großen Einheit aller historischen Betrachtung, daß sie ein Teil der allgemeinen Menschheitsgeschichte ist, in i h r e m Zusammenhang zu verstehen, von den verschwisterten Ausdrucksformen der Geistesgeschichte nicht zu trennen."[6] Jahrzehnte bevor in den USA William Labov seine Untersuchungen zur sprachlichen Diversität in New York City publizierte, analysierte Agathe Lasch die Stadtsprachen Berlins[7] und Hamburgs[8] mit dem Ziel, die zu konstatierenden rezenten Sprachmischungen als Zeugnisse andauernder Sprachkontakt- und Sprachwandelprozesse unter Einbeziehung der sozialhistorischen Bedingungen zu beschreiben. Der sprachlichen Entwicklung wurde dabei das entscheidende Erklärungspotential zugesprochen: „Denn wer eine Sprachform in ihrem Werden erkennt, wird ihre Berechtigung verstehen."[9] Für die mittelalterliche Periode steht insbesondere das Neben- und Nacheinander von Nieder- und Hochdeutsch in den städtischen und landesherrschaftlichen Kanzleien Berlins im Mittelpunkt, für das 16. Jahrhundert rückt der Übergang von der niederdeutschen zur hochdeutschen Schriftsprache auch in der städtischen Kanzlei in den Blick. Die Hamburger frühneuzeitlichen Sprachverhältnisse werden in einer Epoche betrachtet, in der bereits die hochdeutsche Schriftsprache dominierte und das Niederdeutsche nur noch in literarischen Quellen als markierte Sprachwahl verwendet wurde. Agathe Lasch beschreibt diese Verwendung des Niederdeutschen in den neu aufkommenden Gattungen der Zwischenspiele, der Gelegenheitsgedichte, der Satiren in Zeitschriften und der Idyllen. Anhand der inszenierten Mündlichkeit in Schauspielen des 17. Jahrhunderts wird die stilistische Markierung durch den Einsatz regionaler Merkmale verdeutlicht, die als soziale Indikatoren genutzt werden. Der Bezug auf inszenierte Mündlichkeit ermöglicht Rückschlüsse auf eine Sprachwirklichkeit,

---

6 Agathe Lasch, Aus alten niederdeutschen Stadtbüchern. Ein mittelniederdeutsches Lesebuch [Dortmund 1925], 2., um eine Bibliographie erweiterte Auflage, hg. v. Dieter Möhn u. Robert Peters, Neumünster 1987, S. XVIIf.

7 Siehe Agathe Lasch, Geschichte der Schriftsprache in Berlin bis zur Mitte des 16. Jahrhunderts, Dortmund 1910. Des Weiteren siehe dies., „Berlinisch". Eine berlinische Sprachgeschichte (Berlinische Forschungen 2), Berlin 1928.

8 Siehe Agathe Lasch, Beiträge zur Geschichte des Neuniederdeutschen in Hamburg, in: Niederdeutsches Jahrbuch 44 (1918), S. 1–50. Wieder abgedruckt in: Agathe Lasch, Ausgewählte Schriften zur niederdeutschen Philologie, hg. v. Robert Peters u. Timothy Sodmann, Neumünster 1979, S. 413–462. Des Weiteren siehe dies., Die Mundart in den nordniedersächsischen Zwischenspielen des 17. Jahrhunderts, in: Aufsätze zur Sprach- und Literatur-Geschichte. Wilhelm Braune zum 20. Februar 1920 dargebracht von Freunden und Schülern, Dortmund 1920, S. 299–351. Wieder abgedruckt in: Agathe Lasch, Ausgewählte Schriften zur niederdeutschen Philologie, hg. v. Robert Peters u. Timothy Sodmann, Neumünster 1979, S. 360–412. Siehe weiterhin dies., Die literarische Entwicklung des Plattdeutschen in Hamburg im 17. und 18. Jahrhundert, in: Nordelbingen 5 (1926), S. 422–449.

9 Agathe Lasch, „Berlinisch" (Anm. 7), S. 1.

zu der ein Zugang aufgrund der schriftlichen hochdeutschen Überlieferung weitgehend verschlossen ist.

Die Arbeiten von Agathe Lasch sind bis heute von hoher Relevanz geblieben und geben uns Orientierungspunkte für die weitere Erforschung historischer Sprache. Die innovative Verbindung von sorgfältiger Quellenerschließung mit einer kultur- und sozialhistorischen Perspektive lässt Variation als konstituierendes sprachgeschichtliches Moment hervortreten. Empirie statt spekulative (Re-)Konstruktion, Variation statt fixe Gesetzmäßigkeit prägen den wissenschaftlichen Ansatz von Agathe Lasch. Sie hat sehr weitsichtig immer wieder auf die Notwendigkeit verwiesen, den gesellschaftlichen Kontext von Sprache in die Interpretation der wissenschaftlichen Befunde einzubeziehen, und hat entscheidend dazu beigetragen, niederdeutsche Sprache und Literatur als besondere Forschungsgegenstände zu konturieren und die niederdeutsche Philologie als eine universitäre Disziplin zu etablieren.

Die Erinnerung an Agathe Lasch ermutigt uns alle, den wissenschaftlichen Weg auch gegen Widerstände unbeirrt zu verfolgen und empirisch fundiert wie methodisch reflektiert wissenschaftliche Grundlagenforschung voranzutreiben. Sie mahnt uns, dem menschlichen Unrecht entgegenzutreten, Humanität zu verteidigen und die Freiheit der Wissenschaft zu schützen.

Literatur von Agathe Lasch

Geschichte der Schriftsprache in Berlin bis zur Mitte des 16. Jahrhunderts, Dortmund 1910.

Mittelniederdeutsche Grammatik (Sammlung kurzer Grammatiken germanischer Dialekte 9), Halle a. S. 1914.

Beiträge zur Geschichte des Neuniederdeutschen in Hamburg, in: Niederdeutsches Jahrbuch 44 (1918), S. 1–50. Wieder abgedruckt in: Agathe Lasch, Ausgewählte Schriften zur niederdeutschen Philologie, hg. v. Robert Peters u. Timothy Sodmann, Neumünster 1979, S. 413–462.

Die Mundart in den nordniedersächsischen Zwischenspielen des 17. Jahrhunderts, in: Aufsätze zur Sprach- und Literaturgeschichte. Wilhelm Braune zum 20. Februar 1920 dargebracht von Freunden und Schülern, Dortmund 1920, S. 299–351. Wieder abgedruckt in: Agathe Lasch, Ausgewählte Schriften zur niederdeutschen Philologie, hg. v. Robert Peters u. Timothy Sodmann, Neumünster 1979, S. 360–412.

Aus alten niederdeutschen Stadtbüchern. Ein mittelniederdeutsches Lesebuch [Dortmund 1925], 2., um eine Bibliographie erweiterte Auflage, hg. v. Dieter Möhn u. Robert Peters, Neumünster 1987.

Vom Werden und Wesen des Mittelniederdeutschen, in: Niederdeutsches Jahrbuch 51 (1925), S. 55–76. Wieder abgedruckt in: Agathe Lasch, Ausgewählte Schriften zur niederdeutschen Philologie, hg. v. Robert Peters u. Timothy Sodmann, Neumünster 1979, S. 232–253.

Die literarische Entwicklung des Plattdeutschen in Hamburg im 17. und 18. Jahrhundert, in: Nordelbingen 5 (1926), S. 422–449.

„Berlinisch". Eine berlinische Sprachgeschichte (Berlinische Forschungen 2), Berlin 1928.

Mittelniederdeutsches Handwörterbuch, begr. v. Agathe Lasch u. Conrad Borchling, fortgef. v. Gerhard Cordes u. Dieter Möhn, hg. v. Ingrid Schröder, Bd. 1ff. Neumünster 1928ff.

Literatur über Agathe Lasch

Die Germanistin Agathe Lasch (1879–1942). Aufsätze zu Leben, Werk und Wirkung, hg. v. Mirko Nottscheid, Christine M. Kaiser u. Andreas Stuhlmann (Auskunft. Zeitschrift für Bibliothek, Archiv und Information in Norddeutschland 29, H. 1/2), Nordhausen 2009.

Matthias Harbeck / Sonja Kobold, „Aus der Bibliothek Agathe Lasch" – Provenienzforschung an der Universitätsbibliothek der Humboldt-Universität zu Berlin (Schriftenreihe der Universitätsbibliothek der Humboldt-Universität zu Berlin 63), Berlin 2008.

Ulrike Hass-Zumkehr, Agathe Lasch (1879–1942?), in: Jüdische Intellektuelle und die Philologien in Deutschland 1871–1933, hg. v. Wilfried Barner u. Christoph König (Marbacher Wissenschaftsgeschichte 3), Göttingen 2001, S. 203–211.

Ulrike Hass, Art. ‚Lasch, Luise Agathe', in: Internationales Germanistenlexikon 1800–1950, Bd. 1–3, hg. v. Christoph König, Berlin / New York 2003, Bd. 2, S. 1060–1062.

Christine M. Kaiser, Agathe Lasch (1879–1942). Erste Germanistikprofessorin Deutschlands (Jüdische Miniaturen 63), Teetz / Berlin 2007.

Christine M. Kaiser, „... ausnahmsweise eine weibliche Kraft". Agathe Lasch – die erste Germanistikprofessorin Deutschlands am Germanischen Seminar der Hamburger Universität, in: 100 Jahre Germanistik in Hamburg. Traditionen und Perspektiven (Hamburger Beiträge zur Wissenschaftsgeschichte 19), hg. v. Mirko Nottscheid u. Myriam Richter in Zusammenarbeit mit Hans-Harald Müller u. Ingrid Schröder, Berlin / Hamburg 2011, S. 81–105.

Christine M. Kaiser, „Wenn sich doch endlich einmal ein Hoffnungsstrahl bieten würde!" Agathe Laschs vergebliches Warten auf den Ruf nach Dorpat/Tartu, in: Niederdeutsches Jahrbuch 139 (2016), S. 87–102.

Dieter Möhn, Die Geschichte in der Sprache. Die Philologin Agathe Lasch. Vortrag anlässlich der Benennung des Hörsaals B im Hauptgebäude der Universität Hamburg in Agathe Lasch-Hörsaal am 4. November 1999, in: Zum Gedenken an Agathe Lasch (1879–1942?). Reden aus Anlass der Benennung des Hörsaals B im Hauptgebäude der Universität Hamburg in Agathe Lasch-Hörsaal am 4. November 1999, Hamburg 2002, S. 14–27.

Ingrid Schröder, Agathe Lasch und die Hamburger Lexikographie, in: Die Germanistin Agathe Lasch (1879–1942). Aufsätze zu Leben, Werk und Wirkung, hg. v. Mirko Nottscheid, Christine M. Kaiser u. Andreas Stuhlmann (Auskunft. Zeitschrift für Bibliothek, Archiv und Information in Norddeutschland 29, H. 1/2), Nordhausen 2009, S. 47–62.

Ingrid Schröder, „den sprachlichen Beobachtungen geschichtliche Darstellung geben" – Die Germanistikprofessorin Agathe Lasch, in: Das Hauptgebäude der Universität Hamburg als Gedächtnisort. Mit sieben Porträts in der NS-Zeit vertriebener Wissenschaftlerinnen und Wissenschaftler, hg. v. Rainer Nicolaysen, Hamburg 2011, S. 81–111.

Ingrid Schröder, Agathe Lasch – die erste Professorin der Universität Hamburg, in: Respekt! Frauen verändern Wissenschaft an der Universität Hamburg, hg. v. Dagmar Filter u. Jana Reich, Norderstedt 2019, S. 22–30.

Wolfram-Studien XXVII (2025)
Erich Schmidt Verlag Berlin

Literatur im mittelniederdeutschen Sprachraum (1200–1600)

Produktion und Rezeption

Positionen der Forschung – sozialhistorische Ausdifferenzierungen – Texttypen

von Franz-Josef Holznagel (Rostock)

Zwischen Köln und Kiel, Kleve und Stettin, von der Deutschen Mittelgebirgsschwelle bis zu den Küstenregionen der Nord- und Ostsee hat sich vom 13. bis zum 16. Jahrhundert eine breit ausdifferenzierte Textproduktion in mittelniederdeutscher Sprache etabliert, die im Typenspektrum teils große Ähnlichkeiten mit dem mittel- und süddeutschen Literatursystem aufweist,[1] teils aber auch eigene Akzente setzt, so etwa im Bereich der geistlichen Dichtungen und der Tierepik und, besonders markant, im pragmatischen Schrifttum.[2] Zugleich ist der norddeutsche Raum geprägt von einem regen Austausch mit lateinischen, hochdeutschen, niederländischen, skandinavischen und auch französischen Texttraditionen.[3]

---

1 Vgl. Hartmut Beckers, Mittelniederdeutsche Literatur – Versuch einer Bestandsaufnahme (I), in: Niederdeutsches Wort 17 (1977), S. 1–58; (II), in: Niederdeutsches Wort 18 (1978), S. 1–47; (III), in: Niederdeutsches Wort 19 (1979), S. 1–28; Harmut Bekkers, Niederdeutsche Literatur (Mittelniederdeutsche Literatur), in: Lexikon des Mittelalters 6 (1993), Sp. 1138–1141.

2 Vgl. Gerhard Cordes, Alt- und Mittelniederdeutsche Literatur, in: Deutsche Philologie im Aufriss, 2. überarb. Aufl., hg. v. Wolfgang Stammler, Bd. 2, Berlin 1960, Sp. 2473–2519; Gerhard Cordes, Mittelniederdeutsche Dichtung und Gebrauchsliteratur, in: Handbuch zur niederdeutschen Sprach- und Literaturwissenschaft, hg. v. dems. u. Dieter Möhn, Berlin 1983, S. 351–390; Jürgen Meier / Dieter Möhn, Die Textsorten des Mittelniederdeutschen, in: Sprachgeschichte. Ein Handbuch zur Geschichte der deutschen Sprache und ihrer Erforschung, hg. v. Werner Besch u. a., 2., völlig neu bearb. und erw. Aufl., 2. Teilbd. (HSK 2.2), Berlin / New York 2000, S. 1470–1477.

3 Vgl. Loek Geeraedts, Literarische Beziehungen zur Zeit der Hanse. Zur Entmytho-

Die wissenschaftliche Beschäftigung mit diesem wichtigen Segment in der Geschichte der deutschen Literatur[4] setzt ein mit der Durchsetzung der Germanistik als einer akademischen Disziplin zu Beginn des 19. Jahrhunderts und gewinnt ab den 1880er Jahren durch die Etablierung der Niederdeutschen Philologie an Dynamik.[5] Gleichwohl ist eine systematische und umfassende Aufarbeitung der im norddeutschen Raum entstandenen Literatur des Mittelalters und der Frühen Neuzeit ein Desiderat. Dies hat vorwiegend zwei Gründe:

- So kann zum einen festgehalten werden, dass der mittelniederdeutschen Literatur seit den Anfängen der modernen Mittelalterforschung lediglich ein peripherer Rang zugestanden wurde und dass sich daran bis in die Gegenwart kaum etwas geändert hat.
- Zum anderen ist zu wenig über die Aufnahme, die Verbreitung und die Weiterverarbeitung von lateinischen, hochdeutschen, niederländischen und französischen Texten im norddeutschen Sprachgebiet bekannt.

Diese beiden Punkte sollen im Folgenden etwas weiter ausgeführt werden.

---

logisierung einer Stammlerschen These, in: Sprachkontakt in der Hanse. Aspekte des Sprachausgleichs im Ostsee- und Nordseeraum. Akten des 7. Internationalen Symposions über Sprachkontakt in Europa, Lübeck 1986, hg. v. P. Sture Ureland (Linguistische Arbeiten 191), Tübingen 1987, S. 107–121; W[illem] P[ieter] Gerritsen / Brigitte Schludermann, Deutsch-niederländische Literaturbeziehungen im Mittelalter. Sprachmischung als Kommunikationsweise und als poetisches Mittel, in: Akten des V. Internationalen Germanisten-Kongresses Cambridge 1975, Bd. 1–4, hg. v. Leonard Forster u. Hans-Gert Roloff (Jahrbuch für Internationale Germanistik. Reihe A: Kongreßberichte 2.2), Bern u. a. 1976, Bd. 2, S. 329–339; Beckers, Mittelniederdeutsche Literatur (Anm. 1); Horst Wernicke, Literarische Rezeptionsbedingungen im Hanseraum aus historischer Sicht, in: Die deutsche Literatur des Mittelalters im europäischen Kontext, hg. v. Rolf Bräuer, Göppingen 1998, S. 135–147; Alfred Lameli, Relationen im Sprachkontakt. Das Beispiel der norddeutschen Mehrsprachigkeit, in: Zeitschrift für Dialektologie und Linguistik 77 (2010), S. 19–53.

4 Eine umfangreiche Arbeitsbibliographie zu den Konzepten und zur Geschichte einer Literaturhistorie der mittelniederdeutschen Literatur hat Doreen Brandt, Bibliographie zur Mittelniederdeutschen Literatur. Bestand, Geschichte, Forschung, Rostock 2019, vorgelegt. – Alle Beiträge zur Erforschung der niederdeutschen Sprache und Literatur werden in den seit 1970 regelmäßig erscheinenden Bibliographien des Vereins für niederdeutsche Sprachforschung nachgewiesen; die letzte von ihnen (mit der Erfassung der bis 2022 publizierten Literatur) ist 2023 vorgelegt worden: https://www.vnds.de/publikationen/#Bibliographie [05.02.2025].

5 Vgl. Annika Bostelmann / Franz-Josef Holznagel, Vorüberlegungen zu einer Publikationsreihe ‚Mittelniederdeutsche Bibliothek', in: Schriften und Bilder des Nordens. Niederdeutsche Medienkultur im späten Mittelalter, hg. v. Monika Unzeitig, Christine Magin u. Falk Eisermann (Zeitschrift für deutsches Altertum und deutsche Literatur. Beiheft 28), Stuttgart 2019, S. 1–13, hier: 3–10.

1. Zur Geschichte der Marginalisierung mittelniederdeutscher Literatur

Dass der mittelniederdeutschen Textproduktion (trotz ihrer unbestreitbaren Bedeutung für den norddeutschen Raum) gegenüber der mittelhochdeutschen und der frühneuhochdeutschen Literatur nur eine nachrangige Bedeutung zugemessen wird, lässt sich unschwer an der germanistisch-mediävistischen Literaturgeschichtsschreibung ablesen. Seit der Frühzeit dieses wissenschaftlichen Genres berücksichtigen die entsprechenden Darstellungen ganz überwiegend hochdeutsche Texte. Niederdeutsche Dichtungen werden dagegen nur vereinzelt gewürdigt; zudem bleiben die vergleichsweise wenigen Hinweise auf einschlägige Texte (wie z. B. auf den Lübecker *Reynke de Vos*) in der Regel ohne eine weitergehende Kontextualisierung.[6]

Die Ursachen dafür sind gewiss vielfältig und können hier nicht en detail entfaltet werden. Ein wesentlicher Grund für diese weitgehende Ausblendung mittelniederdeutscher Literatur dürfte indes die Ablehnung sein, mit der man ihr wegen ihrer vorgeblich geringeren literarischen Qualität begegnete.[7] Für die Verfasser der Literaturgeschichten aus der zweiten Hälfte des 19. und der ersten Hälfte des 20. Jahrhunderts wird überdies eine Rolle gespielt haben, dass sich die niederdeutschen Idiome des Mittelalters und der Frühen Neuzeit nicht als Vorläufer für die zum Medium nationaler Selbstfindung stilisierte hochdeutsche Sprache und Literatur eigneten. Es reicht vielleicht, an Wilhelm Scherer zu erinnern, der in seiner einflussreichen Literaturgeschichte die ‚Zweite Lautverschiebung‘ und den hochdeutschen Sprachgebrauch der Karolinger zu Grundvoraussetzungen für das „Bewußtsein unserer eigenen Nationalität“ erklärte.[8]

Sowohl das negative Werturteil, das die mittelniederdeutsche Literatur im Rahmen einer Literaturgeschichtsschreibung ereilt, die auf die Würdigung literarischer Erzeugnisse von außerordentlichem künstlerischen Rang fokussiert ist, als auch ihre weitgehende Ausblendung im Rahmen einer Literaturgeschichtsschreibung, welche die Glorifizierung nationaler Einheit und Größe verfolgt, sind aufgrund einer seit längerem erfolgten Neubestimmung der Aufgaben und Methoden der Literaturgeschichtsschreibung mittlerweile obsolet – was nicht heißt, dass sie nicht immer noch nachwirken würden.

---

6 Vgl. ebd., bes. S. 4f. – Zur 1883 erschienen Literaturgeschichte von Scherer vgl. weiter unten.

7 Vgl. Bostelmann / Holznagel, Vorüberlegungen (Anm. 5), S. 4f.

8 Vgl. Wilhelm Scherer, Geschichte der Deutschen Literatur, Berlin 1883. Nachdruck des Textes [ohne die Anmerkungen] unter dem Titel: Geschichte der Deutschen Literatur. Vollständige Textausgabe, hg. v. Heinz Amelung, Berlin [ca. 1930], S. 52–57, hier: 57.

Für eine dringend benötigte Bestandsaufnahme der mittelniederdeutschen Literatur des Mittelalters war die zweite Auflage des „Verfasserlexikons" (VL^2) von eminenter Bedeutung. Sie steht in einem engen Zusammenhang mit dem von Kurt Ruh vertretenen Konzept von Literaturgeschichte als Überlieferungsgeschichte[9] und reflektiert zudem die schon vor Ruh spürbare Tendenz, für die wissenschaftliche Arbeit an Texten des 9. bis 16. Jahrhunderts einen erweiterten Literaturbegriff zugrunde zu legen. Programmatisch und methodisch lassen sich auch zwei neuere Literaturgeschichten in diese Linie stellen: die sozialhistorisch orientierte Literaturgeschichte von Dieter Kartschoke, Joachim Bumke und Thomas Cramer[10] sowie Joachim Heinzles Projekt, die Geschichte der deutschen Literatur des Mittelalters von den historisch wirksamen Formen der literarischen Interessenbildung her zu interpretieren.[11] Doch während die mittelniederdeutsche Literatur im „Verfasserlexikon" umfassend berücksichtigt ist und hoch- und niederdeutsche Literatur gleichberechtigt behandelt wurden, blieb der Primat der hochdeutschen Literatur in den neueren Literaturgeschichten letztlich unhinterfragt. Gleichwohl stellen diese Arbeiten wichtige Verständnisrahmen bereit, die für eine noch zu schreibende Geschichte der mittelniederdeutschen Literatur nutzbar gemacht werden können.

Die Unterrepräsentanz niederdeutscher Texte in der germanistisch-mediävistischen Literaturgeschichtsschreibung ist nur in eingeschränkter Weise durch Darstellungen kompensiert worden, die sich allein den niederdeutschen Verhältnissen widmen. Die älteren von ihnen von Jellinghaus, Oesterley und Stammler sind sehr knapp gehalten und gelten überdies im Ganzen als veraltet.[12] Die neuere Forschung hat einige sehr nützliche und aktualisierte Abrisse

---

9 Vgl. Kurt Ruh, Überlieferungsgeschichte mittelalterlicher Texte als methodischer Ansatz zu einer erweiterten Konzeption von Literaturgeschichte, in: Überlieferungsgeschichtliche Prosaforschung. Beiträge der Würzburger Forschergruppe zur Methode und Auswertung, hg. v. dems. (Texte und Textgeschichte 19), Tübingen 1985, S. 262–272; Überlieferungsgeschichte transdisziplinär. Neue Perspektiven auf ein germanistisches Forschungsparadigma, hg. v. Dorothea Klein, Horst Brunner u. Freimut Löser (Wissensliteratur im Mittelalter 53), Wiesbaden 2016.

10 Vgl. Dieter Kartschoke, Joachim Bumke, Thomas Cramer, Geschichte der deutschen Literatur im Mittelalter. Bd. 1–3, 3. aktualisierte Aufl. (dtv 4551–4553), München 2000, sowie Joachim Bumke, Geschichte der mittelalterlichen Literatur als Aufgabe (Rheinisch-Westfälische Akademie der Wissenschaften. Vorträge. G. Geisteswissenschaften 309), Opladen 1991.

11 Vgl. Geschichte der deutschen Literatur von den Anfängen bis zum Beginn der Neuzeit, hg. v. Joachim Heinzle, 2. durchges. Aufl. Tübingen 1994–, ab 2020 Berlin. Bisher sind erschienen: Bd. I,1–2; Bd. II,1–2; Bd. III,1, III,2 [Teilband 1], sowie Joachim Heinzle, Wann beginnt das Spätmittelalter?, in: ZfdA 112 (1983), S. 207–223, und ders., Wie schreibt man eine Geschichte der deutschen Literatur des Mittelalters?, in: Der Deutschunterricht 41.1 (1989), S. 27–40.

12 Hermann Jellinghaus, Mittelniederdeutsche Literatur, in: Grundriss der germani-

erstellt, gleichwohl konzentrieren sich auch diese weitgehend auf die Auflistung zentraler Texte.[13] Dies bedeutet, dass bis heute keine vollständige und aktuelle eigene Geschichte der mittelniederdeutschen Literatur vorliegt.[14] Sieht man von den Materialerhebungen des 19. Jahrhunderts bei Goedeke und Oesterley einmal ab,[15] stammt die beste Darstellung aus der Feder von Hartmut Beckers (1977–79).[16]

---

schen Philologie, hg. v. Hermann Paul, Straßburg 1893, Bd. 2.1., S. 419–452; ders., Geschichte der mittelniederdeutschen Literatur, 2., verbesserte und vermehrte Auflage (Sonderabdruck aus der zweiten Auflage von Pauls Grundriss der germanischen Philologie), Straßburg 1902; ders., dass. (Grundriss der Germanischen Philologie), 3., verbesserte Auflage, Berlin / Leipzig 1925; Hermann Oesterley, Niederdeutsche Dichtung im Mittelalter. Als zwölftes Buch der Deutschen Dichtung im Mittelalter von Karl Goedeke, Dresden 1871; Wolfgang Stammler, Geschichte der niederdeutschen Literatur von den ältesten Zeiten bis auf die Gegenwart (Aus Natur und Geisteswelt. Sammlung wissenschaftlich-gemeinverständlicher Darstellungen 815), Leipzig / Berlin 1920.

13 Vgl. besonders Beckers, Mittelniederdeutsche Literatur (Anm. 1); Cordes, Alt- und Mittelniederdeutsche Literatur (Anm. 2); Cordes, Mittelniederdeutsche Dichtung (Anm. 2); wichtig sind ferner die (nach stärker linguistischen Gesichtspunkten erstellte) Übersicht von Meier / Möhn, Textsorten des Mittelniederdeutschen (Anm. 2), und die Textliste des „Referenzkorpus Mittel-niederdeutsch/Niederrheinisch (1200–1650)“ (ReN): www.slm.uni-hamburg.de/ren/korpus/texte.html [05.02.2025]. Den Plan eines umfassenden „Repertoriums der mittelniederdeutschen Literatur“ (RMNL) verfolgt Jörn Bockmann, Repertorium mittelniederdeutsche Literatur (RMNL). Eine Projektskizze, in: Korrespondenzblatt des Vereins für niederdeutsche Sprachforschung 122.2 (2015), S. 116–122, sowie https://mittelniederdeutsch-repertorium.uni-flensburg.de [05.02.2025].

14 Vgl. Jan Goossens, Über das Niederdeutsche und seine Erforschung, in: Zur Wissenschaft vom Niederdeutschen. Beiträge zu einem Fachjubiläum und Dokumentation eines Kapitels germanistischer Fachgeschichte an der Georg-August-Universität Göttingen, hg. v. Dieter Stellmacher (Name und Wort. Göttinger Arbeiten zur niederdeutschen Philologie 16), Neumünster 2005, S. 31–42, hier: 38: „Trotz der verdienstvollen Versuche des schon vor fast zwanzig Jahren verstorbenen Gerhard Cordes gibt es immer noch keine durchkonzipierte niederdeutsche Literaturgeschichte.“ Ähnliche Einschätzungen finden sich bei Beckers, Mittelniederdeutsche Literatur (II) (Anm. 1), S. 1, und Mittelniederdeutsche Literatur, hg. v. Albrecht Hausmann u. Anja Becker (Mitteilungen des Deutschen Germanistenverbandes 64.3), Göttingen 2017, S. 223f. – Angekündigt ist aber bereits „Mittelniederdeutsche Sprache und Literatur. Eine Einführung“ von Jörn Bockmann, Sarah Ihden, Robert Langhanke und Anabel Recker, die 2026 im De Gruyter Verlag erscheinen soll.

15 Karl Goedeke, Grundrisz zur Geschichte der deutschen Dichtung aus den Quellen, Bd. 1, Hannover 1859 [darin in Buch 3, § 98–100: „Niederdeutsche poetische Literatur“]; ders., dass., 2., ganz neu bearbeitete Auflage, Bd. 1: Das Mittelalter, Dresden 1884 [darin in Buch 3, § 100: „Niederdeutsche poetische Literatur“]; Oesterley, Niederdeutsche Dichtung (Anm. 12).

16 Beckers, Mittelniederdeutsche Literatur (Anm. 1).

Dabei muss allerdings in Rechnung gestellt werden, dass sich die Niederdeutsche Philologie bereits seit ihren Anfängen als eine primär linguistische Disziplin verstanden hat, die ihre Hauptaufgabe in der diatopischen, diastratischen und diachronen Beschreibung der niederdeutschen Sprache und ihrer Mundarten sah.[17] Von daher ist es nachvollziehbar, dass die mittelniederdeutsche Literatur primär unter sprachlichen Gesichtspunkten in den Blick genommen wurde.[18] Indes sollte die sprachhistorische, textsorten- und soziolinguistische Erforschung der mittelniederdeutschen Literatur flankiert werden durch Arbeiten, welche die Texte im Rückgriff auf Konzepte und Praxen germanistisch-mediävistischer Literaturgeschichtsschreibung und im Anschluss an rezente theoretisch-methodische Ausrichtungen untersuchen.[19] Dieses Projekt ließe sich am besten in einem interdisziplinären Dialog zwischen (niederdeutscher) Sprach- und (germanistisch-mediävistischer) Literaturgeschichte verwirklichen.

---

[17] Vgl. dazu zuletzt: Mittelniederdeutsch zwischen Korpuslinguistik und Literaturwissenschaft, hg. v. Marco Coniglio, Anabel Recker u. Heike Sahm, Göttingen 2024, S. 7: „Die interdisziplinäre Zusammenarbeit zwischen Sprach- und Literaturwissenschaft zum Mittelniederdeutschen hat eine lange Tradition, wie u. a. die Jahrbücher des Vereins für Niederdeutsche Sprachforschung erkennen lassen. Allerdings handelt es sich auch um eine teils strukturell bedingt asymmetrische Partnerschaft. Die sprachwissenschaftliche Forschung zum Mittelniederdeutschen ist in der deutschen Forschungslandschaft erheblich stärker etabliert als eine mittelniederdeutsche Literaturwissenschaft."

[18] Vgl. Meier / Möhn, Textsorten des Mittelniederdeutschen (Anm. 2).

[19] Hier lohnt es sich sehr, an den verdienstvollen Sammelband Mittelalterliche Literatur im niederdeutschen Raum. Tagung Braunschweig 1996, hg. v. Hans-Joachim Behr, Wolfgang Beutin u. Peter Lamberg (Jahrbuch der Oswald von Wolkenstein-Gesellschaft 10), Frankfurt a. M. u. a. 1998, die Arbeiten von Helmut Tervooren zur Rhein-Maas-Region (bes. Helmut Tervooren [unter Mitarbeit von Carola Kirschner und Johannes Spicker], Van der Masen tot op den Rijn. Ein Handbuch der mittelalterlichen volkssprachlichen Literatur im Raum von Rhein und Maas, Berlin 2006) sowie an das von Anja Becker und Albrecht Hausmann herausgegebene Themenheft „Mittelniederdeutsche Literatur" (Anm. 14) anzuschließen. Vgl. überdies Sarah Ihden, Studien zur mittelniederdeutschen und frühneuhochdeutschen Sprache und Literatur, Hildesheim 2021; Von Widukind zur ‚Sassine'. Prozesse der Konstruktion und Transformation regionaler Identität im norddeutschen Raum, hg. v. Martin Baisch, Malena Ratzke u. Regina Toepfer (Forschungen zu Kunst, Geschichte und Literatur des Mittelalters 4), Wien / Köln 2023; sowie die Beiträge der 136. Jahrestagung des Vereins für Niederdeutsche Sprachforschung, die vom 20.–23.04.2024 in Gent stattfand und sich dem Schwerpunkt „Mittelniederdeutsche Sprache und Literatur" widmete. Vgl. https://www.vnds.de/event/136-jahrestagung-des-vereins-fuer-niederdeutsche-sprachforschung-in-gent [05.02.2025].

2. Das norddeutsche Gebiet als Rezeptionsraum benachbarter Literaturen: Desiderate der Forschung

Der norddeutsche Raum wird demnach als Gebiet der literarischen Produktion bislang nicht in der Weise erforscht, die seiner historischen Bedeutung entspräche. Ähnliches gilt für seine Bedeutung als ein Areal der Rezeption für die lateinische, hochdeutsche, niederländische und französische Literatur. Zwar ist unbestritten, dass ein erheblicher Teil der mittelniederdeutschen ‚Klassiker', darunter der *Reynke de Vos*, das mittelniederdeutsche ‚Narrenschiff', der ‚Magdeburger Prosa-Äsop', die Prosabearbeitung des ‚Girart de Roussillon' oder die vor- wie nachreformatorischen Bibelübersetzungen auf Akten der Adaptation von Texten aus anderen Sprachen beruhen. Zudem sind einzelne Phänomene wie die Überlieferung mittelhochdeutscher Lyrik durch mitteldeutsch schreibende Niederdeutsche[20], die breite Übernahme von Texten aus der niederländischen *Devotio moderna* in die geistlichen Liederbücher des norddeutschen Raums[21] oder die niederdeutschen Überlieferungen von lateinischen und hochdeutschen Kleinformen wie ‚Cato', ‚Facetus' oder ‚Freidank'[22] durchaus im Bewusstsein der Forschung.[23] Gut aufgearbeitet sind schließlich die (wechselseitigen) niederdeutsch-niederländischen Literaturbeziehungen im Bereich der gedruckten Erzählliteratur.[24] Dennoch bleibt aufs Ganze gesehen die Tradie-

20 Vgl. Thomas Klein, Zur Verbreitung mittelhochdeutscher Lyrik in Norddeutschland (Walther, Neidhart, Frauenlob), in: ZfdPh 106 (1987), S. 72–112; ders., Niederdeutsch und Hochdeutsch in mittelhochdeutscher Zeit, in: Die deutsche Schriftsprache und die Regionen. Entstehungsgeschichtliche Fragen in neuer Sicht, hg. v. Raphael Berthele u. a. (Studia Linguistica Germanica 65), Berlin, New York 2003, S. 203–229.

21 Vgl. G. G. [Sr. Marie Josepha] Wilbrink, Das geistliche Lied der Devotio moderna. Ein Spiegel niederländisch-deutscher Beziehungen (Disquisitiones Carolinae. Fontes et acta philologica et historica 2), Nijmwegen 1930; Johannes Janota, Werdener Liederbuch, in: VL^2 10 (1999), Sp. 883–886.

22 Vgl. Beckers, Mittelniederdeutsche Literatur (II) (Anm. 1), S. 35–39.– Speziell zu den niederdeutschen Freidanken und Freidank-Autoritäten vgl. Beschreibendes Verzeichnis der Freidank-Überlieferung. Handschriften, Drucke, Inschriften. Auf der Grundlage des ‚Marburger Repertoriums der Freidank-Überlieferung' bearb. und hg. v. Joachim Heinzle (Zeitschrift für deutsches Altertum. Beiheft 42), Stuttgart 2023, S. 121 (mit Hinweisen auf 16 Hss.) und S. 113–116 (u. a. mit dem Nachweis von Inschriften aus dem niederdeutschen Raum).

23 Wichtige Impulse und Aufschlüsse sind von dem Göttinger Projekt „Wiedererzählen im Norden. Digitale Analyse weltlicher Erzählungen in niederdeutschen Inkunabeln" zu erwarten. Vgl. www.uni-goettingen.de/de/607371.html [05.02.2025] sowie Heike Sahm / Anabel Recker, Wiedererzählen im Norden. Beobachtungen zu Übertragungsstrategien mittelniederdeutscher Erzähltexte, in: Niederdeutsches Jahrbuch 144 (2021), S. 126–148, und Coniglio / Recker / Sahm, Mittelniederdeutsch (Anm. 15).

24 Zu nennen sind in diesem Zusammenhang vor allem die einschlägigen Arbeiten von

rung und kulturelle Aneignung von Texten aus anderen Sprachen in niederdeutschen Handschriften und Drucken ein zu wenig bearbeitetes Gebiet.[25] Ohnehin wäre eine genauere und ausführlichere Befassung mit den Handschriften und Frühdrucken nördlich der ‚Benrather Linie'[26] für die geschichtliche Einordnung

---

Rita Schlusemann: Wechselseitige niederdeutsch / niederländische Literaturbeziehungen in der frühen gedruckten Erzähldichtung. Mit einer Edition des Magdeburger Drucks der ‚Historie van twen kopluden' (um 1495), in: Niederdeutsches Jahrbuch 125 (2002), S. 97–130; Schöne Historien. Niederländische Literatur im deutschen Spätmittelalter und in der Frühen Neuzeit (Frühe Neuzeit 203), Berlin 2016; Grenzüberschreitungen in gedruckter nieder-deutscher Erzählliteratur der Hansezeit, in: Hausmann / Becker (Hg.), Mittelniederdeutsche Literatur (Anm. 13), S. 260–277; Multimodalität in gedruckten Historien bis 1500. Ansätze einer modernen niederdeutschen Literaturforschung, in: Coniglio / Recker / Sahm, Mittelniederdeutsch (Anm. 15), S. 177–201.

25 Im Unterschied zu den gut erforschten sprachlichen Austauschprozessen gibt es nur wenige zusammenfassende Untersuchungen zur literarischen Rezeption. Vgl. die in Anm. 3 genannte Literatur.

26 Als Ausgangspunkt für die Untersuchung der handschriftlichen Überlieferung bieten sich nach wie vor die materialreichen Übersichten von Conrad Borchling an: Über mittelniederdeutsche Handschriften des nordwestlichen Deutschlands, in: Jahrbuch des Vereins für niederdeutsche Sprachforschung 23 (1897), S. 103–124; Mittelniederdeutsche Handschriften in Norddeutschland und den Niederlanden. Erster Reisebericht, in: Nachrichten von der Königl. Gesellschaft der Wissenschaften zu Göttingen. Geschäftliche Mitteilungen aus dem Jahre 1898, Göttingen 1899, S. 79–316; Mittelniederdeutsche Handschriften in Skandinavien, Schleswig-Holstein, Mecklenburg und Vorpommern. Zweiter Reisebericht (Nachrichten von der Königl. Gesellschaft der Wissenschaften zu Göttingen. Philologisch-historische Klasse. Beiheft), Göttingen 1900; Mittelniederdeutsche Handschriften in Wolfenbüttel und einigen benachbarten Bibliotheken. Dritter Reisebericht (Nachrichten von der Königl. Gesellschaft der Wissenschaften zu Göttingen. Philologisch-historische Klasse. Beiheft), Göttingen 1902; Mittelniederdeutsche Handschriften in den Rheinlanden und in einigen anderen Sammlungen. Vierter Reisebericht (Nachrichten von der Königl. Gesellschaft der Wissenschaften zu Göttingen. Philologisch-historische Klasse. Beiheft), Berlin 1914. Sie müssten freilich aktualisiert und ergänzt werden; sehr hilfreich ist es, dass eine Gruppe von Überlieferungsexpertinnen und -experten unter der Leitung von Nathanael Busch daran arbeitet, im Handschriftencensus (https://handschriftencensus.de [08.02.25]) die niederdeutschen Überlieferungszeugen mit der Hilfe von Filtern als eigene Handschriftengruppe auszuweisen (mit der Veröffentlichung einer einschlägigen Schlagwortliste ist in Kürze rechnen). – Die Grundlage für die Analyse der Drucküberlieferung ist immer noch das Standardwerk von Borchling / Claußen, Niederdeutsche Bibliographie (Anm. 38); leider bieten auch weder der Gesamtkatalog der Wiegendrucke (GW) noch die Verzeichnisse zu späteren Druckwerken (VD 16; VD 17) die Möglichkeit, speziell nach der Gruppe der niederdeutschen Überlieferungszeugen zu suchen. Vgl. https://www.gesamtkatalogderwiegendrucke.de [08.02.25] (GW); https://bvbat01.bib-bvb.de/TP61/start.do?View=vd16&SearchType=2 [08.02.25] (VD 16); http://www.vd17.de [08.02.25] (VD 17). – Wichtige Ergänzungen zu Borchling / Claußen bietet jetzt das Projekt „Mittelniederdeutsche Frühdrucke

des niederdeutschen Schriftbetriebs und die Erfassung seiner spezifischen Qualitäten von zentraler Bedeutung.[27]

---

digital" in Münster (https://www.uni-muenster.de/Germanistik/mnfd) [05.02.25]. Vgl. dazu u. a. Johanna Meyer, Zur Erweiterung der *Niederdeutschen Bibliographie* (Borchling / Claußen) – Die Neufunde des Projektes *Mittelniederdeutsche Frühdrucke digital*, in: Inkunabelforschung für morgen – Wege, Ziele, Perspektiven. Tagung des Wolfenbütteler Arbeitskreises für Bibliotheks-, Buch- und Mediengeschichte, 27. bis 29. September 2023, hg. v. Bettina Wagner u. Cornel Dora (Medium Buch. Wolfenbütteler interdisziplinäre Forschungen 5), S. 143–158, und Johanna Meyer, Mittelniederdeutsche Frühdrucke digital, in: ZfdA 153 (2024), S. 369–372.

27 Dabei ist freilich darauf zu achten, dass die (gar nicht seltenen) Übernahmen mittelniederdeutscher Texte im hochdeutschen Sprachgebiet nicht aus dem Blick geraten. Sie sind nicht systematisch erfasst worden. Als Paradefälle für mittelniederdeutsche Texte, die im Süden breit rezipiert werden, gelten selbstverständlich der ‚Sachsenspiegel' und die ‚Sächsische Weltchronik'. Zum ‚Sachsenspiegel' vgl. u. a. Ruth Schmidt-Wiegand, Eike von Repgow, in: VL^2 2 (1980), Sp. 400–409 und 11 (2004), Sp. 397 [Korrektur] sowie Ulrich-Dieter Oppitz, Deutsche Rechtsbücher des Mittelalters. Bd. 1: Beschreibung der Rechtsbücher, Bd. 2: Beschreibung der Handschriften, Bd. 3: Abbildungen der Fragmente, Köln / Weimar / Wien 1990–1992; Hiram Kümper, Sachsenspiegel. Eine Bibliographie – mit einer Einleitung zu Überlieferung, Wirkung und Forschung, Nordhausen 2004; Heiner Lück, Über den Sachsenspiegel. Entstehung, Inhalt und Wirkung des Rechtsbuches. Mit einem Beitrag zu den Grafen von Falkenstein im Mittelalter von Joachim Schymalla (Veröffentlichungen der Stiftung Dome und Schlösser in Sachsen-Anhalt 1), 2. Aufl., Halle an der Saale 2005; Christa Bertelsmeier-Kierst, Kommunikation und Herrschaft. Zum volkssprachlichen Verschriftlichungsprozeß des Rechts im 13. Jahrhundert (Zeitschrift für deutsches Altertum und deutsche Literatur. Beihefte 9), Stuttgart 2008; Hiram Kümper, Sachsenrecht: Studien zur Geschichte des sächsischen Landrechts in Mittelalter und früher Neuzeit (Schriften zur Rechtsgeschichte 142), Berlin 2009; Heiner Lück, Der Sachsenspiegel. Das berühmteste deutsche Rechtsbuch des Mittelalters, Darmstadt 2017; Gabriele von Olberg-Haverkate, Die Textsorte Rechtsbücher. Die Entwicklung der Handschriften und Drucke des Sachsenspiegels und weiterer ausgewählter Rechtsbücherhandschriften vom 13.–16. Jahrhundert (Germanistische Arbeiten zu Sprache und Kulturgeschichte 55), Frankfurt a. M. 2017. – Zur ‚Sächsischen Weltchronik' vgl. Hubert Herkommer, Sächsische Weltchronik, in: VL^2 8 (1992), Sp. 473–409 und 11 (2004), Sp. 1357 [Korrektur] sowie Hubert Herkommer, Überlieferungsgeschichte der Sächsischen Weltchronik. Ein Beitrag zur deutschen Geschichtschreibung des Mittelalters (Münchener Texte und Untersuchungen 38), München 1972; Michael Menzel, Die Sächsische Weltchronik. Quellen und Auswahl (Vorträge und Forschungen Sonderband 34), Sigmaringen 1985; Jürgen Wolf, Die Sächsische Weltchronik im Spiegel ihrer Handschriften. Überlieferung, Textentwicklung, Rezeption (Münstersche Mittelalter-Schriften 75), München 1997. Vgl. auch Beitrag von Christian Seebald im vorliegenden Band. – Hinzuweisen ist aber auch auf die Übernahme von mittelniederdeutschen Schwankromanen in Reimpaarversen (‚Bruder Rausch') oder in der Magdeburger Druckschrift über den angeblichen Sternberger Hostienfrevel von 1491 (vgl. u. a. Recker 2024). Ein ähnliches „Nord-Süd-Gefälle" konstatiert Kurt Gärtner für Bruder Philips ‚Marienleben': Kurt Gärtner, Philipp von Seitz: *Marienleben*, in: Die Kartäuser in Österreich. Bd. 2, hg. v. James Hogg (Analecta Cartusiana 83.2),

Im Falle der Übernahme hochdeutscher Texte in den niederdeutschen Raum dürfte ein Grund für die konstatierten Defizite darin liegen, dass für die Forschung zur hochdeutschen Literatur die niederdeutschen Überlieferungsträger wegen ihrer oftmals späten Entstehung und des veränderten Sprachstandes der in ihnen tradierten Texte nur selten etwas für die Herstellung eines autornahen Textes beitragen können.[28] Zugleich werden in der Niederdeutsch-Philologie die niederdeutschen Überlieferungen hochdeutscher Texte in erster Linie als Indikatoren eines aufschlussreichen Kulturkontaktes wahrgenommen, die aber letztlich aus dem Zentrum der Erforschung der ‚autochthon' mittelniederdeutschen Sprache und Literatur herausführen.

Zu diesen Sichtweisen gibt es freilich seit den 1990er Jahren konzeptionelle Alternativen; sie sollten Anlass bieten, die überlieferungshistorische Relevanz der mittelniederdeutschen Handschriften von mittelhochdeutschen oder frühneuhochdeutschen Texten neu zu bewerten. Im Bereich der Editionsphilologie wäre auf überlieferungsnähere, stärker rezeptionshistorisch orientierte Formen der Darbietung des ‚Textes im Gebrauch' zu verweisen,[29] für die regionale Literaturgeschichtsschreibung auf Zugriffsweisen, die eine rein an sprachlichen Gegebenheiten orientierte Korpusbegrenzung aufgeben zugunsten einer raum-

---

Salzburg 1981, S. 74; vgl. überdies ders., Die Überlieferungsgeschichte von Bruder Philipps Marienleben, Habilitationsschrift Marburg 1978. Online: http://www.handschriftencensus.de/forschungsliteratur/pdf/558.pdf [08.02.2025] sowie Christina Ostermann, Bruder Philipps ‚Marienleben' im Norden. Eine Fallstudie zur Überlieferung mittelniederdeutscher Literatur (Untersuchungen zur deutschen Literaturgeschichte 157), Berlin / Boston 2020.

28 Für die mhd. Lyrik vgl. Helmut Tervooren, Die späte Überlieferung als Editionsproblem. Bemerkungen zu Lyrikhandschriften des späten 14. und 15. Jahrhunderts, in: Bein, Thomas (Hrsg.): Walther von der Vogelweide. Textkritik und Interpretation, hg. v. Thomas Bein, Berlin / New York 1999, S. 176–194; sowie Jan-Dirk Müller, Einzelstrophen – Florilegien – Autorprinzip. Zur Überlieferung einiger Strophen Walthers von der Vogelweide im Lichte von Überlegungen der New Philology, in: Neuere Aspekte germanistischer Spätmittelalterforschung, hg. v. Freimut Löser u. a. (Imagines medii aevi 29), Wiesbaden 2012, S. 49–62.

29 Vgl. Methoden und Probleme der Edition mittelalterlicher deutscher Texte. Bamberger Fachtagung 26.–29. Juni 1991. Plenumsreferate, hg. v. Rolf Bergmann u. Kurt Gärtner (Beihefte zu editio 4), Tübingen 1993; Altgermanistische Editionswissenschaft, hg. v. Thomas Bein (Dokumentation germanistischer Forschung 1), Frankfurt a. M. u. a. 1995; Alte und neue Philologie, hg. v. Martin-Dietrich Gleßgen u. Franz Lebsanft (Beihefte zu editio 8), Tübingen 1997; Philologie als Textwissenschaft. Alte und neue Horizonte, hg. v. Helmut Tervooren u. Horst Wenzel (ZfdPh 116.Sonderheft), Berlin 1997; Werner Williams-Krapp, Die überlieferungsgeschichtliche Methode. Rückblick und Ausblick, in: IASL 25 (2000), S. 1–21; Überlieferungsgeschichte transdisziplinär. Neue Perspektiven auf ein germanistisches Forschungsparadigma, hg. v. Dorothea Klein, Horst Brunner u. Freimut Löser (Wissensliteratur im Mittelalter 53), Wiesbaden 2016.

bezogenen historischen Kulturraumforschung, in der es darum geht, sowohl die literarische Produktion als auch die literarische Rezeption eines lokalen Literaturbetriebs ins Auge zu fassen.[30]

Das Ziel der Rostocker Tagung der Wolfram von Eschenbach-Gesellschaft bestand darin, weiterführende Beiträge zur Geschichte Norddeutschlands als eines Raums der Produktion und Rezeption mittelalterlicher und frühneuzeitlicher Texte anzuregen und das Gespräch über Methoden und Forschungsstrategien zu suchen. Angesprochen wurden dabei vor allem zwei Zielgruppen, nämlich zum einen Vertreterinnen und Vertreter der germanistischen Mediävistik, die stärker als bisher die Texte des norddeutschen Gebiets in die Überlegungen zur Würdigung der volkssprachlichen Literatur des 13. bis 16. Jahrhunderts einbeziehen möchten, und zum anderen Kolleginnen und Kollegen aus der Niederdeutschen Philologie, die an einer stärker literaturwissenschaftlichen Untersuchung der Texte und an ihrer Einordnung in die Gesamtgeschichte der deutschen Literatur interessiert sind.

Mit den nachfolgenden Stichworten wurde dazu eingeladen, passende Vortragsangebote zu unterbreiten; auf diese Weise sollten Anregungen zu den beiden zentralen Themenfeldern der Tagung gegeben werden; andere Akzentuierungen waren indes möglich und explizit erwünscht.[31]

A. Die Literatur in mittelniederdeutscher Sprache (1200–1600)

Erwünscht sind exemplarisch gemeinte Fallstudien zu allen Phasen der Textproduktion von den frühen Zeugnissen der mittelniederdeutschen Literatur bis zum Ende des 16. Jahrhunderts, die das Bild von der mittelniederdeutschen Literatur bereichern – dies insbesondere mit dem Ziel, sowohl die ästhetische Qualität der Texte zu verdeutlichen wie deren Eignung als Gegenstand für die Diskussion aktueller mediävistischer Fragestellungen unter Beweis zu stellen.

Dies gilt selbstverständlich für ‚Klassiker' der mittelniederdeutschen Literatur, zu denen u. a. die folgenden Texte oder Textsammlungen zu zählen sind:

---

[30] Vgl. Jens Haustein, Literaturgeschichte der Region. Das Beispiel Thüringen, in: Jahrbuch für Internationale Germanistik 34 (2002), S. 167–180; Regionale Literaturgeschichtsschreibung. Aufgaben, Analysen und Perspektiven, hg. v. Helmut Tervooren u. Jens Haustein (ZfdPh 122.Sonderheft), Berlin 2003; Schreiborte des deutschen Mittelalters. Skriptorien – Werke – Mäzene, hg. v. Martin Schubert, Berlin / Boston 2013; Schriftkultur und religiöse Zentren im norddeutschen Raum, hg. v. Patrizia Carmassi, Eva Schlotheuber u. Almut Breitenbach (Wolfenbütteler Mittelalter-Studien 24), Wiesbaden 2014; Wolfgang Beck, Deutsche Literatur des Mittelalters in Thüringen. Eine Überlieferungsgeschichte, Stuttgart 2017.

[31] Der Text des *call for paper* wird hier in einer leicht überarbeiteten und ergänzten Fassung abgedruckt.

Sachsenspiegel – Sächsische Weltchronik – Wienhäuser Liederbuch und andere handschriftliche geistliche Liederbücher – Minnereden – Der Große Seelentrost – *De Deif van Brugge* und andere Texte der Stockholmer Sammelhandschrift Vu 7 – Ereignisbezogene Lieder und Reimpaarreden – Totentänze – Redentiner Osterspiel – Bordesholmer Marienklage – Rostocker Liederbuch und andere handschriftliche weltliche Liederbücher – Magdeburger Prosa-Äsop – *Cronecken der sassen* – *Speygel der leyen* – *Sunte Birgitten* Openbaringe – Bilderhandschrift des Hamburger Stadtrechtes – *Reynke de vos* (Lübecker und Rostocker Fassung) – *Dat Narrenschip* und *Dat nye schip van Narragonien* – *Henselyns Boek* – Hermann Botes *De Koker* – Joachim Slüters Niederdeutsches Gesangbuch – Lübecker Bibel (‚Bugenhagenbibel') – *Künstlike Werltspröke / Eyn schön Rimbökelin* – *Van Dirick van dem Berne* (*Koninc Ermenrîkes Dôt*) – *Vam Danhuser* – die um 1595 bei J. Balhorn d. J. erschienenen gedruckten Liederbücher.

Zugleich sind Beiträge zu Texten oder Textgruppen sehr willkommen, die trotz ihrer nachweisbaren Relevanz für die mittelniederdeutsche Literatur in der Literaturwissenschaft (noch) nicht die Aufmerksamkeit gefunden haben, die sie verdienen; zu diesen zählen u. a.:

Chronikalische Quellen – Formen pragmatischer Schriftlichkeit (wie z. B. Kalenderdichtungen oder das Fachschrifttum zu den verschiedenen *artes*) – geistliche Gebrauchsliteratur (insbesondere die Gebetbücher von Frauen) – handschriftlich und gedruckt tradierte Klein- und Kleinsttexte (einschließlich epigraphisch überlieferter Spruchverse auf Artefakten oder auch Schriftbändern auf Teppichen).

Die Veranstalter erhoffen sich ferner Untersuchungen zu diatopisch-diastratischen Verteilungen der mittelniederdeutschen Literatur. Im Mittelpunkt solcher Beiträge könnten einerseits weiterführende Überlegungen zu der kontrovers diskutierten Frage sein, inwieweit sich die mittelniederdeutsche Literatur als städtische Literatur profiliert oder gar als eine kulturelle Erscheinung der Hanse anzusehen ist.[32] Daneben wäre nach dem Stellenwert der Klöster (z. B. Emmerich, Gaesdonk, Medingen, Wienhausen, Ebsdorf, Hildesheim) und Bischofssitze (Brandenburg, Bremen / Hamburg, Halberstadt, Hildesheim, Magdeburg, Minden, Münster, Osnabrück, Paderborn)[33] sowie der Höfe (bes. Brandenburg, Braunschweig, Jülich / Kleve / Berg, Mecklenburg, Holstein, Pommern und Rügen)[34] als Orte literarischer Interessenbildung im deutschen Norden zu fragen.

---

32 Vgl. hierzu etwa die unterschiedlichen Einschätzungen von Geeraedts, Literarische Beziehungen (Anm. 3); Hartmut Freytag, Zum Beispiel Lübeck. Eine Skizze über Literatur in der Hansestadt während der Jahre 1200 bis 1600, in: Mittelalterliche Literatur im niederdeutschen Raum (Anm. 19), S. 125–137; oder Meier / Möhn, Textsorten des Mittelniederdeutschen (Anm. 2).

33 Vgl. Schriftkultur und religiöse Zentren (Anm. 30).

34 Vgl. Höfe und Residenzen im spätmittelalterlichen Reich. Ein dynastisch-topographisches Handbuch. Bd. 1–4, hg. v. Werner Paravicini u. a. (Residenzenforschung 15), Ostfildern 2003–2012; Oliver Auge, Rasante Aufholjagd des ‚jüngeren' Nordens? Zur

B. Entwicklung von Perspektiven für die zu erstellende Geschichte des norddeutschen Raums als Ort der literarischen Rezeption

Erwünscht sind exemplarisch gemeinte Fallstudien zu allen Phänomenen der Tradierung, Übersetzung oder Bearbeitung von Texten aus anderen Literaturen, die das Bild vom norddeutschen Literaturbetrieb differenzieren – dies insbesondere mit dem Ziel, das Gebiet nördlich der Benrather Linie im Rahmen aktueller Konzepte der regionalen Literaturgeschichtsschreibung als einen vielfältigen und multilingualen wie multimedialen Kulturraum zu charakterisieren.

Zu den Phänomenen, die in einem solchen Kontext verhandelt werden könnten, gehören zunächst die hochdeutsch-niederdeutschen Austauschprozesse:

Hochdeutsch dichtende Niederdeutsche (Eilhart von Oberg; Berthold von Holle; Eberhard von Cersne) – Texte von norddeutschen Autoren, die sich nur in hochdeutscher Gestalt erhalten haben (Heinrichs von Veldeke Lyrik und Eneasroman; Niederdeutsche Lieder- und Sangspruchdichter im Codex Manesse und in der Jenaer Liederhandschrift; Mechthild von Magdeburg ‚Das Fließende Licht der Gottheit'; ‚Ulenspiegel') – Hochdeutsche Literatur, die an norddeutschen Höfen entstanden ist (‚Lucidarius'; Ernsts von Kirchberg ‚Mecklenburgische Reimchronik'; Nicolaus Marschalk, ‚Chronicon der mecklenburgischen Regenten reimweise') – Hochdeutsche Literatur in niederdeutschen Handschriftensammlungen (u. a. ‚Leidener Wigalois' [Hs. B]; Wolframs von Eschenbach ‚Willehalm' [Fragm. 87]) – Schreiborte[35] und Drucker[36] im norddeutschen Raum – Niederdeutsche Handschriften[37] und Drucke von hochdeutscher Literatur[38] – Minnesang und Sangspruchdichtung[39] – Epik[40] – Geistliches

Entstehung und Entfaltung der Fürstenhöfe im südwestlichen Ostseeraum bis ca. 1350, in: Sangspruchdichtung um 1300. Akten der Tagung in Basel vom 7. bis 9. November 2013, hg. v. Gert Hübner u. Dorothea Klein (Spolia Berolinensia 33), Hildesheim 2015, S. 3–44.

35 Vgl. Schreiborte (Anm. 28).

36 Vgl. Ferdinand Geldner, Die deutschen Inkunabeldrucker. Ein Handbuch der deutschen Buchdrucker des XV. Jahrhunderts nach Druckorten, Bd. 1–2, Stuttgart 1968–1970; Timothy Sodman, Buchdruck, Buchhandel und Sprachkontakte im hansischen Raum, in: Sprachkontakt in der Hanse. Aspekte des Sprachausgleichs im Ostsee- und Nordseeraum. Akten des 7. Internationalen Symposions über Sprachkontakt in Europa. Lübeck 1986, hg. v. P[er] Sture Ureland (Linguistische Arbeiten 191), Tübingen 1987, S. 89–105; Christoph Reske, Die Buchdrucker des 16. und 17. Jahrhunderts im deutschen Sprachgebiet. Auf der Grundlage des gleichnamigen Werkes von Josef Benzing, 2. überarb. u. erw. Ausg., Wiesbaden 2015.

37 Vgl. Borchling, Über mittelniederdeutsche Handschriften (Anm. 24); Borchling, Mittelniederdeutsche Handschriften (Anm. 24).

38 Vgl. Conrad Borchling / Bruno Claußen, Niederdeutsche Bibliographie. Gesamtverzeichnis der niederdeutschen Drucke bis zum Jahre 1800. Bd. 1: 1473–1600, Bd. 2: 1601–1800, Neumünster 1936. Bd. 3: Nachträge, Ergänzungen, Verbesserungen, Neumünster 1957.

39 Vgl. u. a. die Hss. J; KLD Mb, u, x; Neidhart Ma, O; Walther m, n, s, U, w. Vgl.

Spiel[41] – Kleinepik[42] – Minnereden[43] – weltliche Liederbuchlyrik[44] – Historisch-politische Lieder[45] – das sog. ‚Volksbuch' (Frühneuhochdeutscher Prosaroman – Früh-

Deutsche Liederdichter des 13. Jahrhunderts, hg. v. Carl von Kraus, 2. Aufl. durchgesehen von Gisela Kornrumpf. Bd. 1: Text, Tübingen 1978; Des Minnesangs Frühling. Unter Benutzung der Ausgaben von Karl Lachmann und Moriz Haupt, Friedrich Vogt und Carl von Kraus, hg. v. Hugo Moser u. Helmut Tervooren, Bd. 1: Texte, 38. Aufl., Stuttgart 1988, Bd. 2: Editionsprinzipien. Melodien, Handschriften, Erläuterungen, 36. Aufl., Stuttgart 1977; Neidhart-Lieder. Texte und Melodien sämtlicher Handschriften und Drucke, unter Mitarb. v. Annemarie Eder hg. v. Ulrich Müller, Ingrid Bennewitz u. Franz Viktor Spechtler, Endredaktion Ruth Weichselbaumer, Bd. 1–3. Berlin / New York 2007; Walther von der Vogelweide. Leich, Lieder, Sangsprüche, 15., veränderte und um Fassungseditionen erweiterte Auflage der Ausgabe Karl Lachmanns, aufgrund der 14., von Christoph Cormeau bearbeiteten Ausgabe neu herausgegeben, mit Erschließungshilfen und textkritischen Kommentaren versehen v. Thomas Bein (De Gruyter Texte), Berlin / Boston 2013.

40 Vgl. die Hss. S vom ‚Rolandslied', B von Wernher von Elmendorf und H [Teil 1] vom ‚König Rother'. Vgl. Thomas Klein, Niederdeutsch und Hochdeutsch in mittelhochdeutscher Zeit, in: Die deutsche Schriftsprache und die Regionen. Entstehungsgeschichtliche Fragen in neuer Sicht, hg. v. Raphael Berthele (Studia Linguistica Germanica 65), Berlin / New York 2003, S. 203–229.

41 Vgl. Katalog der deutschsprachigen geistlichen Spiele und Marienklagen des Mittelalters, unter Mitarb. v. Eva P. Diederichs u. Christoph Trautwein hg. v. Rolf Bergmann (Veröffentlichungen der Kommission für deutsche Literatur des Mittelalters der Bayerischen Akademie der Wissenschaften), München 1986, S. 492f.

42 Vgl. Berlin mgf 922, Berlin mgo 186; Stockholm Vu 73; Sondershausen Hs.-Br. 5 [Stricker ‚Der Pfaffe Amis' S]).

43 Vgl. Handbuch Minnereden. Mit Beiträgen von Iulia-Emilia Dorobanţu, Stefan Matter, Martin Muschick, Melitta Rheinheimer und Clara Strijbosch, hg. v. Jacob Klingner u. Ludger Lieb, Bd. 1–2, Berlin / Boston 2013, Bd. 2, S. 327.

44 Vgl. insbesondere den Berliner Codex mgf 922 (Zwischen Minnesang und Volkslied. Die Lieder der Berliner Handschrift Germ. Fol. 922, hg. v. Margarete Lang und Joseph Müller-Blattau [Studien zur Volksliedforschung 1], Berlin 1941), das ‚Rostokker Liederbuch' (Das Rostocker Liederbuch. Nach den Fragmenten der Handschrift, neu hg. v. Friedrich Ranke u. Joseph Müller-Blattau [Schriften der Königsberger Gelehrten Gesellschaft. Geisteswissenschaftliche Klasse 4.5], Halle a. d. S. 1927) und die ‚Darfelder Liederhandschrift' (Die Darfelder Liederhandschrift 1546–1565. Unter Verwendung der Vorarbeiten von Arthur Hübner und Ada-Elise Beckmann, hg. v. Rolf-Wilhelm Brednich [Schriften der Volkskundlichen Kommission für Westfalen 23], Münster 1976). Vgl. Franz-Josef Holznagel, Das ‚Rostocker Liederbuch' und seine neue kritische Edition. Unter Mitarbeit von Andreas Bieberstedt, Udo Kühne und Hartmut Möller, in: Niederdeutsches Jahrbuch 133 (2010), S. 45–86; ders., Zirkulationen. Zur Wirkungsgeschichte eines spätmittelalterlichen Schwankliedes (unter Mitarbeit von Hartmut Möller, Annika Bostelmann und Doreen Brandt), in: Grundlagen. Forschungen, Editionen und Materialien zur deutschen Literatur und Sprache des Mittelalters und der Frühen Neuzeit, hg. v. Rudolf Bentzinger, Ulrich-Dieter Oppitz u. Jürgen Wolf (ZfdA. Beiheft 18), Stuttgart 2013, S. 417–438; ders., Songs and Identities: Handwritten Secular Songbooks in German-Speaking Areas of the Fifteenth and Sixteenth Centuries, in: Identity, Intertextuality, and Performance in Early Modern Song Culture, hg. v. Dieuwke van der Poel, Louis Peter Grijp u. Wim van

neuhochdeutscher Antikenroman – Frühneuhochdeutscher Schwankroman – Frühneuhochdeutsche Heldenepik)[46] – niederdeutsches Reformationsschrifttum auf hochdeutscher Grundlage.[47]

Anrooij (Intersections 43), Leiden / Boston 2016, S. 118–149; ders., Zwischen Mündlichkeit und Schriftlichkeit, Handschrift und Druck. Kommentierte Edition des Liedes ‚Myt wollust mynes hertzen' (‚Rostocker Liederbuch' Nr. 7), in: Materialität und Formation. Studien zum Buchdruck des 15. bis 17. Jahrhunderts. Festschrift für Monika Unzeitig, hg. v. Karin Cieslik, Helge Perplies u. Florian Schmid, Bremen 2016, S. 61–78; Anja Becker, Komplexe Trivialitäten. Niederrheinische Lyrik des Spätmittelalters aus der Berliner Liederhandschrift mgf 922, in: Mittelniederdeutsche Literatur (Anm. 13), S. 278–293; dies., Singen, Tanzen und Schenken. Neujahrslieder in der ‚Berliner Liederhandschrift mgf 922' und der ‚Gruuthuse Handschrift', in: Niederdeutsches Jahrbuch 145 (2022), S. 7–23; dies., Gesellige Minnegaben? Neujahrs-Liebeslieder des 15. Jahrhunderts (mit einem Ausblick auf geistliche Neujahrsgrüße), in: Geselliger Sang. Poetik und Praxis des deutschen Liebeslieds im 15. und 16. Jahrhundert, hg. v. Cordula Kropik u. Stefan Rosmer (Frühe Neuzeit, 255), Berlin / Boston 2024, S. 57–86.

45 Vgl. Doreen Brandt, *Nuwe mere* und *nige mere*. Untersuchungen zur hochdeutsch-niederdeutschen Sprachmischung im „Rostocker Liederbuch", in: Niederdeutsches Jahrbuch 137 (2014), S. 59–79.

46 Vgl. Beckers, Mittelniederdeutsche Literatur (I) (Anm. 1), S. 22f. u. S. 43–54, sowie Bodo Gotzkowsky, „Volksbücher". Prosaromane, Renaissancenovellen, Versdichtungen und Schwankbücher. Bibliographie der deutschen Drucke. Bd. 1: Drucke des 15. und 16. Jahrhunderts, Bd. 2. Drucke des 17. Jahrhunderts. Mit Ergänzungen zu Band 1 (Bibliotheca bibliographica Aureliana 125/142), Baden-Baden 1991–1994. Die Angaben können über Borchling / Claußen, Niederdeutsche Bibliographie (Anm. 38), sowie über die einschlägigen Datenbanken wie dem „Gesamtkatalog der Wiegendrucke" und dem „Verzeichnis der im deutschen Sprachbereich erschienenen Drucke des 16. Jahrhunderts" (VD 16) ergänzt werden: www.gesamtkatalogderwiegendrukke.de/GWEN.xhtml [9.09.2019]; www.bsb-muenchen.de/sammlungen/historische-drucke/recherche/vd–16/ [9.09.2019].

47 Das Material ist nicht systematisch erhoben worden. Hilfreich ist das Standardwerk von Borchling / Claußen, Niederdeutsche Bibliographie (Anm. 38) sowie das VD 16; für die Lieder helfen u. a. die Quellenverzeichnisse des DKL weiter: Das deutsche Kirchenlied. Kritische Gesamtausgabe der Melodien. Bd. 1: Verzeichnis der Drucke von den Anfängen bis 1800. 2 Teile, hg. v. Konrad Ameln, Markus Jenny u. Walther Lipphardt (Répertoire international des sources musicales. B 8.1,1–2), Kassel u. a. 1975–1980. Vgl. überdies Johannes Geffcken, Die hamburgischen niedersächsischen Gesangbücher des sechzehnten Jahrhunderts. Kritisch bearbeitet und mit einer Einleitung über das Kirchenlied und die Gesangbücher in Hamburg seit der Reformation, Hamburg 1857; Karl Eduard Schaub, Über die niederdeutschen Übertragungen der Lutherschen Übersetzung des N.T., welche im 16. Jahrhundert im Druck erscheinen, Greifswald 1889; Studien zu den gedruckten mittelniederdeutschen Plenarien. Ein Beitrag zur Entstehungsgeschichte spätmittelalterlicher Erbauungsliteratur, hg. v. Winfried Kämpfer (Niederdeutsche Studien 2), Münster / Köln 1954; Johann Diedrich Bellmann, Niederdeutsch als Kirchensprache, in: Handbuch zur niederdeutschen Sprach- und Literaturwissenschaft, hg. v. Gerhard Cordes u. Dieter Möhn, Berlin 1983, S. 602–630; Ingrid Schröder, Die Bugenhagenbibel. Untersuchungen zur

Überdies sind Beiträge erwünscht, die den norddeutschen Raum genauer als bislang geschehen als Ort der Rezeption lateinischer, niederländischer und französischer Texte konturieren.

*

Die Resonanz auf den *call for papers* war außerordentlich groß, wurden doch dem Vorstand der Wolfram von Eschenbach-Gesellschaft insgesamt 37 Vortragsangebote gemacht, die ein erfreulich breites Spektrum an Themen und methodischen Zugriffen abdeckten. Achtzehn von ihnen liegen nun in ausgearbeiteter Form vor. Um diese in einer sinnvollen Weise zu bündeln und zu reihen, bot es sich an, auf der Basis ihrer inhaltlichen Schwerpunkte sechs Sektionen zu unterscheiden. Eine erste Sektion präsentiert Beiträge, die sich grundsätzlich auf die Bedingungen und Möglichkeiten einer Geschichte der mittelniederdeutschen Literatur beziehen. Dann folgt eine Reihe von exemplarisch gemeinten Fallstudien zu mittelniederdeutschen Einzeltexten, literarischen Ensembles oder Genres, die sich im Rückgriff auf texttypologische Gesichtspunkte auf fünf weitere Sektionen verteilen lassen (II: Weltliche und geistliche Lyrik – III: Geistliche und weltliche Rede – IV: Enzyklopädischer Lehrdialog – V: Faktuales Erzählen in Bibeldichtung und Chronistik – VI: Fiktionales Erzählen). Diese Beiträge zu verschiedenen Konzepten einer Geschichte der mittelniederdeutschen Literatur und zu bedeutenden Texten dieser Tradition werden durch Ingrid Schröders Würdigung von Agathe Lasch ergänzt. Solch ein ehrendes Gedenken an eine Wissenschaftlerin, der die Erforschung der mittelniederdeutschen Sprache und Literatur zahlreiche Grundlagenwerke verdankt, war auf der Rostocker Mitgliederversammlung angeregt worden und hatte allgemeine Zustimmung erhalten; mit ihm wird der 27. Band der Wolfram-Studien eröffnet. Doreen Brandts Zusammenfassung der Ergebnisse aus dem von ihr und Hellmut Braun veranstalteten Nachwuchs-Workshop zum ‚Großen Seelentrost' rundet den Band ab. Auf eine ausführliche Würdigung der Beiträge soll mit Blick auf die aussagekräftigen Abstracts, die ihnen jeweils beigegeben werden konnten, verzichtet werden; stattdessen sollen wichtige Ergebnisse und Forschungsimpulse skizziert werden.

Die Sektion I zeigt, dass sich auf die Frage, wie eine Geschichte der mittelniederdeutschen Literatur gestaltet werden kann, keine einfachen Antworten

---

Übersetzung und Textgeschichte des Pentateuchs (Mitteldeutsche Forschungen 105), Köln / Weimar / Wien 1991; Andreas Bieberstedt, Die Übersetzungstechnik des Bremer Evangelistars. Eine syntaktisch-stilistische Analyse unter Einbeziehung von Vergleichsübersetzungen des 14. bis frühen 16. Jahrhunderts (Studia Linguistica Germanica 73), Berlin / Boston 2004.

finden lassen. Das liegt Jörn Bockmann und Robert Langhanke zufolge vor allem daran, dass die speziellen Zugriffsweisen und Analysestrategien für eine zu schreibende Historie der mittelniederdeutschen Texte, sei sie nun eher sprachlich oder mehr kulturräumlich ausgerichtet, zuvor noch eingehender diskutiert werden müssten. Eine angemessene Form der Darstellung setzt in jedem Fall voraus, dass das niederdeutsche Textaufkommen nicht mehr der hochdeutschen Literatur nachgeordnet, sondern als eine parallele Erscheinung eigenen Rechts erfasst wird.

Ein einflussreicher und oft aufgegriffener Vorschlag für solch ein Unternehmen, die spezifische Eigenart der niederdeutschen Literatur und die Eigendynamiken ihrer Entwicklung in den Fokus zu rücken, liegt ohne Zweifel mit Wolfgang Stammlers Überlegung vor, dass die mittelniederdeutsche Dichtung von den norddeutschen Handelskaufleuten getragen und durch deren kulturelle Bedürfnisse gesteuert worden sei. Doreen Brandt beleuchtet die Genese dieser These kritisch und arbeitet dabei heraus, dass die leitende Idee vom mutmaßlichen ‚hansischen' Charakter der gesamten mittelniederdeutschen Literatur auf ganze Bereiche dieser Textwelten nur schwer anwendbar ist; dies gilt namentlich für die im Kontext von Höfen, Klöstern und Universitäten entstandene und rezipierte Literatur. Es stellt sich deshalb mit Brandt die Frage, inwieweit und unter welchen konkreten Voraussetzungen und für welche konkreten Gebrauchsdomänen überhaupt von ‚Hanseliteratur' die Rede sein kann.

Eine solche Möglichkeit besteht mit Ingrid Schröder darin, den äußerst facettenreiche Textkosmos einer konkreten hansischen Kommunität zu untersuchen. Schröder analysiert im Rückgriff auf das Beschreibungsinventar der Textlinguistik die schriftliterarische Produktion in Rostock als ein Ensemble charakteristischer Textsorten, die ihrerseits stadttypischen Kommunikationssphären zuzuordnen sind. Auf dieser Grundlage können sprachhistorische Prozesse besser als zuvor charakterisiert werden; zudem lassen sich die spezifischen Funktionen, Inhalte und Formen unterschiedlicher Textsorten sehr deutlich voneinander abheben. Der Beitrag stellt ein aussagekräftiges Modell für die Beschreibung literarischer Kommunikationsräume im norddeutschen Raum vor, das sich zwar am konkreten Beispielfall Rostocks orientiert, sich grundsätzlich aber auf andere Orte und ihre literarischen Produktionen übertragen ließe. Eine wichtige Aufgabe künftiger Forschung bestünde freilich darin, solch ein linguistisches Beschreibungsmodell mit der Funktionsanalyse der formalästhetischen und rhetorischen Aspekte der Literatur sowie mit deren Fundierung in den Gattungs-, Stoff- oder Motivtraditionen zu verbinden, wie sie z. B. in dem von Hugo Kuhn inaugurierten Modell der Texttypengeschichte stets mitbedacht werden.

In den Beiträgen der Sektionen II–VI und in dem Workshopbericht wird ein aufschlussreiches Korpus von sechszehn Texten oder Textkorpora verhandelt, die zwischen 1225 und 1550 entstanden sind und dabei unterschiedlichen Regionen des norddeutschen Raums sowie differenten sozialen Umfeldern zuzuordnen sind:

1)	Heinrich I. von Anhalt, Lyrik	1225
2)	Otto IV. von Brandenburg, Lyrik	1250
3)	Die ‚Sächsische Weltchronik'	13. Jh.
4)	Wizlav, Lyrik	um 1300
5)	Könemanns von Jerxheim ‚Sunte Marien wortegarde'	1304
6)	Stephans von Dorpat Bearbeitung der ‚Disticha Catonis'	1350
7)	‚Flos unde Blankeflos'	1350?
8)	‚Der Große Seelentrost'	1350
9)	Historisch-politische Ereignislieder und -reden	1375–1550
10)	‚Valentin und Namelos'	1400
11)	Dietrich Koldes ‚Kerstenen Spieghel'	1470
12)	Mittelniederdeutsche Andachtstexte	1475
13)	Der ‚Mittelniederdeutsche Lucidarius' von Matthäus Brandis	1485
14)	Joachim Slüters Gesangbuch von 1525	1525
15)	Die mnd. Übersetzung von Hieronymus Emsers ‚Neuem Testament'	1530
16)	Die Chronik des Lambert Slaggert	1532

Dieses Korpus soll im Folgenden vorgestellt werden; ein besonderes Augenmerk liegt dabei auf den Texttypen, denen sich diese Dichtungen zuordnen lassen. Daneben soll jedoch auch auf diachrone Entwicklungen sowie auf diatopische und diastratische Aspekte hingewiesen werden.

Die Sektion II umfasst Beiträge zu den Œuvres Heinrichs I. von Anhalt, Ottos IV. von Brandenburg und Wizlavs, den städtischen historisch-politischen Ereignisliedern des 14.–16. Jahrhunderts sowie zu Joachim Slüters Gesangbuch von 1525. Sie verweisen darauf, dass im deutschsprachigen Norden vom 13. bis zum 16. Jahrhundert immer wieder die Tradition strophisch gebauter und wenigstens potenziell sangbarer Texte aufgegriffen und weiterentwickelt worden ist. Dabei zeigt sich die auch für die hochdeutsche Literatur typische Verschiebung der literarischen Produktion vom Hof (Heinrich I. von Anhalt; Otto IV. von Brandenburg; Wizlav) zur Stadt (historisch-politische Ereignislieder, Slüters Gesangbuch). Für das Verhältnis zwischen hoch- und niederdeutscher Literatur ist ferner aufschlussreich, dass die Übernahme des Minnesangs durch hoch- oder niederdeutsch dichtende Autoren, die Etablierung einer eigenen und sehr produktiven Tradition historisch-politischer Ereignislieder (und -reden) nach hochdeutschem Muster und die äußerst zeitnahe Übertragung reformatorischer Lieder zum Gottesdienst drei unterschiedliche Wellen der Adaptation anzeigen, die mit charakteristischen Wechseln der Themen (Liebe – Politik – Religion) und der Aufführungs- und Entstehungskontexte (Hof – öffentliche Plätze der Stadt – Kirche) einhergehen. Überdies belegen die in Sektion II vorgestellten Texte und Melodien mit Blick auf die These vom hansischen Gepräge der mittelniederdeutschen Literatur sehr deutlich, dass im deutschsprachigen Norden neben dem von Stammler anvisierten Milieu noch andere und durchaus differente soziale Sphären an der Produktion und Rezeption von Literatur beteiligt waren. Dabei ist nicht nur an die außerhalb der Städte liegenden Höfe zu denken. Vielmehr belegt bereits Slüters Sammlung reformatorischer Lyrik, dass es auch innerhalb der urbanen Zentren Akteure aus sozialen Lebensbereichen gibt, die mit der Kaufmannschaft keineswegs zu verrechnen sind, aber dennoch mittelniederdeutsche Literatur produzieren und rezipieren. Im Falle des Gesangbuches von 1525 wird die Bedeutung stadtkirchlicher Einrichtungen erkennbar; darüber hinaus belegen weitere Texte des hier präsentieren Korpus, dass im städtischen Umfeld u. a. auch die Klöster, die Universitäten und die Adelsresidenzen als Orte literarischer Interessenbildung fungieren.[48]

Die SEKTION III rückt zunächst Könemanns von Jerxheim ‚Sunte Marien wortegarde', Dietrich Koldes ‚Kerstenen Spieghel' sowie die mittelniederdeutschen Andachtstexte aus den niedersächsischen Frauenklöstern in den Fokus. Gemeinsam ist diesen Texten (oder Textensembles), dass sie ihr Interesse an religiösen Themen in einem nicht-erzählenden, argumentierend-erörternden Duktus präsentieren und aus diesem Grunde unter den Oberbegriff der geistlichen Rede gestellt werden können.[49] Ergänzt werden diese drei geistlichen

---

48 Weitergehende Informationen zu mittelniederdeutschen Traditionen der Lyrik bietet der Überblick von Beckers, Mittelniederdeutsche Literatur (III) (Anm. 1), S. 1–28 (zu Formen der weltlichen Lyrik; die für den Bd. 21 der Zeitschrift ‚Niederdeutsches Wort' geplanten Ausführungen zur religiösen Lyrik sind bedauerlicherweise nicht erschienen. Vgl. jedoch die kurze Skizze in Beckers, Niederdeutsche Literatur (Anm. 1), bes. Sp. 1139 und 1141.

49 Der Begriff der ‚Rede' ist in der Forschung vor allem im Bereich der Reimpaardichtungen diskutiert worden; er lässt sich jedoch, wie hier vorgeschlagen, ohne Schwierigkeiten auf ähnlich gelagerte Texte in Prosa übertragen. Zur Forschungsgeschichte des Begriffs vgl. bes. Annemarie Kayser-Petersen, Hugo von Montfort. Beiträge zum Gattungsproblem im Mittelalter, Diss., München 1960; Hanns Fischer, Studien zur deutschen Märendichtung, 2., durchges. und erw. Aufl. besorgt v. Johannes Janota, Tübingen 1983, bes. S. 35–49; Hans-Joachim Ziegeler, Erzählen im Spätmittelalter. Mären im Kontext von Minnereden, Bispeln und Romanen (Münchener Texte und Untersuchungen 87), München 1985, bes. 57–74; Elke Brüggen, Laienunterweisung. Untersuchungen zur deutschsprachigen weltlichen Lehrdichtung des 12. und 13. Jahrhunderts, Habil. masch., Köln 1994, bes. S. 62–76; Franz-Josef Holznagel, Verserzählung – Rede – Bîspel: Zur Typologie kleinerer Reimpaardichtungen des 13. Jahrhunderts, in: Eine Epoche im Umbruch. Volkssprachliche Literalität von 1200–1230,

Dichtungen um die mittelniederdeutsche Bearbeitung der ‚Disticha Catonis' des Stephan von Dorpat, welche die Tradition der weltlichen Rede vertritt.[50] Zwei der in Sektion II präsentierten Texte, und bezeichnenderweise die beiden frühesten, sind noch in vierhebigen Reimpaarversen verfasst (Könemanns ‚Sunte Marien wortegarde'; Stephans von Dorpat ‚Disticha Catonis'), die anderen bedienen sich hingegen der Prosa, die sich im Spätmittelalter immer stärker als Darbietungsform durchsetzt.[51]

Die Sektion III verdeutlicht, dass der Texttyp der geistlichen und weltlichen Rede (in Reimpaaren und in Prosa) über einen langen Zeitraum hinweg (vom Anfang des 14. bis zur ersten Hälfte des 16. Jahrhunderts) und in verschiedenen Regionen des Niederdeutschen (namentlich im Westfälischen, Elbostfälischen und Nordniedersächsischen) verbreitet war und überdies im Kontext der baltischen Hansekontore nachgewiesen werden kann; anders als im Fall der geistlichen und weltlichen Lyrik lassen sich für die Reden keine direkten hochdeutschen Prätexte oder Formvorbilder namhaft machen; stattdessen ist für sie der Rückgriff auf lateinische Textwelten charakteristisch.

Die Nutzung lateinischer Archive erklärt sich unschwer aus dem Umstand, dass diese Texttradition überwiegend von lateinisch gebildeten Klerikern getragen wird, die, wie Joachim Slüter, an einer kirchlichen Einrichtung in der Stadt gewirkt haben (Könemann von Jerxheim im Umfeld des Goslarer Domstiftes, Stephan von Dorpat als Scholasticus an der Dorpater Domschule, Dietrich Kolde u. a. an der Universität zu Köln). Könemann von Jerxheim und Dietrich Kolde verstehen ihre Werke (auch darin mit Slüter vergleichbar) explizit als geistliche Laienbelehrung, die ausgewählte zentrale Glaubensinhalte vermitteln will (Könemann von Jerxheim) oder aber einen regelechten katechetischen Thesaurus bietet (Dietrich Kolde). Stephan von Dorpat hat dagegen das Ziel, seiner niederdeutsch sprechenden Zielgruppe einen klassischen lateinischen und auf die Diskussion weltlicher Normen zentrierten Unterrichtstext nahezubringen.

Cambridger Symposium 2001, hg. v. Christa Bertelsmeier-Kierst u. Christopher Young, Tübingen 2003, S. 291–306, bes. S. 291–294.

50 Als weiteres Beispiel für weltliche Reden, die im norddeutschen Raum gut bezeugt sind, wäre die historisch-politische Ereignisdichtung im Reimpaar- oder Kreuzreimversen zu nennen; diese literarische Tradition wird in Sektion II, im Beitrag von Karina Kellermann im Zusammenhang mit entsprechenden Liedern verhandelt.

51 Die mittelniederdeutschen Reden geistlichen wie weltlichen Zuschnitts werden in dem verdienstvollen Überblick von Beckers nicht als eigenständiger Texttyp gewürdigt. Die weltlichen Repräsentanten dieser Tradition erscheinen vielmehr im Zusammenhang mit themenzentrierten Textgruppierungen (3.2. Schriften zur Ständedidaxe und Ständesatire; 3.3. Lebensweisheit und Sittenlehre) vgl. Beckers, Mittelniederdeutsche Literatur (III) (Anm. 1), S. 17–47; ein vermutlich geplanter Abschnitt über die geistlichen Dichtungen ist nicht erschienen.

Die mittelniederdeutschen Andachtstexte, die u. a. in Medingen und Lüne bezeugt sind, unterscheiden sich dagegen in mehrfacher Hinsicht von den anderen geistlichen und weltlichen Reden. So handelt es sich bei dieser Prosa keineswegs um eine Erscheinungsform städtischer Literatur, sondern um ein typisches Erzeugnis aus den Skriptorien der niedersächsischen Frauenklöster, das von Nonnen für Nonnen als Medium der geistlichen Selbstvergewisserung konzipiert worden ist. Die Einbindung dieser Texte in die besondere Frömmigkeitskultur der Frauenklöster hat zum einen zur Folge, dass diese nicht mehr von Männern verfasst werden, wie dies für die anderen Reden der Sektion III der Fall ist. Zum anderen wird das Bildungsgefälle zwischen den gelehrten Autoren und ihren Adressatenkreisen, welches die Rezeption der Reden aus der Feder städtischer Kleriker bestimmt, merklich eingeebnet. Auch für die mittelniederdeutschen Andachtstexte lassen sich keine direkten mittelhochdeutschen Quellen oder Textmodelle benennen; Anregungen kommen stattdessen aus dem Schrifttum der ‚Devotio moderna'.[52]

Die SEKTION IV widmet sich dem ‚Mittelniederdeutschen Lucidarius', der 1485 in der Lübecker Offizin des Matthäus Brandis erschien. Es handelt sich um die mittelniederdeutsche Übertragung des frühneuhochdeutschen ‚Lucidarius'-Drucks von 1482 (Johann Schönsperger), bei deren Erstellung indes noch zusätzliche (handschriftliche) Quellen zu Rate gezogen worden sind. Wie seine Hauptquelle verhandelt der Text in der Darstellungsform eines in Prosa gehaltenen Lehrer-Schüler-Gesprächs zentrale Themen des mittelalterlichen Weltwissens, die auf drei Bücher verteilt werden; diese beschäftigen sich mit der Schöpfung und der geographischen Gliederung der Welt, den Grundsätzen des christlichen Glaubens sowie mit der Lehre von den letzten Dingen. Aufgrund dieser kompilierenden Zusammenstellung der Wissensbestände gehört der Text in den inhaltlichen Zusammenhang der mittelalterlichen Enzyklopädien; hinsichtlich seines Aufbaus reiht er sich (wie der ‚Große Seelentrost)[53] in die Tradition der thematisch breit aufgefächerten Streit- und Lehrdialoge in Reimpaarversen und Prosa ein, die in texttypologischer Perspektive zwischen Rede und Erzählung[54] changieren.[55]

---

[52] Das verbindet die Andachtstexte mit den ripuarischen und mittelniederdeutschen geistlichen Liederbüchern, die im selben sozialen Milieu entstehen. Vgl. bes. Berlin, SBB: mgo 280 (‚Liederbuch der Anna von Cölln'); Ebstorf, Kloster-Bibliothek: Hs. VI 17 (‚Ebsdorfer Liederbuch'); Gaesdonck, Archiv und Klosterbibliothek des Collegium Augustinianum: CAG Hs 14 (‚Gaesdoncker Adventszyklus'); Wienhausen, Klosterarchiv: Hs. 9 (‚Wienhäuser Liederbuch').

[53] Zum ‚Großen Seelentrost' vgl. weiter unten.

[54] Insofern die Wechselrede in den selbständigen Dialoggedichten als eine Hohlform genutzt wird, um Sachverhalte zu explizieren und zu erörtern, besteht eine Nähe zum diskursiv-erörternden Texttyp der Rede. Zugleich ist aber auch nicht zu übersehen,

Der ‚Mitteldeutsche Lucidarius' geht über die Vermittlung der hochdeutschen Handschriften und Drucke auf die vermutlich am Braunschweiger Hof Heinrichs des Löwen entstandene mittelhochdeutsche Fassung zurück, ist aber selbst ein typisch städtisches Erzeugnis. Da der Autor des gedruckten Textes unbekannt ist und sein Verhältnis zu Matthäus Brandis ungeklärt bleiben muss, lässt sich aus der Lokalisierung und Datierung der Inkunabel nur wenig zum sozialen Status des Verfassers ableiten; die Nutzung handschriftlicher Nebenquellen lässt indes an den bereits mehrfach erwähnten Autorentyp des (städtischen) Klerikers denken.

Die Inkunabel verdeutlicht sehr gut die generelle Bedeutung typographischer Medien für die Produktion und Rezeption von mittelniederdeutscher Literatur und unterstreicht im Besonderen die wichtige Rolle, die Lübeck für die Etablierung und Durchsetzung der neuen Printtechnologie eingenommen hat.[56] Zudem zeigt sich an diesem Werk eine auch anderwärts gut bezeugte Strategie der norddeutschen Drucker, bekannte hochdeutsche Texte schnell und in größerer Stückzahl ins Mittelniederdeutsche zu übertragen, um die literarischen Interessen der (engeren oder weiteren) Region zu bedienen. So folgen denn auch die beiden anderen Drucke, die im vorliegenden Band behandelt werden, dieser Produktionslogik: Joachim Slüter übersetzt ein erfolgreiches frühes Korpus von Kirchenliedern lutherischer Prägung in ein überregional verständliches Nordniederdeutsch, um die Bemühungen, im deutschen Norden die Reformation einzuführen, zu unterstützen, während die ebenfalls in Rostock beheima-

---

dass die meisten Streit- und Lehrdialoge (und so auch der ‚Mittelniederdeutsche Lucidarius') Merkmale einer narrativen Organisation aufweisen. So führt regelmäßig eine im epischen Präteritum gehaltene Passage in die Gesprächssituation ein; außerdem weisen die *verba dicendi* in Inquit-Formeln oftmals Zeitformen auf, die primär dazu dienen, eine Erzählsituation zu markieren.

[55] Eine ausführliche Gattungsgeschichte der hoch- wie niederdeutschen Texte fehlt. Eine erste Hinführung bietet: Das Streitgedicht im Mittelalter, hg. von Jörg O. Fichte u. a. (Relectiones 6), Stuttgart 2019 (mit weiterführender Literatur). – Mittelniederdeutsche Streit- und Lehrdialoge sind vor dem ‚Mittelniederdeutschen Lucidarius' bereits mehrfach bezeugt, so in der Minnereden-Tradition und in der niederdeutschen Überlieferung der ‚Visio Philiberti'. Ferner zeigen die mittelniederdeutschen Zeugnisse des ‚Cato' die Einbindung von paränetischen Aussagen in die Darbietungsform des Gesprächs. Hinzuweisen ist auch auf das mnd. ‚Zwiegespräch zwischen dem Leben und dem Tod' und auf das Streitgespräch zwischen Vater und Sohn im ‚Rimbökelin' und in den ‚Künstliken Werltspröken'. Vgl. Niederdeutsches Reimbüchlein. Eine Spruchsammlung des 16. Jahrhunderts, hg. v. Wilhelm Seelmann (Drucke des Vereins für niederdeutsche Sprachforschung 2), Norden / Leipzig 1885, V. 3572–3615, sowie künftig: https://digibib.uni-rostock.de/wsrb/edition (unter dem Identifier *e710_weswillich*).

[56] Vgl. dazu das aussagekräftige ‚Druckerverzeichnis der Wiegendrucke' in Borchling / Claußen (Anm. 38), Bd. 1, Sp. 153f., sowie ebd. in den Ergänzungen, Bd. 3, Teil 1, S. 47f.

teten Michaelisbrüder einem katholischen Adressatenkreis innerhalb und außerhalb der Hansestadt das ‚Neue Testament' des Luthergegners Hieronymus Emser zugänglich machen möchten.[57]

Sektion V präsentiert mit der niederdeutschen Übersetzung von Hieronymus Emsers ‚Neuem Testament' sowie der ‚Sächsischen Weltchronik' und Lambert Slaggerts ‚Ribnitzer Chronik' Texte, die sich durch faktuales Erzählen auszeichnen. Gemeinsam ist diesen, dass sie Einzelereignisse der Heils-, Universal- oder Regionalhistorie, die durch die Sprecherinstanzen als real und als vergangen ausgewiesen werden sollen, zu einer übergreifenden Geschichte zusammenschließen.[58]

Überdies handelt es sich in allen drei Fällen um Prosadichtungen. Die im 13. Jahrhundert entstandene ‚Sächsische Weltchronik' zählt dabei neben dem ‚Sachsenspiegel' zu den frühesten Beispielen einer anspruchsvollen Prosa in mittelniederdeutscher Sprache. Wenn der Franziskaner Slaggert in den 1530er Jahren eine Chronik des Klosters Ribnitz in Prosa verfasst, kann er sich also auf eine sehr lange und zumal für historiographische und juristische Texte fest etablierte Schreibpraxis stützen.

Dies gilt in abgeschwächter Form auch für die in zeitlicher Nähe zu Slaggerts Chronik vorgelegte Rostocker Emser-Übersetzung. Die Michaelisbrüder schließen zwar in ihrer Entscheidung, das Neue Testament als Prosatext zu präsentieren, direkt an ihren Prätext an; jedoch finden sich schon vor Hieronymus Emser und Martin Luther mittelhochdeutsche[59] oder mittelniederdeutsche[60] Prosaübertragungen der Bibel und insbesondere des Neuen Testaments. Folglich kann seit dem 14. Jahrhundert auch für diesen Strang der mittelniederdeutschen Literatur eine ältere Prosa-Tradition nachgewiesen werden. Die Chroniken und die Bibelübersetzungen stützen demnach die allgemeine Einschätzung,[61] dass Prosatexte ein charakteristisches Segment der mittelnieder-

---

57 Prominente Beispiele für weit verbreitete hochdeutsche Dichtungen, die noch von 1500 ins Niederdeutsche übertragen und in Inkunabeln verbreitet wurden, sind Sebastian Brants ‚Narrenschiff', Philipp Frankfurters ‚Pfarrer vom Kalenberg', ‚Die Historie von den sieben weisen Meistern'oder auch Heinrich Steinhöwels ‚Aesopus'.

58 Sie grenzen sich damit zum einen von den Texten der Sektion III ab, die ihre Inhalte in einem argumentierend-erörternden Modus präsentieren (und demnach nicht erzählen), und zum anderen von den fiktionalen Narrationen der Sektion VI. – Ein Überblick über die mittelniederdeutschen chronikalischen Texte ist ein Desiderat; zu den mittelniederdeutschen Bibelübersetzungen vgl. Anm. 47.

59 Vgl. für das 14. Jh. das ‚Klosterneuburger Evangelienwerk' und die ‚Augsburger Bibelhandschrift'; im 15. Jh. wäre auf die ersten gedruckten hochdeutschen Vollbibeln zu verweisen, die in den Offizinen von Johannes Mentelin, Heinrich Eggestein und Günther Zainer hergestellt wurden.

60 Vgl. besonders die ‚Kölner Bibel' (Heinrich Quentell), die ‚Lübecker Bibel' (Steffen Arndes) und die ‚Halberstädter Bibel' (Lorenz Stuchs).

61 Stellvertretend für diese Communis Opinio sei auf die Ausführungen von Beckers verwiesen: Mittelniederdeutsche Literatur (Anm. 1), I, bes. S. 12–14.

deutschen Literaturproduktion darstellen; mit Blick auf weitere Dichtungen, die in diesem Band vorgestellt werden (Koldes ‚Kerstenen Spieghel‘, die mittelniederdeutschen Andachtstexte, der ‚Mittelniederdeutsche Lucidarius‘ und der ‚Große Seelentrost‘), lässt sich diese These weiter erhärten.

Was die Verfasserschaft der drei in Sektion V behandelten Texte angeht, so ist das Bild sehr einheitlich. Alle drei Autoren lassen sich dem Typ des gelehrten Klerikers zuordnen. Sie waren jedoch in sehr unterschiedlichen sozialen Kontexten tätig: Der unbekannte Verfasser der ‚Sächsischen Weltchronik‘ hat vermutlich als Geistlicher im Umkreis des Welfenhofes[62] gewirkt, und die Michaelisbrüder lebten und arbeiteten in der Hansestadt Rostock. Besonders aufschlussreich für die komplexen gesellschaftlichen Umstände, in denen die mittelniederdeutsche Literatur entstehen kann, ist das Netzwerk, in das Lambert Slaggert eingebunden war. Er betreute zwar als Seelsorger die Klarissen in Ribnitz (und ist in dieser Hinsicht ein Autor, welcher der sozialen Sphäre des Klosters zuzuordnen ist), zugleich hat ihn seine Bindung an den Franziskanerorden in die Hansestädte Stralsund und Hamburg geführt. Stellt man überdies in Rechnung, dass die Ribnitzer Äbtissinnen exzellente Kontakte zu den mecklenburgischen Herzögen besaßen, ist die Literaturproduktion und -rezeption im Falle von Slaggerts Chronik gewissermaßen zwischen Kloster, Stadt und Hof eingespannt.

In Sektion VI werden mit ‚Flos und Blankeflos‘ und ‚Valentin und Namelos‘ zwei fiktionale Erzählungen größeren Umfangs vorgestellt, die in Reimpaarversen abgefasst sind. Bei diesen Texten handelt es sich um die einzigen erhaltenen Beispiele von mittelniederdeutschen Versromanen, die auf das narrative Muster altfranzösischer und mittelhochdeutscher Liebes- und Abenteuerromane zurückgreifen,[63] im Falle von ‚Valentin und Namelos‘ sind überdies deutliche Übernahmen aus der Tradition der *chansons de geste* (genauer aus den sog. *enfance*-Dichtungen) zu erkennen.

Die Datierung und Lokalisierung beider Texte ist in der Forschung umstritten; das gilt insbesondere für die Überlegung, dass sie im Kontext eines Literaturkreises entstanden seien, der im 14. Jahrhundert in Brügge lokalisiert werden könne. Auch die namentlich nicht bekannten Verfasser sind nur schwer zu fassen; sie lassen sich nicht einmal einem konkreten Autorentyp zuordnen. Gesichert ist lediglich, dass sie beide unabhängig voneinander, direkt oder über mittelniederländische oder ripuarische Zwischenstufen vermittelt, auf französische Romane zurückgegriffen haben (was einschlägige Kenntnisse von den Sprachen voraussetzt, in denen die Ausgangstexte verfasst waren).

---

62 Vgl. Herkommer, Sächsische Weltchronik (Anm. 27), bes. Sp. 484.

63 Vgl. Beckers, Mittelniederdeutsche Literatur (I) (Anm. 1), S. 28–31.

Der WORKSHOP für den wissenschaftlichen Nachwuchs beschäftigte sich mit dem ‚Großen Seelentrost', einem katechetischen Werk in Prosa, das in der 2. Hälfte des 14. Jahrhunderts entstand. Der gelehrte Kleriker, der vermutlich im Umkreis westfälischer Dominikanergemeinschaften zu suchen ist, setzte sich zum Ziel, in der Kombination aus Erzählrahmen und Binnenerzählungen den Inhalt und die Bedeutung der Zehn Gebote zu explizieren. Als extradiegetische Einkleidung dient ein fiktionaler Dialog zwischen Beichtvater und Beichtkind, der aus zehn Binneneinheiten im erzählenden Präsens[64] besteht, die sich jeweils einem Gebot des Dekalogs widmen. Die Unterweisungen des Beichtigers werden dann jeweils durch eine wechselnde Anzahl von intradiegetischen Exempeln verdeutlicht, die zu den unterschiedlichsten Kleinformen des fiktionalen wie faktualen Erzählens (biblische Geschichten, Legenden, historische Anekdoten, Visionen, Mirakel und Mären) gehören;[65] insgesamt wird so ein Korpus von über 200 Binnenerzählungen präsentiert, die gegenüber den knapp gehaltenen Abschnitten des Rahmens einen so großen Raum beanspruchen, dass der ‚Große Seelentrost' den Charakter eines regelrechten Exempelthesaurus besitzt.[66]

---

64 Zum Begriff des erzählenden Präsens vgl. Jürgen H. Petersen, Erzählen im Präsens. Die Korrektur herrschender Tempus-Theorien durch die poetische Praxis in der Moderne, in: Euphorion 86 (1992), S. 65–89.

65 Als Quellen der Exempel lassen sich u. a. die ‚Legenda aurea' des Jacobus de Voragine, das ‚Speculum historiale' des Vinzenz von Beauvais, die ‚Disciplina clericalis' des Petrus Alfonsi und der ‚Dialogus miraculorum' des Cäsarius von Heisterbach rekonstruieren; daneben ist damit zu rechnen, dass der Verfasser auch auf Historienbibeln und auf eine Übersetzung des ‚Speculum humanae salvationis' zurückgegriffen hat.

66 Die Darstellungsform des Belehrungs-Dialogs und die numerologische Makrostruktur teilt der ‚Große Seelentrost' mit dem ‚Mittelniederdeutschen Lucidarius'. Er hat jedoch im Vergleich zu dem Brandis-Druck einen erheblich größeren Textumfang, zudem gehen seine Intradiegesen keineswegs darin auf, den Lehrzweck zu demonstrieren, wie dies weitgehend in der Lucidarius-Tradition zu beobachten ist. Die Beispielgeschichten besitzen vielmehr in den Worten von Burghart Wachinger „einen Erzählüberschuß über die explizierte Lehre hinaus". Vgl. Burghart Wachinger, Der Dekalog als Ordnungsschema für Exempelsammlungen. Der *Große Seelentrost*, das *Promptuarium exemplorum* des Andreas Hondorff und die *Locorum communium collectanea* des Johannes Manlius, in: Exempel und Exempelsammlungen, hg. v. Walter Haug u. Burghart Wachinger (Fortuna vitrea 2), Tübingen 1991, S. 239–263, hier: 244. Vgl. auch Michael Schwarzbach-Dobson, Exemplarisches Erzählen im Kontext. Mittelalterliche Fabeln, Gleichnisse und historische Exempel in narrativer Argumentation (Literatur – Theorie – Geschichte 13), Berlin / Boston 2018, S. 156–167; zu besonders ausgeprägten Fällen, in den die Intradiegesen im ‚Großen Seelentrost' eine „über das Funktionale hinausweisende Eigenständigkeit" gewinnen, vgl. ebd., S. 165f.

Wolfram-Studien XXVII (2025)
Erich Schmidt Verlag Berlin

Was ist und zu welchem Ende schreibt man eine Geschichte der mittelniederdeutschen Literatur?

Konzeptionen mittelniederdeutscher Literatur und ihr literaturhistoriografisches Potenzial

von Jörn Bockmann und Robert Langhanke (Flensburg)

Während literaturhistorische Darstellungen zur mittelhochdeutschen Textüberlieferung in großer Vielfalt vorliegen, stellt sich das literaturhistoriografische Feld zur mittelniederdeutschen Überlieferung als übersichtlich, zu weiten Teilen veraltet und vielfach geprägt von Mythen dar, die kaum haltbare Darstellungsmuster wie die Idee einer hansischen Literatur stets weitertragen, ohne sie am Textbestand zu überprüfen. Der Beitrag diskutiert, wie eine moderne Literaturgeschichtsschreibung zum Mittelniederdeutschen, ausgehend von der Überlieferung, aussehen könnte und stellt dabei das Kriterium des Sprachlichen in den Vordergrund und die Diskussion um den Status von Originaltext und Übertragung in den Hintergrund. Zielpunkt ist eine Literaturgeschichte des Mittelniederdeutschen und nicht eine Literaturgeschichte des norddeutschen Raumes im Mittelalter und in der Frühen Neuzeit. Vorzüge und Nachteile dieses Konzepts werden aus der Fachgeschichte der Niederdeutschen Philologie und ihrem Verhältnis zur Gesamtgermanistik heraus entwickelt.

1. Problemaufriss und Fragestellungen

Wirft man einen prüfenden Blick in ältere und neuere literaturhistorische Darstellungen des deutschen Sprachraums des Mittelalters und der Frühen Neuzeit, um den Status zu erkunden, den die mittelniederdeutsche Literaturüberlieferung dort einnimmt, fallen zwei Umstände auf: Erstens weisen die einzelnen Literaturgeschichten und Überblicksdarstellungen unterschiedliche Erkenntnisinteressen und methodische Zugriffe auf. Das gilt vor allem für die Bestimmungen des Verhältnisses von Einzeltext, Kontext und Texttyp.[1] Zweitens

[1] Für eine bibliografische Übersicht sei verwiesen auf die Bibliografie von Doreen Brandt, Bibliographie zur Mittelniederdeutschen Literatur. Bestand, Geschichte,

scheint es beim Verhältnis von hochdeutscher und niederdeutscher Literaturgeschichte, zumindest in der Darstellungspraxis, erhebliche Unklarheit über die Teil-Ganzes-Relation und die Spezifik der niederdeutschen Texte zu geben. Dies deutet wiederum auf einen undeutlichen kultursprachlichen Status der Regionen hin, in denen das Niederdeutsche in der Vormoderne[2] verbreitet war und die bisher sowohl allein als Sprachräume als auch kombiniert als Sprach- und Kulturräume beschrieben worden sind. Daraus resultieren die Fragen, ob mittelniederdeutsche Literaturräume als solche existieren, und weiterführend, ob eine Literatur im mittelniederdeutschen Raum als eigenständiger Gegenstand überhaupt angesetzt werden kann.

Der erste Punkt betrifft nicht spezifisch die Literatur in mittelniederdeutscher Sprache und ihre Aufarbeitung, sondern die Möglichkeiten und Aufgaben von Literaturgeschichtsschreibung überhaupt. Deren Gegenstände sind im Falle der vormodernen Epochen bekanntlich unter gänzlich anderen literarischen Produktions- und Rezeptionsbedingungen zu betrachten als jene der neueren Zeit. Das ist einer der Gründe dafür, dass man sich in den mediävistischen Philologien einig darüber ist, keineswegs nur fiktionale Literatur, sondern das insgesamt schriftlich Überlieferte als Literatur zu fassen.[3] Über den zweiten Punkt ist hingegen – und das ist eine erstaunliche Beobachtung – kaum jemals Übergreifendes oder Systematisches geschrieben worden. Diesen Umstand in Form einer Problemskizze zu reflektieren, ist das Vorhaben des Aufsatzes. Er verfolgt das Ziel, den möglichen Gegenstand einer mittelniederdeutschen Literaturgeschichtsschreibung zu umreißen und grundsätzliche Fragen an die Konzeption der Gegenstände und die Form der Darstellung zu formulieren.

Forschung, 2., ergänzte Ausgabe, Rostock 2022 (https://doi.org/10.18453/rosdok_id00004035 [letzter Zugriff: 01.02.2024]) sowie auf die jährlich aktualisierte und somit fortlaufende ‚Bibliografie des Vereins für niederdeutsche Sprachforschung': http://www.vnds.de/de/niederdeutsche-bibliographie.html (letzter Zugriff: 05.06. 2023), die auf der seit 1970 erscheinenden ‚Niederdeutschen Bibliografie' im ‚Niederdeutschen Korrespondenzblatt' basiert.

2 Wir fassen den Terminus ‚Vormoderne' als lediglich abkürzende Bezeichnung für das Mittelalter und die Frühe Neuzeit auf. Unsere Ausführungen im Folgenden gelten, der Ausschreibung der Tagung folgend, dem Zeitraum vom Beginn der mittelniederdeutschen Überlieferung im 13. Jahrhundert bis zum Ende des 16. Jahrhunderts.

3 Bereits die älteren Überblicksdarstellungen praktizieren diesen weiten Literaturbegriff, und die unter den neueren Überblicksdarstellungen zur mittelniederdeutschen Literatur umfangreichste Abhandlung zum Thema von Hartmut Beckers nimmt explizit auf die spezifischen Produktions- und Rezeptionsbedingungen der mittelalterlichen Literatur und auf den mediävistischen Diskurs Bezug, wenn sie unter Literatur „den Gesamtbereich aller in schriftlicher Form fixierten Textarten" fasst. Vgl. Hartmut Beckers, Mittelniederdeutsche Literatur – Versuch einer Bestandsaufnahme. (I), in: Niederdeutsches Wort 17 (1977), S. 1–58; (II), in: Niederdeutsches Wort 18 (1978), S. 1–47; (III), in: Niederdeutsches Wort 19 (1979), S. 1–28, hier: (I) 3.

Das Desiderat einer grundsätzlichen Debatte über die Existenzbedingungen des literaturgeschichtlichen Konstrukts ‚Mittelniederdeutsche Literatur' besteht nach wie vor, obwohl seit über 150 Jahren eine Niederdeutsche Philologie als Fachdisziplin etabliert ist, und auch der Beobachtung zum Trotz, dass gerade in jüngster Zeit (bemerkenswerterweise insbesondere außerhalb des Diskurses der Niederdeutschen Philologie im engeren, auch institutionalisierten Sinne) Tagungen, Workshops, Sammelbände und Projekte die niederdeutsche Literatur des Mittelalters und der Frühen Neuzeit zum Gegenstand haben.[4] Dass in den Ausschreibungen der entsprechenden Tagungen – und das gilt auch für den Konferenzanlass dieser Überlegungen – stets auch Fragen der Literaturgeschichtsschreibung angesprochen werden, ist willkommener Anlass, den Impuls aufzunehmen. Wir stellen dabei Vorhandenes möglichen zukünftigen Vorgehensweisen und Ideen gegenüber. Absicht dieser Skizze ist die Reflexion, nicht das ausgearbeitete Programm einer zukünftigen mittelniederdeutschen Literaturgeschichtsdarstellung. Wir diskutieren deren mögliche Grundlegung, indem wir Fragen stellen, die eine zukünftige Literaturgeschichtsschreibung zu beantworten hätte; Fragen, von denen wir meinen, dass sie gestellt werden müssen, um die anstehende Grundsatzdiskussion zu befördern.

---

4 Erwähnt seien, in Konzentration auf die Literaturwissenschaft, an erster Stelle die Greifswalder Tagung ‚Schriften und Bilder des Nordens' am Alfried Krupp Wissenschaftskolleg in Greifswald (15. bis 17. 10. 2015) sowie die Tagung ‚Artus in Stade. Prozesse der Konstruktion und Transformation regionaler Identität im norddeutschen Raum' in Kloster Wöltingerrode (31. 5. bis 2. 6. 2018); hierzu die Tagungsbände: Schriften und Bilder des Nordens. Niederdeutsche Medienkultur im späten Mittelalter, hg. v. Monika Unzeitig, Christine Magin u. Falk Eisermann (Zeitschrift für deutsches Altertum und deutsche Literatur. Beiheft 28), Stuttgart 2019; Von Widukint zur ‚Sassine'. Prozesse der Konstruktion und Transformation regionaler Identität im norddeutschen Raum, hg. v. Martin Baisch, Malena Ratzke u. Regina Toepfer (Forschungen zu Kunst, Geschichte und Literatur des Mittelalters 4), Köln 2023. Wollte man die Aufzählung von Veranstaltungen zum Mnd. vollständig machen, müsste man auch die Jahrestagungen, die jährlichen Nachwuchskolloquien sowie kleineren Workshops und Sommerschulen (letztere ohne Publikationsziele) des Vereins für niederdeutsche Sprachforschung einbeziehen, die regelmäßig auch zu Beiträgen über mittelniederdeutsche Literatur aufrufen. Exemplarisch genannt seien: der Workshop ‚Wie erzählt der Norden? Digitalisierung und Vergleich niederdeutscher und frühneuhochdeutscher Erzähltexte' (19. Mai 2017 an der Universität Göttingen), eine Veranstaltung des Pro*Niedersachsen-Projekts ‚Wiedererzählen im Norden. Digitale Analyse weltlicher Erzählungen in niederdeutschen Inkunabeln' (unter Leitung von Marco Coniglio und Heike Sahm, Universität Göttingen); die Lübecker Sommerschulen ‚Hansequellen', die jeweils im Juli 2017 und 2018 unter Leitung von Jörn Bockmann und Hiram Kümper am Europäischen Hansemuseum in Lübeck stattfanden; die ‚Summer School Mittelniederdeutsch' an der Universität Rostock (15. bis 20. 7. 2019) unter der Leitung von Andreas Bieberstedt, Doreen Brandt und Franz-Josef Holznagel.

In erster Linie seien Denkanstöße zu drei Hauptfragen einer Literaturgeschichtsschreibung für das Mittelniederdeutsche genannt:

1.) Was ist mittelniederdeutsche Literatur in ihrer geschichtlichen Entwicklung, oder in nominalistischer Formulierung: Was lässt sich unter dem Ausdruck ‚Mittelniederdeutsche Literatur' sinnvoll erfassen?

2.) Welche Konzeptionen mittelniederdeutscher Literatur und ihrer Beschreibung liegen bereits vor; von welchen Voraussetzungen werden sie bestimmt?

3.) In welchem Orientierungsrahmen ist eine Darstellung von Texten in mittelniederdeutscher Sprache vorzunehmen, die nicht die bekannten Raster ihrer bisherigen literaturgeschichtlichen Wahrnehmung reproduziert?

Vor dem Hintergrund dieser Fragen werden wir in einem ersten Schritt Theorie und bisherige Darstellungspraxis der mittelniederdeutschen Literatur reflektieren. In einem zweiten Schritt sprechen wir Probleme der Literaturgeschichtsschreibung in Bezug auf unseren Gegenstand an. Es folgen zusammenführende Überlegungen zur Rolle der Kategorien Sprache und Raum. Ein Fazit mit Ausblick beschließt die Skizze.

Eine abschließende, aber entscheidende Vorbemerkung: Wir knüpfen zunächst als Ausgangspunkt für die Bestimmung des Terminus ‚Mittelniederdeutsche Literatur' bewusst an den Konsens der linguistischen und sprachgeschichtlichen Forschung an. ‚Mittelniederdeutsch' wird im Folgenden als Oberbegriff einer Gruppe regionaler Schreibsprachen begriffen, die in ihrem kontinuierlichen diatopischen und diachronen Übergang durch grammatische, insbesondere lautliche Merkmale des Niederdeutschen, wie die nicht vollzogene Zweite Lautverschiebung, eine eigenständige Entwicklung des Vokalismus und einige ingwäonische Merkmale, so den Einheitskasus der Verbflexion im Plural, gekennzeichnet sind.[5] In diesen Schreibsprachen sind Texte auf uns gekommen, die Gegenstand der mittelniederdeutschen Literaturgeschichtsschreibung sind.

---

5 Vgl. neben der breit informierenden sprachgeschichtlichen Darstellung von Willy Sanders, Sachsensprache, Hansesprache, Plattdeutsch. Sprachgeschichtliche Grundzüge des Niederdeutschen, Göttingen 1982, hierzu etwa auch Karl Bischoff, Mittelniederdeutsch, in: Handbuch zur niederdeutschen Sprach- und Literaturwissenschaft, hg. v. Gerhard Cordes u. Dieter Möhn, Berlin 1983, S. 98–118, und Robert Peters, Mittelniederdeutsche Sprache, in: Niederdeutsch. Sprache und Literatur. Eine Einführung. Bd. 1: Sprache, hg. v. Jan Goossens, 2., verb. u. um einen bibliograph. Nachtrag erw. Aufl., Neumünster 1983, S. 66–115, sowie die neueren auf das Mittelniederdeutsche bezogenen Artikel in: Sprachgeschichte. Ein Handbuch zur Geschichte der deutschen Sprache und ihrer Erforschung, hg. v. Werner Besch u. a., Bd. 2 (Handbücher zur Sprach- und Kommunikationswissenschaft 2, 2), 2., vollständig neu bearb. u. erw. Aufl., Berlin / New York 2000, S. 1409–1512.

2. Theorie und Praxis einer Literaturgeschichte des Mittelniederdeutschen

2.1 Zur Theorie einer Literaturgeschichtsschreibung mittelniederdeutscher Texte

Am Beginn steht das Dilemma der Darstellung einer *spezifischen* (sei es sprachlich oder kulturräumlich definierten) niederdeutschen Literaturgeschichte. Es scheint, spitzt man die Sachlage zu, theoretisch unmöglich, Überlegungen anzustellen, welche die Praxis der Literaturgeschichtsschreibung unvoreingenommen reflektieren, um einen Vorgriff auf ihre ideale Zukunft zu leisten. Alle Überlegungen sind von dieser Praxis selbst geprägt. Die Literaturgeschichtsschreibung scheint, wie die Geschichte selbst, als ein Strom von Ereignissen und Ergebnissen im wohlbekannten Flussbett literaturhistorischer Traditionsbildung dahinzufließen. Genau dies macht die scheinbare Gewissheit aus, alles sei tatsächlich so, wie man es aus vorgängigen Beschreibungen kennt. Es sei vorweggenommen, dass dieser Umstand bei aller Bemühung um veränderte Wahrnehmung des Materials nicht davor schützt, doch wieder in das benannte Flussbett der Traditionsbildung zu geraten, deren Strömung stärker sein kann als der Versuch, Neuordnungen und -deutungen vorzuschlagen.

Nach dem literaturhistorisch überkommenen Konzept der niederdeutschen Überlieferung als ‚verspäteter' Literatur[6], das über die Wahrnehmung des norddeutschen Kulturraums als verspätet und nachgeordnet gegenüber dem süddeutschen Kulturraum noch gesteigert werden kann,[7] sei die niederdeutsche Literatur des Mittelalters und der Frühen Neuzeit oftmals als Adaption anderssprachiger Vorlagen vor allem aus dem hochdeutschen Sprachraum entstanden. Sie habe einen eher pragmatischen und bürgerlich geprägten, zudem vielfältig in geistlichen Denkformen ausdifferenzierten Charakter, der in der Summe Ausdruck eines spezifischen niederdeutschen Kulturraums sei.[8] Diese Position wird in der Einheitlichkeit ihres Erklärungsangebots grundsätzlich in Frage gestellt, selbst wenn sich ihre Charakterisierungen für manche Texte bewahrheiten mögen.

---

6 So deutlich vertreten von Wolfgang Stammler, Geschichte der niederdeutschen Literatur von den ältesten Zeiten bis auf die Gegenwart (Aus Natur und Geisteswelt 815), Berlin / Leipzig 1920, S. 12: „Auf geistigem Gebiete war Niedersachsen hinter Oberdeutschland fast das ganze Mittelalter hindurch immer um 100 Jahre zurück." Diese pauschal operierende Äußerung ist der Sachlage nur bedingt angemessen.

7 Auch die Annahme eines nord-süddeutschen Kulturgefälles stützt dieses Bild. Dieser Zusammenhang wird in folgenden Abschnitten erneut angesprochen werden.

8 Nähere Belege dieser Position folgen im Verlauf des Beitrags.

Die Schwierigkeiten des Vorhabens liegen jedoch tiefer als auf der Ebene überwindbarer Urteile über einen Gegenstand: Selbst wenn sich am traditionellen und überkommenen Bild der niederdeutschen Literatur des Mittelalters Zweifel regen und im Zuge seiner Überprüfung einzelne Züge revidiert würden, so bleibt der Gegenstand selbst Ziel der Frage – und wird damit vorausgesetzt. Die traditionelle Literaturgeschichtsschreibung mit ihrer Abspaltung eines niederdeutschen Sektors von der (restlichen) deutschen Literatur ist wie ein Flussbett, das die Form vorgibt und dessen Wasser unsere Beschreibungskonzepte sind, um ein bekanntes Bild Wittgensteins aufzunehmen.[9] Würde man dem Wasser eine andere Farbe geben, änderte das nichts an der Beschreibung des Flusslaufs als solchem. Globalbeschreibungen *der* niederdeutschen Literatur, welcher Art auch immer, entstehen als Zuschreibungen von etwas konzeptuell schon Abgegrenztem, dessen Umfang auch bei gänzlich anderen Attributen stets gleichbliebe. Auf diese Weise wird aus der Frage ‚Was ist niederdeutsche Literatur?' im Falle des radikalen Zweifels also die viel grundsätzlichere Frage ‚Gibt es eine niederdeutsche Literatur?'

Wenn mit der zweiten Fragestellung die Möglichkeit berührt ist, eine unabhängige Eigengeschichte der niederdeutschen Literatur zu schreiben, so scheint zunächst eine Nominaldefinition die Fragestellung zu dispensieren und die damit verbundenen Probleme aufzuheben. Es ließe sich dann mit Claus Schuppenhauer sagen (der dieses Argument vornehmlich auf die neuniederdeutsche Literatur bezieht): „Niederdeutsche Literatur ist Literatur wie jede andere, nur eben in niederdeutscher Sprachform."[10] Dieser Satz, als Reaktion auf den Traditionshintergrund einer Literaturgeschichtsschreibung entstanden, die mit der niederdeutschen Literatur den ‚niederdeutschen Menschen' und seinen Kulturraum mitgemeint hat, mag als Befreiung erscheinen. Ein solcher begrifflicher

---

9 Vgl. Ludwig Wittgenstein, Über Gewißheit, in: ders., Werkausgabe. Neu durchges. v. Joachim Schulte, Bd. 8: Bemerkungen über die Farben, Über Gewißheit, Zettel, Vermischte Bemerkungen (Suhrkamp Wissenschaft 508), Frankfurt am Main 1984, S. 113–257, hier: 139f., §§ 94–97: „94. Aber mein Weltbild habe ich nicht, weil ich mich von seiner Richtigkeit überzeugt habe [...]. Sondern es ist der überkommene Hintergrund, auf welchem ich zwischen wahr und falsch unterscheide. 95. Die Sätze, die dieses Weltbild beschreiben, können zu einer Art Mythologie gehören. Und ihre Rolle ist ähnlich der von Spielregeln [...]. 97. Die Mythologie kann wieder in Fluß geraten, das Flußbett der Gedanken sich verschieben. Aber ich unterscheide zwischen der Bewegung des Wassers im Flußbett und der Verschiebung dieses; obwohl es eine scharfe Trennung der beiden nicht gibt."

10 Vgl. Claus Schuppenhauer, Niederdeutsche Literatur. Versuch einer Definition, in: Niederdeutsches Wort 12 (1972), S. 16–34, hier: 33, vgl. auch S. 21, 33–34. Siehe ebenso Claus Schuppenhauer, Niederdeutsche Literatur und niederdeutsche Literaturgeschichte. Bemerkungen zu einer Aufgabe der Zukunft, in: Quickborn 59, 3/4 (1969), S. 1–21, bes. S. 7–8 und 13–20, dort auf S. 20: „Nd. Literatur ist tatsächlich Literatur wie jede andere, nur eben in einer der möglichen nd. Sprachformen geschrieben."

Befreiungsschlag lässt sich zeitgleich auch für die Definition mittelniederdeutscher Literatur in der Forschung finden. So bemerkt Krogmann zu Beginn seines Überblicks zur mittelniederdeutschen Literatur geradezu lakonisch: „Die mittelniederdeutsche Literatur ist das Schrifttum in mittelniederdeutscher Sprache."[11] Kann diese Definition eine Lösung für die Suche nach Konzepten und eine Leitlinie der mittelniederdeutschen Literaturgeschichtsschreibung sein?

Ein Vorteil der sprachbezogenen Definition mag in der zugrundeliegenden methodischen Warnung vor jenen zirkulären Argumentationen zu finden sein, die aus niederdeutschen Texten das als typisch niederdeutsch herauslesen, was zuvor hineingelesen wurde (z. B. in Bezug auf den Inhalt, den Humor oder den Realismus etc.). Bei näherem Hinsehen entkommt man aber mit dieser scheinbar rein operationalen Bestimmung mithilfe des sprachlichen Kriteriums keineswegs dem Grundsatzproblem, auch hier begründen zu müssen, was man aus welchem Grund beschreiben will. Mehr noch: Die sprachbezogene Bestimmung erweist sich, wenn auch verkappt, an jene Tradition gebunden, die sie hinter sich zu lassen meint. Sie spielt lediglich den Ball von der literatur- auf die sprachwissenschaftliche Seite hinüber und setzt dort auf diejenigen Existenzbehauptungen, die im Feld der Literatur und Kultur aufgegeben werden sollen. Der Grund dafür ist frappant: Der Satz setzt zwar keinen ‚Eigencharakter' einer niederdeutschen Literatur voraus, sehr wohl aber eine Abgrenzbarkeit und Eigenständigkeit der niederdeutschen Varietäten, wenn er diese unter niederdeutscher Sprache zusammenfasst.[12] Auch wenn (schon aus forschungspraktischen Gründen) im Folgenden der Konsens einer sprachbezogenen Definition keineswegs verlassen wird, sollte man sich dennoch der Suggestion auch dieser Setzung bewusst sein. Mit einer (zunächst rein) sprachlich gefassten Definition einer bestimmten Teilmenge der Literatur verbindet sich in der Regel mehr als

---

11 Willy Krogmann, Mittelniederdeutsche Literatur, in: Kurzer Grundriß der germanischen Philologie bis 1500, hg. v. Ludwig Erich Schmitt, Bd. 2: Literaturgeschichte, Berlin 1971, S. 263–325, hier: 263. Auch für Hartmut Beckers (Anm. 3) spielt das sprachliche Kriterium eine bedeutende Rolle. Der Beitrag wird darauf noch näher eingehen.

12 Angesichts der Tatsache, dass es, bezeichnenderweise vornehmlich im deutschen Sprachraum, über den Status des Niederdeutschen – als ‚Sprache *oder* Dialekt' – eine lange, sprachpolitisch zugunsten der ‚Sprache' entschiedene, linguistisch aber fortgesetzt offene Diskussionen gibt, könnte man vor einer Diskussion über die Existenz einer (mittel-)niederdeutschen Literatur als eine an eine eigene Sprachform gebundene Tradition zunächst zurückschrecken. Unterstützung findet dieser Ansatz jedoch in der Tatsache, dass der Status einer historischen Einzelsprache Niederdeutsch (als zusammengefasste Gruppe landschaftlicher mittelniederdeutscher Schreibsprachen und lokaler mittelniederdeutscher Sprechsprachen) vor dem zweiten Schreibsprachwechsel in Norddeutschland nach 1500 in der Regel nicht angezweifelt wird.

Festsetzung einer Menge von Texten in dieser Sprache. Wer etwa eine Ripuarische Literatur postulieren wollte, wird eher den Eindruck erwecken wollen, ein neues literarische Subsystem entdeckt zu haben, als behaupten zu wollen, dass man Texte in ripuarischen Dialekten im Wortsinn mit diesem Terminus bezeichnen könnte. Für den Fall der (mittel-)niederdeutschen Literatur ist forschungsgeschichtlich aber schon seit langem die Entwicklung eingetreten, dass die Germanistik und mit ihr auch die Niederdeutsche Philologie zumindest gefährdet ist, der Suggestion eines geradezu exklusiven ‚Sektors' zu erliegen, indem niederdeutsche Texte kaum bedacht bzw. ausschließlich gewürdigt werden, diese jedenfalls als von vornherein von der hochdeutschen Überlieferung getrennt konzeptualisiert werden. Dies wird offenkundig, wenn man nach dem entsprechenden Muster für andere Varietäten der deutschen Sprache literarische Subsysteme postulieren würde. Um nur ein bewusst abwegiges Beispiel zu fingieren, denke man sich die Formulierung ‚Südrheinfränkische Literatur ist Literatur in südrheinfränkischer Sprache'. Ein Subsystem ‚Südrheinfränkische Literatur' wäre damit jedoch weder bewiesen noch etabliert.

Wenn aber sowohl der Weg verbaut ist, die Existenz der mittelniederdeutschen Literatur vorauszusetzen, als auch der Weg, diese Voraussetzung zu negieren, welche Möglichkeit bliebe dann? Ein Schlüssel liegt womöglich in den historischen Diskursen über das Niederdeutsche und seine Wahrnehmung, Beurteilung und Reflexion durch Sprecher, Autoren und Rezipienten.[13] Alle Argumentationen, die eine niederdeutsche Literaturtradition durch das Niederdeutsche als Sprache definiert sehen, müssen für dieses Konzept eine Eigensprachlichkeit des Niederdeutschen zumindest in der Wahrnehmung durch ihre Sprecher, Schreiber und Rezipienten voraussetzen.

Ein Blick in die Wissenschaftsgeschichte gibt Einblicke und mögliche Erklärungen für die Sonderrolle des Niederdeutschen innerhalb der auf die Germania bezogenen Philologien. Im ersten Drittel des 19. Jahrhunderts bildet sich bekanntlich das Fach Germanistik heraus; eine Niederdeutsche Philologie (Saxonistik) im engeren und eigenständigen Sinne folgt erst im letzten Drittel des 19. Jahrhunderts. Dabei bleibt bis heute mehr oder weniger unklar, ob diese

---

[13] Zur Diskussion über das Niederdeutsche und seinen spezifischen Charakter vgl. Birte Arendt, Niederdeutschdiskurse. Spracheinstellungen im Kontext von Laien, Printmedien und Politik (Philologische Studien und Quellen 224), Berlin 2010, dort S. 41–140 zur Diskursgeschichte. Am Fall der Schrift Bernhard Raupachs über das Niederdeutsche aus dem Jahr 1704 lässt sich erkennen, dass Anfang des 18. Jahrhunderts ein Bild des Niederdeutschen als eigenständige Sprachform vorhanden war, deren Sprachkultur die der einzelnen Regionen übergriff. Vgl. hierzu: Jörn Bockmann, Zur Wahrnehmung des Niederdeutschen um 1700. Bemerkungen zu Bernhard Raupachs ‚De linguae saxoniae inferioris neglectu atque contemtu injusto', in Baisch / Ratzke / Toepfer (Hg.), Von Widukint zur ‚Sassine' (Anm. 4), S. 43–58

Teil oder aber Ergänzung der Germanistik ist. Die Rolle der zuständigen Philologien spiegelt damit die Sprach- und Literaturentwicklung selbst wider, in deren Verlauf die niederdeutschen Varietäten nicht mehr gleichberechtigter Teil der parallel existierenden *dudeschen* oder *tiutschen* Vernakularsprachen sind (wie noch bis in das 16. Jahrhundert hinein der Fall), sondern (spätestens ab dem 17. Jahrhundert) eine Sonderrolle zugewiesen bekommen. So werden die niederdeutschen Sprachformen nicht mehr als unbestrittener Teil dieses Ganzen, sondern als etwas Besonderes, wenn nicht Abgesondertes gegenüber den hochdeutschen Sprachformen wahrgenommen. Daneben sei nicht vergessen, dass auch in der Zeit vor dem 16. und 17. Jahrhundert ein klares Bewusstsein für die Unterschiedlichkeit hochdeutscher und niederdeutscher oder auch ‚oberländischer' und ‚niederländischer' Schreibsprachen besteht.

Die Sonderrolle ab dem 16. und 17. Jahrhundert ist durch einen starken Prestigeverlust niederdeutscher Sprachformen geprägt, der insbesondere vom Verlust der Schriftlichkeit[14] bestimmt wird und auch wissenschaftshistorisch nicht folgenlos geblieben ist. Als Folge ergibt sich auch in der Fachentwicklung der mediävistischen Germanistik eine zunehmende Marginalisierung des Niederdeutschen als Sprache und der in niederdeutscher Sprache überlieferten Texte, die sich – wie jüngst Annika Bostelmann und Franz-Josef Holznagel gezeigt haben – von der Literaturgeschichtsschreibung über die thematischen Auseinandersetzungen bis zur Editionslage ausgewirkt hat.[15]

Eine wissenschaftsbiografische Bemerkung sei in diesem Zusammenhang gestattet: Die Autoren dieser Zeilen können der bis in die Gegenwart nachwirkenden Wissenschaftsgeschichte kaum gleichgültig gegenüberstehen. Aus der Germanistik früh in die Niederdeutsche Philologie hineingewachsen, nehmen sie erstaunt zur Kenntnis, dass angesichts der erfreulich gestiegenen Aufmerksamkeit für die mittelniederdeutsche Literaturtradition bisweilen der Eindruck erweckt wird, es handele sich um eine bisher kaum entdeckte und selten wahrgenommene Texttradition. Damit wird aber die Rolle der Niederdeutschen Philologie, die seit über 150 Jahren mittelalterliche und frühneuzeitliche

---

14 Vgl. hierzu Robert Peters (Anm. 5); Timothy Sodmann, Der Untergang des Mittelniederdeutschen als Schriftsprache, in: Goossens (Hg.) (Anm. 5), S. 116–129; Timothy Sodmann, Die Verdrängung des Mittelniederdeutschen als Schreib- und Druckersprache Norddeutschlands, in: Besch u. a. (Hg.) (Anm. 5), S. 1505–1512.

15 Vgl. Annika Bostelmann / Franz-Josef Holznagel, Vorüberlegungen zu einer Publikationsreihe ‚Mittelniederdeutsche Bibliothek', in: Monika Unzeitig / Christine Magin / Frank Eisermann (Hg.) (Anm. 4), S. 1–13. Zum Konzept der ‚Mittelniederdeutschen Bibliothek', welche auf dem Gebiet der Studieneditionen dem Mangel schrittweise Abhilfe verschaffen will, vgl. auch Andreas Bieberstedt / Jörn Bockmann, Die Mittelniederdeutsche Bibliothek. Zur Konzeption und Realisierung einer neuen Buchreihe, in: Korrespondenzblatt des Vereins für niederdeutsche Sprachforschung 126 (2019), S. 31–35.

niederdeutsche Texte erschließt und auch über eine starke internationale, insbesondere schwedische Wissenschaftstradition verfügt,[16] übersehen. Vorläufig kann nur als Eindruck formuliert werden, dass auch die Außenwahrnehmung der Materie durch die fast ausschließlich mit mittel- und oberdeutschen Texten operierende Germanistik die Sonderrolle des Niederdeutschen erst erzeugt.

Diese Sicht ist allerdings durch eine Prüfung und Klärung der Innenansicht der Niederdeutschen Philologie zu ergänzen, die durch vor allem fachinterne Diskurse selbst zu einer bisweilen insularen Betrachtung ihres Gegenstands beigetragen haben mag, der damit in weiteren philologischen Kreisen weitgehend unbekannt geblieben ist. Es lässt sich jedenfalls festhalten, dass eine Aufarbeitung der mittelalterlichen Texte in niederdeutscher Sprache durch das Gesamtfach Germanistik mit einer Aufarbeitung einer innergermanistischen Wissensgeschichte einhergehen sollte,[17] die ihren Ausgangspunkt unter anderem in den einflussreichen Äußerungen Jacob Grimms zum Niederdeutschen nehmen könnte, die dem Hochdeutschen die „Oberhand“ zuweisen, die niederdeutschen Mundarten aber als Gefährdung des Erfolges hochdeutscher Mundarten werten.[18] Letztlich kann nur ein übergeordneter und traditionsübergreifender, um Unvoreingenommenheit bemühter Standpunkt eine aufgeklärte Sichtweise moderieren.

---

16 Den stärksten Eindruck dieser Wissenschaftstradition vermitteln die Arbeit des Vereins für niederdeutsche Sprachforschung seit 1874 und die Themen seiner beiden Zeitschriften ‚Jahrbuch des Vereins für niederdeutsche Sprachforschung‘ (seit 1875) und ‚Korrespondenzblatt des Vereins für niederdeutsche Sprachforschung‘ (seit 1876). Vgl. zur Geschichte des Niederdeutschen Sprachvereins: http://www.vnds.de/de/verein-fuer-niederdeutsche-sprachforschung.html (letzter Zugriff: 12.06.2023). Die schwedische Forschungstradition verfügte von 1945 bis 1970 über die eigene, an der Universität Lund herausgegebene Zeitschrift ‚Niederdeutsche Mitteilungen‘. Seit den 1970er Jahren ließ die Intensität dieser akademischen Tradition, die sich vor allem mit dem Wirken Erik Rooths in Lund verband (Ausprägung einer Lunder Schule), nach.

17 Zur Realgeschichte der Germanistik gehört auch, dass sich einige Vertreter der Niederdeutschen Philologie gelegentlich in der Position sahen, die von ihnen wissenschaftlich in den Blick genommene Sprachform und ihre Literatur gegen den sprach- und literaturhistorischen und damit einhergehend auch philologischen Erfolg hochdeutscher Texte gleichsam verteidigen zu müssen. Das mag einen Rückzug auf den eigenen wissenschaftlichen Diskurs und damit eine temporäre fachliche Inselbildung befördert haben.

18 „Da auch unter Thüringen und Hessen hochdeutsche art vorwiegt, konnte der niederdeutsche stamm von frühster zeit an dem hochdeutschen nicht die wage halten, und naturgemäſs behielt dieser die oberhand; wofür der niederdeutschen sprache ihr näherer anschluſs an die niederländische, friesische und selbst nordische, so wie ihrer aller nichtkennen der hochdeutschen nochmaligen lautverschiebung einen haltbaren gegensatz gewährten. so unablässig die hochdeutsche mundart vorgeschritten ist, hat sie noch bis heute diesen vereinten widerstand zu bekämpfen.“ Jacob Grimm, Geschichte der deutschen Sprache, Bd. 2, Leipzig 1848, S. 608.

2.2. Zur Praxis bisheriger Literaturgeschichtsschreibung mittelniederdeutscher Texte

Im Folgenden unternehmen wir eine Sichtung bisheriger Literaturgeschichtsschreibung an ausgewählten Beispielen. Aus diesem Vorhaben ergäbe sich eigentlich die doppelte Aufgabe, mittelniederdeutsche Literatur einmal im Spiegel hochdeutsch orientierter, dann im Spiegel niederdeutsch orientierter Literaturgeschichtsschreibung zu betrachten, um unterschiedliche Gewichtungen zu erkennen. Es ist jedoch festzustellen, dass niederdeutschsprachiges Textaufkommen in den hochdeutsch orientierten Darstellungen zur Literatur des Mittelalters und der Frühen Neuzeit auch dann, wenn diese einen umfassenden und nicht nur regionalbezogenen Anspruch vertreten, allenfalls marginalisiert behandelt wird, wodurch der norddeutsche Literaturraum mehr oder weniger ausgeschlossen wird.[19] Dieser Umstand betont die sprachliche Fokussierung dieser Darstellungen auf hochdeutsche Schreibsprachen unter Zurückstellung mehrsprachiger Situationen – ein Umstand, auf den auch für die Idee einer mittelniederdeutschen Literaturgeschichte zurückzukommen sein wird.

Die Analyse des Beitrags beschränkt sich daher auf die literaturgeschichtlichen Darstellungen aus dem fachlichen Umfeld der Niederdeutschen Philologie. Dabei ist uns bewusst, dass diese Darstellungen die Gefahr bergen, mehr oder weniger abgelöst von den Beschreibungen der parallelen Entwicklungslinien etwa in der mittelhochdeutschen bzw. frühneuhochdeutschen und auch der mittelniederländischen Literaturentwicklung eine ‚Eigenlogik' der mittelniederdeutschen Entwicklung zu behaupten, weil bestimmte Verknüpfungen und Ab-

---

[19] Vgl. hierzu Bostelmann / Holznagel (Anm. 15), S. 3–9. So orientiert sich zum Beispiel in der für den akademischen Unterricht verfassten Literaturgeschichte von Horst Brunner, Geschichte der deutschen Literatur des Mittelalters und der Frühen Neuzeit (Reclams Universal-Bibliothek 17680), durchges. u. bibliograph. aktual. Ausg., Stuttgart 2022, die Darstellung ausschließlich an den Epochen der hochdeutschen Sprachgeschichte. Ein ähnliches Bild ergäbe eine Musterung der sprachgeschichtlichen Überblicke für das Germanistikstudium. Diese Praxis hat zur Folge, dass sowohl die niederdeutsche Sprache als auch die niederdeutsche Literatur kaum im Bewusstsein der Studierenden verankert sein dürften. Ein Studienbuch zur Einführung in die mittelniederdeutsche Sprache und Literatur ist daher ein Desiderat, das aber Jörn Bockmann, Sarah Ihden, Robert Langhanke und Anabel Recker mit einem neuen Darstellungskonzept demnächst schließen werden, vgl. Jörn Bockmann u. a., Mittelniederdeutsche Sprache und Literatur. Eine Einführung. Zur Konzeption eines Lehrbuches, in: Korrespondenzblatt des Vereins für niederdeutsche Sprachforschung 128 (2021), S. 109–118. Vgl. zum Vorhaben eines weiteren Lehrbuches zum Mittelniederdeutschen, das von Simone Schultz-Balluff und Timo Bülters bearbeitet wird: Simone Schultz-Balluff, Mittelniederdeutsch als ‚fremde Sprache', in: 100 Jahre Niederdeutsche Philologie. Ausgangspunkte, Entwicklungslinien und aktuelle Herausforderungen. Teil 2, hg. v. Andreas Bieberstedt u. a. (Regionalsprache und regionale Kultur. Mecklenburg-Vorpommern im ostniederdeutschen Kontext 7), Berlin u. a. 2024, S. 613–642.

hängigkeiten undeutlich bleiben müssen. Die Frage nach der Postulierung einer eigenständigen Entwicklung der niederdeutschen Literatur oder ihrer konsequenten Anlehnung primär an die hochdeutsche Literaturgeschichtsentwicklung begleitet die Diskussion um niederdeutsche Literatur und ihre Darstellung bis in die Gegenwart.[20]

Eine Herausstellung der Einordnungen und Ordnungsprinzipien mittelniederdeutscher Literatur gibt Auskunft über zeitliche Gliederungen der Textentwicklung nach 1200 und der zugehörigen literaturhistoriografischen Traditionsbildungen. Dabei gehen die Überlegungen auch hier aus gutem Grund vom sprachräumlichen Kriterium aus: Die Grenzen des autochthonen Raums, in dem das Mittelniederdeutsche gesprochen und geschrieben wurde und der in den meisten Fällen auch als Entstehungs- und Überlieferungsort mittelniederdeutscher Texte anzusetzen ist (wenn auch durchaus nicht in allen Fällen, wie die in Skandinavien, im Baltikum oder in Russland entstandenen bzw. auch überlieferten Zeugnisse beweisen), sind über Jahrhunderte nahezu unverändert.[21] Die Grenzräume zu anderen Varietäten sind dabei von hohem Interesse; das gilt für den mitteldeutschen Raum genauso wie für den niederländischen Raum, der in der Vormoderne selbst eher als Übergangs- denn als Grenzraum empfunden wurde, und der zahlreiche Interaktionen und Transferverbindungen zum Mittelniederdeutschen aufzuweisen hat.[22] Für die zeitliche Erstreckung gibt es zwar eine klare Auskunft über den Beginn, jedoch nicht über das Ende. Denn während eine sehr schmale Überlieferungslage für den Moment des Wiedereinsetzens niederdeutscher Schriftlichkeit nach dem Abbruch altsächsischer Überlieferung den Beginn im ersten Drittel des 13. Jahrhunderts und dessen folgenden Ausbau gut erkennen lässt, ist die zeitliche Bestimmung des Abschlusses der mnd. Sprach- und Literaturgeschichte schwieriger.[23] Der Beitrag

---

20 Vgl. hierzu unter anderem die Betonung der Eigenständigkeit neuniederdeutscher Literaturentwicklung bei Werner Rabeler, Plattdeutsche Literaturströmungen im Beginn des 20. Jahrhunderts, in: Jahrbuch des Vereins für niederdeutsche Sprachforschung 91 (1968), S. 153–162, sowie die kritische und stärker konsensfähige Gegenposition dazu bei Jörg Schilling, Entwicklungslinien niederdeutscher Literatur der Jahrhundertwende. Friedrich Freudenthal und die Heimatkunstbewegung, in: Jahrbuch des Vereins für niederdeutsche Sprachforschung 109 (1986), S. 77–85.

21 Vgl. Robert Peters, Überlegungen zu einer Karte des mittelniederdeutschen Sprachraums, in: Niederdeutsches Wort 24 (1984), S. 51–59, ebenfalls in Robert Peters, Mittelniederdeutsche Studien. Gesammelte Schriften 1974 bis 2003, hg. v. Robert Langhanke, Bielefeld 2012, S. 269–277.

22 Vgl. hierzu vor allem Helmut Tervooren, *Van der Masen tot op den Rijn*. Ein Handbuch der mittelalterlichen volkssprachlichen Literatur im Raum von Rhein und Maas, Berlin 2006.

23 Neben dem regionenabhängig unterschiedlichen zeitlichen Verlauf des zweiten Schreibsprachenwechsels entsteht ab dem 17. Jahrhundert eine Grauzone von Texten, die noch dem Spätmittelniederdeutschen oder bereits dem Frühneuniederdeutschen

wird diese komplexe Problematik des Abschlusses mit seiner eigenen Dynamik hingegen nicht näher diskutieren, sondern insbesondere die Zeit bis zum Ende des 16. Jahrhunderts in den Blick nehmen.

Manche Gewichtungen, Zuordnungen und Abfolgen mittelniederdeutscher Literatur hat Lübben bereits 1875 ausformuliert.[24] Sie haben sich in der anschließenden Tradition längerer und kürzerer mittelniederdeutscher Literaturgeschichtsbeschreibungen behauptet, wenn sich auch Überlieferungslage und Textaufkommen nach 1875 mit der Weiterentwicklung der Niederdeutschen Philologie fortgesetzt weiter aufklären. Wenn Hartmut Beckers 1977, etwa hundert Jahre nach Lübben, den ersten Teil seiner nicht vollendeten Bestandsaufnahme der mittelniederdeutschen Literatur mit der Feststellung beginnen lässt, dass es „[e]ine zusammenfassende Darstellung der uns in mittelniederdeutscher Sprache überlieferten Literaturdenkmäler [nicht] gibt“[25], und der (bis heute jüngsten abgeschlossenen) monografischen Literaturgeschichte zum Mittelniederdeutschen von Hermann Jellinghaus (in der dritten Auflage von 1925)[26] vorwirft, über weite Strecken eine „bloße Titelaufzählung“ zu sein, dann ist dieser Vorwurf zwar nicht unberechtigt, trifft aber, zieht man die Polemik ab, auf die meisten anderen Beiträge zum Thema ebenfalls zu, auch auf die jüngeren Überblicksdarstellungen.[27] Es ist kaum ergiebig, auf alle diese Arbeiten gleichermaßen einzugehen. Wohl aber ist es von Relevanz für unser Vorhaben, an ausgewählten Beispielen das eigentliche Erkenntnisinteresse herauszustellen und den Blick auf mittelniederdeutsche Literatur zu schärfen.[28] Von größerer

---

zugeordnet werden können, das eine gewandelte Funktionalität und Wahrnehmung des Niederdeutschen repräsentiert. Diese Fragen müssen für die Zeit nach 1650 im Einzelfall diskutiert und abgewogen werden. Beckers, Mittelniederdeutsche Literatur (I) (Anm. 3), S. 4, spricht sich für ein Ende der mnd. Überlieferung „im Lauf des 16. Jahrhunderts“ aus, andere Autoren wie Krogmann (Anm. 11), S. 263, sprechen sich noch für eine Erstreckung bis in den Anfang des 17. Jahrhunderts aus. Um 1650 dürfte – auch nach sprachhistorischem Stand – die Grenze erreicht sein, nach der in der Regel eher von frühneuniederdeutscher Literatur gesprochen werden sollte.

24 Vgl. August Lübben, Zur Characteristic der mittelniederdeutschen Literatur, in: Jahrbuch des Vereins für niederdeutsche Sprachforschung 1 (1875), S. 5–14.

25 Beckers, Mittelniederdeutsche Literatur (I) (Anm. 3), S. 1.

26 Hermann Jellinghaus, Geschichte der mittelniederdeutschen Literatur (Grundriss der Germanischen Philologie 7), 3., verb. Aufl., Berlin / Leipzig 1925.

27 Als weitere jüngere Arbeit zum Thema ist die Aufsatzsammlung ‚Mittelalterliche Literatur up plattdütsch‘ von Wolfgang Spiewok, Greifswald 1998 (Reinekes Taschenbuch-Reihe 20), anzuführen, in der nach einer Einführung in die mittelniederdeutsche Literaturentwicklung im Abgleich zur hochdeutschen Literaturgeschichte einzelne Texte vorgestellt werden.

28 Die chronologische Durchsicht von Überblicksdarstellungen zur mittelniederdeutschen Literaturgeschichte offenbart interne Traditionslinien ebenso wie Veränderungen in der Wissensstruktur zu sprach- und literarhistorischen Abläufen sowie Umgewichtungen einzelner Befunde.

Bedeutung ist Wolfgang Stammlers monografische Darstellung ‚Geschichte der niederdeutschen Literatur' von 1920, die Schuppenhauer kurz nach deren Nachdruck noch 1969 als „Pioniertat ersten Ranges"[29] würdigt, und die zwar knapp, aber in einem erstmaligen und stark nachwirkenden Zugriff eine eigentliche Ordnung und Gewichtung des niederdeutschsprachigen Literaturaufkommens insgesamt und somit auch der mittelniederdeutschen Überlieferung vornimmt.[30]

Die frühere mittelniederdeutsche Literaturgeschichte von Hermann Jellinghaus ist hingegen in der Tat eher ein kleiner literaturhistorischer Realienband; er hat allerdings auch keinen größeren Anspruch als, wie Jellinghaus formuliert, eine „kurze Übersicht der literarischen Produktion" zu bieten, die mit den Literaturgeschichten der (hoch-)deutschen oder der niederländischen Literatur nicht verglichen zu werden beanspruche.[31] Den selbst erhobenen Anspruch erfüllt Jellinghaus' Literaturgeschichte durchaus; sie ist auch keineswegs unsystematisch, sondern besteht aus einer 85-seitigen übersichtlichen Darstellung, die nach den Hauptkategorien Vers und Prosa sowie nach geistlicher und weltlicher Dichtung (in Kreuzklassifikation also in vier Hauptabschnitten) zahlreiche Werke nennt, kurz einordnet, ggf. auch wertet und dabei spezifischen Texttypen (Allegorie, Drama, Predigt bis hin zur pragmatischen Literatur und zu Volksbüchern) zuordnet. Das explizite Erkenntnisinteresse, in der ersten Auflage nur als bibliografisches und informierendes genannt, entwickelt Jellinghaus abgrenzend von Stammlers Konkurrenzwerk im Vorwort zur dritten Auflage, wenn er sagt, dass es „in erster Linie doch die Geschichte des sächsischen Volkes sei, welche unsere Teilnahme an der mnd. Literatur weckt".[32] Eine solche gewissermaßen ethnische Begründung für ein literaturgeschichtliches Vorhaben fehlt den folgenden Übersichten. Gemeinsam mit Stammler und Jellinghaus ist diesen allerdings das im Wesentlichen nach Texttypen ausgerichtete Ordnungsprinzip.

Stammlers 61 Seiten umfassende Darstellung im Rahmen seiner alle Sprachstufen betreffenden ‚Geschichte der niederdeutschen Literatur'[33] geht über den Anspruch einer Realiensammlung hinaus, insofern sie das Textaufkommen in eine erste Literaturgeschichtserzählung verwandelt und dabei spezifische Ge-

---

29 Schuppenhauer, Niederdeutsche Literatur und niederdeutsche Literaturgeschichte (Anm. 10), S. 7.

30 Vgl. Stammler (Anm. 6). Der mittelniederdeutschen Überlieferung sind die Seiten 11 bis 72 gewidmet. Zur Rolle Stammlers bei der nachträglichen Konstitution der mittelniederdeutschen Literaturgeschichte vgl. auch den Beitrag von Doreen Brandt in diesem Band.

31 Jellinghaus (Anm. 26), S. VII.

32 Ebd.

33 Vgl. Stammler (Anm. 6).

wichtungen und Bewertungen vornimmt, die zur Hervorhebung einzelner Texte beitragen und insbesondere das lange tradierte Bild einer hansischen Prägung zeichnen.[34] Neben kenntnisreiche Texteinordnungen treten stark klischeelastige Bewertungen. Das geschieht offenkundig mit dem Ziel, zu einer abgerundet erscheinenden Literaturgeschichtserzählung zu gelangen, die lange nachwirken konnte und zudem bis in die Gegenwart kaum abgelöst wurde. Stammlers Erzählung setzte sich erfolgreich durch.

Ähnlich motiviert scheint auch die sehr selten herangezogene, gleichwohl fachlich und historisch einschlägige Anthologie ‚Tausend Jahre Plattdeutsch' von Conrad Borchling und Hermann Quistorf.[35] Im ersten Band hat der bekannte Hamburger Germanist und frühe Fachvertreter der Niederdeutschen Philologie Borchling einen historischen Überblick zur Entwicklung der niederdeutschen Literatur im gesamten Zeitraum ihrer Überlieferung verfasst, in dem das Mittelalter und die Frühe Neuzeit etwa zwei Drittel einnehmen.[36] Der souveräne Überblick hat das selbsterklärte Ziel, wie die Anthologie als ganze auch, den „Freunden der niederdeutschen Heimatsprache eine Übersicht über den Entwicklungsgang der heimischen Literatur"[37] zu geben. Als Zielvorgabe unterscheidet sich dieses Vorhaben deutlich von Literaturgeschichten und Anthologien des hochdeutschen Raums, wie etwa Wilhelm Scherers populärer Literaturgeschichte, die, immer wieder nachgedruckt, trotz nationaler Töne deutschsprachige Literatur auch der Schweiz und Österreichs einbezieht.[38] Borchling sieht, und das beginnt bereits bei der Darstellung der altsächsischen Zeugnisse, das Niederdeutsche stets von der Unterordnung unter hochdeutsche Kultur bedroht, aus dessen Dominanz es sich stets zu befreien suche. In diesem Sinn wird die Gattung „Tierdichtung" (mit Texten wie *Reynke de vos*, den Fabeln des Gerhard von Minden oder dem ‚Magdeburger Prosa-Äsop') als „ganz aus der Opposition gegen die höfisch-ritterliche Dichtung [...] geboren"[39] erklärt. Auch im Falle der geistlichen Dichtung niederdeutscher Sprache scheint eine Form des Kulturkampfs gegen den weltlichen Geist der hochdeutsch-höfischen Literatur im Hintergrund zu stehen. So erklärt Borchling, die „Tierdichtung" sei bei „all ihrem Kampf gegen die höfisch-ritterliche Dichtung"

[34] Vgl. Stammler (Anm. 6), S. 11–16, S. 69–72. Auf die problematische Zuweisung der mnd. Literaturproduktion in die hansische Sphäre wird im Folgenden noch näher eingegangen.

[35] Tausend Jahre Plattdeutsch. Proben niederdeutscher Sprache und Dichtung, Bd. 1: Vom Heliand bis 1900, hg. v. Conrad Borchling u. Hermann Quistorf, Hamburg 1927.

[36] Conrad Borchling, Entwicklungsgang der niederdeutschen Literatur, in: Borchling / Quistorf (Hg.) (Anm. 35), S. 7–62.

[37] Ebd., S. 3.

[38] Wilhelm Scherer, Geschichte der Deutschen Litteratur, Berlin 1883.

[39] Borchling (Anm. 36), S. 27.

nicht etwa weltabgewandt gewesen, so wie auch die geistliche Dichtung des niederdeutschen Raums als „geistlich-asketische Reaktion gegen das weltliche Lebensideal überhaupt“[40] gedeutet wird.

Erstaunlich ist, dass zwei Momente dieser Darstellungen, wenn auch in subtilerer Form und auf anderer Datenbasis, durchaus immer noch in rezenten Arbeiten der Niederdeutschen Philologie gegenwärtig sind. Das ist zum einen die Annahme eines mehr oder weniger einheitlichen Kulturraums und zum anderen die Annahme, es bestehe ein fester Konnex von diesem Kulturraum zur niederdeutschen Sprache und Literatur. Geradezu emblematisch für diesen Kontext ist das Postulat und die Diskussion der hansischen Literatur, die eine breitere Kritik verdient, als allein im Rahmen dieses Beitrags möglich wäre.[41] Insbesondere dieser ‚Hansekomplex‘ ist für die Prüfung der uns interessierenden Aspekte einer Bestimmung von niederdeutscher Literatur bedeutsam. Beispiele und Probleme seiner Darstellungspraxis seien daher kurz genannt.

Die These, es gebe im Hanseraum eine spezifische Literatur – in niederdeutscher Sprache verfasst, für Hansekaufleute gemacht, von diesen verbreitet, womöglich in Teilen sogar von ihnen verfasst –, geht auf den erwähnten einflussreich agierenden Wolfgang Stammler zurück, der neben seiner niederdeutschen Literaturgeschichte auch ein ‚Mittelniederdeutsches Lesebuch‘[42] vorlegte, und dessen Gründungsaufsatz zum Hanseliteratur-Postulat von 1919 bis heute gelegentlich herangezogen wird, ohne ihn direkter Kritik zu unterziehen.[43] Tatsächlich hat Stammlers Idee aber nicht nur eine lange Nachwirkung gehabt, sondern ist bereits mehrfach kritisiert, bisweilen als Mythos dekonstruiert worden.[44] Sie ist aber auch aufgenommen und produktiv weiterentwickelt worden.[45]

40 Ebd., S. 29.

41 Vgl. daher zu diesem Thema auch den Beitrag von Doreen Brandt in diesem Band.

42 Vgl. Wolfgang Stammler, Mittelniederdeutsches Lesebuch, Hamburg 1921. Der wirksame Ansatz eines Lesebuchs wurde in jüngerer Zeit erneuert durch Jürgen Meier / Dieter Möhn, Spuren der Vergangenheit für die Gegenwart. Hundert niederdeutsche Texte zwischen dem 9. und 17. Jahrhundert (Schriften des Instituts für niederdeutsche Sprache. Reihe Dokumentation 33), Leer 2008. Beide Lesebücher bieten über Gliederung und Textauswahl auch einen literaturhistoriografischen Grundansatz.

43 Vgl. Wolfgang Stammler, Die deutsche Hanse und die deutsche Literatur, in: Hansische Geschichtsblätter 25 (1919), S. 35–69. Man beachte zudem Wolfgang Stammler, Die Bedeutung der mittelniederdeutschen Literatur in der deutschen Geistesgeschichte, in: Germanisch-Romanische Monatsschrift 13 (1925), S. 422–450.

44 Vgl. Loek Geeraedts, Literarische Beziehungen zur Zeit der Hanse. Zur Entmythologisierung einer Stammlerschen These, in: Sprachkontakt in der Hanse. Aspekte des Sprachausgleichs im Ostsee- und Nordseeraum. Akten des 7. Internationalen Symposions über Sprachkontakt in Europa, Lübeck 1986, hg. v. P. Sture Ureland (Linguistische Arbeiten 191), Tübingen 1987, S. 107–121.

45 Vgl. Jürgen Meier / Dieter Möhn, Literatur: Formen und Funktionen, in: Die Hanse. Lebenswirklichkeit und Mythos. Textband zur Hamburger Hanse-Ausstellung von

Sieben Jahrzehnte nach Stammler rekapituliert Hubertus Menke in einem Aufsatz zur ‚Lübecker Druckliteratur der frühen Neuzeit' (1993)[46] die „landläufige Vorstellung [...] von der ‚hansischen Literatur'" als einer

> eher rezeptiven, an Textvorlagen orientierten Gebrauchsliteratur als Handelsware, deren literarische Wanderwege den alten Handelsstraßen vom flämischen Westen nach Osten und Norden folgten. [. . .] Weniger eine originäre Aufarbeitung als vielmehr eine bloße Vermittlung bzw. Verbreitung von bereits Überliefertem scheint demnach das besondere Merkmal dieses dezidiert unhöfischen Schrifttums zu sein. Seine unprätentiöse Darbietung in Prosa orientierte sich – so eine weite Annahme – an einem pragmatischen Lebensstil, den zweckrationalen Verkehrsformen und Verhaltensstandards einer städtisch-kaufmännischen Oberschicht, deren extensives, auf Gelderwerb ausgerichtetes Gewinnstreben vom Ethos der *communis utilitas* lebe.[47]

Entsprechend ausgerichtet sei, so weiter das Referat Menkes,

> das Spektrum der literarischen Aussagen und der fiktional vermittelten Werte: Die Inhalte, Motive und Themen propagierten nüchternes Erwerbsdenken und illusionslose Frömmigkeit, sie bieten lebensorientierte, praxisnahe Laienunterweisung, mithin vor allem Tugend- und Wertvorstellungen, die wir gemeinhin mit dem Etikett ‚(stadt-) bürgerlich' zu belegen pflegen, was umgekehrt wieder mit kaufmännisch und das heißt mit ‚hansisch' oder ‚antihöfisch' und ‚antifeudal' gleichgesetzt wird.[48]

Ohne auf einzelne Thesen und Beobachtungen Menkes zur Lübecker Druckliteratur, die auf einem großen Datenbestand beruhen, näher einzugehen, bleibt festzuhalten, dass das eingangs nur als überkommenes Bild ‚landläufiger Vorstellungen' von hansischer Literatur Referierte schließlich doch als Charakterisierung der frühen Lübecker Druckliteratur akzeptiert und somit bestätigt wird.[49]

1989, hg. v. Jörgen Bracker, Volker Henn u. Rainer Postel, 3. Aufl., Lübeck 1999, S. 521–534.

46 Vgl. Hubertus Menke, *Ghemaket umme der eyntvoldighen vnde simpel Mynschen willen.* Zur Lübecker Druckliteratur in der frühen Neuzeit, in: Ausstattungen Lübecker Wohnhäuser. Raumnutzungen, Malereien und Bücher im Spätmittelalter und in der frühen Neuzeit, hg. v. Manfred Eickhölter u. Rolf Hammel-Kiesow (Häuser und Höfe in Lübeck 4), Neumünster 1993, S. 299–316. Vgl. auch die neuere Publikation: Hubertus Menke, *Ghedichet unde ghesath in der keyserliken Stadt Lübeck.* Der frühe Lübecker Buchdruck, in: Lübeck 1500. Kunstmetropole im Ostseeraum, Katalog zur Ausstellung im Museumsquartier St. Annen, Lübeck, 20. 9. 2015 bis 10. 1. 2016, hg. v. Jan Friedrich Richter, Petersberg 2015, S. 113–121.

47 Menke, Zur Lübecker Druckliteratur in der frühen Neuzeit (Anm. 46), S. 299.

48 Ebd., S. 299f.

49 Vgl. ebd. S. 312: „Diese griffigen Einordnungsmerkmale sind zweifelsohne auch bestimmend für die *kunst der prenterie* im hansischen Lübeck".

Im jüngsten Aufsatz über den Komplex ‚Hansischer Literatur' gibt Ralf G. Päsler (2017) einen Problemaufriss zum Kontext der Begriffe ‚Niederdeutsch – Hanse – Literatur'.[50] Päsler stellt klar, dass mittelniederdeutsche Literatur keineswegs stets mit der Hanse zu tun haben musste, dass diese wiederum keineswegs sprachlich und literarisch ausschließlich mittelniederdeutsch gewesen sei, und dass in der Hanse als ohnehin vergleichsweise offener Interessensgemeinschaft feste Bindungen wie an den Höfen des (hochdeutschen feudalen) Mittelalters keineswegs zu erwarten seien. Er gelangt zu dem Schluss, dass man „von einer ‚Hanseliteratur' bestenfalls erst seit dem Ende des 14. Jahrhunderts, eher noch seit dem 15. Jahrhundert"[51] sprechen könne und tendiert dazu, nur Texte mit explizit hansischen Themen (z. B. zum Seerecht) zur hansischen Literatur zu zählen. Als Fazit wird festgehalten, dass das Bild uneinheitlich sei und der Komplex, „in der historischen Abfolge" Änderungen unterworfen, „weiterer Untersuchungen" bedürfe.[52] Entsprechende kritische Einordnungen der Engführung von Hansegeschichte und mittelniederdeutscher Sprache hat zuvor bereits die Sprachgeschichtsforschung vorgelegt, hier ist besonders an die Ausführungen von Robert Peters zum Diktum „Hansesprache"[53] zu denken, das als Parallelkonzept der Sprachhistoriografie neben der ‚Hanseliteratur' der Literaturhistoriografie steht und ähnlicher Kritik unterworfen ist.[54]

Die angeführten Thematisierungen des Komplexes zeigen, dass das traditionelle Konzept ‚Hanseliteratur' eher ein außerliterarisch gesteuertes Prokrustesbett für die in den Blick genommene Textüberlieferung abgibt, als dass es ein schlüssiges Bild für den mittelniederdeutschen Literaturbetrieb zeichnet. Insbesondere ist die von Päsler zu Recht kritisierte geringe zeitliche Überschneidungsfläche von der Wirksamkeit des Hansebundes und der Phase einer um-

---

50 Ralf G. Päsler, Niederdeutsch – Hanse – Literatur. Zur Diskussion des Begriffs ‚Hanseliteratur', in: Deutsch-russische Kulturbeziehungen in Mittelalter und Neuzeit. Aus abendländischen Beständen in Russland, hg. v. Natalija Ganina u. a. (Deutsch-russische Forschungen zur Buchgeschichte 4 [= Akademie Gemeinnütziger Wissenschaften zu Erfurt. Sonderschriften 49]), Erfurt 2017, S. 115–128.

51 Ebd. S. 125.

52 Ebd., S. 127.

53 Der Begriff ‚Hansesprache' wird vornehmlich von Willy Sanders Anfang der 1980er Jahren geprägt, vgl. Willy Sanders (Anm. 5), sowie ders., Die Sprache der Hanse, in: Dialektologie. Ein Handbuch zur deutschen und allgemeinen Dialektforschung, hg. v. Werner Besch u. a., Bd. 2. (Handbücher zur Sprach- und Kommunikationswissenschaft 1.2) Berlin / New York 1983, S. 991–1002.

54 Vgl. Robert Peters, Zur Sprachgeschichte des niederdeutschen Raumes, in: Regionale Sprachgeschichte, hg. v. Werner Besch u. Hans Joachim Solms (ZfdPh. Sonderheft 117), Berlin 1998, S. 108–127; ebenfalls in: Robert Peters, Mittelniederdeutsche Studien (Anm. 21), S. 443–461. Peters kommt in weiteren Arbeiten auf das Thema zurück, vgl. den Abschnitt ‚III. Mittelniederdeutsch und die Hanse', in: ders., Mittelniederdeutsche Studien (Anm. 21), S. 267–341.

fangreichen mittelniederdeutschen Schriftlichkeit ein entscheidender Kritikpunkt.[55] Es ist daher ratsam, auf solche schlagwortartigen Attribute wie ‚Hansische Literatur' in ihrem weiten, potenziell allumfassenden Sinn in Zukunft zu verzichten, zumindest solange kein schlüssiges neues Konzept, das nicht fortgesetzt alte Schemata reproduziert, entwickelt wurde.[56]

Mit Recht ist zu fragen, weshalb die Rede von der ‚Hanseliteratur' so populär werden konnte. Die Antwort kann literaturhistoriografische und didaktische Gründe ins Feld führen. Vor allem im Rahmen der Didaktisierung mittelniederdeutscher Textüberlieferung mit dem Ziel, eingängige Muster ihrer Verortung und Vermittlung zu kreieren, ist die Idee der Hanseliteratur erfolgreich und willkommen. Der Hansebund, der Hansekaufmann und die Hansestadt sind bekannte und mit spezifischen Vorstellungen belegte Größen, denen sich die Hanseliteratur gut zugesellen lässt. Es muss also eine Dialektik zwischen der Suggestion einer literaturdidaktischen Sicht auf der einen Seite und einer Kritik daran, die sich primär aus der Überlieferungslage und der Geschichte des sogenannten Hanseraums ergibt, festgestellt werden. Aus dieser Kritik heraus und im Hinblick auf die vielfältige Textüberlieferung der mittelniederdeutschen Schreibsprachen kann das Konzept ‚Hanseliteratur' nur einen kleinen Baustein (Textgruppen aus den Hansestädten nach 1370 und vor 1530) der Gesamtüberlieferung betreffen.

Die erreichte suggestive Erklärungsleistung verdeutlicht, weshalb die Hanse und das aus ihr erwachsene Postulat einer ‚Hanseliteratur' größere literaturhistoriografische Popularität erzielen. Bei aller Heterogenität des niederdeutschen Textaufkommens in sprachlicher und inhaltlicher Hinsicht hat sich eine sprach- und literaturexterne Verklammerung ergeben, die auf einer gut vermittelbaren Phase norddeutscher Geschichte basiert. Das ‚Gütesiegel' des Hansischen gereicht der Darstellung mittelniederdeutscher Literatur zum Vorteil.

Im nächsten Schritt wird kritisch geprüft, in welcher Weise Literaturgeschichtsschreibung textübergreifende Ordnungen schafft und Sinn stiftet. Dies soll am Beispiel der Texttypik geschehen, die in den Überblicksdarstellungen bis in jüngere Zeit dominiert. Grundsätzliche Überlegungen zum Problem der Literaturgeschichtsschreibung werden vorangestellt.

---

55 Vgl. dazu auch Robert Peters, Die Rolle der Hanse und Lübecks in der mittelniederdeutschen Sprachgeschichte, in: Besch u. a. (Hg.) (Anm. 5), S. 1496–1505.

56 So bezieht sich Päsler auch kritisch (ebd., S. 118) auf das Polysystem-Konzept Itamar Even-Zohars, das jüngst auf das Mittelniederdeutsche angewandt wurde und durchaus Trennung und Verbindung von Hanse und niederdeutscher Literatur zugleich auf den Begriff zu bringen vermag. Vgl. Fulvio Ferrari, Middle Low German Literature: a Polysystem between Polysystems?, in: Textual production and status contests in rising and unstable societies, ed. by Massimiliano Bampi u. Marina Buzzoni (Filologie medievali e moderne. Serie occidentale 2), Venedig 2013, S. 71–82.

3. Probleme der Literaturgeschichtsschreibung des Mittelniederdeutschen

3.1 Texttypenbezogene Literaturgeschichtsschreibung

Literaturgeschichte ist Geschichte, und diese existiert nicht unabhängig von ihrer Beschreibung, sondern wird durch sie erst geschaffen. Geschichte setzt Quellen und (mindestens) einen Menschen voraus, der sie schreibt. Zudem setzt sie mit dem Interesse an ihr aus einer gegenwärtigen Lage heraus einen noch bedeutsameren Aspekt voraus. Auch die Literaturgeschichtsschreibung ist (wie Geschichtsschreibung überhaupt) keine Beschreibung von Vergangenem, sondern dessen Vergegenwärtigung. In diesem Sinn hat das Vorhaben einer neuen Literaturgeschichte des Niederdeutschen in Mittelalter und Früher Neuzeit auch zu fragen, was man in der Gegenwart des 21. Jahrhunderts von einem solchen Vorhaben erwartet und in welcher Weise es sich in die Diskurse unserer Zeit einzuschreiben sucht.

Literaturgeschichtsschreibung beschreibt, ordnet und deutet; sie baut notwendigerweise auf vorgängigen Beschreibungen, Ordnungen und Deutungen auf. Sie konstruiert mehr oder weniger narrativ und systematisch die Zusammenhänge, die sie aus den vorliegenden überlieferten und edierten Texten herausliest.[57]

Literaturgeschichtsschreibung ist eine zeitspezifische Kultur einer jeweiligen historischen Wissenschaftstradition, die vergangene Traditionen und Kulturen konstituiert, indem sie diese ordnend und deutend in einem Bild verdichtet. Der Beschreibungsanspruch der Literaturgeschichtsschreibung steht dabei stets zwischen Totalität und Partikularität in Bezug auf ihren Gegenstand. Literatur gilt zum einen als eine Sektion der beschriebenen Kultur. Zugleich steht sie in repräsentativer Beziehung zur Kultur, aus der sie hervorgeht und auf die sie in vielfacher Weise verweist. Literatur hat – in diesem Punkt besteht eine poetologische Einigkeit von der aristotelischen Poetik bis in neueste Zeit – Modellcharakter. Sektional gesehen beschränkt sich die Literaturgeschichtsschreibung auf schriftliche Quellen, deren spezifisch textuelles Moment (und nicht deren

---

57 Vgl. zu den Aufgaben und Problemen der Literaturgeschichtsschreibung (anhand einer mittelalterlichen Literaturgattung) die instruktiven Überlegungen von Klaus Grubmüller, Die Ordnung, der Witz und das Chaos. Eine Geschichte der europäischen Novellistik im Mittelalter: Fabliau – Märe – Novelle, Tübingen 2006, S. 1–40. Grubmüller, der von der Literaturgeschichte eine „konstruktive Einbildungskraft“ (S. 3) fordert, liefert selbst ein Beispiel für Geschichtsschreibung, die ordnet *und* erzählend Sinnbezüge stiftet und sich nicht mit den Realien, der Texttypologie und gelegentlichen Einzeltextanalysen zufriedengibt, wie sie in der Literaturgeschichtsschreibung oftmals festzustellen sind.

Quellenwert) im Mittelpunkt steht. Andere Quellen und Überreste vergangener Kulturen (wie Architektur, Grabbeigaben, Stoffreste etc.) werden ausgeschlossen. Die Beziehungen zur Kultur, von der Literatur ein Teil ist, und im weitesten Sinn zum Text, den diese Kultur im Sinne der *cultural poetics* insgesamt darstellt, muss für jeden Fall einer modernen Literaturgeschichtsschreibung mitgedacht und praktiziert werden.[58] In diesem Sinn hat Literaturgeschichtsschreibung einen totalitären Anspruch.

Die Gegenstandskonstitution der Literaturgeschichtsschreibung ist keineswegs banal. In ihr zeigt sich ein dialektischer Prozess, dem Vorgefundenen in seiner Eigenart (wie wir sie jeweils attestieren) gerecht zu werden und dennoch unsere Fragestellungen an die Zeugnisse der Vergangenheit anzulegen. Was Literatur ist und zu sein vermag, ist Übereinkunft und Verhandlungsprozess in einem Wechselprozess einerseits der Selbstdeutung einer Zeit durch die tradierte Literatur und andererseits von deren Rekonstruktion Jahrzehnte und Jahrhunderte später – und damit nicht definitiv festzulegen.[59]

Auch das in der mediävistischen Wissenschaftstradition konstituierte weite Feld mittelalterliche Literatur wird zunächst in den Rastern der klassischen Kategorien der Literaturgeschichtsschreibung dargestellt, also in den Kategorien der Periodisierung sowie der Typisierung vorliegender Texte zu Gruppen (Gattungen, Texttypen). Ebenfalls wirksam sind die Kategorien der Arealisierung sowie Stratifizierung nach Produzenten, Rezipienten, Distributoren und Tradenten sowie nach deren Rolle in den komplexen sozialen und ökonomischen Prozessen der jeweiligen Zeit und Region. Spezifisch für die mediävistischen Literaturgeschichten sind allerdings nicht die genannten Kategorien, sondern eine Eigenart des beschriebenen Gegenstands und der Zeit mit ihrem

---

58 Vgl. hierzu Gabrielle M. Spiegel, Geschichte, Historizität und die soziale Logik von mittelalterlichen Texten, in: Geschichte schreiben in der Postmoderne. Beiträge zur aktuellen Diskussion, hg. v. Christoph Conrad u. Martina Kessel (Reclams Universal-Bibliothek 9318), Stuttgart 1994, S. 161–202. Zur Verhältnisbestimmung von Literatur und Kultur in der Literaturgeschichtsschreibung vgl. Jan-Dirk Müller, Literaturgeschichte als Mikrogeschichte. Zur Schwierigkeit, eine Geschichte vormoderner Literatur zu schreiben, in: Literaturgeschichte. Theorien – Modelle – Praktiken, hg. v. Matthias Buschmeier, Walter Erhart u. Kai Kauffmann (Studien und Texte zur Sozialgeschichte der Literatur 138), Berlin / Boston 2014, S. 165–184, hier: 178: „In den einzelnen Geschichten ist Literatur Zentrum eines soziokulturellen Netzwerkes. Das bedeutet, dass Kulturgeschichte [. . .] ein Rahmen literaturgeschichtlicher Darstellung sein kann."

59 Vgl. Stephen Greenblatt, Was ist Literaturgeschichte? Aus dem Engl. v. Reinhard Kaiser u. Barbara Naumann (Edition Suhrkamp 2171), Frankfurt am Main 2000 [Erstausgabe 1997], S. 43: „In der Literaturgeschichte geht es immer um die Beziehung zwischen den Bedingungen, die das literarische Werk für diejenigen, die es schufen, möglich machten, und den Bedingungen, die es für uns selbst möglich machen. Insofern ist Literaturgeschichte immer die Geschichte der Möglichkeit von Literatur."

gänzlich anderen Verständnis von Textualität. Mittelalterliche Texte sind durch Offenheit und Unfestigkeit gekennzeichnet. Ihr offener Charakter kennzeichnet die gesamte vormoderne Überlieferung, so dass ihm jede Literaturgeschichtsschreibung vormoderner Kulturen Rechnung tragen muss.[60] Dieses Spezifikum der gesamten Überlieferung, das teils schon die Konstitution der Einheit eines Lieds oder dessen Zuschreibung zum Werk eines bestimmten Autors unsicher sein lässt, hängt bekanntlich mit den medialen und geschichtlichen Bedingungen für die Herstellung und Rezeption von Schriften im Mittelalter zusammen; einer Zeit, die nicht in festen Werkkategorien und Überlieferungszusammenhängen gedacht hat und in der die Gruppierbarkeit von Texten (zu Typen und Gattungen) kaum je eindeutig als immanentes oder paratextuelles Merkmal markiert ist. Ein weiterer Aspekt dieser textuellen Offenheit sind die zahlreichen Möglichkeiten und auch Realisierungen von unterschiedlichen Kontextualisierungen, in denen ein bestimmter Text in zahlreichen Fassungen vorzufinden ist (z. B. als aufgeführter Text, als Teil verschiedener Sammelhandschriften mit unterschiedlichen Schwerpunkten, später im Zusammenhang von diversen Frühdruckkontexten).

Wirft man einen Blick auf die Überblicksdarstellungen zur niederdeutschen Literaturgeschichte, dann fällt auf, dass in diesen die genannte Offenheit nicht explizit thematisiert wird und sich allenfalls indirekt zeigt, da jede Darstellung zu einer eigenen Typisierung gelangt. Gerade diese Tatsache beweist sinnfällig, dass der Textüberlieferung selbst eine feste Ordnung gerade nicht ablesbar ist. Wenn im Folgenden ausgewählte Beispiele für die Texttypologie gemustert werden, dann nicht deshalb, um diese Verfahren als falsch zu denunzieren (sie sind auch in didaktischer Absicht und zu heuristischen Zwecken verfasst worden), sondern um am konkreten Beispiel aufzeigen zu können, wie die Form der Darstellung das Dargestellte formt.

Die Ausführungen konzentrieren sich zunächst auf zwei jüngere Abhandlungen, die breit rezipiert wurden. Dies ist zum einen Hartmut Beckers' Aufsatzreihe zur Bestandsaufnahme der mittelniederdeutschen Literatur[61] sowie zum anderen der Aufriss der Textsorten des Mittelniederdeutschen von Jürgen Meier und Dieter Möhn[62]. Daran anschließend erhebt sich die Frage nach Dar-

---

60 Dieses Moment ist vor allem durch das Konzept der ‚New Philology' betont worden. Innerhalb des deutschen Sprachraums wurde es bereits zuvor durch die von Kurt Ruh inaugurierte überlieferungsbezogene Literaturauffassung fokussiert, vgl. hierzu Überlieferungsgeschichte transdisziplinär. Neue Perspektiven auf ein germanistisches Forschungsparadigma, hg. v. Horst Brunner, Freimut Löser u. Dorothea Klein (Wissensliteratur im Mittelalter 52), Wiesbaden 2016.

61 Beckers (Anm. 3).

62 Jürgen Meier / Dieter Möhn, Die Textsorten des Mittelniederdeutschen, in: Besch u. a. (Hg.) (Anm. 5), S. 1470–1477.

stellungsformen, die Alternativen für die Geschichtsschreibung der mittelniederdeutschen Textüberlieferung aufzeigen.

An erster Stelle steht die genannte, nach wie vor umfangreichste neuere Darstellung der mittelniederdeutschen Literatur von Beckers, die der Autor in drei (geplant vier) Teilen als Zeitschriftenaufsätze im ‚Niederdeutschen Wort' in den Jahren 1977 bis 1979 veröffentlichte; ein vierter Teil über die geistliche Literatur wurde nicht realisiert. Im Gegensatz zu den meisten Autoren der vorangegangenen Überblicksdarstellungen diskutiert Beckers, was unter dem Terminus ‚Mittelniederdeutsche Literatur' überhaupt verstanden werden kann. Er legt dafür den in der Mediävistik üblichen weiten Literaturbegriff zugrunde und bestimmt seinen Gegenstandsbereich nach zeitlichen, sprachlichen und textlinguistische Kriterien. Zeitlich wird der Beginn der mnd. Literatur mit dem Neubeginn der Schriftlichkeit im Niederdeutschen zu Beginn des 13. Jahrhunderts angesetzt, während das „Ende der mnd. Literaturepoche [...] mit der Verdrängung der überregionalen mnd. Schriftsprache durch das Frühneuhochdeutsche im Lauf des 16. Jh.s" zusammenfällt.[63] Die sprachliche Bestimmung sei, so Beckers, „am problematischsten", da nicht klar sei, ob „ausschließlich solche Texte zur mnd. Literatur zu zählen sind, die von ihrem jeweiligen Autor selbst in mnd. Sprachgestalt verfaßt" worden seien.[64] Er entscheidet sich dafür, auch die „vielen mnd. Versionen hochdeutscher und niederländischer Originaltexte in der Darstellung der mnd. Literatur ihren Platz finden" zu lassen, ebenso auch dafür, die „gewissermaßen ‚mechanischen' Umschriften von einem Schriftdialekt des mittelalterlichen Deutsch (bzw. Kontinentalwestgermanischen) in einen anderen" (in diesen Fall niederdeutschen) aufzunehmen.[65] Erwähnt, aber in die Typen-Systematik der ausführende Teile nicht einbezogen, werden auch Autoren des niederdeutschen Sprachraums, die nicht in mnd. Sprache schreiben.[66] Beckers streift mit seinen kurzen pragmatischen Bemerkungen zur Rolle der Sprachlichkeit ein Problem, dem sich jede Geschichtsschreibung der mittelniederdeutschen Literatur stellen muss. Es verlangt nach einer längeren und systematischen Untersuchung. Wir werden darauf im Abschnitt 4 kurz eingehen.

Wie präsentiert sich Beckers' Texttypik? Im Bewusstsein der Schwierigkeit, überhaupt ein Ordnungsgerüst nach Textarten für die mittelalterliche Überlieferung aufstellen zu können, entwickelt er folgendes Ordnungsschema:

---

63 Beckers, Mittelniederdeutsche Literatur (I) (Anm. 3), S. 4.
64 Ebd., S. 5.
65 Ebd., S. 5–7.
66 Vgl. ebd., S. 9f. Auf das damit eröffnete Problem einer (vermeintlichen) Stufung der mittelniederdeutschen Literatur – auf der polaren Skala einer autochthonen Entstehung im niederdeutschen Sprachraum durch einen niederdeutschen Autor oder der Ferne eines Textes von dieser Verbindung – kommen wir im abschließenden Teil zurück.

1.) Weltliche Literatur
weltliche Erzählliteratur, didaktisch-satirische Literatur, weltliche Lyrik, Artesliteratur, weltliches Schauspiel

2.) Geistliche Literatur
geistliche Erzählliteratur, geistliche Lehr- und Erbauungsliteratur, geistliche Lyrik und Gebetliteratur, geistliches Schauspiel[67]

Für die Texttypik stehen hier in auffälliger Weise dieselben literaturgeschichtlichen Kategorien wie bei Jellinghaus und Stammler im Mittelpunkt; es sind die Oppositionspaare geistlich vs. weltlich sowie Vers vs. Prosa. Momente zur Kreuzklassifikation nach größeren Gattungen und Schreibarten (Schauspiel, Erzählliteratur, Satire) sind ebenfalls deutlich zu erkennen. Beckers hat seine Bestandsaufnahme nicht vollenden oder zur Basis einer umfangreicheren Literaturgeschichte machen können. In den einzelnen Abschnitten lesen sich seine Erläuterungen vieler Teile aber höchst anregend und gehen in der Regel über die pure Anführung von Realien, hilfreichen Textbenennungen und Textartenzuschreibungen hinaus, indem sie auf weitere Kontexte, vor allem auf die Zusammenhänge der niederdeutschen Texte mit Texten anderer Varietäten und Sprachen eingehen. Sein Beitrag steht somit in der Tradition der Niederdeutschen Philologie, die komplementär zur hochdeutsch dominierten Literaturgeschichte Informationen und Daten zur niederdeutschen Literatur an die Hand gibt und den Überlieferungsbestand quellennah dokumentiert sowie sortiert. Er reiht sich aber auch in die sich damals schon abzeichnende Tendenz einer modernen Mediävistik ein, welche auf die Einordung von Texten mit Rekurs auf deren Überlieferung und weitere Kontexte setzt.

Der zweite Fall, der im typologischen Kontext geprüft wird, hat keinen literaturwissenschaftlichen, sondern einen linguistischen, genauer textlinguistischen und sprachgeschichtlichen Hintergrund, der sich bereits durch die Verwendung des Textsortenbegriffs im Titel zu erkennen gibt. In ihrem Aufsatz zu den ‚Textsorten des Mittelniederdeutschen' im Rahmen des HSK-Bandes ‚Sprachgeschichte' reihen sich Jürgen Meier und Dieter Möhn in das Programm einer „Sprachgeschichte als Textsortengeschichte"[68] ein. Unter Textsorte ver-

---

67 Vgl. Beckers (Anm. 3), (I) S. 17. Dies ist das entworfene Programm; es wird bis zur weltlichen Lyrik ausgeführt. Beckers hatte eine ähnliche Typologie bereits zuvor entworfen: Hartmut Beckers, Die Erforschung der niederdeutschen Literatur des Mittelalters, in: Jahrbuch des Vereins für niederdeutsche Sprachforschung 97 (1974), S. 37–60. Die realisierte Ordnung seines dreiteiligen Überblicks ist sehr differenziert. So wird die weltliche Erzählliteratur nach folgenden Typisierungen (mit weiteren hier nicht aufgeführten Subtypen) geordnet: 1.) Weltliche Erzähldichtung germanisch-deutscher Stoffherkunft; 2.) Weltliche Erzählungen französischer Stoffherkunft; 3.) Weltliche Kleinepik (Novellen, Schwänke, Satiren), 4.) Sog. Volksbücher des 15./16. Jahrhunderts. Vgl. Beckers (Anm. 3), (I), S. 19–58.

68 Meier / Möhn (Anm. 62), S. 1470, vgl. dazu auch das Lesebuch Meier / Möhn (Anm. 42).

stehen die Autoren in Anlehnung an Klaus Brinker „unterschiedlich realisierte Kommunikationsmuster einer durch die gemeinsame (dominante) Textfunktion bestimmte Textklasse“[69]. Als „Bezugszeitraum“ wird „die Hanse“ genannt, da sie die „dominierende wirtschaftliche, raumgestaltende und kulturstiftende Bezugsgröße“[70] gewesen sei. Der Voraussetzung der Hanse als „Produktionsraum“ der mittelniederdeutschen Literatur verdankt sich schließlich auch die Entwicklung der zentralen Ordnungskategorien, die – wie bei Jellinghaus, Stammler und auch Beckers – aus allein zwei Oppositionen besteht.[71] Es sind dies die Oppositionen institutsintern vs. institutsextern sowie öffentlichkeitszentriert vs. für den Privatgebrauch (= nicht öffentlichkeitszentriert). Aus diesen Kategorien ergibt sich folgendes Ordnungssystem, dem jeweils Texttypen in traditioneller Benennung subsumiert werden:

1.) Institutsinterne Texte
Kirchen- und Schulordnungen, Kontor- und Handwerksstatuten, Rechnungsbücher, Güterverzeichnisse, Grammatiken, Wörterbücher u. a.
2.) Institutsübergreifende Texte
Korrespondenzen, Verträge, Testamente, Stadtrechte, Burspraken, Zollbestimmungen, Gerichtsurteile, Hochzeits- und Kleiderordnungen u. a.
3.) Öffentlichkeitszentrierte Texte
Ratgeber für prakt. Handeln (Artesliteratur), Gesellschaftskritik und Belehrung (Spiegelliteratur, Sprichwörtersammlungen, Ständelehren u. a.); Informationsangebot zum Erwerb von Weltwissen (Reiseberichte, Geschichtswerke); Religiöse Bildung und Erbauung sowie Unterhaltung (worunter mündliche Erzählungen und literarische Texte verschiedenen Typs aufgeführt werden)
4.) Texte für den Privatgebrauch
Tagebücher, Stammbücher, Chroniken privater Natur, Briefe u. a.[72]

Bemerkenswert an dieser auf den ersten Blick originell umsortierenden Ordnung der mittelniederdeutschen Texte ist aber nicht so sehr der textlinguistische Ansatz, welcher durch den Aufbau des Handbuches vorgegeben ist,[73] sondern die Tatsache, dass die Typik mit dem Konzept der Hanse als Produktionsraum der mittelniederdeutschen Literatur verbunden wird. Dieser Konnex mag für Teile der Schriftlichkeit zwar plausibel sein; dennoch ist der Identifizierungsakt

69 Meier /Möhn (Anm. 62), S. 1470.
70 Ebd., S. 1470.
71 Vgl. ebd., S. 1471–1475, den Abschnitt „Hanse als ‚Produktionsraum‘“, innerhalb dessen die Textsorten entfaltet werden und der nur kurz durch einen Abschnitt „Nichthansische Textproduktion“ (S. 1475f.) ergänzt wird.
72 Vgl. ebd., S. 1472–1475.
73 Vgl. dazu etwa den entsprechenden Art. zum ‚Mittelhochdeutschen‘: Hannes Kästner/Bernd Schirok, Die Textsorten des Mittelhochdeutschen, in: Besch u. a. (Hg.) (Anm. 5), S. 1365–1384.

der mittelniederdeutschen Schriftlichkeit mit den realhistorischen Bedingungen und Kontexten der Hanse vollständig unbewiesen.

Positiv festzuhalten bleibt, dass durch das bewusste Fortlassen der Kategorien der klassischen Gattungslehre sozialgeschichtliche Zusammenhänge hergestellt werden, die zu Recht angesetzt werden. Dies ist etwa der Fall, wenn in der Kategorie ‚Gesellschaftskritik und Belehrung zur Lebensführung' neben der Spiegelliteratur und einem sittlichen Ratgeber für Kaufleute (‚Kopenschap to varen') auch Texte genannt werden, die in traditionellen Literaturgeschichten unter bestimmten dichterischen Gattungen (wie Borchlings ‚Tierdichtungen') eingeordnet werden, z. B. *Reynke de vos* oder der ‚Magdeburger Prosa-Äsop'.[74]

Es stellt sich die Frage, ob grundsätzlich wie faktisch Alternativen zur Darstellung einer mittelniederdeutschen Literaturgeschichte existieren, die sich jenseits der Gattungstypik und Textsortenklassifikation bewegen. Einen Versuch hat 1989 Ruth Schmidt-Wiegand unternommen, indem sie die mittelalterliche Literatur nach Lebensbereichen einteilt: Alltag, Wissenschaft, Literatur, Religion, Recht, Technik und Handwerk.[75] Allerdings dient auch diese Einteilung (die man leicht als unvollständig markieren könnte) wiederum vor allem dazu, den überlieferten Texten bestimmte Gattungen der Schriftlichkeit zuzuordnen. In auffälliger Weise bleiben dann, wenn man ausgehend von dieser Ordnungsweise denkt, große Lücken, die ohne eine Zuordnung auskommen müssen, wie etwa die Textgruppe zur Geschichte bzw. zur *memoria* als historischer Erinnerung und Vergegenwärtigung von Vergangenem.[76] Diese Gruppe ist für die mittelniederdeutsche Überlieferung aber besonders bedeutsam.

Aus diesem Grund gibt der besondere Fall der ‚Geschichtstexte' Anlass für eine grundsätzliche Kritik, die im Folgenden mit weiterführender Perspektive näher ausgeführt sei.

---

74 Vgl. ebd., S. 1473f.

75 Vgl. Ruth Schmidt-Wiegand, Prolegomena zu einer Texttypologie des Mittelniederdeutschen, in: Aspekte der Germanistik. Festschrift für Hans-Friedrich Rosenfeld zum 90. Geburtstag, hg. v. Walter Tauber (GAG 521), Göppingen 1989, S. 261–283. Vergleichbar mit diesem Versuch ist Karl Hyldgaard-Jensen, Die Textsorten des Mittelniederdeutschen, in: Sprachgeschichte. Ein Handbuch zur Geschichte der deutschen Sprache und ihrer Erforschung, hg. v. Werner Besch u. a., Bd. 2 (Handbücher zur Sprach- und Kommunikationswissenschaft 2, 2). Berlin, New York 1985, S. 1247–1251, der ebenfalls auf Funktionsbereiche setzt, diese aber mit alltagsbezogenen und anderen, auf ästhetische Effekte konzentrierten Feldern eher traditionell definiert.

76 Schmidt-Wiegand teilt etwa dem Alltag Gesprächsbüchlein und Kinderzuchtlehren, dem Artes-Bereich die Artesliteratur, dem Bereich Recht Rechtsbücher, Stadtrechtsbücher, Gesetze etc. zu.

3.2. Alternativen zur texttypenbezogenen Literaturgeschichtsschreibung am Beispiel der ‚Geschichtstexte'

Die Gruppe der ‚Geschichtstexte' setzen wir bewusst breit an und nicht etwa mit dem Texttyp Chronik gleich, um im Folgenden Alternativen zur texttypenbezogenen Literaturgeschichtsschreibung diskutieren zu können. Da man, was Darstellungen jenseits der Texttypik betrifft, innerhalb der Niederdeutschen Philologie durchaus noch ein Desiderat diagnostizieren kann, greifen die Überlegungen disziplinär auf die germanistische und geschichtswissenschaftliche Mediävistik aus.

Das erste Beispiel steht in einem literaturgeschichtlich-didaktischen Kontext. In ihrem Einführungswerk zur deutschen Literatur des Mittelalters widmet sich Dorothea Klein verschiedenen Diskursen, als deren Bestandteile die Texte des volkssprachigen Mittelalters behandelt werden. Einer dieser Diskurse ist das „Interesse an der Geschichte"[77]. Die daraus resultierende Diskussion der Texte ist eine literaturdidaktische Innovation, die sich literaturgeschichtlich ausbauen ließe: Mittelalterliche Texte werden nach gattungsüberschreitenden Gesichtspunkten wie diskursiven und lebensweltlichen Interessensbündeln behandelt.

> Das Mittelalter hat eine Fülle von Texten hervorgebracht, die historische Gegenstände verhandeln. Der Diskurs wurde in Latein und in der Volkssprache geführt, in Vers und Prosa, in verschiedenen ‚Gattungen' und Redeweisen. Die Gründe für dieses lebhafte Interesse [...] liegen auf der Hand. Dahinter stand das Bedürfnis, Orientierung über den eigenen Standort in Raum und Zeit zu finden, Kenntnisse über das eigene Herkommen und damit auch Argumente zur Legitimierung von Herrschaft und Existenz in der Gegenwart zu gewinnen, auch das Bedürfnis zu erfahren, wie es in der Welt zugeht.[78]

Unter dem Gesichtspunkt eines Interesses an der Geschichte werden bei Klein Bibeldichtungen, Legenden in Vers und Prosa, Chronistik in Vers und Prosa, Antikenromane und – als genuin volkssprachig-mündliche Traditionen – Epen in der Chansons de geste-Tradition und Heldenepik (wie das ‚Nibelungenlied' und ‚Dietrichs Flucht') behandelt. Auch diese Einteilung baut auf bewährter Texttypologie auf und ordnet einzelne Werke somit nicht ausschließlich nach übergreifenden Diskursen, Interessensbündeln oder Faszinationstypen[79]. Relevant im Sinn einer Alternative zur Darstellung in reinen Gattungsbezügen ist jedoch, und dieser Punkt ist entscheidend, dass die Gattungen nicht die in Text-

---

[77] Dorothea Klein, Mittelalter. Lehrbuch Germanistik, 2., aktual. Aufl., Stuttgart / Weimar 2015, S. 256–298, hier 256.

[78] Ebd., S. 256.

[79] Zum Begriff ‚Faszinationstyp' vgl. Hugo Kuhn, Versuch über das 15. Jahrhundert in der deutschen Literatur, in: ders.: Entwürfe zu einer Literatursystematik des Spätmittelalters. Tübingen 1980, S. 77–101, hier: 85–89.

analyse und -darstellung gewissermaßen höchsten Kategorien der literaturgeschichtlichen Darstellung sind, sondern unter einem die Gattungen überschreitenden Gesichtspunkt, hier dem Geschichtsdiskurs, behandelt werden.

Ein weiteres Beispiel, das in eine ähnliche Richtung weist, insofern auch hier traditionelle Gattungstypologie nicht suspendiert, aber überschritten wird, ist die geschichtswissenschaftliche Studie von Hans-Werner Goetz über ‚Geschichtsschreibung und Geschichtsbewußtsein im hohen Mittelalter'. Goetz kommt – so wörtlich die Abschnittsüberschrift – auf die „‚Gattungen' hochmittelalterlicher Geschichtsschreibung" zu sprechen, wobei er den Traditionsbegriff verwendet und ihn zugleich mit einfachen Anführungen als diskussionsbedürftig kennzeichnet.[80] Es ist bezeichnend, wenn Goetz in einer Fußnote erklärt, dass er sich nicht des in der Literaturwissenschaft üblichen „zu allgemeinen Diskursbegriffs" bedienen wolle, da dieser den „Gattungsbegriff nicht zu ersetzen vermag."[81]

Festzuhalten bleibt die Diagnose, dass der (auch bei Klein nur in Anführungen verwendete) Gattungsbegriff ebenso Unbehagen bereitet wie als unabdingbar gilt. Man hätte den Terminus ‚Gattung' schließlich auch, wenn es nur um Typik ginge, durch den Textsortenbegriff ersetzen können, wie es in der Textlinguistik seit den 1970er Jahren mit einer allerdings für die Literaturwissenschaft problematischen klassifikatorischen Tendenz geschehen ist.

Der in zwei Werken zu mittelalterlichen Geschichtstexten von der Gliederung bis in die Mikrostruktur verankerte Versuch, sich zwischen der Orientierung an einer transtextuellen Ebene (‚Diskurs') und einer traditionellen Beschreibung von Texttypen (‚Gattungen') einzurichten, wirft ein Licht auf die Möglichkeiten künftiger Literaturgeschichtsschreibung. So kann auch bei neueren Ansätzen einer literaturgeschichtlichen Aufarbeitung mittelniederdeutscher Texte die Gattung bzw. der Texttyp eher einen Status als Mittel der Beschreibung erhalten, muss aber nicht mehr als deren Erkenntnisziel dienen.

In diesem Sinn betrachten wir im Fall von Goetz nicht dessen Erörterungen über die verschiedenen Gattungen hochmittelalterlicher Geschichtsschreibung[82] als relevant für das hier reflektierte Thema, sondern seine Bemerkung, dass es im Fall seines Gegenstandes kein *allgemeingültiges* Schema geben könne, nach dem sich Texte zu ‚Gattungen' ordnen ließen, insofern Kriterien wie Form, Berichtsgegenstand bzw. -raum, Institution der Entstehungsstätte usw. jeweils

---

[80] Hans-Werner Goetz, Geschichtsschreibung und Geschichtsbewußtsein im hohen Mittelalter, 2., erg. Aufl. (Orbis mediaevalis 1), Berlin / New York 2008, S. 110–124.

[81] Ebd., S. 110, Anm. 15.

[82] Es sind dies Landes- und Stadtchroniken; Chroniken kirchlicher Institutionen (wie Kirchengeschichten, Bischofs- und Bistumschroniken, Kloster-, Stiftschroniken); Annalen; Gesten; Geschichtsdichtungen (wie das ‚Annolied' und die ‚Kaiserchronik') sowie Weltchroniken.

andere Gruppierungen ergeben und sich zudem überlagern.[83] Auch Goetz geht es somit schließlich um das, was Dorothea Klein „Interesse an der Geschichte" nennt. Das mittelalterliche Interesse wird – auch anhand exemplarischer Einzeltextanalysen und relevanter Aspekte wie etwa den Funktionen und Trägerinstitutionen hochmittelalterlichen Geschichtsbewusstseins – rekonstruiert und präsentiert im Ergebnis eine neue Option gelungener Literaturgeschichtsschreibung.[84]

Mittelalterliche Texte, die auf unterschiedliche Weise ein Interesse an der Geschichte bezeugen, sind ein bewusst gewähltes Themenfeld für die Fragestellung nach einer zukünftigen Literaturgeschichtsschreibung. Gerade in den Geschichtstexten – in historischen Liedern genauso wie in Stadt- und Weltchroniken – lassen sich die interdisziplinären Überschneidungsfelder philologischer und geschichtswissenschaftlicher Forschungen schließlich auch deshalb finden, weil der Gegenstand in historisch-anthropologischer Sicht im Orientierungsbedürfnis der vormodernen Menschen selbst verankert ist. Gerade für die spätmittelalterlichen Texte in niederdeutscher Sprache, etwa für den durch komplexe satirische Schreibart auch geschichtlich tief verankerten *Reynke de vos*, sollten genau solche transdisziplinären Wege möglich sein, um auf diese Weise nicht fortwährend den eingetrampelten Pfaden der bisherigen Literaturgeschichtsdarstellungen zu folgen.[85]

Viel verlieren ließe sich durch solche Versuche nicht, schließlich kann Literaturgeschichte nicht den Standpunkt der schreibenden oder vielmehr erzählenden Literaturhistorikerinnen und -historiker aus dem Spiel lassen.[86]

4. Sprache oder Raum?

Nach Problemstellungen und ersten Lösungsvorschlägen zur mittelniederdeutschen Literaturgeschichtsschreibung, verstanden als mögliche Prolegomena einer ausstehenden Literaturgeschichtserzählung für die Texte der mittelniederdeutschen Schreibsprachen, lässt sich fragen, ob die in bekannter schillerscher

83 Vgl. ebd., S. 110f.

84 Vgl. ebd., S. 243–410.

85 Das Projekt der monografischen Einführung in die mittelniederdeutsche Sprache und Literatur von Bockmann, Ihden, Langhanke und Recker (Anm. 19) sieht sich diesem Vorgehen verpflichtet. Der Befund ‚eingetrampelter Pfade' bezieht sich hier auf die vorhandenen Übersichten zur mittelniederdeutschen Literatur, nicht auf die deutsche Literaturgeschichtsschreibung insgesamt.

86 Vgl. hierzu auch die konzisen, aus guten Gründen persönlich formulierten Erläuterungen von Karl Bertau, Einleitung: Literaturgeschichtsschreibung als Geschichtsschreibung, in: ders., Über Literaturgeschichte. Literarischer Kunstcharakter und Geschichte in der höfischen Epik um 1200, München 1983, S. 9–18.

Diktion gestellte Frage im Titel des Beitrags einer Antwort näher gerückt ist: Was ist und zu welchem Ende schreibt man eine Geschichte der mittelniederdeutschen Literatur? Der Beitrag hat den Versuch unternommen, diese Frage durch die Kritik ihrer Grundlagen und die Musterung vorliegender Ansätze zu klären. Es bleibt dabei vieles offen bis zum Moment der tatsächlichen Umsetzung; anderes scheint uns hingegen durchaus als Grundlegung festzustehen.

Zunächst bleibt nach wie vor diskussionswürdig, was zur mittelniederdeutschen Literatur zu zählen ist. Dabei dürfte die grundsätzliche zeitliche und räumliche Abgrenzung des Gegenstands das geringste Problem sein, da dazu in der Wissenschaftspraxis schon seit langer Zeit ein Konsens besteht. Unklar aber bleibt vor allem, welche Kriterien den Gegenstand definieren sollen. Zur Debatte stehen – und das haben auch die Diskussionen der Tagung der Wolfram-Gesellschaft gezeigt, auf der diese Überlegungen vorgetragen wurden – eine vorwiegend sprachliche oder eine vorwiegend kulturräumliche Definition des in den Blick genommenen oder des in den Blick zu nehmenden Textbestands.

Beckers geht in seiner Übersicht vom sprachlichen Kriterium aus und kennzeichnet die sprachliche Definition zugleich als die problematischste Herangehensweise.[87] Wir halten das sprachliche Kriterium jedoch trotz seiner durchaus bestehenden Problematik für den am besten geeigneten Ausgangspunkt – und müssen zugleich anerkennen, dass die von Beckers gemachten Unterscheidungen, wie diejenigen zwischen mittelniederdeutschen Originalwerken, Adaptionsformen, mechanischen Umsetzungen usw. diskussionswürdig bleiben, zumal sie sich zwar als jeweils spezifische Fälle zu erweisen scheinen, aber eigentlich einer gemeinsamen grundsätzlichen theoretischen und methodischen Aufarbeitung bedürfen. Wie soll man etwa mit Texten umgehen, die zwischen hoch- und niederdeutschen oder niederdeutschen und niederländischen Sprachformen stehen, diese wechseln oder mischen? Oder mit Werken, die lediglich niederdeutsche Einsprengsel enthalten? Wie verhält es sich mit niederdeutschen Versionen von hochdeutschen Texten – oder auch mit vermutlich auf Niederdeutsch konzipierten Werken, die ausschließlich auf Hochdeutsch überliefert sind, sowie mit jenen, die mutmaßlich eine hochdeutsche Vorlage hatten, aber ausschließlich oder überwiegend niederdeutsch überliefert sind?

Zum Gesamt der Fälle und der genannten Abgrenzungsfragen haben wir keine spezifische Position, sondern nur eine grundsätzliche anzubieten: Man kann unterschiedliche Ansätze verfolgen und Grenzziehungen vornehmen, muss aber wissen, weshalb man das macht und welchen Gegenstand man damit konstruiert. Lediglich der Einbezug von nur mutmaßlich, aber nicht nachweislich als niederdeutsche Originale verfassten Werken als gleichberechtigten Tex-

---

[87] Vgl. Beckers, Mittelniederdeutsche Literatur (I) (Anm. 3), S. 5.

ten einer mittelniederdeutschen Literatur bleibt spekulativ und damit hochproblematisch, er sollte unterbleiben. Positiv ausgedrückt: Die mittelniederdeutsche Literatur sollte sprachlich und überlieferungsbezogen definiert sein.[88] Wenn dieser Grundsatz feststeht, gibt es keine Basis für den Ausschluss von Texten, die zwar in mittelniederdeutscher Sprache vorliegen, aber angeblich vollständig vorlagenabhängige Umschriften seien. Zum einen dürfte eine solche Klassifizierung in kaum einem einzigen Fall zutreffen, wie Recker jüngst am Beispiel des mittelniederdeutschen ‚De Hörnen Sifrit' zeigt,[89] zum anderen ist ein solches anachronistisches Kriterium auch bei der Textauswahl anderer Literaturgeschichtsdarstellungen, so namentlich für den hochdeutschen Raum, nicht üblich. Im Falle dieser Diskussion wird es für die niederdeutsche Literatur zum Problem, dass sie nie den Status einer Nationalliteratur im Sinne des 19. Jahrhunderts erlangen konnte. Dieser mag längst als überkommen gelten; in der Bewertung von Texten, Sprachformen und Überlieferungen spielt er jedoch immer noch eine überraschend große Rolle. In der Folge sieht sich die

[88] Oft, auch mit hoher historischer Evidenz angeführt wird das ‚Eulenspiegelbuch' als ursprünglich auf Mittelniederdeutsch verfasstes Werk Hermann Botes. Vgl. etwa die Argumentation von Ulrich Seelbach, Vier Alphabete und (k)ein Autor? Ist der Ulenspiegel signiert? in: Jahrbuch des Vereins für niederdeutsche Sprachforschung 128 (2005), S. 79–114. Aber auch Fälle wie ein angeblich ursprünglich auf Niederdeutsch verfasstes ‚Nibelungenlied' hat die Wissenschaftsgeschichte zu bieten, so ausführlich und auf das kulturgeschichtliche Prestige des Stoffes abzielend Willy Krogmann (Anm. 11), S. 264–267, in einem eigentlich als Überblicksartikel angelegten Beitrag, der dafür manche in mittelniederdeutscher Sprache zuverlässig überlieferten Textgruppen viel weniger ausführlich berücksichtigt. Anders geht Krogmann jedoch in seinem ebenfalls einen selbstbewussten Blick auf die niederdeutsche Literaturgeschichte werfenden Essay für ‚Kindlers Literaturlexikon' vor. Vgl. Willy Krogmann, Art. ‚Die niederdeutsche Literatur', in: Kindlers Literatur-Lexikon, Bd. 7: Werke U-Z. Essays. Register, Zürich 1972, S. 268–273; dabei handelt es sich um einen Wiederabdruck von ders., Die niederdeutsche Literatur, in: Die Literaturen der Welt. In ihrer mündlichen und schriftlichen Überlieferung, hg. v. Wolfgang v. Einsiedel, Zürich 1964, S. 531–542. Dort gilt das Augenmerk den Hauptsträngen bekannter Textüberlieferung, jedoch auch unter starker Betonung des ‚Eulenspiegelbuches'. Es fällt auf, dass diese starke Betonung des ‚Eulenspiegelbuches' in der Neubearbeitung des Essays jedoch stark revidiert wird, vgl. Willy Krogmann / Wolfgang Lindow, Art. ‚Die Niederdeutsche Literatur', in: Kindlers Neues Literatur-Lexikon, Bd. 20: Essays. Gesamtregister, hg. v. Walter Jens, München 1992, S. 171–177. Das Stichwort der ‚hansischen Literatur' oder der ‚Hanseliteratur' wird für die mittelniederdeutsche Überlieferung jedoch in beiden Darstellungen (1972 und 1992) gestärkt.

[89] Vgl. Anabel Recker, *De Hörnen Sifrit*. Textvergleich der mittelniederdeutschen und der frühneuhochdeutschen Fassung mit Vorüberlegungen zu einer Edition des Hamburger Druckes (um 1560), in: Studien zur mittelniederdeutschen und frühneuhochdeutschen Sprache und Literatur, hg. v. Sarah Ihden, Katharina Dreessen u. Robert Langhanke (Kleine und regionale Sprachen 6), Hildesheim / Zürich / New York 2021, S. 189–207.

mittelniederdeutschbezogene Textauswahl Diskussionen ausgesetzt, die für mittelhochdeutsch- und frühneuhochdeutschbezogene Auswahlen gar nicht geführt werden. Sie sollten auch für das Mittelniederdeutsche der Vergangenheit angehören nach dem Grundsatz: Jeder in mittelniederdeutscher Sprache überlieferter Text ist für eine Literaturgeschichtsschreibung des Mittelniederdeutschen von Interesse.

In sprachlicher Hinsicht steht ferner fest, dass der mittelniederdeutsche *Sprachraum* sich in Hinsicht auf seine zeitliche und räumliche Erstreckung klar bestimmen und definieren lässt. Er ist vom althochdeutschen und mittelhochdeutschen Sprachraum deutlich unterschieden und insbesondere vom 14. bis zum 16. Jahrhundert anders als dieser über den primär deutschsprachigen, also den hoch- oder niederdeutschsprachigen, Raum hinaus verbreitet und lässt sich daher auf der Grundlage der eben erwähnten nationalphilologischen Grenzziehungen nicht angemessen behandeln. Dieser Umstand birgt aber auch besonderes literatur- und kulturwissenschaftliches Potenzial. Ein Sprachraum, der außerhalb seines autochthonen Gebiets im Spätmittelalter und in der Frühen Neuzeit bis nach Flandern, Skandinavien und Russland reicht, lässt sich schon aus diesem Grund nicht als einheitlicher Kulturraum definieren, was traditionell durch das Etikett der ‚Hansischen Literatur' versucht worden ist.

Die Frage, inwieweit das ‚Konstrukt der Hanse' als Postulat eines gemeinsamen Kulturraums überhaupt taugt und inwieweit die Hanse ansonsten für die mittelniederdeutsche Schriftlichkeit von Relevanz ist, bedarf der gründlichen Neubehandlung im Schnittpunkt verschiedener Disziplinen und nicht der Übernahme einer überkommenen literaturhistoriografischen Traditionsbildung. Interdisziplinär vernetzt vermögen so auch die mit dem Mittelniederdeutschen beschäftigten Philologien nicht nur Brücken zwischen Sprachwissenschaft, Sprachgeschichte, Literaturwissenschaft und -geschichte zu schlagen, sondern können auch an weitere europäische Kulturwissenschaften und an die Geschichtswissenschaften angebunden werden. Eine enge Bindung literaturhistorischer und literaturwissenschaftlicher Fragestellungen an sprachhistorische und auch geschichtswissenschaftliche Positionen ist ein traditioneller Vorzug der Herangehensweisen der Niederdeutschen Philologie.

Um zu entscheiden, welche Literaturgeschichtsschreibung für das Mittelniederdeutsche möglich und angemessen ist, müssen die alten Bilder jedoch einer gründlichen Prüfung unterzogen werden, – was übrigens auch wieder ein Ins-Recht-Setzen von überwunden geglaubten Positionen bedeuten kann. So sollte das Anknüpfen an die Traditionen der frühen Germanistik, die noch selbstverständlich Zeugnisse verschiedener älterer germanischer Sprachen und Literaturen in ihrem Zusammenhang erforscht hat, jedoch in kulturwissenschaftlicher Wendung, ernsthaft erwogen werden. Dafür spricht schließlich auch ein sachlicher Grund: Die Varietäten des kontinentalwestgermanischen Raums sind in einem engen Grad historisch miteinander verwandt und in der Zirkulation von mündlich und schriftlich überlieferter Literatur auf das Engste vernetzt, sodass die nationalphilologischen Zugriffe der bestehenden Fachkulturen diese Kontexte kaum abzubilden vermögen.

Eine Kontinentalwestgermanistik dürfte als zukünftige Studiendisziplin aus praktischen Gründen vielleicht ausgeschlossen sein, als mediävistische Praxis wäre sie jedoch zu empfehlen. Auch die Behandlung der mittelniederdeutschen Literaturentwicklung würde davon profitieren.

5. Fazit und Ausblick

Noch einmal zurück zum Ausgangspunkt: Die spielerisch an Friedrich Schillers Jenaer Antrittsvorlesung von 1789 orientierte Formulierung ‚Was ist und zu welchem Ende schreibt man eine Geschichte der mittelniederdeutschen Literatur' stellt als Fragen in den Raum, welche Vorstellung vom Gegenstand zu vermitteln sei, und wie dieser an übergreifende Entwicklungszusammenhänge von Sprachen und Literaturen angeschlossen werden könne. Eindeutige Antworten können nicht gegeben werden. Dennoch lassen sich Orientierungen diskutieren, um die über die bisherigen Beschreibungen der mittelniederdeutschen Literaturgeschichte hinaus notwendigen Vorhaben greifbarer werden zu lassen. Konkreter lässt sich fragen, wie ein literaturhistorisches Netzwerk aus überlieferten Texten, bekannten Schreiborten und den auf uns gekommenen Autorinformationen geknüpft werden kann. Können diese Faktoren als Grundlage einer Erzählung dienen, die geschlossen genug ist für ein nachvollziehendes Verständnis regionaler literarischer Entwicklungen und offen genug bleibt für eine stetige und transparente Verbindung dieser Entwicklungen mit denjenigen in parallel existierenden Sprach- und Kulturräumen?

Das Ziel selbst, Beschreibungen durch eine literaturhistorische Erzählung zu transzendieren, scheint festzustehen. Für dieses Ziel muss sich eine mittelniederdeutsche Literaturgeschichtsschreibung aber ihres Gegenstands bewusst sein. Der Schlüssel liegt, so sei noch einmal unser Vorschlag betont, in der sprachlichen Form; die Lösung ist somit einfacher, als es zunächst scheint. Gegenstand einer mittelniederdeutschen Literaturgeschichte können nur Texte in niederdeutscher Sprache sein, unabhängig davon, in welchem Raum sie entstanden sind und überliefert sowie rezipiert wurden. Hilfsmittel ist vor allem der traditionelle sprachkontrastive Abgleich mit dem Hochdeutschen. Sieht man von der niederdeutschen Schriftlichkeit außerhalb des autochthonen Sprachgebiets ab, so gilt: Primär der Nichtvollzug der Zweiten Lautverschiebung im norddeutschen Raum definiert einen niederdeutschen Sprachraum, der in zahlreiche Mundartregionen und in die auf diesen basierenden Schreibsprachen gegliedert ist und in diesem Sinn Grundlage für den niederdeutschsprachigen Literaturraum ist. In diesem Raum wurden anderssprachige Texte in niederdeutsche Schreibsprachen übertragen, die parallel auch für autochthone niederdeutsche Textbestände sorgen und über beide Kanäle andere Literaturen beeinflussen.

Die durch diese Betrachtung gefestigte Dichotomie Hochdeutsch und Niederdeutsch, die zunächst auf Sprache, dann auf Literatur bezogen wird und Sprachräume und Literaturräume ausprägt, birgt Gefahr und Potenzial zugleich. Gefährlich und nicht zielführend ist die zu große Abgrenzung kulturell eigentlich miteinander verzahnter Regionen und sprachlich-literarischer Wirkungsbereiche. Positives Potenzial für die Darstellung birgt fortgesetzt die grundsätzlich gleichberechtigte Nebeneinanderstellung beider Sprachformen, die seit dem 19. Jahrhundert inhaltlich und auch wissenschaftsorganisatorisch als Darstellungsgrundlage für das Niederdeutsche genutzt wird.

Das Konzept eines ‚niederdeutschsprachigen Literaturraums' meint somit etwas anderes als das Konzept einer ‚niederdeutschen Kultur' oder eines ‚niederdeutschen Kulturraums', das die Diskussion hintergründig fortgesetzt prägt. Erklärung dafür mag sein, dass hierin eine griffige Formel für die Zusammenschau der Sprachsituation, ihrer literarischen Überlieferung und der sie umgebenden gesellschaftlichen und politischen Verhältnisse liegt. Ein Problem des überholten Kulturraumpostulates ist jedoch, dass sich die Kulturraumperspektive nicht durch Sprache und Literatur allein einnehmen lässt. Vor 1800 prägen Herrschaftsterritorien, soziale Strukturen, Wirtschaftsformen, Geografie und ab dem 16. Jahrhundert konfessionelle Verhältnisse Räume aus, während Kultursysteme dafür nicht in erster Linie beansprucht werden können, zumal Literatur jener Jahrhunderte auch im weitesten Sinn nur eine kleine Bevölkerungsgruppe betrifft. Ein gleichsam natürlicher Zusammenhang von einem Raum mit einer bestimmten Sprache und Literatur zur Ausprägung eines Kulturraums kann für die Vormoderne nicht angenommen werden; er entspricht eher einem später aufgerufenen, auch aus nationalistischer Perspektive angewandten Ordnungsprinzip als den historisch wirksamen Tatsachen.[90] Auch aus diesem Grund muss der Anspruch bestehen, das Konzept der neueren Nationalphilologien zu überwinden, um die älteren übergreifenden Bezüge der Textüberlieferungen sichtbar machen zu können.

Der jenseits nationalphilologischer Überlegungen angesprochene niederdeutschsprachige Literaturraum ist so groß, dass er in zahlreiche einzelne Räume zerfällt, die sprachgeografisch, aber auch politisch, geografisch und konfessionell motiviert sind. Zugleich steht jeder dieser Räume in kulturellen und sprachlichen Wechselbeziehungen nicht nur innerhalb des niederdeutschen Sprachraums, sondern auch über diesen hinaus.

---

90 Diese Fragen wurden bereits angesprochen im Sammelband Regionale Literaturgeschichtsschreibung, hg. v. Helmut Tervooren u. Jens Haustein (ZfdPh. Sonderheft 122), Berlin 2003.

Um zu entscheiden, welche Literaturgeschichtsschreibung für das Mittelniederdeutsche möglich und angemessen ist, müssten die genannten Faktoren näher bedacht und verknüpft werden. Das Nachdenken über den Gegenstand und seine Forschungsgeschichte legt nahe, dass vor einer Ausmessung des gesamten niederdeutschsprachigen Literaturraums die nähere Betrachtung zahlreicher spezifischer Teilbereiche notwendig ist, um zu weiterem unabdingbaren Grundlagenwissen über Textgruppen, Einzeltexte, Gattungen, Autoren und Schreiborte für ein solches Vorhaben zu gelangen. So können Einzelstudien über die geistliche Literatur westfälischer Schreibsprachen oder über die ostfälische Chronistik das Aufdecken von Zusammenhängen versprechen, die einer Gesamtbetrachtung des mittelniederdeutschen Literaturaufkommens zunächst verborgen bleiben müssten.

Die Auseinandersetzung mit mittelniederdeutscher Literaturgeschichte lässt sich am besten also als eine Literaturgeschichtsschreibung zu mittelniederdeutschen Texten verstehen. Auch Sprache ist dabei nur ein Merkmal literarischer Dokumente von vielen, das zudem flexibel gewechselt werden kann. Für dieses sprachbezogene literaturhistoriografische Projekt ist sie jedoch der bestimmende Faktor.

Die bisher bekannte grundsätzliche Motivation einer Literaturgeschichtserzählung für das Mittelniederdeutsche ist, historisch bedingt, eine Ergänzung jener Literaturgeschichten, in denen hochdeutsche Texte dominieren. Wenn der hier vorgeschlagene Weg richtig ist, dann dürfte klar sein, dass dieses Ziel nicht ausreicht. Eine zukünftige Literaturgeschichte der Texte in mittelniederdeutscher Sprache behandelt primär das niederdeutschsprachige Textaufkommen, integriert aber über die Offenheit für die kulturelle Verknüpfung mit der Überlieferung anderer Sprachformen die auf diesen Gebieten vorhandenen Ansätze. Nicht zuletzt kann sie ihr Ziel auch in dem didaktisch motivierten Wunsch finden, für die niederdeutsche Sprach- und Literatursituation des Mittelalters und der Frühen Neuzeit eine angemessene Darstellungsform zu finden, welche ihre Texte nicht als nachgeordnet, sondern als parallel existent begreift und beschreibt.

Eine raumbezogene Literaturgeschichtsschreibung, die gleichberechtigt die sprachliche Stimmenvielfalt ihrer Zeit aufgreifen und damit mehrsprachige Sprech- und Schreibsituationen mit niederdeutschen, hochdeutschen, lateinischen und zahlreichen anderen Sprachzeugnissen auch an norddeutschen Schreiborten des Mittelalters und der Frühen Neuzeit illustrieren möchte, ist auf das hier vorgestellte Projekt einer allein sprachbezogenen Literaturgeschichtsschreibung des Mittelniederdeutschen angewiesen, da es diejenigen Strukturen und Grundlagen schafft, die für die andere Betrachtungsweise notwendig sind. Während für den hochdeutschen Sprachraum solche sprach- oder vielmehr sprachstufen- oder schreibsprachenbezogenen Darstellungen in großer Zahl vorliegen und von einem langjährigen Diskurs zeugen, ist die Situation für die mittelniederdeutsche Literaturüberlieferung fortgesetzt ausbau- und anschlussfähig, wie zu zeigen war. Deshalb gilt es, an die Tradition einer sprachbezogenen mittelniederdeutschen Literarturgeschichtsschreibung fortgesetzt anzuschließen, die damit eine Teilliteraturgeschichte des norddeutschen Raumes bietet, die für eine mehrsprachig orientierte Gesamtliteraturgeschichte des norddeutschen Raumes jedoch ein unverzichtbarer Zugriff und Baustein sowohl in einem literaturdidaktischen als auch in einem literaturhistoriografischen Sinne ist.

Abstract: While literary-historical accounts of the Middle High German textual tradition are available in great variety, the literary historiography of the Middle Low German tradition is clearly organised, largely outdated and often characterised by myths, which always perpetuate hardly tenable patterns of representation such as the idea of a hanseatic literature without checking them against the textual record. The article discusses what a modern literary historiography of Middle Low German could look like based on the tradition, focussing on the linguistic criterion in the foreground and putting the discussion about the status of original text and translation into the background. The aim is a literary history of Middle Low German and not a literary history of the North German region in the Middle Ages and the early modern period. The advantages and disadvantages of this concept are analysed from the history of Low German philology and its relationship to German studies as a whole.

Wolfram-Studien XXVII (2025)
Erich Schmidt Verlag Berlin

Wie hansisch war die Literatur im Norden?
Kritischer Rückblick auf Paradigmen der niederdeutschen Literaturgeschichtsschreibung

von Doreen Brandt (Oldenburg)

> Hanse und Literatur – in enger Wechselwirkung stehen beider Geschicke miteinander. Das Aufblühen der Hanse hatte auch ein Aufblühen der Literatur im Gefolge, und im 15. Jahrhundert, als die Hanse ihren politischen Höhepunkt erreicht hat, steht auch die mittelniederdeutsche Literatur auf dem Gipfel.[1]

Mit diesen Worten brachte Wolfgang Stammler 1920 die mittelniederdeutsche Literatur und die Hanse in einen unmittelbaren Bedingungszusammenhang und begründete damit ein bis in die Gegenwart präsentes Denkmuster der mittelniederdeutschen Literaturgeschichte. So gehen etwa auch Jürgen Meier und Dieter Möhn für ihren Systematisierungsvorschlag mittelniederdeutscher Textproduktion nach Textsorten von einer Korrelation von Hanse und Textproduktion aus: Denn zweifellos habe die Hanse mit all ihren Facetten bis hin zur Entwicklung einer innerstädtischen Kultur die Textproduktion der mnd. Zeit entscheidend geprägt. Das gelte insbesondere für die Musterverfestigung, weil gerade die institutionell gegliederte Hansewelt die Stabilisierung von Mustern gefördert habe. Aus diesem Grund wählten sie „die Hanse als textkulturstiftenden Bezugsrahmen“.[2]

Die Hanse war eine „Organisation von niederdeutschen Fernkaufleuten einerseits und von rund 70 großen und 100 bis 130 kleinen Städten andererseits, in denen diese Kaufleute das Bürgerrecht besaßen“.[3] Diese Städte befanden sich

---

[1] Wolfgang Stammler, Geschichte der niederdeutschen Literatur von den ältesten Zeiten bis auf die Gegenwart (Aus Natur und Geisteswelt 815), Berlin / Leipzig 1920, S. 57.

[2] Jürgen Meier / Dieter Möhn, Die Textsorten des Mittelniederdeutschen, in: Sprachgeschichte. Ein Handbuch zur Geschichte der deutschen Sprache und ihrer Erforschung, hg. v. Werner Besch u. a., 2., völlig neu bearb. und erw. Aufl., 2. Teilbd. (HSK 2.2), Berlin / New York 2000, S. 1470–1477, hier: 1471.

[3] Rolf Hammel-Kiesow, Die Hanse, 5., aktual. Aufl. (C.H.Beck Wissen), München 2014, S. 10.

in einem Raum, dessen Ausdehnung mit der Zuiderzee im Westen, Estland und Livland im Osten, Visby und Stockholm im Norden sowie mit der Linie Köln-Erfurt-Breslau-Krakau im Süden abgesteckt werden kann.[4] Nicht in Gänze, doch zu einem erheblichen Teil ist dieser Raum deckungsgleich mit dem mittelniederdeutschen Sprachraum.[5] Kennzeichnend für die Hanse sei die doppelte Dichotomie von handelswirtschaftlicher *und* politischer Organisation sowie von Kaufleuten *und* Städten.[6] Ihre Anfänge bildeten im 12. Jahrhundert Fahrtgemeinschaften norddeutscher Kaufleute bis nach Russland und Livland.[7] Im 13. und 14. Jahrhundert traten Nordeuropa, England, Flandern und Nordfrankreich als Handelsziele hinzu und seit dem Ende des 14. Jahrhunderts dehnte sich der hansische Handel sogar bis nach Portugal im Westen, Island im Norden und Moskau im Osten aus. In diesen Fernhandelszielen richteten die Kaufleute der Hanse dauerhafte Niederlassungen (Kontore und Faktoreien) ein, unter denen die Kontore in Brügge, London, Bergen und Novgorod zu den bedeutendsten gezählt werden.[8]

Schon in einem früheren Beitrag hatten Meier und Möhn erklärt, „[d]ie Merkmale der mittelniederdeutschen Gesamtliteratur erweisen sich in vielen Fällen als Konsequenz der spezifisch hansischen Gesellschaft".[9] Wie problematisch sich dieser Ansatz erweist, zeigt sich jedoch nicht zuletzt daran, dass die Autoren neben der hansischen schließlich auch eine nicht-hansische Textproduktion einräumen müssen[10] und dass die Hanse oder das ‚Hansische', dessen Inhalt zunächst einmal zu bestimmen wäre, nicht dazu geeignet erscheinen, das mittelniederdeutsche Textaufkommen in seiner Gesamtheit zu erfassen und zu charakterisieren. Von dieser Problemstellung geht der vorliegende Beitrag aus. Eine kritische Auseinandersetzung mit der Forschung, die zugleich aber auch die Anknüpfungspunkte für eine literaturgeschichtliche Betrachtung sichtbar machen will, ist auch deshalb angezeigt, weil die Darstellungen von Stammler wie auch von Meier und Möhn neben wenigen anderen[11] nach wie vor als

---

4 Ebd.

5 Vgl. Robert Peters, Soziokulturelle Voraussetzungen und Sprachraum des Mittelniederdeutschen, in: Sprachgeschichte. Ein Handbuch (Anm. 2), S. 1409–1422, hier bes. 1415–1420.

6 Hammel-Kiesow (Anm. 3), S. 10. (Kursivierung durch dens.)

7 Ebd., S. 31.

8 Ebd., S. 11.

9 Jürgen Meier / Dieter Möhn, Literatur: Formen und Funktionen, in: Die Hanse. Lebenswirklichkeit und Mythos. Eine Ausstellung des Museums für Hamburgische Geschichte in Verbindung mit der Vereins- und Westbank, hg. v. Jörgen Bracker, Bd. 1, Hamburg 1989, S. 385–392, hier: 385.

10 Meier / Möhn (Anm. 2), S. 1475f.

11 Vor allem: Hartmut Beckers, Mittelniederdeutsche Literatur – Versuch einer Bestandsaufnahme (I), in: Niederdeutsches Wort 17 (1977), S. 1–58; (II), in: Niederdeut-

maßgeblich gelten müssen, will man sich einen Überblick über das mittelniederdeutsche Textaufkommen verschaffen und einen ersten Zugang dazu gewinnen. Denn eine neuere Geschichte der mittelniederdeutschen Literatur liegt bislang nicht vor; sie ist nach wie vor ein Desiderat und damit eine Aufgabe, die sich der Niederdeutschen Philologie und der Germanistischen Mediävistik noch stellt. Die folgende Darlegung, die sich auch als Forschungsbericht versteht, soll eine notwendige Vorarbeit dazu leisten. In einem ersten Schritt sollen Stammlers Konzeptualisierung mittelniederdeutscher Literatur und die Rolle, die er der Hanse dabei zuweist, vorgestellt werden. Mit dem zweiten Schritt werden einige wissenschafts- und fachgeschichtliche Aspekte skizziert, vor deren Hintergrund Stammlers Entwurf entstanden ist. Der dritte Schritt ist der titelgebenden Frage gewidmet, inwiefern und bezogen auf welche Text- und Überlieferungsphänomene die spezifisch hansische Profilierung der mittelniederdeutschen Literatur plausibel gemacht und diskutiert werden kann.[12]

1. Wolfgang Stammlers Konzeptualisierung mittelniederdeutscher Literatur

1.1 Ausgang und Anfang

Stammlers Konzeptualisierung der mittelniederdeutschen Literatur manifestiert sich in mehreren Aufsätzen aus den Jahren 1919 bis 1925: ‚Die deutsche Hanse und die deutsche Literatur' (1919), ‚Die mittelniederdeutsche geistliche

sches Wort 18 (1978), S. 1–47; (III), in: Niederdeutsches Wort 19 (1979), S. 1–28. Gerhard Cordes, Alt- und Mittelniederdeutsche Literatur, in: Deutsche Philologie im Aufriss, 2. überarb. Aufl., hg. v. Wolfgang Stammler, Bd. 2, Berlin 1960, Sp. 2473–2519. Gerhard Cordes, Mittelniederdeutsche Dichtung und Gebrauchsliteratur, in: Handbuch zur niederdeutschen Sprach- und Literaturwissenschaft, hg. v. dems. u. Dieter Möhn, Berlin 1983, S. 351–390. Willy Krogmann, Mittelniederdeutsche Literatur, in: Kurzer Grundriß der germanischen Philologie bis 1500, hg. v. Ludwig Erich Schmitt, Bd. 2: Literaturgeschichte, Berlin 1971, S. 263–325. Vgl. neben Meier / Möhn (Anm. 2) und dies. (Anm. 9) auch dies., Spuren der Vergangenheit für die Gegenwart. Hundert niederdeutsche Texte zwischen dem 9. und 17. Jahrhundert (Schriften des Instituts für niederdeutsche Sprache. Reihe Dokumentation 33), Leer 2008, bes. 39–47, 97–102.

12 Diese Frage ist auch kürzlich gestellt worden von Ralf Georg Päsler, Niederdeutsch – Hanse – Literatur. Zur Diskussion des Begriffs ‚Hanseliteratur', in: Deutsch-russische Kulturbeziehungen in Mittelalter und Neuzeit. Aus abendländischen Beständen in Russland. Ergebnisse der Tagung des deutsch-russischen Arbeitskreises vom 7. bis 9. April 2016 an der Philipps-Universität Marburg, hg. v. Natalija Ganina u. a. (Akademie gemeinnütziger Wissenschaften zu Erfurt. Sonderschriften 49), Erfurt 2017, S. 115–128. Den Ausführungen von Päsler verdankt der vorliegende Beitrag wesentliche Hinweise und Anregungen.

Literatur‘ (1920), ‚Geistliche Spiele im niedersächsischen Mittelalter‘ (1921), ‚Studien zur Geschichte der Mystik in Norddeutschland‘ (1922) sowie ‚Die Bedeutung der mittelniederdeutschen Literatur in der deutschen Geistesgeschichte‘ (1925). Bei den ersten beiden Beiträgen handelt es sich um erweiterte Fassungen der entsprechenden Kapitel in der ‚Geschichte der niederdeutschen Literatur‘ von 1920. Mit Proben eines Großteils der dort genannten Texte darf das ‚Mittelniederdeutsche Lesebuch‘ von 1921 als Komplement dazu gelten.[13] Stammlers Beschäftigung mit der mittelniederdeutschen Literatur fällt demnach gerade in die Zeit, als er die außerordentliche Professur für deutsche Sprache und Literatur an der Technischen Hochschule Hannover innehatte, bevor er 1924 dem Ruf auf die ordentliche Professur für Germanische Philologie an der Universität Greifswald folgte.[14]

In der chronologischen Abfolge bildet die Verknüpfung von ‚Hanse‘ und ‚Literatur‘ den Ausgangspunkt seines Interesses. Entfaltet ist sie in der Vorstellung von der Produktion, Rezeption und Distribution mittelniederdeutscher Literatur über die Hansekontore mit den dort lebenden Fernhandelskaufleuten sowie über die Fernhandelswege und die Hansestädte an der Küste. Die Bedingungen der Möglichkeit dieser Verknüpfung waren 1.) die während des 19. Jahrhunderts initiierte und etablierte Hansegeschichtsforschung, 2.) die Herstellung einer Beziehung zwischen der mittelniederdeutschen Sprachgeschichte und der Geschichte der Hanse schon zu Beginn einer sich formierenden Niederdeutschen Philologie und 3.) die frühe mittelniederdeutsche Editionsphilologie, die das hansische Kontor und die hansischen Verkehrswege, mithin den hansischen Kaufmann als literaturgeschichtlich relevante Größen erstmals explizit ins Licht setzte.

1.) Die wissenschaftliche Beschäftigung mit der Hanse setzte zu Beginn des 19. Jahrhunderts ein und ist insbesondere verbunden mit den Namen von Georg Sartorius und Johann Martin Lappenberg. Die Hanseforschung organisier-

---

13 Wolfgang Stammler, Die deutsche Hanse und die deutsche Literatur, in: Ders., Kleine Schriften zur Literaturgeschichte des Mittelalters, Berlin 1953, S. 218–238. [Nachdruck aus: Hansische Geschichtsblätter 25 (1919), S. 35–69]. Ders., Die mittelniederdeutsche geistliche Literatur, in: ebd., S. 239–256. [Nachdruck aus: Neue Jahrbücher 45 (1920), S. 101–122]. Ders., Geistliche Spiele im niedersächsischen Mittelalter, in: ebd., S. 257–263. [Nachdruck aus: Niederdeutsche Bühne 1 (1921), S. 39–46]. Ders., Studien zur Geschichte der Mystik in Norddeutschland, in: ebd., S. 156–184. [Nachdruck aus: Archiv für Religionswissenschaft 21 (1922), S. 122–162]. Ders., Die Bedeutung der mittelniederdeutschen Literatur in der deutschen Geistesgeschichte, in: ebd., S. 202–217. [Nachdruck aus: GRM 13 (1925), S. 422–450]. Ders. (Anm. 1). Ders., Mittelniederdeutsches Lesebuch, Hamburg 1921.

14 Norbert H. Ott, Art. ‚Stammler, Wolfgang‘, in: Neue Deutsche Biographie 25 (2013), S. 50–51 [Online-Version]; URL: https://www.deutsche-biographie.de/pnd118798413.html#ndbcontent (letzter Zugriff: 27.04.22).

te sich dann spätestens mit der Gründung des Hansischen Geschichtsvereins 1870 aus Anlass der 500-jährigen Wiederkehr des Stralsunder Friedens von 1370; es folgten ab 1870 die Herausgabe der ‚Hanserecesse', 1871 die erste Jahrestagung in Lübeck als dem angenommenen Haupt der Hanse, 1872 der erste Jahrgang der ‚Hansischen Geschichtsblätter' und seit 1876 die Herausgabe des ‚Hansischen Urkundenbuchs'.[15] Viele Hanseforscher wollten „mit einer liberal-romantischen Rückbesinnung auf die Stadt des Mittelalters der bürgerlichen Identitätssuche in einer monarchischen Welt dienen. Dabei schienen hansische Kaufleute, die gleichzeitig Ratsherren waren, geeignete Leitbilder zu liefern [. . .]."[16] Zwischen der Hansegeschichtsforschung und der Niederdeutschen Philologie bestand von Anfang an ein enger Zusammenhang, der aus einem Bezug auf dasselbe Überlieferungsmaterial resultiert sein dürfte, das sowohl für die Geschichts- als auch für die Sprachwissenschaft interessant war. So ist es sicherlich nicht als Zufall aufzufassen, dass etwa der Hansegeschichtsforscher Karl Koppmann die Ausgabe des ‚Seebuchs' 1876 im ersten Band der Reihe ‚Niederdeutsche Denkmäler' publizierte, die vom Verein für niederdeutsche Sprachforschung herausgegeben wurde.[17] Der Sprachverein war erst 1874 gegründet worden; noch bis 2007 veranstalteten der Sprachverein und der Hansische Geschichtsverein gemeinsam ihre jährlichen Pfingsttagungen.[18]

2.) Anlässlich der Gründung des Sprachvereins nahm der Vorsitzende August Lübben eine erste Gegenstandsbestimmung der mittelniederdeutschen Literatur vor und eröffnete mit diesem Beitrag die Reihe der Aufsätze im ersten Jahrgang des ‚Niederdeutschen Jahrbuchs' von 1875. Schon hier wird die mittelniederdeutsche Sprache in einen Entwicklungszusammenhang mit der Hanse gestellt, wonach die „Glanzperiode des Mittelniederdeutschen hauptsächlich die Jahre 1350–1500 [umfasst], also besonders die Zeit, wo der Bund der hansischen Städte in grösster Blüte stand; mit demselben wuchs und sank es".[19] Die

---

15 Vgl. den Überblick zur Forschungsgeschichte bei Stephan Selzer, Die mittelalterliche Hanse (Geschichte kompakt), Darmstadt 2010, S. 1.

16 Ebd., S. 7.

17 Das Seebuch. Mit einer nautischen Einleitung von Arthur Breusing, hg. v. Karl Koppmann (Niederdeutsche Denkmäler 1), Bremen 1876. – Karl Koppmann (1839–1905) war seit 1870 Sekretär des Hansischen Geschichtsvereins, bearbeitete die ersten acht Bände der Hanserecesse (1870–1897) und gab die ‚Hansischen Geschichtsblätter' heraus. Vgl. Rainer Postel, Art. ‚Koppmann, Karl', in: Neue Deutsche Biographie 12 (1980), S. 578–579 [Online Version]; URL: https://www.deutsche-biographie.de/pnd11633908X.html#ndbcontent (letzter Zugriff: 27.04.22).

18 Vgl. den kurzen geschichtlichen Abriss: http://www.vnds.de/de/verein-fuer-niederdeutsche-sprachforschung.html (letzter Zugriff: 27.04.22).

19 August Lübben, Zur Characteristik der mittelniederdeutschen Literatur, in: Jahrbuch des Vereins für niederdeutsche Sprachforschung 1 (1875), S. 5–14, hier: 13. – Dass hansische Geschichte und mnd. Sprachgeschichte parallel verlaufen seien, wird mitt-

Ausweitung des mittelniederdeutschen Sprachgebiets bis ins Baltikum hatte er zudem schon 1846 auf „den regen Handelsverkehr der Hanse" zurückgeführt.[20] Mit Lübben deutet sich also bereits die spätere Konzeptualisierung der mittelniederdeutschen Sprache als Sprache der Hanse an.[21]

3.) 1884 gab Wilhelm Seelmann die mittelniederdeutsche Verserzählung ‚Valentin und Namelos' heraus[22] und untersuchte in diesem Zusammenhang die sprachlichen Besonderheiten der Dichtung, wie sie die überliefernden Hand-

---

lerweile nicht mehr ohne Weiteres angenommen. So weist Robert Peters darauf hin, dass die Entwicklung der Hanse und des Mnd. phasenverschoben verlaufen sei: „Erst mit dem Höhepunkt der Macht, um 1370, wechselte das hansische Schriftwesen zum Mnd. Das 15. Jh. bedeutet in der Geschichte der Hanse Stagnation und beginnenden Niedergang, in der Geschichte des Mnd., [...], den Höhepunkt." Vgl. Robert Peters, Die Rolle der Hanse und Lübecks in der mittelniederdeutschen Sprachgeschichte, in: Sprachgeschichte. Ein Handbuch (Anm. 2), S. 1496–1505, hier: 1503. Zur Situation des hansischen Handels im 15. Jh. vgl. Hammel-Kiesow (Anm. 3), S. 96–103.

20 August Lübben, Das Plattdeutsche in seiner jetzigen Stellung zum Hochdeutschen, Oldenburg 1846, S. 11.

21 Willy Sanders, Sachsensprache, Hansesprache, Plattdeutsch. Sprachgeschichtliche Grundzüge des Niederdeutschen (Sammlung Vandenhoeck), Göttingen 1982, S. 130f., 138f., 145f., 148–150, prägte später den Begriff ‚Hansesprache', worunter er erstens eine insbesondere durch die Lübecker Kanzleisprache geprägte Schreibsprache mit Ausgleichs- und Normierungstendenzen und überregionaler Geltung in der wirtschaftlichen, diplomatischen und teils auch literarischen Kommunikation der Hansestädte verstand und diese zweitens in der sprachhistorischen Epochengliederung mit dem ‚klassischen' Mittelniederdeutschen im Zeitraum von etwa 1350 bis 1500 gleichsetzte. Ähnlich, jedoch ohne den Begriff ‚Hansesprache' zu verwenden, schon: Hans Joachim Gernentz, Niederdeutsch – gestern und heute. Beiträge zur Sprachsituation in den Nordbezirken der Deutschen Demokratischen Republik in Geschichte und Gegenwart, 2., völlig neubearb. und erw. Aufl., Rostock 1980, S. 41–49. – Der Begriff ‚Hansesprache' wird heute problematisiert und differenzierter gesehen; insbesondere die „Gleichsetzung von Mittelniederdeutsch und Hansesprache" wird abgelehnt: Robert Peters / Christian Fischer / Norbert Nagel, Atlas spätmittelalterlicher Schreibsprachen des niederdeutschen Altlandes und angrenzender Gebiete. Bd. 1: Einleitung und Karten, Berlin / Boston 2017, S. 2. Allerdings „[können] [b]estimmte Teile der städtischen Schreibsprachen als hansesprachlich bezeichnet werden, wenn die zugrunde gelegten Texte Hanseangelegenheiten betreffen: [...]". (Ebd.) – Zur Rolle der Hanse in der Forschungsgeschichte zum Mittelniederdeutschen wie auch in der Fachgeschichte der Niederdeutschen Philologie vgl. Doreen Brandt, Mit Mittelniederdeutsch auf dem Weg zur Niederdeutschen Philologie: August Lübben (1818–1884) und die frühe Forschung zum Niederdeutschen, in: 100 Jahre Niederdeutsche Philologie. Ausgangspunkte, Entwicklungslinien, Herausforderungen. Teilbd. 1: Schlaglichter auf die Fachgeschichte, hg. v. Andreas Bieberstedt u. a. (Regionalsprache und regionale Kultur 6), Lausanne u. a. 2023, S. 143–187.

22 Valentin und Namelos. Die nd. Dichtung. Die hd. Prosa. Die Bruchstücke der mndl. Dichtung. Nebst Einleitung, Bibliographie und Analyse des Romans Valentin & Orson, hg. v. Wilhelm Seelmann (Niederdeutsche Denkmäler 4), Norden / Leipzig 1884. – Zu diesem Text vgl. auch den Beitrag von Tina Terrahe in diesem Band.

schriften in Stockholm und Hamburg aus der 1. resp. 2. Hälfte des 15. Jahrhunderts bieten.[23] Da Seelmann eine niederländische bzw. niederrheinische Vorlage des mittelniederdeutschen Textes ausschloss,[24] erklärte er die niederländischen, niederrheinischen und westfälischen Merkmale, die sich auch in Reimstellung finden und die er deshalb schon dem Archetypus zuschrieb, mit der langen Verweildauer des mutmaßlichen niederdeutschen Dichters in einem entsprechenden Sprachgebiet.[25] „War das aber der Fall, was liegt da näher, als anzunehmen, dass die Dichtung in einem niederländischen Stapelorte des hansischen Handels entstanden ist?"[26] Dass es sich bei diesem Stapelort nur um das Kontor in Brügge handeln konnte, begründete Seelmann nicht nur damit, dass die hansischen Kaufleute sich hier dauerhaft aufhielten. Angeregt und unterstützt wurde seine Überlegung zum Entstehungsort von ‚Valentin und Namelos' vor allem auch dadurch, dass sich die Hamburger Handschrift dieser Verserzählung, das sogenannte ‚Hartebôk', nachweislich im Besitz des Aldermanns der Hamburger Flandernfahrer befunden hatte.[27] Ähnliche sprachliche Merkmale wie in ‚Valentin und Namelos' beobachtete Seelmann schließlich auch in den übrigen von der Stockholmer Handschrift überlieferten Dichtungen und nahm deshalb auch für diese die Verfasserschaft von Kaufleuten im Brügger Kontor an.[28]

1919 generalisierte Stammler den ausgehend von der Stockholmer Sammelhandschrift und in der Zusammenschau mit der Hamburger Handschrift des ‚Valentin und Namelos' angenommenen Einzelfall literarischer Produktivität der Hansekaufleute. Nacheinander schreitet sein Beitrag indes nicht allein die hansischen Niederlassungen in London, Bergen, im Baltikum und schließlich in Brügge ab, sondern auch die Hansestädte Bremen, Hamburg und Lübeck. Hinzu tritt die wiederum schon von Seelmann[29] angeregte Vorstellung, dass die

---

23 Es handelt sich um die Handschriften: Stockholm, Königl. Bibl., Cod. Vu 73 (https://handschriftencensus.de/5800 [letzter Zugriff: 27.04.22]) und Hamburg, Staats- und Universitätsbibl., Cod. 102c in scrin (https://handschriftencensus.de/3818 [letzter Zugriff: 27.04.22]).

24 Die Vorlagenfrage scheint für den mnd. ‚Valentin und Namelos' bis heute nicht letztgültig entschieden zu sein, vgl. dazu: Ralf Georg Päsler, Text und Textgemeinschaft. Zu mittelniederdeutschen Sammelhandschriften und zur niederdeutschen und niederschlesischen Überlieferung von ‚Valentin und Namelos', in: Berichte und Forschungen. Jahrbuch des Bundesinstituts für Kultur und Geschichte der Deutschen im östlichen Europa 15 (2007), S. 27–41, hier: 31f.

25 Seelmann (Anm. 22), S. XVIIIf.

26 Ebd., S. XIX.

27 Ebd., S. XIXf.

28 Ebd., S. XXIII.

29 Wilhelm Seelmann, Die Vogelsprachen (Vogelparlamente) der mittelalterlichen Literatur, in: Jahrbuch des Vereins für niederdeutsche Sprachforschung 14 (1888), S. 101–147, bes. 108.

hansischen Kaufleute Dichtungen aus dem Ausland mit zurück in ihre Heimat brachten:

> [E]s ist leicht zu denken, daß bei den Kaufleuten, die mit offenen Augen und beweglichen Sinnen so viel im Ausland herumkamen, auch geistige Güter im Werte standen. In gleichem Maße, wie der Reichtum der Hansestädte das Bedürfnis nach bildender Kunst im profanen und kirchlichen Leben hervorrief und große Summen dafür aufwandte, erwachte auch ein gesteigertes Interesse an literarischer Bildung, und gerade durch die ausländischen Kontore hielt eine Fülle von fremden Stoffen in Norddeutschland Einzug.[30]

Die Vorstellung vom Kaufmann in der Fremde und dem hansischen Kontor – als dem Ort seiner literarischen Praxis (Verschriftung fremder Stoffe, Gebrauch und Vermittlung von Literatur) – ergänzte Stammler um weitere Aspekte einer spezifisch ‚hansischen Literatur': Während der Kern des Hanseparadigmas um die weltliche versifizierte Dichtung in der Stockholmer und der Hamburger Handschrift des ‚Valentin und Namelos' in Verbindung mit dem Brügger Kontor entwickelt wurde, hob Stammler nun erstens auch auf Dichtung wie auf Ratgeberliteratur norddeutscher Provenienz ab, die das Städtisch-Bürgerliche, die Seefahrt und den Handel betreffen, d. h. auf Texte, die thematisch oder pragmatisch eine hohe Affinität zur Vorstellung von der Hanse aufweisen. Zu der einen (thematisierenden) Gruppe zählte Stammler z. B. das ‚Schachbuch' Meister Stephans von Dorpat aus dem Jahr 1365: „Der Stolz des Sohnes der Hansestadt spricht vornehmlich aus dem Gedicht. Die Kaufleute sind ihm einer der wichtigsten Stände, ihr großzügiges Tun hat er aus nächster Nähe beobachten können, vielleicht stammt er selbst aus einer hansischen Kaufmannsfamilie."[31] Zur anderen (pragmatischen) Gruppe rechnete er u. a. die auf das Gewerbe des Kaufmanns abgestimmte didaktisch-paränetische Schrift ‚Kopenschop to voren'[32] sowie das ‚Seebuch'.[33] Zweitens exponierte Stammler

---

30 Stammler, Die deutsche Hanse (Anm. 13), S. 218.

31 Stammler, Die deutsche Hanse (Anm. 13), S. 222. Unikal überliefert in einer Handschrift des 15. Jahrhunderts (3. Drittel): Krakau, Bibl. Jagiellońska, Cod. 7369 (https://handschriftencensus.de/5312 [letzter Zugriff: 27.04.22]), Textprobe und Kurzkommentar: Meier / Möhn, Spuren der Vergangenheit (Anm. 11), S. 264–266. Zur gleichen Gruppe zählte Stammler, Die deutsche Hanse (Anm. 13), S. 223 ‚De Segler', überliefert in der Stockholmer Handschrift (‚Die Frau des Seekaufmanns'), Ausgabe: Die Stockholmer Handschrift Cod. Holm. Vu 73 (Valentin vnde Namelos, De vorlorne sone, Flos vnde Blankeflos, Theophelus, ‚Die Buhlschaft auf dem Baume', De deif van brugghe, De segheler). Edition und Untersuchung einer mittelniederdeutschen Sammelhandschrift, hg. v. Loek Geeraedts (Niederdeutsche Studien 32), Köln / Wien 1984, S. 295–298; ferner, Stammler, Die deutsche Hanse (Anm. 13), S. 227, das Lied von Henneke Knecht, „das so recht den Stolz des seebefahrenen Städters gegenüber dem ungeschickten und tölpelhaften Bauern atmet", Abdruck und Kurzkommentar bei Meier / Möhn, Spuren der Vergangenheit (Anm. 11), S. 296–299.

32 Stammler, Die deutsche Hanse (Anm. 13), S. 228. Der Text ist unikal überliefert in der

am Beispiel Lübecks die „amtliche Geschichtsschreibung“ in den Städten der Hanse.[34] Hier tritt neben dem Aspekt einer städtisch-hansischen Thematik oder Pragmatik der Fokus auf Interesse und Auftraggeberschaft des Rates einer Hansestadt hinzu. Als vorbildlich galt Stammler die Chronik Detmars, bei der „stets der Charakter einer hansischen, d. h. im Auftrage des Rates verfaßten Schrift hervor[tritt], sowohl in der Parteistellung beim Bericht über die inneren städtischen Zwiste als auch in der Auswahl der allgemeindeutschen Ergebnisse“.[35] Drittens führte Stammler Sekundärzeugnisse an, die den Gebrauch und das Interesse an Dichtung im fernen Kontor wie in der heimischen Stadt dokumentieren.[36] Insbesondere für Lübeck entwarf er in diesem Zusammenhang das Bild von einer Stadt mit einer prosperierenden literarischen Kultur und führte dies auf ihre besondere geographische und politische Stellung im Bund der Hansestädte zurück:

> Infolge seiner geographischen Lage bildete Lübeck die natürliche Vermittlerin zwischen den alten Kulturländern im Süden oder Westen und dem aufnahmebegierigen Osten oder Norden. Nicht nur auf den Handel werden sich diese Bestimmungen beschränkt haben; wenn wir in Lübeck seit der Mitte des 14. Jh. Vereinigungen der

---

1474 abgeschlossenen Handschrift: Hannover, Landesbibl., Ms. I 84a (https://handschriftencensus.de/4255 [letzter Zugriff: 27.04.22]); Provenienz: Zisterzienserinnenkloster Marienstuhl bei Halberstadt (vgl. ebd.). Abdruck und kurzer Kommentar: Meier / Möhn, Spuren der Vergangenheit (Anm. 11), S. 293f.

33 Stammler, Die deutsche Hanse (Anm. 13), S. 228. Das ‚Seebuch‘ wird dreimal (A, B, C) von zwei Handschriften aus der zweiten Hälfte des 15. Jahrhunderts überliefert: A und B: Hamburg, Commerzbibl. der Handelskammer, Cod. S 72 (https://handschriftencensus.de/4869 [letzter Zugriff: 27.04.22)); C: Moskau, Bibl. der Lomonossow-Universität, Dokumentensammlung Gustav Schmidt, Fonds 40/1, Nr. 45 (früher Halberstadt, Bibl. des Domgymnasiums, Fragm. 14) (https://handschriftencensus.de/4848 [letzter Zugriff: 27.04.22]). Abdruck (Auszug) und kurzer Kommentar: Meier / Möhn, Spuren der Vergangenheit (Anm. 11), S. 170–174. Vollständige Ausgabe: Koppmann (Anm. 17).

34 Stammler, Die deutsche Hanse (Anm. 13), S. 230f. Für die Stadt Bremen führte Stammler (ebd., S. 225) die Chronik von Gerd Rinesberch und Herbord Schene, zwei Geistliche, aus dem 14. Jahrhundert an, die von dem Bremer Bürgermeister Johann Hemeling fortgesetzt wurde. Zu dieser Chronik vgl. Jürgen Wolf, Die Sächsische Weltchronik im Spiegel ihrer Handschriften. Überlieferung, Textentwicklung, Rezeption (Münstersche Mittelalter-Schriften 75), München 1997, S. 227.

35 Stammler, Die deutsche Hanse (Anm. 13), S. 230. Zur Lübecker Chronistik und speziell zur Chronik Detmars vgl. Alissa Theiß / Jürgen Wolf, Lübeck, in: Schreiborte des deutschen Mittelalters. Skriptorien – Werke – Mäzene, hg. v. Martin Schubert, Berlin / Boston 2013, S. 283–305, hier: 295–298; Wolf (Anm. 34), S. 225–227.

36 Etwa die Erinnerungen des Rostocker Bergen-Fahrers Joachim Schlu aus dem Jahr 1606, vgl. Stammler, Die deutsche Hanse (Anm. 13), S. 220, oder die Kämmereirechnungen der Stadt Hamburg (ebd., S. 227) wie auch Lübecks aus dem späten Mittelalter (ebd., S. 231).

Schonenfahrer, der Bergenfahrer, der Rigafahrer, der Nowgorodfahrer, der Englandfahrer finden, so haben deren Mitglieder ohne Zweifel in ihre Heimat auch von den literarischen und künstlerischen Schätzen der fremden Lande Proben oder wenigstens Kunde gebracht und damit die einheimische Literatur und Kunst befruchtet oder angeregt. [...] Die Lübecker Patrizier waren nicht nur Krämerseelen, deren einziges Sinnen und Trachten auf Vermehrung von Hab und Gut gerichtet war, sondern sie standen auf der Höhe der mittelalterlichen Bildung.[37]

Wieder arbeitete Stammler damit einer Vorstellung von ‚hansischer Literatur' zu, deren Träger in erster Linie die hansischen Kaufleute in der Ferne waren. Hinzu kommt die Annahme, dass sich Bildung und Kultur besonders in solchen Städten entfalten mussten, wo die Fernhandelsaktivitäten so stark ausgeprägt waren wie in Lübeck. Mit der Stadt an der Trave thematisierte Stammler auch den frühen Buchdruck im Norden, mit dem die Stadt „noch einmal die Umschlagstelle, der Stapelplatz für die niederdeutsche Literatur [wird], die von hier nach dem Norden, nach Dänemark und Schweden, wandert und dort großen, noch nicht genügend gewürdigten Einfluß ausübt".[38] Doch tritt damit auch eine verabsolutierende Auffassung vom ‚Hansischen' der Literatur zutage, dessen Berechtigung allein darin zu bestehen scheint, Literatur aus einem wirtschaftlich bedeutenden Ort der Hanse zu bezeichnen. Thematische oder pragmatische Bezüge zwischen der in Lübeck gedruckten und gehandelten Literatur und der Hanse oder Entstehungs- und Nutzungsszenarien dieser Literatur, die mit einer Institution oder mit Akteuren der Hanse in Verbindung stehen, sind demnach bei Stammler nicht zwingend und bindend für eine Begriffsbestimmung von ‚hansischer Literatur'.

Was für die Exposition Lübecks als kultureller Verkehrsknotenpunkt innerhalb des Reichsgebiets galt, betonte Stammler in der Reihe der hansischen Fernhandelsziele für Brügge:

Brügge, der Vorort des deutschen Handels in Westeuropa, die wogende und üppige Stadt, hat nicht nur materiellen Gewinn, sondern auch geistige Schätze den dortigen hansischen „Klerks" (Kaufmannsschreibern) gebracht. In Vlandern blühte im Mittelalter, seit den Zeiten Heinrichs von Veldeke, eine hochstehende, vom benachbarten Frankreich inspirierte Literatur, und mit freigebiger Hand teilte sie von ihren Reichtümern den deutschen Gästen mit. Mit offenen Ohren lauschten diese den Erzählungen ihrer einheimischen Freunde und welschen Handelsgenossen, schrieben abends nach getaner Kontorarbeit das Gehörte in ihre eigene Muttersprache um und teilten sich diese Gedichte und Novellen gegenseitig mit.[39]

---

[37] Ebd., S. 231f.

[38] Stammler, Die deutsche Hanse (Anm. 13), S. 232; ebd., S. 232–238 mit einer knappen Zusammenschau der Lübecker Drucke, darunter die ‚Lübecker Bibel' (1533/34), das ‚Narrenschiff' (1497) und ‚Reynke de Vos' (1498).

[39] Ebd., S. 222.

So entwarf Stammler die Topographie einer literarischen Landschaft, in der Lübeck und Brügge der Rang von Hauptstädten zukam. An diesen beiden Orten kulminierte das, was er unter ‚hansischer Literatur' verstand. Diese Kulmination bildet sich nicht zuletzt auch in der Darstellungslogik des Beitrags ab: Während die Reihe der literarischen Orte unter den hansischen Niederlassungen in der Ferne auf Brügge zuläuft, beschließt Lübeck die Städteschau innerhalb der Reihe der Hansestädte. Überhaupt stellt sich mit der Lektüre von Stammlers Beitrag der Eindruck von einer räumlich gedachten Literaturgeschichte ein, wohingegen eine chronologische Ordnung oder ein systematischer Zugriff nach Gattungen oder Autoren nicht beobachtet werden kann. Mit den Handelsstädten steckte er die räumliche Ausdehnung hansischer Literatur ab, gab dem so definierten Raum mit seinen literarischen Hauptstädten eine deutliche Oberflächenkontur und evozierte mit dem Bild des fahrenden Kaufmanns schließlich die gedankliche Vermessung dieses Raums.

1.2 Erweiterung

In etwas kürzerer Form ging Stammlers Entwurf einer ‚hansischen Literatur' bereits 1920 auf in seiner ‚Geschichte der niederdeutschen Literatur'. Mit den Abschnitten „Die Geschichtsschreibung" (A), „Die geistliche Literatur" (B), „Das Binnenland" (D) und „Das Drama" (E) repräsentiert sie hier unter dem Titel „Die hansische Literatur" (C) die „Hochblüte" der mittelniederdeutschen Literatur, die flankiert wird von den Kapiteln über die „Anfänge" und den „Ausklang im 16. Jahrhundert". Zusammen stellen sie die mittelniederdeutsche Literatur des Mittelalters vor. Die Zeiträume dieser Epochen wurden von Stammler nicht explizit gemacht, doch sie lassen sich aus der jeweils behandelten Literatur erschließen. So umfassen die ‚Anfänge' die Literatur ab dem 13. Jahrhundert bis zum Beginn des 14. Jahrhunderts. Die ‚Hochblüte' betrifft die literarischen Zeugnisse aus der zweiten Hälfte des 14. Jahrhunderts und insbesondere aus dem ganzen 15. Jahrhundert. Und das Kapitel ‚Ausklang' handelt – wie der Titel schon indiziert – von der Literatur des 16. Jahrhunderts. Die ‚Hochblüte' der mittelniederdeutschen Literatur des Mittelalters deckt sich bei Stammler demnach zeitlich mit der ‚Blüte' der mittelniederdeutschen Sprache und insofern auch mit der ‚Blüte' der Hanse bei Lübben.[40] Diese implizite Korrelation von Hanse und Literatur machte Stammler auch explizit, dies allerdings nicht nur im Beitrag von 1919, sondern wiederholt auch in der Literaturgeschichte von 1920. Zwar betrifft dies auch hier vornehmlich das Kapitel über die ‚hansische Literatur'.[41] Doch erstens wird dabei jeweils die mittelnie-

---

[40] Lübben (Anm. 19), S. 13.

[41] Vgl. das eingangs abgedruckte Zitat aus Stammler (Anm. 1), S. 57, und darüber hinaus ebd., S. 45.

derdeutsche Literatur dieses Zeitraums als Ganzes mit der Hanse in Beziehung gesetzt, und zweitens wird das Großkapitel über die niederdeutsche Literatur des Mittelalters mit dem Hinweis auf diese Beziehung abgeschlossen, wenn es dort heißt, der Tod der Hanse habe auch den Tod der mittelniederdeutschen Literatur bedingt.[42] Auf diese Weise deutet sich mit der Literaturgeschichte von 1920 die Funktionalisierung des Begriffs ‚Hanse' zum Epochenbegriff für die niederdeutsche Literatur von etwa 1350 bis 1500 an, der die ‚hansische Literatur' ebenso einschließt wie auch die Geschichtsschreibung, die geistliche Literatur, die Literatur des Binnenlandes und das geistliche Spiel.

Der topographische Entwurf der Literaturlandschaft im Norden wurde gegenüber dem Beitrag von 1919 in der Literaturgeschichte von 1920 erweitert um die mittelniederdeutsche Literatur des ‚Binnenlandes' mit Westfalen und Ostfalen.[43] Implizit wird die ‚hansische Literatur' in diesem Darstellungskontext räumlich noch stärker in den Küsten- und küstennahen Gebieten lokalisiert. Zudem exponierte Stammler mit Braunschweig in Ostfalen einen dritten Hauptort mittelniederdeutscher literarischer Produktion im Norden neben Lübeck und Brügge. Braunschweigs Stellung innerhalb der literarischen Landschaft Norddeutschlands bleibt jedoch uneindeutig. Die Stadt wurde von Stammler als kulturell lebendige und wirtschaftlich erfolgreiche Stadt der Hanse ausgezeichnet,[44] demgegenüber aber nicht in das Kapitel zur ‚hansischen Literatur' eingereiht. Die Rückbindung literarischer Produktion und literarischen Interesses an konkrete Orte, Institutionen und Personengruppen machte Stammler schließlich auch in den Abschnitten zur Geschichtsschreibung und zur geistlichen Literatur produktiv. Im ersten Fall schritt er mit Westfalen, Ostfalen, Holstein und der Altmark die Produktionsorte mittelniederdeutscher Chroniken ab.[45] Im zweiten Fall hob er am Beginn die „vielen Nonnenklöster und Beginenhäuser" im Norden hervor und stellte fest: „Ein großer Teil der niederdeutschen geistlichen Literatur war für diese Kreise bestimmt oder stammte von dort."[46] Zudem ließ er auch die Darstellung zur geistlichen Literatur mit den Brüdern vom Gemeinsamen Leben und ihren Schwesternorden auf einen Kulminationspunkt zusteuern.[47]

Die „Grundlagen" niederdeutscher Literatur des Mittelalters, die den oben genannten Abschnitten in der Literaturgeschichte von 1920 vorangestellt sind, erblickte Stammler in einem „frühe[n] Erstarken des Bürgertums" in Norddeutschland – früher als in Mittel- und Süddeutschland, das die Entwicklung im

42 Ebd., S. 72.
43 Ebd., S. 57–65.
44 Ebd., S. 60.
45 Ebd., S. 24–33.
46 Ebd., S. 33.
47 Ebd., S. 42–45.

Bereich Dichtung und Literatur entscheidend begünstigt hätte.[48] So konzeptualisiert er die Literatur im Norden grundsätzlich als städtisch-bürgerliche Literatur. Den ‚Bürger' in Norddeutschland stellte er in diesem Zusammenhang als Kaufmann vor:

> Der niedersächsische Bürger ist in erster Linie Kaufmann. Er reist aber nicht bloß im eigenen Lande, sondern fährt zu Schiff ins Ausland, lernt fremde Sitten und Gebräuche, fremde Künste und Literaturen kennen und erweitert damit seinen allgemeinmenschlichen wie seinen geistigen Gesichtskreis. So bestand ein reger Austausch auch geistiger Erzeugnisse bei den Norddeutschen untereinander; das Ausland übte naturgemäß ebenfalls seinen Einfluß aus. Vlämische, englische, nordische, sogar slawische Stoffe finden wir, in den mannigfachsten Formen bearbeitet, bald in der mittelniederdeutschen Erzählungsliteratur wieder.[49]

Ferner schrieb Stammler dem Norddeutschen eine „große Vorliebe für feste Satzungen", „die besondere Begabung für Organisation", eine „Neigung zur Rechtspflege und Verwaltung" und einen „Zug zum Tatsächlichen" zu. Aber seine „Empfindungen [trägt] der Norddeutsche nicht auf der Zunge", „Überschwang des Gefühls, Trunkenheit des Herzens berührt ihn eher peinlich, ja stößt ihn wohl gar ab"; „dazu gesellen sich Nüchternheit im Denken und Selbstbeherrschung in jeder Lage". So beschrieb Stammler das Wesen des Norddeutschen[50] – neben einer besonders innigen Religiosität als einem weiteren Wesenszug.[51] Wenngleich es ihm dazu dient, Art und Beschaffenheit der norddeutschen Literatur des Mittelalters zu erklären – gemeint sind die Schwerpunkte im Bereich von Recht, Geschichte und Religion –, so handelt es sich doch um eine Wesensbestimmung, die er erstens aus der literarischen Befundlage im Norden selbst abgeleitet haben dürfte und die zweitens zumindest in Teilen überzeitlich perspektiviert war, indem sie bei Stammler zum Maßstab für die mittelalterliche wie auch für die jüngere und zeitgenössische niederdeutsche Literatur wurde. Überschwang des Gefühls etwa war für Stammler dem Norddeutschen des Mittelalters wie der Gegenwart wesensfremd.[52] Bemerkenswert ist überdies, dass die Eigenschaften des norddeutschen Kaufmanns exakt mit jenen einer

---

48 Ebd., S. 11–16.

49 Ebd., S. 13f.

50 Ebd., S. 14.

51 Ebd., S. 15, 33.

52 So kritisierte er (ebd., S. 86) beispielsweise ausgerechnet die Lyrik Klaus Groths (1819–1899), der als Begründer der neuniederdeutschen Literatur gilt, mit dem Vorwurf, einige Gedichte in seiner Anthologie ‚Quickborn' (1852/53) wären „sentimentale, hochdeutsch gedachte Gefühlsel, denen nur ein niederdeutsches Mäntelchen umgehängt ist". Hingegen lobte Stammler Groths epische Dichtung, weil sie das „Volksleben, das Familienleben schildert, nichts weiter als schildert, ohne Gefühlsüberschwang und Reflexion" (ebd.).

„bürgerlichen Lebenserfassung" übereinstimmen, die Stammler in einem späteren Beitrag über die ‚Die „bürgerliche" Dichtung des Spätmittelalters' gegenüber einer höfischen exponierte.[53] Hiermit deutet sich an, was Selzer mit Blick auf eine ‚hansische Kunst' problematisiert, und zwar

> dass Werte und Normen, die man gemeinhin als bürgerlich versteht, in akute Gefahr geraten, nicht mittelalterliche Haltungen zu zeigen, sondern solche Vorstellungen zu reproduzieren, die das Bürgertum seit dem 19. Jahrhundert selbst schätzte und somit in den mittelalterlichen Städten wiederzufinden suchte.[54]

In der Zusammenschau mit den Aufsätzen aus den Jahren 1919 bis 1925 werden in der Literaturgeschichte von 1920 folgende Konturen einer Bestimmung des Gegenstands ‚Mittelniederdeutsche Literatur' und einer Konzeptualisierung der mittelniederdeutschen Literaturgeschichte sichtbar:

1.) Ausgangspunkt und Kern des Entwurfs bildet die ‚hansische Literatur' (1919). Diese Literatur wird jedoch noch nicht per se gleichgesetzt mit mittelniederdeutscher Literatur. Vielmehr geht sie von Interessen und Bedürfnissen sowie einer daraus resultierenden literarischen Praxis spezifisch hansischer Akteure und Institutionen aus sowie von thematischen und pragmatischen Affinitäten der Literatur zur Hanse. Ferner betrifft sie die mittelniederdeutschen literarischen Erzeugnisse aus den Hansekontoren und den Hansestädten vornehmlich im Küsten- und küstennahen Gebiet von etwa 1350 bis 1500.
2.) Erst mit der Literaturgeschichte von 1920 wird der Hansebegriff tendenziell funktionalisiert zum Epochenbegriff für die niederdeutsche Literatur im Zeitraum von etwa 1350 bis 1500. Zusammen mit den ‚Anfängen' und dem ‚Ausklang' umfasst die niederdeutsche Literatur des Mittelalters schließlich etwa die vierhundert Jahre zwischen 1200 und 1600.[55]
3.) Damit liegen zwei Verhältnisbestimmungen von ‚Hanse' und ‚Literatur' und zwei daraus ableitbare Begriffsbildungen vor: ein enger Begriff, der von konkreten Zusammenhängen zwischen Hanse und literarischer Produktivität ausgeht und von Stammler als ‚hansische Literatur' bezeichnet wird (1), und ein weiter Begriff, der aus der Annahme eines unmittelbaren Zusam-

---

[53] Wolfgang Stammler, Die „bürgerliche" Dichtung des Spätmittelalters, in: Ders., Kleine Schriften zur Literaturgeschichte des Mittelalters, Berlin 1953, S. 71–95 [Nachdruck aus: ZfdPh 53 (1928), S. 1–24], S. 78.

[54] Selzer (Anm. 15), S. 86f.

[55] Später hat sich in Übereinstimmung mit der Ausdehnung der sprachgeschichtlichen Periode des Mittelniederdeutschen (vgl. Peters [Anm. 5], S. 1420) eine Periodisierung bis ins 17. Jahrhundert hinein durchgesetzt: Vgl. Krogmann (Anm. 11), S. 263. Vgl. Cordes, Mittelniederdeutsche Dichtung und Gebrauchsliteratur (Anm. 11), S. 352 (Mitte 17. Jahrhundert). Hubertus Menke, Art. ‚Niederdeutsche Literatur', in: RLW 2 (2000), S. 714–718, hier: 715.

menhangs von Wachstum, Blüte und Verfall der Hanse und der mittelniederdeutschen Literatur resultiert (2).

4.) Stammler stellte die mittelniederdeutsche Literaturgeschichte in erster Linie topographisch vor, wobei er mit Lübeck, Braunschweig und Brügge drei Hauptorte literarischer Produktion etablierte, die anstelle von Gattungen, Autoren und Werken als Ordnungskategorien fungieren.

5.) Stammlers Literaturbegriff ist der erweiterte Literaturbegriff, der Dichtung ebenso berücksichtigt, wie darüber hinaus auch weltliche und geistliche Didaxe und Paränese neben juristischer, nautischer, kaufmännischer und anderer Fachprosa sowie Historiographie.[56]

6.) Die Literatur im niederdeutschen Sprachgebiet wird bei ihm fundiert mit einem Begriff von ‚Niederdeutscher Kultur', der sich in Teilen als eine überzeitliche Leitkategorie seiner Literaturgeschichte erweist und speziell für das Mittelalter und die mittelniederdeutsche Literatur in der idealisierten Vorstellung vom hansischen Kaufmann in der Ferne Gestalt annimmt.

2. Das ‚Stiefkind' und ‚Aschenbrödel' der Wissenschaft

> Das Studium der niederdeutschen Sprache und Literatur ist lange Jahrzehnte hindurch ein Stiefkind der germanischen Philologie gewesen, und noch heute hält es schwer, diesem Aschenbrödel zur gebührenden Achtung zu verhelfen. Noch gibt es weite Kreise auch unter den philologisch gebildeten akademischen Bürgern, die von der reichen niederdeutschen Literatur des Mittelalters kaum etwas wissen und an der „plattdeutschen" Sprache mit verächtlichem Naserümpfen vorbeigehen.[57]

Diese Feststellung eröffnet das ‚Mittelniederdeutsche Lesebuch'. Neben einem Reflex zeitgenössischer Einstellungen zum Niederdeutschen macht sie die Beweggründe für Stammlers Arbeiten zur mittelniederdeutschen Literatur deutlich – ihre Vernachlässigung und Geringschätzung seitens der Germanistik und ihre dadurch bedingte geringe Bekanntheit. Stammlers Eintreten für die mittelniederdeutsche Literatur ist unverkennbar getragen vom Paradigma der geistesgeschichtlichen Literaturwissenschaft der 1920er Jahre, „derzufolge literarische Texte Zeugnisse nicht nur ihres jeweiligen Autors [...], sondern auch und vor allem Zeugnis einer transpersonalen Einheit ‚Geist' sind".[58] Stammlers

[56] Das Konzept für das ‚Verfasserlexikon', dessen 1. Auflage Stammler verantwortete, ist hier schon angelegt. Vgl. Wolfgang Stammler, Vorrede, in: VL 1 (1933), S. V–VII, hier: V. Wie weit dieser Literaturbegriff reicht, dokumentiert nicht zuletzt Stammler, Mittelniederdeutsches Lesebuch (Anm. 13) von 1921, das auch urkundliches Material enthält. Ebenso: Meier / Möhn, Spuren der Vergangenheit (Anm. 11).

[57] Stammler, Mittelniederdeutsches Lesebuch (Anm. 13), S. 5.

[58] Zur Geistesgeschichte vgl. den Überblick bei Klaus Werner, Art. ‚Geistesgeschichte', in: RLW 2 (2000), S. 678–681, hier: 678.

Plädoyer zufolge sollte eine geistesgeschichtliche Betrachtungsweise der mittelniederdeutschen Literatur einsetzen, denn „[d]as Wesen des Ganzen gilt es zu erfassen, nicht nur eine Kenntnis der einzelnen Glieder sich zu erwerben".[59] Anliegen des ‚Lesebuchs' war deshalb, „den geistesgeschichtlichen Problemen des mittelalterlichen Norddeutschland weiter nachzugehen".[60] Diesen Gedanken griff Stammler 1925 mit dem Beitrag ‚Die Bedeutung der mittelniederdeutschen Literatur in der deutschen Geistesgeschichte' wieder auf, wobei er gleich zu Beginn noch einmal „über das geringe Interesse [klagte], das immer noch die zünftige deutsche Wissenschaft den Problemen der mndd. Literatur entgegenbringt".[61] Den Beitrag selbst wollte er deshalb ausdrücklich als „Appell zur Mitarbeit" verstanden wissen.[62]

Stammlers Konzeptualisierung einer mittelniederdeutschen Literatur sowie seine Kritik und sein Appell von 1921 und 1925 sind nur hinlänglich zu verstehen, wenn man den Status dieses Teils der deutschsprachigen literarischen Produktion des Mittelalters und der Frühen Neuzeit berücksichtigt, der ihm in der Germanistik und in der Literaturgeschichtsschreibung direkt oder indirekt zugeschrieben wurde. Dieser lässt sich auf drei Begriffe bringen: Die mittelniederdeutsche Literatur galt in erster Linie als ‚rezeptive' resp. ‚Übersetzungsliteratur', sie war zudem ‚spätmittelalterliche Literatur', und eben ‚niederdeutsche Literatur'. Zwei Repräsentationsformen dokumentieren dies: einerseits die auf Vollständigkeit angelegten Bestandsaufnahmen der mittelalterlichen Überlieferung, andererseits die auswählenden Literaturgeschichten. Die maßgebliche Bezugs- und Vergleichsgröße war dabei stets die hochdeutsche, daneben auch die niederländische Literatur.

2.1 Bestandsaufnahmen

Der wichtigste Thesaurus volkssprachiger Literatur des Mittelalters dürfte mit Karl Goedekes ‚Grundrisz' vorliegen, der 1859 in der ersten Auflage erschien.[63] Formate wie dieses, denen es um eine systematische Dokumentation der literarischen Überlieferung mit dem Anspruch auf Vollständigkeit ging, bedeuteten für die mittelniederdeutsche Literatur stets eine Chance auf Sichtbarkeit und Aufmerksamkeit. Sie gingen aber keineswegs einher mit einer qualitativen Würdigung des Gegenstands. Entsprechend urteilte Goedeke, „[d]ie niederdeutsche poetische Literatur des Mittelalters ist dürftig und bietet mit Ausnah-

---

59 Stammler, Mittelniederdeutsches Lesebuch (Anm. 13), S. 6.
60 Ebd.
61 Stammler, Bedeutung der mittelniederdeutschen Literatur (Anm. 13), S. 203.
62 Ebd.
63 Karl Goedeke, Grundrisz zur Geschichte der deutschen Dichtung aus den Quellen, Bd. 1: Von der ältesten Zeit bis zum Dreiszigjährigen Kriege, Hannover 1859.

me der historischen Gedichte überwiegend nur Übersetzungen aus dem Hochdeutschen oder Niederländischen".[64] Auch Hermann Oesterley und Hermann Jellinghaus vermerkten den Mangel an Originalität.[65] Oesterley entschied sich dann aber für einen recht pragmatischen Umgang mit diesem Problem:

> [Die Darstellung] beschränkt sich dagegen keineswegs auf das rein niederdeutsche, das heisst auf diejenigen dichtungen, welche sich von fremden einflüssen, sei es von niederländischen oder von hochdeutschen, sprachlich oder sachlich frei erhalten haben. Eine solche beschränkung würde jede darstellung der nd. poetischen literatur zur unmöglichkeit machen, weil dieselbe einfach keinen gegenstand haben würde.[66]

Selbst August Lübben wiederholte 1875 eine bereits 1846[67] von ihm vorgebrachte Klage über die fehlende Originalität der mittelniederdeutschen gegenüber der hochdeutschen Literatur.[68] Zur Ehrenrettung exponierte er das Tierepos ‚Reynke de vos', das 1498 in Lübeck gedruckt worden war, wenngleich er es bedauerte, dass sich auch dieses Werk als eine Übersetzung herausgestellt hatte.[69]

Auf den allenthalben vorgebrachten Vorwurf fehlender Originalität reagierte Stammler nun 1925 mit folgender Leitfrage: „Ist diese mndd. Literatur, an deren quantitativem Reichtum niemand mehr zweifeln kann, ein selbständig in sich beruhendes, aus eigenen Quellen gespeistes geistiges Gebilde?"[70] Zunächst relativierte er diese Frage mit dem Hinweis, es gäbe keine Literatur seit der Antike im Abendland, die nicht die Einflüsse anderer, meist benachbarter Literaturen in sich aufgenommen hätte.[71] Nach dem folgenden Rekurs auf die mittelniederdeutsche Literatur, die von der hochdeutschen wie von der lateinischen beeinflusst wurde,[72] stellte Stammler scheinbar resignierend fest: „Es scheint aber fast so, als ob die Auffassung – die wirklich lange gehegt wurde, vielleicht bei manchen heut noch herrscht – recht habe, nach welcher die mndd. Literatur nichts Eigengewachsenes hervorgebracht, sondern nur rezeptive Tä-

---

64 Karl Goedeke, Grundrisz zur Geschichte der Deutschen Dichtung aus den Quellen, 2., ganz neu bearb. Aufl., Bd. 1: Heldensage, Literaturgeschichte, Metrik, Dresden 1884, S. 457.

65 Hermann Oesterley, Niederdeutsche Dichtung im Mittelalter. Als zwölftes Buch der Deutschen Dichtung im Mittelalter von Karl Goedeke, Dresden 1871, S. III. Hermann Jellinghaus, Mittelniederdeutsche Literatur, in: Grundriss der germanischen Philologie, hg. v. Hermann Paul, Bd. 2.1, Strassburg 1893, S. 419–452, hier: 421.

66 Oesterley (Anm. 65), S. III.

67 Lübben (Anm. 20), S. 11f.

68 Lübben (Anm. 19), S. 6.

69 Ebd., S. 8.

70 Stammler, Bedeutung der mittelniederdeutschen Literatur (Anm. 13), S. 205.

71 Ebd., S. 205.

72 Ebd., S. 208–210.

tigkeit ausgeübt habe."[73] Doch ist dies nur als retardierende Demutsfloskel aufzufassen, denn danach widmet sich der Beitrag schließlich den „originalen Schriftdenkmälern"[74]. Auch dabei wird die Hanse als Einflussfaktor produktiv gemacht.

Das Beharren auf ‚Originalität' – auch noch nach Stammler – ist auf ein Bündel mehrerer Faktoren zurückzuführen, wenngleich diese in Abhängigkeit vom jeweiligen Autor und seiner Zeit gewiss unterschiedlich zu gewichten sind. Gemeinsam gehen diese Faktoren von einer produktionsästhetischen Sicht auf die Literatur aus. Im Einzelnen handelt es sich 1.) um die Forderung nach dem Schöpferischen, Ursprünglichen und Selbständigen, mithin nach der innovativen Leistung des Dichters im Sinne eines Konzeptes von Poesie und ‚Schöner Literatur' spätestens seit dem 18. Jahrhundert,[75] das hier auf eine ganze Literatur und zudem anachronistisch auf die ältere Literatur übertragen wird, 2.) eng damit zusammenhängend um eine scharfe Grenzziehung zwischen „autochthonen Schöpfungen" und Übersetzungen aus der Perspektive der nationalen Literaturgeschichte im 19. Jahrhundert[76] und 3.) um Einflüsse des niederdeutschen Sprach- und Literaturdiskurses seit Beginn des 20. Jahrhunderts mit den Forderungen nach ‚Reinheit' der Sprachverwendung sowie damit verbunden nach ‚Echtheit' im Sinne von inhaltlich-thematischer Adäquatheit der Sprachwahl[77] – eine Sichtweise, die von zwei getrennten Entitäten ‚Textform' und ‚Textinhalt' ausgeht.[78] Insbesondere mit Blick auf Stammler machte überdies 4.) eine geistesgeschichtliche Betrachtung der Literatur, die aus der Gesamtheit der literarischen Überlieferung zu Erkenntnissen über Ideen, Weltanschauungen und Lebensauffassungen ihrer Produzenten gelangen will, die Forderung nach Originalität notwendig. Denn wenn mit 3.) angenommen werden muss, dass bei übersetzter Literatur der Inhalt nicht das ‚Eigene' der Zielsprachengemeinschaft abbildet, sondern im Gegenteil das ‚Fremde' der Ausgangssprachgemeinschaft, so dürfte sich die Literatur, die nach diesem Verständnis keine mittelniederdeutsche Originalliteratur war, nicht eben für geistesgeschichtliche Interessenlagen geeignet haben.[79]

---

73 Ebd., S. 210.
74 Ebd.
75 Vgl. Friedrich Vollhardt, Art. ‚Originalität', in: RLW 2 (2000), S. 768–771.
76 Vgl. Annette Kopetzki, Art. ‚Übersetzung', in: RLW 3 (2003), S. 720–724, bes. 723.
77 Vgl. Birte Arendt, Niederdeutschdiskurse. Spracheinstellungen im Kontext von Laien, Printmedien und Politik (Philologische Studien und Quellen 224), Berlin 2010, S. 105f. Stammlers Urteil über die Lyrik Klaus Groths (vgl. Anm. 52) ist beeinflusst von diesen Diskurssegmenten.
78 Arendt (Anm. 77), S. 106.
79 Das „Überfremdungsproblem" in der geistesgeschichtlichen Forschung zum Spätmittelalter, das mit Blick auf Jacob Burckhardts „Konzeption der Renaissance als eines völligen Neubeginns der Kultur und des Lebensgefühls aus antikem und italie-

Das Werturteil über die fehlende Originalität wurde auch im 20. Jahrhundert fortwährend aktualisiert und in diesem Zusammenhang als heuristisches Problem diskutiert. Als Hartmut Beckers 1977 daranging, eine neue systematische Gesamtdarstellung der mittelniederdeutschen Literatur zu erarbeiten, die leider unvollendet geblieben ist, diskutierte er zunächst, was unter diesem Gegenstand eigentlich zu verstehen sei. Er warf die Fragen auf, „inwieweit auch die zahlreichen mnd. Übersetzungen von Werken lateinisch schreibender Autoren [...] der mnd. Literatur zugezählt werden dürfen" und „ob die vielen mnd. Versionen hochdeutscher und niederländischer Originaltexte in der Darstellung der mnd. Literatur ihren Platz finden". „[I]n vollem Bewußtsein der damit implizierten Probleme" entschied er sich schließlich dafür, „auch diese Sondergruppen von Texten in die Darstellung miteinzubeziehen, [. . .] ohne die Sonder- bzw. Randstellung dieser Texte gegenüber den Werken der mnd. Originalliteratur damit verwischen zu wollen."[80] Zwar spitzte Beckers seine Entscheidung nicht mit dem gleichen Pragmatismus zu wie etwa 100 Jahre zuvor Oesterley, doch die Sprachverwendung ‚Mittelniederdeutsch' schien auch für ihn keineswegs ein selbstverständliches und hinreichendes Kriterium für die Bestimmung des Gegenstands ‚Mittelniederdeutsche Literatur' zu sein. Anders sah dies Willy Krogmann, der gleich zu Beginn seiner Darstellung von 1971 konstatierte, die mittelniederdeutsche Literatur sei das Schrifttum in mittelniederdeutscher Sprache.[81] Wenn auch nicht gleichermaßen programmatisch, so stellte sich Krogmann hier interessanterweise zur älteren niederdeutschen Literatur, wie Claus Schuppenhauer etwa zur selben Zeit zur neuniederdeutschen. Der lehnte insbesondere die seit Beginn des 20. Jahrhunderts wirkmächtige Echtheitsforderung gegenüber der neuniederdeutschen Literatur ab, und plädierte stattdessen für eine Gegenstandsbestimmung allein auf der Grundlage niederdeutscher Sprachlichkeit, was er auf folgende einfache, dabei aber Krogmann frappierend ähnliche, Formel brachte: „Niederdeutsche Literatur ist Literatur in niederdeutscher Sprache."[82] In der Exposition der „Herausragende[n] Übersetzungen"[83], worin eine Auffassung von der Übersetzung als einer künstlerischen Leistung zutage tritt, und „Herausragende[n] niederdeutsche[n] Originale[n]"[84]

nischem Geist" sowie auf die höfische Dichtung um 1200 als „Produkt einer Überfremdung durch romanischen Geist" diskutiert worden ist, behandelt Thomas Cramer, Geistesgeschichte und Spätmittelalter, in: Literaturwissenschaft und Geistesgeschichte 1910 bis 1925, hg. v. Christoph König u. Eberhard Lämmert (Fischer-Taschenbücher 11471), Frankfurt am Main 1993, S. 58–72, hier: 60, 63.

80 Beckers, Mittelniederdeutsche Literatur (I) (Anm. 11), S. 5, 7.

81 Krogmann (Anm. 11), S. 263.

82 Vgl. Claus Schuppenhauer, Niederdeutsche Literatur – Versuch einer Definition, in: Niederdeutsches Wort 12 (1972), S. 16–34, hier: 21.

83 Krogmann (Anm. 11), S. 281.

84 Krogmann (Anm. 11), S. 297.

äußert sich jedoch auch bei Krogmann ein Bewusstsein für das Originalitätsproblem. Gerhard Cordes verfuhr in seinem Überblick ‚Mittelniederdeutsche Dichtung und Gebrauchsliteratur' von 1983 ähnlich.[85] Dass Übersetzungen und Bearbeitungen aus hochdeutschen, niederländischen oder lateinischen Vorlagen zur mittelniederdeutschen Literatur zählen, stellte er zwar grundsätzlich nicht infrage, doch blieb auch für ihn die ‚Originalität' noch Leitkategorie und roter Faden für die Beschreibung des mittelniederdeutschen Textaufkommens. Seine nach Themen und Gattungen systematisierte Zusammenschau ergänzte schließlich auch er um ein Kapitel, das die „Dichterische Leistung", die „Eigenwerte" und „Endleistungen" der mittelniederdeutschen Literatur unterstreichen soll, wobei dies ‚Originale' ebenso einschließt wie Übersetzungen, die sich inhaltlich und stilistisch von ihrer Vorlage lösen und über diese hinausweisen.[86] Wolfgang Spiewok schlug vor, „die mittelniederdeutsche Literatur als einen Bestandteil [der] mittelalterlichen deutschen Literaturlandschaft" zu begreifen, „dessen Wesen und Wert aber vor allem daran zu bestimmen bzw. zu messen sind, inwieweit er einen besonderen Beitrag zur Gesamtentwicklung erbringt, einen besonderen Beitrag sowohl im Sinne literarischer Spitzenleistungen als auch literaturgenetischer Initiativleistungen".[87] Ganz anders wendete Hubertus Menke das Übersetzungsproblem, und zwar mit Blick auf den Lübecker Buchdruck in der Frühen Neuzeit: Die „Übersetzung bereits vorliegender Literaturbestände" wertete er angesichts eines auffallend hohen Anteils volksprachiger Drucke aus den Lübecker Offizinen als „eines der zentralen kulturpolitischen Anliegen dieser Drucker" und brachte dies auf den Begriff eines „Volkssprachigen Literaturauftrag[s]",[88] der dann aber vor allem auf Übersetzungen aus dem Lateinischen abhebt. Jürgen Meier und Dieter Möhn wenden die Übersetzungsfrage schließlich dergestalt, dass sie auf „die durch den Handel gegebenen interkulturellen Kontakte [hinweisen], welche den Zugang zu ‚fremden'

---

85 Cordes, Mittelniederdeutsche Dichtung und Gebrauchsliteratur (Anm. 11), S. 351–390.

86 Ebd., S. 375–378.

87 Wolfgang Spiewok, Die mittelalterliche Literaturlandschaft im niederdeutschen Sprachraum, in: Der Ost- und Nordseeraum. Politik – Ideologie – Kultur vom 12. bis zum 17. Jahrhundert. Hansische Studien VII, hg. v. Konrad Fritze, Eckhard Müller-Mertens u. Johannes Schildhauer (Abhandlungen zur Handels- und Sozialgeschichte 25), Weimar 1986, S. 120–133, hier: 123. Wieder abgedruckt in ders., Mittelalterliche Literatur up Plattdütsch (Reinekes Taschenbuch-Reihe 20), Greifswald 1998, S. 11–25.

88 Hubertus Menke, *Ghemaket vmme der eyntvoldighen vnde simpel Mynschen Willen.* Zur Lübecker Druckliteratur in der frühen Neuzeit, in: Ausstattungen Lübecker Wohnhäuser. Raumnutzungen, Malereien und Bücher im Spätmittelalter und in der frühen Neuzeit, hg. v. Manfred Eickhölter u. Rolf Hammel-Kiesow (Häuser und Höfe in Lübeck 4), Neumünster 1993, S. 299–316, hier: 307.

Literaturen eröffneten".[89] Auf diese Weise schlagen sie implizit den Bogen zurück zu Stammlers Vorstellung von ‚hansischer Literatur' und von weltläufigen und kulturell wie literarisch offenen und interessierten Kaufleuten der Hanse.[90]

2.2 Literaturgeschichten

Die Literaturgeschichtsschreibung formierte sich zu Beginn des 19. Jahrhunderts als nationale Literaturgeschichte. Diese „war stets auch eine politische ‚Institution', die sich im Rückblick ihrer sogenannten ‚Blütezeiten' versicherte, aktiv eingreifend oder passiv verklärend der Gegenwart zu dienen glaubte und einer wie immer ausgemalten politischen Zukunft entgegenarbeiten wollte".[91] Diese Blütezeiten waren das Hochmittelalter um 1200 und die Klassik um 1800, „zwei deutsche Kulminationspunkte", die die Literaturgeschichte „ein Jahrhundert lang in den Dienst nationaler Identitätsfindung stellt".[92] Ein Repräsentant dieser Literaturgeschichtsschreibung ist die ‚Geschichte der Deutschen Litteratur' von Wilhelm Scherer, die 1883 zuerst erschienen war und 1920, als Stammler die ‚Geschichte der niederdeutschen Literatur' veröffentlichte, bereits in der 14. Auflage vorlag.[93] Mittelniederdeutsche Literatur kommt hier tatsächlich nur am Rande vor. So wurden beispielsweise der ‚Sachsenspiegel' und die ‚Sächsische Weltchronik' Eikes von Repgow für die nationale Literaturgeschichte vereinnahmt, ohne allerdings auf ihre Sprachlichkeit zu verweisen.[94]

Scherer betrachtete die zweite Lautverschiebung als die historische Möglichkeit der Entstehung zweier deutscher Nationen – eine Süddeutsche (Oberdeutsche) und eine Norddeutsche (Niederdeutsche). „Zwei deutsche Sprachen waren vorhanden, und ihre Träger konnten leicht zwei verschiedene Völker werden."[95] Doch dann habe die Unterwerfung der Sachsen durch Karl den Großen, der selbst Hochdeutsch sprach, die Bildung zweier Nationen verhindert.[96] Unter günstigen politischen Ausgangsbedingungen erlangte das Hochdeutsche also in der Folge die „Oberherrschaft" und die Bildung einer deutschen Nation war möglich geworden.[97] So erklärt sich, dass die ältere

---

89 Meier / Möhn (Anm. 9), S. 386, und dies. (Anm. 2), S. 1473.

90 Stammler, Die deutsche Hanse (Anm. 13), S. 218 (vgl. das Zitat oben S. 8).

91 Wolfgang Pfaffenberger, Blütezeiten und nationale Literaturgeschichtsschreibung. Eine wissenschaftsgeschichtliche Betrachtung (Europäische Hochschulschriften Reihe I: Deutsche Sprache und Literatur 353), Frankfurt am Main / Bern / Cirencester U.K. 1981, S. 13.

92 Ebd., S. 14.

93 Wilhelm Scherer, Geschichte der deutschen Literatur, 14. Aufl., Berlin 1920.

94 Ebd., S. 231, 267.

95 Ebd., S. 39.

96 Ebd., S. 40.

97 Topos der Sprachreflexion im Zusammenhang mit Sprachnationalismus, wonach eine

niederdeutsche Literatur offenkundig nicht dazu geeignet sein konnte, einem auf gemeinsamer Sprachlichkeit fußenden Nationalbewusstsein der Deutschen zu dienen.[98] Das korreliert schon in der ersten Hälfte des 19. Jahrhunderts mit einer Abwertung der Mundarten gegenüber der Aufwertung der (hochdeutschen) Standardsprache zur Nationalsprache im Sinne der Nationenbildung[99] – ein Tenor, in den selbst August Lübben 1846 eingestimmt hatte.[100] Im Kontext der Nationenbildung auf der Grundlage einer gemeinsamen Sprache und Kultur wurde der hochdeutschen Sprache demzufolge und damit notwendigerweise auch der hochdeutschen Literatur der Vorrang vor der niederdeutschen eingeräumt, was bei Scherer in der Rede von der „Oberherrschaft" des Hochdeutschen über das Niederdeutsche gipfelte.

Demgegenüber verband Stammler die geistesgeschichtliche Grundlegung seines Appels von 1925 mit einem Plädoyer für die Ebenbürtigkeit und Gleichrangigkeit der niederdeutschen Sprache und Literatur im Verhältnis zur hochdeutschen und im Kontext einer deutschen Literatur- und Geistesgeschichte. Darauf lässt auch seine Rhetorik schließen, die – bewusst oder unbewusst – mit Denkfiguren aus dem Niederdeutschdiskurs des 18. und 19. Jahrhunderts arbeitet. So griff er die aus der sprachgeschichtlichen Stammbaumtheorie resultierende Verwandtschaftsmetapher auf, wonach das Niederdeutsche und das Hochdeutsche als zwei Schwestern derselben Familie aufgefasst wurden.[101] Diese Vorstellung verknüpfte er mit einem Segment des Sprachdiskurses aus dem 18. Jahrhundert, das die niederdeutsche Sprache zum Opfer und zur Verachteten hypostasierte.[102] In dieser Verknüpfung nahmen die niederdeutsche Sprache und Literatur in Stammlers ‚Lesebuch' schließlich die Gestalt des Stiefkinds Aschenbrödel an.

---

gemeinsame Sprache ein Volk/eine Nation konstituiere. Vgl. Andreas Gardt, Geschichte der Sprachwissenschaft in Deutschland. Vom Mittelalter bis ins 20. Jahrhundert, Berlin / New York 1999, S. 307; zum Sprachnationalismus vgl. ebd., S. 301–319.

98 Vgl. hierzu auch Jellinghaus (Anm. 65), S. 19, zur mittelniederdeutschen Literatur, „deren poetischer Teil nur in beschränktem Sinne national war".

99 Vgl. Arendt (Anm. 77), S. 76–78.

100 Lübben (Anm. 20), S. 39: „So werden wir auch, wenn unsre Muttersprache ausstirbt, auf der einen Seite das wieder gewinnen, was wir auf der andern Seite verloren haben: ‚denn kraft der Schriftsprache fühlen wir Deutsche lebendig das Band unsrer Herkunft und Gemeinschaft und solchen Vortheil kann kein Stamm glauben zu theuer gekauft zu haben oder um irgend einen Preis hergeben zu wollen.'" Lübben zitiert hier: Jacob Grimm, Deutsche Grammatik, Erster Theil, Zweite Ausgabe, Göttingen 1822, S. XIII.

101 Dies findet sich schon bei August Lübben, Vorwort, in: Jahrbuch des Vereins für niederdeutsche Sprachforschung 1 (1875), S. 1–4, hier: 1, und etwa auch noch bei Spiewok, Mittelalterliche Literatur up Plattdütsch (Anm. 87), S. 22. Zur Denkfigur der Verwandtschaft vgl. Arendt (Anm. 77), S. 93.

102 Arendt (Anm. 77), S. 68 (mit Bezug auf: Bernhard Raupach, De linguae inferioris neglectu injusto, Rostock 1704).

Die Chancen für die mittelniederdeutsche Literatur, in das Aufmerksamkeitsfeld der nationalen Literaturgeschichte zu gelangen, waren zuletzt auch deshalb gering – zumal kombiniert mit fehlender Originalität und vom nationalen Paradigma beeinflussten Spracheinstellungen –, weil sie eine dezidiert spätmittelalterliche und frühneuzeitliche Literatur ist. Denn diese Epochen wurden im Blütezeitmodell mit Niedergang und Verfall assoziiert, so auch bei Scherer:

> Jn allen ihren Gattungen, im Volksepos, im höfischen Epos, im Minnesang, im Lehrgedicht haben wir das dreizehnte Jahrhundert hindurch nur einen fortschreitenden Verfall bemerkt: um 1225 konnte sich ein Mann wie Walther von der Vogelweide über den Umschwung nicht mehr täuschen: um 1300 war es entschieden, daß die Schönheit ihren Thron verlassen mußte und Frömmigkeit, Wißbegierde, Unterhaltungssucht die Regierung antraten.[103]

Die Ursache dafür sah Scherer in einem tiefgreifenden Wandel der Interessen von der Poesie zur Wissenschaft und machte dies insbesondere an Kaiser Friedrich II. fest: „Schon Friedrich der Zweite war ein erbarmungsloser Realist; und die Wissenschaft war ihm wertvoller als die Poesie.“[104] Die Idee des Wandels „[v]om Idealen und Abstrakten“ zum „Reale[n] und Konkrete[n]“[105] griff Stammler 1924 in seiner Greifswalder Antrittsvorlesung über ‚Ideenwandel in Sprache und Literatur des deutschen Mittelalters‘ auf, sprach damit aber gerade nicht der Vorstellung von einem Verfall und Niedergang der Literatur zu,[106] sondern erblickte darin im Gegenteil die Chance für neue Ausdrucksformen. Auf diese Weise gelangte er zu einer grundsätzlich positiven Perspektivierung des Spätmittelalters mit all seinen literarischen Erscheinungsformen, wie der Produktivität von Wissens- und Fachliteratur – Eike von Repgow wird bei dieser Gelegenheit als Bahnbrecher für die Geschichtsschreibung exponiert –, der Prosa[107] und schließlich auch der niederdeutschen Literatur:

> Die Landschaften treten jetzt auf mit dem Anspruch auf sprachliche Sonderexistenz, die Zunge ist ihnen gelöst, sie wollen als gleichberechtigte Schwestern neben die höfische Kunstsprache treten, ja sie verdrängen. Nur aus dieser allgemeinen geistigen Wandlung des Mittelalters erklärt sich das sonst undeutbare Phänomen, daß in Norddeutschland, nach jahrhundertelangem fast gänzlichem Verstummen, die mittelniederdeutsche Sprache mit eigenen Dichtwerken hervortritt und bald eine reiche und in manchen Schöpfungen hochentwickelte Literatur entfaltet.[108]

---

[103] Scherer (Anm. 93), S. 231.
[104] Ebd., S. 233.
[105] Wolfgang Stammler, Ideenwandel in Sprache und Literatur des deutschen Mittelalters, in: Ders., Kleine Schriften zur Literaturgeschichte des Mittelalters, Berlin 1953, S. 29–42. [Nachdruck aus: DVjs 2 (1924), S. 753–769], hier: 32.
[106] Ebd., S. 31.
[107] Ebd., S. 34f.

Das ‚Ideale' und das ‚Abstrakte' werden in diesem Zusammenhang der ‚höfischen Kunstsprache', mithin der höfischen Literatur, zugeschrieben. Noch deutlicher wird dies im Beitrag von 1925 zur ‚Bedeutung der mittelniederdeutschen Literatur in der deutschen Geistesgeschichte', wo das „Recht" des Norddeutschen, „seine Sprache in der Poesie zu verwerten" in dem Satz gipfelt: „Der Ritter verschwindet, [...] der Kaufmann tritt an seine Stelle."[109]

Bei Stammlers Arbeiten zur mittelniederdeutschen Literatur handelt es sich insgesamt um den Versuch, die Vorurteile der Wissenschaft gegenüber diesem Teil volkssprachiger Schriftlichkeit zu dekonstruieren und mit eben dieser Dekonstruktion die Gleichrangigkeit der niederdeutschen mit der hochdeutschen Literatur unter Beweis zu stellen. Die Forderung nach ‚Selbständigkeit' und ‚Originalität' selbst aber tastete Stammler nicht an, sondern bestätigte sie vielmehr. Auch dem bereits etablierten Blütezeitmodell konnte er sich nicht entziehen. Nicht nur hat er dieses in der Literaturgeschichte von 1920 phasenverschoben auf die niederdeutsche Literatur appliziert. Zugleich arbeitete er der Blütezeit um 1200 sogar ausdrücklich zu, wenn er insbesondere Eike von Repgow als „würdige[n] Zeitgenosse[n] Walthers von der Vogelweide"[110] aufzubauen suchte. Schon bei Scherer gebührend gewürdigt, bot Eike sich wie kein anderer dazu an, die mittelniederdeutsche Literatur in das Narrativ der nationalen Literaturgeschichte zu implementieren. Zugespitzt formuliert: Waren Walther und Eike ebenbürtig, so konnte man es auch für die Literaturen annehmen, die sie als herausragende Persönlichkeiten repräsentierten.

Gegenüber den älteren Bestandsaufnahmen von Goedeke, Oesterley und Jellinghaus, die stets auch betont hatten, was die mittelniederdeutsche Literatur nicht sei, bestand die Leistung Stammlers darin, eine positive Bestimmung des Gegenstands ‚Mittelniederdeutsche Literatur' vorgenommen zu haben, wofür ihm die schon im 19. Jahrhundert von deutscher Seite stets positiv bewertete und mit nationaler Bedeutung aufgeladene Hanse[111] einen willkommenen Denkrahmen anbot. Diese Gegenstandsbestimmung traf insbesondere in den Jahren zwischen 1900 und 1940 auf günstige Bedingungen insofern, als der Gegenstand ‚Niederdeutsche Literatur' in diesen Jahren gleich in mehrfacher Hinsicht umfassend ausgelotet wurde – ein Vorgang, dem die Produktivität der neuniederdeutschen Literatur spätestens seit der Mitte des 19. Jahrhunderts und die akademische Institutionalisierung der Niederdeutschen Philologie[112]

---

108 Ebd., S. 36.

109 Stammler, Bedeutung der mittelniederdeutschen Literatur (Anm. 13), S. 205. Die Dichotomie von höfischer und städtischer Literatur, die sich in Stammlers Beiträgen schon erkennbar abzeichnet, ist bei ihm jedoch nicht zu einem Programm für die Geschichte der mittelniederdeutschen Literatur ausgearbeitet worden.

110 Stammler (Anm. 1), S. 18.

111 Vgl. hierzu Selzer (Anm. 15), S. 2, 7.

112 Erst 1919 entstanden in Hamburg und Rostock die ersten universitären Lehrstühle für

Vorschub geleistet haben dürften. Die handschriftliche Überlieferung von den Anfängen bis ins 17. Jahrhundert hatte Conrad Borchling bereits auf seinen Handschriftenreisen umfangreich dokumentiert.[113] Conrad Borchling war es auch, der 1936 zusammen mit dem Rostocker Universitätsbibliothekar Bruno Claussen die gedruckte Literatur von der Inkunabelzeit bis 1800 in der ‚Niederdeutschen Bibliographie' zusammenstellte.[114] Zuvor hatten schon Wilhelm und Erich Seelmann die niederdeutsche Literatur von 1800 bis 1915 bibliographisch erfasst.[115] Zudem begann bereits in den 1920er Jahren mit mehreren Publikationen die Historisierung der neu- in Verbindung mit der mittelniederdeutschen Literatur. Zu nennen sind hier die Literaturgeschichte von Stammler und die zweibändige Anthologie ‚Tausend Jahre Plattdeutsch' von Conrad Borchling und Hermann Quistorf aus den Jahren 1927 und 1929,[116] an der auch Stammler beteiligt war.[117]

Niederdeutsche Philologie; sie wurden mit Conrad Borchling und Hermann Teuchert (1920) besetzt. Vgl. Dieter Stellmacher, Niederdeutsch. Formen und Forschungen (Germanistische Linguistik 31), Tübingen 1981, S. 98–102.

113 Conrad Borchling, Mittelniederdeutsche Handschriften in Norddeutschland und den Niederlanden. Erster Reisebericht, in: Nachrichten von der Königl. Gesellschaft der Wissenschaften zu Göttingen. Geschäftliche Mitteilungen aus dem Jahre 1898, Göttingen 1899, S. 79–316. Ders., Mittelniederdeutsche Handschriften in Skandinavien, Schleswig-Holstein, Mecklenburg und Vorpommern. Zweiter Reisebericht (Nachrichten von der Königl. Gesellschaft der Wissenschaften zu Göttingen. Philologisch-historische Klasse. Beiheft), Göttingen 1900. Ders., Mittelniederdeutsche Handschriften in Wolfenbüttel und einigen benachbarten Bibliotheken. Dritter Reisebericht (Nachrichten von der Königl. Gesellschaft der Wissenschaften zu Göttingen. Philologisch-historische Klasse. Beiheft), Göttingen 1902. Ders., Mittelniederdeutsche Handschriften in den Rheinlanden und in einigen anderen Sammlungen. Vierter Reisebericht (Nachrichten von der Königl. Gesellschaft der Wissenschaften zu Göttingen. Philologisch-historische Klasse. Beiheft), Berlin 1914.

114 Conrad Borchling / Bruno Claussen, Niederdeutsche Bibliographie. Gesamtverzeichnis der niederdeutschen Drucke bis zum Jahre 1800. Bd. 1: 1473–1600. Bd. 2: 1601–1800, Neumünster 1936. Bd. 3: Nachträge, Ergänzungen, Verbesserungen, Neumünster 1957.

115 Wilhelm Seelmann / Erich Seelmann, Die plattdeutsche Literatur 1800–1915. Bibliographie, Leer 1979 (Unveränderter Nachdruck aus: Jahrbuch des Vereins für niederdeutsche Sprachforschung 22 [1896], S. 49–130; ebd. Bd. 28 [1902], S. 59–105; ebd. Bd. 41 [1915], S. 1–96).

116 Stammler (Anm. 1). Conrad Borchling / Hermann Quistorf (Hg.), Tausend Jahre Plattdeutsch. Proben niederdeutscher Sprache und Dichtung vom Heliand bis 1900, Hamburg 1927. Dies. (Hg.), Tausend Jahre Plattdeutsch. Zweiter Band. Proben niederdeutscher Sprache und Dichtung von 1900 bis zur Gegenwart, Hamburg 1929.

117 Wolfgang Stammler, Die erzählende Dichtung, in: Borchling / Quistorf (Hg.), Tausend Jahre (II.) (Anm. 116), S. 38–47.

3. Wie hansisch war die Literatur im Norden?

Seit Stammlers Entwurf einer Geschichte der mittelniederdeutschen Literatur sind etwa 100 Jahre vergangen und die Vorzeichen, die eine Marginalisierung der älteren niederdeutschen Literatur in der Wissenschaft zur Folge hatten und eigentlich erst Anlass zu Stammlers Arbeiten gaben, haben sich grundlegend gewandelt. Nicht nur sieht sich die Literaturgeschichtsschreibung heute nicht mehr in der Verantwortung und Pflicht, einer nationalen Identitätsfindung und -fundierung zu dienen.[118] Hinzu kommen überdies neuere Betrachtungsweisen mit dem Anliegen, die literarische Überlieferung an konkreten Orten und in speziellen Regionen zu verfolgen und den Fokus damit auf das literarische ‚Geschehen' in diesen Räumen zu richten, das die Produktion ebenso einschließt wie selbstverständlich auch die Rezeption.[119] Stammlers topographischer Ansatz hatte diese literaturgeschichtlichen Darstellungen nach Regionen und Schreiborten schon teilweise vorweggenommen. Nicht zu vergessen ist infolge von Rezeptions- und Überlieferungsgeschichte die grundsätzliche Aufmerksamkeitserweiterung in Richtung auf materielle und textuelle Phänomene der Repräsentation, des Transfers und der Aneignung von Literatur, den literarischen Praktiken, die dabei zur Anwendung gekommen sind, und den Bedürfnissen und Interessen, die diese Praktiken bedingt haben. Texte werden damit nicht mehr nur mit ihrem Entstehungszeitpunkt und -ort sowie mit ihrem Verfasser historisch fixiert, sondern die Dynamik und das Prozesshafte des literarischen Lebens mit diesen Texten im Mittelalter und in der Frühen Neuzeit werden demgegenüber betont. Gerade auch für die mittelniederdeutsche Literatur werden hierzu in jüngster Zeit wichtige Untersuchungen angestellt.[120] In

---

[118] Joachim Bumke, Geschichte der mittelalterlichen Literatur als Aufgabe (Rheinisch-Westfälische Akademie der Wissenschaften. Geisteswissenschaften. Vorträge G 309), Opladen 1991, S. 8, 11f. Joachim Heinzle, Wie schreibt man eine Geschichte der deutschen Literatur des Mittelalters?, in: Der Deutschunterricht. Beiträge zu seiner Praxis und wissenschaftlichen Grundlegung 1 (1989), S. 27–40, hier: 28.

[119] Helmut Tervooren, Van der Masen tot op den Rijn. Ein Handbuch zur Geschichte der mittelalterlichen volkssprachigen Literatur im Raum von Rhein und Maas, unter Mitarbeit von Carola Kirschner u. Johannes Spicker, Berlin 2006. Wolfgang Beck, Deutsche Literatur des Mittelalters in Thüringen. Eine Überlieferungsgeschichte, Stuttgart 2017. Ralf Georg Päsler, Überlegungen zu einer Literaturgeschichte des mittelalterlichen Preussenlandes, in: Mittelalterliche Kultur und Literatur im Deutschordensstaat in Preussen: Leben und Nachleben, hg. v. Jarosław Wenta, Sieglinde Hartmann u. Gisela Vollmann-Profe (Publikacje Centrum Mediewistycznego Wydziału Nauk Historycznych UMK 1. Seria: Sacra Bella Septentrionalia T. 1), Toruń 2008, S. 369–391. Martin Schubert (Hg.), Schreiborte des deutschen Mittelalters. Skriptorien – Werke – Mäzene, Berlin / Boston 2013.

[120] Auf wenigstens zwei möchte ich hier verweisen: Simone Schultz-Balluff, Der norddeutsche Raum als Dreh- und Angelpunkt der Gesamtüberlieferung? Die mittelnie-

der Gesamtschau wird es heute also nicht mehr darauf ankommen, die Originalität und Ebenbürtigkeit der Literatur im Norden unter Beweis zu stellen. Hypostasierungen der hochdeutschen und der niederdeutschen Sprache und ihrer Literaturen in einem Verhältnis von Herrscherin und Beherrschte oder als Schwestern haben überdies an Relevanz verloren. Mit Joachim Heinzle und Joachim Bumke sollte das Anliegen der Literaturgeschichte – nach dem nationalen Paradigma des 19. und beginnenden 20. Jahrhunderts – heute u. a. darin bestehen, die Entfaltung der volkssprachigen Schriftlichkeit im Mittelalter zu untersuchen,[121] wobei zudem der erweiterte Literaturbegriff zugrunde gelegt wird.[122] Wenn das aber so ist, dann betrifft dies die mittelniederdeutsche Schriftlichkeit ebenso wie die mittel- bzw. frühneuhochdeutsche, denn Volkssprache sind sie gegenüber dem Lateinischen beide. Statt also die Frage zu beantworten, wie hansisch die Literatur im Norden war, stellt sich vor dem Hintergrund dieses veränderten Bedingungsgefüges eigentlich viel eher die Frage, inwiefern die Profilierung der mittelniederdeutschen Literatur als ‚hansische Literatur' heute noch Relevanz besitzt. Will man dennoch in der Nachfolge von Stammler daran festhalten, lassen sich mit Blick auf die Forschung u. a. drei Vorschläge diskutieren:

1.) Die Literatur, deren Entstehung oder Gebrauch mit einer literarischen Interessenbildung[123] speziell in den Hansekontoren, daneben aber auch in den Hansestädten in Verbindung gebracht werden kann, ließe sich als ‚hansische Literatur' bezeichnen. Dies setzte jedoch die konsequente Plausibilisierung so einer Verbindung mit entsprechenden Überlieferungs- und Sprachbefunden

derdeutschen Textzeugen des Passionsdialogs ‚St. Anselmi Fragen an Maria', in: Jahrbuch des Vereins für niederdeutsche Sprachforschung 142 (2019), S. 53–86, im Rahmen des Projekts „St. Anselmi Fragen an Maria' – (digitale) Erschließung, Auswertung und Edition der gesamten deutschsprachigen Überlieferung [14. – 16. Jh.]', geleitet von Simone Schultz-Balluff und Klaus Peter Wegera (Ruhr-Universität Bochum). – ‚Wiedererzählen im Norden (WiN). Digitale Analyse weltlicher Erzählungen in niederdeutschen Inkunabeln', geleitet von Marco Coniglio und Heike Sahm (Georg-August-Universität Göttingen). Zu ersten Ergebnissen vgl. Heike Sahm / Anabel Recker, Wiedererzählen im Norden. Beobachtungen zu Übertragungsstrategien mittelniederdeutscher Erzähltexte, in: Jahrbuch des Vereins für niederdeutsche Sprachforschung 144 (2021), S. 126–148.

121 Bumke (Anm. 118), S. 22, 24. Heinzle (Anm. 118), S. 29.

122 Vgl. Bumke (Anm. 118), S. 19–24. Heinzle (Anm. 118), S. 33–35.

123 Zum Begriff vgl. Heinzle (Anm. 118), S. 36. Zu den Aspekten literarischer Interessenbildung zählt auch ein Mäzenatentum, doch „die [hansische] Elite hat kein literarisches Mäzenatentum hervorgebracht". Vgl. Ulrike Zellmann, Doppelte Gewalt. Die niederdeutsche Lesart des Zwillingsromans ‚Valentin und Namelos', in: Schnittpunkte. Deutsch-Niederländische Literaturbeziehungen im späten Mittelalter, hg. v. Angelika Lehmann-Benz, Ulrike Zellmann u. Urban Küsters (Studien zur Geschichte und Kultur Nordwesteuropas 5), Münster u. a. 2003, S. 145–166, hier: 147f.

oder mit Sekundärzeugnissen voraus. Insbesondere für das Kontor in Brügge konnte sich die Idee einer literarischen Praxis der hansischen Kaufleute und ihrer Vermittlerrolle von West nach Nord und Ost in der Forschung behaupten,[124] sodass sogar von einem „niederdeutsche[n] Literaturkreis in Brügge“[125] und „[l]iterarische[n] Wanderwege[n] im Gebiet der Hanse“[126] die Rede war. Die hiermit anklingende Idealisierung des hansischen Kaufmanns in der Ferne, wie sie Seelmann schon vorweggenommen hatte und bei Stammler fundiert durch eine besondere ‚Niederdeutsche Kultur‘ zur weiteren Entfaltung kam, wurde danach weitgehend aufgegeben.[127] An der Entstehung der Stockholmer Handschrift des ‚Valentin und Namelos‘ im Brügger Kontor bestehen zwar seit den Untersuchungen von Loek Geeraedts berechtigte Zweifel.[128] Die „Handelskauf-

---

[124] Insbesondere in der Valentin-Philologie: Hans Teske, Der niederdeutsche Literaturkreis in Brügge im Mittelalter, in: Quickborn 32 (1938/39), S. 86–88. Gerrit Jan Dieperink, Studien zum Valentin und Namelos. Ein Beitrag zur Geschichte der literarischen Beziehungen zwischen Flandern, Mittel- und Niederdeutschland und Schweden zur Zeit der Hanse (Nederlandsche bijdragen op het gebied van de Germaansche philologie en linguistiek III), Haarlem 1933, S. 94f. Daneben in literaturgeschichtlichen Darstellungen: Conrad Borchling, Entwicklungsgang der niederdeutschen Literatur, in: Borchling / Quistorf (Hg.), Tausend Jahre (I.) (Anm. 116), S. 7–62, hier: 25. Cordes, Alt- und Mittelniederdeutsche Literatur (Anm. 11), Sp. 2492 (dagegen nicht in Cordes, Mittelniederdeutsche Dichtung und Gebrauchsliteratur [Anm. 11], S. 371). Krogmann (Anm. 11), S. 280. Beckers, Mittelniederdeutsche Literatur (I) (Anm. 11), S. 30. Gernentz (Anm. 21), S. 46. Sehr verkürzt: Meier / Möhn (Anm. 9), S. 390. Zurückhaltend: Spiewok, Mittelalterliche Literatur up Plattdütsch (Anm. 87), S. 15. – Gar nicht rezipiert bei Jellinghaus (Anm. 65), S. 429, wo lediglich Brügge als vermuteter Entstehungsort genannt wird, doch ohne den Hinweis auf das Kontor (ebenso in den Folgeauflagen von 1902 und 1925). – Vgl. auch: Leonard Forster, Die Thidrekssaga als hansische Literatur, in: Sprachkontakt in der Hanse. Aspekte des Sprachausgleichs im Ostsee- und Nordseeraum. Akten des 7. Internationalen Symposions über Sprachkontakt in Europa, Lübeck 1986, hg. v. P. Sture Ureland, Tübingen 1987, S. 143–150: Nicht nur für Brügge, sondern für die Hansekontore insgesamt geht Forster davon aus, dass sich die Kaufleute dort mit Erzählen und Gesang die Zeit vertrieben. (Ebd., S. 43f.) Die Erzählungen und Lieder wären jedoch nie in die Schriftlichkeit gelangt, denn der Hansekaufmann hätte lediglich Gebrauchsschrifttum produziert. So verstanden konstatiert Forster, dass es eine hansische Literatur nicht gegeben habe. (Ebd., S. 46f.) – Ferner auch aufgenommen in der Hansegeschichtsschreibung, u. a. Philippe Dollinger, Die Hanse, 5., erw. Aufl. Mit einem Beitrag „Zur hansischen Geschichtsforschung 1960–1997“ von dems. u. Antjekathrin Graßmann (Kröners Taschenausgabe 371), Stuttgart 1998, S. 345.

[125] Teske (Anm. 124).

[126] Gerrit Jan Dieperink, Literarische Wanderwege im Gebiet der Hanse, in: Jahrbuch des Vereins für niederdeutsche Sprachforschung 65/66 (1939/40), S. 106–117.

[127] Davon ist eigentlich nur Cordes, Alt- und Mittelniederdeutsche Literatur (Anm. 11), Sp. 2490, auszunehmen (ganz im Gegensatz zu Cordes, Mittelniederdeutsche Dichtung und Gebrauchsliteratur [Anm. 11]).

[128] Geeraedts (Anm. 31). Ders., Literarische Beziehungen zur Zeit der Hanse. Zur Ent-

leute als vermittelnde Instanz“ wollte dieser aber nicht grundsätzlich in Frage stellen.[129] Hermanus Johannes Leloux brachte zudem auf der Grundlage entsprechender Sekundärzeugnisse neben Brügge auch Antwerpen als Ort literarischen Interesses der hansischen Kaufleute in Flandern ins Gespräch.[130] Wenngleich die Indizien nicht vorschnell über Gebühr belastet werden dürfen, sondern um weitere Hinweise zu ergänzen sind,[131] so ist doch aber vor ihrem Hintergrund die Idee literarisch interessierter und tätiger Kaufleute der Hanse nicht von vornherein abzuweisen.[132]

2.) Zweitens ließe sich von ‚hansischer Literatur‘ im Sinne solcher Texte sprechen, in denen sich eine spezifisch hansische Identität manifestierte. Aktuell erwägt Päsler diese Sichtweise und geht dabei von solchen Texten aus, in denen sich „die Hanse ihrer selbst bewusst“ wird,[133] oder die von einer hansischen Kultur geprägt sind, wobei er zurecht fragt, „was hansische Kultur ist und wie sich diese in Texten äußert“.[134] Demgegenüber stellt die Hansegeschichtsforschung heute eine ‚hansische‘ Identität ganz klar infrage. Die hansischen Fernhändler im Ausland haben „ihre Identität kaum einmal hansisch verankert“,[135] und auch eine Außendarstellung der Hanse als politisch agierende Gemeinschaft durch „Symbole, Zeichen und Rituale“ lässt sich nicht nachweisen:

mythologisierung einer Stammlerschen These, in: Sprachkontakt in der Hanse. Aspekte des Sprachausgleichs im Ostsee- und Nordseeraum. Akten des 7. Internationalen Symposions über Sprachkontakt in Europa, Lübeck 1986, hg. v. P. Sture Ureland (Linguistische Arbeiten 191), Tübingen 1987, S. 107–121, hier: 109. Unter Berufung auf Geeraedts, Literarische Beziehungen, weist etwa Ralf Georg Päsler neuerdings zurecht darauf hin, dass sich neben der Stockholmer auch die Hamburger Handschrift des ‚Valentin und Namelos‘ nicht sicher im Kontor in Brügge verorten lasse. Vgl. Päsler (Anm. 12), S. 123f. – Einen kurzen kritischen Überblick zur Überlieferungsfrage des ‚Valentin und Namelos‘ und zum ‚Brügger Literaturkreis‘ bietet ders. (Anm. 24), S. 30–32.

129 Geeraedts, Literarische Beziehungen (Anm. 128), S. 117.

130 Hermanus Johannes Leloux, Kulturelles, insbesondere literarisches Interesse der Brügger Osterlinge und niederdeutsche Literatur, in: Jahrbuch des Vereins für niederdeutsche Sprachforschung 96 (1973), S. 18–33.

131 Krogmann (Anm. 11), S. 263, 278, sowie Päsler (Anm. 12), S. 127, weisen etwa auch auf die ‚Comedia von dem frommen gottfürchtigen und gehorsamen Isaac‘ von Joachim Schlue hin, die 1606 in Rostock gedruckt worden ist. Schlue, der selbst Bergenfahrer war, widmete die ‚Comedia‘ dem Kontor in Bergen.

132 Einen grundsätzlichen Widerspruch formulierte Horst Wernicke, Literarische Rezeptionsbedingungen im Hanseraum aus historischer Sicht, in: Die deutsche Literatur des Mittelalters im europäischen Kontext, hg. v. Rolf Bräuer, Göppingen 1998, S. 135–147, hier: 147.

133 Päsler (Anm. 12), S. 126.

134 Ebd., S. 127.

135 Selzer (Anm. 15), S. 3.

> Weder besaß die Hanse einen Siegelstempel, mit dem sie Verträge beglaubigen konnte, noch fuhren ihre Schiffe unter einer gemeinsamen Flagge. Weder existierte ein gemeinsamer Heiliger als Schutzpatron, noch sorgte man für ein gesamthansisches Totengedenken für die in den Kriegen der Hanse verstorbenen Menschen.[136]

Bedenkenswert dürfte in diesem Zusammenhang auch die Tatsache sein, dass die Hanse „in den Chroniken der Städte, die zu ihr gehörten, nur sehr selten genannt wird" und dass „[s]ie im städtischen Selbstverständnis des Spätmittelalters folglich nicht die Rolle [spielte], die ihr die deutsche Geschichtswissenschaft im Nachhinein zumaß".[137] Päsler selbst verweist zudem auf den gescheiterten Versuch der Kunstgeschichte, eine Hansekultur im Zusammenhang mit einer Hansekunst zu etablieren.[138] Mit Blick auf die ‚hansische Literatur' räumt er schließlich nachvollziehbar ein, dass „eine systematische Suche nach Texten, die [...] ihre Verortung in einer hansischen Kultur finden, [fehlt]".[139]

3.) Der Begriff ‚hansische Literatur' käme schließlich zur Beschreibung solcher Texte infrage, die von hansischen Institutionen und Akteuren – also von „eine[r] durch den hansischen Handel etablierte[n] Kommunikationsgemeinschaft"[140] – für kommunikative, dokumentarische und organisatorische Zwecke der Hanse produziert worden sind. Dieser Begriff deckt sich mit dem der ‚Organisationsliteratur' von Jürgen Meier und Dieter Möhn,[141] sofern dieser auf spezifisch hansische Institutionen angewendet wird (etwa Hansetage, Rat einer Hansestadt, Kontor usw.). Bei der Organisationsliteratur handle es sich zum einen um ‚institutsinterne Texte', die „also die Arbeitsabläufe und Zuständigkeiten festlegen, Geschäftsgänge dokumentieren, fachliches Handlungswissen vermitteln und Institutionsgeschichte zum eigenen Selbstverständnis aufzeichnen".[142] Zum anderen hebt der Begriff auf ‚institutsübergreifende Texte' ab, „die sich auf Vorgänge zwischen mehreren Institutionen sowie auf Kontakte einer

---

[136] Selzer (Anm. 15), S. 3.

[137] Hammel-Kiesow (Anm. 3), S. 17. Dazu auch Selzer (Anm. 15), S. 3.

[138] Päsler (Anm. 12), S. 116f. Dazu auch Selzer (Anm. 15), S. 84–89, der die Ansätze zur Etablierung einer ‚Hansekunst' diskutiert und problematisiert: die Hanse als Auftraggeber und Stifter, eine spezifische Formensprache, in der sich Werte und Normen der Hanse ausdrücken, die geographische Verankerung der Hansekunst als Kunst im Wirkungsraum der Hanse.

[139] Päsler (Anm. 12), S. 128.

[140] Ingrid Schröder, Der Beitrag der Sprachgeschichtsforschung zu einer Hansegeschichte in der Region, in: Hansegeschichte als Regionalgeschichte. Beiträge einer internationalen und interdisziplinären Winterschule in Greifswald vom 20. bis 24. Februar 2012, hg. v. Oliver Auge (Kieler Werkstücke Reihe A: Beiträge zur schleswig-holsteinischen und skandinavischen Geschichte 37), Frankfurt am Main u.a. 2014, S. 173–186, hier: 174.

[141] Meier / Möhn (Anm. 9), S. 385. Dies. 2000 (Anm. 2), S. 1471.

[142] Meier / Möhn (Anm. 2), S. 1471.

Institution mit einzelnen institutionsfremden Personen oder mit einer breiteren Öffentlichkeit beziehen".[143] Im Unterschied zu allen vorangegangenen Bemühungen aus literaturgeschichtlicher Perspektive weiten Meier und Möhn mit einem textlinguistischen Zugang den Gegenstand ‚Mittelniederdeutsche Literatur' konsequent in Richtung auf die ‚Mittelniederdeutsche Schriftlichkeit' in ihrer Gesamtheit aus.[144] Ihr Fokus auf die ‚Organisationsliteratur' erklärt zuletzt auch die große Bedeutung, die sie der Hanse für die Produktivität mittelniederdeutscher Schriftlichkeit zuerkennen. Dass sie die Hanse – wie eingangs erwähnt – als „textkulturstiftenden Bezugsrahmen" ansetzen, wird vor diesem Hintergrund nachvollziehbar.

Über diese diskutablen Ansätze einer Begriffsbestimmung von ‚hansischer Literatur' hinaus emergiert in den literaturgeschichtlichen Darstellungen immer wieder eine verabsolutierende und generalisierende Auffassung des Zusammenhangs von Literatur und Hanse. Dies dokumentieren beispielsweise Begriffsbildungen wie ‚hansisch-bürgerliche Dichtung'[145], ‚hansische Gesellschaft'[146], oder ‚hansischer Literaturmarkt'[147], um nur einige zu nennen, sowie schließlich auch die Korrelierung von Literatur und Hanse in Hinsicht auf Blüte und Verfall.[148] Gleichwohl ist eine solche Auffassung auch immer wieder kritisiert worden.[149]

Insbesondere eine Inanspruchnahme der Hanse für die Konstruktion eines Epochenbegriffs ist für eine Geschichte der mittelniederdeutschen Literatur aufzugeben, zumal mit Bumke „Epochenbegriffe das historische Denken nicht nur prägen, sondern geradezu behindern"[150] können. Im vorliegenden Fall würde ein Epochenbegriff ‚Hanseliteratur' mit all seinen Implikationen (spätmit-

---

143 Ebd.

144 Meier / Möhn (Anm. 9), S. 385. Sie setzen damit auch den von Bumke und Heinzle geforderten erweiterten Literaturbegriff um (vgl. Anm. 122). Auf diese Weise verfahren Meier und Möhn auch in der Textauswahl für die Anthologie ‚Spuren der Vergangenheit für die Gegenwart' (Anm. 11). Ähnlich handhabte Stammler die Textauswahl für das ‚Mittelniederdeutsche Lesebuch' (Anm. 13).

145 Cordes, Alt- und Mittelniederdeutsche Literatur (Anm. 11), Sp. 2486.

146 Meier / Möhn (Anm. 9), S. 389.

147 Menke (Anm. 88), S. 305.

148 Schon bei Stammler, Die deutsche Hanse (Anm. 13) und ders. (Anm. 1), aber auch noch bei Geeraedts, Literarische Beziehungen (Anm. 128), S. 107, Hartmut Freytag, Zum Beispiel Lübeck. Eine Skizze über Literatur in der Hansestadt während der Jahre 1200 bis 1600, in: Jahrbuch der Oswald von Wolkenstein-Gesellschaft 10 (1998), S. 125–137, hier: 135, Theiß / Wolf (Anm. 35), S. 303, Cordes, Mittelniederdeutsche Literatur und Gebrauchsliteratur (Anm. 11), S. 352.

149 Zum Beispiel von Spiewok, Mittelalterliche Literatur up Plattdütsch (Anm. 87), S. 11. Darauf Bezug nehmend Päsler (Anm. 12), S. 118.

150 Bumke (Anm. 118), S. 27.

telalterlich, städtisch, bürgerlich, patrizisch, kaufmännisch, pragmatisch etc.) beispielsweise das enorme Textaufkommen im Bereich der geistlichen Literatur überdecken. Dabei macht aber gerade dieses Schrifttum etwa 80 Prozent der handschriftlichen Überlieferung im 15. Jahrhundert aus.[151] Ein weiterer Bereich, der durch einen Epochenbegriff ‚Hanseliteratur' in den Hintergrund gerückt würde, ist der Bereich der höfischen Literatur hochdeutsch schreibender bzw. dichtender Niederdeutscher aus dem 12. und 13. Jahrhundert.[152] Dieser Teil der volkssprachigen Literatur im Norden macht aber auf ein signifikantes Phänomen der Schriftlichkeit dort aufmerksam, und zwar auf die Mehrsprachigkeit jenseits des lateinischen Schrifttums. Das besagte Phänomen lenkt den Blick darüber hinaus auf die Sprachwahl in Abhängigkeit von poetischen Traditionen und Orten poetischer Praxis,[153] mithin zeigt es, dass die Sprachwahl neben der Sprachformung poetische Relevanz besitzt. Überdies ließe sich mit der Mehrsprachigkeit in diesem, aber auch in anderen Zusammenhängen der Bogen schlagen zur neuniederdeutschen Literatur.[154] Auf eine literaturgeschichtliche Betrachtung, die ihren Gegenstand allein an der Sprachlichkeit ‚Mittelniederdeutsch' festmacht, müsste damit aber verzichtet werden. An die Stelle der Sprachlichkeit träte der Raum. Um diesen Raum zu vermessen, wird man um die Hanse schließlich nicht in Gänze herumkommen.

---

[151] Werner Williams-Krapp, Die Literatur des 15. und frühen 16. Jahrhunderts. Teilbd. 1: Modelle literarischer Interessenbildung (Geschichte der deutschen Literatur von den Anfängen bis zum Beginn der Neuzeit. Bd. III: Vom späten Mittelalter zum Beginn der Neuzeit 2.1), Berlin / Boston 2020, S. 4.

[152] Vgl. hierzu: Krogmann (Anm. 11), S. 268–270. Beckers, Mittelniederdeutsche Literatur (I) (Anm. 11), S. 9–11. Sanders (Anm. 21), S. 123–125. Hartmut Beckers, Zum Wandel der Erscheinungsformen der deutschen Schreib- und Literatursprache Norddeutschlands im ausgehenden Hoch- und beginnenden Spätmittelalter (rund 1170 – rund 1350), in: Niederdeutsches Wort 22 (1982), S. 1–39. Zur „Bildung einer neuen hybriden Varietät" durch die hochdeutsch schreibenden/dichtenden Niederdeutschen vgl. zuletzt ausführlich Thomas Klein, Niederdeutsch und Hochdeutsch in mittelhochdeutscher Zeit, in: Die deutsche Schriftsprache und die Regionen. Entstehungsgeschichtliche Fragen in neuer Sicht, hg. v. Raphael Berthele u. a. (Studia Linguistica Germanica 65), Berlin / New York 2003, S. 203–229, hier: 205. Vgl. hierzu auch den Beitrag von Tanja Mattern in diesem Band.

[153] Vgl. hierzu die auf die Polysystemtheorie von Itamar Even-Zohar gegründeten Überlegungen zur norddeutschen Literatur von Fulvio Ferrari, Middle Low German Literature: a Polysystem between Polysystems?, in: Textual Productions and Status Contests in Rising and Unstable Societies, hg. v. Massimiliano Bampi u. Marina Buzzoni (Filologie medievali e moderne 2, Serie occidentale 2), Venedig 2013, S. 71–82.

[154] Zur ‚Literarischen Mehrsprachigkeit' vgl. etwa: Till Dembeck / Rolf Parr (Hrsg.), Literatur und Mehrsprachigkeit. Ein Handbuch, unter Mitarbeit von Thomas Küpper, Tübingen 2020.

Wie hansisch war die Literatur im Norden?

Abstract: In 1920, Wolfgang Stammler brought Middle Low German literature and the Hanseatic League into a direct conditional relationship and thus founded a pattern of thought in Middle Low German literary history that is still present today: the so called 'Hanseliteratur'. In a first step, the article examines Stammler's conceptualization of Middle Low German literature and the role he assigns to the Hanseatic League. The second step outlines some aspects of scientific and subject history against which Stammler's conceptualization was developed. The third step is dedicated to the title-giving question, to what extent and in relation to which textual and transmission phenomena the specifically Hanseatic profiling of Middle Low German literature can be made plausible and discussed.

Wolfram-Studien XXVII (2025)
Erich Schmidt Verlag Berlin

Zur Textkultur der mittelalterlichen Hansestadt

Das Beispiel Rostock

von Ingrid Schröder (Hamburg)

1. Einleitung

Die mittelalterliche Hansestadt birgt einen besonderen, äußerst facettenreichen Textkosmos. Recht und Verwaltung, Religion und geistliches Leben, Wissensdokumentation und -vermittlung, kulturelles Leben, öffentlicher Diskurs und privater Austausch sind die zentralen Bereiche, in denen lateinische und volkssprachliche Texte mit je eigener Prägung entstehen, welche die hansestädtische Kultur des Mittelalters und der frühen Neuzeit bekunden.

Anhand der Rostocker Überlieferung vom 13. bis ins 16. Jahrhundert soll diese hansestädtische Textkultur aufgeschlüsselt werden. Dafür werden drei unterschiedliche Perspektiven eingenommen: Den Ausgangspunkt bildet die Modellierung der (Hanse-)Stadt als Kommunikations- und Textraum, dessen stadttypische Kommunikationssphären und Textsorten an Rostocker Beispielen erläutert werden. Ein zweiter Zugriff gilt der Rostocker Sprachgeschichte, bei dem die Sprachwechsel vom Lateinischen zum Niederdeutschen im 13./14. Jahrhundert und vom Niederdeutschen zum Hochdeutschen im 16. Jahrhundert im Mittelpunkt stehen. Dies ermöglicht eine zeitliche Strukturierung der Rostocker Textkultur. Drittens erlaubt es die Analyse einzelner Beispiele, einmal aus der Kommunikationssphäre des Rates, einmal aus der Sphäre der städtischen Korporationen und schließlich aus der Sphäre des städtischen Diskurses, spezifische Funktionen, Inhalte und Formen der Textsorten voneinander abzuheben und herauszustellen, wie auf sehr unterschiedliche Weise eine der wesentlichen Funktionen städtischer Schriftlichkeit, die Wahrung der städtischen Ordnung, realisiert wird.

2. Die (Hanse-)Stadt als Kommunikations- und Textraum

Die mittelalterliche und frühneuzeitliche Stadt lässt sich als Kommunikationsraum erschließen, indem ihre konstitutiven Merkmale und Funktionen mit ihrer sozialen Struktur in Beziehung gesetzt werden. Die soziale Struktur ist Grundlage des kommunikativen Gefüges, in dem die städtischen Akteure ihren Platz finden. Einem daraus resultierenden Kommunikationsmodell können die entsprechenden Textsorten zugeordnet werden.

Als charakteristisch für die historische Stadt können folgende Merkmale gelten: 1.) Die Stadt hat eine gerichtliche und eine administrative Funktion mit Amtssitz, Gericht und Kanzlei; 2.) es existiert eine Gemeinde, für deren Organisation Archiv, Rechnungswesen und weitere Gemeinschaftseinrichtungen wesentlich sind; 3.) die Stadt hat eine wirtschaftliche Funktion mit Markt und gegebenenfalls einem Hafen, mit gewerblicher Differenzierung und dem Handel der Kaufleute; 4.) die Stadt hat eine kultisch-kulturelle Funktion und beherbergt Pfarreien, Klöster und Schulen. Hinzukommen 5.) topographische Kriterien wie Stadtmauer und Größe der Fläche und schließlich 6.) toponymische Kriterien wie die Bezugnahme auf die Stadt bei der Beschreibung der Lage benachbarter Orte.[1]

In Rostock sind diese mittelalterlichen Urbanitätsmerkmale bis heute im Stadtraum sichtbar geblieben, nämlich das Rathaus als die administrative und gerichtliche Instanz, als Sitz des Rates, des Gerichts und der Kanzlei, der Alte und der Neue Markt als wirtschaftlicher Raum für Handel und Handwerk, die Kirchen und Klöster als kultische Einrichtungen, die Universität als wissenschaftlich-kulturelle Institution und als topographische Merkmale die in Teilen erhaltene Stadtmauer sowie die Stadttore. Im Stadtpanorama von Braun-Hogenberg aus dem Jahr 1599 sind die entsprechenden Bauwerke gut erkennbar.

---

1 Vgl. Frank G. Hirschmann, Die Stadt im Mittelalter (Enzyklopädie deutscher Geschichte 84), München 2009, S. 67f. Vgl. auch die idealtypische Bestimmung der historischen Stadtgemeinde von Max Weber, die einen ökonomischen und einen politisch administrativen Stadtbegriff mit fünf zentralen Merkmalen vereinigt: „1. die Befestigung – 2. der Markt – 3. eigenes Gericht und mindestens teilweise eigenes Recht – 4. Verbandscharakter und damit verbunden 5. mindestens teilweise Autonomie und Autokephalie" (Max Weber, Die Stadt. Begriff und Kategorien, in: Archiv für Sozialwissenschaften und Sozialpolitik 47 [1920/21]. Wiederabdruck in: Die Stadt des Mittelalters. Bd. 1: Begriff, Entstehung und Ausbreitung, 3. veränd. u. erw. Aufl., hg. v. Carl Haase [Wege der Forschung 243], Darmstadt 1978, S. 41–66, hier: 58).

Abb. 1: Braun-Hogenberg: Civitates orbis terrarum 1599 (Ausschnitt)[2]

Insbesondere zeichnet sich die mittelalterliche Stadt dadurch aus, dass sie einen eigenen Rechtsbereich bildet, wobei „städtische[r] Friede, städtische Freiheit, Stadtrecht und Stadtverfassung auf gemeindlich genossenschaftlicher Grundlage mit einem mehr oder weniger ausgebildeten Ämterwesen“[3] die zentralen Elemente bilden. Die Stadtgemeinde konstituiert sich durch die Bürger[4], die innerhalb der korporativen („genossenschaftlichen“) Struktur ihren festen Platz haben.

Auf die Ausbildung der korporativen Strukturen wurde mehrfach auch die zunehmende sprachhistorische Bedeutung der Städte im Spätmittelalter zurückgeführt. Einerseits wird hervorgehoben, dass der Rechtsbereich aufgrund des Bedürfnisses einer juristischen Absicherung persönlicher Angelegenheiten, z. B. durch Besitzeintragungen in die Stadtbücher oder durch die Aufsetzung von Testamenten, in breiteren Kreisen der städtischen Öffentlichkeit relevanter

---

2 Georg Hogenberg / Franz Hogenberg, Civitates orbis terrarvm: Vrbivm Praecipvarvm Mundi Theatrvm Qvintvm, Köln 1599 [VD16 B 7183] [VD17 12:656254M]; digital: https://nl-1sub-1uni-2goettingen.1de-1003a110h0025.emedien3.sub.uni-hamburg.de/id/19010003600405?page=129 (letzter Zugriff: 04.01.2024).

3 Gerhard Dilcher, Rechtshistorische Aspekte des Stadtbegriffs, in: Vor- und Frühformen der europäischen Stadt im Mittelalter. Bericht über ein Symposion in Reinhausen bei Göttingen in der Zeit vom 18. bis 24. April 1972. Teil 1, hg. v. Herbert Jankuhn, Walter Schlesinger u. Heiko Steuer (Abhandlungen der Akademie der Wissenschaften in Göttingen. Philologisch-historische Klasse. Dritte Folge 83), Göttingen ²1975. S. 12–32, hier: 15. Die genossenschaftliche Struktur tritt auf verschiedenen Ebenen hervor: „Die genossenschaftliche Binnenstruktur der mittelalterlichen Stadt ist [...] von ihrer gemeindlich genossenschaftlichen Gesamtstruktur nicht zu trennen [...]. Die Bürgergemeinde ist lediglich der umfassendste genossenschaftliche Verband der Stadt“ (ebd., S. 22).

4 Vgl. auch Eberhard Isenmann, Die deutsche Stadt im Spätmittelalter: 1250–1500. Stadtgestalt, Recht, Stadtregiment, Kirche, Gesellschaft, Wirtschaft (UTB für Wissenschaft), Stuttgart 1988, S. 93: „Bürger war, wer den Gesamtschwur der versammelten Bürgergemeinde anläßlich der Ratsumsetzung mitleistete.“

geworden sei und dies zu einer Zunahme rechtssprachlicher Texte und insgesamt zu einer Expansion der städtischen Schriftlichkeit geführt habe.[5] Andererseits wird die sozialökonomische Entwicklung mit den sich ausdifferenzierenden Produktionsbedingungen, die sich u. a. in der Organisation der Zünfte niedergeschlagen habe, als Auslöser für den Ausbau der Schriftlichkeit identifiziert, in dessen Folge auch die (überwiegend deutschsprachigen) Zunftordnungen entstanden seien.[6]

Sicherlich ist die sprachliche Entwicklung nicht auf eine einzige Ursache zurückzuführen. Auf jeden Fall haben das wirtschaftliche Wachstum und die Stärkung der politischen Position der Hansestädte die Notwendigkeit mit sich gebracht, ein Schriftwesen zu entfalten, das allen damit verbundenen Anforderungen gerecht werden konnte und wofür mehr und mehr, situationsbedingt und sozial gestaffelt, die Volkssprache genutzt wurde. Dies betrifft zuallererst die interne Schriftlichkeit des Rates, aber auch die schriftlichen Bedarfe der Korporationen und schlägt sich im Bereich der öffentlichen Kommunikation durch die vielfältige Produktion von Druckschriften nieder.

Um den städtischen Kommunikationsraum mit seinen einzelnen Kommunikationssphären zu beschreiben, kann auf das Modell Georg Simmels[7] zurückgegriffen werden, der die historische Stadtgemeinde als einen sozialen Kreis und zugleich als Konstrukt inhärenter sozialer Kreise auffasst, die auch als einzelne kommunikative Räume beschrieben werden können. Als solche sozialen Kreise, die in den oben genannten Urbanitätskriterien bereits aufscheinen und die korporative Struktur der Stadt prägen, lassen sich die Handelskompanien, die Handwerkerzünfte[8], die kirchlichen Einrichtungen (weltliche Geistlichkeit, Klöster) und in Rostock auch die Universität unterscheiden. Die Bürger sind somit zugleich Mitglieder der Berufsverbände und der Kirchspiele wie auch der Stadtgemeinde im öffentlichen und im privaten Bereich.[9] Eine Sonderstellung

---

5 Vgl. Jörg Meier, Städtische Kommunikation in der frühen Neuzeit. Historische Soziopragmatik und historische Textlinguistik (Deutsche Sprachgeschichte 2), Frankfurt am Main u. a. 2004, S. 58.

6 Vgl. Rudolf Große, Zur Rolle der Stadt in der deutschen Sprachgeschichte des Spätmittelalters, in: Beiträge zur Sprachgeschichte und Soziolinguistik (1953–1983), hg. v. Ulla Fix u. Horst Weber, Leipzig 1989, S. 307–321, hier: 317. Als weitere genuin städtische Quellen nennt Große Urkunden, Akten, Chroniken, Rechtsbücher, die bürgerlich geprägte Literatur, Predigten und religiöse Erbauungsschriften.

7 Georg Simmel, Über die Kreuzung socialer Kreise, in: ders., Über die sociale Differenzierung. Sociologische und psychologische Untersuchungen, Leipzig 1890, S. 100–116.

8 Hinzukommen als geistliche Interessenverbände die Bruderschaften der Handwerker und der Kaufleute oder auch geistliche Bruderschaften, die Kalande.

9 Zur Sozialstruktur und zu einer (idealisierten) sozialen Schichtung vgl. Isenmann (Anm. 4), S. 253f.; zu Gesellschaften und Korporationen ebd., S. 291–340; zur Sozi-

innerhalb der sozialen Kreise der Stadtgemeinde nimmt der Rat als Stadtregiment mit legislativer, judikativer, exekutiver und zugleich administrativer Funktion ein.

Da die beschriebene soziale Struktur die kommunikative Struktur determiniert, lassen sich einzelne Kommunikationssphären abheben, die nach den beteiligten Akteuren unterschieden werden: die Sphäre des Rates, die Sphären des Handels und der Zünfte, die Sphäre der Kirche und die Sphäre der Universität, außerdem, in der Stadtgemeinde auf unterschiedliche Weise verankert, die private Sphäre, die Sphäre des stadtöffentlichen Diskurses und die Sphäre der stadtübergreifenden öffentlichen Kommunikation.[10]

---

alstruktur Rostocks im Spätmittelalter vgl. Johannes Schildhauer, Die Sozialstruktur der Hansestadt Rostock von 1378–1569, in: Hansische Studien. Heinrich Sproemberg zum 70. Geburtstag, hg. v. Gerhard Heitz (Forschungen zur mittelalterlichen Geschichte 8), Berlin 1961, S. 341–353, und Sarah Bongermino, „Unde in deme kelre scholen stede arme lude wanen...". Teil 1: Schichtenspezifisches Stiftungsverhalten in klein- und großstädtischen lübischrechtlichen Bürgertestamenten des Spätmittelalters im Vergleich (Contributiones 8), Dortmund 2020, S. 109–114.

10 Eine mit der Struktur des städtischen Kommunikationsgefüges korrespondierende Texttypologie schlagen Meier und Möhn für das Mittelniederdeutsche vor und differenzieren institutsinterne, institutsübergreifende und öffentlichkeitszentrierte Texte sowie Texte für den Privatgebrauch; vgl. Jürgen Meier / Dieter Möhn, Die Textsorten des Mittelniederdeutschen, in: Sprachgeschichte. Ein Handbuch zur Geschichte der deutschen Sprache und ihrer Erforschung, hg. v. Werner Besch u. a. (Handbücher zur Sprach- und Kommunikationswissenschaft 2,2), 2. Teilbd., 2. Aufl., Berlin / New York 2000, S. 1470–1477. Vgl. auch Ingrid Schröder, Städtische Kommunikation zwischen Mündlichkeit und Schriftlichkeit. Greifswald im 15. Jahrhundert, in: Niederdeutsches Jahrbuch 124 (2001), S. 101–133, und Ingrid Schröder, Textlinguistische Zugänge zur historischen Stadtsprache, in: Sprachgeschichte vor Ort. Stadtsprachenforschung im Spannungsfeld zwischen Ortspunkt und Sprachraum, hg. v. Matthias Schulz u. Lukas Kütt (Germanistische Bibliothek 74), Heidelberg 2022, S. 129–153. Andere Typologien für historische Textsorten verwenden als Basiskriterium die Textfunktion, z. B. Oskar Reichmann / Klaus-Peter Wegera, Frühneuhochdeutsches Lesebuch, Tübingen 1988, die für das Frühneuhochdeutsche sozial bindende, legitimierende, dokumentierende, belehrende, erbauende, unterhaltende, informierende, anleitende, und agitierende Texte unterscheiden, oder Bezugsbereiche, z. B. Hannes Kästner / Eva Schütz / Johannes Schwitalla, Die Textsorten des Frühneuhochdeutschen, in: Besch u. a. (Hg.) (Anm. 10), S. 1605–1623, hier: 1606, die Sinnwelten abheben, „in denen Wirklichkeit interpretiert und in Texten mitgeteilt wird: die alltägliche, die institutionelle, die religiöse, die wissenschaftliche und die dichterische Welt [...]". Vgl. für das Mittelniederdeutsche auch Ruth Schmidt-Wiegand, Prolegomena zu einer Texttypologie des Mittelniederdeutschen, in: Aspekte der Germanistik. Festschrift für Hans-Friedrich Rosenfeld zum 90. Geburtstag, hg. v. Walter Tauber (Göppinger Arbeiten zur Germanistik 521), Göppingen 1989, S. 261–283. Auch die historischen Referenzkorpora des Deutschen orientieren sich an entsprechenden Kriterien; vgl. für das Mittelniederdeutsche ReN-Team, Referenzkorpus Mittelniederdeutsch / Niederrheinisch (1200–1650) (Version 1.0). http://doi.org/10.25592/

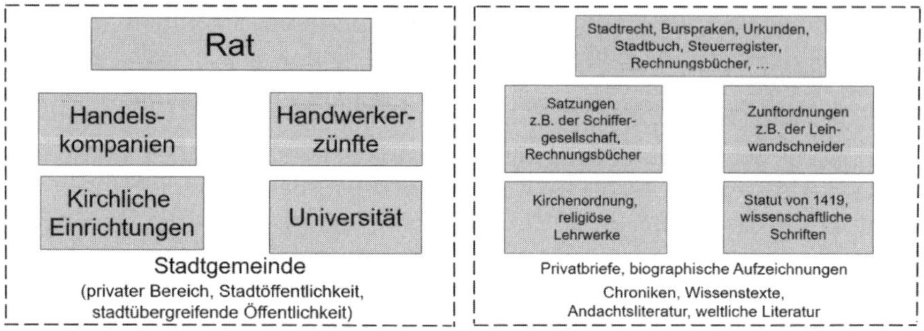

Abb. 2: Die Stadt als Kommunikations- und als Textraum

Der städtische kommunikative Gesamtraum wird vor allem durch die Kommunikationssphäre des Rates geprägt, der mit der Bürgergemeinde als ganzer oder mit ihren einzelnen Gruppierungen kommunizierte. Die städtische Ratskanzlei ist der Ort, an dem die zentralen Rechts- und Verwaltungstexte der Stadt entstanden und aufbewahrt wurden. Damit können als die beiden grundsätzlichen Funktionen der Kanzleitexte die Rechtsetzung und die Dokumentation unterschieden werden.[11] Die Texte, die bis ins 14. Jahrhundert generell in lateinischer, danach in niederdeutscher Sprache verfasst wurden, regelten ebenso die Befugnisse und Aufgaben des Rates (Stadtrecht) wie die Rechte und Pflichten der Bürger (Stadtprivileg, Stadtrecht und Verordnungen für die Bürgerschaft, die sog. Burspraken).[12] Die Dokumentation von Gerichtsentscheidungen sowie der Grundbesitzverhältnisse in Einzelurkunden und in den Stadtbüchern (Gerichtsbücher, Hausbücher)[13] bzw. die Beglaubigung und

uhhfdm.1697 (letzter Zugriff: 22.06.2022) mit der Einteilung der Texte in die Felder der Schriftlichkeit Verwaltung, Recht und Urkunden, Wissensvermittlung, geistliche Schriftlichkeit (Religion), Literatur, private Schriftlichkeit und Korrespondenz sowie Inschriften. Vgl. Britt-Marie Schuster, Perspektiven einer texttypologischen Analyse spätmittelalterlicher und reformatorischer Texte, in: Regionalsprachen, Stadtsprachen und Institutionssprachen im historischen Prozess, hg. v. Michael Elmentaler (Schriften zur diachronen Sprachwissenschaft 10), Wien 2000, S. 177–201, mit einer kritischen Diskussion solcher Typologien.

11 Vgl. Schröder, Städtische Kommunikation (Anm. 10), S. 108–110, sowie Schröder, Textlinguistische Zugänge (Anm. 10), S. 134.

12 Ältestes Privileg der Stadt Rostock von 1218 in: Meklenburgisches Urkundenbuch, hg. v. Georg Christian Friedrich Lisch, Bd. 1, Schwerin 1863, S. 229f., Nr. 244. Zu den Burspraken vgl. Ernst Dragendorff, Die Rostocker Burspraken, in: Beiträge zur Geschichte der Stadt Rostock 4, H. 2 (1905), S. 47–60.

13 Ältestes Stadtbuch der Stadt Rostock ab 1254; vgl. Hildegard Thierfelder, Das älteste Rostocker Stadtbuch. Etwa 1254–1273. Mit Beiträgen zur Geschichte Rostocks im 13. Jahrhunderts, Göttingen 1967.

Aufbewahrung von Schriftstücken im Rathaus, z. B. von Testamenten und Zunftrollen, stellten Rechtssicherheit her. Für die Finanzverwaltung der Stadt waren die Steuerregister (Schossbücher) sowie die städtischen Rechnungsbücher mit ihren Einnahme- und Ausgabeverzeichnissen relevant.

Die Handels- und Handwerkskorporationen haben jeweils eigene textgestützte Kommunikationshaushalte entwickelt. Da die Handelskompanien und Zünfte nur eingeschränkte rechtliche Kompetenzen besaßen, gaben sie sich selbst zwar Satzungen, waren aber dem Rat verpflichtet, der die Statuten der Handels- und Schiffergesellschaften sowie die Zunftordnungen der Handwerker bestätigte.[14] Auch die Eintragung der Zunftordnungen in die Stadtbücher, nämlich in das Willkürbuch, in das Gewettbuch und später in das Eid- und Rollenbuch,[15] zeigt die Verwobenheit von Rats- und Zunftangelegenheiten, zumal dem Rat die Gewerbeaufsicht oblag. Als berufsbezogene Texte sind zur Kommunikationssphäre des Handels auch die Rechnungsbücher der Kaufleute sowie ihre Handelskorrespondenz zu zählen. Rostocker Beispiele sind das Rechnungsbuch Johann Tölners von 1345–1350 wie auch die Handelskorrespondenz der Rostocker Kaufleute Kron mit dem Osloer Handelshaus Bene im 16. Jahrhundert.[16]

In der kirchlichen Sphäre waren die liturgischen Texte für den gottesdienstlichen Gebrauch maßgeblich, die in der Regel in lateinischer Sprache verfasst waren. Zu den wahrscheinlich in Rostock entstandenen und erhaltenen Manuskripten gehören ein Altes Testament, Auslegungen zum Abendmahl und ein Graduale.[17] Zur Durchsetzung der Reformation musste eine breite Öffentlichkeit erreicht werden, dem nicht mehr auf Latein entsprochen werden konnte. Das Gemeindeleben wurde durch Kirchenordnungen, die nun vom Rat oder

---

[14] Zu den Zunftordnungen vgl. Elfie-Marita Eibl, Zunfturkunden im Stadtarchiv Rostock. Von den Anfängen bis 1618, in: Archivmitteilungen 43 (1994), S. 181–187; zu den Statuten der Schiffergesellschaft vgl. Wilhelm Stieda, Die Schiffergesellschaft in Rostock, in: Jahrbücher des Vereins für Mecklenburgische Geschichte und Altertumskunde 59 (1894), S. 86–143.

[15] Vgl. Eibl (Anm. 14), S. 181.

[16] Zum lateinischen Rechnungsbuch Johann Tölners aus dem 14. Jahrhundert vgl. Karl Koppmann, Johann Tölners Handlungsbuch von 1345–1350 (Geschichtsquellen der Stadt Rostock 1), Rostock 1885; zur Handelskorrespondenz der Kaufleute Kron und Bene im 16. Jahrhundert vgl. Hildegard Thierfelder, Rostock-Osloer Handelsbeziehungen im 16. Jahrhundert. Die Geschäftspapiere der Kaufleute Kron in Rostock und Bene in Oslo (Abhandlungen zur Handels- und Sozialgeschichte 1), Weimar 1958.

[17] Biblia sacra, 3. Drittel 15. Jh., Universitätsbibliothek Rostock: Mss. Theol. 32; Expositiones de sacramento eucharistiae, nach 1472, Universitätsbibliothek Rostock: Mss. Theol. 41; Graduale, Ende 15. Jh., Universitätsbibliothek Rostock: Mus. Saec. XV. 1; vgl. Kurt Heydeck, Die mittelalterlichen Handschriften der Universitätsbibliothek Rostock (Kataloge der Universitätsbibliothek Rostock 1), Wiesbaden 2001, S. 197f., 230f. und 98f.

von den Landesherren erlassen wurden, neu geregelt, z. B. 1531 durch die sog. Rostocker Ratsverordnung, die vom Ratssyndikus Johann Oldendorp erarbeitet und allen Kirchherren und Prädikanten überreicht worden war,[18] oder durch die herzogliche Mecklenburgische Kirchenordnung vom Jahr 1540.[19] Als neue Textsorten für den gottesdienstlichen und schulischen Gebrauch entstanden das Kirchengesangbuch Joachim Slüters in den Ausgaben 1525 und 1531[20] sowie der Katechismus Joachim Slüters 1525[21] als Kinderlehre. In der Rostocker Offizin von Ludwig Dietz wurden außerdem 1539/1540 ein Neues Testament sowie 1540 und 1556 weitere Katechismus-Ausgaben in niederdeutscher Sprache gedruckt.

Die Universität hatte ebenfalls einen eigenen Rechtsanspruch, der sich im päpstlichen Gründungsprivileg von 1419[22], in den Statuten[23], aber auch im Matrikelbuch und in der eigenen universitätsspezifischen Verwaltungsschriftlichkeit manifestierte. Auch wenn das Lateinische generell als Sprache der Universität zu gelten hat, sind für Beurkundungen mit weltlichen und geistlichen Korporationen und in Briefwechseln mit außeruniversitären Adressaten sowie in Protokollen der universitären Gerichtsbarkeit für das 15. und 16. Jahrhundert ebenfalls niederdeutsche Beispiele zu finden.[24] Der lateinischsprachige

---

18 Edition: Die evangelischen Kirchenordnungen des XVI. Jahrhunderts, Bd. 5: Livland, Estland, Kurland, Mecklenburg, Freie Reichsstadt Lübeck mit Landgebiet und Gemeinschaftsamt Bergedorf. Das Herzogtum Lauenburg mit dem Lande Hadeln. Hamburg mit Landgebiet, hg. v. Emil Sehling, Leipzig 1913, S. 281f.; vgl. ebd. S. 272.

19 Als weitere Ordnungstexte sind die Visitationsordnungen zu nennen, vgl. z. B. die Visitationsordnung von 1541–1542 in Sehling (Hg.) (Anm. 18), S. 282.

20 Edition: Joachim Slüter, Niederdeutsches Gesangbuch 1525, hg. v. Gerhard Bosinski, Leipzig 1986, Franz-Josef Holznagel / Markus Johannes Langer / Hartmut Möller, Wie klingt Reformation im Norden? Aus Joachim Slüters Gesangbuch von 1525, mit Chorsätzen von Johann Walter, Göttingen 2018 (CD). Das Kirchengesangbuch wurde auch in Dänemark und im Baltikum rezipiert; vgl. Sabine Pettke / Christa Prowatke, Er predigte unter der Linde. Joachim Slüter – Rostocks Reformator, Rostock 1990, S. 22f.

21 Eyne schone un*n*d ser nutte Christlike underwysinge allen Christgelovigen mynschen 1525; Edition: Joachim Slüter's ältestes rostocker Gesangbuch vom Jahre 1531 und der demselben zuzuschreibende Katechismus vom Jahre 1525 nach den Orig.-Dr. wortgetreu hg. v. Carl Michael Wiechmann-Kadow, Schwerin 1858.

22 Vgl. Marko A. Pluns, Die Universität Rostock 1418–1563. Eine Hochschule im Spannungsfeld zwischen Stadt, Landesherren und wendischen Hansestädten (Quellen und Darstellungen zur hansischen Geschichte N. F. 58), Köln u. a. 2007, S. 40f.

23 Vgl. Ernestus Westphalen, Die ersten Statuten der 1419 eröffneten Rostocker Akademie. Abgeschrieben aus dem rechtskräftigen Kodex, übersetzt von Hilde Michael, Rostock 2011 (https://www.ub.uni-rostock.de/fileadmin/user_upload/redakteure/standorte/ua/statuten1419deutsch_02.pdf [letzter Zugriff: 20.06.2022]); vgl. Pluns (Anm. 22), S. 52–60.

24 Vgl. Gustav Kohfeldt, Die Universität Rostock und das Niederdeutsche. Ein Beitrag

(mündliche) akademische Unterricht schlug sich in Abschriften von Studierenden nieder, z. B. philosophischer Texte von Porphyrius oder Aristoteles,[25] aber auch in der literarischen Produktion der Professoren, die z. T. dem akademischen Unterricht entsprungen war, z. B. eine Zusammenstellung astronomischer Texte von Conrad Gesselen von Geismar[26], der bis 1435 an der Universität Rostock unterrichtete und danach nach Thorn ging, oder in der 2. Hälfte des 16. Jahrhunderts die theologischen und historischen Werke des über die Grenzen Rostocks weit hinaus wirksamen Professors und mehrfachen Rektors David Chytraeus.[27] Auf vernakulare Anteile in der Umgangssprache der Studierenden verweist das Rostocker Liederbuch[28], das in der zweiten Hälfte des 15. Jahrhunderts vermutlich im Umkreis der Universität entstanden ist und unter seinen 60 Liedern neben lateinischen und hochdeutschen hauptsächlich niederdeutsche Texte enthält.

Der private Bereich, der als eigene Kommunikationssphäre zwar eine Fülle von kommunikativen Handlungen umfasst, aus dem aber nur sehr wenige schriftliche Zeugnisse erhalten sind, war vielfach in die institutionellen Strukturen eingebunden. Die Testamente der Bürger wurden von Ratsherren bezeugt und im Rathaus aufbewahrt und waren somit in der institutionellen Sphäre des Rates verankert; private Briefe dienten häufig auch den beruflichen Interessen der Schreibenden, wenn sie beispielsweise zur Handelskorrespondenz der Kaufleute gehörten.

Schließlich ist die einmal mehr und einmal weniger öffentliche Sphäre des städtischen Diskurses abzuheben. Der städtische Diskurs schlägt sich v. a. in der chronikalen Literatur[29] nieder, in der sich das Selbstverständnis der städtischen Bürger gerade in der Darstellung innerstädtischer Konflikte und ihrer Beilegung manifestierte. Die Chroniken fungierten als „verschriftlichtes kollektives Gedächtnis“[30] der Stadt, wie es beispielsweise in der Darstellung der Ro-

---

zur Geschichte der 500-Jahr-Feier der Universität. In: Niederdeutsches Jahrbuch 44 (1918), S. 73–94, hier: 77.

25 Porphyrius, Isagoge; Aristoteles, Praedicamenta; Aristoteles, Periermenias; Aristoteles, Analytica Posteriora, Universitätsbibliothek Rostock: Mss. Philol. 42; vgl. Heydeck (Anm. 17), S. 115f.

26 Universitätsbibliothek Rostock: Mss. Math.-phys. 1; vgl. Heydeck (Anm. 17), S. 78–88.

27 Edition und Übersetzung der Vorlesungsmitschriften zum Katechismus von Chytraeus von Susi-Hilde Michael, Der Katechismus des David Chytraeus. Edition und Übersetzung, Leipzig 2016.

28 Vgl. http://www.rostocker-liederbuch.de/darl/index.php?id=11 (letzter Zugriff: 20.06.2022).

29 Vgl. zur mittelalterlichen Rostocker Chronistik Karl Ernst Hermann Krause, Die Chronistik Rostocks, in: Hansische Geschichtsblätter 1885, S. 163–194.

30 Peter Johanek, Einleitung, in: ders., Städtische Geschichtsschreibung im Spätmittelalter und in der frühen Neuzeit, Köln / Weimar / Wien 2000, S. VII–XIX, hier: XIV.

stocker Domfehde zum Ausdruck kommt.[31] Auch (auto)biographische Aufzeichnungen hatten, öffentlich gemacht, wie die Chroniken, die Aufgabe, der Nachwelt Nachricht von der Bedeutung einer Person insbesondere für die Stadt zu geben, wie beispielsweise die von Nicolaus Gryse 1593 verfasste Lebensbeschreibung des Reformators Joachim Slüter.[32]

Zur Kommunikationssphäre der stadtübergreifenden öffentlichen Kommunikation gehören die gedruckten geistlichen und weltlichen Werke. In Rostock sind die Druckereien der Brüder vom Gemeinsamen Leben im Michaeliskloster ab 1476, von Hermann Barckhusen ab 1505, von Nicolaus Marschalk ab 1514 und von Ludwig Dietz ab 1515, dem 1560 Stephan Möllemann nachfolgte, mit lateinischer, niederdeutscher wie auch hochdeutscher Druckproduktion zu erwähnen.[33]

Die geistliche Literatur ist vor allem mit lateinischen Titeln vertreten. Aber auch in deutscher Sprache werden zentrale Werke der Andachtsliteratur veröffentlicht, wie Thomas‘ von Kempen „Van der navolghinge Jhesu Christi“ (Barckhusen 1507), Dietrich Koldes „Spegel der cristene mynschen“ (Barckhusen 1507 und Dietz 1510)[34], „Spegel der samitticheit“ (Barckhusen 1507) und Gebetbücher: Otto Brunfels' „Biblisch Bedebo(e)cklyn“, Dietz 1530; „Ein Christlick vn*de* gantz tro(e)stlick Bedebo(e)kelin“, Dietz 1543 u. a. Diskussionen über aktuelle Themen wie die Reformation werden durch die Verbreitung von Streitschriften auch außerhalb der geistlichen Korporationen geführt, wie in Nicolaus Gryses „Spegel des Antichristischen Pawestdoms, und Luttherischen Christendoms“, Möllemann 1593.

Zur niederdeutschen weltlichen literarischen Textproduktion[35] im engeren Sinne gehören die Übersetzung von Sebastian Brants Narrenschiff „Dat nye

---

31 Karl Ernst Hermann Krause, Van der Rostocker Veide. Rostocker Chronik von 1487–1491, zum ersten Male aus der Handschrift herausgegeben, Rostock 1880.

32 Historia // Van der lere / Levende vnd Dode. // M. Joachimi Slüters. Rostock: Möllemann 1593; vgl. auch die die Autobiographie Gerd Omekens im Vorwort seiner Schrift Eyn christliker trost, leer vnd vormanunge [...]. Rostock: Dietz 1551.

33 Vgl. Georg Christian Friedrich Lisch, Geschichte der Buchdruckerkunst in Mecklenburg bis zum Jahr 1540, Schwerin 1839; Josef Benzing, Die Buchdrucker des 16. und 17. Jahrhunderts im deutschen Sprachgebiet (Beiträge zum Buch- und Bibliothekswesen 12), Wiesbaden 1963, S. 368–372.

34 Vgl. Clemens Drees, Der Christenspiegel des Dietrich Kolde von Münster (Franziskanische Forschungen 9), Münster 1954.

35 Zu den Themenbereichen mittelniederdeutscher Literatur insgesamt vgl. Hartmut Beckers, Mittelniederdeutsche Literatur – Versuch einer Bestandsaufnahme. (I), in: Niederdeutsches Wort 17 (1977), S. 1–58, hier: 17, der im Bereich der weltlichen Literatur Erzählliteratur, didaktisch-satirische Literatur, weltliche Lyrik, Artesliteratur und weltliches Schauspiel, im Bereich der geistlichen Literatur geistliche Erzählliteratur, geistliche Lehr- und Erbauungsliteratur, geistliche Lyrik, Gebetbücher und geistliches Schauspiel unterscheidet.

schip van Narragonien“ (Dietz 1519)[36] und die Ausgabe des „Reynke Vosz de olde“ (Dietz 1539)[37]. Zur Sachprosa zählen Rechtstexte wie das Lübische Recht (Dietz 1509), die Bambergische Halsgerichtsordnung „Dat Halszgerichte“ (Barckhusen 1510) und Johann Oldendorps „Wat byllick vn*de* recht ys“ (Dietz 1529) sowie wissensvermittelnde Texte wie Hieronymus Brunschwigs „Boek van der Wundenartzstedye“ (Dietz 1518)[38], „Der schapherders Kalender“ (Dietz 1523)[39] oder auch Nathan Chytraeus’ deutsch-lateinisches Wörterbuch für den Schulunterricht „Nomenclator latinosaxonicus“ (Möllemann 1582)[40].

3. Phasen der Rostocker Sprachgeschichte

Die spätmittelalterliche und frühneuzeitliche Rostocker Stadtsprachgeschichte lässt in ihrer zeitspezifischen Mehrsprachigkeit unterschiedliche sprachhistorische Phasen hervortreten. Der Wechsel der städtischen „Leitsprache“[41], erst vom Lateinischen zum Niederdeutschen und später vom Niederdeutschen zum

---

36 Digitalisat: http://purl.uni-rostock.de/rosdok/ppn782715435 (letzter Zugriff: 20.06.2022); Edition: Dat nye schip van Narragonien. Die jüngere niederdeutsche Bearbeitung von Sebastian Brants Narrenschiff (Rostock 1519), hg. v. Carl Schröder, Schwerin 1892; zum Lübecker Druck der mittelniederdeutschen Version grundlegend Friederike Voss, Das mittelniederdeutsche Narrenschiff (Lübeck 1497) und seine hochdeutschen Vorlagen (Niederdeutsche Studien 41), Köln / Weimar / Wien 1994.

37 Digitalisat: http://resolver.sub.uni-goettingen.de/purl?PPN633656895 (letzter Zugriff: 20.06.2022); vgl. Sabina Tsapaeva, Das Rostocker Tierepos ‚Reynke Vosz de olde‘ (Ludwig Dietz, 1539) im Kontext der niederdeutschen ‚Reynke de Vos‘-Überlieferung des 15. und 16. Jahrhunderts und der Rostocker Drucktradition der Mitte des 16. Jahrhunderts. Philologische Untersuchung und diplomatische Teiledition (Wissenschaftliche Beiträge aus dem Tectum Verlag, Reihe Germanistik 11), Baden-Baden 2018; zur inhaltlichen Interpretation vgl. Hannah Rieger, Die Kunst der ‚schönen Worte‘. Füchsische Erzählstrategien im *Reynke de Vos* (1498) (Bibliotheca Germanica 74), Tübingen 2021.

38 Edition: Chiara Benati, Dat Boek der Wundenartzstedye und der niederdeutsche chirurgische Fachwortschatz (Göppinger Arbeiten zur Germanistik 771), Göppingen 2012.

39 Vgl. Bernhard Elbing, Untersuchungen zum mittelniederdeutschen Lübecker *nyge kalender* von 1519, Diss. masch., Bonn 2021. Digital zugänglich unter: https://nbn-resolving.org/urn:nbn:de:hbz:5–62274 (letzter Zugriff: 20.06.2022).

40 Edition: Nathan Chytraeus, Nomenclator latinosaxonicus, Rostock 1582, mit einem Vorwort von Gilbert de Smet, Rostock 1974.

41 Dieter Möhn, Die Stadt in der neueren deutschen Sprachgeschichte I: Hamburg, in: Sprachgeschichte. Ein Handbuch zur Geschichte der deutschen Sprache und ihrer Erforschung, hg. v. Werner Besch u. a. (Handbücher zur Sprach- und Kommunikationswissenschaft 2.3), 3. Teilbd., 2. Aufl., Berlin / New York 2003, S. 2297–2312, hier: 2297f.

Hochdeutschen ist in der kontinuierlichen schriftlichen Überlieferung der Kanzlei besonders gut ablesbar. Im Vergleich mit anderen Städten lässt sich die sprachliche Entwicklung Rostocks im Hanseraum einordnen. Betrachtet wird die Sprachwahl in Stadtrecht, Urkunden, Stadtbüchern, Burspraken und Zunftrollen.

Grundlegend für die mittelalterliche Sprachwirklichkeit insgesamt ist das Nebeneinander von geschriebenem Latein und mündlicher Volkssprache. Erst einhergehend mit einer Profilierung des städtischen Bürgertums und einer Ausweitung der Schriftlichkeit ist zunehmend eine Überlieferung niederdeutscher Texte zu konstatieren.[42] An der Schwelle zur Frühen Neuzeit kam mit dem Übergang zur hochdeutschen Schreibsprache ein weiterer sprachlicher Differenzierungsprozess hinzu. Während das Niederdeutsche zunächst noch die gesprochene Sprache blieb, setzte sich das Hochdeutsche nach und nach in immer mehr Bereichen als Schreibsprache und schließlich auch als gesprochene Sprache durch.

Da aus den Quellen fast ausschließlich die Geschichte der Schreibsprache fassbar ist, können aus der Überlieferung nur sehr bedingt Schlussfolgerungen für die Mündlichkeit gezogen werden. Dies gilt vor allem für den Gebrauch der slavischen Sprache, die als autochthone Sprache in Rostock neben dem Niederdeutschen, das Siedler aus dem Westen mitbrachten, zu erwähnen ist. Über den slawischen Ursprung des Siedlungsortes legt der Name „Rostock“ (altpolabisch: *rastoku* = Auseinanderfließen[43]) Zeugnis ab; die Toponyme Wendenstraße (lat. *platea slavorum*) und das Wendentor (lat. *ante valvam slavorum*) in den Schoßbüchern der Stadt reflektieren die dort ansässige slawische Bevölkerung.[44] Die slavische Alltagssprache hat in Rostock jedoch keine schriftlichen Textspuren hinterlassen.

3.1 Latein und Niederdeutsch als Leitsprachen

Die Rostocker Sprachgeschichte beginnt mit der Rostocker Stadtgeschichte: Rostock erhielt sein Stadtrecht 1218 von Heinrich Borwin I, dem Fürsten von

---

42 Vgl. Ingrid Schröder, Schreibsprachenwahl als Identitätsmarker. Zwischen Latein und Mittelniederdeutsch, in: Von Widukind zur ‚Sassine‘. Prozesse der Konstruktion und Transformation regionaler Identität im norddeutschen Raum, hg. v. Martin Baisch, Malena Ratzke u. Regina Toepfer (Forschungen zu Kunst, Geschichte und Literatur des Mittelalters 4), Köln 2023, S. 25–41.

43 Vgl. Manfred Niemeyer, Deutsches Ortsnamenbuch, Berlin / Boston 2012, S. 534f.; Ernst Eichler / Werner Mühlner, Die Namen der Städte in Mecklenburg-Vorpommern. Herkunft und Bedeutung, Rostock 2002, S. 116.

44 Vgl. Karl Koppmann, Die Straßennamen Rostocks, in: Beiträge zur Geschichte der Stadt Rostocks 3 (1902), H. 3, S. 1–68, hier: 9, 64 und 67.

Mecklenburg, der Rostock das lübische Recht verlieh. Die Verleihungsurkunde selbst ist nicht erhalten, sondern ist als Zitat in eine Urkunde über den Verkauf der Rostocker Heide an die Stadt von 1252[45] eingefügt und wird durch diesen neuerlichen Rechtsakt bestätigt. Wie die gesamte frühe Überlieferung der Stadt sind die Texte der Verleihungsurkunde wie auch der Verkaufsurkunde in lateinischer Sprache verfasst.

> Honestis viris et discretis, suis carissimis amicis, advocato et consulibus in Rozstock, advocatus et consilium et commune civitatis Lubecensis cum omni bono obsequium et amorem. Ad petitionem et [declaraci]onem vestram rescribimus vobis ius nostrum et sententiam, quam petistis.
>
> So war en juncfrowe ofte en wedewe sunder erre vrunde rat enen man nemet, dhi ne scal al eres gudes nicht mehr behalden, dan er gescapen cledere; van erme gude scal och hebben dhi stat tein marc sulvers, dat andere scolen hebben ere nesten erven. Dat is unser stades recht. (Lübecker Rechtsauskunft von 1267)[46]

Bereits im Jahr 1267 wurde eine niederdeutsche Rechtsauskunft von Lübeck nach Rostock geschickt, adressiert an den Vogt und den Rat der Stadt Rostock („advocato et consulibus in Rozstock"), die mit einer lateinischen Einleitung versehen ist, welche der eigentlichen Auskunft voraufgeht. Der Text folgt dem gängigen Briefmuster[47] mit der Angabe des Adressaten und des Absenders zu Beginn, sowie der Nennung der Begleitumstände, nämlich der Bitte um Rechtsauskunft. Die Rechtsauskunft selbst wird in niederdeutscher Sprache gegeben. Es handelt sich um ein Zitat aus dem Lübecker Stadtrecht, das in den überlieferten Codices im Wortlaut wiederzufinden ist, so bereits im Elbinger Kodex von 1275, Art. 10.[48] Die Stadt Rostock selbst besaß in dieser Zeit keine schriftliche Kodifikation ihres Stadtrechts. Die Rechtsprechung erfolgte vielmehr

---

45 Meklenburgisches Urkundenbuch (Anm. 12), S. 229f., Nr. 244.

46 Meklenburgisches Urkundenbuch, hg. v. Verein für Meklenburgische Geschichte und Alterthumskunde, Bd. 2, Schwerin 1864, S. 317, Nr. 1106 (Rostocker Stadtbuch B, fol. 34).

47 Vgl. Peter Koch, Art. Briefkunst / Ars dictaminis, in: Der neue Pauly. Enzyklopädie der Antike, hg. v. Manfred Landfester, Bd. 13, Stuttgart / Weimar 1999, Sp. 546–551, hier: 548; Claudia Wich-Reif: Nicht private (offizielle) und private (nicht offizielle) Briefe um 1500, in: Textsorten und Textallianzen um 1500. Teil 2, Bd. 1: Historiographische und rechtsgeschichtliche Textsorten und Textallianzen um 1500, hg. v. Franz Simmler u. Claudia Wich-Reif (Berliner Sprachwissenschaftliche Studien 21.1), Berlin 2019, S. 292–337, hier: 307; ferner Meier (Anm. 5), S. 170.

48 Vgl. Gustav Korlén, Die mittelniederdeutschen Texte des 13. Jahrhunderts. Beiträge zur Quellenkunde und Grammatik des Frühmittelniederdeutschen (Lunder Germanistische Forschungen 19), Lund 1945, S. 156; vgl. den Text des Kieler Kodex in Gustav Korlén, Norddeutsche Stadtrechte. Band 2: Das mittelniederdeutsche Stadtrecht von Lübeck nach seinen ältesten Formen (Lunder Germanistische Forschungen 23), Lund 1951, S. 86.

nach Gewohnheit, d. h. mündlicher Überlieferung,[49] in Zweifelsfällen oder bei Berufungen fungierte das Lübecker Gericht als Appellationsinstanz. Die Rechtsauskunft ist für die Rekonstruktion der Textgeschichte des lübischen Rechts von besonderer Bedeutung gewesen, da aufgrund ihrer Existenz die erste niederdeutsche Fassung des lübischen Rechts für die Zeit zwischen 1263 (jüngste lateinische Fassung) und 1267 (Zeitpunkt der Rechtsauskunft) fixiert wurde.[50]

Der früheste niederdeutsche Stadtbucheintrag ist für das Jahr 1296 überliefert.[51] Es handelt sich um eine Dokumentation von Verfestungen Rostocker Bürger, die für rechtlos erklärt und zur Festnahme ausgeschrieben wurden. Der Eintrag in das Stadtbuch gab dem Verfahren die notwendige Rechtssicherheit. Die erste niederdeutsche Urkunde der Stadt Rostock ist gemeinsam mit der Stadt Wismar 1332 ausgefertigt worden. In ihr versichern die Ratsherren von Rostock und Wismar der Stadt Lübeck, dass sie dafür Sorge tragen werden, dass der vor dem Priwall erbaute Bergfried niedergelegt werde.[52] Aber erst 1480 erfolgt zu Beginn des Rechnungsjahrs ab Cathedra Petri (22. Februar) in den Stadtbüchern (Hausbüchern) der Alt-, Mittel- und Neustadt der vollständige Wechsel zum Niederdeutschen.[53]

Eine Rostocker Bursprake wird bereits für 1270 erwähnt; der älteste erhaltene Text wurde in niederdeutscher Sprache geschrieben und stammt aus der Zeit um 1400. Er ist in das Willkürbuch der Stadt (Liber arbitriorum) eingetragen, in dem die von der Stadt erlassenen Verordnungen gesammelt wurden.[54]

---

49 Vgl. Stadtarchiv Rostock, Beschreibung des Bestands 1.1.3.5 Bürgermeister und Rat: Recht (https://www.stadtarchiv-rostock.findbuch.net/php/main.php#312e312e332e352e) (letzter Zugriff: 21.06.2022).

50 Vgl. Korlén, Stadtrechte (Anm. 48), S. 33.

51 Edition: Meklenburgisches Urkundenbuch, hg. v. Verein für Meklenburgische Geschichte und Alterthumskunde, Bd. 3, Schwerin 1865, S. 624f., Nr. 2385 und 2386 (Stadtbuch D, Bl. 151v), und S. 659f., Nr. 2423 (Stadtbuch D, Bl. 151v); vgl. auch Korlén, Mittelniederdeutsche Texte (Anm. 48), S. 175–177.

52 Meklenburgisches Urkundenbuch, hg. v. Verein für Meklenburgische Geschichte und Alterthumskunde, Bd. 8, Schwerin 1873, S. 309f., Nr. 5362; vgl. Hans-Joachim Gernentz, Niederdeutsch – gestern und heute. Beiträge zur Sprachsituation in den Nordbezirken der Deutschen Demokratischen Republik in Geschichte und Gegenwart (Hinstorff Bökerie 11), 2., völlig neubearb. u. erw. Aufl., Rostock 1980, S. 43.

53 Vgl. Paul Steinmann, Volksdialekt und Schriftsprache in Mecklenburg. Aufnahme der hochdeutschen Schriftsprache im 15. / 16. Jahrhundert, in: Mecklenburgische Jahrbücher 100 (1936), S. 199–248, hier: 211, der vermutet, dass entweder ein Beschluss des Rostocker Rates dem Sprachwechsel zugrunde liegt (analog zu den Verhältnissen in Lübeck) oder ein neuer Stadtschreiber das Niederdeutsche einführte.

54 Vgl. Dragendorff (Anm. 12), S. 49 (Liber arbitriorum, fol. I); Mecklenburgisches Urkundenbuch, hg. v. Verein für Mecklenburgische Geschichte und Altertumskunde, Bd. 24, Schwerin 1913, S. 146–148, Nr. 13731.

Die älteste Zunftordnung, nämlich die der Leinwandschneider, ebenfalls niederdeutsch, ist auf 1364 datiert, doch wurde eine Beliebung des Rates mit Einzelstatuten für die Wollenweber bereits 1362 im Willkürbuch fixiert.[55]

Textsorten	Rostock	Hamburg	Lübeck	Braunschweig
Stadtrecht	1267	1270	nach 1263	1227
Urkunden und Stadtbücher	1332 (Urkunden) / 1296 (Stadtbuch D) / 1480 (Hausbücher)	1333 (Urkunden) / 1344 (Stadtbuch)	1333 (Urkunden) / 1418 (Niederstadtbuch) / 1455 (Oberstadtbuch, Rentebuch)	1307 (Urkunden) / 1268 (Stadtbuch)
Bursprake	1270 (erste Erwähnung) / um 1400	1358 / 1359	vor 1421	1402
Zunftrollen	1362 (Einzelstatuten) / 1364	1375	1353	um 1320

Tab. 1: Sprachwechsel Latein – Niederdeutsch im Vergleich der Hansestädte[56]

Ein Vergleich des Sprachwechselprozesses in Rostock, Hamburg, Lübeck und Braunschweig zeigt grundsätzlich dieselbe Entwicklung. Die vernakulare Schriftlichkeit setzt in allen Städten mit dem Stadtrecht ein. Dies gilt cum grano salis auch für Rostock, das mit dem lübischen Recht bewidmet ist und wo an erster Stelle die Rechtsauskunft aus Lübeck steht. Der vollständige Sprachwechsel im Stadtbuch von 1480 korrespondiert mit der Entwicklung in Lübeck. Dort kann der Sprachwechsel im Stadtbuch auf eine entsprechende Forderung der Bürgerschaft zurückgeführt werden, um auf diese Weise die Tätigkeit des Rates kontrollieren zu können. Im Jahr 1406 konzediert der Lübecker Rat den Bürgern, die Bücher der Kanzlei ins Deutsche übersetzen zu lassen; ab 1455

[55] Zur Rolle der Leinwandschneider (Eid- und Rollenbuch, fol. 97af.) vgl. Eibl (Anm. 14), S. 184; Abdruck des Statuts der Wollenweber (Liber arbitriorum, fol. Vr) von 1362 von Wilhelm Stieda, Hansische Vereinbarungen über städtisches Gewerbe im 14. und 15. Jahrhundert, in: Hansische Geschichtsblätter 1886, S. 99–155, hier: 152f. Bereits 1354 / 1356 ist in den Liber arbitriorum, fol. IIv (Abschrift aus dem Leibrentenbuch, Anhang, fol. 80b = Meklenburgisches Urkundenbuch, hg. v. Verein für Meklenburgische Geschichte und Alterthumskunde, Bd. 13, Schwerin 1884, S. 448, Nr. 7906), eine kurze Willkür des Rates eingetragen, vgl. auch Steinmann (Anm. 53), S. 211. Der Rat bewilligt darin den Schuhmachern das Gerben für die Produktion im eigenen Haus.

[56] Tabelle für die Städte Hamburg, Lübeck, Braunschweig aus Schröder (Anm. 42), S. 30.

wurden das Lübecker Oberstadtbuch und das Rentebuch nach einem entsprechenden Beschluss des Rates nicht mehr auf Latein geführt.[57] Die Burspraken und Zunftordnungen, die von Anfang an niederdeutsch überliefert sind, richten sich an die Bürgergemeinde insgesamt oder speziell an die Handwerker und sind somit insbesondere für nicht lateinkundige Rezipienten bestimmt. Die Zunftrollen indizieren die zunehmende gesellschaftliche Bedeutung der Handwerker und verweisen auf ihre Teilhabe an der offiziellen städtischen Kommunikation.

Durch den Schreibsprachenwechsel zum Niederdeutschen wird die Kluft zwischen Schreibsprache und Sprechsprache geschlossen. Dies lässt eine Konzentration auf die eigene Sprache deutlich werden, die zugleich städtische Identität zum Ausdruck bringt.

3.2 Niederdeutsch und Hochdeutsch als Leitsprachen

Bis in die zweite Hälfte des 16. Jahrhunderts gewann das Niederdeutsche immer mehr an Bedeutung und löste das Lateinische sowohl im institutionellen als auch im öffentlichen Schrifttum ab. Der Schreibsprachenwechsel vom Niederdeutschen zum Hochdeutschen erstreckte sich über fast 100 Jahre bis zur zweiten Hälfte des 17. Jahrhunderts. Bereits ab 1529 verließen vereinzelt hochdeutsche Briefe an das Reichskammergericht die Rostocker Kanzlei, ab 1563 erfolgte generell im auswärtigen Schriftverkehr der Kanzlei der Wechsel zum Hochdeutschen. In den inneren Kanzleibetrieb zog das Hochdeutsche ca. zehn Jahre später, in den 1570er Jahren, ein; die Grundbücher (Hausbücher) gingen erst 1598 endgültig zum Hochdeutschen über.[58] Die Burspraken und die Texte der Handwerker blieben am längsten niederdeutsch. Für die Bursprakentexte lag ab 1600 neben einer niederdeutschen auch eine hochdeutsche Fassung vor. Wahrscheinlich ist die mündliche Verkündung länger niederdeutsch geblieben, da zum einen die Verordnungen für die Verlesung vor der gesamten Bürgerschaft allgemein verständlich sein mussten, zum anderen die Tradition mit dem konstanten Inhalt zugleich die konstante (niederdeutsche) Form erforderte.[59] Ab 1590 wurden auch die ersten Zunftrollen hochdeutsch verfasst. Der Übergang zog sich über Jahrzehnte hin, so dass im Amtsbuch der Lohgerber noch für das Jahr 1630 niederdeutsche Eintragungen zu finden sind.[60]

Wie beim Sprachwechsel vom Lateinischen zum Niederdeutschen verläuft die Entwicklung in Rostock parallel zur Entwicklung in den Städten Hamburg,

---

57 Vgl. ebd.

58 Vgl. Eva-Sophie Dahl, Das Eindringen des Neuhochdeutschen in die Rostocker Ratskanzlei (Deutsche Akademie der Wissenschaften zu Berlin. Veröffentlichungen des Instituts für deutsche Sprache und Literatur 22), Berlin 1960, S. 106f.

59 Vgl. ebd., S. 118.

60 Vgl. ebd., S. 125.

Lübeck und Braunschweig. Zunächst wird das Hochdeutsche im auswärtigen Kanzleibetrieb eingeführt, erst später auch im inneren. Die Daten zeigen einen adressatengesteuerten und sozial differenzierten Übergang.

Sprachwechsel zum Hochdeutschen	**Rostock**	**Hamburg**	**Lübeck**	**Braunschweig**
Beginn	1529 (vereinzelt) / 1563	1527 (vereinzelt) / 1544	1530	ca. 1510
Abschluss im auswärtigen Kanzleibetrieb	1567	1565 / 1580 (vereinzelt)	1560	ca. 1540
Abschluss im inneren Kanzleibetrieb	1598	1620	1615	ca. 1600
Ende	1630	1650	1650	1620

Tab. 2: Sprachwechsel Niederdeutsch – Hochdeutsch im Vergleich der Hansestädte[61]

Die hochdeutsche Schriftlichkeit setzt in Rostock verstärkt fast 50 Jahre später als in Braunschweig im auswärtigen Kanzleibetrieb ein, im inneren ist der Sprachwechsel aber fast gleichzeitig um 1600 erfolgt. Im Vergleich zu Lübeck und Hamburg wird die Umstellung im inneren Kanzleibeitrieb auf das Hochdeutsche 15 bzw. 20 Jahre eher vorgenommen.[62] Als Ursachen für den Wechsel zum Hochdeutschen können insgesamt neben der abnehmenden wirtschaftlichen Macht der Hanse und der damit einhergehenden Umorientierung des Handels nach Süden auch die Berufung von Geistlichen und Professoren aus Wittenberg und später die Einführung des Hochdeutschen als Kirchensprache genannt werden. Hochdeutsch wurde zur neuen Bildungs- und Prestigesprache.[63] Durch die Ausrichtung auf eine zunächst fremde Sprache entstand wie-

---

61 Daten aus Arthur Gabrielsson, Die Verdrängung der mittelniederdeutschen durch die neuhochdeutsche Schriftsprache, in: Handbuch zur niederdeutschen Sprach- und Literaturwissenschaft, hg. v. Gerhard Cordes u. Dieter Möhn, Berlin 1983, S. 119–153, hier: 149, für Rostock aus Dahl (Anm. 58), für Hamburg aus Ingrid Schröder, Les mutations linguistiques à Hambourg: du bas-allemand au haut-allemand. Sprachwechsel in Hamburg: Vom Niederdeutschen zum Hochdeutschen, in: Villes à la croisée des langues (XVIe-XVIIe siècles). Anvers, Hambourg, Milan, Naples et Palerme. Städte im Schnittpunkt der Sprachen (16.–17. Jahrhundert). Antwerpen, Hamburg, Mailand, Neapel und Palermo, hg. v. Roland Béhar, Mercedes Blanco u. Jochen Hafner (Travaux d´humanisme et renaissance 593 [De lingua et linguis 4]), Genf 2018, S. 377–387.

62 Vgl. auch Dahl (Anm. 58), S. 152–156.

63 Vgl. ebd., S. 167–172. Vgl. auch Annemarie Hübner, Studien zur Sprachgestalt des

derum eine Differenz zwischen Sprechsprache und Schreibsprache. Diese Differenz hat die spätere norddeutsche Sprachgeschichte wesentlich bestimmt.

4. Rostocker Sprachexempel

An wenigen Textbeispielen sollen abschließend die oben genannten Kommunikationssphären, die Sphäre des Rates, die Sphäre der städtischen Korporationen und die Sphäre des öffentlichen städtischen Diskurses näher charakterisiert werden. In Anwendung erprobter Methoden der historischen Textlinguistik werden Textfunktionen, Textinhalte, Textmuster und intertextuelle Verknüpfungen an exemplarischen Texten erläutert.[64] Der Blick wird dabei auf die wesentliche Funktion der städtischen Schriftlichkeit, die Sicherung der städtischen Ordnung, gerichtet, die einmal durch entsprechende Verordnungstexte selbst und einmal durch die Erinnerung an durchlittene Krisen und die darauf folgende Wiederherstellung der Ordnung in den Chroniken gewährleistet wird. Aufmerksamkeit gilt dabei auch dem Spannungsfeld zwischen mündlicher und schriftlicher Kommunikation. Als Beispiele dienen aus dem Bereich des Rates bzw. der Kanzlei die Burspraken, aus dem Bereich der städtischen Korporationen die Statuten der Schonenfahrergesellschaft und aus dem Bereich des öffentlichen städtischen Diskurses chronikale Aufzeichnungen wie andere der Memoria verpflichtete Textzeugnisse.

4.1 Der Rat der Stadt und die Kanzlei

> Weme de wachte kundiget wert, dat he sulven waken schal, de wake sulven; wert he over up enen man gesettet, so sende he alsodanen man ut, dar de stad unde he an vorwaret sy, by iii mark sulvers.
>
> Vortmer beden wi, dat en jewelk schal hebben rechte mate unde rechte wichte, bi pyne des rechtes; we dar boven deit, de schal sinen broke beteren na Lubeschem rechte.
>
> (Beginn der Bursprake I aus dem 15. Jahrhundert)[65]

---

frühen Hamburger Hochdeutsch, Diss. masch., Hamburg 1938 (unveröffentlichte Druckfahne, Universität Hamburg, Bibliothek des Fachbereichs Sprache, Literatur, Medien. Deutsche Sprache, Ältere deutsche Literatur, Niederdeutsch), S. [2], für die Entwicklung in Hamburg.

[64] Vgl. Britt-Marie Schuster, Textsortenbestimmung, in: Einführung in die historische Textanalyse, hg. v. Jörg Riecke u. a., Göttingen 2004, S. 43–65, und Klaus Brinker / Hermann Cölfen / Steffen Pappert, Linguistische Textanalyse. Eine Einführung in Grundbegriffe und Methoden (Grundlagen der Germanistik 29), Berlin 2014; zu städtischen Texttypen und Textsorten vgl. auch Arne Ziegler, Städtische Kommunikationspraxis im Spätmittelalter. Historische Soziopragmatik und Historische Textlinguistik (Germanistische Arbeiten zur Sprachgeschichte 2), Berlin 2003, und neuerdings Schröder, Textlinguistische Zugänge (Anm. 10).

[65] Dragendorff (Anm. 12), S. 50 (Liber arbitriorum, fol. I).

Als Bursprake oder Bürgersprache, lat. *civiloquium* oder auch *burgiloquium*, werden die regelmäßigen Versammlungen der Bürgerschaft und auch die Verordnungen für das städtische Leben bezeichnet, die während dieser Bürgerversammlungen verlesen wurden. Die Burspraken kodifizieren als direktive Texte die Rechte und Pflichten der Bürger und wurden regelmäßig vom Bürgermeister von der Rathauslaube verkündet. Dies geschah in Rostock jeweils im Herbst entweder am Allerheiligentag, dem 1. November, oder am Tag Simonis Judae, dem 28./29. Oktober, und am Ende des Winters, am Tag Petri Stuhlfeier, dem 22. Februar, oder am Matthiae-Tag, dem 24./25. Februar.[66]

Die einzelnen Verordnungen betreffen die Verpflichtung der Bürger zur Stadtwache und das Gebot zur Einhaltung der vorgeschriebenen Maße und Gewichte, den Umgang mit auswärtigen Besuchern, das Verbot, nachts ohne Licht auf der Straße umherzugehen, die Regelungen des Getreidehandels und des Pferdehandels, die erlaubten Zahlungsmittel, die Ausrüstung zur Stadtverteidigung, Gottesdienste und Familienfeiern, Verbot des Aufruhrs gegen die Obrigkeit, Wohlverhalten gegenüber den Mitbürgern, Herren, Fürsten, Rittern und Priestern, das Tragen von Schmuck, das Bierbrauen und das Backen. Im Herbst wurde zusätzlich die Höhe der zu zahlenden Steuern bekanntgegeben, im Februar wurden die Namen der neu gewählten Ratsherren verlesen.

Die direktive Funktion wird in den Formulierungen der einzelnen Paragraphen durch einleitende performative Formeln („Vortmer beden wi, dat", § 2–8, 10f.)[67] sowie durch Strafandrohung („by iii mark sulvers", § 1; „by pine des rechtes", § 2) unmissverständlich zum Ausdruck gebracht. Der Rat beruft sich dabei auf die althergebrachte Gewohnheit („dat holde man na older wanheit", § 9; „dar schal men id mede holden, alse dat van oldinges geboden is", § 11), auf das lübische Recht („de rad will id richten na Lubeschem rechte", § 10) oder auch auf die Luxus- und Kleiderordnung, die in schriftlicher Ausfertigung im Rathaus aushing („dar henget ene schrifft aff up dem radhus", § 12).

Die Bausteine Gebot, Strafandrohung und Berufung auf eine Rechtsautorität prägen die einzelnen Verordnungen, wobei feste Phrasen dominieren und den Text formelhaft gestalten. Die Textstruktur ist sehr schlicht. Es handelt sich um keinen geschlossenen Text, sondern eine listenförmige Aneinanderreihung von kurzen Einzelbestimmungen, die in der Regel den Umfang eines Satzes nicht überschreiten. Der Text beginnt in den meisten Aufzeichnungen mit einer Ansprache an die Bürger („De radt but jw to horende in Gades namen.") und schließt mit dem Dank an die Bürger („De radt danket jw gutliken allesamen.").[68] Hierin spiegelt sich die Situation des mündlichen Vortrags, indem sich

---

[66] Vgl. ebd., S. 47.
[67] Zitate nach ebd., S. 50f.
[68] Ebd., S. 60.

der Bürgermeister im Namen des Rates direkt an die anwesende Bürgergemeinde wendet. Diese kontaktiven Elemente bilden einen Rahmen um die direktiven Einzelartikel, die je nach Bedarf vermehrt oder auch abgeändert werden konnten. Vom 15. bis ins 18. Jahrhundert konnten 27 Versionen ermittelt werden,[69] die einmal mehr, einmal weniger Einzelverordnungen beinhalten. Nicht nur Textbeginn und -ende der Bursprake, sondern auch die formelhafte Struktur ist auf das öffentliche, laute Verlesen angelegt.[70] Die mündliche Präsentation ist Voraussetzung für die Publikation der Texte, die Verschriftlichung hingegen Garant der Verdauerung.

4.2 Die städtischen Korporationen

> Ordenüng und statüt wo idtt van olders vnnd henfürder inn dem Schonevarlage tho Rostock by denn coplüden der Schonefarer Bargenfarer unnd schipper geselschop schall geholden werdenn, ock also van einem erbaren rade sampt den oldesten der gemeine vorsamling des gelages upt nie belevet, bewilliget unnd ahngenamen wordenn getrüwelich tho holdenn unnd ernstlich tho straffenn bi pene, who up einem ideren articüll vorvatet ist.
>
> 1. Idt schall ein ider, die hir in dissem gelage will sittenn unnd drincken, he sy, wehr he will, hoges edder nederigs standes, die schall sick aller erbarheit beflitigen unnd siner wordt in acht hebben unnd gedencken ahn die börgersprake, datt he nicht böslich rede up fürsten unnd herrn up riddermessige lüde, up einen erbaren wolwisenn radt disser stadt, up früwen unnd jünckfrüwen keine böse tünge hebben unnd einen ideren in sinem stande nicht boses nareden; werdt dar woll aver beslagen, die schall na gelegenheidt der saken darümb gestraffet werdenn.
>
> [...]
>
> 7. Item idt schall einer den anderen mit erenrorigen wörden in dissem lage nicht angripen; so jemandt, he sy wehr he will, de sülckes deidt, de schall dem lage 2 tunnen behr unnd den armen 2 sl. Lüb. in die büsse sünder gnade vorfallenn sinn.
>
> (Beginn der Ordnung des Rostocker Schonenfahrer-Gelags, 26. September 1576)[71]

Als Beispiel für einen Text der städtischen Korporationen steht die Ordnung des Schonenfahrer-Gelags von 1576. Die Statuten der Handelskompanien regeln das soziale Leben innerhalb der Kompanien, insbesondere bei den Treffen der Kaufleute zum gemeinsamen Essen und Trinken, den „lagen". Die Bezeichnung „Ordenüng und statüt" im Titel indiziert den offiziellen Charakter der Verordnung ebenso wie der Bezug auf den Beliebungsakt des Rates („upt nie

---

69 Vgl. ebd.

70 Vgl. Schröder, Städtische Kommunikation (Anm. 10), S. 101–133, zur Greifswalder Bursprake, für die ganz ähnliche Strukturen nachgewiesen werden können.

71 Stieda (Anm. 14), S. 111–113 (Rostocker Stadtarchiv). Eine weitere hochdeutsche Fassung von 1565 ist abgedruckt von Wilhelm Stieda, Das Schonenfahrergelag in Rostock, in: Hansische Geschichtsblätter 1890/91, S. 113–150, hier: 145–150.

belevet, bewilliget unnd ahngenamen“), der gemeinsam mit den Kaufleuten die Verordnung erlässt. Auf die Autorität der Älterleute und des Rates wird wiederholt verwiesen („Idt hefft sick ock ein erbar radt midt den olderlüden disses lages ernnstlicken beslaten“, § 39; „Ock süth ein erbar radt sampt den oldesten disses lages vor nützsam ahn“, § 40; „Lestlich hebben sick ock de oldesten des lages mit ehren lagesbroderen beslaten“, § 41).[72]

Die insgesamt 41 Artikel enthalten Verhaltensvorschriften für die gemeinsamen Treffen und schreiben das angemessene Verhalten der Angehörigen der Kompanie gegenüber der Obrigkeit, gegenüber Mitbürgern und gegenüber anderen Kompaniemitgliedern vor. Es werden Regeln für die Organisation von Zusammenkünften aufgestellt; Beleidigungen, Flüche, Streit, tätliche Auseinandersetzungen, Zerstörung des Inventars, Verschütten von Getränken und Speisen sowie Würfel-, Karten- und Glücksspiel werden verboten. Außerdem wird die Zusammenarbeit von Kaufleuten und Schiffern geregelt sowie das Totengeleit für verstorbene Mitglieder der Kompanie geboten.

Wie bei den Burspraken stellt sich auch hier die Struktur als eine Liste dar, die einen festen Anfang, aber ein nur wenig markiertes Ende („Lestlich“ als Einleitung von § 41) aufweist. Zu Beginn eines jeden Paragraphen, die mit „Item“ einsetzen, wird der Personenkreis genannt, für den die Regelung gilt. Dies geschieht im Rahmen einer Modalverbkonstruktion („Idt schall ein ider“, § 1), in einem freien Relativsatz („Item welker lachbroder sick mit einem anderen vorünwilgede im gelage“, § 14) oder in einem Konditionalsatz („Item weren daröverst welcke“, § 16).[73] Strafandrohungen bestätigen die Verbindlichkeit der jeweiligen Vorschriften und insgesamt den offiziellen Charakter des Textes („die schall na gelegenheidt der saken darümb gestraffet werdenn“, § 1; „by pene unnd straffe, de darop geborrth“, § 2).[74] Interne Regelverletzungen werden meist durch Zahlung eines Betrags in die Armenkasse oder in die gemeinsame Kasse geahndet („die schall den armen in die büsse 1 sch. Lüb. unnd in des lages büsse 2 sl. Lub. geven ohne gnade“, § 3)[75], daneben auch durch Zahlung von Bier für die Gemeinschaft (§ 32) oder durch Ausschluss aus der Vereinigung (§ 4).

Der institutionelle Zusammenhang mit anderen Verordnungstexten wird nicht nur durch die Nennung des Rates, sondern auch durch einen Verweis auf die Burspraken gestiftet, deren Befolgung gefordert wird („die schall sick aller erbarheit beflitigen unnd siner wordt in acht hebben unnd gedencken ahn die

---

72 Stieda (Anm. 14), S. 117.

73 Stieda (Anm. 14), S. 113. Vgl. zu solchen Nebensatzkonstruktionen Sarah Ihden, Relativsätze im Mittelniederdeutschen. Korpuslinguistische Untersuchungen zu Struktur und Gebrauch (Lingua Historica Germanica 23), Berlin / Boston 2020, S. 312–317.

74 Stieda (Anm. 14), S. 112.

75 Ebd.

börgersprake", § 1). Die Form der Statuten orientiert sich augenscheinlich am Muster der Kanzlei für andere Verordnungstexte. Vergleichbar sind auch die Zunftrollen der Handwerker, die eine ähnliche Struktur aufweisen. Korporationstexte sind somit nicht nur inhaltlich von der Zustimmung des Rates abhängig, sondern folgen auch formal dem kanzleiinternen Muster.

4.3 Der öffentliche städtische Diskurs

Thom ersten Male is hir uth entspraten de erste plage auer de Stadt; van dissem vorbenomden Sundage ahn is tho Rostock Gadesdenst vorstort, dar sint in nenen Kercken misse, mette, vesper geholden oppenbar, sonder in beslatener dohre. Van dissem vorbenomeden Sundage, dat disse morth wart began, is in disser guden Stadt nichts gudes auerflodiges gescheen, men hir is geworden grote auerflodicheit mit twedracht, vlokent, durehdent, honsprakent, verachtent und vernichtent, de ene thegen den anderen. Also dat idt nen man uthspreken mach, so dane jamer, unglucke und groth qwat hir uth is entstaen. [...]

So hefft de Almechtige Godt sine gnade gegeuen, dat de Forstenn van Meckelenborch hebben de van Rostock tho gnaden genahmen unnd sint gude frunde mit enn geworden, unde de Krig, orlog, twisth, Twedracht und alle Ungunst schal ewigliken geendiget sinn und tho nenen tyden mer gedacht werden. Men lath uns nu singen Gode tho laue unnd ehren den froliken Engelschen Lauesanck Te Deum Laudamus.

(Van der Rostocker Veide, S. 3; 23)[76]

In den Chroniken manifestiert sich die Stadt als Erinnerungsgemeinschaft. Da die Chroniken die „historische Erinnerung auf Dauer bewahren, [...] sie aber auch konstruieren"[77], sind sie für den öffentlichen städtischen Diskurs von besonderer Bedeutung und stellen wesentliche Instrumente beim Ringen um die Interpretation kontroverser städtischer Ereignisse dar. Im Unterschied zu den sachbetonten Verordnungstexten handelt es sich bei der Chronik der Rostocker Domfehde um einen meinungsbetonten Text, der das Geschehen detailliert schildert und zugleich Deutungsangebote zu den Ereignissen unterbreitet.

---

[76] Krause (Anm. 31) nach der Handschrift der Universitätsbibliothek Rostock Mss. Meckl. O 55, Bl. 18v–44r; vgl. Conrad Borchling, Mittelniederdeutsche Handschriften in Skandinavien, Schleswig-Holstein, Mecklenburg und Vorpommern. Zweiter Reisebericht (Nachrichten der Königlichen Gesellschaft der Wissenschaften zu Göttingen. Philologisch-historische Klasse. 1900. [Beiheft]), Göttingen 1900, S. 190. Zu den historischen Ereignissen vgl. auch Ulrich Hergemöller, ‚Pfaffenkriege' im spätmittelalterlichen Hanseraum. Quellen und Studien zu Braunschweig, Osnabrück, Lüneburg und Rostock, Bd. 1 (Städteforschung. Reihe C 2), Köln u. a. 1988, S. 194–266.

[77] Gerhard Wolf, Einleitung, in: Handbuch Chroniken des Mittelalters, hg. v. dems. u. Norbert H. Ott, Berlin / Boston 2016, S. 1–44, hier: 27.

Die Aufzeichnungen über die Rostocker Domfehde beziehen sich auf die Unruhen in Rostock von 1487 bis 1491, die dadurch ausgelöst worden waren, dass der mecklenburgische Herzog Magnus II. gegen den Widerstand von Teilen der Stadt die Kirche St. Jacobi zum Domkollegiatsstift erhob und Thomas Rode, der zum Propst des Domstiftes ernannt worden war, nach der Stiftsweihe im Laufe der gewaltsamen Proteste der städtischen Bürger zu Tode kam.

Der anonyme Chronist bezieht explizit Stellung, indem er den gewaltsamen Tod Rodes als „morth" bezeichnet, der als eine „plage" die Störung des Gottesdienstes, eine ‚große Fülle von Zwietracht, Fluchen, Drohung, Hohn, Verachtung und Vernichtung' („grote auerflodicheit mit twedracht, vlokent, durehdent [drouwent], honsprakent, verachtent und vernichtent"), ‚Jammer, Unglück und großes Übel' („jamer, unglucke und groth qwat") nach sich gezogen habe. Dem ermordeten Rode, der als ‚anständiger, frommer Mann' („frame man" [Van der Rostocker Veide, S. 2])[78] beschrieben wird, stehen seine Widersacher als ‚böse giftige Tyrannen' („bose[ ] vorgifftige [ ] Tirannen" [ebd.]) gegenüber. Im Gegensatz zu den Vertretern der städtischen Oberschicht, die sich aus ‚oberen, angesehenen und verständigen Bürgern' („opper, degelike, wetene Borger" [ebd.]) bzw. ‚anständigen, ehrenhaften, aufrechten Männern' („frame ehrlike, uprichtige menner" [S. 21]) zusammensetze, seien die aufrührerischen Bürger ‚zornig und böse' („tornisch und quath" [S. 2, 8, 13]), eine ‚zusammengelaufene Rotte' („losse parthie" [S. 13]), und die Anführer des Aufstandes seien ‚böse Buben, die sich gegen den Rat erhoben haben' („quade[ ] bouen, dede sick upgeworpen hadden gegen den Radt" [S. 14]). Der Protest der Bürger selbst wird wiederholt als ‚großer Unmut, Murren und Geschrei' („groth kurrent, murrent unde ropent" [S. 21]) bezeichnet. Durch die Gegenüberstellung von Aufrührern und altem Rat sowie durch die Einordnung der Proteste als Murren und Unwillen gegenüber der Obrigkeit wird im Bericht die Seite des Rats bzw. des Patriziats gestärkt.

Die schrittweise Schilderung der Ereignisse, ihre exakte zeitliche Einordnung, die Nennung von Namen der Beteiligten sowie quantitative Angaben, z. B. der herzoglichen und städtischen Truppenstärken, suggerieren Genauigkeit und Objektivität des Berichts. Das Zitieren von Texten, die öffentlich verlesen wurden („ein Dudesck Instrumente, dat les he dar apenbar, dat ludde up den nyen Dhom, wo de Radt van Rostock hadde tho gesecht und gelaueth den Forsten van Meckelenborch dar by namen und thonamen, darinne stunden int erste [...]" [S. 7]; „Disse breff ludde: [...]" [S. 11]), und die wörtliche Wiedergabe mündlicher Äußerungen („Manck anderen velen worden sprack de Forste Rungen unnd ock Mester Berendt tho othmodigen und sede: Hans Runge [...]"

[78] Hier und im Folgenden alle Zitate aus „Van der Rostocker Veide" nach Krause (Anm. 31).

[S. 18]; „dar seden se althomale“ [S. 19]) verweisen auf Augenzeugenschaft und damit auf Authentizität.

Der Chronist kommentiert mehrfach einzelne Ereignisse, indem er deren negative Folgen ankündigt und im Folgenden beschreibt („unnd wath edder droffnisse hir uth is entspraten, warth hir nha folgen“ [S. 2]; „De ander arge orsake hefft sik hir uth gesaket, de nicht gudes werth inbringende, ist tho fruchten“ [S. 7]; „Gantz guth wer idt, dat ith hir mochte by wenden, men ick befruchte my, dat idt nouwe geschee“ [S. 12]), oder indem er den Leser zur eigenen Positionierung auffordert („Hir mach ein Ider vernunfftich minske mercken, welk ein regimente In disser guden Stadt is gewesen“ [S. 16]; „dede will de segge anders, so it nu tho Rostock steit“ [S. 19]; vgl. auch das obige Textbeispiel). Auf diese Weise sichert er sich zugleich die Aufmerksamkeit der Leser bzw. Zuhörer. Um die ablehnende Position gegenüber den Ereignissen zu verstärken, wird die Unsagbarkeit des Geschehens hervorgehoben („Men dat kurrenth und dat murrenth, dat se under sick malck ander hadden In disser Stadt und iegen den Radt, ys nicht to schriuende“ [S. 13]; „Wat schentlikes und schmelikes dinges hir uth is entspraten ein dach, und is to schriuende nicht“ [S. 14]; vgl. auch das obige Textbeispiel).

Am Ende des Berichts (vgl. Textbeispiel) steht die Beilegung der Fehde: Zwischen Fürsten und Stadt herrscht wieder Eintracht. Folge ist der wirtschaftliche Aufschwung des Landes („dat Landt quam up“ [S. 23]), die sichere Bewegungsfreiheit („ein Ider mochte wancken wor he wesen wolde“ [S. 23]) sowie die Möglichkeit der öffentlichen Messfeier („Am Dingstedage In den Pingsten scach tho Rostock apenbar misse“ [S. 23]). Damit ist die Krise überwunden, und der Friede wird für die Zukunft beschworen („de Krig, orlog, twisth, Twedracht und alle Ungunst schal ewigliken geendiget sinn und tho nenen tyden mer gedacht werden“ [S. 23]). Erzählerisch hat sich der Kreis geschlossen. Die Stadt als Wertegemeinschaft hat sich neu formiert, indem Einmütigkeit, gemeiner Nutz und städtische Ehre[79] wieder Geltung erlangt haben. Der Zielpunkt, die Wiederherstellung der Ordnung, die auch im Text performativ vorgenommen wird, ist erreicht.[80]

---

79 Vgl. Peter Johanek, Das Gedächtnis der Stadt – Stadtchronistik im Mittelalter, in: Wolf / Ott (Anm. 77), S. 337–398, hier: 339.

80 Grundsätzlich wird so ein Erzählmuster realisiert, wie es auch William Labov / Joshua Waletzky, Narrative Analysis. Oral Versions of Personal Experience, in: Essays on the Verbal and Visual Arts. Proceedings of the 1966 Annual Spring Meeting of the American Ethnological Society, ed. by June Helm, Seattle / London 1967, S. 12–44, beschreiben. Als Bausteine dieses Musters werden Orientierung (Ort, Zeit, handelnde Personen), Komplikation (Darstellung des ungewöhnlichen Ereignisses), Evaluation (Bewertung des Ereignisses), Resolution (Auflösung der Komplikation) und Coda (Stellungnahme vom Erzählzeitpunkt aus) identifiziert.

Die Ereignisse der Domfehde, insbesondere der Mord an Thomas Rode, haben sich auch in anderen Texten niedergeschlagen. Ein sehr kurzer, wohl zeitgenössischer lateinischer Bericht schildert den Totschlag und dessen Umstände, die als ‚großer Aufruhr' („sedicio magna") eingeordnet werden, äußerst knapp: „Tunc communitas congregata fuerat, et fuit sedicio magna, et sic apprehenderunt dominum Henricum Pentzin, vulnerauerunt eum vulneribus multis, incarcerauerunt eum in turri vulgariter ‚de Rammesborch'. Et Thomam Roden interfecerunt."[81] In einer kurz nach 1500 entstandenen niederdeutschen Reimchronik wird die Schändlichkeit des Geschehens durch den Vergleich mit einem geschlachteten Ochsen hervorgehoben, und der Mord wird im Bild des Schafs, das sich gegen den Hirten auflehnt, als unrechtmäßiges Aufbegehren gegen die (fürsorgliche) Obrigkeit eingeordnet und als ‚beklagenswert' („bermliken") bezeichnet: „Her Thomas rode de prouest da(e)r / Entfenck de ersten pliten twar; / Der herscop lange eyn kentzeler / wart geslaghe(n) ifft he eyn osse wer / O riker god wo bermeliken id let / Dar sek dat schap iege(n) sin(en) he(e)rde set".[82] Auch in der Wendenchronik von Albert Krantz, der bis kurz vor Ausbruch der Unruhen, bis 1486, Professor an der Rostocker Universität war und in der Domfehde selbst als Lübecker Syndikus vermittelte, wird der Tod Rodes beschrieben: „Ibi primu(m) graue ciuiu(m) murmur oritur, & indignatio: quę statim exarsit in apertam tumultuatione(m): In qua immanissimo scelere. primus ecclesię pręposit(us), populi sęuientis pastor, crudeliter mactatur: alij uiniculis tradu(n)tur".[83] Die Ereignisse werden auch hier zunächst als ‚Murren' („murmur"), zugleich aber auch als ‚Unmut' („indignatio") eingeordnet, wodurch ein ‚offener Aufstand' entfacht worden sei („apertam tumultuationem") und der auch hier als ‚Hirte des rasenden Volkes' („populi sęuientis pastor")

---

[81] Greifswald, Universitätsbibliothek: BW 319 4°, Bl. 1v; Text bei Georg Christian Lisch, Lateinische Chronik über die Rostocker Domhändel 1484–1487, in: Jahrbücher des Vereins für Mecklenburgische Geschichte und Altertumskunde 43 (1878), S. 187f., hier: 188.

[82] Schwerin Landeshauptarchiv: 1.12–1 Chroniken, Nr. 1, Bl. 218r–220v, hier: 219r. Die Chronik ist der Handschrift der Kirchbergschen Chronik (ca. 1378; Digitalisat: https://www.digitale-bibliothek-mv.de/viewer/resolver?urn=urn:nbn:de:gbv:9-g-518482) (letzter Zugriff: 22.06.2022), die ursprünglich für Herzog Albrecht II verfasst wurde, hinzugefügt; vgl. Krause (Anm. 29), S. 169f.; Edition von Ernst Saß, Die Reimchronik über die Rostocker Domhändel, in: Jahrbücher des Vereins für Meklenburgische Geschichte und Altertumskunde 45 (1880), S. 33–52. Vgl. auch Digitales Archiv zum Rostocker Liederbuch (DARL), http://www.rostocker-liederbuch.de/darl/index.php?id=100 (letzter Zugriff: 22.06.2022).

[83] Albert Krantz, Wandalia In Qva De Wandalorvm Popvlis, Et Eorvm Patrio Solo, Ac In Italiam, Galliam, Hispanias, Aphricam, Et Dalmatiam, Migratione: Et De Eorvm Regibvs, Ac Bellis Domi, Forisqve Gestis, Coloniae Agrippinae, 1519 (http://purl.uni-rostock.de/rosdok/ppn776712853 (letzter Zugriff: 22.06.2022), Bl. T iiijv (Buch XIV; Kap. XXXIV [Digitalisat, S. 494]).

bezeichnete Rode durch ‚ungeheuerlichsten Frevel' („immanissimo scelere") ‚grausam ermordet bzw. hingeschlachtet' („crudeliter mactatur") worden sei.

Mit Ausnahme des knappen lateinischen Berichts wird der Mord an Rode in allen Schilderungen der Domfehde explizit verurteilt. Mehrfach wird Rode als Schlachtopfer dargestellt, wobei insbesondere der Bericht von Albert Krantz die Grausamkeit und Ungeheuerlichkeit durch entsprechende Attribuierungen („immanissimo", „sęuientis", „crudeliter") sowie die Widerrechtlichkeit des Geschehens durch die Klimax „murmur" – „indignatio" – „tumultuatio" hervorhebt. Im Unterschied zur anonymen niederdeutschen Prosachronik, in der die Aufständischen und die städtische Obrigkeit in Opposition zueinander stehen, bewertet Krantz die Ereignisse aus der Außenperspektive und nimmt keinerlei Differenzierungen hinsichtlich der städtischen Parteien vor, sondern stellt Stadt und Herzöge einander gegenüber.

Für die Zeitgenossen dürfte als Zeugnis der Fehde ein Sühnestein für Thomas Rode besonders eindrucksvoll gewesen sein, da er in der Stadt als Mahnung materiell gegenwärtig war. Die Rostocker Bürger hatten diesen auf Geheiß der Fürsten mit der Inschrift „Anno dni MCCCC. In dem VII. und lxxxtene jare an den dache fel. .... P. ... wart Er Thomas Rode van deme leven to deme dode gebracht de[me Got gnedich un barmhertich sy]"[84] im Jahr 1494 am Ort der Tat aufstellen müssen.[85]

Die Chroniken und auch der Sühnestein bilden ein diskursives Textnetz und bewahren die Memoria an den Tod Rodes und an den später gescheiterten Aufstand in verschiedenen medialen Formen und Sprachen. Wesentlich ist in der Fehdechronik die Wiederherstellung der alten Ordnung, indem die Herzöge und das Patriziat ihre alten Rechte wieder erlangt haben.[86] Auch der Sühnestein mit seiner Funktion als öffentliche Buße zeugt von der Wiederherstellung der

---

[84] Friedrich Schlie, Die Kunst- und Geschichts-Denkmäler des Grossherzogthums Mecklenburg-Schwerin. Die Amtsgerichtsbezirke Rostock, Ribnitz, Sülze-Marlow, Tessin, Laage, Gnoien, Dargun, Neukalen, Bd. 1, Schwerin 1896, S. 271.

[85] Auf die Rostocker Domfehde bezieht sich ggf. auch eines der historischen politischen Lieder des Rostocker Liederbuchs, das Lied vom Rostocker Braten (Nr. 58). Vgl. den Kommentar zum Lied im Digitalen Archiv zum Rostocker Liederbuch (DARL), http://www.rostocker-liederbuch.de/darl/index.php?id=146 (letzter Zugriff: 22.06.2022). Ausführlicher in: Franz-Josef Holznagel, *apenbar sus lere!* Weltliche Didaxe im ‚Rostocker Liederbuch', in: Lehren, Lernen und Bilden in der deutschen Literatur des Mittelalters. XXIII. Anglo-German Colloquium, Nottingham 2013, hg. v. Henrike Lähnemann, Nicola McLelland u. Nine Miedema, Tübingen 2017, S. 233–253, hier: 242–245. Konkrete Bezüge auf Ereignisse oder Personen, die durch die Chroniken bezeugt sind, lassen sich jedoch nicht herstellen.

[86] Johanek erblickt „ein zentrales Feld städtischer Erinnerung" in der „Austragung und Sühnung innerstädtischer Konflikte und Unruhen, [...] Zwietracht der Bürger und Wiederherstellung der Eintracht" (Johanek [Anm. 79], S. 350).

Rechtsverhältnisse, indem an das erlittene Unrecht erinnert wird; in zeitgenössischer Perspektive ruft er sicherlich auch die 1491 geleistete Zahlung eines Sühnegeldes ins Gedächtnis.[87] Durch die Textzeugnisse wird eine Deutung des Geschehens gegeben, die insbesondere den Nachkommen als Identifikationsangebot offeriert wird.

5. Hansestädtische Textkultur

Die mittelalterliche und frühneuzeitliche städtische Textkultur ist insbesondere von den Texten des Rates geprägt. Verantwortet vom Rat entstehen in der Kanzlei die zentralen Ordnungstexte der Stadt, welche der Rechtsetzung im legislativen oder der Dokumentation im administrativen und judikativen Bereich verpflichtet sind. Augenfällige Belege dafür, dass der Rat auch das Schriftwesen der Korporationen der Kaufleute und Handwerker bestimmt, sind die Eintragung von Statuten in ein Stadtbuch, die Aufbewahrung der Zunftrollen im Ratsarchiv und nicht zuletzt die Nennung des Rates neben den Älterleuten als Verantwortliche für die Bestimmungen der Kaufmannsgilden und der Handwerkerzünfte.

Der Sprachwechsel vom Lateinischen zum Niederdeutschen kann insgesamt als Indiz des sozialen Wandels interpretiert werden, da er auf die Teilhabe neuer städtischer Gruppierungen an der Schriftlichkeit hinweist. Bürgergemeinde und Handwerkerzünfte werden erstmals durch niederdeutsche Dokumente in ihren korporativen Strukturen sichtbar. Die Sprachwahl dient somit auch der Identitätsstiftung. Zugleich wird die Differenz zwischen geschriebener und gesprochener Sprache abgebaut. Durch den späteren Wechsel zur hochdeutschen Schreibsprache wird diese Differenz mit weitreichenden Folgen erneut hergestellt.

Wesentliche Instrumente zur Herstellung und Sicherung städtischer Ordnung sind nicht nur direktive Rechtstexte, sondern auch narrative Chroniken. Diese übergreifende Funktion wird in den Burspraken und in den Chroniken auf unterschiedliche Weise zum Ausdruck gebracht. Die Rechtsschriftlichkeit der Burspraken zeigt durch die sachbetonte Aufzählung von Einzelverordnungen als ein festes Strukturmuster eine schlichte Listenform, die eine sukzessive Erweiterung des Textes zulässt. Nicht zuletzt durch ihre Formelhaftigkeit sind die Texte auch von konzeptueller Mündlichkeit geprägt. Anders die Chronik, die

87 Vgl. dazu Karl Ernst Hermann Krause, Art. Rode, in: Allgemeine Deutsche Biographie, hg. v. der Historischen Kommission bei der Bayerischen Akademie der Wissenschaften, Bd. 29, Leipzig 1889, S. 10f., https://de.wikisource.org/w/index.php?title=ADB:Rode,_Thomas&oldid=– (letzter Zugriff: 22.06.2022).

ebenfalls auf die Wahrung städtischer Ordnung gerichtet ist, dafür aber nicht die sachbetonte Aufreihung von Vorschriften nutzt, sondern die meinungsbetonte Erinnerung an die überwundene Unordnung und an die erneute Prosperität der Stadt. Im Rahmen einer wohlgeformten Erzählung, die den Leser von einem ungewöhnlichen Ereignis – der Ermordung Rodes und dem Aufstand der Bürger – bis zur Auflösung der Komplikation durch die Beilegung der Fehde führt, wird die Ordnung narrativ wiederhergestellt, indem die Wiedererlangung der Ratsgewalt und die Bestrafung der Aufrührer geschildert werden und das Geschehen insgesamt durch entsprechende Attribuierungen bewertet wird. Die Gestaltung von Gegensätzen zwischen ruchlosen Aufständischen und anständigen Patriziern verdeutlicht die Positionierung des Autors. Durch ein Geflecht von Texten, mit denen die Memoria an die Ereignisse auf unterschiedliche Weise aufrechterhalten wird (niederdeutsche und lateinische Chroniken, Sühnestein), konstituiert sich die Stadt als Erinnerungsgemeinschaft. Burspraken und Chroniken sichern somit nicht nur die städtische Ordnung, sondern stiften zugleich durch die Festigung der korporativen Strukturen einerseits und durch die Herstellung einer Erinnerungsgemeinschaft andererseits städtische Identität.

Abstract: The mediaeval Hanseatic city shows a special, extremely multifaceted textual cosmos. Law and administration, religion and spiritual life, documentation and communication of knowledge, cultural life, public discourse and private correspondence are the central domains in which Latin and vernacular texts emerge, each with its own character. They attest to the Hanseatic culture of the Middle Ages and early modern period. Examples of the Rostock textual tradition from the 13th to the 16th century form a suitable basis for exploring this Hanseatic text culture. Three different perspectives are taken: The starting point is the modelling of the (Hanseatic) city as a communication space and as a text space. Its typical communication spheres and text types are described, using examples from Rostock. Another focus is set on the language history of Rostock. The language shift from Latin to Low German in the 13th and 14th centuries and from Low German to High German in the 16th century offer a temporal structure. Thirdly, the analysis of individual examples, one from the communication sphere of the city council, one from the communication sphere of urban corporations and finally one from the urban discourse sphere, provides to distinguish specific functions, contents and forms of text types. It shows how one of the essential functions of urban writing, the preservation of urban order, is realised in very different ways.

Wolfram-Studien XXVII (2025)
Erich Schmidt Verlag Berlin

Wizlav der junge

Spruchsang und Minnesang in Norddeutschland*

von Horst Brunner (Würzburg)

1. Überlieferung, Autor, Sprache, Editionen

Es gehört zu den Glücksfällen der Literatur- und Musikgeschichte des deutschen Mittelalters, dass ein Unbekannter kurz vor oder um 1350 auf den Gedanken kam, in den schon fertigen, aber noch ungebundenen Codex, den wir als Jenaer Liederhandschrift (J) kennen, ein Text- und Melodiekorpus einzuschieben, das in die auf Spruchsang und Leich festgelegte Handschrift eigentlich nur zum Teil hineingehört hätte.[1] Erhalten geblieben sind dadurch nicht nur sechs sonst unbekannte Spruchtöne samt ihren Melodien, sondern darüber hinaus – entgegen den auf Leich und Spruchsang fixierten Sammlungsprinzipien – auch ein Korpus von zwölf Minneliedern, die einzige Minneliedsammlung, zu der wir auch sämtliche Melodien besitzen. Verfasst sind die Texte in mitteldeutscher Sprachform, durchsetzt mit mittelniederdeutschen Zügen. Das weist – wie die Forschung seit langem herausgestellt hat – auf einen norddeutschen Autor.[2]

---

* Der Text des bei der Tagung gehaltenen Vortrags ist hier etwas erweitert und mit Anmerkungen versehen; er stützt sich auf die Einleitung der in Anm. 3 genannten Ausgabe.

1 Benutztes Faksimile: Die Jenaer Liederhandschrift. In Abbildung mit einem Anhang: Die Basler und Wolfenbüttler Fragmente, hg. v. Helmut Tervooren u. Ulrich Müller (Litterae 10), Göppingen 1972; ferner: Die Jenaer Liederhandschrift. Bd. 1: Getreuer Abdruck des Textes bes. u. hg. v. Georg Holz. Bd. 2: Übertragung, Rhythmik und Melodik, bearb. u. hg. v. Eduard Bernoulli u. Franz Saran, Leipzig 1901; Zum Blattverlust in der Wizlav-Überlieferung: Susanne Kull / Joachim Ott / Frank Schiefer-Decker, Die Restaurierung und Digitalisierung der ‚Jenaer Liederhandschrift' im Jahr 2007, in: Die ‚Jenaer Liederhandschrift'. Codex – Geschichte – Umfeld, hg. v. Jens Haustein u. Franz Körndle, Berlin / New York 2010, S. 1–28, hier: 24; Gisela Kornrumpf, Der Grundstock der ‚Jenaer Liederhandschrift' und seine Erweiterung durch Randnachträge, in: ebd., S. 39–79, hier: 46.

2 Vgl. hierzu Agathe Lasch, Mittelniederdeutsche Grammatik (Sammlung kurzer

Wohl versehentlich unterließ es der Schreiber, den Namen des Verfassers vor der eingeschobenen Sammlung anzugeben, wie das sonst in der Handschrift regelmäßig der Fall ist. Er wurde indes 1807 durch den Münchener Bibliothekar Bernhard Josef Docen (1782–1828) erschlossen. Denn anders als dies im älteren Spruch- und Minnesang, mit ganz wenigen Ausnahmen, der Fall ist, hat dieser Autor sich in drei Texten namentlich genannt.[3] Im Gebet Spruchton III, 2 heißt es: *bedenke Wislav: din wisheit*; im Minnelied 6, Str. 3: *Wizlav der junghe singhet / diz liet*, und im Minnelied 8, Str. 3: *Wizlav, diz scrip!* Docen vermutete in Wizlav „dem jungen" den Fürsten Wizlav III. von Rügen (um 1265–1325), der bereits zu Lebzeiten durch diesen Zusatz von seinem gleichnamigen, 1302 verstorbenen Vater Wizlav II. unterschieden wurde.[4] Wizlav III., „der junge", begegnet auch in zwei Lobstrophen zeitgenössischer Spruchsänger. Bei Frauenlob (GA V, 10) erscheint er als *der junge von Rügen her Wizlav*, beim Goldener (HMS III, S. 52) wird er apostrophiert als: *Wizlave, der junge helt in Rügelande*.[5] Die Identifikation des Dichters mit dem Fürsten fand allgemeine Zustimmung, alle wissenschaftlichen und populären Editionen hielten an ihr fest.[6] Erst 1908 erhob Anton Wallner, zunächst folgenlos, mit einer Reihe von

---

Grammatiken germanischer Dialekte 9), Halle a. d. S. 1914; Karl Bartsch, Untersuchungen zur Jenaer Liederhandschrift (Palaestra 140), Leipzig 1923; Sabine Werg, Die Sprüche und Lieder Wizlavs von Rügen. Untersuchungen und kritische Ausgabe der Gedichte, Diss. Hamburg 1969, S. 12–33; Thomas Klein, Zur Verbreitung mhd. Lyrik in Norddeutschland (Walther, Neidhart, Frauenlob), in: ZfdPh 106 (1987), S. 72–112; Luise Czajkowski, Die Sprache der ‚Jenaer Liederhandschrift', in: Haustein / Körndle (Hg.) (Anm. 1), S. 29–38. Ausführliche Angaben finden sich im Kommentar der in Anm. 3 genannten Neuausgabe.

3 Alle Wizlav-Zitate nach: Wizlav. Sangsprüche und Minnelieder. Melodien, Texte, Übersetzungen, Kommentar, hg. v. Horst Brunner u. Dorothea Klein (Imagines medii aevi 52), Wiesbaden 2021. Zu diesen drei Texten vgl. auch den Beitrag von Kathrin Chlench-Priber in diesem Band.

4 Vgl. Bernhard Josef Docen, Versuch einer vollständigen Literatur der älteren Deutschen Poesie, von den frühesten Zeiten bis zu Anfange des XVI. Jahrh., in: Museum für Altdeutsche Literatur und Kunst 1 (1809), S. 126–234, hier: 221.

5 GA = Frauenlob (Heinrich von Meissen). Leichs, Sangsprüche, Lieder, auf Grund der Vorarbeiten von Helmuth Thomas hg. v. Karl Stackmann u. Karl Bertau. Bd. 1: Einleitungen, Texte. Bd. 2: Apparate, Erläuterungen (Abhandlungen der Akademie der Wissenschaften in Göttingen. Philologisch-historische Klasse. Dritte Folge 119–120), Göttingen 1981; HMS = Minnesinger. Deutsche Liederdichter des zwölften, dreizehnten und vierzehnten Jahrhunderts [...], hg. v. Friedrich Heinrich von der Hagen, Bd. 1–4, Leipzig 1838. Vgl. dazu Horst Brunner, Verpasste Möglichkeiten: Überlegungen zu von der Hagens „Minnesingern", in: Geschichte der altgermanistischen Edition, hg. v. Judith Lange u. Martin Schubert (Bausteine zur Geschichte der Edition 6), Berlin / Boston 2023, S. 77–97.

6 Des Fürsten von Rügen Wizlaw's des Vierten Sprüche und Lieder, hg. v. Ludwig Ettmüller (Bibliothek der gesammten deutschen National-Literatur 33), Quedlinburg / Leipzig 1852; Lieder und Sprüche des Fürsten Wizlaws von Rügen, hg. v. Theodor

Gründen dagegen Einspruch: Er sah in Wizlav einen „Spielmann" – was immer man darunter verstehen soll.[7] Erneut aufgegriffen wurde die Frage dann – und diesmal mit Folgen – von Wilfried Seibicke in einem 1978 veröffentlichten Aufsatz.[8] Seine Begründungen, die zunächst ungeprüft akzeptiert wurden, führten dazu, dass seither die meisten Forscher, etwa auch Burghart Wachinger in der 2. Auflage des ‚Verfasserlexikons' (1999), in Wizlav einen nichtadligen, wohl fahrenden Lied- und Spruchdichter sahen.[9] Widerspruch erfolgte erst 2000 durch Reinhard Bleck, der die von Wallner und Seibicke vorgebrachten Argumente im Detail – für mich überzeugend – zerpflückte.[10] Ihm folgte, wenn auch vorsichtig, Mario Müller in seinem Artikel ‚Wizlav der Junge' in der 2. Auflage des Killy-Lexikons von 2011.[11] Die Frage ob Wizlav ein fahrender Berufsdichter oder der Fürst von Rügen war, soll vorläufig als unentschieden gelten; ich komme darauf am Schluss zurück.

Die älteste, lange Zeit gültige Ausgabe der Dichtungen Wizlavs wurde 1838 von Friedrich Heinrich von der Hagen im 3. Band seiner großen Sammlung „Minnesinger" (HMS) publiziert (vgl. Anm. 5); die Melodien sind im 4. Band beigegeben, weit getrennt vom Text. Weitere Editionen folgten (vgl. Anm. 6): 1852 – ohne die Melodien – Ludwig Ettmüller, der meinte, den überlieferten Text, einer Anregung Jacob Grimms folgend, ins Niederdeutsche übersetzen zu müssen; 1967 die amerikanischen Autoren Wesley Thomas und Barbara Gar-

---

Pyl, Greifswald 1872 [Übersetzungen ins Nhd.]; Des Fürsten Wizlaw von Rügen Minnelieder und Sprüche, hg. v. Erich Gülzow (Pommersches Schrifttum 1), Greifswald 1922 [Wiederabdruck der Übersetzungen Pyls mit neuer Einführung]; The Songs of the Minnesinger, Prince Wizlaw of Rügen. With modern Transcriptions of his Melodies and English Translations of his Verses (University of North Carolina Studies in the Germanic Languages and Literatures 59), ed. by Wesley Thomas a. Barbara Garvey Seagrave, Chapel Hill 1967; Werg (Anm. 2); Reinhard Bleck, Untersuchungen zur sogenannten Spruchdichtung und zur Sprache des Fürsten Wizlaw III. von Rügen (GAG 681), Göppingen 2000.

7 Anton Wallner, Drei Spielmannsnamen, in: PBB 33 (1908), S. 540–546.

8 Wilfried Seibicke, *wizlau diz scrip* oder: Wer ist der Autor von J, fol. 72v–80v?, in: Niederdeutsches Jahrbuch 101 (1978), S. 68–85.

9 Vgl. Joachim Bumke, Mäzene im Mittelalter. Die Gönner und Auftraggeber der höfischen Literatur in Deutschland 1150–1300, München 1979, S. 426 Anm. 43; Joachim Heinzle, Geschichte der deutschen Literatur von den Anfängen bis zum Beginn der Neuzeit. Bd. II: Vom Hohen zum späten Mittelalter. Teil 2: Wandlungen und Neuansätze im 13. Jahrhundert (1220/30–1280/90), Tübingen ²1994, S. 87; Claudia Händl, Wizlaw (von Rügen?), in: Killy 12 (1992), S. 383f.; Burghart Wachinger, Wizlav, in: ²VL 10 (1999), Sp. 1292–1298; Horst Brunner, Wizlav, in: ²MGG Personenteil Bd. 17 (2007), Sp. 1061f.; Horst Brunner, Historische Entwicklung. Von den Anfängen bis Frauenlob, in: Sangspruch/Spruchsang. Ein Handbuch, hg. v. Dorothea Klein, Jens Haustein u. Horst Brunner, Berlin / Boston 2019, S. 458–485, hier: 483.

10 Vgl. Bleck (Anm. 6), S. 25–27.

11 Mario Müller, Wizlav der Junge, in: ²Killy 12 (2011), S. 497–501.

vey Seagrave, die den Texten die Melodien beigaben; 1969 – wieder ohne Melodien – die im Fotodruck erschienene Hamburger Dissertation von Sabine Werg, nach der seither Wizlavs Dichtungen meist zitiert wurden. Dorothea Klein und ich legen nunmehr, 2021, im Reichert-Verlag Wiesbaden eine neue Edition der Texte und Melodien vor (vgl. Anm. 3). Die Texte sind textkritisch, doch so nahe an der Handschrift wie uns dies sinnvoll erschien, neu ediert, die Melodien in die heute gebräuchliche Darbietungsform, also im oktavierten Violinschlüssel und mit neutralen, nicht rhythmisierten Notenköpfen, transkribiert. Melodien und Texte sind – wie in der Handschrift – in ihrem Zusammenhang dargeboten, die Texte sind übersetzt. Beigegeben sind außer einer Einleitung auch ein umfangreicher Kommentar, der so umfassend wie möglich auf alle Fragen, die sich stellen können, vor allem auch auf die manchmal etwas schwierigen sprachlichen Probleme eingeht. Beigegeben sind schließlich auch Farbfaksimiles des gesamten Wizlav-Teils der Jenaer Liederhandschrift, die es ermöglichen, Texte und Melodien an der Quelle zu überprüfen.

2. Die Dichtungen[12]

Wizlav ist neben Konrad von Würzburg und dem Kanzler der einzige Autor der Zeit nach Walther von der Vogelweide, in dessen Œuvre Spruchsang und Minnesang annähernd gleichen Raum einnehmen und – abgesehen von Neidhart – ist er, wie bereits gesagt, der einzige, zu dessen Minneliedern durchweg auch die Melodien überliefert sind. Erhalten haben sich in der Jenaer Liederhandschrift 16 Spruchstrophen in sechs Tönen und zwölf Minnelieder mit insgesamt 30 Strophen; durch den Verlust von drei Blättern in J gingen allerdings zahlreiche Texte, vor allem Spruchstrophen, verloren. Drei Texte samt ihren Melodien sind nur in fragmentiertem Zustand erhalten (Spruchton I, Lied 3, Lied 12).

Bei der Interpretation der Texte stellt sich die Frage nach dem Grad ihrer Originalität: Dichtete Wizlav – wie man bei einem Autor aus der Spätzeit allzu leicht geneigt ist anzunehmen – in ausgetretenen Spuren oder kann er beanspruchen, eigene Wege gegangen zu sein, wenigstens soweit dies in einem literarisch längst erschlossenen Feld möglich war? Meiner Ansicht ist letztere Annahme im Großen und Ganzen durchaus zu bejahen.

---

[12] Zu Wizlavs Dichtungen liegt kaum Fachliteratur vor. Vgl. jedoch Elisabeth Hages, *snel hel ghel scygh ich dinen namen*. Zu Wizlaws Umgang mit Minnesangtraditionen des 13. Jahrhunderts, in: Lied im deutschen Mittelalter. Überlieferung, Typen, Gebrauch, hg. v. Cyril Edwards, Ernst Hellgardt u. Norbert H. Ott, Tübingen 1996, S. 157–176; zu einigen wenigen Sprüchen und Liedern vgl. den Kommentar in: Lyrik des späten Mittelalters, hg. von Burghart Wachinger (Bibliothek des Mittelalters 22 [= Bibliothek deutscher Klassiker 191]), Frankfurt a. M. 2006, S. 902–907.

I. Spruchdichtung

Zunächst zu Wizlavs Sangsprüchen. Erhalten haben sich, wie erwähnt, sechs Spruchtöne, der erste (Ton I) allerdings nur mit einem Strophenfragment. Es handelt sich um eine sog. Tonweihestrophe: Die 1. Strophe eines neu geschaffenen Tones wird dem Schöpfergott geweiht, dem der Sänger Sinn und Verstand darbringt. Eine derartige Widmung findet sich erstmals in Walthers von der Vogelweide Bognerton (L.[13] 78, 24), danach erst wieder, ziemlich häufig, in der zweiten Hälfte des 13. Jahrhunderts beim Meißner, bei Rumelant von Sachsen, Herman Damen, Höllefeuer, Sigeher und Walther von Breisach (vgl. RSM[14] 15, 582). Da mehr Strophen im Ton I nicht überliefert sind, kennen wir einen wichtigen, möglicherweise den wichtigsten Spruchton Wizlavs nur im Ansatz. Bedeutendster Spruchton ist für uns Ton II mit zehn Strophen, Ton III umfasst nur zwei Strophen, zu den Tönen IV, V, VI ist nur je eine Strophe überliefert. Hinter den Tönen III, IV und VI ist in der Handschrift Platz für mindestens je eine weitere Strophe frei geblieben.

Religiöse und weltliche Themen sind im erhaltenen Spruchkorpus in annähernd gleichem Umfang vertreten. Nahezu alle Strophen haben, nicht überraschend, lehrhaften Charakter. Ton II beginnt mit einem *Memento mori*: Der Mensch soll sich so verhalten, dass Tod und Weltende für ihn nicht auf Leid hinauslaufen. Ähnliche Strophen gibt es bei fast allen Spruchdichtern seit Walther (vgl. RSM 15, 411). Weitere geistliche Spruchstrophen haben unterschiedliche, teilweise im Spruchsang mehrfach vorkommende Themen: Eine Anrufung Marias, verbunden mit einem Blick auf die Heilsgeschichte (II, 2); die Erzählung von einem zunächst misslingenden Hausbau wird verknüpft mit der Einsicht, dass er nur mit Gottes Hilfe gelingen könne (II, 3). Wachinger möchte den Hausbau auf die Sangeskunst beziehen, doch kann Wizlavs Feststellung wohl auch als allgemeine Lehre gelten.[15] Eine vergleichbare Strophe findet sich nur bei Frauenlob (GA V, 99). Ferner gibt es ein Bittgebet an Jesus (II, 6) und eine Bitte um Sündenvergebung, wobei der Bittende hier seinen Namen nennt: *bedenke Wislav: din wisheit* (III, 2) –, solche Bittstrophen, jedoch ohne Nennung des Autornamens, waren im Spruchsang ebenfalls verbreitet (vgl. RSM 15, 71 u. 73).

Unter den weltlichen Themen gibt es ein sicher didaktisch gemeintes Rätsel (II, 5), als dessen Lösung *muot* erschlossen wurde – auch Rätsel finden sich im

---

13 L. = Walther von der Vogelweide. Leich, Lieder, Sangsprüche. 15. [...] Auflage der Ausgabe Karl Lachmanns [...] neu hg. [...] v. Thomas Bein, Berlin / Boston 2013.

14 RSM = Repertorium der Sangsprüche und Meisterlieder des 12. bis 18. Jahrhunderts, hg. v. Horst Brunner u. Burghart Wachinger, Bd. 1–16, Tübingen 1986–2009.

15 Wachinger (Anm. 12), S. 905. Zu dieser Spruchstrophe vgl. auch den Beitrag von Kathrin Chlench-Priber in diesem Band.

Spruchsang häufig (vgl. RSM 15, 477f.). Besonders eindrucksvoll erscheinen drei Strophen, die vor schlechten menschlichen Eigenschaften warnen. In der einen (II, 9) geht es um Fatalismus: Der Dichter warnt davor, sich mit Sprüchen wie ‚mir widerfährt nur das, was mir vorbestimmt ist' und ‚es muss halt sein' zufrieden zu geben; wer das glaubt, ist ein Narr. Eine thematische Parallele, sicher das Vorbild, findet sich bei Reinmar von Zweter (Roethe[16] Nr. 176). Eine andere Strophe (III, 1) schilt und verwünscht den, der selbst ehrlos ist, aber anderen Schlechtes nachsagt; auch hier stand ein Spruch Reinmars Pate (Roethe Nr. 63). Thematisch verwandt ist V, 1 – hier wird der Böse gescholten, der den Guten hasst. In der kurzen Strophe des Tones VI wird der junge Mann zu Freigebigkeit, Güte und zur Vermeidung falschen Rates ermahnt. Jugendlehre dieser Art ist im Spruchsang verbreitet (RSM 15, 323). Wir werden sehen, dass hier ein schlichtgereimter Text mit einer höchst artifiziellen Melodie verbunden ist – die Bedeutung des Textes beruht lediglich darauf, Träger für diese Melodie zu sein.

Ganz für sich stehen drei Strophen. Zunächst Wizlavs einziger sozusagen politischer Spruch II, 10. In ihr wird in gekonnter Spruchdichtermanier ein Herr von Holstein gerühmt. Gemeint sein dürfte der 1328 als Hamburger Propst nachgewiesene Erich von Holstein († 1348?), da in der zweiten Verszeile offenbar auf seinen Namen angespielt wird: *wen ich anse vil eren rich / von Holsten einen herren wert.*[17] Einigermaßen rätselhaft ist die eine Strophe des Tones IV, die von manchen Herausgebern zu den Minneliedern gestellt wird. Sie ist mit Sicherheit biographisch zu verorten. Berichtet wird, der Ungelehrte habe eine bewundernswerte Sehnsuchtsklage, also wohl ein Minnelied, verfasst. Der Sänger wünscht dieser wunderbaren Melodie nachzueifern, was aber schwer sei. Der Ungelehrte ist als Spruchdichter belegt durch einen einzigen Ton, den Schwarzen Ton, den Heinrich von Mügeln im 14. Jahrhundert für seine lateinische Ungarnchronik verwendete, der auch später bei den Meistersingern noch benutzt wurde, zu dem es aber keine echten Texte gibt; offensichtlich dichtete der Ungelehrte, wie wir von Wizlav erfahren, auch Minnelieder.[18] Man vermutet in ihm einen im Jahr 1300 belegten Hausbesitzer zu Stralsund. Sein Verhältnis zu Wizlav ist völlig unklar: War er Vorbild, Kollege, Konkurrent, Lehrer des offensichtlich Jüngeren? Ob Ton IV die Melodie des Ungelehrten benützt, ob die Strophe etwa als Einleitung zu Wizlavs Lied 2: *Nach der senenden claghe muz ich singhen* gedacht war, das in der Handschrift auf den Spruchton IV folgt – das alles ist nicht zu klären.

---

16 Reinmar von Zweter, hg. v. Gustav Roethe, Leipzig 1887.

17 Vgl. Wachinger (Anm. 9), Sp. 1296.

18 Vgl. Burghart Wachinger, Der Ungelehrte, in: ^{2}VL 10 (1999), Sp. 75–77.

Die einzige reine Erzählstrophe Wizlavs (II, 4) – verfasst ohne erkennbare didaktische Absicht zur Unterhaltung des Publikums – berichtet knapp und schnörkellos die römische Jovinussage; Quelle der sonst im Spruchsang nicht vorkommenden Wunder- oder auch Schauergeschichte war direkt oder indirekt die ‚Kaiserchronik' (v. 1115–1218).[19] Kurz und knapp berichtet Wizlav von einem im alten Rom ausgebrochenen Feuer, das nach göttlicher Auskunft nur durch den Opfertod eines Ritters gelöscht werden kann. Nach einem Jahr ihm gewährter völliger sexueller Freizügigkeit stürzt der Freiwillige, dessen Name nicht genannt wird, sich, prächtig gerüstet, in das Feuer, das sogleich erlischt.

Unter die religiösen Sprüche zu rubrizieren ist schließlich Wizlavs einziges Strophenpaar Ton II, 7/8, in dem Erzählung und Deutung auf zwei Strophen verteilt sind. Die Strophen haben schon mehrfach das Interesse der Forschung gefunden, da es naheliegt, sie mit Fassungen anderer Spruchdichter zu vergleichen.[20] Die Geschichte vom Traum Nebukadnezars, die auf das alttestamentliche Danielbuch zurückgeht, erzählt Wizlav in Strophe II, 7 folgendermaßen: Der König träumt von einem schönen, himmelhohen Bildnis. Dessen Haupt ist aus Gold, die Arme sind aus Silber, die Brust ist aus Erz, der Bauch aus Kupfer, der Oberschenkel aus Stahl, die Füße sind aus Ton. Vom Berg stürzt ein Stein herunter, der das Bildnis zermalmt. In der mittelalterlichen Historiographie wurde die Abfolge der Metalle in aller Regel auf die vier Weltreiche – Assyrien, Persien, Makedonien, Rom – bezogen. Das gilt aber nicht für die Spruchdichter. Hier findet sich die Erzählung erstmals, nur andeutungsweise, bei Walther von der Vogelweide (L. 23,11). Dem namentlich nicht genannten König von Babylon träumt, es werde in den Reichen immer schlechter. Heutige ganz schlechte Menschen bekommen noch schlechtere Kinder – Gott möge ihre Vermehrung verhindern. Thema ist hier der Niedergang der Jugenderziehung. Ähnlich der Spruchdichter Kelin (HMS I, 1), der die Gegenwart im kupfernen Zeitalter verortet und die Schande der heutigen Jugend kritisiert. Anders der Marner (7, 1):[21] Heute lebe man im eisernen Zeitalter, das Witwen und Waisen jammervoll klagen lässt. Die Fürsten sollen sich deswegen schämen, sie sind die tönernen Füße, d. h. sie taugen nichts. Der als politische Meinungsäußerung zu verstehende Spruch wird meist – was aber nicht zwingend scheint – in die Zeit

---

[19] Kaiserchronik eines Regensburger Geistlichen, hg. v. Edward Schröder (MGH. Deutsche Chroniken I, 1), München 1892.

[20] Vgl. zuletzt Peter Kern, Die Sangspruchdichtung Rumelants von Sachsen. Edition – Übersetzung – Kommentar, Berlin / Boston 2014, S. 367–374; Freimut Löser, Reich, Individuum, Religion. Daniel 2,31–45 [zuerst 2001], in: ders., Kleine Schriften zu Themen, Werken und Theorien der älteren deutschen Literatur, Wiesbaden 2019, S. 85–105 (mit Abdruck sämtlicher im Folgenden genannter Strophen).

[21] Der Marner. Lieder und Sangsprüche aus dem 13. Jh. und ihr Weiterleben im Meistersang, hg. v. Eva Willms, Berlin / New York 2008.

des Interregnums datiert. Zu betonen ist – was Freimut Löser in der jüngsten Untersuchung der Sprüche (Anm. 21) hervorgehoben hat –, dass alle drei Autoren ein Kollektiv – Jugend, Fürsten – in den Blick nehmen.

Zwei weitere Autoren, nämlich Rumelant von Sachsen[22] und Wizlav, geben der Geschichte hingegen einen geistlichen Sinn und beziehen ihn auf den einzelnen Menschen. Wizlavs Strophen könnten zwar von Rumelant angeregt sein, gehen aber doch eigene Wege. Nachdem Rumelant in der 1. Strophe den Traum Nebukadnezars erzählt hat, werden in der 2. Strophe die Metalle auf die menschlichen Altersstufen bezogen: Taufe = Gold; zunehmende Sündhaftigkeit = Silber; mittlere Jahre = Erz; Alter = Eisen und Ton. In der 3. Strophe geht es um den zerstörerischen Stein: Er bedeutet Jesus, der aus dem Berg – Maria – geboren wurde. Wer in der Sünde verharrt, wird vom Stein zermalmt und ist verloren. Bei Wizlav steht, wie bei Kelin, Kupfer für die heutige Welt, die also gegenüber den Anfängen schon heruntergekommen ist. Dann kommt Gott, der große Stein, und zermalmt die Sünder – da hätten wir denn gern gut gehandelt! Das ist das didaktische Fazit, das wir aus Wizlavs *Memento mori* II, 1 schon kennen. Zugleich als Beispiel für Wizlavs knappen Stil zitiere ich Strophe II, 8 hier im Wortlaut:

Daz guldin hobet tzeighe*t*, daz
de werlt tzut sich nider baz.
nu is se worden selberin: do stunt se wol bi beiden.
Darnach wart se erin gar.
nu is se worden kopfervar.
diz ist bi unsen tziten schen: daz klaghen kristen, heiden.
Darnach se birt stal, isin se wirt:
uf eine nuwe scande!
Darnach erdin se doch muz sin.
sus wirt se manigher hande.
So kumpt ghot, der grozer stein,
her rift den sunder erdenklein.
so hat wir gherne wol ghetan, sus muz wir von im scheiden.

‚Das goldene Haupt zeigt, dass / die Welt zunehmend herunterkommt. / Daraufhin ist sie silbern geworden. In beiden Zeitaltern ging es ihr gut. // Danach wurde sie ganz und gar aus Bronze. / Nun ist sie kupferfarben geworden. / Das ist zu unseren Lebzeiten geschehen: Das beklagen Christen und Heiden. // Danach bringt sie Stahl hervor, sie wird zu Eisen: / Eine neue Schande! / Danach muss sie auch noch tönern werden. / So durchläuft sie viele Zustände. / Dann kommt Gott, der große Stein, / er zermalmt den Sünder zu feiner Erde. / Da hätten wir gern Gutes getan – auf diese Weise müssen wir uns von ihm scheiden.'

[22] Kern (Anm. 20), IV, 1–3 (S. 80–85).

Ich versuche ein kurzes Resümee. Der Spruchdichter Wizlav zeigt sich thematisch eingebunden in die Tradition des Spruchsangs. Sein Themenspektrum erscheint allerdings beschränkt. Gelehrtes Wissen findet sich im Ansatz, aber Naturkunde, theologische Spekulation, Kunstfragen, auch Heische begegnen nicht, mit einer Ausnahme fehlt auch Politisches (im weitesten Sinn). Im Zentrum stehen religiöse und moralische Didaxe. Wizlavs Sprache – dies zeigt das zitierte Beispiel – ist knapp und bündig wie die vieler Spruchdichter. Allegorisches und Geblümtes, wie bei Konrad von Würzburg oder Frauenlob, fehlt. Er bevorzugt einfache Worte, Bildlichkeit begegnet nur in begrenztem Umfang. Für Wizlavs thematische Originalität stehen Sprüche wie der vom Hausbau, der mit der Jovinussage, der über die Minneklage des Ungelehrten. Für zwar nicht völlig originell, aber doch eindrucksvoll halte ich die drei Strophen über die schlechten menschlichen Eigenschaften, die, wie erwähnt, Kenntnis von Strophen Reinmars von Zweter verraten. Mit dem Strophenpaar über den Traum Nebukadnezars stellt er sich auf selbständige Weise in eine durch Walther, Kelin, den Marner und Rumelant von Sachsen vorgegebene Tradition. Alles in allem: Wizlav ist zwar sicher kein sehr bedeutender, aber doch ein interessanter Vertreter des Spruchsangs um 1300. Gustav Roethes Urteil, zum Spruchdichter habe „Gott ihn in seinem Zorn erschaffen", geht meiner Ansicht nach entschieden zu weit.[23] Ob sich das Bild verändern würde, wenn eine größere Zahl von Strophen nicht verloren gegangen wäre, bleibt offen.

II. Minnesang

Ausgeprägter als in den Spruchstrophen erscheint mir Wizlavs Originalität in den zwölf Liedern. Für sich steht hier ein Tagelied (Lied 3) – Wächter, Ritter, Dame –, bei dem der Anfang von Text und Melodie durch Blattverlust fehlt. Das Lied erscheint inhaltlich ganz konventionell, wir werden aber noch sehen, dass es ohne die Melodie nicht wirklich gewürdigt werden kann. Singulär bei Wizlav erscheint auch das Herbstlied (Lied 12) in der Nachfolge Steinmars, das Bier, Met, Wein, Rinder, Schweine, Hühner und Fische als Grundlagen fröhlichen Lebens aufruft und dann, in der Mitte des Abgesangs, infolge Blattverlustes leider abbricht.[24] Die übrigen zehn Lieder sind Minneklagen bzw. Werbungslieder und Frauenpreislieder: drei (1, 2, 4) ohne Natureingang, fünf (5, 6, 8, 9, 10) Sommerlieder, zwei Winterlieder (7, 11).

---

[23] Roethe (Anm. 16), S. 349.

[24] Vgl. dazu Eckhard Grunewald, Die Zecher- und Schlemmerliteratur des deutschen Spätmittelalters, Diss., Köln 1976, S. 76f.; Wolfgang Adam, Die ‚wandelunge'. Studien zum Jahreszeitentopos in der mhd. Literatur (Beihefte zum Euphorion 15), Heidelberg 1979, S. 124–126.

Von Lied 1 ist nur eine einzige Strophe überliefert, doch ist in der Handschrift Raum für zwei weitere Strophen frei gelassen – da mit Ausnahme von Lied 11 sonst alle Lieder dreistrophig sind, kann man davon ausgehen, dass Dreistrophigkeit auch hier wenigstens beabsichtigt (oder vom Schreiber angenommen worden) war. Der Sänger bittet seine Dame, die er mit *hertzetrute* ‚Herzensgeliebte' anredet, um Erhörung, er verlässt sich auf ihre Güte und vertraut sie dem Schutz Gottes an – er selbst benötigt Gottes Hilfe ebenfalls. Auffällig in diesem ganz konventionellen Werbungslied ist der Stropheneingang: Der Sänger versichert, er wolle sich um der Dame willen prächtig kleiden, herausputzen (*parreren*, in der Handschrift verderbt zu *parteren,* vgl. dazu die Ausgabe von Brunner u. Klein [Anm. 3], S. 126f.). Zu den Auffälligkeiten Wizlavscher Minnelieder gehört, wie wir sehen werden, das mehrfach erscheinende Bekleidungsmotiv (Lied 6, 7, 9, 10).

Minnelied 2 setzt ein mit der Mitteilung, der Sänger werde im Klageton der Minne singen. Wäre er in der Lage, sich selbst Freude zu bereiten, könnte er frohgestimmt alt werden. Aber: Die Minne hat ihm in diesem Jahr ein Liebesabenteuer (*leplich abentûre*) beschert. Eine wundervolle Person, die Verkörperung der Liebe, hat ihm durch die Augen ins Herz geschnitten und es entzündet, als ob es eine Kerze wäre. Das offenbar von Wizlav erfundene Kerzenmotiv begegnet auch in Lied 5. Damit habe die Liebe ihn betrogen. Nun ist es ihre Aufgabe, die Waage gleichzustellen – auch das ein originäres Bild –, so dass die Liebe bei beiden Beteiligten gleiches Gewicht einnimmt: Das heißt dann Herzensliebe. Im ganzen Lied wird die Geliebte nicht direkt angesprochen, sie erscheint als überwältigend-schönes Sehnsuchtsziel. Der Sänger monologisiert über sein leidvolles Liebesabenteuer. Im Beginn von Strophe 2 sieht die spärliche Forschung einen Bezug zu einem Lied (KLD[25] 65, I) König Wenzels von Beheim. Bei Wizlav heiß es: *In hoher werde ein leplich abentûre / tut mir de minne hûre*; bei Wenzel: *Ûz hôher âventiure ein süeze werdekeit / hât Minne an mir ze liehte brâht.*[26] Ob das *lieht* bei Wenzel die Anregung zu Wizlavs Kerze gegeben hat, muss offenbleiben.

Zur Hälfte gehören die Minnelieder zum Genre der besonders durch Neifen üblich gewordenen Sommerlieder, zu dem unter anderem vor allem Ulrich von Winterstetten, Steinmar, Konrad von Würzburg, Hadlaub, aber auch zahlreiche andere beigetragen haben. In der Regel, so auch bei Wizlav, handelt es sich

---

[25] KLD = Deutsche Liederdichter des 13. Jahrhunderts, hg. v. Carl von Kraus, 2. Aufl., durges. v. Gisela Kornrumpf, Bd. 1, Tübingen 1978.

[26] Roethe (Anm. 16), S. 349; Hages (Anm. 12), S. 171; Wachinger (Anm. 9), Sp. 1296. – Johannes Janota, Geschichte der deutschen Literatur von den Anfängen bis zum Beginn der Neuzeit. Bd. III/1: Orientierung durch volkssprachige Schriftlichkeit, Tübingen 2004, S. 150, weist darauf hin, dass Wenzels Lied teilweise unter Frauenlobs Namen kursierte: „Vielleicht ist das der Grund, daß Wizlav in Lied V daraus schöpft."

nicht um Minneklagen, sondern um Werbungs- und Frauenpreislieder, geschaffen vielleicht – das ist aber nur eine Vermutung – zur Verwendung beim sommerlichen Reigentanz. Mit Ausnahme von Lied 6 beginnen alle Sommerlieder mit dem üblichen Naturbild: Die Erde ist aufgetaut, die Blumen sind gesprossen, die Kälte ist verschwunden, der Mai steht in Blüte (Lied 5), Wald und Anger glänzen in Blütenpracht, es gibt frische Quellen (Lied 8), ich huldige dem Herrn Mai (Lied 9), es begegnen Vöglein, Mai, der blumengeschmückte Anger (Lied 10). Die Naturbilder sind meist ganz kurz. Anschließend kommt der Sänger rasch auf sein eigentliches Thema zu sprechen: die Frauen im Allgemeinen oder die eine Geliebte.

In Lied 5 erfolgt der Übergang vom Naturbild zu den Damen über künstlich gestaltete Natur: mit Golddraht umwundene Blumen, Blumenkränze. Sie zieren die Damen, die auf den Tanzplatz wollen. Ihre Wänglein sind gerötet, sie werden nicht mehr vor der Kälte versteckt, sie glühen wie ein Rubin. Dann ein interessanter, wenn auch vielleicht absonderlicher Einfall: Welch prächtige Fahne könnte man mit dieser Röte sticken! Ihr roter Mund ist zu rühmen, man nennt sie *vroidenvunt* ‚Freudenquell'. Viele Herzen werden – wir kennen das Bild schon – wie Kerzen entzündet. Was richtet die Liebe da an! Erst am Ende folgt das Liebesbekenntnis zur eigenen Dame.

Im besonders kunstvoll gereimten Lied 8 werden die Damen als ‚Vertreiberinnen von Sorgen und Leid' apostrophiert. Dann wird ausführlich an die Eine appelliert: Schenke sie ihm einen Freudentag, werde er laut und widerhallend ihren Namen rufen – ein kleines Spiel mit der Anonymität der Minnedame; ihren Namen nennt der Liebende freilich nicht, sondern den eigenen: *Wizlav, diz scrip!* In Lied 9 tritt nach dem nur angedeuteten Natureingang sogleich die eine Dame auf: Der Winter ist verschwunden, sie hat sich mit Geschmeide und Kleid fein herausgeputzt, die Truhen sind aufgeschlossen.[27] Sie, die schönste Dame, die je geschaffen wurde, will bewundert werden. Der Sänger stellt sie über den Mai – vielleicht ein Anklang an Walthers Lied *So die bluomen uz deme grase dringent* (L. 45, 37). Würde ihrer beider Wille zusammenfinden, so kämen sie in einem Bett zusammen. Hier wird unverblümt ausgesprochen, was das Ziel der Werbung ist. Der Sänger-Liebhaber hofft, das werde bald eintreten.

Besonders reizvoll und originell erscheint mir Lied 10. Nach dem Natureingang schließt die 1. Strophe: Dem geht es gut, der bei der Geliebten einschläft – die Tageliedsituation wird heraufgerufen. Man denkt an Reinmars des Alten

---

[27] Das Bekleidungsmotiv findet sich auch in einem Winterlied Hadlaubs (SMS = Die Schweizer Minnesänger. Nach der Ausg. v. Karl Bartsch neu bearb. u. hg. v. Max Schiendorfer. Bd. 1: Texte, Tübingen 1990, 30, 3): Im Mai sah man schöne Damen oft lustwandeln, *des werde man gerne nâmen war. / Wan swæriu kleit, diu leiten sî do hin, / des man sach, wie wîblîch wol si sint gestalt, / und manigvalt ir liechten schîn* (I, V. 4–7). Vgl. auch Hadlaubs Lieder 28 und 44.

großartiges Lied MF[28] 154, 32 *Sô ez iener nâhet deme tage*, das freilich ein ganz anderes literarisches Niveau besitzt. In der 2. Strophe wird ein Bild entfaltet: eine prächtige Schar bei Buhurt, Turnier und Tanz mit schönen, wundervoll gekleideten Damen. Darunter die Eine: Würde die ihn belohnen, würde eine *minnentjust* entstehen. Aber nein, sie will nicht:

Nu nemet war
manigher hande riche scar,
behort, turnei offenbar.
darnach wil wir tanzen.
Sus hurtzet vort
in den vroiden hir und dort,
komẹt der sorghen uf ein ort
bi den wizen swanzen.
Traghẹt hohen mut
immer durch de vrowen gut.
ein*e* de mich senfte tut,
de mac mir wol lonen.
Leghẹ ob ir lust,
*w*ůrfe mich uf ere brust,
daz da wordẹ ein minnen*tj*ust.
nein, se wil des sconen.

‚Nun seht / mancherlei prächtige Schar, / Buhurt und Turnier vor aller Augen. / Anschließend wollen wir tanzen. // So drängt vorwärts / hier und dort in Freuden, / macht Schluss mit den Sorgen / bei den weißen Kleidern mit Schleppe. // Seid jederzeit hochgemut, / der edlen Damen wegen. / Eine, die mir guttut, / der ist's möglich, mir zu lohnen. // Gewänne ihr Verlangen die Oberhand, / würfe es mich an ihre Brust, / so entstünde ein Liebeszweikampf. / Aber nein, sie will sich in dieser Sache zurückhalten.'

Noch erträgt der Sänger seinen Kummer mit Gleichmut – aber das spielt er nur vor. Würde die Dame ihn erhören, so würde er – was für ein Bild! – in den Fesseln der Liebe sich wie ein Ball an ihr Herz werfen.

Schließlich die beiden Winterlieder. Auch dieser Typus wurde durch Neifen und die anderen schon erwähnten Autoren im 13. Jahrhundert gängig. Lied 7 formuliert einleitend die Sehnsucht nach dem Mai. Die Damen schließen ihre Festkleider ein – im Sommerlied 9 wurden die Truhen im Mai aufgeschlossen. Der Kälte wegen schlagen sie den Mantel um das Kleid, die Fröste zwingen uns ins Haus. Nur durch die lange, freudvolle Nacht, die der Winter mit sich bringt – seit Dietmar von Eist ein häufiges Minnesangmotiv – wird der Hass auf ihn

[28] Des Minnesangs Frühling. Unter Benutzung der Ausg. v. Karl Lachmann u. Moriz Haupt, Friedrich Voss u. Carl von Kraus. Bd. 1: Texte, hg. v. Hugo Moser u. Helmut Tervooren, 38., erneut rev. Aufl. [...], Stuttgart 1988.

besänftigt. Ohne den Glanz schöner Frauen wäre der Sänger altersgrau. Der Gedanke an sie weckt ihn mit krachenden Gliedern aus dem Schlaf, er erwacht mit der Sehnsucht nach ihrem glückbringenden roten Mund. Winterlied 11 beginnt mit einem Natureingang: Alles ist fahl, das Laub fällt, die Äste sind kahl, die Blumen verwelkt, überall liegt Reif. Es herrscht Trauer, die nach neuer Freude verlangt. Helft mir singen von den 100.000 größeren Freuden als der Mai sie hervorbringen kann: die roten Wangen meiner Dame, der Wohlgeruch ihres Leibes! Ihre Zuneigung wäre für mich das Höchste. Der Rest fehlt mit der 3. Strophe, die nicht eingetragen wurde.

Fazit: Worin besteht die Besonderheit von Wizlavs Minnesang, gibt es überhaupt eine Besonderheit? Die Sprache ist zweifellos ähnlich schlicht wie die der Sprüche, ohne großen rhetorischen Aufwand. Ich sehe die Qualität der Lieder darin, dass der Autor eine Vielfalt von Liedtypen erprobt hat: Tagelied, Herbstlied, Werbungslied, Minneklage, Sommerlied, Winterlied – zwar bleibt er typologisch damit in der Tradition des späten Minnesangs, aber er verwendet für nur zwölf Texte immerhin sechs unterschiedliche Liedtypen. Dabei verfährt er nicht schematisch, sondern jedes einzelne Lied weist – auch dort, wo inhaltliche Nähe vorhanden ist – ein durchaus eigenes Gepräge auf. Dazu kommt eine nicht zu übersehende Originalität hinsichtlich bildlicher Einfälle: das Bekleidungsmotiv sowohl beim Mann (Lied 1, 6) wie bei den Frauen (Lied 7, 9, 10); das Motiv von dem wie eine Kerze brennenden Herzen (Lied 2, 5); die zweifellos ein wenig abstruse Vorstellung, man könne mit der rubingleichen Röte weiblicher Wangen eine Fahne sticken (Lied 5); das Hinausrufen des Namens der Geliebten, das dann natürlich unterbleibt und durch den Namen des Sängers ersetzt wird (Lied 8); das unverblümte Aussprechen des Zieles allen Werbens um die Frau (Lied 9); die schon fast lustige Idee, der glücklich Liebende könne sich wie ein Ball an das Herz der Geliebten werfen (Lied 10); die Vorstellung, der Liebhaber würde voll Sehnsucht nach dem roten Mund der Geliebten mit krachenden Gliedern aus dem Schlaf erwachen (Lied 7); schließlich die Sehnsucht nach dem Wohlgeruch ihres Leibes (Lied 11). Die in diesen Bildern greifbare Neigung zu teilweise handfester Gegenständlichkeit unterscheidet sich von der viel weniger konkreten Darstellung anderer Minnelieder des 13. Jahrhunderts, etwa der Sommer- und Winterlieder Neifens und Winterstettens, deren Frauenbild allerdings mit dem in Wizlavs Liedern übereinstimmt: Die Frauen zeichnen sich durch äußere Schönheit aus, bei Wizlav gehören dazu Kleider und Geschmeide, sie werden als rein, süß und freudebringend bezeichnet, appelliert wird in erster Linie an ihre Güte, andere Tugenden bleiben unerwähnt. Nimmt man alle Beobachtungen zusammen, dürften sie Wizlavs Liedern einen unverächtlichen, wenn gewiss auch bescheidenen Platz in der Geschichte des späten Minnesangs sichern.

3. Strophenkunst und Melodien[29]

Mittelalterliche Lieddichtung ist immer auch Formkunst. Auch Wizlavs Strophenkunst zeigt, in erster Linie bei den Minneliedern, Freude an einer gewissen Variabilität, wenn auch in engem Rahmen. Mit einer Ausnahme findet sich in den Abgesängen aller seiner Spruchtöne der im Spruchsang seit der zweiten Hälfte des 13. Jahrhunderts, insbesondere seit dem Auftreten Konrads von Würzburg, weit verbreitete 3. Stollen, d. h. die Wiederaufnahme der Stollenmelodie am Ende des Abgesangs. Ihm voraus geht ein eigenständiges metrisch-musikalisches Stück, der sog. Steg, der in Wizlavs Tönen metrisch-musikalisch gedoppelt, als repetierter Steg, auftritt. Die Umfänge der Spruchtöne halten mit 13, 15 und 16 Zeilen und mit 50, 59, 60 und 72 Takten ein mittleres Maß, bei anderen Dichtern gibt es viele Töne ähnlicher Länge, aber auch umfangreichere, auch wesentlich längere. Beispiel eines der seltenen sehr kurzen Spruchtöne ist Wizlavs Ton VI mit 7 Zeilen und nur 28 Takten; in der gesamten Spruchdichtung, von Walther angefangen bis zu Frauenlob, ist das einer von nur 14 sehr kurzen Tönen.[30] In seinen zwölf Minneliedern verfuhr Wizlav weniger schematisch. Zwar weist auch hier genau die Hälfte der Töne den 3. Stollen auf, die Stege sind jedoch nirgends repetiert, außerdem finden sich zwei Rundkanzonen – darunter versteht man Strophenformen, die metrisch-melodisch am Schluss des Abgesangs in den Stollenschluss münden –, drei Strophenformen sind im Abgesang durchkomponiert, d. h. sie greifen kein Melodiematerial aus den Stollen auf. Die Liedtöne sind, wie meist üblich, kürzer als die Spruchtöne, da hier ja nicht prinzipielle Einstrophigkeit galt. Die meisten umfassen 7 bis 12 Zeilen, davon sind drei 10-zeilig, vier Töne haben 13 bis 19 Zeilen. Die Liedtöne bleiben meist mit 25 bis 42 Takten deutlich hinter den Spruchtönen zurück, nur drei (6, 10, 12) erreichen die Zeilenzahlen der Spruchtöne.

---

[29] Zu Wizlavs Strophenkunst vgl. Horst Brunner, Formgeschichte der Sangspruchdichtung des 12. bis 15. Jahrhunderts (Imagines medii aevi 34), Wiesbaden 2013, hier: S. 134–137; zu den Melodien vgl. Ewald Jammers, Anmerkungen zur Musik Wizlaws von Rügen, in: Quellenstudien zur Musik. Wolfgang Schmieder zum 70. Geburtstag, in Verb. mit Georg von Dadelsen hg. v. Kurt Dorfmüller, Frankfurt a. M. / London / New York 1972, S. 102–114; Christoph März / Lorenz Welker, Überlegungen zur Funktion und zu den musikalischen Formungen der ‚Jenaer Liederhandschrift', in: Sangspruchdichtung. Gattungskonstitution und Gattungsinterferenzen im europäischen Kontext, hg. v. Dorothea Klein, Trude Ehlert u. Elisabeth Schmid, Tübingen 2007, S. 129–152, hier: 142–144 (Melodieanalysen); Mark Emanuel Amtstätter, *Ich will singhen in der nuwen wise eyn let*. Die Sub-Strophik Wizlavs von Rügen und die Einheit von Wort und Ton im Minnesang, in: PBB 124 (2008), S. 466–483.

[30] Vgl. Horst Brunner, Kurze Spruchtöne, in: ZfdA 151 (2022), S. 281–290.

Als größte Kostbarkeiten in Wizlavs Œuvre gelten seit jeher die Melodien. Schon 1838 – in einer Zeit, die der mittelalterlichen Musik noch sehr fremd gegenüberstand – wurden im 4. Band von HMS zwei der Liedmelodien (11 und 5) separat abgedruckt, versehen mit einer schlichten Klavierbegleitung (Beilage nach S. 860). Als weiteren Zeugen zitiere ich Gustav Roethe, der in seiner noch immer maßgeblichen Ausgabe der Gedichte Reinmars von Zweter von 1887 über Wizlav, den er im Übrigen, wie bereits erwähnt, für einen lausigen Dichter hielt, ausführte: „eine herzliche Sangesfreudigkeit, eine Anmut der Erfindung, eine Lebhaftigkeit des melodischen Ganges [...] zeichnet die hübschen Melodien aus".[31] Außer den Melodien Wizlavs, je einer einzigen Melodie des Wilden Alexander und Tannhäusers und zahlreichen Neidhartmelodien sind sämtliche Minnesangmelodien restlos verloren. Wir können nur ahnen, welche musikalischen Kostbarkeiten damit untergegangen sind. Erinnern kann man an das bekannte Dictum des Lupold Hornburg von Rothenburg aus der Mitte des 14. Jahrhunderts, überliefert in der Würzburger Liederhandschrift: *Reymar* [von Zweter] *din sin der beste was / her walther donet baz* – Walther hatte die schöneren Melodien.[32] Wir kennen die Minnelieddichter notgedrungen nur als Textautoren, dass sie auch Komponisten waren, bedenken wir eher selten.

Ich muss mich bei der Durchsicht von Wizlavs Melodien notgedrungen auf wenige Beispiele beschränken. Dabei will ich zunächst zeigen, dass zwischen Spruch- und Liedmelodien markante Unterschiede bestehen. Die Feststellungen zu Wizlavs Spruchton lassen sich ohne weiteres für die Spruchmelodik generalisieren; wir verfügen auf diesem Gebiet über eine hinreichend breite Überlieferung. Anders ist es beim Minnesang: Ob wir hier Besonderheiten Wizlavs feststellen oder ob die Aussagen dazu Bedeutung auch für weitere Melodieerfinder haben oder besser hätten, lässt sich leider nicht ermitteln. Vergleichbar sind allerdings manche Neidhartmelodien.

Als gegensätzliche Beispiele nehme ich den Ton II, Wizlavs wichtigsten Spruchton, und die Minneklage Lied 4. Wizlavs längster Spruchton umfasst 15 Verszeilen, je 3 Verse in den drei Stollen, 2 x 3 Verse im Steg; insgesamt besteht er aus 72 Takten. In den Stollen finden sich je zwei jeweils paargereimte Vierheber und eine Langzeile, die mit ihren Pendants an den Stollenenden reimt; der Steg ist zusammengesetzt aus je zwei paargereimten Zweihebern und einem weiblichen Dreiheber:[33]

---

[31] Roethe (Anm. 16), S. 349.

[32] Vgl. Das Hausbuch des Michael de Leone (Würzburger Liederhandschrift) der UB München (2° Cod. Ms. 731), in Abb. hg. v. Horst Brunner (Litterae 100), Göppingen 1983, Bl.191v.

[33] Die Zahlen geben die Länge der aus Hebung und Senkung bestehenden Verstakte an, männliche Kadenzen bleiben unbezeichnet, weibliche sind mit Apostroph versehen. In Langzeilen sind An- und Abvers durch Schrägstrich getrennt. Die kleinen Buch-

4a 4a 4x/3b, 4c $4c_5$ 4x/3b // 2d 2d 3'e, $2f_{10}$ 2f 3'e, 4g 4g $4x/3b_{15}$

Spruchton II (früher I; RSM [1]Wizl/2/1–10)

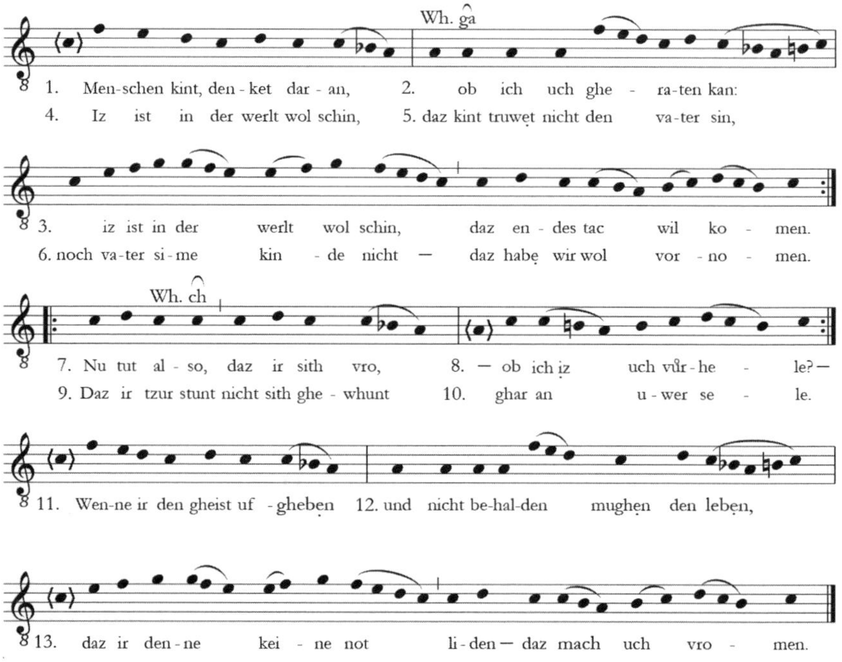

Die Melodie benutzt den engen Tonraum der Septime a–g', Zentral- und Finalton ist c. Zu Beginn stehen zwei melodisch verwandte und eng miteinander verbundene fallende Melodiezeilen f – a und f – a – c. An dieses erste Melodieglied mit dem Zentralton c schließt sich – über dem Text der Langzeile – ein Melodiebogen an, der die Melodie vom c aus zunächst in den oberen Tonraum bis zum g', anschließend dann wieder zurück zum c führt – auf diesem Ton kommt die Melodie vorerst zur Ruhe. Hinzuweisen ist auf die reiche Melismatik, d. h. die mehreren gebundenen Noten auf eine Textsilbe, insbesondere im zweiten Melodieteil. Es finden sich Verbindungen, Ligaturen, mit zwei bis fünf Tönen. Ein Teil der Ligaturen führt in rascher Bewegung zu einem Zielton, etwa am Schluss der ersten Melodiezeile: ... c cb**a**, teilweise handelt es sich um Verzierungen, die einen einzelnen Ton umspielen, etwa am Schluss der zweiten Melodiezeile **c**bah**c**. Der Steg beginnt rezitativisch weiterhin um c, er endet in

---

staben bezeichnen die Reime, x steht für einen reimlosen Vers. Hinzugefügt sind Zeilenzähler von 5 zu 5. 1. und 2. Stollen im Aufgesang und Bauteile des Stegs und 3. Stollen im Abgesang sind durch Komma voneinander getrennt, Auf- und Abgesang durch Doppelstrich //.

Z. 9/12 mit der Schlussformel der Stollen, die reibungslos zum dritten Stollen führt. In diesem Teil begegnen ausschließlich Ligaturen mit drei Tönen.

Als Gesamteindruck kann man festhalten: die stark rezitativisch geprägte Melodie besteht aus homogenen Bauteilen. Die Melodie strömt gewissermaßen dahin, melodische Gegensätze werden nicht aufgebaut. Bewegung, Abwechslung ins Rezitativ bringen die Melismen, d. h. die mehreren gebundenen Noten auf eine Textsilbe. Die Musik verhält sich zum Text als dienendes Element, als Vortragsmedium, sie gewinnt kein Eigengewicht, weshalb man sie sich auch eher schwer auswendig merken kann. In der hier mit der Weise verbundenen Strophe – an anderen Strophen wäre das zu überprüfen – werden wichtige Textaussagen melodisch hervorgehoben. Der ungewöhnliche Einsatz mit dem hohen f' und den folgenden Noten betont die Anrede: *Menschen kint*. Deutlich Bezug auf den Text hat wohl auch der syllabische Beginn des Stegs, in dem eindringlich gesagt wird: *Nu tut also, daz ir sith fro*. Bei der Analyse von Spruchmelodien wird man sich freilich immer fragen müssen, zu welcher Strophe die Melodie geschaffen wurde, welche Texte sekundär waren.

3a 2a 3'b, 3c $2c_5$ 3'b // 3'**d**, 3e 2e 3'**d**$_{10}$

Lied 4 (früher Ton IX)

Dagegen die Melodie zu Lied 4: Der nur zehnzeilige, schlanke Ton besteht ausschließlich aus Kurzzeilen der Form 2, 3 und 3', er umfasst lediglich 26 Takte. Vor dem 3. Stollen steht ein nichtrepetierter einzeiliger Steg. Das Reimschema der drei Stollen entspricht dem des Spruchtons, allerdings ist die Schlusszeile des 3. Stollens hier auf die für sich stehende Stegzeile gereimt.

Die Stollenmelodie wird von nur zwei Melodiegliedern gebildet. Der kurze einleitende Ruf e e g' ef d, den ich als einen Klageruf verstehe, wird in der zweiten Zeile sofort und nachdrücklich wiederholt, die Melodiezeile 3 führt ihn melismatisch und beruhigend vom c zum Finalton a weiter. Der Steg setzt die Beruhigung in einer weiteren fallenden, syllabisch gestalteten Kurzzeile im tieferen Tonraum F–b zum g fort, bevor mit dem heftigen Sextsprung g–e mit dem Ruf nach dem heißbegehrten *cusselin* der 3. Stollen einsetzt. Im Gegensatz zum Spruchton II besteht diese Melodie aus ganz kurzen, markanten Melodiestücken, wobei Melismatik nur sparsam eingesetzt wird, rezitative Momente fehlen, es dominiert das Melos, die Melodie. Im Gegensatz zum Spruchton hat man keine Mühe, die Melodie auswendig zu behalten. Zwar ist jede Liedmelodie Wizlavs gesondert zu würdigen, doch gelten diese Merkmale für die Liedtöne generell.

Zwei Melodien Wizlavs müssen für sich betrachtet werden, der Spruchton VI und Lied 3, das Tagelied. Das Tagelied, von dem nur der Abgesang erhalten ist, fällt durch seine überbordende Melismatik musikalisch aus der Reihe der Minnelieder völlig heraus.

Lied 3 (früher Ton VII)

Aufgesang fehlt durch Blattverlust.

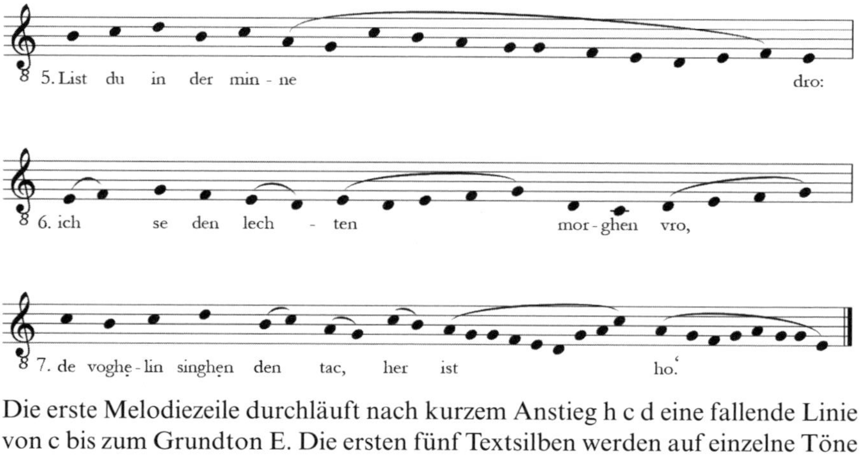

Die erste Melodiezeile durchläuft nach kurzem Anstieg h c d eine fallende Linie von c bis zum Grundton E. Die ersten fünf Textsilben werden auf einzelne Töne gesungen, die zweite Silbe von *min-ne* dagegen auf ein Melisma von nicht weniger als elf Tönen, der Grundton E wird dann durch eine Einzelnote markiert. Die zweite Melodiezeile führt auf verschlungenem Weg, der bis herunter zum tiefen C gegangen wird, dann zur Oberterz g. Dazwischen finden sich vor, zwischen und nach Einzelnoten Ligaturen aus zwei, fünf und vier Noten. Die abschließende Zeile, wiederum eine fallende Linie von c zum E, beginnt wieder mit Einzelnoten, dann folgen erst dreimal Zweierligaturen, abgeschlossen wird mit Melismen aus acht und sieben Noten. Ich habe bereits darauf hingewiesen, dass der Inhalt dieses Tageliedes ganz konventionell ist, keine auffallende Besonderheit bietet. Nun sehen wir, dass das Lied als Virtuosenstück für den Sänger gedacht war, der in der Lage war, den anspruchsvollen Melodiepart zu meistern, und zwar, da das Lied aus drei Strophen besteht, dreimal. Sollte Wizlav den Ton für sich selbst geschaffen haben, können wir daraus schließen, dass er ein gewiefter Sänger war.

Spruchton VI (früher VIII; RSM [1]Wizl/6/1)

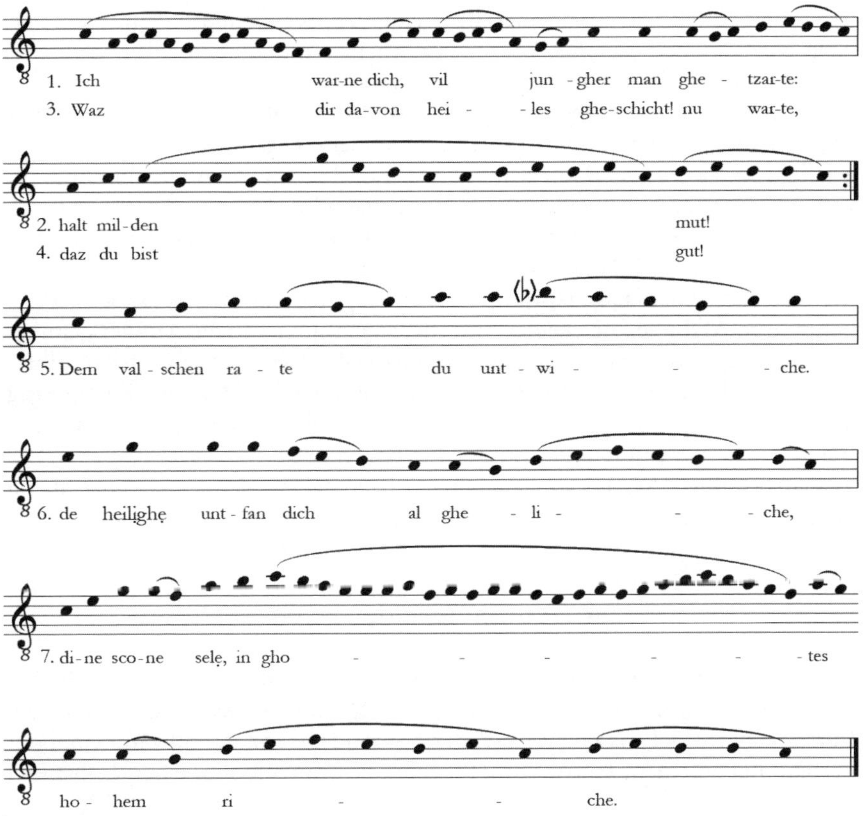

Gleiches gilt für den Spruchton VI, zu dem nur eine einzelne Strophe überliefert ist; allerdings blieb in der Handschrift Platz für mindestens eine weitere Strophe frei. Auch dieser Text ist nicht weiter aufregend: Ein junger Mann wird ermahnt, freigebig und gütig zu sein und sich vor falschem Rat zu hüten, dann erringe er die ewige Seligkeit. Die Anforderungen an die Kunst des Sängers sind allerdings gegenüber dem Tagelied noch gesteigert, der Zuhörer wird sich kaum auf den ohnehin belanglosen Text, wohl aber auf die zu erbringende Gesangsleistung konzentrieren.

Der Ambitus des Stücks reicht vom tiefen F bis zum hohen c', umfasst also nicht weniger als zwölf Töne, eine Duodezime – der Tonumfang beim Tagelied war mit einer None, neun Tönen von C bis d, geringer. Gleich zu Beginn steht ein zwölftöniges Melisma auf der Textsilbe *Ich*, die erste Melodiezeile umspielt mit Einzelnoten, zwei Zweierligaturen, einer Dreier-, einer Fünfer- und einer Viererligatur den Grundton c, die zweite Zeile setzt dies nach kurzem Atemholen mit zwei Einzelnoten, mit Ligaturen aus nicht weniger als fünfzehn und dann vier Noten fort, auch hier wird lediglich der Grundton umspielt. Der Abgesang verlagert das musikalische Geschehen in den oberen Tonraum c bis c', zentraler Ton ist hier die Oberquinte g. Die beiden ersten Zeilen bilden einen Bogen von c über ga'b' und einer Reihe von Einzelnoten, Dreier-, Zweier- und zwei Fünferligaturen, um wieder auf c zu landen. Anschließend muss der Sänger tief Luft holen, denn am Schluss erwartet ihn eine Zeile, die ihm alles abverlangen wird, nämlich eine weitere Bogenmelodie, die von c über die Oktave c' in höchster Höhe wiederum zum c führt – dazwischen hat er ein Melisma von nicht weniger als 22 Tönen auf der Silbe *gho(-tes)* zu bewältigen, bevor die Melodie nach einem Quintsprung nach unten g'-c wiederum melismatisch ausklingt. Eine Melodie, die gleiche Anforderungen stellt und die Aufmerksamkeit des Zuhörers in diesem Ausmaß auf die Kunst des Sängers konzentriert, gibt es unter den erhaltenen Spruchmelodien sonst nirgends[34] – sie ist dem Spruchsang, der Wissen, Erkenntnis, Meinung vermitteln will und soll, gänzlich wesensfremd. Sie ist ein einmaliges sängerisches Kunststück.

Alles in allem: Wizlav doch mehr ein beachtenswerter Komponist als ein bedeutender Dichter? Man muss die Frage wohl bejahen.

4. Fahrender oder Fürst?

Damit noch einmal zur Identitätsfrage. Sie ist nicht zuletzt deshalb von Bedeutung, weil wir über Wizlav, den fahrenden Dichter, nahezu nichts, über den Fürsten relativ viel wissen. Wizlav, der Fahrende, stand irgendwann einmal in Verbindung zu einem Herrn von Holstein und widmete ihm einen Lobspruch

---

[34] Vgl. Spruchsang. Die Melodien der Sangspruchdichter des 12. bis 15. Jahrhunderts, hg. v. Horst Brunner u. Karl-Günther Hartmann (Monvmenta Monodica Medii Aevi 6), Kassel u. a. 2010.

(Spruch II, 10), in dem merkwürdigerweise – wie man längst gesehen hat – die für einen Fahrenden wichtige Tugend der *milte* nicht vorkommt; ferner war er näher bekannt mit dem Dichter Ungelehrter, vermutlich aus Stralsund, den er rühmt. Mehr lässt sich über Wizlav den Fahrenden nicht sagen. Zu datieren ist er ungefähr in die Zeit um 1300. Wizlav III., genannt „der junge", seit 1302 als Nachfolger seines Vaters Fürst von Rügen, der letzte Fürst von Rügen übrigens, zu dessen Territorium große Teile des benachbarten Festlandes gehörten, auch Stralsund, ist aus historischen Quellen dagegen sehr gut bekannt. Seine Schaffenszeit lässt sich durch seinen Todestag, dem 8. 11. 1325, etwas genauer eingrenzen. Deutsche Literatur spielte in seinem Umkreis nachweisbar eine Rolle.[35] Seine Mutter Agnes stammte aus dem Haus Braunschweig-Lüneburg, an dem um 1270 der adlige Romanautor Berthold von Holle gewirkt hatte und wo im letzten Viertel des 13. Jahrhunderts die ‚Braunschweigische Reimchronik' entstanden war; ein Bruder der Agnes wird vom Tannhäuser und von Rumelant von Sachsen als Mäzen gerühmt. Ferner ist Eufemia, Königin von Dänemark, Schwester Wizlavs III., zu erwähnen, die für ihren schwedischen Schwiegersohn drei Romane ins Altschwedische übersetzen ließ, darunter 1308 nach einer verlorenen deutschen Vorlage den ‚Herzog Friedrich von der Normandie'.[36] Festzuhalten ist auch der Umstand, dass unter Wizlav III. in der fürstlichen Kanzlei neben lateinischen auch deutsche Urkunden ausgefertigt wurden.

Meines Erachtens kann es kaum einen Zweifel geben, dass *Wizlav der junghe* (Lied 6, 3, 15) identisch ist mit dem Fürsten. Den Einwänden Wallners und Seibickes wurde zuletzt von Bleck, wohl zutreffend, mit Entschiedenheit widersprochen. Ein wichtiger Einwand war, dass einem Fürsten zwar Minnelieder zugetraut werden können – dafür gibt zahlreiche Beispiele –, dass jedoch der Spruchsang ausschließlich eine Sache der meist fahrenden Berufsdichter gewesen sei. Indes trifft diese Aussage nicht zu. Zwar sind keine Fürsten, jedoch zahlreiche Autoren aus Ministerialität und Adel bekannt, die neben Minneliedern auch Sangsprüche verfasst haben: Bligger von Steinach, Ulrich von Singenberg, Leuthold von Seven, Wernher von Teufen, Reinmar von Brennenberg, Johann von Ringgenberg; von Graf Albrecht von Haigerloch kennen wir nur zwei Minnestrophen in einem geborgten Spruchton. Als völlig unstandesgemäß

---

35 Vgl. dazu Bumke (Anm. 9), S. 219–222; Oliver Auge, Rasante Aufholjagd des ‚jüngeren' Nordens? Zur Entstehung und Entfaltung der Fürstenhöfe im südwestlichen Ostseeraum bis ca. 1350, in: Sangspruchdichtung um 1300. Akten der Tagung in Basel vom 7. bis 9. November 2013, hg. v. Gert Hübner u. Dorothea Klein (Spolia Berolinensia 33), Hildesheim 2015, S. 3–44, hier: 22–25.

36 Florian Bambeck: Herzog Friedrich von der Normandie. Der altschwedische Ritterroman „Hertig Fredrik av Normandie": Text, Übersetzung, Untersuchungen (Imagines medii aevi 24), Wiesbaden 2009.

konnte also das Verfassen von Sprüchen nicht gelten. Und: Man musste dafür nicht fahrender Berufsdichter sein.[37]

Ich stelle mir Wizlavs III. literarische Bestrebungen folgendermaßen vor: Er interessierte sich, wohl in jungen Jahren, als er auf alle Fälle noch seinen diesbezüglichen Beinamen trug, für die deutsche Lieddichtung und versuchte sich als Dichter und Melodieerfinder in ihren beiden wichtigsten Genres. Ob der Ungelehrte in diesem Zusammenhang eine Rolle spielte, lässt sich nicht sicher sagen, bleibt aber doch eine plausible Annahme. Im Bereich des Spruchsangs lehnte er sich eher an Autoren an, die, wie etwa Reinmar von Zweter, ohne allzu große Betonung von Gelehrsamkeit in eher einfacher Sprache dichteten – im Unterscheid zu Koryphäen wie dem Marner, Konrad von Würzburg oder gar Frauenlob. Auf dem Gebiet des Minnesangs dichtete er, wie in seiner Zeit weithin üblich, auf den Spuren Neifens und Steinmars. Hier erlangte er durch Bezüge auf manchmal recht handfeste Gegenständlichkeit einige Originalität und trug damit zweifellos zum höfischen Amüsement bei. Eine Besonderheit seiner Dichtung sind die sonst unüblichen Namensnennungen in drei seiner Strophen, die für sein Selbstbewusstsein sprechen – in Spruchliedern treten Autorsignaturen erst nach etwa 1350 häufiger auf, in Minneliedern begegnen sie sonst so gut wie gar nicht. Das Schwergewicht von Wizlavs Kunst sehe ich freilich in den vielfach noch von heutigen Zuhörern als eingängig empfundenen Melodien. Ihre Machart wird den beiden unterschiedlichen Liedtypen gerecht, im Fall des Tageliedes, vor allem aber des Spruchtons VI ging er weit über das Übliche hinaus und lieferte Beispiele außerordentlicher sängerischer Virtuosität. Fürst Wizlav III. von Rügen vertrat die höfische Liedkunst des 13. Jahrhunderts im norddeutschen Raum, ein hervorragender Komponist und offenbar auch ein ausgezeichneter Sänger.

Abstract: Written on the occasion of the new edition by Horst Brunner and Dorothea Klein, the essay introduces the northern German poet Wizlav, in all probability identical to Wizlav III, called ‚the young', Prince of Rügen (+ 1325). His literary work, consisting of Sangsprüche and Minnelieder, is preserved together with his melodies and is unique as an addendum in the Jenaer Liederhandschrift circa 1340). Wizlav is the only Minnesinger in Middle High German whose songs have been handed down in their entirety together with their melodies. (Melodies for Sangsprüche, however, are still known in large numbers today.) The analysis of the texts and melodies prove Wizlav to be an author who was interested in the different possibilities of text types and who knew how to use them skillfully. The melodies are in part challenging, suggesting that the prince was also an experienced singer.

[37] Vgl. Horst Brunner, Faszinationstyp Sangspruch. Walther von der Vogelweide, Stolle und die Folgen, in: Walther von der Vogelweide, hg. v. Ricarda Bauschke u. Veronika Hassel (Wolfram-Studien 26), Berlin 2020, S. 111–124.

Wolfram-Studien XXVII (2025)
Erich Schmidt Verlag Berlin

Das Wizlav-Korpus in der Jenaer Liederhandschrift

von KATHRIN CHLENCH-PRIBER (Bonn)

1. Urteile

Wizlavs unikal in der Jenaer Liederhandschrift (Jena, Thüringer Universitäts- und Landesbibliothek, El. f. 101; Sigle J) überliefertes Œuvre gehört nicht zum Grundstock, sondern wurde als Autorkorpus hinter den Sangsprüchen Friedrichs von Sonneburg auf dem Rest der freien Spalte 72vb plus mindestens einer weiteren, nachträglich hinzugefügten Lage (nach heutiger Zählung Lage 11) um die Mitte des 14. Jahrhunderts von späterer Hand noch vor der Bindung zu einem Codex eingetragen.[1] Die Ausstattung des Wizlav-Korpus orientiert sich an der des Grundstocks, erreicht aber nicht dessen kalligraphisches Niveau – und auch die Pergamentqualität fällt vergleichsweise ab. Teile des Wizlav-Korpus sind aufgrund des Verlusts des letzten Blattes der 10. Lage und zweier fehlender Blätter der 11. Lage (zwischen Blatt 76 und 77 sowie nach Blatt 80) nicht überliefert, auch weiß man nicht, ob sich noch eine weitere Lage anschloss.[2] Das Einrichtungsmuster der erhaltenen Blätter ist nicht konsequent eingehalten. So beginnen die Töne I–III[3] jeweils auf einer neuen Spalte, wobei dieses Prinzip danach aber wieder aufgegeben wurde und lediglich Lücken gelassen wurden, die den Abschluss eines Tones bzw. Liedes markieren oder

---

1 Vgl. Gisela Kornrumpf, Der Grundstock der ‚Jenaer Liederhandschrift' und seine Erweiterung durch Randnachträge, in: Die ‚Jenaer Liederhandschrift'. Codex – Geschichte – Umfeld, hg. v. Jens Haustein u. Franz Körndle, Berlin / New York 2010, S. 39–79, hier: 41, 46.

2 Vgl. Suanne Kull / Joachim Ott / Frank Schieferdecker, Die Restaurierung und Digitalisierung der ‚Jenaer Liederhandschrift' im Jahr 2007, in: Die ‚Jenaer Liederhandschrift'. Codex – Geschichte – Umfeld, hg. v. Jens Haustein u. Franz Körndle, Berlin / New York 2010, S. 1–28, hier: 24; vgl. weiter Kornrumpf (Anm. 1), S. 46.

3 Die Zählung der Töne weicht vom RSM und älteren Ausgaben ab und orientiert sich an der Neuedition: Wizlav. Sangsprüche und Minnelieder. Melodien, Texte, Übersetzungen, Kommentar, hg. v. Horst Brunner u. Dorothea Klein (Imagines medii aevi 52), Wiesbaden 2021; vgl. die dort verzeichnete Konkordanz, S. 155.

Nachträge ermöglichen.[4] Demzufolge kann über den genauen Umfang der verlorenen Sangsprüche und Lieder nur spekuliert werden.[5] An Wizlavs Werk schließen sich beginnend mit der überaus sorgfältig gestalteten Lage 12 die Sangsprüche des Meißners sowie weiterer älterer Meister des Spruchsangs an.[6] Auch wenn die Aufnahme des Wizlav-Korpus nicht sogleich bei der Anlage der großformatigen Sangspruchhandschrift J geplant war, so zeugt doch seine nachträgliche Aufnahme auf mindestens einer zusätzlich eingefügten Lage doch von der Wertschätzung, die Wizlavs Sangsprüchen und Liedern im 14. Jahrhundert entgegengebracht wurde.[7]

Ganz anders urteilt Gustav Roethe in der umfassenden Einleitung seiner 1887 erschienenen Ausgabe der Gedichte Reinmars von Zweter über Wizlav, in der er vergleichend auch dessen Œuvre wie auch zahlreicher anderer mittelalterlicher Lyriker in den Blick nimmt. Roethe kann viele intertextuelle Bezüge in Wizlavs Werk nachweisen, was ihn Wizlav als „Allerweltsplagiator"[8] bezeichnen lässt. Weiter schreibt er: „Sonst aber war das Dichten seine schwache Seite; zum Spruchdichter namentlich hat ihn Gott in seinem Zorn geschaffen: arm an eigenen Einfällen, plündert er ungeniert, was ihm in die Finger kam."[9] Dieses harsche Urteil, das sicherlich in seinem Zeitkontext gesehen werden muss, hebt besonders einen Aspekt im Œuvre Wizlavs hervor, der sich – wenn man es neutral ausdrücken möchte – auf dessen imitierende und adaptierende Technik bezieht, die eine breite Kenntnis und Rezeption literarischer Texte voraussetzt, die in Wizlavs Wirkungsbereich in Norddeutschland verfügbar waren.[10]

---

4 Vgl. Reinhard Bleck, Untersuchungen zur sogenannten Spruchdichtung und zur Sprache des Fürsten Wizlaw III. von Rügen (GAG 681), Göppingen 2000, S. 2–5; Kornrumpf (Anm. 1), S. 46 mit Anm. 40.

5 Vgl. die Versuche von Sabine Werg, Die Sprüche und Lieder Wizlavs von Rügen. Untersuchung und kritische Ausgabe der Gedichte, Hamburg 1969, S. 3, und die Kritik von Birgit Spitschuh, Wizlav von Rügen – Eine Monographie, Diss. masch., Greifswald 1988, S. 11.

6 Der mit Lage 12 beginnende Teil von J könnte eventuell ursprünglich als eigenständige Sammlung älterer Sangspruchdichter geplant, dann aber in ein umfangreiches Sammelkonzept integriert worden sein. Vgl. hierzu mit dem Verweis auf die Forschungsgeschichte Kornrumpf (Anm. 1), S. 40–42, 45f.

7 Zur Problematik, aus der handschriftlichen Überlieferung auf die Wertschätzung von Sangspruchdichtern zu schließen, vgl. Freimut Löser, Von kleinen und von großen Meistern. Bewertungskategorien in der Sangspruchdichtung, in: Sangspruchdichtung. Gattungskonstitution und Gattungsinterferenzen im europäischen Kontext. Internationales Symposium Würzburg 15.–18. Februar 2006, hg. v. Dorothea Klein, Trude Ehlert u. Elisabeth Schmid, Tübingen 2007, S. 371–398, hier: 387.

8 Die Gedichte Reinmars von Zweter, hg. v. Gustav Roethe, Leipzig 1887, ND Amsterdam 1967, S. 256.

9 Ebd., S. 349.

10 Zum Nachweis von Vorlagen und Bezugstexten vgl. ebd., S. 145, 180, 251, 256, 349f.,

Auch die weitere, relativ schmale Wizlav-Forschung des 20. Jahrhunderts bewertet ihn recht kritisch, hebt aber seine Bedeutung für den niederdeutschen Raum hervor:[11]

> Man kann das lyrische Œuvre Wizlavs von Rügen nicht als einen herausragenden Punkt in der Entwicklung der spätmittelalterlichen Lyrik bezeichnen. Es ist jedoch bemerkenswert, daß sich im entfernten Norden an der Peripherie der einstmals blühenden feudal-höfischen Kultur ein Fürst so ernsthaft und ohne beträchtliche südwestliche Beeinflussung um deren Fortexistenz bemüht. Das Werk besticht zwar nicht durch wirkliche literarische Größe, was das formkünstlerische und inhaltliche Inventar angeht, ist aber als wichtiger Beitrag in der mittelalterlichen Literaturgeschichte des norddeutschen Raumes unbedingt zu erwähnen.[12]

Mit diesem Fazit schließt die im Jahre 1988 veröffentlichte Dissertation Birgit Spitschuhs über die Dichtung Wizlavs, den sie mit dem Fürsten Wizlav dem III. von Rügen identifiziert.[13] Ähnliches ist bei Sabine Werg zu lesen, die ihre im Jahr 1969 veröffentlichte Dissertation über die Sprüche und Lieder Wizlavs von Rügen mit den Worten einleitet:

> Wizlav gehört zu den Dichtern, deren Werke nicht wegen ihres eigenen künstlerischen Wertes Bedeutung haben, sondern um ihrer sprachgeschichtlichen und literarhistorischen Sonderstellung willen: seine Gedichte stellen nämlich den Versuch eines Niederdeutschen dar, sich in der hochdeutschen Literatursprache auszudrücken.[14]

Auch für Werg steht also der literarische Anspruch der Dichtung Wizlavs hinter dem Wert für einen literatur- oder sprachhistorischen Erkenntnisgewinn zurück. Die in beiden Zitaten abgegebenen Einschätzungen, die in Teilen auch den mittlerweile überholten Forschungsstand ihrer jeweiligen Zeit repräsentieren,[15]

589, 614. Siehe zudem die vergleichenden Gegenüberstellungen bei Werg (Anm. 5), S. 44–48 und 54 sowie den Kommentarteil von Brunner / Klein (Hg.) (Anm. 3). Vgl. weiter Elisabeth Hages, *snel hel ghel scrygh ich dinen namen*. Zu Wizlaws Umgang mit Minnesangtraditionen des 13. Jahrhunderts, in: Lied im deutschen Mittelalter. Überlieferung, Typen, Gebrauch. Chiemsee-Colloquium 1991, hg. v. Cyril Edwards, Ernst Hellgardt u. Norbert H. Ott, Tübingen 1996, S. 157–176. Vermutlich sind noch weitere Bezugstexte eruierbar.

11 Zu Urteilen der älteren Forschung vgl. Hartmut Beckers, Mittelniederdeutsche Literatur – Versuch einer Bestandsaufnahme (III), in: Niederdeutsches Wort 19 (1979), S. 1–28.

12 Spitschuh (Anm. 5), S. 107.

13 Zur Diskussion dieser in der Forschung immer noch nicht abschließend geklärten Frage vgl. Brunner / Klein (Hg.) (Anm. 3), S. 28–30, und den Beitrag von Horst Brunner in diesem Band.

14 Werg (Anm. 5), S. 1.

15 In Wizlavs Werk finden sich zahlreiche Bezugnahmen oder zumindest Anklänge an die Strophen anderer Dichter, die Spitschuh durch die Arbeit Wergs zwar bekannt waren, die sie aber – anders als Werg – marginalisiert. Vor diesem Hintergrund von

möchte ich kritisch hinterfragen und zum Anlass einer Untersuchung der poetisch-ästhetischen Qualitäten der Lyrik Wizlavs am Beispiel ausgewählter Sangsprüche und Minnelieder aus heutiger Forschungsperspektive nehmen.[16] Im Fokus stehen dabei die Inszenierung und Reflexion der Rollen von Sangspruch-, Minnesänger- und Autor-Ich sowie die literarischen Bezugnahmen in Wizlavs Werk.[17]

2. Namenssignaturen, Rollen- und Autor-Ich

Anders als bei den sonstigen Autorkorpora in J wurde vom Rubrikator im Wizlav-Korpus vergessen, den Autornamen zu Beginn über oder neben der ersten Melodie einzutragen. Dennoch können die Sangsprüche und Lieder dem Autor Wizlav namentlich zugeordnet werden, da er sich selbst drei Mal in seinem Werk nennt, im Sangspruch III,2 sowie jeweils in der dritten und letzten Strophe der Lieder 6 und 8.[18] Nun sind textinterne Nennungen von Autornamen im älteren Spruch- und Minnesang durchaus als unüblich zu bezeichnen.[19] Insofern stellt sich die Frage nach der Funktion der Namensnennungen und ihrer Rolle im Kommunikationsprozess einer hypothetischen Aufführungssituation vor einem Publikum für die Inszenierung des Sangspruch- bzw. Minnesänger-Ich.[20]

---

einer nahezu nicht vorhandenen südwestlichen Beeinflussung zu sprechen, blendet die Traditionen aus, an die Wizlav anknüpft. Vgl. die Analysen und Vergleiche bei Werg (Anm. 5), S. 42–69; vgl. weiter Brunner / Klein (Hg.) (Anm. 3), S. 18f., 22. – Auch würde man aufgrund der Studien Thomas Kleins zu hochdeutsch schreibenden Niederdeutschen als einem in der Literaturproduktion keinesfalls isoliert auftretenden Phänomen nicht mehr von Wizlavs „Versuch" sprechen, sich auf Hochdeutsch „auszudrücken". Vgl. Thomas Klein, Untersuchungen zu den mitteldeutschen Literatursprachen des 12. und 13. Jahrhunderts. Habil. masch., Bonn 1982, S. 296–461; ders., Zur Verbreitung mittelhochdeutscher Lyrik in Norddeutschland, in: ZfdPh 106 (1987), S. 72–112, hier: 73–75, 106–112; ders., Niederdeutsch und Hochdeutsch in mittelhochdeutscher Zeit, in: Die deutsche Schriftsprache und die Regionen. Entstehungsgeschichtliche Fragen in neuer Sicht, hg. v. Raphael Bertele u. a. (Studia Linguistica Germanica 65), Berlin / New York 2003, S. 203–229.

16 Vgl. Jens Haustein, Forschungsgeschichte, in: Sangspruch / Spruchsang. Ein Handbuch, hg. v. Dorothea Klein, Jens Haustein u. Horst Brunner, in Verbindung mit Holger Runow, Berlin / Boston 2019, S. 27–37, bes.: S. 35–37.

17 Als Grundlage meiner Analysen dienen die jüngst erschienene Neuedition der Sangsprüche und Minnelieder Wizlavs von Brunner / Klein (Hg.) (Anm. 3) sowie die Faksimileausgabe von J https://collections.thulb.uni-jena.de/receive/HisBest_cbu_00008190 (letzter Zugriff: 22.03.2023).

18 Bernhard Joseph Docen schloss von den Namensnennungen als erster auf den Dichternamen. Vgl. Kornrumpf (Anm. 1), S. 46 mit Anm. 42; Brunner / Klein (Hg.) (Anm. 3), S. 4.

19 Vgl. Brunner / Klein (Hg.) (Anm. 3), S. 139.

In der Strophe III,2 wendet sich das Ich in der *heilighe*[n] *tzit*, also vorösterlichen Zeit, an Gott, den *scepfer aller dinghe*, mit der Bitte um Sündenvergebung; ein lebensweltlicher Bezug ist in der seit dem 4. Laterankonzil 1215 festgesetzten Vorgabe zu sehen, vor Ostern die Beichte vor seinem Priester abzulegen.[21]

Dise heilighe tzit
de twinghet mich,
daz ich singen muz
von dem, der mich ghemachet hat.   scepfer aller dinghe,
Hilf, daz ich werde quit
der sunden rich
und ir werde buz,
die ich lange han ghetraghen.   mache mir de ringhe!
Minen lip hast du ghemachet brode.
diz bedenke, edele here,   halde mích tzu dime willen vaste!
Al bin ich an dime righe snode.
bedenke Wislav: din wisheit   machę in nicht tzu elendem gaste!
Du hast mich ture koft mit dinem blute.
vrowe, reine meit,
bittens wes bereit
kegn din kint, dáz iz si min hute!

Betrachtet man die Kommunikationssituation der Strophe, die das Ich selbst in der Einleitung thematisiert, dann ist sie explizit als eine doppelte charakterisiert. Einerseits spricht das Ich aus dem Gestus des Betenden und wendet sich mit seiner Bitte um Vergebung der Sünden direkt an Gott den Schöpfer, an den Sohn und abschließend an Maria als seine Fürsprecherin. Zugleich wird die Kommunikationssituation des Gebets aber auch markiert als eine, die in die (imaginierte) Aufführungssituation des Sangspruchs verlegt ist:[22] Das Sangspruch-Ich trägt seine Strophe vor und spricht darüber, dass es *singhen muz von dem, der* [ez] *ghemachet hat.* Damit wird die Vortragssituation als eine inszeniert, in der das Ich als Betender und zugleich als Spruchdichter auftritt. Das Gebet ist nicht nur Sündenbuße eines Gläubigen, sondern als *singhen* auch

20 Zum kommunikativen Prozess der Aufführung vgl. Margreth Egidi, Der performative Prozess. Versuch einer Modellbildung am Beispiel der Sangspruchdichtung, in: Sangspruchtradition. Aufführung, Geltungsstrategien, Spannungsfelder, hg. v. Margreth Egidi, Volker Mertens u. Nine Miedema (Kultur, Wissenschaft, Literatur 5), Frankfurt a. M. u. a. 2004, S. 13–24, hier: 17–22.

21 Vgl. Lyrik des späten Mittelalters, hg. v. Burghart Wachinger (Bibliothek des Mittelalters 22 [= Bibliothek deutscher Klassiker 191]), Frankfurt am Main 2006, S. 905.

22 Es spielt keine Rolle, ob von einer tatsächlichen Aufführungssituation oder imaginierten Aufführung im Rahmen einer Leserezeption ausgegangen wird, da die Rollenkonstruktion des Ich in beiden ähnliche Effekte erzeugt. Vgl. Egidi (Anm. 20), S. 19f.

Produkt des Spruchdichters. Zwischen diesen beiden Polen changiert das Sangspruch-Ich, das im inszenierten Gebet zugleich die Möglichkeiten vorführt, welche Art der künstlerischen Entfaltung die durch die religiösen Vorgaben geprägte Situation eröffnet. Diese doppelte Ich-Kodierung wäre auch für die Namensnennung in Vers 12 in Anschlag zu bringen, wenn das Sangspruch-Ich in der dritten Person die Bitte äußert: *bedenke Wislav: din wisheit machẹ in nicht tzu elendem gaste!* Mit dieser Bitte, nach der Vergebung und dem Bereuen wie Büßen seiner Sünden nicht zu einem Fremdling für Gottes Reich gemacht zu werden, wendet sich das betende Ich an Gottes Sohn, den Erlöser, dem traditionell die Weisheit zugeordnet wird.[23] Die Namensnennung unterstreicht bei aller Mustergültigkeit der vorgetragenen Strophe die persönliche Schuld, die jeder einzelne, so auch Wizlav, zu bereuen hat.[24] Sie ist aber auch als Markierung von Autorschaft zu sehen. Dabei verfährt der Sangspruchdichter durch den Gebrauch der dritten Person verbunden mit dem bereuenden Buß- und Bitthabitus textlich wie in der Melodieführung, durch die sein Name nicht eigens hervorgehoben wird, äußerst behutsam und verstößt sicherlich nicht gegen das *Superbia*-Verbot. Er stellt die Bedeutung der Religion, konkret die Hilfe des Gottessohns, als Triebfeder seiner Dichtkunst aus, die er Gott verdankt. In dieser Hinsicht verknüpft sich mit der Namensnennung ein Reflektieren über die Inhalte und das Programm seiner Spruchdichtung, das durch die ästhetische Konstruktion der oszillierenden Doppelrolle dominierend als bereuender Beter und auch als singender Spruchdichter generiert wird, in der das Sänger-Ich seinen Rezipienten entgegentritt.[25]

Auch die beiden Namensnennungen in Lied 6 und 8 perspektivieren die Rolle von Minnesänger-Ich und Autor in spezifischer Weise.

1 Wol uf, ir stolzen helde,
nu komet vor mit melde
drate uf de velde,
nunẹ rughet wer uch scelde,
sint de tzit ist wunniglich.
De bome sint ghecleidit,
den voghelin bereidit,
vil manịghen tzwich se breidit,
sẹ enrughet wer se veidit –

[23] Vgl. Brunner / Klein (Hg.) (Anm. 3), S. 122.
[24] Vgl. Wachinger (Anm. 21), S. 905.
[25] Vgl. Claudia Lauer, Inszenierung und Reflexion des Rollen-Ich, in: Klein / Haustein / Brunner (Hg.) (Anm. 16), S. 106–118, hier: 116f.; speziell zur Kombination verschiedener ästhetischer Handlungsrollen in der geistlichen Lehre der Sangspruchdichtung vgl. Claudia Lauer, Ästhetik der Identität. Sänger-Rollen in der Sangspruchdichtung des 13. Jahrhunderts (Studien zur historischen Poetik 2), Heidelberg 2008, S. 82–88.

diz ghit in der meien rich.
  Nu tretet uf den angher unde donet
mit den voghelin uweren nuwen sůzen sanc!
  Mitten meien durch de voghelin sconit
uwer lip und durch reine, werde sůze wip.
  Der mei hat uns ghegheben
mit im diz vrolich leben
in eren můz wir streben
und in vroiden sweben.
wer daz tu, der habe danc.

2 Sint der meie sich blůzet
und in der voghelin grůzet,
dartzu de tzit uns sůzet,
der meie uns kumber bůzet:
durch das lobe wir sine blut.
  Hierzu neme wir vrowen
durch minningliez scowen.
wer und der meie vůrhouwen:
ir wunnengliez towen
machet uns wol ein nuwen gut.
  Nu habe wir *b*eide vrowen und den meien,
durch de sole wir vrolich leben mit scalle,
  Tanzen, springhen, vroide manigherleie
untfahet, dartzu, ir wip, den mannen nahet!
  Diz tut mit *min*em rate
uz uwes hertzen grate,
komet darin drate.
uwer kein des nicht vůrspate
ere uch der meie untfalle.

3 Ei wip, we du mir laghest
vil wol du mir behaghest,
mir vroidenbant du traghest.
wen daz du mich vůrjaghest,
mit ‚owe' ich diz melde.
  Langhe han ich ghesunghen,
vil din lop vorghedrunghen
mirn ist nicht wol ghelunghen,
daz miner l*o*bender tzunghen
von dir nicht wirt tzu gelde.
  We hast du daz in dime hertzen, vrowe,
daz ich nicht von dir minne so ghenezen mac?
  Du bist miner vroide bilde, ich scowe
sůze, dich, vor alle wip du vrowest mich.
  Wizlav der junghe singhet
diz liet. sin vrowe im bringhet,

daz sin lip d*u*rch se ringhet.
we sere se en twinghet:
daz wirt noch sin vroidentac.

In Strophe 1 evoziert die Stimme des Minnesänger-Ich eine Frühlingssituation im Mai und fordert die *stolzen helde* auf, sich herauszuputzen, in die aufblühende Natur herauszutreten, in den *nuwen sůzen sanc* der Vögel einzustimmen, zu tanzen und dankbar *in vroiden* zu *sweben*. Dabei schließt sich das Sänger-Ich in die Schar der *helden* ein, wenn es in Vers 15f. konstatiert: *Der mei hat uns ghegheben, / mit im diz vrolich leben*. Mit dem Vogelgesang, in den auch das Minnesänger-Ich als Teil der Schar einstimmt, um in einen vogelflugähnlichen Schwebezustand zu gelangen, wird die Sangeskunst im allgemeinen wie im speziellen Fall alludiert:[26] Der Frühling und mit ihm der Vogelgesang wirken als Triebfeder des Gesanges der Schar im Lied. Speziell auf die aktuelle (fiktive) Aufführung des Minnesänger-Ich bezogen ist der Vogelsang zudem Gegenstand wie Ausgangspunkt des dargebotenen Minnesangs vor einem (fiktiven) Publikum, das durch die direkte Anrede *Wol uf, ir stolzen helde* ebenfalls in die Schar inkludiert wird. Auf diese Weise wird „etwas aus dem Text in die Realität der Aufführung getragen“[27], so dass das Publikum an der im Lied entworfenen Minnewelt samt ihrer *vroide* partizipiert.[28] Nochmals wird im 1. Stollen der Strophe 2 das Zusammenspiel von Mai, Vogelsang und der Leid vertreibenden, freudigen Stimmung der Jahreszeit als Grund für das gemeinsame Lob ausgestellt, um dann die *vrowen* hinzuzunehmen, die textintern wie auch als Publikum der (fiktiven) Aufführung an der entworfenen Mailied-Welt Anteil haben. Erst in der dritten Strophe verengt sich der Fokus auf das Minnesänger-Ich und sein *wip* bzw. seine *vrowe*,[29] um die es bislang ausgiebig, aber vergeblich geworben hat. Während der Name der Auserwählten, die sowohl Grund und Inspiration als auch Adressatin seines Lobgesangs ist, selbstverständlich den Diskretions-Konventionen des Minnesangs entsprechend verschwiegen wird,

---

[26] Zum Vergleich von Vogelsang und Dichtkunst vgl. Jan-Dirk Müller, Dichterbilder. Walther von der Vogelweide in der deutschen Literatur, in: Walther von der Vogelweide. Düsseldorfer Kolloquium 2018, hg. v. Ricarda Bauschke u. Veronika Hassel (Wolfram-Studien 26), Berlin 2020, S. 125–146, hier: 145.

[27] Vgl. Albrecht Hausmann, Wer spricht?, in: Egidi / Mertens / Miedema (Hg.) (Anm. 20), S. 25–43, hier: 42.

[28] Auch in anderen Liedern mit Natureingang wird „das Publikum angeredet oder einbezogen.“ Vgl. Burghart Wachinger, Wizlav, in: ^{2}VL 10 (1999), Sp. 1292–1298, hier: 1296f.

[29] Ein ähnliches Schema vom Allgemeinen zur eigenen Minnedame findet sich mehrfach in Wizlavs Minneliedern. Vgl. ebd., Sp. 1296f. sowie die Analysen der Mailieder 6 und 10 (ehemals 7 und 11) bei Eva Gümbel, Die Minne- und Spruchdichtung an der nordöstlichen Peripherie des Heiligen Römischen Reiches Deutscher Nation zwischen 1250 und 1350, Diss. masch., Frankfurt am Main 1991, S. 108–112.

nennt sich jedoch Wizlav als Autor im dritten Stollen: *Wizlav der junghe singhet diz liet*. Durch die Wahl der dritten Person wird ein Bruch erzeugt, der die bisherige (fiktive) Aufführungssituation, in der das Minnesänger-Ich bis jetzt in der Wir- bzw. Ich-Form gesungen und das Publikum in die entworfene Minnewelt integriert hat, als bloße Imagination charakterisiert. Die bis dahin präsupponierte Identität des Vortragenden mit dem textinternen Minnesänger-Ich, die gemeinhin zumindest für die Dauer der Aufführung in Anschlag gebracht werden kann, wird in Frage gestellt, wenn das vortragende Ich von sich als Wizlav in der dritten Person spricht. Es weist damit auf eine mögliche Verschiedenheit von sich selbst als Vortragendem, der textinternen Minnesänger-Rolle und Wizlav hin, wenn es ihn als ‚eigentlichen' Sänger und Autor des Liedes einführt.[30] In jedem Fall wird durch den Gebrauch der dritten Person, der mutmaßlich nach literarischen Vorbildern gestaltet und wie in III,2 zur Vermeidung einer *superbia*-verdächtigen Haltung gewählt wurde,[31] ein Irritationsmoment erzeugt, das die Artifizialität von Text und Aufführungssituation ins Bewusstsein ruft. Zugleich werden aber auch die Grenzen von fiktiver Minnewelt und realer Welt verwischt, wenn der Minnesänger quasi aus der Rolle fällt und im Liedvortrag auf den realen Wizlav verweist, der aber selbst Teil der im Text entworfenen Welt ist. Diesem wird trotz seines momentan noch vergeblichen Werbens versichert, dass er noch Freude erlangen, also eine Erwiderung und Erfüllung durch seine Dame finden werde. Da das Lied mit dieser Prognose *daz wird noch sin vroidentag* endet, folglich über die explizite Darstellung der Liebeserfüllung schweigt und auch das Publikum im Unklaren lässt, wo genau diese Erfüllung anzusiedeln ist, bleiben alle Konventionen höfischen Sprechens über *minne* gewahrt. Zweifelsohne wäre das Tabu des *rüemens* gebrochen, wenn Wizlav sein erfolgreiches Werben aus der Ich-Perspektive darstellte, doch wird dies gerade umgangen, obwohl bzw. indem der Autor sich selbst nennt.

Auch in Lied 8 verleiht die Autornennung im letzten Vers der dritten Strophe eine besondere Wendung, die ebenfalls mit dem Verhältnis von textinternen und -externen minneweltlichen Entwürfen spielt und zudem eine poetologische Deutungsebene eröffnet:

---

30 Vgl. Katharina Philipowski, Zeit und Erzählung im Tagelied. Oder: Vom Unvermögen des Präsens, Präsenz herzustellen, in: Lyrische Narrationen – narrative Lyrik. Gattungsinterferenzen in der mittelalterlichen Literatur, hg. v. Hartmut Bleumer u. Caroline Emmelius (Trends in medieval philology 16), Berlin / New York 2011, S. 181–203, hier: 188–196; Albrecht Hausmann, Möglichkeiten und Grenzen des Erzählens vom Ich im Minnesang bis Walther von der Vogelweide, in: Von sich selbst erzählen. Historische Dimensionen des Ich-Erzählens, hg. v. Sonja Glauch u. Katharina Philipowski (Studien zur historischen Poetik 26), Heidelberg 2017, S. 205–226, hier: 208; Albrecht Hausmann (Anm. 27), S. 43.

31 Vgl. Brunner / Klein (Hg.) (Anm. 3), S. 139.

1 Der walt und angher lit ghebreit
mit wunnenrigher varwen cleit,
reit   sin der sůzen voghẹlin done.
Se ůben eren sůzen scal
vrolichem hertzen uber al.
mal   ich des vindẹ an blomen scone.
Ho,   vro,   so   stet des meien blůte.
ghůte   sůte
ich merke vroiden vol in angher und uf alben
witinthalben.

2 An dem angher vil wunnen lit,
so iz ghot den pla*n*ten ghit.
sit   wart uns wunn*e*, toughen blicke.
Nu se sint sorghen leitvurtrip.
ich meine reine, scone wip,
lip   het ich nicht, *en*teten sẹ dicke.
Wan   san   han   ich d*i*r, vrowe mine,
schine   dine
sůzẹ an mir, minnen speghel, laz micht nicht vůrterben,
ich muz sterben.

3 Minne, dir ghůte ist also vil,
ich werẹ tot ůber langhe wil.
spil   bist du an mir, vrowe reine.
Du bist, de mich so wol vůrmach,
tu mir vroiden trostlichen ta*ch*,
a*ch*,   so ist min sorghe an mir cleine.
Snel,   hel,   ghel   scrigh ich dinen namen,
samen   ramen
*en*kan ich nicht mer mines kummers leitvůrtrip.
Wizlav, diz scrip!

Der Natureingang des Sommerliedes entwirft eine farbenreiche Landschaft, die durch *der sůzen voghẹlin done* charakterisiert ist und *vroliche*[] *hertzen* adressiert. Das Minnesang-Ich findet Zeichen dessen, *des* (Vers 6), an schönen Blumen. Horst Brunner und Dorothea Klein verweisen in ihrem Kommentar darauf, dass *des* auf die in Vers 2 angesprochene Farbenpracht zu beziehen sei und implizieren damit, dass *des* nicht auf den unmittelbar zuvor thematisierten Sang der Vögel (Verse 2–5) verweise.[32] Sie schlagen damit eine plausible Lesart vor, die die Bezüge innerhalb der Strophe dahingehend vereindeutigt, dass eine stimmige landschaftliche Szenerie entworfen wird, die das Minnesänger-Ich wahrnimmt. Ebenso denkbar wäre es aber auch, *des* auf den Vogelsang zu beziehen

[32] Vgl. ebd., S. 143.

und damit eine poetologische Lesart der Strophe in Betracht zu ziehen. Vogelsang kann als ein Sinnbild für Sangeskunst stehen, die Blumen und Farbenpracht können als Metaphern für rhetorische Redeblumen, *flores* und *colores rhetorici*,[33] interpretiert werden. Da sich das Minnesang-Ich „zunehmend deutlicher in der Rolle eines Beobachters"[34] gibt, wenn es artikuliert, dass es Zeichen an schönen Blumen *vindȩ* oder um sich herum verbreitete *vroide merke*, dann lassen sich dessen Wahrnehmungen nicht allein auf die Landschaft, sondern auch ihre Darstellung und Wirkung beziehen.

Dem auch in Lied 6 zugrunde liegenden Muster folgend, wendet sich der Fokus in Strophe 2 von der Freude bewirkenden Landschaft zu den Frauen, die als *leitvurtrip* ebenfalls Freude schenken. Anders als in Strophe 1 inkludiert sich das Minnesänger-Ich in die Gemeinschaft der durch Frauen vom Leid Erlösbaren, um sich dann im Abgesang und darüber hinaus in Strophe 3 in direkter Rede an seine Dame zu wenden. Das Ich hofft sie in der aktuellen Situation herbei, damit sie sein Leid und seinen damit sicher verbundenen Tod abwende. Hages verweist in diesem Zusammenhang auf den durch aristotelische Vorstellungen geprägten philosophischen Zusammenhang von Potenz und Akt hin, dem grundsätzlichen Vermögen, etwas zu tun, und der tatsächlichen Realisation.[35] Wenngleich ich eine philosophische Lesart der Strophe nicht in Betracht ziehe, so lässt sich doch die Unterscheidung von potenzieller und tatsächlicher Realisation für die Interpretation fruchtbar machen. In dem Wissen, dass *vrowen leitvurtrip* sind, wendet sich das Minnesänger-Ich an seine Dame, die es als *vrowe mine* und *minnen speghel*, also als „Inbegriff der Minne",[36] apostrophiert. Ambivalent sind die Bezugsmöglichkeiten der weiteren Apostrophen *Minne* (Vers 1) und *vrowe reine* (Vers 3) in Strophe 3, die sich sowohl auf die Dame des Minnesänger-Ich beziehen lassen oder aber auf die Personifikation Frau Minnes, die in Vers 1 evoziert wird. Die polyvalenten Zuordnungsmöglichkeiten lassen es offen, ob eine konkrete Dame oder die personifizierte Minne oder gar beide in einer Person angesprochen werden, die dem Minnesänger-Ich *spil*, ein ‚Freudenspiel', ist.[37] Das Spiel mit der Referenzierung wird noch weiter getrie-

---

[33] Zum mittelalterlichen Gebrauch von *flores* und *blumen* vgl. Gert Hübner, Lobblumen. Studien zur Genese und Funktion der „Geblümten Rede" (Bibliotheca Germanica 43), Tübingen / Basel 2000, S. 442f.

[34] Hages (Anm. 10), S. 160.

[35] Hages (Anm. 10) entwickelt eine ausführliche, an aristotelische Vorstellungen angelehnte Deutung der Strophe, in der sich der „Geist der neuen Philosophie" dokumentiere und die sie zudem durch Reinmars von Hagenau Preislied (MF 165,10) beeinflusst sieht. Vgl. ebd., S. 164–166, Zitat S. 166.

[36] Brunner / Klein (Hg.) (Anm. 3), S. 143; vgl. weiter Hages (Anm. 10), S. 166.

[37] Insofern verwundert es nicht, wenn Hages ebd., S. 159, 167 und Brunner / Klein (Hg.) (Anm. 3), S. 91 unterschiedliche Referenzierungen in ihren Übersetzungen und Kommentaren wählen.

ben, wenn das Minnesänger-Ich droht, die Anonymität seiner Dame von seiner emotionalen Notlage getrieben, herausschallen lassen zu müssen: *Snel, hel, ghel scrigh ich dinen namen, / samen ramen / enkan ich nicht mer mines kummers leitvůrtrip.* Anstelle der einem Skandalon gleichkommenden Namensenthüllung, die im reimtechnisch kunstvoll ausgestalteten Abgesang rhetorisch eindrücklich wie spannend inszeniert wird, folgt jedoch die Selbstnennung des Dichters: *Wizlav diz scrip!*

Der dadurch erzielte Effekt löst den aufgebauten Spannungsbogen und lenkt den Blick zugleich auf die Inszenierung bzw. Fiktionalität des Liedes, auf die textintern und damit auch innerhalb einer potenziellen Aufführung hingewiesen wird. Wie auch in Lied 6 wird ein Irritationsmoment gestiftet, das die Einheit von betroffenem Minnesänger-Ich, Vortragendem und Autor noch in der Aufführung in Frage stellt. Gleichzeitig wird eine rekursive Struktur erzeugt und der Blick auf die Artifizialität des Liedes gelenkt. Der am Ende des Minnelieds gegebene Schreibbefehl wurde ja bereits ausgeführt, als dessen Ergebnis das soeben aufgeführte bzw. – nimmt man eine Leserezeption an – gelesene Lied vorliegt. Aus einer potenziellen Realisation, dem Schreibauftrag, ist bereits eine tatsächliche Realisation geworden, die rekursiv zum Beginn der Strophe zurückführt. Diese Bewegung wird auch durch den Melodieverlauf gestützt. Brunner und Klein halten fest: „Die letzte [zu 3,9f. gehörende] Melodiezeile (ε) kehrt wieder in den Tonraum der Stollen zurück, sie stellt eine durch vier Zweier- und eine Dreierligatur ausgezierte Erweiterung der letzten Stollenzeile dar. Damit deutet sich ein Bezug zur Formidee der Rundkanzone an.“[38]

Vollzieht man diese Bewegung mit und fragt danach, was das dichterische Schaffen inspiriert hat, dann ist dieses nur scheinbar durch die im Natureingang entworfene Freude angestoßen, sondern – im Sinne der oben erläuterten poetologischen Lesart – durch eine Auseinandersetzung mit deren dichterischer Gestaltung durch ‚Farben‘ und ‚Blumen‘ im Sang. Eine solche Auseinandersetzung ist für Wizlavs Lied sowohl auf der Ebene der Melodie als auch des Inhalts von Hages diskutiert worden. Dass Melodie und Text gegenläufige Gliederungsmodelle für Wizlavs Lied konstituieren, die zu einer ‚konstruktiven Inkongruenz‘ führen, welche wiederum wegen ihrer vergleichbaren Struktur als Verweise auf das Kindheitslied des Wilden Alexander (KLD 1,V) und dessen Leich (KLD 1,VII) angesehen werden können, kann ich nicht nachvollziehen.[39]

---

[38] Brunner / Klein (Hg.) (Anm. 3), S. 142. Auf die Zweiteilung des Abgesangs in zwei Mal zwölf Takte weist auch Hages hin, wobei das Strophenende abgesetzt und mit einer ‚Da-capo-Form‘ vergleichbar sei. Vgl. Hages (Anm. 10), S. 173.

[39] Vgl. ebd., S. 174–176; ebenfalls eine Gegenläufigkeit von Text und Melodie und damit eine ‚konstruktive Inkongruenz‘ erkennt sie in Lied 2, was aber als Ausnahme in Wizlavs Werk zu gelten hat. Vgl. Mark Emanuel Amstätter, *Ihc wil singhen in der nuwen wise eyn let*. Die Sub-Strophik Wizlavs von Rügen und die Einheit von Wort

Jedoch finden sich intertextuelle Bezugnahmen auf ein Lied des Wilden Alexander (KLD 1,VI) und die Lieder 3, 16 und 17 Konrads von Würzburg.[40] Wizlav entwirft in seinem Lied eine Gegenposition zu der des Wilden Alexander, der von der Minne einen Auftrag erhält, über das durch sie erzeugte, ins Verderben führende Leid zu schreiben. Da Alexanders Lied wiederum als eine Gegenkonzeption des im Minnesang Konrads von Würzburg entworfenen Minne- und Frauenpreises gelesen werden kann, positioniert sich Wizlav mit seinem Lied in diesem literarischen Diskurs, indem er zwar auch den beim Wilden Alexander thematisierten Liebestod aufgreift, dann aber die tröstende, wie beglückende Wirkung der Minne bzw. des Singens über Minne konstatiert: *Du bist, de mich so wol vů̊rmach, / tu mir vroiden trostlichen tach, / ach, so ist min sorghe an mir cleine.* Während Eva Gümbel diese Verse ausschließlich auf die Gewährung des Minnelohns ausdeutet,[41] möchte ich auch hier zusätzlich eine poetologische Lesart in Anschlag bringen, die in der angerufenen Minnedame bzw. personifizierten Minne die Triebfeder der Dichtkunst sieht, die wiederum – wie in Strophe 1 zum Ausdruck gebracht – Freude bewirkt. Insofern verbindet sich mit der Autorsignatur Wizlavs eine komplizierte, rekursiv definierte Sprecherkonstruktion, die sowohl die Fiktionalität seiner Minnesängerrolle ausstellt, als auch seine Position als am Minnediskurs partizipierender Dichter reflektiert.

3. Dichtung über Dichtung

Ein Nachdenken oder sogar Reflektieren über Dichtung findet sich sowohl in Wizlavs Minneliedern als auch in seiner Sangspruchdichtung, die thematisch in erster Linie durch religiös-moralische Didaxe bestimmt ist und überwiegend durch ein aus der Religion schöpfendes Sangspruch-Ich vermittelt wird.[42] So artikuliert das Ich in der nur fragmentarisch überlieferten Strophe des ersten Tons, einer Tonweihstrophe, seinen Willen, ein Lied von seinem Schöpfer in einem neuen Ton dichten zu wollen.

Ich wil singhen
in der nuwen wise ein let

---

und Ton im Minnesang, in: PBB 124 (2008), S. 466–483, hier: 481. Zur Edition der genannten Lieder: Vgl. Deutsche Liederdichter des 13. Jahrhunderts, Bd. I, Text, hg. v. Carl von Kraus, 2. Aufl. durchgesehen v. Gisela Kornrumpf, Tübingen 1978.

40 Vgl. ebd., S. 168–172. Zur Edition der Lieder Konrads: C KonrW 3–5, W 42–44, 45–47, hg. v. Manuel Braun u. Stephanie Seidl, in: Lyrik des deutschen Mittelalters. Digitale Edition, hg. v. Manuel Braun, Sonja Glauch u. Florian Kragl, veröffentlicht seit 01.01.2019 (http://www.ldm-digital.de/autoren.php?au=KonrW&hs=C&sort2=Str, letzter Zugriff: 22.03.2023).

41 Vgl. Gümbel (Anm. 29), S. 108.

42 Vgl. Brunner / Klein (Hg.) (Anm. 3), S. 18.

von dem, der mich ghemachet hat.
der mach mir nemen und gheben, waz her wil.
  Ich wil bringhen
dartzu hertzę und den sin. ich ret,
daz al min heil an im bestat,
lip, gut, mut, leben, was des ist, der mach *des* vil
  Wol min spil   letzen,
daz ich tzu rechte haben ⟨...⟩

Seinem Schaffensdrang verleiht das Sangspruch-Ich durch Verwendung der anaphorischen Versanfänge *Ich wil* zu Beginn des 1. und 2. Stollens besonderen Nachdruck und artikuliert zudem, dass es sein *hertzę und den sin* einbringen möchte, wobei unter *sin* sowohl ‚Verstand' als auch ‚Kunstverstand' oder ‚dichterisches Vermögen' verstanden werden kann.[43] Wie es selbst geschöpft ist, schöpft es aus Gott, dem es seine Existenz, sein Heil und seine Fähigkeiten wie seine Inspiration verdankt. Durch die Betonung seiner Abhängigkeit von der Gnade Gottes begibt es sich in eine demütige Haltung. Auch wenn eine weitergehende Analyse der Konstruktion des Sangspruch-Ich aufgrund der fragmentarischen Überlieferung der Strophe nicht möglich ist, kann dennoch festgehalten werden, dass göttliche Unterstützung als die Triebfeder künstlerischen Schaffens in den Fokus gerückt wird.

Ebendies – aber in viel kunstvollerer Form – lässt sich auch für Strophe II,3 in Anschlag bringen.[44]

  Ich wende buwen uf eine stat.
de wort teten mir hin ablat,
wente iz was dar grundelos.   min hus begunde vallen.
  In der putten ich belac,
went her quam, der iz vormac,
her hob iz uf mit siner hant.   lute begundę ich scallen
  Und scre also: ‚Alpha & O,
din lop si ghevuret.
  Went din list kan   in de luft han,
daz iz nicht enruret
  Sewe noch der erden list,
darumme du der wise bist.
in dinen listen stet iz al, waz wir hir mughen kallen!'

Das Sänger-Ich berichtet davon, dass es sein Haus auf den falschen Grund gebaut habe und sein Haus gefallen sei. Durch Gottes Hilfe sei das gefallene

---

43 Vgl. ebd., S. 109.

44 Ähnlich Wachinger (Anm. 21), S. 905, zurückhaltender hingegen Brunner / Klein (Hg.) (Anm. 3), S. 112f.

Haus, als das Ich *in der putten belac*, also an einem Tiefpunkt angekommen war, wieder aufgerichtet worden, was bei ihm eine jubelnde Dankesreaktion auslöst und ihn ein Loblied anstimmen lässt: *lute begunde ich scallen / Und scre also.* Die Bildmetaphorik des Hausbaus hat Anknüpfungspunkte in Mt. 7,26: „Und jeder, der diese meine Worte hört und nicht danach handelt, ist ein Tor, der sein Haus auf Sand baute“, sowie in den Psalmen Ps. 127,1: „Wenn nicht der Herr das Haus baut, mühen sich umsonst, die daran bauen“, 18,17: „Er griff aus der Höhe herab und fasste mich, zog mich heraus aus gewaltigen Wassern“, und Ps. 40,3: „Er zog mich herauf aus der Grube des Grauens, aus Schlamm und Morast. Er stellte meine Füße auf Fels, machte fest meine Schritte.“[45] Neben dieser am Beispiel des Hausbaus gegebenen allegorischen allgemeinen Lehre, dass ein Plan nur mit Gottes Hilfe gelingen könne, kann der Hausbau auch in einem engeren Sinne auf die Sangeskunst bezogen werden,[46] was eine poetologische Lesart der Strophe nahelegt. Im Zusammenhang mit dieser schon von Burghart Wachinger vorgeschlagenen Deutung ist besonders die Interpretation des semantisch dunklen Verses, *de wort teten mir hin ablat*, von Interesse.[47] In den bisherigen Übersetzungen[48] wurde *wort* im Sinne des mnd. *wurt/wort* f., ‚Erhöhung, die Sicherheit und Schutz gegen aufsteigendes Waßer gewähren soll [...]; dann bes. die Stätte für landwirtschaftliche Gebäude oder Platz zum Hausbau‘[49] wiedergegeben. In der Bedeutung ‚Grundstück‘ ist das Wort von altsächsischer Zeit bis ins 16. Jahrhundert im niederdeutschen, westelbischen Sprachraum in Rechtstexten und Urkunden reich belegt.[50] D. h., dass man davon ausgehen kann, dass es in dieser Bedeutung von einem niederdeutschen Publi-

---

45 Vgl. Werg (Anm. 5), S. 43; Spittschuh (Anm. 5), S. 72.

46 Vgl. Wachinger (Anm. 21), S. 905, Brunner / Klein (Hg.) (Anm. 3), S. 112, sehen in Wachingers Deutung eine Verengung bzw. Vereindeutigung, die meines Erachtens jedoch nicht als solche beurteilt werden muss.

47 Zu forschungsgeschichtlichen Deutungsversuchen vgl. Bleck (Anm. 4), S. 137f. sowie dessen eigener Deutung, die die Strophe auf biographische Ereignisse aus dem Leben Wizlaws III. von Rügen bezieht, S. 23; vgl. weiter Brunner / Klein (Hg.) (Anm. 3), S. 113.

48 Vgl. den unvollständigen Vorschlag bei Werg (Anm. 5), S. 78f. und die Übersetzungen bei Spitschuh (Anm. 5), S. 112; Wachinger (Anm. 21), S. 433–435; Brunner / Klein (Hg.) (Anm. 3), S. 43; sehr frei übersetzen ins Englische Wesley Thomas / Barbara Seagrave, The Songs of the Minnesinger Prince Wizlaw of Rügen. With modern Transcriptions of his Melodies and English Translations of his Verse, Chapel Hill 1967, S. 102f.

49 Vgl. Mittelniederdeutsches Wörterbuch, hg. v. Karl Schiller u. August Lübben, 6 Bde., Bremen 1875–1881, hier: 5, Sp. 790.

50 Vgl. Deutsches Wörterbuch v. Jacob Grimm u. Wilhelm Grimm, digitalisierte Fassung im Wörterbuchnetz des Trier Center for Digital Humanities, Version 01/21, https://www.woerterbuchnetz.de/DWB?lemid=W29363 (letzter Zugriff: 22.03.2023), sub voce *wurt* f.

kum oder dem des angrenzenden mitteldeutschen Raumes verstanden wurde. Ungeklärt ist die genaue Bedeutung von *ablat*, dessen Graphie eine Mischform aus mnd. *aflat* und md. *ablaz* mit der Bedeutung ‚Abfluss'[51] darstellt. Merkwürdig ist diese Graphie insofern, als die Form nicht dem üblichen Schreibusus eines hochdeutsch dichtenden bzw. schreibenden Niederdeutschen entspricht.[52] Erwartbar wäre, dass wie auch in Lied 2,4 in *berouvet* der niederdeutsche Frikativ beibehalten und nicht als Plosiv wiedergegeben wurde. Ferner zeigt das Reimwort *ablat* entgegen der sonstigen überwiegenden Schreibgewohnheiten keine Lautverschiebung.[53] Zudem reimt *ablat* auf *stat* und stellt damit einen von insgesamt drei Reimen im Wizlav-Korpus eines niederdeutschen Wortes auf ein hochdeutsches Wort dar.[54] Damit dürfte man diesen Reim zumindest als sprachlich markiert bezeichnen. Leicht irritierend erscheint auch, dass *wort* im Plural verwendet wird. Wenn Horst Brunner und Dorothea Klein den 2. Vers mit ‚Die Fundamente entglitten mir'[55] übersetzen, und *hin-ablat-tuon* als Verb mit Akkusativ auffassen, dann geben sie die grammatische Struktur recht genau wieder, aber dennoch bleibt die Frage im strophischen Kontext, ob ein Haus tatsächlich mehrere Fundamente haben kann. Wachinger hingegen übersetzt freier mit ‚der Boden rutschte mir weg'[56]. Beide Übersetzungen vereindeutigen den Vers im Sinne der allgemeinen, allegorischen Lesart der Strophe und übergehen die angesprochenen Ungereimtheiten sowie die Homonymie von nd. *wort* f. und nd./hd. *wort* n., ‚Wort', auf die Wachinger in seinem Kommentar hinweist.[57] Als mögliche alternative Übersetzung, hinter die er allerdings ein Fragezeichen setzt, gibt er ‚die Worte entglitten mir' an. Diese Lesart, die auf das Dichten des Sangspruch-Ich zu beziehen wäre, sehe ich ebenfalls durch den Text gedeckt. Bekräftigt wird dies durch die dreifache Verwendung von *list* in Vers 9, 11 und 13, einem Begriff, der in einem weiteren Sinne als Verweis auf einen auch in der Sangspruchdichtung geführten *kunst*-Diskurs gesehen werden kann.[58] Im

---

[51] Als weitere Bedeutung kann ‚Ablass' im Sinne von *indulgentia* angenommen werden, jedoch erscheint mir diese im Kontext der Strophe nicht sinnvoll. Anders Bleck (Anm. 4), S. 23.

[52] Vgl. Klein, Niederdeutsch (Anm. 15), S. 208, 215.

[53] Allerdings ebenfalls unverschoben ist *tt* in *putten*, Vers 4.

[54] Ebenfalls unverschobenes *t* findet sich in Lied 10,6 im Reimwort *wit*, ‚weiß', das auf *lit*, ‚liegt' und *sit* ‚seither' reimt; ferner findet sich *wechter* : *echter* in Lied 3, 2,1/3. Vgl. Brunner / Klein (Hg.) (Anm. 3), S. 14.

[55] Vgl. Brunner / Klein (Hg.) (Anm. 3), S. 43.

[56] Vgl. Wachinger (Anm. 21), S. 433.

[57] Vgl. ebd., S. 906.

[58] Manuel Braun weist darauf hin, dass die Bedeutung des Themas ‚Kunst' in der Sangspruchdichtung zu Unrecht von der Forschung in den Mittelpunkt gerückt wurde. Dies ist auch keinesfalls das Zentrum dieser Strophe, dennoch halte ich die gehäufte Verwendung von *list* in dieser Strophe wie schon Wachinger (Anm. 21), S. 905, für ein aussagekräftiges Signal.

ersten und letzten Fall ist *list* auf Gottes Wirken bezogen und wird in der positiven Bedeutung von ‚Kunst', ‚Weisheit' oder ‚Können' verwendet, im mittleren Fall hat es die negative Bedeutung ‚Tücke', ‚schädliches Vermögen' oder ‚List', die dem widrigen Einfluss der Erde, dem ‚unfesten Grund', zugeschrieben wird. Durch den Reim hervorgehoben sind zudem die Verben *scallen*, ‚laute Freude zeigen, lobsingen', und *kallen*, ‚laut sprechen oder singen', die ebenfalls die Sangeskunst thematisieren. Wie das öfter für das Persolvieren von Gebetstexten verwendete *scrîen*,[59] das eine ausgeprägte Innigkeit beschreibt, charakterisieren die Verben Inhalt und Vortragsweise als hochgradig affektiv. Das Sangspruch-Ich führt also in der Strophe geradezu vor, wie es durch Gottes Hilfe wieder zu seiner Sangeskunst zurückfindet, wenn es erst im Sinne einer Historiola von dem in der Vergangenheit liegenden vorerst gescheiterten ‚Bauen' bzw. dem Entgleiten der Worte erzählt und an das vergangene, zum sängerischen Lob führende inspirierende Ereignis erinnert, welches in der jetzigen (hypothetischen) Aufführung in direkter Rede, singend vorgetragen, eine Aktualisierung erfährt.

Weder der hier etwas ausführlicher erläuterten poetologischen noch der anderen, allgemeineren Deutung der Strophe möchte ich den Vorzug geben, sondern vielmehr ihre Doppeldeutigkeit konstatieren, die zugleich mit der Konstruktion der Rolle des Sangspruch-Ich verquickt ist. Die allgemeine, auf Bibelworten basierende Lehre, dass man ohne Gottes Hilfe kein sicheres Fundament für das Gelingen eigener Vorhaben habe, wird in der Strophe eben nicht als allgemeiner Lehrsatz formuliert, sondern an die Sprech-Instanz des Sangspruch-Ich geknüpft. Die Exemplarizität der Lehre wird an die Rolle des Sänger-Ich rückgebunden und dadurch zugleich als partikulare Erfahrung autorisiert.[60] Weil es selbst erlebt hat, wie es in der *putten belac*, nachdem es auf den falschen Grund baute, dann aber mit Gottes Hilfe aus dieser Situation befreit und daraufhin zum Singen inspiriert wurde, kann es von der daraus gewonnenen Lehre in seinem Sangspruch dichten.

Eine weitere Auseinandersetzung mit der Dichtkunst findet sich in der Lobstrophe auf den Unghelarten (IV), einem Sangspruchdichter, der Wizlav mutmaßlich persönlich bekannt war.[61]

---

[59] Vgl. z. B.: Schriften Johanns von Neumarkt IV. Gebete des Hofkanzlers und des Prager Kulturkreises, hg. v. Joseph Klapper (Vom Mittelalter zur Reformation 6,4), Berlin 1935, S. 60 Z. 14, S. 94 Z. 1, S. 364 Z. 5, S. 368 Z. 16; vgl. zudem die Verwendung von *scrîen* in Lied 8,3,7.

[60] Zur Partikularität und exemplarischer Erfahrung vgl. Sonja Glauch / Katharina Philipowski, Zur Literaturgeschichte und Systematik vormodernen Ich-Erzählens, in: Glauch / Philipowski (Hg.) (Anm. 30), S. 1–61, hier: 44.

[61] Der Unghelarte wird gemeinhin mit einem um 1300 urkundlich in Stralsund belegten Hausbesitzer identifiziert. Keiner seiner Texte ist überliefert, lediglich sein Schwarzer

Der Unghelarte
hat ghemachet eine senende wise:
davon lidẹ ich groze not, er ich darnach singhe so ghetan ein done.
Iz ist so harte,
daz ich in an mineme sanghe prise,
sint ich iz bi minen tzitẹn nie hán ghehort. durch daz dunket iz mich scone.
Nu volghẹ ich im durch daz her mich hat ghebracht in de leide,
durch daz ich mannen und den wibẹn muz mit fin underscеide
Machen einẹ senẹnde *wise* hůre.
daz diu were sconẹ unde tůre!
So woldẹ ich sprechen:
nu hat gheganghen miner kunsten rute.
kinder allẹ, ich saghe uch daz: hi ist diser[62] senẹnde claghe sůze lute.

Die *senende wise* des Unghelarten wird in ihrer Einzigartigkeit als Vorbild gepriesen, dem das Sangspruch-Ich nachzueifern sucht. So ist die Bezugnahme auf den Unghelarten, dessen Name prominent an den Beginn der Strophe gesetzt wird, lediglich der Ausgangspunkt für ein Nachdenken über die Mühen des eigenen Schaffens.[63] Diese Reflexion dominiert die gesamte Strophe, deren am häufigsten verwendetes Wort *ich* ist. Das Sangspruch-Ich beschreibt den mühevollen Prozess, den Unghelarten zu loben und ein annähernd schönes, sehnsuchtsvolles außergewöhnliches Lied zu schaffen, das seinem gleichkommt. Der Gebrauch des deiktischen Adverbs *hi ist diser senẹnde claghe sůze lute* im letzten Vers impliziert, dass der Versuch gelungen ist.[64] Mit diesem geglückten Versuch, an die Qualität des Unghelarten anzuknüpfen, reiht sich Wiz-

Ton ist in der Ungarnchronik Heinrichs von Mügeln belegt sowie bei den Meistersingern. Vgl. Löser (Anm. 7), S. 394; Horst Brunner, Die alten Meister. Studien zu Überlieferung und Rezeption der mittelhochdeutschen Sangspruchdichter im Spätmittelalter und in der frühen Neuzeit (MTU 54), München 1975, S. 188; Brunner / Klein (Hg.) (Anm. 3), S. 123; Burghart Wachinger, Der Ungelehrte, in: ^{2}VL 10 (1999), Sp. 75–77.

62 Anders als Brunner / Klein (Hg.) (Anm. 3), die handschriftliches *diser* zu *dise* bessern, – vgl. dazu den Kommentar S. 124 – verzichte ich auf die Besserung und nehme an, dass *lute* am Versende eine hochdeutsche Form von mnd. *lude* m. ‚Laut, Schall' ist. Vgl. Schiller / Lübben (Anm. 49), Bd. II, Sp. 753. Zu übersetzen wäre der letzte Vers dann mit ‚hier ist dieser sehnsuchtsvolle klagesüße Schall'.

63 Vgl. Mirjam Burkard, Sangspruchdichter unter sich. Namentliche Erwähnungen in den Sprüchen des 12., 13. und 14. Jahrhunderts (Beiträge zur älteren Literaturgeschichte), Heidelberg 2012, S. 275–282, hier: 282.

64 Die Forschung ist sich bislang uneinig, ob die Strophe über den Unghelarten als eine Einleitung für das nachfolgende Lied 2 *Nach der senẹnden claghe muz ich singhen!* oder aber als davon unabhängig zu beurteilen sei. Insofern ist nicht entscheidbar, ob der gelungene Versuch in der Sangspruchstrophe oder in der nachfolgenden Minneklage vorliegt. Zur Forschungsdiskussion vgl. Burkard (Anm. 63), S. 280f.; vgl. weiter Brunner / Klein (Hg.) (Anm. 3), S. 123.

lav selbst also als lobenswert in die Tradition der Sangspruchdichtung ein und wählt dafür eine Strategie des In-die-Nachfolge-Stellens, die ihm ein Sprechen über sich selbst erlaubt und ihn einmal mehr jeglichen *Superbia*-Verdachts enthebt.[65]

In Lied 2 findet sich schließlich eine Selbstäußerung des Minnesänger-Ich, die zumindest als Ansatz eines Nachdenkens über die eigene Lieddichtung in Relation zur Minne und den damit verbundenen Erfahrungen gesehen werden kann.

1 Nach der senẹnden claghe muz ich singhen!
kundẹ ich mir selben bringhen
vroide nach dem willen min,
Daz ich muchte leben ane swere,
so werẹ ich vroidenbere,
hohes mutes woldẹ ich sin.
So vůrwunnẹ ich alle senẹnde wise,
daz ich wol tzu prise
immer an daz alter vrolich grise
sunder allen pin.

2 In hoher werdẹ ein leplich abentůre
tut mir de minne hůre,
wen ich denkẹ ir werdicheit.
We nach wunsche wol ghetan ein bilde
vor minen oughen spilde,
de mich an daz hertze sneit
Mit ghewelde, clar also de sunne:
waz ist bezzer wunne,
wen se mit ir scone twinghen kunne,
de de lebe treit?

3 Se scoz mich durch de oughen in das hertze,
unttzunde*tz* sam ein kertze
weldilichen tzu ghevloghen.
Sus berouvet se mich miner sinne,
de mınnıngliche minne.
seth, we se hat mich betroghen!
Wen de lebe liche waghe stellet
und in minne sellet,
so der hertzelebe wol ghevellet:
lep durch lep ghetzoghen.

Das Minnesänger-Ich beginnt mit der Ankündigung, dass es [n]*ach der senẹnden claghe* singen werde bzw. müsse, weil es sich selbst keine Freude gemäß seinem Willen bereiten könne. Hier kann eine Selbstbezüglichkeit zur eigenen Dich-

[65] Vgl. Burkard (Anm. 63), S. 282; vgl. hierzu auch die Diskussion bei Löser (Anm. 7), S. 380–382.

tung gesehen werden, die nicht in der Lage ist, ihn seinen Kummer überwinden zu lassen. Stattdessen dominiert sein Minneleid, das die Wahl des Klagetons begründet und seiner eigenen Betroffenheit Ausdruck verleiht. Die lenkende Kraft der Minne ist auch Thema der zweiten Strophe. Sie ermöglicht dem Minnesänger-Ich *ein leplich abentůre*, der ein wunderschönes, leuchtendes Bild vor seinen Augen imaginieren kann, das ihm jedoch mit Gewalt ins Herz schneidet. Während das Ich dieses Erlebnis noch als außergewöhnliche Wonne empfindet, da es von der *scone* [...], *de de lebe treit*, bezwungen wurde, erweist sich die Imagination letztlich als Betrug, weil die überwältigende wie gewaltvolle Erfahrung ihm die Sinne raubt und damit auch seine Imagination verschwindet. Wie einen Schuss durch die Augen ins Herz beschreibt das Minnesänger-Ich das gewaltsame Eindringen der Schönen, die sein Herz wie eine Kerze entzündet. Der emotionale Höhepunkt der Strophe ist der klagende, an die *minningliche minne* gerichtete Ausruf: *seth, we se hat mich betrogen!*

Motivisch wie im Wortlaut orientiert sich Wizlav an einem Minnelied Wenzels von Beheim (KLD 65,I: 1,1–5), aus dem er die Idee der durch die Minne als *abentůre* charakterisierte Imagination entlehnt.[66] Mit dem Eindringen durch die Augen ins Herz greift er auf ein frequentes in religiösen Texten wie im Minnesang gleichsam präsentes Motiv zurück, das durch die Lyrik Heinrichs von Morungen angeregt sein dürfte, mit dessen Werk sich über das in der Strophe aufgerufene Gewaltparadigma weitere Übereinstimmungen ergeben.[67] Das Kerzenmotiv, das ebenfalls in Lied 5 begegnet, scheint originär von Wizlav zu stammen wie auch das Motiv der Waage,[68] das er im Abgesang dafür verwendet, um einen Lehrspruch zu formulieren, der sich gegen die entfesselte Gewalt der Minne wendet und für ein ausgewogenes, maßvolles Lieben wirbt. Mit diesem allgemeingültigen Spruch wechselt das Ich gewissermaßen die Rolle und damit auch die Gattung vom betroffenen Minnesänger-Ich, dessen Triebfeder eine entfesselte Minne war, zu einem aus der Distanz sprechenden ratgebenden Sangspruch-Ich, das aus der *wunne* bereitenden, aber auch betrügerischen *abentůre* eine Lehre ableitet. Inwiefern hier kalkuliert Gattungsgrenzen unterlaufen wurden, lässt sich nicht sicher entscheiden und daher auch keine Interpretation als etwaige Reflexion über die eigene Dichtung zu.[69] Allerdings lässt sich im-

---

66 Vgl. Brunner / Klein (Hg.) (Anm. 3), S. 128.

67 Vgl. ebd. mit dem Verweis auf Beate Kellner, Gewalt und Minne. Zu Wahrnehmung, Körperkonzept und Ich-Rolle im Liedcorpus bei Heinrich von Morungen, in: PBB 119 (1997), S. 33–66, hier: 37–46; vgl. weiter Werg (Anm. 5), S. 54f.

68 Vgl. Brunner / Klein (Hg.) (Anm. 3), S. 128. Vgl. auch den Beitrag von Horst Brunner in diesem Band.

69 Zu Gattungsinterferenzen von Sangspruch und Minnesang vgl. Dorothea Klein, Minnesang, in: Klein / Haustein / Brunner (Hg.) (Anm. 16), S. 119–133, hier: 121–123. – Hingewiesen sei in diesem Zusammenhang noch auf die Einordnung des Liedes 2 in

merhin ein Spiel mit den fluiden Gattungsgrenzen von Minnesang und Sangspruch und dessen Auswirkung auf die Rollenkonstruktion im Zusammenspiel mit der Aufführungssituation konstatieren.

4. Rollenkonstruktion im Zusammenspiel

Betrachtet man die ästhetischen Rollenkonstruktionen in den bisher analysierten Sangsprüchen, dann lässt sich das Sangspruch-Ich in erster Linie als gläubiger, in seiner Kunst durch Gott inspirierter Sänger charakterisieren, dessen Quelle und Triebfeder eigene religiöse Erfahrungen sind, die er in ihrer lehrhaften Exemplarizität zum Thema seiner Dichtung werden lässt. Sein Sprechhabitus changiert zwischen Gläubigem bzw. Betendem, Dichter und belehrendem Ratgeber und vereint diese Rollen für die Dauer der (virtuellen) Inszenierung in seiner *persona*.[70] In den übrigen Sangsprüchen Wizlavs sind die Ich-Rollen weniger komplex angelegt und zumeist auf eine Sprechhaltung konzentriert oder sogar bis zum Verschwinden reduziert.[71] Äußerst einfach gestaltet ist auch die Rolle des Sangspruch-Ich in VI, einer aus dem Habitus des belehrenden Ratgebers an einen jungen Mann gerichteten Strophe.

J, wo es sich zwischen den Sangsprüchen IV und V,1 findet. In diesem Bereich des Wizlav-Korpus wechseln sich Sprüche und Lieder ab und erfuhren wohl auch deswegen forschungsgeschichtlich unterschiedliche Zuordnungen. Vgl. dazu die Konkordanz bei Brunner / Klein (Hg.) (Anm. 3), S. 155.

70 Aus der Ich-Perspektive eines exemplarischen Gläubigen sind die Gebetsstrophen an Maria (II,2) und an Jesus (II,6) formuliert. Im Habitus eines Predigers deutet die Sangspruch-Stimme den Traum Nebukadnezars (II,7–8) als Parabel für den kommenden Weltuntergang, nach dem sich alle Menschen für ihr Handeln verantworten müssen. Eine solche *memento-mori*-Thematik, gesprochen in vergleichbarem Habitus eines mahnenden Predigers, findet sich auch in II,1. Aus der Position eines belehrenden Ratgebers mahnt das Sprecher-Ich in II,9, Verantwortung für das eigene Tun zu übernehmen. Inhaltlich ist auch die Rätselstrophe II,5 in diesen Zusammenhang zu stellen, in der das Sangspruch-Ich in einer lehrerhaften Rolle agiert. Ebenfalls ein moralisch-didaktischer Anspruch steht in den Scheltstrophen III,1 und V im Mittelpunkt. In ersterer distanziert sich das Sänger-Ich von einem bösen Mann und bekennt sich selbst zum Guten; in der zweiten kritisiert das Ich einen Ehrlosen, der andere durch schlechte Nachrede verleumdet. – Zum an Ciceros Ethik und Rhetorik angelehnten *persona*-Konzept und seine Übertragung auf die ästhetische Identität von Sangspruchdichtern vgl. Lauer, Ästhetik (Anm. 25), S. 32–41; zur inszenierten Rollenhaftigkeit vgl. dies., Inszenierung (Anm. 25), S. 117.

71 Als Beispiel wäre II,4 zu nennen, die vom Selbstopfer eines römischen Ritters nach Vorlage der Jovinussage erzählt, die direkt oder indirekt aus der ‚Kaiserchronik' entnommen wurde, da dort auch das bei Wizlav in Vers 9 belegte Motiv des Hutes erstmals verwendet wird. Vgl. die Nachweise bei Brunner / Klein (Hg.) (Anm. 3), S. 17 und S. 113f.

Ich warne dich, vil jungher man ghetzarte:
halt milden mut!
Waz dir davon heiles gheschicht! nu warte,
daz du bist gut!
Dem valschen rate du untwiche.
de heilighe̥ untfan dich al gheliche,
*d*ine scone sele̥, in ghotes hohe*m* riche.

Schlicht im Aufbau, gängige Motive der Jugendbelehrung aufgreifend und klar in der Botschaft, erhebt diese Strophe zwar einen moralisch-didaktischen Anspruch, erscheint jedoch wenig kunstvoll, sofern man nur den Text betrachtet. Erst die Melodieführung, die Horst Brunner als „ein unter den (erhaltenen) Spruchtönen einzigartiges Virtuosenstück“[72] bezeichnet, lässt das Sangspruch-Ich in seiner Kunstfertigkeit hervortreten. Während Horst Brunner und Dorothea Klein die einzige Bedeutung des Textes darin sehen, „Träger für diese Melodie zu sein“[73], möchte ich ihnen zwar keineswegs widersprechen, aber dennoch nach dem Zusammenspiel von Text und Melodie fragen. Gleich auf das erste Wort der Strophe, *Ich*, fällt ein zwölftoniges Melisma, das die Virtuosität eben dieses Sangspruch-Ich, weniger in seiner Rolle als Ratgeber, sondern in erster Linie als Melodiedichter und Sänger ausstellt. Denn Tonvielfalt oder in diesem Fall die Einzigartigkeit eines Tons muss als ein zeitgenössisches Bewertungskriterium für die Güte von Spruchdichtung gelten.[74] Auch im weiteren Verlauf der Strophe werden zahlreiche Melismen eingesetzt, so dass der Fokus auf der Klanglichkeit und nicht auf dem Verständnis des Textes liegt. Wie das einleitende *Ich* wird das erste Wort des 2. Stollen, *Waz*, besonders hervorgehoben; durch ein Melisma von jeweils 15 Tönen werden das *-den* aus *milden* und *bist* betont, wodurch die Tugend der Freigiebigkeit und das entsprechende Handeln des Angesprochenen in Beziehung gesetzt werden. Den absoluten Höhepunkt bildet schließlich „ein schier endloses Melisma, ein[] regelrechte[r] Jubilus auf dem Wort *ghotes*“[75] in der Schlusszeile des Abgesangs. Auf diese Weise wird durch die musikalische Gestaltung der Strophe der belehrende Ratschlag des Sangspruch-Ich an den *junghe*[n] *man ghetzarte* mit einem Gotteslob verbunden, das auf der Textoberfläche allein jedoch gar nicht sichtbar ist und entscheidend zur Konstruktion des Sangspruch-Ich beiträgt.

---

72 Horst Brunner, Formgeschichte der Sangspruchdichtung des 12. bis 15. Jahrhunderts (Imagines medii aevi 34), Wiesbaden 2013, S. 137.

73 Brunner / Klein (Hg.) (Anm. 3), S. 16; vgl. auch S. 125.

74 Vgl. Löser (Anm. 7), S. 377–379.

75 Christoph März und Lorenz Welker, Überlegungen zur Funktion und zu den musikalischen Formungen der ‚Jenaer Liederhandschrift‘, in: Klein / Ehlert / Schmid (Hg.) (Anm. 7), S. 129–152, hier: 143.

Auch die Analyse von Lied 8 konnte zeigen, dass das Zusammenspiel von Melodie und Text in seiner Verweisfunktion auf einen literarischen Diskurs, in dessen Tradition sich Wizlav positioniert, die komplizierte Konstruktion der Sprecherrolle und die verbundenen Deutungshorizonte planvoll ergänzt. Die Untersuchung von Lied 2 hat einen Einblick gegeben, wie Wizlav verschiedene Motive aus Werken anderer Minnesänger kombiniert und zu einem eigenen Minnelied umformt, in dem die Minne zwar die entscheidende Triebfeder seiner Empfindungen und Dichtung ist, diese in ihrer Zügellosigkeit aber aus einer Haltung eines Sangspruch-Ich kritisiert wird. Insofern ist die Rollenkonstruktion des Ich durchaus als gattungspolyvalent zu charakterisieren. Spezifisch gestaltet sich auch in den Liedern 6 und 8 die Gestaltung des Minnesänger-Ich durch die Platzierung der textinternen Autorsignaturen, die in der (virtuellen) Aufführung selbst als Fiktion ausgestellt wird. Anders liegt der Fall in der Gebetsstrophe III,2, wenn sich Wizlav als Beter und Dichter in seinem Gebet nennt. Niemals verstößt er dabei gegen das Tabu des *rüemens*; vielmehr wählt er für das Sprechen aus der Ich-Perspektive über sich und seine Dichtung Strategien wie die des Sich-in-die-Tradition-Stellens (IV, Lied 8), die Rede in der dritten Person (III,1, Lied 6 und 8) und auch sein Minnesänger-Ich wahrt stets die höfischen Konventionen des Sagbaren, beispielsweise indem er die Fiktionalität seiner Rolle in der Aufführungssituation ausstellt. Insofern sind bei Wizlav trotz einer (erwartbaren) Konventionalität von Themen sowie Motiven, die er aus Werken zahlreicher anderer Dichter entlehnt, durchaus Raffinessen und spezifische ästhetische Verfahren zu beobachten, die die Urteile der älteren Forschung revisionsbedürftig erscheinen lassen.[76]

Abstract: In this essay, selected Sangsprüche and Minnelieder by Wizlav are analysed with regard to their poetic-aesthetic quality. The focus is on the staging and reflection of the roles of Sangspruch-, Minnesinger- and author-I as well as the literary references in Wizlav's work. In particular, the mentions of his name, which must be regarded as an exception in medieval Sangspruch poetry, are analysed with regard to their function in the construction of those roles.

---

[76] Verwiesen sei hier auf die jüngst erschienene Beurteilung von Brunner / Klein (Hg.) (Anm. 3), S. 19: „Alles in allem: Wizlav ist zwar sicherlich kein sehr bedeutender, aber doch ein interessanter Vertreter des Spruchsangs um 1300.“ Vgl. den Beitrag von Horst Brunner in diesem Band.

Wolfram-Studien XXVII (2025)
Erich Schmidt Verlag Berlin

Minnesang in Norddeutschland

Überlieferung und Sänger aus dem niederdeutschen Sprachraum

von TANJA MATTERN (Düsseldorf)

1. Doppelte Marginalisierung: Niederdeutsche Literaturgeschichte und später Minnesang

In den einschlägigen Literatur- und Gattungsgeschichten spielt der Minnesang aus Norddeutschland, wenn er überhaupt thematisiert wird, eine äußerst untergeordnete Rolle.[1] Das hängt zunächst mit der Überlieferungslage zusammen, denn die Handschriften oder Handschriftenfragmente, die sich auf den ersten Blick dem niederdeutschen Sprachraum zuordnen lassen, sind – verglichen mit den großen Sammlungsprojekten im Süden – überschaubar. Doch schon Karl Bartschs Befund zur Jenaer Liederhandschrift hat gezeigt, dass die Literatur-

[1] Ich verwende die Begriffe Norddeutschland/norddeutsch im Sinne von nördlich der Benrather Linie und damit weitgehend synonym mit ‚niederdeutsches Sprachgebiet' (abgesehen vom Niederfränkischen), auch wenn Teile des Gebietes, um das es besonders geht, ebenso einer mitteldeutschen Region zugerechnet werden können. Vgl. Jürgen Wolf, Mitteldeutschland. Ein historischer Kultur- und Literaturraum, in: Deutsch-russische Arbeitsgespräche zu mittelalterlichen Handschriften und Drucken aus Halberstadt in russischen Bibliotheken, hg. v. Rudolf Bentzinger u. a. (Akademie gemeinnütziger Wissenschaften zu Erfurt. Sonderschriften 43), Erfurt 2012, S. 25–34. Zur literaturgeschichtlichen Bewertung vgl. exemplarisch Joachim Bumke, Geschichte der deutschen Literatur im hohen Mittelalter (Geschichte der deutschen Literatur im Mittelalter 2), 4. Aufl., München 2000, S. 301: „Norddeutschland und die nordwestlichen Territorien fallen völlig aus, abgesehen von einigen dichtenden Fürsten: dem Herzog Johann von Brabant, dem Grafen von Anhalt und dem Markgrafen Otto von Brandenburg. Der Meißner Hof und der böhmische Hof, die beiden bedeutendsten literarischen Zentren in der zweiten Hälfte des 13. Jahrhunderts, sind in den Lyriksammlungen nur durch ein paar Lieder Markgraf Heinrichs III. und König Wenzels II. vertreten. Wahrscheinlich ist ein großer Teil der höfischen Lyrik verloren gegangen." Vgl. auch Helmut de Boor, Die Höfische Literatur. Vorbereitung, Blüte, Ausklang 1170–1250, 11. Aufl. bearb. v. Ursula Hennig (Geschichte der deutschen Literatur. Von den Anfängen bis zur Gegenwart 2), München 1991, S. 326f.

sprache der Lyrik in dieser Region mitteldeutsch geprägt ist.[2] Vor allem die Arbeiten von Thomas Klein haben den Typus des am Mitteldeutschen orientierten niederdeutschen Schreibers klarer hervortreten lassen.[3] Etliche Handschriften und Fragmente, die daher zunächst dem mitteldeutschen Sprachraum zugeordnet wurden, sind bereits neu lokalisiert worden, bei anderen steht eine Überprüfung womöglich noch aus. Obwohl dies nicht neu ist, fehlt nach wie vor eine Erfassung und Neubewertung der Bedeutung Norddeutschlands für die Lyriküberlieferung. Den ersten Teil dieses Beitrags bildet daher eine Übersicht über Sänger und Überlieferung aus dem niederdeutschen Sprachraum und ein exemplarischer Blick auf die Walther-Überlieferung, speziell die Wolfenbütteler Fragmente U als Beispiel eines hochdeutschen Sängers in norddeutscher Überlieferung.

Die bisherige Einschätzung des Minnesangs im niederdeutschen Sprachraum hängt jedoch auch damit zusammen, dass sich insbesondere der Norden und der Osten auf der Produktionsseite durch eine späte Blüte des Minnesangs auszeichnen – die periphere Bedeutung der späten Minnesänger mit überschaubarem Œuvre trifft sich so mit der grundsätzlichen ‚Randständigkeit' der Literatur des niederdeutschen Sprachraums in der Forschung.[4] Da die norddeutschen Sänger sich ebenfalls der hochdeutschen Sprache bedienten und überwiegend in den südwestdeutschen Sammelhandschriften überliefert sind, wurden ihre Texte meist aus Sicht der Minnesang-Forschung unter die hochdeutsche Gattungsgeschichte subsumiert oder seltener aus einer dezidiert regionalgeschichtlichen Perspektive betrachtet. Eine niederdeutsche Literaturgeschichtsschreibung bewegt sich dementsprechend in einem Spannungsfeld zwischen diesen beiden Polen. Betrachtet man den sprachlichen Befund jedoch nicht als Defizit, dann ergibt sich daraus gerade ein Spezifikum dieses Raums, das auch schon das Sprachbewusstsein der mittelalterlichen niederdeutschen Dichter und Schreiber geprägt zu haben scheint.[5] Helmut Tervooren hat so den

---

2 Vgl. Karl Bartsch, Untersuchungen zur Jenaer Liederhandschrift (Palaestra 140), New York 1923.

3 Vgl. u. a. Thomas Klein, Zur Verbreitung mittelhochdeutscher Lyrik in Norddeutschland (Walther, Neidhart, Frauenlob), in: ZfdPh 106 (1987), S. 72–112; ders., Niederdeutsch und Hochdeutsch in mittelhochdeutscher Zeit, in: Die deutsche Schriftsprache und die Regionen. Entstehungsgeschichtliche Fragen in neuer Sicht, hg. v. Raphael Berthele u. a. (Studia linguistica Germanica 65), Berlin / New York 2003, S. 203–229.

4 Vgl. Doreen Brandt / Tanja Mattern, Workshopbericht, „Vergessene Sänger, unbekannte Lieder. Prozesse und Mechanismen der Kanonbildung im Minnesang seit dem 19. Jahrhundert", in: Walther von der Vogelweide. Düsseldorfer Kolloquium 2018, hg. v. Ricarda Bauschke u. Veronika Hassel (Wolfram-Studien 26), Berlin 2020, S. 453–467.

5 Vgl. Hartmut Beckers, Zum Wandel der Erscheinungsformen der deutschen Schreib-

Rhein-Maas-Raum als ursprünglich zusammenhängenden Kulturraum beschrieben und seine literarischen wie sprachlichen Charakteristika herausgearbeitet.[6] Einen Anstoß zur kulturtopographischen Profilierung von Sprachlandschaften haben auch Nigel F. Palmer und Hans-Jochen Schiewer gegeben, die einen „um rezeptionsgeschichtliche und intermediale Aspekte erweiterten überlieferungsgeschichtlichen Ansatz[ ]" verfolgen.[7] In Anlehnung daran soll im zweiten Teil der bisher weniger beachtete Nordosten mit seinen spezifischen historischen, kulturellen und sprachlichen Rahmenbedingungen in den Blick genommen werden, soweit dies hier möglich ist. Der Fokus liegt auf den Höfen der Askanier, der Markgrafen von Brandenburg und der Grafen von Anhalt, die nicht nur Kultur und Literatur im Zuge des Landesausbaus gefördert haben sowie in vielfältiger Weise mit anderen literarisch aktiven Höfen des Ostens in Verbindung standen, sondern sich auch selbst als Minnesänger betätigten.

2. Überblick über die Lyriklandschaft des niederdeutschen Raumes

In frühmittelniederdeutscher Zeit bestand ein „eigentümliche[s] Spannungsverhältnis" zwischen der gesprochenen und der geschriebenen deutschen Sprache, denn neben die in Norddeutschland länger gepflegte lateinische Schriftsprache trat ab etwa 1170 im ostfälischen Gebiet nicht das Niederdeutsche, sondern eine „importierte" mittelhochdeutsche Literatursprache.[8] Für Norddeutschland ist

---

und Literatursprache Norddeutschlands im ausgehenden Hoch- und beginnenden Spätmittelalter (rund 1170–1350), in: Niederdeutsches Wort 22 (1982), S. 1–39. Beispiele sind die mitteldeutschen Reimvorreden zu niederdeutschen Prosatexten (z. B. S. 20).

6 Vgl. Helmut Tervooren, Van der Masen tot op den Rijn. Ein Handbuch zur Geschichte der mittelalterlichen volkssprachlichen Literatur im Raum von Rhein und Maas, Berlin 2006.

7 Vgl. Barbara Fleith / René Wetzel, Einleitung: Kulturtopographie des deutschsprachigen Südwestens im späteren Mittelalter, in: Kulturtopographie des deutschsprachigen Südwestens im späteren Mittelalter. Studien und Texte, hg. v. dens. (Kulturtopographie des alemannischen Raums 1), Tübingen 2009, S. XI–XXII, hier: XI; Nigel F. Palmer / Hans-Jochen Schiewer, Literarische Topographie des deutschsprachigen Südwestens im 14. Jahrhundert, in: Regionale Literaturgeschichtsschreibung. Aufgaben, Analysen und Perspektiven, hg. v. Helmut Tervooren u. Jens Haustein (ZfdPh. Sonderheft 122), Berlin 2003, S. 178–202.

8 Beckers (Anm. 5), S. 1f. u. 14; Gerhard Cordes, Mittelniederdeutsche Dichtung und Gebrauchsliteratur, in: Handbuch zur niederdeutschen Sprach- und Literaturwissenschaft, hg. v. Dieter Möhn u. dems., Berlin 1983, S. 351–390, hier: 352. Der Schwerpunkt liegt besonders im elbostfälischen Gebiet östlich des Harzes. Beckers benutzt den problematisierten Begriff der „mittelhochdeutschen Dichtersprache", auch wenn

daher kennzeichnend, dass im 12. und 13. Jahrhundert sowohl die Produktion als auch die Rezeption von volkssprachiger Literatur weitgehend auf Hochdeutsch bzw. in einem „mit nur wenigen niederdeutschen Zügen durchsetzte[n] Mitteldeutsch“ erfolgte.[9] Nach ersten Ansätzen einer niederdeutschen Schriftsprache im 13. Jahrhundert vollzog sich der gänzliche Übergang dazu erst zwischen 1350 und 1400.[10] Dieser Befund ist jedoch nicht nur für die richtige Lokalisierung von Dichtern und Handschriften von Belang, sondern auch für das grundlegende Verständnis dieses Kulturraumes, der durch das daraus resultierende Nebeneinander verschiedener Sprachvarietäten und den erst allmählichen Übergang zur niederdeutschen Schriftsprache geprägt wird. Dies wird jedoch nur sichtbar, wenn auch hochdeutsche oder gemischtsprachige Texte zum Bestandteil der regionalen Literaturgeschichte werden, was ihre gleichzeitige Zugehörigkeit zu einer überregionalen Gattungsgeschichte freilich nicht ausschließt.[11]

Den ersten eigenen Textproduktionen aus dem niederdeutschen Gebiet ging die Rezeption hochdeutscher höfischer Dichtung voraus, das dürfte für den Minnesang ebenso zutreffen wie für die Epik.[12] Als frühe Zentren volksspra-

---

er damit wohl keine einheitliche Schreibsprache meint. In der Paulschen Grammatik wird sie definiert als „lexikalisch und stilistisch bestimmte[r] Funktiolekt der mhd. ‚klassischen‘ Versdichtung“, der im Bereich der Laute und Formen nicht einheitlich gewesen ist. Hermann Paul, Mittelhochdeutsche Grammatik. 25. Aufl., neu bearb. v. Thomas Klein, Hans-Joachim Solms u. Klaus-Peter Wegera. Mit einer Syntax von Ingeborg Sch[r]öbler, neubearb. u. erw. v. Heinz-Peter Prell (Sammlung kurzer Grammatiken germanischer Dialekte. A. Hauptreihe 2), Tübingen 2007, S. 12. Vgl. zur Dichtersprache auch Rudolf Bentzinger, Die mittelhochdeutsche ‚Dichtersprache‘ im sprachgeschichtlichen Kontext, in: Geschichte der Deutschen Literatur. Bd. 2: Mitte des 12. bis Mitte des 13. Jahrhunderts, hg. v. Rolf Bräuer u. a., Berlin 1990, S. 57–77, 781–783; ausführlich zur Forschungsgeschichte und zum Forschungsstand Nina Bartsch, Programmwortschatz einer höfischen Dichtersprache. *hof / hövescheit, mâze, tugent, zuht, êre* und *muot* in den höfischen Epen um 1200 (Deutsche Sprachgeschichte. Texte und Untersuchungen 4), Frankfurt a. M. u. a. 2014.

9 Klein, Verbreitung mittelhochdeutscher Lyrik (Anm. 3), S. 73.

10 Vgl. Beckers (Anm. 5), S. 2; Robert Peters, Soziokulturelle Voraussetzungen und Sprachraum des Mittelniederdeutschen, in: Sprachgeschichte. Ein Handbuch zur Geschichte der deutschen Sprache und ihrer Erforschung, hg. v. Werner Besch u. a., Bd. 2 (Handbücher zur Sprach- und Kommunikationswissenschaft 2, 2), 2., vollständig neu bearb. u. erw. Aufl., Berlin / New York 2000, S. 1409–1422, hier: 1413.

11 Obwohl Hartmut Beckers die Bedeutung der verschiedenen Erscheinungsformen der norddeutschen Schreibsprache betont, behandelt er die hochdeutschen und hochdeutsch-niederdeutschen Texte in seiner Bestandsaufnahme nur kurz, da sie „mit größerem Recht“ in der mittelhochdeutschen bzw. frühneuhochdeutschen Literatur zu verorten seien. Mittelniederdeutsche Literatur – Versuch einer Bestandsaufnahme (I–III), in: Niederdeutsches Wort 17–19 (1977–79), S. 1–58, 1–47, 1–28, hier: (I) 7.

12 Vgl. Beckers (Anm. 5), S. 14. Zur geographisch-dialektalen Verteilung der Epik-Handschriften vgl. Thomas Klein, Ermittlung, Darstellung und Deutung von Ver-

chiger Schriftlichkeit gelten die welfische Residenz Braunschweig und das Erzbistum Magdeburg.[13] Die niederdeutschen Dichter des 13. Jahrhunderts bedienten sich gerade auf diesen literarischen Feldern einer hochdeutschen Sprache, auf denen es entsprechende Vorbilder gab. Während daher Eilhart von Oberg den ‚Tristrant' in einem mitteldeutschen Idiom hessisch-thüringischer Prägung verfasste, kam es im Bereich der Geschichtsdichtung und des Rechts bereits in der ersten Hälfte des 13. Jahrhunderts zu ersten Texten in niederdeutscher Sprache.[14] Neben der Vorbildlichkeit der höfischen Literatur aus dem angrenzenden Sprachgebiet dürfte für diese Entscheidung auch das Zielpublikum relevant gewesen sein, eine (auch) hochdeutsch sprechende höfische Elite. Insbesondere Eilharts Text könnte dem „am Braunschweiger Hof noch im Fluß befindlichen noch nicht endgültig entschiedenen Prozeß der literatursprachlichen Orientierung an hochdeutschen Vorbildern verschiedener Art [...] die entscheidende Wende zugunsten des Hessisch-Thüringischen gegeben haben."[15] Dies wirft die Frage nach der Existenz einer ‚Hofsprache' auf, die für die welfische Residenz mit ihrer doppelten bayrisch-sächsischen Ausrichtung ebenso schwer zu beantworten ist wie für die ostdeutschen Siedlungsgebiete, zumal die Höfe grundsätzlich durch Mobilität und Fluktuation geprägte „points of contact"[16] waren, auch im Hinblick auf Sprachen und Sprachvarietäten.

Im niederdeutschen und speziell im elbostfälischen Gebiet führte dies zu einer „Koexistenz textsortenspezifischer Funktiolekte" in der Literatursprache.[17] Es ist daher nicht verwunderlich, dass sich auch der Minnesang, sowohl in der Rezeption als auch in der Produktion, weitgehend an den hochdeutschen Vorbildern orientierte und es bis ins 14. Jahrhundert dauerte, bis auch in der Lyrik allmählich das Niederdeutsche als Schreibsprache Einzug hielt. Zwar werden im 14. Jahrhundert immer weitere Textbereiche erschlossen, aber selbst während „der Hochblüte der mittelniederdeutschen Literatur" bleiben die welt-

---

breitungstypen in der Handschriftenüberlieferung mittelhochdeutscher Epik, in: Deutsche Handschriften 1100–1400. Oxforder Kolloquium 1985, hg. v. Volker Honemann u. Nigel F. Palmer, Tübingen 1988, S. 110–167.

13 Vgl. Peters (Anm. 10), S. 1411.

14 Dazu gehören u. a. der ‚Sachsenspiegel' Eikes von Repgow (1221–24), das Braunschweiger Stadtrecht (‚Jus Ottonianum' von 1227) oder die 1230 oder 1260 entstandene ‚Sächsische Weltchronik'. Sie zielen offenbar auf ein anderes, regional verankertes Publikum; die juristischen Texte orientieren sich außerdem an der gesprochenen Sprache des Rechts, vgl. Peters (Anm. 10), S. 1411f.

15 Beckers (Anm. 5), S. 9.

16 Frank Willaert, *Zwischen dem Rotten und der Sowe?* Einige Thesen zur Stellung Veldekes im frühen Minnesang, in: Sprache und Literatur in den *Nideren Landen*. Gedenkschrift für Hartmut Beckers, hg. v. Volker Honemann u. a. (Niederdeutsche Studien 44), Köln / Weimar / Wien 1999, S. 309–323, hier: 314.

17 Beckers (Anm. 5), S. 18.

liche Epik und die Liebeslyrik davon ausgenommen.[18] Eine tiefere Ursache für die Orientierung an der hochdeutschen Literatursprache könnte ein bereits länger bestehendes „Prestige-Gefälle" zwischen den deutschen Dialekten diesseits und jenseits der Benrather Linie gewesen sein.[19] Mit der Wahl der Schreibsprache ist dementsprechend auch ein bestimmter Anspruch auf überregionale kulturelle Partizipation verbunden. Das muss jedoch nicht der einzige Grund sein. Helmut Tervooren hat im Hinblick auf Jan von Brabant beispielsweise die These aufgestellt, dass die mittelniederländisch-mittelhochdeutsche Mischsprache seiner Lieder den Herrschaftsanspruch auf die östlichen Gebiete bis zum Rhein demonstriert und auf das Publikum in dieser Grenzregion gezielt habe.[20] Funktion und Intention solcher Ausgleichs-, Übergangs- und Mischformen von Varietäten können also durchaus vielfältig sein.

2.1 Die Sänger

Überblickt man anhand des Verfasserlexikons die überlieferten Namen und Œuvres der Minnesänger, kommt man nicht umhin festzustellen, dass sich nur sehr wenige dem niederdeutschen Gebiet zuordnen lassen. Selbst wenn man in Rechnung stellt, dass die süddeutschen Sänger auch deshalb besser repräsentiert sind, weil dort die großen Sammelhandschriften entstanden,[21] bleibt ein eklatantes Ungleichgewicht. Die generelle Zweiteilung des niederdeutschen Raumes in West- und Ostfalen[22] spiegelt sich auch in der Verteilung der bekannten Minnesänger. Es fallen besonders zwei Regionen ins Auge, nämlich der Nordwesten und der Nordosten. Aus dem Rhein-Maas-Gebiet stammen Heinrich von Veldeke (ca. 1150–90) und – fast ein Jahrhundert später[23] – Jan von Brabant (reg. 1264–1294). Die Diskussion über Veldekes Lieder war lange von der Bestimmung ihrer ‚ursprünglichen' Sprache dominiert. Geblieben ist die Frage, inwieweit seine Herkunft bestimmend für sein Œuvre ist, in dem sich

18 Ebd., S. 33f.

19 Klein, Niederdeutsch und Hochdeutsch (Anm. 3), S. 204.

20 Vgl. Tervooren (Anm. 6), S. 141.

21 Vgl. Lothar Voetz, Überlieferungsformen mittelhochdeutscher Lyrik, in: Codex Manesse. Katalog zur Ausstellung vom 12. Juni bis 4. September 1988. Universitätsbibliothek Heidelberg, hg. v. Elmar Mittler u. Wilfried Werner (Heidelberger Universitätsschriften 30), Heidelberg 1988, S. 224–274, hier: 231.

22 Peters (Anm. 10), S. 1409.

23 Zu dieser ‚Lücke' vgl. Tervooren (Anm. 6), S. 130; Frank Willaert, Lyriklandschaft Lotharingien, in: Dialog mit den Nachbarn. Mittelniederländische Literatur zwischen dem 12. und 16. Jahrhundert, hg. v. Bernd Bastert, Helmut Tervooren u. Frank Willaert (ZfdPh. Sonderheft 130), Berlin 2011, S. 37–50, hier: 43f.; Herman Brinkman, Die Gruuthuse-Handschrift und andere Überlieferungsträger der Liedkultur um 1400, in: ebd., S. 51–66, hier: 51.

sowohl Anklänge an den rheinischen Minnesang, aber auch romanisch inspirierte Formenvielfalt und eine Vorliebe für Pointen erkennen lassen.[24] Der Herzog von Brabant wiederum wählte nicht wie sein Vater die französische Sprache für seine Lyrik, sondern die deutsche, was, wie bereits erwähnt, auch politisch motiviert sein könnte. Die Lieder weisen allerdings unterschiedlich ausgeprägte Dialektmerkmale auf und sind in Formen- und Typenwahl durchaus romanisch beeinflusst.[25]

Eher ein Solitär scheint der aus dem bisher literarisch weniger profilierten Westfalen stammende Eberhard von Cersne zu sein, ein Kanonikus aus Minden, der um 1400 tätig war. Er wird zu den späten Minnesängern wie Oswald von Wolkenstein oder Hugo von Montfort gerechnet; seine mitteldeutsch-niederdeutschen Texte sind in einer einzigen Handschrift überliefert, in der die (unvollständig erhaltenen) Lieder zusammen mit *Der Minne Regel* stehen, einer Großform der Minnerede, für die er auch Andreas' Capellanus *De amore* heranzog. Durch sein Studium in Erfurt gibt es eine Verbindung nach Thüringen und damit in die zweite Schwerpunktregion, den Norden und die Mitte Ostdeutschlands.[26] Der früheste bezeugte Minnesänger aus dieser Region ist Graf Heinrich I. von Anhalt (um 1170–1251/52); zwei Generationen später folgt der mit ihm verwandte Markgraf Otto IV. von Brandenburg (um 1238–1308). Beide gehören zu den Sängern des 13. Jahrhunderts mit schmalem Œuvre sowie speziell zur Gruppe der adligen Sänger des Ostens. Unklar ist die Identifizierung hingegen bei Wizlav, der Gegenstand der Beiträge von Horst Brunner und Katrin Chlench-Priber ist; in dessen zwischen 1300 und 1330 entstandenem Corpus, das deutlich ausgeprägtere niederdeutsche Züge aufweist, finden sich neben den überwiegenden Sprüchen auch einige Minnelieder.[27] Das ist wie ge-

---

24 Zu Heinrich von Veldeke vgl. Willaert (Anm. 16); Helmut Tervooren, *Wan si suochen birn uf den buochen*. Zur Lyrik Heinrichs von Veldeke und zu seiner Stellung im deutschen Minnesang, in: ders., Schoeniu wort mit süezeme sange. Philologische Schriften, hg. v. Susanne Fritsch-Staar u. Johannes Spicker (Philologische Studien und Quellen 159), Berlin 2000, S. 204–219.

25 Vgl. Jan Goossens / Frank Willaert, De liederen van Jan I. diplomatische editie, in: Queeste 10 (2003), S. 115–127; Jan Goossens, Zur Sprache der Lieder des brabantischen Herzogs Johan I. in der Manessischen Handschrift, in: Literatur – Geschichte – Literaturgeschichte. Beiträge zur mediävistischen Literaturwissenschaft. Festschrift für Volker Honemann zum 60. Geburtstag, hg. v. Nine Miedema u. Rudolf Suntrup, Frankfurt a. M. u. a. 2003, S. 237–248; Tervooren (Anm. 6), S. 140f.

26 Vgl. Ingeborg Glier, Art. ‚Eberhard von Cersne', in: [2]VL 2 (1980), Sp. 269–273; Elisabeth Hages-Weißflog betont, dass seine Texte eine weitläufigere Kommunikation über Sprachgrenzen hinweg sowie eine Verfügbarkeit der Minnesangtradition dokumentieren. Die Lieder Eberhards von Cersne. Edition und Kommentar (Hermaea N. F. 84), Tübingen 1998, S. 287. Vgl. auch Heidrun Alex, Zum Liedcorpus Eberhards von Cersne, in: ZfdA 128 (1999), S. 337–341.

27 Wizlav, Sangsprüche und Minnelieder. Melodien, Texte, Übersetzungen, Kommen-

sagt zahlenmäßig nicht vergleichbar mit den aus dem südlichen Teil des deutschen Sprachgebiets bezeugten Minnesängern.[28]

Die Ränder dieses Kulturraums sind freilich unscharf und die Übergänge zu den benachbarten Dialekträumen wie auch im Nordwesten fließend.[29] Das gilt auch und gerade für dieses Gebiet, das von Jürgen Wolf versuchsweise über die Benrather Linie hinweg als „historische[r] Kultur- und Literaturraum Mitteldeutschland“ gefasst wurde.[30] Es gibt nicht nur zwischen den hochadligen Sängern aus dem Osten des deutschen Sprachgebiets die oft betonten dynastischen Verbindungen,[31] die ebenso als Bahnen der Literaturvermittlung funktioniert zu haben scheinen, sondern auch einen Literaturtransfer zwischen den angrenzenden Regionen, der bereits in der häufig thüringischen Prägung des von Niederdeutschen geschriebenen Mitteldeutsch zum Ausdruck kommt. Die Benrather Linie war zudem gerade im Osten keine strikte Grenze und verschob sich im Laufe der Zeit nach Norden.[32]

---

tar, hg. v. Horst Brunner u. Dorothea Klein (Imagines medii aevi 52), Wiesbaden 2021. Zu Wizlav vgl. Burghart Wachinger, Art. ‚Wizlav‘, in: ^{2}VL 10 (1999), Sp. 1292–1298; Birgit Spitschuh, Wizlav von Rügen. Zum Forschungsstand, in: Ergebnisse der 21. Jahrestagung des Arbeitskreises „Deutsche Literatur des Mittelalters“, hg. v. Wolfgang Spiewok (Deutsche Literatur des Mittelalters 4), Greifswald 1989, S. 151–162; Wolfgang Spiewok, Wizlav von Rügen. Ein erster pommerscher Dichter, in: ders., Mittelalterliche Literatur up Plattdütsch (Reinekes Taschenbuch-Reihe 20), Greifswald 1998, S. 52–64; Roswitha Wisniewski, Wizlav III., Rügenfürst und Minnesänger, in: Insel im pommrischen Meer. Beiträge zur Geschichte Rügens, hg. v. Irmfried Garbe u. Nils Jörn, Greifswald 2011, S. 15–22.

28 Zu ergänzen ist höchstens noch Hintze Jan te Borghe. In der Berliner Liederhandschrift findet sich zu Lied Nr. 39 ein entsprechender Nachtrag, der inzwischen als Name eines sonst nicht bekannten Dichters gedeutet wird und damit der einzige Autorname dieser Sammlung wäre. Das dreistrophige Scheidelied steht „formal (Vierheberkanzone mit Schlußrefrain) und stilistisch in der Nachfolge des spāthöfischen Minnesangs“. Die Sprache ist mitteldeutsch, vielleicht niederrheinisch, vgl. Helmut Lomnitzer, Art. ‚Hintze Jan te Borghe‘, in: ^{2}VL 4 (1983), Sp. 45; ders., Art. ‚Berliner Liederhandschrift mgf 922‘, in: ^{2}VL 1 (1978), Sp. 726f.

29 Vgl. Fleith / Wetzel (Anm. 7), S. XII.

30 Wolf (Anm. 1), S. 27. Er definiert dieses nicht fest umrissene Gebiet ebd., S. 29f., als „Raum des Magdeburger Rechts (erweitert durch einige Lübische und Meißner Einflüsse). Raum der ostmitteldeutschen Sprache (durchsetzt mit ostfälischen bzw. elbostfälischen, westmitteldeutschen und nordoberdeutschen Einflüssen). Geographischer Raum von der Elbe im Westen bis zur Oder im Osten (allmählich sich ausweitend bis zur Weichsel)“. Namentlich nennt er Sachsen bzw. später das Herzogtum Sachsen, die Mark Meißen, das Erzbistum Magdeburg und die Markgrafschaft Brandenburg, an anderer Stelle auch Thüringen.

31 Vgl. Hans-Joachim Behr, Landesherren als Minnesänger. Zur Lieddichtung Markgraf Ottos IV. von Brandenburg (mit dem Pfeil), Herzog Heinrichs IV. von Breslau und König Wenzels II. von Böhmen, in: JOWG 6 (1990/91), S. 85–92, hier: 86f.; Volker Mertens, Art. ‚Graf Heinrich von Anhalt‘, in: ^{2}VL 3 (1981), Sp. 685–687.

32 Vgl. dazu Peters (Anm. 10), S. 1414: „Der Südrand des Elbostfälischen geht im Laufe

Die Schwierigkeiten bei der Abgrenzung des niederdeutschen und mitteldeutschen Raumes werden auch bei dem Minnesänger Christan von Luppin (urk. 1292–1312) erkennbar. Von ihm sind im Codex Manesse sieben Lieder überliefert. Seine Familie, Ministerialen und Burgmannen der thüringischen Grafen von Beichlingen waren in der Gegend um den Kyffhäuser, also am Südrand des Harzes bzw. in Nordthüringen ansässig und damit im Grenzgebiet zwischen Nieder- und Mitteldeutsch. Ab 1311 urkundet er dann „als Marschalk des Markgrafen Heinrich von Brandenburg", dem Halbbruder Ottos IV.[33] Seine Lieder zeugen laut Forschung von der Kenntnis Heinrichs von Morungen und Sangerhausen, das im Übrigen noch zum niederdeutschsprachigen Teil Nordthüringens gehörte,[34] liegt nicht weit weg. Mir scheint daher nicht ausgemacht, ob man ihn eindeutig einem Sprachraum zurechnen kann.[35] In einem anderen Fall sind wiederum die Hinweise für eine eindeutige Zuordnung zu gering, nämlich bei Christan von Hamle (um 1225?). Von ihm sind sechs Lieder in C überliefert, die sich durch *fröide*-Thematik und Morungen-Rezeption aus-

der Zeit zum Md. über" und S. 1417 zu Verlauf und Verschiebung der Benrather Linie; vgl. auch Hans Joachim Gernentz, Zum hochdeutsch-niederdeutschen Austauschprozeß bei der Ausbildung der deutschen Literatursprache, in: Zeitschrift für Phonetik, Sprachwissenschaft und Kommunikationsforschung 33/3 (1980), S. 318–329, hier: 321.

33 Vgl. Franz Josef Worstbrock, Art. ‚Christan von Luppin', in: ²VL 1 (1978), Sp. 1208f.; Detlef Goller, Christan von Luppin: Hofbediensteter und Minnesänger, in: *Dô tagte ez.* Deutsche Literatur des Mittelalters in Sachsen-Anhalt, hg. v. Andrea Seidel u. Hans-Joachim Solms, Halle a. d. Saale 2003, S. 89–96. Heinrich von Brandenburg war der Sohn Markgraf Johanns I. aus dessen zweiter Ehe und damit ein Halbbruder Ottos IV. Erst nach dem Tod des ältesten Halbbruders Johann II. erhielt er Delitzsch, das zur Mark Landsberg gehörte, vgl. Johannes Schultze, Heinrich I. ohne Land, in: NDB 8 (1969), S. 348f. https://www.deutsche-biographie.de/pnd138743673.html#ndbcontent (letzter Zugriff: 22.07.2022).

34 Vgl. Klein, Verbreitung mittelhochdeutscher Lyrik (Anm. 3), S. 75. Zur Morungen-Rezeption der drei hier genannten Sänger kritisch-differenzierend Christopher Köhler, Morungen-Rezeption in Thüringen? Stiluntersuchungen zu Kristan von Hamle, Kristan von Luppin und Heinrich Hetzbolt von Weißensee. Mit Edition und Kommentar (Spolia Berolinensia 37), Hildesheim 2017, S. 220–240.

35 Köhler (Anm. 34), S. 14, 17 u. 19, konstatiert unter Berufung auf Carl von Kraus (KLD) für Christan von Hamle, Christan von Luppin und auch für Heinrich Hetzbold thüringische Sprachmerkmale (insbesondere nasallosen Infinitiv). Christan von Luppin übte seinerseits Einfluss auf Heinrich Hetzbold aus, Kastellan zu Weißensee bei Erfurt (urk. 1319–1345), eine Region, in der es laut Karl Bischoff noch bis ins 14. Jahrhundert Anzeichen für eine nicht in allen Bevölkerungsschichten vollzogene 2. Lautverschiebung im Thüringischen gab. Karl Bischoff, Zur Geschichte des Niederdeutschen südlich der ik/ich-Linie zwischen Harz und Saale (Berichte über die Verhandlungen der Sächsischen Akademie der Wissenschaften. Philologisch-Historische Klasse 102, 6), Berlin 1957, S. 3–47. Zu Hetzbold vgl. auch Volker Mertens, Art. ‚Hetzbold, Heinrich, von Weißensee', in: ²VL 3 (1981), Sp. 1204f.; Köhler (Anm. 34), S. 291–314.

zeichnen. Aus diesem Grund und wegen mitteldeutscher Reime wurde auf eine thüringische Herkunft geschlossen.[36] Ein Einfluss Morungens ist allerdings auch in den Liedern Ottos IV. gesehen worden, darin kann also auch eine die Dialektgrenzen überschreitende Literaturrezeption zum Ausdruck kommen.[37]

Der Fokus liegt hier zwar auf den Minnesängern, aber auch die Spruchdichter sind aus zwei Gründen relevant. Einerseits ergänzen sie grundsätzlich das Bild der Lyrikproduktion und -rezeption der Region, andererseits ist ihr Zeugnis hinsichtlich der Nennung norddeutscher Fürsten von Bedeutung, weil sie Hinweise auf potentiell literaturinteressierte Höfe und Gönner geben und so zum Profil der Literaturlandschaft beitragen. Eine eindeutige Lokalisierung der Spruchdichter ist freilich in aller Regel nicht möglich; Name, Fürstenpreisstrophen und Reimmerkmale sind meist die einzigen potentiellen Indizien für Herkunft oder Wirkungskreis. Auch die Spruchdichtung zeichnet sich durch eine mitteldeutsch-niederdeutsche Mischsprache aus,[38] soweit die mitunter sehr kleinen Œuvres genügend Material für eine Bestimmung hergeben. Es gibt eindeutigere Fälle wie Rumelant, dessen Texte die entsprechende Sprachmerkmale aufweisen, der mit Ausnahme des Herzogs Ludwig II. von Bayern ausschließlich Adlige aus dem norddeutschen Raum nennt und der sich selbst überdies als Sachse bezeichnet. In seinem Werk finden sich Lob und Totenpreis für Herzog Albrecht I. von Braunschweig, eine Preisstrophe auf die Herren Zabel von Riddagesdorf (Redichsdorf) und Zabel von Plawe (Plau) bei Schwerin, eine Bitte für das Seelenheil des Grafen Günzelin III. von Schwerin, ein Nachruf auf Herzog Barnim I. von Stettin und Pommern sowie ein Aufruf zur Rache an den Mördern des dänischen Königs Erik V. Klipping und die Begrüßung von dessen Nachfolger Erik VI. Menved.[39] Die Markgrafen von Brandenburg werden nicht erwähnt, es gilt jedoch als wahrscheinlich, dass sich Rumelant 1286/87 im

---

36 Vgl. Franz Josef Worstbrock, Art. ‚Christan von Hamle‘, in: ^{2}VL 1 (1978), Sp. 1201f.; zur Morungen-Rezeption Köhler (Anm. 34), S. 159–181.

37 Vgl. Deutsche Liederdichter des 13. Jahrhunderts, Bd. I: Text. Bd. II: Kommentar, hg. v. Carl von Kraus, besorgt v. Hugo Kuhn, 2. Aufl., durchges. v. Gisela Kornrumpf, Tübingen 1978 (KLD), Bd. II, S. 380–382; Behr (Anm. 31), S. 91f.

38 Zur komplexen Frage nach der sprachlichen Differenzierung zwischen Autortexten, Vorlagen und Schreibern in einem zudem dialektal fluktuierenden Gebiet vgl. Luise Czajkowski, Die Sprache der ‚Jenaer Liederhandschrift‘, in: Die ‚Jenaer Liederhandschrift‘. Codex – Geschichte – Umfeld, hg. v. Jens Haustein u. Franz Körndle, Berlin / New York 2010, S. 29–38.

39 Vgl. zu Rumelant Peter Kern, Art. ‚Rumelant (von Sachsen)‘, in: ^{2}VL 8 (1992), Sp. 382–388, und Holger Runow, Rumelant von Sachsen, in: Sangspruch / Spruchsang. Ein Handbuch, hg. v. Dorothea Klein, Jens Haustein u. Horst Brunner, Berlin / Boston 2019, S. 399–407, und die beiden Editionen: Die Sangspruchdichtung Rumelants von Sachsen. Edition – Übersetzung – Kommentar, hg. v. Peter Kern, Berlin / Boston 2014; Rumelant von Sachsen. Edition – Übersetzung – Kommentar, hg. v. Holger Runow (Hermaea, N.F. 121), Berlin / New York 2011.

Gefolge Markgraf Ottos IV., mit dessen Halbschwester Erik Klipping verheiratet war, am dänischen Hof aufgehalten haben könnte.[40] Auch Hermann Damen erwähnt norddeutsche Fürsten, nämlich Graf Heinrich I. von Holstein und dessen Vetter, den Grafen Adolf V. von Holstein-Segeberg, einen Herzog von Schleswig, Johann II. von Gristow, den Grafen von Ravensberg sowie die Markgrafen von Brandenburg. Dieser Spruchdichter könnte aus einer urkundlich bezeugten Rostocker Bürgerfamilie stammen; Bumke hielt es für möglich, dass er „der erste Vertreter einer städtisch-seßhaften Spruchdichtung“ war.[41] Allerdings weist seine mitteldeutsche Sprache neben niederdeutschen auch oberdeutsche Einsprengsel auf.[42] Von dem Ungelehrten sind zwar keine Texte überliefert, sein Name wird jedoch mehrfach genannt und seine Töne werden genutzt. Eines seiner Liebeslieder wird von Wizlav erwähnt. Vermutlich ist er identisch mit einem Magister *Vnghelarde*, der 1300 als Besitzer eines Hauses in Stralsund bezeugt ist.[43] Die Strophen des Unverzagten weisen wiederum mitteldeutsche und niederdeutsche Merkmale auf.[44] Auch die von Reinolt von der Lippe überlieferten Texte haben niederdeutsche Einsprengsel. Die Herkunftsangabe kennzeichnet ihn als einen der wenigen Spruchdichter aus dem Nordwesten, auch wenn die Identifizierung mit einem um die Mitte des 14. Jahrhun-

---

40 Vgl. Runow, Rumelant (Anm. 39), S. 401. Vgl. zur möglichen Gönnerschaft der Markgrafen von Brandenburg Alan V. Murray, Danish Kings and German Poets. The Political Poetry of Reinmar von Zweter, Rumelant von Sachsen and Heinrich von Meißen between Germany and Denmark, in: Mäzenaten im Mittelalter aus europäischer Perspektive. Von historischen Akteuren zu literarischen Textkonzepten, hg. v. Bernd Bastert, Andreas Bihrer u. Timo Reuvekamp-Felber (Encomia Deutsch 4), Göttingen 2017, S. 149–166, hier: 155–161.

41 Bumke (Anm. 1), S. 324. Vorgeschlagen wurde aber auch eine Abstammung aus dem Geschlecht der von Dahmes, vgl. Eva Kiepe-Willms, Art. ‚Damen, Hermann‘, in: ^{2}VL 2 (1980), Sp. 36–38, hier: 36. Zur Dokumentation der Rostocker Bürgerfamilie vgl. Wolfgang Bleck, Der Rostocker Liederdichter Hermann Damen (ca. 1255–1307/9) (GAG 655), Göppingen 1998, aber auch die kritische Rezension von Eva Willms, in: ZfdA 129 (2000), S. 98–103. Zur Namensform und den urkundlichen Erwähnungen von Personen gleichen Namens in Westfalen, Holstein, Mecklenburg, Brandenburg und Pommern vgl. Ulrike Wabnitz, *Sanc ist der kvnst eyn gespiegelt trymz*. Herman der Damen und seine Dichtung (Wodan. Serie 2 14), Amiens 1992, S. 10–18, 34–40.

42 Eva Kiepe-Willms, Art. ‚Damen, Hermann‘ (Anm. 41), Sp. 36.

43 Vgl. Burghart Wachinger, Art. ‚Der Ungelehrte‘, in: ^{2}VL 10 (1999), Sp. 75–77.

44 Vgl. Frieder Schanze, Art. ‚Der Unverzagte‘, in: ^{2}VL 10 (1999), Sp. 107–109 (mit weiteren Literaturangaben). Als Schaffenszeit gibt er das letzte Drittel des 13. Jahrhunderts an. Die ihm zugeschriebenen insgesamt 22 Strophen sind ausschließlich in der Jenaer Liederhandschrift überliefert. Vgl. besonders auch zu den sprachlichen Merkmalen Esther Collmann-Weiss, Kleinere Spruchdichter des dreizehnten Jahrhunderts. Der Hardegger – Höllefeuer – Der Litschauer – Singauf – Der Unverzagte (ZfdA. Beiheft 5), Stuttgart 2005, S. 145.

derts bezeugten Sohn eines Paderborner Stadtgrafen zweifelhaft ist.[45] Bei dem Guten und Gervelin ist hingegen unsicher, ob sie dem mitteldeutschen oder dem niederdeutschen Sprachgebiet zuzuordnen sind.[46] Die Nennung von Wizlav (III. von Rügen) und Markgraf Otto V. von Brandenburg sowie die Bezeugung seines Namens in Norddeutschland gelten als Indizien einer niederdeutschen Herkunft des Goldeners.[47] Daneben gibt es Spruchdichter ohne Hinweise auf norddeutsche Abstammung, die aber Fürsten aus der Nordhälfte Deutschlands in Preisstrophen erwähnen. Der Meißner nennt etwa die Markgrafen von Brandenburg und Hermann von Gleichen, den Bischof von Kammin (Pommern), im Œuvre des Urenheimers findet sich eine Lobstrophe auf Graf Otto I. oder II. von Anhalt, ein Nachfahre des Minnesängers Heinrich I.[48] Friedrich von Sonnenburg preist Friedrich (III./IV.), einen der Grafen von Beichlingen, in deren Diensten die Familie des Minnesängers Christan von Luppin stand, und der Litschauer lobt ganz allgemein die *werden Sachsen*.[49] Der Tannhäuser führt in seiner berühmten ‚Liste' früherer und zeitgenössischer freigebiger Fürsten im sechsten Leich gleich mehrere norddeutsche Fürsten auf: Unter den verstorbenen ist *ein Brabandaere*, vielleicht Heinrich I. von Brabant, und unter den gegenwärtigen König Erik (VI.) von Dänemark, Herzog Albrecht (I.) von Sachsen, Herzog (Albrecht I.) von Braunschweig und zuletzt nennt er den Hof von Brandenburg.[50] Schließlich erwähnt auch Frauenlob eine stattliche Zahl

---

45 Vgl. Frieder Schanze, Art. ‚Reinolt von der Lippe', in: ^{2}VL 8 (1989), Sp. 1207f.

46 Vgl. Helmut Tervooren, Art. ‚Der Guter', in: ^{2}VL 3 (1981), Sp. 334f.: „Sangspruchdichter des 13. Jh.s aus Mittel- oder Niederdeutschland (vgl. *hob: lob* II 2,7:8)" und Helmut Lomnitzer, Art. ‚Gervelin', in: ^{2}VL 3 (1981), Sp. 12f.: „Sangspruchdichter, wahrscheinlich aus der 2. Hälfte des 13. Jh.s, nach Ausweis seiner Reimsprache md. (oder nd.?) Herkunft."

47 Die Sprache der Reime gibt in seinem Fall keine sichere Auskunft über seine Herkunft. Die beiden betreffenden Strophen wurden in J erst im 15. Jahrhundert nachgetragen, vgl. Helmut Tervooren, Art. ‚Der Goldener', in: ^{2}VL 3 (1981), Sp. 92f.

48 Vgl. Frieder Schanze, Art. ‚Der Urenheimer', in: ^{2}VL 10 (1999), Sp. 123f. Es handelt sich um Otto I., der bis 1304 regierender Fürst war, oder um seinen Sohn Otto II., der 1315 starb. Otto I. war der Enkel Heinrichs I. von Anhalt; vgl. auch Joachim Bumke, Mäzene im Mittelalter. Die Gönner und Auftraggeber der höfischen Literatur in Deutschland 1150–1300, München 1979, S. 224.

49 Vgl. Gisela Kornrumpf, Art. ‚Friedrich von Sonnenburg', in: ^{2}VL 2 (1980), Sp. 962–965; dies., Art. ‚Der Litschauer', in: ^{2}VL 5 (1985), Sp. 851f.; zum Litschauer vgl. auch Collmann-Weiss (Anm. 44), S. 101. Eine Zuordnung zu einem konkreten Herrscher, wie bisweilen angenommen, lässt sich bei ihm nicht herstellen (ebd., S. 125). Die Lokalisierung des Litschauers in Österreich aufgrund von Namen und Wortschatz ist nicht sicher, zumal sich in seinen Sprüchen mitteldeutsche Reime finden.

50 Vgl. Bumke (Anm. 48), S. 176–228, Übersicht über die genannten Gönner S. 186f., Text des Leichs S. 570–575. Tannhäuser nennt zuerst die letzten Staufenherrscher, dann die verstorbenen fürstlichen Mäzene und im Hauptteil von über 20 Strophen die

norddeutscher Adliger: einen dänischen König (vermutlich Erik Menved), den Erzbischof Giselbert von Bremen, den Grafen Otto (III.?) von Ravensberg, den im Gebiet der Mittelweser begüterten Grafen Gerhard von Hoya[51], Wizlav (III.) von Rügen, Heinrich I. oder wahrscheinlicher II. von Mecklenburg, den Grafen Otto II. von Oldenburg und den Markgrafen Waldemar von Brandenburg.[52] Freilich sind die Namensnennungen kein Beleg für tatsächlich existierende mäzenatische Verhältnisse, sie dokumentieren jedoch, dass der Norden in dieser Zeit zur literarischen ‚Landkarte' der Spruchdichter gehörte und sie, sofern sie nicht ohnehin dort beheimatet waren, mit Interesse und Unterstützung für ihre (hochdeutsche) Lyrik rechneten oder beides zu wecken suchten.[53]

Auch wenn die Zahl der sicher dem niederdeutschen Sprachraum zuzuordnenden Sänger, unter denen die Spruchdichter in der Überzahl sind, insgesamt überschaubar bleibt, zeichnet sich das Bild einer Literaturlandschaft ab, in der es im 13. Jahrhundert im Nordosten ein dichtes Netz von potentiell literaturaffinen, überwiegend weltlichen, aber auch geistlichen Höfen gab,[54] das genauerer Untersuchung bedürfte.[55] Die führende Rolle scheinen die Markgrafen von Brandenburg gespielt zu haben, darüber hinaus werden die Höfe der Welfen und Anhaltiner, die Grafen von Anhalt und die Herzöge von Sachsen, mehr als einmal erwähnt. Insbesondere die eher regional agierenden Spruchdichter beziehen sich aber auch auf die kleineren Höfe.[56]

---

gegenwärtigen Fürsten (S. 176–178). Eine klare Datierung ist nicht möglich, nur eine Eingrenzung auf die Zeit zwischen 1256 und 1266 (S. 185).

51 Vgl. Cord Meyer, Der *helt von der hoye Gerhart* und der Dichter Frauenlob. Höfische Kultur im Umkreis der Grafen von Hoya, Oldenburg 2002. Ein erhaltener Buchkatalog der Grafen von Hoya-Bruchhausen aus dem 15. Jahrhundert kann das Literaturinteresse an dessen Hof zusätzlich bezeugen. Er verzeichnet 31 Handschriften, von denen etliche bis in die Zeit um 1300 zurückreichen könnten. Neben juristischer und theologisch-didaktischer Literatur ist die mittelhochdeutsche weltliche Literatur gut vertreten, darunter auch ein (allerdings nicht eindeutig zu identifizierender) Minnesang-Codex, vgl. Hartmut Beckers, *Desse boke de horn den greve van der Hoien vnde sint altomale dudesk*. Ein Versuch zur literarhistorischen Identifizierung des Handschriftenbestandes einer niedersächsischen Adelsbibliothek des späten 15. Jahrhunderts, in: Niederdeutsches Wort 16 (1976), S. 126–143.

52 Vgl. Karl Stackmann, Art. ‚Frauenlob, (Meister) Heinrich Frauenlob, Meister Heinrich von Meißen der Frauenlob', in: ^{2}VL 2 (1980), Sp. 865–877. Bumke (Anm. 48), S. 636–645 (Texte).

53 Vgl. zu den in J genannten Namen auch schon Bartsch (Anm. 2), S. 90f. Zum Mäzenatentum und zur Kritik an der Bewertung der Namensnennungen vgl. Timo Reuvekamp-Felber, Einleitung, in: Mäzenaten im Mittelalter (Anm. 40), S. 9–22, bes. S. 11 (mit weiteren Literaturangaben).

54 Vgl. Jürgen Wolf, Die anderen Mäzene: Bischöfe, Äbte, Klöster, in: Mäzenaten im Mittelalter (Anm. 40), S. 53–66.

55 Zur „Literaturlandschaft" im Norden und den Verbindungen der von den Spruchdichtern genannten Höfe vgl. Meyer (Anm. 51), S. 22–28.

56 Vgl. auch Bumke (Anm. 48), S. 282.

2.2 Die Überlieferung[57]

Am Anfang stehen auch hier die mitteldeutsch-niederdeutschen Textzeugnisse. Generell ist es schwierig, diese genauer zu lokalisieren, da ihre mitunter wenigen niederdeutschen Merkmale meist nicht aussagekräftig genug sind. Gleichwohl lässt sich Thomas Klein zufolge die Mehrheit der Lyrikhandschriften dem Südosten, genauer Ostfalen und dem angrenzenden Ostniederdeutschen zuordnen, was zur Schlüsselrolle Ostfalens und des Mittelelbegebiets für die Rezeption der hochdeutschen Literatur passt.[58]

Das mutmaßlich älteste Zeugnis findet sich in einer lateinischen Priscian-Handschrift des 9./10. Jahrhunderts aus dem Domschatz von Halberstadt. Wahrscheinlich im 13. Jahrhundert wurden am Rand von einer Hand zwei Minnestrophen notiert (Bl. 264^{v}), von denen die erste neumiert ist.[59] Die formal gleichgebauten und daher von Norbert Kössinger als Liedeinheit aufgefassten Strophen differieren sprachlich, denn die erste ist niederdeutsch (elbostfälisch) verfasst, die zweite mitteldeutsch (thüringisch).[60] Während sich im niederdeut-

---

57 Die Lyriküberlieferung aus dem niederdeutschen Sprachraum ist bisher nicht systematisch erfasst oder zusammenhängend ediert, es geht hier daher um einen Überblick ohne Anspruch auf Vollständigkeit. Eine Übersicht gibt auch Beckers (Anm. 11), III, S. 1–12; Texte sind v. a. ediert in: Deutsche Liederdichter des zwölften bis vierzehnten Jahrhunderts, hg. v. Karl Bartsch, 1. Aufl., Leipzig 1864; KLD (Anm. 37); Ostdeutscher Minnesang. Auswahl u. Übertragung v. Margarete Lang. Melodien hg. v. Walter Salmen (Schriften des Kopernikuskreises 3), Lindau / Konstanz 1958.

58 Vgl. Klein, Verbreitung mittelhochdeutscher Lyrik (Anm. 3), S. 106f.

59 Halberstadt, Domschatz, Inv.-Nr. 468 (früher Halberstadt, Bibl. des Domgymnasiums, Cod. 59); zur Handschrift vgl. Gustav Schmidt, Die Handschriften der Gymnasial-Bibliothek I, in: Königl. Dom-Gymnasium zu Halberstadt. Oster-Programm 1878, Halberstadt 1878, S. 1–38, hier: 25f. (Hs. 59). Die von Franz-Josef Holznagel beschriebenen „Haupttypen" der Überlieferung – „I. Einzelaufzeichnung in fremder Umgebung, II. Sammlungen lyrischer Texte, die im Kontext gattungsübergreifender Mischhandschriften als eigenwertige Abschnitte des Haupttextes eingetragen worden sind, III. Textzeugen, die ausschließlich oder weitgehend der schriftlichen Fixierung von Minneliedern und Leichs dienen und nur am Rande Texte anderer Gattungen mit überliefern" – sind in der folgenden Übersicht wiederzuerkennen, zumindest soweit die Fragmente noch die ursprüngliche Ordnung erkennen lassen. Franz-Josef Holznagel, Handschriften, Handschriftentypen und Sammlungszusammenhänge, in: Handbuch Minnesang, hg. v. Beate Kellner, Susanne Reichlin u. Alexander Rudolph, Berlin / Boston 2021, S. 19–54, hier: 17f.

60 Vgl. Untersuchung und Edition von Norbert Kössinger, *Wat den bin ic?* Zu einem anonymen Minnelied in einer Halberstädter Priscian-Handschrift (Domschatz Inv.-Nr. 468), in: ZfdPh 132 (2013), S. 93–102, hier: 96 und 99 (mit Melodienotation). Ich folge auch seiner Zuordnung der beiden Strophen zu den unterschiedlichen Sprachräumen (ebd., 100 mit Anm. 23–25), wobei sich bei den sehr kurzen Texten kaum Sicherheit gewinnen lässt. Dort auch genaue Hinweise zur Handschrift und zur (Wieder-)Entdeckungsgeschichte der deutschen Strophen. Ergänzend Norbert Kössinger, Nochmals zu: *Wat den bin ic?* in: ZfdPh 134 (2015), S. 104–106.

schen Text der Sänger als *spile men* (1, V. 1) bezeichnet (oder diesen Status rhetorisch hinterfragt), der von der erwählten Frau verschmäht wird, bezieht sich die mitteldeutsche Strophe, die ebenfalls das Thema der unerwiderten Liebe behandelt, mit den Schlüsselbegriffen *herze* und *dinest* (2, V. 1f.) deutlicher auf Minnesangtraditionen. Vielleicht könnte dies der Grund für den Dialektwechsel sein. Unabhängig von der Interpretation zeichnet sich gleich das erste Beispiel durch das intentionale Nebeneinander sprachlicher Varietäten und durch Musiknotation aus.

Unter den Minnesang-Zeugnissen ist Walther mit den Wolfenbütteler Fragmente U und w[61] sowie dem Fragment O[62] besonders gut vertreten, auf sie werde ich noch genauer eingehen. Sie sind in zeitlicher Nähe Ende des 13. Jahrhunderts bzw. um 1300 entstanden. Ähnlich verhält es sich bei Neidhart; der früheste Überlieferungsträger ist hier das Maastrichter Fragment, ein Doppelblatt aus einer ebenfalls um 1300 im rheinisch-westfälischen Raum entstandenen Sammlung, die allerdings nicht nach dem Autorprinzip organisiert ist und überwiegend Sangspruch sowie unidentifizierte Strophen einer ‚Minnewerbung I' enthält.[63] Auch ein Beichtschwank-Fragment des 14. Jahrhunderts aus Hildesheim belegt die Kenntnis des Dichters.[64] Das auf Anfang des 14. Jahrhunderts datierte Fragment O überliefert überdies zu Winterliedern Neidharts die ersten Musiknotationen, sieht man von einer neumierten Strophe im Codex Buranus ab.[65] Das Fragment weist deutlich mehr eindeutig niederdeutsche For-

---

61 U: Wolfenbüttel, Landeskirchl. Archiv, Depositum Predigerseminar H 1 (früher Braunschweig, Landeskirchl. Archiv, H 1, davor Wolfenbüttel, Herzog August Bibl., Cod. 404.9 (16–16a) Novi); zu den w-Fragmenten vgl. Anm. 117.

62 Krakau, Bibl. Jagiellońska, Berol. mgo 682; Beschreibung und Transkription bei Carl von Kraus, Berliner Bruchstücke einer Waltherhandschrift, in: ZfdA 70 (1933), S. 81–120; vgl. auch Jens Haustein, Fragmente aus dem Umfeld der ‚Jenaer Liederhandschrift', in: Die ‚Jenaer Liederhandschrift' (Anm. 38), S. 259–269, hier: 265f.

63 Regionaal Historisch Centrum Limburg, Ms. 237 (früher Rijksarchief Ms. 167, III–11). Zur Bedeutung des Fragments vgl. Helmut Tervooren / Thomas Bein, Ein neues Fragment zum Minnesang und zur Sangspruchdichtung. Reinmar von Zweter, Neidhart, Kelin, Rumzlant und Unbekanntes, in: ZfdPh 107 (1988), S. 1–26. Vgl. Holznagel (Anm. 59), S. 35, Anm. 65: „Die beiden großzügig angelegten Doppelblätter stammen sicherlich aus einer größeren Sammlung, welche die Lieder Gölis einschloss und damit wie das B-Corpus auf den Sammeltyp der späten Neidharte vorausweist."

64 Dombibl., St. God. Nr. 30, Hinterdeckel-Spiegel; zur Handschrift und den verschiedenen darin als Makulatur erhaltenen Texte vgl. Handschriften der Dombibliothek zu Hildesheim, 2. Teil: Hs 700–1050; St. God. Nr. 1–51; Ps 1–6; J 23–95, hg. v. Renate Giermann u. Helmar Härtel unter Mitarbeit von Marina Arnold (Mittelalterliche Handschriften in Niedersachsen 9), Wiesbaden 1993, S. 139.

65 Frankfurt a. M., Universitätsbibl., mgo 18. Zur Beschreibung vgl. Birgitt Weimann, Die mittelalterlichen Handschriften der Gruppe Manuscripta Germanica (Kataloge der Stadt- und Universitätsbibliothek Frankfurt am Main 5, IV), Frankfurt a. M.

men auf als die Walther-Fragmente w, U und Z, was auf eine (bemerkenswert frühe) niederdeutsche Vorlage zurückgehen könnte. Doch war der Schreiber von O offenbar bestrebt, die Texte wieder stärker dem Hochdeutschen anzunähern.[66]

Jeweils nur ein Lied bieten zwei gleichwohl bemerkenswerte Textzeugen aus Berlin und Wolfenbüttel. Das ‚Magdeburger Frühlingslied' (Mb) *Ich sezte minen vuz* befindet sich auf einem Pergamentblatt des 14. Jahrhunderts aus dem Magdeburger Archiv. Es bietet wiederum eine der wenigen Melodien zum deutschen Minnesang[67] und überdies könnte es sich bei dem anonym und bruchstückhaft überlieferten Lied um eine Pastourelle handeln, eine ansonsten im Minnesang wenig verbreitete Gattung.[68] Das ‚Mittelniederdeutsche Falkenlied' ist Teil einer lateinisch-theologischen Sammelhandschrift, die vermutlich gegen Ende des 14. Jahrhunderts geschrieben wurde. Das neunstrophige Lied ist in niederdeutscher (ostfälischer) Sprache verfasst; die Strophen drei und vier sind eine Paraphrase von Kürenbergers ‚Falkenlied'. Da es auch eine mittelhochdeutsche Version des Liedes gibt, muss allerdings offenbleiben, wo diese bemerkenswerte Rezeption des frühen Minnesangs ihren Ursprung hat.[69]

1980, S. 98f. Vgl. auch Ingrid Bennewitz / Ulrich Müller, Transkription des Frankfurter Neidhart-Fragments O, in: Sprache – Text – Geschichte. Beiträge zur Mediävistik und germanistischen Sprachwissenschaft aus dem Kreis der Mitarbeiter 1964–1979 des Instituts für Germanistik an der Universität Salzburg, hg. v. Peter K. Stein gemeinsam mit Renate Hausner u. a. (GAG 304), Göppingen 1980, S. 155–173. Zur Bedeutung innerhalb der Neidhart-Überlieferung vgl. Franz-Josef Holznagel, Wege in die Schriftlichkeit. Untersuchungen und Materialien zur Überlieferung der mittelhochdeutschen Lyrik (Bibliotheca Germanica 32), Tübingen / Köln / Basel 1995, S. 371–386; vgl. zur Überlieferung und Edition: Neidhart-Lieder. Texte und Melodien sämtlicher Handschriften und Drucke, Bd. 3: Kommentare zur Überlieferung und Edition der Texte und Melodien in Band 1 und 2, Erläuterungen zur Überlieferung und Edition, Bibliographien, Diskographie, Verzeichnisse und Konkordanzen, hg. v. Ulrich Müller, Ingrid Bennewitz u. Franz Viktor Spechtler (Salzburger Neidhart-Edition 3), Berlin / New York 2007, hier: S. 512.

66 Die ursprüngliche Einordnung der Schreibsprache als niederfränkisch wurde von Thomas Klein korrigiert, auch wenn sich eine genauere Eingrenzung auf einen bestimmten niederdeutschen Raum als schwierig erweist, vgl. Klein, Verbreitung mittelhochdeutscher Lyrik (Anm. 3), S. 96–103, hier: 102f. Demnach kommen Westfälisch, Elbostfälisch und Südbrandenburgisch nicht in Betracht, aber das übrige Ostfalen, zumindest was die niederdeutsche Vorlage von O betrifft, die wiederum auf eine (ost)mitteldeutsche Vorstufe zurückging.

67 Vgl. Horst Brunner, Die Melodien Walthers, in: Walther von der Vogelweide. Leich, Lieder, Sangsprüche, 15., veränderte u. um Fassungseditionen erw. Aufl. der Ausgabe Karl Lachmanns. Aufgrund der 14., v. Christoph Cormeau bearb. Ausgabe neu hg., mit Erschließungshilfen u. textkritischen Kommentaren versehen v. Thomas Bein. Edition der Melodien v. Horst Brunner, Berlin u. a. 2013, S. XLVI–LIV, hier: XLIX.

68 Berlin, Staatsbibl., mgq 981; vgl. Haustein (Anm. 62), S. 261. Zur Pastourelle vgl. Tanja Mattern, An den Grenzen der Gattung. Zur Rezeption der Pastourelle in der mittelhochdeutschen Lyrik, in: Euphorion 110 (2016), S. 287–317.

Das Mösersche Fragment m gehört bereits an den Anfang des 15. Jahrhunderts und steht inhaltlich den späten Liederhandschriften näher. Sprachlich orientiert es sich aber nach wie vor am Mitteldeutschen, dessen niederdeutscher Einschlag wahrscheinlich auf ostfälische Herkunft verweist.[70] Die ursprüngliche Handschrift war offensichtlich nicht nach dem Autor- und Corpus-Prinzip,[71] sondern nach (minne)thematischen Gesichtspunkten angelegt. Einige Autornamen werden gleichwohl genannt, nämlich Boppe, Heinrich von Meißen (Frauenlob), Reinmar von Zweter, Gottfried von Neifen und Walther von der Vogelweide, andere sind erschlossen (Hartmann von Aue, Heinrich von Breslau, Peter von Arberg, Regenbogen und Reinmar). Neben Minneliedern und Spruchdichtung ist auch eine Minnerede enthalten.[72] Diese Charakteristika – Anonymität, thematische Gliederung und Kombination mit der Gattung Minnerede – treffen auch auf andere Liederhandschriften zu.

Schaut man wieder vergleichend auf die Sangspruchdichtung, setzt deren Überlieferung etwa zeitgleich mit dem Minnesang ein, wie das bereits erwähnte Maastrichter Fragment zeigt, in dem neben Neidharts Liedern Texte von Kelin, dem Meißner, Reinmar von Zweter, Rumelant (von Sachsen) und dem Tugendhaften Schreiber enthalten sind. Eine Ausnahme stellt auch hier eine frühe Streuüberlieferung in Form von Randeinträgen dar. Die heute in Krakau be-

---

69 Wolfenbüttel, Herzog August Bibl., Cod. 695 Helmst., fol. 147v. Beschreibung bei Otto von Heinemann, Die Handschriften der Herzoglichen Bibliothek zu Wolfenbüttel. Erste Abtheilung: Die Helmstedter Handschriften II, Wolfenbüttel 1886, S. 147–149 (Nr. 759). Nachdruck unter dem Titel: Die Helmstedter Handschriften. Bd. 2: Codex Guelferbytanus 501 Helmstadiensis bis 1000 Helmstadiensis (Kataloge der Herzog-August-Bibliothek Wolfenbüttel 2), Frankfurt a. M. 1965. Vgl. Carz Hummel, Ein mittelniederdeutsches Falkenlied, in: Jahrbuch des Vereins für Niederdeutsche Sprachforschung 91 (1968), S. 69–76; Beckers (Anm. 11), (II) S. 9f. Zur Überlieferungsgeschichte des Falkenlieds vgl. Holznagel (Anm. 59), S. 19f.

70 Berlin, Staatsbibl., mgq 795; vgl. Günter Schmeisky, Die Lyrik-Handschriften m (Berlin, Ms. germ. qu. 795) und n (Leipzig, Rep. II fol. 70a). Zur mittel- und niederdeutschen Sangverslyrik-Überlieferung. Abbildung, Transkription, Beschreibung (GAG 243), Göppingen 1978, S. 3–158. Nach seinem Befund wurde die Handschrift in einem „ausgesprochene[n] Mischdialekt aus hochdeutschen, diese wahrscheinlich mit mittelfränkischen Einschlägen, und niederdeutschen Elementen, diese vielleicht mit leichten ostfälischen Einschlägen“ niedergeschrieben (S. 60, ausführliche Dialektanalyse S. 76–95). Das Fragment weist teils große Nähe zu Weimarer Liederhandschrift F und teils zur Würzburger Liederhandschrift E auf (S. 154–156).

71 Vgl. dazu Holznagel (Anm. 59), S. 27.

72 Vgl. ebd., S. 36f.; vgl. auch Aderlaß und Seelentrost. Die Überlieferung deutscher Texte im Spiegel Berliner Handschriften und Inkunabeln. Eine Ausstellung der Staatsbibliothek zu Berlin – Preußischer Kulturbesitz u. der Staatlichen Museen zu Berlin – Preußischer Kulturbesitz, Kulturforum, 20. Juni – 21. September 2003, hg. v. Peter Jörg Becker u. Eef Overgaauw (Staatsbibliothek zu Berlin – Preußischer Kulturbesitz. Ausstellungskataloge N. F. 48), Mainz 2003, Nr. 51, S. 114.

findlichen Stargarder Spruchfragmente sind auf einem bereits Ende des 12./Anfang des 13. Jahrhunderts entstandenen Doppelblatt eingetragen, das zu einer Sammelhandschrift gehörte, die Eilharts von Oberg ‚Tristrant' (St), ein Tagzeitengedicht und den ‚Tobias' des Pfaffen Lambrecht enthielt. Auf Bl. 1^r, 3^r und 3^v sind am Rand Bruchstücke von Spruchdichtung notiert.[73]

Der wichtigste und umfangreichste Textzeuge für die Spruchdichtung ist freilich die um 1330 entstandene Jenaer Liederhandschrift, die im Corpus des Wilden Alexander und Wizlavs auch vereinzelt Minnelieder enthält. Dazu kommen die ebenfalls in der 1. Hälfte des 14. Jahrhunderts entstandenen ihr nahestehenden Fragmente.[74] Zur J-Gruppe gehören etwa die Basler Blätter (Ba) mit Texten von Kelin, Boppe, Fegfeuer und aus dem ‚Wartburg-Krieg', die große Übereinstimmungen in der Strophenfolge, aber eine deutlichere niederdeutsche Färbung als J aufweisen,[75] sowie auch das Wolfenbütteler Rumelant-Fragment (Wo).[76] Das Walther-Fragment Z weist ebenfalls Gemeinsamkeiten mit J auf, wenn auch weniger ausgeprägt. Es stammt aus dem Hausarchiv eines südwestfälischen Adelsgeschlechts und wurde – anders als die anderen Zeugnisse der J-Gruppe – von einem mutmaßlich westfälischen Schreiber in mitteldeutsch-niederdeutscher Sprache verfasst. Der Anfang einer Strophe von *Meyster Reymar* ist keinem der beiden Sänger dieses Namens zuzuordnen.[77] Vermutlich gehörte Z zu derselben Handschrift wie ein Fragment von Konrads von Würzburg ‚Goldener Schmiede'; diese war also keine reine Lyriksammlung.[78] Auf diesen Überlieferungskomplex komme ich später noch einmal zurück.

Es fällt auf, dass selbst in der bruchstückhaften Überlieferung einige Sänger besonders gut vertreten sind; das gilt nicht nur für Walther und Neidhart, son-

---

73 Krakau, Bibl. Jagiellońska, Berol. mgq 1418; Abdruck bei Hermann Degering, Neue Funde aus dem zwölften Jahrhundert, in: PBB 41 (1916), S. 513–553, hier: 536f. Vgl. Holznagel (Anm. 65), S. 23 und Anm. 9. Zur Sprache und Datierung vgl. Klein (Anm. 12), S. 134.

74 Vgl. zu den Gemeinsamkeiten Holznagel (Anm. 65), S. 36; Übersicht über die Fragmente Haustein (Anm. 62).

75 Basel, Universitätsbibl., Cod. N I 3, 145. Untersuchung und Abdruck der Texte nach Ba und J bei Wolfgang von Wangenheim, Das Basler Fragment einer mitteldeutsch-niederdeutschen Liederhandschrift und sein Spruchdichter-Repertoire (Kelin, Fegfeuer) (Europäische Hochschulschriften I 55), Bern u. a. 1972, hier bes. S. 3f., 18 und 26f.; vgl. auch Haustein (Anm. 62), S. 261.

76 Wolfenbüttel, Herzog August Bibl., Cod. 404.9 (11) Novi. Die zusammengehörigen Pergamentquerstreifen könnten Reste einer Handschrift sein, die von der gleichen Vorlage wie J abgeschrieben wurde, vgl. Bartsch (Anm. 2), S. 95 und Runow (Hg.) (Anm. 39), S. 9f.; Kern (Hg.) (Anm. 39), S. 3f.

77 Vgl. Haustein (Anm. 62), S. 266f.; Klein, Verbreitung mittelhochdeutscher Lyrik (Anm. 3) S. 90–92.

78 Münster, Staatsarchiv, Msc. VII Nr. 51 und Msc. VII 2d Nr. 29 (von anderer Hand); vgl. Haustein (Anm. 62), S. 266f.

dern auch für Reinmar von Zweter und Frauenlob. Strophen Reinmars sind in den zu Beginn des 14. Jahrhunderts entstandenen mitteldeutsch-niederdeutschen Berliner Bruchstücken im Frau-Ehren-Ton erhalten.[79] Auch in Göttingen hat sich ein Fragment erhalten, das aber jünger sein dürfte (14./15. Jahrhundert) und niederdeutsch verfasst ist.[80] Frauenlobs Texte sind neben J im Soester Fragment A überliefert, dem Einzelblatt einer ursprünglich großformatigen Handschrift, die um oder bald nach 1300 geschrieben wurde und damit wohl noch zu seinen Lebzeiten (gest. 1318).[81] Dazu kommen das Marburger Fragment Z aus der 1. Hälfte des 14. Jahrhunderts, zwei Pergamentblätter mit sechs Strophen im Zarten Ton.[82] Die Schriftsprache der in Berlin und München befindlichen Fragmente von Frauenlobs Marienleich aus dem 1. Viertel des 15. Jahrhunderts wurde erst von Thomas Klein als ostmitteldeutsch-niederdeutsch bestimmt.[83] Dass gerade Frauenlobs Texte gut dokumentiert sind, könnte auch mit seinen Auftritten in Norddeutschland zusammenhängen.[84]

---

79 Berlin, Staatsbibl., Hdschr. 401, früher Bonn (Bo); vgl. Helmut Tervooren, Ein neuer Fund zu Reimar von Zweter. Zugleich ein Beitrag zu einer md./nd. Literaturlandschaft, in: ZfdPh 102 (1983), S. 377–391; Haustein (Anm. 62), S. 262f. Daneben ist Reinmar von Zweter auch im Möserschen Fragment und in der Leipziger Handschrift bezeugt (ebd.).

80 Göttingen, Niedersächs. Staats- und Universitätsbibl., Cod. Ms. Müller I,4. Vorstellung und Abdruck bei Georg Objartel, Zwei wenig beachtete Fragmente Reinmars von Zweter und ein lateinisches Gegenstück seines Leichs, in: ZfdPh. Sonderheft 90 (1971), S. 217–231, hier: 217–219. Ein Zusammenhang zu den niederrheinisch-niederdeutschen Lyrikhandschriften und -fragmenten besteht nach Objartel nicht.

81 Soest, Stadtbibl., Fragment 157; Transkription und Abbildung bei Norbert Eickermann, Heinrich v. Meißen. 10 Sprüche, in: Archivpflege in Westfalen und Lippe 4 (Beilage zu Westfälische Quellen im Bild 5) (1973), S. 1–5. Vgl. Haustein (Anm. 62), S. 268.

82 Marburg, Staatsarchiv, Best. 147 Hr 1 Nr. 2; vgl. Klein, Verbreitung mittelhochdeutscher Lyrik (Anm. 3), S. 94; Gisela Kornrumpf, Der Grundstock der ‚Jenaer Liederhandschrift' und seine Erweiterung durch Randnachträge, in: Die ‚Jenaer Liederhandschrift' (Anm. 38), S. 39–80, hier: 49 Anm. 56, S. 64, 65 mit Anm. 136 u. 138.

83 Berlin, Staatsbibl., mgq 632 und München, Staatsbibl., cgm 5249/32; vgl. Die Deutschen Handschriften der Bayerischen Staatsbibliothek München. Die mittelalterlichen Fragmente Cgm 5249–5250, beschrieben v. Karin Schneider, mit vier Beschreibungen v. Elisabeth Wunderle (Catalogus codicum manu scriptorum Bibliothecae Monacensis; T. 5, Ps. 8), Wiesbaden 2005, S. 70 und Klein, Verbreitung mittelhochdeutscher Lyrik (Anm. 3), S. 94. In Berlin ist außerdem ein mitteldeutsches Bruchstück Reinmars von Zweter aus dem dritten Viertel des 13. Jahrhunderts mit Neumen überliefert (Berlin, Staatsbibl., mgf 757, Bl. 17), vgl. Hermann Degering, Kurzes Verzeichnis der germanischen Handschriften der Preußischen Staatsbibliothek. Teil I.: Die Handschriften in Folioformat (Mitteilungen aus der Preußischen Staatsbibliothek VII), Leipzig 1925, S. 107.

84 Vgl. Wisniewski (Anm. 27), S. 16. Dieses Argument trifft allerdings nicht auf alle gut bezeugten Sänger zu, wie die Beispiele Neidhart und Walther zeigen; letzterer erwähnt

Im Nordwesten ist im 13. und 14. Jahrhundert wenig überliefert, das abgesehen von den Liedern Jans von Brabant die ‚große Lücke' seit Heinrich von Veldeke füllen könnte. Ein möglicher Grund dafür ist die Orientierung an der französischen Lyrik;[85] Frank Willaert hält dagegen vom *grand chant courtois* abweichende poetische Traditionen und Präferenzen für ausschlaggebend, die auch schon ihre Spuren in den Liedern Veldekes hinterlassen hätten.[86] 1926 entdeckte Erik Rooth zwar in Lund ein Pergamentdoppelblatt, dessen 16 mittelniederländische Strophen er aufgrund sprachlicher und inhaltlicher Merkmale glaubte, einem unbekannten limburgischen Minnesänger zuschreiben zu können.[87] Doch konnte sich Rooth mit seiner Deutung der Texte des 13. Jahrhunderts nicht durchsetzen, da sie zwar die Minne thematisieren, in ihrer ungewöhnlichen didaktischen oder kasuistischen Behandlung aber eher der Spruchdichtung nahestehen und sich auch formal unterscheiden.[88]

Um 1400 beginnt dann allerdings eine breitere Überlieferung, die inhaltlich, medial und auch sprachlich neue Akzente setzt, auch wenn die Verbindung zur Minnesangtradition nicht ganz abbricht.[89] Gleich drei Handschriften sind erhalten, die aufgrund ihrer Gemeinsamkeiten oft zusammen behandelt werden: die Haager Liederhandschrift, die Gruuthuse-Handschrift und die Berliner Liederhandschrift.[90] Zu den Übereinstimmungen gehören Texte in einer niederländisch-hochdeutschen Mischsprache, die in der älteren Forschung eher negativ bewertet wurde, für die es heute verschiedene Erklärungsansätze gibt.[91] Die

---

in seinen Sprüchen auch keine norddeutschen Fürsten, lediglich in der Markierung seines Erfahrungsraumes im Preislied (L 56,14) – *von der Elbe unz an den Rîn* – könnte eine Kenntnis nordöstlicher Gebiete angedeutet sein.

85 Vgl. Tervooren (Anm. 6), S. 130; vgl. auch Anm. 23.

86 Vgl. Willaert (Anm. 23). Vgl. zu Veldeke auch Bernd Bastert, Möglichkeiten der Minnelyrik. Das Beispiel Heinrich von Veldeke, in: ZfdPh 113 (1994) S. 321–344.

87 Lund, Universitätsbibl., Mh 55. Vgl. Erik Rooth, Ein neuentdeckter niederländischer Minnesänger aus dem 13. Jahrhundert, Lund 1928. Er wies dem Verfasser noch acht weitere Strophen eines von de Vreese entdeckten Fragmentes zu (Brüssel, KB IV, 209, Nr. 11); vgl. Willem de Vreese, Nieuwe Middelnederlandsche fragmenten, in: Tijdschrift voor Nederlandse Taal- en Letterkunde (TNTL) 14 (1895), S. 260–264.

88 Vgl. Tervooren (Anm. 6), S. 138–140; ders., Zur mittelniederländischen Lyrik. Überlegungen zur Überlieferung des höfischen Liedes im 13. und 14. Jahrhundert, in: Gattungen und Formen des europäischen Liedes vom 14. bis zum 16. Jahrhundert. Internationale Tagung v. 9. bis 12. Dezember 2001 in Münster, hg. v. Michael Zywietz, Volker Honemann u. Christian Bettels (Studien und Texte zum Mittelalter und zur frühen Neuzeit 8), Münster u. a. 2005, S. 285–294, hier: 289f.; vgl. Annette C. Hemmes-Hoogstadt, Art. ‚Lunder Lieder', in: LexMA 6 (1993), Sp. 9.

89 Vgl. Holznagel (Anm. 59), S. 39f.

90 Vgl. Brinkman (Anm. 23), S. 51.

91 Rooth (Anm. 87), S. 6, bezeichnet sie als „ein unerfreuliches Gemengsel von Hochdeutsch und Niederländisch". Vgl. dazu Helmut Tervooren, Die Haager Liederhandschrift, Schnittpunkt literarischer Diskurse, in: Philologie als Textwissenschaft. Alte

Haager Handschrift wurde vermutlich auf niederrheinischem Gebiet geschrieben – die genaue Lokalisierung ist strittig – und gelangte infolge mehrerer Besitzerwechsel nach Den Haag. Neben den genannten niederländisch-deutschen Texten, deren Sprachmischung vermutlich auf die Autoren und nicht auf die Schreiber zurückgeht, enthält sie auch französische, niederländische und deutsche Texte.[92] Helmut Tervooren charakterisiert die Handschrift als „Typus eines späthöfischen Minnebuchs“, das höfisch in den vermittelten Inhalten, und insofern eine „erkennbare Systemreferenz zum Minnesang“ aufweise, aber schlicht in der Ausstattung und auch in den Formen sei.[93] Zwar finden sich unter den weitgehend anonymen 115 Stücken neben den Minnereden auch Minnesang und Spruchdichtung, die sich Reinmar, Walther von der Vogelweide, Walther von Mezze, Dem von Sachsendorf und Frauenlob zuschreiben lassen, aber sie sei in erster Linie „Ausdruck einer am Hof sich vollziehenden Spielkultur“.[94]

Die Gruuthuse-Handschrift besteht aus drei Teilen, einem Gebetbuch, einer Sammlung von 147 überwiegend weltlichen und oft mit Noten versehenen Liedern, und schließlich einer Sammlung von 16 allegorischen Gedichten.[95] Die Herkunft aus Brügge, einer kosmopolitischen Stadt im „Schnittpunkt des germanischen und französisch-burgundischen Kulturraums“, ist gesichert und schlägt sich auch in der Sammlung nieder.[96] Die Texte sind meist unikal und eigenständig, sprachlich sind sie wiederum disparat: Westflämische Lieder stehen neben solchen mit unterschiedlicher deutscher Färbung. Da diese bei erkennbarer Orientierung am Minnesang besonders ausgeprägt ist, vermutet Herman Brinkman darin ein „poetisches Stilmittel“.[97] Die Berliner Liederhandschrift, den Wasserzeichen zufolge zwischen 1410 und 1430 geschrieben,[98] steht

---

und neue Horizonte, hg. v. dems. u. Horst Wenzel (ZfdPh. Sonderheft 116), Berlin 1997, S. 191–207, hier: 191 u. 202f. Eine ausführliche Analyse der Mischsprache bietet Brigitte Schludermann, A quantitative analysis of German Dutch language mixture in the Berlin songs mgf 922, the Gruuthuse-songs, and The Hague MS 128 E 2. Bd. 1–3 (GAG 338) Göppingen 1996.

92 s' Gravenhage, Koninklijke Bibl., cod. 128 E 2 (früher 721); vgl. Ingeborg Glier, Art. ‚Haager Liederhandschrift‘, in: ^{2}VL 3 (1981), Sp. 358–360; Tervooren (Anm. 91); Brinkman (Anm. 23), hier: 52f. u. 56.

93 Tervooren (Anm. 91), S. 193 u. 198.

94 Die Forschung hat hier, auch was die Sprachmischung betrifft, eine Verbindungslinie zur bayerischen Herrscherfamilie gezogen, vgl. Tervooren (Anm. 91), S. 194, Zitat S. 198.

95 Den Haag, Koninklijke Bibl., 79 K 10. Edition: Het Gruuthuse-handschrift (Hs. Den Haag, Koninklijke Bibliotheek, 79 K 10). Ingeleid en kritisch uitgegeven door Herman Brinkman. Met een uitgave van de melodieën door Ike de Loos (†). Bd. 1–2 (Middeleeuse Verzamelhandschriften uit de Nederlanden 13,1–2), Hilversum 2015.

96 Brinkman (Anm. 23), S. 54.

97 Ebd., S. 56.

98 Berlin, Staatsbibl., mgf 922; Edition: Zwischen Minnesang und Volkslied. Die Lieder

den beiden niederländischen Handschriften nahe. Sie ist am nördlichen Niederrhein entstanden, wohl nicht weit von der heutigen Grenze, und wurde in einer ähnlichen niederländisch-deutschen Mischsprache geschrieben.[99] In ein Corpus von Minnereden, das rheinische und niederländische Texte enthält, sind 86 Minnelieder in vier Gruppen eingeschoben,[100] darunter überwiegend Unika,[101] und dazu zwölf Melodien. Helmut Lomnitzer verortete sie zwischen „der obd.-md. Minnesangnachblüte des 13. und 14. Jh.s und dem „bürgerliche[n] ‚Gesellschaftslied' des 15. Jh.s".[102] Frank Willaert betont die spezifische „lotharingische Tanzliedtradition", die sich in entsprechenden Formtypen wie dem Virelai und dem Rondeau, und Verweisen auf das Tanzen niederschlage. Nach seiner Einschätzung sind diese *formes fixes* kennzeichnend für die Region und mitverantwortlich für das weitgehende Fehlen der Minnekanzone.[103]

Helmut Tervooren zählt noch die im Kölner Raum entstandene Niederrheinische Liederhandschrift n zu dem von ihm untersuchten Rhein-Maas-Gebiet, wenn auch als „Zeugnis von der Peripherie der *nideren lande*", ähnlich wie auch die Berliner Liederhandschrift.[104] Die Mitte oder Ende des 14. Jahrhunderts geschriebene Sammlung ist zusammen mit einem deutsch-lateinischen chronikalen Teil überliefert; sie wurden aber vielleicht erst später zusammengebunden.[105] Der Schwerpunkt liegt auf Sangspruchdichtung, daneben enthält sie

---

der Berliner Handschrift Germ. Fol. 922, hg. v. Margarete Lang (Studien zur Volksliedforschung 1), Berlin 1941; zur Datierung vgl. Aderlaß und Seelentrost (Anm. 72), Nr. 52, S. 114–116.

99 Vgl. Helmut Lomnitzer, Art. ‚Berliner Liederhandschrift mgf 922', in: ^{2}VL 1 (1978), Sp. 726–728.

100 Vgl. Aderlaß und Seelentrost (Anm. 72), Nr. 52, S. 115f. Daneben enthält die Handschrift ein Fragment von Pyramus und Thisbe und des mndl. Kreuzfahrerromans Seghelijn van Jeruzalem. Vgl. auch Anja Becker, Komplexe Trivialitäten. Niederrheinische Lyrik des Spätmittelalters aus der Berliner Liederhandschrift mgf 922, in: Mitteilungen des Deutschen Germanistenverbandes 64 (2017), Heft 3: Mittelniederdeutsche Literatur, hg. v. Anja Becker u. Albrecht Hausmann, S. 278–293 (mit weiteren Literaturangaben), hier: 279.

101 Ausnahmen sind zwei Lieder vom Tannhäuser und von Reinmar, vgl. Lomnitzer (Anm. 99), Sp. 727.

102 Vgl. Lomnitzer (Anm. 99). Nach Tervooren (Anm. 6), S. 130, wurden alle Anfang des 14. Jhs. zusammengestellt.

103 Willaert (Anm. 23), S. 48f., vgl. auch Brinkman (Anm. 23), S. 59f. und Tervooren (Anm. 91), S. 196.

104 Leipzig, Universitätsbibl., cod. rep. II, fol. 70a; vgl. Tervooren (Anm. 6), S. 131f. u. 143–145.

105 Die Datierungen von Gisela Kornrumpf, die sich auf Karin Schneider bezieht, und Franzjosef Pensel differieren. Nach Schneider ist die erste Lage noch Mitte des 14. Jahrhunderts entstanden. Vgl. Gisela Kornrumpf, Art. ‚Niederrheinische Liederhandschrift', in: ^{2}VL 6 (1987), Sp. 995–998, und Franzjosef Pensel, Verzeichnis der deutschen mittelalterlichen Handschriften in der Universitätsbibliothek Leipzig. Zum

auch Minnesang, eine Minnerede und Strophen aus der ‚Virginal'. Die Minnesang-Strophen sind auch hier nicht mehr nach Autoren, sondern eher thematisch sortiert. Sie stammen vor allem aus dem mittel- und oberdeutschen Bereich, dagegen gibt es nur wenige Überschneidungen mit den niederdeutschen Sammlungen wie der Jenaer Liederhandschrift und ihrem Umkreis.[106] In dieses Grenzgebiet scheint auch noch eine Wiener Handschrift von 1481 zu fallen, dafür spricht zumindest die ripuarische und nordniederdeutsche Sprache.[107] Sie enthält überdies neben Volmars Steinbuch wiederum eine Kombination aus Minnereden und etlichen namenlosen Strophen, darunter eine von Frauenlob sowie zwei von Wachsmut von Künzingen ohne Namensnennung.[108]

Die zuletzt genannten Liederhandschriften weisen insgesamt eine Zwischenstellung zwischen höfischem Minnesang und neuer Liedkultur auf und markieren den Übergang zu dem von Gert Hübner so genannten ‚mittleren System'.[109] Wie komplex sich dieser „Systemwechsel" in den Liedern niederschlagen kann, hat Anja Becker an einem Beispiel aus der Berliner Liederhandschrift demonstriert.[110] Im 15. Jahrhundert setzt zudem die Liederbuchtradition ein, zu der auch die Berliner Liederhandschrift gezählt werden kann.[111] Die älteste Samm-

---

Druck gebracht v. Irene Stahl (Deutsche Texte des Mittelalters 70, 3), Berlin 1998, S. 336–341, hier: 336; vgl. auch Schmeisky (Anm. 70).

106 Vgl. Tervooren (Anm. 6), S. 143f.; Kornrumpf (Anm. 105), Sp. 997.

107 Vgl. Tervooren (Anm. 6), S. 186.

108 Wien, Österr. Nationalbibl., Cod. 2940*. Beschreibung der Handschrift bei Hermann Menhardt, Verzeichnis der altdeutschen literarischen Handschriften der Österreichischen Nationalbibliothek. Bd. 1 (Veröffentlichungen des Instituts für deutsche Sprache und Literatur 13), Berlin 1960, S. 642–648. Vgl. außerdem Franz-Josef Holznagel, Art. ‚Wachsmut von Künzingen', in: ^{2}VL 10 (1999), Sp. 555–557. Beckers (Anm. 11), (II) S. 5 u. 10) nennt zudem noch die niederrheinische ‚Livländische Sammelhandschrift' von 1431 (Berlin, Staatsbibl., mgo 186), die neben Minnereden u. a. auch ein Lied enthält, sowie ein Fragment des 14. Jahrhunderts aus Riga mit zwei Frauenliedern in niederdeutscher Sprache, die von der hochdeutschen Minnesangtradition unabhängig seien.

109 Gert Hübner, Die Rhetorik der Liebesklage im 15. Jahrhundert. Überlegungen zu Liebeskonzeption und poetischer Technik im ‚mittleren System', in: Deutsche Liebeslyrik im 15. und 16. Jahrhundert. 18. Mediävistisches Kolloquium des Zentrums für Mittelalterstudien der Otto-Friedrich-Universität Bamberg am 28. und 29. November 2003, hg. v. dems. (Chloe. Beihefte zum Daphnis 37), Amsterdam / New York 2005, S. 83–117, hier: 84–87; vgl. auch die kritische Würdigung von Manfred Kern, Hybride Texte – wilde Theorie? Perspektiven und Grenzen einer Texttheorie zur spätmittelalterlichen Liebeslyrik, in: ebd., S. 11–45, hier: 32–39.

110 Becker (Anm. 100).

111 Vgl. Franz-Josef Holznagel, Weltliche Liederbücher des 15. und 16. Jahrhunderts. Zur Beschreibung eines literarisch-musikalischen Diskurses im deutschsprachigen Spätmittelalter, in: „Hebt man den Blick, so sieht man keine Grenzen". Grenzüberschreitung als Paradigma in Kunst und Wissenschaft. Festschrift für Hartmut Möller zum 60. Geburtstag, hg. v. Oliver Krämer u. Martin Schröder (Rostocker Schriften zur

lung niederdeutscher Lieder bietet hier das Rostocker Liederbuch vom Ende des 15. Jahrhunderts, viele davon sind hier erstmalig überliefert.[112] Allerdings ist es keineswegs so, dass die Liederbücher sich sprachlich nun in einem homogenen Niederdeutsch präsentierten, wie das Rostocker Liederbuch mit seiner Auswahl an lateinischen, niederdeutschen, hochdeutschen, lateinisch-deutschen und hochdeutsch-niederdeutschen Texten zeigt. Letztere bilden die größte Gruppe, die nun jedoch unterschiedliche „Sprachmischungstypen" und „Transfer-Richtungen" aufweisen.[113]

2.3 Mittelhochdeutsche Sänger in niederdeutscher Überlieferung: Das Beispiel der Wolfenbütteler Walther-Fragmente U

Der Überblick hat bereits gezeigt, dass Walthers Texte im niederdeutschen Raum gut vertreten sind.[114] Die Erkenntnis, dass es neben einem Zentrum früher Walther-Überlieferung im Südosten ein weiteres im Norden gab,[115] verdankt sich der Tatsache, dass Thomas Klein die Fragmente O, w, U und Z

Musikwissenschaft und Musikpädagogik 3), Essen 2013, S. 75–87, hier: 87 (Übersicht über die Liederbücher); vgl. auch ders., Formen der Überlieferung deutschsprachiger Lyrik von den Anfängen bis zum 16. Jahrhundert, in: Neophilologus 90 (2006), S. 355–382, hier: 364f.

112 Rostock, Universitätsbibl., Mss. Philol 100/2. Vgl. Arne Holtorf, Art. ‚Rostocker Liederbuch', in: ²VL 8 (1992), Sp. 253–257; Franz-Josef Holznagel, Art. ‚Rostocker Liederbuch', in: ²Killy 10 (2011), S. 35f.; vgl. auch das Digitale Archiv zum Rostocker Liederbuch (DARL): http://www.rostocker-liederbuch.de/ (letzter Zugriff: 23.07.2022).

113 Vgl. Doreen Brandt, *Nuwe mere* und *nige mere*. Untersuchung zur hochdeutsch-niederdeutschen Sprachmischung im „Rostocker Liederbuch", in: Jahrbuch des Vereins für Niederdeutsche Sprachforschung 137 (2014), S. 59–79, hier: 59f.

114 Überblick über die Überlieferung bei Bein (Anm. 67), S. XXV–XLV; vgl. auch Walther von der Vogelweide. Die gesamte Überlieferung der Texte und Melodien. Abbildungen, Materialien, Melodietranskriptionen, hg. v. Horst Brunner, Ulrich Müller u. Franz Viktor Spechtler. Mit Beiträgen v. Helmut Lomnitzer u. Hans-Dieter Mück. Geleitwort v. Hugo Kuhn (Litterae 7), Göppingen 1977. Vgl. Helmut Tervooren, Die späte Überlieferung als Editionsproblem. Bemerkungen zu Lyrikhandschriften des späten 14. und 15. Jahrhunderts, in: Walther von der Vogelweide. Textkritik und Edition, hg. v. Thomas Bein, Berlin / New York 1999, S. 176–194, hier: 178: „Bei Walther von der Vogelweide wird (wie sonst nur noch bei Neidhart) der Traditions- und Sammelprozeß mhd. Lyrik in Umrissen deutlich."

115 Vgl. Christa Bertelsmeier-Kierst, *Muget ir schouwen waz dem meien...* Zur frühen Rezeption von Walthers Liedern, in: Blütezeit. Festschrift für L. Peter Johnson, hg. v. Marc Chinca, Joachim Heinzle u. Christopher Young, Tübingen 2000, S. 87–101, hier: 90. Zu einem auch über die Quelle *EC „umrissartig erschließbare[m], niederdeutsche[m] Zentrum der Lyriküberlieferung" vgl. auch Holznagel (Anm. 59), S. 33 u. 35, Anm. 65, der ebenfalls auf die vergleichsweise breite Überlieferung von Walther, Reinmar und Neidhart hinweist.

sprachlich neu zuordnen konnte.[116] Die Wolfenbütteler Bruchstücke w^{x}, w^{xx} und w^{xvii}, die in verschiedenen Codices aufgefunden wurden, gehörten ursprünglich zu einer Handschrift des späten 13. Jahrhunderts;[117] das trifft auch auf die Wolfenbütteler Fragmente von U zu, von denen U^{x} im Einband eines um 1500 entstandenen Drucks aus dem Zisterzienserkloster Riddagshausen bei Braunschweig entdeckt wurde;[118] U^{xx} konnte keinem Codex mehr zugeordnet werden. Bei w und U ist die Schriftsprache ein Mitteldeutsch mit niederdeutschem Einschlag, im ersten Fall thüringisch-obersächsischer, im zweiten Fall thüringisch-hessischer Prägung; eine Entstehung „am Südostrand des niederdeutschen Raumes" ist daher bei beiden zu vermuten.[119] Die w-Bruchstücke enthalten noch Reste von insgesamt fünf Tönen. Die Fragmente von U überliefern zusammen 42 Strophen ohne Namensangabe; neben Strophen von Walther stehen solche, die andernorts Reinmar und Rudolf von Rotenburg zugeschrieben werden.[120] Das Fragment O enthält noch 44 Walther-Strophen ohne Namen, die zu elf Minneliedern bzw. einem Frau-Welt-Lied gehören. Nach der Schreibsprache

---

[116] Dazu kommt noch ein verlorenes Bruchstück von Bernhard Joseph Docen mit Noten, vgl. Brunner / Müller / Spechtler (Hg.) (Anm. 114), S. 49; Klein, Verbreitung mittelhochdeutscher Lyrik (Anm. 3), S. 104; außerdem hatte die Weimarer Liederhandschrift F aus Nürnberg wohl eine Vorlage, die in mitteldeutsch-niederdeutscher Schriftsprache verfasst war (ebd., S. 93).

[117] Fragment w^{x} stammt aus Cod. Wolfenbüttel 1287 Helmstedt, einer Pergamenths. des 14./15. Jahrhunderts. Die Helmstedter Klasse kommt v. a. aus ostfälischen Frauenklöstern des Braunschweig-Goslarer Raumes, dafür spricht auch der Schreiberinnenname. Zudem ist einer der enthaltenen niederdeutschen Texte auch in einer Handschrift aus dem Zisterzienserkloster Riddagshausen überliefert. Die Fragmente w^{xx} (Krakau, Bibl. Jagiellońska, Berol. mgo 462) und w^{xvii}, der Abklatsch eines weiteren verlorenen Vorsatzblattes, wurden in einem Inkunabelsammelband der Heiligenstädter Gymnasialbibliothek entdeckt, der im 17. Jahrhundert dem Zisterzienserkloster Reifenstein im Eichsfeld gehörte. Aus älteren Besitzvermerken und der Lokalisierung und Datierung der Drucke kann geschlossen werden, dass ein gewisser Hermann Koken die betreffenden Drucke 1508 oder bald darauf in Köln erwarb, sie aber erst in seiner ostfälischen Heimat binden ließ bei einem Buchbinder, der auch den Cod. 1287 einband und dazu die Hs. w zerschnitt, vgl. Klein, Verbreitung mittelhochdeutscher Lyrik (Anm. 3), S. 76–79. Vgl. Hermann Degering, Neue Fragmente Walthers von der Vogelweide, in: ZfdA 53 (1912), S. 337–347, hier: 337 u. 340.

[118] Beschreibung der Handschrift: Hans Butzmann, Die mittelalterlichen Handschriften der Gruppen Extravagantes, Novi und Novissimi (Kataloge der Herzog-August-Bibliothek Wolfenbüttel 15), Frankfurt a. M. 1972, S. 323f.

[119] Klein, Verbreitung mittelhochdeutscher Lyrik (Anm. 3), S. 89.

[120] Überlieferungskonkordanzen zu den hier behandelten Fragmenten finden sich bei Brunner / Müller / Spechtler (Hg.) (Anm. 114), S. 38*–45*. Rudolf von Rotenburg ist ein Minnesänger der 1. Hälfte des 13. Jahrhunderts, vermutlich aus der Schweiz, von dem neben Minneliedern auch fünf Leiche überliefert sind, und zwar in A, C sowie im Budapester Fragment. Vgl. Silvia Ranawake, Art. ‚Rudolf von Rotenburg', in: ²VL (1992), Sp. 366–369.

handelt es sich um die niederdeutsche Abschrift einer wohl ostmitteldeutsch-thüringischen Vorlage.[121]

Auch die Überlieferung von Walthers Spruchdichtung setzt etwa zur gleichen Zeit ein, wie zwei unbekannte Strophen im Ersten und Zweiten Philippston in dem um 1300 entstandenen Maastrichter Fragment Ma zeigen, die dort allerdings dem Tugendhaften Schreiber zugewiesen werden; möglicherweise handelt es sich um Kontrafakturen.[122] Das Münstersche Fragment Z überliefert 27 Strophen und dazu die vollständige Weise zum Palästinalied sowie drei weitere fragmentarisch erhaltene Melodien in gotischer Choralnotation, die es zur wichtigsten Quelle für Melodien Walthers machen.[123] In der Jenaer Liederhandschrift ist Walther nicht namentlich vertreten, allerdings stehen vier seiner C-Strophen unter *Meyster Rumelant*; zudem beginnt der Codex in seinem heutigen Zustand (der Anfang ist verloren) mit einer Kontrafaktur von Walthers Leich. Vermutlich ist daher die Nachricht aus dem Jahr 1437 von zwei Codices in der Wittenberger Schlosskapelle auf J und einen verlorenen ersten Band zu beziehen, der dem Explicit nach mit Walthers Leich endete.[124] Zwar ist auch in den späteren Sammlungen und Liederbüchern Walther kein Unbekannter – das Mösersche Fragment m vom Anfang des 15. Jahrhunderts überliefert immerhin noch elf Minnesang-Strophen unter seinem Namen – doch ist diese namentliche Überlieferung selten und es sind auch keine authentischen Texte, sondern solche von Hartmann und Reinmar.[125] Dies dürfte mit den grundlegenden Veränderungen in der Lyrik zusammenhängen. Auch in der Niederrheinischen Liederhandschrift sind Walthers Strophen wie in den meisten Sammlungen der Zeit anonym überliefert und die Haager Liederhandschrift s enthält ebenfalls nur wenige Autornamen; lediglich durch die Beischrift *Herrn Walthers zanch* ist ein Teil seiner Strophen markiert, von denen einige das Tonprinzip aufgeben und verschiedene Walther-Töne mit neuen Teilen zusammenmontieren. Die Namensnennungen sind demnach nicht mehr Zuschreibungen innerhalb eines autorzentrierten Diskurses, sondern Anspielungen auf Autoritäten und Traditionsbindungen.[126]

---

121 Vgl. Anm. 62.

122 Vgl. Anm. 63 und Holznagel (Anm. 65), bes. S. 372f. und 387–395 (mit Literaturangaben).

123 Münster, Staatsarchiv, Ms. VII 15^{56}, zu den Melodien vgl. Brunner (Anm. 67), S. L.

124 Vgl. Burghart Wachinger, Der Anfang der Jenaer Liederhandschrift, in: ZfdA 110 (1981), S. 299–306.

125 Vgl. Tervooren (Anm. 91), S. 202.

126 Zur Bedeutung der Namensnennung vgl. Tervooren (Anm. 91), S. 198–202 und ders. (Anm. 114), S. 186f.; Franz-Josef Holznagel, Minnesang-Florilegien. Zur Lyriküberlieferung im Rappoltsteiner Parzifal, im Berner Hausbuch und in der Berliner Tristan-Handschrift N, in: *Dâ hœret ouch geloube zuo.* Überlieferungs- und Echtheitsfragen zum Minnesang, Beiträge zum Festcolloquium für Günther Schweikle anläßlich sei-

Die frühen Fragmente verdienen auch inhaltlich genauere Betrachtung, insbesondere U. Die Fragmente w^{xx} und w^{xvii} bieten nur noch Reste zweier Spruch-Strophen (Töne 11, 55[127]) und w^{x} von drei Liedern, die jedoch durch die Altersthematik erkennbar korrelieren (Töne 43, 70, 97).[128] Die 42 U-Strophen stellen dagegen eine auffällige Auswahl von Liedern dar: Unter den neun Tönen von U^{x} und den drei Tönen von U^{xx} ist jeweils ein Lied mit deutlichen sexuellen Anspielungen (Töne 122, 123), das erste ist in e unter Reinmars Namen verzeichnet,[129] das zweite ist hier unikal überliefert. Es gibt ein Frühlingslied, das durch eine nur in U^{x} überlieferte Frauenstrophe in eine pastourellenhafte Situation überführt wird (Ton 86); in Ton 17 hat Frau Minne den Sänger ‚geschossen' und soll das Gleiche mit der Dame tun, eine Metaphorik aus dem ‚antiken Register', die auch schon Ton 122 erotisch nutzt und die in den Liebesliedern der *Carmina Burana*, auch in den mittelhochdeutschen Strophen, des Öfteren vorkommt (vgl. z. B. CB 148, 153, 162[130]). Dazu passen auch Lieder, die eine Liebeserfüllung zumindest nahelegen. Dazu zählen z. B. ein Frauenlied (Ton 85), in dem die Dame dem Drängen des Mannes nachgeben will und das mit einer Reminiszenz an Reinmars Motiv des Mattsetzens endet, und Ton 101, in dem der Sänger von einem tageliedhaften *urlop* von der Dame berichtet, die ihn dabei um die Zusendung seiner Lieder bittet. Andere Lieder haben einen eher witzig-parodistischen Charakter wie das bekannte Traumglück (Ton 64), der Ton 29, der auf ein Morungen-Lied rekurriert, oder die Klage über Frau Saelde, die dem Sänger zwar *hohen muot*, aber nicht das nötige *guot* dazu beschert (Ton 19). Insgesamt entsteht daher der Eindruck, dass es sich um eine Sammlung gehandelt haben könnte, die besondere thematische Schwerpunkte setzte, oder zumindest um den Teil einer Sammlung, in dem besonders Lieder jenseits der ‚klassischen' Werbungskanzone zusammengestellt waren.

Der ursprüngliche Codex, zu dem die Fragmente U gehörten, ist etwa zeitgleich anzusetzen mit dem Beginn der Kodifizierungen in Süddeutschland. Op-

---

nes 65. Geburtstags, hg. v. Rüdiger Krohn u. Wulf-Otto Dreessen, Stuttgart 1995, S. 65–88.

[127] Ich orientiere mich hier an den Tonbezeichnungen von Bein (Anm. 67), da nicht alle Strophen in Lachmanns Ausgabe vertreten waren.

[128] Es handelt sich um L 66,21 *Ir reiniu wîp*, L 100,24 *Frô Welt, ir sult dem wirte sagen*, L 142,1 *Owê, war sint verswunden alliu miniu jâr*.

[129] Es handelt sich um die unvollständige fünfte Strophe von *Wer hat sie so begozzen*, das in Minnesangs Frühling unter den Pseudo-Reinmar-Texten geführt wird (Nr. LXVII). Vgl. dazu Helmut Tervooren, Reinmar-Studien. Ein Kommentar zu den „unechten" Liedern Reinmars des Alten, Stuttgart 1991, S. 68–81.

[130] Carmina Burana. Texte und Übersetzungen. Mit den Miniaturen aus der Handschrift und einem Aufsatz v. Peter u. Dorothee Diemer, hg. v. Benedikt Konrad Vollmann (Bibliothek des Mittelalters 13 [= Bibliothek deutscher Klassiker 16]) Frankfurt a. M. 1987.

tisch unterschied er sich mit dem kleinen Format (min. 14,8 x 10,5 cm) und dem schlichten einspaltigen Layout jedoch deutlich, so dass sich die Frage stellt, ob hier noch Reste einer anderen, vielleicht früheren Form der Lyriküberlieferung zu fassen sind. Sie war offensichtlich auch autorzentriert, allerdings muss aufgrund des Fragmentcharakters offenbleiben, ob es sich um einen Ausschnitt aus einem umfangreicheren Codex handelt, der vielleicht auch andere Sängercorpora enthielt, oder ob es sich um Reste einer Autorhandschrift handelt. Sprache und Provenienz legen wie bei den Fragmenten w eine Nähe zum Braunschweiger Hof nahe, dem ersten nachweislichen literarischen Zentrum des ostfälischen Gebiets. Dazu passt auch, dass sie sprachlich, soweit erkennbar, wie der ‚Tristrant' Eilharts eine mitteldeutsch-thüringische Prägung aufweisen. Im Hinblick auf den niederdeutschen Sprachraum erweisen sie sich aber auch als wichtiger Nachweis der Rezeption und Verschriftlichung hochdeutscher Minnesangtraditionen, die mit der Musiknotation und der Wahl der Schriftsprache vermutlich die Tradition prägten, die auch noch für die Jenaer Liederhandschrift und die ihr nahestehenden Fragmente Gültigkeit besaß.

3. Der Nordosten

Während für das Rhein-Maas-Gebiet die Grenzlage zum kulturell fortschrittlicheren französischen Sprachraum und die daraus resultierende Mittlerfunktion der Höfe in dieser Region charakteristisch war, gestaltete sich die Lage an der Ostgrenze deutlich anders. In einer Zeit, als die Fürstentümer im Westen und Süden des deutschen Reiches sich der Territorialisierung ihrer Herrschaftsgebiete widmeten, mussten die Fürsten im Nordosten im Zuge der Ostkolonisation ab dem 12. Jahrhundert erst einmal ihren Herrschaftsanspruch gegen die dort siedelnden und herrschenden Slawen durchsetzen. Mit dem Ausbau ihrer Herrschaft, sei es nun administrativ, strukturell oder kulturell, waren sie daher zunächst im Rückstand.[131] Ein Erklärungsansatz für die späte Blüte des Minnesangs im Osten ist dementsprechend, dass die Fortsetzung vorhandener mittelhochdeutscher Literaturtraditionen auch dazu dienen sollte, Anschluss an die etablierten Höfe zu finden, ähnlich wie man sich im Westen des deutschen Sprachraums an der prestigeträchtigeren französischen Sprache und Kultur orientierte. Volker Mertens wertet daher den Minnesang wie das Turnier als

[131] Vgl. zu dieser besonderen historischen Situation des Nordostens ausführlich Oliver Auge, Rasante Aufholjagd des ‚jüngeren' Nordens? Zur Entstehung und Entfaltung der Fürstenhöfe im südwestlichen Ostseeraum bis ca. 1350, in: Sangspruchdichtung um 1300. Akten der Tagung in Basel vom 7. bis 9. November 2013, hg. v. Gert Hübner u. Dorothea Klein (Spolia Berolinensia 33), Hildesheim 2015, S. 3–44.

Ausdruck eines feudal-sozialen Repräsentationsbedürfnisses der ostdeutschen Fürsten.[132] Das Schlagwort der Repräsentation erfasst allerdings nur unzureichend die komplexen Formen höfischer Interaktion und ihre Kommunikationsfunktion.[133] Aristokratische Agonalität wurde offenbar nicht nur auf dem Feld des Turniers, sondern auch auf dem Feld der Kultur ausgetragen; Minnesang konnte daher ein Kommunikationsmedium für die Formulierung adliger Geltungsansprüche im Allgemeinen wie eines Geschlechts im Besonderen sein. Dafür sprechen auch die engen dynastischen und politischen Verflechtungen der ostdeutschen Fürsten untereinander, unter denen es etliche Minnesänger und Literaturförderer gab.[134] Während dieses überregionale ‚Netzwerk' gut bekannt ist, ist es um das Wissen über die anderen relevanten Faktoren für den Kultur- und Literaturbetrieb, v. a. die Bedeutung der Orden, Klöster und Städte in der Region, weniger gut bestellt. Otto IV. dürfte aber kaum die einsame Ausnahmegestalt gewesen sein, wie Helmut Assing es darstellt, wenn er urteilt, dass von Otto abgesehen „Denken und Fühlen in diesen märkischen Kreisen weiterhin recht trist" gewesen seien.[135] Die bestehenden wie neugegründeten Städte in der Region,[136] die im 13. Jahrhundert einen wirtschaftlichen und politischen Aufschwung erlebten und den Fürsten mitunter selbstbewusst entgegentraten, sowie die zahlreich gestifteten Klöster leisteten ebenfalls ihren Beitrag zu diesem Kulturraum, ganz zu schweigen von Bischofsstädten wie Brandenburg, Halberstadt[137] und Magdeburg, die als wichtige Zentren in die Region ausstrahlten.[138]

---

[132] Mertens (Anm. 31); vgl. auch Ingeborg Glier, Art. ‚Markgraf Otto IV. von Brandenburg (mit dem Pfeil)', in: ^{2}VL 7 (1989), Sp. 213–215.

[133] Vgl. die Überlegungen zur Repräsentationsfunktion des Mäzenatentums in Andreas Bihrer, Mäzene und Mäzenatentum im Mittelalter. Perspektiven der Geschichtswissenschaft, in: Mäzenaten im Mittelalter [Anm. 40], S. 25–51, hier: 45; vgl. zum Repräsentationsbegriff auch Hans-Joachim Behr, Literatur als Machtlegitimation. Studien zur Funktion der deutschsprachigen Dichtung am böhmischen Königshof im 13. Jahrhundert (Forschungen zur Geschichte der älteren deutschen Literatur 9), München 1989, S. 16f.

[134] Zu „einem der wichtigsten Parameter einer regionalen Literaturgeschichtsforschung" gehört die Frage nach den Trägern der Literatur, also nach den entscheidenden Personen, Familien, Höfen, Orden bzw. Institutionen und sozialen Formationen, vgl. Fleith / Wetzel, Einleitung (Anm. 7), S. XV.

[135] Helmut Assing, Die Landesherrschaft der Askanier, Wittelsbacher und Luxemburger (Mitte des 12. bis Anfang des 15. Jahrhunderts), in: Brandenburgische Geschichte, hg. v. Ingo Materna u. Wolfgang Ribbe, Berlin 1995, S. 85–168, hier: 131f.; anders Herbert Helbig, Gesellschaft und Wirtschaft der Mark Brandenburg im Mittelalter (Veröffentlichungen der Historischen Kommission zu Berlin 41), Berlin / New York 1973, S. 48; vgl. zum kulturellen Leben am Brandenburger Hof Bumke (Anm. 48), S. 224–227.

[136] Zur Bedeutung der Städte für die sprachliche Entwicklung vgl. Helbig (Anm. 135), S. 42–44; Peters (Anm. 10), S. 1410f. Im 13. Jahrhundert erfolgt auch der Übergang zur schriftlichen Organisation im hansischen Handel.

[137] Vgl. Wolf (Anm. 54), S. 58 und 60.

3.1 Heinrich I., Graf von Askanien und Anhalt

Sowohl Graf Heinrich I. von Anhalt als auch Markgraf Otto IV. von Brandenburg, der Sohn von Heinrichs Großcousin Johann I., stammen aus dem Geschlecht der Askanier, die ursprünglich im alemannisch-fränkischen Raum angesiedelt waren und vermutlich im späten 10. Jahrhundert ihren Sitz in den Osten Sachsens verlegten.[139] Erfolgreiche Heiratspolitik trug zum Aufstieg der frühen Askanier bei und der als Stammvater geltende Albrecht der Bär nutzte die strategisch günstig Lage zur Erweiterung der Besitzungen Richtung Osten, so dass er Markgraf von Brandenburg und der Nordmark wurde. Unter seinen Söhnen erfolgte die Teilung: Während der älteste Sohn Otto I. die Markgrafschaft Brandenburg übernahm, erhielt der jüngste Sohn Bernhard (1140–1212) nach dem Sturz Heinrichs des Löwen 1180 den sächsischen Herzogstitel mit den ehemals welfischen Reichslehen an der Unterelbe.[140] Als dieser 1212 starb, übernahm sein älterer Sohn Heinrich, der bereits seit 1195 urkundete, die Grafschaft Anhalt mit den Stammgütern zwischen Harz und Elbe, sein Bruder Albrecht I. wurde Herzog von Sachsen.[141] Heinrich ist mutmaßlich um 1170 geboren, sein Geburtsort wird in der Gegend von Dessau vermutet, das auf niederdeutschem Terrain lag.[142] Sein Herrschaftsbereich wird jedoch durch die Benrather Linie ‚durchschnitten', ist also ein Grenzgebiet, in dem niederdeutsche und mitteldeutsche Dialekte nebeneinander bestanden, was sich möglicherweise auch auf die am Hof gesprochene Sprache auswirkte.[143] Heinrich ist nach 1244 nicht

138 Kritisch zur These eines bis zum Ende des Spätmittelalters andauernden Entwicklungsgefälles des Nordostens äußert sich auch Oliver Auge (Anm. 131) und spricht stattdessen von einer „rasante[n] Aufholjagd"; er beruft sich als Beleg für den auch kulturellen Aufschwung der Region nicht zuletzt auf das Zeugnis der Spruchdichter (S. 3f.).

139 Vgl. Gerd Heinrich, Art. ‚Askanier', in: LexMA 1 (1980), Sp. 1109; Michael Hecht, Die anhaltischen Askanier, in: Handbuch Landesgeschichte, hg. v. Werner Freitag u. a., Berlin / Boston 2018, S. 270–283, hier: 271. Ursprünglich benannten sie sich nach der Burg in Ballenstedt. Der Name Askanier leitet sich von der latinisierten Form der Burg Aschersleben ab, wurde aber erst seit dem 16. Jahrhundert zur Bezeichnung des weitverzweigten Herrschergeschlechts verwendet; daneben wurde der Name auch auf eine Abstammung von Ascanius, dem Sohn des Aeneas, zurückgeführt.

140 Später erfolgte die Teilung in Sachsen-Wittenberg und Sachsen-Lauenburg. Die von Albrechts Sohn Hermann begründete Linie der jüngeren Grafen von Weimar-Orlamünde lasse ich hier aus, vgl. Heinrich (Anm. 139).

141 Vgl. Hecht (Anm. 139), S. 272. Die Teilung zeigt, dass die angestammten Gebiete höher bewertet wurden als die sächsische Herrschaft, die weniger umfangreich war und bei der es Probleme bei der Durchsetzung gegen die Großen des Landes gab. Vgl. Bumke (Anm. 48), S. 223.

142 Vgl. Detlef Goller, Landesgründer, Graf und Minnesänger Heinrich von Anhalt, in: *Dô tagte ez.* Deutsche Literatur des Mittelalters in Sachsen-Anhalt, hg. v. Andrea Seidel u. Hans-Joachim Solms, Dössel 2003, S. 77–87.

143 Vgl. Beckers (Anm. 5), S. 23f.; zur Existenz einer Konversationssprache des Adels vgl.

mehr urkundlich belegt, was dafür spricht, dass er bereits vor seinem Tod 1251/52 die Herrschaft an seine Söhne übergeben hatte, was den Auftakt zu weiteren Teilungen bildete.[144]

Heinrichs Herrschaftsübernahme gilt als „Geburtsstunde eines eigenständigen Landes Anhalt", 1215 urkundete er erstmals als *comes Ascharie et princeps Anahalt*.[145] Die Tatsache, dass die Corpusüberschrift im Codex Manesse *Der herzoge von Anhalte* lautet, hat für gewisse Zweifel an der Identifizierung gesorgt, doch gibt es eine Urkunde, in der er so bezeichnet wird. Auch war es nicht ungewöhnlich, Söhne von Herzögen ebenfalls als solche zu benennen.[146] Entsprechend dieser ständischen Zuordnung werden sein Autorbild und seine Lieder hinter dem Markgrafen von Meißen und vor dem Herzog von Brabant nachgetragen.[147] Die Miniatur im Codex Manesse zeigt ihn „als Sieger im Buhurt" mit Wappen, die weitgehend mit dem askanischen Wappen in der Zürcher Wappenrolle übereinstimmen.[148] Die Zugehörigkeit „zur Spitze des Adels in dieser Region"[149] im 13. Jahrhundert zeigt sich auch in der Heirat mit Irmengard, einer Tochter des Literaturmäzens Hermann von Thüringen. Uwe Meves führt darüber hinaus detailliert weitere Beziehungen Heinrichs zum Hof und zu Literaturförderern im Adel auf.[150] Stephanie Seidl schließt daraus sicher zu Recht, dass Heinrichs hohe reichspolitische Position ihm „vielfältige Kontakte zur kulturellen Szene an den einflussreichen Höfen der Zeit" sicherte, die ihn zu seiner eigenen minnesängerischen Tätigkeit veranlasst haben dürften.[151] Dass

---

Gabriele Schieb, Versuch einer Charakteristik der grundlegenden Kommunikationsbeziehungen um 1200 (Gedanken zu einigen Voraussetzungen einer Geschichte der deutschen Nationalitätssprache), in: Zeitschrift für Phonetik, Sprachwissenschaft und Kommunikationsforschung 33/3 (1980), S. 379–385.

144 Art. ‚Graf Heinrich von Anhalt', in: Regesten deutscher Minnesänger des 12. und 13. Jahrhunderts, hg. v. Uwe Meves, Berlin / New York 2005, S. 385–429, hier: 385.

145 Zitiert nach Hecht (Anm. 139), S. 272f.; vgl. auch Jörg Meyn, Genealogie, territoriale Entwicklung und Herrschaftsstruktur des Fürstentums Anhalt im Mittelalter – ein Überblick, in: Askanier-Studien der Lauenburgischen Akademie, hg. v. Eckardt Opitz (Lauenburgische Akademie für Wissenschaft und Kultur. Kolloquium 16), Bochum 2010, S. 259–286. Allerdings wechselte die Bezeichnung nach verschiedenen Burgen und Stammsitzen noch. Die Zeugnisse zu Heinrich hat Uwe Meves zusammengestellt (Anm. 144).

146 Mertens (Anm. 31), Sp. 685f., vermutet, dass auch der Herzogtitel seines Bruders dazu beigetragen haben könnte.

147 Vgl. Heinrich von Anhalt [Autor, Texte, Kommentare], hg. v. Stephanie Seidl, in: Lyrik des deutschen Mittelalters, online hg. v. Manuel Braun, Sonja Glauch u. Florian Kragl. Veröffentlicht seit 09.04.2019. http://www.ldm-digital.de/autoren.php?au=Anhalt (letzter Zugriff: 23.07.2022) (zitiert).

148 Mertens (Anm. 31), Sp. 686.

149 Hecht (Anm. 139), S. 273.

150 Vgl. Meves (Anm. 144), S. 387f.

151 Seidl (Anm. 147). Vgl. Volker Zapf, Art. ‚Graf Heinrich von Anhalt', in: Deutsches

die Literaturförderung im Nordosten aber nicht nur vom Fürstenhof ausging, zeigt beispielhaft Hoyer von Falkenstein und seine Rolle bei der Entstehung des ,Sachsenspiegels' von Eike von Repgow.[152] Als Stiftsvogt von Quedlinburg traf er häufig mit Heinrich zusammen, in dessen Herrschaftsgebiet auch Reppichau lag.[153]

Heinrich war zeitweilig Vormund von Markgraf Ottos IV. Vater Johann I. und dessen Bruder Otto III., der Fromme, deren Vater früh verstorben war. Allerdings war die Vormundschaft zunächst geteilt. König Friedrich II. hatte die Lehnsvormundschaft dem Erzbischof von Magdeburg übertragen, während Heinrich die agnatisch-private innehatte. Die Mutter Markgräfin Mechthild kaufte die Lehnsvormundschaft 1221 jedoch dem Bischof ab, so dass Heinrich zumindest offiziell die Regentschaft innehatte, denn die Markgräfin scheint eine wichtige Rolle gespielt und *de facto* das Land geführt zu haben.[154] Heinrich war zudem Onkel des Markgrafen und Minnesängers Heinrichs III. von Meißen[155] und hatte dynastische und politische Verbindungen zu weiteren Minnesängern und Literaturförderern im Osten.[156]

In A und C sind unter seinem Namen je zwei Lieder mit insgesamt fünf Strophen in gleicher Reihung überliefert. Aufgrund stilistischer Merkmale hat die ältere Forschung sie an den Anfang des 13. Jahrhunderts gesetzt.[157] Heinrich ist jedenfalls der älteste in der Gruppe der ostdeutschen fürstlichen Minnesänger und könnte damit beispielgebend gewirkt haben. Während Karl Bartsch noch Spuren von Heinrichs einheimischer Mundart zu erkennen glaub-

---

Literatur-Lexikon. Das Mittelalter. Bd. 4: Lyrik (Minnesang – Sangspruch – Meistergesang) und Dramatik, hg. v. Wolfgang Achnitz, Berlin / Boston 2012, Sp. 330–332; vgl. auch Fleith / Wetzel (Anm. 7), S. XII zu den Orten und Anlässen des Literaturaustauschs.

152 Vgl. Ruth Schmidt-Wiegand, Art. ,Eike von Repgow', in: ²VL 2 (1980), Sp. 400–409. Zur Frage der Verfasserschaft von Landrecht und Lehnrecht durch Eike von Repgow zuletzt kritisch Jörn Weinert, Eike von Repgow – Verfasser des „Sachsenspiegels"?, in: ZfdPh 133 (2014), S. 67–98.

153 Ein Lehnsverhältnis lässt sich jedoch nicht daraus ableiten, vgl. Meves (Anm. 144), S. 388.

154 Vgl. Lorenz Friedrich Beck, Die Askanier in Brandenburg. Dynastie und Territorialherrschaft, in: Wie die Mark entstand. 850 Jahre Mark Brandenburg, Fachtagung vom 20. bis 22. Juni 2007 in Brandenburg an der Havel, hg. v. Joachim Müller, Klaus Neitmann u. Franz Schopper (Forschungen zur Archäologie im Land Brandenburg 11 [= Einzelveröffentlichung des Brandenburgischen Landeshauptarchivs 9]), Wünsdorf 2009, S. 324–337, hier: 335. Vgl. auch Clemens Bergstedt, Die Mark Brandenburg unter den Askaniern (1170 bis 1319/20). Grundzüge ihrer historisch-politischen Entwicklung, in: Askanier-Studien (Anm. 145), S. 213–258, hier: 227 u. Anm. 90.

155 Vgl. Goller (Anm. 142), S. 77; Mertens (Anm. 31), Sp. 686.

156 Vgl. Behr (Anm. 31), S. 86f.

157 Vgl. KLD (Anm. 37), Bd. II, S. 18.

te, widersprach Carl von Kraus, da alle diese Formen auch rheinisch oder allgemein mitteldeutsch sein könnten, was immerhin ein wichtiges Indiz dafür ist, dass die Lieder ähnlich wie die Überlieferung in einer mitteldeutschen Schriftsprache verfasst gewesen sein könnten.[158]

Das erste dreistrophige Lied beginnt mit einem Winter-Natureingang, dabei weist der erste Vers eine gewisse Nähe zu Kaiser Heinrichs *Ich grüeze mit gesange* (MF 5,16)[159] auf, allerdings ist es hier wider Erwarten der Winter, der scheinbar freudig in Empfang genommen wird: *Ich will den winter enpfahen mit gesange* (I,1). Anders als die Vögel muss der Sänger nämlich dank der Dame nicht auf *minnefröide* verzichten, deren Güte und ihre Schönheit auch ein Land am Rhein zieren würde (*ein lant wol alumbe den Rin*, I,8). Volker Mertens bezieht diesen letzten Vers der ersten Strophe auf die rheinische Schule. Dazu sieht die bisherige Forschung in den gleichversigen durchgereimten Viertakt-Daktylen auch eine formale Nähe zu Rudolf von Fenis,[160] aber Kaiser Heinrichs Lied weist ebenfalls daktylische Rhythmen auf.[161] Den geographischen Detailrealismus kann man auch, gerade in Kombination mit dem Liedeingang, als Anspielung auf die Staufer verstehen, die besonders am Oberrhein begütert waren und mit Heinrich VI. und Konradin (oder Konrad) selbst Minnesänger hervorbrachten.[162] In der zweite Strophe wird die Feindschaft zu den *argen*

---

[158] Vgl. Bartsch (Anm. 57), S. XL u. 333; KLD (Anm. 37), Bd. II, S. 18; beide machen nur spärliche Angaben zu den Dialektmerkmalen. In A sind sie m. E. deutlicher als in C, z. B. *ſi vneren ſich* A vs. *ſi vnerent ſich* C (zum Plural auf -en vgl. Klein (Anm. 3), S. 88). Nach Gernentz (Anm. 32), S. 321, war der hochdeutsch-niederdeutsche Austausch zwischen dem ursprünglich niederdeutschen Raum Halle/Saale – Merseburg – Wittenberg und dem südlich angrenzenden Gebiet am größten, das betrifft den östlichsten Teil von Heinrichs Herrschaftsgebiet. Die Städte dort gehen schon im 15. Jahrhundert zum Ostmitteldeutschen über. Es ist insofern nicht unwahrscheinlich, dass der Adel schon früh einen mitteldeutsch-niederdeutschen Dialekt auch gesprochen hat.

[159] Des Minnesangs Frühling. Unter Benutzung der Ausgaben v. Karl Lachmann u. Moriz Haupt, Friedrich Vogt u. Carl von Kraus bearbeitet v. Hugo Moser u. Helmut Tervooren, Bd. I: Texte, 38., erneut revidierte Aufl. Mit einem Anhang: Das Budapester und Kremsmünsterer Fragment, Stuttgart 1988, S. 71f.

[160] Vgl. KLD (Anm. 37), Bd. II, S. 18; Mertens (Anm. 31), Sp. 686.

[161] Vgl. Peter Wapnewski, Kaiserlied und Kaisertopos. Zu Kaiser Heinrich 5,16, in: Waz ist minne. Studien zur mittelhochdeutschen Lyrik, hg. v. dems., München 1975, S. 47–64, hier: 49.

[162] Wie eine Recherche in der Mhd. Begriffsdatenbank ergibt, kommt der Rhein in Minneliedern häufiger vor, besonders bei den Sängern der ‚Rheinischen Schule', so gleich dreimal bei Friedrich von Hausen, außerdem bei Heinrich von Veldeke. Bei den Sängern des 13. Jahrhunderts taucht er bei Christan von Luppin, Otto von Botenlauben und dem Püller auf. Mehrmals wird die Dame dabei am Rhein verortet, z. B. bei Bligger von Steinach: *Ich vunde noch die schoenen bî dem Rîne / von der mir ist das herze sêre wunt* (MF 119,6f.), Heinrich von Veldeke: *got êre sî, diu mir daz tuot / al über den Rîn* (MF 64,22f.) und Otto von Botenlauben: *sie mac vil wol mîn himelrîche sîn, / swâ*

schalke inszeniert, doch hat Gott die Dame gewissermaßen zu seiner Rettung erschaffen, denn sie hat ihn – in einer bemerkenswerten Umkehrung des Begriffs – in ihrer *huote*.[163] Die *schalkhafte diet* ist es offenbar auch, die in Strophe drei den Frühling und die Freude verbieten will. Zwar indiziert hier der Konjunktiv, dass sie die Macht dazu nicht haben, dennoch wird der Wintereingang damit doppeldeutig auch als gesellschaftlicher Zustand lesbar, dem sich das Ich widersetzt, und zwar auf Geheiß der Dame, die ihn am Schluss des Liedes auf Freude und Ansehen verpflichtet.

Im zweiten Lied, *Sta bi, la mich den wint an wejen / der kummt von mines herzen kúniginne*, das nur aus zwei Strophen besteht, greift Heinrich das Motiv des von der Dame herwehenden Windes auf, das auf Bernart de Ventadorn zurückgeht (*Quan la douss aura venta deves vostre pais, m'es vejaire qu'en senta odor de paradis*).[164] Auch wenn solche Motivübernahmen keine Seltenheit sind,

---

diu guote wone al umbe den Rîn (KLD 41, XII). In all diesen Fällen ist sie auch tatsächlich dort. Vgl. dazu Gert Hübner, *Alumbe den Rîn*. Rheinischer und romanischer Minnesang, in: Dichtung und Musik der Stauferzeit. Wissenschaftliches Symposium 12. bis 14. November 2010, hg. v. Volker Gallé (Schriftenreihe der Nibelungenliedgesellschaft Worms 7), Worms 2011, S. 15–40. Er führt aus, dass das Land am Rhein hier – vor allem aus der Distanz des Kreuzzugs – als „Sehnsuchtsraum“ und „Land der Liebe“ inszeniert wird (S. 27f.).

163 Der Gedanke einer *huote* des Mannes durch seine Dame findet sich sonst noch bei Ulrich von Liechtenstein (L Liecht 78 u. L Liecht 123, hg. v. Simone Leidinger, in: Lyrik des deutschen Mittelalters, online hg. v. Manuel Braun, Sonja Glauch u. Florian Kragl. Veröffentlicht seit 01.01.2019; http://www.ldm-digital.de/show.php?lid=384&mode=0x600 und http://www.ldm-digital.de/show.php?lid=392&mode=0x600) (letzter Zugriff: 23.07.2022).

164 In der Ausgabe von Rieger fängt das Lied etwas anders an: *Con la frej'aura venta / deves vostres päis, / vejaire m'es qu'eu sentalun ven de paradis/per amor de la genta* [. . .] – „Wenn die kalte Luft / von eurem Land her weht, / deucht es mir, als spürte ich / einen Wind aus dem Paradies / um der Liebe zu der Lieblichen willen [. . .]“. Dietmar Rieger, Die altprovenzalische Lyrik, in: Lyrik des Mittelalters. Probleme und Interpretationen. Bd. 1: Die mittellateinische Lyrik. Die altprovenzalische Lyrik. Die mittelalterliche Lyrik Nordfrankreichs, hg. v. Heinz Bergner (RUB 7896), Stuttgart 1983, S. 197–390, hier: 276–283; Heinrichs Lied scheint sich auf die bei Bartsch abgedruckte Version zu beziehen: Provenzalisches Lesebuch. Mit einer literarischen Einleitung und einem Wörterbuche, hg. v. Karl Bartsch, Elberfeld 1855, S. 49f. Zum romanischen Einfluss bei den norddeutschen Sängern vgl. Nicolaas G. W. Unlandt, Minnesang V: Der deutsche Minnesang nach 1250, in: Lyrische Werke, hg. v. Volker Mertens u. Anthonius H. Touber (Germania litteraria mediaevalis Francigena 3), Berlin / Boston 2012, S. 253–274, hier: 257. Goller (Anm. 142, S. 80f.) übersetzt den ersten Vers: „Steh mir bei, lass mich mit dem Wind wehen, der von meiner Herzenskönigin kommt.“ Dann bleibt jedoch unklar, an wen sich diese Bitte um Hilfe richtet (an Gott?), ich verstehe sie als eine Anrede an eine imaginierte Zuschauer- und Zuhörerschaft, die zur Seite treten soll, damit dieser Wind zum Sänger weht (das entspricht auch eher dem Text bei Bernart).

erscheint die Wahl des ungewöhnlichen Motivs in einem so kleinen Œuvre doch zu gesucht, um nicht absichtsvoll die hohen Ansprüche des Verfassers, ähnlich wie die Anspielung auf den Rhein, zu demonstrieren. Dazu passt das *strîfeln* mit französischen Begriffen in der zweiten Strophe. Auch hier geht also wieder eine positive Wirkung von der Dame aus, wie der süße Wind und die verwendete Herzmetaphorik zeigen. Der Beginn der zweiten Strophe knüpft mit dem Preis der Dame an das erste Lied an: *Ich sach die schonsten in den landen, / da man aller frowen mů̂z geswigen.* Den höchsten Preis der eigenen Dame, der das Lob aller anderen mattsetzt, kennen wir nicht zuletzt von Reinmar (MF 159,1), aber hier wird dieser Überbietungstopos verbunden mit der Lokalisierung: Die Schönheit der Dame bringt den Sänger dazu, sich vor dem Land zu verneigen, in dem sie lebt (*swa si wonet, dar mů̊s ich iemer nigen*). Bedenkt man hier den Landesherrn im Sänger mit und sieht in ihm den künstlerischen Schöpfer eben dieser Schönheit, dann kommt darin wie auch schon im ersten Lied der Anspruch zum Ausdruck, das eigene Land auf eine Stufe zu stellen mit den ‚Kulturlandschaften' des Westens. Die nächsten Zeilen lauten in C *mů̊st ich bi der wolgetanen liebù kint †pronieren† / unde ein ganze naht bi ir dormieren.* Die genaue Etymologie von *pronieren* ist unklar, es könnte von lateinisch *progignere* abgeleitet sein und ‚zeugen' bedeuten, doch gilt dies als Bruch der Minnesangkonventionen und daher die Stelle als verderbt;[165] es passt jedoch durchaus dazu, dass der Sänger die ganze Nacht bei ihr verbringen will, auch wenn man eher im Sinne einer Steigerung die umgekehrte Reihenfolge erwarten würde. Die Pointe besteht jedoch ohnehin darin, dass es sich um ein rein verbales und noch dazu französisch verbrämtes Vorwagen handelt, das er sogleich selbst als unvereinbar mit dem Minnesang revoziert. In beiden Liedern Heinrichs kommt also in der Bezugnahme auf den Minnesang staufisch-rheinischer Prägung, im Zitieren romanischer Lyrik und im Einstreuen französischer Wörter ein Anspruch auf kulturelle Gleichrangigkeit zum Ausdruck. In der Ehrerbietung gegenüber der besungenen Dame als der schönsten in allen Landen wird implizit ein Lob der eigenen Herrschaft und Kunstfertigkeit formuliert, wodurch der Minnesang zum Schauplatz eines poetisch-politischen Diskurses wird, der allerdings mit anderen Mitteln geführt wird als in der Spruchdichtung.

---

165 A bietet die Lesart *provieren*; Goller (Anm. 142), S. 80, konjiziert *punieren* („an einem Turnier teilnehmen"); de Boor (Anm. 1), S. 327, sieht darin ein „seltsam spät und bürgerlich wirkendes Mißverständnis dessen, was die Liebesvereinigung für den Hohen Minnesang eigentlich bedeutet."

3.2. Markgraf Otto IV. von Brandenburg

Otto IV. (1266–1308) war der Ururenkel Albrechts des Bären und nicht nur dieser, auch seine Nachfolger waren noch darauf konzentriert, die Herrschaft in Brandenburg durchzusetzen und sie in Konkurrenz zu den umliegenden Adelsfamilien und Bistümern zu erweitern. Die Askanier waren darin sehr erfolgreich und es gelang ihnen, aus den ursprünglich unzusammenhängenden Gebieten eines der größten deutschen Fürstentümer zu formen, den Titel der Markgrafen von Brandenburg zu erhalten und in die Riege der Königswähler und zum Amt des Erzkämmerers aufzusteigen.[166] Der Leitname Otto, das Siegelbild in Gestalt eines Ritters nach königlichem Vorbild mit der Lehnsfahne an einer Lanze sowie die Ehepolitik flankieren den Aufstieg der Markgrafen in den Fürstenrang und demonstrieren ihr dynastisches Selbstverständnis.[167]

Es bestand allerdings innerhalb ihres Herrschaftsgebietes ein „Entwicklungsgefälle“ zwischen der linkselbischen Altmark und der rechtselbischen Mittel- und Neumark. Während die Askanier in den altmärkischen Besitzungen auf entwickeltere Strukturen zurückgreifen konnten, mussten die neugewonnenen Gebiete „im Prozeß des hochmittelalterlichen Landesausbaus zur Kulturlandschaft geformt“ werden.[168] Der Ausbau des Landes erfolgte durch zügige Anwerbung von Siedlern und durch Städte- und Klostergründungen.[169] Die Städte im Nordosten nahmen nicht nur in Brandenburg einen raschen Aufstieg und die Oberschicht bemühte sich um Anschluss an die adlige Lebensweise.[170] Dafür könnte auch sprechen, dass der Spruchdichter Hermann Damen möglicherweise aus einer Rostocker Bürgerfamilie stammte und der Ungelehrte sehr wahrscheinlich ein Bürger Stralsunds war. Wie sich dies äußern konnte, zeigt auch das Beispiel Magdeburgs, das als Sitz des Erzbischofs eines der ersten

---

166 Vgl. Bergstedt (Anm. 154); Assing (Anm. 135), S. 126. „Das Markgrafenamt bedeutete zunehmend eine herzogsgleiche Stellung“, auch wenn Albrecht der Bär anfänglich noch auf eine faktische Erhebung zum Herzogtum gehofft haben könnte. Vgl. Beck (Anm. 154), S. 326.

167 Vgl. ebd. Der Nordosten gilt den Historikern gleichwohl als „königsferne Landschaft“, da sich König bzw. Kaiser ab der 2. Hälfte des 13. Jahrhunderts kaum dort aufhielten. „Das Erscheinen der Askanier am königlichen Hof war in erster Linie von ihren eigenen politischen und territorialen Interessen bestimmt“. Bergstedt (Anm. 154), S. 215 u. 217f.

168 Ebd., S. 249.

169 Vgl. Lutz Partenheimer, A success story: Brandenburg in the twelfth and thirteenth centuries, in: The Origins of the German Principalities, 1100–1350. Essays by German Historians, ed. by Graham A. Loud a. Jochen G. Schenk, London / New York 2017, S. 298–311, hier: 308f.

170 Vgl. Assing (Anm. 135), S. 116. Vgl. auch Helbig (Anm. 135), S. 54: Die Qualifizierung für diesen Stand erfolgte durch im Fernhandel erworbenes und teilweise in ländlichem Lehnbesitz angelegtes Vermögen.

Zentren volkssprachiger Literatur war.[171] Ein Beleg dafür liefert die ‚Magdeburger Schöppenchronik' in einem Bericht über das Gralsfest, das um 1280, also etwa in der Zeit stattgefunden haben dürfte, als sich das Bistum in Auseinandersetzungen mit Otto IV. über die Neubesetzung des Bischofsstuhls befand. Initiator des Festes war demnach der auch als Verfasser deutscher geistlicher Literatur bekannte Brun von Schönebeck, der zur Gruppe der mächtigsten Familien Magdeburgs, den sog. Konstablern, gehörte. Diese waren es auch, die sich beim Fest als Gralsritter zeigten und gegeneinander zum Kampf antraten. Es wurden aber auch Einladungen in andere Städte im niederdeutschen Sprachraum geschickt, die die Idee aufgriffen und nachahmten.[172]

Von den Kulturgütern des 12. und 13. Jahrhunderts ist insgesamt vergleichsweise wenig erhalten.[173] Besonders herausragend sind die teils noch erhaltenen Zisterzienserklöster Lehnin[174] und Chorin,[175] die auch als Grablegen der markgräflichen Familie dienten. Daneben haben die Askanier zahlreiche weitere Klöster gestiftet[176] und dabei den Zisterzienserorden favorisiert; in den Städten waren aber auch die Bettelorden präsent, besonders Otto III. war ein Förderer der Dominikaner.[177] Die Markgrafen verfügten noch nicht über feste Residen-

---

[171] Vgl. Peters (Anm. 10), S. 1411.

[172] Vgl. Ludwig Wolff, Art. ‚Brun von Schönebeck', in: ^{2}VL 1 (1978), Sp. 1056–1061; Ludwig Wolff, Das Magdeburger Gralsfest Bruns von Schönebeck, in: Niederdeutsche Zeitschrift für Volkskunde 5 (1927), S. 212–216. Von Brun sind lediglich geistliche Dichtungen in mitteldeutscher Sprache überliefert, jedoch nicht die weltlichen Dichtungen wie das Buch, in dem er das Fest beschrieb. Die erhaltenen Texte bezeugen aber seine Kenntnisse höfischer Literatur, vgl. auch Hartmut Beckers, Art. ‚Brun von Schönebeck', in: LexMA 2 (1983), Sp. 757. Die ‚Magdeburger Schöppenchronik' ist ediert in: Die Chroniken der niedersächsischen Städte. Magdeburg, Bd. 1, hg. v. Karl Janicke (Die Chroniken der deutschen Städte vom 14. bis ins 16. Jahrhundert 7), Leipzig 1869. Zum Fest vgl. ebd., S. 168f.

[173] Vgl. Assing (Anm. 135), S. 128.

[174] Über die mittelalterliche Geschichte der Klosterbibliothek ist nichts bekannt, „1514 oder wenig früher wurde auf Veranlassung Georg Spalatins ein (später in die UB Jena gelangter) Kat. hergestellt, der 986 Titel in 557 Bdn. auffuhrt. Dabei sind keineswegs alle Einzelwerke innerhalb der genannten Konvolute angegeben. Wie zu erwarten, überwiegen die theologischen und kanonistischen Titel, doch war auch der medizinische Bestand beachtlich. Keines der im Kat. genannten Werke ist heute noch irgendwo als ehemaliger Besitz von L. nachzuweisen." 1542 wurde der Konvent aufgehoben, von wenigen Ausnahmen abgesehen gilt der Buchbestand als verloren. Heinz Finger, Art. ‚Lehnin', in: Lexikon des gesamten Buchwesens. 2., völlig neu bearb. Aufl. [LGB], hg. v. Severin Corsten u. a., Bd. 4, Stuttgart 1995, S. 436.

[175] Vgl. Assing (Anm. 135), S. 128f.

[176] Vgl. Hermann Krabbo, Der Übergang des Landes Stargard von Brandenburg auf Mecklenburg, in: Jahrbücher des Vereins für Mecklenburgische Geschichte und Altertumskunde 91 (1927), S. 1–18, hier: 5.

[177] Vgl. Wolfgang Ribbe, Art. ‚Brandenburg, Mark. B. Hoch- und Spätmittelalter', in: LexMA 2 (1983), Sp. 554–563, hier: 561f.; Bumke (Anm. 48), S. 225; Heinz-Dieter

zen, wenngleich Spandau und Tangermünde offenbar bevorzugte Aufenthaltsorte waren, auch sind keine Burgen und Herrensitze aus dieser Zeit erhalten, die einen Eindruck von der Hofhaltung geben.[178] Es ist daher schwer abzuschätzen, wie gut die Voraussetzungen für die Literaturproduktion und -rezeption waren. Nach Clemens Bergstedt hatten die Askanier jedenfalls kein Zentrum, das dem der Welfen, zu denen sie bis zur Mitte des 13. Jahrhunderts in Konkurrenz standen, vergleichbar gewesen wäre. Stattdessen habe sich der Einfluss Braunschweigs bis in die Mark Brandenburg bemerkbar gemacht.[179]

Gleichwohl erfreuten sich die Markgrafen wie bereits erwähnt großer Wertschätzung durch die Spruchdichter und das über mehrere Generationen hinweg: Ottos Vater Johann I. sowie dessen Bruder Otto III. gilt vermutlich das Lob des Brandenburger Hofs in Tannhäusers bereits genanntem Leich und Joachim Bumke vermutet hinter dem am Ende nicht mehr namentlich genannten Adressaten Otto IV. Er und sein Cousin Otto V. der Lange und dessen Bruder Albrecht III. werden vom Goldener, vermutlich von Hermann Damen, vom Meißner und wahrscheinlich auch von Regenbogen genannt.[180] Der Spruch des letzteren bezieht sich wohl auch auf Ottos Neffen Waldemar, den letzten askanischen Markgrafen, der 1319 kinderlos starb.[181] Er wird von Frauenlob im Zusammenhang mit dem Rostocker Ritterfest als *vroun Êren diener Vivîanz* gerühmt,[182] auf dem er mit anderen adligen jungen Männern der Region die Schwertleite erhielt. Anders als das Magdeburger Gralsfest war dieses nämlich keine städtische Angelegenheit, vielmehr hatte der dänische König Erik VI. Menved die Fürsten des Nordostens und darüber hinaus in die Stadt, deren Lehnsherr er war, geladen, um seinen Einfluss in der Region zu demonstrieren und zu festigen, allerdings verweigerte Rostock den Gästen den Einlass, so dass die Feierlichkeiten außerhalb stattfinden mussten.[183] Das Fest war zugleich eine Demonstration der nun entwickelten höfischen Kultur im Norden.[184]

Heimann, Erinnerungs-Neuland: Markgrafschaft – Bettelordenslandschaft. Zur Bedeutung der brandenburgischen Klosterlandschaft in Anbetracht historischer Jubiläen, in: Wie die Mark entstand. 850 Jahre Mark Brandenburg (Anm. 154), S. 421–430.

178 Vgl. Assing (Anm. 135), S. 124f. und Eberhard Schmidt, Markgraf Otto IV. mit dem Pfeil – Herrscher und Künstler, in: Festschrift für Ernst Heinitz zum 70. Geburtstag am 1. Januar 1972, hg. v. Hans Lüttger, Hermann Blei u. Peter Hanau, Berlin 1972, S. 111–118, hier: 111.

179 Vgl. Bergstedt (Anm. 154), S. 220.

180 Vgl. Glier (Anm. 132), Sp. 213 und Bumke (Anm. 48), S. 224–227, hier: 226, Texte 626f., 630, 635.

181 Johann von Würzburg nennt ihn auch in seinem Roman ‚Wilhelm von Österreich'. Vgl. Bumke (Anm. 48), S. 549.

182 Murray (Anm. 40), S. 161–165, vermutet in Waldemar den eigentlichen Gönner Frauenlobs, der auch die Preisstrophen auf den dänischen König veranlasst haben könnte; Text zitiert nach Bumke (Anm. 48), S. 639–641.

183 Vgl. Stackmann (Anm. 52), Sp. 866; vgl. auch Behr (Anm. 133), S. 235f.; zu den politisch-historischen Hintergründen ausführlich Krabbo (Anm. 176).

Ein Charakteristikum der Markgrafschaft war die gemeinsame Regentschaft von Brüdern und Cousins, die alle den Titel des Markgrafen führten. So hatte der Vater Johann I. weitgehend gemeinsam mit seinem jüngeren Bruder Otto III. das Land regiert. Otto IV. wurde um 1238 geboren, seine erste urkundliche Erwähnung stammt aus dem Jahr 1266. Als Vertreter der Johanneischen Linie setzte er sich unter den zahlreichen Söhnen der beiden als führender Markgraf durch, spielte eine wichtige Rolle in der Reichspolitik, übte auch das Königswahlrecht aus[185] und wurde zeitweilig sogar selbst als potentieller Kandidat für die Königswahl gehandelt.[186] Die Phase der Expansion setzte sich auch unter seiner Herrschaft noch fort, so dass es zu weiteren Gebietszuwächsen, teils friedlicher, teils militärischer Natur kam.[187] Otto galt als ‚Haudegen', von dem die Chronik des Detmar von Lübeck aus dem 14. Jahrhundert behauptet, dass ihm *wol was mit orloghe*.[188] Bei gewaltsamen Auseinandersetzungen mit dem Erzbistum Magdeburg 1279 wurde er beim vergeblichen Sturm auf die Burg von Staßfurt von einem Pfeil getroffen, der seinen Helm durchdrang. Die Pfeilspitze in seinem Kopf konnte zunächst nicht entfernt werden, so dass er den Beinamen ‚mit dem Pfeil' (*pileman*) bzw. in den Urkunden *cum telo* erhielt.[189] Das Magdeburger Erzbistum war ein ständiger Konkurrent in der Region und Otto bemühte sich daher, seinen Bruder Erich zum Erzbischof zu machen, was nach langen Kämpfen 1283 gelang. Im Jahr zuvor war er bereits mit 300 seiner Ritter in Gefangenschaft geraten und wurde erst nach Lösegeldzahlungen freigelassen. Die ‚Magdeburger Schöppenchronik', die den Standesstolz des Markgrafen betont, berichtet, er habe bei seiner Freilassung in königlicher Manier erklärt: *gy en konnen neynen markgreuen schatten: Gy scholden mek up eyn ross hebben gesat mit upgerichter gleuin und mit gold und siluer hebben begeyten laten, So hedde gy mek recht beschattet.*[190] Während die Chronik hier ganz selbstver-

---

184 Zur Bedeutung der Festkultur am böhmischen Hof, an dem die höfisch-ritterliche Kultur ebenfalls mit einer „Phasenverschiebung" importiert worden war, vgl. Behr (Anm. 133), S. 56–59.

185 Vgl. Assing (Anm. 135), S. 97. Otto erhielt zudem von König Albrecht III. das Amt des *judex pacis per Saxionam*, um als solcher die Einhaltung des Landfriedens zu gewähren. Vgl. Schmidt (Anm. 178), S. 115.

186 Assing (Anm. 135), S. 127; Schmidt (Anm. 178), S. 115.

187 Ebd., S. 114.

188 Chronik des Detmar von Lübeck, hg. v. Karl Koppmann (Die Chroniken der deutschen Städte vom 14. bis ins 16. Jahrhundert 19), Leipzig 1884, S. 406; vgl. dazu auch Schmidt (Anm. 178), S. 111.

189 Vgl. Schmidt (Anm. 178), S. 113f. u. Anm. 17. Die ‚Magdeburger Schöppenchronik' (Anm. 172), S. 162, berichtet: *dar wart der markgreve geschoten dorch den helm in den kop. den pil droch he mennich jar und wart merkgreve Pil genant.*

190 Hier zitiert nach dem Teilabdruck der Berliner Handschrift: Auszug Brandenburgischer Nachrichten aus der Magdeburger Schöppen-Chronik, in: Codex diplomaticus Brandenburgensis. Sammlung der Urkunden, Chroniken und sonstigen Quellen-

ständlich Otto Niederdeutsch in den Mund legt, ist es offen, welche Sprache am askanischen Hof tatsächlich gepflegt wurde. Die Familie kam ursprünglich aus dem Ostharz, Ottos Mutter Sophia war die Tochter des dänischen Königs, er war in erster Ehe mit Heilwig von Holstein verheiratet und durch die Siedler gab es ein Nebeneinander unterschiedlicher Dialekte in der Bevölkerung.[191] Wie auch immer die sprachliche Situation am Hof gewesen sein mag, zeigt das Mittelhochdeutsch Ottos in der Überlieferung in C keine mittel- oder niederdeutschen Spuren.[192] 1308 starb Otto ohne Erben und wurde im Kloster Chorin beigesetzt, der Grablege der johanneischen Linie. Es ist eines der bedeutendsten Werke der frühen norddeutschen Backsteingotik. Unter Ottos Herrschaft hatte die Mark Brandenburg ihre größte Ausdehnung und nach Eberhard Schmidt auch ihren „kulturellen Höchststand" erreicht.[193] Regenbogens *Totenklage* bezieht sich wahrscheinlich auf ihn, in der auffällig und wiederholt Ottos fürstlicher Stand und sein Nachruhm hervorgehoben wird: *her wirt besungin unde besprochin unde beschribin. / die wil her lebt, wo sinen namen die hohstin furstin nanten, / da sprachin sie: ‚min herre markraf Otte / von Brandenburg'.* Manch hoher Fürst habe ihn ‚Herr' genannt und tue das noch immer.[194] Das kämpferische Standesbewusstsein des Markgrafen zieht sich also durch verschiedene Quellen.

Unter Ottos Namen sind ausschließlich in C (Bl. 13ᵛ–14ʳ) sieben Lieder mit insgesamt 17 Strophen überliefert,[195] und zwar im ersten Nachtrag zusammen mit Wenzel von Böhmen, Heinrich von Breslau, Heinrich von Meißen und

---

schriften für die Geschichte der Mark Brandenburg und ihrer Regenten, hg. v. Adolph Friedrich Riedel, 4. Hauptteil: Urkunden-Sammlung für die Orts- und spezielle Landesgeschichte, Bd. 1, Berlin 1862, S. 168–208, hier: 175; vgl. zum Text und den Überlieferungsverhältnissen Klaus Graf, Die Magdeburger Schöppenchronik. Anregungen für die künftige Forschung, in: Sachsen und Anhalt 30 (2018), S. 131–172; vgl. zu dieser Stelle Schmidt (Anm. 178), S. 113.

[191] Vgl. Karl Bischoff, Mittelalterliche Überlieferung und Sprach- und Siedlungsgeschichte im Ostniederdeutschen (Akademie der Wissenschaften und der Literatur in Mainz. Abhandlungen der Geistes- und Sozialwissenschaftlichen Klasse 4), Mainz 1966, S. 288: Die Adelsschicht der Altmark und Brandenburgs stammte aus dem südöstlichen Sachsen, dazu kamen die Einflüsse der Bistümer Magdeburg und Halberstadt. „Die Herrensprache von Adel und Geistlichkeit war in ihrer gesprochenen und geschriebenen Form ostfälisch bestimmt, nicht niederländisch wie die Bauernmundart". Vgl. auch Schieb (Anm. 143).

[192] Vgl. KLD (Anm. 37) II, S. 381.

[193] Schmidt (Anm. 178), S. 116 u. 118.

[194] Zitiert nach B_1 *Reg/BriefW 4, hg. v. Manuel Braun, in: Lyrik des deutschen Mittelalters, online hg. v. dems., Sonja Glauch u. Florian Kragl. Veröffentlicht seit 17.09.2016 / Fassung vom 19.02.2019, http://www.ldm-digital.de/show.php?lid=836&mode=0x600 (letzter Zugriff: 23.07.2022).

[195] Hinter den Liedern II, III und VI wurde Platz für weitere Strophen gelassen. Vgl. Glier (Anm. 132).

Heinrich von Anhalt,[196] eben jener Gruppe ostdeutscher Fürsten und Minnesänger, die nicht nur regional, sondern auch verwandtschaftlich eng verbunden war.[197] Die Urteile der Forschung über seine Lyrik sind meist wenig schmeichelhaft: Konrad Burdach sprach von einem „kleine[n] liebenswürdige[n] Talent“,[198] Ingeborg Glier bewertet die Lieder als „inhaltlich wie formal eher konventionell“ und „wenig aufsehenerregend“,[199] nur Hans-Joachim Behr urteilt etwas positiver: „Nicht neue Konzeptionen, sondern der überlegte Umgang mit den traditionellen Minnesang-Elementen bewirken somit den Reiz der [...] Lieder.“[200] Allerdings bescheinigt er vor allem den jüngeren unter den ostdeutschen fürstlichen Minnesängern, dass ihre Texte „stereotyp“ wirken.[201] Die Beurteilung in der Forschung hängt sicher auch mit der generellen Bewertung des späten Minnesangs zusammen, demnach würde auch Otto unter die von Gert Hübner so bezeichneten „Durchschnittsminnesänger“ mit wenig profiliertem kleinen Œuvre fallen.[202] Für den überwiegenden Teil der Lieder mag das zutreffen: Die ersten drei Lieder in C zeichnen sich durch Natureingang und die Wiederholung bestimmter Topoi und Metaphern aus wie in den beiden Winterliedern, in denen wegen der langen Nächte kein zwingender Grund zur Klage besteht und der rote Mund der Dame wie eine Flamme brennt (I) oder den Mann verwundet (III). Lied IV reflektiert über das Verhältnis von *(un)minne* und Sünde; in Lied VI klagt der Sänger, mit Morungen vergleichbar (z. B. MF 129,14), darüber, dass er die Dame, die strahlt wie die Sonne, so selten sehe; und Lied VII berichtet davon, wie das Ich nach jahrelanger Abstinenz von der Liebe erneut in sie buchstäblich ‚verstrickt‘ wird und sich sein Herz nach stiller und offenbarer (!) Vereinigung mit der Dame sehnt. Dass in C an mehreren Stellen Platz für Nachträge gelassen wurde, könnte für die (tatsächliche oder vermutete) Existenz weiterer Strophen sprechen.[203]

---

196 Vgl. Glier (Anm. 132), Sp. 214.

197 Hans-Joachim Behr (Anm. 31, S. 86f.) zählt auch noch Otto von Botenlauben zu dieser „relativ homogenen Gruppe“ und benennt im Einzelnen die Verbindungslinien.

198 Konrad Burdach, Otto IV., Markgraf von Brandenburg, in: ADB 24 (1887), S. 661–663.

199 Vgl. Glier (Anm. 132), Sp. 214.

200 Behr (Anm. 31), S. 92.

201 Ebd., S. 89.

202 Vgl. Gert Hübner, Konzentration aufs Kerngeschäft. Späte Korpora der Manessischen Liederhandschrift und die Gattungsgeschichte des Minnesangs im 13. Jahrhundert, in: Transformationen der Lyrik im 13. Jahrhundert, Wildbader Kolloquium 2008, hg. v. Susanne Köbele (Wolfram-Studien 21), Berlin 2013, S. 387–411, hier: 399.

203 Vgl. Otto IV. von Brandenburg [Autor, Texte, Kommentare], hg. v. Stephanie Seidl, in: Lyrik des deutschen Mittelalters, online hg. v. Manuel Braun, Sonja Glauch u. Florian Kragl. Veröffentlicht seit 09.04.2019. http://www.ldm-digital.de/autoren.php?au=OttoBra (zitiert) (letzter Zugriff: 23.07.2022).

Herausgreifen möchte ich hier das Lied *Rument den weg der minen lieben frowen*, das die Ankunft der Dame wie den Adventus eines Herrschers imaginiert, die in Lied VII auch als *keiserinne* bezeichnet wird. Der Sänger apostrophiert das Publikum, als wolle er ihr Platz in der Menge verschaffen, allerdings nicht nur als Reverenz an sie, sondern auch, um selbst freien Blick auf ihren Körper zu erlangen, denn *den mo͛ht ein keiser wol mit eren schowen* (I,3); die Strophe schließt mit dem Vers: *swa sie wont, dem lande muos ich nigen* (I,7). Die Referenz auf das Lied seines Verwandten Heinrich ist unverkennbar (dort lautete die Zeile *swa si wonet, dar můs ich iemer nigen*), es geht aber nicht allein um den intertextuellen Verweis, der die genaue Kenntnis von dessen Liedern am Hof der Markgrafen voraussetzt, sondern auch um das implizite Lob der askanischen Herrschaft, das Otto aufgreift (was dieses Verständnis des Verses unterstreicht). Der freilich recht verbreitete Kaiser-Topos könnte sich zudem auf das schon vom Grafen von Anhalt zitierte Lied Heinrichs VI. beziehen. Während Peter Wapnewski die Pointe von *Ich grüeze mit gesange* (MF 5,16) darin sieht, dass der Topos verwendet werde, „um ihn des lediglich topischen Charakters zu entkleiden zufolge der einmaligen Konstellation, die der rhetorischen Hyperbel hier die soziale Wirklichkeit entsprechen läßt“,[204] hält es Hartmut Bleumer für plausibler, dass gerade umgekehrt das Lied dem Kaiser zugeschrieben wurde, weil darin im Zuge „eines metaphorischen Verschmelzungsprozesses“ der Liebende zum Kaiser wird; dies vor dem Hintergrund, dass im Minnesang Adel als Metapher dient und „Adelsprädikate das sprachliche Register für die Hohe Minne“ ausbilden.[205] Unabhängig davon, ob man diese Deutung des Liedes teilt, könnte man im Hinblick auf Ottos Lied fragen, ob hier nicht umgekehrt die aristokratische Metaphorik in Erfüllung des „Minneregister[s]“[206], inklusive der intertextuellen Bezugnahmen, eingesetzt wird, um dem eigenen fürstlichen Rang mittels Literatur Ausdruck und Geltung zu verschaffen. Die Strophen zwei und drei bewegen sich dann wieder weitgehend in topischen Bahnen: Die Minne wird apostrophiert und höchstselbst als Bote zur Dame geschickt, deren roter Mund der Trauer des Sängers abzuhelfen vermag, so wie sie in der dritten Strophe seine Liebeskrankheit heilen kann. In hintergründiger Weise könnte Otto seinen Anspruch auf den Fürstenstand auch durch das souveräne Verfügen über den hochdeutschen Minnesang zum Ausdruck gebracht haben sowie durch das gezielte Referieren auf Heinrichs Lied im Sinne einer askanischen Traditionsbildung.

---

[204] Wapnewski (Anm. 161), S. 47–64, hier: 61. Der Topos war weit verbreitet, besonders bei den Troubadours und namentlich bei Bernart de Ventadorn; vgl. auch Willaert (Anm. 16), S. 319f.

[205] Hartmut Bleumer, Der lyrische Kuss. Emotive Figurationen im Minnesang, in: Machtvolle Gefühle, hg. v. Ingrid Kasten (Trends in medieval philology 24), Berlin / New York 2010, S. 27–52, hier: 34–36.

[206] Ebd., S. 35.

3.3 Die Jenaer Liederhandschrift und ihr Umkreis

Minnesang und Sangspruch hatten offenbar über mehrere Generationen hinweg Tradition an den askanischen Höfen; ob neben der eigenen Produktion auch andere Minnesänger und die Verschriftlichung von Lyrik gefördert wurden, lässt sich nur vermuten. Zumindest setzt die Überlieferung im ostfälischen Raum zu einer Zeit ein, in der auch Otto seine Lieder verfasste. Eine konkretere Verbindung zu den Askaniern und Anhaltinern wird erst für die Jenaer Liederhandschrift greifbarer. Während die großen Sammlungsprojekte der Lyrik bereits Ende des 13. Jahrhunderts im Süden des deutschen Sprachraums einsetzten, entstand mit einigem zeitlichen Abstand um 1330, „im Interferenzgebiet Mitteldeutsch-Niederdeutsch, wenn nicht sogar im niederdeutschen Dialektraum" mit der Jenaer Liederhandschrift eine Sammlung ganz eigener Art, die sich auf die Gattung Spruchdichtung spezialisierte und statt auf repräsentative Autorbilder auf Musiknotation setzte.[207] Bedenkt man die frühen Beispiele von Melodieüberlieferung im niederdeutschen Sprachraum und die Erwähnungen in der Spruchdichtung, könnte es sich durchaus um eine Fortsetzung vorhandener Gepflogenheiten handeln. Abgesehen vom mitteldeutsch-niederdeutschen Schreibdialekt weisen weitere Indizien auf die Verbindung der Handschrift J mit dem Norden hin, dazu gehören das nachgetragene Wizlav-Corpus mit deutlicheren niederdeutschen Dialektmerkmalen, die Auswahl an Autoren und Texten mit regionalem Bezug, die in den Texten genannten Namen und Personen und schließlich das Großformat, das signifikant häufiger bei volkssprachigen Handschriften aus dem Norden anzutreffen ist.[208]

Inzwischen hat die Forschung durch akribischen Vergleich eine ganze Gruppe von Handschriften bzw. Fragmenten eruiert, die in Sprache, Einrichtung und Schrift Ähnlichkeiten zu J aufweisen. Den Textzeugen dieser J-Gruppe ist nicht nur die mitteldeutsch-niederdeutsche Schreibsprache gemeinsam, sondern auch eine kolometrische Strophengliederung und, soweit das bei den Fragmenten erkennbar ist, Melodieüberlieferung.[209] Um J wird so „ein regelrechtes Zentrum von Melodiehandschriften [...], das vor allem auf Sangspruch und Leichdichtung spezialisiert war",[210] erkennbar. Von den bereits genannten Text-

---

[207] Thüringer Universitäts- u. Landesbibl. Jena Ms. El. f. 101. Zitat: Jürgen Wolf, J und der Norden. Anmerkungen zu einigen kodikologischen und paläographischen Indizien, in: Die ‚Jenaer Liederhandschrift' (Anm. 38), S. 149–162, hier: 158. Vgl. Wachinger (Anm. 124); Tervooren (Anm. 79); Holznagel (Anm. 111), S. 360f.

[208] Vgl. Wolf (Anm. 207), S. 151.

[209] Vgl. Holznagel (Anm. 65), S. 36. Wie Jens Haustein (Anm. 62), S. 259, im Hinblick auf die Kritik von Klaus Klein (im selben Band) erläutert, ist mit dem Begriff des ‚Umfelds' nicht gemeint, dass sie aus einem gemeinsamen Skriptorium stammen müssen, auch betrifft die Nähe zu J mal mehr den Sprachstand, dann wieder die Einrichtungsmerkmale, die Strophenanordnung oder die Melodien.

[210] Holznagel (Anm. 65), S. 40.

zeugen sind dies das Walther-Fragment Z, das Wolfenbütteler Rumelant-Fragment (Wo), die Reinmar von Zweter-Bruchstücke im Frau-Ehren-Ton, das Soester Frauenlob-Fragment (A), das Frauenlob-Fragment Z sowie die Basler Blätter (Ba) mit Spruchdichtung und Passagen aus dem ‚Wartburg-Krieg'.[211] Über die Gründe dieser Schwerpunktsetzung ist bereits des Öfteren reflektiert worden. Burghart Wachinger hält die „Vernachlässigung des Minnesangs in J" eher für das „Ergebnis eines Wandels innerhalb dieser Tradition". Sie entspreche „allenfalls teilweise einer Vorliebe der norddt. Dichter für die Spruchdichtung."[212] Roswitha Wisniewski argumentiert, dass im Norden die Konkurrenz noch kleiner gewesen sei und es noch einen „gewissen Nachholbedarf" gegeben habe.[213] Das erklärt jedoch nicht, warum dies nur für den Nordosten gilt, während die Spruchdichtung im Nordwesten weitgehend fehlt.[214] Plausibler erscheint daher Hans-Joachim Behrs Begründung, dass die familiären und politischen Kontakte der Fürsten im ostdeutschen Raum es den fahrenden Berufsdichtern erleichtert haben, „ihren Aktionsradius sukzessive [zu] erweitern und immer mehr mitteldeutsche Herrenhöfe in ihre Reiseroute ein[zu]beziehen, so daß sich als Folge davon der kulturelle Bereich als weiteres Bindeglied herauskristallisierte."[215] Das Walther-Fragment O[216] sowie das ‚Magdeburger Frühlingslied' (Mb) belegen jedenfalls, dass der Minnesang nicht ganz vernachlässigt wurde, und die Fragmente des ‚Parzival' und des anonym tradierten Artusromans ‚Segremors' sprechen ebenfalls dafür, dass die intensive Rezeption der Spruchdichtung im Rahmen einer generellen Pflege höfischer Literatur erfolgte.[217]

---

[211] Dazu kommt die bereits genannte, aus den Katalogeinträgen zu erschließende Wittenberger Handschrift, die mit J zusammengehörte und gewissermaßen ihren ersten Teil bildete, sowie drei weitere dort genannte, aber nicht erhaltene Liederhandschriften mit ähnlichem Inhalt. Vgl. Burghart Wachinger, Art. ‚Jenaer Liederhandschrift', in: ^{2}VL 4 (1983), Sp. 512–516; ders. (Anm. 124); Kornrumpf (Anm. 82), S. 40–42. Zu ergänzen ist außerdem das Dillinger Einzelblatt, das ursprünglich zu J gehörte. Vgl. Haustein (Anm. 62), S. 260f.

[212] Wachinger, Art. ‚Jenaer Liederhandschrift' (Anm. 211).

[213] Wisniewski (Anm. 27), S. 16.

[214] Vgl. Tervooren, Zur mittelniederländischen Lyrik (Anm. 88), S. 291.

[215] Behr (Anm. 31), S. 88. Vgl. auch Eva Gümbel, Die Minne- und Spruchdichtung an der nordöstlichen Peripherie des Heiligen Römischen Reiches Deutscher Nation zwischen 1250 und 1350, Diss. masch. Frankfurt a. M. 1991, die die Hinwendung zur Spruchdichtung auf eine Veränderung der Adelsstruktur zurückführt. Von dieser wenig rezipierten Arbeit habe ich erst nach Abschluss des Aufsatzes Kenntnis erlangt.

[216] Die Strophengliederung ähnelt in der Systematik der von J, abgesehen davon ist das Fragment etwas jünger (1. Viertel 14. Jahrhundert), enthält keine Musiknotation und ist „kunst- und anspruchslose[r]". Vgl. Haustein (Anm. 62), S. 265f.

[217] Die Fragmente wurden im 19. Jahrhundert entdeckt; die Handschrift stammt aus demselben Skriptorium wie J. Vgl. dazu Haustein (Anm. 62), S. 264f.

Auch wenn durchaus nicht alle Handschriften der J-Gruppe in demselben Skriptorium entstanden sind, stellt sich die Frage, wo dieses offenbar weit ausstrahlende literarische Zentrum situiert war und welche Netzwerke es trugen. Den Indizien zufolge muss es sich um einen Hof handeln, „der Zugang zur norddeutschen Liedüberlieferung hat und der enge Verbindungen eines Klosters bzw. eines Klosterskriptoriums in Kanzleizusammenhängen aufweist"; Letzteres ergibt sich aus den Schriftmerkmalen. Das könnte für die Sachsen-Wittenbergische Kanzlei sprechen, die Kontakte zu den Klöstern Aken und Kemberg unterhielt, und für Rudolf I., Herzog von Sachsen-Wittenberg (1298–1356), als potentiellen Auftraggeber.[218] Die umfangreiche Sammlung von J, die zudem für die Nachträge auf etliche Zusatzquellen zurückgreift, sowie die teils früheren Fragmente, setzen allerdings eine längere Pflege und Tradierung von Lyrik voraus.[219] Die Art der Überlieferung deutet dabei weniger auf ein antiquarisches Interesse als auf einen „lebendigen Literatur- und Musikbetrieb".[220] Die Herausbildung dieser „speziellen Liedkodifizierungstradition im nördl. Deutschland seit etwa 1300" könnte im Umkreis der brandenburgischen Markgrafen erfolgt sein.[221] Die brandenburgischen Askanier sind zwar mit Markgraf Waldemar 1319 ausgestorben, doch Rudolf war ein Enkel von Herzog Albrecht I. von Sachsen, dem Bruder Heinrichs I. von Anhalt, und hatte eine Tochter des Markgrafen Otto V. von Brandenburg, dem Cousin Ottos IV., zur Frau. Er könnte also die askanischen Traditionen fortgesetzt haben.

4. Fazit

Mit Heinrich I. von Anhalt beginnt die Minnesang-Tradition der (nord)ostdeutschen Fürsten im 13. Jahrhundert. Nicht zuletzt die erfolgreichen Aufstiegsbemühungen der Askanier trugen dazu bei, dass im Osten ein ‚Netzwerk' von verwandten Familien entstand, das Minnesang pflegte und Spruchdichtung förderte. Dieser Minnesang ist nicht nur ein Medium der Repräsentation,

[218] Vgl. Wolf (Anm. 207), S. 158. Die Frage, ob sich diese Lokalisierung mit den sprachlichen Eigenheiten der Handschrift in Einklang bringen lässt, erweist sich als schwer zu beantworten, zumal die Verschiebung der Benrather Linie in diesem Gebiet endgültige Aussagen erschwert. Vgl. Klein, Verbreitung mittelhochdeutscher Lyrik (Anm. 3), S. 108f., und Czajkowski (Anm. 38).

[219] Vgl. Kornrumpf (Anm. 82), S. 79.

[220] Tervooren (Anm. 79), S. 388f. Im Hinblick auf die Berliner Reinmar-Fragmente vermutet er, dass die ursprüngliche Handschrift an einen askanischen Hof gehört haben könnte.

[221] Gisela Kornrumpf, Art. ‚Jenaer Liederhandschrift', in: [2]Killy 6 (2009), S. 133–135.

sondern auch des aristokratischen Diskurses, in dem kulturelle Geltungsansprüche und das fürstliche Selbstverständnis der Askanier formuliert werden. Ende des 13. Jahrhunderts, zu Lebzeiten des Markgrafen und Minnesängers Ottos IV. von Brandenburg, setzt im niederdeutschen Sprachraum auch die Überlieferung von Minnesang und Spruchdichtung in mitteldeutscher Sprache ein. Allerdings gibt es keine konkreten Hinweise auf die Förderung weiterer Minnesänger oder die Verschriftlichung von Lyrik an diesen Höfen. Die erhaltenen Textzeugnisse liefern nicht nur einen Beitrag zur Rezeptions- und Textgeschichte, sondern sind teils auch für die frühe Überlieferungsgeschichte der Lyrik und die Edition autornaher Fassungen sowie für die Melodieüberlieferung von Relevanz, wie das Beispiel Walthers zeigt. Der Überlieferungsschwerpunkt liegt in Ostfalen, genauer am Südostrand des niederdeutschen Gebietes. Den Anfang könnte hier, wie in der Epik, der Braunschweiger Hof und sein Umfeld gemacht haben, auch wenn die Schwierigkeiten bei der Lokalisierung der handschriftlichen Zeugnisse kein abschließendes Urteil zulassen. Die Koexistenz und Hybridisierung verschiedener Sprachvarietäten kennzeichnen von Beginn an das Erscheinungsbild dieser Überlieferung. Auch wenn das Niederdeutsche ab der zweiten Hälfte des 14. Jahrhunderts in der Lyrik deutlich an Präsenz gewinnt, ist die Sprachmischung kein vorübergehendes Phänomen. Sie zieht sich durch von den ältesten Fragmenten bis zum Rostocker Liederbuch und prägt die Texte und Textsammlungen im Nordwesten ebenso wie im Nordosten. Die Gründe sind jedoch durchaus vielfältig und bedürfen in jedem Fall einer genaueren Prüfung. Indirekt liefern die Jenaer Liederhandschrift und die zugehörigen Fragmente Anhaltspunkte für eine vorangegangene Pflege der Lyrik, die sich am ehesten mit den askanischen Höfen, ihrer Repräsentanz in der Spruchdichtung und ihrer späten Präsenz im Minnesang in Verbindung bringen und auf eine längere Tradition im 13. und 14. Jahrhundert schließen lässt. Die weitere Untersuchung des Minnesangs in Norddeutschland kann daher sowohl zum Verständnis einer überregionalen Gattungsgeschichte als auch einer regionalen Literaturgeschichte beitragen.

Abstract: The medieval love lyric of northern Germany has suffered a kind of double marginalization. Firstly, the literature of this region was on the whole neglected. All the more so because reception and production of courtly literature took place in a Central German written language that merely exposes traces of Low German. Secondly, Minnesang of the 13th century, to which most of the northern singers belong, has at large been depreciated as epigenic – a judgment that despite recent research still has an impact. The objective of this article is to explore the contribution and relevance of the low-german area to the love lyric in general placing particular attention to Northeastern Germany within the framework of its cultural and linguistic topography. Therefore, the first part is a survey of singers and transmission of manuscripts of the low-german area. The second part examines the Northeast as a cultural region with its own specific history focusing on the Minnesingers of the Ascanian courts in Brandenburg and Anhalt.

Wolfram-Studien XXVII (2025)
Erich Schmidt Verlag Berlin

Städtische Konflikte im Spiegel historisch-politischer Ereignisdichtungen des Mittelniederdeutschen

von KARINA KELLERMANN (Bonn)

Im Zuge meines von 2016 bis 2021 laufenden Projektes ‚Publizistische Zeitklagen. Invertierte Herrschaftsansprüche in deutschsprachigen Texten des Spätmittelalters und der Frühen Neuzeit' (Teilprojekt im SFB 1167) habe ich gemeinsam mit meinen Mitarbeiterinnen auf der Basis der immer noch maßgeblichen Edition von Rochus von Liliencron[1] literarische und historiographische Quellen tabellarisch versammelt und regestenartig erschlossen. Ein Merkmalsraster, das über alle 636 Texte der vier Bände Liliencrons gelegt wurde, erlaubt es nun, diejenigen mit publizistischem Profil zu benennen und abzugrenzen von den Zeitklagen, religiösen Mahnungen und historischen Balladen. Darüber hinaus lassen sich spezifische Textgruppen bilden entsprechend ihrer Kommunikationsstruktur, dem Beglaubigungsmodus, dem Sprecherprofil, der Ereignisnähe, regionalen Verteilung und Sprache. 15 % aller von Liliencron edierten Dichtungen sind originär mittelniederdeutsch, eine Größe, die man in Zukunft nicht mehr vernachlässigen sollte.[2] Bislang sind nur wenige dieser Texte ins Licht der Forschung gerückt; für den vorliegenden Beitrag berücksichtige ich das von Liliencron in Band 1–3 versammelte Material, das mit dem Jahr 1529 endet.

Wie legitimiert sich nun der von mir gewählte Fokus ‚Stadt'? Seit der zweiten Hälfte des 14. Jahrhunderts nahmen die Städte wirtschaftlich, als Machtzentren, als Verwaltungszentralen, als Zentren der Literatur und der Laienbildung

---

[1] Rochus von Liliencron, Die historischen Volkslieder der Deutschen vom 13.–16. Jahrhundert. Bd. 1–4, Leipzig 1865–1869. ND Hildesheim 1966. Im Folgenden beziehen sich alle Liednummern meines Beitrags auf diese Ausgabe.

[2] Kürzlich noch konstatierte Doreen Brandt, Ereignisbezogene Lieder und Reimpaarreden im Spätmittelalter. Untersuchungen zu Texttypen und Überlieferungskontexten (Hermaea 151), Berlin / Boston 2021, S. 63: „So bleibt festzuhalten, dass es den niederdeutschen ereignisbezogenen Dichtungen des Spätmittelalters und der Frühen Neuzeit insgesamt an Sichtbarkeit in der germanistisch-mediävistischen Literaturwissenschaft mangelt."

einen gewaltigen Aufschwung.[3] Die ökonomische Grundlage dafür waren die enorme Spezialisierung der Handwerke und der Handel; die politische Bedeutung der Städte wuchs endogen und exogen: einerseits von innen aus einer erstarkenden Stadtgesellschaft und dem Aufstieg des Bürgertums, andererseits dadurch, dass Fürsten ihre Macht in die Städte verlagerten, sie zu Residenzstädten ausbauten. Das literarische Leben prosperierte nun vorrangig in den großen und wirtschaftlich mächtigen Städten und zwar zunächst aufgrund der notwendigen Alphabetisierung all der Laien, die in Wirtschaft, Recht und Verwaltung ihren Platz bekommen oder behalten wollten. Die Laienbildung wurde quasi zur Notwendigkeit für den ökonomischen Erfolg und zugleich Zeichen des Prestiges und der sozialen Stellung. Im Laufe des 15. Jahrhunderts nahm diese Entwicklung Fahrt auf, besonders durch die leichtere Verfügbarkeit des Papiers – ab 1390 gab es Papiermühlen auf deutschem Boden – und die Erfindung des Buchdrucks; die städtischen Wirtschaftszentren wurden nun auch Druckorte, für den norddeutschen Raum ist hier zuvorderst Lübeck zu nennen, und es entstand ein Buchmarkt, der die breiten Interessen des lesefähigen Publikums zu befriedigen suchte. Die Träger der Literatur in der Stadt waren neben dem Bürgertum nach wie vor der Adel, der aber nun an den Distributionsformen der städtischen Gesellschaft partizipierte. Die literarische Produktion übersprang die Standesgrenzen, es lässt sich von einer „‚Demokratisierung' der Literaturrezeption"[4] sprechen. Im Zuge dieser Entwicklung schwollen religiöses Schrifttum, Erbauungsliteratur und Rechts-, Geschichts-, Reise- und Fachliteratur gewaltig an; die politische Publizistik profitierte exzeptionell vom neuen Medium des Drucks. „Über Einblattdrucke wurden zudem vielfach historisch-politische Ereignisdichtung und Berichte über aktuelle Geschehnisse verbreitet."[5] Für den niederdeutschen Raum ist ein großes Übergewicht der religiösen Unterweisungs- und Erbauungsliteratur inkl. des volkssprachlichen Dramas zu konstatieren. In der weltlichen Literatur dominieren die Kleinformen, darunter die historisch-politischen Ereignisdichtungen, unter den epischen Großformen ragt die Lehrdichtung heraus.[6]

Seit dem letzten Drittel des 14. Jahrhunderts emergieren historisch-politische Ereignisdichtungen zu städtischen Konflikten im mittelniederdeutschen Raum.

---

3 In diesem Abschnitt meiner Ausführungen lehne ich mich stark an die vorzügliche Einleitung von Werner Williams-Krapp an: ders., Die Literatur des 15. und frühen 16. Jahrhunderts. Teilbd. 1: Modelle literarischer Interessenbildung (Geschichte der deutschen Literatur von den Anfängen bis zum Beginn der Neuzeit III/2,1), Berlin / Boston 2020, Einleitung S. 1–36.

4 Ebd., S. 14.

5 Ebd., S. 29f.

6 Vgl. Hubertus Menke, Art. ‚Niederdeutsche Literatur', in: RLW 2 (2000), S. 714–718, hier: 716.

Damit greift der allgemeine Trend der politischen Kleindichtung des Spätmittelalters, regionale und lokale Ereignisse und verstärkt Städte-Fürsten-Kämpfe sowie innerstädtische Unruhen zu thematisieren,[7] nun auch auf den Norden aus. Schon bald können wir feststellen, dass uns nicht nur einzelne Zeugnisse zu einem spezifischen politischen Ereignis überliefert sind, sondern Stellungnahmen aus unterschiedlichen Perspektiven durch Repräsentanten der widerstreitenden Parteien, manches Mal mit direkter Bezugnahme auf den gegnerischen Text, so dass auf eine Aktion die Reaktion erfolgt und in besonderen Glücksfällen sich noch weitere Repliken anschließen. Es entstehen also regelrechte publizistische Cluster, wie wir z. B. bei der Hildesheimer Stiftsfehde (1519–1523) beobachten können. Vier der ereignisnah verfassten Dichtungen bilden ein solches Cluster, in dem einzelne Berichte als Fake News gebrandmarkt und Gegendarstellungen aufgeboten werden. Intertextuelle Verweise gibt es zuhauf, ganze Passagen oder Namen des inkriminierten Textes werden wörtlich zitiert. Einer der Dichter, den die Forschung mit guten Gründen als Hermann Bote identifiziert hat, meldet sich sogar zweimal zu Wort; auf Botes Schmählied repliziert ein unbekannter Dichter, bezichtigt ihn der Verdrehung der Fakten und sucht ihn persönlich zu diskreditieren. Danach ergreift Bote noch einmal das Wort und polemisiert mit Textzitaten aus dem Lied des Gegners gegen diesen. Für die Forschungskontroverse zur Bedeutung der Formdifferenz von Lied und Reimrede in der historisch-politischen Ereignisdichtung[8] ist nicht uninteressant, dass das publizistische Cluster zur Hildesheimer Stiftsfehde drei Lieder (Nr. 327–329) und eine Reimrede (Nr. 330) aufweist.

Im Blick auf die mittelniederdeutschen ereignisbezogenen Dichtungen des Spätmittelalters scheint die alte Forschungsthese ihre Bestätigung zu finden, dass sich „mittelniederdeutsche Literatur als städtische Literatur profiliert",[9] wobei die Hansestädte eine Führungsrolle im Literaturbetrieb übernehmen.[10] Hier setzt mein Beitrag an, mit welchem ich drei Ziele verfolge: 1.) einen Überblick geben über die historisch-politischen Ereignisdichtungen des Mittelniederdeutschen, die sich mit städtischen Konflikten befassen, 2.) diese Texte in eine typologische Ordnung bringen und 3.) schließlich eine Typologie der Autoren versuchen.

---

7 Vgl. Ulrich Müller, Untersuchungen zur politischen Lyrik des deutschen Mittelalters (GAG 55/56), Göppingen 1974, S. 365f.

8 Vgl. Hartmut Beckers, Mittelniederdeutsche Literatur – Versuch einer Bestandsaufnahme (III), in: Niederdeutsches Wort 19 (1979), S. 1–28, hier: 23 sieht „formal und funktional" und „durch stilistische und inhaltliche Kriterien untermauer(t)" die Lieder von den Reimreden getrennt, listet dann aber in seiner „Übersicht über die einzelnen Lieder nach Themenkreisen", 25–28 auch die Reimreden ganz ungeniert auf und weist nur bei Nr. 164, 165, 166 auf die Formdifferenz hin. Vgl. das ausführliche Referat der Forschungskontroverse bei Brandt (Anm. 2), S. 43–51.

9 Vgl. den einführenden Beitrag von Holznagel in diesem Band, S. 30.

10 Vgl. Menke (Anm. 6), S. 716.

1. Überblick über die historisch-politischen Ereignisdichtungen des Mittelniederdeutschen, die sich städtischen Konflikten widmen

Zunächst ein wenig Statistik: Von den 73 bei Liliencron Bd. 1–3 versammelten mittelniederdeutschen Texten fokussieren 55 städtische Belange. Die restlichen 18 betreffen Adelsfehden, Landfriedensbrüche, einzelne Personen, die Reichskriege in Italien, die Religionskriege und die Schlacht bei Hemmingstedt am 17. 2. 1500. Zu dem letztgenannten regionalen Ereignis von überregionaler Bedeutung, dem Kampf der Dithmarscher gegen den dänischen König Johann und den eigenen Landesfürsten Herzog Friedrich I. von Schleswig, existieren zwölf mittelniederdeutsche Dichtungen, und zwar acht Lieder und vier Reimreden[11], neun edierte bereits Liliencron (Nr. 212–220). Textdichte, Überlieferungssituation und politische Konstellation machen diese Textgruppe zu einem Highlight der mittelniederdeutschen ereignisbezogenen Dichtungen. Obwohl dieser ‚Freiheitskampf', wie er in der Forschung meist genannt wird, durchaus einige Parallelen zu den städtischen Autonomiebestrebungen aufweist, handelt es sich nicht um ein städtisches Problemfeld. Deswegen klammere ich diese Textgruppe in meinem Beitrag aus, was ich umso leichtherziger tun kann, da sie in der vorzüglichen Untersuchung von Doreen Brandt erst kürzlich monographisch behandelt wurde.[12]

Von den 55 Zeugnissen mit städtischen Themen fallen nach nur 3 Zeugnissen aus dem 14. Jahrhundert 26 ins 15. und ebenfalls 26 in die ersten drei Dezennien des 16. Jahrhunderts.[13] Setzt man diese Zahlen in Relation zum Aufkommen der historisch-politischen Ereignisdichtungen insgesamt, also in hochdeutscher und niederdeutscher Sprache und zu allen möglichen Themen, zeigt sich ein

[11] Vgl. Brandt (Anm. 2), S. 53f.

[12] Ebd.

[13] Von den 55 Texten sind 4 (Nr. 98, 155, 221, 249) zu kurz oder zu fragmentarisch, um sie sicher als historisch-politische Ereignisdichtungen zu definieren; ich habe sie dennoch in das Textkorpus aufgenommen. Zur Gattung historisch-politische Ereignisdichtung vgl. Karina Kellermann, Abschied vom ‚historischen Volkslied'. Studien zu Funktion, Ästhetik und Publizität der Gattung historisch-politische Ereignisdichtung (Hermaea 90), Tübingen 2000, S. 49–65. – Zur zeitlichen Verteilung vgl. Beckers (Anm. 8), S. 21: „Ein einigermaßen kontinuierlicher Strom von historisch-politischen Ereignisliedern ist erst seit rd. 1450 feststellbar"; Gerhard Cordes, Mittelniederdeutsche Dichtung und Gebrauchsliteratur, in: Handbuch zur niederdeutschen Sprach- und Literaturwissenschaft, hg. v. Gerhard Cordes u. Dieter Möhn, Berlin 1983, S. 351–390, hier: 353 schreibt: „Seit dem 14. Jh. tritt das ‚historische Volkslied' auf lokale Zeitereignisse hinzu, dessen Blüte in das 16. Jh. gehört und von dem auch viele Einblattdrucke bekannt sind"; der von mir avisierte Zeitraum entspricht in der Periodisierung von Cordes dem Zeitabschnitt „die eigentliche ‚Hansezeit'" (ebd., S. 352).

ähnlicher Trend: Nach zögerlichen Anfängen im 14. Jahrhundert nimmt die historisch-politische Ereignisdichtung im 15. Jahrhundert Fahrt auf mit insgesamt 182 Dichtungen, um dann in nur 30 Jahren des 16. Jahrhunderts auf 203 anzuwachsen. Dieser exponentielle Anstieg der Kurve steht in Zusammenhang mit der Rolle der politischen Publizistik für die öffentliche Meinung, was ich mit wenigen Sätzen umreißen will. Der sozioökonomische und kulturelle Wandel im Spätmittelalter ermöglichte es Publizisten, als Meinungsbildner in einem sich neu strukturierenden öffentlichen Raum aufzutreten. Zum einem nahm die Alphabetisierung in den Städten dramatisch zu, wodurch ein breites Publikum entstand, das auf engem Raume einer rasant beschleunigten Zirkulation von Nachrichten und Texten ausgesetzt war. Zum anderen gelangte die Publizistik in die Volkssprache und erreichte damit eine vervielfachte Resonanz. Zudem bildete sich wegen der städtischen Selbstverwaltungen eine besondere politische Kultur heraus, damit entstand ein in sich differenzierter städtischer Kommunikationsraum, der sich bestens eignete, eine neue Form von Öffentlichkeit zu tragen. „Am Wandel der Autorposition vom hofabhängigen Berufsdichter bis zum stadtverbundenen Schreiber läßt sich deutlich erkennen, wo im Verlauf des 16. Jahrhunderts der geistige Meinungskampf dann vor allem mobilisiert worden ist: in den Städten.“[14] Den Publizisten war also eine besondere Deutungsmacht zugewachsen, welche für die traditionellen Deutungseliten zur ernsthaften Konkurrenz wurde. Parallel hierzu bekundeten die feudalhöfischen Zentren ein wachsendes Interesse daran, ihren Nachrichtenapparat auszuweiten und die Medien ihrer ‚Propaganda' zu differenzieren, beides insbesondere in der Volkssprache.[15] Dabei zielten auch die fürstlichen Propagandaschriften auf den städtischen Kommunikationsraum, um die politische Öffentlichkeit für die eigenen Ziele zu gewinnen.[16] Es lässt sich geradezu sagen, dass die Konkurrenz zwischen

---

[14] Ingeborg Spriewald, Zum Stellenwert des spätmittelalterlichen Autors: Hermann Bote im Vergleich zu Dichtern seiner Zeit, in: Hermann Bote. Städtisch-hansischer Autor in Braunschweig 1488–1988. Beiträge zum Braunschweiger Bote-Kolloquium 1988, hg. v. Herbert Blume u. Eberhard Rose (Frühe Neuzeit 4), Tübingen 1991, S. 43–56, hier: 52f.; zur öffentlichen Meinung in der Stadt vgl. Peter Johanek, Das Gedächtnis der Stadt – Stadtchronistik im Mittelalter, in: Handbuch Chroniken des Mittelalters, hg. v. Gerhard Wolf u. Norbert H. Ott, Berlin / Boston 2016, S. 337–398, hier: 359f.; die Flexibilität gerade der städtischen Geschichtsschreibung, die „auch formlosere gegenwartschronistische Aufzeichnungen [...] als reiche Wissenslieferanten“ nutzte, betont Birgit Studt, Geplante Öffentlichkeiten: Propaganda, in: Politische Öffentlichkeit im Spätmittelalter, hg. v. Martin Kintzinger u. Bernd Schneidmüller (Vorträge und Forschungen 75), Ostfildern 2011, S. 203–236, hier: 212.

[15] Zum Begriff ‚Propaganda‘ und seiner Geltung auch für die meinungsgestaltenden Medien des Mittelalters, vgl. ebd.

[16] Ebd., S. 222–233, mit Beispielen u. a. aus dem süddeutschen Städtekrieg und der Stadt Nürnberg.

feudalhöfischer Propaganda und stadtbezogenen Literaten die Öffentlichkeit als dynamischen Ort belebte. In dieser veränderten und sich weiterhin rasch verändernden Welt konnte der Publizist als Meinungsbildner im öffentlichen Raum auftreten.[17] Er forderte Mitsprache für den Laien und warb aktiv für dessen „Mündigkeitserklärung".[18] Eine besondere Rolle spielten die Konflikte für die Dynamisierung der Öffentlichkeit: „Religiöse, politische und militärische Konflikte schufen Situationen besonders intensiver Kommunikation; sie ließen den sozialen Raum und die ihn prägenden Herrschaftsverhältnisse erfahrbar werden."[19] Um diesen Gedanken zu präzisieren: In Krisen erfahren die Zeitgenossen, wie prekär die Ordnung ist, weil die Herrschaftsverhältnisse instabil werden und Machtverhältnisse zum Vorschein kommen. In solchen Situationen wird offenkundig, wie sehr Ordnungen der Stützung bedürfen, oder aber – auf der anderen Seite – der ‚Verbesserung'. Krisen werfen immer die Frage auf, wer schuld an ihnen ist, sie verschärfen die Frage nach legitimem bzw. unrechtmäßigem Handeln. Einen enormen Auftrieb erhielt die Publizistik schließlich durch die mediale Revolution am Ende des 15. Jahrhunderts und die Möglichkeiten der drucktechnischen Vervielfältigung. Während die Zahl der schriftlichen Verlautbarungen bisher linear angestiegen war, schnellte sie nun exponentiell nach oben.

Schaut man auf die Form, stehen 59 mittelniederdeutschen Liedern insgesamt 14 Reimreden gegenüber, entfallen also auf die Form der Reimrede knapp ein Viertel, wobei die Paarreimrede bevorzugt wird, ich aber auch eine Dreireim- und eine Kreuzreimrede ausmachen konnte. Es steht außer Frage, dass die historisch-politischen Ereignislieder dominieren, unter ihnen hat die Form der Lindenschmidt-Strophe den größten Anteil.[20] Diese fünfzeilige Strophenform hat in ihrer strengen metrischen Form ein gereimtes Vierheberpaar mit männ-

---

17 Ähnlich, wenn auch ohne die Verwendung des Terminus ‚Publizist', äußert sich Sonja Kerth, *Niuwe maere* vom Krieg: Politische Ereignisdichtungen, herrschaftliche Propaganda, Reimchroniken und Newe Zeitungen, in: Horst Brunner u. a., *Dulce bellum inexpertis*. Bilder des Krieges in der deutschen Literatur des 15. und 16. Jahrhunderts (Imagines medii aevi 11), Wiesbaden 2002, S. 37–109, hier: 38f.: „Die Lieder und Sprüche [der politischen Ereignisdichter, K.K.] wollen die aktuellen Macht- und Herrschaftsverhältnisse beeinflussen, indem sie die öffentliche Meinung über den geschilderten Vorfall in eine bestimmte Richtung zu lenken versuchen, wollen also nicht etwa vorrangig informieren."

18 Spriewald (Anm. 14), S. 56.

19 Studt (Anm. 14), S. 212.

20 Auch bei den Texten mit städtischen Konflikten stellen die Lieder die Mehrheit: Hier stehen 44 Lieder 11 Reimreden gegenüber. Dieser Proporz schlägt sich bereits in Beckers' Systematik nieder, der in seiner mittelniederdeutschen Literaturgeschichte nur das historisch-politische Ereignislied bespricht und die Reimreden unter die Reimchroniken subsumiert. Vgl. Beckers (Anm. 8), S. 1–28.

licher Kadenz, auf das zwei miteinander reimende Dreiheber mit weiblicher Kadenz folgen, zwischen denen ein Vierheber mit männlicher Kadenz steht. Der inkludierte 4. Vers ist eine Waise oder er nimmt den a-Reim auf. Ihren Namen hat die Strophenform vom balladenhaften Erzähllied des Lindenschmid (Liliencron Nr. 178). Die Form ist aber älter und wird mit verschiedenen Melodien gesungen.[21] Für meine Typologie der mittelniederdeutschen Ereignisdichtungen verwende ich den Strophennamen ‚Lindenschmidt' auch bei laxer Handhabung der Metrik.

In Hinblick auf die geographische Verteilung ist zu sagen, dass die mutmaßlichen Entstehungsorte der Handschriften und Drucke weit überwiegend im niederdeutschen Sprachraum und somit in Norddeutschland liegen, aber nicht nur. Der Konkurrenzkampf der Drucker, von denen besonders viele im Süden Deutschlands saßen, ließ einige von diesen auch für die norddeutschen Städte produzieren. Sie druckten neben hochdeutschen auch niederdeutsche Texte und erschlossen sich somit auch im Norden einen Markt.[22] Fokussiert man die politischen Ereignisse, die in den Dichtungen thematisiert werden, ist ebenfalls eine starke Konzentration auf den norddeutschen Raum zu konstatieren, ein Befund der nicht überrascht. Aber es gibt Ausnahmen: So hat der bayrisch-pfälzische Erbfolgekrieg, der eine große Zahl von Liedern und Reimreden angestoßen hat, für das Lied auf die Schlacht um Kufstein (1504) auch eine mittelniederdeutsche Fassung (Nr. 246 C) hervorgebracht. Die Belagerung Wiens durch das osmanische Heer im Jahre 1529 hat mehrere Lieder generiert, von einem dieser Landsknechtslieder existiert auch eine mittelniederdeutsche Fassung (Nr. 418b). Machte man sich auf die Suche, würde sich die Zahl der mittelniederdeutschen Lieder zu politischen Ereignissen von überregionaler Bedeutung außerhalb des norddeutschen Raums zweifellos noch erhöhen.

Bekannter sind die Fälle, in denen wir Dichtungen niederdeutschen Ursprungs nur in hochdeutscher Transformation kennen; ich verweise auf das wohl berühmteste Beispiel, den ‚Ulenspiegel', der 1515 nur in einer „hochdt. Lautung anstrebenden Sprachgestalt zum Druck gebracht wurde".[23] Solche Vorkommnisse gibt es auch im Bereich der historisch-politischen Ereignisdichtungen. Prominent ist hier das Störtebeker-Lied mit seinem hochdeutschen

---

21 Vgl. Burghart Wachinger, Art. ‚Lindenschmidt', in: ^{2}VL 5 (1985), Sp. 840f.; Horst Joachim Frank, Handbuch der deutschen Strophenformen, 2. durchges. Aufl. (UTB Wissenschaft 1732), Tübingen / Basel 1993, S. 384–388 mit einer Grafik zur historischen Häufigkeit.

22 Vgl. Williams-Krapp (Anm. 3), S. 27.

23 Hartmut Beckers, Mittelniederdeutsche Literatur – Versuch einer Bestandsaufnahme (I), in: Niederdeutsches Wort 17 (1977), S. 1–58, hier: 44. Die Zuschreibung der Autorschaft der niederdeutschen Urfassung an Herman Bote ist heute Forschungskonsens.

Druck von 1550, das ein Ereignis von 1402 besingt. Die meisten politischen Lieder des Braunschweiger Zollschreibers Hermann Bote kennen wir ebenfalls nur aus der niederdeutsch eingefärbten hochdeutschen Chronik–Kompilation des Andreas Schoppius, deren älteste Fassung von 1561 stammt und damit ca. 70 Jahre nach der Entstehungszeit der Texte liegt.[24] Alle diese und viele weitere Beispiele hochdeutscher Fassungen von ursprünglich niederdeutschen Texten erklären sich – von den Überlieferungsverlusten abgesehen – in der Mehrheit der Fälle daraus, dass das Niederdeutsche als „Verkehrs- und Amts- wie Literatursprache" seit dem 16. Jahrhundert auf dem Rückzug ist, ein Trend, der durch den auf überregionale Verbreitung angelegten Buchdruck noch verstärkt wird.[25] „Bis 1525 waren immerhin über 900 niederdeutsche Drucke – auch in süddeutschen Offizinen – hergestellt worden, doch durch Luthers Wirkmächtigkeit wandten sich die norddeutschen Drucker nach einem Höhepunkt um die Mitte des 16. Jahrhunderts zunehmend von der niederdeutschen Schreibsprache ab, das Hochdeutsche gewann im Norden die Oberhand, und zwar auch in städtischen Kanzleien."[26]

2. Typologische Ordnung der historisch-politischen Ereignisdichtungen des Mittelniederdeutschen, die sich städtischen Konflikten widmen[27]

Die hier versuchsweise vorgelegte Typologie orientiert sich an den Inhalten der Konflikte, wobei weniger die Streitanlässe zum Differenzkriterium werden als vielmehr die Akteure, die in ihrer Stellung zueinander spezifische Machtkonstellationen abbilden. Die von mir gewählten Ordnungskriterien sind also hi-

---

[24] Vgl. Herbert Blume, Hermann Botes Ludeke-Holland-Lieder und ihre Überlieferung, in: Braunschweigisches Jahrbuch 66 (1985), S. 57–77, hier: 60–64.

[25] Spriewald (Anm. 14), S. 43; vgl. Wilhelm Schmidt, Geschichte der deutschen Sprache. Ein Lehrbuch für das germanistische Studium, 10., verbesserte u. erweiterte Aufl., erarbeitet unter der Leitung von Helmut Langner u. Norbert Richard Wolf, Stuttgart 2007, S. 113: Im „Wirtschafts- und Herrschaftsgebiet der dt. Hanse entwickelt sich vom 14. Jh. an eine mittelniederdeutsche Schreibsprache, die bis ins 16. Jh. als Verkehrssprache im europäischen Norden, also weit über den eigentlichen (nieder)deutschen Sprachraum hinaus, dient. Mit dem Niedergang der Hanse verliert diese Sprachform stetig an Bedeutung, bis im 17. Jh. der Vorrang des Hd. entschieden ist." Dieses Zitat möge stellvertretend für viele andere Aussagen desselben Tenors stehen.

[26] Williams-Krapp (Anm. 3), S. 30f.

[27] Vgl. Beckers (Anm. 8), S. 25–28, der in seiner Bestandsaufnahme der mittelniederdeutschen Literatur die historisch-politischen Ereignislieder nach Themenkreisen ordnet ohne einen Fokus auf die Stadt. Auch er nutzt Liliencrons Edition als Referenzausgabe.

storisch-politische. Gleichwohl scheint es mir notwendig, den Status der hier zu besprechenden Texte mit narratologischen Kategorien zu benennen. Historisch-politische Ereignisdichtung ist faktuale Literatur, die Anspruch auf unmittelbare Referenzialisierbarkeit erhebt.[28] D. h. die Texte nehmen Bezug auf reale Ereignisse, Probleme oder Personen der Vergangenheit oder der Gegenwart. Alle bei Liliencron versammelten Lieder und Reimreden rekurrieren auf eine außertextliche Wirklichkeit, sie sind mit „Wirklichkeitserzählungen" vergleichbar[29]. Es ist unerheblich, wie korrekt oder wie verzerrt die Dichter die historischen Fakten darstellen, entscheidend ist, welches Wirklichkeitsmodell der jeweilige Text produziert. Im Unterschied zur fiktionalen Literatur, in der die Dichter eine wie auch immer geartete Vermittlungsinstanz zwischen sich und ihr Publikum schieben, ist die Kommunikationssituation faktualer Texte dadurch gekennzeichnet, dass der Autor sein Publikum unmittelbar adressiert, auf eine Vermittlungsinstanz verzichtet und mit ihm ein Abkommen schließt, eine Art ‚Faktualitätskontrakt'. Der Autor selbst „muss für die Wahrheit der vorgebrachten Behauptungen einstehen".[30] Das bedeutet aber nicht, dass die Ereignisdichter keine fiktionalen Elemente wie poetische Bilder, Personifikationen, Exempla etc. verwenden. Und auch die Stimme des Sängers bzw. Redners wechselt zwischen verschiedenen Profilen, z. B. dem Ratgeber, Mahner, Scheltenden, Lobredner, Bittsteller, um nur einige der gebräuchlichsten zu nennen. Diese bereits in einer Dichtungstradition verankerten Rollen erlauben dem Verfasser, seine Wirklichkeitskonstruktion mit fiktionalen Elementen zu gestalten. Demgegenüber gehören Datierungen, Ortsangaben, Namen von historischen Personen, Zahlen, Ereignisse sowie die Selbstnennung des Autors und spezifische Formen der Selbstlegitimation wie Augenzeugenschaft, Hörensagen und Wahrheitsbeteuerung zur Faktualisierungsstrategie der Publizisten. In den Wirklichkeitserzählungen mischt sich Fiktionales mit Faktualem, die binäre Opposition Fiktionales – Faktuales kommt ins Rutschen. „Zweifellos ‚konstruieren' Wirklichkeitserzählungen in erheblichem Maße eine Realität; aber sie sind eben auch auf eine intersubjektiv gegebene Wirklichkeit bezogen. Wirklichkeitserzählungen sind sowohl konstruktiv als auch referentiell – darin liegt

---

28 Einführendes zur Differenz von faktualem und fiktionalem Erzählen bei Matias Martínez u. Michael Scheffel, Einführung in die Erzähltheorie, 11., überarb. u. aktual. Aufl., München 2019, S. 11–22.

29 Der Begriff stammt von Christian Klein / Matias Martínez, Wirklichkeitserzählungen. Felder, Formen und Funktionen nicht-literarischen Erzählens, in: Wirklichkeitserzählungen. Felder, Formen und Funktionen nicht–literarischen Erzählens, hg. v. Christian Klein u. Matias Martínez, Stuttgart / Weimar 2009, S. 1–13. Ich nutze ihn hier, obwohl der zweite Bestandteil des Kompositums nur bedingt zutrifft, denn die Lieder und Reimreden sind keine „Erzählungen" im engeren Sinne, auch wenn sie alle narrative Elemente enthalten.

30 Ebd., S. 3.

ihre besondere erkenntnistheoretische Bedeutung. Es gilt, den referentiellen Aspekt von Wirklichkeitserzählungen angemessen zu berücksichtigen, ohne deren konstruktive Elemente zu vernachlässigen."[31] Und für die Autoren der Ereignisdichtungen gilt in hohem Maße, dass sie Partei ergreifen, Einfluss nehmen und Stimmung machen wollen und zwar in der Regel durch einseitige Berichterstattung, Verschweigen oder Verfälschen von Fakten. Ihre Wirklichkeitskonstruktion ist nicht nur aus fiktionalen, sondern auch aus fiktiven Inhalten zusammengesetzt, einen referentiellen Geltungsanspruch erheben sie gleichwohl.[32]

Die mit Abstand größte Zahl an historisch-politischen Ereignisdichtungen behandelt Auseinandersetzungen zwischen Städten und Fürsten. Dieser Konflikttypus tritt bereits im 14. Jahrhundert auf und hält sich durch bis zum Ende des Untersuchungszeitraums. Hier lassen sich zwei verschiedene Konstellationen unterscheiden: Konflikte zwischen der Stadt und ihrem Stadtherrn sowie Konflikte zwischen der Stadt und Fürsten oder Herren, die in keinem Lehnsverhältnis zur Stadt stehen.

2.1 Konflikte zwischen der Stadt und ihrem Stadtherrn

Lied Nr. 21 handelt in 16 Lindenschmidt-Strophen aus dem 16. Jahrhundert vom nächtlichen Angriff (20./21. 10. 1371) des Herzogs Magnus des Jüngeren von Braunschweig-Lüneburg auf die Stadt Lüneburg – *Van der instiginge der stad Luneborg*.[33] Der Herzog, ursprünglich der Stadtherr Lüneburgs, ritt diesen Angriff als Strafaktion gegen die Lüneburger. Hintergrund war eine Erbangelegenheit im Haus der Welfen, in der Kaiser Karl IV. als oberster Lehnsherr Lüneburg anwies, den Sachsenherzögen zu huldigen; die Huldigung an Herzog Magnus sei nichtig. Erst nach mehrfachen vergeblichen Hilfeersuchen an den Braunschweiger Fürsten, der Lüneburg versprochen hatte, es gegen Ansprüche Sachsens und des Reiches zu schützen, huldigte die Stadt gezwungenermaßen Herzog Albrecht von Sachsen. Dies nun bewog den ehemaligen Stadtherrn, die Stadt zu überfallen und für ihre Untreue zu bestrafen. Der Einfall in die Stadt scheiterte aber am beherzten und listigen Widerstand der Bürger. Der Haupt-

---

31 Ebd., S. 1; zur Definition verschiedener Typen von Wirklichkeitserzählung und ihrer Anwendung auf die ‚Reformatio Sigismundi' vgl. Sophie Charlotte Quander, Auf der Suche nach Re/formen. Literarische Wege der Selbstlegitimation in der ‚Reformatio Sigismundi' (1439) (Studien zu Macht und Herrschaft 17), Göttingen 2023.

32 Vgl. Klein / Martínez (Anm. 29), S. 5 zu „Faktuale Erzählungen mit fiktiven Inhalten".

33 Vgl. Beckers (Anm. 8), S. 27; Sonja Kerth, *Der landsfrid ist zerbrochen.* Das Bild des Krieges in den politischen Ereignisdichtungen des 13. bis 16. Jahrhunderts (Imagines Medii Aevi 1), Wiesbaden 1997, S. 31 u. ö. (Reg.).

mann im Dienste der Stadt, Ulrich von Weißenburg, rief die Lüneburger auf, sich gegen das Unrecht zu wehren:

> „Leven borger, dat were unse vorderf,
> wi willen bliven bi eren,
> wi willen se up ere pande slan
> unse unrecht wil wi weren!“ (9,2–5)

Während der Autor Keppensen[34], der sein Lied in der letzten Strophe signiert, den adligen Angreifern übelste Absichten in den Mund legt: *„Slat hie beide wif und kinder dodl und latet nemande leven!“* (12,2f.), demonstrierten die Bürger Einigkeit und Mut zu Ehren der Tagesheiligen St. Ursula:

> De Borger repen apenbar:
> „berad der elven dusend megde schar,
> dat wi bliven bi eren!
> Aldewil Luneborg in eren steit,
> er lof dat wille wi meren!“ (Str. 13)

Die Lieder Nr. 84–87 besingen die Soester Fehde,[35] und zwar alle aus der Perspektive der bedeutenden westfälischen Hansestadt Soest, die ihre Stadtrechte schon lange verfassungsmäßig verbrieft hatte; diese Privilegien achtete in der Regel auch der Stadtherr, welcher seit 1180 der Erzbischof von Köln war. Als infolge verschiedener Kriege, u. a. gegen die Hussiten, Erzbischof Dietrich II., Graf von Mörs, die Finanzen des Erzstifts durch Extrasteuern auf Kosten der Städte sanieren wollte, stellte sich Soest unter den Schutz des Herzogs von Kleve und sagte am 25. 6. 1444 dem Erzbischof ab. War dieser Wechsel der Stadt von einem Lehnsherren zum anderen schon ein extraordinärer Vorgang, hatte der über drei Jahre andauernde Krieg auch wegen seiner verschiedenen mächtigen Bündnispartner und der Anrufung von Papst, Konzil und Kaiser eine überregionale Bedeutung, die in den Chroniken sowie in der politischen Publizistik ihren Niederschlag findet. Letztere feiert besonders die militärischen

---

[34] Vgl. Müller (Anm. 7), S. 202; Uta Reinhardt, Art. ‚Kempensen (Keppensen)‘, in: ^{2}VL 4 (1983), Sp. 1114f. mit Korr. in: ^{2}VL 11 (2004), Sp. 836; Mike Malm, Art. ‚Kempensen (Keppensen)‘, in: DLL MA 3 (2012), Sp. 432f.

[35] Vgl. Müller (Anm. 7), S. 235f.; Beckers (Anm. 8), S. 27; Kerth (Anm. 33), Reg.; Hans-Joachim Ziegeler, Art. ‚Vrischemei‘ (‚Lieder der Soester Fehde‘), in: ^{2}VL 10 (1999), Sp. 548–552; Volker Honemann, Gründe und Begründungen für den Ausbruch der Soester Fehde in den zeitgenössischen Quellen, in: Der Krieg im Mittelalter und in der Frühen Neuzeit: Gründe, Begründungen, Bilder, Bräuche, Recht, hg. v. Horst Brunner (Imagines medii aevi 3), Wiesbaden 1999, S. 217–227; Norbert Wex, Art. ‚Soester Fehde‘, in: ^{2}Killy 11 (2011), S. 46f.; Mike Malm, Art. ‚Vrischemei‘, in: DLL MA 3 (2012), Sp. 660–662. Malm schreibt Vrischemei alle vier Lieder zu, belegen lässt sich das nicht.

Erfolge Soests, derer es nicht wenige gab in den jahrelangen Scharmützeln. In allen vier Liedern wird die Gegenpartei verspottet und die städtische Harmonie und Schlagkraft gefeiert:

> Johan de Rode (d. i. einer der Bürgermeister), ein junger man,
> he sprak sine borger an:
> „nu volget mi all mit sinnen,
> ropet got den heren an!
> de Colschen wille wi schinden;"
> [...]
> se tuchten to den swerden,
> se slogen so manigen harden slach
> de Colschen to der erden. (Nr. 85: Str. 3,1–5; Str. 4,3–5)

Am Ende wurden die Kriegshandlungen nach einem spektakulären Sieg der Städter mit Unterstützung der Klever Reiterei über ein zahlenmäßig weit überlegenes böhmisch-hussitisch-sächsisches Heer des Kölners eingestellt, und ein Schiedsspruch schrieb im Jahr 1449 den Wechsel der Stadt zum Herzog Johann von Kleve fest. Von den vier nur handschriftlich überlieferten Liedern, alle in Handschriften des ‚Kriegstagebuchs' des Soester Stadtschreibers Bartholomäus von der Lake,[36] bleiben zwei anonym, die anderen haben die typischen Selbstnennungen der historisch-politischen Ereignislieder in den Schlussstrophen.[37]

> De uns dit nie leitken sang,
> ein rüterknecht was he genant,
> he hevet it wol gesungen;
> de Colschen hebben eme leid gedan,
> dit leit wil he en doen senden. (Nr. 84: Str. 13)

Mit der Funktionsbezeichnung *ein rüterknecht* lässt es der Dichter bewenden, der mit witzigen Homonymien die Kölnischen verspottet und ihnen sein Liedchen ironisch dediziert. Der andere beschließt sein Werk mit einer pseudonymen Autorsignatur:

> De uns disen rei vorsank,
> Vrischemei is he genant,
> he heft id wol ut gesungen,
> Ruden, Warsten, Beleke undt ganze lant
> sint an de hant gesprungen. (Nr. 86: Str. 13)

---

36 Vgl. Thomas Sandfuchs, Art. ‚Bartholomäus van der Lake', in: ^{2}VL 1 (1978), Sp. 618f.; Volker Zapf, Art. ‚Bartholomäus van der Lake', in: DLL MA 3 (2012), Sp. 662f.

37 Vgl. Beckers (Anm. 8), S. 24; Kellermann (Anm. 13), S. 52 u. ö.

Vrischemei nimmt hier auf die Lindenschmidt-Strophe als Tanzstrophe explizit Bezug und verbindet die Autorsignatur am Ende des Liedes zudem mit politischer Polemik; denn die genannten Städtchen, die nach des Vorsängers Pfeife tanzen müssen, sind die des feindlichen Kölner Bischofs.[38]

Die vier Lieder Nr. 184, 185, 186 und 187, drei davon in Lindenschmidt-Strophen, widmen sich der Braunschweiger Fehde zwischen Herzog Heinrich dem Älteren, Heinrich dem Mittleren von Celle und einer stattlichen Fürsten- und Herrenunterstützung auf der einen Seite und der Stadt Braunschweig, die als prominentes Mitglied der Hanse zeitweise von weiteren Hansestädten unterstützt wurde, auf der anderen Seite.

> Die von Braunschweig gehen sich midde fur,
> wen die hensestete sein in dem kor,
> den steten alle zu fromen
> und wan eine were in der not,
> daß man ir zu hulfe solte komen. (Nr. 187: Str. 11)

Es ging einmal mehr um die Privilegien der blühenden und gut befestigten Stadt Braunschweig – *Braunschweig ist gebauwet also veste* (Nr. 187: Str. 10,1) –, die ihr Landesherr, Heinrich d. Ä. von Braunschweig-Wolfenbüttel, beschneiden wollte.

> De van Hildessem weren des wol bekant,
> Brunswik ligt im Sassenland,
> se hedden sik tosamen gesworen;
> hedden de hertogen to hus gebleven,
> so hedden se nicht vorloren! (Nr. 186: Str. 2)

Die Braunschweiger blieben in den Kämpfen 1492/93 erfolgreich, und im Mai 1494 wurden beim Friedensschluss die städtischen Privilegien ausnahmslos bestätigt. Diese mittelniederdeutschen Lieder – für Nr. 184 hat man aus der Schlussstrophe den Dichter Hermann Bote[39] erschlossen –, die in verschiedene Braunschweiger Chroniken in hochdeutscher Fassung eingegangen sind, berichten ereignisnah und aus Braunschweiger Perspektive.[40] Akzentuiert werden

---

38 Vgl. ebd., S. 281; Honemann (Anm. 35), S. 220 nennt die vier Lieder, ohne dies zu begründen, „Zeitungslieder." Der Terminus ist für diese handschriftlich überlieferten, propagandistischen, mit direkter Rede versetzten historisch-politischen Ereignislieder zurückzuweisen. Vgl. Rolf Wilhelm Brednich, Art. ‚Zeitungslied', in: RLW 3 (2003), S. 889–891; zu „Newe Zeitungen" Sonja Kerth (Anm. 17), S. 41f., 97–108.

39 Vgl. Herbert Blume, Art. ‚Bote, Hermann', in: ²Killy 2 (2008), S. 107–110; Mike Malm, Art. ‚Bote, Hermann', in: DLL MA 5 (2013), Sp. 1941–1948.

40 Vgl. Uta Reinhardt, Art. 'Braunschweiger Fehde', in: ²VL 1 (1978), Sp. 1006f.; Bekkers (Anm. 8), S. 27; Kerth (Anm. 33), Reg.; Volker Zapf, Art. ‚Braunschweiger Fehde', in: DLL MA 3 (2012), Sp. 1052f.

die Wehrfähigkeit der Braunschweiger und ihre militärischen Erfolge, denen adlige Herren gegenüberstehen, die sich allein durch überhebliche Reden hervortun, während sie das Kämpfen, so Nr. 185 und Nr. 187, den Bauern überlassen, die für diese Tätigkeit nicht bestimmt sind:

> Wanne du lebe zankesman
> wiltu vor einen ruter bestan
> dar bistu nicht to geboren!
> hawen, schufeln dat is din ard
> [...]
> wat hastu hir vorloren? (Nr. 185: Str. 15)

Alle vorgenannten Städte sind Hansestädte, alle Lieder berichten die politischen Ereignisse aus städtischer Perspektive, alle Städte wehren sich gegen fürstliches *unrecht* und verteidigen ihre *ere*.[41] Als die Stadt Lüneburg in fürstlichen Machtkämpfen zerrieben zu werden droht, sucht sie zunächst Schutz beim Lehnsherrn, dem sie gehuldigt und der ihr im Gegenzug ihre Privilegien bestätigt hat; d. h. Herr und Stadt halten fest am Lehnseid, keine der Parteien zweifelt ihn in seinem Wert an. Erst als der Herr seinen Part, die Schutzpflicht, nicht erfüllt, huldigt die Stadt einem anderen Herrn; systemisch ändert sich nichts. Auch Soest löckt nicht gegen den Stachel des Feudalsystems, es pocht allerdings massiv auf seine verfassungsmäßigen Stadtrechte, die der Stadtherr zu respektieren habe. Mit seiner die Stadtrechte beschneidenden Finanzpolitik treibt der Bischof Soest regelrecht in die Arme eines neuen Stadtherrn, und erst dann zieht die Stadt in den Krieg gegen den Bischof. Der neue Schutzbund zwischen Soest und dem Herzogtum Kleve greift sofort. Auch Braunschweig wehrt sich gegen die Übergriffe der Landesherren auf seine Souveränität und es tut das als stolze Hansestadt im Bund mit anderen Hansestädten; bis auf Hermann Bote (Nr. 184) betonen die Dichter weniger die singuläre Stärke Braunschweigs als vielmehr die Schwurgemeinschaft der Hansestädte.[42]

2.2 Konflikte zwischen der Stadt und Fürsten oder Herren, die in keinem Lehnsverhältnis zur Stadt stehen

Nr. 24 berichtet in zehn Lindenschmidt-Strophen vom Sieg der Bürger von Stendal am 3. 11. 1372 über die Harzgrafen von Wernigerode, Regenstein,

[41] Die niederdeutschen städtischen Dichtungen verfahren hier nicht anders als die hochdeutschen im 2. Städtekrieg 1449/50: „Sie versuchen, den Adel seinerseits zahlreicher Rechtsbrüche und Vergehen zu überführen [...] und stellen ihm das Bild der Stadt als Rechts- und Friedenspartei gegenüber, die sich nur gegen Übergriffe wehrt.“ Vgl. Kerth (Anm. 17), S. 49.

[42] Auch „das Bild der blühenden Gemeinschaft“ (ebd.) eines Städtebundes deckt sich mit dem der Dichtungen zum 2. Städtekrieg.

Egeln, Erxleben und andere Herren, die den Stendalern in den umliegenden Orten das Vieh zu rauben versuchten.[43] Der Schultheiß von Badingen, so besingt es der Dichter, ritt vor das Stendaler Stadttor und rief die Bürger zu den Waffen: *Wel up gi stolte borger alle,/ wille gi hier nich mehr to don,/ so beholde wi kene koj im stalle.* (5,3–5).[44]

Nr. 47 ist eine 134-versige Kreuzreimrede, die Tapferkeit und Selbstbewusstsein der Bremer Bürger feiert, die ohne Unterstützung durch ihren Lehnsherren, den Bremer Erzbischof – *De Bremere, zunder landesherren,/ wolden de Vresen baß vorveren* (69f.) – sowie ohne ihre Bundesgenossen, die Grafen von Hoya und Delmenhorst, im Januar 1408 siegreich gegen Graf Christian von Oldenburg ziehen.[45] Die Dichtung endet mit den Versen:

God gheve siner sele raet,
de dit tzosamende screven haet,
den Bremeren tzo ere,
den anderen tzo lere,
datz se hir bi ein bilde nemen
und laten sich de zalde themen. (129–134)

Nr. 98 berichtet in sechs unregelmäßigen Paarreimversen über die Niederlage der Emdener und Hamburger gegen die Ostfriesen unter Junker Sibo von Esens 1452.

Nr. 156 ist ein Lied über die Niederlage der Stadt Einbeck gegen Herzog Wilhelm den Jüngeren von Braunschweig-Wolfenbüttel 1479, das Liliencron in zwei Fassungen mit 18 bzw. 19 achtzeiligen Strophen ediert. Es thematisiert aus herzoglicher Perspektive die katastrophale Niederlage der Bürger, von denen

---

43 Vgl. Müller (Anm. 7), S. 202f.; Beckers (Anm. 8), S. 22, meint mit Referenz auf Edward Schröder, Zur Kritik der ältesten historischen Volkslieder in niederdeutscher Sprache, in: Niederdeutsches Jahrbuch 54 (1928), S. 1–14, „daß es sich wohl erst um eine frühestens im ausgehenden 15., wahrscheinlicher aber erst im frühen 16. Jh. entstandene Dichtung handelt." Dagegen plädiert Volker Honemann, *Herzog Casimir von Pommern* und *Busse von Erxleben*: Zwei politische Lieder des deutschen Spätmittelalters im Vergleich, in: ders., Literaturlandschaften. Schriften zur deutschsprachigen Literatur im Osten des Reiches, hg. v. Rudolf Suntrup u. a. (Medieval to Early Modern Culture 11), Frankfurt u. a. 2008, S. 227–245, hier: 244 für zeitgenössische Entstehung; Textabdruck und Übersetzung: ebd., S. 238–241. Wie schon Schröder, ebd., S. 13 wusste, ist die metrische Form der Lindenschmidt-Strophe älter als der historische Lindenschmidt und die über ihn gedichtete historische Ballade (nach 1490); die Strophenform taugt also nicht als Argument für die Spätdatierung. In jedem Fall, bei ereignisnaher wie bei später Abfassung, handelt es sich bei Liliencron Nr. 24 um ein historisch-politisches Ereignislied, vgl. Kellermann (Anm. 13), S. 50–52; S. 82. So schon Beckers, ebd., S. 23.

44 Vgl. Kerth (Anm. 33), S. 27, 33 u. ö. (Reg.)

45 Vgl. Müller (Anm. 7), S. 208.

900 getötet oder gefangen genommen wurden. Der profürstliche Dichter besingt abschließend zynisch die Gefangenen – der Hauptwirtschaftszweig der Stadt Einbeck war das Bierbrauergewerbe:

> Dar weren de borger mede,
> de bruweden gud eimbeksch ber,
> se lepen dar gefangen und gebunden,
> gelik we de wilden der! (Nr. 156a: 16,5–8)

Er beendet das Lied mit einer allgemeinen Warnung an die Städte, sich nicht gegen die Herren zu erheben:

> Daran gedenket, gi stede,
> darto gi erbare man:
> vorachtet nene forsten und hern,
> gripet it gans wislich an! (Nr. 156a: 18,5–8)[46]

Das fünfstrophige Liedchen Nr. 221 beginnt jede Strophe mit einem lateinischen Initium und gibt Herzog Albrecht von Sachsen zu verstehen, dass er seine Ansprüche auf Groningen begraben muss:

> Nunc dimittis Groningh, de hogen stad,
> de gi over jaren hadden so gherne ghehat!
> o vorste van Sassen hochgebaren,
> all juw untrost is nu vorlaren. (Str. 1)

Die Stadt, deren Friedenswillen der Dichter betont, hielt der Belagerung durch den Herzog im Jahre 1500 stand und konnte ihre Unabhängigkeit bewahren.

Dies war aber nicht von langer Dauer, wie Nr. 249 beweist. 1506 wurde Groningen von Albrechts Nachfolger, Herzog Georg von Sachsen, belagert und drohte ausgehungert zu werden. Da huldigte die Stadt Graf Edzard I. von Ostfriesland, was eine fünfversige Osterhymnus-Parodie besingt: *Christ ist upgestanden / [...] grafe Edsard wil onse troost sijn. / Kyrie eleison!*[47]

Überregionale Dimension hat der Krieg der Stadt Lübeck 1511, die im Bund mit den Hansestädten Wismar, Rostock, Stralsund gegen das mit weiteren Fürsten sowie Holländern und Friesen verbündete Königreich Dänemark unter König Johann steht. Der Dichter des 74-strophigen Lieds Nr. 263 – die vier Anfangsstrophen fehlen in der einzigen Handschrift des 17. Jahrhunderts – verfasst einen lebhaften Augenzeugenbericht über die verschiedenen Etappen des Seekriegs und spart nicht mit Lob für die tapferen Lübecker, deren Taten in einer Chronik für die Nachwelt aufgezeichnet gehörten:

---

[46] Vgl. Beckers (Anm. 8), S. 27; Kerth (Anm. 33), S. 37 zur korrekten Absage der Stadt Einbeck durch einen Fehdebrief (Nr. 156 a und b, Str. 2).

[47] Vgl. ebd., S. 281.

De borger weren des alle fro,
der eine sprak den anderen to:
„gewald mut men mit gewald verdriven.
Is it sak dat it kumpt also,
men schal dar ein kroneke van schriven!" (Str. 17)[48]

Er gießt Häme und Spott über die Feinde und nimmt gezielt die Holländer aufs Korn, indem er das Niederdeutsche mit holländischen Brocken durchsetzt und den notorischen Spitznamen *hasenkopp* für die Holländer gebraucht:

O mar elk hasenkoppe,
wo werstu van sinnen doch so sot!
Den adeler dedestu bei den voten uphangen!
dat heft gestraft unse here god,
dinen avermod und groten spod. (54,1–5)[49]

Am Ende stellt er eine weitere Dichtung in Aussicht, sobald das von den Lübecker Bürgern gebaute mächtige Kriegsschiff zum Einsatz kommt: *De van Lubech hebben sich balde bedacht,/ ein schip bouwen se van groter macht,/ dar wille wi hernegest van schriven* (74,1–3).

In Nr. 418b besingt ein namenloser Landsknecht in zehn Lindenschmidt-Strophen ereignisnah den heroischen Kampf der Stadt Wien gegen die osmanische Invasion:

De uns dit nyn ledlyn sang,
ein framer lanzknecht ys he genant,
he heft uns wol gesungen;
he ys wol dre mael yn Ungerland gewest,
alle tid ys weder kummen. (Str. 10)

Die Stadt trotzt ohne königliche Unterstützung der überwältigenden Übermacht der türkischen Belagerer, so dass die Türken schließlich am 15. 10. 1529 ihr Lager verbrennen und abziehen. Der Widerstand, so will es der Dichter, ersteht in diesem Fall nicht aus den Reihen der Bürger, sondern durch Einrede eines alten Landsknechts:

„her börgermeisters, holdet de stad yn juwem behod,
yn juwen wärhaftigen handen!
schold wy dem Türken de stad upgäven,
des hedd wy laster und schande." (5,2–5)

Im Konfliktfeld ‚Stadt gegen feindlichen Herrn' fokussieren die Dichter die Tapferkeit und Stärke der Stadt, die sich allein und ohne Bundesgenossen he-

---

48 Vgl. ebd., S. 302. Auch in Str. 61,4–6 bedauert der Dichter, dass es keine Beschreibung der tapferen lübischen Kämpfer im Seegefecht gibt.

49 Vgl. Beckers (Anm. 8), S. 27.

roisch gegen eine feindliche Übermacht zur Wehr setzt. Der Heroismus soll anderen Städten als Lehre und Vorbild dienen. Das ist die eine Seite. Die andere Seite beleuchten die Dichtungen, die gerade das städtische Gemeinschaftsgefühl beschwören, entweder die Kommunität einer Stadt oder den Zusammenhalt eines Städtebundes. So packt der Bürgermeister die Bürger von Stendal bei ihrer Ehre und ruft sie zum gemeinsamen Kampf. Der Sieg Lübecks im Seekrieg gründet sich auf die tatkräftige Unterstützung durch die Bundesstädte der Hanse wie auch die hervorragende Tapferkeit der Stadt selbst. Zudem verwendet der Dichter das beliebte Mittel, die eigene Partei zusammenzuschweißen, indem er den Gegner mit Spott übergießt und dessen Niederlage als gerechte Strafe für seinen *avermod* feiert.[50] Die Todsünde ‚superbia' ist ein Leitmotiv der historisch-politischen Ereignisdichtungen; der Vorwurf, aus *overmod* eine Fehde – *orlige* – vom Zaun zu brechen, ist allerdings auch der Gegenpartei wohlfeil.[51] Dementsprechend tadelt der profürstliche Dichter die Stadt Einbeck und überzieht sie mit dem Vorwurf der ‚inordinatio'. Dieser Tadel ist ebenfalls notorisch für diese Textsorte, er aber lässt sich nicht umkehren, er geißelt immer die Städte, die es an der gebührenden Achtung für die Herren fehlen lassen. Im Falle der Belagerung Wiens lässt der Landsknecht-Dichter den Heroismus nicht von innen aus der Stadtgemeinschaft erwachsen, sondern von einem alten Landsknecht an die städtische Obrigkeit herantragen. Der Appell zum Widerstand kommt also von einem Sprecher, dessen Lebensinhalt der Kampf ist und der daher Ehrbegriffe adliger Provenienz gebraucht. Die Bürger verstehen diesen Appell, trommeln in den Gassen der Stadt die wehrfähigen Männer zusammen und stemmen sich gemeinsam mit den Landsknechten gegen den äußeren Feind. Über das akute Ereignis hinaus weist die Forderung des Dichters von Nr. 263, die städtischen Heldentaten für die Stadtgeschichte schriftlich aufzuzeichnen. Er bringt so die wichtige gemeinschaftsstiftende Funktion der Memoria ins Spiel, die bei Lied Nr. 24 eine zentrale Rolle spielt. In einer Geschichte der Mark Brandenburg aus dem 18. Jahrhundert, in der das Lied überliefert ist, wird von einer Votivtafel am Rathaus von Stendal berichtet, die den Samstag nach Allerheiligen als jährlichen Gedenktag des Sieges vom 3. November

---

50 Vgl. ebd., S. 24: „Die unerschütterliche Überzeugung von der Rechtmäßigkeit der eigenen Sache und der zu bestrafenden Hybris (overmod) der ungerechten Widersacher und Störenfriede ist Grundtenor aller Lieder."

51 Auch dies Argumentationsmuster, das vom Adel gegen die Städte und in der Inversion von den Städten gegen den Adel funktioniert, lässt sich nicht nur in den niederdeutschen historisch-politischen Ereignisdichtungen finden: „Bei der Darstellung der Gegner drehen die städtischen Lieder und Sprüche in auffälliger Weise gerade Argumente der adligen Dichtungen um, mit denen die Edelleute ihr Machtstreben und die Kriege begründeten, also Verantwortungsbewußtsein, das Streben nach Frieden, Recht und der Erhaltung des *ordo*." Kerth (Anm. 17), S. 50.

1372 festsetzt. Aufgrund einer städtischen Stiftung soll dieser Tag mit einer Spende der Ratsherren zu Ehren Gottes, Marias und aller Heiligen feierlich begangen werden. Auch wenn wir nicht sicher sagen können, dass das Lied speziell für diesen Gedenktag gedichtet und an ihm gesungen wurde, ist doch eine Nähe zum Ereignis des Sieges und zur Initiation des „Schlachtengedenkens“ wahrscheinlich.[52]

2.3 Fürsten- und Adelskonflikte auf dem Schauplatz Stadt

Das neunstrophige Lied Nr. 23 besingt den Tod Herzog Casimirs von Pommern bei der Belagerung Königsbergs im Jahre 1372.[53] Hier wird die Stadt Schauplatz der territorialen Auseinandersetzung zwischen den Herzögen von Pommern und dem Markgrafen Otto von Brandenburg. Auch wenn der Schlachtentod des jungen Herzogs im Zentrum des Liedes steht, verfolgt der Dichter eindeutig Brandenburger Interessen; er legt dem gefallenen Casimir die Empfehlung an seinen Bruder in den Mund, dem Markgrafen Otto zu huldigen.

Das Lied Nr. 48 mit 14 achtzeiligen Strophen und einer Halbstrophe am Ende ist ein historisch-politisches Ereignislied des Niclaus Upschlacht[54] auf den 1411 als Verweser der Mark Brandenburg eingesetzten Hohenzollern Friedrich, der am 30. 4. 1415 zum Markgrafen von Brandenburg und Kurfürsten erhoben wurde. Der Dichter lobt sein für die Mark segensreiches friedenstiftendes Wirken, das im März 1414 durch ein strenges Landfriedensgesetz gekrönt wurde. Zuvor, und das ist Gegenstand des Lieds, konnte Burggraf Friedrich I. die Schlösser und Besitzungen der Herren von Quitzow unterwerfen, darunter auch das Städtchen Rathenow, das, obwohl den Quitzows verpfändet, dem Burg-

---

52 Vgl. Liliencron (Anm. 1), Bd. 1, S. 84; Kerth (Anm. 33), S. 302; Honemann, (Anm. 43), S. 236–244. Zum städtischen „Schlachtengedenken“ vgl. Klaus Graf, Schlachtengedenken in der Stadt, in: Stadt und Krieg, hg. v. Bernhard Kirchgässner u. Günter Scholz, Sigmaringen 1989 (Stadt in der Geschichte 15), S. 83–104, der dieses Memorialritual in seiner ambivalenten Funktion für die städtische Gemeinschaft untersucht und dabei auch die Funktion der historisch-politischen Ereignisdichtungen beleuchtet.

53 Vgl. Beckers (Anm. 8), S. 25; Müller (Anm. 7), S. 202; Honemann (Anm. 43), S. 227–245, hier: 230–236, Textabdruck und Übersetzung: 231–233.

54 Ich lege abweichend von Liliencron folgende Edition zugrunde: Volkslied des Brandenburger Niklas Upschlacht auf Markgraf Friedrich I. und seinen Sieg über die Quitzows 1414 nach der wiederaufgefundenen Handschrift, hg. v. Walther Specht u. übersetzt v. Otto Tschirch, in: Jahresbericht des Historischen Vereins zu Brandenburg a. H. 43/44 (1912), S. 73–76; vgl. Burghart Wachinger, Art. ‚Upschlacht, Niclaus‘, in: ^{2}VL 10 (1999), Sp. 116f.; Clemens Bergstedt, Art. ‚Upschlacht, Niclaus‘, in: ^{2}Killy 11 (2011), S. 706f.; Bruno Jahn, Art. ‚Upschlacht, Niclaus‘, in: DLL MA 3 (2012), Sp. 534f. – Beckers (Anm. 8), S. 25; Kerth (Anm. 33), S. 113f. u. ö. (Reg.) beziehen sich beide auf Liliencrons Edition mit 29 vierzeiligen Strophen.

grafen die Stadttore öffnete und ihm als neuem Herrn huldigte: *Plawe, Frisick vnd Rathenow,/ Dy hulden den Herrn, des weren sy frow* (12,5f.). Es ist ein gewinnender Gedanke, dass die Titulatur des Fürsten als *marggraff Friederich* (1,3) kein Irrtum, wie Liliencron meint, des vermutlich wohl informierten Dichters war, sondern „das Lied kurz nach der Verleihung der Kurwürde geschrieben wurde, und durch das Schlachtgedenken den Adligen die Macht ihres neuen, aufgewerteten Landesherrn und die Folgen eines Aufruhrs warnend vor Augen geführt werden sollten", wie Kerth annimmt.[55]

Mit Nr. 56 besingt *ein smedeknecht* namens *Kone Finke* (15,2f.)[56] einen weiteren Sieg des nun als Markgraf und Kurfürst von Brandenburg bereits etablierten Friedrich I. gegen die Stettiner Herzöge Otto und Casimir sowie deren Verbündete, der ihm letztendlich die Herrschaft über die ganze Ukermark einbrachte. Das Lied in 15 Lindenschmidt-Strophen berichtet vom nächtlichen Angriff der Pommeraner im März 1420, die in die Stadt Angermünde eindringen, aber von den Markgräflichen bald in die Flucht geschlagen oder gefangen genommen werden.[57]

Von Lied Nr. 155 sind nur fünf Lindenschmidt-Strophen überliefert; diese handeln vom brandenburgischen Städtchen Belitz, das 1478 zum Zankapfel im Erbschaftsstreit zwischen dem schlesischen Herzog Hans von Sagan und Brandenburg wurde. Nachdem der schlesische Hauptmann Jan Kuk die Stadt besetzt hatte, wurde sie vom Markgrafen Johann Cicero von Brandenburg belagert und in Brand geschossen.[58]

Das 14-strophige Lied Nr. 161 besingt den Kampf um die Stadt Delmenhorst, die zum Besitz des Grafen Gerhard von Oldenburg gehörte und vom Erzbischof von Bremen und Münster, Graf Heinrich von Schwarzburg, 1483 belagert und schließlich besiegt und dem Bistum Münster inkorporiert wurde. Dem Bischof widmet der anonyme Dichter sein Lied: *Dit leed dat is gesungen/ dem forsten to guede vorwar,/ all in den duren tiden.* (14,1–3)[59] Die Städte – im Folgenden ist mutmaßlich Bremen adressiert – werden zur Unterstützung gemahnt mit dem Argument, dass der Krieg ihre Wirtschaftskraft schwächt:

De koepman reisede mit sorgen,
de huisman de lied nod,

[55] Ebd., S. 114 mit Replik auf Liliencron (Anm. 1), Bd. 1, S. 223, Anm. zu 1,3. Schon Müller, (Anm. 7), S. 219 ging von einer Abfassung nach dem 30. 04. 1415 aus.

[56] Vgl. ebd., S. 221; Ulrich Müller, Art. ‚Finke, Köne', in: ²VL 2 (1980), Sp. 740; Kerth (Anm. 33), S. 113, im Register wird der Dichtername „Köne Fink" irrtümlich Liliencron Nr. 55 zugeordnet; Kellermann (Anm. 13), S. 234, 279, 323; Mike Malm, Art. ‚Finke, Köne (Fincke)', in: DLL MA 4 (2012), Sp. 730f.

[57] Vgl. Beckers (Anm. 8), S. 25.

[58] Vgl. ebd., S. 25.

[59] Vgl. ebd., S. 26; Kerth (Anm. 33), Reg.

dat schole gi stede marken
unde dißen forsten starken,
des hebbe gi eren grot. (Str. 3)

Das schon erwähnte Lied Nr. 246 C in 22 ‚Hildebrand'-Strophen ist eine niederdeutsche Fassung zu einem oberdeutschen Ereignis, gleichwohl einem von reichspolitischer Bedeutung, dem bayrisch-pfälzischen Erbfolgekrieg.[60] In der Schlacht um Kufstein 1504 siegte König Maximilian über den Wittelsbacher Kurfürsten Ruprecht von der Pfalz und beendete damit auch den Krieg insgesamt. Das Lied stellt, wie schon die Überschriften der Drucke ausweisen, den Schlosshauptmann Hans von Pienzenau ins Zentrum. Der hielt in seiner Hybris Kufstein für uneinnehmbar und wurde nach der Einnahme der Festung zusammen mit einem Teil der Besatzung hingerichtet. Zu Beginn des Liedes wird deutlich, dass die Bürger nach massivem Beschuss der Stadtmauer – *ein lock dede men dar scheten,/ dat beverde in der stad,* (2,5f.) – ihre Stadt dem König übergeben wollen, der Pienzenauer sie aber unter Androhung von Gewalt zum Widerstand zwingt. Die Gegenrede eines mutigen Bürgers und Ratsherrn –

„Dat mot ik wedderspreken
van wegen unser stad,
German do ik mi nömen,
ein börger in dem rad;" (4,1–3)

– fruchtet nicht. Der adlige Dichter betont in der Schlussstrophe seine Anwesenheit und somit Augenzeugenschaft in der widerständigen Festung und die Gefahr, der er nach der Einnahme Kufsteins ausgesetzt war:

De uns dit ledlin nie sang,
so wol gesungen hat,
he darf sik nicht wol nennen
van wegen siner staet;
he is darbi gewesen,
vam adel is he gebarn,
und wer he nicht entrunnen,
men hedden ok gescharn! (Str. 22)

Nr. 289 besingt in sieben Strophen mit Schlussrepetition die Einnahme der Stadt Appingedam im Jahre 1515 durch den Herrn von Westfriesland, Herzog Georg von Sachsen. Die Stadt, deren Herr Graf Edzard I. von Ostfriesland war,

---

60 Vgl. Frieder Schanze, Art. ‚Der Landshuter Erbfolgekrieg', in: ²VL 5 (1985), Sp. 549–556, hier: Nr. 11 ‚Lied vom Benzenauer', 554f.; Karina Kellermann, Art. ‚Landshuter Erbfolgekrieg', in: ²Killy 7 (2010), S. 196–198, hier: 197; Kerth (Anm. 33), Reg.; Mike Malm, Art. ‚Landshuter Erbfolgekrieg', in: DLL MA 8 (2016), Sp. 58–63.

diente diesem aufgrund ihrer Lage und guten Befestigung als wichtiger Stützpunkt im Krieg gegen Westfriesland. Der Dichter ist *ein fryer lanzknecht* (7, 2) im sächsischen Heer und formuliert in niederdeutscher Sprache das aus vielen hochdeutschen Landsknechtsliedern bekannte Thema des Kriegs als Geschäft, hier gesteigert zur Lust an Krieg und Töten; die Bürger der Stadt sind die Opfer: *ein börger to dem andern sprak:/ „de lanzknecht kamn mit stormes macht,/ it köst uns lyf und läven!“* (3,4–6). Am Ende wird dem Bürgermeister die traurige Weisheit in den Mund gelegt, dass Einsicht, die zu spät kommt, nutzlos ist.

Bis hierher lässt sich festhalten: Die Dichtungen des Konflikttypus ‚Fürsten- und Adelskonflikte auf dem Schauplatz Stadt‘ vertreten in der Regel die fürstliche Position und behandeln die Stadt als Spielball wenn nicht Opfer adliger Zwiste oder fokussieren gar nicht die Stadt, sondern einzelne Personen, z. B. den Hauptmann, der die Stadt besetzt hält. Anders die folgende Textgruppe, die eine der bemerkenswertesten im Feld der mittelniederdeutschen historisch-politischen Ereignisdichtungen ist.

Nr. 323–335, das sind elf Lieder und zwei Paarreimreden,[61] behandeln den zunächst nur lokalen Konflikt zwischen dem Hochstift Hildesheim unter Fürstbischof Johann IV. von Sachsen-Lauenburg und dem Hildesheimer Stiftsadel, der sich schnell zu einem Krieg zwischen den niedersächsischen Territorialfürsten auswuchs, der 1519 begann und bis ins Jahr 1523 andauerte. Auch wenn die Stadt Hildesheim nicht nur Schauplatz, sondern ebenso Partei war – und zwar auf Seiten des Bischofs – war die Hildesheimer Stiftsfehde vorrangig eine große Adelsfehde. Den welfischen Fürstentümern Braunschweig-Wolfenbüttel und Calenberg im Bunde mit dem welfischen Bischof Franz von Minden, einer kleinen Gruppe Hildesheimer Stiftsadliger und zeitweise der Stadt Braunschweig standen Herzog Heinrich der Mittlere aus der lüneburgischen Linie der Welfen im Bunde mit den Grafen von Schaumburg und Diepholz, dem Bischof und den Stiftsherren sowie der Stadt Hildesheim gegenüber. Dies Ereignis ist zweifellos von erheblicher territorialpolitischer Bedeutung, weil es die Machtverhältnisse im norddeutschen Raum nachhaltig veränderte, wobei durch die Anrufung Kaiser Karls V., der den Wolfenbütteler Fürsten gewogen war, das politische Resultat in massivem Widerspruch zum militärischen Erfolg der Hildesheimer stand.

Die sich über vier Jahre erstreckende Fehde hat einige publizistische Wirkung erzeugt, wie die pure Menge der Zeugnisse dokumentiert. Aber auch im Hinblick auf ihre kommunikative Struktur sind die Dichtungen zur Hildesheimer Stiftsfehde bemerkenswert. 13 historisch-politische Ereignisdichtungen in unterschiedlichen Formen perspektivieren die Vorfälle von differenten Stand-

[61] Vgl. Beckers (Anm. 8), S. 26, der irrtümlich von 14 Liedern spricht; Kerth (Anm. 33), Reg.

punkten aus, wobei die Parteinahmen für den Bischof von Hildesheim in deutlicher Überzahl sind. Bei vier Dichtungen, zwei von ihnen (Nr. 327 und Nr. 329) vom Braunschweiger Hermann Bote,[62] sind die wörtlichen Zitate und namentlichen Bezüge aufeinander so massiv, dass wir Zeugen eines publizistischen Schlagabtauschs werden.[63] Das sind nur die beweisbaren Intertextualitäten; eventuell gehören noch andere Texte zu diesem publizistischen Cluster. Dass wir in diesem Textfeld mehrfach Bezugnahmen, Repliken und Zurückweisungen des Berichteten sowie Lügenvorwürfe und Gegendarstellungen greifen können, ist natürlich von literarischem Interesse, aber nicht nur. Die Vielzahl der Dichtungen zu einer klar umrissenen Ereignisfolge erhellen gerade wegen ihrer unterschiedlichen Perspektiven die Hintergründe des Machtkampfes, die Interessenlage, die Leitfiguren der Fehde mit deren Dependenzen und die Ignoranz der Herrschenden bezüglich der Opfer in der Bevölkerung. Bei Hermann Bote, der in seinen beiden Liedern scharf gegen Heinrich den Mittleren von Lüneburg-Celle sowie Bischof Johann von Hildesheim und das Domkapitel agitiert und den Bruderzwist im Haus der Welfen als Ursache des Übels anprangert, findet sich eine Strophe, die den kriegsführenden Fürsten beider Parteien die Schuld an der Verwüstung des Landes gibt: *Gi hebbet gesein und gehort,/ dat menig bleck und dorp is vorstort/ van den forsten to beiden siden* (Nr. 329: 6,1–3). In dieser Zeit werden generell, also auch im hochdeutschen Raum, die „Folgen des Krieges für die Zivilbevölkerung“[64] mehr ins Zentrum der Dichtungen gerückt.

2.4 Kämpfe der Hansestädte gegen Piraten

Das bis auf die niederdeutsche Eingangsstrophe nur in hochdeutschen Drucken ab dem 16. Jahrhundert überlieferte Lied Nr. 44[65] in 26 Lindenschmidt-Strophen besingt „in stark sagenhaft-abenteuerlicher Umformung“[66] den Sieg der Hansestädte gegen die berüchtigten Piraten Gödeke Michael und Klaus Störtebeker 1400/1401. Es feiert die Führungsrolle Hamburgs, den Sieg in der Seeschlacht und äußert seine Genugtuung über die Gefangennahme und Hinrichtung der notorischen Friedensbrecher:

---

62 Vgl. Elisabeth Gräfe, „‚Nicht fern von Soltau in das Feld…“ – Historisch-politische Lieder von Hermann Bote zur Hildesheimer Stiftsfehde‘, in: Soltauer Schriften, Bd. 3, Soltau 1994, S. 18–29; Matthias Nix, ‚Ick prise di, Brunswike! – Hermann Botes Lieder zur Hildesheimer Stiftsfehde‘, in: Braunschweigisches Jahrbuch 74 (1993), S. 27–65; Blume (Anm. 39); Malm (Anm. 39).

63 Zu Liliencron, Nr. 327–330 vgl. Kerth (Anm. 33), S. 287.

64 Kerth (Anm. 17), S. 109.

65 Vgl. Beckers (Anm. 8), S. 27: „trotz ausschließlich hochdt. Drucküberlieferung [ab 1550] ist niederdt. Originaldichtung aufgrund der Reime sicher.“.

66 Beckers, Art. ‚Störtebeker‘ (‚Klaus St. u. Gödeke Michael‘), in: ^{2}VL 9 (1995), Sp. 364–366, hier: 365.

Hamburg, Hamburg, des geb ich dir den preis,
die sereuber worden auch nun so weis,
umb deinet willen musten sie sterben,
des magestu von golde eine krone tragen,
den preis hastu erworben! (Str. 26)

In den drei erzählenden Liedern Nr. 395–397, die 27, 41 und 57 Strophen umfassen, besingen die Dichter den 1525 errungenen Sieg der Hansestädte gegen den Seeräuber und Flottenführer des abgesetzten dänischen Königs Christian II., Klaus Kniphof, und seine Gefangennahme, Verurteilung und Hinrichtung. Dies Ereignis ist noch öfter besungen worden, schon Liliencron nennt zwei weitere wohl aus dem 16. Jahrhundert stammende Lieder.[67] Die Tendenz aller Lieder ist prohansisch mit Akzentuierung der Führungsrolle Hamburgs in Nr. 396, das vermutlich von Kniphofs Beichtvater, Stephan Kempe,[68] gedichtet wurde. Dieser nennt Kniphof explizit einen Städtefeind, denn er sagte nicht ab, verstieß also gegen Fehderecht: *warscuwen he nicht dede,/ ein fiend der stede und land* (30,3f.). Der Dichter apostrophiert die Stadt Hamburg exklusiv in der ersten wie in der letzten Strophe: *Hamborch du gude stede,/ grote ere bistu werd* (1,1f.) und *Hamborch, du gade danke!* (41,1). Auch der durch ein Akrostichon zu identifizierende Dichter von Nr. 397, Hans von Göttingen, bezeichnet Kniphof als Städtefeind – *He heft voracht de stede to licht,/ ovel is ōm dat bekamen* (1,4f.) –, exponiert im Verlauf seines Erzählliedes die beiden mächtigen Hansestädte Hamburg und Lübeck und widmet sein Lied in Lindenschmidt-Strophen explizit den Städten: *umbe korte wile hebbe ik dat ghedān,/ den steden to den eren.* (56,4f.)[69]

In Nr. 398 besingt derselbe Hans von Göttingen in 61 Lindenschmidt-Strophen die Raub- und Mordtaten der Piraten Martin Pechlin und Brun von Göttingen in West- und Ostsee zum Schaden der Hanse und die Verfolgung und Vernichtung der Räuber im Jahre 1526 durch die zwei Bergenfahrer Karsten Thode und Klaus Went.[70] In der Schlussstrophe widmet der Dichter sein Lied der Lübecker Innung der Bergenfahrer:

Hir is dat ende van dussen gheschicht,
van Merten Pechlin dem bōsewicht
is dit ghemaket to wolghevallen
und den Bargefar tor frundschop ghedicht.
God vorlene uns guden vrede allen! (Str. 61)

67 Liliencron (Anm. 1), Bd. 3, S. 518, Anmerkung *.
68 Vgl. ebd., S. 518; Kerth (Anm. 33), S. 271f.
69 Vgl. Beckers (Anm. 8), S. 27.
70 Vgl. ebd., S. 27 mit Druckfehler „Lil., Nr. 298“ statt Liliencron, Nr. 398; Kerth (Anm. 33), Reg.

Piraterie ist eine kriminelle Handlung, die die Sicherheit der Verkehrswege zu Wasser und damit den Seehandel empfindlich beschädigt. Wie bei diesem Thema nicht anders zu erwarten, besingen alle Lieder den starken Städtebund der Hanse, dem es mit vereinten Kräften gelingt, die Friedensbrecher aufzuspüren, zu besiegen und dem Gericht zuzuführen. Diese Tendenz lässt sich durchaus verbinden mit dem Lob Hamburgs und Lübecks als den Städten, die in den Seeschlachten 1402 und 1525 die Führung übernommen haben. Dementsprechend werden ihnen Preis und Ehre zugesprochen, und Hans von Göttingen widmet sein Lied sogar den Städten gemeinsam. Noch deutlicher lässt sich das kommunale Interesse ablesen an der Widmung, mit der Hans von Göttingen die städtische Innung der Bergenfahrer bedenkt; es ist eben nicht nur der mutige Einsatz der einzelnen Kämpfer, die er zuvor genannt und gelobt hat, hervorzuheben, sondern auch die kommunale Institution, die als städtische Organisation verantwortlich war für die Schiffe und deren Ausrüstung.

2.5 Streit zwischen Städten

Das stark verstümmelte Lied Nr. 124, dessen Strophen zu rekonstruieren Liliencron nicht gelang, handelt vom Streit zwischen Belgard, einer Residenzstadt der Pommernherzöge, und der Stadt Schievelbein im brandenburgischen Neumark, den die Schievelbeiner 1469 für sich entschieden. Aus einem Bauernstreit um eine Kuh entwickelte sich ein regelrechter Städtekrieg. Der Dichter steht auf Seiten der Schievelbeiner, lobt den Brandenburger Landvogt und verspottet den pommerschen Hauptmann.[71]

Es ist ein erstaunlicher Befund, dass sich, anders als im mittel- und oberdeutschen Raum, nur ein einziges Beispiel für den Streit zwischen Städten finden lässt. Ist das ein Überlieferungszufall? Oder soll man es als ein beredtes Zeugnis des starken inneren Zusammenhalts des Städtebundes der Hanse werten?

2.6 Innerstädtische Unruhen

Innerstädtische Unruhen treten seit der ersten Hälfte des 14. Jahrhunderts auf und werden in den mittelniederdeutschen historisch-politischen Ereignisdichtungen in der Regel ab dem zweiten Viertel des 15. Jahrhunderts beschrieben. Im vorliegenden Textkontingent lassen sich Konflikte zwischen Bürgern und Bischof oder Stift unterscheiden von Bürgeraufständen gegen den Rat.

---

[71] Vgl. Kellermann (Anm. 13), S. 324f.

2.6.1 Streit um Privilegien zwischen Bürgerschaft und Bischof/Domkapitel/Stift

In Nr. 69 besingt ein Dichter unter dem Pseudonym *Pfaffenfeind* (63,4) die Stadt Magdeburg, die in harmonischer Einigkeit von Gemeinde, Bürgern und Bürgermeistern die Fehdeansage des Stiftsherrn, Bischof Graf Günther II. von Schwarzburg, 1432 repliziert.

> Arnd Jordan (d. i. ein Bürgermeister) dacht in seinem mut,
> der gmeinheit rat wer auch wol gut,
> ließ sie zusamen komen,
> irn rat wolt er auch hören da (30,1–4).[72]

Trotz Bann, Interdikt und Reichsacht hält die Stadt dem Angriff der Fürstenpartei stand, bis 1435 Friede geschlossen wird und ein Schiedsspruch die Befestigungen der Stadt, die den Anlass der Fehde bildeten, billigt. Der Dichter aus Aschersleben streicht besonders die *freiheit* (19,4 u. ö.) der Stadt heraus, lobt ihre Treue und sieht sich herausgefordert, ihren Ruhm durch sein Lied öffentlich zu verbreiten:

> Magdeburg du bist uns wol bekant,
> du tregst die kron uber das land,
> dein lob das wil ich preisen,
> dein trewe die ist offenbar,
> mit gesang wil ichs beweisen, beweisen. (Str. 41)

Das Lied ist in 63 Lindenschmidt-Strophen mit Schlussrepetition ereignisnah noch vor dem Ende der Stiftsfehde verfasst worden; es liegt allerdings nur in der hochdeutschen Übersetzung des Cyriacus Spangenberg vor, das niederdeutsche Original fehlt.[73]

In Bischofsstädten mit starkem Stadtregiment treten häufig Unruhen auf beim Tod eines Bischofs anlässlich der dann notwendigen Neuwahl. Einen solchen Fall schildert die 128-versige Paarreimrede Nr. 256 für Osnabrück, als es nach dem Tode des Bischofs Konrad von Ritberg im Jahre 1508 zum Streit zwischen dem Domkapitel und Teilen der Stadtgemeinde kommt; der Rat der Stadt scheint mit den Stiftsherren einig gewesen zu sein:

> de heren van capittel und rade
> quemen averein unversümet und drade,
> dat se wolden innenemen des stifts veste,
> umb to vermiden frembder geste (29–32).[74]

---

[72] Vgl. Müller (Anm. 7), S. 230; Frieder Schanze, Art. ‚Pfaffenfeind', in: ^{2}VL 7 (1989), Sp. 550f.; Kerth (Anm. 33), S. 20, 28f., 37 u. ö. (Reg.); Kellermann (Anm. 13), S. 349f., 236; Christine Stridde, Art. ‚Pfaffenfeind', in: DLL MA 3 (2012), Sp. 604f.

[73] Vgl. Kellermann (Anm. 13), S. 99f., 269f., 323.

Die Reimrede endet mit der Widmung: *Dit sülve gedichte schenke ich to meren* (Liliencron emendiert: ton eren)/ *wandages drosten und nodheren* (125f.).[75]

In Nr. 394 berichtet der bischofstreue Dichter einer 90-versigen Paarreimrede vom Aufruhr der Bürgerschaft gegen Bischof Erich II. von Osnabrück und das Stift im Jahr 1525; der Rat der Stadt übte sich diesmal in Neutralität. Der Dichter brandmarkt das Begehren der Bürger als ungerechtfertigten Übergriff gegen die Geistlichkeit und verunglimpft sie als *de gemene hupe* (5) und *unflaid* (22). Seine Rede beginnt: *Van unwillen ich wil heven an,/ des ich nicht wol geswigen kan* (1f.) und endet mit dem Ausdruck der Genugtuung: *Hirmit nam dit spel einen ende;/ de vorgengere sind geschattet behende/ bi hunderd gulden, dre oder veer* (85–87).

Diese kleine Textgruppe demonstriert anschaulich die Labilität der Oppositionen in den Städten; es war keineswegs ausgemacht, dass die Fronten immer zwischen Rat und Bürgerschaft resp. Rat und Gemeinde oder Rat und Stift verliefen. Im Streit zwischen Stift und Stadt Osnabrück probt die Bürgerschaft den Aufstand und will die Stiftsherren mit Gewalt zur Anerkennung städtischer Privilegien zwingen, während der Rat zunächst zu vermitteln und schließlich sich aus dem Konflikt herauszuhalten versucht. Kommunale Einigkeit beweist hingegen die Stadt Magdeburg, die sich auch durch extreme Strafmaßnahmen des Bischofs nicht auseinanderdividieren lässt; die Stadtobrigkeit bindet die Gemeinde nach Aussage des Dichters in die Entscheidungsprozesse ein, erfragt ihren Rat. Zusammenhalt der Bürgerschaft, das Einholen ihrer Zustimmung durch die Obrigkeit, gemeinsame Beratungen in einer Bürgerversammlung, das sind die tragenden Säulen kommunaler Politik. Pfaffenfeind scheint sich der Bedeutung dieses Prozesses bewusst zu sein; d. h. der Dichter formuliert hier Ansätze einer politischen Theorie in atheoretischer Form.

2.6.2 Bürgeraufstände gegen den Rat

Nr. 101, 102 und 103 sind drei offenbar ereignisnah gedichtete, aber spät überlieferte Lieder zum Lüneburger Prälatenkrieg;[76] mit diesem Etikett hat die historische Forschung innerstädtische Zwistigkeiten der Stadt Lüneburg in den Jahren 1454–56 versehen. Zum Kontext: Der Reichtum der Hansestadt basierte

---

[74] Vgl. Liliencron (Anm. 1), Bd. 3, S. 22: Kommentar zu V. 29.

[75] Wie bereits Liliencron sind auch mir die Zusammenhänge unklar, und auch die Schlusswidmung kann ich nicht deuten; sind vielleicht Domherren in Leitungsfunktion gemeint?

[76] Vgl. Müller (Anm. 7), S. 242f.; Beckers (Anm. 8), S. 27; Uta Reinhardt, Art. 'Lüneburger Prälatenkrieg', in: ^{2}VL 5 (1985), Sp. 1065f. mit Korr. in: ^{2}VL 11 (2004), Sp. 941; Volker Zapf, Art. ‚Lüneburger Prälatenkrieg', in: DLL MA 3 (2012), Sp. 701–703; zu Liliencron Nr. 102 u. 103 vgl. Kellermann (Anm. 13), S. 283.

auf der Salzproduktion, von deren Einnahmen auch eine Reihe geistlicher Stifte im Umland Lüneburgs profitierte. Als die Prälaten nun hohe Geldforderungen an die Stadt stellten, die Lüneburg nicht erfüllen konnte, verhängten sie den Bann über die Stadt. In dieser Situation brach die Stadtgemeinschaft auseinander, die Zünfte wählten einen Ausschuss von sechzig Bürgern und setzten den alten Rat ab. Dieser innerstädtische Konflikt steht im Zentrum der drei Lieder. Nr. 101 mit 27 Strophen ist in sich widersprüchlich; denn in der chronikalen Überlieferung des 15. und 16. Jahrhundert wurde es aus zwei Liedern kompiliert, so dass Parteinahmen für den alten wie für den neuen Rat nun nebeneinander in einem Lied stehen. Nr. 102 mit 25 Lindenschmidt-Strophen richtet sich gezielt gegen den Propst von Lüne, Dietrich Schaper, und den auf sein Betreiben eingesetzten neuen Rat. Nr. 103 mit 13 Strophen bezieht Position für den alten Rat und prangert das gewalttätige Regime der Zünfte an, das den Bürgermeister des alten Rats, Johann Springintgut, im Gefängnis habe vergiften lassen.

Welche Auswirkungen die innerstädtischen Verwerfungen Lüneburgs auch auf die Nachbarstädte hatten, zeigt Nr. 105.[77] In 165 Versen in der ungewöhnlichen Form des Dreireims dichtet ein Geistlicher ein Schmähgedicht gegen Hamburger Ratsherren und angesehene Bürger mit der Intention, auch in Hamburg die Gemeinde aufzuwiegeln gegen die regierenden Geschlechter und zugunsten der Geistlichkeit. Am Ende des Gedichts verabschiedet er sich, um in Lüneburg den Aufstand anzuzetteln bzw. neu anzuheizen: *Ik wil to Luneborch unde heven den strit./ Dar konde de menheit dat so maken,/ dat de rad na most ere ede verlaten* (156–158).

Nr. 164 und 165 sind zwei Reimreden zu einer der vielen städtischen Bürgerunruhen in der Hansestadt Braunschweig, dort „Schichten" genannt. Diese Schichten waren keine Aufstände der Unterschichten, sondern aufbrechende Interessengegensätze zwischen den alten Ratsgeschlechtern und den Gilden, die sich fast immer an der Finanzpolitik der Stadt entzündeten.[78] Hermann Bote beschreibt in seinem ‚Schichtbuch'[79] die Stadtgeschichte anhand von sechs Auf-

---

[77] Vgl. Müller (Anm. 7), S. 243. – Als Drohkulisse wurde ein Übergreifen der Revolte auf andere Hansestädte schon in Nr. 101, Str. 23–25 aufgerufen.

[78] Vgl. Matthias Puhle, Die Braunschweiger ‚Schichten' des Mittelalters im Überblick und Vergleich, in: Schicht – Protest – Revolution in Braunschweig 1292 bis 1947/48. Beiträge zu einem Kolloquium der Technischen Universität Braunschweig [...] vom 26. bis 28. Oktober 1992, hg. v. Birgit Pollmann unter wiss. Mitarb. v. Annette Boldt-Stülzebach (= Braunschweiger Werkstücke. Reihe A 89), Braunschweig 1995, S. 27–33; Wilfried Ehbrecht, Botes Schichtbuch – Eine Stadtchronik?, in: 500 Jahre Schichtbuch. Aspekte und Perspektiven der Hermann-Bote-Forschung, hg. v. Henning Steinführer, Christian Heitzmann u. Thomas Scharff (= Braunschweiger Werkstücke. Reihe A 57), Braunschweig 2017, S. 25–68.

[79] Die Chroniken der niedersächsischen Städte. Braunschweig, 2. Bd., hg. v. Ludwig

ständen, deren beiden letzte er selbst erlebte. Die Erhebung von 1488 stellte den reichen Kürschner Ludeke Holland an die Spitze des Bürgerausschusses der 24 und entfernte den alten Rat sowie drei Funktionsträger, die an den Schaltstellen der Stadtverwaltung saßen, aus ihren Ämtern: den Stadtsyndikus, den Gerichtsschreiber und den Zollschreiber Hermann Bote, letzteren als Strafe für seine Schandverse.

Die Dichtungen zur Ludeke-Holland-Schicht sind Spottreden, die mit Tiermetaphern arbeiten, um die Gegenpartei unter der Führung Ludeke Hollands als Katze, Hund, Igel, Esel u. a. zu schmähen, die den edlen Löwen, den alten Braunschweiger Rat, verdrängen wollen. In der kurzen Reimrede Nr. 164 (48 Verse) lösen die letzten 15 Verse das Tierrätsel auf, sie nennen die Braunschweiger Umstürzler mit ihren historischen Namen:

> De katte koning genant
> was ein bormester, de het Holland,
> wat he dede, dat was wolgedan.
> Dat werede dre jar, do moste he ut der stad gan,
> wente he gaf bosen rad,
> dat bewisede he mit der dad. (33–38)

Die zweite Dichtung, Nr. 165, ist nach der Absetzung der 24er und der Flucht der vier Anführer aus der Stadt im Februar 1491 zu datieren und gibt im Rückblick eine geraffte Schilderung der Ludeke-Holland-Schicht mit der Markierung des Jahres 1488 im ersten Vers. Gegen Ende der 236 Verse langen Reimrede stellt der Dichter befriedigt fest, dass die Ordnung wiederhergestellt ist:

> De lawe het lange geswegen,
> bet dat he den fot weder in den sadel gekregen.
> Wil nu de katte sik nicht slichten,
> de lawe wil ör dat fell torichten,
> dat se sik wil beschiten und bemigen! (219–223).

Beide Reimreden können dem Zollschreiber Hermann Bote zugeschrieben werden.[80]

Nr. 166 ist eine nur spät überlieferte Paarreimrede von 444 Versen, die einen innerstädtischen Konflikt (1488/89) zwischen Geistlichen und Rat auf der einen Seite und Handwerkern und Gemeinde, unterstützt von einigen Mitgliedern der

---

Hänselmann, Leipzig 1880. ND Göttingen ^{2}1962 (Die Chroniken der deutschen Städte vom 14. bis ins 16. Jh., 16), S. 269–493.

80 Vgl. Beckers (Anm. 8), S. 28; Blume (Anm. 24); Blume (Anm. 39); Malm (Anm. 39); Karina Kellermann, Meinungsmache in Braunschweig. Der Publizist Hermann Bote (ca. 1460–1520), in: Märchenstadt und Parnass. Braunschweiger Literatur vom Mittelalter bis zur Gegenwart, hg. v. Renate Stauf u. Christian Wiebe, Meine 2019, S. 169–194.

alten Geschlechter auf der anderen Seite in der Hanse- und Bischofsstadt Osnabrück thematisiert.[81] Der Aufstand – *uplop* (86 u. ö.) – gegen Stadtregiment und Geistlichkeit wurde angeführt vom Schneider Lenethun, dessen Gefolgschaft wegbrach, nachdem der Rat einen Teil der Forderungen der Aufrührer erfüllt hatte. Er wurde am 15. 6. 1489 hingerichtet. Der Dichter wendet sich scharf gegen die Aufständischen und ihre ,superbia':

> Höret nu fort ein nie gedicht,
> wo vele mannige besewicht
> sinen hochmod genzlich dref,
> als men twier [min] als negentig schref
> (mit Liliencrons Konjektur heißt es dann „zwei weniger als neunzig" = 88)
> to Ossenbrück alls in der stad (63–67).

Er prangert aber auch die mangelnde Strafverfolgung aller Umstürzler und die Vertuschung dieser Appeasement-Politik an:

> De do Lenethuns gesellen weren,
> begunden geringe to laveren;
> man fand se wol erst in sinen rad,
> de sitten nu to den oversten grad
> des rades sint se gestegen;
> dat ist nu alle ganz verschwegen! (427–432)

Der Verfassername „Herr Nyssing" findet sich nur in einer Handschrift, ein urkundlicher Nachweis fehlt. Liliencrons Vermutung, „[e]s dürfte ein Geistlicher gewesen sein",[82] ist Spekulation; laut Selbstaussage war er jedenfalls des Schreibens mächtig: *höret ik vil juw schriven wider* (342).

Zwei historisch-politische Ereignisdichtungen behandeln aus gegensätzlicher Perspektive den Aufruhr von Bürgern und Gemeinde gegen den alten Rat der Stadt Danzig im Jahre 1526. Nr. 400 ist eine nur in einer hochdeutschen Fassung aus dem 17. Jahrhundert überlieferte Paarreimrede von 457 Versen, die gegen die *aufrurer* (416) und den neuen Rat agitiert und den alten Rat exkulpiert. Die Ursache der Unruhen sieht der Dichter in den Irrlehren der Reformation, die von evangelischen Predigern in die Stadt getragen werden. Diametral entgegengesetzt argumentiert der Dichter des in niederdeutscher Sprache überlieferten 43-strophigen Liedes Nr. 401, der auf Seiten der Protestanten steht und dem alten Rat Veruntreuung der Stadtfinanzen, Misswirtschaft, Bereicherung und generell Lüge und Betrug vorwirft.[83] Der *uplop* (12,4)

---

81 Vgl. Beckers (Anm. 8), S. 28.

82 Liliencron (Anm. 1), Bd. 2, S. 223; vgl. Ludwig Wolff (†)/Hartmut Beckers, Art. ,Nyssing', in: ^{2}VL 6 (1987), Sp. 1266–1268; Kellermann (Anm. 13), S. 233, 276f.; Mike Malm, Art. ,Nyssing', in: DLL MA 8 (2016), Sp. 53f.

83 Vgl. Beckers (Anm. 8), S. 28 mit Druckfehler „Lil., Nr. 410" statt Liliencron, Nr. 401; Kerth (Anm. 33), S. 151.

scheitert, katholische Geistlichkeit und alter Rat werden wieder eingesetzt und die Aufrührer vom königlichen Gericht verurteilt. Dem antikatholischen Dichter bleibt nur die Flucht aus Danzig. In der Schlussstrophe unterrichtet er über seine prekäre Situation:

> Dit led is uns gesungen
> van enem studenten gud;
> der wiginge is he entrunnen,
> de man to Danske geven deit,
> de duvel mach se begeren!
> er olie dat is rod,
> darmit se ere prester smeren,
> de platten scheren se to grot! (Str. 43)[84]

Es handelt sich bei den von innerstädtischen Konflikten aufgeriebenen Städten, deren literarischen Niederschlag wir in den ereignisbezogenen Dichtungen lesen können, ausnahmslos um Hansestädte: Magdeburg, Lüneburg, Braunschweig, Osnabrück, Danzig. So gesehen war die um städtische Konflikte kreisende historisch-politische Ereignisdichtung des Nordens sehr hansisch. Aber was besagt das, wenn nahezu alle wirtschaftlich bedeutenden Städte zeitweise oder auch längerfristig dem Städtebund der Hanse angehörten, selbst dann, wenn sie als Binnenstädte nicht unmittelbar in den Ostseehandel involviert waren? Es besagt nur, dass es eine Affinität von wirtschaftlich prosperierenden Städten – denn diese schlossen sich im norddeutschen Raum zum sehr lockeren Städtebund der Hanse zusammen – und erstarkendem bürgerlichen Selbstbewusstsein gibt, das sich in sozialen Konflikten und innerstädtischen Machtkämpfen entlädt. Gerade in den Hansestädten mit ihrem hohen Exportvolumen war die Abhängigkeit des Gewerbes vom Handel groß, und dies schürte in der Handwerkerschaft häufig Unzufriedenheit oder existentielle Ängste, die sich in Verfassungskämpfen und politischen Auseinandersetzungen entluden.[85] Der Typus ‚Innerstädtische Unruhen' versammelt ausgesprochen differente politische Konstellationen,[86] denn die gesellschaftlichen Gruppen der Patrizier, Handwerker, Geistlichen, Bürger und Gemeinde gruppieren sich je nach Stadt und politischem Anlass zu unterschiedlichen Parteien. Trotzdem lassen sich auch in

---

[84] Zu beiden Dichtungen vgl. ebd., S. 149–151, die Kerth „in einem lockeren Zusammenhang mit dem Bauernkrieg" (S. 150) sieht.

[85] Vgl. Joachim Ehlers, Hermen Bote und die städtische Verfassungskrise seiner Zeit, in: Hermen Bote. Braunschweiger Autor zwischen Mittelalter und Neuzeit, hg. v. Detlev Schöttker u. Werner Wunderlich (Wolfenbütteler Forschungen 37), Wiesbaden 1987, S. 119–131, hier: 121f.

[86] Ehbrecht (Anm. 78), S. 68 meint, dass Hermann Bote in seinem ‚Schichtbuch' eine „vollendete und auch nicht an Braunschweig gebundene Typologie von Stadtkonflikten" entwirft.

dieser Gruppe von Dichtungen Gemeinsamkeiten entdecken. Die Anlässe der Aufstände sind nahezu ausschließlich finanzieller Art, nämlich Steuern und Abgaben, die erhöht oder Zölle, die verhängt werden. Dass diese Forderungen die städtische Kommunität spalten, wenn die Obrigkeit diese Maßnahmen verhängt, können wir in Braunschweig und Danzig sehen. Der Riss verläuft dort zwischen den alten Ratsgeschlechtern und den Gilden oder Zünften, die von Teilen der Gemeinde unterstützt werden. Aber auch wenn die finanziellen Zumutungen von außen an die Stadt herangetragen werden und man erwarten könnte, dass dies in der Stadt zentripetale Kräfte freisetzt, kommt es zum Auseinanderbrechen der Stadtgemeinschaft wie im Fall von Lüneburg. In keinem der Fälle handelt es sich um einen Volksaufstand, eine Revolte von unten, immer stehen zwei mächtige Lager einander gegenüber, die intern allerdings auch nichtbürgerliche Anteile haben können. „Aber die Stadtverfassung blieb doch oligarchisch oder wurde es wieder."[87] Die gottgewollte gesellschaftliche Ordnung wird nicht in Frage gestellt, auch wenn der Vorwurf der ‚superbia' (*hochmod*), der ‚inordinatio' und der falschen Ratgeberschaft erhoben wird. Die Aufständischen wollen keinen Umsturz des Systems, zielen nicht auf eine komplett neue Ordnung, sondern kritisieren Misswirtschaft und Bestechung und wollen ihren Anteil an der Macht.[88] Die Interessenkonflikte zwischen alten Geschlechtern und wirtschaftlich mächtigen Zünften, die einen größeren Anteil an der Gestaltung der Stadtregierung haben wollen, zeigen sich auf die eine oder andere Weise in allen Städten mit wirtschaftlicher Potenz. Deshalb kann der Funke des Lüneburger Zunftaufstands auch leicht die Hamburger Ordnung in Brand setzen.

---

[87] Hartmut Boockmann, Eine Krise im Zusammenleben einer Bürgerschaft und ein „politologisches" Modell aus dem 15. Jahrhundert. Der Braunschweiger Chronist Hermen Bote über den Aufstandsversuch von 1445/1446, in: Blume / Rose (Hg.) (Anm. 14), S. 133–152, hier: 134. Boockmann betont das Diffundieren von Kaufleuten, Handwerkern und Landadligen und die maßgebliche Rolle vermögender Bürger unter den Aufständischen: „So standen sich in städtischen Aufständen nicht fest abgegrenzte soziale Gruppen gegenüber, und schon gar nicht kämpften hier die Armen oder auch nur die Ärmeren gegen die Reichen." (S. 133); vgl. auch Ehlers (Anm. 85), S. 122f.

[88] Zeigen lässt sich das an der Ludeke-Holland-Schicht in Braunschweig, die in der Forschung gut aufgearbeitet ist. Ludeke Holland ist als reicher Kürschnermeister Mitglied einer Gilde und einer von fünf Braunschweiger Bürgermeistern; er übernimmt die Führung eines Schwurbundes von 12 Gilden, der den alten Rat, die Oberschicht der Geschlechter, absetzt, um selbst die Führung in der Stadt zu übernehmen. Vgl. Blume (Anm. 24); Volker Honemann, Die Stadt bei Johannes Rothe und Hermann Bote, in: Blume / Rose (Hg.) (Anm. 14), S. 24–42, hier: 33–38; Kellermann (Anm. 80).

3. Typologie der Autoren der historisch-politischen Ereignisdichtungen des Mittelniederdeutschen, die sich städtischen Konflikten widmen[89]

Wenn ich zum Abschluss meines Beitrags eine Typologie der Autoren der vorgestellten Textgruppe versuche, bewege ich mich auf schwankendem Grund. Das Vorhaben wird erschwert durch die nur sporadischen Selbstnennungen, die den historisch-politischen Ereignisdichtungen generell – im Hochdeutschen ebenso wie im Niederdeutschen – eigen sind. Namentlich fassen lassen sich sehr wenige Dichter[90] und wenn dann zumeist nur in verschlüsselter Form: Akrosticha, Pseudonyme, Berufs- oder Funktionsbezeichnungen überwiegen deutlich die Klarnamen. Und selbst diese erlauben selten die Identifikation mit einer historischen Person; Nicolaus Upschlacht, der Autor des Lieds Nr. 48, ist der Einzige, der Vor- und Familiennamen in seine Dichtung inseriert und historisch zu belegen ist. Ein Sonderfall ist der Braunschweiger Zollschreiber Hermann Bote, der sich in keiner der Ereignisdichtungen namentlich zu erkennen gibt, dem die Forschung aber aufgrund von Anspielungen und stilistisch-sprachlichen Eigenheiten fünf Texte recht sicher zuschreiben konnte (Nr. 164, 165, 184, 327, 329). Was haben wir sonst? Landsknechte (Nr. 289, 332, 418b), Kriegsknechte in städtischem Dienst (Nr. 21, 84, 86, ev. 186), einen Fahrenden (Nr. 103), einen Schmiedeknecht (Nr. 56), einen Studenten (Nr. 401), Bürger (Nr. 69, 185), Geistliche (Nr. 105, 334, 396) und die Namen Hans von Göttingen (Nr. 397, 398), Herr Nyssing (Nr. 166) sowie einen Adligen unter den Verteidigern der Feste Kufstein, der seinen Namen aus Vorsicht verschweigt (Nr. 246 C) und einen *gud cumpan,/ he let sik ungenant* (Nr. 325, Str. 29,1f.). Alle bis auf die Landsknechte[91] und den adligen Verteidiger von Kufstein kontextualisiere ich im städtischen Umfeld, was nicht zwangsläufig bedeutet, dass sie bürgerliche Interessen vertreten. Für welche Partei sie Propaganda machen, habe ich in meinen kurzen Textskizzen erwähnt, hier soll soweit möglich ihre Funktion für die oder in der Stadt beleuchtet werden; denn diese gibt Aufschluss uber ihre Nähe zur Macht.[92]

---

89 Vgl. Spriewald (Anm. 14), passim, die Autorentypen vornehmlich aufgrund sozialer, sprachlicher und bildungsgeschichtlicher Differenzen sortiert, sowie begrifflich: 43; Volker Honemann, Politische Lieder und Sprüche im späten Mittelalter und der Frühen Neuzeit, in: Die Musikforschung 50 (1997), S. 399–421, hier: 412–415; Kellermann (Anm. 13), S. 218–261.

90 Auch die Autorenliste bei Cordes (Anm. 13), S. 373–375, hilft nicht weiter.

91 Die Differenz zwischen Landsknechtsliedern und politischen Ereignisdichtungen betont Kerth (Anm. 33), S. 5f., schränkt diese Aussage später jedoch ein, S. 276. Anders Kellermann (Anm. 13), S. 235, 320f., die unter die Dichter der historisch-politischen Ereignisdichtungen auch einige z. T. namentlich genannte Landsknechte zählt.

92 Vgl. Studt (Anm. 14), S. 232: „Auf die große Nähe der politischen Ereignisdichtung

Söldner im Dienst der Städte Lüneburg (Nr. 21), Soest (Nr. 84, 86) und eventuell auch Braunschweig (Nr. 186) besingen die städtische Verteidigung ereignisnah, z. T. vor Beendigung der Kämpfe.

> De uns dussen rei nie gesank,
> Keppensen is he genant
> unde is ein frier knabe
> [...]
> he kan wol reieken maken! (Str. 16)

beschließt der Dichter von Nr. 21 sein Lied. Auch *Vrischemei* nennt seinen Namen, wohl eher einen ‚nom de guerre' (Nr. 86, Str. 13), während der *rüterknecht* (Nr. 84, Str. 13) nur über seine Funktion zu greifen ist und der Dichter von Nr. 186 noch nicht einmal das zweifelsfrei: *De uns dut lediken nie sang,/ ein gud geselle is he genant,/ hir mit wil het uns schenken* (Str. 14,1–3). *geselle* könnte sich sowohl auf die Korporation der Söldner beziehen, der er sich zuordnet, als auch auf einen Handwerksgesellen, was in diesem Kontext eher unwahrscheinlich ist, als auch eine sozial und funktional diffuse Bezeichnung wie heutzutage ‚guter Kumpel' sein. Alle vier Lieder sind in der Lindenschmidt-Strophe gedichtet, sie können ohne Schriftkompetenz verfasst, gesungen und rezipiert worden sein. Eine längerfristige Bindung an die betreffende Stadt ist weder zu erwarten noch nötig: Söldner stehen der Stadt nur während des Krieges und solange die Bezahlung stimmt, zur Verfügung; ihr Handwerk ist das Kämpfen, die Dichtung ist Gelegenheitswerk und wird situativ ausgeübt. Der Dichter von Nr. 103 beschließt sein Lied mit einer Fahrendenformel:

> De dut nie led ut gesang
> mit einer dudeschen tungen,
> in frombden landen is he wol bekant,
> öme is noch nicht misgelungen,
> he heft it gar wol gesungen! (Str. 13)

Ob er als fahrender Berufsdichter[93] anzusprechen ist, bleibt ungewiss, eine Heischeformel fehlt; er könnte auch Kriegsknecht in städtischem Dienst gewesen sein. Im Gegenzug könnte man beim *gud geselle* von Nr. 186 auch an einen Fahrenden denken. In beiden Fällen, bei den Fahrenden wie den Söldnern, ist die Anbindung an die Stadt äußerst locker. Der Schmiedeknecht Köne Finke ist uns nur durch ein Lied in der Lindenschmidt-Strophe bekannt (Nr. 56), er ist vermutlich ein Gelegenheitsdichter, denn er übt einen Beruf aus, und zwar einen, den es sowohl in der Stadt als auch auf dem Land gibt:

---

zur Macht verweisen bisweilen personelle Verbindungen zwischen ihren Verfassern, Chronisten und Stadtschreibern." Auf die personellen Affinitäten bzw. Identitäten weist schon Kerth (Anm. 33), S. 270–273 hin.

[93] Vgl. Kellermann (Anm. 13), S. 239f.

Di uns dit lied gesang,
ein smedeknecht is he genant,
he heet Kône Finke,
he furt ein hemmerken up sine hand,
gud bierken mag he wol drinken! (Str. 15)

Hier wäre also eine Stadtsässigkeit denkbar, aber als Schmiedeknecht in einer inferioren Stellung, sicherlich ohne Bürgerrecht. Stadtbewohner mutmaßlich mit Bürgerrecht sind *Pfaffenfeind,* der *wont zu Aschersleb in der stat* (Nr. 69: Str. 63,2) und der Dichter von Nr. 185, der *wanet to Brunswik in der stadl in einem kleinen huse* (Str. 17,2f.). Für die 63 Lindenschmidt-Strophen des Pfaffenfeind sollte man wegen der Länge und Komplexität des Liedes von Schriftlichkeit bei der Entstehung ausgehen; der Braunschweiger könnte aufgrund seines Hausbesitzes in der Stadt wohl auch die Möglichkeit zur schriftlichen Abfassung gehabt haben. Schriftkompetenz ist zu sichern über das Namensakrostichon bei Hans von Göttingen (Nr. 397, 398), von dem sonst nichts bekannt ist. Allerdings weisen beide Lieder und speziell deren Widmungen auf die Nähe zu den Städten Hamburg und Lübeck hin. Für Nr. 398 gibt es zudem wörtliche Entsprechungen mit dem in eine Lübecker Chronik inserierten Bericht des Bergenfahrers Korfmaker.[94] Der reformatorisch gesinnte Student (Nr. 401) wird sich wohl nur zeitweise in Danzig – die Stadt hatte keine Universität – aufgehalten haben. Studenten gruppieren sich in den Universitätsstädten entsprechend ihrer Nation und sind wenig ortsfest. Für die Autorentypologie entscheidend ist aber, dass ein Student schreib- und lesefähig, also literalisiert und lateinkundig ist, unabhängig davon, welches Studium er betreibt. In seinem Lied wechseln sich Formeln der Mündlichkeit mit denen der Schriftlichkeit ab; dominant ist der Vorwurf von Verrat und Lüge an die Gegenseite und die Betonung der Dichtung als Wagnis. Herr Nyssing (Nr. 166) ist ein schriftkundiges Mitglied der Osnabrücker Mittel- oder Oberschicht oder auch ein Geistlicher, der, bestens informiert über die innerstädtischen Unruhen, in seiner Reimrede Kritik an den Aufrührern, aber auch an städtischem Rat und Geistlichkeit übt. Geistliche treten im von mir vorgestellten Textkorpus mindestens dreimal als Dichter in Erscheinung. Selbstbewusst beendet der Hildesheimer Autor von Nr. 334 seine Scheltrede gegen die Braunschweiger:

Ik dichter bin ein stichteskind;
god wolle dat alle Brunswiksche moten blind
und lam, ok sonst geschendet weren,
de mi min vaderland vorheren.
Hirmit wil ikt nu laten stan
und weder in de schole gan,
ein weinig leren schriven und lesen (V. 110–116).

94 Vgl. Liliencron (Anm. 1), Bd. 3, S. 534.

Stephan Kempe, der Hamburger Franziskaner und spätere Reformator von Lüneburg, dichtete mutmaßlich das Lied Nr. 396 über den Seeräuber Kniphof. Der Dritte ist ein Hamburger *pape*[] (Nr. 105, V. 122), der offensichtlich nicht nur dieses ‚Hamburgische Pasquill' gedichtet, sondern sich auch früher schon mit Scheltreden hervorgetan hat: *Dem hebbe ik mit dichten rede vaken lont / van siner dat all unverschont* (101f.). Für alle drei, wie unterschiedlich ihre soziale Stellung als Kanoniker, als Minoritenmönch bzw. reformatorischer Prediger und als Priester auch gewesen ist, sind Schriftkompetenz und eine literarische Grundbildung als selbstverständlich vorauszusetzen. Der Prediger Kempe hat nach eigener Aussage außer Lied Nr. 396 auch das themengleiche Insert einer Hamburger Chronik verfasst.[95] Literale Bildung und ein juristisches Studium kann ein Notar wie Nicolaus Upschlacht (Nr. 48) vorweisen. Sein Lied, das Informationen der Chronik eines Zeitgenossen, des Juristen, Stadt- und Geschichtsschreibers Engelbert Wusterwitz nutzt,[96] ist über weite Strecken ein Panegyrikos auf den Markgrafen und ersten Kurfürsten von Brandenburg, Friedrich I.:

> Dy vns dissen reyen sanck,
> Niclaus Vpschlacht is he genannt,
> To Brandenborch is he wol bekandt,
> Hy louet dy fursten myt flite! (Str. 15)

Das Städtchen Rathenow wird hier nur einmal in einer Reihe mit den eroberten Burgen der Herren von Quitzow genannt. Städtisches Interesse zeichnet sich aber in der Überlieferung ab, denn die Ereignisdichtung ist im 16. Jahrhundert über eine Magdeburger Chronik in die handschriftliche Aufzeichnung eines Rathenower Stadtschreibers gelangt.

Am besten erforscht sind Stellung, Bildung und Autorenprofil von Hermann Bote, dem ich mich jetzt ausführlicher widme.[97] Dies lässt sich erstens rechtfertigen über die pure Quantität und Varianz seiner historisch-politischen Ereignisdichtungen, er verfasste fünf Dichtungen, Lieder und Reimreden, zu drei verschiedenen Ereignissen. Zweitens ist Bote ein Repräsentant der neuen städtischen Bildungsschicht, die seit dem 15. Jahrhundert großen Einfluss auf die pragmatische Literatur im gesamten deutschen Sprachraum nimmt. Hermann Bote war Sohn eines Schmiedemeisters, seine Familie gehörte nicht zu den

---

95 Vgl. die in Fußnote 68 genannte Forschung.

96 Vgl. die in Fußnote 54 genannte Literatur und Birgit Studt, Art. ‚Wusterwitz, Engelbert', in: ²VL 10 (1999), Sp. 1462–1464; Clemens Bergstedt, Art. ‚Wusterwitz, Engelbert', in: ²Killy 12 (2011), S. 597.

97 Den Lebenslauf Botes bietet Herbert Blume, Hermann Bote. Braunschweiger Stadtschreiber und Literat. Studien zu seinem Leben und Werk (Braunschweiger Beiträge zur deutschen Sprache und Literatur 15), Bielefeld 2009, S. 19–24.

Geschlechtern. Er war Braunschweiger Bürger, er hatte keine akademische Ausbildung und keinen Zugang zu humanistischen Kreisen; er war auch kein Kleriker, seine Lateinkenntnisse waren eher bescheiden. Aber er war schriftkundig und hatte Anteil an der volkssprachigen Literaturtradition. Als Zollschreiber (mutmaßlich 1486/87–1488, nachweisbar 1497–1513) war er beim städtischen Rat der mächtigen Hansestadt angestellt, die außer ihm weitere fünf Stadtschreiber beschäftigte.[98] Seine Aufgabe war es, Steuern und Zölle einzutreiben, offenbar hatte er eine Führungsposition in der Zollverwaltung inne;[99] auch in den Jahren 1488–1497 bekleidete er angesehene Positionen in der städtischen Verwaltung. 1503 schrieb er im Auftrag des Rates das ‚Zollbuch'. Als Autor seiner anderen diversen Werke stand er offenbar allein, „jedenfalls ohne korporative Bindung an Gleichgesinnte und Gleichgestellte."[100] Er gehörte einer Bildungsschicht an, die sich seit dem 15. Jahrhundert auch in den norddeutschen Städten etablierte. Wir haben zwar nach wie vor die Gebildeten, die ausgezeichnet Latein können und sogar an den Universitäten studiert haben, wir haben die hochgebildeten Rechtsgelehrten – besonders in den Reihen der Humanisten. Nicht wenige von ihnen bekleideten zeitweise das Amt des Stadtschreibers.[101] Aber die Opposition clericus – illitteratus wurde immer mehr aufgeweicht, da Wissen nun auch jenseits der klassischen Lateinbildung erworben wurde, in städtischen Schulen oder anderweitig, wobei Wanderschaft von Handwerkern und Scholaren die Zirkulation von Wissen beförderte. Dies gilt allerdings nicht für Bote, dessen Leben sich gänzlich in Braunschweig und Umgebung abspielte. Qua Amt saß der Stadtschreiber im Zentrum der städtischen Informationspolitik, er war Rezipient und Multiplikator verschiedenster Nachrichten und „zumeist die einzige Person, die regelmäßig an Ratssitzungen teilnahm, ohne Ratsherr zu sein."[102] Wie man an Botes umfangreichem politischen,

---

98 Martin Kintzinger, Hermann Bote als Braunschweiger Stadtschreiber. Amt und Funktion des Zollschreibers im 15. und frühen 16. Jahrhundert, in: Blume / Rose (Hg.) (Anm. 14), S. 3–23 untersucht akribisch Begriff und Funktion des Zollschreibers und verortet ihn neben dem Gerichtsschreiber „am unteren Ende der Hierarchie" der Stadtschreiber, S. 18.

99 Vgl. ebd., S. 19.

100 Spriewald (Anm. 14), S. 46.

101 Vgl. Volker Honemann, Die Stadtschreiber und die deutsche Literatur im Spätmittelalter und in der frühen Neuzeit, in: Zur deutschen Literatur und Sprache des 14. Jahrhunderts. Dubliner Colloquium 1981, hg. v. Walter Haug, Timothy R. Jackson u. Johannes Janota (Reihe Siegen 45), Heidelberg 1983, S. 320–353, hier: 324f. zu den Universitätsabsolventen und 331 zu den Übersetzern unter den Stadtschreibern. Die Aussagen Honemanns zum hohen Gelehrtenanteil unter den Stadtschreibern gelten aber nur für die Stadtschreiberelite; „Zollschreiber, Gerichtsschreiber" u. a. Schreiber im städtischen Auftrag berücksichtigt seine Studie „nur ausnahmsweise" (ebd., 320).

102 Franz-Josef Arlinghaus, Die Position des Schreibers. Hermann Bote und das ‚Schicht-

moraldidaktischen, historiographischen und grundsätzlich auf die Stadt ausgerichteten Œuvre ablesen kann, machte er sich dieses Insiderwissen literarisch zunutze, so auch in seinen eminent polemischen historisch-politischen Ereignisdichtungen. Bemerkenswert ist die Zurücknahme seiner Person als Autor in allen Schriften außer dem ‚Zollbuch'[103]; dies signalisiert eine scharfe Trennung von offiziösem Stadtschrifttum einerseits und politischen Betrachtungen sowie kritischen Stellungnahmen des gut informierten, engagierten Bürgers. Statt es mit dem Namen zu signieren, beschließt er sein Ereignislied zur Hildesheimer Stiftsfehde mit dem Lob Braunschweigs:

> De dut dichte nige sang,
> dem make god sin levend lang,
> dar na sine sele rike!
> levet he noch hunderd jar,
> wil es he doch singen openbar:
> ik prise di, Brunswike! (Nr. 327, Str. 31)

Zweimal – 1488 und 1513 – ist Bote aus dem Amt des Zollschreibers entlassen worden, jedes Mal „unmittelbar in der Folge finanz- und zollpolitischer Maßnahmen des Rates".[104] Für die Amtsenthebung und den Hausarrest im Jahre 1488, der Zeit, in der Ludeke Holland und sein Rat der 24 das Stadtregiment übernommen hatte, gibt Bote selbst im ‚Schichtbuch' die Begründung: „*Unde den tollenschriver schall me straffen, dat he unse borger umberopen late.*" Spottlieder und -reden gegen die Bürger Braunschweigs – wohl eher speziell die ehrverletzenden Verse gegen Ludeke Holland und seine Genossen – sind es, die inkriminiert werden.[105] Stadtschreiber wurden als Repräsentanten der städtischen Verwaltung auch in anderen Städten häufig zur Zielscheibe der Kritik, wenn sie unpopuläre Maßnahmen verkünden und durchsetzen mussten. Bei Bote kommt noch seine literarische Produktion hinzu, die sich in Stil und Schärfe, nicht aber in der Position von seiner Amtshaltung unterscheidet: Er steht in der Regel felsenfest zur alten Ordnung und hinter der Politik des Rates, die auf blockhafte Einigkeit gegen die außenpolitische Bedrohung durch den Landesherrn setzte. In seinen späten Liedern zur Hildesheimer Stiftsfehde weicht er von der Linie des Rates insofern ab, als er dessen Neutralitätspolitik nicht folgt, sondern die Stadt mit ihrem Stadtherrn, Herzog Heinrich den Jüngeren, propagandistisch unterstützt. In der Situation des welfischen Bruder-

---

buch' im Kontext spätmittelalterlicher kommunaler Schriftlichkeit, in: 500 Jahre Schichtbuch (Anm. 78), S. 69–80, hier: 74.

103 Das autografische ‚Zollbuch' versieht er mit der Autorsignatur *Hermen Bote me fecit 1503*.

104 Kintzinger (Anm. 98), S. 18.

105 Hermann Blume (Anm. 24), S. 64.

kriegs will Bote seine Stadt an der Seite des Landesherrn sehen, weil er diesem am ehesten zutraut, die Sicherheit des Landes und damit auch der Stadt Braunschweig zu garantieren. Dass er damit keine singuläre Position formuliert, sondern Sprachrohr eines Teils der Bürgerschaft ist, ist zu vermuten;[106] denn alle seine Ereignisdichtungen richten sich zweifellos an das Braunschweiger Publikum.

Die Gefährdung der Autoren historisch-politischer Ereignisdichtungen[107] lässt sich im hier behandelten Textkorpus gut nachvollziehen. Der namenlose Student in Danzig singt sein Lied:

> wowol et den godlosen Danskern
> wert brengen ein grot vordret,
> jodoch so wil ik et wagen,
> wat ik to vorlesen hebbe;
> et koste kappe edder kragen! (Nr. 401: Str. 1,3–7)

Am Ende erfährt man, dass er sich dem Zugriff der Stadtobrigkeit durch Flucht entzogen hat, denn in Danzig ist er seines Lebens nicht mehr sicher, nachdem der von ihm kritisierte alte Rat wieder am Ruder ist (Str. 43). Hermann Bote erleidet, wie oben erwähnt, Repressalien aufgrund seiner außeramtlichen literarischen Tätigkeit und dichtet dennoch weitere Schmählieder, wohlweislich erst, nachdem das Objekt seines beißenden Spotts, Ludeke Holland, entmachtet und aus der Stadt geflohen ist: *ik meine nicht, dat he it late,/ he wird ein schampernolleken maken* (Nr. 165, 171f.), sagt der Autor über sich.[108] Nicht selten findet man in der historisch-politischen Ereignisdichtung Brevitas-Formeln, die den Informationsfluss abrupt stoppen und einen Themenwechsel einleiten; sie vermitteln den Eindruck von Gefahr, die den Dichter zur Eile zwingt. Der Osnabrücker Anonymus von Nr. 394 schmäht einen Hinrich Luerman und wünscht ihm den Tod durch den Henker, um im nächsten Vers abzubrechen – *Ich hadde bina to vele geschreven!* (47) – und im folgenden Vers seine Invektiven auf eine andere Person zu lenken. Die Reimrede Nr. 256, die einen früheren Aufruhr ebenfalls in Osnabrück betrifft, verwendet die identische Formulierung kurz vor Schluss. *Ich hadde binahe to vele geschreven* (122). Der adlige Dichter von Nr. 246 C verschweigt seinen Namen aus Vorsicht (Str. 22), ebenso der *gud cumpan* von Nr. 325:

---

106 Vgl. Nix (Anm. 62), S. 64f.

107 Für die historisch-politische Ereignisdichtung generell vgl. Kellermann (Anm. 13), S. 235–238; Studt (Anm. 14), S. 233: „Auf die mögliche Sprengkraft dieser Form von Propaganda weisen entsprechende Strafandrohungen oder erfolgte Bestrafungen für die Verbreitung und den Vortrag von ‚falschen' Texten hin, durch die sich der städtische Rat oder Fürsten in ihrem Leumund angegriffen fühlten."

108 Zu dieser Dichtung, dem verstörenden Wechsel zwischen 1. und 3. Person Singular sowie dem Zusammenhang zwischen Brevitas und der Gefahrensituation des Dichters vgl. Kellermann (Anm. 80), S. 180–186.

he let sik ungenant,
bi on heft he nicht willen stan,
se hebben om vel leides gedan,
dat sine hebben se vorbrant (Str. 29).

Ob sein Eigentum aufgrund der Kriegshandlungen verbrannt wurde oder wegen seiner politischen Agitation, ist nicht festzustellen, entscheidend ist die Gefahr, die den Dichter zur Flucht und in die Anonymität treibt. Lied Nr. 102, dessen Hauptangriffsziel der Probst von Lüne ist, schließt mit folgenden Versen:

De uns dut led gesungen het,
konde he, he sunge it gerne bet
und wolde des nicht sparen,
men he fruchtet, dat öne de prawst to Lune
dat keren mochte to varen. (Str. 25)

Die Brisanz ihrer Dichtungen bringt die Autoren immer dann in eine prekäre Situation, wenn die von ihnen kritisierte Partei am Hebel der Macht sitzt. Dies ist bezeichnend für eine Öffentlichkeit, in der die Meinungsfreiheit nicht institutionalisiert und folglich Kritik nur begrenzt möglich ist. Die Grenzen und Formen der Kritik waren allerdings nicht stabil, sie interdependierten mit der politischen Lage, den territorialen Kräfteverhältnissen und den Textsorten. Abgesehen vom Fall Bote bleibt undeutlich, ob und wie sehr das subjektive Bewusstsein und die objektive Gefahrenlage auseinanderfallen. Denn auf die eigene Gefährdung hinzuweisen, kann durchaus eine Selbstheroisierung des Autors gewesen sein, eine literarische Strategie im Feld der Publizistik.

*

Wir sehen in den Städten einen Wandel des politischen Bewusstseins. Er zeigt sich besonders in Städten mit hohem Anteil an Exportgewerbe und dort, wo der Fernhandel eine stärkere Marktabhängigkeit herstellte; hier war die berufliche Spezialisierung besonders ausgeprägt und die soziale Ungleichheit gravierender. Der dünnen Oberschicht der ratsfähigen Familien aus Kaufleuten und mächtigen Handwerkergilden wurde immer wieder ihre Repräsentanz für die gesamte Stadt abgesprochen. Das ökonomisch leistungsfähige Bürgertum forderte Mitsprache bei der Stadtregentschaft, also politischen Einfluss. Zugleich steigerte sich die Unzufriedenheit der Gemeinde, die Steuern und Abgaben zu entrichten hatte und von der Finanzpolitik des Rates abhängig war, ohne Einfluss nehmen zu können. Sie verlangte Mitwirkung im Rat bzw. bei der Ratswahl.[109] Für die mittelniederdeutschen historisch-politischen Ereignisdichtun-

[109] Vgl. Ehlers (Anm. 85), S. 124f.

gen, die städtische Konflikte thematisieren, gilt, dass die weit überwiegende Zahl der Städte am Bund der Hanse partizipierte. Als Vereinigung zum Schutz des Ostseehandels war ihr zunächst an der Bekämpfung der Piraterie und der Sicherung des Handels gegen ausländische Konkurrenz gelegen. Nach innen suchte sie ihre wirtschaftlichen und politischen Interessen zu schützen, indem sie massiv auf die innere Stabilität ihrer Bündnispartner einwirkte; Konflikte innerhalb einer Stadt wurden mit deren zeitweiligem Ausschluss aus dem Städtebund bestraft, so z. B. Braunschweig von 1375 bis 1380. Nach und nach traten praktisch alle Handelsstädte des norddeutschen Raums der Hanse bei. Als Städtebund mit enormer Wirtschaftskraft schürte sie das Selbstbewusstsein der handeltreibenden Bürger, die auf Rechte und Privilegien pochten, die sie sich dank ihrer Wirtschaftskraft erkaufen konnten. Dafür traten sie in Verhandlungen mit den Herren der umliegenden Territorien oder sogar dem Kaiser selbst. Auch die kleineren Städte erfuhren durch die Hanse eine Stärkung des städtischen Bewusstseins und nahmen mit dieser Schutzmacht im Rücken Konflikte mit den Landesherren eher in Kauf. Dass der Zusammenschluss der Städte sehr lose, die Potenz der Mitglieder divers war und die erhoffte Unterstützung nicht immer eintrat, tut der Bedeutung dieses ökonomischen Bundes für die Ausbildung des Selbstbewusstseins der norddeutschen Städte keinen Abbruch. Über die Handelsrouten, die die Hansekontore der Städte in ein Netz zusammenspannten, liefen nicht nur Waren, sondern auch der diplomatische Verkehr und Nachrichten aller Art. Auf diesen Wegen erfuhr man Neuigkeiten nicht mehr nur aus der Nachbarstadt, sondern aus entfernten Regionen. Mehrfach haben wir Zeugnisse über Nachrichtenaustausch zwischen Städten, der auf Ratsinitiative zurückgeht.[110] Damit erweiterte sich der Kommunikationsraum und erhöhte sich das Nachrichtentempo. Zusammen mit dem prosperierenden Schriftwesen in den städtischen Verwaltungen begünstigte dies den exponentiellen Anstieg der politischen Publizistik im mittelniederdeutschen Sprachraum.

Abstract: From the last third of the 14th century onwards, historico-political poems of events on urban conflicts emerge in Middle Low German. Thus, the general trend to address regional and local events, especially conflicts within cities or between cities and

---

[110] Vgl. Heinrich Schmidt, Die deutschen Städtechroniken als Spiegel des bürgerlichen Selbstverständnisses im Spätmittelalter (Schriftenreihe der historischen Kommission bei der bayerischen Akademie der Wissenschaften 3), Göttingen 1958, S. 19, der von dem Austausch zwischen Nürnberg und Lüttich sowie zwischen Lübeck, Köln, Erfurt und Basel berichtet. Zum städtischen Interesse an Aufzeichnungen auch der tagesaktuellen Ereignisse vgl. ebd., S. 18: Die vier Lieder der Soester Fehde (Nr. 84–87) verdanken wir dem Stadtschreiber Bartholomäus von der Lake, der auf Geheiß des Bürgermeisters von Soest die Ereignisse der Kriegszüge und Tagungen schriftlich niederlegte.

princes by the means of political poetry reaches the north. Focused on types of conflicts and agents, this paper presents the Middle Low German songs and rhymed speeches collected in Liliencron's edition vol. 1–3 concluding with an author typology. The overview confirms the well-known thesis that Middle Low German literature defines itself as urban literature, with the Hanseatic cities taking a leading role in the literary scene. These cities bear witness to a change in civic self-confidence, to an expansion of intra-urban and inter-urban communication with an increased amount and pace of news.[111]

[111] Ich danke Sophie Quander, Osnabrück, für ihre Hilfe bei der Formulierung des Abstracts.

Wolfram-Studien XXVII (2025)
Erich Schmidt Verlag Berlin

Lieder als Archive des Glaubens

Mediale Transferprozesse im ersten niederdeutschen Gesangbuch (Joachim Slüter, 1525) Mit einem Anhang zu den Sprachmerkmalen des Textes*

von JULIA FRICK (Zürich)

Rostock, St. Petri, 1523. Joachim Slüter (geb. um 1490; † 19.5.1532)[1] wird von Herzog Heinrich V. zu Mecklenburg als neuer Kaplan eingesetzt.[2] Ein Akt von enormer konfessionspolitischer Reichweite für die Hansestadt, und, wie es scheint, durchaus kalkuliert.[3] Unmittelbar nach seiner Amtsübernahme nämlich beginnt Slüter im Sinne des neuen evangelischen Glaubens zu predigen – und ist damit in Rostock offenbar der erste und bis in die späteren 1520er Jahre der einzige.[4] Heinrich reagiert mit der Einsetzung Slüters als Pfarrherrn zu

* Die Analyse des im ersten niederdeutschen Gesangbuch (1525) vorliegenden Sprachstandes sowie weitere Anregungen verdanke ich der kollegialen Unterstützung von Dr. Friedel Helga Roolfs (Münster), von deren fachlicher Expertise der Beitrag reich profitiert hat.

1 Einschlägig ist Sabine Pettke, Art. ‚Slüter, Joachim', in: NDB 24 (2010), S. 507; Eike Wolgast, Art. ‚Slüter, Joachim', in: Biographisches Lexikon für Mecklenburg 7 (2013), S. 282–288. Vgl. auch den Überblick in: Gerhard Bosinski, Das Schrifttum des Rostocker Reformators Joachim Slüter, Berlin 1971, S. 9–28.

2 Joachim Slüter übte seit 1521 das Amt als Schulmeister an der St. Petri-Kirchspielschule aus. Zum biographischen Hintergrund, Slüters gelehrter Ausbildung (Magister, Baccalaureus decretorum) sowie seiner in der Rostocker Universitätsmatrikel vom 9. Juli 1518 bezeugten kirchlichen Weihe (*Dominus*) vgl. Sabine Pettke / Christa Prowatke, Er predigte unter der Linde. Joachim Slüter – Rostocks Reformator, Rostock 1990, bes. S. 6 u. 12.

3 Zur Rolle Heinrichs V., gen. des Friedfertigen, bei der Durchführung der Reformation im Norden vgl. Eike Wolgast, Der lange Weg zur obrigkeitlichen Reformation im Herzogtum Mecklenburg. Herzog Heinrich V. und Herzog Johann Albrecht I., in: Mecklenburgia sacra 12 (2009), S. 39–59.

4 Erst mit dem Eintritt des evangelisch gesinnten Johann Oldendorp als Syndikus der Stadt Rostock scheint sich die anfänglich ablehnende Haltung des Rates gegenüber der reformatorischen Bewegung allmählich verändert zu haben. Vgl. Bosinski

St. Petri offenbar auf aktuelle religionspolitische Entwicklungen in der Region: Von Wismar bis Stralsund haben eine Reihe von Predigern den ‚neuen', ‚evangelischen' Glauben vertreten,[5] und auch in der weiteren Umgebung lassen sich schon früh ähnliche Tendenzen beobachten, die über die wirtschaftlichen und politischen Verkehrswege der Hanse rege Verbreitung gefunden haben.[6] Herzog Heinrichs pro-reformatorische Haltung dokumentiert sich in der Bestätigung Joachim Slüters auf seinem Posten in St. Petri, nachdem dieser infolge der im Jahr 1525 erlassenen Hanserezesse – ein bemerkenswerter, aber letztlich erfolgloser Versuch, die Ausbreitung der *Martinianischen secten* einzudämmen[7] – temporär der Stadt verwiesen worden war.[8] Der Rest ist Geschichte: In kaum einem Jahrzehnt ist es dem von seinen Feinden aufgrund seines dunklen Haupthaares als ‚schwarzer Ketzer' gescholtenen Prediger,[9] dem „Wortführer"[10] der

---

(Anm. 1), S. 32. „Es dauerte lange, bis Gleichgesinnte zu Slüter traten und das Evangelium verkündeten. Jedenfalls ist er 1528 nicht mehr allein. Unter den Predikanten ist Slüter der Sprecher." Zitat nach Gerhard Bosinski, Niederdeutsch im Liedgut der Reformationszeit, in: De Kennung. Zeitschrift für plattdeutsche Gemeindearbeit 7 (1984), S. 6–38, hier: 9. Vgl. auch Karl Koppmann, Die Prediger zu Rostock im 16. Jahrhundert, in: Beiträge zur Geschichte der Stadt Rostock 1 (1982), S. 15–20.

5 Darunter: Heinrich Never, Heinrich Timmermann (Wismar), Christian Ketelhodt, Henning Budde (Stralsund), Thomas Aderpul (Malchin und Bützow), Heinrich Taske (Ribnitz). Näheres bei Pettke / Prowatke (Anm. 2), S. 8.

6 Die rasche Verbreitung des ‚neuen' Glaubens im Norden lässt sich exemplarisch an Magdeburg festmachen – der im Jahr 1524 „erste[n] evangelisch gewordene[n] norddeutsche[n] Stadt" – sowie an Bremen, das schon 1525 die erste reformatorisch ausgerichtete niederdeutsche Messordnung bekam. Zu den Hintergründen und politisch-religiösen Entwicklungstendenzen im niederdeutschen Sprachraum vgl. Inge Mager, Lied und Reformation. Beobachtungen zur reformatorischen Singbewegung in norddeutschen Städten, in: Das protestantische Kirchenlied im 16. und 17. Jahrhundert. Text-, musik- und theologiegeschichtliche Probleme, hg. v. Alfred Dürr / Walther Killy (Wolfenbütteler Forschungen 31), Wiesbaden 1986, S. 25–38, hier: 26.

7 Der Hanserezess vom Januar 1525 reagiert auf die unübersehbar angewachsene reformatorische Bewegung, die sich offenbar nicht länger ignorieren ließ. Hauptimpetus ist die Warnung vor und öffentliche Unterdrückung der Unruhen, für die Luthers Anhänger verantwortlich gemacht werden. Vgl. die Anordnungen gegen die *gans nye ferlicke secte und lere dorch Martinum Lutter ingetreden* in: Hanserecesse von 1477–1530, bearb. v. Dietrich Schäfer / Friedrich Techen (Hanserecesse, hg. v. Verein für Hansische Geschichte, 3. Abteilung 9), München / Leipzig 1913, S. 18f.: Das Verbot gilt vornehmlich der öffentlichen evangelischen Predigt (Art. 99), Zusammenkünften Gleichgesinnter (Art. 100) sowie der öffentlichen, lutherisch inspirierten Disputation (Art. 102); als mögliches Strafmaß wird die Ausweisung aus der Stadt, Gefängnis oder *ander swar straffen na graffheit der myszdat* genannt (Art. 102).

8 Slüters Abwesenheit aus Rostock ist zwischen Herbst 1525 und Frühsommer 1526 anzusetzen. Zu seiner von Herzog Heinrich unterstützten Rückkehr Bosinski (Anm. 1), S. 32.

9 So Bosinksi (Anm. 1), S. 58, nach Slüters erstem ‚Biograph' Nikolaus Gryse: *Historia van der Lere / Leuende vnd Dode M. Joachimi Slueters des ersten Euangelischen Pre-*

sich in Rostock auch personell zunehmend konsolidierenden reformatorischen Bewegung, gelungen, eine vom Rat der Stadt lancierte Revision der gottesdienstlichen Ordnung zu erreichen. Auch wenn sein Ziel eines ausschließlich in der Volkssprache gehaltenen Gottesdienstes sich (noch) nicht durchsetzen ließ, so bedeutete die auf den 3. Januar 1531 zu datierende ‚Rostocker Ratsordnung in Religionssachen'[11] theoretisch – und nach einiger ‚Überzeugungsarbeit'[12] auch faktisch – den Übergang Rostocks zu der durch Martin Luther initiierten Glaubensreform.[13] Wegen seines bald darauf erfolgten frühen Todes avancierte Slüter rasch zu einem Symbol des neuen Lebens und Sterbens in Christus.[14]

---

diger tho Rostock [...]. *Gestellet vnd geordeten dorch Nicolavm Grysen Predigern darseluest in Rostock*, Rostock: Stephan Möllemann 1593 (VD16 G 3837). Neu hg. von Sabine Pettke: Nikolaus Gryse, Historia von Lehre, Leben und Tod Joachim Slüters mit anschließender Chronik (Rostock 1593) (Veröffentlichungen der Historischen Kommission für Mecklenburg, Reihe C, Quellen zur mecklenburgischen Geschichte 1), Rostock 1997.

10 Bosinski (Anm. 1), S. 33.

11 Vgl. Sabine Pettke, Zur Datierung der Rostocker Ratsordnung in Religionssachen Jahreswende 1530/31, in: Theologie im Kontext von Kirche und Gesellschaft, hg. v. der Wilhelm-Pieck-Universität Rostock, Rostock 1987, S. 62–69. Zur „offizielle[n] Einführung der Reformation durch die ‚Rostocker Ratsordnung [...]'" auch Kristin Skottki, Slüters Tod, oder: Von Rostocker Zauberern und Hexen am Beginn der Reformationszeit, in: Verknüpfungen des neuen Glaubens. Die Rostocker Reformationsgeschichte in ihren translokalen Bezügen, hg. v. Heinrich Holze / Kristin Skottki (Refo 500 Academic Studies 56), Göttingen 2020, S. 105–152, bes. S. 142f.

12 Zu den Verhandlungen des Rostocker Rates unter Vorsitz des Syndikus Oldendorp insbesondere mit dem Domkapitel St. Jakobi bezüglich der Umsetzung der neuen Gottesdienstordnung vgl. Gerhard Bosinski, Joachim Slüter und Martin Luther, in: Herbergen der Christenheit. Jahrbuch für deutsche Kirchengeschichte 7 (1970), S. 67–108, bes. S. 96.

13 Noch im März 1531 soll Slüter dem Rat der Stadt eine Schrift über die neue Ordnung des Gottesdienstes und der Zeremonien übergeben haben: *Eyne korte und gründtlyke bericht / der Ceremonien des Olden und Nyen Testamentes*. Sie ist heute verschollen. Bosinski (Anm. 4), S. 9f., referiert auf die bei Gryse (Anm. 9) überlieferte Inhaltsparaphrase, der die Schrift offenbar noch vorliegen hatte. – Rostocks Rolle als „geistiges Zentrum der Reformation für ganz Mecklenburg" und „außerordentliche[r] Multiplikator des reformatorischen Gedankenguts" ist jetzt umfassend aufgearbeitet in den Beiträgen zu Holze / Skottki (Hg.) (Anm. 11). Zitat nach Kristin Skottki / Heinrich Holze: Einleitung. Verknüpfungen des neuen Glaubens. Die Rostocker Reformationsgeschichte in ihren translokalen Bezügen, in: dies. (Hg.) (Anm. 11), S. 9.

14 Wohl erst im späteren 16. Jahrhundert lässt die Herausbildung der maßgeblich durch Gryses ‚Biographie' (Anm. 9) beförderten Legende um den Giftmordanschlag gegen Slüter beobachten, der von seinen Widersachern verübt worden sein soll. Die tendenziösen Hintergründe von Gryses Schrift, die Slüter zum *Confessor und Martyr Christi* stilisiert, sind aufgearbeitet von Heinrich Holze, Rostocks reformatorischer Petrus. Zur heilsgeschichtlichen Deutung Joachim Slüters bei Nikolaus Gryse, in: Holze / Skottki (Hg.) (Anm. 11), S. 85–103 (Zitat aus Gryse S. 92). Zum Zusammenhang von

Joachim Slüters ‚Reformkurs' war im wahrsten Sinne des Wortes radikal: Die Forschung nimmt an, dass er schon unmittelbar nach seinem Amtsantritt an St. Petri nicht nur evangelisch gepredigt, sondern den Gottesdienst vollständig in niederdeutscher Sprache gehalten habe.[15] Die Intention, eine Verinnerlichung der göttlichen Heilsbotschaft durch die Gläubigen auf der Basis verständiger Einsicht in die Zeremonien und Inhalte des Gottesdienstes zu befördern, findet prägnant Ausdruck in den Slüter mit einiger Sicherheit zugeschriebenen und in Kooperation mit dem Rostocker Drucker Ludwig Dietz publizierten Werken:[16] Die in dichter zeitlicher Folge entstandene Trias zur Festigung des neuen Glaubens, bestehend aus niederdeutschem Katechismus (1525), dem ersten niederdeutschen Gesangbuch (1525) sowie dem *Bedebokelyn* (1526), dokumentiert den engen Anschluss des Rostocker Predigers an die von Wittenberg ausgehenden Reformbestrebungen.[17] Slüter, der von seinem ersten ‚Biographen' Nikolaus Gryse (1543–1614) als *des Lutheri Discipel* bezeichnet wird[18] –

Slüters Tod und den in Rostock 1532 gegen Hexen und Zauberer geführten Kettenprozessen Skottki (Anm. 11), S. 105–152. Nach Skottki (ebd.), S. 105f., soll auch die Inschrift auf der Grabplatte am Slüter-Denkmal bei St. Petri, die die Vergiftung des Predigers als Todesursache festhält, erst aus den 1590er Jahren stammen.

15 „Joachim Slüter predigte nicht nur niederdeutsch [...], sondern alles geschah in niederdeutscher Sprache: Die angebotenen Gottesdienstordnungen, die Ordnungen für die düdesche Messe waren rein niederdeutsch, die Lieder in seinen Gesangbüchern waren alle niederdeutsch." Bosinski (Anm. 4), S. 9. Siehe auch Bosinski (Anm. 1), bes. S. 59f.

16 Auch wenn weder im Druck des Katechismus (1525) noch des Gebetbuchs (1526) eine – neben dem Drucker – verantwortende Person genannt wird und nur das Vorwort des Gesangbuchs (1525) die Initialen *J.S.* trägt, hat die Forschung gewichtige Argumente zusammengetragen, die Slüters maßgebliche Beteiligung an diesen Werken als Herausgeber bzw. zum Teil als Verfasser in eigenständiger Arbeit erhärten. Zur Diskussion vgl. Bosinski (Anm. 1), S. 43–45 (zum Gesangbuch von 1525), 69–71 (zum Katechismus), 138–145 (zum Gebetbuch). – Zu Ludwig Dietz, einem der bedeutendsten Verleger im Norden vgl. Christoph Reske, Die Buchdrucker des 16. und 17. Jahrhunderts im deutschen Sprachgebiet. Auf der Grundlage des gleichnamigen Werkes von Josef Benzing (Beiträge zum Buch- und Bibliothekswesen 51), Wiesbaden 2007, S. 793–795. Zu den Übersetzungen der Lutherbibel im Norden vgl. Martin Brecht / Robert Peters, Theodor Smedeckens niederdeutsche Übertragung von Luthers Neuem Testament: *Dorch M. Theodoricum Smedecken yn der Sassen düdesch vorwandelt*, in: Lutherjahrbuch 72 (2005), S. 49–76; Robert Peters, Johannes Bugenhagen und sein Vorgänger Theodor Smedecken – ein Übersetzungsvergleich, in: Johannes Bugenhagen (1485–1558). Der Bischof der Reformation. Beiträge der Bugenhagen-Tagungen 2008, hg. v. Irmfried Garbe u. Heinrich Kröger, Leipzig 2010, S. 255–270. Siehe ferner Ingrid Schröder, Die Bugenhagenbibel. Untersuchungen zur Übersetzung und Textgeschichte des Pentateuchs (Mitteldeutsche Forschungen 105), Köln 1991.

17 Die drei Werke sind erstmals umfassend analysiert und im Hinblick auf religionsgeschichtliche Fragen sowie das Verhältnis zu Luthers reformatorischen Schriften gewürdigt von Bosinski (Anm. 1).

18 Vgl. Pettke (Anm. 9), S. 37.

eine wohl eher geistige als auf persönlichem Kontakt beruhende Gefolgschaft[19] –, entwickelt indes eine eigenständige Position, indem er die Volkssprache als fundamentales Medium der Verkündigung zunächst kompromisslos priorisiert. Damit positioniert sich Slüter gewissermaßen im ‚linken' Spektrum der evangelischen Bewegung, das selbst führenden Reformatoren der Zeit tendentiell suspekt erscheinen muss und daher der Inkriminierung ausgesetzt ist.[20] Als sich 1531 unter den in Rostock inzwischen zahlreicher vertretenen evangelischen Predigern die Streitfrage um die Ausschließlichkeit der deutschen Sprache im Gottesdienst zuspitzt, lässt der Stadtrat im Herbst des Jahres Gutachten von höchster Stelle einholen:[21] Martin Luther, Philipp Melanchthon, Johannes Bugenhagen und Urbanus Rhegius klassifizieren in ihren Dokumenten die namentlich zwar anonym bleibende, aufgrund der skizzierten Haltung aber kaum als jemand anderer denn Joachim Slüter zu identifizierende *persona non grata* als Abtrünnigen,[22] der zugunsten der innerkonfessionellen Einheit entweder von der Mehrheitsmeinung überzeugt oder – im Falle fortbestehender Differenzen – aus der Stadt ausgewiesen werden müsse.[23]

An den von Slüter zusammengestellten und sprachlich wie medial neu präparierten Werken lässt sich die kultur- und sozialgeschichtlich bedeutsame Interferenz von historischen Diskurszusammenhängen und literarischer Produktion bzw. Rezeption *in nuce* beobachten: Indem sie auf vorhandenes Material rekurrieren, das nach einer spezifischen, funktional ausgerichteten Ordnung sowie dem regionalen Sprachregister gemäß adaptiert wird,[24] kondensieren Slü-

---

19 Ein Studium Slüters in Wittenberg oder ein engerer Kontakt mit Luther oder seinem Umfeld sind nicht belegt. Vgl. Pettke / Prowatke (Anm. 2), S. 8.

20 Zu den Anfeindungen, die Slüters radikale Position auch unter den evangelischen Predigern Rostocks erregte, vgl. Bosinski (Anm. 12), bes. S. 95–98.

21 Die Gutachten liefen im November 1531 beim Rat der Stadt ein. Vgl. Carl Michael Wichmann, Der Zwist der evangelischen Prediger zu Rostock im Jahre 1531 und Johann Bugenhagen's Gutachten darüber, in: Jahrbücher des Vereins für mecklenburgische Geschichte und Alterthumskunde 24 (1859), S. 140–155; Sabine Pettke, Das Gutachten des Urbanus Rhegius für den Rostocker Rat vom 8. November 1531, in: Jahrbuch der Gesellschaft für Niedersächsische Kirchengeschichte 84 (1986), S. 93–103. Zu Luthers Gutachten Holze (Anm. 14), S. 92 mit Anm. 43.

22 Indizien, dass es sich beim personellen Anlass der innerkonfessionellen Differenzen um Slüter handeln muss, bietet etwa Luthers Gutachten, in dem er „vor einem *zenkisch prediger* warnt[ ], der *Zwispalt* unter den evangelischen Predigern verursacht habe", weil er die niederdeutsche Sprache im Gottesdienst favorisiere. Vgl. Holze (Anm. 14), S. 91.

23 Als tragende Sorge erscheint den führenden Reformatoren dabei vor allem die Gefährdung des gesamten ‚Unternehmens' durch unverhältnismäßige Initiativen Einzelner. Nach einer persönlichen Aussprache zwischen Slüter und Bugenhagen 1531 in Lübeck, auf das auch Luther in seinem Gutachten anspielt, soll es zu einer ‚offiziellen' Einigung gekommen sein. Dazu Bosinski (Anm. 12), S. 89f. u. 93f.

24 Zum Material des niederdeutschen Katechismus, das sich am sog. ‚Katechismus der

ters Katechismus, Gesangbuch und Gebetbuch zeitgenössisch virulente Problemkonstellationen und Fragehorizonte um den ‚neuen' Glauben zu ‚Sammlungen' von immenser kulturhistorischer Reichweite und Relevanz.[25] Als Spiegel historischer Wissensformationen und Repräsentanten einer neuen symbolischen Ordnung antworten sie auf ein offenbar akutes Interesse nach Konsolidierung und Kanonbildung im Sinne der ‚neuen' Glaubensreform.

Gerade das im Jahr 1525 erschienene erste niederdeutsche Gesangbuch zeichnet sich durch eine dezidierte Differenzqualität gegenüber seinen hochdeutschen Vorläufern aus, indem Slüter die Lieder-Sammlung nach den Erfordernissen eines rein deutschsprachigen Gottesdienstes strukturiert. Die mediale Aufbereitung des Druckes mit dem Hinzutreten exegetischer Passagen, in denen einzelne Gesänge auf biblischer Grundlage ausgedeutet werden, sowie die durchgängige Beigabe von Stellennachweisen nach der Heiligen Schrift *in margine* dokumentieren einen gegenüber den hochdeutschen Gesangbüchern evidenten Funktionswandel der Sammlung im Hinblick auf den historisch intendierten Rezeptionsmodus. Der mit der persuasiven Funktion der Marginalien exponierte Gestus der Beglaubigung gewinnt sein historisches Profil im interkonfessionellen Diskurs, d. h. in der Legitimierung der Gottesdienstreform und Durchsetzung einer rein deutschsprachigen Messe. Die einzelnen Lieder erscheinen durch die Vernetzung mit zahlreichen Referenzen auf die Heilige Schrift als zentralem christlichem Wissensfundus als ‚Archive des Glaubens': Sie aktualisieren einen Kommunikationsprozess über religiöse Leit-Texte und bieten insofern einen Reflex der für die Rezeptionsgemeinschaft als repräsentativ geltenden Glaubensideale.

Böhmischen Brüder' orientiert, vgl. Bosinski (Anm. 1), S. 69–71, 79–84; zum Zusammenhang von Luthers Gebetbüchlein (1522) mit Slüters *Bedebokelyn* ebd., S. 87–95; zum Wittenberger Gesangbuch (1524), den Erfurter (1524/1525) und dem Nürnberger Enchiridion (1525) als Vorlagen für das niederdeutsche Gesangbuch ebd., S. 36–42. Die Anordnung der einzelnen Texte in den jeweiligen Drucken ist dort ebenfalls analysiert.

25 Zum Sammeln in systematischer Hinsicht vgl. Sammler – Bibliophile – Exzentriker, hg. v. Aleida Assmann, Monika Gomille u. Gabriele Rippl (Literatur und Anthropologie 1), Tübingen 1998. Vgl. auch Jan Assmann, Das kulturelle Gedächtnis. Schrift, Erinnerung und politische Identität in frühen Hochkulturen, München [8]2018. – Zur weit über Rostock und den Hanseraum hinausgehenden Rezeption gerade des niederdeutschen Gesangbuchs, vor allem in der Form des 1531 erschienenen Neudrucks, dessen Einfluss sowohl auf das älteste dänische als auch das erste evangelische Gesangbuch in englischer Sprache nachweisbar ist, vgl. Pettke / Prowatke (Anm. 2), S. 21–23. Zum niederdeutschen Gesangbuch als „Vermittler der Reformation in Nordeuropa" vgl. Annika Bostelmann / Hellmut Braun, *Jn Sassyscher sprake klarer wen tho vorn verduodeschet*. Die ältesten niederdeutschen Gesangbücher der Reformation, in: Holze / Skottki (Hg.) (Anm. 11), S. 153–170, hier: 164–166.

Der Typus ‚Gesangbuch' reagiert also nicht nur auf innerliterarische Diskursverschiebungen und Akzentuierungen zeitgenössischer Diskussionen, sondern auch auf Veränderungen hinsichtlich der Funktionszusammenhänge und Benutzungskontexte, in die das reformatorische Lied als literarisches Produkt Eingang findet. Sein Sinnzentrum lässt sich als das eines „Zeitspeicher[s]"[26] beschreiben, das die jeweils aktuellen konfessionsgeschichtlich signifikanten Formationen fixiert und zum Medium kollektiv-institutioneller Verständigung einer Gruppe über den gemeinsamen kulturellen und religiösen Bildungskanon transformiert.[27] In diesem Sinne bildet das von Joachim Slüter verantwortete Gesangbuch von 1525 ein ideales Beobachtungsobjekt, um die tagungsrelevante Frage nach den Prinzipien der Tradierung und kulturellen Aneignung von Texten im niederdeutschen Sprachraum auf der Basis eines exzeptionellen Modellbeispiels zu analysieren. Ziel des Beitrags ist es, anhand der situationsadäquaten Instrumentierung des reformatorischen Liedes im Sinne eines ‚Glaubens-Archivs' neue Perspektiven auf die historische Signifikanz des ersten niederdeutschen Gesangbuchs von 1525 zu eröffnen.

1. Sammlung und Struktur. Mediale Transferprozesse im Gesangbuch von 1525

Sammlungen konstituieren sich in kulturgeschichtlicher Perspektive aus den Prozessen des Zusammentragens, Ordnens und Strukturierens als Grundoperationen im Umgang mit tradiertem Material.[28] Sie repräsentieren Kristallisationspunkte von Wissen, deren normatives Potential im Hinblick auf die Geltung des jeweils Tradierten unmittelbar ausgestellt wird. Dass der Sammlung

[26] Christine Blättler / Ulrike Vedder, Dynamik und Ordnung der Sammlung – Strategie, Spiel und Verlust. Zur Einleitung, in: Sprachen des Sammelns. Literatur als Medium und Reflexionsform des Sammelns, hg. v. Sarah Schmidt, Paderborn 2016, S. 199–204, hier: 203.

[27] Vgl. in anderem Zusammenhang Adrian Stähli, Sammlungen ohne Sammler. Sammlungen als Archive des kulturellen Gedächtnisses im antiken Rom, in: Aleida Assmann / Monika Gomille / Gabriele Rippl (Hg.) (Anm. 25), S. 55–86.

[28] Zum Sammeln als Kulturpraxis vgl. The Power of Things and the Flow of Cultural Transformations. Art and Culture between Europe and Asia, hg. v. Lieselotte E. Saurma-Jeltsch u. Anja Eisenbeiß, Berlin / München 2010. Zum epistemischen Aspekt vgl. Sammeln als Wissen. Das Sammeln und seine wissenschaftsgeschichtliche Bedeutung, hg. v. Anke te Heesen u. Emma C. Spary, Göttingen 2001; Sammeln, Ordnen, Veranschaulichen. Zur Wissenskompilatorik in der frühen Neuzeit, hg. v. Frank Büttner, Markus Friedrich u. Helmut Zedelmaier (Pluralisierung & Autorität 2), Münster 2003. Zum Sammeln in literarischer Perspektive siehe auch den von Sarah Schmidt (Anm. 26) herausgegebenen Sammelband.

neben einer statischen, die momenthafte ‚Bestandsaufnahme' abbildenden Komponente zugleich ein dynamischer Charakter eignet, dokumentiert das Spannungsfeld von Wandel und intendierter Dauer, in das jede Sammlung notwendigerweise eingelassen ist. Dieser Aspekt lässt sich exemplarisch an den frühen reformatorischen Trägermedien der Liedproduktion und -überlieferung verfolgen.

Martin Luthers auf das Ende des Jahres 1523 datierter Brief, in dem er Georg Spalatin auffordert, an der Bereitstellung neuer geistlicher Lieder für das Volk mitzuarbeiten, gilt allgemein als „Geburtsstunde des deutschen Kirchenliedes":[29] *Consilium est, exemplo prophetarum & priscorum patrum Ecclesię psalmos vernaculos condere pro vulgo, id est spirituales cantilenas, quo verbum dei vel cantu inter populos maneat.* (Nr. 698, Z. 1–3).[30] In den Folgejahren wächst die reformatorische Liedproduktion – im Anschluss an Luthers eigene Psalm- sowie andere Lieddichtungen[31] – kontinuierlich an und findet zunächst über Einblattdrucke rasche Verbreitung.[32] Erstmals zu einer Sammlung vereinigt werden

29 Inge Mager, „Dass Christus unser Lob und Gesang sei". Martin Luthers impulsgebender Beitrag zum evangelischen Kirchenlied, in: Luthers Lieder. Ein feste Burg, hg. v. Reinhard Mawick, mit einer Einführung von Inge Mager, Leipzig 2015, S. 8–23, hier: 9.

30 D. Martin Luthers Werke. Kritische Gesamtausgabe (Weimarer Ausgabe). Briefwechsel, 3. Bd. (1523–1525), Weimar 1969 (unveränd. Nachdruck der Ausg. 1933), S. 220f. ‚Ich habe den Plan, nach dem Beispiel der Propheten und der alten Väter der Kirche deutsche Psalmen für das Volk zu schaffen, damit das Wort Gottes auch durch den Gesang unter den Leuten bleibt.' (Übersetzung nach: Martin Luther. Ausgewählte Schriften, hg. von Karin Bornkamm u. Gerhard Ebeling. Bd. 6: Briefe. Auswahl, Übersetzung und Erläuterungen v. Johannes Schilling, Frankfurt a. M. 1982, S. 66). – Zu den Grundsätzen der inhaltlichen und sprachlichen Gestaltung der deutschen Lieder, für die Luther seine eigene Übersetzung der Bußpsalmen als Richtschnur empfiehlt, siehe Dorothea Wendebourg, Martin Luther und das Kirchenlied im lutherischen Protestantismus, in: Berliner Theologische Zeitschrift 28 (2011), S. 230–245, bes. S. 235f.

31 Zu Luthers eigener Liedproduktion vgl. mit weiterführender Literatur: Martin Luther. Die deutschen geistlichen Lieder, hg. v. Gerhard Hahn (Neudrucke deutscher Literaturwerke. N. F. 20), Tübingen 1967; Gerhard Hahn, Evangelium als literarische Anweisung. Zu Luthers Stellung in der Geschichte des deutschen kirchlichen Liedes (MTU 73), München 1981; Wichmann von Meding, Luthers Gesangbuch. Die gesungene Theologie eines christlichen Psalters (Schriftenreihe Theos 24), Hamburg 1998; Martin Luther. Geistliche Lieder. Nach dem Bapstschen Gesangbuch 1545, hg. u. komm. v. Johannes Schilling (Große Texte der Christenheit 7), Leipzig 2019. – Zum reformatorischen Kirchenlied vgl. den Überblick bei Patrice Veit, Das Kirchenlied in der Reformation Martin Luthers. Eine thematische und semantische Untersuchung (Veröffentlichungen des Instituts für europäische Geschichte Mainz 120), Stuttgart 1986, bes. S. 3–5.

32 Zu den frühen Formen der Verbreitung des reformatorischen Liedes über die Flugschriften, Ein- oder Zweiliederdrucke vgl. Martin Rößler, Art. ‚Gesangbuch', in: MGG 3 (1995), Sp. 1289–1323, bes. Sp. 1291.

die vorliegenden *spirituales cantilenae* 1524 im sog. ‚Achtliederbuch'[33] – ein Format, das Drucker im mittel- wie süddeutschen Raum in den Folgejahren, wohl durchaus auch aus ökonomischen Erwägungen, produktiv forcieren:[34] Sowohl das Wittenbergische Gesangbuch (1524; DKL 1524^{18}) als auch die Erfurter Enchiridien (1524; DKL $1524^{03f.}$; 1524^{05}) oder ähnliche Unternehmungen in Nürnberg (1524; DKL $1525^{05–07}$) und Straßburg (1424; DKL 1525^{10}) lassen aufgrund des sich in mehrfacher Hinsicht überschneidenden Textbestandes markante Überlagerungsphänomene erkennen,[35] die auf eine rege wechselseitige Dynamik von Produktion und Rezeption des deutschsprachigen geistlichen Liedes verweisen, für die das Gesangbuch als „Kommunikationsträger" der Glaubensreform ganz wesentlich ist.[36] Gerade das von Luther in Zusammenarbeit mit dem kursächsischen Hofkomponisten Johann Walther zusammengestellte Chorgesangbuch (Wittenberg 1524)[37] kann als Modellfall eines frühen

---

33 Vgl. zusammenfassend Rößler, Gesangbuch (Anm. 32), Sp. 1291. Zur Gesangbuch-Tradition vgl. auch Martin Rößler, Geistliches Lied und kirchliches Gesangbuch, München 2006.

34 Zum Medium Gesangbuch vgl. Johannes Schilling, Die Geburt des Gesangbuchs aus dem Geist des Evangeliums, in: Das Gesangbuch und seine Bilder. Voraussetzungen, Gestaltung, Wirkung, hg. v. Esther P. Wipfler (Veröffentlichungen des Zentralinstituts für Kunstgeschichte in München 53. Schriften der Forschungsstelle Realienkunde 6), München 2020, S. 11–21.

35 Vgl. die Nachweise in Das Deutsche Kirchenlied [DKL]. Verzeichnis der Drucke von den Anfängen bis 1800, bearb. v. Konrad Ameln, Markus Jenny u. Walther Lipphardt (Répertoire International des Sources Musicales. Internationales Quellenlexikon der Musik B/VIII/1), Kassel u. a. 1975, S. 4–6, sowie den Überblick in Rößler (Anm. 32), Sp. 1291–1296. Zu einem exemplarischen Beispiel siehe auch Henrike Lähnemann, Das Erfurter ‚Enchiridion' in der Goslarer Marktkirchen-Bibliothek, in: Marktkirchen-Bibliothek Goslar. Beiträge zur Erforschung der reformatorischen Sammlung, hg. v. Helmut Liersch, Regensburg 2017, S. 233–243.

36 Vgl. dazu mit unterschiedlicher Akzentuierung des Gesangbuchs zwischen Verkündigung, gesungener Bibel, ‚klingendem' Katechismus, seelsorgerischem Andachtsbuch etc. Martin Rößler, Kirchengesangbuch als Kommunikationsträger des geistlichen Liedes (dargestellt an der württembergischen Gesangbuchgeschichte), in: Fragen der Liedinterpretation, hg. v. Redda Ragotzky, Gisela Vollmann-Profe u. Gerhard Wolf, Stuttgart 2001, S. 201–215, bes. S. 202–205. Zur Bedeutung des geistlichen Liedes als eines ‚Vehikels' der reformatorischen Lehre siehe auch Wendebourg (Anm. 30), S. 230–245; Mager (Anm. 6), S. 25–38.

37 Vgl. Walter Blankenburg, Johann Walters Chorgesangbuch von 1524 in hymnologischer Sicht, in: ders., Kirche und Musik. Gesammelte Aufsätze zur Geschichte der gottesdienstlichen Musik. Walter Blankenburg zu seinem 75. Geburtstag, hg. v. Erich Hübner u. Renate Steiger, Göttingen 1979, S. 40–79; Walter Blankenburg, Johann Walter. Leben und Werk. Aus dem Nachlass hg. v. Friedhelm Brusniak, Tutzing 1991; Jürgen Heidrich, Die frühreformatorische Kirchenmusik im Spannungsfeld von Tradition und Innovation. Johann Walters *Geystliche gesangk Buchleyn*, in: Die Reformation. Fürsten, Höfe, Räume, hg. v. Armin Kohnle u. Manfred Rudersdorf, unter

Versuchs gelten, die Sammlung als Ganzes sowie ihre einzelnen Bestandteile mit der Aura authentischer Autoritätsstiftung auszustatten, die die Rechtgläubigkeit des genuin reformatorischen Liedgutes garantiert.[38] Die an diesem Programm partizipierenden Sammlungen erscheinen damit als Dispositive von hoher konfessionsgeschichtlicher Relevanz, die das Selbstverständnis des angezielten Kollektivs – der der reformatorischen Lehre aufgeschlossenen Gemeinde – unmittelbar tangieren.

Ein markanter Beleg für das infolge der zunehmenden Vervielfältigung gedruckter Liedersammlungen evozierte Normierungsbestreben, das Ausdruck findet in der Sichtung, Ordnung und Reihenbildung der stetig anwachsenden Produktion evangelischer Kirchenlieder sowie der ‚offiziellen' Bestätigung im Hinblick auf ihre Rechtgläubigkeit und Korrektheit, ist das von Luther zusammengestellte und von Josef Klug in Wittenberg 1529 herausgebrachte, heute nur noch im Nachdruck von 1533 erhaltene Gesangbuch (DKL 1529^{03}).[39] Der dort kodifizierte Liederfundus aus 69 Liedern ist, was die Makrostruktur betrifft, nach dem Verfasserprinzip geordnet: An erster Stelle stehen 29 Luther-Lieder, die im Gegenzug zu den nachfolgenden nach dem Kirchenjahr und katechetischen Anliegen gereiht sind sowie Psalmdichtungen und liturgische Gesänge enthalten.[40] An zweiter Stelle stehen die Lieder anderer Wittenberger Autoren, solche aus der vorreformatorischen Tradition sowie evangelische Lieder, die von Literaten außerhalb Wittenbergs stammen. Komplettiert wird die Sammlung durch biblische Cantica und Psalmen. Zugleich symbolisiert die Organisation des Materials vom reformatorischen Zentrum, Wittenberg, zur Peripherie hin einen Legitimitätserweis der nach personalen wie räumlich grundierten Autoritätskriterien strukturierten Sammlung.

Einen eigenständigen und von den im Jahr 1525 vorliegenden Liedersammlungen hochdeutschen Ursprungs differenten Ansatz bietet das erste niederdeutsche, maßgeblich von Joachim Slüter verantwortete Gesangbuch,[41] und zwar

---

Mitarb. v. Marie Ulrike Jaros (Quellen und Forschungen zur sächsischen Geschichte 42), Stuttgart 2017, S. 231–240.

38 Zur Problematik einer fehlenden Kontrollinstanz im Rahmen der neuen Liedproduktion vgl. Mager (Anm. 29), S. 12.

39 Vgl. Konrad Ameln, Das Klugsche Gesangbuch, Wittenberg 1529. Versuche einer Rekonstruktion, in: Jahrbuch für Liturgik und Hymnologie 16 (1971), S. 159–162. Siehe dazu auch Rößler (Anm. 32), Sp. 1292: „Luther reagierte auf eine fünfjährige Singbewegung, die aus der reformatorischen Predigtbewegung erwachsen war. Er wollte Identität und Korrektheit der Überlieferung wahren[...]."

40 Dazu eingehender Rößler (Anm. 32), Sp. 1292f.

41 *Eyn gantz schone vnde seer nutte gesangk boek / tho dagelyker ővinge geystliker gesenge vnde Psalmen / vth Christliker vnd Euangelischer schryfft / beuestyghet / beweret / vnde vp dat nyge Gemeret / Corrigert / vnd jn Sassyscher sprake klarer wen tho vorn verdůdeschet / Vnd myt flyte dorch Ludowych Dyetz Gedrůckt 1525* (VD16 E 1166). Einschlägig dazu Bosinski (Anm. 1), bes. S. 35–68, und jetzt Bostelmann / Braun (Anm. 25), S. 153–170. Einspielungen einzelner Lieder aus dem Gesangbuchkorpus

gleich in mehrfacher Hinsicht: Es enthält mit insgesamt 54 Stücken gewissermaßen eine ‚Summe' des zeitgenössisch vorliegenden Inventars evangelischer Kirchenlieder und ist damit das umfangreichste seiner Art.[42] Das ist insofern bemerkenswert, als das hier zu beobachtende Streben nach Vollständigkeit sich aus einer strukturellen Neuordnung des Materials und damit einem stärker spezialisierten Funktionskontext des Buches heraus erklärt. Denn Slüter weicht von der sonst vielfach gebräuchlichen Hierarchisierung der Texte nach autoritativen Kategorien dezidiert ab, indem er einem liturgischen Ordnungsprinzip folgt.[43] Neben Liedern für den Gottesdienst (Nr. 1–23) listet er solche zur Mette (Nr. 24–35), darunter acht Psalmlieder Ludwig Oelers,[44] sowie für die Vesper bestimmte Psalmlieder, deutschsprachige Cantica (*Magnificat*, *Nunc dimittis*) und Hymnen (Nr. 36–54).[45]

Die solchermaßen vollzogene Instrumentierung des verfügbaren Materials für einen deutschsprachigen Gottesdienst spiegelt Slüters Intention, den – wie er in der Vorrede zum Gesangbuch formuliert – sozial niedriger gestellten Werktätigen, denen aufgrund ihrer beruflichen Auslastung wie ihres Bildungsstandes eine Lektüre der Heiligen Schrift verwehrt sei,[46] den Weg des neuen Glaubens über den geistlichen Gesang zu weisen: *Up dat alle gelôuygen dat ewyge leuent nicht vth vordenste / den dorch gnade erlangen* (Bl. Aj^{v}).

> Wente de wercklůde / dorch tydlyken arbeyd / tho erer notrofft / vnde des neghesten / van Gade ynghesettet / werden vorhyndert / so dat ene de tydt / de hyllige schryfft dorch tholesende nycht wert vorgunnet. Der haluen / den suluygen geystlike gesenge van nôden synt / vp dat ere gemôte belustygen / vnde eren licham yn erlykem arbeyde / yn geystlyker frôlycheyt vorlychteth werde. (Aij^{v})

---

liegen vor in der CD: Wie klingt die Reformation im Norden? Aus Joachim Slüters Gesangbuch von 1525, mit Chorsätzen von Johann Walter. Kurrende der St.-Johannis-Kantorei Rostock und Rostocker Motettenchor; Karl-Bernhardin Kropf, Orgel. Leitung Markus Johannes Langer, hg. v. Franz-Josef Holznagel, Markus Johannes Lange u. Hartmut Möller, Göttingen 2018.

42 Zum Vergleich des niederdeutschen Gesangbuchs mit dem Bestand des Wittenberger Gesangbuchs (1524) und des Erfurter Enchiridions (Schwarze Horn 1525) von 32 bzw. 37 Liedern vgl. Bosinski (Anm. 1), S. 36–42.

43 Zu den Einzelheiten vgl. Bosinski (Anm. 1), S. 47–52.

44 Diese Lieder stammen wohl aus dem Nürnberger Gesangbuch von 1525. Vgl. Bosinski (Anm. 1), S. 63.

45 Die dreiteilige Struktur ist im Gesangbuch selbst mit klassifizierenden Überschriften vorgegeben, z. B. *Volgen etlyke Psalmen / jn der Metten tho syngende* (vor Nr. 24; Bl. Giiij^{r}); *Volgen noch etlyke Psalmen / Hymni vnde andere geystlyke lauesenghe jn der Vesper tho synghende* (vor Nr. 36; Bl. Kj^{r}). Vgl. Bosinski (Anm. 1), S. 47–52.

46 Das Viertel, in dem die Slüter unterstellte Pfarrei, St. Petri, lag, war um 1500 das Armenviertel der Stadt. Zur sozialen Struktur Rostocks im frühen 16. Jahrhundert vgl. Pettke / Prowatke (Anm. 2), bes. S. 5–7.

Die Tatsache, dass Slüters Gesangbuch keine Notation, wohl aber Hinweise darauf bietet, nach welcher Melodie die Lieder jeweils zu singen sind, gilt in der Forschung als Beleg für die zum Publikationszeitpunkt des Buches wohl bereits nicht unerhebliche Verbreitung zumindest einzelner Lieder, gerade auch in melodischer Hinsicht.[47] Andererseits soll Slüter, wie er in der Vorrede zur modifizierten Neuauflage, dem sog. ‚doppelten Gesangbuch' (1531), schreibt,[48] die neuen Texte samt Melodien in mühsamer Arbeit mit der Gemeinde einstudiert haben.[49] Das Singen deutschsprachiger geistlicher Lieder, dessen Stellenwert in der Vorrede zum Gesangbuch von 1525 mit den ‚klassischen' Legitimationstopoi – Davids Psalmengesang, Moses' Lobgesang sowie der ‚neue' Gesang in Christus (vgl. Aij^{r}) – unterlegt wird, erscheint für die ‚Erbauung' und Festigung im Glauben als derart konstitutiv,[50] dass Slüter diese kommunikative und gemeinschaftsbildende Praxis keineswegs nur auf die rein liturgische Gebrauchsfunktion beschränkt wissen will. In diesem Sinne liest sich der Kommentar zu den der Vesper zugeordneten Liedern:

> Doch schal syck nemanth beduͤncken laten / dat Metten. Vesper / effte andere Getyde tho syngende eyn noͤdych dynck sy [...] suͤnder gantz fry vth jnnicheyt Gade dar mede tho lauende ghescheen schal / Ock nicht alleyn duͤsse / suͤnder alle andere geystlike gesenge wennͤr de geyst Gades vth jnnicheyt dy dar tho voruoͤrdert / tho syngende synth. (Bl. Kj^{r})

Das erste niederdeutsche Gesangbuch ist also nicht nur als Muster für die gesangliche Ausgestaltung eines deutschsprachigen Gottesdienstes zu verstehen, sondern eröffnet zugleich eine ‚didaktische' Dimension im Sinne einer angelei-

---

47 „Dass die sangliche Umsetzung dennoch immer mitgedacht wurde, zeigen die zahlreichen Tonangaben, die wie selbstverständlich auf mutmaßlich bekannte Melodieparallelen oder direkte Vorlagen verweisen." Bostelmann / Braun (Anm. 25), S. 162. – Die Entwicklung von Melodievarianten rekonstruiert Konrad Ameln, Kirchenmelodien der Reformation im Gemeindegesang des 16. und 17. Jahrhunderts, in: Alfred Dürr / Walther Killy (Hg.) (Anm. 6), S. 61–71.

48 Es enthält im ersten Teil die niederdeutsche Umsetzung des Klugschen Gesangbuchs von 1529 sowie in einem zweiten Teil von Slüter selbst gegenüber dem Gesangbuch von 1525 partiell neu zusammengestelltes Liedmaterial, insgesamt 114 Lieder. Eine vergleichende Analyse bietet Bosinski (Anm. 1), S. 173–217.

49 Vgl. Bosinski (Anm. 1), S. 57. Dazu auch unten, S. 292. Hierbei könnte die auch sonst bezeugte Praxis, neue volkssprachige Lieder zunächst durch den Chor singen zu lassen, zum Zuge gekommen sein. Für diesen Hinweis danke ich Horst Brunner (Würzburg), mündlich.

50 Zu Erbauungskonzepten in historischer Perspektive vgl. Die Versuchung der schönen Form. Spannungen in ‚Erbauungs'-Konzepten des Mittelalters, hg. v. Susanne Köbele u. Claudio Notz (Historische Semantik 30), Göttingen 2019; Susanne Köbele, ‚Erbauung' – und darüber hinaus. Spannungen im volkssprachlich-lateinischen Spätmittelalter. Mit Überlegungen zu Gertruds von Helfta *Exercitia spiritualia*, in: PBB 137 (2015), S. 420–445.

teten, aber zugleich auch im Rahmen privater Übung zu situierenden Glaubensbekundung, die die Möglichkeit zur gemeinschaftlichen Artikulation des Glaubens als musikalischer Form religiöser Sozialisation einschließt.[51]

Die Differenzqualität von Slüters Gesangbuch von 1525 gegenüber den zeitgenössisch verfügbaren Liedersammlungen ergibt sich über die genannten Aspekte hinaus in erster Linie durch die mediale Transformation und situationsadäquate Instrumentierung des rezipierten Materials. Sie ist auf drei Ebenen zu situieren.

1) Zu den Vermittlungsmodalitäten des überwiegend aus den hochdeutschen Gesangbüchern stammenden Liedervorrats zählt insbesondere die Umsetzung in das regional gebräuchliche Sprachregister. Die Sprache ist ostelbisch mit ostfälischen und mitteldeutschen Einflüssen.[52] Es handelt sich dabei um „recht vorlagengetreue Übersetzungen aller bis 1525 veröffentlichten Lieder der neuen Bewegung".[53] Schon auf dem Titelblatt der Ausgabe wird dieser Aspekt gezielt ausgestellt: *Eyn gantz schone vnde seer nutte gesangk boek* [...] *jn Sassyscher sprake klarer wen tho vorn verdůdeschet*.[54] Diese Aussage ist indes nicht als Hinweis auf bereits vorliegende niederdeutsche Fassungen hochdeutscher Lieder, die von Slüter etwa neuerlich revidiert worden wären, zu verstehen;[55] vielmehr dürfte damit seine eigene Arbeit am Material indiziert sein, z. B. die Beigabe neu eingesetzter Schlussstrophen zu ausgewählten Liedern, die diese auf einen „in Bezug auf die Vorlagen deutlicher" formulierten Sinnhorizont hin ausrichtet.[56] Ein exemplarischer Einblick in die Umsetzung ins Niederdeutsche soll an Luthers Psalmlied ‚Aus tiefer Not schrei ich zu dir' vermittelt werden.[57]

---

[51] Zum Kirchenlied als „eine[r] besondere[n] Form kirchlicher Sozialisation" vgl. Martin Rößler, Art. ‚Kirchenlied', in: RLW Bd. 2 (2007), S. 260–263, hier: 260. Der Funktionswandel des geistlichen Liedes ist erfasst bei Johannes Janota, Studien zu Funktion und Typus des deutschen geistlichen Liedes im Mittelalter (MTU 23), München 1968.

[52] Zu den auffälligen ostfälischen Sprachmerkmalen, die auf Slüters Herkunft aus Dömitz an der Elbe weisen (an der Grenze zum ostfälischen Sprachgebiet und zum Lüneburgischen, das auf ostniederdeutscher Grundlage steht, aber auch ostfälischen Spracheinfluss zeigt), vgl. die Analyse des Sprachmaterials im Anhang, S. 308–312.

[53] Bostelmann / Braun (Anm. 25), S. 154.

[54] Zum Nachweis siehe Slüter (Anm. 41), Titelblatt.

[55] Bosinski (Anm. 1), S. 62–65, bezieht diese Annahme zwar nicht auf ein vollständig vorliegendes, dem Slüterschen Werk voraufgehendes niederdeutsches Gesangbuch, wohl aber auf mündlich tradierte Liedtexte, die der Rostocker Reformator *klarer wen tho vorn* übersetzt und in sein Gesangbuch aufgenommen habe (ebd., S. 64).

[56] In diesem Sinne argumentieren auch Bostelmann / Braun (Anm. 25), S. 153.

[57] Im Folgenden zitiert nach: Luthers geistliche Lieder und Kirchengesänge. Vollständige Neuedition in Ergänzung zu Bd. 35 der Weimarer Ausgabe, bearb. v. Markus Jenny (Archiv zur Weimarer Ausgabe der Werke Martin Luthers. Texte und Untersuchungen 4), Köln / Wien 1985, S. 191f. Die verschiedenen Melodievarianten sind verzeichnet ebd., S. 188–190. Slüter hat offenbar auf die spätere, im ‚Walterschen

Wittenbergisches Gesangbuch (1524)	Niederdeutsches Gesangbuch (1525, Bl. Diiij$^{r/v}$)[58]
Aus tieffer not schrey ich zu dyr,	Uth deper noth roep jck tho dy /
Herr Gott, erhor meyn ruffen.	heer God erhoͤre myn ropen.
Deyn gnedig oren ker zu myr	Dyne gnedygen oren ker tho my /
und meyner bitt sie offen.	vnde myner bede se oͤpen /
Denn so du willt das sehen an,	Wente so du wulth dat seen an /
was sund und unrecht ist gethan,	wat sunde vnde vnrecht ys ghedaen /
wer kan, Herr, fur dyr bleyben?	Wol[59] kan here vor dy blyuen.
Bey dyr gillt nichts den gnad und gonst,	By dy gelth nicht wen gnad vnde gunsth /
die sunden zu vergeben.	de sunde tho vorgheuen.
Es ist doch unser thun umb sonst,	Vnse doen js doch vmme sonst /
auch ynn dem besten leben.	ock jn deme besten leuen.
Fur dyr niemant sich rhumen kan;	Vor dy nemand syck beroͤmen kan /
des mus dich furchten yderman	des moet dy fru͂chten[60] yderman.
Und deyner gnaden leben.	Vnde dyner gnaden leuen.
Darumb auff Gott will hoffen ich,	Darum vp God wyl hapen yck /
auff meyn verdienst nicht bauen.	vp myn vordenst nicht buwen.
Auff yhn meyn hertz sol lassen sich	Vp ẽn schal yck vorlaten myck /
und seyner guete trauen,	vnde syner gůtheyth trůwen.
Die myr zu sagt seyn werdes wort;	De my thosecht syn eddel wort /
das ist meyn trost und trewer hort.	dat ys myn trost vnde getrůwer hort.
Des will ich allzeyt harren.	Des wyl yck altydt harren.
Und ob es wert bis ynn die nacht	Efft dat waret went jn de nacht /
und widder an den morgen,	vnde wedder an den morgen.
Doch sol meyn hertz an Gottes macht	Doch schal myn herte vp gades macht /
verzweyfeln nicht noch sorgen.	vortwyuelen nicht noch sorgen.
So thu Israel rechter art,	So doe Israel rechter arth /
der aus dem geyst erzeuget ward,	de vth dem geyste betůget warth.
Und seynes Gotts erharre.	Vnde synes gades vorbeyde.

Gesangbüchlein‘ (1524) überlieferte Version des Textes als Glaubenslied zurückgegriffen.

[58] Hier gibt Slüter, wie im Gesangbuch sonst auch üblich, die Nummer des Psalms mit Incipit an (*De cxxx. psalm. De profundis*, Bl. Diiij^{r}), hier nach Luther, während die Psalmangaben in den Marginalien nach der Vulgata gehalten sind. Siehe dazu weiter unten, Anm. 70 u. 91. Anstelle eines Melodiehinweises folgt eine Angabe zum liturgischen ‚Ort‘ des Psalms: Er sei *to syngen voͤr der predekyge* (Bl. Diiij^{r}), d. h. vor der Predigt. Zu dieser durch Slüter eingeführten ‚Neuerung‘ gegenüber der sonst belegten Funktion des Liedes als Begräbnislied vgl. Bosinski (Anm. 1), S. 48.

[59] *Wol* in der Bedeutung ‚wer‘ ist vorwiegend Nordniedersächsisch. Entsprechend der Vorlage wäre allenfalls mnd. *we* (‚wer‘) zu erwarten.

[60] *fruchten* für ‚fürchten‘ ist korrektes Niederdeutsch (sog. r-Metathese).

Ob bey uns ist der sunden viel,	Efft by vns sy der sunden veel /
bey Gott ist viel mehr gnaden,	by Gade ys veel meer gnaden.
Seyn hand zu helffen hat keyn ziel,	Syne hant wyll alleyn helpen meer /
wie gros auch sey der schaden.	wo groet sy ock de schade.
Er ist alleyn der gute hirt,	He ys alleyn de gude herd /
der Israel erlosen wirt	de Isreal erlo̊sen werth.
Aus seynen sunden allen.	Vth synen sunden alle.

Schon Bosinski hat auf die auffällige Worttreue der Slüterschen Umsetzung verwiesen,[61] die sich so eng am Ausgangstext orientiert, dass dabei kleinere Unregelmäßigkeiten in der Reim- und Versstruktur durchaus in Kauf genommen werden (z. B. 1,5f.; 2,1/3); selten gehen damit markante Rhythmusveränderungen einher (vgl. z. B. die gespaltene Senkung in 4,1).[62] Ein wirklicher Eingriff in den Wortlaut der Vorlage ist an nur zwei Stellen notwendig gewesen, um den Gleichklang bzw. die metrische Form zu sichern: In Str. 3,3 modifiziert Slüter die Wortfolge sowie das Subjekt des Verses (*Auff yhn meyn hertz sol lassen sich*), um einen reinen Reim zu erreichen (3,1/3: *Darum vp God wyl hapen yck* / [...] *Vp ĕn schal yck vorlaten myck*). In Str. 5,3 ließ sich eine wörtliche Umsetzung aufgrund dialektal bedingter lexikalischer Differenzen beim Grundwort ‚Ziel' (mnd. *ende*) nicht realisieren (*Seyn hand zu helffen hat keyn ziel*), so dass eine andere Formulierung gewählt wird, bei der zumindest die Versschlüsse einander vokalisch entsprechen (5,1/3: *Efft by vns sy der sunden veel* / [...] *Syne hant wyll alleyn helpen meer*). Auf der lexikalischen Ebene sind ferner nur wenige (z. T. geringfügige) regionalsprachlich bedingte Akkomodationen zu beobachten: *guete* – *gůtheyth* (3,4); *werdes* – *eddel* (3,5); *erharre* – *vorbeyde* (4,7).

2) Neben der sprachlichen Adaptation zeichnet sich die im niederdeutschen Gesangbuch vollzogene Aktualisierung des Liedmaterials durch eine produktive Komponente aus, die die Vermittlung zentraler religiöser Glaubensgrundsätze mittels der Verortung in einem diskursiven Feld reflektiert. Diese Tendenz dokumentieren die durch den Rostocker Reformator bewusst vorgenommenen Differenzmarker: So ist Joachim Slüter wohl nicht nur die Verfasserschaft einiger im Gesangbuch anonym überlieferter Lieder,[63] sondern – mit relativer Sicherheit – auch einzelner Gloria-Strophen zuzuschreiben, die in der Regel

[61] „Man muß die peinliche Beachtung des hochdeutschen Wortlautes in der niederdeutschen Übersetzung feststellen". Bosinski (Anm. 1), S. 213.

[62] Kriterien dieser Art, die die hochdeutsche Form des jeweiligen Liedes bisweilen noch durchschimmern lassen, dienen der Forschung als Grundlage dafür, Lieder genuin niederdeutschen Ursprungs von den Übersetzungen hochdeutscher Vorlagen zu scheiden. Zu den Einzelheiten vgl. Bosinksi, ebd., bes. S. 212–214.

[63] Zur Diskussion vgl. Bosinski (Anm. 1), S. 213–217.

eine das jeweilige Lied abschließend fokussierende alternative Akzentuierung entfalten. Damit wird eine Anschlusskommunikation im Rahmen des zeitgenössischen Diskurses um die Verkündigung reformatorischer Grundgedanken greifbar. Dies ist z. B. auch für das oben besprochene Lied, die Umsetzung von Luthers ‚Aus tiefer Not', beobachtet worden, denn Slüter fügt eine sechste Strophe an, die sonst – zumal in den um 1525 auf dem ‚Markt' vorhandenen Gesangbüchern – nicht bezeugt ist:[64]

> Ere sy dem vader vnde dem soͤne /
> ock Gade dem hylgen geyste.
> He ys de hoͤgeste jn hemmels tron /
> regeͤrt tom alder meysten.
> Auer de creaturen alle:
> den wy lauen myt grotem schalle /
> de wyle wy vp erden leuen /
> God geue vns synen segen. (Bl. Diiij^{v})

Es fällt auf, dass diese Strophe vom ‚Bauplan' des Liedes nach dem Kanzonenmuster[65] „in den Kadenzen und in der Anzahl der Verse [...] abweicht."[66] Sie implementiert mit dem emphatischen Lobpreis der Trinität, der Doxologie, ein ‚klassisches' Element der Liturgie, das dem Lied einen hymnischen Charakter verleiht. Plausibel wird die Hinzufügung einer liturgischen Formel vor dem Hintergrund der Integration des Liedes in eine neue Gottesdienstform: die rein deutschsprachige, d. h. niederdeutsche Messe. Sowohl die innerhalb der Sammlungsstruktur funktionale Zuordnung des Liedes zur Predigt[67] als auch die beschließende Kollektivbitte zielen auf eine konkrete Realisierung im Rahmen des Gemeindegesangs. Als zentrales Medium der Verkündigung wird das geistliche Lied in der nunmehr rein volkssprachig grundierten liturgischen Ordnung verankert und so zum Element der neuen, institutionalisierten und rituell legitimierten Frömmigkeitskultur.[68]

3) Das niederdeutsche Gesangbuch hebt sich überdies durch einen dritten Aspekt vom Gros der in diesen Jahren publizierten Liedersammlungen ab, der die mediale Organisation der Lieder im Druck betrifft und diesen optisch als

---

64 In Slüters ‚doppeltem Gesangbuch' von 1531 ist diese Strophe nicht mehr aufgenommen. Vgl. Bostelmann / Braun (Anm. 25), S. 162.

65 Zur Melodieform des Liedes vgl. Jenny (wie Anm. 57), Nr. 11B.

66 „Unter der Vorgabe, dass die letzte Melodiezeile wiederholt wird, kann diese Strophenvariante, die zunächst unpassend wirkt, aber dennoch auf die Melodie von Luthers Psalmlied gesungen werden." Bostelmann / Braun (Anm. 25), S. 162.

67 Dazu Anm. 57 und unten, S. 305.

68 Interessante Perspektiven dürfte, wie Bostelmann / Braun (Anm. 25), S. 163f., betonen, gerade die Erschließung der theologie-, kirchen- und dogmengeschichtlichen Kontextualisierung von Slüters Gesangbuch bieten. Sie wäre erst noch zu leisten.

ausgesprochenes ‚Lesebuch' erscheinen lässt. Bereits erwähnt wurde die Beigabe von zahlreichen Marginalien, die – beginnend mit der Vorrede – die in den einzelnen Liedern jeweils thematisierte Heilsbotschaft an die biblischen Bücher zurückbinden. Schon auf dem Titelblatt wird diese Dimension einer autoritativen Grundierung des im Gesangbuch gebotenen Materials signalisiert. Selbiges sei nämlich *vth Christliker vnd Euangelischer schryfft / beuestyghet / beweret* (Bl. Ai^r^) – ein Sachverhalt, auf dessen Hintergrund Slüter im Vorwort etwas ausführlicher rekurriert: Die nicht unerhebliche Mühe der Ausarbeitung eines ausreichend aussagekräftigen Verweissystems habe er deswegen auf sich genommen,

> Vp dat de blynden / vorstockeden / Gadeslasterer / vnde vyende des hylghen Euangelij (eyne krafft Gades / tho der salicheyt allen gelőuyhen) mőgen seen / vőlen / vnde tasten / dat se vth egen vorstande nicht erdichtet synt / wo se syck laten bedůncken. Men dorch den hylgen geyst / vnsen leyder / dorch syne erlůchteden gespraken / gegrůndet. (Bl. Aij^v^)

Hinter der medialen Einrichtung des Druckes steht also zunächst die Intention, das Singen volkssprachiger Lieder im Gottesdienst und damit dessen volkssprachliche Form selbst zu legitimieren, indem praktisch jede Aussage (auch die programmatische Positionierung im Vorwort)[69] mit einem Beleg auf das höchste christliche Referenzorgan, die Bibel, unterlegt wird.[70] Schon für die zitierte kurze Passage bringt Slüter folgende neutestamentliche Quellennachweise: *Roma.j.ij.*; *Philip.iij.*; *Roma.j.*; *i.Petri.j.*; *Matth.x.*; *Rom.viij.* (Bl. Aij^v^). Auffällig dabei ist, dass sie in einem eher assoziativen Konnex zum Haupttext stehen, den sie um die Aspekte der Heilszuversicht und einer mit dem Evangelium vermittelten (Rm 1),[71] im Glauben sich realisierenden Heilsgewissheit erweitern

---

69 Das Vorwort bietet beinahe zu jeder Zeile eine Bibelstelle auf, insgesamt 37. Vgl. Bosinski (Anm. 1), S. 38. Lediglich bei den letzten beiden Liedern (Hans Sachs, Nr. 52; Martin Luther, Nr. 53) fehlen die Marginalien. – Das Lied Nr. 54 ist wegen des Blattverlusts in der Ausgabe von 1525 nicht enthalten und wird in der Regel nach einem Kölner Nachdruck von 1526 rekonstruiert. Siehe Bosinski (Anm. 1), S. 42.

70 Die in der Vorrede, aber auch darüber hinaus verwendeten Abkürzungen der biblischen Bücher weisen darauf hin, dass hier die Vulgata als Quelle zugrunde gelegen hat. Vgl. exemplarisch: *Gene* (Bl. Aj^v^) = 1. Mose (Luther); *Deutro.* (Bl. Aijr) = 5. Mose (Luther); *Exo.* (ebd.) = 2. Mose (Luther); *Ad Titum.* (Bl. Biij^r^) = Tit (Luther); *Osee.* (Bl. Cij^r^) = Hos (Luther); *ij.Paralipo.* (Bl. Ciiij^v^) = 2. Chr (Luther); *Sapi.* (Dij^r^) = Weish (Luther); *Eccle.* (Dij^r^) = Pred (Luther); *Prover.* (Diiij^r^) = Spr (Luther); *Apoca.* (Diiij^v^) = Offb (Luther). Deswegen erfolgen die Zitate der entsprechenden Bibelpassagen im Folgenden nach der Vulgata: Biblia sacra iuxta vulgatam versionem, rec. et brevi apparatu critico instruxit Robert Weber. Editionem quintam emendatam retractatam praeparavit Roger Gryson, Stuttgart 2007. – Auch in der Ausgabe des niederdeutschen Katechismus (1525) geschieht „[d]ie Bezeichnung der Stellen [...] nach der Vulgata". Bosinski (Anm. 1), S. 73, mit Anm. 15.

71 *evangelium virtus enim Dei est in salutem omni credenti* (Rm 1,16; ‚das Evangelium ist

(I Pt 1),[72] freilich nicht ohne die Perspektive auf notwenige Entzweiungen im Glauben, Anfeindungen und Verfolgungen (Mt 10)[73] durch solche *homines inexcusabiles* (Rm 2,1) zu lenken,[74] die ihr eigenes Gesetz höher achten als Gottes Ratschluss (Phil 3).[75] Durch das Einspielen eines weiter gesteckten konnotativen Horizonts wird über die Marginalien subtil eine Verweisebene etabliert, die Slüters im Haupttext markierte isolierte Position gegenüber den *Gadeslasterer*[n] an existentielle Fragen der Glaubensausübung zurückbindet und sie zugleich zu einem zukunftweisenden Modell der ‚neuen' *fides* in Christus stilisiert (Rm 8).[76]

Die von Slüter vorgelegte Beglaubigungsstrategie gewinnt ihr historisches Profil im Kontext des interkonfessionellen Konflikts, in dem der Reformator 1525 noch weitgehend ohne Unterstützung gegen erhebliche Widerstände agierte, die sich im Rostocker Rat sowie innerhalb der altgläubigen Pfarrherren der

---

nämlich die Kraft Gottes zum Heil für einen jeden Gläubigen'). Übersetzung hier wie im Folgenden: J. F.

72 *benedictus Deus et Pater Domini nostri Iesu Christi qui secundum magnam misericordiam suam regeneravit nos in spem vivam per resurrectionem Iesu Christi ex mortuis* [...] *ut fides vestra et spes esset in Deo* (I Pt 1,3; 20; ‚Gepriesen sei Gott und der Vater unseres Herrn Jesus Christus, der uns gemäß seiner großen Barmherzigkeit wiedergeboren hat zur lebendigen Hoffnung durch die Auferstehung Jesu Christi von den Toten [...], auf dass euer Glaube und Hoffnung in Gott ruhen mögen').

73 *Cum autem persequentur vos in civitate ista fugite in aliam* [...] *et nolite timere eos qui occidunt corpus animam autem non possunt occidere* (Mt 10,23; 28; ‚Wenn sie euch aber in dieser Stadt verfolgen, flieht in eine andere [...] und fürchtet diejenigen nicht, die den Körper töten, denn die Seele können sie nicht töten').

74 *propter quod inexcusabilis es o homo omnis qui iudicas in quo enim iudicas alterum te ipsum condemnas* [...] *scimus enim quoniam iudicium Dei est secundum veritatem in eos qui talia agunt* (Rm 2,1f.; ‚Deshalb bist du, o jedweder Mensch, der du richtest, unentschuldbar. Denn worin du den anderen richtest, verdammst du dich selbst [...]. Wir wissen aber, dass ja das Urteil Gottes über diejenigen, die solches tun, der Wahrheit folgt.').

75 *sed quae mihi fuerunt lucra haec arbitratus sum propter Christum detrimenta* [...] *ut Christum lucri faciam et inveniar in illo non habens meam iustitiam quae ex lege est sed illam quae ex fide est Christi quae ex Deo est iustitia in fide* (Phil 3,7; 9; ‚Aber was mir Gewinn war, das habe ich um Christi willen für Schaden gehalten [...] damit ich Christus als Gewinn erachte und in ihm gefunden werde, der ich nicht meine Gerechtigkeit habe, die aus dem Gesetz stammt, sondern jene, die aus dem Glauben an Christus kommt, die Gerechtigkeit im Glauben, die von Gott stammt').

76 *nam prudentia carnis mors prudentia autem Spiritus vita et pax* [...] *si autem Christus in vobis est corpus quidem mortuum est propter peccatum spiritus vero vita propter iustificationem* [...] *si Deus pro nobis qui contra nos* [...] (Rm 8,6; 10; 31; ‚Denn ein Wissen, das (nur) auf das Fleischliche beschränkt ist, bedeutet den Tod, das aber auf den Geist gerichtet ist, ist Leben und Friede [...]; wenn aber Christus in euch ist, ist der Körper zwar tot um der Sünde willen, aber der Geist ist Leben um der Gerechtigkeit willen [...]. Wenn Gott für uns ist, wer ist gegen uns?').

Stadt formiert hatten.[77] Gerade auf solche ‚Kontrahenten', die an der Bildungskultur der Zeit teilhaben, sind die Marginalien berechnet, dokumentieren sie doch die breite Rückbindung des neuen Gesangsmaterials an die Heilige Schrift. Durch die Publikation des Gesangbuchs markiert Slüter eine prononcierte Position im zeitgenössischen Diskurs, indem er die göttliche Heilsvermittlung allein mittels des geschriebenen Wortes (*sola scriptura*) zur Inspirationsquelle der Lieder-Sammlung stilisiert und zugleich performativ entfaltet – wohlgemerkt eine Methode, derer sich Slüter zum selben Zweck im nur wenige Monate zuvor erschienenen niederdeutschen Katechismus (1525) bedient hatte.[78] Anvisiert ist eine Auratisierung der Sammlung, die durch die enge Vernetzung der Lieder mit den angegebenen Bibelstellen zu einem legitimen Medium der Glaubensvermittlung wird.[79]

Die ‚Befestigung' des Glaubens zielt aber nicht nur gegen Inkriminierungsversuche von Außen, sondern darüber hinaus auf eine, die Rezeptionsgemeinschaft im Inneren tangierende ‚Erbauung': „Slüter wird nicht verfehlt haben, die Gemeinde, der er die Lieder als ‚Kantor' nahebrachte, auf die Schriftstellen hinzuweisen".[80] Zusammen mit den in der Ausgabe des Gesangbuchs petit gesetzten exegetischen Passagen (*Uthdůdynge*)[81] verweisen die Marginalien auf einen Modus kontemplativer Lektüre in der Art eines Andachtsbuches, aus dem heraus das Verständnis der Heiligen Schrift in einer für das einzelne Lied jeweils einschlägigen Deutungsdimension aufgeschlossen, daneben und zugleich aber auch auf den übergeordneten heilsgeschichtlichen Horizont hin geöffnet wird. Insofern kondensieren die Lieder programmatische Konzepte des neuen Glaubens und machen sie mittels der beigegebenen Schriftquellen für instruierte Rezipienten erfahrbar. Die Sammlung spiegelt damit eine Archivfunktion als Ergebnis eines systematisierenden Zugriffs auf den zentralen christlichen Wissensfundus.

---

77 Zu den Grundlagen zusammenfassend vgl. Pettke / Prowatke (Anm. 2).

78 „Aus dem gleichen Grunde versah Slüter auch den niederdeutschen Katechismus [...] am Rande mit Schriftstellen." Bosinski (Anm. 1), S. 53.

79 Anregung zur Beigabe der Marginalien dürften die Speratuslieder im ‚Achtliederbuch' geboten haben, an deren Schluss jeweils Bibelstellen zu den einzelnen Versen genannt werden, die Slüter ausnahmslos übernimmt und durch eigene Angaben ergänzt. Vgl. Bosinski, ebd., S. 53f.

80 Bosinski (Anm. 1), S. 55. In der Vorrede zur Ausgabe des sog. ‚doppelten Gesangbuchs' von 1531 bemerkt Slüter, dass zahlreiche Lieder in unterschiedlichen Gemeinden und Städten in Gebrauch seien, die *myt swarem arbeyde den entuoldygen dorch de gnade geleret syn worden / unnde dachlick werden ghesungen* (Hvij^{r}). Slüter habe also, so Bosinski, ebd., S. 57, die Lieder „mit schwerer Arbeit den Einfältigen durch die Gnade vermittelt".

81 Vgl. vor allem die beiden Speratus-Lieder (*In godt / geloue jck dat he hefft* [Nr. 6]; *Help Godt / wo ys der mynschen noet so grot* [Nr. 7], bei denen jeder Strophe eine *Uthdůdynge vnde bewerynge* in Prosa beigegeben ist (Bl. Biiij^{v}-Dij^{r}).

2. Lieder als Archive des Glaubens

Die Praxis, Texte über marginal gebotene Referenzpunkte mit umfangreicheren Wissenshorizonten zu verknüpfen und diese in der Art eines autoritativ abgesicherten Beglaubigungsmechanismus zu instrumentieren, gehört insbesondere für die Tradierung bzw. den Transfer gelehrter Inhalte in die Volkssprache zu einem aus bildungsgeschichtlicher Perspektive geradezu konventionalisierten Verfahren.[82] Die von Joachim Slüter in den Marginalien zu den einzelnen Liedern verzeichneten Bibelstellen leisten eine Anpassung der neuen, aus altgläubiger Sicht nicht unumstrittenen Texte an veränderte gesellschaftliche Anforderungen und Institutionalisierungsprozesse.[83] Ihnen eignet insofern ein „auratische[s] Moment[ ]",[84] mit dem sich das Trägermedium Gesangbuch als religionsgeschichtlich fundierter *textus classicus* inszeniert[85] – denn dass das Augenmerk auf der evangelisch-theologischen Korrektheit des jeweiligen Wortlautes liegt, wird anhand der Präsentation des Materials im Druck evident (s. o.). Die enge, fast schon Kommentar-artig anmutende Vernetzung der Lieder mit weitumspannenden biblischen Kontexten legt einerseits auf den ‚neuen' Glauben hin perspektivierte heilsgeschichtliche Wissensstrukturen frei und si-

---

[82] Marginalien repräsentieren eine kulturelle Konstante im Umgang mit der Tradierung gelehrter Bildungsinhalte, der eine gesellschaftliche Verbindlichkeit eignet, sei es in rechtlich-fundierender Hinsicht, sei es im bildungsgeschichtlichen, insbesondere auch religiösen Kontext. So ist z. B. die Darbietungsform des deutschen Textes mit kurzen lateinischen Lemmata schon bei mittelalterlichen Psalmenübersetzungen weit verbreitet. So soll nicht nur auf den sekundären Status der volkssprachigen Übersetzung gegenüber dem Lateinischen aufmerksam gemacht, sondern auch eine vergleichende Lektüre ermöglicht werden. Vgl. Nigel F. Palmer, Zum Nebeneinander von Volkssprache und Latein in spätmittelalterlichen Texten, in: Literatur und Laienbildung im Spätmittelalter und in der Reformationszeit. Symposion Wolfenbüttel 1981, hg. v. Ludger Grenzmann / Karl Stackmann (Germanistische Symposien, Berichtsbände 5), Stuttgart 1984, S. 579–600. – Zur Rolle lateinischer Marginalien in der Antikeübersetzung der Frühen Neuzeit vgl. am Beispiel von Vergils ‚Aeneis' Julia Frick, Thomas Murners ‚Aeneis'-Übersetzung. Lateinisch-deutsche Edition und Untersuchungen, 2 Bde. (MTU 149,1–2), Wiesbaden 2019.

[83] Zu den Widerständen gegen das reformatorische Lied von altgläubiger Seite vgl. Mager (Anm. 6), S. 25–38.

[84] Peter Strohschneider, Faszinationskraft der Dinge. Über Sammlung, Forschung und Universität, in: Denkströme 8 (2012), S. 9–26, hier: 20.

[85] Zum Zusammenhang der Inszenierung eines Textes mittels Kommentierung als ‚klassisch' vgl. Jan Assmann, Text und Kommentar. Einführung, in: Text und Kommentar, hg. v. Jan Assmann u. Burkhard Bladigow (Archäologie der literarischen Kommunikation 4), München 1995, S. 9–33, hier: 19. Zur Indienstnahme dieser Funktion zur Eigenstilisierung siehe Aleida Assmann, Der Eigen-Kommentar als Mittel literarischer Traditionsstiftung. Zu Edmund Spensers *The Shepheardes Calender*, in: Aleida Assmann / Monika Gomille / Gabriele Rippl (Hg.) (Anm. 25), S. 355–373.

chert ihnen andererseits Geltung und Autorität. Jedem einzelnen Lied ist innerhalb dieses Zusammenspiels der Charakter eines „materialisierte[n] Gedächtnisse[s]“[86] inhärent, das in der Form des Gesangbuchs über die Zeit konserviert wird. Diese aus dem Konnex von Text und Marginalien sich konstituierende ‚Archivfunktion‘[87] zeichnet sich durch eine symptomatische Interferenz unterschiedlicher Sinnschichten aus, die nicht etwa bloß auf direkte Parallelstellen des jeweiligen Verses bzw. der jeweiligen Strophe eines Liedes rekurrieren, sondern dieses an nicht explizit gemachte Deutungsperspektiven und für die reformatorische Lehre relevante Glaubenskonstanten hin öffnen. Die Funktionalisierung der Lieder als Speichermedien des Glaubens soll im Folgenden am bereits zitierten Beispiel der niederdeutschen Umsetzung von Luthers ‚Aus tiefer Not‘ exemplarisch demonstriert werden.

Das Lied selbst ist in der Überschrift als Psalmdichtung markiert (*De cxxx. psalm. De profundis*, Bl. Diiij^{r}).[88] Die erste Strophe fokussiert mit einer Invocatio die Gnade Gottes, die allein den in sündhafter Not verharrenden Menschen zu erlösen imstande ist, insoweit das Unrecht der Welt seinem richtenden Blick unterworfen ist – ein Aspekt freilich, den die rhetorische Frage des Abgesangs als unumstößliches Faktum semantisiert:

Uth deper noth roep jck tho dy /	
heer God erhoͤre myn ropen.	ij.Parali.xx.
Dyne gnedygen oren ker tho my /	Baruch.ij.
vnde myner bede se oͤpen /	Psal.lxxxvij.
Wente so du wulth dat seen an /	Roma.iij.
wat sunde vnde vnrecht ys ghedaen /	Prouer.xx.
Wol kan here vor dy blyuen.	Iob.ix.
(Bl. Diiij^{r})	

Die zu dieser Strophe verzeichneten Bibelstellen rufen zunächst ‚historische‘ Konstellationen aus der Frühzeit israelitischer Herrschaft über Juda auf, genauer: den Kampf von König Iosaphat gegen die Moabiter. Den Anknüpfungs-

86 Justin Stagl, *Homo collector*. Zur Anthropologie und Soziologie des Sammelns, in: Aleida Assmann / Monika Gomille / Gabriele Rippl (Hg.) (Anm. 25), S. 37–54, hier: 41.

87 Zum Funktionstypus des Archivs vgl. Moritz Baßler, Die kulturpoetische Funktion und das Archiv. Eine literaturwissenschaftliche Text-Kontext-Theorie (Studien und Texte zur Kulturgeschichte der Literatur 1), Tübingen 2005; Markus Friedrich, Die Geburt des Archivs. Eine Wissensgeschichte, München 2013.

88 Zu Luthers Umsetzung der Bußpsalmen in geistliche Lieder vgl. Hahn (Anm. 31), bes. S. IX–XXVIII. Siehe auch Mario Florin, *Ein hass uber den alten menschen und eyn suchen des lebens yn dem newen menschen*. Luthers Auslegung der sieben Bußpsalmen (1517 und 1525), mit einem Exkurs über Luther und die Theologie Deutsch (Deutsche Literatur von den Anfängen bis 1700 9), Bern u. a. 1989.

punkt an die in den ersten beiden Liedversen erfolgende Adressierung Gottes (*heer God erhőre myn ropen* V. 2) bildet Iosaphats Gebet, in dem er Gott angesichts einer feindlichen Übermacht um Hilfe anruft (II Par 20,6–13). Zugleich geht der Verweis aber über eine rein thematisch-motivische Kohärenzstiftung hinaus, indem Iosaphats im Gottvertrauen begründete Zuversicht auf Errettung in der göttlich inspirierten Antwort affirmativ bestätigt wird: *haec dicit Dominus vobis nolite timere nec paveatis hanc multitudinem non est enim vestra pugna sed Dei* (II Par 20,15; ‚Dies sagt euch der Herr: Fürchtet euch nicht und zittert nicht vor der Menge [sc. der Feinde], denn es ist nicht euer Kampf, sondern derjenige Gottes‘). Schließlich zeigt der von Iosaphat angeordnete Gesang von Lobliedern zur Festigung des Glaubens eine Tendenz an,[89] die die vorliegende Strophe in die Traditionslinie einer weit zurückreichenden, feierlichen wie qua ihres Alters ehrwürdigen religiösen Praxis einreiht.

Die Referenz auf das Buch Baruch fokussiert gleichermaßen die Bitte um Gnade und Erlösung des in selbstverschuldeter Sündhaftigkeit verharrenden Menschen:[90] *exaudi Domine preces nostras et orationes nostras* [...] *et da nobis invenire gratiam* (Bar 2,14; ‚Erhöre, Herr, unsere Bitten und Gebete [...] und lass uns Gnade finden‘). Auch das biblische Motiv der auditiven Wahrnehmung der aus tiefer Bedrängnis rufenden irdischen Stimme, das den Aufgesang des Liedes kennzeichnet (*Dyne gnedygen oren ker tho my / vnde myner bede se őpen* V. 3f.), wird hier in einer die Prozesshaftigkeit des Vorgangs abbildenden fünffachen Apostrophe (*respice*, *inclina*, *audi*, *aperi*, *vide*) intensiviert: *respice Domine de domo sancta tua in nos et inclina aurem tuam et audi aperi oculos tuos et vide* (Bar 2,16f.; ‚Sieh herab, Herr, von deinem heiligen Haus auf uns und neige dein Ohr und hör doch; öffne deine Augen und sieh doch‘). Und wiederum stellt die zitierte Bibelpassage die Aussicht auf Errettung durch Gottes Gnade und Barmherzigkeit unmittelbar vor Augen (Bar 2,27–35).

Eine thematische Kohärenz wird ferner durch den nächsten Verweis auf den 87. Psalm erreicht,[91] der das Gebet in großer Verlassenheit auch wörtlich re-

---

89 *statuit* [sc. Iosaphat] *cantores Domini ut laudarent eum in turmis suis et antecederent exercitum ac voce consona dicerent confitemini Domino quoniam in aeternum misericordia eius* (II Par 20,21; ‚Er setzte Sänger für den Herrn ein, damit sie ihn in ihren jeweiligen [Truppen-]Abteilungen lobten und vor dem Heer herzögen und mit einträchtiger Stimme sprächen: Vertraut dem Herrn, weil seine Barmherzigkeit ewig währt.‘). – Auch der siegreiche Einzug nach Jerusalem erfolgt unter Gesang und musikalischer Begleitung: *ingressique sunt Hierusalem cum psalteriis et citharis et tubis in domum Domini* (II Par 20,28; ‚Und sie zogen in Jerusalem ein mit Psaltern, Zithern und Trompeten in das Haus des Herrn‘).

90 *et facti sumus subtus et non supra quia peccavimus Domino Deo nostro non obaudiendo vocem ipsius* (Bar 2,5; ‚Und wir sind unterdrückt worden und kommen nicht hinauf, weil wir uns versündigt haben am Herrn, unserem Gott, indem wir seiner Stimme nicht gehorcht haben‘).

91 Im Gegensatz zur niederdeutschen Umsetzung des 130. Psalms, dessen Zählung die-

produziert[92] und in der Bitte um Gehör die für den Aufgesang des Liedes charakteristischen Topoi aufruft: *Domine Deus salutis meae die clamavi et nocte coram te intret in conspectu tuo oratio mea inclina aurem tuam ad precem meam* (Ps 87,2f.; ‚Herr, Gott meines Heils, Tag und Nacht habe ich vor dir geschrien; möge mein Gebet vor dein Angesicht kommen; neige dein Ohr meiner Bitte'). Die der menschlichen *ratio* grundsätzliche Entzogenheit der von Gott auferlegten Leiden der Seele, die den inhaltlichen *nucleus* von Ps 87 bildet,[93] impliziert einen über die bloße Funktion der Passage als ‚Parallelstelle' zu den entsprechenden Liedversen hinausgehenden Gehalt: Sie modelliert das Flehen um Barmherzigkeit (Ps 87,12) und Vertrauen auf die göttliche Gnade als einzig möglichen Weg, innerhalb der irdischen Zwänge zu bestehen und den Zugang zum himmlischen Heil zu finden.

Die sich komplementär zueinander verhaltenden reformatorischen Glaubensgrundsätze *sola gratia* und *sola fide* werden in der dem Abgesang des Liedes zugeordneten Bibelstelle (Rm 3) weiter vertieft: Der gerechte Mensch vermag vor Gott nur durch den Glauben, nicht durch des Gesetzes Werke zu bestehen (Rm 3,28: *arbitramur enim iustificari hominem per fidem sine operibus legis*). Der Glaube an das Erlösungswerk Christi ist es, der dem ohne Unterschied sündhaften Menschen eine Heilszuversicht garantiert, deren Erfüllung freilich allein Gottes Gnade anheimgestellt ist:

> iustitia autem Dei per fidem Iesu Christi super omnes qui credunt non enim est distinctio omnes enim peccaverunt et egent gloriam Dei iustificati gratis per gratiam ipsius per redemptionem quae est in Christo Iesu (Rm 3,22–24).
>
> ‚Aber die Gerechtigkeit Gottes kommt durch den Glauben an Jesus Christus über alle, die glauben; es gibt nämlich keinen Unterschied: Denn alle haben gesündigt und bedürfen Gottes Ruhm; sie werden gerecht ohne eigenes Zutun (*gratis*) durch seine Gnade über die Erlösung, die in Jesus Christus liegt.'

Gott als oberster Richter, der hörenden Ohres und sehenden Auges – hier werden die Motive des Aufgesangs wiederholt – die doppelte Moral der Menschen

---

jenige Luthers aufnimmt (vgl. Anm. 58), erfolgt die Zählung der Psalmen in den Marginalien nach der Vulgata.

92 *et ego ad te Domine clamavi et mane oratio mea praeveniet te ut quid Domine repellis orationem meam avertis faciem tuam a me* (Ps 87,14f.; ‚Und ich habe, o Herr, zu Dir geschrien und mein Gebet wird in der Frühe vor dich kommen: Warum weist du, Herr, mein Gebet zurück und wendest dein Antlitz von mir ab?').

93 *pauper sum ego et in laboribus a iuventute mea exaltatus autem humiliatus sum et conturbatus in me transierunt irae tuae et terrores tui conturbaverunt me* (Ps 87,16f. ‚Ich bin elend und in Mühsal von meiner Jugend auf; ich bin erhöht und andererseits erniedrigt und verschreckt worden; dein Zorn ging über mich und deine Schrecken haben mich bange gemacht').

verurteilt (Prv 20,12: *aurem audientem et oculum videntem Dominus fecit utrumque*), ist Gegenstand der folgenden Marginalnotiz (Prv 20). Damit wird die rhetorische Frage des Abgesangs nach der Unausweichlichkeit von Gottes Urteil, vor dem der Mensch nicht bestehen könne (V. 5–8), einer Antwort zugeführt: Der Herr richtet gerecht, auch wenn sein Entschluss sich mit dem menschlichen Urteilsvermögen nicht erfassen lässt (Prv 20,24: *a Domino diriguntur gressus viri quis autem hominum intellegere potest viam suam*; ‚Die Schritte des Menschen werden von Gott gelenkt; wer aber von den Menschen kann seinen Weg begreifen?'). An dieser Stelle ist auch der Punkt erreicht, auf den die Strophe zuläuft, ohne ihn konkreter zu explizieren: Der Mensch kann gegen Gott nicht recht behalten, er ist grundsätzlich abhängig von Gottes Gnade, die er erflehen, aber zu keinem Zeitpunkt als Sicherheit in Anspruch nehmen kann – ein für den ‚neuen' Glauben konstitutives Konzept, das sich in Hiobs Klage als dem Exemplum für den sich Gottes Ratschluss letztlich fügenden Menschen verdichtet (Iob 9).[94]

Die zweite Strophe setzt die in der ersten auf einer abstrakteren Ebene implizierten Glaubenskonstanten in konkrete, das Kollektiv im Kern betreffende Gewissheiten um: Während alles menschliche Tun, und sei es auch noch so vorbildhaft, *vmme sonst* ist (V. 3), obliegt die Vergebung der Sünden allein Gottes Gnade (V. 1f.); deshalb vermag sich niemand vor Gott als gerecht zu rühmen, muss sein Leben vielmehr in stetiger Achtung vor der göttlichen Providenz und im Vertrauen auf seine Gnade führen:

By dy gelth nicht wen gnad vnde gunsth /	
de sunde tho vorgheuen.	Esaie. xliij.
Vnse doen js doch vmme sonst /	Matt. ix.
ock jn dem besten leuen.	j. Joha. j.
Vor dy nemand syck beroͤmen kan /	i. Petri. iiij.
des moet dy fruͤchten yderman.	ij. Paralio. vltimo.
Vnde dyner gnaden leuen.	Roma. vj.
(Diiij^r^)	

Die Marginalien eröffnen wiederum eine Grundierung der einzelnen Aussagen der Strophe durch Parallelstellen, die diese zugleich in einem breiteren Deutungsrahmen situieren. Sie lenken die Perspektive einerseits auf die Erlösung des Menschen, auf dem Gottes Segen durch den ewigen Bund ganz grundsätzlich liegt (Is 43,1). Das Buch des Propheten Jesaja hebt als erster Verweis programmatisch auf die alttestamentlich fundierte Verheißung zukünftigen Heils für das Volk Gottes ab (Is 60f.), während das Evangelium nach Matthäus deren

[94] Zur Gnade als einem Grundkonzept des evangelischen Glaubens vgl. exemplarisch Hans-Jürgen Prien, Grundgedanken der Ekklesiologie beim jungen Luther, in: Archiv für Reformationsgeschichte 76 (1985), S. 96–119.

Erfüllung in Christus aktualisiert: Die mit der Heilung des Gelähmten signalisierte Vergebung der Sünden,[95] die über den Glauben auch anderen offen steht (Mt 9,27–29). Denn die Partizipation an der Gemeinschaft der Gläubigen liegt in derjenigen mit dem Vater und seinem Sohn Jesus Christus begründet (I Io 1), die den Menschen nur dann ins reine Licht führt, wenn er, statt sich zu rühmen – wie dies der Liedvers (V. 5) insinuiert –, seine Sündhaftigkeit reflektiert und vor Gott bekennt: *si confiteamur peccata nostra fidelis est* [sc. Christus] *et iustus ut remittat nobis peccata et emundet nos ab omni iniquitate* (I Io 1,9).[96]

Der Verweis auf den ersten Brief des Apostels Petrus rückt den Aspekt rechter christlicher Lebensführung angesichts der *conditio humana* alles Irdischen ins Zentrum: Das Leben im Glauben um der Gnade willen (*Vnde dyner gnaden leuen* V. 7) ist ein Leben, das zwar äußerlich den irdischen Bedingtheiten unterworfen, aber im Geiste allein Gott verpflichtet ist (I Pt 4,6: *propter hoc enim et mortuis evangelizatum est ut iudicentur quidem secundum homines in carne vivant autem secundum Deum spiritu*).[97] Der Mensch als Ziel der göttlichen Gnade müsse dieses Gut, das er von Gott erhalten hat, in jeder Lebenslage seinen Leidensgenossen gegenüber wie ein ‚Verwalter' erzeigen (I Pt 4,10), selbst wenn ihm dafür Strafe und Unterdrückung drohen (I Pt 4,14) – ein von Slüter subtil gegen seine Feinde eingespielter Fingerzeig, der das Leben im (‚neuen') christlichen Glauben der Verfolgung der frühen Christen tendentiell annähert.[98]

Dass darüber hinaus ein adäquates Maß an Ehrfurcht vor Gott ein maßgeblicher Bestandteil des christlichen Lebens ist, markiert die zu Vers 6, *des moet dy früchten yderman*, platzierte Marginalie, die mit II Par 36 die Zerstörung Jerusalems als ‚historisches' Negativexempel für mangelnde Gottesfurcht anführt, indes neben Gottes vernichtendem Zorn auch seine Versöhnungsbereitschaft – ein Ausblick auf das Ende der babylonischen Gefangenschaft (II Par 36,22) – aufzeigt. Schließlich steht das menschliche Leben mit der Taufe in Christus unter Gottes Gnade: *peccatum enim vobis non dominabitur non enim sub lege estis sed sub gratia* (Rm 6,14; ‚die Sünde wird nicht über euch herrschen, denn ihr seid nicht unter dem Gesetz, sondern unter der Gnade'). Sie ist gött-

---

95 *et ecce offerebant ei paralyticum iacentem in lecto et videns Iesus fidem illorum dixit paralytico confide fili remittuntur tibi peccata tua* (Mt 9,2; ‚Und siehe, sie brachten ihm einen Gelähmten, der auf einem Bett lag; und als Jesus ihren Glauben sah, sprach er zum Gelähmten: Hab Vertrauen, mein Sohn, deine Sünden sind dir vergeben').

96 ‚Wenn wir unsere Sünden bekennen, ist er treu und gerecht, sodass er uns die Sünden vergibt und rein macht von aller Ungerechtigkeit.'

97 ‚Deswegen ist nämlich auch den Toten das Evangelium verkündet, damit sie gerichtet werden auf menschliche Weise im Fleisch, aber im Geiste in Übereinstimmung mit Gott leben.'

98 *si exprobramini in nomine Christi beati quoniam gloriae Dei Spiritus in vobis requiescit* (I Pt 4,14; ‚Glücklich seid ihr, wenn ihr angeklagt werdet um Christi Namen willen, weil der Geist von Gottes Herrlichkeit in euch ruht').

liches Geschenk und jenseits des Todes als *stipendia peccati* Wegweiser zum ewigen Leben: *gratia autem Dei vita aeterna in Christo Iesu Domino nostro* (Rm 6,23).

Der Überblick über die ersten beiden Strophen zeigt einen engen Bezug der Textaussagen zu den biblischen Referenzstellen, die zugleich mehr sind als ein bloßer ‚Similienapparat' im Sinne eines gelehrten Demonstrationsmediums für eine umfassende Kennerkompetenz auf dem Feld der Heiligen Schrift. Indem die Verweise sowohl auf ‚historische' bzw. chronikalische Aspekte aus der Frühzeit der Stämme Israels zurückgreifen als auch die Propheten des Alten sowie die Bücher des Neuen Testaments einbeziehen, wird eine epistemische Dimension greifbar, die die in der für lyrische Texte typisch verdichteten Form verhandelten Inhalte an übergreifende Deutungsdimensionen anschließt und diskursivierender Reflexion zugänglich macht. Fast jede Referenz zielt in dem von Slüter implementierten Verweissystem auf eine zwar thematisch und motivisch kohärente Matrix, die zwischen Gnadenerweis und dem prospektiv gerichteten Hoffen auf Erlösung changiert, die diese Grundelemente der reformatorischen Lehre von der Schrift her legitimiert und auf eine spezifische Sinngebung hin öffnet: Sie bietet einerseits die Grundlage für eine eingehende Vermittlung der reformatorischen Lehre, indem die in liedhafter Dichte gebotenen Formulierungen auf eine breitere Verstehensbasis gestellt werden; anderseits vernetzen die Marginalien die in den Liedern knapp gefassten Zusammenhänge mit elementaren Konstanten des Glaubens, die implizit auf die diskursiven Formationen der Zeit hin lesbar gemacht werden (z. B. drohende Verfolgung, Unterdrückung der Gläubigen, der sich Slüter selbst in Rostock ausgesetzt sah).[99] Daneben und zugleich intensivieren die Bibelstellen etwa die Rolle des Psalters als Grundlage religiös motivierten Gesangs sowie der Schriften des Neuen Testaments als eines zentralen Offenbarungsmediums für den Glauben. Die Marginalien bergen insofern einen mehrdimensional strukturierten Wissensfundus, der sich zwar mit heterogenen Intentionen funktionalisieren lässt (als Legitimationsinstrument, als ‚Begleitlektüre' zur Glaubensbefestigung), aber jede Strophe bzw. jedes Lied in einem umfassenderen Kontinuum auf die reformatorische Lehre hin perspektivierter religiöser Grundsätze situiert. Damit erscheint das Lied als eine Art thematisch einschlägige ‚Glaubenssumme' und weist über sich selbst hinaus auf die Heilige Schrift als *medium salutis*, die es zugleich in komprimierter Form bereitstellt und im Prozess der Referentialisierung von Liedtext und Bibelstellen schrittweise erfahrbar werden lässt.[100]

---

99 Siehe dazu S. 280f. mit den entsprechenden Anm.

100 Mit Perspektive auf Luthers Liedproduktion vgl. Johannes Schilling, Luthers Lieder – eine Summe seiner Theologie, in: Lutherische Theologie und Kirche 42 (2018), S. 133–154.

Ein Ausblick auf die höchstwahrscheinlich von Slüter selbst verfasste Doxologie-Strophe, die das vorliegende Lied mit einer Kollektivbitte beschließt, soll den Aspekt der mit dem Lied gebotenen kognitiven Glaubenssumme beispielhaft zusammenfassen:

Ere sy dem vader vnde dem soͤne /	j.Thim.j.
ock Gade dem hylgen geyste.	Apoca.j.
He ys de hoͤgeste jn hemmels tron /	
regeͤrt tom alder meysten.	
Auer de creaturen alle:	Ephe.iiij.
den wy lauen myt grotem schalle /	Luce. j.
de wyle wy vp erden leuen /	
God geue vns synen segen.	Hebre.iij.
(Bl. Diiij^{v})	

Dem Preis der Trinität entspricht das in der Marginalnotiz aufgerufene Lob der göttlichen Barmherzigkeit, die den Glauben an Christus in ewiges Leben münden lässt (I Tim 1)[101] – ein Rekurs auf das thematische Spektrum der ersten beiden Strophen, der durch den Hinweis auf Gottes zeitenthobene Allgegenwärtigkeit und ewig währende Herrschaft komplettiert wird: *ego sum* A *et* Ω *principium et finis dicit Dominus Deus qui est et qui erat et qui venturus est Omnipotens* (Apc 1,8; ‚Ich bin das A und Ω, der Anfang und das Ende, spricht Gott der Herr, der ist und der war und der sein wird, der Allmächtige'). Dem Stichwort der uneingeschränkten Verfügungsgewalt Gottes über alle irdischen Lebewesen (V. 5: *Auer de creaturen alle*) ordnet Slüter den Brief des Paulus an die Epheser zu (Eph 4), der die Einheit der Gläubigen im Geiste beschwört: ‚ein Körper und ein Geist, wie ihr berufen seid zu einer Hoffnung eurer Berufung; ein Herr, ein Glaube, eine Taufe; ein Gott und Vater aller, der über allen ist und durch alle und in uns allen.' (Eph 4,4–6).[102] Ziel ist das Ablegen des alten Menschen zugunsten der Erneuerung in Christus, ein Gedanke, der mit der Einlassung des Liedes in den zeitgenössischen Diskurshorizont reformatorisch gewendet erscheint und nunmehr mit Bezug auf den durch die Reformation neu zur Geltung zu bringenden Glauben aktualisiert wird (Eph 4,23f.: *renovamini autem spiritu mentis vestrae et induite novum hominem qui secundum Deum creatus est in iustitia et sanctitate veritatis*; ‚Erneuert euch aber im Geist eurer Seele und legt den neuen Menschen an, der geschaffen ist nach Gott in Gerechtigkeit

---

101 *fidelis sermo et omni acceptione dignus quia Christus Iesus venit in mundum peccatores salvos facere quorum primus ego* (I Tim 1,15; ‚Diese Rede ist glaubhaft und jeder Anerkennung würdig, dass Jesus Christus in die Welt gekommen ist, um die Sünder zu retten, von denen ich der erste bin').

102 *unum corpus et unum spiritus sicut vocati estis in una spe vocationis vestrae unus Dominus una fides unum baptisma unus Deus et Pater omnium qui super omnes et per omnia et in omnibus nobis* (Eph 4,4–6).

und Heiligkeit der Wahrheit'). Basis für diese mentale ,Wandlung' ist die Teilhabe an Christus, die nur durch standhaften Glauben und Zuversicht von Anfang bis zum Ende erreicht werden kann, wie dies die zur Segensbitte im letzten Vers der Strophe verzeichnete Stelle aus dem Hebräerbrief dokumentiert: *participes enim Christi effecti sumus si tamen initium substantiae usque ad finem firmum retineamus* (Hbr 3,14; ,Denn wir haben Anteil an Christus bekommen, wenn wir nur den Beginn dieser Existenz bis zum unerschütterlichen Ende festhalten').

Slüter transformiert – so lässt sich resümieren – das traditionelle liturgische Element des feierlichen Gebetsschlusses durch eine Anreicherung mit Bibelreferenzen, die sich jenseits des engeren Kontexts von Gotteslob und bestätigender Akklamation durchaus auch im Sinne des ,neuen' reformatorischen Glaubens verstehen lassen und insofern eine dem zeitgenössischen interkonfessionellen Diskurs verpflichtete Perspektive einspeisen, die die am ,klassisch' liturgischen Muster orientierte Formulierung der Strophe nicht zwingend vermuten lassen würde. Der hymnische Gestus, den die Strophe dem Lied als Ganzen verleiht, manifestiert sich über das Zusammenspiel von Text und Paratext hinaus auf bemerkenswerte Weise in einer inter- wie metatextuellen Komponente, die sich hinter dem Verweis auf das Evangelium nach Lucas verbirgt: Hier sind mit Marias Lobgesang (Lc 1,46–56) und demjenigen des Zacharias (Lc 1,68–79), d. h. dem Magnificat und Benedictus, zwei zentrale neutestamentliche Cantica aufgerufen, die zu den Höhepunkten im Stundengebet (Vesper, Laudes) zählen und deren niederdeutsche Fassung Slüter auch im entsprechenden Teil des Gesangbuchs von 1525 bereitstellt.[103] Neben dieser Funktion gleichsam als Querverweise innerhalb der Sammlung evoziert die an die Marginalnotiz gebundene Implikation einen metapoetischen Charakter, der das vorliegende Lied an die biblischen Cantica als idealer Repräsentationsmedien des gesungenen Gotteslobs rückbindet und deren auratisches Momentum symbolisch auf das neue volkssprachige religiöse Lied im Zeichen der Glaubensreform transferiert. So entsteht eine durchaus eigenständige Akzentuierung von Luthers lyrisch-musikalischer Umsetzung des Bußpsalms, die das Lied nicht nur infolge der beigegebenen Marginalien als Abbreviatur des ,neuen' Heilswissens semantisiert, sondern gerade auch durch das Hinzutreten des alternativen Schlusses einen dezidiert anderen Akzent setzt: Der emphatische Ausdruck des Lobes entspricht einer situationsadäquaten Instrumentierung des Liedes – entgegen der in dieser Zeit sonst offenbar üblichen Funktion als Begräbnislied[104] – im Rahmen der im Gesangbuch entworfenen liturgischen Ord-

[103] Vgl. *De Lauesanck Zacharie. Benedictus dominus deus Israhel* (Bl. Iiij$^{r/v}$); *De Lauesanck Marie Magnificat. Luce jm ersten cap.* (Bl. Kiiij^{v}/Lj^{r}).

[104] Vgl. zu diesem Zusammenhang Bosinski (Anm. 1), S. 48.

nung, innerhalb derer es ausdrücklich vor der Predigt verortet wird (*to syngen voͤr der predekyge* Bl. Diij^{r}).[105] Infolge seiner Integration in das von Slüter betriebene Konzept eines rein deutschsprachigen Gottesdienstes erscheint das Lied als symptomatischer Reflex einer sowohl inter- wie innerkonfessionell weitreichenden religiösen Grundsatzdebatte.

3. *Synget dem heren alle ertryke / vorkuͤndygeth van daghe tho daghe synen heyl. j.Paralipo.xvj.* (Bl. Aj^{r})

Diese Angabe auf dem Titelblatt des niederdeutschen Gesangbuchs von 1525 ist mit Davids Lobgesang anlässlich der Heimholung der Bundeslade (I Par 16) ganz gezielt auf ein – hinsichtlich der räumlichen Reichweite und temporalen Struktur – universales Programm der Lieder-Sammlung von geradezu ‚globalem' Anspruch abgestellt, das im Gesang als Medium des Heils seine sich immer wieder von Neuem zyklisch perpetuierende Ausprägung findet. Das Gesangbuch gewinnt seine spezifische Differenzqualität gegenüber den zeitgenössischen Lieder-Ausgaben nicht nur durch die von Slüter vorgenommene Ordnung des gesammelten Materials nach liturgischen Gesichtspunkten, sondern insbesondere durch dessen Eingliederung in ein biblisch grundiertes Verweissystem. Jedes einzelne Lied ist dabei eingelassen in ein umfassendes Referenzspektrum, das motivisch-thematische Analogien erschließt, jenseits einer rein additiven Reihung aber vielmehr die jeweiligen Aussagen durch die Anbindung an weiterreichende Kontexte für eine vertiefte Vermittlung der Grundelemente der reformatorischen Lehre präpariert und insofern eine auf den neuen Glauben hin perspektivierte epistemische ‚Totalität' erfahrbar macht, die einen ‚idealen' Fundus an religiösem (Spezial-)Wissen offeriert.

Das niederdeutsche Gesangbuch ist also mehrfach codiert: Über den Legitimationsaspekt hinaus zielt es auf die Exemplifizierung der gemeinschaftlichen Basis des reformatorischen Glaubens, indem es das ‚lutherische' Prinzip *sola scriptura* performativ realisiert und das Potenzial der sich selbst auslegenden Schrift *in situ* anschaubar werden lässt. Das mit den Marginalien assoziativ aufgerufene Möglichkeitsspektrum an Sinngebungsoptionen richtet sich dabei nicht primär an diejenigen Gemeindemitglieder, die vorwiegend in der Volkssprache sozialisiert sind (und daher institutioneller Vermittlung bedürften),[106] sondern zielt auf Grundlegenderes: eine inter- wie innerkonfessionelle Dimen-

---

[105] Vgl. auch Anm. 57.

[106] Zur mittelniederdeutschen Bibelübersetzung in der Reformationszeit vgl. den Beitrag von Andreas Bieberstedt in diesem Band. Eine Übersicht über die Textkultur in der mittelalterlichen Hansestadt Rostock bietet Ingrid Schröder in diesem Band.

sion demonstrativer Geltungsbehauptung, für die Slüters Gesangbuch innerhalb der städtischen Infrastruktur der Hansestadt und religionspolitischen Netzwerke der Zeit ein Schlüsseldokument ist.

Die im Gesangbuch vorliegende Lieder-Sammlung inszeniert sich als Ort vielschichtiger Sinngebungsprozeduren, indem die marginal verzeichneten Bibelstellen gewissermaßen als wegweisender ‚Kommentar' lesbar werden, der das jeweilige Bezugsobjekt in ein Symbolsystem von fundamentaler religiöser Markiertheit integriert.[107] Die solchermaßen auf die Heilige Schrift als Grundprinzip des neuen Glaubens hin geöffnete Ordnung des vorliegenden Materials generiert einen Erfahrungsraum, der als gesellschaftlich verbindliche Referenzgröße für die Identitätsbildung des Kollektivs wirkt, in dessen Umfeld sie zu verorten ist. In diesem Sinne wird der ‚Marginal-Kommentar' zum Signum einer „exegetische[n] Akkomodation des Textes",[108] der die Geltung und Autorität des jeweiligen Liedes sichert, indem er dieses sowohl in einem ordnenden Zugriff an die aktuell geltenden Verstehensbedingungen anpasst als auch zentrale Glaubensinhalte in äußerst komprimierter Form verfügbar hält. Damit erscheinen die Lieder als Archive des Glaubens, die das einschlägige Heilswissen summarisch verdichten und dieses auch über die liturgische Zweckbestimmung der einzelnen Gesänge hinaus kognitiv präsent halten.

Wie bereits angedeutet, unterliegt die Archivfunktion freilich einem markanten Spannungsverhältnis: Einerseits konserviert sie über die den Liedern beigegebenen Marginalien quellengestützte Kommentare, die an die kompakte lyrische Faktur der Texte einen biblischen ‚Lektürekanon' anbinden, der auf die Befestigung der Glaubensvorstellungen der Gemeinschaft zielt und der in synchroner Perspektive ein statisches Dokument zeitgebundener intellektueller Wissensstrukturen repräsentiert. Weil die in den Bibelstellen aufgerufenen Kontexte sich auf regionalspezifisch geprägte, dynamisch prozessierende Diskursformationen beziehen lassen, ist dem einzelnen Lied als Glaubensarchiv andererseits immer auch ein bewegliches Potential inhärent: Eine Offenheit, die sich in diachroner Hinsicht durch eine verändernde Anreicherung mit Ergebnissen divergenter Auslegungs- und Normierungsprozeduren auf der Basis der Heiligen Schrift konstituiert.

Dass die Sammlung sich in der Frühzeit der Herausbildung des reformatorischen Liedes als ein dynamisches Gebilde verstehen lässt, dokumentiert nicht nur Joachim Slüters Streben nach Vollständigkeit des zur Verfügung stehenden

---

107 Vgl. in historischer Perspektive Walter Haug, Der Kommentar und sein Subjekt. Grundpositionen exegetischer Kommentierung in Spätantike und Mittelalter, in: ders., Die Wahrheit der Fiktion. Studien zur weltlichen und geistlichen Literatur des Mittelalters und der frühen Neuzeit, Tübingen 2003, S. 426–445.

108 Assmann (Anm. 85), S. 11.

Materials, sondern gerade auch die Instrumentalisierung des niederdeutschen Gesangbuchs als bewusst kalkulierte Reaktion auf den aus historischer Sicht aktuellen (religions-)politischen Konflikt um die Durchsetzung der reformatorischen Lehre in Rostock und – im Besonderen – der deutschen Sprache im Gottesdienst. Die stark modifizierte Neuausgabe des niederdeutschen sog. ‚doppelten Gesangbuchs' aus dem Jahr 1531, die im ersten Teil das ‚Klugsche Gesangbuch' (1529) bietet, während der zweite Teil von Slüter nach den bekannten Kriterien zusammengestellte Lieder enthält,[109] dokumentiert mit insgesamt 114 Stücken einen entscheidenden Zuwachs an Material,[110] darüber hinaus aber auch durch den Wegfall der Marginalien dessen mittlerweile breitere Akzeptanz.[111] Das reformatorische Lied als Wissenssumme für und Medium des neuen Glaubens hat sich offenbar so weit durchgesetzt, dass eine explizite Markierung und bibelgestützte Autorisierung nicht mehr nötig erschien. Damit ist das Gesangbuch zu einem im engeren Sinne ‚eindimensionalen' Funktionstyp für die Speicherung des gesammelten reformatorischen Lied-Reservoirs geworden: Mit den Marginalien fehlen – neben dem Legitimationsaspekt – die Verweise auf tiefere Sinnschichten, die nunmehr tendentiell in eine institutionelle Form der Glaubensvermittlung, die die Lieder liturgisch integriert, ausgelagert sind und daher nicht mehr in die Texte selbst eingeschrieben werden müssen.

---

109 Zur Zusammenstellung der Lieder in Slüters ‚doppeltem Gesangbuch', mit besonderer Berücksichtigung eines Abgleichs des ersten Teils mit dem ‚Klugschen Gesangbuch' von 1529 (bzw. mit der erhaltenen Ausgabe von 1533), siehe Bosinski (Anm. 1), S. 173–212.

110 Dabei werden 50 Lieder aus dem von Luther zusammengestellten ‚Klugschen Gesangbuch' im ersten Teil geboten; der zweite Teil enthält mit nochmals 64 Liedern einen entscheidenden Zuwachs gegenüber dem ersten niederdeutschen Gesangbuch von 1525. Dazu eingehender Bosinski (Anm. 1), S. 198–212.

111 „Nachdem die Reformation in Rostock 1531 zum Siege gekommen war, bedurfte es eines solchen Nachweises nicht mehr, so daß es uns nicht zu verwundern braucht, wenn in dem Gesangbuch von 1531 die Schriftstellen am Rande fortgelassen sind." Bosinski (Anm. 1), S. 53.

Anhang von Friedel Helga Roolfs

Auffällige Sprachmerkmale in Slüters niederdeutschem Gesangbuch (Rostock: Ludwig Dietz 1525)[112]

Es gibt einige wenige ostfälische Sprachmerkmale, die nicht durch den Reim bedingt sind und mit der Herkunft Slüters (Dömitz an der Elbe) erklärt werden können: die gerundete Pronominalform *o͛m* 'ihm' (3r), die Form *du wulth* 'du willst' (16r), das Indefinitpronomen *yo͛welyck* 'jeder' (38v), das Personalpronomen *dyck* (39r, zweimal), das den Einheitskasus auf der Grundlage des Akkusativs zeigt, sowie die Form *wernen* 'warnen' (48r) mit der Entwicklung von *ar* > *er*.[113] Auch das Bestimmungswort *oster-* statt *pasche-* in den Wörtern *osterfladen* (43v) und *osterlemlin* (46v) kann evtl. durch die Herkunft Slüters erklärt werden (vgl. Anm. 116). Daneben gibt es hochdeutsche Sprachmerkmale, die wahrscheinlich vorlagenbedingt sind: *danckszagyng* 'Danksagung' statt *-segging(e)* (1v), *wůten* 'wüten' statt *woden* (26r), *wyrs* statt *wys* oder *wy it* (31r) und *schetel* statt *schedel* (33r).

In Reimposition sind sowohl ostfälische als auch hochdeutsche Sprachmerkmale zu finden. Auffällig ist der unreine Reim *leven* 'lieben' : *blyven* 'bleiben' (3r, 20r), der nur im ostfälischen Mittelniederdeutsch einen reinen Reim ergibt: *lieven* : *blyven*. Die typisch ostfälischen Pronominalformen *dyck* und *myck*, die auf akkusativischer Grundlage stehen, ergeben sowohl im Ostfälischen als auch im Hochdeutschen (*dich, mich*) reine Reime mit dem Personalpronomen *yck*/*ich*, dem Reflexivpronomen *syck*/*sich* und der Adjektivendung *-lyck*/*-lich*.

---

[112] Dieses Material zur Sprachuntersuchung hat mir Dr. Friedel Helga Roolfs (Münster) am 29.09.2021 übermittelt, wofür ich ihr nochmals herzlich danke. Es handelt sich um Beobachtungen von Auffälligkeiten, die hier nicht in systematischer und vollständiger Form dargestellt werden können und insofern weiterer Untersuchung bedüften. Diese – bisher erste – Zusammenstellung der Sprachformen des niederdeutschen Gesangbuchs soll daher der Slüter-Forschung zur Verfügung gestellt werden, um neue Impulse für aktuelle sprach- und literaturwissenschaftliche Anliegen zu bieten. Grundlage für die Sprachuntersuchung ist das Digitalisat der Universitätsbibliothek Rostock: http://purl.uni-rostock.de/rosdok/ppn823791610 (letzter Zugriff: 08.03.2022).

[113] Die variablenlinguistische Beurteilung der Sprachmerkmale erfolgt nach Robert Peters, Katalog sprachlicher Merkmale zur variablenlinguistischen Erforschung des Mittelniederdeutschen, Teile 1–3, in: Niederdeutsches Wort 27 (1987), S. 61–93; Niederdeutsches Wort 28 (1988), S. 75–106; Niederdeutsches Wort 30 (1990), S. 1–17 (wieder abgedruckt in: Robert Peters, Mittelniederdeutsche Studien. Gesammelte Schriften 1974 bis 2003, hg. von Robert Langhanke, Bielefeld 2012, S. 39–114); Robert Peters, Die Diagliederung des Mittelniederdeutschen, in: Sprachgeschichte. Ein Handbuch zur Geschichte der deutschen Sprache und ihrer Erforschung, hg. v. Werner Besch u. a., 2. Teilbd. (Handbücher zur Sprach- und Kommunikationswissenschaft 2.2), Berlin / New York ²2000, S. 1478–1490.

Einige Reime sind nur in der hochdeutschen Form rein, zum Beispiel (hier nur eine Auswahl): *bekennen* : *nômen* 'nennen' (8v, 50v), *vorheyst* 'verheißt' : *geyst* 'Geist' (21v), *entwey* 'entzwei' : *fry* 'frei' (25v), *knaben* : *haben* (48r). Die Verbform *håth* 'hat', die häufig in der Reimstellung vorkommt, ist im Mnd. ebenfalls manchmal anzutreffen, ohne Reimzwang verwendet Slüter aber häufiger die Form *hefft*.

In der folgenden Aufstellung sind die sprachlichen Auffälligkeiten 1.) vollständig verzeichnet sowie 2.) nach ihrer Position (reimbedingt oder nicht) differenziert.

1. Liste der Auffälligkeiten

1v: *klerlyck* (statt *klarlyck*), mögl. Erklärung: 1) Umlaut; 2) *ar* > *er* (typ. ostf. Sprachmerkmal); vgl. dazu 12r: *klarliken*)[114]

1v: *danckszagyng* (statt *-segging*) 'Danksagung'

3r: *ôm* 'ihm' (statt *em*), ostf. Sprachmerkmal

3r: Reim *leven* 'lieben': *blyven* 'bleiben' (im Ostfälischen: *lieven*, *ie* für mnd. e^4[germ. *eu*])

4r: *dyck* 'dich' (statt *dy*) : *thôrnichlik*, Einheitskasus auf der Grundlage des Akkusativ, ostf. Sprachmerkmal (auch im Hd. ein reiner Reim)

4v: *dyck* 'dich' im Reim zu *yck*, Einheitskasus auf der Grundlage des Akk.

8r: *håt* 'hat' (statt *heft*) im Reim zu *mayeståth* 'Majestät' (in mnd. Versen häufiger anzutreffen)[115]

8v: *bekennen* : *nômen*, hd: *bekennen* : *nennen*

10v: *myck* 'mir' : *ick*, Einheitskasus auf der Grundlage des Akk.

11r: *begyr* 'Begehr, Begierde' (statt *beger*, vgl. Bl. 28r: *begër*, 30v: *begeer*) im Reim zu *dy*, der Reim funktioniert im Hd.: *dir* : *Begier* (die Entwicklung von *er* > *ir* findet im Mecklenburgischen erst deutlich später statt)

14r: *dyck* 'dich' im Reim zu *tovorsicht* 'Zuversicht', Einheitskasus Akk.

15v: *dyck* 'dich' im Reim zu *syck* 'sich' (zweimal)

16r: *du wulth* 'du willst', typisch ostf. (die enklitische Form *wultu* 'willst du' wird auch in der anderen Wortfolge verwendet: *du wult* statt *du wilt*)

---

114 Die Adjektive *klerlik* und *klerlich* sind im ReN – Referenzkorpus Mittelniederdeutsch / Niederrheinisch (1200–1600) – nur je einmal belegt (https://www.slm.uni-hamburg.de/ren.html [letzter Zugriff 25.09.2021]): Bamberger Halsgerichtsordnung von 1507, mnd. Übersetzung, Druck: Rostock, Hermann Barkhusen, 1510 [BC 474, VD16 B 267]; Burkhard Waldis: De parabell vam vorlorn Szohn, Druck: Königsberg: Hans Weinreich, 1527 (früher im VD16 Grundwerk fälschlich: Magdeburg: Heinrich Öttinger) [BC 930; VD16 W 840].

115 Vgl. dazu Agathe Lasch, Mittelniederdeutsche Grammatik (Sammlung kurzer Grammatiken germanischer Dialekte 9), Halle a. S. 1914, § 78; allgemein zu *hebben* § 439. Dem § 78 ist zu entnehmen, dass es sich um ein sehr helles *ä* handeln kann.

16r: *myck* 'mich' im Reim zu *yck* 'ich', Einheitskasus Akk.
17r: *haet* 'hat' (statt *heft*) im Reim zu *myssedaet*
19v: *haeth* 'hat' : *myssedaeth* 'Missetat'
20r: Reim *leven* 'lieben' : *blyven* 'bleiben'
21v: *vorheyst* 'verheißt' (hd. Form, statt *vorhet*) im Reim zu *geyst* 'Geist'
22r: *dyck* 'dich' : *stedichlich* (*-lich* ist hd., statt *-lik*)
22r: *wůten* 'Wüten' (substantiviertes Verb), hd. Form statt nd. *woden*
23r: *smytzen* 'beschmutzen, beflecken', hd. (statt nd. *smitten*)
23v: *stůtz* 'Stütze', hd. (statt nd. *stutte*), im Reim zu *spytz* 'Spitze' (nd. eher *spisse*, *spitz* kommt aber in Komposita vor)
23v: *zyll* 'Ziel', hd., im Reim zu *spyl* 'Spiel'
24r: *grőste* 'größte', hd. (statt nd. *grőtste*)
25v: Reim *entwey* 'entzwei' : *fry* 'frei' (reiner Reim wäre hd. *entzweit* : *befreit*)
26r: *wůten* 'wüten', hd. Form statt nd. *woden*
31r: *wyrs* 'wir es', hd. Form *wyr* statt nd. *wy (i/e)t* oder *wy (de)s*
31r: *raed* 'Rat' : *haeth* 'hat' (statt *heft*)
33r: *schetel* 'Scheitel' (statt *schedel*), hd. Konsonantismus (lautverschoben *d* > *t*)
33r: *yst* (statt *ys*) 'ist' : *byst* 'bist', hd. Einfluss
36r: *hath* 'hat' : *underlath* 'Unterlass'
36v: *dyck* 'dich' : *gnedichlyck* 'gnädiglich', Einheitskasus Akk.
37v: *myck* 'mich' : *stedichlyck*
37v: *myck* 'mich' : *syck* 'sich'
38v: *yőwelyck* 'jeder': ostf. Variante (nordnd., ostelb.: *yewelick*)
39r: *dyck* 'dir', Einheitskasus Akk. nicht im Reim (so auch im folgenden Beispiel)
39r: *umme dyck* 'deinetwegen'/'um dich', Einheitskasus Akk. nicht in Reimposition
42v: *gesaget* (statt *(ge-)segt*) 'gesagt' : *maget* 'Magd'
43r: *håth* 'hat' (nicht im Reim)
43v: *Oster fladen* (*paschen – ostern*: *ostern* südöstliches Ostfälisch; daneben Bl. 42v: *påschen*)[116]
45r: *hast* 'hast' (statt *hefst*) : *glast* 'Glanz'
46v: *osterlemlin* (Paschen – Ostern; *ostern*: südöstliches Ostfälisch)
47v: *håth* 'hat' : *myssedåth*
47r: *thogessaget* (statt *-gesegt*) 'zugesagt' : *maget* 'Magd'
48r: *dyck* 'dich' : *sekerlick* 'sicherlich' : *dyck* 'dich'
48r: *wernen* 'warnen', ostf. Sprachmerkmal *ar* > *er*
48r: *lyst* (statt *lest*) 'liest' : *ys* 'ist' : *fryst* 'Frist' : *yst* 'ist' (hd. Form)
48r: *knaben* : *haben* (hd. Formen; mnd. ist *knape* gebräuchlicher, vgl. 51r,v)
48v: *hath* 'hat' statt *heft*, mehrmals
48v: *yst* 'ist' (statt *ys*) : *Christ*
49r: *myck* 'mich' : *stedychlyck*

[116] Für die Medinger Handschriften hat Henrike Lähnemann beobachtet, dass beide Wörter vorkommen (das ReN bestätigt diesen Befund; *oster-* fungiert offenbar nur als Bestimmungswort in Komposita).

49v: *beamherticheit* (sic) (*berm-* statt *barm-* wäre typisch ostfälisch, die vorliegende Form ist als Druckfehler zu werten)
50r: *haͤth* 'hat' : *raͤth* 'Rat'
50r: *mick* 'mich' : *guͤdlick*
50v: *bekennen* : *noͤmen* 'nennen'

2. Position des relevanten Sprachmaterials

Nicht reimbedingt

ostfälisch	hochdeutsch
	1v: *danckszagyng* 'Danksagung'
3r: *oͤm* 'ihm'	
16r: *du wulth* 'du willst'	
	22r: *wuͤten* 'Wüten'
	23r: *smytzen* 'beschmutzen, beflecken'
	24r *groͤste* 'größte'
	26r: *wuͤten* 'wüten'
	31r: *wyrs* 'wir es'
	33r: *schetel* 'Scheitel'
38v: *yoͤwelyck* 'jeder'	
39r: *dyck* 'dir'	
39r: *umme dyck* 'deinetwegen'/'um dich'	
43v: *Oster fladen*	
46v: *osterlemlin*	
48r: *wernen* 'warnen'	
49v: *beamherticheit* (falls *berm-* gemeint war)	

Reimbedingt

ostfälisch	hochdeutsch	beides
3r: *leven* 'lieben': *blyven* 'bleiben'		
		4r: *dyck* 'dich' : *thoͤrnichlik*
		4v: *dyck* 'dich' : *yck*
	8v: *bekennen* : *noͤmen* 'nennen'	
		10v: *myck* 'mir' : *ick*
	11r: *begyr* 'Begehr, Begierde' : *dy* 'dir'	

ostfälisch	hochdeutsch	beides
		14r: *dyck* 'dich' : *tovorsicht* 'Zuversicht'
		15v: *dyck* 'dich' : *syck* 'sich' (zweimal)
		16r: *myck* 'mich' : *yck* 'ich'
	17r: *haet* 'hat': *myssedaet*	
	19v: *haeth* 'hat' : *myssedaeth* 'Missetat'	
20r: *leven* 'lieben' : *blyven* 'bleiben'		
	21v: *vorheyst* 'verheißt' : *geyst* 'Geist'	
		22r: *dyck* 'dich' : *stedichlich*
	23v: *stůtz* 'Stütze' : *spytz* 'Spitze'	
	23v: *zyll* 'Ziel' : *spyl* 'Spiel'	
	25v: *entwey* 'entzwei' : *fry* 'frei'	
	31r: *raed* 'Rat' : *haeth* 'hat'	
	33r: *yst* 'ist' : *byst* 'bist'	
	36r: *hath* 'hat' : *underlath* 'Unterlass'	
		36v: *dyck* 'dich' : *gnedichlyck* 'gnädiglich'
		37v: *myck* 'mich' : *stedichlyck*
		37v: *myck* 'mich' : *syck* 'sich'
	42v: *gesaget* 'gesagt' : *maget* 'Magd'	
	45r: *hast* 'hast' : *glast* 'Glanz'	
	47v: *håth* 'hat' : *myssedåth*	
	47r: *thogessaget* 'zugesagt' : *maget* 'Magd'	
		48r: *dyck* 'dich' : *sekerlick* 'sicherlich' : *dyck* 'dich'
	48r: *lyst* 'liest' : *ys* 'ist' : *fryst* 'Frist' : *yst* 'ist'	
	48r: *knaben* : *haben*	
	48v: *yst* 'ist' : *Christ*	
		49r: *myck* 'mich' : *stedychlyck*
	50r: *håth* 'hat' : *råth* 'Rat'	
		50r: *mick* 'mich' : *gůdlick*
	50v: *bekennen* : *no̊men* 'nennen'	

Lieder als Archive des Glaubens

Abstract: This article offers a case study of the first Low German hymnal (Rostock: Ludwig Dietz 1525), whose conception and layout are attributed to the Rostock reformer Joachim Slüter. The focus is on the medial transfer processes that become apparent in this important document for the history of religion. They indicate a change in function compared to the hymnals published earlier (Wittenberg 1524; Erfurt 1524/25): The consistent inclusion of marginalia ties the hymnal back to Holy Scripture as the central organ of reference for the ‚new' Protestant doctrine. In this way, the songs appear as archives of faith that condense the relevant knowledge of salvation. In addition to a persuasive function of authentication in interconfessional discourse, they are meant to guide a process of reflection and communication about the Bible and the Christian ideals of faith laid down in it. The article elaborates this function of the hymnal with selected examples. It also includes an appendix which for the first time brings together observations on the linguistic features of the text and makes them available for future Slüter research.

Wolfram-Studien XXVII (2025)
Erich Schmidt Verlag Berlin

Könemanns von Jerxheim ‚Sunte Marien wortegarde'

von Christina Lechtermann (Bochum)

Zu Beginn des 14. Jahrhunderts entsteht ein Text, der sich im Epilog als *S*[un]*te marien wortegarde* bezeichnet. Er wurde, so heißt es dort, im Jahr 1304 [a]*n ſunte mathias nacht* von einem *arm*[en] *papen konem*[an] abgeschlossen.[1] Die Altgermanistik hat darin den in Dingelstedt am Huy und in Goslar nachgewiesenen Priester, Dekan, Domherr und *scholasticus* Könemann von Jerxheim erkannt, von dem auch der ‚Kaland', eine Dichtung über den Ursprung und die Geschichte einer unter diesem Namen v. a. im Norden und Osten des deutschen Sprachraums verbreiteten religiösen Bruderschaft,[2] sowie Fragmente einer Reimbibel überliefert sind.[3]

Der verspaarige, durch Überschriften und z. T. durch Dreireime strukturierte ‚Wortegarde' lässt sich (ungenau, s. u.) in drei größere Abschnitte einteilen:[4]

---

[1] Allgemeinere Verweise auf den Inhalt einzelner Textpassagen sind, im Sinne der besseren Nachvollziehbarkeit, auf die Edition von Ludwig Wolff bezogen: Die Dichtungen Könemanns. Kaland, Wurzgarten, Reimbibel (Niederdeutsche Denkmäler 8), Neumünster 1953 (= W). Wörtliche Zitate folgen der Handschrift der Staats- und Universitätsbibliothek Göttingen, 4° Cod. Ms. theol. 153, hier: 210ra–va. Ich schreibe, z. T. gegen die Handschrift, bei der Großschreibung am Zeilenanfang überwiegt, aber nicht durchgängig verwendet wird, alle Versanfänge groß, löse Abkürzungen auf und setze sie in eckige Klammern. Die Eigenheit des Schreibers, nahezu jedes ‚u' und damit auch solche, die als ‚v' zu lesen sind, wie „ů" zu schreiben, bilde ich nicht ab, sondern schreibe durchweg ‚u' oder ‚v'. Die ‚ſs'-Ligatur ist als ß wiedergegeben.

[2] Vgl. Martin Hentrich, ‚Der Kaland' des Pfaffen Konemann in Dingelstedt, in: Zwischen Harz und Bruch. Dritte Reihe, 59 (2010), 35–39; Thomas Frank, Art. ‚Kalandsbruderschaften', in: Lexikon für Theologie und Kirche 5 (1996), Sp. 1140.

[3] Vgl. Hans Jürgen Rieckenberg, Zur Biographie des Dichters Konemann von Jerxheim, in: Archiv für Kulturgeschichte 61 (1979), S. 452–456; Hartmut Beckers, Art. ‚Könemann von Jerxheim', in: ²VL 5 (1985), Sp. 64–68; Mike Malm, Art. ‚Könemann von Jerxheim', in: Deutsches Literatur-Lexikon. Das Mittelalter, hg. v. Wolfgang Achnitz, Bd. 1: Das geistliche Schrifttum von den Anfängen bis zum Beginn des 14. Jahrhunderts, Berlin / New York 2011, Sp. 1002–1004.

[4] Zur Dreiteilung des Textes vgl. etwa Eduard Johann Mäder, Der Streit der ‚Töchter Gottes'. Zur Geschichte eines allegorischen Motivs (Europäische Hochschulschriften. Reihe 1: Deutsche Sprache und Literatur 41), Bern / Frankfurt am Main 1971, S. 58f.

Ein umfangreiches, vorwiegend an konventionellen Metaphern, Bildern, Vergleichen und Attributen orientiertes Marienlob bildet den Mittelteil des Textes. Ihm folgt eine sehr knapp erzählte Passion Christi und eine ausführlichere Marienklage. Perspektiviert und gerahmt werden diese Teile durch den ersten Abschnitt, der einen Streit der Töchter Gottes im Zusammenhang mit der Parabel vom Herrn und seinem schuldig gewordenen Knecht erzählt. Die Parabel und der ‚Töchterstreit', der die Erlösbarkeit des Menschen zwischen Personifikationen der Attribute Gottes (Barmherzigkeit, Friede, Wahrheit, Recht und schließlich auch Weisheit) verhandelt, eröffnen den Text in einem dramatischen Erzählmodus. Die damit verbundene Verschränkung kürzerer narrativer Abschnitte mit langen Passagen wörtlicher Rede bleibt auch für die Darstellung der anderen Teile des Textes leitend.

Die einzige derzeit bekannte Handschrift, eine Papierhandschrift im Quartformat, die sich im Bestand der Göttinger Staats- und Universitätsbibliothek befindet (4° Cod. Ms. theol. 153), wurde im zweiten Drittel des 15. Jahrhunderts geschrieben.[5] Sie besteht aus zwei ursprünglich selbständigen Faszikeln, einem lateinischen und einem deutschen, die allerdings aus derselben Schreibstube stammen könnten.[6] Der erste, lateinische, von insgesamt acht Händen geschriebene Faszikel versammelt v. a. kanonisch-juristische Texte und Predigten, unter Letzteren auch zwei, die mit *Disp*[utacio] *de conce*[ptione] *b*[eate] *marie* (fol. 130r) überschrieben sind.[7] Der deutsche, von einer Hand geschriebene Teil beginnt auf Folio 159 mit dem ‚Wortegarde'. Er ist von einer späteren Hand mit der Überschrift *Viridarium b*[eate] [vir]*ginis* versehen und an zahlreichen Stellen korrigiert worden. Nach dem bereits zitierten Epilog des Textes steht ein lateinisches Explicit, ihm folgen Verse eines Schreibers Johannes, der nach Wolff wohl nicht der Schreiber dieser Handschrift gewesen sein dürfte.[8]

---

5 Vgl. Anette Haucap-Naß, Der Braunschweiger Stadtschreiber Gerwin von Hameln und seine Bibliothek (Wolfenbütteler Mittelalter-Studien 8), Wiesbaden 1995, S. 125 und 183 (Nr. 16); Fritz Breucker, Gedichte Brunos von Schonebeck, in: Jahrbuch des Vereins für niederdeutsche Sprachforschung 30 (1904), S. 81–146, zur Handschrift: 81–83; Conrad Borchling, Über mittelniederdeutsche Handschriften des nordwestlichen Deutschlands, in: Jahrbuch des Vereins für niederdeutsche Sprachforschung 23 (1897), S. 103–124, hier: 114–119.

6 So Wolff (Anm. 1), S. 15f; vgl. aber Breucker (Anm. 5), S. 82, der für die Teile unterschiedliche Wasserzeichen identifizierte.

7 Wilhelm Meyer, Die Handschriften in Göttingen. Bd. 2: Universitäts-Bibliothek. Geschichte – Karten – Naturwissenschaften – Theologie – Handschriften aus Lüneburg (Verzeichniss der Handschriften im Preussischen Staate I, 2), Berlin 1893, S. 383–385, sieht die beiden Predigten, wie zahlreiche andere Texte im Zusammenhang mit dem Basler Konzil und nimmt an, dass sie dort 1436 oder 1439 gehalten worden seien.

8 Wolff (Anm. 1), S. 17f. Vgl. ‚Wortegarde', fol. 210v: *Explicit iſte liber ſit ſ*[cri]*ptor / crimi*[ne] *liber*; ebd.: *Les v*[nd] *loue mek / Joh*[an]*nes ſcreff mek / Joh*[an]*nes ys he ghen*[an]*t / Benediget ſy ſin hant / Nü v*[nd] *to allen ſtunden / Des help my got v*[nd] *ſyn h*

Auf fol. 211r schließt sich nach einem kurzen Text, der mit [D]*e plenitudine tua* bzw. mit *Dat ſprikt m*[ar]*ia v*[*an*] *diner vollicheyt* überschrieben ist, eine Fassung des Marienmirakels ‚Theophilus‘ (*Wo theofilus wart irloſt*) von Brun von Schönebeck an. Ab fol. 212v folgen fünf kürzere Einträge: *Van der almiſſen*, ein fragmentarischer oder exzerpierter (?) Text über die Minne, offenbar aus einer Legende über den hl. Goar (fol. 214ra), eine weitere, ebenfalls unvollständige Legende über einen geretteten Teufelsbündner (fol. 215r), vier der sieben Seligpreisungen (fol. 215v, lat. mit dt. Paraphrasen) sowie Verse aus einem Streit zwischen Leib und Seele (fol. 219v).[9]

Die Edition von Ludwig Wolff, der 1953 alle drei Dichtungen Könemanns in einem Band herausgibt, fokussiert beim ‚Wortegarde‘ v. a. auf den Platz, den die relativ späte Handschrift in der Sprach- und Literaturgeschichte des Niederdeutschen einnimmt. Sie trifft jedoch zugleich weitreichende Entscheidungen darüber, was zum *eigentlichen* Text des ‚Wortegarde‘ gehören soll und was nicht: Die Handschrift bietet den volkssprachigen Text in abgesetzten Versen und in schwarzer Tinte und zudem – im Verlaufe des Gedichts unterschiedlich dicht – durchsetzt mit in roter Tinte geschriebenen, kurzen lateinischen Einschüben, die vor allem der Bibel, der Liturgie und Antiphonie entstammen. Die Edition priorisiert den deutschen Text und verbannt die lateinischen Elemente in den Fußnotenapparat. Dort sind die zugehörigen Bibelstellen angegeben und es finden sich Verweise auf entsprechende Antiphone; zum Teil sind die Zitate von diesen Quellen her emendiert.[10] Die ebenfalls in roter Tinte geschriebenen wenigen niederdeutschen Überschriften und zahlreichen formelhaften Redeeinleitungen, wie auch die unausgeführten, aber vorgemerkten Lombarden, mit denen sie gelegentlich zusammenstehen, übernimmt Wolff dagegen, berichtigt

---

viff w[un]*den* / *Dat ik *n*[um]*mer mote ſcriu*[en] *ofte dichten* / *Hor*[en] *dat ſeyn v*[nd] *leſen bichten* / *Dat jnnich v*[nd] *gut to gode sy* / *Des helpe maria de reyne my* / *Amen*[.] – Wolff (Anm. 1), S. 18, 306 und 335 konjiziert: [...] *Des help my got vnde ſyn hilighen viff wunden,* / *Dat ik nummer mote ſcriven ofte dichten,* / *Horen dat, ſeyn vnde leſen bi ichten,* / *Dat jenich vngut to gode ſy* [...]. Ich halte es für denkbar, dass das n von **n*[um]*mer* durchgestrichen ist, leider lässt sich für mich momentan keine Autopsie der Handschrift selbst vornehmen.

9 Vgl. Breucker (Anm. 5), S. 83f. Breucker verweist für die Handschrift insgesamt wie für den ‚Theophilus‘ im Besonderen auf die schlechte Textqualität. Gerade Letzterer sei überhaupt nicht zu verstehen und zeige – wie auch die offenbar mit der Hs. verwandten Theophiluspassagen des ‚Ave Maria‘ – deutliche Mängel (ebd., S. 84–93). Auch für die anderen Gedichte der Handschrift, die Breucker bemüht ist ebenfalls Brun von Schönebeck zuzuweisen, drängt sich für ihn „die Vermutung auf, als ob diese anonymen Gedichte auch in sich zusammenhanglose Vorübungen, lose Aufzeichnungen seien, die später in ein Ganzes hineingearbeitet wurden oder werden sollten“ (S. 93f.; vgl. ebd., S. 94–128).

10 Die anderen deutschen Texte der Handschrift (fol. 211r–220v) sind vergleichbar eingerichtet, doch ist die Frequenz der lateinischen Einschübe hier geringer.

sie nötigenfalls oder konjiziert dort, wo z. B. ein im Text nachweisbarer Sprecherwechsel falsch oder gar nicht markiert ist.[11]

Wolff schließt mit dem beschriebenen Vorgehen an Georg Sellos Ausgabe von Könemanns ‚Kaland' (1890) an, die die lateinischen Textelemente lediglich als ‚Belegstellen' zum deutschen Text aufgefasst und ebenfalls aus dem Fließtext ausgeschieden hatte.[12] Mit dem solchermaßen ‚bereinigten' Text will Wolff ein bestimmtes Argument für die Literaturgeschichte des Niederdeutschen starkmachen: Es geht ihm, wie er im Vorwort ausführt, um die Präsentation des ‚Wurzgartens' sowie der anderen Werke Könemanns als Zeugnisse einer bereits von Gustav Roethe umrissenen Geschichte der niederdeutschen Literatur, die von der Vorrangstellung einer hochdeutschen Literatursprache im 13. Jahrhundert und einer größeren Selbständigkeit und Prominenz des Niederdeutschen im 15. Jahrhundert erzählen soll.[13] Für eine solche, das Editionsvorhaben prägende Hypothese konnte der niederdeutsche Text der Göttinger Handschrift (wenngleich mit nicht unerheblichen Eingriffen) leitend bleiben, weil die späte Handschrift die These von einer sukzessiven ‚Verniederdeutschung' ausgesprochen günstig unterstützt.[14] Während Wolff darum von der Rekonstruktion

---

[11] Wolff (Anm. 1), S. 66f. – In der Handschrift sind die lateinischen Zitate und die deutschen Inquit-Formeln zunächst dadurch unterschieden, dass Letztere in die Mitte der jeweiligen Kolumne gerückt sind. Dieses Verfahren wird jedoch vom Schreiber nicht über die ganze Handschrift hinweg durchgehalten, ab fol. 170 findet es sich nur noch punktuell.

[12] Georg Sello, Des Pfaffen Konemann Gedicht vom Kaland zu Eilenstedt am Huy, in: Zeitschrift des Harz-Vereins für Geschichte und Altertumskunde 23 (1890), S. 99–170, 105 und Anm. 1. Vor der Ausgabe Sellos wurden einige Auszüge veröffentlicht bei: Wilhelm Schatz, Der Kaland. Ein Gedicht des dreizehnten Jahrhunderts, vom Pfaffen Konemann, Priester zu Dingelstedt am Huy, in Auszügen mitgetheilt, in: Jahresbericht über das Königliche Domgymnasium zu Halberstadt während des Schuljahres von Ostern 1850 bis dahin 1851, Halberstadt 1851, S. 1–25.

[13] Wolff (Anm. 1), S. 28–51; vgl. Gustav Roethe, Reimvorreden des Sachsenspiegels (Abhandlungen der Königlichen Gesellschaft der Wissenschaften zu Göttingen. Philologisch-Historische Klasse. N. F. II., Nr. 8), Berlin 1899, bes. S. 29–67, zum ‚Wortegarde' S. 33, 35f., 52–59; S. 33: „Die Gandersheimer Reimchronik freilich, Konemanns Wurzgarten Mariä und Bruns Theophilus sind nur niederdeutsch erhalten, aber erst in späten Handschriften des 15. Jahrhunderts und durchsetzt mit hochdeutschen Lautelementen, die Rückschlüsse auf die Vorlage nahe legen." – Ähnlich noch Gerhard Cordes, Alt- und Mittelniederdeutsche Literatur, in: Deutsche Philologie im Aufriß, hg. v. Wolfgang Stammler, 2. überarbeitete Auflage, Bd. 2, Berlin 1960, Sp. 2473–2519, bes. Sp. 2484–2486. Vgl. dagegen heute mit Betonung des Mitteldeutschen und einer „bewusste[n] Mischung hochdeutscher und niederdeutscher Elemente" schon ab der Wende zum 12. Jahrhundert: Thomas Klein, Niederdeutsch und Hochdeutsch in mittelhochdeutscher Zeit, in: Die deutsche Schriftsprache und die Regionen. Entstehungsgeschichtliche Fragen in neuer Sicht, hg. von Raphael Berthele u. a. (Studia Linguistica Germanica 65), Berlin / New York 2003, S. 203–229, hier: 205.

[14] Wolff (Anm. 1), S. 28–51 und 66–68. Vgl. Beckers (Anm. 3), S. 67f., sowie jetzt Klein (Anm. 13).

einer hochdeutsch-niederdeutschen Mischform, wie er sie für das Original aus der Zeit um 1304 vermuten musste (und wie er sie in der ältesten Handschrift des ,Kaland' belegt sieht), absehen konnte, waren für sein Anliegen die lateinischen Textelemente der Handschrift jedoch völlig nebensächlich und er betrachtete sie als Einschübe, die „der Leser deshalb ohne jede Störung übergehen konnte, wie es der übergreifende Zusammenhang erforderte".[15] Dieses editorische Verfahren, das die lateinischen Textelemente als Zusätze oder Belegstellen und damit als Sekundäres begreift, das für den Zusammenhang des niederdeutschen Textes ohne Relevanz und daher auszuscheiden ist, erzeugte eine disziplinäre Verengung auf deutschsprachige Literatur.[16] Zugleich marginalisierte er den Status der lateinischen ,Zwischentexte' (der Begriff ist hier angelehnt an Stephan Müllers Konzept der ,Zwischen-Schrift', s. u. im 3. Kapitel) im Zeichen einer linear-syntagmatischen Auffassung von Text, die Schrift vor allem als Repräsentantin gesprochener Worte begreift und nicht als genuin eigene Form und andere Existenzweise von Sprache. Doch nicht nur im Hinblick auf Schrift, Kolumne und Seite bietet der ,Wortegarde' ein Beispiel für die Integration von nichtlinearen und paradigmatischen Verhältnissen, sondern auch seine erzählerische Struktur erscheint zirkulär, repetitiv. Ich möchte im Folgenden zunächst zeigen, inwiefern das Erzählen immer wieder eine lineare Logik des ,Und dann' durchbricht; danach soll ausgehend von den ,Zwischentexten' die Verschränkung von erster und zweiter Dimension, von Linearität und Flächigkeit, von Schrift, Kolumne und Seite beobachtet werden.

1. Reden erzählen

Mit Parabel und Töchterstreitmotiv schließt der ,Wortegarde' an eine größere europäische Erzähltradition an, die immer wieder neu soteriologisches Wissen im Modus der Allegorie inszeniert.[17] Psalm 84,11f. (*Misericordia et veritas ob-*

---

15 Wolff (Anm. 1), S. 66f.

16 Vgl. dazu sowie für erste Überlegungen zu einer digitalen Neuedition: Christina Lechtermann / Markus Stock, Virtuelle Textkonstitutionen: die Philologie und ihre mittelalterlichen Objekte [Bsp.: Könemanns von Jerxheim ,Wurzgarten Marias'], in: Virtuelle Lebenswelten. Körper – Räume – Affekte, hg. v. Stefan Rieger, Armin Schäfer u. Anna Tuschling, Berlin / Boston 2021, S. 63–85.

17 Richard Heinzel, Vier geistliche Gedichte, in: ZfdA 17 (1874), S. 1–57 (darin ,Der mynnen rede', S. 12–39, mit einem „Excurs über den Mythus von den vier Töchtern Gottes", S. 43–51), versuchte eine Systematisierung der verschiedenen Töchterstreit-Erzählungen nach drei unterscheidbaren Formen. Viele der nachfolgenden Untersuchungen greifen darauf zurück, so etwa: Nina Brettschneider, Die ,Vier Töchter Gottes' bei Reinmar von Zweter und Tilo von Kulm, in: Neue Studien zur Literatur im Deutschen Orden, hg. v. Bernhart Jähnig u. Arno Mentzel-Reuters (ZfdA. Beihefte

viaverunt [*sibi*] / *iustitia et pax osculatae sunt*) bot den Ausgangspunkt für die Wahl der vier Personifikationsfiguren, allerdings musste dieser vor allem die Einigkeit der Tugenden betonende Vers dazu, z. T. auch gegen eine ältere Kommentartradition, umgedeutet werden.[18] Das Motiv, das sowohl als selbständige Erzählung überliefert als auch in größere Zusammenhänge integriert wird, ist in der hoch- und niederdeutschen Literatur nicht selten als formalisierter Streit vor einem Herrscher angelegt oder wird als Gerichtsverhandlung präsentiert.[19] Wahrheit und / oder Recht vertreten dabei diejenige Position, derzufolge der Mensch unwiderruflich verloren sein muss, weil er Gottes Gebot übertreten hat. Barmherzigkeit und Friede (z. T. auch Treue und / oder Liebe) plädieren dagegen für seine Erlösung durch die übergroße Gnade Gottes. Den Streit schlichtet Weisheit, die gelegentlich mit Salomo assoziiert, zumeist jedoch mit dem Sohn Gottes gleichgesetzt wird, indem sie Menschwerdung und Passion als einzig mögliche Lösung des Konflikts aufzeigt. Der ‚Wortegarde' nimmt keine

---

19), Stuttgart 2014, S. 169–176. – Zu einer benachbarten Realisierung des Motivs vgl. Henrike Manuwald, Die ‚Einhornjagd im hortus conclusus'. Ein marianisches Bildmotiv zwischen Narrativierung und Diagrammatisierung, in: LiLi 44,4 (2014), S. 127–148.

18 Friedrich Ohly, Die Trinität berät über die Erschaffung des Menschen und über seine Erlösung, in: PBB 116 (1994), S. 242–284, hier: 258–277; S. 270: „Als ‚Töchter Gottes' fungieren die vier Tugenden von Ps. 84,11 erst von dem Augenblick an, wo das Motiv in der 2. Hälfte des 12. Jahrhunderts sich aus exegetischen Kontexten löst und den Gattungscharakter der frei erzählten Parabel über eine anthropomorphe göttliche Familie (ohne Mutter) annimmt." Vgl. Mäder (Anm. 4), S. 15f. und Anm. 24–25 sowie Waltraud Timmermann, Studie zur allegorischen Bildlichkeit in den Parabolae Bernhards von Clairvaux. Mit der Erstredaktion einer mittelniederdeutschen Übersetzung der Parabolae ‚Vom geistlichen Streit' und ‚Vom Streit der vier Töchter Gottes' (Mikrokosmos 10), Frankfurt am Main / Bern 1982, S. 144. – Wenngleich der ‚Wortegarde' v. a. den Erlösungsrat erzählt, bietet er doch zugleich auch Elemente des Schöpfungsrates: W (Anm. 1), V. 386–450.

19 Siehe für die deutsche Literatur etwa: Waltraud Timmermann, Art. ‚Streit der vier Töchter Gottes', in: ^{2}VL 9, 1995, Sp. 396–402, und ^{2}VL 11, 2004, Sp. 1461; Nicole Eichenberger, Geistliches Erzählen. Zur deutschsprachigen religiösen Kleinepik des Mittelalters (Hermaea. N. F. 136), Berlin / Boston 2015, bes. S. 80f., 223–228; Ferdinand Urbanek, Die Tribunalszene in der *Erlösung* als Beispiel rhetorischer Textsublimierung, in: Euphorion 74 (1980), S. 287–311; Norbert H. Ott, Rechtspraxis und Heilsgeschichte. Zu Überlieferung, Ikonographie und Gebrauchssituation des deutschen ‚Belial' (MTU 80), Zürich / München 1983, S. 119–121, 145–147; Maria Sherwood-Smith, Selbstgespräch zu dritt. Innertrinitarische Gespräche im ‚Anegenge' und in der ‚Erlösung', in: Dialoge. Sprachliche Kommunikation in und zwischen Texten im deutschen Mittelalter. Hamburger Colloquium 1999, hg. v. Nikolaus Henkel u. a., Tübingen 2003, S. 213–224; Kurt Gärtner, Der ‚Streit der Töchter Gottes' in der ‚Weltchronik' Heinrichs von München, in: Historia vero testis temporum. Festschrift für Václav Bok zum 70. Geburtstag, hg. v. Hana Andrášová, Peter Ernst u. Libuše Spáčilová (Schriften zur diachronen Sprachwissenschaft 20), Wien 2009, S. 19–45.

dieser Gleichsetzungen vor, vielmehr inszeniert er Weisheit neben dem Gottessohn als eigenständige Figur und verleiht ihr zudem eine besondere Rolle, insofern sie diejenige Instanz ist, die – wieder und wieder befragt und angespornt von Barmherzigkeit – das Marienlob des Mittelteils vorträgt.[20]

Einige der volkssprachlichen Töchterstreit-Adaptationen, die der Tradition Bernhards von Clairvaux in doppelter Hinsicht verpflichtet sind, verknüpfen das Motiv mit einer Parabel, die den Fall des Menschen als Geschichte von einem König und seinem untreuen Knecht erzählt.[21] Könemann verwendet sie als Rahmenhandlung und integriert dabei auch die Personifikationen in die Parabel-Adaptation. Dafür greift er auf eine bereits bei Bernhard mitgeteilte Vorgeschichte zurück, die schildert, wie die Tugenden den Menschen unmittelbar nach der Schöpfung umsorgen:[22] Der *koning edel u*[nd] *rike* (fol. 159vb), der im ‚Wortegarde' zu Beginn der Erzählung seine Herrschaft ordnet, erhebt seinen *leu*[en] *vromen knecht* (fol. 160ra) zum Amtmann eines Lehnsgebiets und stellt ihm zu Schutz und Rat die vier Töchter sowie, als strafende Instanz, einen Büttel zur Seite (W [Anm. 1], V. 128–245). Dieser verführt den Knecht aus Neid auf dessen hohe Position, die er selbst einmal innehatte, woraufhin der Knecht seines Amtes enthoben und durch die drei Peiniger, Welt, Tod und Wurm, bestraft wird. Der Mensch fleht, da er sonst keine Hilfe findet, in seiner Not Gott um Beistand an (V. 610–882). Er erhält schließlich von ihm die Zusage: *Min hulpe wert dy schyn* (fol. 165rb, V. 878).[23] Dass diese Zusage *vor* der Eröffnung

---

20 Vgl. Anja Becker, Eine (widersprüchliche) Figur? Die Trinität im Gespräch mit sich selbst im ‚Anegenge' und in der ‚Erlösung', in: Widersprüchliche Figuren in vormoderner Erzählliteratur, hg. v. Elisabeth Lienert (BmE. Themenheft 6), Oldenburg 2020, S. 205–243, DOI: https://doi.org/10.25619/BmE20203106 (letzter Zugriff: 05.09.2022), verweist auf den Sonderstatus dieser ‚Figuren' und zeigt, wie etwa ‚Erlösung' und ‚Anegenge' auf bestimmte „narrative Verfahren setzen, um das Entstehen solcher allzu menschenanaloger Konzepte bei ihren Rezipienten zu unterbinden" (ebd., S. 205, vgl. 235–237).

21 Vgl. Mäder (Anm. 4), S. 25–30 (zur lat. Predigt), 38f.; Fazit, S. 39: „Durch die weite Verbreitung der Christusviten, der *Gesta* [*Romanorum*] und des *Belial* wurde die Bernhardische Fabel und die Fassung des *Rex et famulus* in ganz Europa bekannt. Sie sind in die volkssprachige Literatur, in die Predigt, die religiöse Dichtung, das geistliche Spiel aller europäischen Länder eingegangen." – Für die dt. Literatur vgl. ebd., S. 52–83, für dramatische Adaptationen vgl. ebd., S. 84–119, sowie jetzt: Cora Dietl, Krise im Himmel – Zukunft für die Menschen. Der Streit der Töchter Gottes als Lutherisches Schuldrama, in: Krise und Zukunft in Mittelalter und (Früher) Neuzeit. Studien zu einem transkulturellen Phänomen. Festschrift für Gerhard Wolf zum 60. Geburtstag, hg. v. Nadine Hufnagel u. a., Stuttgart 2017, S. 239–250.

22 Die besondere motivliche Abhängigkeit des ‚Wortegarde' von Predigten Bernhards von Clairvaux betont Wolff (Anm. 1), S. 19–23. Timmermann (Anm. 18), S. 235–268, ediert eine weitere niederdeutsche Adaptation der Parabel, die sich ebenfalls in einer ostfälischen Handschrift des 15. Jahrhunderts findet.

23 Vgl. Mäder (Anm. 4), S. 60. Ich folge bei der Nacherzählung des Plots einer von Wolff

der erzählten Gerichtsverhandlung liegt, weist dem Verfahren und seinem Verlauf eine besondere Funktion zu: Es gilt hier nicht, über den Menschen ein angemessenes Urteil zu fällen, denn ihm ist göttliche Hilfe ja bereits zugesagt, vielmehr gilt es, die Größe seiner Schuld offenzulegen und zu verdeutlichen, unter welchen Möglichkeitsbedingungen und trotz welcher Unwahrscheinlichkeiten ihm die versprochene Hilfe dennoch zukommen wird.

Der Streit (V. 940–2216), den die Personifikationen austragen, ist dementsprechend anders strukturiert als die meisten anderen Töchterstreit-Erzählungen, denn ein Kuss von Barmherzigkeit und Wahrheit bildet hier nicht den Endpunkt, auf den sich die Verhandlungen zubewegen, sondern er markiert lediglich ein erstes Zwischenergebnis, auf das noch zahlreiche Einsprüche des Rechts und immer neue Bekenntnisse, Entschuldigungsversuche und Angstklagen des Menschen folgen.[24] Nachdem die Lösung des Konflikts schließlich mit Zustimmung des Sohnes verhandelt ist und der Mensch eine erneute Klage und Bitte darüber angestimmt hat, das Erlösungswerk doch nun nicht länger hinaus zu schieben (V. 2217–2297), sprechen Barmherzigkeit und Weisheit ausführlich von Maria (V. 2336–3626). Zwischen kurz gehaltenen Nachfragen der Barmherzigkeit reiht die Weisheit dazu Marienattribute, Bilder, Vergleiche und Typen des Alten Testaments, bis die Jungfrau, dermaßen vorbereitet und (sprachlich) ‚ausgeziert', ihrem Bräutigam gegenübertreten kann.[25] Auf die Frage, wer die mit dem weißen Hemd der Keuschheit, dem goldenen Kleid der Liebe, dem Mantel der Demut, dem Gürtel der Güte und einer zwölfsternigen Krone geschmückte Braut übergibt, wird Demut als weitere Personifikation ins Spiel gebracht. Sie soll die Braut im Himmel vorstellen. Auch *ſalicheyt* schließt sich ihrem Gefolge an und so kann Gott gefangen, bezwungen und mit einem Minnetrank gefügig gemacht werden, wobei Weisheit und Barmherzigkeit als verräterische Kämmerer agieren. Um den derartig gefangenen Gott in einen angemessenen Kerker zu bringen, wird an die Verkündigungsszene angeknüpft, die Weisheit und Barmherzigkeit bereits gegen Ende ihres Dialogs zu diskutieren begonnen hatten und die so die invertierte Brautwerbung rahmt. Die Fortsetzung der Verkündigungsszene ist durch zwei umfangreiche Einschübe angereichert, so dass dieser Abschnitt einen eigenen Schwerpunkt bildet (V. 3513–4165). Nach einer jeweils kurzen Darstellung der Heimsuchungs-

---

rekonstruierten Version des ‚Wortegarde', wie sie der Abschrift der Göttinger Handschrift vorgelegen haben dürfte. Zur Begründung s. u. und Anm. 27.

24 Vgl. dazu Christina Lechtermann, Das erste Gericht. Die Erzählung vom Streit der Töchter Gottes in Könemans ‚Sunte Marien Wortegarde', in: Deutsches Dante-Jahrbuch 93 (2018), S. 104–120.

25 ‚Wortegarde', fol. 187rb: *Nu hore leue[] mere / Duſſe maghet here / De man lange hat ghebeydet / Des nu alſo bereydet / Vnde ſo to gheſcyret / Dat ſe mach vngheviret / Vor oren brudegam gan.*

szene, der Geburt und der Symeonbegegnung schließt der Fokus auf Maria (vorläufig) mit einer Reflexion des Erzählers über die Notwendigkeit, Maria besonders zu loben, einer Apostrophreihe, die dies umzusetzen versucht, und der Bitte, würdig und in der Lage zu sein, ein ihr angemessenes Lob vortragen zu können. In Fortsetzung der Personifikationsallegorie gehen daraufhin Barmherzigkeit und Weisheit zur Liebe, um mit ihr gemeinsam von Christus die Erfüllung dessen zu erzwingen, was geschrieben steht, und also die Passion einzuleiten (V. 4662–5003). Abendmahl und Fußwaschung werden kurz erzählt und in einem Abschnitt, der mit *Van der martere vnſes heren* (fol. 199rb, V. 5082–5405) überschrieben ist, werden in geraffter Form einige Stationen der Passion – Verurteilung, Geißelung, Kreuzigung mit den ersten Worten am Kreuz und Finsternis – wiedergegeben. Breiter sind hingegen die Marienklage und die sie rahmenden Passagen ausgeführt, die als Befragung Marias durch den Erzähler gestaltet sind (fol. 201vb: *Vnſer leu*[en] *vrow*[en] *claghe*). Dieser bittet zunächst, mit Rückverweis auf die Symeonbegegnung und ebenso in Erneuerung der Bitte um Lobfähigkeit, dass Maria selbst ihre Gefühle angesichts der Kreuzigung schildern möge. Ihre monologische Rede trägt die noch fehlenden, sie selbst betreffenden Worte Christi am Kreuz nach und steigert die Klage ins ‚sinnenlose‘, was Maria selbst kritisch kommentiert.[26] Den Abschluss dieses neuen thematischen Schwerpunkts bildet die Bitte des Erzählers, sein eigenes Herz zu erweichen und zum Mitleid zu bewegen. En passant gerät sie zu einer Predigt, deren Ausgangspunkt eine detaillierte sprachliche Evokation des Gekreuzigten bildet – kehrt also, nachdem die Grablegung bereits erzählt war, nochmals zur Passion zurück. Mit: *Ik was eyn del ghekart / Vte der recht*[en] *vart / Dar will ik ker*[en] *weder to*, wird die letzte Passage des Textes eingeleitet, die knapp von Auferstehung und Himmelfahrt zu Rückkehr Christi und Jüngstem Gericht überleitet (fol. 208va; V. 6342–6480). Ihr folgt der Epilog.

Während einerseits Handlungsstruktur und Figurenrepertoire der Rahmen-Parabel, des Töchterstreits und der Passion dem Text eine grundlegende syntagmatische Kohärenz verleihen, wird andererseits durch die Ausbildung der unterschiedlichen Erzählschwerpunkte (Parabel, Anklage und Entschuldigung, Marienlob, Verkündigung mit Brautfahrt, Marienklage) und die Iteration und Amplifikation von Glaubensinhalten dieser narrative Zusammenhalt durchbrochen. Der ‚Wortegarde‘ ist vor allem ein Text, der Reden erzählt, und diese verhandeln, was sie zu sagen haben, immer wieder neu und anders. Die zahlreichen deutschsprachigen roten Zwischentexte markieren die Textabschnitte als wörtliche Rede des ‚Meisters‘, als Rede des Sohnes, als Gottes Wort oder weisen mit ‚die Barmherzigkeit‘ oder ‚die Weisheit‘ Sprecher:innen-Rollen aus.

---

26 ‚Wortegarde‘, fol. 206va: *D*[*an?] *ich rechter witze blint / V*[nd] *ſynnes loſe dreff / Diu vornunft dar weder kreff / Ik konde mek nicht enthalden / Noch mynes sulues ghewalden.*

Der Handlungsfortschritt der allegorischen Verhandlungen, der Parabel und der Heilsgeschichte wird durch die Auflösung in Rede und Gegenrede gehemmt, zerdehnt, segmentiert, wiederholt, aus verschiedenen Perspektiven iterierend geschildert (wie etwa die Worte am Kreuz oder die Verkündigung), kommentiert oder zum Anlass für predigthafte Digressionen (*ummemere*, V. 2345) genommen. Anaphorische und kataphorische Relationen überlagern so immer wieder das Voranschreiten der Handlung und marginalisieren die narrativen Elemente zugunsten der diskursiven.[27] Die Gerichtsverhandlung mit ihren zahlreichen neuen Einwänden und Einreden und abgewiesenen Lösungsmöglichkeiten erscheint dabei ebenso zirkulär wie Marienlob und Klage. Immer wieder spielen diese Textelemente neue Aspekte ein und wollen nicht aufhören, um schließlich doch abrupt und ohne erzählerische Notwendigkeit beendet zu werden. Die je einzelnen Passagen sind geprägt durch das Interesse an bestimmten Aspekten der Soteriologie oder an bestimmten Qualitäten und Leistungen heilsgeschichtlicher Agenten. Was damit entsteht, ist kein paradigmatisches Erzählen in dem Sinne, wie es etwa Rainer Warning für die Tristan-Erzählungen beschrieben hat, vielmehr ist es ein Erzählen, das im dramatischen Modus der Verhandlung und des Dialogs auf zirkuläre, iterierende Bewegungen verpflichtet wird, das immer wieder lyrische Formen integriert und das zudem auf keine lineare Zeitstruktur festzulegen ist.[28] Es ist ein Erzählen, das ein syntagmatisch organisiertes ‚Und dann' in *byspyl* oder Allegorie anzitiert, um es sogleich in den *reden* einzukassieren.[29] Eine solche Marginalisierung des Narrativen teilt der Text mit bestimmten Minnereden,[30] doch verzichtet er keines-

---

27 Vor diesem Hintergrund erscheint die Umstellung von fast 1400 Versen (V. 2157–3492), die Wolff (Anm. 1, S. 17) auf überzeugende Weise als Schreiberfehler erklärt, der sich einer Vertauschung von zwei Lagen der Vorlage verdankt, und den er in seiner Ausgabe revidiert, mäßig überraschend. Die von späterer Hand vorgenommenen Korrekturen versuchen nicht, die handlungslogischen Anschlussprobleme zu berichtigen, die diese Verwechslung produziert, sondern widmen sich lediglich der Heilung der korrumpierten Versstrukturen.

28 Vgl. Rainer Warning, Die narrative Lust an der List. Norm und Transgression im ‚Tristan', in: Transgressionen. Literatur als Ethnographie, hg. v. Gerhard Neumann und dems. (Rombach Wissenschaften. Reihe Litterae 98), Freiburg i. Br. 2003, S. 175–212.

29 Ebd., S. 182: „Die Lektüre selbst wird umgepolt vom ‚Und so weiter' syntagmatisch organisierten Erzählens zur kreativen Erstellung eines Textraums mit einer Vielzahl ana- und kataphorischer Relationen, die eine abschließende Synthese in dem Maße geradezu verunmöglichen, wie ihre Terme an Eindeutigkeit verlieren." Vgl. ders., Erzählen im Paradigma. Kontingenzbewältigung und Kontingenzexposition, in: Romanistisches Jahrbuch 52,1 (2001), S. 176–209, bes. S. 176–180.

30 Vgl. dazu Sonja Glauch, Zu Ort und Funktion des Narrativen in den Minnereden. Eine Skizze, in: Zwischen Anthropologie und Philologie. Beiträge zur Zukunft der Minneredenforschung, hg. v. Iulia-Emilia Dorobanţu, Jacob Klinger u. Ludger Lieb, Heidelberg 2016, S. 53–69.

wegs auf eine finale Bestimmtheit des Geschehens. Seine Prämissen sind allerdings andere, denn vorläufiges Ende und endgültiges Ende müssen im ‚Wortegarde' nicht sukzessive entfaltet werden, sie sind ebenso vorausgesetzt wie das Ergebnis des Töchterstreits bereits zu seinem Beginn vorweggenommen ist.[31] Auch die Zeitlogik einzelner Passagen kann damit, wie anhand der Verkündigungsszene deutlich wird, chronologische Konsekutivität auf Ebene der *histoire* preisgeben, um die Zirkularität des Erzählens auch zeitlich anzuschreiben.

2. Verkündigung mit David

Als nach der erfolgreichen Werbungsfahrt Marias Gott ‚gefangen' auf die Erde gebracht werden soll, leitet der Erzähler zu einer zweiten, nun ausführlichen Darstellung der Verkündigung über. Gut 400 in schwarzer Tinte geschriebene niederdeutsche Verse, 7 rote, deutsche Sprechermarkierungen und 24 rote, lateinische Zwischentexte präsentieren das Geschehen (fol. 188va–191va; V. 3753–4165 [die rot geschriebenen Markierungen und Zwischentexte müssen im Folgenden aus drucktechnischen Gründen mit Fettdruck zitiert werden]). Das Perfekt, mit dem der Stand der Dinge im Hinblick auf den Minnefang geschildert wird, weicht dafür dem Präteritum biblischer Geschichte.[32] War der Gruß Gabriels bereits vor dem himmlischen Hofgang Marias von der Weisheit erzählt und zitiert worden, so setzt nun der Verkündigungsdialog mit *En vrochte nicht du ſote* (fol. 188va) neu ein und setzt die voraufgehende Präsentation dieses Ereignisses (s. o.), hier jedoch als Erzählung des Erzählers, fort. Bereits nach der ersten Rede des Engels, der die Geburt des Heilands und zugleich den Schutz Marias vor allen Anfeindungen verkündet, wird, ausgehend von einem dem heiligen Geist zugewiesenen Ausruf, ***O caſta generacio*** (fol. 188vb, nach Sap 4,1), ein kurzes Marienlob eingeschoben. Die darauffolgende Frage Marias, wie das Angekündigte geschehen könne, wird sogleich vom Erzähler und nun im Modus des ‚Als ob' (*So ſe ſpreke*) nochmals so paraphrasiert, dass kein Zweifel an ihrer demütigen Haltung bestehen bleiben kann.[33] Nach der Antwort

[31] Vgl. zu zeitlichen Paradoxien in ähnlichen Erzählzusammenhängen Christian Kiening, Mitte der Zeit. Geschichten und Paradoxien der Passion Christi, in: Wiederkehr und Verheißung. Dynamiken der Medialität in der Zeitlichkeit, hg. v. dems., Aleksandra Prica und Benno Wirz (Medienwandel, Medienwechsel, Medienwissen 16), Zürich 2011, S. 121–137. Zur grundsätzlichen Variabilität und zur oft aporetischen Struktur vormoderner Zeitentwürfe vgl. ZeitenWelten. Zur Verschränkung von Weltdeutung und Zeitwahrnehmung, 750–1350, hg. v. Miriam Czock u. Anja Rathmann-Lutz, Köln / Weimar / Wien 2016.

[32] ‚Wortegarde', fol. 188va: *Nu ys got hir neder bracht* [. . .] *Hor de kerker ys bereyt* [. . .] *Nu wart alto hant / Gabriel dar hen gheſant* [...] *He ſprak vnghehorde grote*.

[33] ‚Wortegarde', fol. 188vb: *So ſe ſpreke ik weyt dat wol / Dat id alſo weſen ſcal / Alſo id*

des Engels, der von Elisabeths Schwangerschaft berichtet, ist dann ein Wort Davids eingeschaltet, das zurück an den Anfang der Verkündigungsszene führt und einen langen Monolog einleitet:

> **Des meyſters wort**
> V[*an*] duſſem gr[*oe*]te sprak dauid
> Ee ys gheſchen lange tid
> So he dar by ſtunde
> Do de engele erſt begunde
> Des grotes to dem meghetin
> He ſprak leue docht[*er*] myn
> **Audi filia [*et*] vide [*et*] [*in*]clina**
> **aur[*em*] tu[*am*][*quia*] [*con*]cupiuit rex**
> **ſpeciem tuam**
> Beſchowe vnde hore
> Vnde neghe hÿr dyn ore
> Dat voghet dy to done
> Went de kon[*in*]g diner ſchone
> Begheret [...] (fol. 189ra; Zitat 1)

Dieses zweite ‚Als ob', das den Moment der Prophetenrede mit demjenigen ihrer Erfüllung zusammenfallen lässt, gerät zu einer Integration Davids in die Verkündigungsszene. In einer umfangreichen Rede, adressiert an die ‚liebe Tochter' und strukturiert durch die dreimalige Zwischenschrift *Davites wort*, wird Maria das Wunder der Inkarnation erklärt. Unterschnitten ist diese Rede mit wenigen Einwürfen des Erzählers, der seinerseits David kommentiert (V. 3850–3858, 3939–3943). David, der schon seit langem weiß, dass Maria ihm und allen Menschen Rettung zutragen wird, adressiert im Moment der Verkündigung Maria, die am Anfang der Zeit zu diesem Zweck Geschaffene, und überzeugt sie, dem zuzustimmen, was geschrieben steht, sich (*dominus tecum*) bereits ereignet hat und nun passieren muss.[34] Die Rede, die bewirken soll, was bereits der Fall ist, verbindet den immer neuen Apell, zu hören, zu sehen und zu

---

ghewiſſaget is [...] *Duſß vraghe mik ghewere / So gheue ik an dyne wort / Vil gherne myn*[en] *vulbort.*

[34] Dass *dominus tecum* im ‚Wortegarde' nicht als Ankündigung oder Gruß, sondern als Zustandsbeschreibung verstanden wird, ist ausdrücklich betont (fol. 190va): *He ſprikt nicht he wil kom*[en] */ He ꝺ haddet wol vornom*[en] */ Dat got vor om kom*[en] *was.* Siehe dazu Wolff (Anm. 1), S. 349, mit Hinweis auf Bernhard von Clairvaux ‚Super Missus est' (3.2, Migne PL 183, Sp. 72). Vgl. auch ‚Wortegarde', fol. 189 rb: *Duſſer leu*[en] *mere / Was vtirmaten vro / Dauid dat qu*[am] *alſo / Dat he dat wiſte v*[an] *ꝺ*[em] *gheyſte / Dat ſe ome de neyſte / An ſyme ſlechte ſcolde weſen / Dar he ſulu*[en] *af gheneſen / Scolde vnde al de m*[yn]*ſcheyt.* Vgl. fol. 189va: *Se v*[nd] *hore ringe / War to v*[an] *aneginge /* ***Ab eterno ordinata sum*** **[et]** ***ex /*** **[an]*tiquis a*[nte]*qu*[am] *t*[er]*ra fieret*** */ V*[nd] *v*[an] *ewen du ſiſt / Gheordineret du biſt.*

verstehen, mit der Erklärung von zentralen Glaubensinhalten, wie etwa der jungfräulichen Geburt oder der Empfängnis eines bereits vollkommenen und doch nicht als erwachsener Mann geborenen Christus.[35] Sie läuft auf die Auslegung der ersten Zeilen des englischen Grußes zu, der von David nochmal abschnittsweise zitiert wird (V. 3966–4061; fol. 190rb-va): [...] *aue / Dat bedudet ſunder alle we* [...] *gr*[atia] *plena / Dat bedudet aller gnad*[en] *vol* [...] *domi*[nus] *tec*[um] / *Sprikt de angel an der g*[ro]*te / So he meyne* [...]. Diese exegetische Strategie, die die einzelnen Grußabschnitte mit konventionellen Deutungen verbindet, dient einer Rhetorik, die darauf abzielt, die notwendige Antwort Marias zu provozieren, weil das Heil jetzt an ihrem Mund hänge.[36] Maria versteht, hört und sieht, was der Engel sagt, und gibt die gewünschte Antwort:

An gode ſe ſik vorſan
Vnde ſprak v[*an*] gantſer gote
Meiſt doch v[*an*] otmote
Ecce ancilla d[*omini*] fiat michi
ſecundum verb[*um*] tu[*um*]
Sich ik bin godes derne
Ik vullborde id gherne (fol. 190vb; Zitat 2)

Nach der Zustimmung schaltet sich erneut der Erzähler ein (fol. 191ra–191va; V. 4089–4165) und amplifiziert das Wunder der Inkarnation zunächst mittels einer Reihe paradoxer Verschränkungen sowie einer zitierten Seligpreisung (Lc 11,27).[37] Dann legt er Maria und Gott Worte aus dem Hohelied (5,1) in den Mund (fol. 191 ra/b), die das Geschehen erneut ins Register von König und Braut fassen und die in der Einladung an alle Freund Gottes münden:

Nu mach maria wol ſpreken
Min amys dorch appel breken
Veniat dilect[*us*] me[*us*] [*in*] ort[*um*] ſu[*um*]
ut c[*om*]edat fruct[*us*] pomor[*um*] ſuor[*um*]
Vnde dorch vrucht warden
Is an ſyneme garden
Got mach ſulu[*en*] wol
Ik bin kom[*en*] als ik ſpreken ſcal[38]
Veni in ort[*um*] me[*um*] ſoror mea

---

[35] Wolff (Anm. 1), S. 348, verweist für Letzteres auf Bernhards zweite Homilie ‚Super Missus est' (Abschnitte 8 und 9, Migne, PL 183, Sp. 64f.).

[36] ‚Wortegarde', fol. 190vb: *Nu hore dochter vorbat me / Mit wiſheyt vnde ſe / Dat vte dyn*[em] *m*[un]*de / Hanget hir to st*[un]*de / Alle heyel v*[nd] *salicheyt*.

[37] ‚Wortegarde', fol. 191ra: *Sich wat men ſcreu*[en] *vint /* ***Beat*[us] *vent*[er] *qui te por*[ta]*uit et / ubera q*[uae] *ſuxiſti*** */ Salich ys ~~detw~~ dat werde liff / Al ſus ſo ſprak e*[yn] *wyff*.

[38] Wolff (Anm. 1, S. 241) korrigiert: *Got mach ſulven ſpreken wol: / „Ik bin komen als ik ſol,* [...].*"*

**ſponſa meſſui mirr[*am*] me[*am*] c[*um*]
aromatib[*us*] meis**
Leue ſuſter v[*nd*] brut [...]. (fol. 191ra/b; Zitat 3)

Danach rühmt sich Maria Gottes Freundschaft mit den Worten der Weisheit (Sir 24,11–20, V. 4139–4165).

Der ‚Meister' des Textes erzählt von Figuren, die – wie er selbst auch – beständig fremde Rede zitieren, referieren, andere für sich sprechen lassen oder Worte anderer im Modus des ‚Als-ob' paraphrasieren. Somit werden die rahmenden narrativen Elemente nicht nur für eine bestimmte Präsentation von soteriologischem Wissen genutzt, sie ermöglichen zugleich eine Komplexitätssteigerung im Hinblick auf die Verschränkungen von Erzähler- und Figurenrede,[39] von wörtlicher und wiedergegebener Rede und zitiertem Wort, von dem, was immer schon geschrieben steht, und dem, was jetzt zu sagen ist. Das Erzählen tritt zurück, um das ‚Wort' als Proposition, Illokution und Perlokution zu inszenieren, es zu besprechen, zu paraphrasieren und auszulegen. Die damit verbundenen Gesten sind kommentarisch und amplifizierend gleichermaßen, sie nehmen die Erklärung zum rhetorischen Ornament und das Ornament zur Erklärung. Die in der Lektüre der Verkündigungsszene zitierten Abschnitte zeigen dabei bereits, dass sich auch viele der lateinischen ‚Einschübe' zu den wörtlichen oder referierten Reden zählen lassen. Oft folgen sie unmittelbar auf die deutschen Inquit-Formeln oder auf ein ‚man findet geschrieben'. In manchen Fällen sind sie dabei so eingefügt, dass sie weder den Reim noch die Syntax des deutschen Textes stören, sondern dass sie am Anfang der Rede und vor ihrer deutschen Paraphrase stehen (Zitat 2 und 3, 2. Einschub; mit *ſcreu*[en]: Anm. 37). In anderen Fällen (Zitat 1 und 3, 1. Einschub) steht der lateinische Zwischentext in der deutschen Paraphrase, deren Syntax er dann unterbricht. Gelegentlich finden sich aber auch Einschübe innerhalb der Reden, die den deutschen Text (selten jedoch den Reim) unvermittelt dort zu unterbrechen scheinen, wo die lateinischen Worte paraphrasiert werden (Anm. 34). Sie bieten, so möchte ich im letzten Abschnitt zeigen, eine eigene, skriptographische Inszenierung des Wortes.

39 Glauch (Anm. 30) sieht darin eine der Funktionen der narrativen Rahmung in Minnereden. – Hier lässt sich ein solches Vorgehen vor allem in der Gerichtsszene beobachten, wo auch die erzählten Personifikationen, Gott und der Mensch passagenweise fast nur noch ‚durch den Mund' der Propheten sprechen.

3. Die Textur der Schrift

Mit den farblich hervorgehobenen, hier aus satztechnischen Gründen fett markierten, lateinischen Zwischentexten wird in der derzeit vorliegenden Edition ein Textmerkmal weitgehend ausgeblendet, das sich in einigen Töchterstreit-Adaptationen, aber auch darüber hinaus findet lässt und dessen Verbreitungen, Verwendungszusammenhänge, Erscheinungsformen und ggf. Textgruppenspezifik (?) erst noch zu erarbeiten ist.[40] Dieses Schreibverfahren betrifft alle deutschen Texte der Göttinger Handschrift. Es ist jedoch für Könemanns Texte insgesamt kennzeichnend, denn es findet sich sowohl in den Handschriften des ‚Kalands' wie auch im Reimbibelfragment.[41] In den einspaltig geschriebenen ‚Kaland'-Handschriften sind den lateinischen Inseraten am Rand (ungenaue) Quellenangaben beigestellt (z. B. ‚Evangelium' oder ‚Proverbium'). Ob dies auch für die nicht fertiggestellte Handschrift des ‚Wortegarde', in der sämtliche Initialen und Lombarden unausgeführt und nur durch Platzhalter und Freiräume angezeigt sind, vorgesehen war, lässt sich nicht rekonstruieren. Die zweispaltige Handschrift hätte für eine solche Auszeichnung jedenfalls wenig Platz neben den Schriftkolumnen geboten.[42]

---

[40] Abseits der dezidiert auslegenden Literatur, also etwa bei Brun von Schönbeck, finden sich lateinische Zitate etwa in den Schriftbändern der Prophetenbildern sowohl der Krakauer als auch der Nürnberger Handschrift der ‚Erlösung' und als Einschübe im Text der Trierer Fassung. Auch die niederfränkische Minnerede oder die Wiener Handschrift (ÖNB, cod. 2677) des kurzen Gedichts ‚Von gotes barmherzigkeit' zeigt solche Einschübe. Ihnen widmet sich ein Editions- und Forschungsprojekt, das Markus Stock und ich derzeit verfolgen.

[41] Der ‚Kaland' ist überliefert in: Magdeburg, Landeshauptarchiv, Rep. Cop. 778 (Pergament, Ende 13. Jh.); ein Fragment (C) ist heute verloren; vgl. Wolff (Anm. 1), S. 2–14. Eine niederdeutsche Bearbeitung (B) von Johann Stegeler von Osterwick findet sich ebenfalls im Magdeburger Landeshauptarchiv, Rep. Cop. 779 (Papier, 15. Jahrhundert). Bekannt ist zudem eine hochdeutsche Adaptation des Textes (D) von Johann Stegeler: Osterwieck, Pfarrarchiv St. Stephani, Nr. 36. Die Handschrift, deren Datierung umstritten ist (16. oder 18. Jahrhundert) stammt aus der Kalandsbruderschaft von Hornburg; vgl. dazu: Beckers (Anm. 3), Sp. 65 (16. Jahrhundert); Karl Euling, Der Kaland des Pfaffen Konemann, in: Jahrbuch des Vereins für niederdeutsche Sprachforschung 18 (1892), S. 19–60, 19–25 (18. Jahrhundert); vgl. auch Klaus Graf, Heinrich Kötzler von Gerolzhofen und die Bruderschafts-Literatur des Mittelalters, in: Archivalia 2019 (https://archivalia.hypotheses.org/107671#identifier_13_107671; letzter Zugriff: 05.09.2022). – Die Reimbibelfragmente sind: a) ein Doppelblatt, Hildesheim, Stadtarchiv, Best. 52 Nr. 500 (früher HA 275); b) ein beschnittenes Doppelblatt: Wolfenbüttel, Herzog August Bibl., Cod. 404.9 (1) Novi.

[42] Dass eine solche *mise-en-page* allerdings kein Grund sein muss, auf Marginalien zu verzichten, zeigt etwa die Handschrift des Marienlebens Walthers von Rheinau (Karlsruhe, Landesbibl., Cod. St. Georgen 35). Vgl. Christina Lechtermann, Texterstellung in den Marienleben Philipps von Seitz, Walthers von Rheinau und Wernhers

Blickt man auf die Verschränkung von volkssprachigem Text und lateinischen Einschüben im ‚Wortegarde', so fällt auf, dass bereits in der Edition von 1953 nicht alle lateinischen Stellen gleichermaßen einfach als belegendes Beiwerk aus dem Haupttext gelöst werden konnten. Wolff übernimmt darum zumindest einen lateinischen Einschub doch in seinen Editionstext. Er findet sich in einer Rede der Barmherzigkeit, die Gott dazu aufruft Barmherzigkeit zu zeigen:

> Du ſcolt ſcon[*en*] vnde vorgheuen
> Dat vinde wy an dy beſcreuen
> Dyt ropen ok alghemeyn
> Dine boden yo welker eyn
> **Conuert[*imini*] ad d[*ominum*] d[*eum*] u[*estrum*]**
> **q[*uia*] benign[*us*] [*et*] miſeriors eſt**
> **pati[*en*]s [*et*] [*mu*]lt[*um*] miſericors et**
> **p[*rae*]ſtabi[*lis*] ſu[*per*] malitiam**[43]
> Dat ſprekt alſus openbar
> Bekeret [iu]ch to gode dar
> De weder on ſint ſculdich
> He ys gut barmhertich duldich
> to vorgheuene vil balt (fol. 178va/b, Zitat 4)

Wolff begründet die Sonderstellung dieses Zitats, das Joel 2,13 ebenso entstammen könnte wie der Antiphon ‚Convertimini ad dominum deum',[44] damit, dass, während „die Zitate (bis auf reimende Worte von besonderer Bedeutung) sonst nur als Belege beigegeben" seien und es „vielfach oder meistens unmöglich ist, sie beim Vortrag im fortlaufenden Satz- und Reimzusammenhang der deutsche Verse eizuschalten", hier ein Einzelfall vorläge, bei dem auf das Zitat ausdrücklich Bezug genommen würde.[45] Wolff erklärt diesen Einzelfall textgenetisch und sieht darin „[e]in Zeichen für die Entstehung des Werkes am Manuskript" (ebd.).

---

des Schweizer, in: Metatexte. Erzählungen von schrifttragenden Artefakten in der alttestamentlichen und mittelalterlichen Literatur, hg. v. Friedrich-Emanuel Focken u. Michael R. Ott (Materiale Textkulturen 15), Berlin / Boston 2016, S. 335–365.

43 Antiphon: „Bekehrt Euch zum Herrn, Eurem Gott, denn er ist gnädig und barmherzig, langmütig und sehr barmherzig und vorzüglich über die Bosheit." Gregorianisches Repertoire, in: https://gregorien.info/chant/id/1532/0/de (letzter Zugriff: 05.09.2022).

44 Vgl. das ‚antiphonale synopticum' (3145, Cantus ID: 001922): *Convertimini ad dominum deum vestrum quia benignus et misericors est praestabilis super malitiam.* Vgl. Ioel 2,13 *convertimini ad Dominum Deum vestrum quia benignus et misericors est patiens et multae misericordiae et praestabilis super malitia.* http://gregorianik.uni-regensburg.de/cdb/1922 (05.09.2022).

45 Wolff (Anm. 1), S. 340.

Im Seitenbild der Handschrift ist dieser Zwischentext genauso behandelt wie die zahlreichen anderen roten lateinischen Inserate und er ist, so möchte ich behaupten, auch nicht der einzige Einschub, der über einen indexikalischen Verweis mit dem volkssprachlichen Text verbunden und zugleich als prophetische Rede oder wörtliche Wendung ausgewiesen und eingeleitet ist. Häufig stehen, wie oben gezeigt, die lateinischen Einschübe am Beginn wörtlicher Reden und manchmal wird im deutschen Text zusätzlich mit dem Wort ‚*glofe*' auf sie Bezug genommen.[46] Angesichte einer solchen Befundlage wäre die freilich nicht gesichert verhandelbare Möglichkeit zu überdenken, inwiefern das kontinuierliche Fortlaufen der deutschen Verspaare überhaupt als absolute Größe zu setzen ist. Und es wäre zu überlegen, ob nicht gerade das – meistenteils ja geregelte, also das je einzelne Verspaar erhaltende – Aufbrechen dieser Form durch sprachliche und klangliche Variation auch für einen Vortrag des Textes als Gestaltungsmittel eigener Art verstanden werden könnte. Dass der Wechsel zwischen verschiedenen Sprachen in der niederdeutschen Dichtung als ästhetische Form aufgefasst werden konnte, ist ja etwa durch das erste Marienlied des Zyklus von Bruder Hans belegt und auch der ‚Wortegarde' selbst kennt die Integration lateinischer Elemente in den Vers.[47] Es ist mein Verdacht, dass wir noch zu wenig wissen könnten über eine Poetik der Störung, die versrhythmischen Wechsel, Reimwaisen, prägnante Unter- oder Übererfüllung und Dreireim ebenso betreffen würde, wie die im ‚Wortegarte' relativ hohe Prominenz anakoluthischer Satzstrukturen.[48] Über eine mögliche Sangbarkeit von vielen der lateinischen Zwischentexte, die sich ebenso auf Bibelstellen wie auf Antiphone, Responsorien und manchmal auch Hymnen zurückführen lassen und die auf die vielfachen Beziehungen zwischen Literatur und Liturgie verweisen, ist damit noch gar nicht gesprochen.[49]

---

46 Z. B. V. 2424 2844; 2956, 4156, 4331, als *glofer*: 3425, mit Bezug auf einen lateinischen Vers, der ins nd. Reimschema integriert ist: 1882.

47 Zumeist sind diese lateinischen Elemente schwarz geschrieben und nur selten, wie bei der Präsentation der Geburt (fol. 192rb, vgl. Abb. 4) finden sie sich ebenfalls rot ausgezeichnet: *De engele fungen do* / ***Gloria in exelfis deo*** / *Nu moghe wy wol fingen* / *Ghelik den fulu*[en] *dingen* / ***Puer nat*[us] [est] *nobis*** / *Dat kind dat gheboren ys.* Vgl. auch: *Dar af vns fuluen faghet* / *De hilghegeyft also* / ***O cafta generacio*** (fol. 188vb, s. o.).

48 Zur ‚polyfunktionalen' Verwendung des Dreireims für die Strukturierung und Akzentuierung von Texten und als Merkmal der Mariendichtung vgl. Wolfgang Achnitz, *Ein rîm an drîn worten stêt*. Überlegungen zu Verbreitung und Funktion von Mehrreimen in mittelhochdeutscher Reimpaardichtung, in: ZfdA 129 (2000), S. 249–274, bes. S. 254–256, 262, 266f. und Anm. 65.

49 Vgl. dazu den Band Liturgie und Literatur. Historische Fallstudien, hg. v. Cornelia Herberichs, Norbert Kössinger u. Stephanie Seidl, Berlin / Boston 2015, und darin bes. auch den Beitrag von Jan-Dirk Müller, Die lateinischen Gesänge im Innsbrucker Osterspiel zwischen Theater und Liturgie (S. 213–234), der ebenfalls bei dem spannungsvollen Verhältnis von lateinischen und volkssprachlichen Elementen ansetzt.

Doch anstelle der phonopoetischen Faktur des ,Wortegarde' nachzugehen, von deren Realisierung wir kaum wissen können, möchte ich mich dem Schriftbild widmen und für diesen Text eine Perspektive auf Sprache und Schrift vorschlagen, für die eine syntaktisch-lineare Integration der lateinischen Inserate nur eine Möglichkeit unter anderen darstellt. Diese Perspektive versteht die „Form der Schrift" als „Unterscheidung von mündlicher und schriftlicher Kommunikation", als Ersetzung von „runden" Klangkörpern durch „flache Seiten", als Verschiebung vom Sehen zum Hören und damit als „zweite Form von Sprache".[50] Die beiden so unterschiedenen medialen Formen „repräsentieren die gleiche Welt, und die Sprache verweist auf die gleichen Objekte", doch ändert sich der „Modus der Beobachtung", so dass das „Gleiche [...] auf verschiedene Weise Bezugsgegenstand sein" kann.[51] Schrift ist demnach eine mediale Form von Sprache, aber nicht eine Form der Mediatisierung gesprochener Sprache und sie geht als nichtalphabetische Schrift, als Notation, Codierung oder in ihrer diagrammatischen Verwendung zugleich über das Sprachliche hinaus. Diese wesentliche Differenz bündelt u. a. Sybille Krämer unter einem weiten, integrativen Konzept von Schriftbildlichkeit.[52] Als zweite Form der Sprache sind Schriften gleichermaßen geprägt durch ,Textualität' und ,Textur', wobei Letzterer eine „genuin bedeutungskonstituierende und sinnerzeugende

Als zweites Heft der Zeitschrift LiLi (hg. v. Hartmut Bleumer u. a.) ist 2022 ein Themenheft zur ,Liturgischen Ästhetik' erschienen. Abgesehen von einer Kontextualisierung des ,Wortegarde' im einem solchen liturgischen und – im Blick auf die Kalandbruderschaften – paraliturgischen Bereich, muss bei einer genaueren Analyse des Texts, die erst noch zu erfolgen hat (vgl. Anm. 40), angesichts des Sammlungsprofils der Handschrift jedoch ebenso der Bereich des kodifizierten Rechts mit in Betracht gezogen werden und zudem wird die Relationierung von (Marginal-)Glosse und Zwischentext in den Retextualisierungen und Schreibpraktiken zwischen Latein und Volkssprache zu untersuchen sein – und dann etwa auch für die Marienleben im Gefolge der ,Vita Rhythmica', vgl. Lechtermann (Anm. 42).

50 Niklas Luhmann, Die Form der Schrift, in: Schrift, hg. v. Hans Ulrich Gumbrecht u. K. Ludwig Pfeiffer (Materialität der Zeichen. Reihe A 12), München 1993, S. 349–366, hier: 352, 354, 357f., vgl. ebd., S. 358: „[...] wobei die Sprache selbst ein Medium war und blieb, ein lose gekoppeltes Repertoire von Möglichkeiten zum Bau von fest gekoppelten bedeutungsdichten Sätzen." Vgl. ferner Sybille Krämer, ,Schriftbildlichkeit' oder: Über eine (fast) vergessene Dimension der Schrift, in: Bild, Schrift, Zahl, hg. v. ders. u. Horst Bredekamp (Kulturtechnik), München 2003, S. 157–176.

51 Luhmann (Anm. 50), S. 358. – Die Verdoppelung der Sprache in mündliche und schriftliche hat zur Folge, dass, wann immer eine der Formen „von ihrer Innenseite her" angegangen wird, die andere Seite abgeschattet, vernachlässigt und marginalisiert wird (ebd., S. 359).

52 Sybille Krämer, Schriftbildlichkeit, in: Bild. Ein interdisziplinäres Handbuch, hg. v. Stephan Günzel u. Dieter Mersch, Stuttgart 2014, S. 354–360; vgl. Schriftbildlichkeit. Wahrnehmbarkeit, Materialität und Operativität von Notationen, hg. v. ders., Eva Cancik-Kirschbaum u. Rainer Totzke (Schriftbildlichkeit 1), Berlin 2012.

Dimension des Textes" zukommt.[53] Für das hier gewählte Beispiel scheinen Graphismus und Räumlichkeit vor allem dort bedeutungskonstituierend, wo sich die roten Einschreibungen, die ich als Zwischentexte bezeichnet habe, aus den schwarzen Kolumnen abheben. Wie oben bereits vermerkt, verwende ich diesen Begriff, als Ableitung aus Stephan Müllers Konzept der ‚Zwischen-Schrift'. Letzteres wurde geprägt, um Fragen der mehrfachen Lesbarkeit bestimmter althochdeutscher Interlinearversionen und Kontextglossen zu verhandeln.[54] Von den Zwischen-Schriften unterscheiden sich die Zwischentexte, insofern sie kleine, selbständige und in der Regel in sich kohärente syntaktische Einheiten bilden, wenngleich diese nicht immer vollständig oder abgeschlossen sein müssen, und insofern sie punktuell auch Reihen bilden können, die mehrere dieser Einheiten umfassen, die also den lateinischen Text mit einer gewissen Kohärenz über verschiedene Inserate fortlaufen lassen.[55] Gleichzeitig jedoch scheinen sie das Moment des Kommentarischen und Glossografischen fortzuschreiben, insofern die lateinischen Einschübe in der Regel vor oder in ihrer deutschen Übertragung stehen und eine erklärende oder schmückende Expansion auf sie folgt.

Mit dem hier gewählten begrifflichen Anschluss an Müller soll indes keineswegs nahegelegt sein, dass sich etwa eine Entwicklungslinie nachzeichnen lassen würde, die von den Interlinearversionen und Kontextglossen des 9. Jahrhun-

---

[53] Krämer (Anm. 52), S. 355: „Allen Schriften ist der Doppelaspekt von ‚Textur' und ‚Textualität' eigen: Während zur ‚Textur' alles zählt, was mit der Materialität, Wahrnehmbarkeit und Handhabbarkeit von Notationen zu tun hat, also mit der Gestalt des Schriftbildes als flächige graphische Konstellation, bezieht sich ‚Textualität' auf den Sinngehalt und die Interpretierbarkeit von Schriften." Vgl. dies., Die Schrift als Hybrid aus Sprache und Bild. Thesen über die Schriftbildlichkeit unter Berücksichtigung von Diagrammatik und Kartographie, in: Bilder. Ein (neues) Leitmedium?, hg. v. Torsten Hoffmann u. Gabriele Rippl, Göttingen 2006, S. 79–92.

[54] Stephan Müller, Die Schrift zwischen den Zeilen. Philologischer Befund und theoretische Aspekte einer deutschen ‚Zwischen-Schrift' am Beispiel der Windberger Interlinearversion zum Psalter, in: Volkssprachig-lateinische Mischtexte und Textensembles in der althochdeutschen, altsächsischen und altenglischen Überlieferung. Mediävistisches Kolloquium des Zentrums für Mittelalterstudien der Otto-Friedrich-Universität Bamberg am 16. und 17. November 2001, hg. v. Rolf Bergmann (Germanistische Bibliothek 17), Heidelberg 2003, S. 315–329. Vgl. Nikolaus Henkel, Die althochdeutschen Interlinearversionen. Zum sprach- und literarhistorischen Zeugniswert einer Quellengruppe, in: Übersetzen im Mittelalter. Cambridger Colloquium, hg. v. Joachim Heinzle, L. Peter Johnson u. Gisela Vollmann-Profe (Wolfram-Studien 14), Berlin 1996, S. 46–72; vgl. Michael Stolz, Bodleian Library, MS. Junius 25. The Poetics of the Murbach Hymns, in: Oxford German Studies 46,2 (2017), S. 200–205, https://doi.org/10.1080/00787191.2017.1325166 (letzter Zugriff: 05.09.2022).

[55] Die althochdeutschen Zwischen-Schriften, so zeigt Müller (Anm. 54), können dagegen auch grammatische Formen des lateinischen Textes aufnehmen und dabei eigene Kongruenzen aufgeben.

derts bis ins 14. Jahrhundert reichen soll. Vielmehr möchte ich behaupten, dass das Kommentarische in der Volkssprache unter je anderen situationalen Bedingungen und produktivgemacht für je andere Funktionen verschiedentlich als poetische Möglichkeit auftritt – wofür nicht zuletzt auch das spätmittelalterliche Glossenlied ein Beispiel bietet, das auf eigene Weise Ornamentierung (*tropus*) und Geste des Kommentars (Erklärung oder Auslegung) verschränkt. Mit solchen ‚Rückgriffen' auf kommentarische Formen verbunden sind Lizenzen und Möglichkeiten hinsichtlich der Textkohärenz[56] und verbunden ist damit nicht selten auch eine Ordnung der geschriebenen Seite, die Bezüge über Formen räumlicher Benachbarung konstituiert, sowie ein Graphismus, der Unterschiede in die Textur einführt, ohne dabei eine paratextuelle Auszeichnung im Sinne von Überschriften zu bieten. Konkretisieren möchte ich diese Überlegungen an der *mise-en-page* der Verkündigungsszene (vgl. Abb. 1–4). Ich werde dabei die einzeiligen, kurzen deutschen und zumeist mehrzeiligen, langen lateinischen Einschreibungen, die als Seiten‚bild' gleichwohl zusammenwirken, getrennt voneinander behandeln.

Die sieben Seiten, auf denen die Göttinger Handschrift diesen Teil des ‚Wortegarde' präsentiert (fol. 188va–191va), weisen insgesamt 30 rote Zwischentexte auf, 24 von ihnen sind auf Latein, 6 auf Niederdeutsch. Ein siebter deutscher Zwischentext, der die erste Erzählerrede markiert, findet sich auf fol. 188rb unten. Sie alle heben sich farblich von der sonst schwarzgeschriebenen Spalte ab und treten zudem oft als Unter- oder Übererfüllung aus der durchschnittlichen Breite der abgesetzten deutschen Verse hervor. Gelegentlich überschreiten die lateinischen Zwischentexte sogar die Rahmen der Schriftkolumnen. Etliche von ihnen erscheinen stark gedrängt, sodass davon auszugehen ist, dass für sie zunächst (z. T. zu wenig) Platz freigelassen und sie in einem zweiten Schritt (von derselben Hand) nachgetragen worden sind.

Die Funktion der deutschen Zwischentexte ist vielfältiger als es auf den ersten Blick scheint, denn sie markieren nicht nur den Wechsel von Figuren- und/oder Erzählerrede, sondern sind auch darauf angelegt, einzelne Reden thematisch zu strukturieren. Die ersten deutschen Zwischentexte dieses Abschnitts unterscheiden zwar tatsächlich Gabriels Rede (fol. 189ra: *Gabriel ſprikt*) von der des Erzählers (fol. 188rb: *De meyſter ſprak*). Doch bereits die nächste Markierung trifft die Sprecherposition nur bedingt. Unter *Des meyſters wort*

---

[56] Dies lässt sich etwa auch für die Töchterstreit-Adaptation des ‚Anegenge' zeigen: Christina Lechtermann, The In-/Coherences of Narrative Commentary. Commentarial forms in the 'Anegenge', in: Commenting and Commentary as an Interpretive Mode in Medieval and Early Modern Europe, hg. v. Christina Lechtermann u. Markus Stock (Glossator. Practice and Theory of the Commentary 12), New York 2022, S. 93–114 (https://solutioperfecta.files.wordpress.com/2022/01/g12-lectermann.pdf; letzter Zugriff: 05.09.2022).

(fol. 189ra) finden sich lediglich drei Verspaare, die tatsächlich Erzählerrede bieten. Sie dienen dazu, den ersten, umfangreichen Abschnitt der Rede Davids etwas ausführlicher einzuleiten. Der nächste Zwischentext *Dauites wort* (fol. 189vb) kennzeichnet dann überhaupt keinen Wechsel der Sprecherposition, sondern markiert einen Sinnabschnitt innerhalb der Rede. Dies gilt ebenso für die beiden nachfolgenden (fol. 190ra und vb: jeweils *Dauites wort*), von denen der erste zusätzlich durch einen Freiraum und Platzhalter für eine maximal dreizeilige Initiale ausgezeichnet ist, die die Auslegung des englischen Grußes in Davids Rede besonders hervorgehoben hätte. Die drei Zwischentexte, *Dauites wort*, gelten damit sowohl für diejenigen Verse, die darüber oder davor stehen, wie für diejenigen, die darunter oder danach stehen. Auch auf den letzten deutschen Zwischentext dieser Passage und den ersten der darauffolgenden (fol. 191ra: *Des meyſters wort*; fol. 191va: *De meyſter*) trifft dies zu, denn der Erzähler kommentiert bereits vor der roten Inquit-Formel die Zustimmung Marias mit eigenen Worten. Marias Fragen und Antworten sind demgegenüber innerhalb des deutschen Textes zwar mit einer entsprechenden Formel eingeleitet, doch an keiner Stelle auch farblich als Marias Rede ausgewiesen. Diese deutschen Zwischentexte akzentuieren damit oft mehr die thematische Struktur des Textes, als dass sie die dramatische organisierten: Sie unterscheiden in Davids langer Rede die Ausführungen über Gottes ‚Begehren‘ gegenüber Maria, die zurückverweisen auf den Minnefang der vorhergehenden allegorischen Erzählung, und über die Jungfräuliche Geburt von den Erklärungen über die Empfängnis des bereits ‚vollkommenen‘ Christus und trennen diese wiederum von der Auslegung der englischen Grußformel und letztere vom Appell, endlich zu antworten. Sie segmentieren die Verkündigungsszene entsprechend bestimmter inhaltlicher Einheiten. Dass diese Funktion der deutschen Zwischentexte in der Verkündigungsszene und bei längeren Erzählerreden häufiger zu beobachten ist als etwa im Töchterstreit, hat meines Erachtens damit zu tun, dass Sprecherposition und Argument dort bereits durch die Motivstruktur eng verbunden sind.[57]

Blickt man auf Graphismus und Räumlichkeit der Verkündigungsszene, markieren die deutschen Zwischentexte (zutreffend) zum Teil sowohl die Bereiche oberhalb wie unterhalb ihres Eintrags, weisen also die jeweilige und ggf. auch die benachbarte Schriftkolumne oder gleich die ganze Seite oder Doppelseite als *Dauites wort* oder *Des meyſters wort* aus. Es sind Einschübe, die ihre Umgebung bestimmen – vormoderne Paratexte, die auch, aber eben nicht nur, einer linearen Logik gehorchen, insofern sie an einer grundlegenden ‚Gerich-

[57] Ein entsprechendes Vorgehen zeigt sich allerdings auch dort, wo die Erzählerrede mehrfach markiert ist oder die langen Reden der Barmherzigkeit unterteilt werden. Im ausführlichen Marienlob der Weisheit sorgen die kurzen Nachfragen der Barmherzigkeit für eine thematische Strukturierung der Rede und erhalten zugleich den dramatisch-dialogischen Modus aufrecht.

tetheit' der Schrift aber ebenso an der Flächigkeit der beschriebenen Seite teilhaben.[58] Zusammen mit den lateinischen Zwischentexten zeichnen sie als farbliche Hervorhebungen zugleich einzelne Bereiche der Handschrift stärker aus als andere und akzentuieren so Abschnitte des Textes über die (Doppel-)Seite hinweg: Prolog und erster Teil der Rahmenfabel sind nur durch Inquit-Formeln und die unausgeführten Initialen markiert, der Abschnitt zur Passion verzichtet meistenteils auf beides und in der Klage Marias treten nur die wenigen, auf sie bezogenen Worte Christi am Kreuz farblich hervor. Deutlich dichter hingegen stehen die roten Zwischentexte in den sorgevollen Klagen des Menschen und in Gottes Antworten, in bestimmten Epithetareihen der Weisheit sowie in der Verkündigungsszene, in den Appellen von Barmherzigkeit, Weisheit und Liebe, die die Passion herbeiführen wollen, und am Schluss des Textes in den Bitt- und Gebetsformeln des Erzählers. Sie schaffen an manchen Stellen der Handschrift farbige Schwerpunkte und ein wechselvolles Seitenbild, bei dem sich punktuell die Verhältnisse fast schon umzukehren scheinen, sodass die niederdeutschen Verse zu Zwischenschriften lateinischer Textelemente werden, während an anderen Stellen die braun-schwarzen Kolumnen der abgesetzten Verse weitgehend unberührt bleiben.

Müller sieht Zwischen-Schriften, etwa die der ,Murbacher Hymnen' oder des ,Windberger Psalters', durch eine Textualität gekennzeichnet, die „stärker geprägt [ist] von der Simultaneität visueller Kopräsenz" als von Linearität, die einer „Pragmatik der Schaufläche" folgt, und die als „Medium einer Hermeneutik der Sichtbarkeit" fungiert.[59] Wenngleich die althochdeutschen Interlinearversionen zweifellos unter anderen Bedingungen entstehen und eine deutlich andere Gestalt haben, so trifft eine solche Beschreibung in sehr grundlegender Weise doch ebenso für die lateinischen und niederdeutschen Zwischentexte des ,Wortegarde' zu. Lassen sich die deutschen Inquit-Formeln dabei noch als spezifische Form paratextueller Auszeichnung verstehen, gilt dies für die lateinischen Texte, so meine ich, nicht mehr.

Von den insgesamt 24 lateinischen Zwischentexten der (zweiten) Verkündigungsszene sind bereits sieben oben zitiert worden. An ihnen konnte die versrhythmische Integration eines roten lateinischen Einschubs ebenso beobachtet werden (vgl. Anm. 47) wie die Positionierung des Zwischentextes am Anfang einer Rede und vor (Zitat 2 und 3, 2. Einschub, Anm. 37) oder in (Zitat 1 und 3, 1. Einschub) der jeweiligen niederdeutschen Paraphrase. Von den 17 anderen

58 Vgl. Krämer (Anm. 52), S. 355f.

59 Müller (Anm. 54), S. 322 und 324f. – Ich versuche den unterschiedlichen Entstehensbedingungen, der anderen Faktur und v. a. der deutlich höheren textuellen Kohäsion, die Könemanns Texte im Vergleich zu den althochdeutschen Interlinearversionen kennzeichnet, mit dem Begriff des Zwischentextes Rechnung zu tragen, der darum aus der ,Zwischenschrift' nur abgeleitet ist, mit dieser jedoch die genannten visuellen Aspekte teilt.

lateinischen Zwischentexten dieses Abschnitts lassen sich noch weitere den beiden letztgenannten Typen zuordnen. So ist etwa auch die Frage Marias ***Qu*[omodo] *fiet iſtud q*[uoniam] *vir*[um] *n*[on] *cognoſco*** mit einer entsprechenden Formel eingeleitet: *To des engels werue / Sprak de maghet bederue* (fol. 188vb), wobei auch hier auf den lateinischen Einschub seine Paraphrase und dann eine Kommentierung folgt (V. 3798–3813). In Davids Rede findet sich ein lateinischer Einschub in ähnlicher Position als Schrift-Zitat eingefügt.[60] Später ‚zitiert‘ der Erzähler Maria, die durch den Propheten (hier Jesus Sirach) spricht, in vergleichbarer Weise.[61] Das ***Ne timeas*** des Engels, das den Verkündigungs-Dialog eröffnet, steht vor dem *He ſprak vngehorde grote* (fol. 188va), doch fungiert es gleichwohl auch hier als Redeanfang.

Zahlreiche Zwischentexte finden sich jedoch in den Verlauf einer Rede eingefügt (fol. 189va, vgl. oben Anm. 34). Manchmal sind sie dann als Argumente ausgewiesen, auf die besondere Aufmerksamkeit zu verwenden ist – etwa, wenn der Engel nach einer Einleitung, die zunächst auf die Frage Marias eingeht, zur Antwort überleitet (fol. 189ra): *Dat ik weyt dat ſaghe ich* / ***Ecce elizabeth cognata*[] *tua* [et] / *ip*[sa] [con]*cepit fili*[um] [in] *ſenectute*** [...]. David hebt mit *Hore v*[nd] *ſe vil drate* ein Zitat aus dem 44. Psalm hervor (fol. 189rb): ***Obliuisc*[ere] [popu]*l*[um] *tu*[um] *et domi*[num] / *p*[atr]*is tui q*[uia] [con]*cupiscit rex decor*[em] / *tu*[um] *q*[uia] *ip*[se] [est] *d*[ominus] *d*[eu]*s tuus*** [...]. Etliche andere Zwischenschriften bleiben ohne explizite Einbindung in die Erzähler- oder Figurenreden und eröffnen dabei, ohne den niederdeutschen Reim zu stören, nicht selten ein weiteres Argument, bieten ein anderes Bild oder einen neuen Vergleich.[62] Lediglich an einer Stelle steht in dieser Passage der Zwischentext im niederdeutschen Reimpaar.[63]

Während die lateinischen Zwischentexte farblich hervortreten, erscheinen sie zugleich in vielen Fällen in das Sinnangebot der niederdeutschen Schrift integriert. Sie zeigen an, was geschrieben steht, präsentieren, was die deutschen

---

60 ‚Wortegarde‘, fol. 190va: *Dar van ſteyt ~~wo~~ gheſcreu*[en] *wol* / ***Multe filie* [congre]*gauer*[un]*t diuicias / tu ſola ſu*[per]*greſſa es* [vn]*iuerſas***.

61 ‚Wortegarde‘, fol. 191rb: *Vns alſus de wiſe maghet / Dorch des wiſſaghen m*[un]*t / De ſprak als ſus to eyner ſt*[unt] / ***In om*[ni]*b*[us] [re]*qui*[em][quae]*ſivi* [et] [in] *h*[ere]*di / tate d*[omini] *morabor*** [...].

62 Dies gilt hier für folgende Zwischentexte: fol. 188va, unten; fol. 188vb, unten; fol. 189rb, Mitte; fol. 189va, unten; fol. 189vb, unten; fol. 190ra, oben; fol. 190va, Mitte; fol. 191rb, Mitte sowie alle drei Zwischentexte in fol. 191va.

63 ‚Wortegarde‘, fol. 190va: *Aller gnaden ouervlote* / ***Ceteris* [per] [par]*tes m*[ar]*ie vero ſe / ſe tot*[um] *infudit ple*[ni]*tudo g*[ratia]*e*** / *Neghe dochter d*[yn] *ghemote*. Wolff (Anm. 1), S. 238, liest: „Ceteris per preces Mariae [...]“. Ich vermute eine Übernahme aus dem Corpus Thomisticum, Sancti Thomae de Aquino Catena aurea in quatuor Evangelia, Expositio in Lucam. Caput I. Lectio 9: *Hieronymus. Et bene gratia plena: quia ceteris per partes praestatur; Mariae vero simul se totam infudit gratiae plenitudo. Vere gratia plena, per quam largo spiritus sancti imbre superfusa est omnis creatura.* (https://www.corpusthomisticum.org/clc012.html; letzter Zugriff: 05.09.2022).

Verse als biblische, prophetische oder patristische Rede inszenieren, übersetzen und erklären, und sie binden das Erzählte zugleich an Bibelstellen und/oder liturgische Elemente zurück, an Antiphone, Responsorien und Hymnen. Sie sind ostentativ als *textus* präsentiert, der zu bearbeiten ist, und als „Diskurse[], die über ihr Ausgesprochenwerden hinaus *gesagt sind*, gesagt bleiben und noch zu sagen sind", und die nicht zuletzt über Gesten des Kommentarischen eingehegt und fortgeschrieben werden.[64] Und sie verweisen auf die zyklische und rituelle Wiederholung dieser Diskurse in der liturgischen Praxis. Diese Zwischentexte, die den Vortrag oder die Lektüre irritieren können, sind – nicht unähnlich den Zwischen-Schriften – von kommentarischen Schreibpraktiken abgeleitet.[65] Sie können dabei als Abstraktionen auf Situationen der Mündlichkeit wie Predigt, Lectio oder Liturgie verweisen, doch sind auch sie nicht insofern ‚situationsabstrahierend', als sie solcherlei konkrete situative Einbindungen substituierten. Anders aber als die Zwischen-Schriften der Interlinearversionen, die „nur den schriftlich fixierten Teil eines Aneignungsprozesses dar[stellen], der die mündliche Vermittlung mit umfaßte",[66] delegieren die Zwischentexte des ‚Wortegarde' immer wieder entsprechende Vermittlungsprozesse an die Figurenreden oder die Erzählerstimme. Dabei lässt sich an einigen Stellen, wie etwa in der Verkündigungsszene, beobachten, inwiefern die Zwischentexte, über die jeweils einzelne Einschreibung hinweg, eigene Zusammenhänge ausbilden: So stammen die Zwischentexte, die in den Gruß des Engels und die Antwort Marias eingefügt sind, zunächst (und erwartbar) aus dem ersten Kapitel des Lukas-Evangeliums (Lc 1,30–36). Doch auch Davids Rede bietet in ihrem ersten Abschnitt eine zusammengehörige Reihe und aus dem 44. Psalm gleich drei zusammengehörige Stellen (fol. 189ra/b). Ebenso greift der Erzähler dreimal auf das 5. Kapitel des Hohenliedes (5,1, fol. 198ra/b) und dann, ebenfalls dreimal, auf die Rede der Weisheit aus Sir 24,11 zurück. Diese Reihen prominenter Bibelstellen werden, kehrt man den Blick auf den Text um, nicht nur durch den niederdeutschen Text bearbeitet, sondern auch durch weitere lateinische Zitate ergänzt, die sich auf sie beziehen lassen. Dort, wo sie besonders dicht stehen, lesen wir dann nicht nur einen niederdeutschen Text mit

---

64 Michel Foucault, Die Ordnung des Diskurses. Inauguralvorlesung am Collège de France, 2. Dezember 1970. Aus dem Französischen v. Walter Seitter. Mit einem Essay von Ralf Konersmann (Fischer Wissenschaft), erweiterte Ausgabe, Frankfurt am Main 1991, bes. S. 17–19, hier: 18.

65 Müller (Anm. 54), S. 322–324, nennt als Besonderheiten der Zwischen-Schrift neben den bereits genannten Merkmalen, dass sie „von Schrift und nicht von Rede" abgeleitet sind, dass sie als „situationsabstrakt, aber nicht situationsabstrahierend" erscheinen und dass sie „vortragsfern und lektüreunfreundlich" sind (ebd., S. 322). Henkel (Anm. 54), S. 50f., betonte im Zusammenhang mit den ‚Murbacher Hymnen' die Interlinearversion als Verständnishilfe (und nicht als Übersetzung) und stellte sie in den Kontext lateinischer Schriftpraxis.

66 Henkel (Anm. 54), S. 72; vgl. Müller (Anm. 54).

lateinischen Einschüben, sondern zusammenhängende lateinische Textauszüge, die mit niederdeutschen Versen glossiert und kommentiert und durch weitere lateinische Einschübe ausgebaut sind.

Der Epilog des Textes, der *dusses loues breff* (fol. 209vb) an die Gottesmutter dediziert, lässt sich in diesem Zusammenhang doppelt lesen (fol. 210rb):

> **Des mesters wort**
> Du leſer ſcalt dat weten
> Dusse breff scal heten
> S[*un*]te marien wortegarde
> Dar ſcal de vnghelarde
> Spacieren gan ynne
> Mit vornüft ſiner ſynne
> V[*nd*] mang den wortzen
> Sine ſtunde korten
> V[*nd*] blom[*en*] leſen
> Dat ſcal ghenſtliken weſen
> Der innichede leue
> De ſe an düssem breue
> Menigherleye vinden[67]
> De se reysen v[*nd*] binden
> Kan dat ſe got m[*yn*]n[*en*]
> V[*nd*] hochniſſe ghew[*in*]nen
> Do siner moder marien [. . .].

Angesichts der roten Zwischentexte evoziert diese Selbstbeschreibung nicht nur das Bild eines Textes, der reich ist an rhetorischem Schmuck, an Bildern, Metaphern oder Vergleichen der *innichede*[n] *leue*, sondern zugleich das Bild einer für den *vnghelarde*[n] aufbereitete Zitatensammlung, die aus dem *textus* der Bibel und/oder Liturgie eine Auswahl getroffen, übersetzt, kommentiert und sie zu Ehren Marias und vorliegenden *breue* bereits selbst zusammengebunden hat.

Abstract: The *Sunte Marien wortegarde* (1304) combines the motif of the ‚dispute of gods daughters' in which the redeemability of man is negotiated between personified attributes of God, with an exhaustive praise of Mary, a briskly narrated life of Jesus/Mary, a relatively brief Passion and an extensive Marian lament. The references to various Latin pretexts and sources that run throught the text not only characterise the narrative but shape the mise-en-page of the only surviving manuscript as well. In view of the narration, these references repeatedly disturb the plot and dissolve narrative coherences in favour of discursive and iterative moments, but they also dominate the scripture of the manuscript which presents a text in which Latin and Low German elements are closely interwoven. This article examines the Gestalt of this text on both levels, focusing in particular on the to-dimensionality of the written page.

[67] Danach: ~~*De ſe an düssem breue*~~.

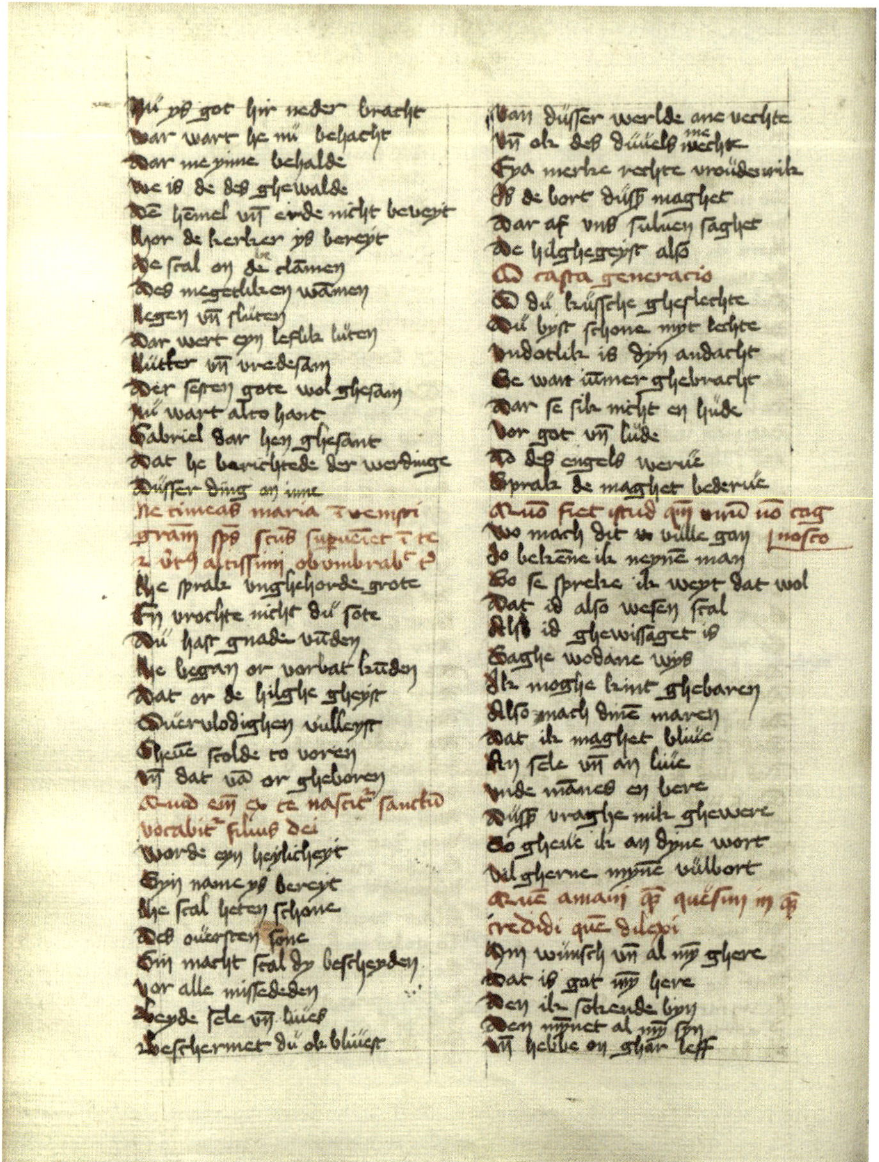

Abb. 1: Könemann von Jerxheim, *Sunte marien wortegarde,* Universitätsbibliothek Göttingen, 4° Cod. Ms. theol. 153, fol. 188v und 189r: Verkündigung (Anfang).

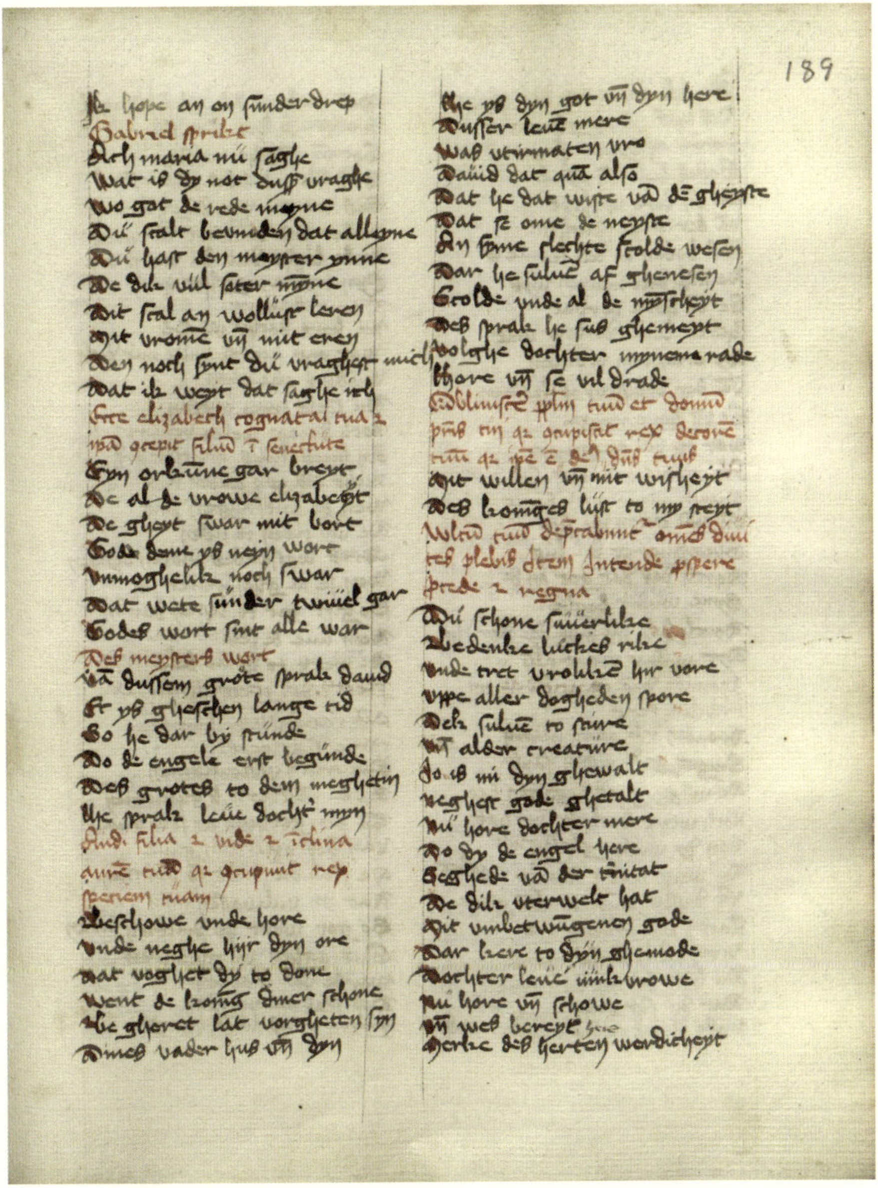

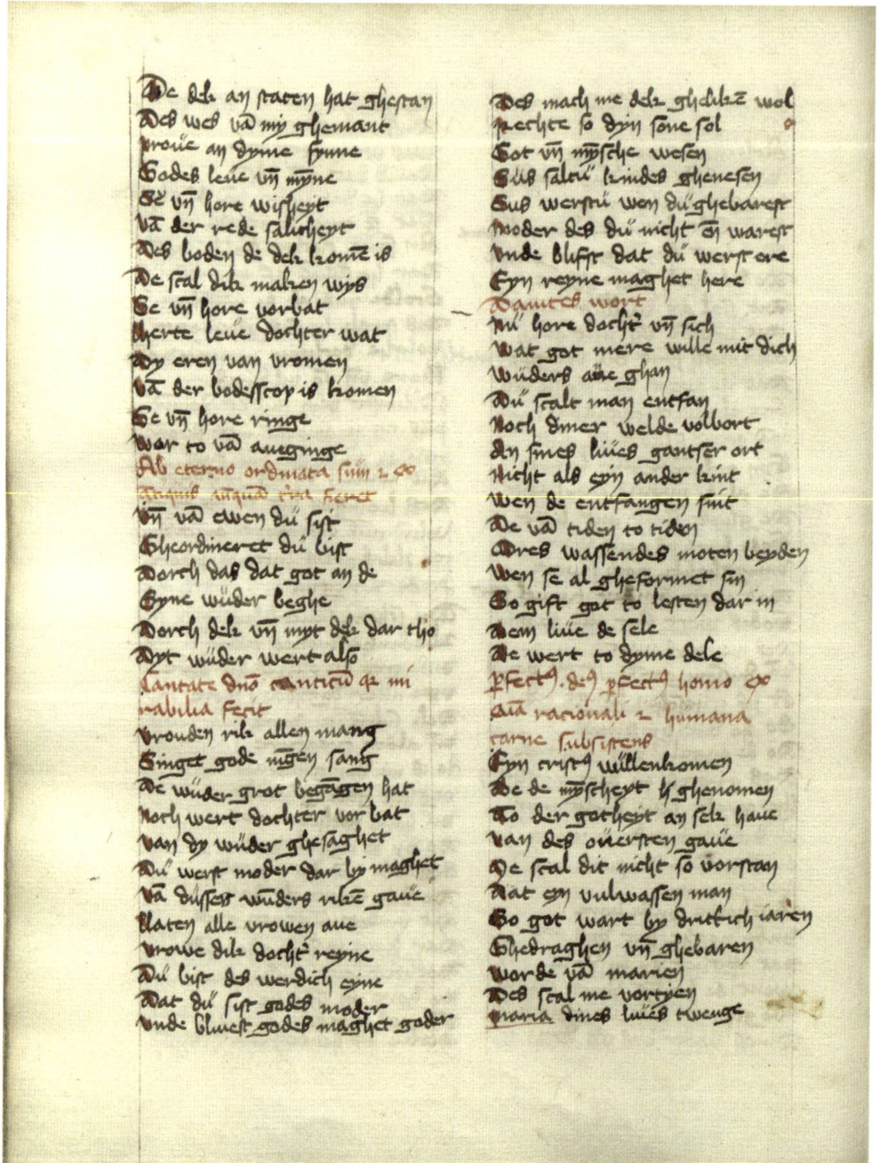

Abb. 2: Könemann von Jerxheim, *Sunte marien wortegarde,* Universitätsbibliothek Göttingen, 4° Cod. Ms. theol. 153, fol. 189v und 190r: Verkündigung.

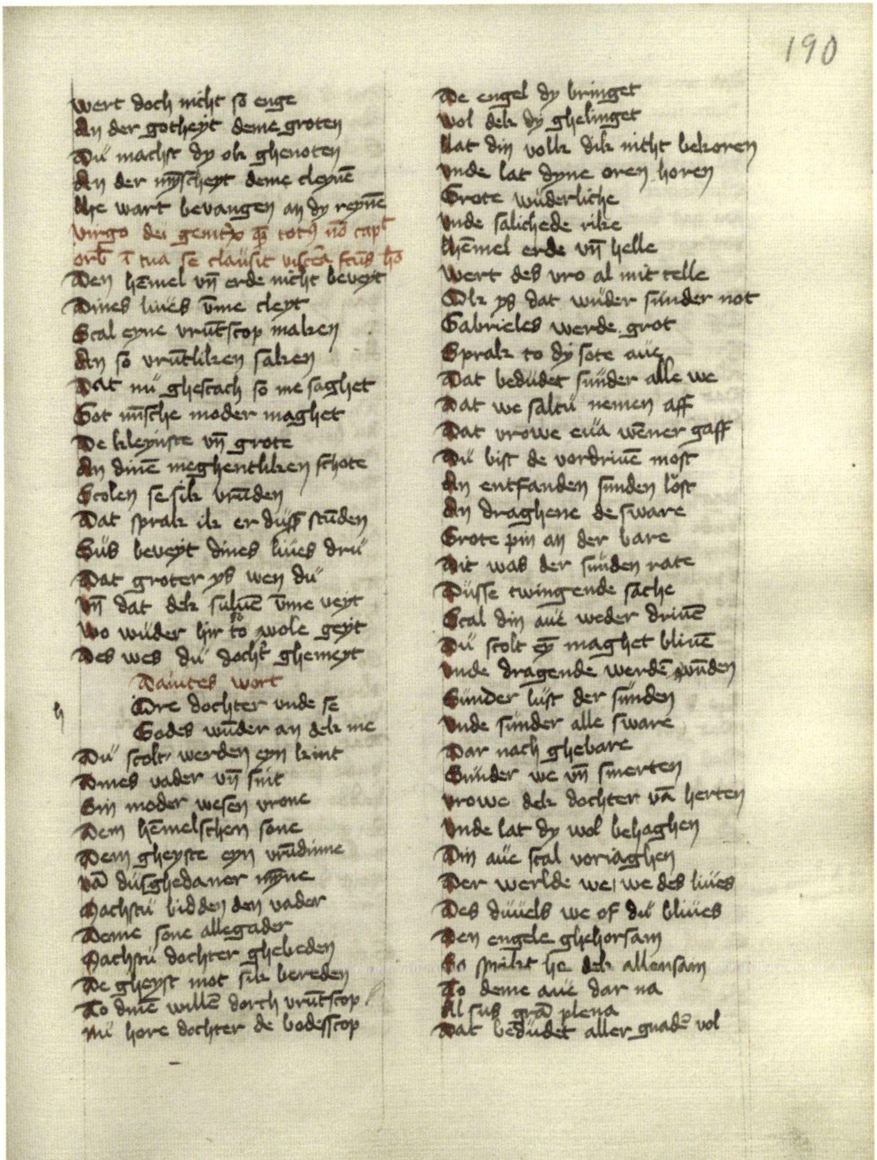
190

Wert doch nicht so enge
An der gothcyt deme groten
Du machst dy ok ghenoten
An der mynscheyt deme eyne
Ghe wart bevangen an dy reyne
Virgo dei genitrix quem totus non capit
orbis in tua se clausit viscera factus homo
Den hemel unde erde nicht bevegit
Dines lives ume cleyt
Scal eyne vruntscop maken
An so vruntliken saken
Dat nu ghescach so me saghet
Got mynsche moder maghet
De kleynste unde grote
An dine meghentliken schote
Scolen se sik vunden
Dat sprak ik er dusse stunden
Sus bevegit dines lives drun
Dat groter ys wen du
Unde dat dek sulue ume veyt
Wo wunder hir to wole geyt
Des wes du dochst ghemeyt
Daniels wort
Wre dochter unde se
Godes wunder an dek nu
Du scolt werden eyn kint
Dines vader unde sint
Ein moder wesen vrone
Dem hemelschen sone
Dem gheyste eyn wrudinne
Van dussedaner mynne
Dochter bidden den vader
Deme sone allegader
Dochter dochter ghebeden
De gheyst mot sik bereden
To dine wille dorch vruntscop
Nu hore dochter de bodescop

De engel dy bringet
Vol dek dy ghelinget
Dat din volk dek nicht bekoren
Unde lat dyne oren horen
Grote wunderliche
Unde salichede rike
Hemel erde unde helle
Wert des vro al mit telle
Wente ys dat wunder sunder not
Gabrieles worde grot
Sprak to dy sote ave
Dat beduidet sunder alle we
Dat we salten nemen aff
Dat vrowe eva wener gaff
Du bist de vordrive most
An entfanden sunden lost
An draghene de sware
Grote pin an der bare
Nit was der sunden rate
Dusse twingende sache
Scal din ave weder drive
Du scolt eyn maghet blive
Unde dragende werde sunder
Sunder list der sunden
Unde sunder alle sware
Dar nach ghebare
Sunder we unde smerten
Vrowe dek dochter van herten
Unde lat dy wol behaghen
Din ave scal voriaghen
Der werlde we, we des lives
Des duvels we of dut blives
Den engele ghehorsam
So spraket he dek allensam
To deme ave dar na
Al sus gratia plena
Dat beduidet aller gnaden vol

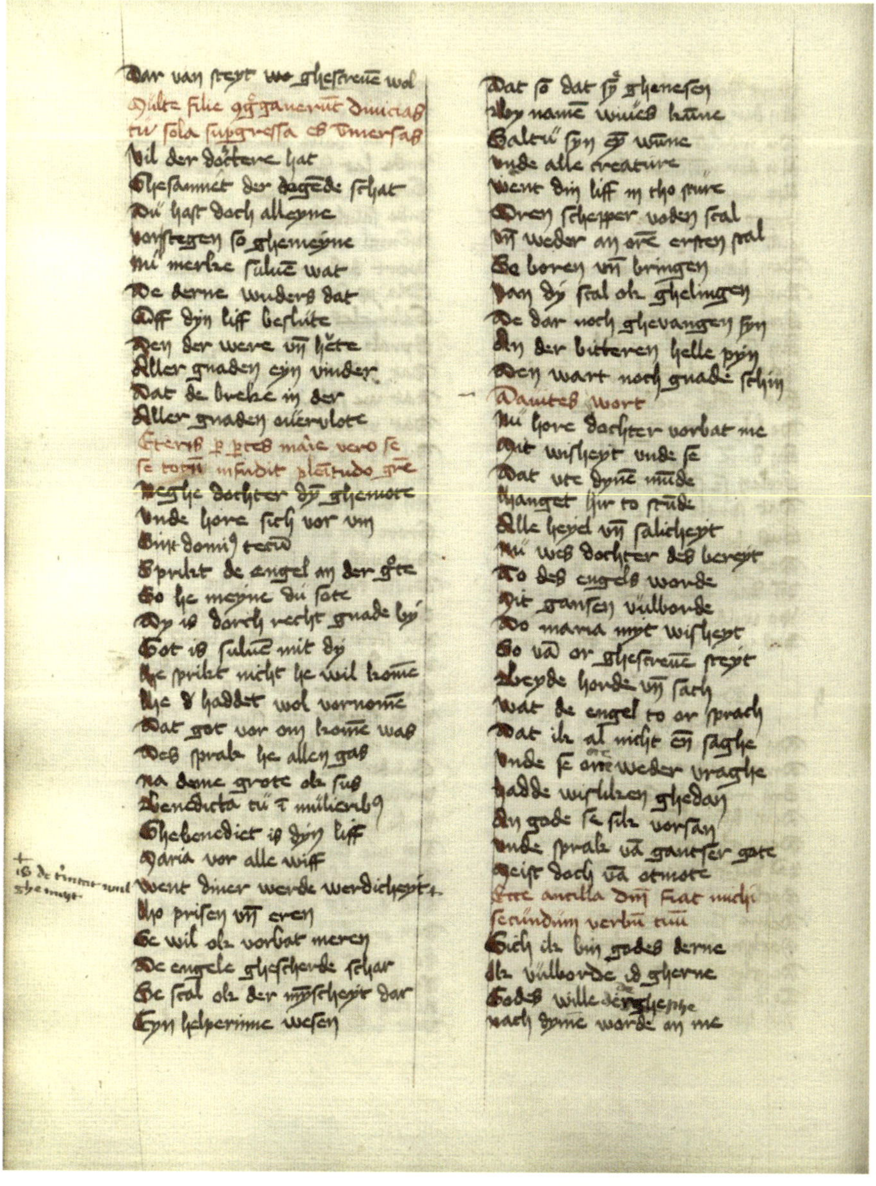

Abb. 3: Könemann von Jerxheim, *Sunte marien wortegarde,* Universitätsbibliothek Göttingen, 4° Cod. Ms. theol. 153, fol. 190v und 191r: Verkündigung.

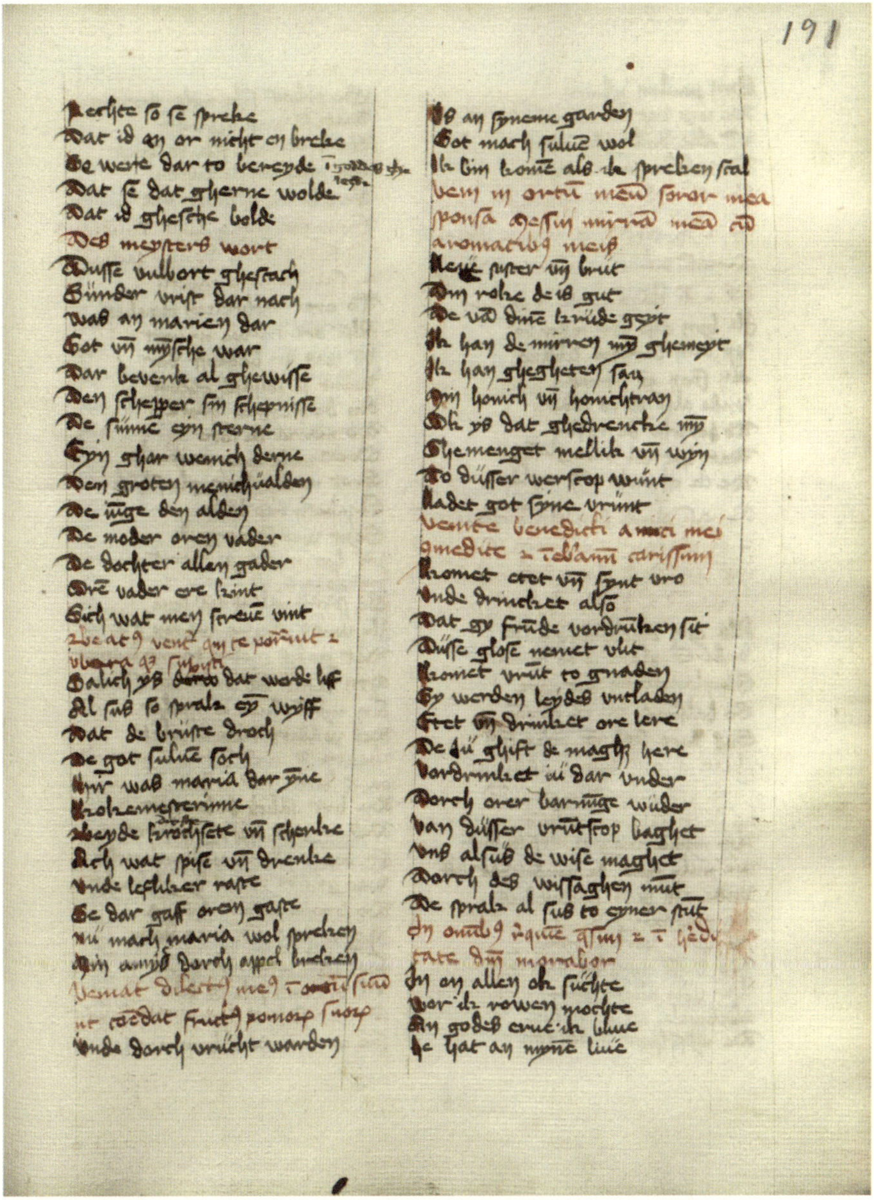

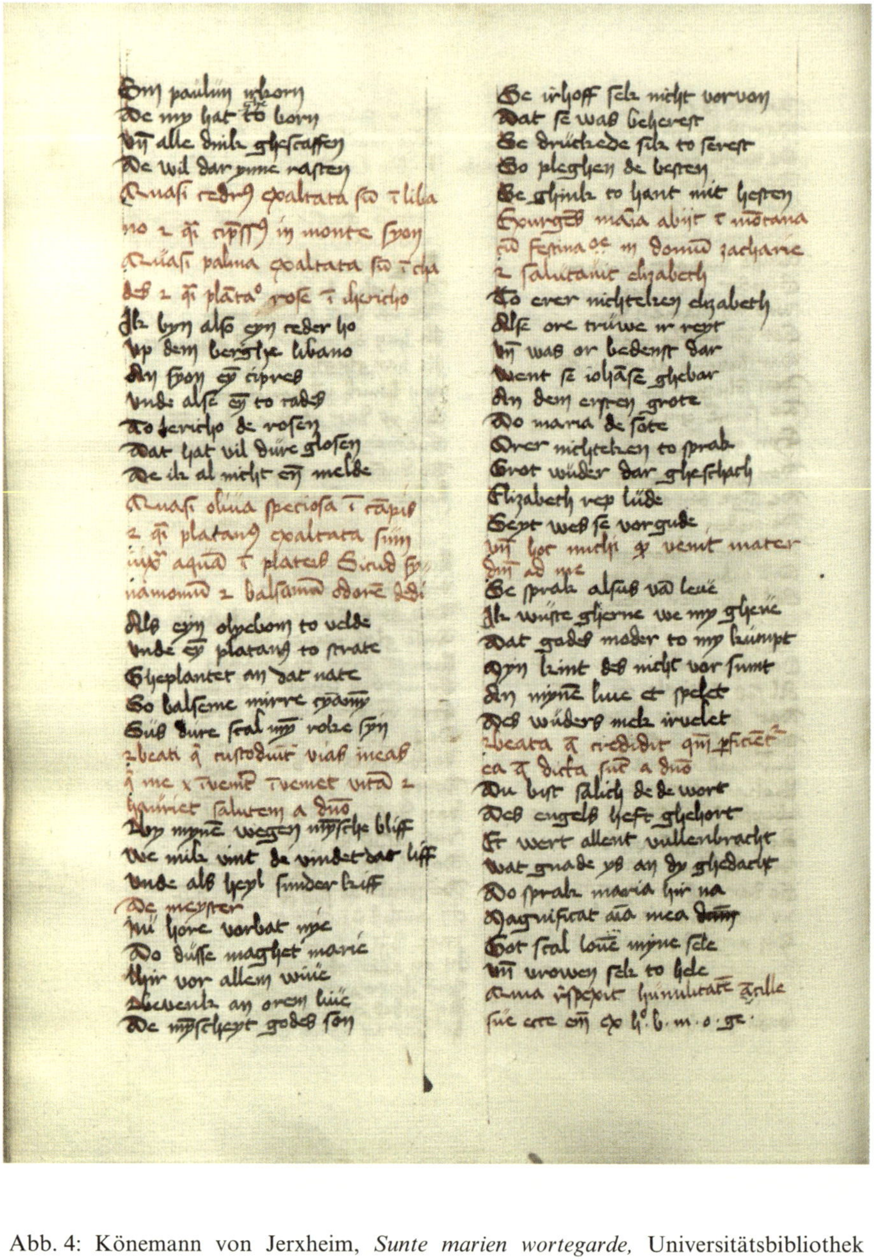

Abb. 4: Könemann von Jerxheim, *Sunte marien wortegarde,* Universitätsbibliothek Göttingen, 4° Cod. Ms. theol. 153, fol. 191v und 192r: Verkündigung (Ende), Heimsuchung und Geburt Christi (Anfang).

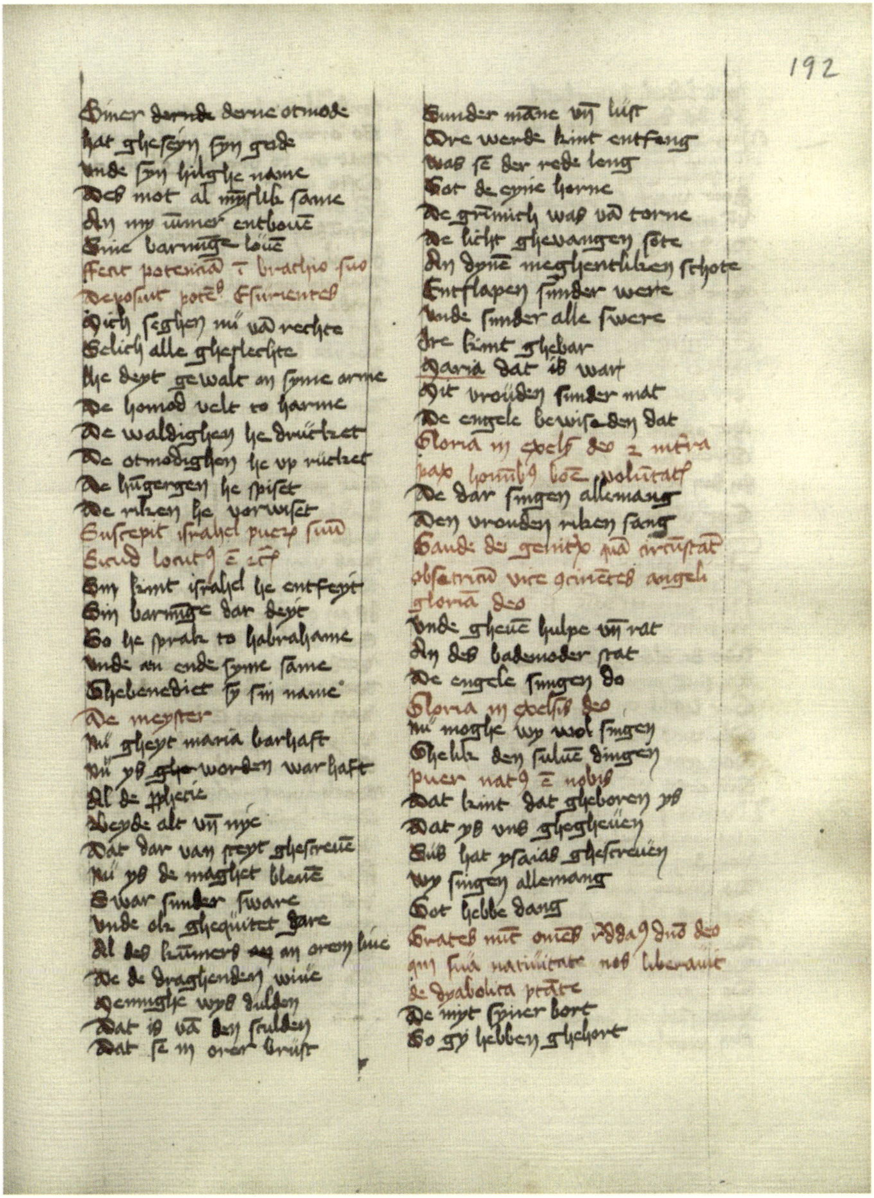

Wolfram-Studien XXVII (2025)
Erich Schmidt Verlag Berlin

Glaube und Gemeinschaft

Zur sozialen Funktion der Sprache in Dietrich Koldes ‚Kerstenen Spieghel'[1]

von Matthias Standke (Magdeburg)

Dietrich Koldes Katechismus gilt als ‚Bestseller' volkssprachlicher Frömmigkeitsliteratur im norddeutschen Raum des ausgehenden 15. und frühen 16. Jahrhunderts. Koldes ‚Christenspiegel' ist entsprechend seiner lateinischen Vorlagen durchzogen von Gebetstexten, Bibelpassagen und Unterweisungen im Glauben. Auffallend sind dabei die unterschiedlichen Formen sprachlicher Vergemeinschaftung, die der Verfasser den einzelnen Passagen gegeben hat. Mal steht der individuelle Glaube jedes einzelnen *Kerstenen mynschen* im Vordergrund, mal die Gemeinschaft der im Gebet versammelten Gläubigen. Mal zielt der Text auf eine intime Zwiesprache mit Gott oder den Heiligen, mal auf eine gemeinschaftliche Fürbitte und manchmal entwirft der Katechismus sogar die Möglichkeit eines gemeinschaftlichen Dialogs mit Gott, zumindest auf der Textebene. Der ‚Spieghel der simplere menschen' besteht zu zwei Dritteln aus personalisierten Gebeten, Bekenntnissen und Geboten, die zu einer individuellen, gelebten Frömmigkeit anleiten. Sie gelten aber auch für eine Gemeinschaft, für ein *yeghelic kersten mensche*. Demgegenüber ist die Gemeinschaft der Gläubigen der grundlegende Bezugspunkt des ‚Kerstenen Spiegels'. Die Funktionen dieses Katechismus gründen weniger in einer erstmaligen Unterweisung, als in der Verinnerlichung der Glaubensinhalte im Hinblick auf ein frommes Leben sowie der Möglichkeit einzelne Inhalte und deren Bedeutung rasch nachzuschlagen.

---

[1] Mit Arnold Angenendt († 08.08.2021) und Johannes Janota († 25.10.2021) hat die deutschsprachige Mediävistik im Jahr 2021 zwei wichtige Forscherpersönlichkeiten verloren, die mit ihren Arbeiten gerade auf dem Feld der vormodernen Religiosität und ihrer literarischen Ausformungen prägend waren. Ihrem Andenken sei dieser Beitrag gewidmet.

1. Einleitung

Um 1470 verfasste der damalige Augustiner-Eremit und spätere observante Franziskanermönch Dietrich Kolde einen mittelniederdeutschen Katechismus, den sogenannten ,Christenspiegel' bzw. den ,Kerstenen Spieghel'.[2] Das Werk des westfälischen Mendikanten wurde allein bis zu seinem Tod 1515 nachweislich 26 Mal gedruckt (vor allem in Deventer, Antwerpen, Köln, Lübeck und Rostock).[3] Koldes Katechismus gilt insofern zu Recht als ,Bestseller' volkssprachlicher Frömmigkeitsliteratur im norddeutschen Raum des ausgehenden 15. und frühen 16. Jahrhunderts.[4] Vor diesem Hintergrund verwundert der Umstand, dass der Text sowohl einer gebührenden geschichtswissenschaftlichen als auch literatur- wie kulturwissenschaftlichen Untersuchung harrt,[5] zumal Cle-

---

2 Zur Person Koldes und seinem Werk siehe einleitend Benjamin de Troeyer, Art. ,Kolde, Dietrich, von Osnabrück; von Münster', in: ^{2}VL 5 (1985), Sp. 19–26, und den Nachtrag ^{2}VL 11 (2004), Sp. 859.

3 Zu den Drucken siehe das Verzeichnis bei Benjamin de Troeyer, Dietrich von Münster (um 1435–1515), in: Franziskanische Studien 65 (1983), S. 156–204, hier S. 188–190.

4 Zu dieser Einschätzung siehe bereits Jana Jürgs, „Bestseller" ihrer Zeit. Zur Bedeutung katechetischer Literatur für die laikale (Lese-)Kultur im Spätmittelalter, in: Niederdeutsches Wort 47/48 (2007/2008), S. 207–219. Außerdem auch schon Troeyer (Anm. 2), Sp. 25.

5 Dies vor allem im Gegensatz zur katechetischen Literatur der sogenannten ,Wiener Schule', also den Verfassern oberdeutscher katechetischer Texte: Heinrich von Langenstein, Nikolaus von Dinkelsbühl, Thomas Peuntner, Stephan von Landskron. Diese einseitige Rezeption zeigt sich auch in dem grundlegendsten Werk zur spätmittelalterlichen Frömmigkeit von Berndt Hamm, Religiosität im späten Mittelalter. Spannungspole, Neuaufbrüche, Normierungen (Spätmittelalter, Humanismus, Reformation 54), hg. v. Wolfgang Simon u. Reinholf Friedrich, Tübingen 2011. Meist findet Koldes Text nur am Rande Erwähnung, wenn es ganz allgemein um Frömmigkeit im Spätmittelalter oder spezifische Praktiken des individuellen Glaubens in dieser Zeit geht. Dabei erlangt vor allem ein Umstand Beachtung: die hohe Druckauflage samt der daraus gefolgerten Popularität im norddeutschen Sprachraum. Weitere Studien sind etwa die zur literarischen Unterweisung durch die Franziskaner vor dem Tridentinum von Bert Roest, Franciscan Literature of Religious Instruction before the Council of Trent (Studies in the History of Christian Traditions 117), Leiden / Boston 2004, vor allem S. 254–256; aber auch die kulturwissenschaftliche Untersuchung über die mittelalterlichen und spätmittelalterlichen Einflüsse in Martin Luthers Frömmigkeit von Volker Leppin, Transformationen. Studien zu den Wandlungsprozessen in Theologie und Frömmigkeit zwischen Spätmittelalter und Reformation (Spätmittelalter, Humanismus, Reformation 86), Tübingen 2015. Leppin ordnet den *Kerstenen Spieghel* zudem eher der Beichtspiegelliteratur zu, da er in bestimmten Passagen – er zitiert nur einen Satz (!) – eine „poimenische Stoßrichtung" (ebd. S. 158) erkennt. Diese seelsorgerische Zuwendung ist jedoch nicht der zitierten Passage oder der Aufnahme der zu beichtenden Sünden geschuldet, sondern der breiten Erfahrung des Verfassers, Dietrich Kolde, in der Seelsorge. Siehe dazu allein die einleitenden Passagen in die Texte, die dezidiert auf eine basale Unterweisung im Glauben zielen:

mens Drees bereits 1954 eine durchaus angemessene kritische Edition mit Variantenapparat dreier Fassungen des ‚Christenspiegels' vorgelegt hat.[6]

Dietrich Koldes ‚Christenspiegel' ist entsprechend seiner lateinischen Vorlagen durchzogen von Gebetstexten, Bibelpassagen und Unterweisungen im Glauben.[7] Auffallend sind dabei die unterschiedlichen Formen sprachlicher Vergemeinschaftung, die der Verfasser den einzelnen Passagen gegeben hat. Mal steht der individuelle Glaube jedes einzelnen *Kerstenen mynschen* im Vordergrund, mal die Gemeinschaft der im Gebet versammelten Gläubigen. Mal zielt der Text auf eine intime Zwiesprache mit Gott oder den Heiligen, mal auf eine gemeinschaftliche Fürbitte und manchmal entwirft der Katechismus sogar die Möglichkeit eines gemeinschaftlichen Dialogs mit Gott, zumindest auf der Textebene. Es sind diese sprachlichen Formen und Funktionen, die dem ‚Kerstenen Spieghel' eine gewisse Dynamik verleihen, die zwischen individueller Frömmigkeit und Vergemeinschaftung im Glauben changiert.[8] Der Beitrag wird sich gezielt dieser Aspekte annehmen und den mittelniederdeutschen Katechismus analysieren.[9] Neben einer philologisch vergleichenden Betrachtung

---

Im ‚Spieghel der simpleren menschen' heißt es: *een yeghelijc kersten mensche es sculdich te weten drie dinghen: als wat hij ghelouen sal, wat hij bidden sal ende wat hi doen ende laeten sal* (Drees [Anm. 6], S. 6) und im ‚Kerstenen Spiegel': *war dae ynne geleirt wirt: als myt namen drij leeren, die yrste lere wye man geleuuen sal, die ander wie man leuen sal, die dirde wie man sterven sal.* (Drees [Anm. 6], S. 36). Vgl. auch Jürgs (Anm. 4), S. 215–218.

6 Zur auch im Folgenden genutzten Edition siehe: Der Christenspiegel des Dietrich Kolde von Münster, hg. v. Clemens Drees (Franziskanische Forschungen 9), Werl 1954. Für die Analyse etwas ungeeignet erscheint die immer wieder neu einsetzende Seitenzählung.

7 Eine exemplarische Analyse etwaiger Bezüge und Dietrich Koldes Umgang mit Vorlagen bietet der Aufsatz von Bernd-Ulrich Hergemöller, Dietrich Koldes ‚Verclaringhe van den stummen sunden' und ‚Een prophetye gepreect by broeder Dierick van Munster'. Zur Arbeitsweise und Rezeptionsgeschichte des Christenspieglers, in: Vestigia Monasteriensia, Westfalen – Rheinland – Niederlande, hg. v. Ellen Widder, Mark Mersiowsky u. Peter Johanek (Studien zur Regionalgeschichte 5), Bielefeld 1995, S. 73–99, hier: 76–93. Darüber hinaus gilt weiterhin, wie von Troeyer bereits 1985 formuliert: „Aufgabe der Forschung wäre es, die spezifisch franziskanischen und verfassereigenen Elemente des Werks, das in einer breiten katechetischen und erbaulichen Tradition steht und diese reichlich auswertet, herauszustellen." Troeyer (Anm. 2), Sp. 22.

8 Eine entsprechende Lesart klingt bereits tentativ bei Jana Jürgs an, die die umfangreichere Fassung des Spiegels auch im Kontext der Rosenkranzbruderschaften verortet und dort von einer „individuell wie auch kollektiv" eingeübten Frömmigkeit ausgeht. Vgl. Jana Jürgs, „*Een yeghelijc kersten mensche es sculdich te weten drie dinghen: als wat hij ghelouen sal, wat hiej bidden sal ende wat he doen ende laten sal.*" Autorintentionen und Vermittlungsstrategien in verschiedenen Redaktionen des ‚Kerstenen spieghel' Dietrichs von Osnabrück, in: Niederdeutsches Jahrbuch 130 (2007), S. 33–46, hier: 41–42.

9 Mit Blick auf den Umfang des ‚Kerstenen Spieghels' kann der Beitrag die aufgezeigte

des ‚Kerstenen Spieghels' mit seinem sogenannten Vorläufer, dem ‚Een scoon spieghel der simplere menschen', werden die Texte zudem mittels eines kulturwissenschaftlichen Ansatzes untersucht. Hierfür wird in einem abschließenden Abschnitt die von Bronislaw Malinowski aufgezeigte ‚soziale Funktion' der Sprache genutzt.

2. ‚Een scoon spieghel der simplere menschen' – Gläubige als Gemeinschaft

Der ‚Scoon spieghel der simplere menschen' ist ein kompaktes katechetisches Kompendium von 48 Blatt im Oktavformat.[10] Im Vergleich zum ‚Kerstenen Spieghel' ist das Werk also deutlich kürzer, weist aber anscheinend inhaltlich und strukturell eine große Nähe zu diesem auf.[11] Die Frage, ob es sich um einen nur skizzenhaft ausgeführten Vorläufer oder eine spätere Kompaktausgabe des ‚Kerstenen Spieghels' handelt, ist vermutlich nicht eindeutig zu klären.[12] Für die folgenden Analysen ist diese von de Troeyer wiederholt gestellte Frage zudem

Fragestellung nur exemplarisch bearbeiten. Eine ausführliche Analyse des mittelniederdeutschen Katechismus wäre indes eine lohnende Aufgabe. Dabei könnten zudem weitere katechetische Werke des niederdeutschen Sprachraums berücksichtigt werden respektive könnte der Bestseller Koldes mit vergleichbaren Katechismen des oberdeutschen Raums verglichen werden (die ebenfalls ihrer philologischen Aufarbeitung harren), wodurch sich nicht zuletzt weitere Fragen zu spezifischen Frömmigkeitspraxen bearbeiten ließen. Siehe für die vornehmlich oberdeutsche (‚Wiener Kreis'), handschriftlich überlieferte katechetische Literatur Egino Weidenhiller, Untersuchungen zur deutschsprachigen katechetischen Literatur des späten Mittelalters. Nach den Handschriften der Bayerischen Staatsbibliothek (Münchner Texte und Untersuchungen zur deutschen Literatur des Mittelalters 10), München 1965, hier S. 201–212.

10 Zum Umfang siehe Drees (Anm. 6), S. 16*, auf den folgenden Seiten finden sich auch Angaben zum Umfang des ebenfalls im Oktavformat gedruckten ‚Kerstenen Spieghels', der zwischen 68 und 138 Blatt changiert.

11 Zur inhaltlichen und strukturellen Nähe siehe de Troeyer (Anm. 2), Sp. 25; vgl. Jürgs (Anm. 4), S. 210; an anderer Stelle zeigt Jürgs vor dem Hintergrund der differenten textinternen Rezeptionsanweisungen die quantitativen wie qualitativen Unterschiede auf, siehe Jürgs (Anm. 8), S. 39–45.

12 Auffällig ist etwa der am Ende des *scoon spieghel*[s] *der simplere menschen* im 24. Kapitel – Drees (Anm. 6), S. 26–27: *wies hem een mensche houden sal wanner hij steruen moet* – eingearbeitete Jubilus Bernhards von Clairvaux, der den Namen und das darin eingeschriebene ‚süß' Gedächtnis Jesu' (Hymnus: *Jesu dulcis memoria*) preist. Das Fest *Nominis Jesu* wurde erst 1530 durch Papst Clemens VII. offiziell bestätigt, zuvor aber gerade in franziskanischen Kreisen gefeiert und durch diese verbreitet. Hierin ließe sich also bereits eine deutliche Nähe Koldes zu den Franziskanern sehen, allerdings könnte es sich auch um ein erstes Anzeichen des Augustiner-Eremiten Koldes handeln, der mit der franziskanischen Frömmigkeit liebäugelt.

nicht relevant,[13] insofern die für einen Vergleich bereits konstatierte Abhängigkeit der beiden Katechismen auch von ihm nicht negiert, sondern nur in ihrer möglichen Chronologie hinterfragt wird.

Der ‚Spieghel'[14], der sich laut seinem Titel an die *simplere menschen* richtet, konkretisiert sein avisiertes Publikum in zweierlei Hinsicht. Erstens wendet sich der Text an *een yeghelijc kersten mensche* (S. 6) bzw. *een yeghelijc mensche* (S. 7). Diese weitgefasste Rezipientenanrede wird in gleicher, nur leicht abgeänderter oder kombinierter Wortwahl insgesamt 14-mal vor den entsprechenden Lehrinhalten wiederholt.[15] Angesprochen werden insofern alle Christen bzw. alle Menschen, die *een goet kersten spieghelen ende bescouwen* (S. 5) möchten. Zweitens spricht der Verfasser des Textes, *Broeder Dyerick van munster* (S. 25), eine ganz bestimmte Gruppe an, die *deuoten borgheren te Loeuen* (S. 25). Diese Anrede in Form einer Gebetsbitte für die dargebrachte Lehre (scil. der ‚Spieghel') befindet sich allerdings erst auf der vorvorletzten Seite des Katechismus, eingerahmt von einem Abriss über die *sunden der tonghen* (S. 24) und einem gänzlich Bernhard von Clairvaux gewidmeten und den Katechismus beschließenden Abschnitt (S. 25–27)[16]. Zwar erhält der ‚Spieghel' durch die Widmung eine sehr spezifische Leserschaft, die Löwener Bürger, doch fällt diese einzelne Widmung gegenüber den übrigen, allgemein gehaltenen Passagen kaum auf. Die bewusste und insoweit mitunter einschränkende, namentliche Anrede eines Rezipientenkreises erfolgt in dem schmalen Katechismus eher unauffällig am Rande. Ob dies eine Entscheidung des Verfassers war oder vielleicht eine des Druckers, ob sie aus missionarischer oder ökonomischer Perspektive jeweils mit der Hoffnung auf einen gesteigerten Absatz getroffen wurde, lässt sich nicht entscheiden.

Das Inhaltsverzeichnis offeriert in 24 Kapiteln einen ersten Überblick über die im Katechismus enthaltenen Lehren,[17] die das zu erwartende Glaubensbe-

---

[13] Diese Frage(n) zusammenfassend Hergemöller (Anm. 7), S. 75.

[14] Zitate folgen der Ausgabe von Drees (Anm. 6).

[15] S. 8: *een yeghelijc mensche*; *welcke mensche*; *welc mensche*, S. 9: *een yeghelijc goet mensche*, S. 11: *een mensche*, S. 13: *goet mensche*; *een ieghelijc*, S. 15: *een yeghelijc mensche*, S. 17: *eens goeden kersten mensche*, S. 19: *een goet mensche*, S. 21: *een mensche*; *welc mensche*.

[16] Der Abschnitt besteht aus drei Teilen: 1. Eine legendarische Kurzerzählung, wie der Heilige Bernhard den Teufel zwang, ihm die *god alder gheneemste*[n] (S. 25) Psalterverse zu verraten. 2. Die entsprechenden Psalterverse. 3. Ein Gebet, welches auf den Bernhard von Clairvaux zugeschriebenen Hymnus *Jesus dulcis memoria* zurückgeht.

[17] Auffällig ist, dass das Kapitel VIII *wie hem een menschen houden sal in der messen* (S. 5) in der vorliegenden Ausgabe des Drucks nicht enthalten ist. Ein Umstand, der nur im Vergleich mit dem Inhaltsverzeichnis offenbar wird, da die Kapitelzählung im nachfolgenden Text nicht umgesetzt wurde. Außerdem titelt das Kapitel XXIV lediglich mit *wies hem een mensche houden sal wanneer hij steruen moet* (S. 6), im Textteil

kenntnis, das Pater Noster, den Dekalog, weitere Sündenkataloge wie auch Beicht- und Gebetsanweisungen neben anderen Texten einer gelebten Frömmigkeit umfassen. Im Anschluss an das Inhaltsverzeichnis wird die „Kernlehre"[18] des ‚Spieghels' in drei knappen Nebensätzen präsentiert, wobei gerade die schematisch einfach und vollkommen parallel gehaltene Syntax der Relativsätze zum didaktischen Potential dieser einleitenden Passage beiträgt (S. 6): *Een yeghelijc kersten mensche es sculdich te weten drie dinghen: als wat hij ghelouen sal, wat hij bidden sal ende wat hi doen ende laeten sal.* Während sich diese Kernlehre wie auch die meisten der übrigen hinführenden Paratexte des Katechismus aufgrund des dort eingesetzten Indefinitpronomens *yeghelijc* verallgemeinernd an eine unbestimmte Menge von Gläubigen bzw. an jedermann richten,[19] zeigt sich auf der Seite des *wat*, der Inhalte, ein anderes Vorgehen. Legt man nochmals das Inhaltsverzeichnis mit seinen im Text ausgeführten 23 Kapiteln zugrunde, dann wird offenbar, dass 14 dieser Abschnitte personalisierte Pronominalformen aufweisen.[20] In acht Kapiteln werden die Texte fast ausschließlich mittels einer Form des Personalpronomens *ik* bzw. *wy* konstruiert (Kapitel I, II, X, XIX, XXI, XXII, XXIII, XXIV). In sechs Kapiteln wird eine Form des Personalpronomens *du* genutzt (Kapitel III, IV, VII, IX, XII; XIII). Nur sechs Kapitel greifen die indefiniten Formen der sie einleitenden Paratexte in ihren Satzkonstruktionen auf, dort finden sich unpersönliche Wendungen mittels Formen des Pronomens *hij* (V, VI, XVI, XVII, XVIII, XX). Die übrigen drei Kapitel beinhalten katalogartige Aufzählungen (XI, XIV, XV), wodurch sie eine gänzlich andere Textstruktur als die übrigen Kapitel aufweisen. Insgesamt werden also in gut zwei Dritteln des katechetischen Textes per-

---

folgen allerdings weitere Passagen auf gut sieben Seiten (S. 21–27), die keine eigene Erwähnung im Inhaltsverzeichnis besitzen wie auch das *Aue Maria*, welches direkt an das *Pater noster* (S. 6) anschließt.

18 So bereits Jürgs (Anm. 8), S. 41.

19 Ich danke Jörn Bockmann für den Hinweis auf die ambige Semantik des Wortes *yeghelijc*, die verallgemeinernd und personalisierend ist. Inwieweit sich in der Verwendung des Pronomens bereits Ansätze einer in der Frühen Neuzeit aufkeimenden ‚Jedermanns-Rhetorik' zeigen bzw. ob eine gewisse Nähe zu der im mittelniederländischen beliebten Moralität ‚Elckerlijc' vorliegt, lässt sich an dieser Stelle nicht klären. Der persuasive Einsatz des Pronomens scheint jedoch ähnlich angelegt zu sein.

20 Natürlich können auch diese Kapitel indefinite Passagen aufweisen, sie beschränken sich jedoch zumeist auf einzelne Sätze (siehe bspw. Kap. XXI). Im Übrigen gilt diese Feststellung auch umgekehrt für die vornehmlich indefiniten Kapitel, die auch personalisierte Passagen enthalten können, meist handelt es sich um eingeschobene Gebete in der ersten Person. Siehe dazu etwa das sechste Kapitel über die *.vij. punten waer bye en mensch mach bekinnen dat hy es in der gracien gods* (S. 5). Die letzte der sieben Darlegungen beginnt in unpersönlicher Form, beinhaltet aber ein Gebet in der ersten Person Singular (S. 9): *Dat seuende es dat hij god altijd bid in sijnder innicheijit: O lieue heere vergheeft mij doch alle mijn vergheten sunden ende bewaert mi* [...] *Amen.*

sonalisierte Anredeformen verwendet und nur in einem Drittel werden indefinite bzw. unpersönliche Wendungen genutzt. Weil katechetische Werke eine Vielzahl von Gebeten und Texten enthalten, die den Gläubigen in der personalisierten Anrede eine Identifikation mit dem Sprecher-Ich ermöglichen, zu einer Zwiesprache mit dem apostrophierten Gott anhalten oder ein Ge- bzw. Verbot direkt adressieren, kann man die Verwendung von Formen des Personalpronomens der ersten oder zweiten Person Singular geradezu erwarten. Umgekehrt sind jene Passagen, die eine indefinite bzw. unpersönliche Konstruktion wählen, in diesem Kontext auffällig.

Die zuvor nur numerisch aufgelisteten sechs Kapitel werden nachfolgend genauer fokussiert. Für einen Überblick seien hier die jeweils einleitenden Kapitelüberschriften genannt:

– *Dit sijn .vi. punten die een yeghelijc mensche al hebben moet sal hem god sijn sunden vergheuen.* (S. 8)
– *Dit sijn .vij. punten soe welcke mensche dese heeft in hem die mach des een gans betruwen hebben dat hij een vrint gods es ende dat hy in eenen goeden staet es. Soe welc mensche dese niet en heeft sal hem schicken dat hij se crighe.* (S. 8)
– *Hier nae volghen die .vii. selicheijden der zielen die een ieghelijc hebben moet die gherne salich waere.* (S. 13)
– *Hier nae volghen die .ix. vremde sunde dar vele menschen om verdoemt worden.* (S. 14)
– *Hier nae volghen die stomme sunden die in den hemel roepen wrake wrake.* (S. 14)
– *Hier nae volghen .v. teeken eens goeden kersten mensche.* (S. 17)

Die unpersönlich und zugleich an jedermann gehaltenen Kapitel lassen sich wie folgt systematisieren: Erstens behandeln sie Bedingungen für ein frommes oder besonders religiöses Leben. Zweitens nennen sie Anzeichen für unterschiedliche Grade gelebter Frömmigkeit bzw. göttlicher Gnade, die einem Gläubigen zuteilwerden kann, bis hin zur Gottesfreundschaft oder Seligkeit. Drittens werden all jene Sünden besprochen, die einem Leben in Gottgefallen bzw. der grundsätzlichen Teilhabe an göttlicher Gnade entgegenstehen. Insofern eignet den Inhalten dieser sechs Kapitel ein immenses soziales Konfliktpotential, eines das in normativ positiver wie negativer Hinsicht gefährdend für eine religiöse Gemeinschaft ist. Denn nicht nur der Verstoß gegen Normen stellt eine Störung für die Gemeinschaft dar, auch die Normübererfüllung wirkt sich negativ auf das gemeinschaftliche Miteinander aus.[21] Beide Phänomene führen zu individuellen

---

[21] Zu Konzept und Funktion sogenannter supererogatorischer Leistungen siehe Alois Hahn, Transgression und Innovation, in: Poetologische Umbrüche. Romanistische Studien zu Ehren von Ulrich Schulz-Buschhaus, hg. v. Werner Helmich, Helmut Meter u. Astrid Poier-Bernhard, München 2002, S. 452–465, bes. S. 455–457.

Markierungen – Sünder/in oder Gottesfreund/in –, die die oder den Einzelnen aus dem Kollektiv der Gläubigen herausheben. Dass der ‚Spieghel' diese Markierungen auf der Textebene nicht vornimmt und diese Passagen durch unpersönliche bzw. indefinite Konstruktionen verallgemeinernd wiedergibt, entlastet den einzelnen Rezipienten und besonders die Gemeinschaft der Gläubigen, zu der der einzelne als jedermann gehört.

Ein Katechismus dient der Unterweisung im Glauben. Er vermittelt dem Einzelnen die Glaubensinhalte, Gebete und religiösen Vorschriften, die ein jeder zu leben hat, um Teil der Gemeinschaft der Gläubigen zu sein, so auch der ‚Spieghel der simplere menschen'. Die personalisierten Gebete, Bekenntnisse und Gebote, die gut zwei Drittel von Dietrich Koldes Katechismus ausmachen und so zu einer gelebten Frömmigkeit anleiten, sprechen zwar nur ein *ik* oder *du* an, sie gelten aber für eine Gemeinschaft, für ein *yeghelic kersten mensche*. Insofern bedachte der Verfasser des ‚Spieghels' nicht nur den einzelnen Gläubigen, sondern auch die Gemeinschaft, in der die Gläubigen zuallererst gemeinsam ihren Glauben leben konnten, einer Gemeinschaft wie die der *deuoten borgheren te Loeuen*.

3. Der ‚Kerstenen Spieghel' – Gemeinschaft der Gläubigen

Der zweite Katechismus Dietrich Koldes verweist bereits in seinem Titel auf den größeren Umfang des Werkes und auf seinen Verfasser *Der Kerstenen Spiegel oft Handboecxken wt gegeuen by Broeder Dierick van Munster* (S. 29).[22] Nicht nur als Spiegel, sondern auch als Handbuch soll der Druck dienen, wodurch dem katechetischen Werk neben der vermittelnden bzw. unterweisenden Funktion auch die Funktion eines Nachschlagewerks zukommt. Vermutlich erstmals 1480 in Köln gedruckt, enthält das wiederum im Oktavformat erschienene Werk die bekannten katechetischen Texte (Pater Noster, Glaubensbekenntnis, Dekalog, Sündenverzeichnisse und Beichtkataloge etc.) sowie erläuternde Auslegungen für einzelne Texte oder Passagen.[23] Clemens Drees konnte im Rahmen seiner Untersuchungen mehrere Klassen und Gruppen innerhalb der überlieferten Drucke des Katechismus herausarbeiten.[24] Die von Drees angelegte Systematik basiert auf zwei wesentlichen Differenzmerkmalen: Erstens unterscheiden sich die Drucke inhaltlich gemessen an ihrer Kapitelanzahl. Entweder weisen die Drucke 46 Kapitel auf oder 47 und mehr Kapitel.

---

[22] Zitate folgen der Ausgabe von Drees (Anm. 6).

[23] Zu den bibliographischen Angaben der einzelnen Drucke siehe Drees (Anm. 6), S. 18*–39*.

[24] Siehe zu diesen Ausführungen Drees (Anm. 6), S. 44*–48*.

Zweitens lassen sich die Drucke mit Blick auf ihre regionale Herkunft differenzieren. Neben der geographischen Zuordnung zu einzelnen Offizinen oder ‚Druckerzentren' ist hierfür die jeweilige Sprache der Drucke das Kriterium, also ob ein Druck im mittelniederdeutschen oder mittelniederländischen Sprachraum entstand.[25]

Wie schon bei den vorherigen Betrachtungen des ‚Spieghels der simpleren menschen' soll auch für den ‚Kerstenen Spiegel' der Blick zunächst auf die Paratexte fallen. Um sein avisiertes Publikum anzusprechen bzw. um seine Funktion und seinen Zweck den Rezipienten darzulegen, besitzt dieser Katechismus ein dem Inhaltsverzeichnis vorangestelltes Vorwort.[26] In diesem liegt der Fokus auf den *drij leren* (S. 36) und ihrer kapitelweisen Aufteilung innerhalb des Werkes. Zentral seien *die yrste lere wye man geleuuen sal, die ander wie man leuen sal, die dirde wie man steruen sal* (S. 36). Die Rezipienten werden lediglich unpersönlich mit *man* benannt. Genauer ist hingegen die sich anschließende Aufgliederung des *boichelgin*[s] in seine einzelnen Lehreinheiten:

> .xxij. capittel off leren ind ys van dem hylligen kirsten gelouuen int wat wir schuldich sint tzo gheleuuen. Dat ander deyl dis boichs ys wye man na dem hilligen gelouuen leuen sal ind hat .xxi. capittel off leren. Dat dirde deil dis bochs ys wie man mit dem heilgen geloeuen wail ind selenclichen steruen sal ind hait .iij. capittel off leren [...]. (S. 36)

Zwar scheint in dieser ausführlichen Darlegung von Aufbau und Funktion des Buchs bereits einmal ein vergemeinschaftendes *wir* auf, welches die Rezipienten zu einer bestimmten Gruppe rechnet, doch erst im abschließenden Nebensatz wird aus dem auch sonst vorherrschenden *man* eine spezifische, wenn auch weiterhin indefinite Angabe. In dem Relativsatz, der sich auf die Lehren bezieht, heißt es: *eyn iecklich mynsche der sy* [scil.: die Lehren (M. S.)] *helt sunder tzwiuel den hemel besitzen sal* (S. 36). Die hier getroffene Anrede wird mit einer anagogischen Wendung versehen, wodurch zugleich der Anspruch des Werkes offengelegt wird: Der Katechismus möchte Hilfsmittel sein für all diejenigen, die ein frommes Leben im Diesseits so führen wollen, dass ihnen das himmlische Jenseits zuteilwird.[27]

---

25 Die Analyse des ‚Kerstenen Spiegels' beschränkt sich allein auf die bei Drees (Anm. 5) abgedruckte mittelniederdeutsche Fassung der sogenannten Kölner-Gruppe, die 46 Kapitel aufweist und auf dem Kölner Druckexemplar vom 7. März 1486 basiert. Ein Vergleich der einzelnen Klassen und Gruppen bzw. der überlieferten Drucke kann in diesem Rahmen nicht erfolgen. Ohne systematische Grundlage werden aber vereinzelte Hinweise auf Abweichungen gegeben, die in der synoptischen Edition Drees' besonders auffällig sind.

26 Jürgs verweist zudem darauf, dass der ‚Kerstenen Spiegel' das ausführliche Vorwort auch benötigt, weil das Werk einen „weniger klaren Titel" als der ‚Spieghel der simpleren menschen' besitzt, Jürgs (Anm. 8), S. 40.

27 Das Vorwort der mittelniederländischen Fassungen ist deutlich umfangreicher. Jürgs

Das Inhaltsverzeichnis greift diesen Anspruch in zweifacher Weise auf. Einerseits strukturiert es die Lehren, indem es einen ersten Überblick über die Inhalte bietet und diese mit einer Kapitelzählung verknüpft, welche auch im nachfolgenden Hauptteil des Werkes umgesetzt wird. Tatsächlich ist es den Rezipienten auf diese Weise möglich, den Katechismus als *Handboecxken* im Sinne eines Nachschlagewerkes zu nutzen.[28] Andererseits zeigt sich der allgemeine Anspruch, sich an ein möglichst umfängliches Publikum zu richten, an den allgemein gehaltenen Formulierungen, die die indefiniten Wendungen und Phrasen des Vorwortes aufgreifen. Am häufigsten wird das bereits im Vorwort auffällige *men / man* eingesetzt, insgesamt 13-mal (Kap.: III, V, XI, XVI, XX, XXIII, XXIV, XXV, XXVII, XXX, XLI, XLIV, XLVI). In zehn Kapiteln wird die verallgemeinernde Phrase *eyn iecklich mynsch* oder nur *eyn mynsch* verwendet (Kap.: III, XVIII, XIX, XXIII, XXXI, XXXII, XXXIII, XXXVII, XXXVIII, XLV). Zwei Kapitel werden indefinit an (*alle*) *den genen* gerichtet (Kap.: VI, VII). Zudem nutzt ein weiteres Kapitel eine Form der doppelten Negation, *nemantz* [...] *en* (Kap.: XXXVI), um ebenfalls alle anzusprechen. Gut ein Viertel, insgesamt 16 Kapitel, kommen gänzlich ohne Anredeformen aus. Zwei Kapitel wenden sich explizit nur an *eynen* oder *alle cristen mynschen* (Kap.: XII, XLVI). Demgegenüber richten sich vier Kapitel an eine jeweils spezifische Leserschaft: Erstens an *frauwen* [...], *die beuangen synt mit frucht* (Kap.: XXXIX); zweitens an *alderen* (Kap.: XL); drittens an die *saluatoris broderschaff* [...] *tzo collen in sancte augustinus cloister* (Kap.: XLII); viertens an die *rosenkrantz* [...] *broderschaff* (Kap.: XLIII). Diese wenigen Spezifizierungen in der Rezipientenanrede gründen entweder auf den zwar besonderen, aber dennoch allgemeinen Lebensumständen einer Schwangerschaft sowie der Elternschaft, bzw. lassen sich aus der Provenienz des vorliegenden Druckes

merkt dazu an, ohne zu erwähnen, dass sie sich auf diese Fassung bezieht: „Hier wird dem Leser explizit mitgeteilt, dass das vorliegende Traktat zum Ständig-mit-sich-Führen gedacht sei, da es umfassend alles enthalte, was zur Seligkeit der Seele vonnöten sei. Es wird weiterhin deutlich gemacht, dass es sich um eine Kompilation *wt vele heiligher schrifturen der lerers* handelt (Drees [Anm. 6]: 33).“ Vgl. Jürgs (Anm. 4), S. 216. Die Fassungen der hier untersuchten Kölner-Gruppe ergänzen erst in einem Nachwort am Ende des jeweiligen Druckes, *dat* [...] *alle gode cristen menschen alle dage myt andacht ind ynicheit ouerdencken ind sich dar na regeren* (S. 316) und zwar unabhängig davon *in wat stade dat hey ys dat sy in geistlichem stade off in wereltlichem staede vnd id sy in elichem staede off bussen elichem stade* (S. 316–318).

[28] Jürgs (Anm. 4), S. 217, merkt hierzu mit einem Vergleich zum Vorläufer an: „Offenbar herrscht zwischen beiden Seiten [scil. Autor und Leser (M. S.)] Konsens darüber, dass proportional zur Komplexitätszunahme einer darzustellenden Materie deren Aufschlüsselung in einer klaren, nachvollziehbaren Gliederung zu erfolgen habe, um auf diese Weise ihre Organisation durchsichtig zu machen (von Autorenseite aus) und ihre Struktur aufzunehmen (von der Seite des Lesers aus).“ Die konkreten Unterschiede bei der Umsetzung, etwa der Kapitelzählung benennt sie indes nicht.

erklären.[29] Insgesamt bleiben die paratextuellen Beigaben des Inhaltsverzeichnisses und der einzelnen Kapitelüberschriften wie beim sogenannten Vorläufer indefinit und unpersönlich, um so ein breites Publikum für die zu vermittelnden Lehren anzusprechen.

Trotz der aufgezeigten Unterschiede zwischen den beiden katechetischen Werken ist der Befund für die Kapitelinhalte zunächst sehr ähnlich. Gut zwei Drittel der Kapitel des ‚Kerstenen Spiegels' verwenden personalisierte Anredeformen, vor allem der ersten und zweiten Person Singular, zusätzlich aber auch der ersten Person Plural und seltener der zweiten Person Plural. Wiederum knapp ein Drittel, insgesamt 15 von 46 Kapiteln, weisen indefinite und unpersönliche Anredeformen, katalogartige Zählungen oder anderweitige unpersönliche Phrasen bei der inhaltlichen Darstellung auf. Neun Kapitel greifen auf die bereits im Vorwort und in den Kapitelüberschriften Wendungen *man* / *men* zurück:

– *In dem .xiiij. capittel eyn verclarynge der .ix. vremder sunden dar vijl mynschen vmb verdompt werden.* (S. 136)
– *In dem .xv. capittel eyne verclaringe ouer die roiffende sunden ind van den stummen intghein die nature da dye sunder selden off nummerme van en bichten.* (S. 138)
– *In deme .xvij. capittel van vijl groisser sunden der tzungen da vijl doitsunden vnder synt vnd vijl dar yn vallen.* (S. 146)
– *In dem .xviij. capittel van vi. puncten die eyn mynsche hauen moys sal eme got syn sunden vergeuen.* (S. 150)
– *In dem .xix. capittel van .vij. puncten da by eyn mynsch bekennen mach off hey is in der genaden gotz off neit.* (S. 150)
– *In dem .xxi. capittel eyn schone lere van der bicht ind eyn vnderwijsinge wie men bichten sal.* (S. 164)[30]
– *In dem .xliij. capittel van vnser lieuer vrauwen selter ind rosenhode off rosenkrantz vnd van yrer broderschaff vnd van dem groissen afflais da ynne.* (S. 276)
– *In dem .xliiij. capittel wie men steruen sal vnd dye vruchtbarste lere die vp der werelt syn mach.* (S. 294)
– *In dem .xlvi. Capittel van .v. tzeichen da men eynen goden cristen mynschen by bekennen sal.* (S. 306)

---

29 Jürgs (Anm. 4), S. 216, spricht in diesem Kontext von „thematische[n] Erweiterungen in Form eines Erziehungsratgebers für Eltern sowie zwei längeren Abschnitten über Salvator- und Rosenkranzbruderschaft."

30 Innerhalb der Unterweisung in die Beichte werden auch personalisierte Anredeformen der ersten Person Singular genutzt, um die möglichen Antworten eines Beichtenden in wörtlicher Rede zu präsentieren.

Die neun Kapitel, die diese unpersönlichen *man* / *men* Wendungen aufweisen, sind fast identisch mit jenen sechs unpersönlichen Kapiteln des ‚Spieghels der simpleren menschen'. Auch in ihnen geht es um die Bedingungen eines frommen Lebens, um unterschiedliche Grade der gelebten Frömmigkeit und um Möglichkeiten an der Gnade Gottes teilzuhaben. Als Zusatz erscheint in der Übersicht das Kapitel über die Rosenkranzbruderschaft.[31] Allerdings lässt es sich wegen des darin vorrangig fokussierten Ablasses ebenfalls in die skizzierte Systematik einordnen. Gleiches gilt für die vier katalogartig gehaltenen Kapitel: Sie listen die Todsünden (Kap. XIII), die Sünden gegen den heiligen Geist (Kap. XVI), die Werke der Barmherzigkeit (Kap. XXXIV) sowie die Gaben des Heiligen Geistes (Kap. XXXV) auf, präsentieren also Bedingungen eines frommen Lebens oder Kennzeichen eines besonderen Grades göttlicher Gnade. Die zwei weiteren unpersönlich gehaltenen Kapitel fallen in ihrer jeweiligen Gestaltung besonders auf, lassen sich aber ebenso systematisieren. Zum einen wird in Kapitel XXXVI die Bergpredigt (Mt 5,1–12) zitiert. Dieses Kapitel, welches mit der bereits zuvor angesprochenen doppelten Negation überschrieben ist,[32] beinhaltet acht Seligpreisungen, die als positiv formulierter Gebotskatalog Jesu verstanden werden können. Die allgemein gehaltenen Formulierungen folgen dem bekannten Muster *selich synt die ghene die* (S. 250–252). Zum anderen sei das Kapitel XXXVIII erwähnt, in dem acht *myrcklichen puncten die den minschen doint vallen in sunden* (S. 252) genannt werden.[33] Die in dem Kapitel vorgebrachten Aspekte, die mögliche Anfälligkeiten für Sünden besprechen, werden besonders unpersönlich konstruiert. Den einleitenden Hauptsätzen, die sich stets auf die in der Kapitelüberschrift genannten *myrcklichen puncten* beziehen, folgt eine infinite Satzkonstruktion, die als Objektsatz fungiert, aber mit einem Doppelpunkt vom Hauptsatz abgetrennt wird: *Dat eirste ys: Tzo geringe tzo geloyuen. Dat .ij. is: Tzo sicher tzo stayn vp vns selues.* etc. (S. 252).[34] Für die insgesamt 15 unpersönlich konstruierten Kapitel gilt, was bereits für die ebenso gehaltenen Kapitel des Vorläufers gesagt wurde: Ihnen eignet ein immenses soziales Konfliktpotential, eines das in normativ positiver wie negativer Hinsicht gefährdend für eine religiöse Gemeinschaft wirkt. Eine konkrete Anredeform in diesen Kapiteln würde zu individuellen Markierungen führen, die die

---

[31] Das Kapitel über die Salvatorbruderschaft, die auch eine institutionelle Einordnung in das Augustinus Kloster zu Köln erfährt, ist hingegen persönlich gehalten. Dieser Umstand könnte auf die Mitgliedschaft Dietrich Koldes zurückzuführen sein. Siehe zur Mitgliedschaft die Ausführungen von Jürgs (Anm. 4), S. 217.

[32] *In deme .xxxvi. capittel van den .viij. selicheiden der selen sunder wilche nemantz en mach selich werden* (S. 250).

[33] Laut Kapitelüberschrift sollen es *.ix.* [...] *puncten* (S. 252) sein.

[34] Die mittelniederländischen Fassungen enthalten sogar nur die infiniten Konstruktionen und sparen die einleitenden Hauptsätze aus: Drees (Anm. 6), S. 253.

oder den Einzelnen aus dem Kollektiv der Gläubigen herausheben. Dass der Katechismus diese Markierungen auf der Textebene nicht vornimmt und diese Passagen durch unpersönliche, indefinite und sogar infinite Konstruktionen verallgemeinernd wiedergibt, entlastet die einzelnen Rezipienten und besonders die Gemeinschaft der Gläubigen, zu der die einzelnen gehören.

Natürlich sind im ‚Kerstenen Spiegel' wiederum die Gebete und Gebote vor allem an den Einzelnen gerichtet und insoweit persönlich gestaltet,[35] entweder in der ersten Person Singular oder etwa im Falle eines auf der Textebene fingierten Zwiegesprächs mit Gott in der zweiten Person Singular. Allerdings wird die Gemeinschaft der Gläubigen im Vergleich zum Vorläufer im ‚Kerstenen Spiegel' insgesamt deutlich stärker in den Mittelpunkt gerückt. Bereits das erste Kapitel des Katechismus, das *eyne gode vnderweijsinge van deme geloeuen in dat gemeyne* (S. 46) enthält, formuliert nicht an den Einzelnen, sondern an eine Gemeinschaft von Gläubigen, dass *wir schuldich tzo geleuuen* [*sint*], und fügt hinzu, dass *ouch alle dat vns vß der heilger schrift tzo geleuuen verkundiget wirt ind alle dat vns dye heilige kirche gebuyt tzo geloeuen* (S. 46). Gerade die kommentierenden Erweiterungen des umfänglichen Katechismus richten sich zuallermeist an die Gemeinschaft. So etwa im sechsten Kapitel, das *eyn kurtze beschriuinge van der maledixien off vermaledydingen die der almechtige got gegeuen hait ind ouch noch geuen wijlt* (S. 62) enthält. Diese Darlegung göttlicher Verfluchungen bzw. der damit einhergehenden göttlichen Strafen basiert auf Zitaten aus dem Alten Testament. Hierfür werden genau jene Passagen ausgewählt, in denen erstens Gott selbst spricht und in denen er zweitens die Gemeinschaft der Gläubigen ermahnt: *Is id sache dat yr neit en wilt horen die stymme godes vres heren* [...]. *Ir sult vermaleijt syn in der stat in deme velde* (S. 62). Neben dem zürnenden oder ermahnenden Gott des Alten Testamentes tritt auch die Figur Jesu in Erscheinung und richtet ihre Worte an die Gemeinschaft, etwa wenn es um den zu erwartenden Lohn für ein frommes Leben geht (Kap. VII). Ferner rücken jene Kapitel die Gemeinschaft in den Vordergrund, die einzelne Lehrinhalte auslegen. So etwa die Auslegungen des Dekalogs im elften Kapitel. Während der Dekalog im neunten Kapitel sich gänzlich an den einzelnen Leser richtet und jedes Gebot in der zweiten Person Singular ausformuliert, wird bei der Auslegung zwar noch einmal das jeweilige Gebot in seiner normativen Vorgabe für den Einzelnen präsentiert, daran schließen sich jedoch Erläuterungen an, die die Gemeinschaft betreffen. Für das dritte Gebot heißt es z. B.:[36] *Den heiligen dach saltu vijren ind hillich machen. – Dit gebot heijscht ind*

[35] Eine Ausnahme stellt im achten Kapitel das Gnadengebet dar, das nicht vom Einzelnen, sondern von der Gemeinschaft an Gott gerichtet wird: Drees (Anm. 6), S. 74.

[36] Das dritte Gebot wird rein exemplarisch zitiert. Die aufgezeigten Beobachtungen lassen sich durchaus auf die übrigen Auslegungen des Dekalogs übertragen. Allenfalls

leirt vns dat wir den hilligen dach heilijgen sullen myt gebeden mit gedechtenissen ind mit danckbarkeit (S. 96). An anderer Stelle wird die Metapher einer durch die Gemeinschaft zu errichtenden Schutzmantelmadonna verwendet, um die Werke der Barmherzigkeit und deren gnadenbringende Wirkung darzulegen. *In dem .xli. capittel wie men marien eynen mantel machen sal dat sy vns bedecke yn der vren des dodes* (S. 266) heißt es einleitend: *Want wyr alle begeren van marien der moeder gotz dat sy vns beschirme in der vren ind stunden des dodes vnder dem mantel yrer moderlycher myldicheyt*. Erst als gemeinschaftliches Projekt *wirt der mantel groijs ind genslichen gemacht da vns maria mit bedecken ind beschirmen wijlt* (S. 268).[37]

Die Gemeinschaft der Gläubigen ist der grundlegende Bezugspunkt des ‚Kerstenen Spiegels'.[38] Die Funktionen dieses Katechismus gründen weniger in einer erstmaligen Unterweisung, als in der Verinnerlichung der Glaubensinhalte im Hinblick auf ein frommes Leben sowie der Möglichkeit einzelne Inhalte und deren Bedeutung rasch nachzuschlagen. Dabei changiert das dargebotene Frömmigkeitsideal des Katechismus zwischen einer noch ‚gezählten Frömmigkeit' und einer bereits in der eigenen Bußbereitschaft gründenden Frömmigkeit, wie sie seit dem vierten Laterankonzil zumindest institutionell avisiert wurde.[39] Im Nachwort des Katechismus wird jedenfalls explizit auf Formen der persönlichen Habitualisierung des Glaubens verwiesen: [A]*lle gode cristen mynschen* [*sullen*] *alle dage myt andacht ind ynicheit ouerdencken ind sich dar na regeren. Ind off sy neit alle tzijt groisse andacht noch ynicheit da ynne en haynt nochtan so*

wird für die Anrede nicht nur die erste Person Plural genutzt, sondern auch auf die verallgemeinernde Phrase *man* / *men* oder auf die zweite Person Plural zurückgegriffen.

37 Zu derartigen immersiven Gebetspraktiken im Kontext des marianischen Schutzmantels siehe Björn Klaus Buschbeck, Producing Spiritual Concreteness: Prayed Coats for Mary in the German Late Middle Ages, in: Things and Thingness in European Literature and Visual Art, 700–1600, hg. Kathryn Starkey u. Jutta Eming (Sense, Matter, and Medium 7), Berlin / Boston 2021, S. 65–90.

38 Die mittelniederländischen Fassungen weisen ebenfalls diese starken Bezüge auf und verstärken sie teilweise noch, wenn sie in einigen Kapiteln anstelle des in der analysierten mittelniederdeutschen *du* die zweite Person Plural nutzen und die Leserschaft ihrzen, vgl. bspw. Kap. XXIV (S. 179) oder Kap. XXXII (S. 241).

39 Ich danke an dieser Stelle ausdrücklich Britta Bußmann, Christina Lechtermann und Franz-Josef Holznagel für die anregende Diskussion über dieses hier aufscheinende, spätmittelalterliche Übergangsphänomen. Zum Aspekt ‚gezählter Frömmigkeit' verweise ich auf Arnold Angenendt u. a., Gezählte Frömmigkeit, in: Frühmittelalterliche Studien 29 (1995), S. 1–70; zur personalisierten Buße und der damit verbundenen ‚neuen Frömmigkeit' seit dem vierten Laterankonzil siehe gerade aus soziologischer Perspektive Alois Hahn, Zur Soziologie der Beichte und anderer Formen institutionalisierter Bekenntnisse: Selbstthematisierung und Zivilisationsprozeß, in: Kölner Zeitschrift für Soziologie und Sozialpsychologie 34 (1982), S. 407–434.

sullen sy idt ouerdencken (S. 316). Anders als der ‚Spieghel der simplere menschen', der den Einzelnen als Teil einer Gemeinschaft von Gläubigen fokussiert und diesen (mitunter erst) im Glauben unterweisen möchte, geht der umfangreichere ‚Kerstenen Spiegel' immer schon von einer bereits grundsätzlich im Glauben unterwiesenen Leserschaft aus, einer Gemeinschaft der Gläubigen.

4. Von der Kommunion der Worte zur Kommunikation der Gläubigen

Im Anschluss an die vorherigen, textnahen Beobachtungen zu Koldes mittelniederdeutschen Katechismen und ihren unterschiedlichen Vergemeinschaftungstendenzen soll im abschließenden Abschnitt ein abstrakterer und vielleicht sogar allgemeinerer Blick auf die vorliegenden Texte und deren Formen sprachlicher Vergemeinschaftung geworfen werden. Dafür werden die Überlegungen zur Funktion der gesprochenen Sprache genutzt, die Bronislaw Malinowski bereits 1923 auf der Basis seiner eigenen empirischen Feldforschung formulierte.[40]

Etwas verknappt könnte man im Sinne Malinowskis festhalten, dass vor der Existenz einer Gemeinschaft das gesprochene Wort stehe, respektive dass es ohne eine erste Äußerung, vielleicht auch Geste, keinen Kontakt unter Anwesenden gebe, dass es still bleibe und die Situation beklemmend oder sogar befremdlich wirke. Seine Ideen veröffentlichte Malinowski in einem Supplementkapitel des für die Sprachwissenschaft basalen Werkes *The Meaning of Meaning*, welches Charles Kay Odgen und Ivor Armstrong Richards verfassten und in dem sie erstmals das Modell des *semiotischen Dreiecks* vorstellten. Malinowski kommentiert in seiner Darstellung nicht nur die Überlegungen von Odgen und Richards, sondern ergänzt deren Ausführungen vor allem in Hinblick auf grundlegende sprachliche Funktionen, die er aus seinen eigenen empirischen Sprachstudien ableitet. Für seine Beobachtungen hält der Ethnograph Malinowski zunächst fest, dass die bisherigen linguistischen Analysen auf dem Gebiet sprachlicher Funktionen sich immer schon auf schriftsprachliche Aspekte konzentrieren und insofern Sprachmuster untersuchen, denen bereits ein hohes Maß an Reflexivität eigne.[41] Insofern liege den untersuchten

---

[40] Bronislaw Malinowski, Das Problem der Bedeutung primitiver Sprachen, in: Die Bedeutung der Bedeutung. Eine Untersuchung über den Einfluss der Sprache auf das Denken und über die Wissenschaft des Symbolismus, hg. v. Charles K. Odgen u. Ivor A. Richards, aus dem Englischen von Gert H. Müller (Suhrkamp Theorie), Frankfurt a. M. 1974 [im engl. Orig. zuerst, The Meaning of Meaning, London 1923], S. 323–384.

[41] Ebd., S. 337–338.

Gegenständen eine andere Funktion zugrunde. Demgegenüber nutzt Malinowski für seine Überlegungen Sprachmaterial, das er erstens selbst während ethnographischer Reisen auf den Trobriand-Inseln gehört und beobachtet hat, das zweitens nicht nur als mündliches Material vorliegt, sondern drittens einer Kultur entstammt, die gänzlich in der Oralität verankert ist.[42] Vor diesem Hintergrund erarbeitet Malinowski zweierlei: Erstens gelingt es ihm aufzuzeigen, dass „die Sprache als ein Bindeglied konzentrierter, einvernehmlicher menschlicher Tätigkeit [fungiert], als ein Stück menschlichen Verhaltens. Sie ist ein Handlungsmodus, nicht ein Instrument der Reflexion."[43] Sprache ist mit Malinowski eine Form aktiven menschlichen Verhaltens und Handelns, sie ist eine Aktion. Die anschließende Frage, ob diese basale Einordnung der Sprache in pragmatische Kontexte auch für einen „nahezu zweckfreie[n] Austausch von Worten" gilt,[44] führt den Ethnographen zu einer Spezifizierung des skizzierten Handlungsmodus. So zeigt Malinowski nämlich zweitens, dass Sprache als „soziale[] Aktion" zu verstehen ist,[45] als ein Handlungsmodus, der zuallererst Sozietäten zu stiften vermag. Erst die Sprache erlaube es „allen Menschen [...] die wohlbekannte Neigung, sich zu Gruppen zusammenzuschließen", umzusetzen.[46] In diesem Zusammenhang formuliert Malinowski durchaus bewusst in Anlehnung an die eucharistischen Wendungen:[47] „Das Brechen des Schweigens, die Kommunion der Worte ist der erste Akt zur Herstellung gemeinschaftlicher Bande, der durch das Brechen von Brot und die Kommunion der Nahrung lediglich konsumiert wird. [...] Es kann kein Zweifel bestehen, dass wir hier eine neue Art des Sprachgebrauchs haben – *phatische Kommunion* [...]."[48]

Dreierlei erscheint aus dieser kurzen Theorieskizze wichtig: Erstens die von Malinowski dargestellte soziale Funktion der Sprache ist eine Grundfunktion, sie geht anderen Funktionen voraus und sie steht diesen weder entgegen, noch wird sie durch andere Funktionen negiert.[49] Zweitens das vorliegende Sprach-

---

42 Ebd. S. 338–339. Malinowski verwendet meist den Gegensatz von zivilisierter vs. primitiver Sprache, wenn er auf die kulturelle Differenz von Skripturalität und Oralität rekurriert.

43 Ebd. S. 346.

44 Ebd. S. 347.

45 Ebd.

46 Ebd. S. 349.

47 Zu dieser Einschätzung der Formulierungen Malinowskis siehe auch Gunter Senft, Phatic communion, in: Culture and Language Use, hg. v. Gunter Senft, Jan-Ola Östman u. Jef Verschueren (Handbook of Pragmatics Highlights 2), Amsterdam / Philadelphia 2009, S. 226–233, hier: 227.

48 Vgl. Malinowski (Anm. 41), S. 349–350 (Hervorhebungen im Original).

49 Vgl. hier auch andere sprachtheoretische Modelle, etwa das von John L. Austin, der die sprachlichen Funktionen in drei Teile gliedert: lokutionärer, illokutionärer und perlokutionärer Sprechakt. Der lokutionäre Akt, das grundsätzliche Hervorbringen

material der katechetischen Werke Dietrich Koldes entspringt einer selbst für das späte Mittelalter typischen Semioralität. Natürlich liegt in den Texten keine reine Verschriftung von Gesagtem vor,[50] aber die konzeptuelle Verschriftlichung dient vornehmlich einem mündlichen Gebrauch,[51] vor allem dem Gebet. Drittens das Sprachmaterial besteht zumeist aus Texten, denen eine Habitualisierung zu eigen ist bzw. die der Habitualisierung des Glaubens dienen.[52] Das heißt, die katechetischen Inhalte werden von ihren Rezipienten, den Gläubigen, zwar nicht gänzlich unbewusst, aber in einem gewissen Grade unterbewusst wiedergegeben.

Mit Malinowski kann und muss man zunächst das hohe Maß an Reflexivität der katechetischen Werke Dietrich Koldes konstatieren, insofern darin schriftsprachliches und, wie gezeigt, konzeptuell bearbeitetes Sprachmaterial vorliegt. Diese Beobachtungsebene der Texte soll auch gar nicht negiert werden, denn in ihr offenbart sich unter anderem die vermittelnde Funktion eines Katechismus, die Unterweisung im Glauben.[53] Zudem wird auf dieser Ebene die Habituali-

von etwas Gesagtem, ist wiederum in drei Teile gegliedert: phonetischer Akt – Hervorbringen von sprachlichen Lauten, phatischer Akt – Hervorbringen von grammatisch bestimmten Äußerungen, rhetischer Akt – Hervorbringen von Äußerungen mit einer zusätzlichen Referenz. Siehe dazu vor allem die achte Vorlesung Austins, in der er die Begriffe einführt und definiert. Die sich anschließenden Vorlesungen neun und zehn dienen der ausführlichen Darstellung des Instrumentariums. John Langshaw Austin, Zur Theorie der Sprechakte (How to do things with Words), bearb. v. Eike von Savigny, bibliogr. erg. Nachdruck der 2., Aufl. v. 1979, Stuttgart 2002, S. 112–125.

50 Dass bestimmte Passagen eines Katechismus als gesprochenes Wort Gottes oder Worte Jesu begriffen und bezeichnet werden, steht dem nicht entgegen, da es sich bei diesen Zusätzen um Legitimations- und Geltungsstrategien handelt, die zudem die Authentizität der Textstellen evozieren bzw. verstärken.

51 Siehe zu den Konzeptbegriffen von Verschriftung und Verschriftlichung einleitend Wulf Oesterreicher, *Verschriftung* und *Verschriftlichung* im Kontext medialer und konzeptioneller Schriftlichkeit, in: Schriftlichkeit im frühen Mittelalter, hg. v. Ursula Schäfer (ScriptOralia 53), Tübingen 1993, S. 267–292.

52 Vor allem Burkhard Hasebrink hat sich mit Formen der textuell vermittelten Habitualisierung des Glaubens im Kontext mystischer Predigten (Johannes Tauler, Meister Eckhart) befasst und die Bourdieu'schen Ansätze fruchtbar für philologische Analysen innerhalb der Mediävistik gemacht. Siehe dazu Burkhard Hasebrink: *sich erbilden*. Überlegungen zur Semantik der Habitualisierung in den ‚Rede der underscheidunge' Meister Eckharts, in: Meister Eckhart in Erfurt, hg. v. Andreas Speer u. Lydia Wegener (Miscellanea mediaevalia 32), Berlin / New York 2005, S. 122–136; und ders., Gegenwart im Klang? Überlegungen zur Kritik des *jubilus* bei Tauler, in: Lyrische Narrationen – narrative Lyrik. Gattungsinterferenzen in der mittelalterlichen Literatur (Trends in medieval Philology 16), hg. v. Hartmut Bleumer u. Caroline Emmelius, Berlin / New York 2011, S. 387–404; sowie ders., Selbstüberschreitung der Religion in der Mystik. ‚Höchste Armut' bei Meister Eckhart, in: Beiträge zur Geschichte der deutschen Sprache und Literatur 137,3 (2015), S. 446–460.

53 Mit Austin ließen sich derartige Sprechakte als „Verdiktive Äußerungen" beschreiben. Siehe Austin (Anm. 50), S. 170–173.

sierung der Lehrinhalte direkt angemahnt und ein frommes Leben der Rezipienten wiederholt eingefordert,[54] so etwa im schon zitierten Nachwort des ‚Kerstenen Spiegels' (S. 316) oder in den paratextuellen Kapitelüberschriften und Zusätzen des ‚Spieghels der simpleren menschen' (z. B. S. 9, 20 oder 21). Daneben zeigt sich aber auf dieser Ebene auch, wie wichtig das gesprochene Wort für den Glauben und die Gemeinschaft ist. Ein Umstand, der sich nicht nur in jenen Passagen offenbart, die explizit den Gebetsbeistand für Kranke und Sterbende einfordern: *Item hier nae volghen corte ynneghe ghebeeden diemen dicke eenen sieken mensche sal voerspreken* (‚Spieghel', S. 22) oder *Item diese nageschreuen gebeder salmen dicke den krancken mynschen vur sprechen* (‚Kerstenen Spiegel', S. 296).[55] Vielmehr wird in den Texten ganz grundsätzlich darauf insistiert, dass *idt* [...] *noit ind seir nutzlichen ys dat eyn mynsche den geloeuen dicke spreche myt dem munde* (‚Kerstenen Spiegel', S. 48) oder an anderer Stelle, dass *der minsche dickwile synen geloeuen sprechen* [*sal*] *in duitschen mit andacht* (‚Kerstenen Spiegel', S. 294).[56] Folglich verweist die reflexive Ebene des untersuchten Sprachmaterials auf jene basale Ebene der gesprochenen Sprache, der Malinowskis Analysen gelten. Die katechetischen Werke halten auf der reflexiven Ebene zum Sprechen an, fordern also jenen Handlungsmodus ein, der als Instrument die soziale Funktion der Sprache birgt und durch den eine Gemeinschaft im sprachlichen Vollzug entsteht. Da die Texte Koldes nicht nur zum bloßen Sprechen auffordern, sondern vielmehr die zu äußernden Inhalte in Form von Gebeten und Glaubensgrundsätzen wortwörtlich vorgeben und zum Habitualisieren dieser Texte anhalten, kann man die Katechismen als Anleitung verstehen. Sie sind eine Anleitung zur phatischen Kommunion. Im Vollzug des Sprechens der habitualisierten Glaubensinhalte und Gebete werden die Gläubigen vergemeinschaftet. Die in den vorherigen textnahen Analysen jeweils aufgezeigten Formen sprachlicher Vergemeinschaftung (Anreden, verallgemeinernde, unpersönliche und indefinite Phrasen etc.) tragen zu einem reziproken Verhältnis der beschriebenen Ebenen bei und stützen die sich aus der jeweiligen Kommunion der Worte ergebene Kommunikation der Gläubigen. So benennt sich die im gesprochenen Gebet evozierte Gemeinschaft der Gläubigen als *wy* / *wir*.

---

54 Diese Sprechakte zählt Austin zu den „Exerzitiven Äußerungen". Siehe Austin (Anm. 50), S. 173–176.

55 Auch diese Sprechakte sind exerzitive Äußerungen, daneben kann der Inhalt eines exzerzitiv angemahnten Gebetes natürlich auch eine „Kommissive Äußerung" (bspw. ein Gelübde) oder eine „Konduktive Äußerung" (bspw. ein Gotteslob) beinhalten. Siehe dazu jeweils Austin (Anm. 50), S. 176–180.

56 Die beiden Textstellen sind mit dem Beginn bzw. dem Ende des ‚Kerstenen Spiegels' gleichzusetzen und stellen nur eine willkürliche Auswahl solcher Passagen dar. Ähnliches gilt für den Vorläufer, hier sei exemplarisch auf die Kapitel VII, IX und X verwiesen (S. 9–12).

Glaube und Gemeinschaft

Abstract: Dietrich Kolde's catechism is considered a ‚bestseller' of vernacular piety literature in the North German region of the late 15th and early 16th centuries. In accordance with its Latin models, Kolde's ‚Christenspiegel' is interspersed with prayer texts, biblical passages and instructions in the faith. The different forms of linguistic communion that the author gave to the individual passages are striking. Sometimes the individual faith of each *Kerstenen mynschen* is in the foreground, sometimes the community of believers gathered in prayer. Sometimes the text aims at an intimate discourse with God or the saints, sometimes at a communal intercession, and sometimes the catechism even designs the possibility of a communal dialogue with God, at least on the textual level. The shorter ‚Spieghel der simplere menschen' consists of two-thirds personalized prayers, confessions and commandments that guide to an individual, lived piety. At the same time, it claims a broader validity namely for a community, for a *yeghelic kersten mensche*. In contrast, the community of believers is the fundamental reference point of the much more comprehensive ‚Kerstenen Spiegel'. The functions of this catechism are based less on initial instruction than on the internalization of the contents of the faith with regard to a pious life, as well as the possibility of quickly looking up individual contents and their meaning. Especially the commentary extensions of the extensive catechism are mostly not addressed to the individual, but to the community of believers. By means of Bronislaw Malinowski's theoretical reflections on language, the following observations can also be made for the catechisms: The works, on their reflexive level, encourage speech, that is, they call for that mode of action which, as an instrument, harbors the social function of language and through which a community is created in the linguistic consummation. Since the texts of Kolde do not only call for mere speaking, but rather prescribe the contents to be expressed word for word in the form of prayers and principles of faith and encourage the habitualization of these texts, the catechisms can be understood as instructions. They are a guide to *phatic communion*. In the act of speaking the habitualized contents of faith and prayers, the faithful are communized.

Wolfram-Studien XXVII (2025)
Erich Schmidt Verlag Berlin

Reimprosa und Codeswitching

Zur Rhetorik mittelniederdeutscher Andachtstexte

von Henrike Lähnemann (Oxford)

Entwickelt die mittelniederdeutsche Andachtsliteratur eine eigene Rhetorik? Zu dieser Fragestellung möchte ich Überlegungen und Ergebnisse aus mehreren Projekten zusammenführen, die gegenwärtig die Schriftlichkeit in den norddeutschen Frauenklöstern zwischen Latein und Volkssprache untersuchen. In ihrer Zusammenschau wird ein neues Bild der Textproduktion in Norddeutschland im späten Mittelalter sichtbar. Meine These ist, dass sich gerade in den Andachtstexten eine erstaunliche Vielfalt an Sprachformen zeigt. Latein und Mittelniederdeutsch treten in kreativer Weise miteinander in Berührung und erproben rhetorische Verfahren, die sich mit lateinischer Sequenzdichtung ebenso wie mit deutschen weltlichen Liedern überschneiden.

Es lassen sich gattungsübergreifende Textstrategien analysieren, mit denen eine gesteigerte „Sprache der Nähe"[1] entwickelt wird. Die rhetorischen Verfahren von Codeswitching,[2] Reimklängen, Superlativen, Diminutiven und Reihenbildungen stehen in der Tradition monastischer Schriftlichkeit, die sich bereits in den frühesten volkssprachigen religiösen Prosatexten, etwa in der Überlieferung der Texte von Williram von Ebersberg, dem St. Trudperter Hohenlied und Mechthild von Magdeburg, beobachten lässt und sich über den ganzen deutschsprachigen Raum erstreckt. Dabei stehen die spätmittelalterlichen mittelniederdeutschen Andachtstexte auch in einem Wechselspiel mit musikali-

---

1 Peter Koch / Wulf Oesterreicher, Schriftlichkeit und kommunikative Distanz, in: Zeitschrift für germanistische Linguistik 35 (2007), S. 346–375. Für Norddeutschland adaptiert von Anja Becker, Gesprochenes Niederdeutsch um 1500. Andachtsbücher aus dem Kloster Medingen als Quelle?, in: Historische Mündlichkeit. Beiträge zur Geschichte der gesprochenen Sprache, hg. v. Elmar Eggert u. Jörg Kilian (Kieler Forschungen zur Sprachwissenschaft 7), Frankfurt am Main u. a. 2016, S. 139–161.

2 Vgl. jetzt Timo Bülters / Simone Schultz-Balluff, Codemixing in den Lüneburger Frauenklöstern, in: Historisches Codeswitching mit Deutsch: Multilinguale Praktiken in der Sprachgeschichte, hg. v. Elvira Glaser, Michael Prinz u. Stefaniya Ptashnyk, Berlin / Boston 2021, S. 175–210.

schen Formen auf der einen Seite und der materiellen Inszenierung in der Form der mit Initialschmuck und Marginalillustrationen illuminierten Handschrift andererseits.

Meine beiden Hauptcorpora für die Untersuchung sind die Andachtsbücher aus Kloster Medingen[3] und die Briefbücher der Lüner Nonnen[4]. Dazu kommen eine Reihe von Einzeltexten, etwa Fragmente aus Kloster Wienhausen[5], Schulhandschriften aus Kloster Ebstorf und zahlreiche geistliche Sammelhandschriften, die sich der norddeutschen Klosterlandschaft zuordnen lassen.[6] Dabei gilt, dass die Zweisprachigkeit in Norddeutschland eine andere Geschichte als in Süddeutschland hat, da sich im Bereich des Niederdeutschen der geistliche Bereich später der Volkssprache öffnete und die monastische Ausbildung auch in den Nonnenklöstern weitgehend weiter lateinisch verlief.[7] Für die norddeutschen Nonnen bestehen drei Felder, innerhalb derer sie sich bewegen.

1.) Latein und Volkssprache: Latein bleibt, selbst über die Reformation hinaus, die Ausbildungssprache, die sich die Novizinnen durch Lektüre ebenso wie Schreibübungen aneigneten und in der auch die Gespräche unter den Nonnen stattfinden sollten. Mit den Laienschwestern, die erst nach einer volkssprachigen Schulzeit eintraten, blieb daneben der örtliche mittelniederdeutsche Dialekt als Muttersprache im Kloster präsent und wurde in der Korrespondenz mit der Familie und für Geschäftsbriefe eingesetzt. Mit dem Niederdeutschen ist weitgehend mündliche Überlieferung verbunden, so von Liedern und Reimgebeten,

---

3 Ein Überblick über die Medinger Handschriften findet sich unter medingen.seh.ox.ac.uk (letzter Zugriff: 11.12.2023); meine Edition des Ostergebetbuchs Dombibliothek Hildesheim Ms. J 29 (HI1) wird bei Mohr Siebeck erscheinen.

4 Die Open Access Edition des ersten Briefbuchs ist zugänglich über die digitale Bibliothek der Herzog August Bibliothek Wolfenbüttel http://diglib.hab.de/edoc/ed000248/start.htm (letzter Zugriff: 11.12.2023) und wurde zum 850-jährigen Jubiläum des Klosters am 8. April 2022 vorgestellt; die Druckausgabe wird 2024 bei Mohr Siebeck erscheinen.

5 Vgl. Henrike Lähnemann, Das mittelniederdeutsche Passionsfragment aus Kloster Wienhausen, in: NdJb 137 (2014), S. 29–57. Ein Band zu den Wienhäuser Texten, herausgegeben von Simone Schultz-Balluff, ist in Vorbereitung.

6 Vgl. die mischsprachige Predigt einer norddeutschen Nonne für ihre Schwestern: Henrike Lähnemann, Armbrust und Apfelbaum. Eine lateinisch-niederdeutsche Hoheliedauslegung (Mscr.Dresd.A.323), in: Auf den Schwingen des Pelikans. Studien und Texte zur deutschen Literatur des Mittelalters, in Verbindung mit der Wissenschaftlichen Bibliothek der Stadt Trier hg. v. Ralf Plate u. a. (ZfdA. Beiheft 40), Stuttgart 2022, S. 403–429.

7 Alle älteren Arbeiten zur Bildung der norddeutschen Nonnen sind in unserer Einleitung zur Lüner Briefedition (Anm. 4), verzeichnet, in Kapitel 3 zu ‚Bildung und sprachlicher Kontext', mit Unterkapiteln von Eva Schlotheuber zur „Ausbildung der Nonnen", von mir zur „Zweisprachigkeit und literarische[n] Verarbeitung", Simone Schultz-Balluff und Timo Bülters zu „Schriftsprachliche[n] Besonderheiten" und Lena Vosding zur „Rhetorik der Nonnen".

während die lateinischen gesungenen und gesprochenen Stücke häufiger über schriftliche Überlieferung vermittelt werden, wie beispielsweise die Musiknotation in den Andachtsbüchern zeigt, die auf gotischer Choralnotation aufbaut. Die beiden Sprachen verlaufen nicht vollständig entlang der gleichen Trennlinie wie Mündlichkeit und Schriftlichkeit; sie partizipieren grundsätzlich an beiden Feldern, sind aber zu unterschiedlichen Graden schriftsprachlichen Normierungen und Übermittlungsprozessen unterworfen.

2.) Aufführung und Meditation: Das Grundgerüst der Andachtstexte bildet die Liturgie, gegliedert und dargeboten in der Struktur des Kirchenjahres, innerhalb dessen sie sich vollzieht. Das dramatische Potenzial der Liturgie wird an Texten wie den Osterfeiern deutlich, die in zahlreiche der Andachtsbücher eingebaut sind und fließende Übergänge zu Osterspielen zeigen. Die performativen, gemeinschaftsbasierten Texte und die sie begleitenden Anweisungen zur korrekten Durchführung des Ritus strukturieren die Andachtstexte, auch wenn sie häufig nur anzitiert werden. Die sich daraus entwickelnden Meditationen wechseln dagegen weitgehend vom Plural des gemeinschaftlichen Bekennens und Singens in den Singular der direkten Ansprache an die *anima devota* oder in den direkten Dialog mit Christus, häufig verknüpft mit Anweisungen für Zeiten zwischen den Gemeinschaftsanlässen, etwa den Weg herunter vom Nonnenchor oder beim Aufstehen und Ankleiden.

3.) Öffentliches und privates Schreiben: Für die Briefe wie für die Andachtstexte gilt, dass ein Teil von ihnen von vornherein für die öffentliche Lektüre bestimmt ist, häufig dann, wenn sie sich mit Aspekten des Konventslebens befassen; so signalisieren zahlreiche Briefe, dass sie von der ganzen Gemeinschaft oder einer größeren Gruppe darin (etwa den *iuniores domine*) verfasst und ebenso für eine gemeinschaftliche Lektüre bestimmt sind. Andere Schreiben spiegeln den Duktus einer persönlichen Anrede etwa an Familienmitglieder oder sind auf die Gebetsanliegen einer bestimmten Person zugeschnitten. Aber so gut wie alle Handschriften tragen Spuren einer über eine einzelne Person hinausgehenden Benutzung, indem wir es mit Briefkopien zu tun haben oder mit makulierten Handschriften, die teilweise tiefgreifende Revisionen aufweisen.

Für Sprache, Performanz und Öffentlichkeit gilt, dass sie Skalen darstellen, entlang derer die Texte verschoben werden, die aber nicht linear aufeinander folgen oder stemmatisch voneinander abhängen. Innerhalb des von den drei Skalen aufgespannten Koordinatensystems formen sowohl die Medinger Handschriften wie die Lüner Briefe Objektcluster, die mal näher mal weiter voneinander entfernt sein können, sich gegenseitig beeinflussen und verbinden. Zeigen möchte ich das an zwei Texten zum Thema Hochzeit – erstens einer Beschreibung des Abschieds vom Ostertag als Prozession zur Brautkammer, zweitens einem Gratulationsschreiben einer Lüner Nonne zur Hochzeit ihres Bruders –, um abschließend das Zusammenspiel von Rhetorik und Layout und die Konsequenzen für die Edition dieser Texte zu diskutieren.

Die Brautthematik bietet sich an, weil sich an der Hoheliedexegese bei Williram von Ebersberg und dem St. Trudperter Hohenlied Entwicklungslinien deutscher Prosa aufzeigen lassen, und die Motive von Hochzeit und Festzügen eine zentrale Rolle in der mystischen Sprache spielen, die von Stilmitteln wie Neologismus, Häufung, Hyperbel, Oxymoron, Paradox, antithetischem Parallelismus, Steigerung und Tautologie geprägt sind.[8] Gerade in Norddeutschland sind die Übergänge von Brautmystik zu Andacht und Meditation fließend.[9] So lässt sich für das erste Beispiel, das Hochzeitsfest des Lamms, an dem der ganze himmlische Hof teilnimmt, etwa die Messe Johannes des Täufers im II. Buch des ‚Fließenden Lichts der Gottheit' (Kapitel IV) vergleichen, bei der ebenfalls die Heiligenschar am Hochfest teilnimmt.[10] Und eine ähnliche Gästeschar, nämlich Maria, die Apostel und Mauritius mit seinen Gefährten, wird im zweiten Beispiel von der Lüner Nonne stellvertretend zur Hochzeit ihres Bruders ausgeschickt.

1. Ein geistliches Hochzeitsfest in Medingen

Gegenwärtig sind 56 Handschriften aus dem Zisterzienserinnenkloster Medingen bekannt, die meisten von ihnen Andachtsbücher.[11] Die Handschriften bieten nicht nur deshalb ein einzigartiges Untersuchungsfeld für Linguistik und Literaturwissenschaft, weil hier ein reicher Schatz an noch weitgehend unpublizierten niederdeutschen Texten zu finden ist,[12] sondern weil sich im Vergleich

[8] Gisela Vollmann-Profe, Kommentar II. Das Werk, in: Mechthild von Magdeburg, Das fließende Licht der Gottheit, hg. v. ders. (Bibliothek des Mittelalters 19 [= Bibliothek Deutscher Klassiker 181], Frankfurt am Main 2003, S. 671–681, hier: 678.

[9] Vgl. unsere Einleitung zum Companion to Mysticism and Devotion in Northern Germany in the Late Middle Ages, hg. v. Elizabeth Andersen, Henrike Lähnemann u. Anne Simon (Brill's Companions to the Christian Tradition 44), Leiden 2014, S. 1–19.

[10] Vollmann-Profe (Hg.) (Anm. 8), S. 84–91. Für die Frage nach Reimprosa sind außerdem die älteren Ausgaben von Morell und Neumann heranzuziehen; mehr dazu unter 3.

[11] Die grundlegenden Studien zum Corpus stammen von dem Musikwissenschaftler Walther Lipphardt, nachgewiesen in dem postum erschienenen Artikel Walther Lipphardt, Art. ‚Medinger Gebetbücher', ²VL 6 (1987), Sp. 275–280. Dazu mit Korrekturen und Nachträgen Art. ‚Medinger Gebetbücher' (Nachtr.), ²VL 11 (2003), Sp. 983. Die Forschungslage ist zusammengefasst bei Ulrike Hascher-Burger / Henrike Lähnemann, Liturgie und Reform im Kloster Medingen. Edition und Untersuchung des Propst-Handbuchs Oxford, Bodleian Library, MS. Lat. liturg. e. 18 (Spätmittelalter, Humanismus, Reformation 76), Tübingen 2013.

[12] Bislang ist nur der Text des Osterteils der in Trier liegenden Medinger Handschriften veröffentlicht: Axel Mante, Ein niederdeutsches Gebetbuch aus der 2. Hälfte des XIV. Jahrhunderts (Bistumsarchiv Trier, Nr. 528) (Lunder germanistische Forschungen 33), Lund / Kopenhagen 1960.

der mehr oder weniger gleichzeitig angelegten Gruppe von Handschriften wie in einer Experimentalanordnung das gesamte Spektrum spätmittelalterlicher zweisprachiger Textproduktion studieren lässt. Wie Anja Becker für ein Heilig Geist-Gebet aus Medingen vermerkt: „Ästhetisch-poetische Verfahren der Rhythmisierung und Verklanglichung, letzteres vor allem durch End- und Schlagreime, Assonanzbindungen und Alliterationen hervorgerufen, werten die volkssprachigen Partien auf und verweben lateinisch und deutsch Formuliertes zu einem einheitlichen Klangteppich."[13] Die Nonnen verfassten Texte für ihren eigenen Gebrauch primär lateinisch, für verwandte und befreundete Frauen in Lüneburg mittelniederdeutsch; auch die Laienschwestern schrieben ihre eigenen mittelniederdeutschen Andachtsbücher. Fast keine der Handschriften ist vollständig einsprachig, sondern in die lateinischen Texte werden volkssprachige Phrasen, Lieder und Reimgebete eingearbeitet und in den deutschen Texten bleiben zumindest Querverweise auf die lateinische Liturgie erhalten.

Die Zweisprachigkeit erstreckte sich in Medingen auf alle Bereiche: auf die bestickten Textilien ebenso wie auf die Bildtafeln, die nach der Reform im Äbtissinnenhaus aufgehängt wurden, um die Geschichte des Konvents als eine Folge von geistlichen Erneuerungen zu dokumentieren; alle Beischriften waren dort zweisprachig abgefasst, und dienten den Nonnen intern zur Selbstvergewisserung und den Besuchern von außen als Demonstrationsobjekt.[14]

Ein gutes Beispiel für den variablen Einsatz von lateinischen und niederdeutschen rhetorisch geformten Textstücken bietet die Meditation für die Zeit nach der Komplet am Ostersonntag. Sie ist in Variationen in mehreren der Ostergebetbücher enthalten und beschreibt den Festzug des himmlischen Hofes, der am Ende des Ostertages das Lamm und die Seele in ihre Brautkammer geleitet. Als Grundlage nutze ich das Andachtsbuch Dombibliothek Hildesheim Ms. J 29 (HI1), das 1478 von der Nonne Winheid geschrieben wurde. Da Winheid den Band im Jahr vor der Klosterreform fertigstellt – gleichzeitig mit dem wahrscheinlich von ihrer Schwester geschriebenen Psalter Dombibliothek Hildesheim Ms. J 27 (HI2), der eine Auftragsarbeit des Reformpropstes Tilemann von Bavenstedt war – liegt ein gewisser Grundsatzcharakter der Textkompilation nahe. Winheid war sicher nicht die erste, die den Festzug beschrieb, sondern kopierte zumindest Teile aus anderen Texten, wie typische Abschreibfehler zei-

13 Becker (Anm. 1), S. 147.

14 Die Tafeln sind verloren, aber in Kupferstichen haben sich die Entwürfe und Begleittexte erhalten, vgl. die Edition von Sabine Wehking mit Übersetzung der lateinischen Texte in DI 76, Lüneburger Klöster, Nr. 58†, in: www.inschriften.net, urn:nbn:de:0238-di076g013k0005801 (letzter Zugriff: 11.12.2023). Druckfassung: Die Inschriften der Lüneburger Klöster Ebstorf, Isenhagen, Lüne, Medingen, Walsrode, Wienhausen (Die Deutschen Inschriften 76 [= Göttinger Reihe 13]), gesammelt und bearbeitet von Sabine Wehking, Wiesbaden 2009.

gen, aber bietet durch die sichere Datierung einen guten Referenzpunkt für die nicht datierten, rein niederdeutschen Fassungen. Ein vollständiger Textabdruck in rhetorischer Gliederung findet sich im Anhang 1; an dieser Stelle diskutiere ich ausgewählte Stücke, um sie dann mit den niederdeutschen Fassungen zu vergleichen.

Der Aufbau der Handschrift ist durch Rubriken so unterteilt, dass jeder Tag der Osterwoche und jeder Sonntag der österlichen Freudenzeit in einer Folge der Zeitspannen des Tages dargeboten werden; der Ostersonntag besteht aus Auferstehungsstunde, Prozession zum Grab, Matutin, Erster Messe, Meditation darüber, Prim, Kapitel, Terz, Prozession, Hochamt, Meditation darüber, Sext, beim Essen, Spaziergang, Vesper, Meditation darüber, Komplet, Meditation darüber, vor dem Schlafengehen, jeweils abgeschlossen mit einem Mariengebet. Während die Tagzeiten selbst relativ kurz abgehandelt werden, sind die Meditationen zwischen ihnen die ausgedehntesten der Handschrift. Der letzte Abschnitt, der Übergang zwischen Komplet und Nachtruhe auf fol. 124r–131v, reflektiert, wie der Tag verabschiedet werden soll, und schließt den Rahmen, der mit der Begrüßung des Tages begonnen wurde. Das drückt sich auch im Bilderschmuck aus: Die Ikonographie des Sonnenuntergangs auf fol. 126v mit knienden Nonnen und Laien (Abb. 1a) nimmt die des Sonnenaufgangs auf, zu dem sich die gleichen Gruppen getroffen hatten, jeweils so, dass die Nonnen ein lateinisches Schriftband, die Laien ein niederdeutsches Schriftband halten, das aus den Andachtstexten der Tageszeit geschöpft ist.

Die Leserin wird angewiesen, nach der Komplet auf den Nonnenchor zurückzugehen und „mit den Augen des Herzens" (fol. 124r) den Tag Revue passieren zu lassen. Die niederdeutschen Verse entwickeln sich als Reimantworten auf lateinische Zeilen, zuerst eine wohl bekannte und singbare Strophe, da eine einfache syllabische Melodie über den Zeilen notiert ist:

O alme deus sabaoth,
du bist al der werlde got,
bring vns an den osterdanz,
dar vns de vroude werde bekant.

Damit wird das Ostertanzmotiv eingeführt, das später zum großen Tanzzug ausgebaut wird; vorher folgen aber noch mehrere Seiten preisende Anrede des Ostertags, die um ein Augustin-Zitat aus dem 18. Brief herum gebaut sind, wo die rhetorische Frage, ob ein Mensch beim Gotteslob schweigen kann, wenn selbst den Steinen geboten ist zu schreien, zu einem Lob des heiligen Hieronymus führt, das hier auf den Ostertag umgemünzt ist (fol. 125r). Das leitet über zu einem deutschen Abschiedsgedicht (fol. 126r), das einen Klangteppich aus Ostertagbeschreibungen in assonierenden Verspaaren bildet. Das gleiche Gedicht begegnet in zahlreichen Medinger Handschriften, in jeder von ihnen mit unterschiedlich vielen Versen und starker Variation in den Adjektiven.[15] Wie

[15] Abgedruckt bei Walther Lipphardt, Niederdeutsche Reimgedichte und Lieder des

sich diese Form der kumulativen Preisung entwickelt, lässt sich an dem Vers beobachten, den die Laien auf fol. 126v halten und der bereits im Ostergebetbuch enthalten ist, das die Medinger Nonne Cecilia von dem Berge 1408 schrieb. In ihrer Handschrift Königliche Bibliothek Kopenhagen, Ms GKS 3452 8° (K4), fol. 101r, und auf dem Schriftband HI1, fol. 126v heißt es: *O sote dach, woldestu bi vns bliuen* (Abb. 1a); im Gedicht wird der Ausruf durch eine längere Adjektivreihe additiv gestreckt: *O hoghe, eddele, werde, sote dach, woldestu bi vns bliuen* (fol. 126r/v). Zum Abschluss dieses Abschnitts folgt ein Gebet, das sich an Maria als Himmelskaiserin richtet (fol. 127r) und sie darum bittet, den Gläubigen eine Teilnahme am himmlischen Festmahl zu ermöglichen.

Der nächste Unterabschnitt beginnt mit einer Andachtsanweisung[16] an die Leserin (*Considera nunc*, fol. 127v), die sie auffordert zu beobachten, wie auf der ganzen Welt die Menschen nach dem Sakramentsempfang (*communicatus*) jubelnd nach Hause gingen. Die Kopenhagener Parallelhandschrift Ms Thott 130–8° (K2), fol. 161r, fügt noch ein *semel* zum *communicatus* hinzu, das die Sonderstellung des Ostertags betont als der einzigen Gelegenheit für Laien zur Kommunion zu gehen. Es schließt sich ein Musik- und Fackelzug an, um dem Ostertag heimzuleuchten. Die Freude darüber ist so groß, dass selbst Kinder und ungelehrte bzw. törichte Menschen (*pueri et indocti, qui aliter nichil sciunt*, fol. 128r; K2, fol. 161r, hat *insipientes* statt *indocti*) in Jubelrufe ausbrechen, auf die unmittelbar die Osterleise ‚Also heilig ist der Tag' folgt (*clamant: Heyl, Heyl, Osterdach! Also heylich is desse dach, dat en nement to vullen louen mach*, fol. 128r).

Die Akklamation des Ostertags mit dem doppelten *heil* wird lautlich von der Leise fortgeführt in dem *heilig*, so dass sich eine volkssprachliche Einheit bildet, die eine ähnliche Struktur wie Alleluia-Tropen aufweist, die als *Alle-, alle-, alleluia* gesungen werden konnten und sich auch in volkssprachigen Umsetzungen finden. So wird im Oxforder Andachtsbuch Bodleian Library, MS. Lat. liturg. f. 4 (O1),[17] fol. 56r/v, die Leserin angewiesen, vor dem Schlafengehen auf den Vers der Komplet *in pace in idipsum dormiam et requiescam* den niederdeutschen Reim folgen zu lassen *Mir kan nement maken fro, fro, frolick, fro, wan her*

---

14. Jahrhunderts in den mittelalterlichen Orationalien der Zisterzienserinnen von Medingen, in: NdJb 95 (1972), S. 66–131, hier: 91 (sowie S. 124, Anm. 80, eine vollständige Liste der anderen Handschriften, die das Gedicht haben) nach der Handschrift LB Hannover, Ms. I 75 (HV1), p. 385.

16 Henrike Lähnemann, *Also do du ok*. Andachtsanweisungen in den Medinger Orationalien, in: Text und Normativität im deutschen Mittelalter. XX. Anglo-German Colloquium, hg. v. Elke Brüggen u. a., Berlin / Boston 2012, S. 437–451.

17 Die Handschrift wird momentan von Carolin Gluchowski, Oxford, im Rahmen ihrer Dissertation ediert.

ihesus io!, dessen Struktur sich ähnlich im *heil, heil ... heilig* erkennen lässt. Eine gleiche figura etymologica findet sich schon auf fol. 126v in HI1, wo der Abschiedsgruß ‚Vale' ausgedehnt wurde auf ein Reimpaar: *Vale, vale, valeas / et post annum letanter redeas*. Durch die vorangestellte Akklamation wird die Leise ‚Also heilig ist der Tag' auf fol. 128r ebenso Teil einer direkten Anrufung des Ostertags.

Erst nach dem volkssprachlichen Preis für den Tag wird auch die gerade nicht ‚ungelehrte' Leserin aufgefordert, sich dem Laienjubel anzuschließen mit dem Osterhymnus ‚Salve festa dies' des Venantius Fortunatus, der die textliche und melodische Inspiration für die Leise ‚Also heilig' war.[18] Damit kehrt sich die historische Entstehungsreihenfolge vom Lateinischen ins Deutsche in der Andachtsfolge um: Von der einfachen Form der Volkssprache wird der lateinische Lobpreis mit dem komplexen Hymnus ausgelöst, beide als Anrede an den personifizierten Ostertag.[19] Darin zeigt sich eine Hochschätzung des volkssprachigen Gotteslob, der sich vor allem mit den Leisen verbindet und sich auch noch in deren Grundlegung für zahlreiche der Choräle der Reformationszeit findet.

Seit der frühesten Zeit bildeten volkssprachige Leisen wie ‚Also heilig' die Brücke zwischen lateinischer Hymnik und volkssprachigen Jubelrufen, wie die Annalen des Cosmas bezeugen, der für Prag im Jahr 967 berichtet, dass der Klerus lateinisch sang, der Adel mit einer deutschen Leise einstimmte und die Gemeinde (*simpliciores et idiotae*) dreifach die tschechische Form des Kyrieleison rief.[20] Die Zusammenschau von Leise und Hymnus spiegelt die tatsächliche gottesdienstliche Praxis in Medingen, bei der die Leise von der Gemeinde, die am Ostersonntag wie an den anderen Hochfesten den Festgottesdienst in der Klosterkirche in Medingen besuchte, als Antwort auf den lateinischen Gesang des Klerus und der Nonnen angestimmt wurde. Im Andachtsbuch nun wird die

---

[18] Berliner Repertorium zum Hymnus https://repertorium.sprachen.hu-berlin.de/repertorium/id/6651, zur Leise mit Nachweis der Medinger Handschriften ID 12800 unter *Also hillich is de dach*. Vgl. Carolin Gluchowski / Henrike Lähnemann, ‚Salve festa dies'-Bearbeitungen in den Medinger Andachtsbüchern, in: Vom Hymnus zum Gebet. Gattungs- und Gebrauchswechsel liturgischer Lieder in Mittelalter und Früher Neuzeit, hg. v. Franziska Lallinger u. Pavlina Kulagina (Liturgie und Volkssprache 6), Berlin 2022, S. 127–158.

[19] Vgl. Henrike Lähnemann / Marlene Schilling: Willkommen, Ostertag! Personifikation in den Medinger Andachtsbüchern, erscheint in: Handelnde Personifikationen im Mittelalter und in der Frühen Neuzeit. Ästhetische Reflexionen in Text und Bild, hg. v. Sandra Linden u. Daniela Wagner (Andere Ästhetik – Studien 4), Berlin / Boston (voraussichtlich 2025).

[20] Annalen des Cosmas von Prag, Lib I, cap. XXIII (45,20–46,1), vgl. dazu auch Henrike Lähnemann, Leich, Lied und Leise. Singen im Tristan, in: Impulse und Resonanzen. Tübinger mediävistische Beiträge zum 80. Geburtstag von Walter Haug, hg. v. Gisela Vollmann-Profe u. a., Tübingen 2007, S. 179–191.

historische Entstehungsfolge wie der liturgische Ablauf umgekehrt und die Volkssprache wird zum Auslöser des jubelnden Überschwangs.

Die Passage zeigt auch, was an der Volkssprache hochgeschätzt wurde: Einfachheit, Unmittelbarkeit und weite Verbreitung. Eine Diskussion im ‚Renner' Hugos von Trimberg dessen, was ‚wahre Weisheit' ausmacht, setzt polemisch das Singen der ‚einfältigen' Leisen als persönlichen Ausdruck der Andacht über kunstvolle Komposition und schreibt ihnen einen größeren Bekanntheitsgrad zu:

> Ein wîsheit vor den allen ich prîse:
> Swer unsern herren ze aller stunde
> Liep hât und minnet in herzen grunde
> Und swer im ofte lêt gên ze herzen
> Sîn grôze marter und sînen smerzen.
> Der leien leisen durch tiutschiu lant
> Sint einveltic und doch baz bekant
> Denne manic kunst, ûf die geleit
> Ist grôziu kost und arbeit. (v. 11116–24)[21]

Der lateinische Einleitungsabschnitt im Medinger Gebetbuch wird in die niederdeutschen Andachtsbücher integriert, nicht als direkte Übersetzung, sondern rhetorisch und vom Argumentationsverlauf an die Laienleserin angepasst.

> Merke in dat erste, wo alle dat mene volk ouer alle de werlt gheyt mit groter vroude, en iewelik an dat sine, vnde heft sik vereneghet mit sineme schippere an deme werden Sacramente vnde sut vnde luchtet mit groter vroude na desseme eddelen, werdighen daghe to ener bewisinghe der dancksecghinghe vnde singhet mit herten vnde mit munde: „Also heylich is desse dach". De dummen kinderken, de anders nicht en konnet, de ropet: „Heyl, heyl, osterdach!" Gha du ok in dat hus dines herten vnde sprik mit deme propheten Dauid, dede secht in deme boke der psalmen: „Conuertere anima mea, in requiem tuam" etc. O min sele! Kere nv in dinen row, wente de here heft wol bi di dan! (T1, fol. 108v).[22]

Während in der von der Nonne Winheid geschriebenen Fassung alles auf den lateinischen Hymnus zuläuft, fällt dieser hier aus, stattdessen steht die Leise im Mittelpunkt, die von dem Jubelruf der *dummen kinderken* bestätigt wird, ein Ausdruck, der in T2 164v noch erweitert wird zu *de stumpen lude vnde de dum-*

---

21 Hugo von Trimberg, Der Renner, hg. v. Gustav Ehrismann, (Bibliothek des Litterarischen Vereins Stuttgart), Tübingen 1908–1912, Band I–IV, online verfügbar unter: https://users.ox.ac.uk/~fmml2152/renner/Teil23.html~ (letzter Zugriff: 11.12.2023).

22 Der Text ist von Mante (Anm. 12), S. 142, nach Stadtbibliothek Trier, Ms. I 528 (T1) herausgegeben; parallel u. a. in SUB Hamburg, Ms. in scrin. 151b (HH1), fol. 155r, und in Stadtbibliothek Trier, Ms. I 528 (T2), fol. 164r, Anfang des Textstücks herausgegeben von Walther Lipphardt, Die liturgische Funktion deutscher Kirchenlieder in den Klöstern niedersächsischer Zisterzienserinnen des Mittelalters, in: Zeitschrift für katholische Theologie 94 (1972), S. 158–198, hier: 194.

men kinderken und damit das ganze Spektrum der beiden im Lateinischen gebrauchten Adjektive ‚indocti' und ‚insipientes' abdeckt. Ebenso wie die lateinischen Begriffe kann ‚stump'[23] und ‚dumm' negativ die Unbelehrbaren meinen, aber bezeichnet hier die im positiven Sinne Einfältigen, die Gott in einer über das verstandesmäßig Begreifbare in einem tieferen Sinne loben; es ist im biblischen Sinne, dass Gottespreis sich gerade aus dem Mund der eigentlich nicht rhetorisch und intellektuell Ausgebildeten ausdrückt: *Ex ore infantium et lactentium perfecisti laudem propter inimicos tuos* (Psalm 8,3).

Diese Verbindung von positiv bewerteter Schlichtheit mit Emphase und Eingängigkeit und Wortwiederholung zieht sich durch die gesamten Niederdeutschpassagen der Gebetbücher. Die Stilmittel, die eingesetzt werden, spiegeln das: Wiederholung (*alle – alle; mit groter vroude – mit groter vroude*) statt Variation (*universus – totum; cum gaudio et exultacione – in laude et honore*), eingeführte Doppelformeln (*mit herzen vnde mit munde*) statt elaborierter Konstruktionen (*cum cantu et laude, pulsacionibus et iubilacionibus*), Alliteration und Assonanz nur selten (*gheyt mit groter vroude*) statt gehäuft (*reconsiliatus et representatus domino deo; secum saluatorem suum; eciam in exhibicionem*). Das macht umgekehrt den deutschen Text durchlässiger für *ad hoc*-Erweiterungen im Stile des mystischen Sprechens, vor allem durch Häufungen und Tautologien. So fügt das Hamburger Ostergebetbuch hinter *osterdach* hinzu: *Desseme eddelen blenckereden Osterdage, desseme aldervrolikesten vnde hogesten hemmelschen Paschedaghe, deme luchte du ok na myt dynem ynneghe bede* (HH1, fol. 155v), bevor der Text mit *vnde gha in dat hus* fortgeführt wird. Die zweite Trierer Handschrift gibt eine ausführliche Rubrik, die das Wort *brud* umspielt: *An der beschemeringhe na der irluchteden nachtsangh des werden osterdaghes, wan du drade wult to rouwe ghan, so beret di, o eddele sele, en brut godes, dat du mit dinem brudeghamme cristo ihesu moghest treden an syn brutbedde* (T2, fol. 164r). In T2, ausgebaut zum Psalmvers, wird vermerkt, dass die Rezitation innerlich (*ieghen di suluen*) geschehen soll.

In allen Osterandachtsbüchern führt diese Vorüberlegung zum Einstimmen in den Osterjubel die Hochzeit des Lammes ein, die in HI1, fol. 128r, von biblischen Zitaten eingeleitet wird, die vom königlichen Brautbett (*thalamum*, Ps 18,6) sprechen, von dem Schatten, unter dem die Braut mit dem Geliebten ruht (Ct 2,3) und den Plätzen der Stadt (Ct 3,2), auf denen die Hochzeit des Lamms (Apc 19,7) angekündigt wird, da es Gott gefällt unter den Menschenkindern zu wohnen (Pr 8,31). Der konkrete Ostertag im Kirchenjahr der Leserin wird damit an den biblischen Ursprung zurückgebunden und nimmt den himmlischen Tag der Wiederkunft Christi vorweg. Dann folgt eine Aufzählung

---

23 Schiller / Lübben IV, Sp. 449, führt aus dem ‚Redentiner Osterspiel' an: *de junghen kindere, de dar sint stump alzo rindere* (1281) bzw. *se lyken wol den stumpen deren, dede sint dul, ane vernunst* (Joseps Sündenspiegel, hg. von Eva Schütz 1973, v. 5512).

der ganzen Himmelsversammlung im Festzug, wobei die Beschreibung in der Bildlichkeit des Hohenlieds bleibt, so dass Maria in Gestalt der Königin Batseba als Mutter des wahren Salomons an der Spitze geht und sich eine Verbindung zu dem vorangehenden Mariengebet ergibt. Als Brautjunker (*lutken kemerer*, fol. 129r) folgen die 144000 unschuldigen Kindlein, die in weiße, golddurchwirkte Seidengewänder gekleidet sind (*mit eren witten blyantes clederen*), wie die Braut des Hohenlieds (Ct 1,10) goldene Halsketten tragen, dazu weiß blühende Lilienkränze auf dem Haupt und goldene gewundene Kerzen (*torticien*, zu mittellateinisch *torticium* von *tortus*, gedreht) in den Händen.

In der gleichen Weise fährt die Aufzählung des himmlischen Hofs fort; der Stand, etwa paarweise die Chöre der Engel (*throni et dominaciones*; *principatus et potestates* etc.) wird jeweils lateinisch benannt, ihre Insignia dagegen schließen sich meist mit ‚mit‘ an, so für die Engelschöre jeweils paarweise Musikinstrumente: Pfeifen und Trommeln (*pipen unde bunghen*), Trompeten und Geigen (*trumpen unde veddelen*), Leiern und Posaunen (*lyren unde basunen*), Orgelportative und Hackbrette (*pertifiken unde scherleygen*). Bei den Bischöfen, Äbten und Doktoren werden auch die Attribute lateinisch benannt (*Episcopi, abbates et doctores cum infulis et baculis aureis*, fol. 129v, Abbildung 3), ebenso die Rosenkränze und brennenden Öllampen bei Ursula mit ihren 11000 Jungfrauen. Einen interessanten Vergleich bieten die aufeinander folgenden Heiligenstände der weltlichen Fürsten und der Märtyrer, die beide mit Fahnen anrükken, die bei den Fürsten deutsch (*mit vanen*) und bei den Märtyrern lateinisch (*cum vexillis*) benannt sind (Abb. 3a). In T1, wo alle Attribute eingedeutscht sind, wird dann bei den Märtyrern zur Abwechslung von Bannern gesprochen (T1, fol. 110r).

Die Sprachverteilung stellt sich im Gedicht so dar, dass sie sich, wie das ausgefallene Musikinstrumenteninventar und die zweisprachige Fahnenbenennung zeigen, nicht nach der Komplexität der Begriffe richtet, sondern nach dem Assoziationsraum des Stands. Die Konstruktionen werden bruchlos hin- und herwechselnd weitergeführt. Dabei steht in der Regel bei mischsprachigen Satzkomplexen das Lateinische am Anfang und die Volkssprache setzt fort. So wird hier der ganze Festzug zusammengefasst mit *Desse helpen altemale de brut leden...* (HI1, fol. 129v), bevor für den Tanz der Braut vor dem Bräutigam wieder ins Lateinische gewechselt wird. Der Auslöser für diesen Wechsel zurück ins Lateinische ist wohl die dadurch mögliche Anspielung auf den Zug zum Thron des Lammes in der auf Apc 7,9 basierenden Antiphon für Allerheiligen *O quam gloriosum* über die Heiligen, die dem Lamm folgen. Der Ausruf *O quam gloriose* (HI1, fol. 130r) eröffnet die Beschreibung der Tanzschritte, mit denen die Braut zum Schlafgemach springt, während sie als Epithalamium die Prozessionsantiphon für Ostern *Hic est dies magnus et praeclarus* singt; diese Antiphon scheint eine besondere Stellung in Medingen gehabt zu haben, denn in O1, fol. 286r–287v, ist sie vollständig mit gotischer Choralnotation in einen Anhang aufgenommen und in HHL2 ist sie phrasenweise ausgelegt.[24]

In der niederdeutschen Fassung dieses Abschnitts singt die Braut weiterhin ein lateinisches *brutleet* (T1, fol. 110v), aber statt der komplexen Prozessionsantiphon wird die von fast dem gleichen Incipit eröffnete Kombination von Psalmvers (*Hec est dies quam fecit Dominus*, Ps 117,24), *Surrexit dominus* und Leise *Christ ist erstanden* gewählt, die im Medinger Hochamt am Ostersonntag erklang und in die die Laien durch die Leise einstimmen konnten. Die Klanglandschaft des Tanzes kann also so angepasst werden, dass sich die Leserin jeweils im Text zurechtfinden und damit auch wiederfinden kann.

In HI1 wechselt es dann von der Beschreibung in die Anrede: Die tanzende Braut ist auf einmal die Leserin, die selbst als *sponsa electa* (HI1, fol. 130r) angeredet und auf Deutsch aufgefordert wird einzutreten, um sich am *ewighen, waren, leuendighen Osterdach* (HI1, fol. 130v) zu erfreuen; eingeflochten werden weitere Liturgie- und Bibelzitate auf Latein. Den Brautstand reservierten die Nonnen für sich und so bleibt in der deutschen Version die Braut in der dritten Person. Das Zitatmosaik des lateinisch-niederdeutschen Andachtsbuchs wird in der monolingualen volkssprachigen Fassung zu einer Version geglättet, die mit Wiederholungen (*uthvlut*) und Klangassoziationen (*wide wunnichlike; alderleveste leveken*) arbeitet und den Text strafft.

Aus

> O sponsa electa, trit nv in dat konichlike stolte palas, in dat bloyende wunnichlike guldene palas dines brudegammes, dat he opent heft, do sin honnichuletende herte opent wart in die eximie caritatis, quando exiuit sanguis et aqua; tunc aperta est nobis ianua regni. Ecce hec est terra fluens lacte et melle, quam hodie veraciter intrauimus. (HI1 130r/v)

wird

> So trit de brut denne in dat stolte, verguldede palas vnde bedde eres koninghes vnde brudeghammes, dat is: in dat wide, wunnichlike herte eres alderleuesten leueken, dar in deme stillen vrydaghe vthvlut water vnde blut, dar nu vthvlut melk vnde honnich. (T1, fol. 110v/111r)

Die gleichen Transformationsmuster von einem komplexen Mosaiktext zu einem durch Wiederholungen strukturierten Text lassen sich in der folgenden Passage beobachten, in der Christus die Braut in Empfang nimmt; in HI1 wechseln sich Beschreibungen mit Reden Christi und Antworten der Braut in Litur-

[24] Houghton Library Harvard, MS Lat 440 (HHL2), fol. 212v–215v, abgedruckt in Joseph McLaurin Leake, The Latin and Low German Writing in HHL2, in: Henrike Lähnemann u. a., The Medingen Manuscripts at Harvard: Houghton Library's MS Lat 395 and MS Lat 440, in: Harvard Library Bulletin 28/2 (2019), S. 36–47, hier: 42–47.

giezitaten ab, während in T1 das Stück als eine durchgängige Rede gehalten ist, die um die Begriffe der Süße kreist. Aus der knappen Abschlussbemerkung *Et in hijs sponsa tunc dulciter obdormit.* (HI1 131r) wird eine durch Reimklänge strukturierte Versprechung der Wirksamkeit der Meditation als Rezept für eine gute Nachtruhe und einen ebenso guten Tagesanfang, wie vergleichbar auch: *Mit desser suten dechtnisse stich, o inneghe sele, in din bedde vnde gif di hijrinne to rouwe, so slepstu sutelken vnde wakest wedder vp vroliken vnde mochst in groter vroude wedder vpstan* (T1, fol. 111v). Diese Art der Laienkatechese wirkt etwa bei Martin Luther weiter, dessen Abend- und Morgensegen jeweils mit einer ermunternden Zusage endet: „Alsdann flugs und fröhlich geschlafen." bzw. „Alsdann mit Freuden an dein Werk gegangen und etwa ein Lied gesungen oder was dir deine Andacht eingibt".[25]

Was sich an dem Vergleich der beiden Fassungen zeigen lässt, ist, dass der mischsprachige Text davon lebt, unterschiedliche stilistische Traditionen wie Liturgiezitate und deutsche Preisformeln in eine gemeinsame Sprache des Überschwangs und Festes zu vereinen, die aber die unterschiedlichen Bausteine weiterhin erkennen lässt, während sie in der monolingual deutschen Fassung aufeinander hin übersetzt werden, so dass sich ein glatter, kontinuierlicher Text ergibt. Wichtig ist für beide Versionen der Aspekt der direkten Ansprache, ob nun zwischen Christus und der Braut oder von der auktorialen Stimme an die Leserin. Diese Bedeutung der direkten Kommunikation wird noch deutlicher im zweiten Beispiel, einem geistlichen Hochzeitsbrief aus Kloster Lüne.

2. Ein geistliches Glückwunschschreiben zur Hochzeit aus Kloster Lüne

Aus dem Benediktinerinnenkloster Lüne sind drei Bücher erhalten, in denen die Nonnen des Konvents während der Reformationszeit an die 1800 Briefe und andere Zeugnisse der vorhergehenden hundert Jahre sammelten. Der zweite und dritte Band sind systematisch als Briefausgangs- und -eingangsregister angelegt, während der erste Band (Hs. 15) offensichtlich unter großem Zeitdruck von einer Vielzahl von Händen geschrieben wurde, ohne dass lagenübergreifende Ordnungen erkennbar würden. Ungefähr ein Viertel der Briefe sind rein lateinisch verfasst, v. a. die Korrespondenz mit und zwischen geistlichen Würdenträgern, etwas mehr als ein Drittel bildet der mischsprachige Austausch

---

25 Frieder Schulz, Die Hausgebete Luthers, in: Albrecht Peters, Kommentar zu Luthers Katechismen. Band 5: Beichte, Haustafel, Traubüchlein, Taufbüchlein. Mit Beiträgen von Frieder Schulz u. Rudolf Keller, hg. v. Gottfried Seebaß, Göttingen 1994, S. 191–204, hier: 192.

zwischen den benachbarten Konventen, circa ein Drittel ist rein niederdeutsch, v. a. der Austausch mit der Familie. Es ergibt sich dadurch ein ähnliches Vergleichsmaterial wie in den Andachtsbüchern aus Kloster Medingen, etwa zu Themen wie geistlichen Glückwunschschreiben, die in allen drei Sprachformen erhalten sind. So erörtern die Novizinnen auf Latein die allegorische Bedeutung von Wein beim Hochzeitsmahl in einem Schreiben an ihren Beichtvater,[26] und die Nonne Gertrud von Eltzen dankt ihrer Namensschwester, Gertrud von Eltzen in Medingen für die Übersendung eines Andachtsbildes, auf dem Mauritius mit seinen Gefährten zu sehen ist, und dessen Betrachtung ähnliche Freude auslöst wie die Teilnahme am Hochzeitszug. Das Codeswitching zwischen biblisch und theologisch inspirierter lateinischer Erörterung (*quotiens – totiens*; *oculis corporeis – gaudium interius*) und niederdeutscher emotionaler Bewertung (*myn herteken; juwe leve jo meͤr unde meer*) verläuft ähnlich wie in HI1; was aber auffällig anders in den Briefen ist, sind darüber hinaus die zahlreichen lateinischen Lehnwörter. Da die Trägersprache der mischsprachigen Lüner Briefe mit Ausnahme der Salutatio und explizit theologischen Abschnitten weitgehend das Niederdeutsche ist, ist das Prädikat häufig ein niederdeutsch konjugiertes Verb. In dem kurzen Abschnitt stehen den beiden deutschen Formen (*ansee / lad my dunken*) vier Lehnwörter gegenüber: *recreert* (zu *recreare*, sich erholen), *vexcert* (zu *vexare*, plagen), *allevieren* (zu *allevare*, erleichtern) und *aucmentert* (zu *augmentare*, erweitern). Keines der vier Verben findet sich in den Medinger Andachtsbüchern oder ist sonst in der mittelniederdeutschen Schriftsprache etabliert; es handelt sich vielmehr um *ad hoc*-Bildungen, die den mündlichen Gebrauch einer sozial eng verbundenen Peer Group spiegeln:

> … nam quotiens ea intueor oculis corporeis totiens mirum et inauditum gaudium experior interius, *unde darvan werd myn herteken* sepius *recreert, wente wan ik* aliqua molestia *vexcert byn* ex multis occupationibus, *unde den* illos principes gloriosos *ansee, so lad ik my dunken, wo se my* pondus totius meroris statim *allevieren, unde darvan wert juwe leve jo meͤr unde meer aucmentert* in corde meo, … (Klosterarchiv Lüne, Hs. 15, Lage 16, fol. 9v; kursiv = niederdeutsch)

Die gleiche Form der religiös überhöhten Prosa wird für die rein volkssprachigen Briefe adaptiert, wie das Gratulationsschreiben einer Nonne zur Hochzeit ihres Bruders zeigt (Textanhang 2). Ob die Schreiberin tatsächlich in Kloster Lüne war, zu welcher der Lüneburger Patrizierfamilien sie und ihr Bruder gehörten und wann das Schreiben genau entstand, ist unklar, da der Anfang des Textes nicht mit ins Briefbuch kopiert wurde. Das lag wahrscheinlich daran, dass im Archiv nur der Briefentwurf aufbewahrt wurde, der vor dem Absenden

---

26 Vgl. mit einem Abdruck des Briefs und englischer Übersetzung Eva Schlotheuber, Intellectual horizons. Letters from a northern German convent, in: Elizabeth Andersen / Henrike Lähnemann / Anne Simon (Hg.) (Anm. 9), S. 343–372.

den Amtsfrauen vorgelegt wurde, und darum für die Kopistin zum Zeitpunkt der Abschrift nicht direkt zugänglich war. Solche Briefentwürfe wurden nicht nur als Belege für Geschäfte aufbewahrt, sondern konnten auch als praktische Briefstellerbeispiele von anderen Nonnen herangezogen werden, die ein ähnliches Gratulationsschreiben verfassen wollten.

Der erste Teil des erhaltenen Textes widmet sich biblischen und patristischen Grundlagen des Marienlobs, von dem auf die Hochzeit zu Kanaan als Vorbild übergeleitet wird. Das erste Zitat, die erste Strophe des Offertoriums *Felix namque es sacra virgo Maria* für die Assumptio Mariä,[27] wird eingeführt als *orghelensangh*, was zum einen den von Orgelspiel begleiteten Gesang der Festmesse bezeichnet, zum andern quasi etymologisch damit verbunden wird, dass er von der ‚andächtigen, allersüßesten Orgel des Heiligen Geists, St. Gregorius' gedichtet und angestimmt worden sei; durch die wörtliche Übersetzung, die nur ein zusätzliches preisendes Adjektiv einfügt (*werdighe hilghe* für *sacra*), erhält der Briefempfänger Einblick in den geistlichen Wissensspeicher der Nonnen, die über Herkunft und Bedeutung dessen, was er im Gottesdienst hörte, informiert sind und dies an die Laien weiterreichen. Auch das folgende übersetzte Zitat aus Isaiah 11,1 wird den *werdighen lerers* zugeschrieben, die den Bezug von den alttestamentlichen Stellen auf die Gegenwart unterstützen. Dann wird als neutestamentliche Parallele die Hochzeit zu Kanaan angeführt, die kurz referiert (*werschop was in Chana, Galilee, dar he water to wyne makede*) und kontextualisiert (*erste wunderwerk was, dat he dede*) wird.

Vor diesem Hintergrund entfaltet der Brief das Panorama eines Hochzeitszugs, der von Jesus und Maria angeführt wird und an dem alle Himmelsfürsten teilnehmen, unter denen die Apostel und Mauritius mit seinen Gefährten besonders hervorgehoben werden. Damit wird die klausurbedingte Abwesenheit der Briefschreiberin superlativisch ersetzt und die weltliche Hochzeit durch die geistliche Gästeschar geehrt. Das gesamte Personal wird durch eine Häufung positiver Adjektive in ihrer Position erhöht: allein siebenmal *leve* und dreimal sogar *allerleveste* auf einer Handschriftenseite. Diese auf den ersten Blick reduktiv wirkende Attribuierung wurde offenbar als besonders idiomatisch und nähesprachlich empfunden, wie an der Polemik Luthers im ‚Sendbrief vom Dolmetschen' deutlich wird, der den Engelsgruß statt mit dem latinisierenden ‚Maria voll Gnade' als *liebe Maria* wiedergegeben sehen will:

> Vnd hette ich das beste deutsch hie sollen nemen / vnd den grus also verdeutschen / Gott grusse dich du liebe Maria (denn so vil wil der Engel sagen / vnd so wurde er geredt haben / wan er hette wollen sie deutsch grussen) ich halt sie solten sich wol selbs erhenckt haben fur grosser andacht / zu der lieben Maria [...].

---

[27] CANTUS ID g01421 https://cantus.uwaterloo.ca/chant/644158 (letzter Zugriff: 11.12.2023); *Felix namque es sacra virgo Maria et omni laude dignissima, quia ex te ortus est sol justitiae Christus deus noster, alleluia.*

Wer Deutsch kan / der weis wol / welch ein hertzlich fein wort das ist / die liebe Maria / der lieb Gott / der liebe Keiser / der liebe fürst / der lieb man / das liebe kind. Vnd ich weis nicht / ob man das wort liebe / auch so hertzlich vnd gnugsam in Lateinischer oder andern sprachen reden můg / das also dringe vnd klinge ynns hertz / durch alle sinne wie es thut in vnser sprache. (‚Sendbrief', fol. b1v)[28]

Ebenso wird der zuerst als Mangel beschriebene Tatbestand, dass die Schwester kein materielles Geschenk schickt, hyperbolisch gewendet, denn stattdessen setzt sie sich bei ihrem Bräutigam Jesus (*unsen alderlevesten, utirkornen brudegham*) für Ehesegen (*godliken vrede, leve unde hulde, lucke, ere unde ghud*) ein. Sie wiederholt die Formulierungen über die Hochzeit zu Kanaan und überträgt sie auf die gegenwärtige Festveranstaltung (*dat he* [...] *by iuw wesen wille in iuwer brutlacht, alze he was in Chana, Galilee, alze he* [...] *water to wyne makede* [Textanhang 2, fol. 7v]).

Damit garantiert die Ehe der Nonne mit Christus den Erfolg der Ehe ihres Bruders, da das Klausurgelübde, das sie von der Präsenzveranstaltung abhält, als Eheversprechen mit Christus die Wirksamkeit ihres Gebets garantiert – wenn er seiner Mutter Maria keine Bitte abschlug, wird er auch die Wünsche seiner Frau erfüllen. Die Schreiberin kann nicht nur dank ihrer theologischen Bildung die passenden biblischen Textstellen als Ehevorbild anführen (Tb 6, Gn 17, Gn 12), sondern dank ihrer Klosterexistenz ihren Bruder zum Schwager Christi machen. Diese Engführung von biblischem und gegenwärtigem Hochzeitsfest wird mit einfachen, aber wirksamen rhetorischen Mitteln erreicht, so dass Wiederholung zum Argument wird und Hyperbolik zum Äquivalent der Kostbarkeit eines Geschenks.

Was hier deutlich wird, ist, dass sich aus der Übertragung biblischer Zitate und Vergleiche in die Volkssprache eine eigene Dynamik entwickelt, mit der die schreibende Schwester ihre theologische Autorität in eine Rhetorik des Überschwangs einbringt, durch die das Gratulationsschreiben selbst zur Festgabe wird.

3. Rhetorik und Layout

Abschließend sollen die Überlegungen rückgebunden werden an die Editionsprojekte, denen die Beispiele entnommen worden sind. Eine entscheidende Frage ist, wie sich einerseits rhetorische Strukturen, vor allem Emphase und Reim,

---

[28] Zitiert nach Ein Sendbrief vom Dolmetschen – An Open Letter on Translating, hg. v. Howard Jones u. Henrike Lähnemann (Treasures of the Taylorian 5), Oxford 2022. Text, Übersetzung und Kommentar der Ausgabe in der Taylor Institution Library sind open access verfügbar: https://editions.mml.ox.ac.uk/editions/sendbrief/ (letzter Zugriff: 11.12.2023).

in den Handschriften spiegeln und wie sie sich andererseits in modernen kritischen Editionen darstellen lassen. Ein viel diskutierter Fall, der auch in den Bereich der mittelniederdeutschen Rhetorik übergreift, ist die Markierung von Reimprosa im ‚Fließenden Lichts der Gottheit'.

Vergleicht man das oben angesprochene Kapitel II 4 in den Ausgaben, die auf der Einsiedler Handschrift aufbauen, sieht man, dass in Morels Ausgabe[29] die erste Rede der *armen dirne* als ein Reimpaarvers gedruckt ist (*Eya lieber herre min, / Sol ich hůte ane messe sin?*) und die ganze Passage, die mit der Wiedergabe des auf dem Mantel lesbaren *lied* beginnt, auch noch als Versform eingerückt ist, über die nächsten beschreibenden Passagen hinweg bis zum nächsten Episodenbeginn (*Do hůben si eine messe an*), da der Abschnitt mit dem klaren Reim *wunne / sunne* endet. Kriterien von Form (was wird im Text als sangbar benannt?), Klang (welcher Reim ist möglicherweise durch dialektale Veränderungen im Abschreibprozess verunklart?) und Rede (was wird gesprochen / gesungen?) überschneiden sich hier, stehen aber auch teilweise im Widerspruch. Für alle drei Aspekte gilt, dass der Beginn einer gebundenen Form meist eindeutig bestimmbar ist, sich das Ende häufig schwieriger abgrenzen lässt, und dass Angaben zur Form und die tatsächliche Durchführung nicht immer übereinstimmen.

Neumanns Ausgabe[30] versuchte, den harten Layout-Gegensatz zwischen Blocksatz und eingerücktem Flattersatz zu mildern und den fließenden Übergang von Prosa und Vers durch ein Experimentieren mit Sperrdruck für Assonanz sichtbar zu machen. So markierte er den Reim der Anfangsrede (*min / din*) durch Sperrsatz, aber nur ungefähr die Hälfte der Wörter, die Morel an das Ende der Gedichtzeilen seiner Ausgabe gestellt hatte, sind von ihm in dieser Form hervorgehoben. Die beiden folgenden, als Vortragsstücke gekennzeichneten Kapitel (II 5 *Ein sang der selen* / II 6 *Ein widersang gottes*), sind dann durchgängig als Gedicht markiert, durch zeilenweisen Abdruck und Einzug; dafür wird dann hier auf Sperrdruck der Reimwörter verzichtet.

Vollmann-Profe[31] entschied sich in ihrer eigenen Ausgabe für eine handschriftennähere Wiedergabe und damit auch dafür, weniger auf mögliche niederdeutsche Assonanzen durch das Druckbild hinzuweisen. Sie setzt die als Vortragsstücke gekennzeichneten Kapitel wie Neumann zeilenweise ab, aber markiert innerhalb von Prosakapiteln keine Liedeinlagen durch Einzug oder Sperrdruck.

---

[29] Offenbarungen der Schwester Mechthild von Magdeburg, oder das fliessende Licht der Gottheit, aus der einzigen Handschrift des Stiftes Einsiedeln, hg. v. P. Gall Morel, Regensburg 1869, S. 30–33.

[30] Mechthild von Magdeburg. ‚Das fließende Licht der Gottheit': Nach der Einsiedler Handschrift in kritischem Vergleich mit der gesamten Überlieferung, hg. v. Hans Neumann u. Gisela Vollmann-Profe (MTU 100), München / Zürich 1990.

[31] Vollmann-Profe (Anm. 8), S. 84 u. 88.

Die bisherigen Ausgaben von Texten aus Medinger Andachtsbüchern zeigen ähnliche editorische Entscheidungen. Die am Niederdeutschen und am volkssprachigen Lied interessierten Herausgeber von Heinrich Hoffmann von Fallersleben bis hin zu Walther Lipphardt lösten die ‚poetischen' Stücke aus dem Textkontinuum heraus und präsentierten sie durch Texteinrückung als freistehende Gedichte, meist ohne die lateinischen Rahmentexte oder Andachtsanweisungen in niederdeutscher Prosa.[32] Axel Mante, der es als einziger bislang unternahm, ein gesamtes Andachtsbuch zu edieren, versuchte, in verschieden weiten Einrückungen Stufen von Reimbindung wiederzugeben: von linksbündigem Flattersatz für rhythmisch strukturierte Satzeinheiten über einfachen Einzug für Reimkadenzen in Prosaabschnitten bis hin zu Doppeleinzug für Hymnen als klar poetischer Form und Tripeleinzug für Refrains wie das ‚Kyrieleis' am Ende der Leisen; als Textgliederungsgrundlage wählte er die Rubriken, die er durch Sperrdruck hervorhob, während lateinische Bestandteile kursiviert werden.[33]

Eine komplexe Darbietung ist sicher den Medinger Handschriften angemessen, die sich durch eine Flut visueller Gliederungsreize auszeichnen (Abb. 1a und 1b sowie Abb. 3a und 3b). Allerdings decken sich die Hervorhebungen der Handschriften nur begrenzt mit den Strukturierungsinteressen der modernen Editionen. Die rhetorischen Strukturen sind eines von zahlreichen Darstellungskriterien und -formen, die von jeder Schreiberin unterschiedlich stark gewichtet und beachtet werden, abhängig vom formalen und künstlerischen Anspruch der Handschrift. Für HI1, das Ostergebetbuch von 1478, lassen sich mindestens drei Ebenen fassen, auf denen der Text gegliedert und für den äußeren oder inneren Vortrag aufbereitet wird.

1.) Musiknotation und hymnische Elemente: Liturgische Stücke, Leisen und mischsprachige Lieder werden häufig durch eine linienlose reduzierte Form gotischer Choralnotation hervorgehoben, bei denen ein Vergleich mit der erhaltenen Liturgie zeigt, dass sie tatsächliche Melodieverläufe spiegeln, allerdings in so minimalistischer Form, dass eine Aufführungshilfe nicht der primäre Zweck dieser Notate sein kann (Abb. 1b, fol. 127r zeigt die charakteristischen Melismen des Marienhymnus *Gaude virgo, mater Christi*, deren zweite Strophe hier zitiert ist; in identischer Form auch auf fol. 60r). Wahrscheinlicher handelt es sich, wie vor allem Ulrike Hascher-Burger betont hat, um eine Form von Andachts- oder Regieanweisung für die Leserin, das

32 Ein Überblick über die Editionsgeschichte mittelniederdeutscher Texte aus Medingen in Henrike Lähnemann, From Medingen to Harvard: The Wanderings of Two Medieval Manuscripts, in: Henrike Lähnemann u. a. (Anm. 24), S. 2–26.

33 Die „Vorbemerkungen zum Text", Mante (Anm. 12), S. CXXXVII, geben keine weitere Begründung für die Layout-Entscheidungen.

Textstück im Modus des ‚Jubilus' wahrzunehmen.[34] So stimmt die Hervorhebung der Leise ‚Also heilig ist der Tag' (Textanhang 1, fol. 128r: *Also heylich is desse dach*) durch Noten mit dem Ziel überein, die Leserin zum Einstimmen in den Osterjubel zu bewegen. Die Ausführung der Musiknotation war offensichtlich ein eigener, späterer Arbeitsschritt, da singbare Stücke häufig kleiner geschrieben sind, um Platz für den Eintrag von Noten zu lassen, die dann aber nicht ausgeführt sind (Abb. 1b, fol. 127r, oben: *Mane nobiscum...*). Für meine Edition von HI1 habe ich mich entschieden, alle für Musiknotation eingerichteten Textbestandteile einzurücken und den kleineren Schriftgrad und Musiknotation in Fußnoten nachzuweisen.

2.) Farbe und Initialen: HI1 nutzt eine systematische Initialenhierarchie, die sich auch im Propst-Handbuch O2 und in dem niederdeutschen Modellheft GT2 findet, mit ein- bis fünfzeiligen Fleuronnée-Initialen als oberster Gliederungsebene, ein- bis zweizeiligen Lombarden als zweiter Ebene und durch Rot-Durchstreichung hervorgehobenen einzeiligen Majuskeln als unterster Ebene. Verkompliziert wird das System durch den Einsatz von Gold und mehrfarbiger Tinte. Rot kann traditionell für Rubriken eingesetzt werden, z. B. auf fol. 127r für die Überschrift *De inclita imperatrice celestis curie*, die das Mariengebet einleitet. Wie in Abb. 3a deutlich wird, kann rote Tinte aber auch den Text streifenartig aufbereiten und kartuschenartig Schlüsselbegriffe umrahmen, die dann häufig auch noch mit goldener Tinte überschrieben werden, auf fol. 129v etwa *Mauricius* und *Osterdach*. Die Farbigkeit des Textes steht in Wechselwirkung mit den farbigen Marginalillustrationen, in die ihrerseits über die Schriftbänder Textzitate integriert sind, die Stichworte des Inhalts aufgreifen. Eine mimetische Wiedergabe dieser Hervorhebungselemente in einer kritischen Edition würde die eigentliche Struktur des Textes verunklären und nicht dem Zweck der Farbgebung in der Handschrift gerecht werden. Für meine Edition beachte ich nur ‚echte' Rubriken, die als Überschriften wiedergegeben werden. Mehrzeilige Initialen und Goldschreibung werden in Fußnoten nachgewiesen.

3.) Interpunktion und Reimpunkte: In den Psalterien aus Medingen lässt sich beobachten, wie nach der Klosterreform von 1479 auf Zisterzienserinterpunktion umgestellt wurde, erkennbar am systematischen Einsatz des Punctus flexus.[35] In HI1 wird dagegen lediglich der Punctus eingesetzt, der aber durchgän-

---

[34] Ulrike Hascher-Burger, Zwischen *iubilus* und *canticum*. Zur Funktion der Musik bei Johannes Mauburnus und in den Medinger Gebetbüchern, in: Medialität des Heils im späten Mittelalter, hg. v. Carla Dauven-van Knippenberg, Cornelia Herberichs u. Christian Kiening (Medienwandel – Medienwechsel – Medienwissen 10), Zürich 2009, S. 203–216. Henrike Lähnemann, *Per organa*. Musikalische Unterweisung in Handschriften der Lüneburger Klöster, in: Dichtung und Didaxe. Lehrhaftes Sprechen in der deutschen Literatur des Mittelalters, hg. v. Henrike Lähnemann u. Sandra Linden, Berlin/New York 2009, S. 397–412.

[35] Vgl. Nigel F. Palmer, *Simul cantemus, simul pausemus*. Zur mittelalterlichen Zister-

gig. Punkte markieren die Zäsuren, bei denen in Psalmen und liturgischen Stükken Atem geholt wird, und sind ähnlich bei den lateinischen Texten als Aufführungsmarkierungen zu sehen.[36] In den niederdeutschen Textstücken wird der Punctus als Reimmarkierung genutzt, so dass sich an der Häufigkeit der Punkte erkennen lässt, ob ein Textstück als Gedicht oder als Prosa aufgefasst wird. Für meine Edition habe ich entsprechend niederdeutsche Textstücke in Versform präsentiert, wenn sie von der Schreiberin Winheid durch Punkte strukturiert wurden, und habe mich auch im Zeilenfall daran orientiert. Um die originale Gliederung sichtbar zu halten und trotzdem Lesehilfen in Form moderner Interpunktion zu bieten, habe ich die Interpunktionszeichen der Handschrift mit geraden Apostrophen markiert, wie sie in Musikeditionen für Atemzeichen eingesetzt werden, und Punkte für die moderne Interpunktion (vgl. die Vorbemerkung zum Textanhang 1).

Was der Überblick über die Gliederungsprinzipien der Handschrift zeigt, ist, dass der Andachtstext multidimensional zu denken ist. Die Materialität der Handschrift ist mit Gold, Bildern und Farbe ähnlich superlativisch aufgeladen wie der niederdeutsche Lobpreis durch seine Adjektivketten und Wiederholungsfiguren. Dazu kommt das innere und äußere Singen der Texte, das durch die Musiknotation in die Verschriftlichung der Texte einfließt. Die Textproduktion der Nonnen ist untrennbar mit der Erfahrung des Stundengebets und der Liturgie verknüpft. Im audiovisuellen Schreiben und Malen von Meditationen, Musikstücken und Bildern eignen sie sich die lateinischen Texte an, die sie täglich rezitieren oder hören. Der Psalmengesang wirkt als Modell für die Phrasierung. Komplexe Stücke aus der Liturgie der Hochfeste wie das *Cum rex glorie* mit seiner narrativen Einleitung, gefolgt von Versgesang und Wechsel zwischen Reimprosa und Gesangsstücken, beeinflussen die Rede- und Antwortstruktur der Meditationen.

In der reichen Überlieferung der Lüner Briefe und der Medinger Andachtsbücher lässt sich beobachten, wie die Nonnen flexibel schreibend und übersetzend ihre monastische Lebensform in Text ummünzten und auch in den Bereich der Laien verbreiteten. Es bildet sich nicht eine eigene Form mittelniederdeut-

---

zienserinterpunktion, in: Lesevorgänge. Prozesse des Erkennens in mittelalterlichen Texten, Bildern und Handschriften, hg. v. Eckart Conrad Lutz, Martina Backes u. Stefan Matter (Medienwandel – Medienwechsel – Medienwissen 11), Zürich 2010, S. 483–569. Zum Einsatz der Psalterinterpunktion in Medingen vgl. Henrike Lähnemann, The Materiality of Medieval Manuscripts, in: Oxford German Studies 45 (2016), S. 121–141, hier: 131.

[36] Vgl. die Anweisungen für den Zisterzienserorden bei Chrysogonus Waddell, A Plea for the *Institutio Sancti Bernardi quomodo cantare et psallere debeamus*, in: Saint Bernard of Clairvaux. Studies Commemorating the eighth Centenary of his Canonization, hg. v. M. Basil Pennington OCSO (Cistercian Studies Series 28), Michigan 1977, S. 180–207, hier: 187f., dazu Lähnemann (Anm. 35), S. 401f.

scher Rhetorik aus, sondern mündliche und schriftsprachliche Ausdrucksformen aus Latein und Deutsch, Liturgie und Lied, Schulwissen und Briefstellern werden kreativ umgestaltet. Addressatenbezogen wandeln sich die Texte, seien es Glückwunschschreiben zur Hochzeit des Bruders oder zur ewigen Profess der Nichten, Meditationen für die Bürgermeistersfrau in Lüneburg oder die eigene Lektüre. Verbunden sind die Andachtstexte in ihrer Anredehaltung, der direkten Ansprache an ein persönlich gefasstes Gegenüber, ob es sich um eine Personifikation des Ostertags, Maria, die *anima devota*, den eigenen Bruder oder eine Verwandte handelt. Das erzeugt unendliche Variationen über die gleichen Themen in unterschiedlichen Gattungen und Aufführungsformen. Gemeinsam ergeben sie eine eigene, nähesprachliche ‚Textur' spätmittelalterlicher Andachtsliteratur im norddeutschen Raum.

Abstract: The paper examines Middle Low German devotional texts through an analysis of their rhetorical and linguistic arrangement. The basis for these are a number of current projects editing manuscripts from Northern German convents, in particular the letter books compiled by the Benedictine nuns of Lüne and the prayer books written in the Cistercian Abbey of Medingen. My hypothesis is that devotional texts from the region creatively employ a wide range of textual strategies, prominent among them rhyming prose and code switching between Latin and Middle Low German. The two examples discussed in detail play with the bridal imagery of the wedding feast of the lamb. Crossing traditional genres of prayer, dialogue, letter, hymns, and meditation, they produce a language of intimacy which develops a direct communication between the devotee and Christ, creating a distinct bilingual textual community in Northern German religious houses, and reaching out into lay devotion.

Textanhänge

1. Verabschiedung des Ostertags

Osterandachtsbuch der Nonne Winheid (Kloster Medingen 1478) – Dombibliothek Hildesheim, Ms. J 29 (HI1), fol. 124r–131v. Der Text basiert auf der Edition, die bei Mohr Siebeck im Druck erscheinen wird (vgl. Anm. 3); niederdeutsche Bestandteile sind durch Kursivierung hervorgehoben, die Reimpunkte der Handschrift sind als Atemzeichen (') wiedergegeben und der Text ist entsprechend dieser Markierungen als Verstext umgebrochen. Die Angaben zum liturgischen Ort bzw. Überschriften sind durch Fettdruck hervorgehoben. Hymnen, Zitate aus der Liturgie und durch Noten hervorgehobene Textblöcke sind eingerückt. Für den Abdruck hier ist auf den doppelten Apparat, eine detaillierte Markierung der Musiknotation und eine Wiedergabe der optischen Hervorhebungen durch Initialen oder Farbe verzichtet. Einen Eindruck davon vermittelt die Abbildung 1 (fol. 127r); das Digitalisat der Handschrift ist vollständig zugänglich über medingen.seh.ox.ac.uk (https://www.dombibliothek-hildesheim.de/de/hs-j-29 [letzter Zugriff: 19.12.2023]).

Post conpletorium in auriflua die
intra chorum et contemplare oculis cordis
splendidissimum et rutilantissimum diem orientalem',
diem infinalis claritatis super solem radiantem',
et occasum solis nescientem',
iam occidentem',
sed in celis numquam advesperantem
et eternaliter fulgentem
et totam curiam celestem illustrantem.
O alme deus sabaoth,
du bist al der werlde got',
bring vns an den osterdanz,
dar vns de vroude werde bekant.
O mundi natura, confer mecum,
vt digne laudemus aurifluum diem istum',
eumque qui inter omnes sanctificauit
et super omnes ipsum sublimauit.
Salue O dies Paschalis,
numquam facta est talis',
vt tu quam suauis'.
Du bist de hoghe Osterdach'
dar des minschen losinghe is ane vullenbrocht.
(fol. 124v) Salue O dies viui solis', dies veri orientis',
quam mirificauit virtus et magnificencia gloriosissimi Resurgentis cristi.
Vale, o dies sine vespera,
tu es benedicta per infinita secula.
O Jesu excellentissime, benedico te glorificatum hodie a patris eminencia'.
Magnifico te, diem magnum sine vespera',
qui refulgere fecisti diem clarum sine caligine'.
Diem Pasche mellifluum',
ex tua, o dies, eterna virtute procreatum,
imploramus te, o vita viuencium',
vt per gloriose Resurrectionis tue suffragium
peruenire mereamur ad celeste sacrarium,
vbi hec auriflua et preclarissima dies sine fine celebratur, vt te regem sabaoth valeamus speculari in vestimentis adornatum Paschalibus sollemp(fol. 125r)nizatem in gaudijs nupcialibus tueque generose speciei amenitas
nobis fiat indefectiue iocunditatis saturitas, amen.
Magnificemus hunc honorabilem et orientalem diem nec taceamus, quoniam maior est omni laude', notas faciamus in populis glorie sue laudes. Silere igitur debet racionalis creatura a laude dei, irracionabili non tacente'? Taceam, an loquar'? Tamen si taceam, lapidibus clamare iubetur. Certe loquar et non tacebo. Totis viribus nitor eximium laudare diem, in quo dominus meus glorificatus est. Quamvis enim indignus et insuf-

ficiens laudator existam et cum non sit pulchra in ore peccatoris laus', tamen ab hujus precellentissime diei laudibus minime cessabo.

O dies omni voto recolenda!
O dies omni studio veneranda!
(fol. 125v) Salue diuini cordis iubilus', dies cristi Resurrectionis',
aurea dos dominice ac nostre glorificacionis',
pregrandis nobilitas inmortalis regis',
tua deliciosa inchoacio',
dulce medium et felix consummacio',
totum diuine virtutis operacio.
Vnde deficit in tuis laudibus angelica et humana condicio, sed prestet mihi Resurgens dominator, vt dignissima festa Paschalia mihi super omnia cara semper sint in corde et anima mea et perseuerens continua per infinita seculorum secula, amen.

Vale celestis diei', in qua sponsus inmortalis celestia et terrestria inebriauit vino Paschalis iubilei.

Hec dies....
Vale excellens nobilitas sollempnis Diei Pasche', magnifica (fol. 126r) sollempnitas', honor dei', decus anni; in conclaui cordis mei fige radium tui amoris', qui occasum non videat', sed in aspectu maiestatis fraglanti deuocione redoleat.
Vale o eddele osterdach',
uterwelde pasche dach',
begherliche clare sunnendach,
den nen dach liken mach';
du bist wunnichlik vnde clar
vnde sote altemal',
du bist de wol schinende carbunkel',
den nen nacht kan bedunckeren';
du bist en wunsam paradys',
vnde alle des iares ere vnde pris',
du bist aller enghele schal',
din schedinghe is mines herten kal',
de hemmelsche koningh heft dik van anbeghinne hilghet',
vnde heft dik bouen alle daghe lef ghehat',
wente he alle sine not an di verwunnen heft.
O hoghe eddele werde sote dach, woldestu bi (fol. 126v) *vns bliuen',*
dine schedinghe kan min herte nicht liden';
du bist der waren ewighen vroude en sote vorspel.
O vroudenrike Pasche dach,
bringhe uns an den hemelschen palas,
dar we vroliken schowen moghen Ihesum' den ewighen Pasche dach.
Salue et vale, O celestis margarita,
Dies maxima et altissima.
Vale dies inclita,
melior quam centum milia.
Vale, O dies Paschalis,
spes future claritatis,
in te nobis est reseratus aditus eternitatis.

O dies felix valeas
et in evum maneas.
Vale, vale, valeas
et post annum letanter redeas.
O dies consecrata (fol. 127r) domino',
Dies leta valeas
et in evum maneas.
Mane nobiscum, O dies eternalis',
quia iam labitur dies temporalis.
Domine ihesu cristus, inclite triumphator,
nostre redempcionis pijssime operator',
per hujus auriflue diei sanctificacionem'
infunde mihi tuam benedictionem',
vt sic celebrem Paschalia sollempnia,
quatinus post hujus vite curricula
merear in delicijs eternitatis
cernere te regem glorie in decore maiestatis,
amen.

De inclita imperatrice celestis curie

Gaude, quia tui nati,
quem videbas morte pati,
fulget Resurrectio.

O pulcherrima rosa, nobilissima virgo Maria', gaude toto medullarum affectu, quia inexcogitabile iubar serenitatis tibi hodie illuxit in prole tua, qui surrexit hodie ad magnificandam gloriam patris sui', ad (fol. 127v) dilatandam excellenciam tuam et ad humanam naturam sublimandam', et quia quanto plus triumphalis victoria eius clarescit, eo amplius matrem cordis tui iocunditas Resurgenti filio tuo alludit et applaudit.

Per excellentiam tante dignitatis et gaudij propina nobis, o mater Resurgentis cristi, in die tante sollempnitatis nectar sue dulcissime karitatis et siceram sue melliflue Resurrectionis, vt in suo beneplacito et in spirituali iubilo peragamus hec festa Paschalia', et post terminum hujus vite perducamur ad gaudia celestis patrie, vbi mereamur epulare et exultare cum omnibus electis in delicijs tante festiuitatis.

Considera nunc, qualiter vniuersus populus per totum orbem cristianum cum gaudio et exultacione remeat ad propria', vnusquisque reconsiliatus (fol. 128r) et representatus domino deo suo', habens secum saluatorem suum', conmunicatus in anno', eciam in exhibicionem graciarum actionum cum cantu et laude', pulsacionibus et iubilacionibus', vltimum punctum hujus nobilissimi orientalis diei deducentes in laude et honore; et eciam pueri et indocti, qui aliter nichil sciunt', clamant:

Heyl', Heyl', Osterdach!
Also heylich is desse dach,
dat en nement to vullen louen mach.

Cum hijs proclama et tu
et exalta vocem tuam in fortitudine
et saluta hanc excellentissimum diem et dic:

Salue festa dies, toto venerabilis euo,
Qua deus infernum vicit et astra tenet.
Antequam vadis ad quiescendum',
tu electa sponsa regis inmortalis prepara te,
vt possis cum sponso tuo regalem thalamum introire,
vt pauses sub vmbra dilecti'.
Ecce iam ministri (fol. 128v) summi regis, scilicet electi angeli,
clamant per omnes plateas ciuitatis et dicunt:
Venerunt nupcie agni
et vxor eius preparauit se.
Idcirco, o deuota anima, hodie vxor agni effecta',
dispone te ad ista',
quia ipsi sic libet, qui dicit:
Delicie mee sunt esse cum filijs homini.
Et quia mos est,
quod in nupcijs semper cum varijs instrumentis musicorum
sponsa ducitur ad thorum sponsi,
Et ecce in nupciali thalamo, silicet virginei cordis,
quo sponsa sociatur agno immaculato',
concurrit tota celestis yerarchia
cum ymnis et canticis',
cum lyris et cytharis ac vniuersis instrumentis musicis.
O mit welker vnsprokelker werdicheyt trit nu her regina bersabee,
mater veri salomonis,
vt introducat sponsam agni filio suo, vero salomoni, in cubiculum suum. (fol. 129r)
To desser brutlacht kumpt de ghanse hemmelsche hof.
De lutken kemerere, dede den brudeghamme vorghat',
dat sin de lutken iunghen ridderken',
centum quadraginta quatuor milia innocentes.
Desse treden vore
mit eren witten blyantes clederen,
mit eren gulden halsbanden',
mit eren witten bloyenden lylien krensen',
de dreghet de brutkersen vnde de guldenen torticien'.
Darneghest volghen de spellude also cherubim vnde seraphim
mit eren harpen vnde seydenspele',
throni et dominaciones
mit eren pipen vnde bunghen',
Principatus et potestates
mit eren trumpen vnde veddelen',
virtutes et archangeli
mit eren lyren vnde basunen,
Angeli
mit eren pertifiken vnde scherleygen',
Prelati et consiliatores, (fol. 129v) silicet viginti quatuor seniores,
cum aureis thuribulis, cytharis et phyalis aureis,

Principes prouinciarum et duces populi
mit crucen vnde mit vanen,
Milites et barones, scilicet martires, inter quos egregius dux Mauricius et splendiferi socij eius
cum armis et vexillis ac scutis,
Episcopi, abbates et doctores
cum infulis et baculis aureis',
virguncule inter quos nobilissima regina vrsula
cum suis sodalibus vndenis milibus, omnes ferentes in capite certum rose et lylie
cum suis ardentibus lampadibus.
Desse helpen altemale de brut leden,
dat se se bringhen dem koninghe
vnde helpen ok der brut
den hoghelaueden eddelen werdighen Osterdach to hus bringhen
mit louen vnde mit sanghe, mit harpen vnde seyden (fol. 130r) *spelen.*
O quam gloriose incedens hec sponsa quasi mille saltibus saltat
coram sponso',
coram agno',
coram throno',
quia quod dulces cogitaciones de corde suo hic de terra mittit,
tot saltus coram sponso facit.
Cum vero hec electa sponsa peruenit ad thalamum sponsi presentibus hijs omnibus',
speciale cantat epythalamium sponso inmortali dicens cum explicabili iubilo cordis:
  Hic est dies magnus et preclarus,
  in cujus lumine gradiendo tendimus ad inmortalitatem.
  Hodie intrauimus terram fluentem lac et mel.
O sponsa electa,
trit nv in dat konichlike stolte palas,
in dat bloyende wunnichlike guldene palas dines brudegammes,
dat he opent heft,
do sin honnichuletende herte opent wart in die eximie caritatis,
quando exiuit sanguis et aqua';
tunc aperta est (fol. 130v) nobis ianua regni.
Ecce hec est terra fluens lacte et melle,
quam hodie veraciter intrauimus'.
Ecce *hijr trit de* sponsa *in den waren ewighen Osterdach,*
hir bringhet se to hus mit groter ere vnde werdicheyt den eddelen vroliken Pasche dach',
hijr schal se ok bruken to ewighen tyden den ewighen, waren, leuendighen Osterdach,
de sik nummer in den auent neghen schal'.
Intrans vero sponsa,
ecce sponsus inmortalis,
rex pacificus salomon,
tenens sponsam inter amplexus et gratulando eam alloquitur dicens:
Leua nunc oculos tuos,
quibus subtraxisti omnes delicias mundi propter me
et contemplare in spiritu delicias et amenitates cordis mei',

wente desse ieghenwardighe virghenghelke Pasche dach
iam tendit ad occasum';
nv beschouwe du (fol. 131r) *den ewighen sunnen glans des ewighen Osterdaghes,*
quem tibi daturus sum,
iam oritur et numquam obscuratur.
Tunc sponsa pre dulcedine et pre teneritudine
inclinans capud suum super dulcissimum cor cristi
quasi super molle ac nimis dulce ceruical
dicens cum ingenti cordis dulcedine:
  Vere hodie intraui terram fluentem lac et mel,
  quia vidi dominum facie ad faciem et salua facta est anima mea.
  Hec requies mea in seculum seculi,
  hic habitabo, quoniam elegi eam'.
Et in hijs sponsa tunc dulciter obdormit.
Dignum ergo valde est, vt sponsa specialiter in hac auriflua die honoret matrem sponsi speciosissimam reginam hester', eique speciale carmen depromendo sicut fecit sponso. Quapropter ad vltimum honorat et salutat eam, vt decet cantans coram ea angelicum cantum, quod sic sonat:
  Regina celi letare, alleluia.
  Quia quem meruisti portare.... (fol. 131v)
  O maria mater Resurgentis sponsi mei',
hodie in hac nupciali copulacione facta mater mea',
quid aliud tibi promere possum in hac deliciosa die nisi vt melius dicam:
  Regina celi etcetera'.
Quid de fonte gaudij procedit nisi gaudium?
Letare ergo regina celi'
et mille millesies gaude et exulta'.
Quia ille, quem meruisti nouem mensibus in vtero tuo virgineo portare
et lactare propriis vberibus',
ipse nunc victor mortis gloriose surrexit cum carne,
quam de te sumpsit.
Ora pro nobis deum dilectum et dulcem filium tuum,
sponsum nostrum Resurgentem cristum,
monstra te in hoc esse matrem sponsi',
vt per te omnia nostra disponantur',
vt per te acceptum sit illi, quod offerimus, amen.

2. Glückwunschschreiben einer Lüner Nonne zur Hochzeit ihres Bruders

Erstes Lüner Briefbuch (ca. 1550). – Klosterarchiv Lüne, Hs. 15, Lage 26, fol. 7r–8r. Der Abdruck hier ist adaptiert von der Druckausgabe, die 2024 bei Mohr Siebeck erscheint (vgl. Anm. 4). Die Ausgabe ist bereits Open Access abrufbar, mit der Option, sich auch eine diplomatische Version anzeigen zu lassen und einen textkritischen Sach-Kommentar. Für die hier gewählte Lesefassung sind die u/v-Schreibungen etc. normalisiert, Interpunktion eingefügt, lateinische Bestandteile kursiviert und Hymnen und Zitate eingerückt. Eine vollständige Beschreibung der Editionsprinzipien findet sich in der Einleitung zur Ausgabe http://diglib.hab.de/edoc/ed000248/start.htm [letzter Zugriff: 19.12.2023], S. 132–140.

Darvan singhet de hilghe kerke den soten orghelensangh, den dar ghedichtet unde antenghet heft de beschouwelke alderzoteste orghele des Hilghen Ghestes, sanctus Gregorius, unde ludet aldus:

> Salich bistu werdighe, hilghe iuncvrouwe Maria
> unde alderwerdighest boven alle lof,
> wente van dy is gheboren Christus Jesus, unse God, unse here.
> (Offertorium *Felix namque es sacra virgo Maria*)

Disse hochgheloveden, eddelen iuncvrouwken Marien, de fynen bloygenden rosen, de is utghesproten unde gheboren van dem salighen slechte unde stamme Yesse, so de werdighen lerers ock scrivet in erem love:

> ute dem stamme Yesse is ghesproten eyn rode
> unde de rode de heft ghebloyet unde heft ghedraghen eyne rosen,
> uppe der rosen dar schal uppe rouwen de hilghe Ghest. (Is 11,1)

Vortan vinde wy in dem nighen testamente clarliken unde openbare, dat Gode, dem heren alweldich, de stat des hilghen echtes wol behaghet heft, in dem dat he sik darto othmodighet heft in syner eddelen mynscheyt, dat he myd syner eddelen werdighen, iuncvrouwelken moder Marien sulven to der werschop was in Chana Galilee, dar he water to wyne makede, dat syn erste wunderwerk was dat he dede. (Io 23, 1–11)

Myn alderleveste broder, so dy van Godes gnaden wol witlik is, dat wy myd dem leven Jesum alzo vorbunden synt, dat wy to iuwer brutlacht nicht komen moghet, darumme sende (fol. 7v) wy juw de hemmelschen gheste. Alse unsen alderlevesten utirkornen schonen brudegham *Jesum* myd syner werdighen iuncfrouwelken moder Marien myd den erliken hemmelschen vorsten, alle synen leven apostelen, unde myd dem duchtighen stridvorsten *sancto Mauricio* myd alle syner hilghen selschop; disse leven werdighen hemmelschen gheste de sende wy iuw myd unsem inneghen bede, wente wy umme der leve willen unses leven brudeghammes synt willighe armen, so enkonne wy iuw nene ghave senden, so iuw wol eghede; so sende wy iuw den vorbenummeden, unsen alderlevesten utirkornen brudegham, unde willet ene bidden, dat he myd syner leven moder by iuw wesen wille in iuwer brutlacht, alze he was in Chana Galilee, alze he ium dar umme biddigh der leven Marien water to wyne makede, dat he nu alzo umme eres vordenstes unde werdicheyt willen seghene unde benedighe iuw myd syner godliken gnade unde benediginghe den anbeghin, dat middel unde den ende dyner brutlacht unde dy unde dyne brud unde gheve, dat gy iuw an ener zalighen stunde moten vorsammelen in dem hilghen echte unde gheve iuw synen godliken vrede, leve unde hulde, lucke, ere unde ghud, dat gy in godliker lofliker ensammigher truwe unde leve, in urede unde in eensamicheyt alle de tyd over iuwes levendes to langhen tiden moten tosamde leven [fol. 8r] unde ummeghan.

Dat he dy alzo benedighen unde dyne brud alze benedigede den iunghen *Thobiam* myd syner brud (Tb 6,11–12,22) unde Abraham myd syner husvrouwen (Gn 17,16–19), dat gy moghen to der werlde denen Gode to love unde to eren, to vormeringhe de hilghen cristenheyt, dat an iuw beyden samen unde an iuwen erven moten werden bestedighet alle de benediginghe, dede God lovede unde gaf Abrahame an synem sone Ysaac, dem he sede:

An dynem slechte schollet benediget werden al de slechte der werlde. (Gn 12,3) Dat vorlene iuw allensamen de hochghelovede werdighe salighe Hilghe Drevaldicheyt, alze de Vader unde de Sone unde de Hilghe Gheyst. Amen.

Wolfram-Studien XXVII (2025)
Erich Schmidt Verlag Berlin

Lernen für das Leben

Stephans von Dorpat Bearbeitung der ‚Disticha Catonis'

von NIKOLAUS HENKEL (Hamburg / Freiburg i. Br.)

Dem Gedenken an
Nicolai von Stackelberg
a. d. H. Fegefeuer/Kiviloo
3.10.1870–21.3.1956

Die Frage, welchen Stellenwert mittelalterliche volkssprachige Literatur für die Konstituierung lebensweltlicher Normen und ihrer Umsetzung in menschliches Handeln hat, ist kaum noch im Wege der Hypothesenbildung zu beschreiben. Das gilt etwa für den historischen Ort um 1200 und die Formen höfischen Erzählens wie auch der Lyrik dieser Zeit. Es gibt aber auch Ausnahmen: pragmatische Texte, die einen unmittelbar gestaltenden Zusammenhang mit der Lebenspraxis haben. Einer davon ist Gegenstand der folgenden Ausführungen. Es geht um die ‚Disticha Catonis', eine kleine Sammlung von Regeln und Weisungen für das menschliche Verhalten, entstanden wohl im 3./4. Jahrhundert und spätestens seit der Karolingerzeit und bis ins 17. Jahrhundert der maßgebliche Lehrtext für den Anfangsunterricht in der lateinischen Sprache im Kulturraum Lateineuropas.[1] Für das Mittelalter bis zum 15. Jahrhundert kann konstatiert werden: Die Kulturtechnik des Lesens und Schreibens wurde ausschließlich auf der Grundlage der lateinischen Sprache und ihrer Texte erlernt. Die ‚Disticha Catonis' waren im Anfangsstadium des Lernprozesses obligater Bestandteil der Unterweisung.

Die spätantike Vorgeschichte des kleinen Werks ist nur wenig bezeugt. Die erhaltene Überlieferung setzt vor/um 800 ein; quantitativ ist sie nur bis zum 12. Jahrhundert dokumentiert,[2] dürfte insgesamt aber an die 800–1000 erhal-

---

[1] Siehe zum Kontext lehrhaften Sprechens Nikolaus Henkel, Was soll der Mensch tun? Literarische Vermittlung von Lebensnormen zwischen Latein und Volkssprache und die ‚Disticha Catonis', in: Literatur und Wandmalerei. Bd. 2: Konventionalität und Konversation. Burgdorfer Colloquium 2001, hg. v. Eckart Conrad Lutz, Johanna Thali und René Wetzel, Tübingen 2005, S. 23–45.

[2] Aus dem 8. Jahrhundert sind zwei Handschriften nachgewiesen, weitere 72 aus dem

tene mittelalterliche Handschriften umfassen. Dazu kommen aus dem Zeitraum von 1465–1500, hier in etwa abschätzbar, rund 40 nachgewiesene Drucke des lateinischen Textes,[3] sowie über 40 Ausgaben, die neben dem Text auch einen der zahlreichen Kommentare enthalten,[4] hinzu kommt auch noch ein Druck, der Ausarbeitungen der ‚Disticha Catonis' zu lateinischen Predigten bietet.[5] Im 16. Jahrhundert erscheinen allein im deutschen Sprachraum rund 100 Ausgaben der ‚Disticha Catonis'.[6]

Knapp umrissen werden im Folgenden die Erscheinungsformen und Geltungsbereiche der lateinischen Fassungen und Kommentierungen (1.), knapp auch die Erscheinungsformen in den europäischen Volkssprachen, insbesondere in der deutschen Literatur (2.). Vor diesem Hintergrund ist die niederdeutsche Bearbeitung des im estnischen Dorpat/Tartu wirkenden Domscholasters Stephan zu untersuchen; zunächst die Überlieferungslage und der durchaus problematische Editionsstand (3.), sodann das spezifische Profil dieser Bearbeitung, die Strategien der über den Text hinausgehenden umfangreichen Erweiterungen und ihr Bezug zur lateinischen Kommentartradition (4.) und die daraus erkennbaren Strategien der Vermittlung und Wirkung (5.). Ein Anhang verzeichnet die zahlreichen Autoritätenberufungen in Stephans ‚Cato'-Bearbeitung in Art eines Quellenregisters.

9.–12. Jahrhundert, dazu 7 Handschriften mit Kommentaren bzw. Accessus, siehe Birger Munk Olsen, L'Étude des auteurs classiques latins aux XIe et XIIe siècles. Bd. 1: Catalogue des manuscrits classiques latins copiés du IXe au XIIe siècle, Paris 1982, S. 61–86.

3 Dokumentiert im Gesamtkatalog der Wiegendrucke (GW): https://www.gesamtkatalogderwiegendrucke.de/ (letzter Zugriff: 12.12.2022) GW 6250–6276 (eingefügt sind zahlreiche Nachträge, sog. N-Nummern). Die um 1470 einsetzenden Ausgaben dieser schmalen ‚Cato'-Heftchen von sechs bis zehn Blättern in Quart sind in der Regel nur in einem oder zwei, oftmals auch unvollständigen Exemplaren erhalten, was auf Verschleiß, eine hohe Verlustquote und zahlreiche nicht mehr nachweisbare Ausgaben deutet.

4 GW (Anm. 3) 6277–6317.

5 GW (Anm. 3) 6218; verwiesen sei auf das handschriftlich überlieferte Cato-Predigtkompendium des Eichstätter Leutpriesters Bartholomäus Mulich, München, BSB. Clm 15145. Siehe zur Verwendung der ‚Disticha Catonis' innerhalb der Predigt Nikolaus Henkel, Disticha Catonis. Gattungsfelder und Erscheinungsformen des gnomischen Diskurses zwischen Latein und Volkssprache, in: Gattungen mittelalterlicher Schriftlichkeit, hg. v. Barbara Frank, Thomas Haye u. Doris Tophinke (ScriptOralia 99), Tübingen 1997, S. 261–283, hier S. 273–276.

6 Verzeichnis der im deutschen Sprachraum erschienenen Drucke VD16: https://opacplus.bib-bvb.de/TouchPoint_touchpoint/start.do?SearchProfile=Altbestand&SearchType=2 (letzter Zugriff: 12.12.2022).

1.

Die ‚Disticha Catonis' sind ein kleines, eher unscheinbares Büchlein, dessen Verfasser unbekannt ist.[7] Es umfasst 144 hexametrische Zweizeiler – formgerecht gebaut, aber ohne einen darüber hinausgehenden Kunstanspruch –, die sich, ohne erkennbar sinnstiftende thematische Strukturierung, auf vier Bücher verteilen.[8] Sie inszenieren sich als Lehre eines um den moralischen Niedergang der Zeit besorgten Vaters, der seinem Sohn Ratschläge und Weisungen für sein Leben mitgeben will. Dem Verstext ist in der Überlieferung regelmäßig ein (fiktiver) Widmungsbrief des ‚Vaters' an den ‚Sohn' vorangestellt.

> Cum animadverterem,
> quam plurimos homines graviter in via morum errare,
> succurendum [...] existimavi,
> maxime ut gloriose viverent et honorem contingerent.
> Nunc te fili carissime docebo [...].
> Igitur praecepta mea ita legito ut intellegas.
> Legere enim et non intellegere neglegere est.

‚Als ich mir bewusst wurde, wie viele Menschen auf dem Weg der Gesittung schwer in die Irre gehen, entschloss ich mich, ihnen zu helfen, vor allem, damit sie ein ruhmvolles Leben führten und Ehre erlangten.

Nun will ich dich, mein innig geliebter Sohn unterweisen [...]. Deshalb lies meine Ratschläge so, dass du sie auch verstehst. Denn lesen ohne zu verstehen heißt, das Gelesene zu missachten.'[9]

---

7 Siehe zu der noch immer umfassendsten Einordnung der ‚Disticha Catonis' in den literarischen Kontext der Zeit die Darstellung von Martin Schanz, Geschichte der römischen Literatur bis zum Gesetzgebungswerk des Kaisers Justinian, Bd. 3: Die Zeit von Hadrian 117 bis auf Constantin 324, 3., neubearb. Aufl. v. Carl Hosius und Gustav Krüger, München 1922, S. 34–41. Nur knapp und wenig informativ ist der Artikel von Peter Leberecht Schmidt, Dicta Catonis, in: Der Neue Pauly 3 (1997), Sp. 534f.

8 Zum Fehlen eines der römischen Klassik verpflichteten künstlerischen Standards vgl. Fidel Rädle, ‚Disticha Catonis' – eine Schulfibel des Abendlandes, in: Der altsprachliche Unterricht 38,6 (1995), S. 45–52.

9 Der lateinische Text wird zitiert nach der großen kritischen Ausgabe: Disticha Catonis, rec. et apparatu critico instruxit Marcus Boas, opus post Marci Boas mortem edendum curavit Henricus Johannes Botschuyver, Amsterdam 1952. – Zu einer Text- und Wirkungsgeschichte im Mittelalter hat Boas mehrere Aufsätze vorgelegt, verzeichnet ebd., S. 287–298; eine zusammenfassende Darstellung der Überlieferung fehlt indes. Das Zitat hier S. 4. – Siehe auch Schanz (Anm. 7), S. 34–36; weiterhin: Paolo Roos, Sentenza e proverbio nell' antichità e i ‚Distici di Catone'. Il testo latino e i volgarizzamenti italiani. Con una scelta e traduzione delle massime e delle frasi proverbiali latine classiche più importanti o ancora vive oggi nel mondo neolatino, Brescia 1984.

Der Typ der Vater-Sohn-Lehre, bisweilen abgewandelt als Rat des Älteren an den Jüngeren, hat eine lange Tradition, für die in der römischen Antike etwa die Briefe Senecas ‚Ad Lucilium' stehen, die das Mittelalter intensiv studiert hat. Auch das Alte Testament stellte in seinen Lehrdichtungen Vergleichbares bereit, etwa in den Weisungen des Tobias an seinen Sohn; ebenso nimmt der Eingang der ‚Regula Benedicti' diesen Gestus der Belehrung auf.[10] In die so geprägte Traditionsreihe stellt sich auch die Lehre der ‚Disticha Catonis'.

Zwischen die spätantiken Bestandteile der ‚Epistula' und der ‚Disticha' hat die Karolingerzeit noch eine Sammlung von gut 50 knappen, imperativischen Verhaltensanweisungen in Prosa eingeschoben, die ‚Breves sententiae' (im Folgenden: BS), die inhaltlich zum großen Teil auf den Weisungen der Distichen beruhen. Einige Beispiel sollen das zeigen:

Deo supplica (BS 1)	‚Bete zu Gott!'
Parentes ama (BS 2)	‚Liebe deine Eltern!'
Cognatos cole (BS 3)	‚Sorge für ein gutes Verhältnis zu deinen Verwandten!'
Cum bonis ambula (BS 6)	‚Hab Umgang nur mit guten Leuten!'
Mundus esto (BS 8)	‚Sei reinlich!'
Saluta libenter (BS 9)	‚Grüße gerne!'
Rem tuam custodi (BS 13)	‚Gib auf deine Sachen acht!'
Cui des videto (BS 17)	‚Achte darauf, wem du etwas gibst!'
Magistrum metue (BS 11)	‚Habe Respekt vor deinem Lehrer!'
Quae legeris memento (BS 27)	‚Was du gelesen hast, bewahre im Gedächtnis!'
Nihil mentire (BS 44)'	‚Lüge in keiner Hinsicht!'

Man sieht deutlich: Hier geht es um Gebote, die auf Kinder und junge Leute zugeschnitten sind. An diesen einfachen Sätzen konnte man sein Latein üben, den Wortschatz, die Formenlehre und die Syntax, und bekam gleichzeitig hilfreiche Verhaltensanweisungen zur Gestaltung des Lebens.

Umso befremdlicher erscheint uns, dass unter diesen knappen, auf das Kind bezogenen Geboten auch folgende zu finden sind:

Coniugem ama (BS 20)	‚Liebe deine Ehefrau!'
Vino tempera (BS 22)	‚Sei mäßig beim Wein!'
Meretricem fuge (BS 25)	‚Geh dem Freudenmädchen aus dem Weg!'

Die Tatsache, dass wir auch diese Anweisungen regelmäßig in den ‚Cato'-Handschriften finden, die im Anfangsunterricht der Lateinschulen gelesen wurden, zeigt: Es geht nicht nur um kindbezogenes Verhalten, sondern auch um die frühe Schulung von kritischer Bewertungskompetenz gegenüber der Welt der

[10] Siehe zum Typus der Vater-Sohn-Lehre Henkel (Anm. 1), S. 26f. mit weiteren Nachweisen.

Erwachsenen: Eheführung, Trunksucht, Lotterleben lassen sich von diesen früh vermittelten Regeln aus auch von jungen Leuten bewerten; beobachtetes Fehlverhalten kann gegenüber dem Regelwerk des ‚Cato' eingeordnet und verurteilt, aus beobachtetem Fehlverhalten kann das eigene Leben später einmal richtig gestaltet werden. Wie die ‚Breves sententiae' so entstammen auch die hexametrischen ‚Praefationes' der Bücher zwei bis vier der Karolingerzeit.[11]

Nun zu den insgesamt 144 Zweizeilern (im Folgenden DC), deren Bauweise und Intentionalität einige Beispiele zeigen mögen:

> Plus vigila semper, nec somno deditus esto
> nam diuturna quies vitiis alimenta ministrat. (DC 1,2)[12]
>
> ‚Sei allzeit wach und ergib dich nicht dem Schlafe,
> denn langer Schlaf gibt dem Laster Nahrung.'

Deutlich tritt hier der zweiteilige Grundtyp der didaktischen Aussage zutage. Sie bietet zunächst eine vielfach imperativisch formulierte Handlungsanweisung, der eine auf Zustimmung zielende Begründung beigegeben ist, die auf ein allgemein verfügbares und akzeptiertes menschliches Erfahrungswissen verweist.[13] So auch beim nächsten Beispiel: Zur rechten Zeit zu reden, zur rechten Zeit zu schweigen, ist eine Grundregel der menschlichen Gesellschaft:

> Virtutem primam esse puta compescere linguam;
> Proximus ille deo est, qui scit ratione tacere. (DC 1,3)[14]
>
> ‚Achte es als oberste Tugend, deine Zunge im Zaum zu halten;
> denn der ist Gott am nächsten, der mit Verstand zu schweigen weiß.'

Weisungen wie diese gewinnen eine breite sprichwörtliche Repräsentanz. Sie folgen dem ethischen Konzept eines trivialen Vulgärstoizismus und sind gut vereinbar mit den Grundzügen christlicher Lebensgestaltung. Oder:

> Contra verbosos noli contendere verbis:
> Sermo datur cunctis, animi sapientia paucis. (DC 1,10)[15]

---

[11] Im Folgenden wird das gesamte Ensemble aus ‚Epistula', ‚Breves Sententiae', den ‚Praefationes' der Bücher zwei bis vier sowie die eigentlichen Disticha unter der Bezeichnung ‚Disticha Catonis' (abgekürzt DC) zusammengefasst.

[12] Siehe auch Thesaurus Proverbiorum Medii Aevi (TPMA), Bd. 1–14, Berlin / New York 1995–2002, hier Bd. 9 (1999), S. 378f. mit weiteren Nachweisen zur Verwendung.

[13] Fünf unterscheidbare Typen der Verknüpfung von Präskription und begründender Argumentation lassen sich feststellen, vgl. Henkel (Anm. 5), hier: 264–266.

[14] TPMA (Anm. 12), Bd. 13 (2002), S. 422–427 mit weiteren Nachweisen.

[15] TPMA (Anm. 12), Bd. 13 (2002), S. 252–255 mit weiteren Nachweisen.

‚Gegen Schwätzer streite nicht mit Worten;
Zu reden ist vielen gegeben, Geist und Weisheit nur wenigen.‘

Oder:

Quae nocitura tenes, quamvis sint cara, relinque.
Utilitas opibus praeponi tempore debet. (DC 1,6)[16]

‚Was dir schadet, lass fahren, auch wenn es dir lieb ist.
Zuzeiten muss, was nützlich ist, dem Reichtum vorgezogen werden.‘

In den letztgenannten Beispielen zeigt sich ein Zug, der ausschließlich pragmatisch ausgerichtet ist und – ohne moralische Attitude – auf den eigenen Nutzen und Vorteil zielt. Neben die einigermaßen strengen moralisch ausgerichteten Regeln treten immer wieder solche, die eigentlich als moralisch verwerflich einzustufen sind, aber Erfolg in spezifischen Situationen versprechen, so etwa die Sentenz vom Nutzen, sich zu rechter Zeit dumm zu stellen.

Insipiens esto, cum tempus postulat ipsum,
Stultitiam simulare loco, prudentia summa est. (DC 2,18)[17]

‚Sei töricht, wenn die Zeit es einmal fordert;
sich am rechten Ort dumm zu stellen, ist höchste Klugheit.‘

Die Überlieferung der so gestalteten Lebenslehre des ‚Cato‘ hat einen deutlichen Schwerpunkt in Schulhandschriften, später auch Drucken, die für den Anfangsunterricht bestimmt waren, verbunden etwa mit der ‚Ars minor‘ des Donat als Anfängergrammatik. Ab dem 12. Jahrhundert treten in großer Zahl Lektüreempfehlungen auf wie die folgende, vielleicht Alexander von Neckam zuzuschreibende, die für die Bildung eines Knaben rät:[18]

---

16 TPMA (Anm. 12), Bd. 9 (1999), S. 473f. mit weiteren Nachweisen.

17 TPMA (Anm. 12), Bd. 8 (1999), S. 354–356 mit weiteren Nachweisen.

18 Charles Homer Haskins, Studies in the History Mediaeval Science, New York 1960 [Nachdruck der 2. Aufl., Cambridge/Mass. 1927], S. 372, Z. 5–7. Auch in weiteren Lektüreempfehlungen werden die ‚Disticha Catonis‘ stets an erster Stelle genannt, so etwa bei Hugo von Trimberg: Das ‚Registrum Multorum Auctorum‘ des Hugo von Trimberg. Untersuchungen und kommentierte Textausgabe, hg. v. Karl Langosch (Germanische Studien 235), Berlin 1942, V. 563–577; hier heißt es V. 563f.: *Virtutum expositor regulator morum / Catho prior sedeat in ordine minorum* (‚Als Ausleger der Tugenden und Regelwerk der Gesittung sitze Cato an erster Stelle in der Reihe der Kleineren [d. h. der Texte der Anfängerlektüre]‘). Bereits Anfang des 12. Jahrhunderts hatte Konrad von Hirsau in seinem ‚Dialogus‘, einem Gespräch zwischen einem Lehrer und seinem Schüler, empfohlen, die Arbeit an der Anfängergrammatik des Donat, der ‚Ars minor‘, mit der Lektüre des ‚Cato‘ zu verbinden: Accessus ad auctores. Bernard d'Utrecht, Commentum in Theodolum; Conrad d'Hirsau ‚Dialogus super auctores‘. Éd. critique entièrement revue et augmentée par Robert B. Constantijn Huygens, Leiden 1970, S. 82–84, Z. 322–381.

Postquam alphabetum didicerit et ceteris puerilibus rudimentis imbutus fuerit, Donatum et illud utile moralitatis compendium quod Catonis esse vulgus opinatur addiscat.

‚Nachdem er das Alphabet gelernt hat und ihm die den Knabenalter gemäßen Grundlagen vermittelt sind, soll er den Donat [die Grundlagengrammatik der ‚Ars minor'] und jene nützliche Morallehre lernen, die man gemeinhin für ein Werk des/eines Cato hält.'

Die ‚Accessus ad auctores' des 12. Jahrhundert bieten eine spezifisch christliche Ausrichtung in der Bewertung der ‚Disticha Catonis', wenn sie bemerken:[19]

[...] materia eius [sc. Catonis] sunt precepta bene et caste uiuendi. Intentio eius est representare nobis qua uia tendamus ad ueram salutem, et ut diligenter eam appetamus et omni studio inquiramus [...].

‚Der Gegenstand der ‚Disticha Catonis sind Weisungen gut und sittlich zu leben. Ihr Ziel ist, uns zu veranschaulichen, auf welchem Weg wir zum wahren Heil streben und wie wir es gewissenhaft erreichen und mit allem Eifer suchen sollen.'

Zeugnisse wie dieses zeigen, dass im Mittelalter jeder, der schreiben und lesen konnte, mit größter Wahrscheinlichkeit anhand der ‚Disticha Catonis' die Koiné Europas, das Lateinische, erlernt hat.

Es ist aber bei der Überlieferungs- und Funktionsgeschichte der ‚Disticha Catonis' bereits seit dem 9. Jahrhundert eine Art ‚Zweigleisigkeit' von bemerkenswerter wissens- und bildungsgeschichtlicher Relevanz zu beobachten. Da sind zum einen Handschriften, die nur den Text überliefern, teils repräsentativ-aufwendig gestaltet, teils als einfache, gebrauchsorientierte Schulhefte angelegt – und, falls überhaupt erhalten, in diesen Fällen zumeist entsprechend abgenutzt.[20] Zum andern erscheint bereits im 9. Jahrhundert eine ausführliche Kommentierung der ‚Disticha Catonis', die den Text umfassend erschließt, die ‚heidnische' Lehre in einen christlich ausgerichteten Deutungsrahmen stellt und durch zahlreiche Zitate aus biblischen Schriften, der Patristik und anderen namentlich genannten Autoren (u. a. Sallust, Cicero, Seneca, Terenz, Vergil, Horaz, Juvenal, Avian) zu einem Kompendium umfassenden Wissens ausbaut. Ziel ist nicht in erster Linie eine verständnisfördernde Erklärung des ohnehin

---

19 Ebd., S. 21. Auch Konrad von Hirsau (11./12. Jh.) empfiehlt in seinem ‚Dialogus' zwischen *discipulus* und *magister* nachdrücklich den ‚Cato' als Anfängerlektüre: ebd., S. 82–84, Z. 328–381.

20 Gleiches trifft übrigens auch auf die Drucke der Anfängergrammatik zu, die ‚Ars minor' des Donat. Der GW verzeichnet bis 1500 noch weit über 300 Ausgaben, von denen die meisten nur noch fragmentarisch erhalten sind, obwohl sie wegen des zu erwartenden Verschleißes auf Pergament gedruckt wurden. Ausgaben: GW (Anm. 3) 8674–8971, dazu noch zahlreiche N(achtrags)-Nummern.

einfachen Textes, sondern seine Einbettung in die umfassende Bildungswelt Lateineuropas. Der Verfasser dieses Kommentars ist der Benediktiner Remigius von Auxerre (um 841 bis um 908).[21] Hier kommt, ausgelöst durch die schlichte lebenspraktische Lehre der ‚Disticha Catonis' und ihre moralische Wertungskompetenz, der Wissens- und Bildungshorizont der intellektuellen Eliten des Mittelalters in den Blick.[22]

Hier wie auch sonst ist die Tradierung von Kommentaren einem stetigen, durch Anforderung und Gebrauch geprägten Wandel unterworfen. Der ‚Cato'-Kommentar des Remigius, bis ins 14. Jahrhundert tradiert, wird in ein umfassenderes ‚Cato'-Kompendium mit dem Initium *Summi Deus largitor praemii* integriert, das bis 1500 auch in 22 Druckausgaben europaweit verbreitet ist.[23] Weitere ‚Cato'-Kommentare, deren bildungsgeschichtliche Dimension noch zu vermessen wäre, treten im Spätmittelalter dazu.[24] Die Existenz solcher, weite Wissens- und Bildungshorizonte eröffnenden Werke kann als Folie dienen, wenn es um die Einschätzung von Stephans von Dorpat ‚Cato'-Bearbeitung geht.

---

21 Siehe zu den Kommentarwerken des Remigius den Überblick von Max Manitius, Geschichte der lateinischen Literatur des Mittelalters, Bd. 1–3, München 1911–1931, hier Bd. 1: Von Justinian bis zur Mitte des 10. Jahrhunderts, S. 109–113; dazu die Darstellung von Colette Jeudy, L'oeuvre de Remi d'Auxerre. État de la question, in: L'école carolingienne d'Auxerre de Murethach à Remi 830–908. Entretiens d'Auxerre 1989, publiés par Dominique Iogna-Prat, Colette Jeudy et Guy Lobrichon, Paris 1991, S. 373–397; zusammenfassend: Michael Baldzuhn, Remigius von Auxerre (R. Autissiodorensis), In: Biographisch-Bibliographisches Kirchenlexikon 22 (2003), Sp. 1146–1149. Der Cato-Kommentar ist nur auszugsweise verfügbar, siehe Ernstpeter Ruhe, Untersuchungen zu den altfranzösischen Übersetzungen der Disticha Catonis (Beiträge zur romanischen Philologie des Mittelalters 2), München 1968, S. 16–32; Michael Baldzuhn, Schulbücher im Trivium des Mittelalters und der Frühen Neuzeit. Die Verschriftlichung von Unterricht in der Text- und Überlieferungsgeschichte der ‚Fabulae' Avians und der deutschen ‚Disticha Catonis' (Quellen und Forschungen zur Literatur- und Kulturgeschichte 44/1–2), Berlin / New York 2009, bes. S. 264–266.

22 Das gilt insbesondere für den unter dem Titel ‚Speculum regiminis' mehrfach gedruckten Kommentar des Philippus de Bergamo, dessen Wirkungsraum im Universitätsstudium und im Verfügungsbereich des Intellektuellen lag, vgl. Henkel (Anm. 5), S. 272f.; Baldzuhn (Anm. 21), S. 268–272.

23 GW (Anm. 3), 06298–06318.

24 Die oben in Anm. 4 genannten Druckausgaben der ‚Cato'-Kommentare können die Materialgrundlage bieten; Ansätze zu einer Bewertung bei Henkel (Anm. 5), S. 272–274; siehe vor allem Baldzuhn (Anm. 21), S. 264–287, mit einer ausführlichen Würdigung der Kommentartradition.

2.

Vom 12. Jahrhundert an kommen, zeitgleich mit den Anfängen der hochmittelalterlichen Literatur in den europäischen Volkssprachen, auch die ‚Disticha Catonis' in einer überraschenden Vielfalt der Fassungen und Bearbeitungen zur Wirkung, auch hier in der Regel gemeinsam mit dem lateinischen Text. Fünf französische machen den Anfang (zwei anglo-normannische, drei französische), weitere folgen.[25] Es bildet sich hier ein weit über die ‚Disticha Catonis' hinausreichender und im gesamten Mittelalter präsenter Formtyp heraus, der auf die zwei lateinischen Hexameter vier paarig gereimte volkssprachige Verse folgen lässt. Vom 13. bis zum 15. Jahrhundert sind über 20 deutsche Bearbeitungen erhalten,[26] besonders wirkungsvoll die von Sebastian Brant mit über 30 bis ins 16. Jahrhundert reichenden lateinisch-deutschen Druckausgaben.[27] Einen Schlusspunkt markiert die lateinisch-deutsche Ausgabe von Martin Opitz (1629), der freilich keine Reimpaare benutzt, sondern Alexandriner.[28] Die von Michael Baldzuhn im Rahmen des Hamburger SFB 538 „Mehrsprachigkeit" 2000–2003 aufgebaute Datenbank macht es uns möglich, einen Einblick in die gesamte Überlieferung zu bekommen.[29] Doch stellt Baldzuhn gleichwohl fest: „weder sind die Überlieferungszeugen vollständig erhoben, noch sind die einzelnen Textzweige zureichend voneinander abgesetzt, noch sind sie ihren konzeptionell intendierten und den in der späteren Verwendung realisierten Funktionen nach beschrieben."[30] Auf die Bearbeitungen in weiteren europäischen

---

25 Siehe Ruhe (Anm. 21), S. 3–192; dazu eine weitere Übersetzung des 14. Jahrhunderts (ebd., S. 211–232) sowie eine Auswahlübersetzung in Prosa, die in eine Chronikabschrift integriert ist (ebd., S. 193–210). Der GW (Anm. 3) weist bis 1500 drei lateinisch-englische Druckausgaben nach, dazu zwölf lateinisch-französische, zehn lateinisch-italienische, zwei niederländische und zwei lateinisch-spanische (GW 6358–6384).

26 Vgl. Baldzuhn (Anm. 21), S. 922–992.

27 Vgl. Nikolaus Henkel, Sebastian Brant. Studien und Materialien zu einer Archäologie des Wissens um 1500, Basel / Berlin 2021, S. 315–317; Baldzuhn (Anm. 21), S. 379–383.

28 Martin Opitz, Gesammelte Werke. Kritische Ausgabe, hg. von George Schulz-Behrend. Bd. 4: Die Werke von Ende 1626–1630, Teil 2 (Bibliothek des literarischen Vereins in Stuttgart 313), Stuttgart 1990, S. 332–375; dazu Opitzens ‚Notae' ebd., S. 375–391. Die zweisprachige Ausgabe von Opitz erfährt bis zur Mitte des 18. Jahrhundert rund 40 weitere Auflagen; siehe dazu auch Baldzuhn (Anm. 21), S. 407–418.

29 Siehe: https://www-archiv.fdm.uni-hamburg.de/disticha-catonis/ (zuletzt abgerufen: 14.12.2022). Hier sind auch Abbildungen zu den einzelnen Handschriften verfügbar.

30 Baldzuhn, Schulbücher im Trivium (Anm. 21), S. 136. Schon bei Erscheinen des Artikels von Peter Kesting, Art. ‚Cato', in: ²VL 1, 1978, Sp. 1192–1196, mussten sechs bis dahin unbekannte Handschriften nachgetragen werden, siehe Nikolaus Henkel, Beiträge zur Überlieferung der ‚Disticha Catonis' in deutscher Übersetzung (I/II), in: ZfdA 107 (1978), S. 298–318, sowie ebd. 109 (1980), S. 152–179.

Volkssprachen gehe ich nicht weiter ein. Damit wenden wir uns der ‚Cato'-Bearbeitung Stephans von Dorpat zu.

3.

Mit Stephan von Dorpat kommen wir an den östlichen Rand des niederdeutschen Sprachraums, gekennzeichnet durch eine geschichtete Dreisprachigkeit: ein finno-ugrisches Idiom der leibeigenen landsässigen estnischen Bevölkerung, von dem aber bis in die frühe Neuzeit keine Schriftlichkeit erhalten ist, das hansisch geprägte Niederdeutsch der deutschen, zum Teil adligen Oberschicht und das Latein der Kirche und der Verwaltung.

Der gewaltsamen Christianisierung und Unterwerfung der landsässigen Bevölkerung im heutigen Estland und Lettland im ausgehenden 12. Jahrhundert folgte eine vornehmlich aus Norddeutschland stammende Oberschicht des Kirchenregiments, des städtischen Bürgertums und der Großgrundbesitzer. Wann das 1224 begründete Bistum Dorpat eine Schule als Bildungseinrichtung für den klerikalen Nachwuchs einrichtete, ist nicht belegt; die Archivmaterialien sind größtenteils verloren. Der Grund: Das Bistum ist 1558 nach der Zerstörung Dorpats durch die russischen Truppen Iwans IV. (des Schrecklichen), die einen Zugang zur Ostsee sichern sollten, erloschen.[31] Zur Zeit der Regentschaft Bischof Johanns II. von Vifhusen (amtiert ab 1357, †1375) hat Stephan, der Verfasser der ‚Disticha Catonis'-Bearbeitung, gewirkt, von dem außerdem nur noch das ‚Schachbuch' überliefert ist.[32]

Zu Stephan von Dorpat haben wir nur wenige Zeugnisse, die er uns in seinen beiden erhaltenen Werken bietet, in den ‚Disticha Catonis' und einer deutschen Bearbeitung des lateinischen Schachbuchs des Jacobus de Cessolis.[33] Auch dies ist ein lehrhaftes Werk, das die Figuren des Schachspiels auf die weltlichen Stände auslegt, ihre Pflichten und Verfehlungen, und das Ganze durch eine große Zahl von Exempelgeschichten ergänzt, die in Stephans Bearbeitung aber

---

[31] Georg von Rauch, Stadt und Bistum Dorpat zum Ende der Ordenszeit, in: Zeitschrift für Ostforschung 24,4 (1975), S. 577–626; siehe auch Manfred Hellmann, Dorpat, in: LexMA 3 (1986), Sp. 1322–1325. Vgl. zur neuzeitlichen Geschichte der baltischen Länder den Sammelband: Das Baltikum. Bd. 3: Die Staaten Estland, Lettland, Litauen, hg. v. Karsten Brüggemann, Ralph Tuchtenhagen u. Anja Wilhelmi, Stuttgart 2020, mit einem Beitrag der drei Herausgeber zur Historiographie, ebd., S. 33–93.

[32] Hartmut Beckers, Art. ‚Stephan von Dorpat', in: ^{2}VL 9 (1995), Sp. 290–293; vgl. insbesondere Baldzuhn (Anm. 21), S. 168–176, und die detaillierte Verzeichnung der Überlieferung ebd., S. 941–944.

[33] Knapp erwähnt ist Stephan von Dorpat von Hartmut Beckers, Mittelniederdeutsche Literatur – Versuch einer Bestandsaufnahme (II), in: Niederdeutsches Wort 18 (1978), S. 1–47: zu Stephans Schachbuch S. 19–21, zu den ‚Disticha Catonis' S. 36f. Vgl. auch Baldzuhn (Anm. 21), S. 168–176.

großenteils einer Kürzung gegenüber seiner lateinischen Vorlage zum Opfer fallen.[34] Hier klagt Stephan am Schluss über seine Belastung durch den Schulunterricht und weitere Pflichten: *Mer der scholen arbeyt / Unde ander sorchuoldiheyt / Sekerliken, dat is war / Maken mi dat dichten swar.* Und abschließend nennt er sich: *des bokes dichter het stephan.*[35] Zu Beginn des Schachbuchs widmet er das Werk seinem Bischof Johann II. von Vifhusen. Nicht ohne Grund hat man deshalb angenommen, Stephan sei in dieser Zeit Domscholaster in Dorpat gewesen. Sein Schachbuch hat eine nur geringe Wirkung entfaltet; eine einzige Handschrift und auch die nur fragmentarisch, ist erhalten. Immerhin hat aber die Lübecker Offizin des Matthäus Brandis um 1492 den Text noch im Druck herausgebracht; ein offensichtlicher Misserfolg, denn nach dieser ersten Ausgabe war offenbar keine zweite mehr nötig.[36]

Auch am Schluss seiner ‚Cato'-Bearbeitung nennt sich Stephan mit Namen. Sollte an der Dichtung etwas schlecht ausgeführt sein, so solle es der Leser berichtigen. Und er möge zu Gott beten, dass der ihm, dem Verfasser Stephan, seine Mühsal lohnen und ihm die Himmelskrone geben möge, eine Aufforderung zur Fürbitte, die sich im Grunde auch an den heutigen Leser richtet:

> Is hir ichtes wandelbar,
> Dat scaltu maken sere recht;
> Su, so bliuestu godes knecht.
> Vnde bidde uor my, stephan geheten,
> Dat my mynes arbeydes late geneten
> Got in synem ouersten throne,
> De my gheue des hymels krone. (V. 2339–2345)

---

[34] Zum älteren Forschungsstand siehe Anton Schwob, Art. ‚Schachzabelbücher', in: ²VL 8 (1992), Sp. 589–592. Umfassend erfasst und analysiert ist das Material von Oliver Plessow, unter Mitwirkung v. Volker Honemann u. Mareike Temmen, Mittelalterliche Schachzabelbücher. Zwischen Spielsymbolik und Wertevermittlung. Der Schachtraktat des Jacobus de Cessolis im Kontext seiner spätmittelalterlichen Rezeption (Symbolische Kommunikation und gesellschaftliche Wertesysteme 12), Münster 2007. Zu Stephans von Dorpat Bearbeitung hier S. 77f. und 159f. Siehe auch Mareike Temmen, Der erste handschriftliche Textzeuge des Schachbuches Stephans von Dorpat – ein mittelniederdeutsches Fragment in Krakau, in: Literatur – Geschichte – Literaturgeschichte. Beiträge zur mediävistischen Literaturwissenschaft. Festschrift für Volker Honemann zum 60. Geburtstag, hg. v. Nine Miedema u. Rudolf Suntrup, Frankfurt a. M. u. a. 2003, S. 895–916 (mit ausführlicher sprachlich-geographischer Analyse und Textabdruck).

[35] Meister Stephans Schachbuch. Ein mittelniederdeutsches Gedicht des 14. Jahrhunderts. Teil I: Text. Teil II: Glossar, hg. v. Wolfgang Schlüter (Sonderabdruck aus den Verhandlungen der Gelehrten Estnischen Gesellschaft zu Dorpat 11 und 14), Norden / Leipzig 1889, hier S. 197, V. 5860–5870 und V. 5886.

[36] GW (Anm. 3) 06531.

Auch dem ‚Cato' ist keine sonderlich breite Wirkung beschieden gewesen: Insgesamt sind nur fünf Handschriften des 14. und 15. Jahrhunderts erhalten geblieben, drei davon lediglich fragmentarisch. Keine von ihnen scheint den Typ des Schulhefts zu vertreten. Stets sind den niederdeutschen Versen die entsprechenden lateinischen vorangestellt oder es ist (für einen Eintrag in roter Tinte) der entsprechende Platz dafür gelassen.[37] Das zeigt, dass die deutsche Lebenslehre sich stets der lateinischen Autorität vergewissern sollte und diese ihr Ausgangspunkt ist. Den Sprung in den Buchdruck hat der ‚Cato' Stephans nicht geschafft.

Die Überlieferung lässt mehrere Fassungen erkennen. Von den beiden vollständigen Handschriften weist die Wolfenbütteler S-Wol (Mitte 15. Jh., ohne Nennung Stephans) an einer Reihe von Stellen weniger Verse auf als die Danziger S-Dan^1 (Ende 14. Jh.). Von den drei fragmentarisch erhaltenen Textzeugen bildet einer eine eigene Fassung aus.[38]

Die Editionslage ist unbefriedigend und wird der Überlieferungslage nicht gerecht.[39] Graffunder hatte den ersten Teil seiner Ausgabe (‚Epistula', ‚Breves sententiae' und die ‚Disticha' 1,1–3,16) nach der einzigen ihm zu dieser Zeit verfügbaren Wolfenbütteler Handschrift S-Wol abgedruckt, den zweiten nach der ihm zwischenzeitlich bekannt gewordenen umfangreicheren und zahlreiche Plusverse aufweisenden Danziger S-Dan^1. Den jeweils mitüberlieferten lateinischen Text hatte Graffunder stets weggelassen und blendete so die stetige bilinguale Präsenz des Werks aus.[40] Eine zukünftige, sehr wünschenswerte Ausgabe müsste die in der Überlieferung vorgegebene Zweisprachigkeit präsentieren und vor allem die Varianz der Fassungen genau dokumentieren.[41] Erst damit

---

37 Baldzuhn (Anm. 21), S. 941–944, verzeichnet die Überlieferung, deren Siglen ich im Folgenden verwende.

38 Zu den beiden Fragmenten dieser Handschrift vom Ende des 14. Jahrhunderts (S-Ber und S-Dan^2) vgl. ebd., S. 943f.

39 Vgl. Paul Graffunder, Mittelniederdeutscher Cato, in: Jahrbuch des Vereins für Niederdeutsche Sprachforschung 23 (1897), S. 1–50 (bis DC III,16 noch ohne Kenntnis des Autors); ders., Meister Stephans mittelniederdeutscher Cato, in: Jahrbuch des Vereins für Niederdeutsche Sprachforschung 24 (1898), S. 1–33 (DC III,17 bis Schluss).

40 In Rahmen der neuen literarischen Wertschätzung des Niederdeutschen im 19. Jahrhundert erfuhr auch die mittelniederdeutsche Literatur eine erhöhte Zuwendung, bei der der zugrundeliegende und mitüberlieferte lateinische Text als entbehrlich angesehen werden konnte. Das zugrundeliegende editionshistorische Phänomen verdient weitere Beachtung, denn es zieht sich bis weit ins 20. Jahrhundert, wie an Ludwig Wolffs Ausgabe: Die Dichtungen Könemanns. Kaland, Wurzgarten, Reimbibel (Niederdeutsche Denkmäler 8), Neumünster 1953, sichtbar wird (siehe dazu den Beitrag von Christina Lechtermann in diesem Band).

41 Ein Stemma aufgrund von Baldzuhns Ausführungen (Anm. 21), S. 941–944, bietet Chiara Benati, Stephan von Dorpat and His Low German Translation of the *Disticha*

wäre der Ausgangspunkt für weitere Forschungen gesichert. Wie weit es in diesem Zusammenhang noch gelingen kann, die zahlreichen Autoritätenberufungen nachzuweisen, ist fraglich. Am ehesten wird die bei der Anführung biblischer Quellen möglich sein; ob auch bei Anführungen etwa von *Averrois*, *Aristotiles*, *Plato*, *eyn meister* oder gar *eyn olt man* gelingen kann, ist fraglich.[42]

4.

Die Cato-Bearbeitung Stephans von Dorpat ist ausdrücklich für die anfängliche Unterrichtung junger Schüler bestimmt: *Vppe dat de iungen dat vorstan, / Wenn se erst to der lere gan* (V. 23f.), sie ist zugedacht

Den iungen, also hir vorscreven is,
Vppe dat se werden wys
Van kunsten vnde van dogeden mede
Vnde leren guder lude zede.
Sunder dogede vnd zede ist eyn man
Also eyn stum rynt gedan. (V. 33–36)

Das Ziel, das auch dem lateinischen Text vorgegeben ist, *litterae et mores*, Wissen, das meint hier vornehmlich Sprachkenntnis, im Verbund mit moralischer Lebenshilfe zu vermitteln, ist also auch für die lateinisch-deutsche Version Stephans verbindlich. Sie ist freilich wesentlich umfangreicher als die übrigen deutschen Fassungen. Schon bei den ‚Breves sententiae' ist ein charakteristischer Zug zu beobachten, der die gesamte Bearbeitung kennzeichnet: An vielen Stellen werden Erweiterungen eingefügt, die zum Teil beträchtlich über den lateinischen Text hinausgehen und dessen Weisungen ausweiten oder vertiefen.[43] Die Art, wie das geschieht, können einige Beispiele zeigen; zunächst BS 12:

Verecundiam serva
Du scalt dine schemede holden,
als werestu in dem dusteren wolde,
wente seneca, eyn meister ho,
de leret vns also:
Din ding do in sulker bere,

Catonis, in: Medieval German Textrelations: Translations, Editions, and Studies, Kalamazoo Papers 2010–2011, hg. von Sibylle Jefferis (GAG 765), Göppingen 2012, S. 15–39, hier: 17f.

42 Siehe dazu das im Anhang gegebene Verzeichnis der von Stephan zitierten Autoritäten.

43 Vgl. hierzu einige Beispiele bei Baldzuhn (Anm. 21), S. 171f.; eine größere Anzahl von Passagen analysiert Benati (Anm. 41), S. 15–39.

Eft god suluen bi dir were;
Ok scolden vallen dyne worde,
Oft se got suluen horde. (V. 142–149; BS 12 nach Boas [Anm. 8])

Schamhaftigkeit zu wahren, ist das Gebot, für das Stephan (nach einem durch den Reim bedingten Verlegenheitsvers)[44] die Autorität des römischen Philosophen anführt, der die Weisung in das Verhältnis des Einzelnen zu Gott einordnet: „Gott sieht alles!".

Oder Distichon I, 36 in Stephans Bearbeitung:

Litem inferre cave cum quo tibi gratia iuncta est,
ira odium generat, concordia nutrit amorem.

‚Hüte dich, Streit anzuzetteln mit jemandem, dessen Wohlwollen du hast.
Zorn erzeugt Hass, Eintracht hingegen stärkt die Zuneigung.'

Stephans Bearbeitung greift zunächst den Rahmen der Vater-Sohn-Lehre auf: *Sone, gude dinge drif*, und paraphrasiert dann das Distichon in den folgenden Versen:

Sone, gude dinge drif
Vnde make neynen kif
Mit den gennen vro vnde spade,
Dar du scalt hebben mede gnade.
De torne maket twidrachticheyt,
De leve gift eyndrachticheyt. (V. 822–827)

Leichte Erweiterungen sind dabei: *vro vnde spade*; zu *concordia*, *eyndrachticheyt* wird statt des vom lateinischen Text vorgegebenen *odium* die deutsche Opposition *twidrachticheyt* gegeben. Dann fährt die Bearbeitung Stephans aber, selbständig erweiternd, fort:

Paulus secht: dre dogede sin,
Darynne steit al vnse gewyn:
De leue, de loue, de hopeninge;
De leue geit vor in ereme springe. [‚hat den Vorrang']
De torne kumpt van der gallen,
De hat kan van deme torne vallen. (V. 828–833)

Damit wird die Warnung vor dem Zorn (*ira*), den die mittelalterliche Kirche unter die Sieben Hauptsünden einordnete, ergänzt durch das paulinische Liebesgebot des ersten Korintherbriefs (I Cor 13,13), doch damit nicht genug.

---

44 Der Verweis auf den finsteren Wald könnte auch darauf verweisen, dass man Schamhaftigkeit wahren solle, auch wenn man ganz alleine, unbeobachtet, ist, wie das auch V. 149 sagt.

Stephan erweitert den Skopus seiner Lehre durch ein ‚Klassikerzitat' und fährt fort:

> Eyn gut meister Virgilius
> In sinen boken spreket aldus:
> De kif wecket den tornegen man,
> Den de duldige sonen kan. (V. 834–837).[45]

Die Botschaft des ‚Cato'-Distichons wird hier also integriert in einen Rahmen des Wissens und der Bildung, der in diesem Falle durch die Bibel und die Lektüre des bedeutendsten Vertreters der römischen Klassik abgesteckt ist. Das Verfahren solcher Autoritätenreihung ist in Stephans Bearbeitung allenthalben zu beobachten und darf als eine Art Allleinstellungsmerkmal dieser Fassung gelten. Wir prüfen kurz, wie diese Bildungswelt beschaffen ist.

Der Psalter und die spruchhaften Lehrbücher des Alten Testament, also die ‚Proverbia Salomonis' und der ‚Ecclesiastes' werden am häufigsten genannt; so etwa:

> Dauid, de prophete ho,
> De sprekt in sineme saltere also
> Got, de dodet vnde sleit dar neder;
> Got, de maket leuendich weder. (V. 1115–1118; cf. Ps 70,20)[46]

Oder:

> Dauid ropt mit rechtem scalle:
> Richtet rechte, kindere alle,
> Den luden; we also hir dot,
> de scal besitten des himmels gut. (V. 1169–1172; cf. Ps 77,2)[47]

Selten hingegen wird das Neue Testament herangezogen, wiewohl es eigentlich nicht arm an prägnanten Dicta ist. Eines davon aus dem Jacobus-Brief:

---

45 Möglicherweise bezieht sich Stephan hier auf Vergil, Ekloge 3, den große Streitgesang zwischen den Hirten Menalcas und Damoetas, den Palaemon gütlich beilegt: Vergil, Landleben, Vergil-Viten, hg. v. Johannes u. Maria Götte sowie Karl Bayer (Tusculum-Bücherei), München 1970, S. 14–22, besonders V. 108–111.

46 *Quantas ostendisti mihi tribulationes multas et malas / et conversus vivificasti me.*

47 Hier liegt eine der im Mittelalter oft zu beobachtenden und durch das Zitieren aus dem Gedächtnis erklärbaren Kontaminationen mehrerer Schriftstellen vor: Ps 77,2 *Si vere utique iustitiam loquimini / recta iudicate filii hominum* wird ergänzt durch eine nur neutestamentlich belegbare Vorstellung vom Himmelreich, etwa: *quoniam ipsorum est regnum caelorum*, wie es in der Bergpredigt mehrfach belegt ist, etwa in Mt 5,3 und 5,10, oder in der Rede Jesu über die Kinder: *talium est enim regnum caelorum* (Mt 19,14).

De gude sunte Jacobus
An siner epistolen spreket aldus:
De worde vnde truwe grot,
De sint sunder werke dot. (V. 520–523)[48]

Oder:

De gute Sunte paulus
In siner lere sprikt aldus:
Vormaldiget si de genne,
De dar hebben den buk allene
Vor enen god; werliken se sint
Noch arger wen dat stumme rint. (V. 1920–1925; cf. Phil 8,19)

Neben Autoritäten aus der Heiligen Schrift und den Klassikern sind es auch solche aus der lateinischen Patristik: Hieronymus, Augustinus, Gregorius, einmal auch Cyprian, die herangezogen werden.[49]

Ein eigenes Feld der Verweisung gilt antiken Autoren; hier stehen Aristoteles oder Averroes, Plato oder Sokrates, die Stephan, wenn überhaupt, nur aus Sekundärverwendungen kennen konnte, sowie Seneca mit seinen im Mittelalter wohlbekannten ‚Epistulae ad Lucilium' an der Spitze:

Seneca secht: ik segge di dat,
Vele boser is eyn decket hat,
Wenn eyn orloge openbare. (V. 710–712)

Oder:

Ok sprekt ein meister, wol bekant,
Seneca is he genant:
An deme minschen scaltu louen,
Dat neyman kan van eme rouen
Noch afhalen mit der macht
Ofte mit sines liues kraft. (V. 1202–1206)

Oder:

Seneca unde Boecius
Spreken in erer lere aldus:
Wat mach in vrunden soter wesen,
Dat men mach sekerliken lesen
wenne to hebbende enen vrunt [...] (V. 966–969a/969)[50]

---

48 Jac 2,14: *Quid proderit fratres mei si fidem quis dicat se habere / opera autem non habeat.*

49 Siehe das Verzeichnis der Autoritäten im Anhang zu diesem Beitrag.

50 In der Wolfenbütteler Handschrift und in Graffunders Abdruck nach diesem Text-

Nur einmal genannt ist Cicero:

De gude meister tulius
De leret vns in sinen boken aldus:
We dorliken vorgift sin gut,
dat is recht, dat he na bidden mot. (V. 1043–1046)

Neben den oft in Reihung auftretenden Autoritätenberufungen fällt ein weiterer Sachverhalt auf: deren Inszenierung. In der Regel setzt Stephan hier durch eine ins Präsens gesetzte Redeformel den Gestus einer Unmittelbarkeit vermittelnden Mündlichkeit ein, wie einige weitere Beispiele zeigen:

– Paulus secht: id is nicht gut
Vele bagen vnde houerdich mot. (V. 1193f.)
– Salomon sprak an siner ee: [‚in seinen Lehrschriften']
Der wisheit slotele der sint dre. (V. 134f.)
– Salomon secht vns dat [...] (V. 1954)
– Aldus spreket ieronymus, de wise
Du scalt di metigen an dem wine,
so bistu lange sunder pine. (V. 215–217)

Lehre für das Leben wird hier im Gestus der Unmittelbarkeit autoritativen, an den Leser gerichteten Sprechens vermittelt. Keine Buchgelehrsamkeit, sondern direkte Ansprache, zumeist im Präsens: x *spreket/secht/ropt*.

Mit diesem Gestus eines gewissermaßen unmittelbaren Sprechens korrespondiert die vielfach variierte Aufforderung an den ‚Sohn/Schüler' ‚zu hören'; auch dazu einige exemplarische Fälle:

– Nu hore, wat gregorius secht:
De ouer mate dat recht wil ouen,
De vallet in den ungelouen. (V. 358–360)
– Hore, wat de godes knecht
Dauid in dem saltere secht (V. 738f.).
– Nu hore, wat leret eyn meisterman,
De is geheten ciprian (V. 848f.).
– So hore, wat dy lucanus lere (V. 927).
– So hore, wat dy Nason lere (V. 938).
– So hore, wat ik dy wil leren [...]. (V. 950; vgl.: Nu hore, V. 1762)
– Kint, hir nim de lere bi [...]. (V. 980)
– Nu hore, wat spreket de gude Iob (V. 1027).
– Merke, wat ik di segge nu. (V. 2179)

---

zeugen fehlt der Vers *Dat* [...] *lesen* (v. 969a); er ist von Graffunder, Meister Stephans mittelniederdeutscher Cato (Anm. 39), S. 12 nachgetragen.

Die Vermittlung der Lehre in ihrer Einkleidung in ein fingiertes, gewissermaßen gegenwärtiges ‚Sprechen' der Autoritäten, dazu die wiederholte Aufforderung zum ‚Hören', bilden ein Feld mündlicher Vermittlung ab, auf dem sich das Ich des Vermittlers/Lehrers neben die namentlich zitierten Garanten der Lehre stellt.

Zu fragen ist nach der Funktion des so eindrücklich auf mündliche Gegenwärtigkeit gerichteten Arrangements. Handelt es sich bei Stephans ‚Cato'-Bearbeitung um eine Vorlage für ein realisiertes oder doch praktizierbares Vorlesen mit der Stimme des Lehrers vor den Schülern? Oder handelt es sich um einen speziellen Gestus von Mündlichkeit in der Handhabung von Schriftlichkeit, wie er auch etwa in der Konzipierung von Lesepredigten üblich ist? Oder sollte man an eine optionale Umsetzung beider Modi denken? Eine Entscheidung scheint mir nicht möglich; solche potentiellen Praktiken aufzuzeigen, legt das Material indes nahe.

In jedem Fall werden in Stephans Bearbeitung der Botschaft des ‚Cato' auf diese Weise mittels eines additiven Strukturmusters Wissensfelder unterschiedlicher Provenienz angelagert, die die Aussagen des Lehrwerks stützen und erweitern, die aber auch von der knappen Prägnanz des lateinischen Textes wegführen in eine dilatorische, fast könnte man sagen: predigthafte Diktion. Die Überzeugung von der Triftigkeit des ‚Cato'-Dictums wird also nicht mehr diesem selbst anvertraut, sondern den das jeweilige Thema umkreisenden und anreichernden Wissensfeldern. Damit bekommt die Botschaft des einzelnen Distichons einen Platz im abendländischen Wissens- und Bildungskosmos Lateineuropas, der zwar nur über markante Namen abgerufen wird, aber doch jede einzelne ‚Cato'-Sentenz auratisiert.[51] Was Stephan hier umsetzt, ist eine Praxis, die ganz offensichtlich anknüpft an die Vermittlungsleistung der großen lateinischen Kommentare, die, beginnend im 9. Jahrhundert, die ‚Disticha Catonis' durch das Mittelalter und die frühe Neuzeit begleiten. Bereits der Kommentar des Remigius von Auxerre zeigte ein doppeltes Ziel: neben der Texterklärung der ‚Disticha Catonis' die Präsentation und Entfaltung der im 9. Jahrhundert verfügbaren und höchst komplexen Wissensbestände. Stephans Leistung liegt freilich auf einem anderen, wesentlich niedrigeren Niveau: Autoritative Namen werden mit mehr oder weniger identifizierbaren schlichten

---

[51] Ein hinsichtlich der Autoritätenreihung vergleichbares, aber noch wesentlich weiter ausgreifendes Verfahren beobachten wir bei Hugo von Trimberg, der im ‚Renner' zahlreiche Garanten lehrhafter Aussagen benennt, unter anderem aus der Bibel (u. a. Jesaja, Salomo, Tobias, Paulus), aus der Patristik (Ambrosius, Gregorius, Hieronymus) und aus der Antike (u. a. Aristoteles, Plato, Horaz, Juvenal, Lucan, Plinius, Seneca, Vergil); vgl. Der Renner von Hugo von Trimberg, hg. von Gustav Ehrismann, Bd. 1–4, Tübingen 1908–1911 (Nachdruck Berlin 1970), mit umfangreichen Nachweisen im Register, hier: Bd. 4, S. 286–300.

Weisungen verbunden, die auf die Unterrichtung von Anfängern ausgerichtet sind.

Vorläufig bleibt noch unklar, wie weit das von Stephan vermittelte namengestützte Wissen auf verifizierbarer quellengestützter Kenntnis beruht. Das kann als sicher angenommen werden, was, wie oben mehrfach nachgewiesen, die biblischen Texte betrifft. Alles Weitere, was das Material der antiken Werke, der Patristik etc. angeht, muss durch eine noch ausstehende – mühsame – Recherche geklärt werden. Im Falle des oben genannten Hugo von Trimberg darf die Kenntnis des mit Autoritätennamen angezeigten Materials als weitgehend gegeben angenommen werden.[52] Ob das bei Stephan von Dorpat auf vergleichbarer Kenntnis beruht, ob die von ihm genannten Namen und die damit verbundenen einfachen Lebenslehren quellengestützt fundiert sind, muss gegenwärtig offenbleiben. Nur in Stichproben wurde ein Abgleich mit dem u. a. auf den Ausführungen des Remigius von Auxerre basierenden Kommentar *Summi Deus largitor premii* anhand einer Inkunabel vorgenommen, der aber auf keine verwertbare Anhängigkeit Stephans von diesem Werk hindeutet.[53]

Festgehalten werden darf jedoch: Schüler, die die ‚Cato'-Bearbeitung Stephans von Dorpat im Unterricht hörten oder selbst lasen, lernten anhand der lateinischen ‚Cato'-Verse die Bildungssprache der Zeit und bekamen einen namengestützten Einblick in eine Welt des Wissens, in die sie später, nach Erlernen der Sprache, eintreten konnten. Chiara Benati hat zu Stephans die ‚Cato'-Lehre erweiternder Bearbeitung festgestellt: „the expansion of the Latin original appears fully motivated by the didactic purpose of the text, which can be described as a ‚translation and commentary' to be employed during Latin language classes."[54] Die hier gewählte Bezeichnung „commentary" meint ‚Erläuterung/Erklärung', nicht aber die Anbindung an die lateinische Kommentartradition, die außerhalb des Blickfeldes von Benatis Beitrag bleibt, aber für Stephan doch wohl den Ansatzpunkt für seine erweiternde ‚Cato'-Bearbeitung bildet.

Die in den ‚Disticha Catonis' versammelten Regeln für das Leben des Einzelnen in der menschlichen Gesellschaft werden dadurch gekoppelt an eine Tradition menschlichen Erfahrungswissens, aufgerufen durch Namen und ange

---

52 Vgl. dazu die Berliner Dissertation von Lutz Rosenplenter, Zitat und Autoritätenberufung im Renner Hugos von Trimberg: Ein Beitrag zur Bildung des Laien im Spätmittelalter (Europäische Hochschulschriften. Reihe I 457), Frankfurt a. M. u. a. 1982.

53 Herangezogen wurde die Inkunabel [Straßburg: Johannes Grüninger, um 1488] GW (Anm. 3) 06304 in dem Münchener Exemplar 4° Inc. s. a. 491, verfügbar unter: https://daten.digitale-sammlungen.de/0007/bsb00072641/images/index.html?id=00072641&groesser=&fip=eayaxsqrsweayaewqqrsqrsw&no=&seite=2 (zuletzt abgerufen: 14.12.2022).

54 Benati (Anm. 41), S. 33.

bunden an Regeln, das sich über fast zwei Jahrtausende erstreckt. Der Einzelne ist bei der Bewältigung seiner Gegenwart – so die Botschaft von Stephans von Dorpat Bearbeitung – nicht allein, sondern stets im Gespräch mit der im kulturellen Gedächtnis aufgehobenen Tradition praktischer Lebensbewältigung.

5.

Argumentative Kettenstrukturen, zum Teil weit ausgreifend, sind bezeichnend für Stephans ‚Cato'-Bearbeitung und ihre didaktische Strategie. Diese Ketten funktionieren zum einen ohne Autoritätennennungen, aus der autoritativen Rolle des Lehrers Stephan heraus bzw. aus der von Stephan bzw. dem jeweiligen Lehrer adaptierten Rolle des/eines antiken Cato, der seinen Sohn belehrt, zum andern über Namen bedeutender Garanten für praktisches Handlungswissen und ihr gewissermaßen gegenwärtiges (oder doch vergegenwärtigtes) und unmittelbares ‚Sprechen'. Es ist offenkundig, dass Stephan mit seinen Autoritätenberufungen Wissensbestände abruft, die nur zum geringsten Teil dem Laienleser bekannt sind. Stellen aus der Lehrdichtung des Alten Testaments und aus dem Psalter können auf ein Vorverständnis auch bei dem rechnen, der außerhalb der lateinischen Bildungswelt aufgewachsen und sozialisiert ist, ebenso die wenigen Beispiele aus dem Neuen Testament. Das sind Wissensfelder, die über die Laienkatechese und die Predigt wenigstens teilweise bekannt gewesen sind.

Anders steht es mit den ‚Zitaten' aus antiken Autoren. In der Bildungswelt des Litteratus, der mit der lateinischen Literatur vertraut ist, gehören solche Verweise auf die Philosophen Cicero, Seneca,[55] Boethius oder die Dichter Horaz, Vergil, Ovid zum Kreis dessen, das in seinem kulturellen Gedächtnis präsent ist. Und in lateinischen Studienhandschriften sind Zitate aus diesen und anderen Autoren bzw. Autoritäten auch regelmäßig in den Randnotizen zu finden. Die großen ‚Cato'-Kommentare der Frühdruckzeit verweisen gleichfalls auf Autoritäten und dies in großer Zahl und mit einer differenzierteren Quellenangabe, so etwa zu den biblischen Quellen, z. B. auf *Math. 19* oder auf den 1. Timotheusbrief: *aliam apostolicam prime thymo. 6* mit jeweils anschließendem Textzitat. Auf antike Quellen wird verwiesen z. B. mit *quod scribit Se-*

---

[55] Die vielfach im Mittelalter zu beobachtende Verwendung von Dicta, die Seneca zugeschrieben werden, ist bereits erkannt; vgl. Nikolaus Henkel, Art. ‚Seneca d. J., Lucius Annaeus', in: ²VL 8 (1993), Sp. 1080–1099, und Peter Ochsenbein, „der wise heidenische meister Seneca sprichet". Seneca-Dicta in der deutschen Literatur des Spätmittelalters, in: Literarische Formen des Mittelalters: Florilegien, Kompilationen, Kollektionen, hg. v. Kaspar Elm (Wolfenbütteler Mittelalter-Studien 15), Wiesbaden 2000, S. 25–37.

neca in libro de beneficiis oder *quod tullius libro de officiis dicit* oder *sic scribit philosophus* [gemeint: Aristoteles] *4 ethicorum.*[56]

Wenn ich vorhin sagte, die dem ‚Cato' in Stephans Fassung angehängten Zitate und Autoritätenberufungen auratisierten die Botschaft des jeweiligen Distichons, so ist das noch zu erläutern: Was der Lehrmeister Cato als Lehre formuliert, wird in Stephans Bearbeitung in einen weiten Kontext des Wissens und der Bildung gerückt, der die Antike, die Botschaft der Heiligen Schrift und die Lehre der Kirchenväter umfasst. Wer diese so begründete Bildung akzeptiert und nutzt, ist dadurch, so die Botschaft von Stephans von Dorpat ‚Cato', im Sozialsystem der menschlichen Gemeinschaft am rechten Ort, kann sein Leben zu seinem und seiner Mitmenschen Wohl gestalten.

Anhang

‚Zitierte' Autoritäten in der ‚Cato'-Bearbeitung Stephans von Dorpat[57]

Altes Testament

David	118, nach 263 in D, 275, 422, 438 (*Salomon unde Dauid*), 739, 845, 1014, 1115, 1141, 1169, 1366, 1980f.
[Dekalog]	1777–1779.
Hiob	[*de gude iob*] 1027.
Isaias	993.
De prophete	1847.
[Psalter] *In deme saltere* 1	981.
Salomon	134, 164, 204, 246, nach 263 in D, 340, nach 409 in D, 438, 450, 472, 692, 949, 960, 1005, 1195, 1810, 1954.

Neues Testament

Jacobus	520.
Paulus	nach 263 in D, 774 (*sente pawel*), 828, 949 (*P. unde her Salomon*), 960, 987 (Rm 11,33f.), 1193, 1273, 1644, 1920.
in dem euangelio	1069.

---

56 Die Beispiele sind dem Kommentar des Philippus von Bergamo zu der auch oben zitierten Brevis sententia *Rem tuam custodi* (BS 12) entnommen (Ausgabe Augsburg: [Anton Sorg], 2.11.1475. GW 06277, ohne Lagen oder Blattzählung).

57 Angegeben sind jeweils die Verszahlen von Graffunders Ausgabe. Er bietet den ersten Teil (Anm. 39) nach der Wolfenbütteler Handschrift (W), die eine gegenüber der Danziger Handschrift (D) gekürzte Redaktion überliefert. Nach der Danziger Handschrift druckt Graffunder den zweiten Teil des Textes ab, gibt aber in der Einleitung für den ersten Teil auch die Lesarten nach D; darunter befinden sich zahlreiche (ungezählte) Plusverse. Mit der Bemerkung „nach [Verszahl] in D" sind diese Ergänzungen nach der Danziger Handschrift gemeint.

Griechische und römische Antike (und Rezeption)

Aristotiles	484, 1233, 1357, 1498, 1510, 1878, 2122.
(*Averrois*)	1429, 1683.
Boecius	224, 250, 966 (*Seneca unde B.*), 1820, 2075.
Cicero (*meister tulius*)	1043.
Galen (*Galienus*)	208.
Horaz (*Oracius*)	884, 2014.
Lucan	927 (Praef. II)[58].
Macer	925 (Praef. II).
Ovid	572, 938 (Praef. II: *Nason*), 2134.
Plato	2144.
Seneca	119 (direkt nach *David*), 144, nach 203 in D, 232, nach 331 in D, 509, 636, 700, 710, 724, 810, 966 (*S. unde Boecius*), 1202, 1243, 1522, 2060, 2075.
Socrates	nach 497 in D.
Vergil (*Virgilius*)	834, 914 (Praef. II).

Patristik

Augustinus	240, 334, 362, 597, 651, 997 (*A. in cymbalo* [die ,Enarrationes in Psalmos'?]), 1808, 1936.
Cyprian	849.
Gregorius	357, 404, 756, 862, 1387, 1478, 2252.
Hieronymus (*Ieronymus*)	nach 203 in D; 215, nach 221 in D, nach 263 in D, 392, 618.

Mittelalter/unbekannt

[Fortuna]	*dat lucke sprikt* nach 581 in D.
Isidor	78, 250, 426, 468, 531, 544, 591, 760.
[,Meister']	*Eyn meister sprekt* 1620; *Eyn meister der nature* [Aristoteles?] 2068; *De meistere* 1221; *Eyn ander meister* [*Boecius*] 2074.
[Recht]	*dat keyser recht* [= Römisches Recht] 2290; *dat recht* 1598.
[Sonstige]	*De wisen* 2190; *eyn olt man* 1249.

Abstract: The ,Disticha Catonis' of the 3rd/4th century are an obligatory companion of life in the cultural area of Latin Europe from the Carolingian period to the early modern times. On the one hand, they are part of the initial instruction in Latin schools, where they combine training in the Latin language with the teaching of moral norms. On the other hand, extensive commentaries were written from the 9th century onwards, linking the

[58] Die Praefatio zu Buch II der ,Disticha Catonis' nennt als lehrhafte Autoritäten Vergil (für den Landbau), Ovid (für Liebesdinge), Lucan (für Kriegsangelegenheiten). Mein Zusatz (Praef. II) zeigt an, dass diese Autoritätenbezüge nicht von Stephan stammen, sondern bereits vom lateinischen Text vorgegeben sind.

simple and literarily unambitious message of the ‚Disticha Catonis' with the areas of knowledge and education of the Church (Bible, patristics) and antiquity (philosophy and literature). Stephan, a schoolmaster in the Estonian city of Dorpat/Tartu (mid–14th century) sought to link both traditions by adding extensive name-supported additions from the available scholarly knowledge of the commentary tradition to his Low German rhyming couplet version of the translation of the ‚Disticha Catonis'.

Wolfram-Studien XXVII (2025)
Erich Schmidt Verlag Berlin

Der mittelniederdeutsche ‚Lucidarius' von Matthäus Brandis (1485)

von Monika Unzeitig (Greifswald)

Zu dem 1485 in Lübeck von Matthäus Brandis verlegten Druck des mittelniederdeutschen ‚Lucidarius' fehlen bislang eingehende Untersuchungen. Der Beitrag versucht daher, Drucker und Druck zunächst in den Kontext des Lübecker Buchmarkts einzuordnen und der dem niederdeutschen Druck vorausgehenden Textüberlieferung des ‚Lucidarius' nachzugehen. Die enorm breite, lang anhaltende und im Umfang durch unterschiedliche Fassungen divergierende handschriftliche Überlieferung des mittelalterlichen ‚Lucidarius' ist zwar durch kritische Neuedition, Kommentar und Überlieferungsgeschichte der Handschriften aufgearbeitet,[1] gleichwohl fehlt eine weiterführende Klärung zur Tradierung des ‚Lucidarius' im Druck, auch im Verhältnis zur handschriftlichen Überlieferung.[2] Durch den Vergleich mit dem in den hochdeutschen Drucken etablierten Textbestand und dem eingefügten Illustrationsprogramm soll versucht werden, eine Antwort auf die Frage nach der möglichen Vorlage für die mittelniederdeutsche Übersetzung und Drucklegung zu finden. Dabei verweist der genaue Vergleich der hochdeutschen und niederdeutschen Druckfassung auf durchaus komplexe und noch zu klärende Transferprozesse.

---

[1] Der deutsche ‚Lucidarius'. Bd. 1: Kritischer Text nach den Handschriften, hg. v. Dagmar Gottschall u. Georg Steer (Texte und Textgeschichte 35), Tübingen 1994; Marlies Hamm, Der deutsche ‚Lucidarius'. Bd. 3: Kommentar (Texte und Textgeschichte 37), Tübingen 2002; Helgard Ulmschneider, Der deutsche ‚Lucidarius'. Bd. 4: Die mittelalterliche Überlieferungsgeschichte (Texte und Textgeschichte 38), Berlin / New York 2011.

[2] Die für den Band Der deutsche ‚Lucidarius'. Bd. 2: Die Fassung der frühen Drucke und die Redaktion des Jakob Cammerlander, hg. v. Marlies Hamm, Georg Steer u. Heidemarie Vogl, unter Verwendung der Vorarbeiten von Monika Kasper-Schlottner u. Daniela Kuhlmann (Texte und Textgeschichte 36), geplante Sammlung und Sichtung aller Drucke und ihre kritische Ausgabe liegen fast fertig vor; die Ausgabe ist aber bislang nicht abgeschlossen und daher nicht erschienen. Dankenswerter Weise hat Frau Marlies Hamm mir die entsprechenden Kapitel für die ‚Lucidarius'-Drucke bis zur Cammerlander-Ausgabe 1539 überlassen, im Folgenden zitiert als: Hamm / Steer / Vogl (Hg.), Der deutsche ‚Lucidarius'. Bd. 2 (Manuskript).

1. Druckort Lübeck

Konsultiert man den Gesamtkatalog der Wiegendrucke, so belegt bereits die hohe Anzahl an Inkunabeln die Bedeutung des Druckortes Lübeck für den niederdeutschen Sprach- und Kulturraum – auch im Vergleich zu den anderen Orten mit Offizinen im niederdeutschen Sprachgebiet.[3] Von 304 Drucken sind 175 in lateinischer Sprache verfasst, 120 in niederdeutscher Sprache und 9 Drucke in lateinischer und niederdeutscher Sprache. Das entspricht rechnerisch einem Verhältnis von 60% zu 40% und damit einem leichten Übergewicht zugunsten der lateinischen Drucke. Dass sich Lübeck im 15. Jahrhundert zu dem bedeutendsten Druckort im niederdeutschen Sprachgebiet entwickelt, dürfte sich durch den innerstädtischen Buchmarkt der reichen Handelsstadt und besonders durch den mit der Hansestadt Lübeck verbundenen internationalen Buchhandel mit dem Ostseeraum und der Bedeutung des Mittelniederdeutschen als *lingua franca* erklären lassen. Seit den 1470er Jahren etablieren sich in Lübeck die ersten Drucker; zur Pioniergeneration gehören die Brüder Lukas und Matthäus Brandis (aus Merseburg / Leipzig), Bartholomäus Ghotan (aus Magdeburg), Hans van Ghetelen / Mohnkopfdruckerei (aus Lübeck), Steffen Arndes (aus Hamburg) und Johann Snell (aus Einbeck). Sie alle drucken lateinische und niederdeutsche Texte.[4] Mit ihren Namen verbinden sich nicht nur sehr viele, sondern ebenso herausragende, drucktechnisch anspruchsvolle lateinische und niederdeutsche Druckwerke: Lukas Brandis: ‚Rudimentum Novitiorum' (1475, GW M39062), Hans van Ghetelen / Mohnkopfdruckerei: ‚Reynke de Vos' (1498, GW 12733), ‚Dat Narren schyp' (1497, GW 5053), Steffen Arndes: die niederdeutsche Lübecker ‚Biblia' (1494, GW 4309).

Das beschriebene Profil lateinischer und niederdeutscher Drucke und damit die Attraktivität des Standortes Lübeck als Druckort[5] ist begründet in dem

---

[3] In der Inkunabelzeit sind folgende Druckorte innerhalb des niederdeutschen Sprachgebietes belegt, die hier chronologisch und mit der für den jeweiligen Druckort nachgewiesenen Anzahl der Inkunabeln nach dem Gesamtkatalog der Wiegendrucke aufgeführt sind: Merseburg 1473: (9 lat.); Lübeck 1473/74: (120 ndt., 175 lat., 9 ndt./lat.); Rostock 1475/76 (5 ndt., 24 lat.); Magdeburg 1479 (62 ndt., 76 lat., 2 ndt./lat.); Münster 1485 (9 lat.); Schleswig 1486 (1 ndt., 3 lat.); Stendal 1488 (5 ndt., 1 lat., 1 ndt./lat.); Hamburg 1488/90 (2 ndt., 5 lat., 1 ndt./lat.) und Lüneburg 1493 (1 ndt., 6 lat.). Außerdem gibt es noch Druckorte außerhalb des niederdeutschen Sprachgebiets für niederdeutsche Drucke, nämlich Leipzig, Mainz, Köln, Antwerpen, Straßburg, Paris.

[4] Zu den Druckern in Lübeck vgl. Die Lübecker Buchdrucker im 15. und 16. Jahrhundert. Buchdruck für den Ostseeraum, hg. v. Alken Bruns u. Dieter Lohmeier, Heide in Holstein 1994.

[5] Vgl. dazu Hubertus Menke, *Gedichtet und ghesath in der keyserliken Stadt Lubeck*. Der frühe Lübecker Buchdruck, in: Lübeck 1500. Kunstmetropole im Ostseeraum. Katalog zur Ausstellung im Museumsquartier St. Annen, 20. 9. 2015 bis 10. 1. 2016,

regionalen Absatz wie auch durch die Einbindung in den überregionalen und europäischen Buchmarkt. Das vielfältige Druckprogramm spiegelt Frömmigkeitsbewegungen im städtischen Umfeld Lübecks, ebenso Rezeptionswege durch Übersetzungen lateinischer Texte ins Niederdeutsche wie auch Transferwege zwischen dem hochdeutschen und niederdeutschen Sprachgebiet. Während für den Buchexport in den Ostseeraum überwiegend lateinische liturgische Druckwerke sowie Erbauungsliteratur und Texte in niederdeutscher Sprache auf Bestellung angefertigt werden, sind die lateinischen Drucke auch für den gesamten europäischen Buchmarkt bestimmt.

2. Matthäus Brandis und seine ersten Lübecker Drucke

Das Druckprogramm des Matthäus Brandis, für das 17 lateinische und 13 niederdeutsche sowie zwei niederdeutsch / lateinische Drucke nachgewiesen werden können, entspricht dem für Lübeck festgestellten proportionalen Anteil von lateinischen und niederdeutschen Drucken. Ein Schuldbucheintrag auf ihn und seine Brüder Lukas und Moritz belegt, dass er nachweisbar ab 1484 in Lübeck ansässig ist.[6] Die Ausbildung zum Drucker dürfte bei seinem Bruder Markus in Leipzig und Meißen erfolgt sein. Lukas Brandis ist schon kurz nach 1473 als erster Drucker in Lübeck bezeugt und nach einigen Unterbrechungen erneut ab 1483 in Lübeck als Drucker tätig. Während für die Brüder Lukas und Markus Brandis die Immatrikulation an der Universität Leipzig nachgewiesen werden kann, fehlen zu Matthäus Brandis Angaben zu einer universitären Ausbildung.[7]

Die beiden ersten Lübecker Drucke des Matthäus Brandis im Jahr 1485 sind ein lateinischer und ein niederdeutscher Druck: die ‚Imitatio Christi' des Thomas a Kempis (GW M46739) und der ‚Lucidarius' (GW M09355). Die Druck-

---

hg. v. Jan Friedrich Richter, Petersberg 2015, S. 113–121, und ders., Die literarische Stadtkultur Lübecks um 1500, in: Reynke de Vos – Lübeck 1498. Zur Geschichte und Rezeption eines deutsch-niederländischen Bestsellers, hg. v. Amand Berteloot, Loek Geeraedts u. Hubertus Menke (Niederlande-Studien. Kleinere Schriften 5), Münster 1998, S. 81–101 (im Inhaltsverzeichnis des Bandes unter anderem Titel angeführt). Siehe auch Hartmut Freytag, Zum Beispiel Lübeck. Eine Skizze über Literatur in der Hansestadt während der Jahre 1200 bis 1600, in: Jahrbuch der Oswald von Wolkenstein Gesellschaft 10 (1998), S. 125–137.

6 Zur Verwandtschaft der Brüder siehe Ursula Altmann, Die Leistungen der Drucker mit Namen Brandis im Rahmen der Buchgeschichte des 15. Jahrhunderts, Humboldt Universität Berlin 1974 (Diss. masch.), S. 29; https://edoc.hu-berlin.de/handle/18452/16032 (letzter Zugriff: 31.08.2022).

7 Vgl. zu Matthäus Brandis und seiner weiteren Laufbahn als Drucker die Darstellung ebd., S. 39–41 u. S. 60–63.

legung für diese ersten beiden Drucke in Lübeck wird dadurch begünstigt, dass Matthäus Brandis durch seine Verbindung mit Markus Brandis bereits mit Typenmaterial ausgestattet ist. Er benutzt die mitgebrachte Rotunda für den lateinischen Druck der ‚Imitatio Christi' und mit einem erweiterten Bestand an Lettern auch für den niederdeutschen ‚Lucidarius'.[8] Während der lateinische Druck nicht firmiert veröffentlicht wird, ist der ‚Lucidarius' der erste mit seinem Namen signierte.[9] Brandis startet so mit zwei Texten, mit denen er sich für Lübeck die erste Druckausgabe sichert und noch mehr: Die ‚Imitatio Christi' von Thomas a Kempis ist bis 1485 in Drucken nachzuweisen, die aus Offizinen des europäischen Buchmarktes stammen: Löwen, Lyon, Metz, Brescia und Venedig. Auf dem deutschen Buchmarkt liegt nur eine Ausgabe aus Augsburg von Günther Zainer (GW 12451, nicht nach 1470) vor.[10] Insofern dürfte er mit guter Kenntnis des Buchmarktes die Wahl für diesen ganz besonders hochgeschätzten Text getroffen haben.[11] Ähnlich genau dürfte er den deutschen Buchmarkt für den ‚Lucidarius' gekannt haben. Bis 1485 liegen zwölf Drucke vor, die in rascher Folge ab 1479 in Augsburg und Straßburg erscheinen. Beide Schriften gehören späterhin zu den meist gedruckten Büchern.

3. Der ‚Lucidarius' im Kontext der *imago mundi*-Tradition

Der ‚Lucidarius' wird um 1190 verfasst. Der unbekannte Verfasser kompiliert lateinische Quellen, die zur Wissensliteratur des Mittelalters gehören, ohne diese explizit zu nennen: Für den naturkundlichen Teil sind die Hauptquellen das ‚Elucidarium' und die ‚Imago mundi' des Honorius Augustodunensis und Wilhelms von Conches ‚Philosophia mundi', für den liturgischen bzw. theologi-

---

[8] Siehe ebd., S. 39f. u. S. 60.

[9] GW M09355: Erhalten sind – nach aktuellem Stand – vier Exemplare: je ein Exemplar in der Pierpont Morgan Library, New York (vorher Herzogliche Bibliothek Gotha) und in der Königlichen Bibliothek, Kopenhagen, sowie zwei Exemplare in der Russischen Nationalbibliothek, Sankt Petersburg (vorher Stadtbibliothek Lübeck). Siehe zu den Sankt Petersburger Exemplaren Sergey Ivanov / Daria Kryukova, Zwei Exemplare des niederdeutschen ‚Lucidarius'-Drucks von 1485 in der Russischen Nationalbibliothek in Sankt Petersburg, in: ZfdA 148 (2019), S. 522–536.

[10] Insofern wäre die Aussage von Altmann (Anm. 6), S. 61: „die erste, die in einer deutschen Offizin erschien", zu korrigieren, denn Brandis' Druck wäre somit die zweite Ausgabe des Werkes in lateinischer Sprache.

[11] Zur außerordentlichen Wirkungsgeschichte der ‚Imitatio Christi' sowohl in Handschriften als auch im frühen Druck siehe die umfangreiche Untersuchung von Uwe Neddermeyer, *Radix Studii et Speculum Vitae*. Verbreitung und Rezeption der ‚Imitatio Christi' in Handschriften und Drucken bis zur Reformation, in: Studien zum 15. Jahrhundert. Festschrift für Erich Meuthen, Bd. 1–2, hg. v. Johannes Helmrath u. Heribert Müller in Zusammenarbeit mit Helmut Wolff, München 1994, hier: Bd. 1, S. 457–481.

schen Teil sind dies die ‚Gemma animae' des Honorius Augustodunensis sowie Ruperts von Deutz ‚Liber de divinis officiis'.[12] Es sind weit verbreitete Standardwerke aus dem 12. Jahrhundert,[13] somit aktuelle Texte zur Zeit der Abfassung des ‚Lucidarius'. Die Forschung hat sehr genau nachgewiesen und gezeigt, wie komplex die „Reorganisationsarbeit der verwendeten auctoritates"[14] erfolgt.

Auch im Vergleich zum ‚Elucidarium' des Honorius Augustodonensis, d. h. zur Hauptquelle des ‚Lucidarius', wird deutlich, dass das Kompendium in seiner Umarbeitung und damit in seiner Ausrichtung nebeneinander naturkundliches, kosmologisches und theologisches Wissen versammelt und eine deutliche naturphilosophische Perspektivierung verfolgt. Der ‚Lucidarius' versteht sich als Lehrwerk, das naturkundliches und religiöses Wissen versammelt: „Das Kompendium will in der Art der *imago mundi*-Literatur des lateinischen Mittelalters vom Wissen über die Welt und die Natur sowie von der christlichen Heilslehre alles enthalten, was für den damaligen Menschen wichtig war."[15] Durch die Verwendung der mittelhochdeutschen Sprache nimmt der ‚Lucidarius' in diesem Bereich von Sachliteratur eine Sonderstellung ein, denn hier liegt das erste deutschsprachige Werk in der Tradition der *imago mundi*-Literatur vor, die sonst nur in lateinischer Sprache verfasst wird.

Im Mittelalter und bis weit in die Frühe Neuzeit hinein war der ‚Lucidarius' als d e r Wissenstext bekannt und weit verbreitet. Seine umfangreiche und lange Überlieferung ist mit über 90 Handschriften des Mittelalters sowie mit über 90 Drucken der Frühen Neuzeit vom Ende des 15. Jahrhunderts bis 1806 bezeugt. Die deutsche Fassung wird zudem in andere Sprachen übersetzt, ins Dänische, Mittelniederländische, Tschechische, Russische, sodass das Werk eine für einen deutschen Text ungewöhnlich ausgedehnte geographische Verbreitung erfährt, wie sie sonst für lateinische Vorlagen und ihre Rezeption durch Übersetzung typisch ist.

Der Wissenstext zeichnet sich durch Inhalt und Form der Wissensvermittlung aus. Der ‚Lucidarius' ist als Lehrgespräch zwischen einem Schüler – im mittelhochdeutschen Text *junger* – und einem Lehrer – *meister* – abgefasst. Die

---

[12] Zu weiteren Quellen siehe außerdem: Loris Sturlese, Philosophie im deutschen ‚Lucidarius'? Zur Vermittlung philosophischer und naturwissenschaftlicher Lehre im deutschen Hochmittelalter, in: PBB 114 (1992), S. 249–277. Zum Kompilationsverfahren und zu der Verbindung der lateinischen Quellen vgl. Dagmar Gottschall, Das ‚Elucidarium' des Honorius Augustodunensis. Untersuchungen zu seiner Überlieferungs- und Rezeptionsgeschichte im deutschsprachigen Raum mit Ausgabe der niederdeutschen Übersetzung (Texte und Textgeschichte 33), Tübingen 1992, S. 124–137.

[13] Siehe Loris Sturlese, Die deutsche Philosophie im Mittelalter. Von Bonifatius bis zu Albert dem Großen (748–1280). In Zusammenarbeit mit dem Autor aus dem Ital. übers. v. Johanna Baumann, München 1993, S. 254f.

[14] Siehe ebd., S. 254; vgl. auch: Gottschall / Steer (Anm. 1), S. 27*.

[15] Hamm (Anm. 1), S. 1*.

Dialogform dient der Wissensvermittlung, d. h. der Wissenstransfer erfolgt über ein Frage-Antwort-Schema. Die Frage als Weg zur Wissenserweiterung ist im ‚Lucidarius' auch explizit ausgewiesen: *Swef der mensche niht enweiz, dez ſol er vragen* (II, 13, S. 76, Z. 12f.).[16] Dadurch wird eine Unterweisungssituation imaginiert, wie sie idealerweise funktioniert. Der Schüler stellt die ‚richtigen' Fragen, der Lehrer antwortet genau auf die jeweilige Frage eingehend, die folgende Frage schließt sich gedanklich weiterführend an die Antwort an. Dies spiegelt sich bis in die sprachliche Gestaltung von Frage und Antwort, indem Formulierungen wiederholt, Stichworte wieder aufgegriffen werden. Fachwissenschaftliche Unterrichtsschriften sind häufig dialogisiert, grundlegende Unterrichtswerke vermitteln den Lehrstoff z. B. zur Grammatik mit einem Frage-Antwort-Schema. Das gilt nicht nur für Anfängerwissen, sondern generell für die Wissensvermittlung im Trivium und Quadrivium und für die Vermittlung katechetischer und theologischer Inhalte. Insofern dient die dialogisierte Form als Memoriertechnik und auch der leichteren didaktischen Vermittlung des Inhalts:[17] Der Stoff ist in Frage und Antwort verständlich umgesetzt, und das Lerntempo ist mittels dieser Form angemessen. Fragen strukturieren zudem den Inhalt, organisieren die Präsentation des Wissens.

Was zu einem mittelalterlichen Weltbild gehört, zeigt der Aufbau des ‚Lucidarius'. Das Werk gliedert sich in drei Teile: *Von unserme herren gote*, *Von der cristenheit*, *Von den toten.* Buch 1 handelt von Gott und der Schöpfung der Welt mit einer ausführlichen Beschreibung der Ordnung der Welt; hier liegt auch die älteste deutsche vollständige Weltbeschreibung vor. Buch 2 handelt vom christlichen Leben allgemein und vom christlichen Leben im spezifischen Kontext der liturgischen Formen, wie Messe, Stundengebet, hohe Festtage und Taufe. Buch 3 behandelt die Themen Tod, Fegefeuer, Hölle, Auferstehung und Jüngstes Gericht sowie das Ende der Welt.

4. Wege der Tradierung von der Handschrift zum Druck und weiter bis zur niederdeutschen Druckfassung

Die Überlieferung des ‚Lucidarius' bezeugt mit den heute bekannten über 90 Handschriften seine enorme Verbreitung.[18] Zugleich bezeugt diese nicht nur einen rekonstruierbaren festen Textbestand, sondern vielmehr zwei unterschiedliche Redaktionen, eine x-Fassung und eine y-Fassung (mit zahlreichen

[16] Gottschall / Steer (Anm. 1).

[17] Vgl. zum Dialog als Mittel der Wissensweitergabe auch Robert Luff, Wissensvermittlung im europäischen Mittelalter. ‚Imago mundi'-Werke und ihre Prologe (Texte und Textgeschichte 47), Tübingen 1999, S. 33–36 u. 80–83.

[18] Grundlegend zu den Handschriften und ihrer Beschreibung siehe Ulmschneider (Anm. 1).

Erweiterungen aus den gleichen lateinischen Quellen), die in ihrem Verhältnis zueinander zwar beschrieben, aber in ihrer Genese nicht abschließend erklärt werden können. Kennzeichnend für die lange Texttradierung ist:

> Der ‚Lucidarius' wurde in den x und y nachgeordneten Fassungen und Handschriften in einem Maße zerschrieben, daß die erhaltenen Handschriften zu allererst einmal als Zeugen seiner fortschreitenden Erosion erscheinen und erst dann und nur in einem eingeschränkten Maße, punktuell und mit wechselnder Verläßlichkeit, als Zeugen der authentischen Textform.[19]

Die Überlieferung des ‚Lucidarius' im Druck setzt mit der ersten Ausgabe von Anton Sorg, Augsburg 02.03.1479 (GW M09336) ein. Es folgen – vor dem Druck von Matthäus Brandis 1485 – weitere elf Ausgaben, hier, soweit möglich, chronologisch angeführt: Johann Bämler, Augsburg 26.05.1479 (GW M09328); Anton Sorg, Augsburg 1480 (GW M09337); Hermann Kästlin, Augsburg 1481 (GW M09329), Martin Schott, Straßburg ca. 1481 (GW M0932710); Anton Sorg, Augsburg 1482 (GW M09338); Johann Schönsperger, Augsburg 1482 (GW M09331); Heinrich Knoblochtzer, Straßburg ca. 1482 (GW M09344); Johann Prüss, Straßburg ca. 1482 (GW M09345); Anton Sorg, Augsburg 1483 (GW M09339); Martin Schott, Straßburg ca. 1483 (GW M09346); Johann Schönsperger, Augsburg 1484 (GW M09332).[20]

Wie die Liste der zwölf datierbaren und heute bekannten Drucke zeigt, entstehen nicht nur sehr viele Ausgaben in der Zeit vor Brandis' ‚Lucidarius'-Druck im Jahr 1485, sondern diese entstehen zudem im süddeutschen Raum, in den beiden wichtigsten Zentren für deutschsprachige Drucke, nämlich in Augsburg und Straßburg. Zu diesem regionalen Schwerpunkt passt auch die handschriftliche Verbreitung des ‚Lucidarius': „Für den ‚Lucidarius' ergibt sich auf den ersten Blick eine dominante Überlieferung im oberdeutschen Raum mit Ausstrahlung ins Mitteldeutsche und Ausläufern ins Niederdeutsche und Mittelniederländische."[21]

---

19 Gottschall / Steer (Anm. 1), S. 115*f.

20 Siehe zur Übersicht Ulmschneider (Anm. 1), S. 35. Vgl. auch Karl Schorbach, Studien über das deutsche Volksbuch Lucidarius und seine Bearbeitungen in fremden Sprachen (Quellen und Forschungen zur Sprach- und Culturgeschichte der germanischen Völker 74), Straßburg 1894, S. 60–71 (mit Beschreibung der Inkunabeln). Vgl. zur handschriftlichen Überlieferung und ihrer Ablösung durch den Buchdruck auch Ulmschneider (Anm. 1), S. 328: „Während zu Beginn des 15. Jahrhunderts die Zahl der erhaltenen Codices noch als eher spärlich zu bezeichnen ist, setzt etwa ab dem 2. Viertel im Rahmen der allgemeinen ‚Literatur-Explosion' der Zeit eine wahre Handschriftenflut ein, die nach der Jahrhundertmitte ihren absoluten Höhepunkt erreicht. Ab etwa 1480, einem auch durch die Geschichte zahlreicher anderer Texte bezeugten ‚Wendepunkt' handschriftlicher Produktion, geht die Zahl der ‚Lucidarius'-Handschriften, beeinflußt durch die seit 1479 einsetzenden kommerziellen Drucke, die bis 1500 allein 34 Auflagen erreichen, stark zurück."

Während die handschriftliche Tradierung belegt, dass der ‚Lucidarius' bevorzugt im Kontext von Sammelhandschriften überliefert wird,[22] erscheint er im Druck als Einzeltext. Es ist ein schmales Buch; die Ausgaben umfassen durchgehend ca. 30 Blatt.

Ungeklärt ist bislang, welche Vorlage für die ersten Drucke von Anton Sorg und Johann Bämler benutzt wurde.[23] Der Vergleich der beiden Drucke von Sorg und Bämler, die beide mit kurzem zeitlichen Abstand 1479 erfolgen, zeigt: Sie gehen unabhängig voneinander auf die gleiche, heute nicht mehr vorhandene Vorlage (Druckvorlage d*) zurück, die möglicherweise 1475/76 im Benediktinerstift St. Ulrich und Afra in Augsburg enstanden ist. Ob es sich dabei um eine Handschrift oder bereits um eine erste (heute nicht mehr vorhandene) Druckausgabe handelt, muss offen bleiben.[24] Keine der heute bekannten Handschriften kann als unmittelbare Vorlage der Druckvorlage d* gelten; vielmehr verweist die für den Druck redigierte Fassung auf eine „Kontamination zweier Vorlagentexte".[25] Eine Aktualisierung des über fast dreihundert Jahre tradierten Textbestands erfolgt nicht.

Auch wenn sich die für den Druck erstellte Redaktion d* durch Textbesserungen und Ergänzungen auszeichnet, bleiben fehlerhafte und missverständliche Textpassagen stehen.[26] Insofern spiegelt sich die für die Handschriften beschriebene Fehlerhaftigkeit in den ersten wie auch in den nachfolgenden

---

21 Ebd., S. 332. Siehe zur niederdeutschen Rezeption ebd., S. 333: „Auffallend ist die geringe Bezeugung des ‚Lucidarius' im Niederdeutschen." Es lassen sich nur zwei mittelniederdeutsche Textzeugen nachweisen und diese entstehen im 15. Jahrhundert: W 3 (Wolfenbüttel, Herzog August Bibl. Cod. Helmst. 389) aus dem Benediktinerkloster Clus bei Gandersheim und St 2 (Straßburg, Bibl. Nat. et Univ. Cod. 2106) aus dem Besitz des Johannes von Coesfeld, später im Benediktinerkloster Bursfelde.

22 Nach Ulmschneider (Anm. 1) gibt es nur fünf Handschriften, die den ‚Lucidarius' als Einzelwerk überliefern, siehe ebd., S. 87. Zu den Sammelhandschriften siehe ebd., S. 351–374, mit genauer Darlegung zu den verschiedenen Anbindungen und Rezipientenkreisen, auch im Kontext von lateinisch-deutschen Mischhandschriften.

23 Vgl. auch Georg Steer, Art. ‚Lucidarius', in: ^{2}VL 5 (1985), Sp. 939–947, hier: 943: „Die frühen Drucke des 15. und 16. Jh.s (Schorbach Nr. 1–29). Sie bieten die 3-Bücher-Version des 'L.'. Ihr Verhältnis zur hs.lichen Überlieferung und die Gestalt ihrer Textform bleibt noch zu untersuchen."

24 Siehe Hamm / Steer / Vogl (Hg.), Der deutsche ‚Lucidarius'. Bd. 2 (Manuskript) (Anm. 2), S. 21f. und S. 45.

25 Ebd., S. 44: „Der Text des deutschen ‚Lucidarius', der Eingang in die Drucke fand, zeigt eine den Handschriften unbekannte Gestalt. Sie konnte als Kontamination der Textformen x5 und y10 des handschriftlich überlieferten ‚Lucidarius' erkannt werden." Siehe auch S. 22, dort mit dem Hinweis, dass die „Parallen zu y10 im ersten Buch dominieren".

26 Ebd., S. 33: „Eine absichtsvolle Umgestaltung für die Drucklegung mit dem Ziel einer klareren, besser verständlichen und vor allem kürzeren Darstellung ist zu erkennen, jedoch auch zahlreiche Verderbnisse."

Drucken; selbst offensichtliche Fehler in der Sache werden nicht korrigiert. Ob solche Fehler letzlich vorlagenbedingt oder aber durch die Drucklegung entstanden sind, lässt sich nicht in jedem Fall klären.

Zum Beispiel werden die vier Paradiesflüsse im ‚Lucidarius' mit dem Hinweis angeführt, dass sie ihre Namen entsprechend ihrer Lage zum Paradies ändern: Der erste Fluss heißt Phison im Paradies, außerhalb aber Ganges, der zweite Geon, der wiederum außerhalb des Paradieses Nilus genannt wird und es folgen Tigris und Eufrates, die beide ihre Namen nicht verändern (vgl. I, 49, S. 19, Z. 5–9). In den ersten beiden Drucken von Sorg und Bämler fehlt offensichtlich ein Teilsatz,[27] sodass die Flüsse bzw. die Namen Ganges und Geon fehlen. In der Verkürzung wird dann der Nilus Phison zugeordnet als Name des gleichen Flusses, aber außerhalb des Paradieses. Außerdem wird der Name Nilus in diesen (und den nachfolgenden) Drucken verschrieben zu Vilus:

> Anton Sorg 1479:
> an dē paradeiß entſpringet ein brunn dar auß rinnent vier waſſer. das ein heißt phiſon ſo es iſt in dē paradeÿß. wann es dar auß kōmet ſo heÿßt es dann vilus. das dritt heÿßt Tigris. dz vierd heÿßt eufrates die zwey verwandlen jren namen nit.
>
> Johann Bämler 1479:
> an dem paradeiß entſpringet eiñ bruñ darauß rÿnent vier waſſer. dʒ eín heÿßt phiſon ſo es iſt in dē paradeiß. wañ es darauß kōmet ſo heÿßt es dann Vilus das drit heÿßt Tigris. dz vierd heÿßt Eufrates die zweÿ verwādlend iren namē nit.[28]

4.1 Textbestand

Nicht der Erstdruck von Anton Sorg (02.03.1479), sondern der von Johann Bämler in demselben Jahr eingerichtete Druck (26.05.1479) wird zur Vorlage für die nachfolgenden Drucke.[29] Diese übernehmen den Text sowie den von Bämler gegenüber der Sorg-Ausgabe leicht veränderten einleitenden Prolog:

---

[27] Dies könnte durchaus für einen Fehler durch den Druckvorgang sprechen, so ebd., S. 38f.

[28] Lucidarius, Anton Sorg: Augsburg 1479, GW M09336; Bayerische Staatsbibliothek München: 2 Inc.c.a. 861, BSB-Ink L–246, fol. 6ʳ, Bildnr. 15; https://daten.digitale-sammlungen.de/bsb00029853/image_15 (letzter Zugriff: 31.08.2022). Lucidarius, Johann Bämler: Augsburg 1479, GW M09328; Herzog August Bibliothek Wolfenbüttel: A: 162 Quod. 2° (2), fol. 6ʳ; http://diglib.hab.de/wdb.php?pointer=12&dir=drucke%2F162-quod-2f-2s (letzter Zugriff: 31.08.2022).

[29] Vgl. Gottschall / Steer (Anm. 1), S. 25*: „Alle Textformen und Textstufen der Drucke leiten sich genealogisch von der Ausgabe Johann Bämlers, Augsburg (26. Mai) 1479, her." Vgl. auch Hamm / Steer / Vogl (Hg.), Der deutsche ‚Lucidarius'. Bd. 2 (Manuskript) (Anm. 2), S. 21, dort mit dem Hinweis, dass allerdings der Druck von Johann Prüss (Straßburg 1482) auf den Druck von Anton Sorg 1479 zurückgeht.

Anton Sorg 1479:
DIß bůch heÿsset Lucidarius. das spricht zů teütsch also vil als ein erleüchter. An disem bůch findet mā manige gros=se lere die anderē bůchern verborgen seind das vnderweiset vnß diß bůch. In d' geschrifft so findē wir auch den syn diß bůchs das es genannt wirdt Auro gemma das bezeichnet vnß wie gůt dz bůch seÿ *darumb was die geschrifft het bedecket daz hat Luci=darius alles erwecket. wer das geren lesen wil der ge=winnet weißheÿt vil. die anderen bůchern verborgen seind vnd zů lang wåren zesuchen.* Got der ÿe wz vñ ÿmer ist on ennd. der sol diß bůchs ein anefang wesē. *wer es geren hőret lesen der sol sich recht verston wie es vmb die schrifft seÿ gethan.* der meÿster vñ d' jūger redent miteinand. der diß bůch schreÿbet d' ist d' frager der heÿlig geÿst ist der lerer der sol vnß zů ende bringē das wir die rechte warheÿt befinden gancz vmb alle die ding die in den bůchern verborgen seind des helff vnß die ewige weißheit die on all arbeit die welt hat geeret vnd vnß den ewigen weißthům leret.[30] [Kursivierungen von Monika Unzeitig]

Johann Bämler 1479:
DIß bůch heÿsset Lucidarius. dz spricht zů teütsch also vil als ein erleücht. An disem bůch findet mā manige grosse ler die anderen bůcheren verborgen seind das vnderweÿset vnß diß bůch. In der geschrifft so finden wir auch den sÿne diß bůchs das es genannt wirdt Auro gemma das bezeichnet vnß wie gůt dz bůch seÿ. *Vnd darumb was man in anderñ bůcherñ dunckels vnnd vnuerståndliches geschriben vindet das erklåret maister Lucidarius gar ordenlichen daruon ein mensch weißheÿt empfahen mage. deñ was man in der geschrifft weÿt můßt zů samen sůchen das vindet man hierjnn mit wenig wortten schon begriffen* etc. ¶ Got der ÿe was vñ ÿmer ist on end der seÿ dises bůchs ein anfang *Am̄.* ¶ Der maister vñ der iunger redent mitainander der diß bůch schreÿbet. der ist der frager. der heÿlig geÿst ist der lerer d' sol vnnß zů ende bringen das wir die rechte warheÿt befinden gancz vmb alle die ding die in den bůcheren verborgen seindt des helff vnns die ewige weißheÿt die on all arbeÿt die welte hat geeret vnnd vnns die ewigen weÿßheÿthum leret.[31] [Kursivierungen von Monika Unzeitig]

Beide Prologtexte in Prosa folgen eng dem ursprünglich gereimten B-Prolog.[32] Während Sorgs Text fast ohne Abweichung[33] den mittelalterlichen Prolog in

---

[30] Lucidarius, Anton Sorg: Augsburg 1479, GW M09336; Bayerische Staatsbibliothek München: 2 Inc.c.a. 861, BSB-Ink L–246, fol. 1[r-v]; https://daten.digitale-sammlungen.de/bsb00029853/image_5f. (letzter Zugriff: 31.08.2022).

[31] Lucidarius, Johann Bämler: Augsburg 1479, GW M09328; Herzog August Bibliothek Wolfenbüttel: A: 162 Quod. 2° (2), fol. 1[r-v]; http://diglib.hab.de/wdb.php?dir=drucke/162-quod-2f-2s&pointer=2 (letzter Zugriff: 05.12.2022).

[32] Zum Text siehe Gottschall / Steer (Anm. 1), S. 1, V. 1–15; S. 2, V. 1–15:
Diʒ bůch heiʒet lucidarius. / Daʒ wirt getútzet alſus: /
daʒ iſt ein lúhtere. / An dem bůche vinde*t man* ʒuare /
manic tŏg*ene* dinc, / die an den bůchen verborgen ſint. /
der vnderwiſet diʒ bůchelin. / Von der geſcrifth gewinnen wir den geiſtlichen ſin. /
Diʒ bůch iſt genant aurea gemma. / Daʒ kit guldine gimme. /
Beʒei*chen*et *iſt* vnſ hie bi, / wie ture diʒ bůch ſi. /
Wenne waʒ die ſcrifth hat bedecket, / daʒ hat lucidarius e*rr*ecket. /

Prosa umformuliert, ist in der Bämler-Ausgabe der Prologtext gegenüber dem Druck von Sorg verändert bzw. ergänzt; die differierenden Passagen sind hier jeweils kursiviert hervorgehoben.

Wesentlich neu ist in Bämlers Prologtext die Modifikation bzw. Personifizierung des Werktitels ‚Lucidarius' in der ergänzten Passage durch die Verwendung des *nomen agentis*: *das erklåret maister Lucidarius gar ordenlichen*. Der *maister Lucidarius* ist als Vermittlungsinstanz gekennzeichnet, die das, was in anderen Büchern dunkel und unverständlich bleibt, so erklärt, dass *daruon ein mensch weißheÿt empfahen mage*. Der Wissenstranfer an den Leser wird so vom Buch als materiellem Vermittlungsträger auf den *maister Lucidarius* als personalisierte Erklärungsautorität übertragen. Diese Umformulierung ist in zweifacher Hinsicht relevant. Einerseits wird durch den Zusatz *maister* aus dem Werktitel ein Autorname,[34] andererseits verschiebt sich die mit der Titelmeta-

---

Suuer diȝ bůch gerne leſen wil, / der gewinnet wiſtůmeſ uil, /
daȝ er uȝ den bůchen nith lithe wirt erv*eret*, / wil er gedenken, waȝ in lucidarius habe geleret. /
Got, der ie waȝ vnde iemer iſt ane ende, / der ſol daȝ anegenge /
an diſeme bůche weſen. / Swer daȝ gerne welle leſen, /
der ſol ſich rethe verſtan, / wie eȝ unbe die ſcrifth ſie getan, /
da der meiſter vnde der iunger / redent wider ein ander. /
Der daȝ bůch *ſcribet*, der iſt der vrager, / der helic geiſt iſt der lerer. /
Der ſol vnſ an daȝ ende bringen, / daȝ wir die *rehte warheit vinden*, /
unbe alle die dinc, / die an den bůchen verborgen ſint. /
Deȝ helfe vnſ die ewige wiȝheit, / die ane aller ſlathe arbeit /
alle di*ſe* welt hat geȝier*e*th / vnde vnſ den wiſtům hat geleret.

Siehe in der Einleitung auch die literaturhistorische Einordnung von A- und B-Prolog, ebd. S. 106*f., ebenso den aktuellen Forschungsstand zur Diskussion um die Prologüberlieferung, ihre Datierung und Zuordnung präzise dargestellt bei Ulmschneider (Anm. 1), S. 5–9.

33 Auffällig ist besonders eine Variante: Die Bezeichnung des Buches als *aurea gemma* ist geändert zu *Auro gemma. diß bůchs das es genannt wirdt Auro gemma das bezeichnet vnß wie gůt dz bůch seÿ*. (Vgl. den Text im B-Prolog: *Diȝ bůch iſt genant aurea gemma. / Daȝ kit guldine gimme.*) Ob diese Verschreibung verständlich war bzw. ob überhaupt damit eine Vorstellung assoziiert werden konnte, muss offenbleiben. Die fehlerhafte Wiedergabe wird so unverändert tradiert, und ebenso entfällt die Erklärung des lateinischen Begriffs mit *guldine gimme* in den Drucken.

34 Inwieweit hier schon bewußt von Bämler ein Autorname eingeführt werden soll, muss offenbleiben. Die Rezeption des ‚Lucidarius' in der handschriftlichen Tradierung des 15. Jahrhunderts (Mittelniederdeutsche Sammelhandschrift Wolfenbüttel, Herzog August Bibl. Cod. Helmst. 389, 1. Viertel 15. Jh., Herkunft Benediktinerkloster Clus bei Gandersheim) belegt eine vergleichbare Umformulierung des Werktitels zum Autornamen am Ende der Abschrift, vgl. Ulmschneider (Anm. 1), S. 306: *Explicit liber magistri lucidarij*; diese wäre, folgt man Hamm (Anm. 1), S. 9 jedoch als Missverständnis zu interpretieren. Ab 1491 wird, und dies sicher mit Bezug zu Bämlers Prologtext, neu ein Titel den Drucken des ‚Lucidarius' beigefügt, der einen Autornamen

pher ‚Lucidarius' verbundene Funktion als ‚Erleuchter' auf den Meister. Dieser ist mit dem Titel *maister* so außerdem in Bezug gesetzt zu dem im Text auf die Fragen des Jüngers antwortenden Meisters. Er ist die in der Dialogsituation etablierte Erklärungsinstanz. Indem der veränderte Prologtext neben das Buch als erleuchtende Wissensinstanz eine personalisierte Erklärungsautorität setzt, ergänzt er die Bedeutung der metaphorischen Titelsetzung um einen durch die Person des Meisters konkretisierten Vermittlungsvorgang. In diesem Kontext steht neben der Verständlichkeit als Qualitätsausweis auch Bämlers Betonung der nützlichen Aufbereitung des sonst nur in verschiedenen Schriften auffindbaren und der Erklärung bedürfenden, unverständlichen Wissens in aller Kürze: *das vindet man hierjnn mit wenig wortten schon begriffen*. Die so angekündigte Wissensvermittlung erfolgt mit Blick auf die Adressaten, und die beiden, explizit betonten Hinweise auf Verständlichkeit und auf Kürze entsprechen den bekannten Vermarktungsstrategien der Gebrauchsprosa im frühen Druck.[35]

In den nachfolgenden Drucken wird nicht nur der Text des Bämler-Drucks unverändert tradiert,[36] sondern ebenso das von Bämler gegenüber dem Druck von Sorg um einen Holzschnitt erweiterte, fünfteilige Bildprogramm nachgeschnitten. Das Verfahren der unveränderten Übernahme von Text und Bild in den Nachfolgedrucken kann als typisch für den Umgang mit Text und Bild in der Inkunabelzeit beschrieben werden.

4.2 Bildprogramm

Die Ausstattung deutschsprachiger Drucke mit Holzschnitten, *mit figuren*, entspricht den Vermarktungsstrategien in der Inkunabelzeit.[37] Das Bildprogramm ist für den Druck des ‚Lucidarius' neu entwickelt worden. Die handschriftliche Überlieferung des ‚Lucidarius' kennzeichnet zwar auch das Inserieren von kleinen Karten, und dies dort, wo von der Beschreibung der Welt gehandelt wird.

---

voranstellt und diesen mit dem Hinweis auf die Wunder der Welt verbindet: ‚Maister Elucidarius von den wunderberñ ſachen der welt'; Johann Schönsperger, Augsburg 1491, GW M09334; Bayerische Staatsbibliothek München: 2 Inc.c.a. 2587, BSB-Ink L–251, fol. 1^{v}; https://daten.digitale-sammlungen.de/bsb00029865/image_5 (letzter Zugriff: 31.08.2022); ‚maister elucidarius vō den Wunderbaren ſachen der Welt'; Michael Greyff, Reutlingen 1491, GW M09341; Staatsbibliothek Bamberg: 22/Inc.typ.H.V.7; nicht digital einsehbar.

35 Siehe dazu Inge Leipold, Das Verlagsprogramm des Augsburger Druckers Johann Bämler. Zum Funktionstyp „Frühe deutschsprachige Druckprosa", in: Bibliotheksforum Bayern 4 (1976), S. 236–252, bes. S. 250.

36 Die hochdeutschen Folgedrucke der Inkunabelzeit bewahren den Textbestand, und die nachweisbaren Änderungen sind minimal, nur einzelne, meist stilistische Varianten oder Korrekturen bzw. neue Verschreibungen.

37 Vgl. z. B. die Bücheranzeigen von Anton Sorg (GW M42861) und Lukas Brandis (GW

„In zehn der 62 ‚Lucidarius'-Handschriften, die diese Textstelle überliefern, findet sich nach I. 47, dies illustrierend – die Einteilung der gesamten Welt in *fünf strazen* sowie die Untergliederung der bewohnten Welt in *drei teile* – ein Hinweis auf eine erläuternde Karte."[38] Ausgeführt sind die Karten jedoch nur in fünf Handschriften (vom ersten Viertel des 13. Jahrhunderts bis 1464). Die fünf Holzschnitte der Druckausgaben sind ohne nachweisbare, unmittelbare Vorlagen in Handschriften konzipiert und spiegeln die didaktische, theologische und naturkundliche Ausrichtung des Textes.

Das für die Bämler-Ausgabe 1479 eingerichtete Bildprogramm (vgl. Abb. 1 am Ende des Beitrags) thematisiert in allen fünf Holzschnitten einen Bezug zum Himmel. Der erste Holzschnitt (1.1) fungiert als Eingangsbild und stellt die belehrende Kommunikation zwischen *Maister* und *Junger* vor. Die Andeutung eines dreiteiligen Himmels mit Sternen über den beiden Personen entspricht der dreistufigen Beschreibung des Himmels im Text (vgl. I, 26, S. 11, Z. 12–15); zugleich rückt somit auch der Inhalt des Werkes in den Kontext naturkundlicher bzw. astronomischer Schriften. Der zweite Holzschnitt (1.2) ist gegenüber der Ausgabe von Sorg ergänzt[39] und setzt den Himmel in einen theologischen Kontext: Gott habe Nathanael aus dem Himmel in den Abgrund der Hölle verstoßen, so erzählt der Text und so ist es im Holzschnitt zu sehen: Gott der Herrscher über die Welt hält diese in Form eines Reichsapfels in seinen Händen, und die Engel stoßen Nathanael bzw. Lucifer hinab. Der Holzschnitt ist übernommen aus einem anderen Druck, dem ‚Spiegel menschlicher Behaltnis', dort platziert mit dem Untertitel: *Das erste capitel / von lucifers val*, gedruckt von Anton Sorg 1476[40] und stammt daher nicht aus einem naturkundlichen, son-

---

5014), die die Titel mit dem Hinweis auf die Holzschnitte *mit figuren* anführen. Vgl. außerdem Manuel Braun, Illustration, Dekoration und das allmähliche Verschwinden der Bilder aus dem Roman (1471–1700), in: Cognition and the Book. Typologies of Formal Organisation of Knowledge in the Printed Book of the Early Modern Period, hg. v. Karl A. E. Enenkel u. Wolfgang Neuber, Leiden / Boston 2005, S. 369–408.

38 Ulmschneider (Anm. 1), S. 387. Vgl. auch zu den Illustrationen in den ‚Lucidarius'-Handschriften und Drucken den Artikel von Pia Rudolph, 81. Lucidarius, in: Katalog der deutschsprachigen illustrierten Handschriften des Mittelalters. Bd. 8: 72. Lanzelot – 84. Johann von Soest, ‚Margreth von Limburg', hg. v. Kristina Freienhagen-Baumgardt, Pia Rudolph u. Nikola Zotz, München 2020, S. 551–590.

39 Siehe Schorbach (Anm. 20), S. 68. Allerdings ohne Hinweis auf die Übernahme von Sorgs Holzschnitt ‚Luzifers Fall' durch Bämler; umgekehrt stellt Schorbach nur die nachfolgende Rezeption innerhalb der ‚Lucidarius'-Drucke vor: „In dieser Ausgabe begegnet zum ersten male der Holzschnitt von Lucifers Fall, den Sorg in seiner 2. Lucid.-Ausgabe (1480) sofort nachschneiden liess."

40 Zur Abbildung siehe Albert Schramm, Der Bilderschmuck der Frühdrucke. Bd. 4: Die Drucke von Anton Sorg in Augsburg, Leipzig 1921, Abb. 1; https://digi.ub.uni-heidelberg.de/diglit/schramm1921bd4/0061 (letzter Zugriff: 31.08.2022). Es ist exakt der gleiche Holzschnitt. Mit einem ganz ähnlichen illustriert bereits 1472 Günther

dern aus einem Kontext mittelalterlicher Erbauungsliteratur, nämlich aus der verbreiteten Tradition des ‚Speculum humanae salvationis'; um eben diesen Holzschnitt erweitert Bämler seine Ausgabe des Textes.

Die weiteren drei Holzschnitte (1.3–1.5) verbindet, dass sie die Erde im Zentrum des Kosmos einordnen. Es sind vereinfachte Sphärenmodelle, die in Bezug zu den Erklärungen im Text über den Aufbau des Himmels, die Einteilung der Erde, der Bewegung von Sonne und Mond sowie der Planeten stehen. Auch wenn die drei Holzschnitte eine Anschauung von Kosmos und Erde vermitteln wollen, so sind sie im Vergleich zu den im 15. Jahrhundert entworfenen graphischen Darstellungen in der naturkundlichen Wissensliteratur[41] deutlich vereinfacht und wenig erklärend.[42]

Der Vergleich der Holzschnitte der zwölf Druckausgaben vor Brandis erlaubt eine Annäherung an die Antwort auf die Frage, welcher Druck als Vorlage für die niederdeutsche Fassung gedient haben könnte. Bis zur Ausgabe von Johann Schönsperger 1482 werden die Holzschnitte in den Drucken einfach kopiert. In der Schönsperger-Ausgabe (vgl. Abb. 2 am Ende des Beitrags) sind hingegen die drei letzten Holzschnitte (2.3–2.5) verändert: Sie sind gerahmt und in die durch die Rahmung entstandenen Ecken werden weitere Bildelemente eingefügt. Für den dritten Holzschnitt (2.3) sind vier Windgesichter ergänzt, wie sie aus der Tradition der mittelalterlichen Weltkarten bekannt sind und wie sie vor allen Dingen auch in den deutschen Kalenderdrucken zur Illustration der vier Winde aus den vier Himmelsrichtungen und ihrer Beschreibung einen festen Platz haben.[43] In dem vierten Holzschnitt (2.4) werden in den Zwickeln

---

Zainer den Druck ‚Spiegel des Sünders', siehe ebd., Bd 2: Die Drucke von Guenther Zainer in Augsburg, Leipzig 1920, Abb. 298; https://digi.ub.uni-heidelberg.de/diglit/schramm1920bd2/0069 (letzter Zugriff: 31.08.2022).

41 Vgl. dazu insbesondere die erläuternden bildlichen Darstellungen zu Johannes' von Sacrobosco ‚Sphaera mundi' sowie Konrads von Megenberg ‚Deutsche Sphaera' und ihre Überlieferung in Handschrift und Druck: Rudolf Simek, Erde und Kosmos im Mittelalter. Das Weltbild vor Kolumbus, München 1992, S. 28–30.

42 Zu den Holzschnitten in dem ‚Lucidarius'-Druck von Bämler 1479 und ihrem Bezug zum Text siehe Markus Gärtner, Weltdarstellungen in Text und Bild in Drucken zwischen 1450–1500. Untersuchung von Text-Bild-Verhältnissen, Diss. masch. Greifswald 2020 (https://nbn-resolving.org/urn:nbn:de:gbv:9-opus–108617). Vgl. zu den Versuchen einer Modernisierung und Verwissenschaftlichung der späteren Drucke, die zu diesem Zweck Holzschnitte aus astronomischen Handbüchern übernehmen, Monika Unzeitig, Ein Weltbild zwischen Popularisierung und Verwissenschaftlichung. Die illustrierten Drucke des ‚Lucidarius' im 15. und 16. Jahrhundert, in: Von Köchinnen und Gelehrten, von Adligen und Soldaten. Interdisziplinäre Zugänge zum Erschließen menschlichen Daseins in der Vormoderne, hg. v. Dessislava Stoeva-Holm u. Susanne Tieneken (Acta Universitatis Upsaliensis. Studia Germanistica Upsaliensia 58), Uppsala 2014, S. 17–32.

43 Vgl. Albert Schramm, Der Bilderschmuck der Frühdrucke. Bd. 19: Die Straßburger Drucker: 1. Teil, Leipzig 1936, Abb. 113: Heinrich Knoblochtzer, Straßburg, Deut-

vier Personen mit Schriftband eingefügt. Wie der Vergleich z. B. mit der Stralsunder Astronomischen Uhr und ihrer Ausgestaltung nahelegt, sind diese Personen „Astronomen und Verfasser bzw. Auftraggeber von astronomischen Schriften und Forschungen“, die mit „dem griechischen Geografen und Astronomen Claudius Ptolemäus (2. Jh.), dem Perser Dscha'far ibn Muhammad Abu Ma'schar al-Bachi (Albumasar, 9. Jh.), dem Ägypter Ali ibn Ridwan (Hali, 11. Jh.) sowie König Alfons X. (dem Weisen) von Kastilien-León (1252–1284)“ identifiziert werden können.[44] So wird die Graphik durch in Astronomie ausgewiesene Autoritäten erweitert. Der fünfte Holzschnitt (2.5) wiederum, der ein vereinfachtes Sphärenmodell mit den Tierkreiszeichen darstellt, ist ebenfalls durch vier Autoritäten in den Ecken ergänzt; diese sind aufgrund ihrer Kopfbedeckung und ihrer Anordnung als die vier Kirchenväter Hl. Gregorius, Hl. Augustinus, Hl. Ambrosius und Hl. Hieronymus zu identifizieren, wie z. B. der Vergleich mit dem Einblattdruck von Lienhart Ysenhut, ,Figura exprimens mysterium eucharistiae' um 1478/80 (GW 9894) belegt. So wäre die Darstellung in diesem letzten Holzschnitt durch die theologischen Autoritäten als wahr ausgewiesen.

Die beschriebenen bildlichen Erweiterungen sind nicht durch einen unmittelbaren Bezug zum Text begründet, vielmehr werden die übernommenen einfachen Abstraktionen zu Erde und Kosmos durch die neuen Bildelemente weiterführend kontextualisiert: im naturkundlichen Verständnis durch die vier Winde, im astronomisch wissenschaftlichen Bezugsrahmen durch die vier bekannten Astronomen und im theologischen Wahrheitsanspruch durch die vier Kirchenväter. Dies entspricht ganz dem Anspruch des ,Lucidarius', als naturkundliches und theologisches Wissenskompendium verstanden zu werden. Ob dieses veränderte und zugleich aufgewertete Bildprogramm auch das didakti-

---

scher Kalender 1483; https://digi.ub.uni-heidelberg.de/diglit/schramm1936bd19/0039 (letzter Zugriff: 31.08.2022). Oder siehe die Darstellung der vier Winde im Druck von Johann Blaubirer: Kalender, Augsburg 1481, GW M16008, Bayerische Staatsbibliothek München: 4 Inc.c.a. 190 l, BSB-Ink K–4, fol. 78r; https://daten.digitale-sammlungen.de/bsb00029544/image_158 (letzter Zugriff: 31.08.2022). Siehe auch Johann Schönsperger: Deutscher Kalender, Augsburg 1487, GW M16021, Bayerische Staatsbibliothek München: 4 Inc.c.a. 494 m, BSB-Ink K–5, fol. 69v; https://daten.digitale-sammlungen.de/bsb00029546/image_142 (letzter Zugriff: 31.08.2022). Die Beschreibung der Holzschnitte 3, 4 und 5 im Druck von Schönsperger 1482 von Rudolph (Anm. 38), S. 580f., ist zum Teil ungenau bzw. die Vorlagen für die Holzschnitte sind nicht recherchiert worden.

44 Für den Hinweis danke ich Christine Magin (Greifswalder Arbeitsstelle Inschriften der Akademie der Wissenschaften zu Göttingen). Siehe Christine Magin, Katalogartikel Deutsche Inschriften 102, Nr. 35: Astronomische Uhr, St. Nikolai Stralsund, in: Deutsche Inschriften online, Inschriftenkatalog: Stralsund; http://www.inschriften.net/stralsund/inschrift/nr/di102-0035.html#content (letzter Zugriff: 31.08.2022). Die abgebildeten Personen sind anhand ihrer Kopfbedeckungen zu erkennen.

sche Konzept als Lehrbuch unterstützt, ist nicht einfach zu entscheiden. Die graphischen Modelle sind nicht unmittelbar lesbar, und d. h. auch, die Visualisierung ist weiterhin nicht ohne Text verständlich und selbst mit Textlektüre nicht eindeutig.[45]

Das hier ausführlich vorgestellte modifzierte Bildprogramm in Schönspergers Druck von 1482 und seine damit verbundene Sonderstellung innerhalb der hochdeutschen Inkunabeln erlaubt, diesen Druck als Vorlage für den niederdeutschen Druck von Matthäus Brandis festzulegen,[46] denn Brandis kopiert für seinen Druck das von Schönsperger aktualisierte Bildprogramm (vgl. Abb. 3 am Ende des Beitrags). Möglicherweise hat Brandis den Schönsperger-Druck von 1484 (GW M09332) verwendet.[47]

5. Der niederdeutsche ‚Lucidarius' von Brandis 1485: Textvergleich

Aufgrund des Vergleichs der Holzschnitte liegt die Annahme nahe, dass die Vorlage für die niederdeutsche Übersetzung des ‚Lucidarius' der Schönsperger-Druck gewesen sein könnte.[48] Dass dies plausibel ist, zeigt auch auch der fol-

[45] Vgl. zur fehlenden Verständlichkeit der graphischen Darstellung und der notwendigen Erklärung auch Unzeitig (Anm. 42), S. 20–22; in diesem Zusammenhang aufschlussreich ist auch, dass die Drucke z. T. handschriftliche Ergänzungen in den Holzschnitten aufweisen, vgl. z. B. das Münchener Exemplar des ‚Lucidarius'-Drucks von Martin Schott, in dem für die Erde das T-O-Schema ergänzt wird und auch eine Beschriftung der Kontinente erfolgt: Straßburg 1482/83, GW M09346, Bayerische Staatsbibliohek München: Rar. 97, BSB-Ink L–249, fol 3^{v}; https://daten.digitale-sammlungen.de/bsb00029862/image_12 (letzter Zugriff: 31.08.2022).

[46] Die Platzierungen der fünf Holzschnitte in den Ausgaben von Bämler, Schönsperger und Brandis sind bis auf geringe Verschiebungen, die die Einordnung des vierten Holzschnitts betreffen, gleich. Der vierte Holzschnitt ist in dem Brandis-Druck vorgezogen eingefügt und passt so besser in die folgende Antwort auf die Frage nach der Einteilung der Welt.

[47] Der Schönsperger-Druck 1484 (GW M09332) liegt heute nur noch in einem Exemplar vor (Fondation Martin Bodmer / Bibliotheca Bodmeriana Cologny), das aber nicht digital einsehbar ist. Vgl. auch: Hamm / Steer / Vogl (Hg.), Der deutsche ‚Lucidarius'. Bd. 2 (Manuskript) (Anm. 2), S. 50f.; in dem vorgestellten Vergleich der beiden Schönsperger-Drucke von 1482 und 1484 wird auf kleinere stilistische Korrekturen und Besserungen hingewiesen. Ein Abgleich anhand der wenigen in Auswahl vermerkten Differenzen erlaubt m. E. keine eindeutige Zuordnung. Wie aus Schorbach (Anm. 20), S. 70f. zu entnehmen ist, dürften die Holzschnitte der Ausgabe von 1482 entsprechen. Bei Schorbach fehlt allerdings der Hinweis, dass die Holzschnitte in den Schönsperger-Ausgaben gegenüber den bisherigen Drucken verändert sind. Allerdings verweist er für die Holzschnitte im Brandis-Druck auf den Schönsperger-Druck von 1482, vgl. S. 72.

[48] Wesentlich für meine Argumentation ist die Übernahme bzw. Kopie der Holzschnitte.

gende Vergleich der Texte beider Drucke.[49] So erscheint es methodisch zulässig, den Schönsperger-Druck als Referenztext für den Textvergleich heranzuziehen. Gegenüber der Nähe zur Ausgabe von Schönsperger und ihrer genauen niederdeutschen Übersetzung fallen jedoch in dem noch folgenden Textvergleich ebenso deutlich einzelne Unterschiede auf, die sich allein durch mögliche weitere Quellen und Vorlagen erklären lassen und die eine Kenntnis des ‚Lucidarius' auf der Grundlage eines weiteren Textzeugen voraussetzen.

Der Prolog des Schönsperger-Drucks von 1482 folgt wörtlich dem Bämler-Druck; nur die Schreibung ist z. T. verändert; die Absatzmarkierungen werden übernommen:

> Johann Schönsperger 1482:
> DIs bůch heisset Lucidarius. dz spricht zů teütsch also vil als eÿn erleüchter. An disem bůch findet mā manige grosse ler die anderen buͤcheren verborgen seind dz vnder weiset vns diß bůch In der geschrifft so finden wir. auch den sÿn diß bůchs dz es genannt wirt. Auro gemma das bezeichnet vns wÿe gůt das bůch sey. *Vnd darumb was mā in anderen buͤchern dunckels vñ vnuerståntlichs geschriben vindet. dz erklåret meister Lucidarius gar ordenlichen daruon ein mēsch weißheit empfahen mag. deñ was man in der geschrifft weit muͤßt zesamen sůchen. dz vindet man hier jnn mit wenig worten schon begriffen* ¶ Got der ÿe was vnnd ÿmmer ist on end der seÿ dises bůchs ein anfang *Amen.* ¶ Der maister vnnd der iunger redent mitt eynander *der diß bůch schreibet der ist der frager der heilig geyst ist der lerer* der sol vns zů ende bringen daz wir dÿe rechte warheyt befinden gancz vmb alle dÿe ding die in den buͤchern verborgen seind. des helff vns die ewige weißheit die on alle arbeit dÿe welt hat geeret vnd vns die ewigen weißheithum leret.[50] [Kursivierungen von Monika Unzeitig]

Die niederdeutsche Fassung im Brandis-Druck zeigt eine genaue und sorgfältige Übersetzung des Prologs, die Übernahme der Absatzzeichen; die Kennzeichnung des Satzendes durch Punkt erleichtert die Lektüre des Textes. Umso deutlicher fällt die einzige geänderte Textstelle auf:

> Matthäus Brandis 1485:
> **DI**t bok het Lucidarius. Dat sprikt to dude so vele alse ein vorluchter. An disseme boke vind me mennighe grote lere de in anderen boken verbor/ghē sint. dat vnderwiset vns

Anders Hamm / Steer / Vogl (Hg.), Der deutsche ‚Lucidarius'. Bd. 2 (Manuskript) (Anm. 2), S. 48f.; in dem vorgestellten Stemma ist eine „änderungsfreudige" Zwischenstufe x2 mit verlorenem Textzeugen angenommen, von der sich der Lübecker Druck und die Handschrift Z1 ableiten sollen. Diese Rekonstruktion erfolgt ohne Berücksichtigung der Holzschnitte und basiert auf wenigen exemplarisch angeführten Abweichungen in der Handschrift Z1. Diese Sammelhandschrift (Zürich, Zentralbibliothek Cod. A 161) wird wiederum von Ulmschneider (Anm. 1), S. 315, als Abschrift des Drucks a3 (Anton Sorg 1480) identifiziert.

49 Stichproben mit den anderen Drucken vor 1485 bestätigen zudem einen unveränderten festen Textbestand in der hochdeutschen Drucküberlieferung.

50 Lucidarius, Johann Schönsperger, Augsburg 1482, GW M09331, Staatsbibliothek zu Berlin – Preußischer Kulturbesitz: 4° Inc 205, fol. 1r; http://resolver.staatsbibliothek-berlin.de/SBB0001975400000005 (letzter Zugriff: 31.08.2022).

dit bok. In der schrifft vinde wij ok den sin disses bokes. dat id genomet wert Auro gemma. dat betekēt vns wo ghut dat bok sy. Unde dar vm̄e wat me ī anderē bokē duster vnde vnuortsendlik gheschreuē vindet: dat vorclaret mester lucidarius gantz schickelkē. dar vā ein mynsche wißheit entuangē mach. wēte wat me in der schrifft wijd moet to sammen sokē | dat vindet me hiir in mit korten worden schone begrepen. ¶ Got de ye was vn̄ yūmer is ane ende de sy disses bokes ein anbeghinne. Amen. ¶ De mester vn̄ de iūger spreken to hope. *de iūger is de vragher. de hilighegeist is de lerer:* de schal vns to deme ende bringen | dat wij de rechtē warheit voruaren | vm̄e etlike ding | de in velen bokē vorborghen sint. Des helpe vns de ewighe wißheit de ane alle arbeit | de werlit hefft gheeret: vn̄ vns de ewighe wißheit leret.[51] [Kursivierungen von Monika Unzeitig]

Der Prolog entspricht somit dem seit dem Bämler-Druck tradierten und ebenso von Schönsperger übernommenen Text, mit einer kleinen, aber wesentlichen Änderung. Während die entsprechend dem B-Prolog tradierte Aussage lautet: *der diß bůch schreibet der ist der frager der heilig geyst ist der lerer*, wird diese komplexe Vorstellung und Verknüpfung von Verfasserschaft und Inspiration durch den Heiligen Geist[52] im Brandis-Prolog auf eine vereinfachte Formulierung verkürzt: *de iūger is de vragher. de hilighegeist is de lerer*. Mit dieser Umformulierung ist die Rolle des Schülers als Fragenden festlegt, aber dies ohne die Verschriftlichung oder die Verfasserschaft zu thematisieren. Der fragende Jünger ist allein in seiner Dialogposition definiert, wie dies auch der vorangehende Satz formuliert: *De mester vn̄ de iūger spreken to hope*, und dieser erhält seine Antworten vom Heiligen Geist, der ihm die göttliche Wahrheit und Weisheit offenbart.[53]

---

[51] Lucidarius, niederdeutsch, Matthäus Brandis, Lübeck 1485, GW M09355; Dänische Königliche Bibliothek Kopenhagen: Inc. Haun. 2537 4°, fol. xliii^{r-v}; nicht digital einsehbar.

[52] Zur Inszenierung des *vragers* in seiner Rolle als Schreiber und sein Zurücktreten als Autor hinter das Werk siehe Hamm (Anm. 1), S. 21f., und ebenso zur Inspiration durch den Heiligen Geist, S. 22–24.

[53] Dass der geänderte Prologtext dem Übersetzer zuzuschreiben ist, erscheint plausibel. Gerade im Umgang mit den Paratexten und nicht in der meist unveränderten Übernahme des Erzähltextes zeigen sich die Intentionen der Drucker gegenüber potentiellen Rezipienten, wie sich zum Beispiel anhand der Drucküberlieferung der ‚Melusine' des Thüring von Ringoltingen exemplarisch zeigen lässt, vgl. Jan-Dirk Müller, Text und Paratexte. ‚Melusine'-Drucke des 16. Jahrhunderts, in: Zeichensprachen des literarischen Buchs in der frühen Neuzeit. Die ‚Melusine' des Thüring von Ringoltingen, hg. v. Ursula Rautenberg u. a., Berlin 2013, S. 17–31. In diesen Kontext gehört aus meiner Sicht auch die geänderte Prologfassung Bämlers. Komplexer dürfte aber die Frage nach der nur partiellen Veränderung der Textpassage im Brandis-Text sein. Im Folgenden wird noch dargelegt, dass der Übersetzer der mittelniederdeutschen Fassung zumindest eine weitere ‚Lucidarius'-Handschrift zur Verfügung gehabt haben muss. Insofern könnte der Übersetzer auch einer Prologvariante aus der Handschriftenüberlieferung des ‚Lucidarius' gefolgt sein. Wie variantenreich die Prolog-

Der Text von Schönsperger wie auch der der vorangehenden Druckausgaben folgt mit Blick auf die kritische Textausgabe von Gottschall / Steer einer ‚Lucidarius'-Fassung mit y-Erweiterungen[54]. Dies lässt sich zum Beispiel anhand der sog. y-Zusätze zu den Antipedes (I, 75), der Erklärung der Nacht (I, 76), den Ausführungen zur Sonnenfinsternis (I, 97f.) und zum Hagel (I, 99) festhalten. Der Vergleich der Schönsperger-Ausgabe mit der mittelniederdeutschen Übersetzung des Brandis-Drucks belegt weitgehend die Übernahme und die Überlieferung des gleichen Textbestandes.[55] Als weiteres Argument für die Abhängigkeit und die Nähe der niederdeutschen Textfassung zum Schönsperger-Druck kann auch angeführt werden, dass beide Texte gleiche Lücken und Fehler gegenüber dem ‚Lucidarius' aufweisen, wie er aus den mittelalterlichen Handschriften in der Textausgabe erschlossen ist. Beide Texte sind gleichermaßen lückenhaft an der Stelle, an der die Frage nach den kalten Brunnen im Sommer und den warmen im Winter abgehandelt wird (I, 106, S. 59, Z. 1–6). Es ist in den Drucken offensichtlich die folgende Antwort des Meisters ausgelassen (Z. 3–6) und auch die sich anschließende Frage des Jüngers nach den ungesunden Wassern (I, 107, S. 59, Z. 7f.). Die Antwort, die in den Druckausgaben auf die Frage nach den Temperaturunterschieden folgt, erklärt eben dieses Phänomen insofern ‚falsch' mit den Würmern bzw. Drachen, die unter der Erde leben und das Wasser durch ihren giftigen Eiter infizieren (I, 107, S. 59, Z. 8–12). Auch weitere Übernahmen von Verschreibungen und Fehlern bestätigen diesen Befund.[56]

Im Gegensatz zu diesem ersten Befund verweisen die Unterschiede, die Korrekturen und Zusätze im niederdeutschen Druck gegenüber dem Schönsperger-Druck darauf, dass dem Übersetzer weitere Quellen vorgelegen haben müssen und, was naheliegend erscheint, auch ein weiterer Überlieferungszeuge des ‚Lucidarius'. Wie bereits gesagt, ist die Überlieferung des ‚Lucidarius' nicht frei von Verschreibungen und Missverständnissen, die übernommen und die auch in den Druckausgaben nicht verbessert werden, doch dies tut die niederdeutsche Übersetzung. So wird z. B. die angeführte Textstelle zu den vier Paradiesflüssen

---

fassungen und wie individuell diese gestaltet sein können, erklärt Helgard Ulmschneider, *WISTŮMES VIL, VREMDE MERE* ODER ZUM *ZIT VERTRIBEN*? Zur Überlieferung der Prologe des deutschen ‚Lucidarius' in den mittelalterlichen Handschriften, in: ZfdA 138 (2009), S. 141–165.

54 Vgl. zur Kompilation von x5 und y10 in der Drucküberlieferung Hamm / Steer / Vogt (Hg.), Der deutsche ‚Lucidarius'. Bd. 2 (Manuskript) (Anm. 2), S. 22, dort auch mit dem Hinweis, dass für den ersten Teil die y-Erweiterungen dominieren.

55 Vgl. zu den y-Erweiterungen, die den gleichen lateinischen Quellentexten entstammen, die die x-Fassung kompiliert, Gottschall / Steer (Anm. 1), S. 27*–29*. Der Übersetzungsvergleich bezieht sich lediglich auf das erste Buch des ‚Lucidarius'.

56 Diese finden sich vor allen Dingen bei der falschen Wiedergabe von Ortsbezeichnungen: *Silicia* statt *Siciliam*; *Caprophanes* statt *Taprobane*; *Cantasus* statt *Caucasus*.

mit der richtigen Namensbezeichnung der Flüsse und vollständig wiedergegeben, so wie sie auch für den mittelalterlichen ‚Lucidarius' (I, 49, S. 19, Z. 5–9) bezeugt ist:

> An deme paradiſe entſpringet ein borne. dar uth vleten veer watere. dat ene het phiſon ſo id is in deme paradiſe. wen id dar uth kūpt ſo het id *ganghes. dat ander het geon. wen id uth dem̄ paradiſe kūpt so het id nilus* Dat drudde het Tigris. dat veerde het eufrates. de twe wandelen eren namen nicht.[57] [Kursivierungen von Monika Unzeitig]

Diese Beispiele von Zusätzen gegenüber der Schönsperger-Ausgabe (und d. h. auch gegenüber der Ausgabe von Bämler und den Nachfolgedrucken), die sich in der mittelalterlichen ‚Lucidarius'-Überlieferung wiederum belegt finden, lassen sich fortsetzen. Exemplarisch seien diese Ergänzungen von Brandis gegenüber dem Schönsperger-Druck angeführt, jeweils auf der Grundlage der ‚Lucidarius'-Ausgabe:

- Brandis (fol. lii^r^): *dar wart de erſte touerige in vūden.* (I, 57, S. 29, Z. 9f.; Hinweis auf Persida und die Erfindung der Magie dort)
- Brandis (fol. lii^r^): *de was ein reſe* (I, 58, S. 30, Z. 6; Bezug zu Nemroth, Begründer von Babylon)
- Brandis (fol. lii^v^): *Dar by licht frigida.* (I, 58, S. 31, Z. 15; Beschreibung von Troja)
- Brandis (fol. liii^v^): *dar inne licht ok zenſis vn̄ de grote kartago.* (I, 60, S. 35, Z. 8; Erwähnung Karthagos)
- Brandis (fol. liiii^v^): *ok vorbernd id nūmer.* (I, 61, S. 38, Z. 10; gemeint ist das Ebenholz)
- Brandis (fol. lvii^r^): *dat in de ſtrate lopt* (I, 79, S. 47, Z. 1f.; Verlauf der Sonne im Zodiacus)
- Brandis (fol. lvii^r^): *alſe de ſonne vn̄ de mane* (I, 81, S. 47, Z. 13; Beschreibung der sieben Planeten)
- Brandis (fol. lviii^r^): *etlik vuchter nature. etlik drogher nature* (I, 88, S. 50, Z. 7f.; Natur der Sterne)
- Brandis (fol. lviii^v^): *van ſik ſuluē* (I, 91, S. 52, Z. 5f.; fehlende Leuchtkraft des Mondes)
- Brandis (fol. lix^r^): *alſe wen de mane .xiiij. daghe olt is* (I, 94, S. 53, Z. 5; Veränderung des Mondumfangs)
- Brandis (fol. lix^r^): *darūme mach dat nicht weſen dat de ſternen vallen* (I, 96, S. 54, Z. 8; Frage zu den herabfallenden Sternen)
- Brandis (fol. lxii^r^): *de aderē ghan dē kinde vor ſine mūt de ſuget dat kint. vn̄ dat is ſine ſpiſe went dat id gheborē wert. de ſpiſe is ſo clenlik dat ſe togheit* (I, 113, S. 63, Z. 1–3; zur Ernährung des Kindes im Mutterleib)

Für diese hier exemplarisch angeführten Ergänzungen muss der Übersetzer die Möglichkeit gehabt haben, auf einen weiteren ‚Lucidarius'-Textzeugen zurückzugreifen. Für eine weitere Vorlage sprechen auch die Korrekturen, die der Übersetzer vornimmt und die sich wesentlich auf Namen und Bezeichnungen

---

[57] Brandis (Anm. 51), fol. xlix^r^; nicht digital einsehbar.

beziehen. Die Bezeichnungen für die zehn Höllen sind z. T. korrigiert gegenüber dem Schönsperger-Druck: Die Hölle *gehenne* wird im Brandis-Druck richtig als *gehenna* (I, 19) bezeichnet, der Höllenname des Schönsperger-Drucks *asteronta* ist verbessert zu *acheronta* und entspricht damit den bekannten Namensformen aus Honorius' Augustodunensis ‚Imago mundi'.[58]

Es erweist sich dabei als schwierig, eine genauere Zuordnung der möglichen zusätzlichen Vorlage des niederdeutschen Übersetzers zu versuchen. Der Vergleich mit den in der kritischen Ausgabe von Gottschall / Steer dokumentierten Textvarianten erlaubt keine eindeutige Zuordnung; im Kontext der Höllenbeschreibung findet sich im hochdeutschen Text des Schönsperger-Drucks die Erklärung zu *ſtagnū ignis. dʒ bedeütet ein hitʒe des feüers* (fol. 3r); diese Variante entspricht der x-Fassung. Im Brandis-Druck heißt es hingegen: *dat betekent ein ſee des vures* (fol. xlvv), was auf eine y-Fassung hinweist. Im Folgenden geben beide Drucke als Erklärung zur *terra oblivionis* an: *dÿe erde ď vergeſſunge* (fol. 3r) / *dye erde der vorghetinge* (fol. xlvv), was wiederum für die x-Fassung stehen könnte.[59]

Der Vergleich der beiden Drucke lässt vermuten, der Übersetzer habe die Druckvorlage mit einer handschriftlichen Fassung des ‚Lucidarius' abgleichen können; sein Verfahren des Abgleichens und Verbesserns setzt eine entsprechende Bildung voraus. Für einen klugen und belesenen Übersetzer würde zudem sprechen, dass er auch zusätzliche, nicht aus dem mittelalterlichen ‚Lucidarius' belegbare Erweiterungen einfügt, wie z. B. bei der Erklärung der Gegenbewegung der Planeten: *dat mach me merken by der mollen dar gheit de steen iegē dat rad* (fol. xlviv) oder im Kontext der Beschreibung von Babylon: *vnde dar kan nen mynsche to komē vor worme vnde derte* (fol. liir).

Gleichwohl wird nicht alles verbessert. Es bleiben auch Fehler stehen bzw. unverständliche Passagen. Bei der Beschreibung der sieben Planeten und ihrer Natur (I, 88) fehlt bereits in dem hochdeutschen Druck Venus mit ihrer Zuordnung als heißer und nasser Planet und damit als natürlich der Liebe zugewandt. So ist der Text missverständlich allein auf Mars bezogen, dem fälschlicherweise sowohl Krieg als auch die Minne zugeschrieben werden. Die niederdeutsche Fassung verbindet zwar die kriegerische Kühnheit – angepasst – mit Unkeuschheit in der Beschreibung des Mars, fügt aber nicht den fehlenden Planeten Venus ein.

Es gibt auch Auslassungen; so fehlen (fol. lvr) bei der Beschreibung des Wassers und seiner Natur die lateinischen Bezeichnungen: *natabilis, lanabilis, potabilis* (I, 64). Es kommen ebenso kleine Fehler hinzu – ob durch den Setzer oder den Übersetzer ist nicht zu unterscheiden. Auf die Frage, wie lange Adam

58 Siehe dazu auch Hamm (Anm. 1), S. 86f.
59 Siehe Gottschall / Steer (Anm. 1), S. 33*.

im Paradies verweilen durfte, lautet die Antwort nicht sieben Stunden, sondern zwei (I, 34). Dies könnte einfach dem versehentlichen Weglassen der römischen V bei der Zahlenangabe geschuldet sein (fol. xlvii^v). Das Wendelmeer wird zum *wilden meer* (fol. lv^r).

Mit der Übersetzung verbindet sich auch eine regionale Anpassung im Wortschatz. Bei der Beschreibung des *Monoceroz* und seines mit einem Karfunkel besetzten Horns wird dessen Schärfe durch den Vergleich mit einem *ſcharſach* (I, 56, S. 28, Z. 4f.) erklärt: (Schönsperger) *ſchneÿdet als ein ſcharſach* (fol. 8^r). Das südalemannische Wort[60] wird bei Brandis durch *ſwert* (fol. li^v) ersetzt. Ebenso wird das Lexem *minne* im niederdeutschen Text nicht verwendet, sondern durch das niederdeutsche Wort *leue* (‚Liebe') ersetzt (fol. lviii^r), was ganz der lexikalischen Konkurrenzsituation im 15. Jahrhundert entspricht.[61]

In diesem Zusammenhang sollte nicht unerwähnt bleiben, dass der niederdeutsche Text bei der Aufzählung der Länder und Städte in Europa (I, 59, S. 32, Z. 11) nach *ſaſſen. doringen. frankē* eine weitere Angabe, nämlich *miſſen* ergänzt (fol. liii^r), die sich nicht bei Schönsperger findet. Zu vermuten ist, dass die Markgrafschaft Meißen gemeint ist und damit auch ein Bezug zu Brandis' Herkunft hergestellt wird.[62]

Dem durchweg sorgfältigen Umgang mit dem Text entspricht auch die Differenzierung der *verba dicendi* ‚sprechen' und ‚fragen' und ihre gegenüber dem Schönsperger-Druck veränderte Verteilung. Auffällig ist, dass gegenüber dem hochdeutschen Text für die *inquit*-Formel des Schülers häufiger auch ‚sprechen' statt ‚fragen' verwendet wird, und zwar dann, wenn der Schüler eine Aufforderung formuliert und keine Frage:

> Schönsperger (fol. 5^r): *Der iunger fraget. nun ſag mir von der ordnung der welt.*
> Brandis (fol. xlviii^r): *De iunger ſprak. Nu ſegge my van der ordeninge diſſer werlit.*
>
> Schönsperger (fol. 8^r): *Der iūger fragt nun ſag mir von dem land das da heÿſſet Meſopotamia.*
> Brandis (fol. lii^r): *De iūger ſprak. Nu ſegge my van deme lande dat dar het meſopotamia.*

---

60 Vgl. Hamm (Anm. 1), S. 144.

61 Siehe dazu Frédéric Hartweg / Klaus Peter Wegera, Frühneuhochdeutsch. Eine Einführung in die deutsche Sprache des Spätmittelalters und der frühen Neuzeit (Germanistische Arbeitshefte 33), 2., neu bearbeitete Auflage, Tübingen 2005, S. 183.

62 Auch wenn genaue biographischen Angaben zu Matthäus Brandis fehlen, lässt sich über seinen Bruder Markus Brandis der Bezug zu Meißen herstellen, vgl. Altmann (Anm. 6), S. 34–36 und 53. Markus Brandis besorgt übrigens 1483 den Druck des ‚Breviarium Misnense' für den Bischof von Meißen Johannes von Weißenbach in einer Rotunda; diese Typen überlässt er später Matthäus Brandis.

6. Fazit

Auf der Grundlage der hier vorgestellten Ergebnisse des Textvergleichs kann festgestellt werden: Die niederdeutsche Übersetzung im Brandis-Druck folgt wesentlich dem Textbestand, wie er durch den Schönsperger-Druck von 1482 bezeugt ist, und folgt somit der im Druck etablierten Fassung. Während auf der einen Seite die Übernahme des Textes und seine genaue Übersetzung kennzeichnend sind, ergibt sich durch die Abweichungen gegenüber dem hochdeutschen Text der Befund, dass der Übersetzer auch eigenständig Änderungen in dem niederdeutschen Text vornimmt. Diese – im Vergleich zum Schönsperger-Druck festgestellten Unterschiede – verweisen auf einen zweiten Textzeugen des ‚Lucidarius' als Quelle. Ob dies eine hochdeutsche oder eine niederdeutsche Handschrift ist, lässt sich bislang auf der Grundlage der aktuellen Kenntnis der handschriftlichen Tradierung nicht feststellen. Intendiert ist aber keine Umarbeitung, sondern für die Übersetzung ist ein konservativer Umgang mit dem Textbestand festzustellen, der vereinzelt korrigiert bzw. verbessert wird.[63] Damit unterscheidet sich die niederdeutsche Druckfassung von den hochdeutschen Drucken insofern, als sie nicht nur den Text kopiert, sondern möglichst genau bessert. Auch wenn dennoch fehlerhafte Passagen und Missverständliches stehen bleiben, so sollte die Übersetzungsanalyse gezeigt haben, dass die Auseinandersetzung mit der Vorlage bzw. den Vorlagen auf einen verständlichen, in sich kohärenten niederdeutschen Text zielt.

Im Laufe der Tradierung im Druck ist der ‚Lucidarius' lange nicht grundlegend verändert, vor allen Dingen auch nicht aktualisiert worden. Erst nach der Reformation und einer längeren Pause in der Drucklegung wird der ‚Lucidarius' wieder mit verändertem Textbestand und verändertem, aber nicht neu entworfenem Bildprogramm aufgelegt.[64]

Der zweite niederdeutsche ‚Lucidarius'-Druck, der 1520 in Lübeck verlegt wird, ist heute nicht mehr auffindbar. Schorbach[65] weist den Druck der Offizin Matthäus Brandis' zu, wenn auch ein Druckername fehlt, und begründet dies mit dem Vergleich der beiden Lübecker ‚Lucidarius'-Ausgaben. Die Holzschnitte der Ausgabe von 1485 sind wiederverwendet und um einen Holzschnitt erweitert worden: „Die Textbilder sind von den abgebrauchten Stöcken der

[63] Dies sollte auch im Vergleich und in Differenz zur im 15. Jahrhundert verfassten mittelniederdeutschen Übersetzung (Handschrift Straßburg, Bibl. Nat. et Univ., Ms. 2101 olim Cod. L germ 177) des lateinischen ‚Elucidarium' des Honorius Augustodonensis betont werden. Wie Gottschall (Anm. 12), S. 146–158, im Vergleich von niederdeutscher Übersetzung und lateinischer Vorlage zeigen kann, liegt in diesem Fall eine kompilatorische Bearbeitung vor.

[64] Siehe Unzeitig (Anm. 42).

[65] Schorbach (Anm. 20), S. 100.

Lübecker Ausgabe von 1485 gedruckt. Eine neue grössere Illustration (Bl. 13a) kam hinzu, welche ein menschenähnliches Ungeheuer darstellt, von welchem in dem umgearbeiteten Text die Rede ist.“[66] Gerade dieser Hinweis auf eine Umarbeitung macht den Druck so relevant, denn offensichtlich enthält der auf 20 Blatt reduzierte Druck nur den ersten Teil des ‚Lucidarius‘ zur Beschreibung der Welt und diese Kapitel werden zudem ergänzt, wie Steers Artikel aus dem Verfasserlexikon zur Lübecker Ausgabe von 1520 zu entnehmen ist:

> In ihr liegt eine selbständige nd. Bearbeitung vor, beschränkt auf Buch I, das in 20 Kapitel eingeteilt wird. Das 12. Kapitel interpoliert eine *Historie von dem groten konynck Alexander vnd den roden yoden* und gibt als Quelle das ‚Speculum historiale‘ des → Vinzenz von Beauvais und ‚De civitate Dei‘ → Augustins an.[67]

Die Neubearbeitung dürfte sehr wahrscheinlich nicht allein Matthäus Brandis zugeschrieben werden können, sondern auch – mit Bezug zur Mohnkopf-Offizin, in der der Druck erschienen ist – Hans van Ghetelen. In dem Druck von 1520 beschreibt der Drucker nicht nur seine Tätigkeit als *Redaktor*, sondern präsentiert sich auch als Augenzeuge eines ‚wilden Mannes‘ zu Braunschweig im Jahr 1519:

> Wente ock ick, de ick deſſen Lucidarius leſt hebbe uthgeſchreven, corrigeret unde drucken laten, hebbe gheſeen Int jar unſes heren mccccIxix in der ſtath Brunſʒwyck eynen levendygen wylden man, de dar wart ghebracht unde ummeforet in vele ander ſtede, den vele duſent mynſchen ſegen.[68]

Somit ist der Lübecker ‚Lucidarius‘ von 1520 ein Beleg für eine an den Wundern der Welt interessierten Rezeption des Textes. Das Berliner Exemplar ist kriegsbedingt verloren gegangen, das Schweriner Exemplar nicht mehr auffindbar. Auch nach verschiedenen Nachfragen in der Landesbibliothek Mecklenburg-Vorpommern Günther Uecker ist der Verbleib des Schweriner Exemplars nicht mehr festzustellen.

---

66 Ebd.

67 Steer (Anm. 23), Sp. 943f.; vgl. auch Hamm / Steer / Vogl (Hg.), Der deutsche ‚Lucidarius‘. Bd. 2 (Manuskript) (Anm. 2), S. 10–12. Zum Nachweis des Lübecker Drucks von 1520 vgl. Conrad Borchling / Bruno Claussen, Niederdeutsche Bibliographie. Gesamtverzeichnis der niederdeutschen Drucke bis zum Jahre 1800. Bd. 1: 1473–1600, Neumünster 1931 / 1936, Sp. 294f.: 642. Honorius Augustodinensis: Lucidarius. Lübeck: [Mohnkopfdruckerei] 1520. 4°.

68 Zitiert nach: Dat Narrenschyp von Hans van Ghetelen, hg. v. Herman Brandes, Halle a. d. Saale 1914, S. XXXVII.

Der mittelniederdeutsche ‚Lucidarius' von Matthäus Brandis (1485)

Abstract: Matthäus Brandis' 1485 Middle Low German edition of the ‚Lucidarius' has barely been studied up until now. This article contextualizes the printer and edition within Lübeck's book market. In addition, it pursues textual traditions preceding Brandis' edition. Due to diverging manuscript traditions, different versions and variations of the text circulated. Modern critical editions, commentaries and transmission histories of the manuscripts have been compiled to understand the exceptionally broad, long-lasting and varying length of the medieval ‚Lucidarius'. Despite these efforts concerning the manuscripts tradition, its relationship to the printed tradition has not been studied thoroughly. The comparison of the Middle Low German ‚Lucidarius' with precursory Early New High German printed editions shows that Brandis imitated the illustrations, content and wording of a 1482 edition published by Schönsperger. The translation is very similar to the preceding Early New High German text but also deviates in some cases. These independent variations indicate that further manuscript sources were used in compiling the Middle Low German ‚Lucidarius'.

Abb. 1.1: Belehrungsszene Meister und Jünger

Abb. 1.2: Gott verstößt Nathanael aus dem Himmel

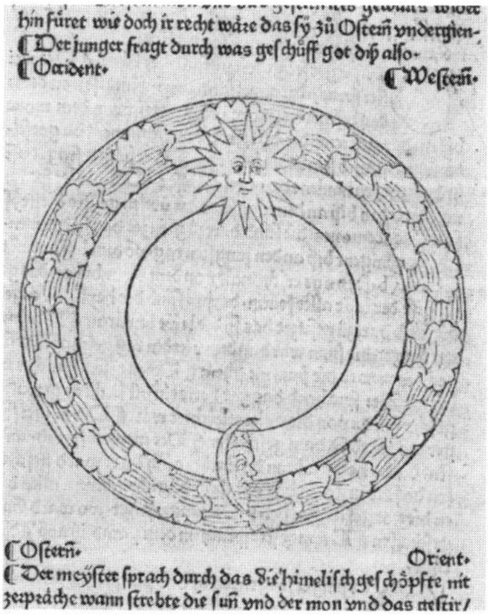

Abb. 1.3: Kosmos und Erde

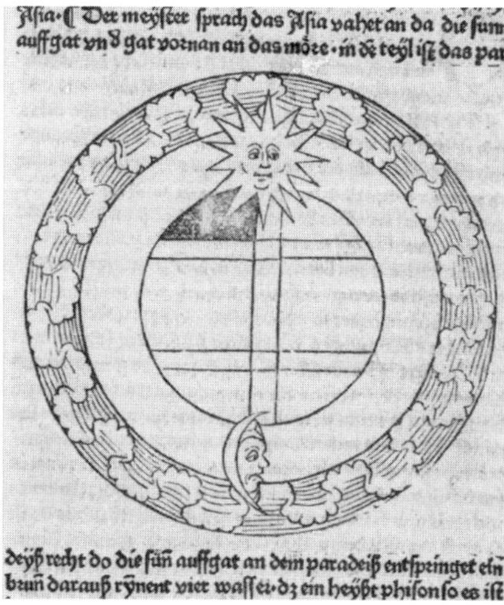

Abb. 1.4: Kosmos und Erde mit schematisierter Zoneneinteilung

Abb. 1.5: Kosmos und Erde dargestellt in einem vereinfachten Sphärenmodell mit den Tierkreiszeichen

Abbildung 1: Lucidarius, Johann Bämler, Augsburg 1479: *Holzschnitte 1–5*. – Wolfenbüttel, Herzog August Bibliothek, A: 162 Quod. 2° (2) (GW M09328), fol. 1r, 2v, 4r, 6r, 12r. http://diglib.hab.de/drucke/162-quod–2f–2s/start.htm, Bildnr. 3, 6, 9, 13, 25 (letzter Zugriff: 20.08.2022).

Abb. 2.1: Belehrungsszene Meister und Jünger

Abb. 2.2: Gott verstößt Nathanael aus dem Himmel.

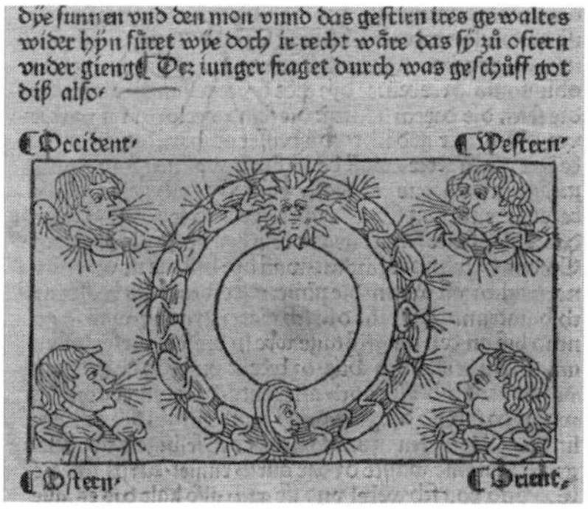

Abb. 2.3: Kosmos und Erde ergänzt mit den vier Kardinalwinden

Abb. 2.4: Kosmos und Erde mit schematisierter Zoneneinteilung und ergänzt durch die vier astronomischen Autoritäten der Antike und des Mittelalters: Claudius Ptolemäus, Dscha'far ibn Muhammad Abu Ma'schar al-Bachi, Ali ibn Ridwan sowie König Alfons X. von Kastilien-León

Abb. 2.5: Kosmos und Erde dargestellt in einem vereinfachten Sphärenmodell mit den Tierkreis-zeichen und ergänzt durch die vier Kirchenväter: Hl. Gregorius, Hl. Augustinus, Hl. Ambrosius und Hl. Hieronymus.

Abbildung 2: Lucidarius, Johann Schönsperger, Augsburg 1482: *Holzschnitte 1–5*. – Berlin, Staatsbibliothek – Preußischer Kulturbesitz, 4° Inc 205 (GW M09331), fol. 1r, 2v, 3v, 5v, 12r. http://resolver.staatsbibliothek-berlin.de/SBB0001975400000000, Bildnr. 5, 8, 10, 14, 27 (letzter Zugriff: 20.08.2022).

D
It bok het Lucidarius. Dat
sprikt to dude so vele alse ein
vorluchter. An dissеme boke
vind me mennighe grote lere
de in anderen boken vorbor/
ghē sint. dat vnderwiset vns
dit bok. In der schrifft vinde

Abb. 3.1: Belehrungsszene Meister und Jünger

De mester sprak. Nathanael. den hadde got so
schone gheschapen dat he bedraghen ward van
sineme grotē ouermode vnde wart vorstot van
deme hēmele in de affgrunde der helle.

Abb. 3.2: Gott verstößt Nathanael aus dem Himmel.

lich scholen werden.
D
E iūger vraghede. wo is de hēmel ghe
schapen. De mester sprak. de hillige
schrifft het den hēmel firmamentū. dat
betekēt eine vestinghe. de hēmel is also ghescha
pen dat he allertijt lopt van osten int westen. dar
entieghē lopt de sonne de mane vñ dat ghesterne
Osten. Suden.
Norden. Westen.

Abb. 3.3: Kosmos und Erde ergänzt mit den vier Kardinalwinden

wedder kūpt i dat meer. darūme secht de schrifft
Alle watere vleten wedder to deme orsprūge.
D
e iūger vraghede. Segge my: wo is de
werlit ghedeilet. De mester sprak.
Disse werlit is ghedeilet in viff stratē.
de eine gheit middē dorch de werlit. de

Abb. 3.4: Kosmos und Erde mit schematisierter Zoneneinteilung und ergänzt durch die vier astronomischen Autoritäten der Antike und des Mittelalters: Claudius Ptolemäus, Dscha'far ibn Muhammad Abu Ma'schar al-Bachi, Ali ibn Ridwan sowie König Alfons X. von Kastilien-León

Abb. 3.5: Kosmos und Erde dargestellt in einem vereinfachten Sphärenmodell mit den Tierkreiszeichen und ergänzt durch die vier Kirchenväter: Hl. Gregorius, Hl. Augustinus, Hl. Ambrosius und Hl. Hieronymus.

Abbildung 3: Lucidarius, niederdeutsch, Matthäus Brandis, Lübeck 1485: *Holzschnitte 1–5*. – Kopenhagen, Dänische Königliche Bibliothek, Inc. Haun. 2537 4° (GW M09355), fol. 1r, 2v, 4r, 6v, 14v; nicht digitalisiert.

Wolfram-Studien XXVII (2025)
Erich Schmidt Verlag Berlin

Na gewonheit der Christliken kerken bowerden Texte

Die niederdeutsche Übersetzung von Hieronymus Emsers Neuem Testament durch die Rostocker Michaelisbrüder (1530) und ihre Stellung in der mittelniederdeutschen Bibelübersetzung der Reformationszeit

von ANDREAS BIEBERSTEDT (Rostock)

1. Einleitung

Der Beitrag nimmt die mnd. Bibelübersetzungen der Reformationszeit in den Blick.[1] Im Mittelpunkt steht die nd. Übersetzung des hd. Neuen Testamentes von Hieronymus Emser[2] (1478–1527) durch die Rostocker Brüder vom gemeinsamen Leben. Im Jahre 1530[3] legt diese auch als Michaelisbrüder oder Fraterherren bezeichnete geistige Bruderschaft[4] in ihrer Rostocker Druckerei eine nd. Version von Emsers gegenreformatorischer Korrekturbibel auf,[5] gedacht als

---

1 Der Beitrag präsentiert erste Ergebnisse einer Voruntersuchung zu einem mediävistischen und übersetzungswissenschaftlichen Forschungsprojekt, das die katholischen Korrekturbibeln des 16. Jahrhunderts in den Blick nimmt und von dem Verfasser zusammen mit seinem Kollegen Sebastian Seyferth (Universität Leipzig) in Angriff genommen werden soll.

2 Die Erstauflage von Emsers Neuem Testament erschien im Jahre 1527, die zweite Auflage, die von den Michaelisbrüdern als Vorlage ihrer eigenen Übersetzung benutzt wurde, bereits ein Jahr später postum.

3 So die Datierung auf dem Titelblatt. Die Arbeit am Druck zieht sich wohl bis 1532 hin, vgl. dazu unten, Abschnitt 2.

4 Zu den Rostocker Michaelisbrüdern vgl. Nilüfer Krüger, Die Rostocker Brüder vom Gemeinsamen Leben zu Sankt Michael. Hommage zur baulichen Vollendung des ehemaligen Michaelisklosters im Herbst 1999 (Veröffentlichungen der Universitätsbibliothek Rostock 127), Rostock 1999.

5 Als ‚Korrekturbibeln' oder ‚Gegenbibeln' werden die katholischen Bibelübersetzungen der Reformationszeit bezeichnet, die es sich zur Aufgabe machen, den Bibeltext in der Übersetzungsversion Martin Luthers theologisch-philologisch zu korrigieren, vor allem indem sie ihn nach dem Text der lat. Vulgata revidieren. Emsers Korrekturbibel von 1527 ist die erste in dieser Tradition, vgl. dazu ausführlicher unten, Abschnitt 2.

Konkurrenz zu den seit 1523 in Norddeutschland kursierenden nd. Versionen von Martin Luthers Ausgabe des Neuen Testamentes.[6] Die von der Forschung bislang eher marginal zur Kenntnis genommene Translation der Michaelisbrüder ist in mehrfacher Hinsicht von hohem wissenschaftlichem Interesse, nicht allein aus kirchen-, kultur- und regionalgeschichtlicher Perspektive, sondern insbesondere auch mit Blick auf die Geschichte der mnd. Bibelliteratur im Reformationszeitalter.[7] Übersetzungen und Bearbeitungen von Bibeltexten in Handschrift und Druck bilden einen Kernbereich der mnd. literarischen Überlieferung. In Folge der Einführung des Buchdrucks in Norddeutschland in den 1470er Jahren sowie im Zuge der Reformation in den 20er und 30er Jahren des 16. Jahrhunderts schwillt die Überlieferung nd. Bibeltexte zu einem breiten Strom an.[8] Zugleich dient diese Bibeltradition nach Ausklang der mnd. Literaturphase ab der zweiten Hälfte des 16. Jahrhunderts nicht selten der kulturellen Selbstvergewisserung Norddeutschlands und wird in literarischen und gelehrten Schriften als historischer Beleg für die Gleichwertigkeit des Niederdeutschen gegenüber dem Hochdeutschen angeführt. So verweist Johann Lauremberg im Jahr 1652 – und damit nur wenige Jahrzehnte nach Ausklingen der mnd. Bibeltradition[9] – in seinen ‚Niederdeutschen Scherzgedichten' auf Texte wie die Druckbibeln und das Tierepos ‚Reynke de Vos' als Beispiele einer glanzvollen literarischen Vergangenheit.[10] Und im 19. Jahrhundert bezieht sich die

6 Wer die Übersetzung konkret verantwortet hat, kann letztendlich nicht nachgewiesen werden, die Forschung nimmt jedoch übereinstimmend an, dass die Michaelisbrüder das Emsertestament selber übersetzt haben, möglicherweise in Kollektivarbeit. Auch über mögliche Initiatoren der Übersetzung sind von der Forschung unterschiedliche Vermutungen geäußert worden, vgl. dazu unten, Abschnitt 2.

7 So auch Friedrich Jenssen, Emsers Neues Testament in niederdeutscher Übertragung. Geschichte des Druckes, seine Sprache und seine Stellung innerhalb der niederdeutschen Bibelübersetzung (Phil. Diss. Rostock), Schwerin 1933, S. 3.

8 Vgl. dazu Johann Diedrich Bellmann, Niederdeutsch als Kirchensprache, in: Handbuch zur niederdeutschen Sprach- und Literaturwissenschaft, hg. v. Gerhard Cordes u. Dieter Möhn, Berlin 1983, S. 602–630, hier: 608–617.

9 Die Ära der mnd. Bibeldrucke läuft mit dem Beginn des Dreißigjährigen Krieges endgültig aus. Bordasch gibt für die letzte Ausgabe einer nd. Vollbibel das Jahr 1623 an, für die letzte Ausgabe eines nd. Neuen Testamentes das Jahr 1629: Olaf Bordasch, Geschichte der niederdeutschen Bibel, http://www.plattdeutsch-niederdeutsch.net/geschichte_nd_bibel.htm (letzter Zugriff: 15.03.2023).

10 Vgl. aus Dat Veerde Schertz=Gedichte. Van Almodischer Poësie, und Rimen, in: [Johann Wilhelm Lauremberg], Veer Schertz=Gedichte [...]. In Nedderdůdisch gerimet doͤrch Hans Willmsen L. Rost., [Rostock] 1652. Digitalisat der Herzog August Bibliothek Wolfenbüttel: http://diglib.hab.de/drucke/lo–4314/start.htm (letzter Zugriff: 14.03.2023), S. 62–86, hier: 82–83: *Doch moͤge gy weten und geloͤven gewis / Dat mennig staetlick Boeck geschreven is Jn unse Nedderdůdsche Tunge malen / Daruth men kan Verstand und Wyßheit halen / Ja beide Testament / dat Olde und dat Nie / Dat hilge Gades Wort / geloͤvet idt my frie / Js erstlyck verdolmetschet und gedrůcket Jn Nedder-*

ästhetische Orientierung nd. Autoren an der alten „sasseschen Buchsprache“ – so Johann Heinrich Voss 1801 in den Anmerkungen zu seiner Idylle ‚De Winterawend‘[11] – auch auf die Tradition mnd. Bibeltexte sowie einer nd. Kirchensprache.[12]

Im Blickpunkt der Forschung zur mnd. Bibelliteratur standen bislang vorrangig die vorreformatorischen Bibeldrucke sowie die Bugenhagenbibel.[13] Dagegen hat die Übersetzung des Emsertestamentes durch die Michaelisbrüder bislang nur geringe mediävistische Aufmerksamkeit erfahren. Dies mag zum einen darin begründet liegen, dass der Druck lange Zeit als verschollen galt und erst Ende des 19. Jahrhunderts wiederentdeckt wurde.[14] Zum anderen stand die Tätigkeit der katholischen Bibelübersetzer der Reformationszeit generell lange Zeit im Schatten der Person Martin Luthers und war das Forschungsinteresse zudem durch konfessionelle Voreingenommenheiten kompromittiert.[15] Bisherige Untersuchungen zur Emserübersetzung der Michaelisbrüder beschränken sich vor allem auf Ausführungen zur Druckgeschichte sowie auf bibliographische Mitteilungen.[16] Die bislang einzige systematische Untersuchung liegt in der Dissertationsschrift von Friedrich Jenssen aus dem Jahre 1933 vor, in der die Druck- und Überlieferungsgeschichte des Textes untersucht, ein Vorlagenvergleich vorgenommen und den „geistesgeschichtlichen Zusammenhängen“[17]

---

sachsisch / und also gesmůcket / Jn eigentliker Mening und Verstande / Ehr idt is uth gegahn in hochdůdischem Lande / [...].

11 Johann Heinrich Voss, Idyllen, Königsberg 1801, S. 353.

12 „In dieser [‚De Winterawend‘] und der zehnten Idylle habe ich versucht, die reiche und wohllautende Sassensprache nach den Regeln, wie sie bis zu unseren Eltervätern vor Gericht, auf der Kanzel, und in gebildetem Umgange gehört, und in geistlichen und weltlichen Büchern gelesen ward, richtig und mit Auswahl zu behandeln.“ (Ebd., S. 351–352) Vgl. dazu Andreas Bieberstedt, Von „sassescher Buchsprache“ und „Lübischer Norm“. Schriftsprachliche Standardisierungsprozesse im Mittelniederdeutschen und ihre Relevanz für aktuelle Normierungsdiskurse, in: Niederdeutschdidaktik. Ansätze, Problemfelder, Perspektiven (Regionalsprache und regionale Kultur. Mecklenburg-Vorpommern im ostniederdeutschen Kontext 4), hg. v. Birte Arendt u. Robert Langhanke, Frankfurt a. M. u. a. 2021, S. 89–134, insb. S. 92–93, sowie Robert Langhanke, Zur literarischen Wiedersichtbarmachung des Niederdeutschen im 19. Jahrhundert. Konzepte und Konflikte der niederdeutschen Reliterarisierung, in: Sprache, Literatur, Raum. Festgabe für Willy Diercks, hg. v. Robert Langhanke, Bielefeld 2015, S. 479–536, hier: 485–487.

13 Zum Forschungsstand vgl. unten, Abschnitt 2.

14 Zur Textgeschichte vgl. unten, Abschnitt 2.

15 „Immer wieder gerieten die hier zu behandelnden Bibelübersetzungen zusammen mit ihren Autoren in das Kreuzfeuer der Kontroverstheologie und der konfessionellen Streitigkeiten.“ Karl-Heinz Musseleck, Untersuchungen zur Sprache katholischer Bibelübersetzungen der Reformationszeit (Studien zum Frühneuhochdeutschen 6), Heidelberg 1981, S. 9.

16 S. unten, Abschnitt 2.

17 Jenssen (Anm. 7), S. 90–91.

nachgegangen wird, in denen das Druckvorhaben der Michaelisbrüder stand. So gelingt Jenssen etwa hinsichtlich der Übersetzungsvorlagen der Nachweis, dass die Fraterherren Emsers Text von 1528 nicht einfach formal ins Niederdeutsche übertragen, sondern im Bemühen um einen korrekten und zusätzlich auch ansprechenden Text zusätzlich auch die vorreformatorische ‚Lübecker Bibel' von 1494 sowie einen nd. Lutherdruck von 1525 zu Rate zogen.[18] Diesen Spuren möchte der nachfolgende Beitrag nachgehen.

Der Beitrag betrachtet die Übersetzung der Michaelisbrüder mit spezifisch übersetzungswissenschaftlichem Interesse und unternimmt eine Untersuchung der Übersetzungsleistung der Michaelisbrüder. Hierfür werden die Abweichungen (‚Paraphrasierungen') der Übersetzung von ihrer hd. Vorlage einer strukturellen Analyse unterzogen und auf ihre Motivation hin befragt.[19] Welche sprachlichen Übersetzungslösungen werden gefunden? Wie wörtlich oder aber frei erfolgt die Translation? Stellt sie eine formale Umsetzung des Emsertestamentes ins Niederdeutsche dar oder erfährt der Vorlagentext eine Umarbeitung, und wenn ja, in welcher Hinsicht und mit welchem möglichen Ziel?[20]

Im Mittelpunkt der Analyse stehen lexikalische und syntaktische Phänomene. Die erfassten Paraphrasierungen werden auf ihre sprachliche Eigenständigkeit oder aber Nähe zu weiteren nd. Bibelübersetzungen hin überprüft, von denen die bisherige Forschung annimmt, dass sie von den Michaelisbrüdern vergleichend konsultiert wurden.[21] So greifen die Michaelisbrüder zum einen

---

[18] Ebd., S. 55.

[19] Zur Terminologie siehe unten, Abschnitt 3. Im Rahmen dieses Beitrages konzentrieren sich die übersetzungstechnischen Analysen auf den Aspekt der Vorlagenabweichung. Die ebenso wichtige Frage, an welchen Stellen und mit welcher Motivation die Lexik und Syntax der hd. Vorlage beibehalten werden (‚Substitution'), kann an dieser Stelle lediglich punktuell angerissen werden. Eine geplante umfassende Darstellung der Übersetzungstechnik der Michaelisbrüder hat aber auch den Aspekt der Substitution systematisch zu berücksichtigen.

[20] Die wenigen Beobachtungen bzw. Untersuchungen zu dieser Frage sehen in dem nd. Druck tatsächlich eine selbstständige Übersetzung. So urteilt bereits der Entdecker der Rostocker Druckfragmente, der Rostocker Bibliothekar Adolf Hofmeister, im Jahr 1878, die Michaelisbrüder hätten „statt einer blossen Uebertragung eine wirkliche Verbesserung in ihrem Sinne" vorgelegt. Adolf Hofmeister, Ein verschollenes Buch, in: Neuer Anzeiger für Bibliographie und Bibliothekswissenschaft 39 (1878), S. 315–319, hier: 318. Allerdings besteht für Hofmeister die Leistung der Michaelisbrüder vorrangig in einer sorgfältigen Revision der Vorlage nach der Vulgata. Der Text habe sich auf diese Weise „weiter von Emser entfernt als dieser von Luther." (Ebd.) Dagegen betont Jenssen (Anm. 7), S. 55, vor allem, der Übersetzer „wollte Emsers Werk, so wie es ihm in dem Druck von 1528 vorlag, in ein niederdeutsches Gewand kleiden. [...] Diese privilegierte Ausgabe möglichst genau und sorgfältig zu übertragen, war seine Aufgabe, und nur von hier aus läßt sich begreifen, warum gelegentlich auf einen besseren Ausdruck etwa der niederdeutschen Lutherbibel verzichtet worden ist."

[21] Vgl. mit einem ausführlichen Vorlagen- und Variantenvergleich Jenssen (Anm. 7), S. 34–55.

auf die vorreformatorische Übersetzungstradition zurück, nachweislich auf die ‚Lübecker Bibel' von 1494. Zum andern ziehen sie die 1525 gedruckte nd. Version von Martin Luthers Neuem Testament zu Rate, mit der die reformatorische Übersetzungstradition im norddeutschen Raum zunehmend an Wirkungsmacht gewinnt.[22] Welche Stellung nimmt der Bibeldruck der Michaelisbrüder in diesem textuellen Umfeld ein, wie steht er zu diesen verschiedenen Übersetzungsangeboten?

Untersucht wird zugleich die Nähe des nd. Textes zur lat. Vulgata, der für die vor- und gegenreformatorischen Übersetzer verbindlichen Textvorlage. Die Frage, die sich hier stellt, ist, ob die Michaelisbrüder sinngemäße Übersetzungen ihrer hd. Vorlage, die von Wortlaut und Struktur der Vulgata abweichen, nach dieser korrigieren? Denn obgleich Hieronymus Emser mit seiner Korrekturbibel darauf abzielt, vermeintliche Fehler, das heißt Abweichungen vom Vulgatatext, und aus seiner Sicht ketzerische Interpretationen in der Übersetzung Martin Luthers nachzuweisen und zu bereinigen, so beabsichtigt er dennoch nicht, eine eigenständige Übersetzung anzufertigen. Vielmehr übernimmt er in weiten Teilen die Lutherübersetzung, korrigiert diese lediglich stellenweise nach der Vulgata und vermerkt in Kommentaren die Abweichungen des Luthertextes.[23] Er legt somit eine immer noch weitgehend sinngemäße Übersetzung des biblischen Textes vor. Eine dogmatische Rückkehr zur ma. Übersetzungstradition mit ihrer mehr oder weniger strikten, an die lat. Vulgata gebundenen Wörtlichkeit, wie sie etwa von den gedruckten Vollbibeln ab 1466 (‚Mentel-Bibel') repräsentiert wird, ist von Emser weder übersetzungspraktisch noch philologisch-theologisch intendiert.[24] Und auch Luther kommt in seinem ‚Sendbrief vom Dolmetschen' nicht umhin, Hieronymus Emser zwar des Plagiats zu bezichtigen, dennoch aber ironisch anzumerken, dass mit der Em-

---

22 Erste anonyme Übersetzungen von Luthers Neuem Testament aus dem Jahre 1522 erscheinen bereits im Jahre 1523. Siehe dazu unten, Abschnitt 2.

23 Zu den Zielen der Emserschen Korrekturbibel vgl. Musseleck (Anm. 15), S. 27–28.

24 Vgl. dazu Sebastian Seyferth, *Ob das new testament | yetz recht verteutscht | sey* [...]. Übersetzungskritik an Martin Luthers Septembertestament sowie Aspekte zur vorreformatorischen, reformatorischen und gegenreformatorischen Übersetzungspraxis, in: Luthers Deutsch in Mittel- und Osteuropa, hg. v. Christine Ganslmayer, Helmut Glück u. Hans-Joachim Solms (Fremdsprachen in Geschichte und Gegenwart 21), Wiesbaden 2021, S. 299–316. Dass die Übersetzungskritik des hochgebildeten Emser nicht allein theologisch-dogmatisch, sondern ebenso humanistisch-philologisch fundiert ist, stellt Seyferth, ebd., S. 300 heraus: „Er beruft sich demnach [in seinen lutherkritischen Schriften wie den ‚Annotationes Hieronymi Emser uber Luthers naw Testament' aus dem Jahre 1524 (A.B.)] nicht allein auf die als Autoritäten zitierten Kirchenväter oder die kanonischen lateinischen Übersetzungstexte, sondern bezieht sich explizit auf das Griechische NT des Erasmus sowie auf andere Philologen und Humanisten, so z. B. auf den ‚spanischen Erasmus' Antonio de Nebrija (um 1441–1522)."

serschen Korrekturbibel indirekt ja sein eigener, Luthers, Text Verbreitung fände:

> Denn wir haben ia gesehen den Sudler zu Dres[d]en / der mein New testament gemeistert hat (Jch wil seinen namen jnn meinen bůchern nicht mehr nennen / So hat er auch nu seinen Richter[25] / vnd ist sonst wol bekand) der bekennet / das mein deudsch sůsse vnd gut sey / vnd sahe wol / das ers nicht besser machen kund / vnd wolt es doch zu schanden machen / fur zu / vnd nam fur sich mein New testament / fast von wort zu wort wie ichs gemacht habe / vnd thet meine vorrede / glose vnd namen dauon / schreib seinen namen / vorrede vnd glose dazu / verkaufft also mein New testament vnter seinem namen / Wanne lieben kinder wie geschach mir da so wehe / da sein Landsfůrst mit einer grewlichen vorrede verdampt vnd verbot des Luthers New testament zu lesen / doch daneben gebot / des Sudlers New testament zu lesen[26] / welchs doch eben dasselbige ist / das der Luther gemacht hat. [...] Mir ist jnn des gnug / vnd bin fro / das meine erbeit [...] mus auch durch meine feinde gefőddert / vnd des Luthers buch / on Luthers namen / vnter seiner feinde namen / gelesen werden / Wie kůnd ich mich bas rechen?[27]

Durch den hier skizzierten methodischen Zugriff soll es gelingen, die Übersetzungsarbeit der Michaelisbrüder und die dem Text zugrundeliegende Übersetzungstechnik systematisch auszuleuchten. Im Fazit soll die Frage beantwortet werden, welche übersetzerische Bearbeitung und sprachliche Gestaltung eine gegenreformatorische Bibelübersetzung erfährt, die einerseits Anspruch auf eine größere sprachliche und theologische Korrektheit gegenüber dem Luthertext erhebt und sich folgerichtig von diesem abheben muss, die andererseits aber ein möglichst breites laikales Zielpublikum erreichen will und sich daher an ebendieser immens populären Konkurrenzübersetzung messen lassen muss. Wo also steht die Übersetzung der Michaelisbrüder zwischen den Polen Vorlagentreue und damit Wörtlichkeit der Übersetzung und Zielsprachenorientierung und damit notwendiger Paraphrasierung der Übersetzungsvorlage? Wo ordnet sie sich im zeitgenössischen Übersetzungsdiskurs um ein angemessenes Übersetzen der Heiligen Schrift ein?

---

25 Mit dem ‚Sudler aus Dresden' spricht Luther Hieronymus Emser an. Dass Emser seinen Richter gefunden habe, bezieht sich darauf, dass Emser zum Zeitpunkt des Erscheinens des ‚Sendbriefes' (1530) bereits verstorben ist (gest. 1527).

26 Diese Aussage bezieht sich auf das der Emserschen Korrekturbibel vorangestellte Privilegium Herzog Georgs von Sachsen, in dem das luthersche Neue Testament in seinem Herrschaftsgebiet verboten und die Emserbibel dort als einzig autorisierter Bibeldruck zugelassen wird.

27 Martin Luther, Ein Sendbrieff / von Dolmetschen / vnd Fürbitte der Heiligen, Wittenberg: Georg Rhau 1530. Digitalisat der Universitäts- und Landesbibliothek Sachsen-Anhalt: http://dx.doi.org/10.25673/opendata2-2076 (letzter Zugriff: 15.03.2023), Aiv^{r}–B^{r} (Digitalisat, Bild 9–11). Die unterschiedlichen s-Graphien wurden hier wie bei anderen Zitaten und Titeln historischer Texte vereinheitlicht, Abkürzungen stillschweigend aufgelöst.

2. Zur Textgeschichte des niederdeutschen Emsertestamentes

2.1 Vorgeschichte – Hieronymus Emsers katholische Korrekturbibel

In den Beständen der Universitätsbibliothek Rostock befindet sich ein Bibeldruck in mnd. Sprache,[28] dessen Titel ‚Dat nye Testament so dorch den Hochgelerden Hieronymum Emßer såligen vordůtzschet' ihn als eine Übersetzung des Neuen Testamentes von Hieronymus Emser ausweist. Als Druckjahr ist auf dem Titelblatt das Jahr 1530 angegeben.[29] Am Ende des Buches verweist eine Druckermarke, die den heiligen Michael, der den Drachen besiegt, zeigt, auf die Rostocker Michaelisbrüder als Herausgeber. Diese ursprünglich aus dem Niederländischen stammende Ordensgemeinschaft, die sich um das Jahr 1462 aus Münster kommend in Rostock niederlässt, führt im Jahr 1476 das neue Gewerbe des Buchdrucks in Rostock ein. Die Offizin ist bis zum Jahr 1532 in der Hansestadt wirksam.[30] Zwar sind letzte Drucke noch für das Jahr 1533 belegt, ob diese jedoch noch von den Michaelisbrüdern selbst verantwortet sind, ist fraglich.[31] Mit dem Emsertestament endet letztlich die eigenständige Drucktätigkeit der Bruderschaft.[32]

Die Geschichte der nd. Emser-Bibel lässt sich zu Recht als abenteuerlich bezeichnen. 1527 legt der in Dresden tätige Theologe Hieronymus Emser im

---

28 Universitätsbibliothek Rostock, Fb–3662. Verzeichnet im VD 16 unter der Normnummer VD16 B 4515, in der Niederdeutschen Bibliographie unter Nummer 1059. Vgl. Niederdeutsche Bibliographie. Gesamtverzeichnis der Niederdeutschen Drucke bis zum Jahre 1800, hg. v. Conrad Borchling u. Bruno Claussen, Neumünster 1931–1957, Bd. 1: 1473–1600, Neumünster 1957, Sp. 473. Digitalisat abrufbar unter http://purl.uni-rostock.de/rosdok/ppn1689992751 (letzter Zugriff: 17.12.2021). Das restaurierte Rostocker Exemplar im Oktavformat ist unvollständig, erhalten sind 256 Blätter. Es fehlt unter anderem das Register.

29 Jenssen (Anm. 7), S. 14 nimmt eine Zeitspanne zwischen Erstellung des Holzschnittes (1530) und eigentlichem Abschluss des Druckes an (1532).

30 Zur Druckproduktion der Michaelisbrüder vgl. Christoph Reske, Die Buchdrucker des 16. und 17. Jahrhunderts im deutschen Sprachgebiet (Beiträge zum Buch- und Bibliothekswesen 51), Wiesbaden 2007, S. 791–793.

31 Für das Jahr 1533 ist die Schrift ‚Warhafftige entschuldinge Doct. Johann Oldendorp / Syndici tho Rostock. Wedder de mortgirigen vprorschen schandtdichter vnd falschen klegere' des Rostocker Stadtsyndikus Johannes Oldendorp nachgewiesen, die mit den Typen der Offizin der Michaelisbrüder gedruckt ist. Oldendorp ist einer der treibenden Kräfte hinter der Durchsetzung der Reformation in der Hansestadt und damit ein Gegner der katholischen Bruderschaft und ihrer Drucktätigkeit.

32 Nilüfer Krüger, 525 Jahre Buchdruck in Rostock. Die Druckerei der Brüder vom Gemeinsamen Leben (Veröffentlichungen der Universitätsbibliothek Rostock 132), Rostock 2001, S. 22, bezeichnet das nd. Emsertestament als das „Schicksalsbuch" der Michaelisbrüder. Es sollte aufgrund eines vom Rat der Stadt Rostock als Konsequenz erteilten Druckverbotes „ihr letzter umfangreicher Druck" (ebd.) werden.

Auftrag des Herzogs Georg von Sachsen erstmals eine Korrekturausgabe von Luthers Neuem Testament vor, die in gegenreformatorischen Kreisen rasch weite Verbreitung findet und in revidierter Form eine Tradition katholischer Bibeln bis in die zweite Hälfte des 18. Jahrhunderts eröffnen soll.[33] Das mit abgedruckte Privilegium Georgs von Sachsen autorisiert diese Korrekturbibel in seinem Herrschaftsgebiet als einzig erlaubte Fassung und verbietet gleichzeitig Druck, Verbreitung und Besitz der lutherschen Übersetzung. Die Herausgabe einer katholischen Korrektur der Lutherübersetzung stellt den Gipfelpunkt einer stetig eskalierenden theologischen Auseinandersetzung zwischen dem Reformator Luther und dem altgläubigen Emser dar, die nicht selten auch auf der persönlichen Ebene ausgetragen wird. Schon 1523 setzt sich Emser kritisch mit der lutherschen Übersetzung auseinander und versucht deren Verbot im Herzogtum Sachsen in seiner Streitschrift ‚Auß was grůnd vnnd vrsach Luthers dolmatschung / vber das nawe testament dem gemeinen man billich vorbotten worden sey' theologisch-philologisch zu rechtfertigen. Luther wiederum bezichtigt Emser wiederholt des Plagiats, unter anderem im oben zitierten ‚Sendbrief vom Dolmetschen', ein Vorwurf, der nicht zuletzt auch die Sichtweise der Forschung auf diesen Text bis weit in das 20. Jahrhundert prägen sollte.[34]

Bereits ein Jahr nach der Dresdner Erstausgabe[35] erscheint in Leipzig eine zweite, überarbeitete Fassung dieser hd. Korrekturbibel. Vorlagenvergleiche

[33] Vgl. dazu Musseleck (Anm. 15), S. 23–38. Nach Hieronymus Emser treten mit Johann Dietenberger (1475–1537) und Johann Eck (1486–1543) zwei weitere Gegenreformatoren mit katholischen Korrekturbibeln hervor. 1534 gibt Dietenberger in Mainz eine katholische Version der Vollbibel heraus, deren Neues Testament auf dem von Emser beruht. Für die Teile des Alten Testamentes zieht Dietenberger verschiedene Übersetzungen wie etwa die ‚Wormser Propheten' heran (zu Dietenberger vgl. ebd. S. 28–33). „Damit ist die erste vollständige katholische Bibel der Reformationszeit geschaffen, deren Wirkung bis ins 17. und 18. Jh. reicht (letzter Druck Augsburg 1776). Schon früh wurde sie als *Catholische Bibell* bezeichnet, wie in der Kölner Ausgabe von 1571." Stefan Sonderegger, Geschichte deutschsprachiger Bibelübersetzungen in Grundzügen, in: Sprachgeschichte. Ein Handbuch zur Geschichte der deutschen Sprache und ihrer Erforschung, hg. v. Werner Besch u. a., Bd. 1 (Handbücher zur Sprach- und Kommunikationswissenschaft 2,1), 2., vollständig neu bearb. u. erw. Aufl., Berlin / New York, 1998, S. 229–284, hier: 270. Auch die 1537 in Augsburg von Johann Eck herausgegebene Vollbibel basiert hinsichtlich des Neuen Testamentes auf der Emserschen Übersetzung. Die Übersetzung des Alten Testamentes reklamiert Eck für sich selbst, vgl. Musseleck (Anm. 15), S. 34. Anders als Dietenbergers Vollbibel erzielt die in oberdeutscher Sprache gehaltene Version Ecks keine weiterreichende Wirkung, wenngleich sie bis in den Anfang des 17. Jahrhunderts aufgelegt wird.

[34] Zur Auseinandersetzung zwischen Emser und Luther vgl. auch Hermann Gelhaus, Der Streit um Luthers Bibelverdeutschung im 16. und 17. Jahrhundert. Teil 1: Mit der Identifizierung Friedrich Traubs (Reihe Germanistische Linguistik 89), Tübingen 1989.

[35] Erschienen in der sogenannten ‚Emser-Presse'. Zu dieser Druckerei vgl. Frank Au-

zeigen, dass die Michaelisbrüder diese zweite Auflage als Textgrundlage für ihre Übersetzung herangezogen haben.[36] Ein weiteres Jahr später, im November 1529, wendet sich Martin Luther in einem Brief an Herzog Heinrich V. von Mecklenburg, *eines drucks halben, so zu Rostock furgenomen.*[37] Wie ihm von rechtschaffenen Leuten aus Lübeck zugetragen worden sei, wollten *ettlich Lolbruder*[38] den Versuch unternehmen, *des Emsers testament sechsischer sprache zu Rostock ynn druck* [zu] *geben.*[39] Da die *gifftige*[n] *zusetze, gloßen und annotation* von Emsers Testament *ferlich sein mochten,*[40] bittet der Reformator den mecklenburgischen Herzog, den Rostockern die Drucklegung dieses Textes zu untersagen. Irgendwann zwischen 1528 und 1529 müssen die Michaelisbrüder somit ihre Übersetzungsarbeit begonnen und die Drucklegung zumindest bereits vorbereitet haben.

---

rich, Die Anfänge des Buchdrucks in Dresden: die Emserpresse 1524–1526 (Schriftenreihe der Sächsischen Landesbibliothek – Staats- und Universitätsbibliothek Dresden 3), Dresden 2000.

36 Vgl. Jenssen (Anm. 7), S. 15. Jenssen weist auf Übereinstimmungen zwischen der hd. Zweitauflage von 1528 und dem Druck der Michaelisbrüder hinsichtlich der abgedruckten Paratexte hin. So stimmen die Inhaltsverzeichnisse beider Versionen überein, auch finden sich in der Erstausgabe von 1527 keine der in der Zweitauflage und dem nd. Druck beigefügten Kapitelüberschriften.

37 Brief Martin Luthers an Herzog Heinrich V. von Mecklenburg. Wittenberg, 27. November 1529. Landeshauptarchiv Schwerin, 2.12–1/24 Korrespondenz der Herzöge mit Gelehrten, Nr. 1 (Briefe von Martin Luther), Brief Nr. 2. Vorderseite. Digitalisat und Transkript unter: https://www.kulturwerte-mv.de/Landesarchiv/Service/Unterrichtsmittel/Reformation/Brief-Martin-Luther/ (letzter Zugriff: 17.12.2022). Zitate nach dem Transkript (im Transkript hinzugefügte Fußnotenzeichen wurden stillschweigend getilgt, aufgelöst wurde zudem die Klammer bei der Majuskel *E* in [*E*]*msers*, da das E-Graphem trotz Textverderbnis gut identifizierbar ist).

38 *Lollbrüder* ist eine abwertend gemeinte Bezeichnung für die Brüder vom gemeinsamen Leben, die wohl als eine Verballhornung des Begriffs *Lollarden* entstanden ist, aber auch auf mnd. *lollen, lullen* ‚lallen, murmeln, leise singen' zurückgeführt werden könnte. Die genaue Herkunft des Begriffes bleibt unklar. Seine peiorative Semantik verdeutlicht ein Bittschreiben des Karthäusers Vicke Dessin an den Herzog Magnus von Mecklenburg bezüglich der Rostocker Fraterherren aus dem Jahre 1477: *Juwe gnade helpe vmme gades willen ok den armen broderen to Rostke, de eyn gud, zelich leuent hebben vnde heten de gemeynen brodere vnde leuen na der apostele leuende, den hebben hirumme gegeuen de quaden gestliken eynen spottliken namen vnde heten ze de lollebroder.* Zitiert nach Georg Christian Friedrich Lisch, Ein Zeichen der Reformation vor Luther in Meklenburg, in: Jahrbücher des Vereins für Meklenburgische Geschichte und Altertumskunde 16 (1851), S. 1–8, hier: 7.

39 Brief Martin Luthers an Herzog Heinrich V. von Mecklenburg (Anm. 37), ebd.

40 Ebd. Auch in diesem Brief findet sich ähnlich wie im ‚Sendbrief vom Dolmetschen' der Hinweis Luthers darauf, dass der Emser-Text im Wesentlichen den Wortlaut der Lutherübersetzung wiedergäbe: *Wiewol ich nů des Emsers testament dem text nach wol leiden mag, als der fast gantz und gar mein text ist, und auch mir abgestolen ist von wort zu wort.* Brief Martin Luthers an Herzog Heinrich V. von Mecklenburg (Anm. 37), ebd.

Von wem die eigentliche Initiative zu dem Übersetzungs- und Druckprojekt ausgegangen ist, konnte von der Forschung noch nicht schlüssig geklärt werden. Dass Hieronymus Emser selbst die Übersetzung veranlasst haben könnte, wird von Jenssen mit Hinweis auf das Todesjahr Emsers, 1527, zurückgewiesen.[41] In Erwägung gezogen als Initiatoren wurden ebenso der altgläubige Herzog Albrecht von Mecklenburg sowie der Hamburger Dominikaner Augustin von Getelen, unter dessen Schriften eine handschriftliche Übersetzung des Privilegiums Herzog Georgs von Sachsen nachgewiesen ist, wie es auch dem Druck der Michaelisbrüder vorangestellt ist. Allerdings kann Jenssen anhand eines Textvergleichs nachweisen, dass es sich hierbei um voneinander unabhängige Übersetzungen handelt.[42] Am naheliegendsten scheint derzeit somit die Vermutung, dass es sich bei dem Unternehmen um eine Eigeninitiative der katholischen Michaelisbrüder aus einer antireformatorischen, seelsorgerischen Motivation heraus handelte.

Luthers Brief an den mecklenburgischen Herzog geht ein Einspruch des Reformators bei seinem Landesherrn, Kurfürst Johann von Sachsen, voraus, ebenfalls mit dem Ziel, die Emserübersetzung der Michaelisbrüder zu verhindern. In Abwesenheit des Kurfürsten setzen dessen Räte einen Brief an Heinrich V. auf, der diesen zusammen mit Luthers persönlichem Schreiben erreicht. Die Intervention gegen den geplanten Druck erfolgt damit auf landesherrschaftlicher und folglich höchster politischer Ebene.

2.2 Die Lutherbibel in Norddeutschland am Vorabend der Reformation

Wohl nicht zu Unrecht wird der Druck von dem Wittenberger Reformator als Konkurrenz für seine eigene nd. Bibelübersetzung und damit als Bedrohung für die reformatorischen Bemühungen in Norddeutschland insgesamt gesehen. Ende der 1520er Jahre liegen nd. Übersetzungen der lutherschen Bibelverdeutschung in zahlreichen Auflagen vor und erfahren im norddeutschen Raum eine breite Rezeption.[43] Schon 1523 und damit nur ein Jahr nach der Drucklegung von Luthers erster Verdeutschung des Neuen Testamentes, dem ‚Septembertestament' im Jahre 1522, erscheinen in Hamburg und Wittenberg erste anonyme Übertragungen ins Niederdeutsche.[44] Ebenfalls im Jahre 1523 wird auch die

---

41 Jenssen (Anm. 7), S. 18. Zu dieser Problematik insgesamt vgl. ebd., S. 17–34.

42 Jenssen (Anm. 7), S. 19–34.

43 Zu den nd. Bibeldrucken ab 1523 vgl. Bordasch (Anm. 9). Eine Übersicht über die reformatorische Epoche der nd. Bibelübersetzungen liefert (wenngleich mit teilweise unzulässigen Werturteilen) auch Bellmann (Anm. 8), S. 612–617.

44 Die Hamburger Ausgabe erscheint in der sogenannten ‚Presse der Ketzer', die Wittenberger Ausgabe bei Melchior Lotter. Als Übersetzer der Wittenberger Ausgabe konnte inzwischen von der Forschung der Goslarer Kaplan, Advokat und Richter

erste nd. Ausgabe des Pentateuchs auf Basis der Lutherübersetzung gedruckt.[45] Schon ab 1524 beginnt Luthers Mitstreiter Johannes Bugenhagen, sich der Verbreitung der lutherschen Bibelübersetzung im nd. Sprachraum anzunehmen, zunächst als Redakteur, Berater und Herausgeber, später auch als Übersetzer.[46] Johannes Bugenhagen ist es auch, der die Herausgabe der ersten nd. Vollbibel auf Basis des Luthertextes verantwortet, die 1533/34 in Lübeck von Ludwig Dietz gedruckt wird. Bis 1534 erscheinen insgesamt 47 Drucke nd. Übersetzungen der lutherschen Bibelverdeutschung (Teilbibeln und Vollbibeln), wobei Magdeburg und Wittenberg mit 20 respektive 16 Drucken die Zentren der Druckproduktion sind. Aber selbst in Erfurt und Antwerpen werden die lutherschen Übersetzungen auf Niederdeutsch aufgelegt.[47] Im Gegensatz dazu fehlt eine gegenreformatorische Bibelübersetzung in nd. Sprache bis zum Ende der 1520er Jahre völlig.

Theodor Smedecken (um 1480–1556) identifiziert werden, der verschiedene Lutherschriften ins Niederdeutsche übersetzte. Zu Smedeckens Übersetzung von Luthers Neuem Testament vgl. Martin Brecht / Robert Peters, Theodor Smedeckens niederdeutsche Übertragung von Luthers Neuem Testament, in: Lutherjahrbuch 72 (2005), S. 49–76, und Robert Peters, Johannes Bugenhagen und sein Vorgänger Theodor Smedecken. Ein Übersetzungsvergleich, in: Johannes Bugenhagen (1485–1558). Der Bischof der Reformation, Beiträge der Bugenhagen-Tagungen 2008 in Barth und Greifswald, hg. v. Irmfried Garbe u. Heinrich Kröger, Leipzig 2010, S. 255–270. Insgesamt zu Smedeckens Wirken im Reformationskontext vgl. auch Martin Brecht, Theodoricus Smedecken, die Reformation in Goslar und die Übertragung des Luther-Testaments ins Niederdeutsche, in: Goslar von der Reformation zur Revolution. Vorträge beim Geschichtsverein, hg. v. Hansgeorg Engelke, Bielefeld 2005, S. 9–26.

45 Zur Textgeschichte des nd. Pentateuchs vgl. Ingrid Schröder, Die Bugenhagenbibel. Untersuchungen zur Übersetzung und Textgeschichte des Pentateuchs (Mitteldeutsche Forschungen 105), Köln u. a. 1991, S. 40–53.

46 Der Anteil Bugenhagens an den nd. Ausgaben von 1524 und 1525 ist nicht genau ersichtlich, Bugenhagen selbst weist im Nachwort der Wittenberger Ausgabe von 1525 darauf hin, diese sei besser *alse de erste vordůdeschynge,* er selber sei allerdings nicht deren Übersetzer: *Wo wol ǒuerst dat desse arbeyt ys vullenbracht dorch eynen andern / doch hebbe ick gehandelt vnde raedt gegeuen in allen ǒrden vnde steden dar ydt swer was in vnse důdesch tho bringende.* Martin Luther, Dat nye Testament důdesch ganz vlytigen gecorrigeret / myn eynem Register, Wittenberg: Hans Lufft 1525, S. 730. Digitalisat: https://nbn-resolving.org/urn:nbn:de:gbv:8:2-1197188 (letzter Zugriff: 15.03.2023). Worauf sich der Verweis auf die ‚erste Verdeutschung' bezieht, ist nicht ganz klar, gemeint sein könnten die erste von Bugenhagen beaufsichtigte Ausgabe von 1524 oder die ersten Übersetzungen von 1523, möglich wäre aber ebenso ein Hinweis auf die vorlutherischen Druckbibeln, von denen sich die Neuübersetzung abheben will. Laut Bellmann (Anm. 8), S. 613f., „kann als sicher gelten, daß ein Kreis von norddeutschen Studenten in Wittenberg die Übersetzungsarbeit in Angriff nahm und Bugenhagen – seit 1521 in Wittenberg, seit 1523 Pfarrer an der Stadtkirche – letzte Hand an den Text legte."

47 Die Angaben folgen Schröder (Anm. 45), S. 51.

2.3 Rostock am Vorabend der Reformation

Zu dieser Zeit steht die Reformation in Rostock kurz vor ihrem Durchbruch. Seit 1523 wirkt der Reformator Joachim Slüter in Rostock, 1525 erscheint bei dem Rostocker Buchdrucker Ludwig Dietz Slüters kirchliches Gesangbuch. Auch andere reformatorische Schriften kursieren bereits in den 1520er Jahren in der Hansestadt. Zudem wirken stadtbekannte Persönlichkeiten, wie der Rostocker Professor und Stadtsyndikus Johannes Oldendorp (1488–1567), an der Durchsetzung der Reformation mit. Bereits vor ihrer offiziellen Einführung in Rostock im Jahre 1531 wirkt die reformatorische Agitation in der Stadt äußerst erfolgreich. Aber auch der katholische Glaube hat weiterhin viele Anhänger, unter anderem in der Universität. So sind die Professoren der theologischen und der juristischen Fakultät nahezu durchgängig Vertreter des Katholizismus.[48] Und auch das Kloster zum Heiligen Kreuz und die Kartause in Marienehe bleiben dem alten Glauben noch nach 1531 treu. Desgleichen die Michaelisbrüder, die ihre Druckerei in den Dienst der katholischen Lehre stellen und dort die Schriften ebenso prominenter wie erbitterter Luthergegner auflegen, darunter solche von Johannes Eck, Johannes Cochläus und Liborius Schwichtenberg.[49] Eine Drucklegung des christlichen Kerntextes, der im Mittelpunkt dieser Glaubensauseinandersetzungen steht, nach ‚Gewonheit der Christliken Kerken bowerden [‚bewährten‘] Texte‘, das heißt in seiner katholischen Lesart, erscheint in dieser Hinsicht nur naheliegend:

> Das Verlangen nach der deutschen Bibel auch bei den katholischen Christen ließ sich nicht dadurch stillen, daß man gegen die von reformatorischer Seite ausgegangenen Übersetzungen aufs heftigste eiferte, sondern man mußte den positiven Weg beschreiten und sich dazu entschließen, nun auch das katholische Neue Testament, wie es Emser geschaffen hatte, ins Niederdeutsche zu übersetzen.[50]

2.4 Der Druck – Emsers Neues Testament auf Niederdeutsch

Luthers Intervention bei Heinrich V. zeitigt Erfolg. In einem auf dem 18.12.1529 datierten Schreiben an den Rat der Stadt Rostock fordert der Herzog die Rostocker Ratsherren auf, die Arbeiten an dem Druck sowie dessen Verbreitung zu unterbinden. Hierbei wird die Argumentation Luthers beinahe wörtlich übernommen:

> Vnd vbwol solchs, wo es beim Text allein pleib, nicht viel schadens bringen kunth, solle ess doch mit sunderlichen glossen, annotaten vnd mancherleien zusetzen, dermassen

---

48 Vgl. Axel Vorberg, Die Einführung der Reformation in Rostock (Schriften des Vereins für Reformationsgeschichte 58). Halle 1897. http://www.lexikus.de/bibliothek/Die-Einfuehrung-der-Reformation-in-Rostock?ref=dum (letzter Zugriff: 19.12.2022).

49 Vgl. Krüger (Anm. 32), S. 20–23.

50 Jenssen (Anm. 7), S. 3.

vergifftet seien, Das ess, bey denen, die ess lessen, nicht allein keinen nützparlichen frucht, bsunder mirgklichen vorderblichen schaden pringen mocht.[51]

Nach Erhalt des herzoglichen Schreibens verbietet der Rat der Stadt Rostock den Michaelisbrüdern unverzüglich die Fortführung der Arbeiten an dem Druck. Allerdings halten sich diese nicht an das Verbot und fahren fort, das Werk heimlich zu drucken, wohl auch in der Hoffnung auf Rückendeckung durch den mecklenburgischen Herzog Albrecht VII. (1486–1547).[52] Fertiggestellt werden bis 1532 die Druckbogen mit dem Text der vier Evangelien und der Apostelgeschichte, dann schließen die Michaelisbrüder wohl unter Zeitdruck und angesichts drohender Sanktionen die Arbeit ab. Die Apostelgeschichte endet mit dem Wort *Finis* sowie dem Druckerzeichen der Michaelisbrüder. Dass ursprünglich wohl ein Abdruck des gesamten Neuen Testamentes geplant war, legt ein dem Bibeltext vorangestelltes Stellenregister nahe, das abweichende Formulierungen in der Erstausgabe von Luthers Neuem Testament und seiner Ausgabe von 1527 verzeichnet. Die 206 dort aufgelisteten Varianten betreffen nicht nur die Evangelien und die Apostelgeschichte, sondern den Gesamttext des Neuen Testamentes.[53]

Gemäß der von den Michaelisbrüdern mit abgedruckten Einleitung (‚Vorklaringe, wat in důssem Boke entholden') sollten dem Druck analog zu seiner Vorlage mehrere einführende Texte vorangestellt werden.[54] Allerdings werden nicht sämtliche der dort angeführten Paratexte auch tatsächlich abgedruckt, geliefert werden lediglich das Privilegium Georgs des Bärtigen, Herzogs von Sachsen, aus dem Jahre 1527 sowie das bereits angesprochene Stellenregister.[55]

Zusätzlich zum Text der Evangelien und der Apostelgeschichte übersetzen und drucken die Michaelisbrüder auch die Glossen und Randkommentare ihrer hd. Vorlage. In eckige Klammern gesetzte Textteile signalisieren hierbei Änderungen gegenüber dem Luthertext, die ursprüngliche Version wird als Marginaltext offengelegt und zum Teil kommentiert.

---

51 Brief Herzog Heinrich V. an den Rat der Stadt Rostock. Güstrow, 18.12.1529. Stadtarchiv Rostock. Zit. nach Jenssen (Anm. 7), S. 6.

52 Die beiden Brüder Heinrich V. und Albrecht VII. regieren auf Grundlage des Neubrandenburger Hausvertrages vom 7. Mai 1520 zu dieser Zeit gemeinschaftlich als Herzöge von Mecklenburg. Während Heinrich V. frühzeitig die reformatorische Lehre fördert und 1526 dem Torgauer Bund beitritt, unterstützt Albrecht VII. die katholische Lehre.

53 Vgl. Jenssen (Anm. 7), S. 16.

54 Für eine ausführlichere bibliographische Beschreibung (anhand des altgebundenen Stuttgarter Exemplars, siehe dazu unten in diesem Abschnitt) vgl. Jenssen (Anm. 7), S. 12–17.

55 In dem rekonstruierten, aber unvollständigem Rostocker Exemplar fehlt auch das Register (zu den Exemplaren vgl. unten in diesem Abschnitt). Jenssen (Anm. 7), S. 16, erklärt das Fehlen der angekündigten Paratexte mit dem Zeitdruck und dem Bemühen der Michaelisbrüder, den Druck raschestmöglich abzuschließen.

Sprachlich fügt sich die nd. Emserbibel der Michaelisbrüder in die ostelbische Varietät der nordniederdeutschen Schriftsprache ein,[56] wie sie in der ersten Hälfte des 16. Jahrhunderts in Handschriften und Drucken aus dem Raum der südlichen Ostseeküste und speziell aus Rostock begegnet.[57] Obgleich es sich um eine Übersetzung aus dem Hochdeutschen handelt, finden sich in dem Text interessanterweise – auf der phonographematischen Ebene – keine hd. Interferenzen bzw. ‚verhochdeutschte Formen', etwa Formen der Zweiten Lautverschiebung oder Hyperkorrektismen. Vielmehr zeigt sich in der sprachlichen Gestaltung des Textes das Bemühen um eine möglichst passgenaue Ansprache eines nordniederdeutschen Publikums in einer überregionalen Schriftvarietät.

2.5 Nachgeschichte – Verlust und Wiederentdeckung des Druckes

Nach Bekanntwerden der fortlaufenden Arbeiten an dem Druck lässt der Rostocker Rat den Drucker der Michaelisbrüder, Johann van Holt, inhaftieren und ihren Rektor, Martin Hillemann, unter Hausarrest stellen. Beide müssen dem Rat der Stadt Rostock im Jahre 1532 Urfehde schwören.[58] Die bereits fertigen Druckbogen werden beschlagnahmt und später als Makulatur an Rostocker Buchbinder verkauft. Emsers Neues Testament soll der letzte Druck sein, den die Michaelisbrüder eigenständig herausgeben. 1534 wird das Fraterhaus im Zuge der Reformation, die in Rostock im Jahre 1531 offiziell einge-

---

[56] Zum Nordniederdeutschen vgl. Robert Peters, Die Diagliederung des Mittelniederdeutschen, in: Sprachgeschichte. Ein Handbuch zur Geschichte der deutschen Sprache und ihrer Erforschung, hg. v. Werner Besch u. a., Bd. 2 (Handbücher zur Sprach- und Kommunikationswissenschaft 2,2), 2., vollständig neu bearb. u. erw. Aufl., Berlin / New York 2000, S. 1478–1490, hier insb. 1481–1482. Speziell zu den Schreibsprachen des südlichen Ostseeraumes vgl. auch Andreas Bieberstedt, Variablenlinguistische Beobachtungen zu den mittelniederdeutschen Schreibsprachen des südlichen Ostseeraumes am Beispiel von Wismar und Stralsund, in: Deutsch im Norden. Varietäten des norddeutschen Raumes, hg. v. Markus Hundt u. Alexander Lasch (Jahrbuch für germanistische Sprachgeschichte 6), Berlin / Boston 2015, S. 88–115.

[57] Ich beschränke mich an dieser Stelle auf diese allgemeinen Bemerkungen zum Sprachstand. Im Rahmen der bisherigen Textuntersuchung wurde auch eine variablenlinguistische Annotation und Analyse des Druckes vorgenommen, deren Ergebnisse an anderer Stelle präsentiert werden sollen. Perspektivisch ist zudem ein Vergleich des sprachlichen Befundes mit anderen nd. Drucken der Michaelisbrüder sowie zeitgleichen Drucken anderer Rostocker Druckereien, insbesondere der des Ludwig Dietz geplant. Für eine sprachliche Analyse der Rostocker Drucktradition in der Mitte des 16. Jahrhunderts vgl. die Studie von Sabina Tsapaeva, Das Rostocker Tierepos ‚Reynke Vosz de olde' (Ludwig Dietz, 1539) im Kontext der niederdeutschen ‚Reynke de vos'-Überlieferung des 15. und 16. Jahrhunderts und der Rostocker Drucktradition der Mitte des 16. Jahrhunderts. Philologische Untersuchung und diplomatische Teiledition (Reihe Germanistik 11), Baden-Baden 2018.

[58] Diplomatischer Abdruck der Urfehde in Jenssen (Anm. 7), S. 8–10.

führt wird, aufgelöst. Nach diesen Ereignissen wird in Rostock ausschließlich reformatorisch gedruckt.

In den nachfolgenden Jahrhunderten verliert sich die Spur des Druckes. Zwar wird ein nd. Bibeldruck der Michaelisbrüder in einem Bibliothekskatalog von 1731 erwähnt,[59] dennoch gilt der Text lange Zeit als verschollen. Erst 1878 gelingt dem Rostocker Historiker und Universitätsbibliothekar Adolph Hofmeister der Nachweis von Druckfragmenten, die als Makulatur in Bücher der Rostocker Universitätsbibliothek eingebunden sind.[60] Ein Jahr später wird ein zweites, nahezu vollständiges Exemplar in Stuttgart aufgefunden. Auf dem Titelblatt dieses Buches, das in der Württembergischen Landesbibliothek in Stuttgart aufbewahrt wird,[61] ist ein handschriftlicher, offensichtlich zeitgenössischer Besitzeintrag auf Latein zu lesen: *pro usu fratriß laurentij kruse* (‚für den Gebrauch des Bruders Laurenz Kruse').[62] Wir haben es hier möglicherweise mit dem persönlichen Exemplar eines der Michaelisbrüder zu tun und wohl auch mit dem einzigen, das tatsächlich noch in der Entstehungszeit des Druckes zu einem Buch gebunden wurde.

Nach der Entdeckung weiterer Fragmente in Greifswald, Dorpat, Riga und Lemgo, die ebenfalls als Makulatur in Rostocker Büchern aus der 2. Hälfte des 16. Jahrhunderts verklebt wurden,[63] gelingt es dem Rostocker Universitätsbibliothekar Bruno Claussen im Jahr 1915 schließlich durch erneute Funde in Rostocker Universitätsbeständen, ein fast vollständiges Exemplar zu rekonstruieren und zu einem Buch zusammenzufügen. Auch das Stuttgarter Exemplar liegt mittlerweile als vervollständigter Text vor. Beide Exemplare wurden in den letzten Jahren restauriert und digitalisiert.

---

59 Jacob Friedrich Reimmann, Catalogus bibliothecae theologicae systematico-criticus in quo libri theologici in bibliotheca Reimannia extantes enumeratur, Hildesheim 1731, S. 248.

60 Hofmeister (Anm. 20).

61 Stuttgart, Württembergische Landesbibliothek B niederdt. 153002 (VD 16 B 4515). Digitalisat: http://digital.wlb-stuttgart.de/purl/bsz353008885 (letzter Zugriff: 19.12.2022).

62 Jenssen (Anm. 7), S. 12–13, liest die beschädigte Textstelle (vom Nachnamen war zum Zeitpunkt der Autopsie lediglich der Anfangsbuchstabe zu erkennen) als *Laurentius Fuchs* oder *Voss* und weist einen Michaelisbruder dieses Namens in einer Urkunde aus dem Jahre 1542 nach. Allerdings legt die nunmehr restaurierte und damit besser erkennbare Textstelle eine Lesung des entsprechenden Graphems als *k* nahe, zudem lassen sich jetzt weitere Buchstaben des Nachnamens entziffern. Ein Michaelisbruder *Laurenz Kruse* müsste in zeitgenössischen Quellen allerdings noch nachgewiesen werden.

63 Vgl. Jenssen (Anm. 7), S. 11.

3. Übersetzungstheoretische Vorüberlegungen

3.1 Zum Skopos translatorischen Handelns

Die Bewertung von Übersetzungsentscheidungen basiert nachfolgend auf Modellen der kommunikativ-funktionalen Übersetzungswissenschaft.[64] Funktionale Übersetzungsmodelle verstehen den Translationsprozess als ein komplexes kommunikatives Handlungsgefüge und fassen Übersetzen als einen zielgerichteten Prozess zur Erzeugung von Informationsträgern in Form von Texten auf, der sich von vergleichbaren Kommunikationssituationen prinzipiell dadurch unterscheidet, dass „immer schon ein Ausgangstext als ‚Primärhandlung' vorhanden ist."[65] Jeder Übersetzungsprozess wird durch die Zweckgebundenheit translatorischen Handelns determiniert, die zugleich den Ansatzpunkt für die Bewertung von Translaten als geglückt oder misslungen bildet.[66] Ausgehend von dieser Prämisse formulieren Reiss / Vermeer die sogenannte Skoposregel, der zufolge eine Handlung (Translation) die Funktion ihres Zweckes darstellt.[67] Zugleich wird die Bedeutung des ausgangssprachlichen Textes als Bezugspunkt für das translatorische Handeln betont, der die grundlegende Komponente innerhalb eines komplexen Gefüges übersetzungsrelevanter Faktoren darstellt und für den Übersetzer die primäre Bezugsgröße darstellt:

> Stets ist, sowohl für die Wahl der Übersetzungsstrategien im Blick auf eine gegebene Translatfunktion als auch, was den Vergleich und die Beurteilung von Übersetzungslösungen anbelangt, der Ausgangstext [...] die unverrückbare Bezugsgröße. [...] Der Ausgangstext ist das Maß aller Dinge beim Übersetzen. Er stellt die ‚Bindung' dar, die der Übersetzer bei aller Souveränität seines Tuns (‚translatorisches Handeln') nicht aufgeben darf, wenn er noch als Übersetzer gelten will.[68]

Für die übersetzungswissenschaftliche Bewertung ma. Übersetzungen erweist sich deren Skopos als Bewertungsmaßstab allerdings aufgrund der häufigen

---

64 Vgl. hierzu und im Folgenden Andreas Bieberstedt, Die Übersetzungstechnik des Bremer Evangelistars: eine syntaktisch-stilistische Analyse unter Einbeziehung von Vergleichsübersetzungen des 14. bis frühen 16. Jahrhunderts (Studia linguistica Germanica 73), Berlin / New York 2004, S. 48–67, insb. 48 sowie 61–67 und Schröder (Anm. 45), S. 19–27.

65 Katharina Reiss / Hans J. Vermeer, Grundlegung einer allgemeinen Translationstheorie Linguistische Arbeiten 147), Tübingen ²1991, S. 95. Zit. nach Bieberstedt (Anm. 64), S. 48–49.

66 Vgl. Justa Holz-Mänttäri, Translatorisches Handeln. Theorie und Methode, Helsinki 1984, S. 27. Vgl. Bieberstedt (Anm. 64), S. 49.

67 Reiss / Vermeer (Anm. 65), S. 101. Vgl. dazu Bieberstedt (Anm. 64), S. 49.

68 Katharina Reiss, „Der" Text und der Übersetzer, in: Textlinguistik und Fachsprache. Akten des Internationalen Übersetzungswissenschaftlichen AILA-Symposions 1987 (Studien zu Sprache und Technik 1), hg. v. Reiner Arntz, Hildesheim / Zürich / New York 1988, S. 67–76, hier: 73.

Anonymität der Übersetzer und dem Fehlen von Angaben zu Intention und Adressatenkreis der Übersetzung, etwa in Vorworten, als problematisch. So lassen sich zwar Aussagen über spätere Gebrauchssituationen treffen, selten jedoch über die ursprüngliche Übersetzungssituation und -funktion. Die Anwendbarkeit kommunikativ-funktionaler Translationsmodelle stößt methodisch dort an Grenzen, wo sich originäre Kommunikationsprozesse nicht mehr rekonstruieren lassen.[69]

Für die Bibelübersetzungen des Reformationszeitalters stellt sich die Situation bereits anders dar. Martin Luther gibt in seinem ‚Sendbrief vom Dolmetschen' sowie in seinen ‚Tischreden' ausführlich Auskunft über seine Übersetzungsziele und -prämissen. Auch Hieronymus Emser legt 1523 seine Streitschrift ‚Auß was grund vnnd vrsach Luthers dolmatschung / vber das nawe testament / dem gemeinen man billich vorbotten worden sey' vor, in der er deren Ablehnung theologisch und philologisch zu begründen sucht und Beispiele für angebliche Fehlübersetzungen und ketzerische Interpretationen beziehungsweise Fehldeutungen in Luthers Septembertestament liefert. Ebenso begründen der Titel und die Vorworte von Emsers Korrekturbibel allgemein deren Zielsetzung. Der Titel verweist auf den Status der Übersetzung als eine Korrekturarbeit: *Na gewonheit der Christliken kerken bowerden Texte corrigeret*[70], das heißt, nach dem für die katholische Kirche verbindlichen (‚bewährten') Text der lat. Vulgata und der auf ihr fußenden vorlutherischen Übersetzungstradition.[71] Dies signalisiert eine stärkere Orientierung an Wortlaut und Struktur der (lat.) Ausgangssprache bei der Übersetzungsarbeit.

Auch die weiteren Paratexte speziell des nd. Druckes vermögen, die Übersetzungsintention der Emserbibel etwas genauer zu beleuchten, insbesondere das mit ‚Vorklaringe' überschriebene Vorwort (fol. 2^r–3^v). Allerdings handelt es sich bei diesem um keine Eigenschöpfung der Michaelisbrüder, sondern um eine wörtliche Übersetzung der ‚Antzaigung' ihrer hd. Vorlage. Ausführlich wird in der ‚Vorklaringe' auf das nachfolgend abgedruckte Privilegium Georgs des Bärtigen eingegangen. Die Emserausgabe wird zum einen seelsorgerisch begründet, indem man der lutherschen Ketzerei entgegenzutreten suche, die in

---

69 Vgl. Bieberstedt (Anm. 64), S. 50.

70 Zitate hier und im Folgenden nach dem Digitalisat des Stuttgarter Exemplars (Anm. 61).

71 Der insbesondere in der älteren Forschung häufiger anzutreffende Begriff ‚vorlutherisch' mit Bezug auf die spätma. Bibelverdeutschungen wird im Folgenden neutral verwendet, ohne dass mit ihm eine (anachronistische) übersetzungswissenschaftliche oder sprachästhetische (Ab-)Wertung impliziert ist. Er verweist lediglich auf den mit der Lutherübersetzung ab 1522 verbundenen Umbruch sowohl in der Übersetzungspraxis der Bibel als auch in dem begleitenden übersetzungstheoretischen und theologisch-philologischen Diskurs.

dessen Übersetzungen enthalten sei und durch diese befördert werde. Luthers *gantze nu swåuende ketterye* werde in dem Privileg *gerőghet* (fol. 2ʳ). Der barmherzige Gott und der gütige Herzog seien dafür zu preisen, dass sie die Menschen *vor důssen Pestilentisschen ketteryen entholden* (ebd.). Er sowie andere christliche Fürsten hätten es sich zur Lebensaufgabe gemacht, für die Einheit der Christenheit und den Erhalt des wahren christlichen Glaubens Sorge zu tragen (*Up dat wy im frede / ock enicheyt / vnde waren Christliken gelouen blyuen*; fol. 2ᵛ). Zum andern werden theologisch-philologische Motive ins Feld geführt. Mit dem Privilegium solle den ‚falschen' Texten und Kommentaren Luthers entgegengewirkt werden, die derzeit unter die wahrhaftigen Texte gemischt werden: *vmme affwendynge wyllen der Falsschen Texte vnde Glosen nu thor tiijdt / Wo de falsschen grossen vnde penninge / vp rechte sleghe gemůntet* [...] *vnder / vnde in de warhafftigen schrifft gemenghet werden* (ebd.). Die Aufforderung an die Leser zum Fürstenlob verrät gleichzeitig indirekt den intendierten Adressatenkreis. Ermuntert zur Lobpreisung werden nicht allein die *vnderdanen důsses lőffliken Furstendomes*, sondern auch *de vthlender* und *sůnderlick de Geystliken vnde Closterlůde (de derhaluen / dat se to dem gebe̊de deste geschickter van dem tijtliken affgesůndert syn)* (fol. 2ʳ). Angesprochen wird ein breitgefasster Adressatenkreis, wobei der besondere Bezug auf Geistliche und Klosterleute wohl darin begründet liegt, dass ihnen als Multiplikatoren der christlichen Glaubenslehre eine besondere Bedeutung zugemessen wird. Eine genauere Adressierung potentieller Rezipienten findet sich weder in der ‚Vorklaringe' noch im Privilegium selbst. Auch treten die Michaelisbrüder als Übersetzer und Herausgeber gänzlich hinter ihren Druck zurück. Eigene theologische, sprachästhetische oder übersetzungsmethodische Erwägungen oder eine Begründung ihrer Verniederdeutschung sind weder in der ‚Vorklaringe' noch an anderen Stellen des Druckes oder in anderen Schriften nachweisbar.

3.2 Übersetzungsprozeduren: Substitution und Paraphrasierung

Bezüglich der Translation eines Textes in eine andere Zielvarietät schlägt Katharina Reiss eine Differenzierung in substituierende und paraphrasierende Übersetzungsprozeduren vor.[72] Dies entspricht in etwa der traditionellen Unterscheidung von wörtlichen und sinngemäßen Übersetzungen. Der Begriff Substitution bezeichnet in diesem Kontext eine unveränderte Übernahme ausgangssprachlicher Strukturen und Lexeme und der von ihnen transponierten

---

72 Katharina Reiss, Paraphrase und Übersetzung. Versuch einer Klärung, in: Die Übersetzung der Bibel – Aufgabe der Theologie. Stuttgarter Symposion 1984, hg. v. Joachim Gnilka u. Hans Peter Rüger (Texte und Arbeiten zur Bibel 2), Bielefeld 1985, S. 273–287, hier: 279–280.

Semantik in die Zielsprache.[73] Paraphrasierungen dagegen sind im weitesten Sinne als ein zielsprachliches ‚Anders-Sagen' gegenüber der Ausgangssprache zu verstehen.[74]

In formaler Hinsicht lassen sich Paraphrasierungen eines Ausgangstextes als Auslassungen, Hinzufügungen, Ersetzungen und Umstellungen in der Übersetzung beschreiben.[75] In ihrer Untersuchung von Heinrich Hallers Bibelzitaten wählt Bauer hierfür die Termini Detraktion, Adjektion, Immutation und Transmutation,[76] die bei Bauer als „reine Ordnungskategorien" zu verstehen sind.[77] Dieses Kategoriensystem wird für die nachfolgende Analyse der Emserübersetzung übernommen. Paraphrasierungen der benannten Kategorien betreffen als strukturelle Paraphrasierungen – sogenannte Transpositionen[78] – sowohl die lexikalische als auch die syntaktische Ebene und sind häufig mit einer semantischen Paraphrasierung oder sogenannten Modulation[79] verbunden bzw. durch semantische Modifikationen oder Reinterpretationen motiviert. Weitere Paraphrasierungen können pragmatisch begründet sein, indem „ausgangssprachlich und -kulturell geprägte Textelemente [...] durch zielsprachliche ersetzt" werden.[80] Solcherart pragmatisch motivierte Paraphrasen berücksichtigen Phänomene wie Texttypen und -sorten, Gebrauchsnormen und Fragen der Situationsangemessenheit bei der Wahl zielsprachlicher Elemente.[81]

Ebenso lassen sich Substitutionen weiter differenzieren.[82] In Anlehnung an das von Lippert zur Analyse der Technik althochdeutscher Übersetzungen verwendete Modell der Lehnsyntax werden homogene und heterogene Substitutionen unterschieden.[83] Heterogene Substitutionen zeichnen sich durch die

---

73 Vgl. Bieberstedt (Anm. 64), S. 61–62.

74 Vgl. Bieberstedt (Anm. 64), S. 62.

75 Vgl. Bieberstedt (Anm. 64), S. 71 u. ö.

76 Erika Bauer, Wortwahl und Wortvariation in Heinrich Hallers „Hieronymus" (Germanische Bibliothek. N.F. Reihe 3: Untersuchungen), Heidelberg 1984, insb. S. 70–71, und Heinrich Hallers Bibelzitate (Germanische Bibliothek. Neue Folge. Reihe 4: Texte), hg. v. Erika Bauer, Heidelberg 1991.

77 Bauer, Wortwahl und Wortvariation (Anm. 76), S. 71.

78 Diese Terminologie wird im Übersetzungsmodell von Reiss (Anm. 71), S. 180–182, verwendet. Transpositionen sind Reiss zufolge solche Übersetzungsprozeduren, bei denen „Wortarten oder grammatische Kategorien [...] in der Zielsprache durch andere ersetzt" werden. Ebd., S. 181.

79 Reiss (Anm. 72), S. 182 bezeichnet mit diesem Begriff etwas widersprüchlich „semantische Ausdrucksverschiebungen". Angesprochen sind hiermit Veränderungen in der semantischen Tiefenstruktur des Translats, die an der Textoberfläche als lexikalische oder syntaktische Modifikationen (Transpositionen) sichtbar werden. Insofern sind Transpositionen und Modulationen nur bedingt differenzierbar.

80 Reiss (Anm. 73), S. 280.

81 Vgl. ebd., S. 280.

82 Vgl. Bieberstedt (Anm. 64), S. 63–64.

83 Vgl. Jörg Lippert, Beiträge zu Technik und Syntax althochdeutscher Übersetzungen.

Übernahme ausgangssprachlicher Syntagmen und Lexeme ohne direkte Entsprechung in der Zielsprache aus. Der Nachvollzug lat. Partizipialkonstruktionen wie des AcI und des Ablativus absolutus in ma. Bibelverdeutschungen stellt ein Beispiel für eine solche heterogene Substitution dar. Dagegen verfügen bei homogenen Substitutionen Ausgangs- und Zielsprache über analoge lexikalisch-syntaktische Strukturen bzw. evoziert der ausgangssprachliche Einfluss die Entwicklung neuer „Varianten einer der heimischen Sprache zumindest ansatzweise und in verwandter Form bekannten Konstruktion.“[84]

3.3 Übersetzungstypen

Die von Reiss herausgearbeiteten Übersetzungsprozeduren führen als Ergebnis zu unterschiedlichen Übersetzungstypen.[85] Unter Berücksichtigung von Form, Umfang und Kombination der angewandten Prozeduren werden fünf Typen abgegrenzt, die Wort-für-Wort-Übersetzung, die wörtliche Übersetzung, die philologische Übersetzung, die kommunikative Übersetzung sowie die bearbeitende Übersetzung. Eine formale Ersetzung ausgangssprachlicher Elemente, die auch heterogene Substitutionen beinhaltet, welche zielsprachliche Normen verletzen können, generiert in der Zielsprache eine Interlinearversion ihrer Vorlage. Beispiele hierfür liefert die frühma. Übersetzungsliteratur, so etwa der ahd. Tatian. Hiervon unterscheidet sich die wörtliche Übersetzung oder *grammar translation* durch die Beachtung grammatischer Normen der Zielsprache und durch den punktuellen Einsatz struktureller und semantischer Paraphrasen, durch die ein zielsprachliches Textverständnis gesichert werden soll. Dagegen bleiben Texttyp und Textsorte sowie die pragmatische Dimension der Übersetzung zumeist unberücksichtigt. Die Mehrheit der ma. Bibelverdeutschungen fällt in diese Kategorie.

Ebenfalls durch eine primär ausgangssprachliche Orientierung gekennzeichnet ist die philologische Übersetzung, eine Kombination von Substitutionsverfahren mit verschiedenen Formen der Kommentierung durch Beifügung von Paratexten:

> Sie sieht den Text als Ganzes, hat aber den alleinigen Zweck – und kann auch nicht mehr leisten als – den zielsprachlichen Leser darüber zu informieren, wie der ausgangssprachliche Autor mit seinen Originallesern kommuniziert hat. Die syntaktische, se-

---

Unter bes. Berücksichtigung der Isidorgruppe und des ahd. Tatian (Medium Aevum 25), München 1974, S. 31–33.

84 Ebd., S. 31. Lippert bezieht sich an dieser Stelle auf das von Scheler für das Altenglische entwickelte Modell der Lehnsyntax, vgl. Manfred Scheler, Altenglische Lehnsyntax. Die syntaktischen Latinismen im Altenglischen, Phil. Diss. Berlin 1961, S. 30.

85 Reiss (Anm. 72), S. 281. Zum Nachfolgenden vgl. Bieberstedt (Anm. 64), S. 64–67.

mantische und pragmatische Dimension der ausgangssprachlichen Zeichen – bis hin zur völligen Verfremdung der Zielsprache – wird dominant gesetzt.[86]

Im Gegensatz zu den drei benannten Typen strebt die kommunikative Übersetzung eine äquivalente Wiedergabe des ausgangssprachlichen Textes an und zielt damit auf die Sicherung einer zumindest näherungsweisen Funktionskonstanz zwischen Translandum und Translat.[87] Sie kann als „Imitation des Kommunikationsangebotes in einem Ausgangstext mit den Mitteln der Zielsprachengemeinschaft beschrieben werden."[88] An Übersetzungsprozeduren werden für kommunikative Übersetzungen neben der Substitution auch Transpositionen, Modulationen und Adaptionen gewählt, soweit sich deren Gebrauch aus sprachlichen und/oder pragmatischen Divergenzen von Ausgangs- und Zielsprache rechtfertigt (obligatorische Paraphrasierungen).

Von der kommunikativen Übersetzung unterscheidet sich die bearbeitende Übersetzung durch eine grundsätzliche Funktionsdivergenz zwischen Ausgangstext und Translat. Ziel der Bearbeitung ist keine äquivalente, sondern eine adäquate Übertragung der Vorlage in Ausrichtung auf eine andersgelagerte Funktion des zielsprachlichen Textes, die entweder Teildimension der ursprünglichen Textfunktion ist oder aber nahezu vollständig außerhalb des ursprüng-

---

86 Katharina Reiss, Was heißt Übersetzen?, in: Die Übersetzung der Bibel – Aufgabe der Theologie. Stuttgarter Symposion 1984, hg. v. Joachim Gnilka u. Hans Peter Rüger (Texte und Arbeiten zur Bibel 2), Bielefeld 1985, S. 33–47, hier: 35.

87 Vgl. Bieberstedt (Anm. 64), S. 66. Zum Begriff der Äquivalenz zwischen Translandum und Translat vgl. ebd., S. 51–53, sowie Schröder (Anm. 45), S. 19–27. Äquivalenz aus der Perspektive der kommunikativen Übersetzungswissenschaft bedeutet, dass zwischen Translandum und Translat ein Verhältnis der Gleichwertigkeit mit Bezug auf die in Ausgangs- und Zielsprache jeweils zu erfüllende kommunikative Funktion besteht. Äquivalenz in diesem Sinne ist nicht gleichzusetzen mit einer formalen, d. h. strukturellen Übereinstimmung von Ausgangs- und Zieltext, wie sie etwa mit Wort-für-Wort-Übertragungen beabsichtigt ist, sondern bestimmt als kommunikatives Leitprinzip die Auswahl zielsprachlicher Elemente. Mehr noch, eine formal-strukturelle Entsprechung von Translandum und Translat produziert kaum je eine funktionale Gleichwertigkeit der Texte, gerade bei Sprachen mit relativ hohem strukturellen Abstand wie dem Lateinischen und den historischen Varietäten des Deutschen. Zu den verschiedenen Äquivalenzebenen beim Übersetzungsprozess vgl. ebd., S. 52. Dem Terminus Äquivalenz übergeordnet ist der Begriff der Adäquatheit, der die Angemessenheit der sprachlichen Gestaltung von Übersetzungen in Bezug auf die von ihnen zu erfüllende Funktion beschreibt. Diese Differenzierung berücksichtigt, dass sich Ausgangstext und Übersetzung auch durch eine Funktionsdivergenz auszeichnen können, so dass beide nicht mehr in einer Relation der Gleichwertigkeit zueinander stehen, da nur „für Teildimensionen des Ausgangstextes Entsprechungen in der Zielsprache gesucht und gefunden werden." Reiss / Vermeer (Anm. 65), S. 133. Beispiele hierfür wären Interlinearversionen als Erschließungshilfe eines ausgangssprachlichen Textes oder auch Kinderbibeln.

88 Reiss (Anm. 86), S. 36.

lichen Skopos liegt. Im Bereich der ma. Bibelverdeutschungen können u. a. Versifikationen, Bilderbibeln und ähnliche adaptierende Textarten als bearbeitende Übersetzungen betrachtet werden.

4. Übersetzungsmethodische Analyse

4.1 Methodischer Zugriff und Korpus

Die Übersetzungsleistung der Michaelisbrüder wird im Folgenden anhand einer quantitativen Untersuchung ermittelt. Hierfür werden die lexikalischen und syntaktischen Paraphrasierungen gegenüber der Vorlage – des hd. Emsertestamentes in der zweiten Auflage von 1528 – einer strukturellen Analyse unterzogen und hinsichtlich ihrer Funktion im Übersetzungsprozess bewertet. Die ermittelten Abweichungen werden zunächst nach ihrer äußeren Form den Kategorien Detraktion, Adjektion, Immutation und Transmutation zugeordnet. Zugleich werden die erfassten Sprachphänomene den entsprechenden Sprachsystemebenen (lexikalisch oder syntaktisch) und sprachlichen Kategorien (Substantive, Verben usw.) zugewiesen.

Anhand eines Vorlagenvergleiches wird analysiert, inwiefern diese Paraphrasierungen Formulierungen 1.) der Übersetzungstradition des 15. und 16. Jahrhunderts aufgreifen, das heißt entweder auf die vorlutherischen Druckbibeln oder aber direkt auf die lat. Vulgata zurückgehen, 2.) eine Verwendung lutherscher Übersetzungsformen bedeuten oder aber 3.) sprachgestalterische Eigenleistungen der Michaelisbrüder darstellen. Zu diesem Zweck wurde ein Vergleichskorpus an Texten zusammengestellt, die von den Michaelisbrüdern nachweislich für ihre Übersetzung herangezogen wurden. Dies sind neben der lat. Vulgata für die vorlutherischen Druckbibeln die ‚Lübecker Bibel' von 1494 und die ‚Halberstädter Bibel' von 1522 sowie für die Luthertradition das von Johannes Bugenhagen betreute nd. Neue Testament aus dem Jahre 1525. Zur Einordnung von Übersetzungsentscheidungen im lexikalischen Bereich wurden darüber hinaus auch lat.-mnd. Vokabularien konsultiert, konkret das ‚Stralsunder Vokabular' (15. Jahrhundert)[89] und der ‚Vocabularius Theutonicus' (Ende 14. Jahrhundert)[90].

---

[89] Das Stralsunder Vokabular. Edition und Untersuchung einer mittelniederdeutsch-lateinischen Vokabularhandschrift des 15. Jahrhunderts (Niederdeutsche Studien 34), hg. v. Robert Damme, Köln u. a. 1988.

[90] ‚Vocabularius Theutonicus'. Überlieferungsgeschichtliche Edition des mittelniederdeutsch-lateinischen Schulwörterbuchs. Band 1: Einleitung und Register. Band 2: Text A-M. Band 3: Text N-Z, hg. v. Robert Damme (Niederdeutsche Studien 54,1–3), Köln u. a. 2011. Digitalisat: https://www.uni-muenster.de/VocTheut/ (letzter Zugriff: 19.12.2022).

Die beobachteten Phänomene werden innerhalb der vier Kategorien jeweils auf ihre Motivation überprüft und es werden die zugrundeliegenden Übersetzungstechniken konturiert. In einem letzten Schritt sollen die Ergebnisse der Untersuchung zu Aussagen über kategorienübergreifende Funktionen von Paraphrasierungen und generelle Übersetzungsstrategien zusammengefasst werden, um den Übersetzungstyp des nd. Emsertextes und damit die Arbeitsweise der Michaelisbrüder im Übersetzungsprozess sowie die Intention der Übersetzung bestimmen zu können. Im Einzelnen besteht das Untersuchungskorpus aus folgenden sechs Texten:

Ausgangstext:

1. ‚Emsers Neues Testament'. Niederdeutsch. 1530. (= Michaelisbrüder 1530)[91]
   Hieronymus Emser, ‚Dat nye Testament: so dorch den Hochgelerden Hieronymum Emszer såligen verdůtzschet. Na gewonheit der Christliken kerken bowerden Texte corrigeret / vnde wedderumme to rechte gebracht', Rostock: Michaelisbrüder 1530.[92]

Primärer Vergleichstext:

2. ‚Emsers Neues Testament'. Hochdeutsch. 1528. (= Emserbibel 1528)
   Hieronymus Emser, ‚Das New Testament / So durch L. Emser såligen verteutscht', Leipzig: Valentin Schumann 1528.[93]

Sekundäre Vergleichstexte:

3. ‚Vulgata'. Lateinisch. (= Vulgata)
   ‚Biblia Sacra Vulgata'. Editio quinta, hg. v. Robert Weber / Roger Gryson, Stuttgart: Deutsche Bibelgesellschaft 2007.[94]

---

91 Die in Klammern beigefügten Siglen finden im Folgenden bei der Angabe von Textbeispielen Verwendung.

92 Exemplar Württembergische Landesbibliothek Stuttgart: B niederdt. 153002. Digitalisat: http://digital.wlb-stuttgart.de/purl/bsz353008885 (letzter Zugriff: 19.12.2022).

93 Exemplar Bayrische Staatsbibliothek München: Res/B.g.cath. 14. Digitalisat: https://daten.digitale-sammlungen.de/bsb00085747/image_1 (letzter Zugriff: 13.10.2022). Blatt X ergänzt nach Exemplar der Staatsbibliothek zu Berlin Preußischer Kulturbesitz: Br 3214 Ausgabe Köln: Peter Quentell 1528. Digitalisat: urn:nbn:de:bvb:12-bsb00085747-3 (letzter Zugriff: 13.10.2022).

94 Digitalisat:https://www.bibelwissenschaft.de/online-bibeln/biblia-sacra-vulgata/lesen-im-bibeltext/ (letzter Zugriff: 13.10.2022).

4. ‚Lübecker Bibel'. Niederdeutsch. 1494. (= Lübecker Bibel 1494)
   ‚De Biblie mit vlitigher achthinge: recht na deme latine in dudesck averghesettet Mit vorluchtinghe vnde glose: des hochghelerden Postillatoers Nicolai de lyra Vnde anderer velen hilighen doctoren', Lübeck: Steffen Arndes 1494.[95]
5. ‚Halberstädter Bibel'. Niederdeutsch. 1522. (= Halberstädter Bibel 1522)
   ‚Biblia dudesch. Dat ander deell', Halberstadt: Lorenz Stuchs 1522.[96]
6. ‚Luthers Neues Testament'. Niederdeutsch. 1525.[97] (= Lutherbibel 1525)
   Martin Luther, ‚Dat nye Testament dů̊desch ganz vlytigen gecorrigeret / myn eynem Register', Wittenberg: Hans Lufft 1525.[98]

Zur Erweiterung der Vergleichsgrundlage wurde zudem in Einzelfällen die hd. Erstausgabe des Neuen Testamentes von Martin Luther, das sogenannte Septembertestament befragt:

7. ‚Luthers Neues Testament' (‚Septembertestament'). Hochdeutsch. 1522 (= Septembertestament 1522)
   Martin Luther, ‚Das Newe Testament Deutzsch' Wittenberg: Melchior Lotther d. J. 1522.[99]

Analysebasis bilden Digitalisate der Originaldrucke. Zusätzlich werden für die ‚Lübecker Bibel' Transkriptionen aus dem ‚Referenzkorpus Mittelniederdeutsch/Niederrheinisch (1200–1650)' (ReN) genutzt.[100] Herangezogen wurden

---

95 Referenzkorpus Mittelniederdeutsch/Niederrheinisch (1200–1650). Online-Ressource: http://hdl.handle.net/11022/0000-0007-D829-8 (letzter Zugriff: 13.10.2022). Ergänzungen (Matthäus 26) aus dem Digitalisat der Bayerischen Staatsbibliothek: Rar. 880: Biblia, übers. aus dem Lat., mit Glossen nach der Postilla litteralis des Nicolaus de Lyra, Vorrede und Register, Lübeck: Steffen Arndes, 1494: https://daten.digitale-sammlungen.de/~db/0002/bsb00025548/images/ (letzter Zugriff: 13.10.2022).

96 Exemplar Bayrische Staatsbibliothek München: Rar. 2011–2. Online-Ressource: https://daten.digitale-sammlungen.de/~db/0008/bsb00084031/images/ (letzter Zugriff: 13.10.2022).

97 Gleichfalls transkribiert wurden die entsprechenden Textabschnitte der ersten nd. Vollbibel auf Basis des Luthertextes, der ‚Bugenhagenbibel' (1533/34), um die Vergleichsbasis zu erweitern und zugleich eine Grundlage für spätere diachrone Vergleichsanalysen zu legen. Für die hier vorgelegte Studie wurde die Bugenhagenbibel allerdings lediglich in Einzelfällen konsultiert.

98 Exemplar Universitätsbibliothek Kiel: Arch4 106. Digitalisat: https://nbn-resolving.org/urn:nbn:de:gbv:8:2-1197188 (letzter Zugriff: 15.03.2023).

99 Exemplar Württembergische Landesbibliothek: Bb deutsch 152201. Digitalisat: https://www.deutschestextarchiv.de/book/show/luther_septembertestament_1522 (letzter Zugriff: 13.10.2022).

100 https://www.slm.uni-hamburg.de/ren.html (letzter Zugriff: 13.10.2022).

sechs Kapitel aus den vier Evangelien mit einem hinreichend großen Umfang für quantitative Analysen. Die Auswahl der Textstellen orientierte sich – unter anderem aus Gründen der Vergleichbarkeit – an der Verfahrensweise im ‚Referenzkorpus Mittelniederdeutsch/Niederrheinisch'. Einbezogen in die Analyse wurden folgende Bibelabschnitte:[101]

- Lukas 2, 1–20 (Weihnachtsgeschichte)
- Markus 4,35–41 (Stillung des Sturms)
- Johannes 2,1–12 (Hochzeit zu Kanaan)
- Matthäus 5, 1–48 (Bergpredigt)
- Matthäus 6,1–34 (Vaterunser; Gleichnisse)
- Matthäus 7,1–29 (Gleichnisse)

Die zu analysierenden Abschnitte wurden zunächst eng transkribiert, wobei die originale Graphie und Zeichensetzung weitgehend beibehalten wurden.[102] Anschließend wurden die Transkripte mittels des Partitur-Editors EXMARaLDA in eine Partiturnotation überführt, um auf diese Weise einen zeilenweisen Vergleich der Korpustexte zu ermöglichen. In einem dritten Schritt wurden die Transkriptionen für die Analyse segmentiert und annotiert. Als Segmentgröße wurde eine syntaktische Einheit im Sinne eines Elementarsatzes (Einfachsatz, Hauptsatz, Nebensatz) der Übersetzungsvorlage, des Emsertestamentes von 1528, festgelegt. Insgesamt wurden 543 Segmente gebildet. Es erfolgte eine zweifache, kodierte Annotation, zum einen für eine variablenbasierte Analyse des Sprachstandes, zum andern für die übersetzungstechnische Analyse der Übereinstimmungen und Divergenzen zwischen dem hd. und dem nd. Emsertestament sowie weiteren Übersetzungen und der Vulgata. Den Aufbau der Partiturnotation veranschaulicht untenstehende Abbildung:

101 Ebenfalls transkribiert, bislang jedoch noch nicht annotiert und analysiert wurde Matthäus 26,1–75 (Passionsgeschichte). Die Zahl der ausgewählten Textstellen übersteigt die des Referenzkorpus, da dort – wie etwa bei der ‚Lübecker Bibel' von 1494 – zusätzlich auch Stellen aus dem Alten Testament berücksichtigt sind.

102 Vereinheitlicht wurden im Wesentlichen lediglich die unterschiedlichen s-Graphien, zudem wurden die Abkürzungen stillschweigend aufgelöst.

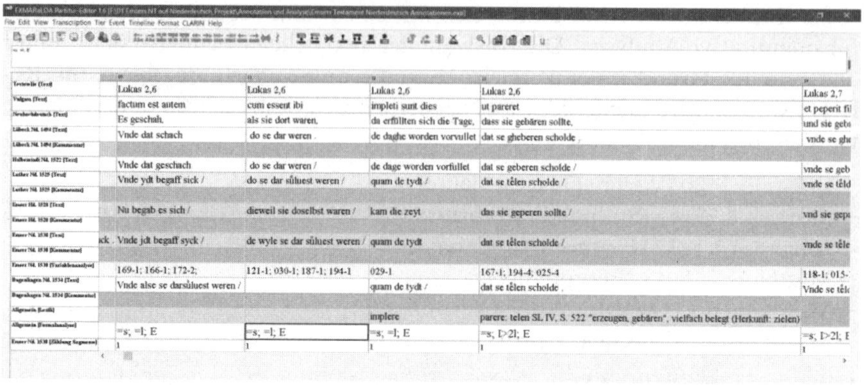

Abb. 1: Segmentiertes und annotiertes Textkorpus in Partiturnotation (Textstelle Lk 2,6)

4.2 Paraphrasierungen der Übersetzungsvorlage

4.2.1 Häufigkeit und Richtung der Paraphrasierung

Zunächst zum allgemeinen quantitativen Befund (Tab. 1): In den 543 analysierten Segmenten konnten insgesamt 189 Fälle von Paraphrasierungen der Übersetzungsvorlage registriert werden. Mehrheitlich erfolgt damit eine substituierende Wiedergabe des Translandums. Mit 119 Belegen überwiegen zudem lexikalische Änderungen gegenüber Paraphrasierungen, die in die syntaktische Struktur[103] eingreifen (70 Belege). Dies spricht für eine zurückhaltende Arbeitsweise, bei der eher sprachliche Einzelelemente als umfangreichere Strukturen modifiziert werden.

[103] Dies bezieht sich als Sammelkategorie sowohl auf morphosyntaktische als auch auf satzsyntaktische Phänomene. Für eine vorgesehene tiefergehende Analyse sind die verschiedenen Sprachsystemebenen noch weiter zu differenzieren.

Paraphrasierungen der hd. Vorlage	> vorlutherische Tradition		> Luther		> Eigenprägungen		gesamt
	lexik.	syntakt.	lexik.	syntakt.	lexik.	syntakt.	
Immutationen	35	10	28	11	28	6	118
Transmutationen	0	3	3	25	1	11	43
Adjektionen	3	1	5	0	6	1	16
Detraktionen	2	1	5	0	3	1	12
gesamt, aufgeschlüsselt	**40**	**15**	**41**	**36**	**38**	**19**	**189**
gesamt	**55***		**77**		**57**		**189**
analysierte Segmente							543

Tab. 1: Paraphrasierungen, Paraphrasierungsrichtungen und -formen im nd. Emsertestament

* Davon sind in elf Fällen die vorlutherische Übersetzungstradition und die luthersche Übersetzungsvariante identisch (neun lexikalische Übereinstimmungen, zwei syntaktische Übereinstimmungen).

Betrachtet man die Paraphrasierungsrichtung, zeigt sich hinsichtlich der zusammengefassten Zahlen ein relativ ausgeglichenes Bild. In 55 Fällen weisen die Paraphrasen im nd. Emsertestament eine Übereinstimmung mit der vorlutherischen Übersetzungstradition in Gestalt der ‚Lübecker' und ‚Halberstädter Bibel' beziehungsweise direkt der lat. Vulgata auf. Mit 40 gegen 15 Belegen dominieren hier lexikalische Übereinstimmungen, wird also auf eine etablierte Wortform der älteren Übersetzungstradition zurückgegriffen. Die paraphrasierende Übersetzung der Verbalphrase *trat tzu yhn* mit *stunt by en* in Lk 2,9 liefert ein Beispiel für eine solche Bezugnahme auf die ältere Tradition, die sich in diesem Fall aus der stärkeren retrospektiven Orientierung der Michaelisbrüder an der Semantik der lat. Vorlage erklärt:

Lk 2,9	
Vulgata:	*et ecce angelus Domini **stetit** iuxta illos*
Lübecker Bibel 1494:	*Vnde see de enghel des heren **stund** by en*
Halberstädter Bibel 1522:	*Vnd suͤ de engel des heren **stunt** by oͤn*[104]

[104] Nachfolgend wird in solchen Fällen, wenn die ‚Lübecker Bibel' und die ‚Halberstädter Bibel' identische Übersetzungsvarianten bieten, die lediglich geringfügige lautliche Abweichungen voneinander aufweisen, aus Gründen der Platzersparnis nur die ‚Lübecker Bibel' zitiert. Dies betrifft die absolute Mehrheit der zitierten Textstellen.

Lutherbibel 1525:	*Vnde sů / de Engel des Heren* ***trat*** *tho en*
Emserbibel 1528:	*Vnd sihe / der Engel des Herren* ***trat*** *tzu yhn*
Michaelisbrüder 1530:	*Vnde sů / de Engel des heren* ***stunt*** *by en*

Während die Übersetzungsvarianten der ‚Lübecker' und der ‚Halberstädter Bibel' die Semantik des Einzellexems (*stetit*) in den Vordergrund stellen, übersetzt Luther und mit ihm Emser das Zustandsverb kontextsensitiv als Bewegungsverb. Diese interpretierende Übersetzung wird von den Michaelisbrüdern wieder auf die wörtliche Bedeutung des lat. Lexems zurückgeführt.

Da in der Mehrzahl der Fälle aufgrund der wörtlichen Übersetzungsweise der ma. Bibelverdeutschungen nicht genau unterschieden werden kann, inwieweit sich die Michaelisbrüder auf die älteren nd. Übersetzungen oder aber direkt auf den lat. Vulgatatext beziehen, sind die Belege in diesem Bereich zur Kategorie ‚vorlutherische Tradition' zusammengefasst. Ein weiteres lexikalisches Beispiel soll die Schwierigkeit der konkreten Zuordnung demonstrieren:[105]

Mt 6,16	
Vulgata:	*cum autem ieiunatis nolite fieri sicut* ***hypocritae*** *tristes*
Lübecker Bibel 1494:	*Vnde also gi vastet . nicht enwillet werden also de* ***glysener*** *droͤuich*
Halberstädter Bibel 1522:	*Vnde also gy fastet / nicht en wyllet werden also de* ***glyssener*** *droͤuich*
Lutherbibel 1525:	*Wenn gy vasten / so schollen gy nicht sur seͤn alse de* ***hůchelers***
Emserbibel 1528:	*Wann jr aber fastet / sollt jr nicht trawrig werden / wie die* ***heuchler***
Michaelisbrüder 1530:	*Ouerst wen gy fasten / so schoͤle gy nicht droͤuich seen alse de* ***glitzeners***

In Mt 6,16 übersetzen die Michaelisbrüder den Begriff *heuchler* (Vulgata: *hypocritae*) mit *glitzeners* ‚Gleisner', obgleich die nd. Lutherbibel von 1525 zeigt, dass mit dem Wort *hůchelers* im Niederdeutschen auch ein lautlich ableitbares Lexem zur Verfügung stünde[106] und eine formal-substituierende Übersetzung

---

[105] Diese Verfahrensweise kann damit gerechtfertigt werden, dass im Mittelpunkt der Untersuchung keine Analyse der Übersetzungsvorlagen, sondern der Übersetzungstechniken und -strategien steht.

[106] Vgl. Mittelniederdeutsches Handwörterbuch [im Folgenden abgekürzt MndHWb], begr. v. Agathe Lasch und Conrad Borchling, fortgef. v. Gerhard Cordes, hg. v. Dieter Möhn, Neumünster / Kiel / Hamburg 1956–, Bd. II, Sp. 378, das allerdings vermerkt, das Verb sei „mit allen Ableitungen erst durch die Reformationslit. aufgenommen" worden. Ebenso Mittelniederdeutsches Wörterbuch, Bd. I–VI, hg. v. Karl Schiller u. August Lübben (im Folgenden abgekürzt S/L), Bremen 1875–81, Bd. II, S. 325, wo sowohl das Substantiv als auch das Verb (*huchelen*) vermerkt sind, jeweils mit Satzbeispielen aus religiösen Kontexten. Auch hier wird ebd. mit Bezug auf die

damit prinzipiell möglich wäre. Die Varianten der ‚Lübecker' und der ‚Halberstädter Bibel' decken sich mit der Übersetzungsentscheidung der Michaelisbrüder. Zugleich verdeutlichen die Lemmaeinträge im ‚Vocabularius Theutonicus' und im ‚Stralsunder Vokabular' (*Glisener = adulator palpa ypocrita*),[107] dass hier eine festgefügte Übersetzungsgleichung vorliegt. Welche Textvorlage für die abweichende Lexemwahl im nd. Emsertestament konkret entscheidend war, lässt sich somit nicht sicher bzw. allenfalls durch eine Kontextanalyse bestimmen.

Den größten Anteil an Paraphrasierungen bilden interessanterweise mit 77 Belegen Vorlagenabweichungen, die auf eine Verwendung der nd. Lutherbibel hinweisen. Die quantitative Aufschlüsselung zeigt damit, dass sich die Michaelisbrüder nicht so stark wie von der älteren Forschung herausgestellt an den ma. Bibelverdeutschungen orientieren, sondern noch stärker an der zielsprachenorientierten Lutherübersetzung. Ein Beispiel aus dem syntaktischen Bereich liefert hierfür die Transmutation der Partizipialform in Joh 2,10, durch die in Anlehnung an die nd. Lutherbibel der Verbalrahmen durch Endstellung des infiniten Bestandteils erweitert wird, und dies sowohl gegen die direkte Vorlage als auch gegen die lat. Syntax der Vulgata:

Joh 2,10	
Vulgata:	*tu* ***servasti*** *bonum vinum* ***usque adhuc***
Lübecker Bibel 1494:	*men du hefst* ***beholden*** *den ghuden wyn* ***bet to nu***
Lutherbibel 1525:	*Du heffst den guden wyn* ***wente nu heͤr beholden***
Emserbibel 1528:	*Du aber hast den gutthen weyn* ***behaltten bis hieher***
Michaelisbrüder 1530:	*Du oͤuerst heffst den guden wyn* ***wente nu heͤr beholden***

Hinzu kommt, dass in elf Fällen die vorlutherische Übersetzungstradition und die luthersche Übersetzungsvariante identisch sind, so dass auch hier gleichermaßen eine Verwendung des Luthertextes in Betracht gezogen werden könnte.[108] Ein Beispiel liefert die Übersetzung von *gustavit* in Joh 2,9 (Hochzeit zu Kanaan), die von den nd. Übersetzungen, einschließlich der nd. Lutherbibel von 1525, einheitlich mit *smecken* wiedergeben wird, während die hd. Texte als Übersetzungsvariante *kosten* wählen:[109]

Verbform vermerkt, diese trete erst seit dem 16. Jahrhundert auf. Insofern handelt es sich bei *hucheler* wohl um eine hd. Entlehnung, die im Zuge der Übersetzung von Luthertexten im Niederdeutschen etabliert wurde. In diesem Falle würden die Michaelisbrüder der traditionellen Übersetzungsvariante gegenüber dem Neologismus den Vorzug gegeben haben. Allerdings verwenden die Übersetzer in Mt 6,2 (ebenso Mt 6,5) auch die Übersetzungsgleichung *hypocritae – Hůcheler* und substituieren damit ihre hd. Vorlage (*heuchler*). Ihre Vorgehensweise ist also nicht völlig konsistent.

107 ‚Stralsunder Vokabular' (Anm. 89), S. 220.

108 Diese elf Fälle wurden statistisch der ‚vorlutherischen Tradition' zugeschlagen.

109 Dass eine substituierende Übersetzung des hd. *kosten* möglich gewesen wäre, zeigt der

Joh 2,9	
Vulgata:	*ut autem **gustavit** architriclinus aquam vinum factam*
Lübecker Bibel 1494:	*Vnde do de ouerste in der brudlacht hadde **smecket** dat water . dat dat was win worden*
Septembertestament 1522:	*Als aber der speysemeyster **kostet** den weyn / der wasser gewesen war*
Lutherbibel 1525:	*Ouerst alse de spysemester den wyn **smeckede** / de water gewesen was*
Emserbibel 1528:	*Als aber der speyszmeister **kostet** den weyn / der wasser gewesen war*
Michaelisbrüder 1530:	*Alse ŏuerst de spyszemeyster **smeckede** den wyn de water geweszt was*

Anders als bei den Paraphrasierungen mit Annäherung an die vorlutherische Tradition zeigt sich bei den Bezugnahmen auf die nd. Lutherübersetzung ein höherer Anteil syntaktischer Paraphrasen (36 Belege gegen 41 lexikalische Paraphrasen), die eine umfassendere Modifikation gegenüber dem hd. Emsertestament bedeuten können und die zum Beispiel in dem Bemühen der Michaelisbrüder gründen, sperrige syntaktische Konstruktionen der Vorlage zu vereinfachen. Ein Beispiel hierfür bietet die Umsetzung der hd. Genitivkonstruktion[110] in Joh 2,6 als Präpositionalphrase, analog zur nd. Lutherbibel von 1525:[111]

Joh 2,6	
Vulgata:	*capientes singulae metretas binas vel ternas*
Lübecker Bibel 1494:	*een iewelick nam twe efte dre mate*
Lutherbibel 1525:	*vnde **in eyne** ginck yo twe edder der mathe*
Emserbibel 1528:	***deren itzlicher** fassete tzwu oder drey masz*
Michaelisbrüder 1530:	*vnde **jn eine yder** ginck yo twe edder dre mathe*

---

entsprechende Wörterbucheintrag in S/L (Anm. 106), II, S. 549. Dagegen verzeichnet das MndHWb (Anm. 106), II, Sp. 651 *kosten* lediglich in der Bedeutung ‚kosten, erfordern, zu stehn kommen, im Preise stehen, ausmachen'. Die Michaelisbrüder vermeiden den Begriff *kosten* möglicherweise aufgrund dieser Homonymie und verwenden den etablierten, semantisch eindeutigen Begriff *smecken.*

110 Auch generell lässt sich eine Tendenz zur Vermeidung komplexer Genitivkonstruktionen beobachten.

111 Joh 2,6 zeigt zugleich die differenzierte Vorgehensweise der Michaelisbrüder, da deutlich wird, dass hier nicht lediglich eine Variante der unterschiedlichen Textvorlagen ausgewählt wird, sondern diese angepasst und zum Teil auch kombiniert werden. So übernimmt die Übersetzung der Michaelisbrüder aus dem nd. Luthertext die Präpositionalphrase (= syntaktische Paraphrase), fügt zudem jedoch noch das Indefinitpronomen *yder* hinzu, das letztendlich auf das lat. *singulae* zurückgeht, allerdings mit keiner anderen Übersetzungsvariante übereinstimmt und eine Eigenprägung der Michaelisbrüder ist (= lexikalische Paraphrase). Auch in diesem Falle wäre eine lexikalische Substitution der Vorlage (*itzlicher*) möglich gewesen, da im mnd. Lexikon mit *itlik, ittelik, itselik* eine lautlich ableitbare Form verfügbar ist, vgl. MndHWb (Anm. 106), II, Sp. 470 und S/L (Anm. 106), II, S. 394.

Weitere 57 Paraphrasen lassen sich keiner anderen Textvorlage zuweisen und stellen Eigenschöpfungen der Michaelisbrüder dar. Mit 37 Belegen überwiegen in dieser Rubrik lexikalische Paraphrasierungen, denen verschiedene Motive unterliegen.[112] Im Beispiel Lk 2,2 entfernt sich die Übersetzungslösung *lantuagede* ‚Landvogt' (Vulgata: *praeside*) im Bemühen um eine semantische Präzisierung, die regionale soziokulturelle Verhältnisse berücksichtigt und eine reale Amtsbezeichnung bevorzugt, sowohl von der hd. Vorlage (*landtpfleger*) als auch den vorlutherischen Druckbibeln (*richter*) und der nd. Lutherbibel (*Landtpleger*):

Lk 2,2	
Vulgata:	*haec descriptio prima facta est* ***praeside*** *Syriae Cyrino*
Lübecker Bibel 1494:	*desse erste beschryuenghe ward ghedan van dem* ***richter*** *cyrino in syria*
Lutherbibel 1525:	*Vnde desse schattynge was de alder erste / vnde schach thor tydt do Kyrenios* ***Landtpleger*** *in Syrien was*
Emserbibel 1528:	*Dis ist die ŏrste [beschreybung] so geschehen ist von [Cyrino] dem* ***landtpfleger*** *in Syria*
Michaelisbrüder 1530:	*Dyt js de erste [beschryuinge] so geschẽn js van [Cyrino] deme* ***lantuagede*** *jn Syria*

Syntaktische Paraphrasierungen, die als eigenständige Übersetzungslösungen der Michaelisbrüder identifiziert werden konnten (19x), stellen sich formalstrukturell häufig als Transmutationen dar, etwa wenn Satzstrukturen vereinfacht oder Satzglieder umgestellt werden. Auch in diesen Fällen ist häufig eine kombinatorische Arbeitsweise der Michaelisbrüder erkennbar, indem verschiedene Übersetzungsvorschläge integriert und mit eigenen Lösungen kombiniert werden. Ein Beispiel hierfür bietet die Übersetzung von Lk 2,3, das im hd. Emsertestament mit *sich selber antzugeben / eyn yglicher in seyne Stadt* übersetzt wird (*ut profiterentur singuli in suam civitatem*):

Lk 2,2	
Vulgata:	*ut profiterentur singuli in suam civitatem*
Lübecker Bibel 1494:	*dat se bekanden . een iewelick in syne stad*
Lutherbibel 1525:	*dat he sick schatten lete / eyn ytlick in syne stadt*
Emserbibel 1528:	*sich selber antzugeben / eyn yglicher in seyne Stadt*
Michaelisbrüder 1530:	*vp dat syck eyn jewelick bekende jn syne stat*

Mit der Wahl eines finalen Nebensatzes anstelle der finalen Infinitivkonstruktion (= syntaktische Immutation) nähert sich die Übersetzung der Michaelisbrüder hier wieder der Vulgata und den vorlutherischen Bibeln an (ebenso der

[112] Zu den verschiedenen Funktionen der Paraphrasierung vgl. unten in diesem Abschnitt.

nd. Lutherbibel von 1525), allerdings wird ein zweigliedriges und damit semantisch präziseres Einleiteelement (*vp dat*)[113] präferiert. Auch das Verballexem *bekende* anstatt *antzugeben* entspricht der vorlutherischen Tradition. Zugleich wird jedoch die Verbalklammer des Nebensatzes im Vergleich zur Vorlage erweitert, indem das ausgeklammerte Indefinitpronomen in die Klammer hineingezogen und das Nachfeld auf diese Weise reduziert wird (= Transposition). Die dadurch erreichte flüssigere Aussprache des Nebensatzes suggeriert eine Orientierung der Übersetzer an einer oralen Performanz.

Festhalten lässt sich somit als erstes Fazit, dass sich die Übersetzer des Emsertestamentes bei Abweichungen von ihrer Vorlage unterschiedlich stark an vorliegenden Übersetzungsvorschlägen orientieren, und dies maßgeblich in Abhängigkeit von der Sprachebene. Während sich Einflüsse der vorlutherischen Übersetzungstradition und der lat. Vulgata vorrangig im lexikalischen Bereich bemerkbar machen, wirkt das Vorbild der nd. Lutherbibel stärker im syntaktischen Bereich. Auf der lexikalischen Ebene übersetzen die Michaelisbrüder ihre Vorlage folglich konservativer bzw. retrospektiver und mit größerer Rücksicht auf die lat. Vorlage als auf der syntaktischen Ebene, wo die Translation zielsprachenorientierter gestaltet ist und sich von dem Sprachstil Luthers beeinflusst zeigt. Komplexer ist der Befund in Bezug auf Paraphrasierungen, die als Eigenschöpfungen der Michaelisbrüder identifiziert werden konnten, aber auch hier zeigt sich eine stärkere retrospektive Orientierung speziell auf der lexikalischen Ebene. Diesen ersten Erkenntnissen soll im Folgenden weiter nachgegangen werden.

4.2.2 Formen der Paraphrasierung I: Immutationen

4.2.2.1 Generelle Einordnung

Bezogen auf die vier Änderungskategorien Immutation, Transmutation, Adjektion und Detraktion zeigt sich eine übersetzungstechnische Präferenz für Immutationen, für die insgesamt 118 Belege ermittelt werden können (Tab. 2). Der Austausch ausgangssprachlicher Elemente durch (inhaltlich oder formal) abweichende der Zielsprache stellt im nd. Emsertestament die präferierte Paraphrasierungstechnik dar. Ihr soll daher im weiteren Verlauf der Erörterungen das Hauptaugenmerk gelten.

---

[113] Zu *dat* und *vp dat* vgl. Irmtraud Rösler, Satz – Text – Sprachhandeln. Syntaktische Normen der mittelniederdeutschen Sprache und ihre soziofunktionalen Determinanten (Sprachgeschichte 5), Heidelberg 1997, S. 166–168. Die zweigliedrige finale Konstruktion *vp dat* ermögliche „eine eindeutige semantische Präzisierung." Ebd. S. 168.

Immutationen	> vorlutherische Tradition	> Luther	> Eigenprägungen	gesamt
lexikalische	35	28	28	91
syntaktische	10	11	6	27
gesamt	**45***	**39**	**34**	**118**
analysierte Segmente				543

Tab. 2: Immutationen im nd. Emsertestament

* Davon sind in sechs Fällen die vorlutherische Übersetzungstradition und die luthersche Übersetzungsvariante identisch (vier lexikalische Übereinstimmungen, zwei syntaktische Übereinstimmungen).

Immutationen betreffen mit 91 Belegen vorrangig lexikalische Elemente, und hier insbesondere Verben (29) und Substantive (27), seltener Pronomina (14) und nur vereinzelt Adjektive, Präpositionen oder Partikel. Während lexikalische Immutationen von Verben und Substantiven primär semantisch motiviert sind (s. u.), hat der Austausch von Pronomina und anderen Funktionswörtern unterschiedliche Ursachen und hängt u. a. mit Divergenzen im syntaktischen System von Ausgangs- und Zielsprache oder unterschiedlichen Verwendungsregularitäten zusammen, ebenso aber auch mit einer Rückkehr zu etablierten Übersetzungsformen bei einer Wahlmöglichkeit zwischen synonymen Varianten. Im Bereich der Pronomina ist die Tendenz zur Vermeidung des Pronomens *es* (mnd. *it* / *et*) auffällig, das durch andere Pronomina oder Wortarten[114] ersetzt wird, so in Mk 4,37: Vorbild (für den gesamten Elementarsatz) ist in diesem Fall die Übersetzungsvariante der nd. Lutherbibel.

Mk 4,37

Vulgata:	*et facta est procella magna venti*
Lübecker Bibel 1494:	*vnde een grot vnwedder des windes wart ghemaket*
Lutherbibel 1525:	*Vnde* ***dar*** *vorhőff sick eyn groth stőrmwindt*
Emserbibel 1528:	*Vnd* ***es*** *erhub sich ein grosser windwůrbel*
Michaelisbrüder 1530:	*Vnde* ***dar*** *vorhoff sich ein grot stormewynt*

114 Hintergrund sind z. T. unterschiedliche syntaktische Regularitäten im hd. und nd. Sprachsystem, so bei der (im Niederdeutschen ungebräuchlichen) Verwendung von *es* in expletiver Funktion bzw. als Vorfeldplatzhalter. Die neund. Dialekte verwenden hier u. a. die Formen *dor* oder *dat*, vgl. Johannes Sass, Plattdeutsche Grammatik. Formen und Funktionen, 2., verb. Aufl., hg. v. d. Fehrs-Gilde, bearb. v. Heinrich Thies, Neumünster 2011, S. 155: „Wenn im Hochdeutschen *es* nur gebraucht wird, um die Stellung des Subjekts im Nachfeld zu ermöglichen, wird im Niederdeutschen **dor** *da*, *dort* eingesetzt: *Es war einmal ein Fischer*. **Dor weer mal en Fischer**."

In Lk 2,3 steht die Ersetzung des Pronomens *es* durch das Personalpronomen *se* ‚sie' mit einer syntaktischen Immutation in Verbindung, indem die regierende Verbalform entsprechend der lat. Vorlage in den Plural gesetzt wird. Mit der gleichzeitigen Ersetzung des Indefinitpronomens *yederman* (nd. Lutherbibel: *yderman*) durch *alle* bewegt sich die Übersetzung der Michaelisbrüder in Richtung der vorlutherischen Übersetzungstradition, die identische Übersetzungsvarianten bietet.

Lk 2,3	
Vulgata:	*et ibant omnes*
Lübecker Bibel 1494:	*vnde se ghinghen al*
Lutherbibel 1525:	*vnde eyn yderman ginck hen*
Emserbibel 1528:	*Vnd es gieng yederman*
Michaelisbrüder 1530:	*vnde se gyngen alle*

4.2.2.2 Lexikalische Immutationen

Da die lexikalische Immutation im nd. Emsertestament die häufigste Form der Paraphrasierung darstellt, sei auf diese Kategorie im Folgenden genauer eingegangen. Zudem seien einige generelle Bemerkungen zur Zuordnungsmethodik vorweggeschickt. Eine exakte Differenzierung zwischen substituierender und paraphrasierender Wiedergabe eines Lexems ist nicht immer zweifelsfrei zu leisten und setzt eine Analyse der am Übersetzungsprozess beteiligten Sprachsysteme voraus.[115] Diese ist im Falle historischer Übersetzungstexte jedoch nur bedingt möglich. Als lexikalische Substitution wird mit Bezug auf die hier betrachteten Sprachen Frühneuhochdeutsch und Mittelniederdeutsch zum einen die Ersetzung eines ausgangssprachlichen Lexems durch ein isomorphes (das heißt gleichlautendes) oder lautlich ableitbares und zumindest partiell synonymes zielsprachliches Lexem verstanden (z. B. *hymelreych* > *hemmelrijke* ‚Himmelreich').[116] Diese Konstellation ist u. a. gegeben, wenn Ausgangs- und

---

[115] Entscheidungsgrundlage für die Zuordnung eines zielsprachlichen Lexems zu den jeweiligen Kategorien ist dessen Erfassung und Beschreibung in den wissenschaftlichen Wörterbüchern und zeitgenössischen Vokabularien.

[116] Zu diesen lexikalischen Kategorien vgl. mit Bezug auf das nd. Lexikon Jürgen Ruge, Dialekttiefe durch lexikalische Analyse messbar machen, in: Hamburgisch. Struktur, Gebrauch, Wahrnehmung der Regionalsprache im urbanen Raum, hg. v. Andreas Bieberstedt, Jürgen Ruge,u. Ingrid Schröder (Sprache in der Gesellschaft. Beiträge zur Sprach- und Medienwissenschaft 34), Frankfurt a. M. u. a. 2016, S. 67–90, insb. 74–78: „Ein isomorphes Lexem weist im hochdeutschen wie im niederdeutschen Lexikon ein identisches Formativ auf." Ebd. S. 75. „Lautlich voneinander ableiten lassen sich hochdeutsche und niederdeutsche Lexeme, wenn für hochdeutsche und niederdeutsche Lautpaare Ersetzungsregeln formuliert werden können. Dies betrifft unter anderem Phänomene im Bereich der Zweiten Lautverschiebung." Ebd. S. 77f.

Zielsprache einen relativ geringen strukturellen Abstand voneinander aufweisen und größere Gemeinsamkeiten im jeweiligen Lexikon besitzen, so etwa im Fall einer Translation zwischen verschiedenen (historischen) Varietäten des Deutschen. Eine lexikalische Substitution liegt zum anderen dann vor, wenn die Zielsprache kein isomorphes oder lautlich ableitbares Lexem vergleichbarer Semantik zur Verfügung stellt und daher ein strukturell divergentes, autochthones Synonym als Übersetzungsvariante gewählt wird.[117] Ein einfaches Beispiel für beide Fälle bietet die substituierende Übersetzung der Textstelle von Mt 5,2, wo die mnd. Lexeme bis auf eine Ausnahme gleichlautend oder lautlich vom jeweiligen Lexem der frnhd. Vorlage ableitbar sind und ausgangssprachliches und zielsprachliches Lexem zugleich synonym sind. Lediglich mit dem Personalpronom *he* liegt ein autochthones, jedoch gleichfalls synonymes mnd. Lexem vor, das keine strukturelle Entsprechung in der hd. Ausgangssprache findet.

Lk 2,2	
Vulgata:	*et aperiens os suum docebat eos dicens*
Emserbibel 1528:	*Vnnd* ***er*** *thet auff seynen mund / lehret sie / vnd sprach*
Michaelisbrüder 1530:	*Vnde* ***he*** *dede vp sine mundt / leͤrede se vnde sprack*

Ein Sonderfall lexikalischer Substitution liegt vor, wenn in der Zielsprache zwar ein isomorphes oder lautlich ableitbares Lexem zur Verfügung steht, dieses jedoch eine (partiell) andere Semantik besitzt, etwa bei Homonymen oder bei abweichender Polysemie. Ein Beispiel für dieses Phänomen bietet die Übersetzung von *wellen* ‚Sturmwellen' in Mk 4,37 als *bulgen*:

Mk 4,37	
Vulgata:	*et* ***fluctus*** *mittebat in navem*
Lübecker Bibel 1494:	*vnde de* ***waghe*** *sloghen in dath schip*
Lutherbibel 1525:	*vnde warp de* ***bůlgen*** *in dat schyp*
Emserbibel 1528:	*vnd warff die* ***wellen*** *in das schiff*
Michaelisbrüder 1530:	*vnde warp de* ***bulgen*** *in dat schip*

Mit der Übernahme dieser Übersetzungsvariante aus der nd. Lutherbibel entscheiden sich die Michaelisbrüder für ein im mnd. Sprachsystem etabliertes und semantisch passgenaues Lexem (‚die schwellende, die unruhige Woge)[118], während das homonyme *welle* im ‚Mittelniederdeutschen Wörterbuch' mit einer

---

[117] In der Terminologie von Ruge handelt es sich in diesem Fall um ein ‚exklusiv niederdeutsches Lexem': „Exklusiv niederdeutsche Lexeme bilden den genuin niederdeutschen Bestandteil einer niederdeutsch intendierten Äußerung. Das dialektale Lexem weist ein Formativ auf, das im Hochdeutschen keine lautliche Entsprechung besitzt." Ebd. S. 75.

[118] MndHWb (Amn. 106), I, Sp. 368. Vgl. auch S/L (Anm. 106), I, S. 448. Das Nomen *bulge* ist in S/L zahlreich belegt, vgl. ebd., S. 448f.

z. T. divergenten, primär auf Gegenstände bezogenen Semantik verzeichnet ist[119] und wohl daher vermieden wird. Die Übersetzungstechnik der Michaelisbrüder lässt sich an dieser Stelle als eine semantisch differenzierende homogene Substitution bezeichnen, während eine theoretisch vorstellbare formal-schematische Übersetzung mit *wellen* eine heterogene Substitution darstellen würde.

Eine lexikalische Immutation liegt im Umkehrschluss folglich dann vor, wenn die Zielsprache zum einen ein isomorphes oder lautlich ableitbares Lexem vergleichbarer Semantik zur Verfügung stellt und für die Übersetzung dennoch ein strukturell abweichendes Synonym gewählt wird. Dies ist etwa der Fall bei der paraphrasierenden Übersetzung des Lexems *geperen* ‚gebären‘ in Lk 2,6:

Lk 2,6	
Vulgata:	*ut* ***pareret***
Lübecker Bibel 1494:	*dat se* ***gheberen*** *scholde*
Lutherbibel 1525:	*dat se* ***tͤlen*** *scholde*
Emserbibel 1528:	*das sie* ***geperen*** *sollte*
Michaelisbrüder 1530:	*dat se* ***tͤlen*** *scholde*

Sowohl die Übersetzungsvarianten der vorlutherischen Tradition als auch der entsprechende Eintrag im ‚Mittelniederdeutschen Handwörterbuch‘[120] zeigen, dass eine substituierende Übersetzung mittels eines lautlich ableitbaren Lexems durchaus möglich gewesen wäre. Dennoch entscheiden sich die Übersetzer an dieser Stelle für die Variante der nd. Lutherbibel und wählen eine paraphrasierende Übersetzung durch das autochthone Lexem *telen*[121].

Zum andern wird auch die Übersetzung eines ausgangssprachlichen Lexems durch ein zielsprachliches Lexem abweichender Semantik als lexikalische Immutation aufgefasst. Letzteres ist zum Beispiel der Fall bei interpretativen bzw. bearbeitenden Übersetzungen einer Textstelle wie etwa in Joh 2,8:

Joh 2,8	
Vulgata:	***haurite*** *nunc et ferte architriclino*
Lübecker Bibel 1494:	***Vullet dar vt nu*** . *vnde bringhet dem ouersten in der brudlacht*
Lutherbibel 1525:	***ghetet nu yn*** */ vnde bringet ydt dem spysemester*
Emserbibel 1528:	***Schepffet nu*** *vnd bringets dem Speyszmeister*
Michaelisbrüder 1530:	***Schencket nu jn*** */ vnde brynget deme spyszemeister*

Mit der Übersetzung von *Schepffet nu* (*haurite*) als *Schencket nu jn* nehmen die Michaelisbrüder in semantischer Hinsicht einen Perspektivwechsel vor (‚Was-

---

119 Vgl. S/L (Anm. 106), V, S. 665: „alles was cylinderrund ist“; „Rundholz“ u. ä. In den neund. Dialekten finden beide Begriffe, *Bulge* und *Welle*, Verwendung. Inwieweit dies auf hd. Einfluss zurückgeht, bleibt zu untersuchen.

120 MndHWb (Anm. 106), II, Sp. 29.

121 In S/L (Anm. 106), II, S. 522 in der Semantik von ‚erzeugen, gebären‘ vielfach belegt.

ser aus etwas herausschöpfen‘ versus ‚Wasser in etwas einschenken‘), der schon in der nd. Lutherbibel angelegt ist (*ghetet nu yn*), sich von dieser jedoch durch eine adaptierende Lexemwahl unterscheidet, welche die kontextuell adäquate Stilebene stärker berücksichtigt.

Der letztgenannten Kategorie lassen sich auch solche häufiger zu beobachtenden lexikalischen Immutationen zuordnen, die offensichtlich auf eine semantische Präzisierung abzielen und die den soziokulturellen Kontext eines norddeutschen Adressatenkreises in der Übersetzung berücksichtigen. Die bereits oben angesprochene Übersetzung von Lk 2,2 *landpfleger* (*praeside*) durch *landuagede* ‚Landvogt‘ fällt in diese Kategorie. Semantisch präzisierend wirkt ebenso die Übersetzung von *kemerleyn* ‚Kämmerchen‘ (*cubiculum*) in Mt 6,6 als *slapkameren* ‚Schlafkammer‘, mit der sich die Michaelisbrüder von sämtlichen anderen Übersetzungsvorschlägen abheben:

Mt 6,6	
Vulgata:	*tu autem cum orabis intra in* ***cubiculum*** *tuum*
Lübecker Bibel 1494:	*Sunder wenner du bedest so gha in dine* ***kameren***
Lutherbibel 1525:	*Wenn du oͤuerst bedest / so gha in dyne* ***kamer***
Emserbibel 1528:	*Du aber wen du betest / so gehe yn dein* ***kemerleyn***
Michaelisbrüder 1530:	*Ouerst wen du bedest / so gha in dyne* ***slapkameren***

Regionale Spezifika, in diesem Fall konkret die regionaltypische Bauweise von Hausfundamenten, berücksichtigt dagegen die Immutation von *auff eyn felszen* (*super petram*) in Mt 7,25 durch *veltsteͤn* ‚Feldstein‘:

Mt 7,24	
Vulgata:	*qui aedificavit domum suam supra* ***petram***
Lübecker Bibel 1494:	*de syn hus buwet vp den* ***steen***
Halberstädter Bibel 1522:	*de syn hus buwet vp den* ***steyn***
Lutherbibel 1525:	*de syn hus vp eynen* ***vels*** *buwede*
Emserbibel 1528:	*der seyn hausz auff eynem* ***felszen*** *gebawet hat*
Michaelisbrüder 1530:	*de syn husz vp einen* ***veltsteͤn*** *buwede*

Auch in Mt 7,25 erfolgt eine solche Lokalspezifika bedenkende semantische Präzisierung des Vorlagenlexems *felszen* ‚Felsen‘ durch eine Kompositumbildung *flyntsteͤn* ‚Flintstein‘ (anstelle des Simplex *steen / steyn* der vorlutherischen Bibelverdeutschungen). Überhaupt lässt sich die Umwandlung nominaler Simplexe zu Komposita als ein zwar nicht dominantes, dennoch häufiger zu registrierendes Verfahren bezeichnen, das die Michaelisbrüder anwenden, um eine genauere semantische Differenzierung im Vergleich zur Vorlage zu erreichen. Im Beispiel Lk 2,7 begegnet diese Verfahrensweise in Kombination mit einer weiteren, bereits oben erwähnten Übersetzungsstrategie, nämlich der kombinatorischen Integration unterschiedlicher Übersetzungsvorschläge in die eigene Übersetzung. Das dortige Nomen *windel* ‚Windel‘ (*pannis*), das von der älteren nd. Übersetzungstradition einheitlich mit *doͤke* ‚Tücher‘ wiedergegeben wird, erscheint in der Übersetzung der Michaelisbrüder als ein beide Formen integrierendes Kompositum *wyndeldoͦke* ‚Windeltücher'[122].

Lk 2,7

Vulgata:	*et* ***pannis*** *eum involvit et reclinavit eum in praesepio*
Lübecker Bibel 1494:	*vnde want ene in* ***doͦke*** *. vnde lede ene in ene kribben*
Lutherbibel 1525:	*vnde want en in de* ***windel*** */ vnde lede en in eyne kruͦbben*
Emserbibel 1528:	*vnde wickelt yn in* ***windel*** */ Wnde leget yn in ein krippe*
Michaelisbrüder 1530:	*vnd want ene jn* ***wyndeldoͦke*** */ vnde leͦde en jnn ene kruͦbben*

Umgekehrt werden von den Michaelisbrüdern Kompositabildungen der hd. Vorlage übrigens öfter auch dann substituiert, wenn sie signifikant von der Vulgatasyntax und der vorlutherischen Bibelverdeutschung abweichen. Sichtbar wird dies bei der Übersetzung von Mt 5,31, wo sich die Michaelisbrüder in der Übersetzung gegen eine Rückkehr zur vorlutherischen Übersetzungstradition entscheiden, welche den nominalen Genitiv des Lateinischen (*libellum repudii*) wörtlich übersetzt, und stattdessen das Kompositum der hd. Vorlage wörtlich übernehmen.[123]

Mt 5,31

Vulgata:	*quicumque dimiserit uxorem suam det illi* ***libellum repudii***
Lübecker Bibel 1494:	*een iewelik de syn wif vorled de gheue er een* ***boͦkeken der schedinghe***
Lutherbibel 1525:	*wol sick van syner frouwen schedet / dat schal er geuen eynen* ***schedebreff***
Emserbibel 1528:	*Wer sich vonn seynem weyb scheydet / der soll yhr geben einen* ***scheydbrieff***
Michaelisbrüder 1530:	*wol syck van syner frouwen scheͦdet / de schal eͦr geuen eynen* ***schedebref***

Hinsichtlich der Motivation lexikalischer Immutationen lassen sich mehrere grundsätzliche Tendenzen konturieren. Es dominieren Übersetzungsentscheidungen, bei denen die Michaelisbrüder eine innovative Lexemvariante der Vorlage wieder durch eine etablierte Formulierung der vorlutherischen Übersetzungstradition ersetzen wie etwa in Lk 2,11:

Lk 2,11

Vulgata:	*quia natus est vobis hodie* ***salvator***
Lübecker Bibel 1494:	*wente dallink is iuw ghebaren de* ***salichmaker***

---

122 So auch in S/L (Anm. 105), V, S. 725.

123 Ebenso bei der Übersetzung von Lk 2,13, wo das Kompositum *heerscharen* der hd. Emserbibel sowie die gesamte syntaktische Konstruktion der Vorlage übernommen werden, in Anlehnung an die nd. Lutherbibel und gegen die Struktur der Vulgatasyntax, die hier eine doppelte Genitivkonstruktion zeigt: Emserbibel 1528: *die menige der hymlischen heerscharen* > Michaelisbrüder 1530: *de veͦlheit der hemmelschen heͦrscharen* (Vulgata: *multitudo militiae caelestis*, vgl. die Variante der Lübecker Bibel 1494: *ene schare rydderscop des hemmelschen heres*).

Lutherbibel 1525:	*wente iuw ys huͤte de* ***heylant*** *gebarn*
Emserbibel 1528:	*denn hewt ist euch geborn der* ***heylandt***
Michaelisbrüder 1530:	*Wente / hůten js jw gebaren de* ***Salichmaker***

Die von Luther eingeführte und von der hd. Emserbibel übernommene Übersetzungsvariante *heylandt* scheint für die Michaelisbrüder hier wie in anderen Fällen keinen semantischen, stilistischen oder sprachpragmatischen Mehrwert zu besitzen, weswegen sie als nicht gerechtfertigte Paraphrasierung betrachtet und abgelehnt wird.

Die Michaelisbrüder ersetzen zudem solche Wortformen ihrer Vorlage, die in ihren Augen zu weitreichende, interpretierende Paraphrasierungen darstellen, die nicht mehr von der wörtlichen Semantik der lat. Vulgata gedeckt sind. Ein Beispiel hierfür bietet der Austausch des kontextuell motivierten Wahrnehmungsverbes *gehort* durch die wörtliche Übersetzung *gescheͤn* in Lk 2,15, der die Übersetzung wieder an die lat. Formulierung *quod factum est* heranführt:

Lk 2,15	
Vulgata:	*quod* ***factum est*** *quod fecit Dominus et ostendit nobis*
Lübecker Bibel 1494:	*dat daer* ***is ghescheen*** *dat vns de here heft gheapenbaret*
Lutherbibel 1525:	*de dar* ***gescheͤn ys*** */ de uns de Here kvndt gedan hefft*
Emserbibel 1528:	*das wir* ***gehort*** */ vnd vns der Herre kund than hat*
Michaelisbrüder 1530:	*dat dar* ***js gescheͤn*** *dat de here gemaket hefft / vnde hefft vns kunt gedaen*

Während solche Fälle lexikalischer Immutationen eine retrospektive Fokussierung der Übersetzer auf den Vulgatatext sichtbar werden lassen, können weitere Ersetzungen als zielsprachenorientiert beschrieben werden. Zusammenfassend lassen sie sich als Versuche einer semantischen Präzisierung beschreiben. In diese Kategorie fallen zum Beispiel Übersetzungsentscheidungen, bei denen ein Ausdruck der Vorlage zwar durch ein lautlich ableitbares Lexem des mnd. Lexikons wiedergegeben werden könnte, sich die Übersetzer aber dennoch für ein anscheinend geläufigeres Synonym entscheiden. Dergestalt lässt sich zum Beispiel die Ersetzung von *gepreyset werden* ‚gepriesen werden' durch *gelauet werden* ‚gelobt werden' in Mt 6,2 interpretieren. Die an dieser Stelle ebenfalls mögliche lautlich ableitbare Form *gepryset werden* wird durch die Variante der nd. Lutherbibel repräsentiert:

Joh 2,1	
Vulgata:	*ut* ***honorificentur*** *ab hominibus*
Lübecker Bibel 1494:	*vppe dat se* ***werden gheert*** *van den minschen*
Lutherbibel 1525:	*vp dat se van den lůden* ***gepryset werden***
Emserbibel 1528:	*auff das sie von den lewten* ***gepreyset werden***
Michaelisbrüder 1530:	*vp dat se van den lůden* ***gelauet werden***

Weitere Modifikationen zielen wohl auf eine semantisch-stilistische Vereinfachung der Übersetzung, eine Tendenz, die sich auch im syntaktischen Bereich beobachten lässt (vgl. unten in diesem Abschnitt). In Belegen wie Mt 5,7 kreieren die Michaelisbrüder solcherart eine im Vergleich zum hd. Emsertestament, aber auch der nd. Lutherbibel und den vorlutherischen Übersetzungen klarere und damit eingängigere Übersetzung (*befinden werden* > *krygen schǒlen* ‚erhalten werden/sollen'):

Mt 5,7	
Vulgata:	*beati misericordes quia ipsi misericordiam* ***consequentur***
Lübecker Bibel 1494:	*Salich synt de barmhertigen . wente en* ***scal navolgen*** *de barmherticheit*
Lutherbibel 1525:	*Salich synt de barmhertigen / wente se* ***werden*** *barmherticheyt* ***erlangen***
Emserbibel 1528:	*Selig sint die barmhertzigen / dann sie barmhertzigkeyt* ***befinden werden***
Michaelisbrüder 1530:	*Salich synt de barmhertigen / wente se barmherticheyt* ***dar vor krygen schǒlen***

Auf weitere Formen der semantischen Präzisierung wurde bereits weiter oben hingewiesen, so auf die Verwendung von Lexemen, die den soziokulturellen Kontext des Adressatenkreises der Michaelisbrüder berücksichtigen und regionale Spezifika einberechnen oder die im Lexikon der nordniederdeutschen Varietät stärker verankert sind. Ebenso wurde bereits darauf aufmerksam gemacht, dass mit einer entsprechenden Lexemwahl, etwa einer Präferenz autochthoner Lexeme, ein ‚verhochdeutschtes' Niederdeutsch vermieden wird.

4.2.2.3 Syntaktische Immutationen

Syntaktische Immutationen gehen über den Austausch lexikalischer Einzelelemente hinaus und betreffen syntaktische Einheiten wie Satzglieder oder Satzgliedteile.[124] Sie greifen damit modifizierend in die Syntax der frnhd. Vorlage ein und gehen zumeist auch mit einer lexikalischen Immutation einher. Insgesamt konnten 27 Fälle syntaktischer Immutationen registriert werden, wobei sowohl Übersetzungsvorschläge der vorlutherischen Tradition (10) und der nd. Lutherbibel (11) aufgegriffen als auch eigenständige Übersetzungsalternativen (6) gefunden werden. Ein Beispiel liefert die Ersetzung des koordinierten Hauptsatzes *vnd es fiel eyn platz regen* durch einen subordinierten Temporalsatz *do nu ein slachregen vyl* in Mt 7,25, mit dem die Michaelisbrüder die Übersetzungsvariante der nd. Lutherbibel übernehmen. Hintergrund der Ersetzung scheint in diesem Fall das Bemühen um eine akzentuiertere Beschreibung der Geschehensabfolge sowie des Zusammenhangs von Ursache und Folge zu sein:

---

[124] Die Einordnung als syntaktische Substitution oder Paraphrasierung erfolgt methodisch analog zum Bereich der lexikalischen Immutationen.

Mt 7,25	
Vulgata:	***et descendit pluvia*** *et venerunt flumina et flaverunt venti et inruerunt in domum illam et non cecidit*
Lübecker Bibel 1494:	***vnde de reghen kumpt*** *. vnde de vlode kamen . vnde de wind weyet . vnde vallen in dat hus . vnde dat envyl nicht*
Halberstädter Bibel 1522:	***vnnd de regen kummet*** *vnd de water komen vnd de wint weyget / vnd vallen yn dat hus vnd dat en veyl nicht*
Lutherbibel 1525:	***do nu eyn slachregen vell*** */ vnde eyn water quam / vnde de wynde weyeden / vnde stőtten an dat hus /* ***do*** *velt doch nicht*
Emserbibel 1528:	***vnd es fiel eyn platz rege*** */ vnde kam eyn gewesser vnnd weehtten die wind / vnnd stiessen an das haus / noch fiell es nicht vmb*
Michaelisbrüder 1530:	***do nu ein slachregen vyl*** */ vnde ein water quam / vnde de wynde widen / vnde stotten an dat husz /* ***do*** *vyl jdt doch nicht*

Der formale Umfang syntaktischer Immutationen ist unterschiedlich, auch sind verschiedene Aspekte des Sprachsystems von ihnen betroffen. Im Bereich der Morphosyntax beziehen sich (zumeist kleinere) Ersetzungsprozesse auf Tempus, Numerus, Modus und Genus verbi. Als Beispiel sei der Tempuswechsel von *der wirt schuldig* zu *de js schůldych* in Mt 5,22 zitiert. Interessanterweise nimmt an dieser Stelle die hd. Emservorlage eine Korrektur der freieren Lutherübersetzung vor, die allerdings nicht von den Michaelisbrüdern übernommen wird. Im Gegenteil korrigieren diese ihrerseits den hd. Emsertext und führen als Tempusform erneut die Luthervariante ein:

Mt 5,22	
Vulgata:	*quia omnis qui irascitur fratri suo* ***reus erit*** *iudicio*
Lübecker Bibel 1494:	*dat een iewelik de dar sik tornet vppe sinen broder de* ***werd sculdich*** *dem richte*
Lutherbibel 1525:	*wol mit synem broder tőrnet / de* ***ys*** *des gerichtes* ***schůldich***
Emserbibel 1528:	*das eyn ytzlicher der mit seynem bruder tzůrnet / der* ***wirt schuldig*** *des gerichtes*
Michaelisbrüder 1530:	*dat eyn jtlyker de mit synem broder tőrnet de* ***js schůldych*** *des gerichtes*

Einen zweiten Bereich stellen Immutationen von Verbalphrasen dar, etwa bei der Übersetzung von Funktionsverbgefügen und koordinierten Verben, der Bildung von Modalverbgefügen oder der Behandlung formelhafter Wendungen. So wird etwa Emsers Funktionsverbgefüge *geschwetz treiben* in Mt 6,7 wieder auf eine einfache Verbform *klappen*[125] zurückgeführt, wobei jedoch der

[125] Zu *klappen* ‚plappern, schwätzen, daherreden, sich wortreich unterhalten' vgl. MndHWb (Anm. 106), II, Sp. 568.

ausdruckstärkeren Luthervariante der Vorzug vor der wörtlicheren Form der vorlutherischen Bibeltexte (*spreken* < *loqui*) gegeben wird.

Mt 6,7	
Vulgata:	*orantes autem nolite multum* ***loqui*** *sicut ethnici*
Lübecker Bibel 1494:	*Vnde wenner gi bedet nicht enwillet vele* ***spreken*** *also de heiden don*
Lutherbibel 1525:	*Vnde wenn gy beden / scholle gy nicht veͤl* ***klappern*** *alse de heyden*
Emserbibel 1528:	*Wen yhr aber bettet / sollt yhr nicht vil* ***geschwetz treiben*** */ wie die heyden*
Michaelisbrüder 1530:	*Ouerst wen gy beͤden / schoͤle gy nicht veͤle* ***klappen*** */ alse de heyden*

Als dritter Bereich lassen sich satzsyntaktische Ersetzungen feststellen, indem zum Beispiel Satzgefüge zu Einfachsätzen umgebaut werden, finale Infinitive zu Finalsätzen ausgebaut werden, oder ein Nebensatz durch eine Präpositionalphrase ersetzt wird. So tauschen die Michaelisbrüder in Joh 2,11 den formalsyntaktisch nicht von der lat. Vulgata gedeckten Teilsatz *Das ist das erste tzeychen* durch eine Nominalphrase mit nominalem Genitivattribut *Dyt anbogyn der teken* aus, formen das abperlende Satzgefüge dergestalt zu einem Einfachsatz um und stellen sich damit in die vorlutherische Übersetzungstradition. Zugleich ist Joh 2,11 ein Beispiel dafür, bis zu welchem Grad eine syntaktische Abweichung der hd. Übersetzungsvorlage von der Vulgata für die Michaelisbrüder noch akzeptabel ist und ab welchem Punkt sie grundlegend in die Vorlagenstruktur eingreifen.

Joh 2,11	
Vulgata:	*hoc fecit* ***initium signorum*** *Iesus in Cana Galilaeae*
Lübecker Bibel 1494:	***Dyt ambeghyn der tekenne*** *dede ihesus yn chana galilee*
Lutherbibel 1525:	***Dat ys dat erste teken*** *dat Jhesus dede / gescheͤn tho Cana in Galilea*
Emserbibel 1528:	***Das ist das erste tzeychen*** *das Jhesus thet tzu Cana in Gallilea*
Michaelisbrüder 1530:	***Dyt anbogyn der teken*** *dede Jesus to Cana jn Galilea*

Immutationen in den genannten drei Bereichen bewegen sich in alle drei Paraphrasierungsrichtungen, allerdings mit durchaus unterschiedlicher Gewichtung. Insgesamt scheinen syntaktische Immutationen vier grundsätzliche Zielsetzungen zu verfolgen, und zwar mehrheitlich unbeschadet davon, welche konkrete Paraphrasierungsrichtung eingeschlagen wird. Sie treten erstens auf, wenn den Michaelisbrüdern eine syntaktische Entscheidung ihrer hd. Vorlage zu frei ist, das heißt diese nicht mehr grundlegend von der syntaktischen Struktur des lat. Originaltextes gedeckt ist bzw. eine in den Augen der Michaelisbrüder unnötig weitgreifende Paraphrasierung darstellt. Die daraus resultierende Immutation führt die Übersetzung häufig wieder in die Nähe der vorlutherischen Übersetzungstradition. Ein Beispiel hierfür ist der Austausch syntaktischer Einheiten auf der Position der Objektergänzung in Lk 2,17, wo die Michaelisbrüder den Nebensatz ihrer hd. Vorlage durch eine an der lat. Syntax orientierten Präpositionalphrase ersetzen, wie sie auch die vorlutherischen Bibeln zeigen.

Lk 2,17	
Vulgata:	*videntes autem cognoverunt* ***de verbo***
Lübecker Bibel 1494:	*Vnde do se dat seghen . do bekenden se* ***van dem worde***
Lutherbibel 1525:	*Do se ydt oͤuerst geseͤn hadden* ***/ brededen se dat wort uth***
Emserbibel 1528:	*Vnd da sie das sahen / erkanten sie* ***/ das es sich der massen hielte***
Michaelisbrüder 1530:	*vnde do se dat segen / erkanden se /* ***van dem worde***

Auch die oben beschriebenen morphosyntaktischen Immutationen, bei denen Tempus- oder Modusformen ausgetauscht werden, fallen zumeist in diese Kategorie und zielen auf eine genauere Umsetzung des Vulgatatextes.

Eine zielsprachliche Orientierung weisen dagegen als zweite Zielsetzung solche syntaktischen Immutationen auf, die Formulierungen der hd. Vorlage austauschen, die der mnd. Syntax nicht gemäß sind oder die in der Zielsprache zumindest in diesem Kontext nicht gebräuchlich scheinen. Auch auf diese Weise soll ein ‚verhochdeutschtes' Niederdeutsch vermieden werden. Als Beispiel sei die Ersetzung des einfachen Prädikatsverbums *liebet* durch die gebräuchlichere zweigliedrige Form *hebbet leͤff* in Mt 5,44 angeführt,[126] mit der die Michaelisbrüder die Übersetzungslösung der vorlutherischen Bibeln aufgreifen. Mit der zweigliedrigen Form vermeidet die Übersetzung zudem eine mögliche Fehllesung des Verbes als homonymes *leven* ‚zurücklassen, hinterlassen, verlassen'[127]. Die hochdeutschnähere Variante wird von der nd. Lutherbibel präsentiert:

Mt 5,44	
Vulgata:	***diligite*** *inimicos vestros*
Lübecker Bibel 1494:	***hebbet lef*** *yuwe viende*

[126] Zu *lef hebben* vgl. die Beispiele in MndHWb (Anm. 105), II, Sp. 766. Das MndHWb verzeichnet ebd., Sp. 799 auch das einfache Verb *leven* ‚lieb sein, gefallen', allerdings mit dem Hinweis, „die ält. Bibeln ziehen durchweg *lêf hebben* vor." Dass die Übersetzer auch das Einfachverb *leven* kennen und verwenden, zeigt die Übersetzung von Mt 6,24 (*aut enim unum odio habebit et alterum diliget*): *edder he wert eynen haten / vnde den anderen leͤuen*. Vgl. dagegen die vorlutherische Übersetzungstradition: *edder den enen hatet he . vnde den anderen heft he lef* (Lübecker Bibel 1494). Die Verwendung der einfachen Verbform scheint mir hier stilistisch durch ihre Einbindung in eine antonymische Paarformel bedingt zu sein.

[127] Vgl. S/L (Anm. 105), II, S. 678–679.

Lutherbibel 1525:	***Levet*** *iuwe vyende*
Emserbibel 1528:	***liebet*** *ewre feynde*
Michaelisbrüder 1530:	***hebbet leͤff*** *juwe vyende*

In diese Kategorie fällt ebenso die bereits oben angesprochene Vermeidung von Genitivkonstruktionen. So wird etwa in Lk 2,8 die Genitivergänzung *yhrer herde* durch eine Präpositionalphrase *auer ere vheͤ* ersetzt. Zugleich werden Prädikat und Adverbiale *huͤteten des nachts* der Vorlage in ein zielsprachenadäquates Funktionsverbgefüge *helden de nachtwake* ‚hielten die Nachtwache' umgewandelt, das sich als Eigenprägung der Michaelisbrüder in keiner anderen Übersetzungsvorlage findet:

Mt 5,13

Vulgata:	*vigilantes et* ***custodientes vigilias noctis*** *supra gregem suum*
Lübecker Bibel 1494:	*wakende . vnde* ***helden de wake*** *auer ere schape*
Lutherbibel 1525:	***hodden des nachtes*** *ere herde*
Emserbibel 1528:	*wachend vnde* ***huͤteten des nachts*** */ yhrer herde*
Michaelisbrüder 1530:	*wakende vnde* ***helden de nachtwake*** *auer ere vheͤ*

Als dritte Zielsetzung werden von den Michaelisbrüdern syntaktische Immutationen vorgenommen, um komplexe Formulierungen in der Übersetzung strukturell zu vereinfachen und auf diese Weise deren Rezipierbarkeit zu verbessern. Ein Beispiel: Bei der Übersetzung des Satzgefüges in Mt 6,17 wird der eingebettete Nebensatz in den präpositiven Hauptsatz integriert und die Klammerkonstruktion dadurch zu einem abperlenden Satzgefüge vereinfacht, dessen rhythmische Gestaltung unter anderem das mündliche Vortragen der Textstelle erleichtert. Charakteristischerweise dient auch hier die nd. Luthervariante als Vorbild.

Mt 6,17

Vulgata:	*tu autem cum ieiunas ungue caput tuum et faciem tuam lava*
Lübecker Bibel 1494:	*Sunder also du vastest so salue dyn hoͤuet . vnde wassche din antlat*
Lutherbibel 1525:	*Wenn du oͤuerst vastest / so salue dyn hoͤuet / vnde wassche dyn angesichte*
Emserbibel 1528:	*Du aber / so du fastest / so salbe dein hewbt / vnd wasch dein angesicht*
Michaelisbrüder 1530:	*Wen du oͤuerst fastest / so salue dyn hoͤuet / vnde wassche dyn anghesichte*

Auf die in Mt 5,13 und Mt 6,17 zu beobachtende potentielle Berücksichtigung einer oralen Rezeptionssituation durch die Übersetzer ist bereits weiter oben hingewiesen worden. Sie lässt sich als vierte Zielsetzung syntaktischer Immutationen beschreiben.

4.2.3 Formen der Paraphrasierung II: Transmutationen

Die drei weiteren Änderungskategorien sollen im Nachfolgenden aus Gründen des Umfanges lediglich kursorisch behandelt werden.

Transmutationen sind als zweithäufigste Kategorie mit insgesamt 43 Belegen vertreten, sie stehen mit syntaktischen Modifikationen der Vorlage (Transpositionen) in Verbindung, primär indem Stellungswechsel von Satzgliedern vorgenommen werden oder der Verbalrahmen verändert wird.[128] Während sich die Michaelisbrüder in Hinsicht auf Immutationen gleichermaßen an der vorlutherischen Tradition (45) als auch an der Lutherübersetzung (39) orientieren und zugleich häufig auch eigene Lexeme oder Syntagmen prägen (34), zeigt sich im Bereich der Transmutationen eine Präferenz der nd. Lutherübersetzung (28). Lediglich in drei Fällen wird ein Rückbezug auf Syntagmen vorgenommen, die in der vorlutherischen Übersetzungstradition belegt sind.

Transmutationen	> vorlutherische Tradition	> Luther	> Eigenprägungen	gesamt
lexikalische	0	3	1	4
syntaktische	3	25	11	39
gesamt	**3***	**28**	**12**	**43**
analysierte Segmente				543

Tab. 3: Transmutationen im nd. Emsertestament

* Davon sind in zwei Fällen die vorlutherische Übersetzungstradition und die luthersche Übersetzungsvariante identisch (zwei lexikalische Übereinstimmungen).

Die zielsprachenorientierte Syntax der Lutherübersetzung, die bereits die hd. Korrekturbibel Emsers prägt, scheint für die Michaelisbrüder damit eine weitaus höhere stilistische Attraktivität zu besitzen als die retrospektive, am Latei-

[128] Zumeist, indem dieser im Vergleich zum hd. Emsertestament ausgebaut wird. In der Übersetzungsentscheidung der Michaelisbrüder scheinen sich sprachhistorische Entwicklungsprozesse widerzuspiegeln, da sich im Mittelniederdeutschen – parallel zum Hochdeutschen – ein diachroner Ausbau des Verbalrahmens abzeichnet. Vgl. dazu Rösler (Anm. 113), S. 196–210, sowie zusammenfassend 234: „Die Rahmenbildung rückt als sprachliches Mittel zur straffen Organisation des ES [Elementarsatzes] immer stärker ins Normbewußtsein der Kommunikationsteilnehmer, was sich in der verstärkten Nutzung des verbal-prädikativen und des Spannsatzrahmens zeigt. Der Schwerpunkt der Entwicklung liegt für den verbal-prädikativen Rahmen bei der Ausbildung des vR [vollständigen Rahmens] [...]. Damit kann die Ausrahmung zunehmend zum stilistischen Mittel der Textgestaltung werden.“

nischen orientierte Übersetzungsweise der ma. Druckbibeln. Anders als bei diesen stellt die lat. Syntax der Vulgata für die Michaelisbrüder offensichtlich nicht mehr die ausschließlich leitende Orientierungsgröße dar.

4.2.4 Formen der Paraphrasierung III: Adjektionen

In Gegensatz zu den beiden ersteren Änderungskategorien sind Adjektionen und Detraktionen, also Hinzufügungen oder Auslassungen, vornehmlich lexikalischer Einzelelemente mit 16 respektive 12 Belegen in der Übersetzung nur marginal belegt.

Adjektionen	> vorlutherische Tradition	> Luther	> Eigenprägungen	gesamt
lexikalische	3	5	6	14
syntaktische	1	0	1	2
gesamt	**4***	**5**	**7**	**16**
analysierte Segmente				543

Tab. 4: Adjektionen im nd. Emsertestament

* Davon sind in einem Fall die vorlutherische Übersetzungstradition und die luthersche Übersetzungsvariante identisch (eine lexikalische Übereinstimmung).

Lexikalische Adjektionen sind nicht auf einzelne Wortarten reduziert und beinhalten die Hinzufügung von Artikeln, Pronomina, Konjunktionen, Adverbien und Adjektiven. Mehrheitlich orientieren sich die Adjektionen an der Lutherübersetzung oder stellen Eigenprägungen dar. Sie signalisieren folglich nicht etwa eine Annäherung der Übersetzung an die vorlutherische Übersetzungstradition bzw. die Vulgata, sondern dienen vielmehr einer semantischen Präzisierung, einer stilistischen Ausdrucksverstärkung oder aber ergänzen syntaktische Strukturen, etwa indem offene Satzgliedpositionen besetzt werden. Zum Teil scheinen Hinzufügungen auch mit der Verwendung unterschiedlicher Versionen der lat. Vulgata-Vorlage zusammenzuhängen.

4.2.5 Formen der Paraphrasierung IV: Detraktionen

Detraktionen weisen nahezu gleichermaßen eine Nähe zur vorlutherischen Übersetzungstradition (3) oder zur nd. Lutherübersetzung (5) auf oder sind übersetzerische Eigenleistungen der Michaelisbrüder (4). Aufgrund der geringen Belegzahlen lässt sich hier keine eindeutige Tendenz oder Funktion bestimmen.

Detraktionen	> vorlutherische Tradition	> Luther	> Eigenprägungen	gesamt
lexikalische	2	5	3	10
syntaktische	1	0	1	2
gesamt	**3***	**5**	**4**	**12**
analysierte Segmente				543

Tab. 5: Detraktionen im nd. Emsertestament

* Davon sind in zwei Fällen die vorlutherische Übersetzungstradition und die luthersche Übersetzungsvariante identisch (zwei lexikalische Übereinstimmungen).

Retrahiert werden lexikalische Einzelelemente wie Pronomina und Partikeln, keine Verben oder Substantive, das bedeutet, die Auslassung greift nicht signifikant in die Vorlagensyntax ein. Getilgt werden Lexeme, die offensichtlich als nicht von der Vulgata gedeckte, reine Füllwörter betrachtet werden. Überhaupt scheinen die Michaelisbrüder in ihrer Übersetzung lexikalische Häufungen vermeiden zu wollen, was der an verschiedenen Stellen zu beobachtenden Tendenz zur Vereinfachung entsprechen würde.

5. Fazit

Die Analyse konnte zeigen, dass die Rostocker Michaelisbrüder bei der Übersetzung von Emsers Neuen Testament verschiedene Strategien verfolgen. Zwar dominiert eine substituierende Übersetzung der Vorlage, dennoch kann der Text nicht als eine rein wörtliche Übersetzung und erst recht nicht als eine Wort-für-Wort-Übersetzung bezeichnet werden. Vielmehr zeigt sich, dass die Michaelisbrüder an zahlreichen Stellen in den hd. Ausgangstext eingreifen und diesen paraphrasierend wiedergeben.

Paraphrasierungen finden sich sowohl auf der lexikalischen als auch auf der morpho- und satzsyntaktischen Ebene. Hierbei überwiegt die Paraphrasierung von Einzellexemen, vor allen Dingen von Substantiven und Verben deutlich. Dies spricht für einen eher behutsamen Umgang der Übersetzer mit ihrer Vorlage. Mit dieser lexemorientierten Vorgehensweise in Zusammenhang steht auf der formal-strukturellen Ebene die Dominanz von Immutationen. Weitaus weniger häufig, aber immer noch im beträchtlichen Maße werden Transmutationen vorgenommen, bei denen der Verbalrahmen verändert, vor allem erweitert wird oder bei denen die Position von Satzgliedern modifiziert wird, etwa um stilistische Effekte oder eine bestimmte Fokussierung zu erreichen.

Die Analyse zeigte weiterhin, dass die Michaelisbrüder auf der lexikalischen und auf der syntaktischen Ebene unterschiedlich stark retro- beziehungsweise prospektiv agieren, sich also im lexikalischen Bereich stärker an der Semantik der lat. Vulgata und im Zuge dessen an der vorlutherischen Übersetzungstradition in Gestalt der ‚Lübecker Bibel' orientieren als im syntaktischen Bereich, wo eine sehr viel stärkere Orientierung an der Zielsprache und am intendierten Adressatenkreis zu beobachten ist. Folgerichtig kommt der Einfluss der nd. Lutherübersetzung des Neuen Testamentes im syntaktischen Bereich sehr viel stärker zur Geltung als im lexikalischen.

Damit im Zusammenhang konnte die Feststellung der älteren Forschung, wonach die Michaelisbrüder mit verschiedenen Textvorlagen gearbeitet haben und neben dem hd. Emsertext auch die vorlutherischen Druckbibeln sowie die nd. Lutherübersetzung konsultierten und zugleich die lat. Vulgata hinzuzogen, bestätigt werden. Hierbei zeigt sich ein virtuoser Umgang mit den verschiedenen Texten, etwa indem verschiedene Übersetzungsvorschläge integriert und mit eigenen Lösungen kombiniert werden. Der Umfang der Übernahmen reicht vom Einzellexem bis hin zur gesamten Phrase beziehungsweise zum vollständigen Elementarsatz. Aufschlussreich ist, dass die nd. Lutherbibel quantitativ einen größeren Einfluss auf die Textgestaltung ausübt als die ältere Übersetzungstradition.

Der Text bietet folglich einen Mischtyp zwischen wörtlicher und kommunikativer Übersetzung. Hinzu kommt – was in diesem Beitrag nicht weiter thematisiert werden konnte –, dass der Übersetzung verschiedene erläuternde bzw. kommentierende Paratexte in Form von theologischen Kommentaren und Ausdeutungen, aber auch philologischen Hinweisen zur Seite gestellt sind, die gleichfalls für die korrekte Erfassung des Übersetzungstextes relevant sind. Diesbezüglich zeigt das nd. Emsertestament eine Nähe zum philologischen Übersetzungstyp.

Zu den Besonderheiten der hier vorgestellten Bibelübersetzung gehört, dass diese nicht direkt aus dem biblischen Urtext – im Falle der katholischen Tradition ist dies die lat. Vulgata – übersetzt ist, sondern aus einer hd. Vorlage, die ihrerseits lediglich eine Revision einer Übersetzung ist, nämlich der Lutherübersetzung des Neuen Testamentes. Die Frage nach der Wörtlichkeit oder aber Sinngemäßheit des nd. Emsertestamentes stellt sich damit anders, auch sind substituierende und paraphrasierende Strategien vor diesem Hintergrund anders zu betrachten. Für die Zwecke des vorliegenden Beitrages konnten lediglich die Paraphrasierungen analysiert und beurteilt werden. Ebenso relevant ist jedoch die Frage nach dem Umfang, der Art und der Motivation von Substitutionen. Da die hd. Emserbibel den Wortlaut und die Syntax der sinngemäßen Lutherübersetzung – die man dem kommunikativen Übersetzungstyp zuordnen kann – mehrheitlich übernimmt, legt sie im Wesentlichen gleichfalls eine zielsprachenorientierte sinngemäße Übersetzung vor. Deren substituierende Übersetzung durch die Michaelisbrüder generiert – mit Bezug auf die lat. Vugata – in der Konsequenz mehrheitlich immer noch eine sinngemäße Übersetzung. Eine Analyse der Substitutionen im Text der Michaelisbrüder mit Fokussierung auf dessen hd. Vorlage einerseits sowie auf den Vulgatatext andererseits sowie deren Verhältnis zueinander, bildet folglich eine notwendige Ergänzung für eine adäquate Würdigung der Gesamtleistung der Übersetzer.

Die paraphrasierenden Übersetzungstechniken lassen sich zwei grundlegenden Strategien zuordnen. Sie zielen zum einen darauf ab, den Text der lat. Vulgata philologisch präzise zu erfassen, primär im lexikalisch-semantischen Bereich. Zum anderen haben sie die Funktion, den Übersetzungstext möglichst präzise an den intendierten Adressatenkreis, ein norddeutsches Laienpublikum, anzupassen und ihm eine adäquate zielsprachliche Gestalt zu geben. Dies geschieht sowohl im syntaktischen als auch im lexikalisch-semantischen Bereich. Dieser Adressaten- und Zielsprachenorientierung lassen sich verschiedene Substrategien zuordnen. Zielsprachenorientierte Auswahlkriterien für paraphrasierende lexikalische Elemente sind so etwa deren allgemeine Bekanntheit und Verbreitung im Mittelniederdeutschen sowie ihre gute Verständlichkeit. Zudem werden solche Lexeme verwendet, die den beschriebenen Sachverhalt präziser erfassen bzw. die Semantik der Vorlage vereindeutigen oder die den soziokulturellen Hintergrund des intendierten Adressatenkreises stärker berücksichtigen. Im syntaktischen Bereich passen Paraphrasierungen den Text an strukturelle und pragmatische Normen und Entwicklungen des Mittelniederdeutschen an oder bewirken eine Vereinfachung der syntaktischen Struktur und wohl auch deren Aufbereitung für mögliche auditive Rezeptionssituationen.

Zu beantworten wäre nunmehr auch – zumindest vorläufig – die Frage nach der Stellung des nd. Emsertestamentes innerhalb der Bibelverdeutschung in Norddeutschland während der Reformationszeit. Deutlich wird, dass die Ubersetzung der Michaelisbrüder zwar bei der Lexemwahl durchaus auf die ältere Übersetzungstradition und etablierte lat.-mnd. Wortgleichungen bzw. Formulierungen zurückgreift, sich jedoch weder übersetzungsstrategisch noch übersetzungstechnisch in diese Tradition stellen lässt. Gerade in Hinsicht auf die beschriebenen zielsprachenorientierten Verfahrensweisen zeigt das nd. Emsertestament eine sehr viel größere Nähe zur lutherschen Übersetzung als zu den ma. Druckbibeln. Eine Bibelverdeutschung, die nicht zielsprachenorientiert agiert, nicht dem ‚Volk auf's Maul schaut' und nicht auch mögliche Performanzsituationen in Rechnung stellt, ist im Reformationszeitalter auch für die katholischen Gegenspieler Luthers nicht mehr möglich.

Abschließend sei darauf hingewiesen, dass der Umstand, dass die Übersetzung der Michaelisbrüder auf einer hd. Korrekturversion der Lutherbibel basiert und die Übersetzer zugleich selbst den nd. Luthertext konsultieren, die Frage nach ihrer Orientierung an der mnd. Zielsprache nochmals anders stellen lässt. In der mediävistischen Forschung wurden die nd. Versionen der Lutherbibel lange Zeit äußerst negativ bewertet.[129] Dies gilt insbesondere für die sogenannte Bugenhagenbibel, der ersten mnd. Vollbibel auf Lutherbasis aus dem Jahre 1533/34. Hintergrund der abschätzigen bis sogar vernichtenden Werturteile über die Bugenhagenbibel ist deren Wörtlichkeit, d. h. ihre weitgehend wörtliche Wiedergabe des Lutherdeutsches. Der gängige, nahezu topische Vorwurf lässt sich als eine angebliche ‚Verhochdeutschung' des Niederdeutschen durch diese wirkmächtige Bibel zusammenfassen.[130] Jellinghaus spricht von der Lutherbibel als „Hauptursache der Verwüstung sächsischer Volkssprache"[131]. Noch schärfer fällt das apodiktische Urteil von Bellmann aus: „Die sogenannten Bugenhagen-Bibeln sind kaum als Übersetzungen zu bezeichnen, sie sind eher Er-setzungen, d. h. der Luther-Text wurde meist *worde bi worde* durch ein sassesches Wort ersetzt. Selten hat eine solche Ent-eignung der Sprache stattgefunden."[132] Zu einer differenzierten Bewertung auf Basis einer übersetzungstechnischen Analyse des Pentateuchs gelangt erst Schröder. Ohne auf ihre Ergebnisse im Einzelnen eingehen zu wollen, decken auch diese unterschiedliche Strategien im lexikalischen und syntaktischen Bereich auf.[133] Solchen Parallelen wäre in weiteren kontrastiven Untersuchungen systematisch nachzuspüren.

Abstract: The article deals with the Middle Low German Bible translations of the Reformation period. The focus is on the Low German translation of the High German New Testament by Hieronymus Emser (1478–1527). In 1530, the Michaelis Brothers of Rostock, a spiritual brotherhood, published a Low German version of Emser's Counter Reformation Bible, intended as a competitor to the Low German versions of Martin Luther's edition of the New Testament that had been circulating in northern Germany since 1523. The translation is of great scientific interest in several respects, not only from the perspective of ecclesiastical, cultural, and regional history, but especially with regard to the history of Middle Low German Bible literature in the Reformation era. The article

129 Siehe dazu Schröder (Anm. 45), S. 1.

130 Letztlich wiederholen sich an dieser Stelle die Vorwürfe, die man von reformatorischer Seite aus gegen die Ausgangssprachenorientierung und Wörtlichkeit der ma. Bibelverdeutschungen richtete, lediglich nunmehr mit Bezug auf ein anderes Sprachenpaar und mit Blick auf den, in den Augen seiner Anhänger, sakrosankten Charakter der Luthersprache.

131 Hermann Jellinghaus, Geschichte der mittelniederdeutschen Literatur (Grundriss der germanischen Philologie 7), 3., verb. Aufl., Berlin / Leipzig 1925, S. 38.

132 Bellmann (Anm. 8), S. 614.

133 Schröder (Anm. 45), S. 300f.

undertakes an analysis of the translation techniques of the Michaelis Brothers. For this purpose, the deviations of the translation from its High German original are analyzed and questioned as to their motivation. How literal or free is the translation? Does it represent a formal translation of the Emsertestament into Low German or is the original text reworked, and if so, in what respect and with what possible goal? The analysis focuses on lexical and syntactical deviations, which are examined for their linguistic distance or proximity to other Low German Bible translations, especially to the ‚Lübeck Bible‘ of 1494 and to the Low German version of Luther's New Testament from 1525. At the same time, the proximity of the text to the Latin Vulgate, the binding text for the pre- and counter-Reformation translators, is analyzed. This makes it possible to illuminate major translation techniques. In the conclusion, the question will be answered, how a counter-reformational Bible translation is designed, which, on the one hand, claims greater linguistic and theological correctness compared to the Luther text and consequently has to distinguish itself from it, but which, on the other hand, wants to reach as broad as possible a laic target audience and therefore has to be measured against this immensely popular competing translation?

Wolfram-Studien XXVII (2025)
Erich Schmidt Verlag Berlin

Erzählen vom Ende der Geschichte

Gegenwartsdarstellung und Zukunftsprognosen in der ‚Sächsischen Weltchronik' und in David Christians ‚Big History'

von CHRISTIAN SEEBALD (Siegen)

1.

Die mittelalterliche Universalchronistik bildet Narrative aus, die man als vormoderne Äquivalente jener Groß- und Meistererzählungen oder *métarécits* wird charakterisieren können, wie sie Jean François Lyotard in seiner Abhandlung über das ‚Postmoderne Wissen' beschrieben und an den Beispielen der „Dialektik des Geists", der „Hermeneutik des Sinns" und der „Emanzipation des vernünftigen oder arbeitenden Subjekts" konkretisiert hat.[1] Grundsätzlich wird die Moderne hier begriffen „als ein Geflecht von großen Erzählungen", die die Geschichte, so Wolfgang Müller-Funk, „als zielgerichtetes Unternehmen eines Mega-Subjekts namens Menschheit" entwerfen, und zwar auf der Grundlage von „narrativen Grundmustern, die letztlich philosophischer und religiöser Natur sind. So enthält die Geschichtsschreibung nicht bloß Erzählungen, sondern ‚Geschichte' in prononciertem Sinn setzt immer schon globale Erzählungen voraus."[2]

Solcherart globale Erzählungen mit legitimatorischem Anspruch für einen spezifischen kulturellen Zusammenhang gestaltet denn auch die vormoderne Universalhistoriographie in mehr oder minder vergleichbarer Weise, nur steht hier die Menschheitsgeschichte freilich ganz unter dem Horizont des meta-

---

1 Jean-François Lyotard, Das postmoderne Wissen. Ein Bericht. Aus dem Französischen v. Otto Pfersmann, 9., überarb. Aufl., Wien 2019 [1986], S. 23; dazu Frank Rexroth, Meistererzählungen und die Praxis der Geschichtsschreibung. Eine Skizze zur Einführung, in: Meistererzählungen vom Mittelalter. Epochenimaginationen und Verlaufsmuster in der Praxis mediävistischer Disziplinen, hg. v. dems. (Historische Zeitschrift. Beiheft N.F. 46), München 2007, S. 1–22.

2 Wolfgang Müller-Funk, Die Kultur und ihre Narrative. Eine Einführung, 2., überarb. u. erw. Aufl., Wien / New York 2008, S. 63.

physischen Weltbildes der christlichen Theologie. Die Universalchroniken stellen menschliches Handeln auf Erden im Sinne der augustinischen *civitas terrena* durchweg in den Zusammenhang der Geschichte der *civitas Dei*, d. h. des göttlichen Heilswirkens in der Welt. Sie erzählen die Geschichte des Kosmos im Spiegel der Geschichte der geschaffenen, sündig gewordenen und durch Christi Erlösungstat mit Gott ‚versühnten' Menschheit und setzen in dieser Perspektive mit dem Schöpfungswerk an, um die unter dem Primat von Heilsgeschichte und göttlicher Providenz betrachteten Ereignisse in der Welt bis in ihre eigene Gegenwart hinaufzuführen. Anfang und Ende der Geschichte, Paradies und Apokalypse, erscheinen dabei als „Extremlagen", „die ein Urteil über den Sinnzusammenhang des Ganzen ermöglichen, ohne die Zwischenzeit allzu stark (etwa im Sinne moderner Evolutionstheorie) zu differenzieren".[3] Gleichwohl haben sich im Laufe der Gattungstradition diverse narrative Schemata und Strukturmuster ausgeprägt, um diese Zwischenzeit als teleologischen, in der Überschau üblicherweise degenerativen, im Einzelfall indes durchaus spezifisch konturierbaren Prozess zu modellieren: in der Abfolge von Lebensaltern der Welt, von globalen Reichen oder auch in der linearen Sukzession von deren Beherrschern und Regenten.

Meine nachfolgenden Beobachtungen setzen an einem neuralgischen Punkt dieser Zwischenzeit an, indem sie danach fragen, wie Universalgeschichten im Horizont des Textendes von der eigenen zeitgenössischen Gegenwart erzählen und wie sie möglicherweise darüber hinaus Zukunftsprognosen stellen oder gar Ausblicke auf das Ende der Geschichte wagen. Ich begreife Universalgeschichte dabei mit Wolfang Müller-Funk als kulturelles Narrativ,[4] das in spezifischer Weise und im Zeichen übergeordneter gegensätzlicher Wertrelationen[5] auf die übergreifenden Zusammenhänge und Fragen von kollektiver Herkunft und Identität, von Anfang und Ende einer Gemeinschaft und ihrer Lebenswelt reagiert und damit zugleich ein Gesamttableau der exzentrischen Position und Geschichte des Menschen im Kosmos offeriert, das kulturelle Orientierung stiftet. Als Ausgangspunkt meiner Überlegungen und Beispiel einer vormodernen Globalgeschichte wähle ich die mittelniederdeutsche ‚Sächsische Weltchronik' des 13. Jahrhunderts, die älteste Prosachronik in deutscher Sprache, die im

---

3 Niklas Luhmann, Funktion der Religion (stw 407), Frankfurt a. M. ^{8}2016 [1977], S. 159; vgl. Udo Friedrich / Andreas Hammer / Christiane Witthöft, Anfang und Ende, in: Anfang und Ende. Formen narrativer Zeitmodellierung in der Vormoderne, hg. v. dens. (Literatur – Theorie – Geschichte 3), Berlin 2013, S. 11–27, hier: 13.

4 Müller-Funk (Anm. 2).

5 Siehe dazu speziell Friedrich / Hammer / Witthöft (Anm. 3), S. 18, sowie Udo Friedrich, Anfang und Ende. Die Paradieserzählung als kulturelles Narrativ in der ‚Brandanlegende' und im ‚Erec' Hartmanns von Aue, in: Friedrich /Hammer / Witthöft (Anm. 3), S. 267–288, hier: 271.

deutschsprachigen Bereich bald zu einem „historiographischen Standardwerk“[6] avancierte und gegenwärtig in knapp 50 Handschriften überliefert ist. Sie bietet in ihren drei bekannten Textfassungen und deren einzelnen Handschriftenredaktionen ganz unterschiedliche Optionen eines Erzählens hin zum Ende der Geschichte. Den am konkreten Fall der ‚Sächsischen Weltchronik‘ exemplarisch zu illustrierenden Möglichkeiten historischer Weltdeutung und Geschichtsreflexion im Modus des vormodernen universalchronistischen Narrativs sollen in einem zweiten Schritt zeitgenössische Konzeptionen einer Globalgeschichte gegenübergestellt werden, wie sie seit etwa anderthalb Jahrzehnten im Zeichen der anvisierten „Einheit von Weltall und Geschichte wieder auf den Plan“ treten.[7] In ihrem Anspruch auf Totalität, mit dem Vorhaben, die „Geschichte von allem“ erzählen zu wollen,[8] erscheinen sie als späte Nachfahren oder Reminiszenzen der mittelalterlichen Universalchroniken. Für einen Vergleich zwischen beiden Formaten scheint mir ein herausragender Vertreter und Prototyp dieser jüngeren Globalgeschichten, der programmatische Big-History-Entwurf des Historikers David Christian, besonders ergiebig. Auf diese Weise lässt sich die Debatte um die Alterität mittelalterlicher Literatur noch einmal aus einer anderen Perspektive angehen, indem einerseits die Eigenheiten und Spezifika der historiographischen Großerzählung der Vormoderne wie der Gegenwart gegeneinander konturiert, andererseits die Kontinuitäten zwischen beiden Großerzählungen jenseits aller epistemologischen Brüche in den Blick genommen werden. Im Ergebnis geht es dann darum, genuin kulturelle Verfahren, Schemata und Muster der Weltvermittlung und Sinnstiftung durch und im Erzählen von Globalgeschichte zu erhellen. Damit rückt nicht nur unser Bild und Konzept der Vormoderne, sondern auch das Verständnis unserer eigenen Gegenwart in den Fokus – einer Gegenwart, die offenbar unter den Vorzeichen einer Rückkehr der geschichtsphilosophischen *métarécits* oder Meistererzählungen steht,[9] die – wie erinnerlich – Lyotard einst gerade verabschiedet hatte.[10]

---

6 Jürgen Wolf, Die Sächsische Weltchronik im Spiegel ihrer Handschriften. Überlieferung, Textentwicklung, Rezeption (Münstersche Mittelalter-Schriften 75), München 1997, S. 1.

7 Gustav Seibt, 14 Milliarden Jahre auf 400 Seiten, in: Süddeutsche Zeitung (02.09.2018), https://www.sueddeutsche.de/kultur/universalgeschichte-big-bang-theory-1.4111856 (letzter Zugriff: 26.12.2023).

8 So der Untertitel der englischen Originalausgabe von David Christians Universalgeschichte: Origin Story. A Big History of Everything, New York 2018.

9 Dazu David Christian, The Return of Universal History, in: History and Theory, Theme Issue 49 (2010), S. 6–27.

10 Lyotard (Anm. 1), S. 99: „In der gegenwärtigen Gesellschaft und Kultur, also der postindustriellen Gesellschaft, der postmodernen Kultur, stellt sich die Frage der Legitimierung des Wissens in anderer Weise. Die große Erzählung hat ihre Glaubwürdigkeit verloren, welche Weise der Vereinheitlichung ihr auch immer zugeordnet wird: Spekulative Erzählung oder Erzählung der Emanzipation.“

2.

Die ‚Sächsische Weltchronik' beginnt konventionell mit Schöpfung und Paradiesmythos und setzt das heilsgeschichtliche Narrativ in Gang, indem sie dem Sündenfall und der Vertreibung der ersten Menschen aus dem Paradies die Genealogie der Erben Adams folgen lässt, deren jeweilige Lebens- und Zeugungsalter die biblische Zeitrechnung fundieren. Sie akzentuiert zunächst die jüdische Geschichte und die Chronologie ihrer Richter und Könige, berührt darauf punktuell die Geschichte des babylonischen, des persischen und des griechischen Weltreichs und wechselt bald in die Geschichte des vierten, des römischen Weltreichs über. Diese wird als eigener Erzählstrang von den Anfängen bis auf Augustus konturiert und weiterhin „vor allem als Kaisergeschichte zunehmend breiter erzählt [...], die sich in einzelne Phasen von Augustus bis Konstantin, von Konstantin bis zu Karl dem Großen, von Karl dem Großen bis zu Heinrich V. und schließlich bis zur Neige der Stauferherrschaft im 13. Jahrhundert ausfaltet".[11] Von daher vermittelt die ‚Sächsische Weltchronik' „Weltgeschichte als die eine Kaisergeschichte des transferierten römischen Reiches und nicht als Geschichte der Reiche und Völker".[12] Thematisch rückt, so Michael Menzel, „die stets allein universale Gewalt des Kaiserreiches auf ihrem Wege vom Nebeneinander bis zur höchsten Korrelation mit der heilsträchtigen Kirchengeschichte und schließlich ihrem Absturz in gänzlich profane Friedlosigkeit" ins Zentrum der Darstellung.[13]

Mit Blick auf das Textende, in jenem Bereich, wo das universalhistorische Narrativ in die Gegenwartserzählung einmündet, lassen die seit Ludwig Weilands Edition geläufigen drei Textfassungen der ‚Sächsischen Weltchronik' signifikante Abweichungen erkennen.[14] Fassung A bietet die insgesamt kürzeste Textform und reicht in den einzelnen Handschriften bis zum Jahr 1225 bzw. 1230. Die Kaisergesten formieren hier ein über die rein chronologische Sukzession der einzelnen Herrschaftsträger hinausgehendes politisches Narrativ, das

---

[11] Christian Seebald, Exemplum und Universalgeschichte. Herrscherdarstellung und narrative Sinnstiftung in der ‚Sächsischen Weltchronik' C, in: Die Figur des Herrschers in der Exempelliteratur – Transkulturelle Perspektiven. The Figure of the Ruler in Exemplary Literature – Transcultural Perspectives, hg. v. Mechthild Albert u. Ulrike Becker (Studien zu Macht und Herrschaft 8), Göttingen 2020, S. 213–234, hier: 214.

[12] Michael Menzel, Die Sächsische Weltchronik. Quellen und Stoffauswahl (Vorträge und Forschungen. Sonderband 34), Sigmaringen 1985, S. 235.

[13] Ebd., S. 255.

[14] Sächsische Weltchronik, hg. v. Ludwig Weiland, in: Deutsche Chroniken und andere Geschichtsbücher des Mittelalters, hg. v. der Gesellschaft für Ältere deutsche Geschichtskunde, Bd. 2 (MGH. Scriptores qui vernacula lingua usi sunt 2), Hannover 1877 (ND München 2001), S. 1–279.

ganz im Zeichen einer Niedergangserzählung steht. Einschneidendes Ereignis und Peripetie ist der alle Ordnungen erschütternde Suprematiestreit zwischen den beiden höchsten Gewalten, dem Kaiser- und Papsttum, in der Zeit Heinrichs IV. und Gregors VII. Von da an dominieren Zwietracht, Krieg und Fehde die verschiedenen Felder und Ebenen politischen Handelns und signalisieren so vor allem auch das schwindende Machtpotential und Gewaltmonopol der Institution des Königtums. Zugleich tritt die Kirchengeschichte jenseits der Papsthistorie und ihrer konfliktären Verstrickungen mit dem Königtum als Erzählschicht erkennbar zugunsten der sich verdüsternden Profangeschichte in den Hintergrund. Für den „in der Folge nicht mehr einholbaren Geschichtspessimismus“[15] prägt der Text das Leitwort *missehellunge*, so speziell im Zusammenhang der Papstwahl Gregors VII.: *Do ward allererst twischen dem stole to Rome unde deme Romischen rike de missehellunge, de noch hude des dages waret; diu ne wirt oc nimmer tovort, it ne do god selve van sinen genaden* (175,29–32). Auf diese Weise wird jenes epochale Ereignis der Entzweiung von Kaiser und Papst als Ursprung und Ursache eines bis in die Erzählgegenwart fortdauernden defizitären Weltzustandes benannt, und Abhilfe ist allein – wie schon im Falle des allerersten Gesetzesverstoßes in der Geschichte der Menschheit – durch das Gnadenhandeln Gottes zu erwarten, dessen Ordo verletzt wurde. Kontinuität und Wiederholung markieren hier Mangel und Heillosigkeit, die gemäß der Vorhersage des Textes auch künftig fortbestehen werden, sofern nicht Gott selbst eingreift. Die Nachricht vom Ableben Kaiser Heinrichs IV. wird kommentiert mit den Worten: *Dit was de ovele keiser Heinrich* (201,4), worauf diverse Bosheiten und Untaten dieses Herrschers vermerkt werden, derentwegen der Kaiser *to banne ghedan* [*wart*] – mit fatalen Konsequenzen: *Dat ne vorwan dat rike nimmer mer* (201,15f.). Die düstere Zukunftsprognose nimmt freilich eine frühere Formulierung auf, mit der der Text die vom Papst beförderte Wahl des Kaisersohnes, Heinrichs V., zur Absetzung des Vaters bewertet hatte: *Disen kore overwan dat rike nimmer mer; it was oppenbare wider godde, de selve gebot unde mit siner hant scref: ‚Ere dinen vader, dat du sist langlivech uppe der erden‘. It was oc en bose bilede den kinden wider de vadere* (185,4–6). Was zur Beseitigung eines Übels gedacht war, erweist sich selbst als Übel, die Missachtung des göttlichen Ordo durch diejenigen irdischen Instanzen, die legitimerweise seine Geltung verbürgen sollten, setzt sich fort. Der sich hier wie dort artikulierende resignative und desillusionierende Ton grundiert die Darstellung der profanen Geschichte weiter bis zum Chronikende, das die meisten Handschriften der Fassung A ohne spezifische Schlussmarkierung im Kontext der Gesta Kaiser Friedrichs II. im Jahr 1225 bieten, und er steht ganz im Einklang mit der viel früher, im Kontext der Deutung der Daniel-Vision vom tönernen

[15] Menzel (Anm. 12), S. 241.

Standbild, deklarierten *cranchait* des letzten, des römischen Weltreiches, *de it vor sineme ende hebben sal, alse nu merken mach iewelic vorstande man* (78,28–30). Ein „Erzählen als Kontingenzexposition“ behält gegenüber einem „Erzählen als Kontingenzbewältigung“ die Oberhand.[16] Einzig für die Regierungszeit Lothars von Süpplingenburg werden Ansätze einer gegenläufigen Entwicklung konstatiert: Kaisertum und Papsttum zeigen sich noch einmal in Eintracht verbunden, das römische Reich erscheint im Innern zunehmend befriedet und vermag zudem seine Ansprüche auf Oberhoheit gegenüber externen Mächten wie etwa den dänischen Königen oder den normannischen Herrschern von Sizilien zu behaupten, so dass der Text resümiert: *Dese keiser hoghede wol dat rike; bi sinen tiden was gut vrede* (210,16f.). Nach Lothars Tod, schon bei der Wahl seines Nachfolgers, kehrt indes die vormalige *missehellunge* zurück: *In den tiden was grot missehellunge under den herren umme den kore. De Swaven unde de Beiere koren Conrade, des hertoghen Frederikes broder. De hertoghe Heinric van Beieren unde van Sassen de hadde dat rike, he hadde och des koning Luderes dochter* (210,21–24).[17]

---

16 Friedrich / Hammer / Witthöft, Anfang und Ende (Anm. 3), S. 16.

17 Wie spezifisch hier die „Kontingenzexposition“ in den Vordergrund rückt, zeigt etwa der Vergleich mit der Vorlage Frutolf-Ekkehard. Speziell in der dritten, für den Abt Erkembert von Corvey bestimmten Rezension der Weltchronik Frutolfs, die als direkte Vorlage der ‚Sächsischen Weltchronik‘ in Frage kommt (vgl. Menzel [Anm. 12], S. 63–65), fasste Ekkehard von Aura zuletzt die zuvor in den einzelnen Jahresberichten versprengten Nachrichten zum Geschehen des Ersten Kreuzzugs „zu einem Hierosolymita genannten Buch zusammen und hängte es der eigentlichen Chronik an“ (Frutolfs und Ekkehards Chroniken und die anonyme Kaiserchronik, hg. u. übers. v. Franz-Josef Schmale u. Irene Schmale-Ott [Ausgewählte Quellen zur deutschen Geschichte des Mittelalters. Freiherr vom Stein-Gedächtnisausgabe 15], Darmstadt 1972, S. 35). Damit aber akzentuiert Ekkehard abschließend den heilsgeschichtlichen Rahmen der Chronik, wie er im Widmungsbrief an den zur Pilgerfahrt ins Heilige Land aufbrechenden Erkembert und deutlicher noch in der Vorrede zum Hierosolymita-Buch (ebd., S. 326f.) selbst anzeigt: *In Christi nomine incipit libellus qui dicitur Hierosolimita de oppressione, liberatione ac restauratione sancte Hierosolimitane ecclesie. De militie vel expeditionis causa, que temporibus nostris non tam humanitus quam divinitus ordinata est, Hierosolimam ex omnibus pene mundi, sed maxime occidentalium regnorum partibus tendentium fert animus estuans aliqua prescriptis adicere ac per hoc auctoritati tue, pastor venerande, universoque gregi sanctorum Stephani atque Viti sub virga tua trementi satisfacere* („Im Namen Christi beginnt das Buch ‚Der Jerusalempilger‘ über die Bedrängnis, Befreiung und Wiederherstellung der heiligen Kirche zu Jerusalem. Es drängt das brennende Herz, dem Vorangehenden etwas hinzuzufügen über die Heerfahrt, die in unserer Zeit nicht von Menschen, sondern von Gott angeordnet wurde, und über die Teilnehmer, die aus allen Teilen der Welt, vor allem aber aus den westlichen Königreichen nach Jerusalem strebten, um so deiner Würde, verehrungswürdiger Hirt, und der ganzen Herde der heiligen Stephan und Vitus, die unter deinem Stab zittert, Genüge zu tun“). Im Weiteren (ebd.) betont Ekkehard die mit diesem Unternehmen verbundene „Neuerung, die der schon alternden, ja beinahe

In der A-Fassung deutet sich schließlich eine Tendenz zur Regionalisierung des Berichtshorizonts an, wenn etwa in den Bahnen des auf jüngere Vergangenheit und Zeitgeschichte fokussierten Narrativs verschiedentlich auch Geschehnisse unterhalb der Kaisergeschichte im Bereich landesfürstlicher oder städtischer Politik unter den Vorzeichen von Konflikt und Fehde referiert werden – Ereignisse, „an denen der Kaiser ganz unbeteiligt ist".[18] Eine solche Tendenz zur Regionalisierung begegnet dann auch in der Fassung B, erfährt dort aber eine andere Profilierung.[19] Hier sind es insbesondere Nachrichten zum Erzbistum Bremen und zum angrenzenden norddeutschen und nordeuropäischen Raum, die das universalchronistische Narrativ zur Gegenwartsgeschichte hin mit Elementen einer regionalen Ereignisgeschichte überformen. Systematisch ist etwa ein Katalog der Bischöfe von Bremen-Hamburg in den Chroniktext eingezogen, der anhand der Sukzession der jeweiligen Amtsträger die Geschichte der Institution in abbreviierter Form aufscheinen lässt. Hinzukommen Berichte von lokalen Konflikten und Kämpfen der Bremer Erzbischöfe beispielsweise gegen die benachbarten sächsischen Herzöge, die dänischen Könige oder auch die Bewohner des Stedinger Landes (‚Stedingerkriege'), die ein besonderes Interesse an der bremischen Geschichte und ihrer Einbindung in die politischen Verhältnisse des Nord- und Ostseeraums bekunden und von daher eine Primärrezeption des B-Textes der ‚Sächsischen Weltchronik' im Umfeld des Erzbistums nahelegen. Gleichwohl steht die B-Fassung mit ihrer spezifischen Verschiebung des Berichtshorizonts, mit der die skizzierten Ansätze „einer um die Erzdiözese Bremen kreisenden Gegenwartsgeschichte"[20] auf dem Boden des universalchronistischen Narrativs einhergehen, im Kreis verwandter Texte und Typen nicht allein. Denn generell sind derlei Verengungen der historiographischen Perspektive unter den Vorzeichen der Zeitgeschichte auf eine – wie auch immer im Einzelnen zu charakterisierende – ‚eigene' Geschichte im Bereich der mittelalterlichen Weltchronistik durchaus geläufig, und keineswegs immer sind sie allein auf einen Mangel an einschlägigen Informationen und Quellen zurückzuführen.[21]

---

untergehenden Welt so notwendig ist" (*novitatem hanc iam senescenti et prope intereunti mundo pernecessariam*). Zwar übernimmt die ‚Sächsische Weltchronik' Teile des Hierosolymita-Buchs an der chronologisch passenden Stelle in ihren Text (Menzel [Anm. 12], S. 63), es fehlen aber genau solche Partien (wie die eben zitierte), die den heilsgeschichtlichen Zusammenhang im Sinne einer „Kontingenzbewältigung" exponieren.

18 Menzel (Anm. 12), S. 246.

19 Vgl. ebd., S. 258f.

20 Ebd., S. 259.

21 Vgl. dazu Hans-Werner Goetz, Geschichtsschreibung und Geschichtsbewußtsein im hohen Mittelalter (Orbis mediævalis 1), 2., erg. Aufl., Berlin 2008, S. 174–193; Karl Heinrich Krüger, Die Universalchroniken (Typologie des sources du Moyen Âge occidental 16), Turnhout 1976, S. 32.

Eine noch andere Akzentuierung der Gegenwartsgeschichte als die profanhistorisch orientierte Fokussierung auf politischen Verfall (Fassung A) und auf den Nahbereich von Geschichtserfahrung im Sinne von Heimat (Fassung B) offenbaren die Überlieferungszeugen der umfangreichsten Fassung C, die das heilsgeschichtliche Narrativ stärker profilieren. Für die Darstellung zeitgenössischer Gegenwart bevölkern hier, auf der Grundlage der in diesem Abschnitt kompilierten Prätexte, allerhand Naturphänomene und überempirische Zeichen die Geschichtserzählung, die die permanente Gegenwart Gottes als Herrn der Geschichte anzeigen und das Handeln der irdischen Akteure vorzugsweise im Licht der ethischen Opposition Gut-Böse[22] reflektieren. So sterben zwölf der treuesten Gefährten Kaiser Heinrichs IV., den die C-Fassung in besonderer Weise als lasterhaften Herrscher porträtiert, eines schändlichen Todes, bevor Heinrich selbst sein Ende findet (187,24f.). Weil sein Sohn Heinrich V., der schallend lacht, sobald er vom Tod des Vaters erfährt, den Leichnam fünf Jahre lang an einem ungeweihten Ort aufbewahren lässt, verbrennen sein Schwert und Schild eines Nachts, als ein Blitz neben seinem Bett einschlägt (188,23–31). Als Erzbischof Albrecht von Mainz gegen Heinrich IV. Fehde führt und dabei Land und Menschen in unmäßiger Zahl verheert werden, fasst der Text dies als Ursache eines schweren Erdbebens, das sich *van goddes torne* (191,11) zu Weihnachten in der Lombardei ereignet, wie auch einer Reihe weiterer Naturkatastrophen und endzeitlicher Plagen an verschiedenen Orten, so dass viele Zeitgenossen annehmen, *de domesdach*, das Jüngste Gericht, stünde bevor (191,20f.). Und auch Heinrich IV. selbst erkennt den Zusammenhang zwischen den bedrohlichen Naturzeichen und seinen persönlichen Verfehlungen.[23] Allein für die Herrschaft Kaiser Lothars, der hinsichtlich seiner Virtus als wahrer Nachfolger Konstantins, Karls und Ottos des Großen, *des erve he was*, gepriesen wird, proklamiert die C-Fassung mit dem mythischen Konzept des Goldenen Zeitalters die Rückkehr eines paradiesähnlichen Zustandes: *He vorderede wol dat godesdienest, des vrowede sic al du cristenheit. Bi sinen tiden was vulle aller dinge, dat men darvan iemer mer spreken mach; se heten de guldine tit* (205,6–8). Bald aber dominiert wieder die Vorstellung einer linear dem Ende zustrebenden Zeit, u. a. wenn – im Kontext der Gesta Friedrich Barbarossas – von den Offenbarungen die Rede ist, die Gott *twen gůden vrowen* (222,21), Hildegard von Bingen und Elisabeth von Schönau, zukommen lässt. Speziell von Elisabeth wird sodann berichtet, wie ihr nicht nur die Geschicke der heiligen Ursula und ihrer elftausend Jungfrauen umfassend kundgetan,[24] sondern

---

22 Vgl. Müller-Funk (Anm. 2), S. 287 u. 300f.

23 *Van suschedanen tekenen ward koning Heinric sere an sineme herten bedrovet; he versan sic des wol, dat it was van sinen sunden unde dat he an maneges bischopes banne was* (191,28–30).

24 *Dere selven hilegen magit uppenbarede't god allet, unde dat dat here der ellef dusent megede vor deme ende der werlde sole allet oppenbaret werden* (222,35f.).

im Zuge einer himmlischen Entrückung unter den *boke*[n], *de oppenbaret solen werden vor deme domestage*, ein ‚*libellus viarum dei*' genanntes Exemplar überantwortet worden sei, *dat is nutte allen lovingen luden*, weswegen es ihnen *van ere uppenbaret werden* [*solde*] (222,38–41). Die hier – mit der Visionärin Elisabeth in der Rolle der Apokalyptikerin in der Nachfolge des Johannes[25] – wie an anderen Stellen hervortretenden Merkmale einer Eschatologisierung von Geschichte kongruieren durchaus mit spezifischen Profilierungen des heilsgeschichtlichen Narrativs in vorausgehenden Abschnitten des Textes der C-Fassung. Das Ende selbst ist aber nicht Teil des fixierten Textes. Die Apokalypse wirft als Zukunftsgeschehen gewissermaßen nur ihre Schatten voraus, indem ihre Vorzeichen das auf das Ende zulaufende heilsgeschichtliche Narrativ imprägnieren. Und so erscheint die ‚Sächsische Weltchronik' auch in (den verschiedenen Redaktionen) der C-Fassung als unabgeschlossener, für Erweiterungen offener Text, der zwar das Ende als finale Entscheidungssituation hinsichtlich der gerechten Verdammung der Bösen und Errettung der Guten, hinsichtlich Sündenverfallenheit und Erlösung, anvisiert, von seiner Erzählsituation her aber nicht die Grenze des universalchronistischen hin zum apokalyptischen Narrativ überschreitet, wie dies beispielsweise der epochale Geschichtsentwurf Ottos von Freising tut.

Die „Geschichtsexegese",[26] wie sie Otto mit der ‚Chronica sive Historia de duabus civitatibus' vorgelegt hat, präsentiert zunächst ebenfalls die Ereignisse vom Anfang der Zeiten, genauer: von Adam und der Vertreibung aus dem Paradies an bis in die Gegenwart des Chronisten (*ab Adam protoplasto usque ad tempus nostrum*).[27] Den Geschicken der durch steten Wandel und Vergänglichkeit (*mutabilitas*) bestimmten *civitas mundi* – manifest in der Folge der vier Weltreiche – steht dabei der anfänglich latente Heilszusammenhang der *civitas Dei* polar gegenüber; erst mit der Christianisierung des römischen Imperiums treten beide zur symbiotischen *civitas permixta* zusammen, bevor zum Ende der Zeiten die Ausbreitung des Gottesstaates vollendet und der zuletzt immer elendere Weltstaat als verworfene Institution (*civitas perversa*) zerstört sein wird.[28]

---

[25] Zu Anklängen an die Johannes-Apokalypse in den Offenbarungsschriften der Elisabeth von Schönau vgl. etwa Kurt Ruh, Geschichte der abendländischen Mystik, Bd. 2: Frauenmystik und Franziskanische Mystik der Frühzeit, München 1993, S. 79; Klaus Berger: Die Apokalypse des Johannes. Bd. 1/1: Kommentar Apk 1–10, Freiburg i. Br. / Basel / Wien 2017, S. 239.

[26] Goetz, Geschichtsschreibung (Anm. 21), S. 146.

[27] Otto Bischof von Freising, Chronik oder Die Geschichte der zwei Staaten. Übers. v. Adolf Schmidt, hg. v. Walther Lammers, mit einem Literaturnachtrag v. Hans-Werner Goetz, 6., bibliogr. aktual. Aufl., Darmstadt 2011, Kap. 1,1, S. 60,2f.

[28] Vgl. Franz-Josef Schmale, Art. Otto von Freising, in: ^{2}VL 7 (1989), Sp. 215–223, hier: 217–219; Goetz, Geschichtsschreibung (Anm. 21), S. 188–192; Roman Deutinger, Lateinische Weltchronistik des Hochmittelalters, in: Handbuch Chroniken des Mit-

Die Materie umfasst so – „[a]uf der nur gelegentlich um weitere Quellenauszüge ergänzten Chronik Frutolfs als materieller Grundlage“ und „in Anlehnung an Augustinus und Orosius“[29] – die Geschichte der ersten Menschen bis hin zum Untergang Babylons (Buch 1), von der Übertragung der Herrschaft auf die Meder und dem Aufstieg Roms bis zum Tod Cäsars (Buch 2), von der Ankunft Christi bis zur Tetrarchie in den Zeiten des Christenverfolgers Diokletian (Buch 3), vom für den Gottesstaat segensreichen Regiment Konstantins des Großen bis zum Niedergang Roms und zu den Anfängen der Franken, d. h. dem ersten christlichen Merowinger Chlodwig (Buch 4), vom Ostgotenherrscher Theoderich bis zur Zwietracht der Erben Karls des Großen (Buch 5), von Kaiser Lothar I. bis zu Kaiser Heinrich IV. und seinen verhängnisvollen Konflikten mit dem Papsttum (Buch 6), und sie mündet in Buch 7 in die unheilvollen Wirrungen und Bedrängnisse des verfallenden römischen Reiches unter der Regierung König Konrads III. in der Gegenwart des Jahres 1146. Ihnen steht einzig das heiligmäßige Leben der Mönchsorden und Religiosen gegenüber, derentwegen Gott das Ende der Welt noch aufzuschieben scheint. Danach aber wird die Erzählung im 8. Buch fortgesetzt mit dem ‚Ende der Geschichte‘, d. h. mit detaillierten Ausblicken auf den Untergang des verworfenen Weltstaates nach der Ankunft des Antichrist und auf die ewige Seligkeit des zuletzt obsiegenden Reiches Christi, wie sie das Jüngste Gericht entsprechend den Ankündigungen der Heiligen Schrift, den Deutungen der theologischen Autoritäten wie auch den Spekulationen des Chronisten selbst erwarten lässt.[30]

All dies – endzeitliche Verwandlung der Welt und künftige Heilsewigkeit – findet sich so nicht in der ‚Sächsischen Weltchronik‘. Die meisten Handschriften der C-Fassung überliefern jedoch im Anschluss an eine bis 1275 reichende Fortsetzung des Chroniktextes eine niederdeutsche Übersetzung[31] der in Petrus Comestors ‚Historia Scholastica‘ überlieferten ‚Fünfzehn Vorzeichen des Jüngsten Gerichts‘,[32] die paradigmatische Katastrophenszenarien und Verwandlungen von Natur und Mensch benennen, wie sie sich vor dem Eintritt des endzeitlichen Gerichts ereignen werden: von den Zeichen des Meeres, dessen

telalters, hg. v. Gerhard Wolf u. Norbert H. Ott, Berlin / Boston 2016, S. 77–103, hier: 94–96; umfassend zu Ottos Geschichtsentwurf Hans-Werner Goetz, Das Geschichtsbild Ottos von Freising. Ein Beitrag zur historischen Vorstellungswelt und zur Geschichte des 12. Jahrhunderts (Beihefte zum Archiv für Kulturgeschichte 19), Köln / Wien 1984.

29 Schmale (Anm. 28), Sp. 216f.

30 Speziell zum „Endzeitbewußtsein im Gegenwartsbild Ottos von Freising“ vgl. Goetz, Geschichtsbild (Anm. 28), S. 264–275.

31 Textabdruck nach den Handschriften 20 und 22 bei Wolf (Anm. 6), Anhang A.VIII., S. XXVI–XXVIII.

32 Vgl. Hans Eggers, Art. ‚Fünfzehn Vorzeichen des Jüngsten Gerichts‘, in: ^{2}VL 2 (1979), Sp. 1013–1020.

Wasser zuletzt brennen werden, über die Zeichen des Landes, blutigen Pflanzentau, niederstürzende Gebäude und allgegenwärtige Erdbeben, über die Zeichen am Menschen, Verwirrung und Sterben der Lebenden und Auferstehung der Toten, bis hin zur Verwandlung des Kosmos durch den Weltenbrand und die Erneuerung von Himmel und Erde. Dieser Zeichenkatalog, der die Reihe der numinosen Naturphänomene der C-Fassung des Chroniktextes aufnimmt, das apokalyptische Geschehen der Gerichtssituation selbst und das Ende der Geschichte aber wiederum nur ankündigt, markiert gleichwohl einen Einschnitt, der das universalchronistische Narrativ von einem Punkt in der Zukunft her begrenzt. Unter dem Aspekt der Eschatologisierung schlägt er zugleich einen Bogen zurück und konstituiert einen Rahmen mit der Reimvorrede der Chronik, die die Rezipienten im Angesicht des drohenden Weltgerichts und seiner Zuweisung von Unheil und Heil dazu ermahnt, um des ewigen Lebens willen das Böse zu meiden und das Gute zu suchen und zu diesem Ziel auf Wahrheit gründende gute Lehre, wie sie das anschließende Geschichtsnarrativ offeriert, zu beherzigen.[33] Insgesamt zeichnen sich damit aber für die Textversionen der ‚Sächsischen Weltchronik' drei verschiedene Akzentuierungen eines Gegenwartserzählens ab: Während Version C vor allem das eschatologische Narrativ stark macht, verfolgen die Versionen A und B ihrer Grundtendenz nach eine eher weltimmanente Perspektive, insofern sie den Fokus einmal auf das politische Narrativ von Krise und Mangel, ein andermal auf den topographischen Nahbereich und so etwas wie Heimat legen. Alle drei Optionen begegnen in spezifischer Umbesetzung, Verwandlung und Überlagerung auch in David Christians einflussreichem zeitgenössischen Konzept einer Universalgeschichte, dem ich mich jetzt noch zuwenden will.

3.

Im Zuge neuzeitlicher Rationalisierungstendenzen, im Zuge einer „Verzeitlichung"[34] der Geschichte, hat die metaphysische Fundierung von Geschichte bekanntlich immanenten geschichtsphilosophischen Entwürfen Platz gemacht.[35] Und doch wird man gerade auch einige jüngere, rezente Modelle einer Globalgeschichte wie etwa das von David Christian[36] nicht zuletzt aufgrund

---

33 Sächsische Weltchronik (Anm. 14), S. 65,1–66,76; vgl. Wolf (Anm. 6), S. 356f.

34 Reinhart Koselleck, Vergangene Zukunft. Zur Semantik geschichtlicher Zeiten (stw 757), Frankfurt a. M. 1989, S. 13, 19 et passim.

35 Siehe dazu etwa Ulrich Muhlack, Geschichtswissenschaft im Humanismus und in der Aufklärung. Die Vorgeschichte des Historismus, München 1991.

36 Christian (Anm. 8); deutsche Übersetzung: David Christian, Big History. Die Geschichte der Welt – vom Urknall bis zur Zukunft der Menschheit, München 2018 (danach, wenn nicht anders vermerkt, die folgenden Zitate und Stellenangaben).

ihres Anspruchs, eine umfassende Geschichte des Kosmos, des Lebens und der Menschheit zu erzählen, in die Nähe vormoderner Universalgeschichten rücken können.[37] Allein der Ausgangspunkt von Christians Erzählung, das physikalisch-kosmologische Narrativ vom Urknall, das Kontingenz in Kausalität überführt und damit Geschichte allererst ermöglicht, zeigt rein formal Parallelen zu klassischen Ursprungsmythen,[38] wobei die Position einer sonst planvoll handelnden Instanz wie die des christlichen Schöpfergottes nun freilich einer (vorläufigen) eigentümlichen Offenheit zwischen Zufall und historisch-immanenter Begründung gewichen ist. Grundsätzlich begreift sich Christians ‚Big History'-Entwurf denn auch als „moderne Ursprungsgeschichte" („modern origin story"),[39] die die Vorgeschichte und Genese des gegenwärtigen Weltzustandes und speziell Herkunft und Selbstverständnis des Menschen im kosmopolitischen Sinne und für ein kosmopolitisches Publikum erhellt.[40] Sie zielt über die Geschichte des Universums, von Sternen und Planeten sowie im Besonderen des Planeten Erde auf die Entstehung des Lebens und im engeren Sinne des menschlichen Lebens auf der Erde.[41] ‚Big History' konstituiert ein kohärentes natur-

---

[37] Christian selbst verweist auf einen solchen Traditionszusammenhang und nennt – u. a. im Anschluss an R. G. Collingwood – insbesondere Augustinus, Isidor von Sevilla und Beda Venerabilis als bedeutende Repräsentanten jenes langlebigen vormodern-europäischen, d. h. christlich-theologischen Paradigmas von Universalgeschichte, das bis hin zu Bossuets ‚Discours sur l'histoire universelle' von 1681 seine Geltung behauptet hat: Christian (Anm. 9), S. 11f.

[38] Vgl. Müller-Funk (Anm. 2), S. 291.

[39] Christian (Anm. 36), S. 7 et passim; Christian (Anm. 8), S. VII et passim.

[40] Zur Institutionalisierung von Big History als Wissenschaftsdisziplin und zu weiteren Repräsentanten und Autoren neben Christian, „dem eigentlichen Begründer und wichtigsten Vertreter" (Seibt [Anm. 7]), siehe etwa die Magisterarbeit von Tobias Kriegleder, Was heißt und zu welchem Ende studiert man Big History?, Universität Wien 2016: http://othes.univie.ac.at/41298/1/2016-03-08_0705943.pdf (letzter Zugriff: 26.12.2023). Zum Forschungs- und Unterrichtsfeld neuerdings: The Routledge Companion to Big History, hg. v. Craig Benjamin, Esther Quaedackers u. David Baker, London / New York 2020. Kritisch zu Christians ‚Big History'-Konzept, seinen disziplinären Entgrenzungen und Synthetisierungen im Sinne einer „Naturgeschichte" in der Tradition der Aufklärung und einer „Popularisierung naturwissenschaftlicher Erkenntnisse" Christian Geulen, Das große Ganze – und seine Didaktik. Über ‚Big History', in: Zeithistorische Forschungen/Studies in Contemporary History 17 (2020), S. 566–577, Online-Ausgabe: https://zeithistorische-forschungen.de/3-2020/5886 (letzter Zugriff: 26.12.2023).

[41] In Christians eigener pointiert regressiver, immer weiter zur letzten Ursache hinlenkenden und damit stets größere Zusammenhänge stiftenden Argumentation: „Um die Geschichte der Menschheit zu verstehen, müssen wir begreifen, wie sich eine so seltsame Art entwickelte, das heißt, wir müssen etwas über die Entwicklung des Lebens auf dem Planeten Erde erfahren, das heißt, wir müssen etwas über die Entwicklung des Planeten Erde erfahren, das heißt, wir müssen etwas über die Entwicklung von Sternen und Planeten erfahren, und das heißt letztlich, wir müssen etwas über die Entwicklung des Universums erfahren." (Christian [Anm. 36], S. 8f.)

geschichtswissenschaftliches Narrativ, um die Prozesse und Stationen dieser Geschichte zu erklären und dabei durch Orientierungs- und Sinnstiftung zur Herausbildung einer globalen Identität[42] und eines spezifischen „Menschheitsbewusstsein[s]“[43] beizutragen, und sie leitet aus der Verknüpfung und Synthese der Deutungsmuster der verschiedenen Einzeldisziplinen der modernen Naturwissenschaft im Sinne einer olympischen, auf Totalität gerichteten Perspektive ihre Geltungsbehauptung und ihren spezifischen Wahrheits- und Erkenntnisanspruch ab. Die Hauptakteure sind nicht singuläre Nationen, Staaten oder herausragende Individuen als Herrscherfiguren und Geschichte machende Heroen, sondern die physikalischen Größen Energie und Materie, die diversen Formen des Lebens der Biosphäre und schließlich das kollektive Subjekt Menschheit, das sich aufgrund bestimmter evolutionärer Voraussetzungen und kultureller Faktoren wie sprachbasierter Kommunikation, interaktiven Lernens und fortschreitender Vernetzung von Information in erstaunlicher Beschleunigung mehr und mehr Kontrolle über die Vorgänge und Zyklen des irdischen Lebens verschafft. Der neuzeitliche Fortschrittsgedanke begegnet im Text einerseits mit den Entdeckungen und Errungenschaften der modernen Naturwissenschaft(en), deren Erkenntnisse ein ‚neues‘ Verständnis der globalen Ursprungsgeschichte – d. h. auf dem hier selbstreferentiell reklamierten innovativen Wissensstand[44] – erst möglich gemacht haben und stetig vertiefen; andererseits ist das Fortschrittsnarrativ – auf der Inhaltsebene – präsent mit dem Kardinalprinzip zunehmender Komplexität,[45] als dessen Antagonist freilich von Anfang an die natürliche Neigung des Universums zu Strukturlosigkeit und Unordnung, die Entropie, gesetzt ist. An die chronologischen und komputistischen Interessen mittelalterlicher Universalgeschichten erinnern entfernt die nun vor allem radiometrisch gestützten Berechnungen der Alter des Universums, der ersten Sterne, unseres Sonnensystems sowie weiterer einschneidender Ereignisse, die David Christian als „Schwellen“ oder „Übergangspunkte“, die das Auftreten (Emergenz) neuer und stets komplexerer Phänomene markieren, für das Strukturgerüst seines universalhistorisch-naturwissenschaftlichen Narrativs nutzt.[46]

---

[42] Ebd., S. 16f.; vgl. dazu Peter Burke, Globale Identitäten aus Sicht eines Historikers. Drei Szenarios für die Zukunft, in: Politik und Zeitgeschichte 12 (2002), S. 26–30.

[43] Seibt (Anm. 7).

[44] „Heute können wir Menschen diese Geschichte besser erzählen als jemals zuvor. Wir vermögen mit bemerkenswerter Genauigkeit zu bestimmen, was sich dort draußen befindet, Milliarden von Lichtjahren von der Erde entfernt, und was sich vor Milliarden Jahren ereignet hat. [...] Viele Teile unserer Ursprungsgeschichte sind erst zu meinen Lebzeiten entdeckt worden“ (Christian [Anm. 36], S. 12). Kritisch zu derart wissensoptimistischen Tendenzen Geulen (Anm. 40).

[45] Christian stützt sich dabei speziell auf Eric Chaisson, Epic of Evolution. Seven Ages of the Cosmos, New York 2006; siehe Christian (Anm. 9), S. 22.

[46] Christian (Anm. 36), S. 19f. Und gerade auch mit Blick auf die – weiteste Zeiträume

Die Gegenwartsdarstellung von David Christians ‚Big History' steuert die „Große Beschleunigung" an, d. h. die rasanten Veränderungen menschlichen Lebens seit dem 19. Jahrhundert, die die Aneignung und Verwandlung des Planeten Erde im Zuge der „fossilen Revolution" (also der expansiven Nutzung fossiler Brennstoffe) und einer immer weiter und schneller fortschreitenden Innovation von Technologien und Akkumulation von Information zur Folge haben.[47] Damit aber rücken zuletzt – im Licht der Aktivitäten der Spezies ‚Mensch' als einer gleichsam „neuen geologischen Kraft" (S. 292) – vornehmlich die spezifische Fragilität und Labilität der gegenwärtigen Verhältnisse in den Fokus, d. h. eine Krisensituation, die aufs Konto der lange verkannten negativen Auswirkungen menschlichen Handelns auf Biosphäre und Klima geht. Und so mündet auch das moderne universalgeschichtlich-naturwissenschaftliche Fortschrittsnarrativ, dem die polare Wertrelation ‚Komplexitätssteigerung' vs. ‚Entropie' zugrunde liegt, in die binäre Opposition ‚Gut' vs. ‚Böse', die die ganz diesseitigen positiven Errungenschaften des Anthropozäns für Gesellschaft und Individuum mit den Gefährdungen und Katastrophenszenarien konfrontiert, die es gleichzeitig heraufbeschworen hat: „Die Herausforderung, der wir uns als Art gegenübersehen, könnte klarer nicht sein. Sind wir in der Lage, die Vorteile des Guten Anthropozäns zu bewahren und die Gefahren des Schlechten Anthropozäns zu vermeiden?"[48] Die Zukunftsprognosen und Modelle, die Christian als szientistische Spekulationen im Schlussteil seiner Geschichtserzählung offeriert und deren spezifische ‚Leistungsfähigkeit' er mit Verweis auf eine erneut innovative, durch globale Informationsnetzwerke gewonnene Datenbasis herausstellt, differenzieren zwischen näheren und ferneren und unvorstellbar fernen Zeitbereichen. Für die fernste Zukunft, deren Modellierung die Annahme zugrunde liegt, dass „es auf kosmischen Größenskalen um relativ einfache Arten der Veränderung geht" (S. 322), wird ein Sieg der Entropie über die Ordnung vorausgesagt und mithin auf das zunächst unendlich scheinende Universum in seiner Gesamtheit die Metaphorik des Lebenszyklus, das biographische Modell von Werden und Vergehen, appliziert, das die Linearität des Fortschrittmodells ganz am Ende in Zyklik aufhebt und so der Geschichte vom Ursprung den Schlusspunkt setzt:[49]

> Unser Universum ist noch jung und energiegeladen, es befindet sich am Anfang eines langen Lebens und muss noch eine Fülle von komplexen neuen Strukturen herstellen.

---

erfassende – Chronometrie werden Innovationsanspruch und Neuartigkeit der Datenermittlung und des daraus resultierenden Wissens betont: „Die meisten der Daten von Ereignissen, die länger als ein paar Tausend Jahre zurückliegen, sind erst in den letzten fünfzig Jahren mit Hilfe moderner chronometrischer Techniken, vor allem der radiometrischen Datierung, ermittelt worden" (ebd., S. 21).

47 Ebd., S. 293–318.

48 Ebd., S. 318.

49 Ebd., S. 342.

> Doch in ganz ferner Zukunft, zig Milliarden Jahre, nachdem wir alle verschwunden sind, wird die Geschichte dunkler, sowohl im wörtlichen wie im metaphorischen Sinne. Das Universum wird rascher und rascher expandieren, ferne Galaxien werden hinter dem Horizont der Raumzeit verschwinden, bis sich schließlich jeder oder alles, was in unserer Galaxie noch übrig ist, schrecklich allein fühlt. Sterne werden noch während der nächsten 10^{15} Jahre entstehen und verbrennen – in einer Zukunft also, in der das Universum zehntausendmal älter ist als heute. Dann wird man ihm sein Alter wirklich ansehen, weil die letzten Sterne ihre Brennvorgänge beendet haben werden und das Licht ausgegangen sein wird. Unsere Galaxie wird sich in einen Friedhof mit der abkühlenden Asche von Sternen und Planeten verwandeln. [...] Es wird sich herausstellen, dass alles, was ewig und dauerhaft in unserem Universum erschien, tatsächlich nur ephemer ist.

Während er sich für einen mittleren Zeithorizont von mehreren tausend Jahren einer Prognose enthält,[50] skizziert der Text für die nähere Zukunft, „die nächsten hundert Jahre" (S. 324), unter den Handlungsalternativen Zerstörung vs. Bewahrung der Biosphäre eine Entscheidungssituation im Modus eines säkularisierten apokalyptischen Narrativs. Sie führt im schlimmsten Fall, sofern es nicht gelingt, den durch menschliche Eingriffe verursachten Klimawandel zu begrenzen, zu „Chaos, Krieg, Hungersnöte[n] und ungehemmt wütende[n] Krankheiten" (S. 324f.) und zur Vernichtung eines Großteils der Menschheit, während die Überlebenden auf die durch Mangel bestimmten Energie- und Lebensbedingungen des Agrarzeitalters zurückgeworfen werden. Im günstigsten Fall führt sie unter den Voraussetzungen von Nachhaltigkeit und Resilienz zu einer neuen „Periode dynamischer Stabilität" (S. 329), die die „besten Eigenschaften des Guten Anthropozäns" (S. 330) sichert und in der das bislang vorherrschende Streben nach Wachstum und Gewinnmaximierung hinter eine gerechtere Verteilung der Fülle der Güter, die zunehmende Bedeutung von Wissen für Prosperität und hinter die Sorge des Einzelnen für ein „gutes Leben" zurücktreten wird (S. 334). Mit der ökologisch-sozialen Utopie einer Ära „dynamischer Stabilität" auf dem Planeten Erde tritt hier aber letztlich eine m -

50 Die Zukunft erscheint Christian in diesem mittleren Bereich „[z]wischen der menschlichen und der kosmologischen Zeitskala" unkalkulierbar nicht nur aufgrund der Fülle möglicher Szenarien im Bereich „extrem komplexe[r] Systeme wie d[er] Biosphäre", die selbst mithilfe der „leistungsfähigsten Computermodelle" (ebd., S. 323) nicht mehr auf Wahrscheinlichkeiten hin zu berechnen seien, sondern auch angesichts unvorhersehbarer Ursache-Folge-Ketten, bei denen kleinste kontingente Ereignisse größte Effekte zeitigen könnten: „Weder unsere Gehirne noch die besten Computermodelle können bislang alle Eventualitäten einer Pandemie berücksichtigen, die auf einer winzigen Genmutation eines Virus beruht, oder die Wirkung einer Supernovaexplosion in unserer Nähe berechnen, obwohl wir mittlerweile in der Lage sind, die Konsequenzen eines Asteroidenaufschlags weitgehend vorauszusagen. Auf dieser Zwischenskala betreten wir das Reich der Science-Fiction." (ebd.)

derne Verwandlung des traditionellen Paradiesnarrativs auf den Plan, die in Konkurrenz zum Fortschrittsnarrativ steht und sich der „Erfahrung einer Rückwendung“ verdankt, wie dies Hans Blumenberg einmal unter den Vorzeichen der „Reflexivität der kopernikanischen Optik“ formuliert hat: nämlich der Erfahrung einer Rückkehr auf die heimische Erde nach dem Vorstoß ins All.[51] Es ist die notwendige „Suche nach einer besseren Welt“, die die zur „Schicksalsgemeinschaft“ vereinte Menschheit (S. 335f.) gerade dazu bestimmt, sich die Heimat als „kosmische Oase“,[52] als den einzigen lebenswerten Ort in den unwirtlichen Weiten des Universums zu bewahren.[53]

4.

Die Parallelisierung von vormodernen und modernen Globalgeschichten, wie ich sie hier exemplarisch anhand der drei Textfassungen der ‚Sächsischen Weltchronik‘ und der Universalgeschichte von David Christian und speziell mit Blick auf Gegenwartsdarstellung und Zukunftsentwürfe versucht habe, zielt auf je zeitspezifische Realisierungen von Metaerzählungen, die das Verhältnis von Welt – im umfassendsten Verständnis –, von Geschichte und menschlichem Leben wie auch dessen genuinen Ort, Identität und Handlungsspielraum in der Welt zu bestimmen suchen. Damit mag zunächst der Blick geöffnet werden für die Eigenheit und Alterität der Zeiten und die Kategorie des historischen Wandels, konkret: für die Verschiebungen zwischen christlich-theologischer und naturgeschichtswissenschaftlich-ökologischer, zwischen theo- oder christozentrischer und kosmozentrischer Weltdeutung. Sodann mag aber auch sichtbar werden, wie solcherart Großerzählungen als literarische Texte genuin kulturelle Narrative in je spezifischen Applikationen, Besetzungen und komplexen Überlagerungen dazu nutzen, Kontingenzerfahrung im Zeichen ihrer jeweiligen geschichtsphilosophischen Entwürfe in Sinnstiftung und Orientierung zu überführen. Wenn Universalgeschichte heutzutage indes zunehmend wieder als

---

[51] Hans Blumenberg, Die Genesis der kopernikanischen Welt, Bd. 1–3 (stw 352), Frankfurt a. M. [7]2019 [1975], Bd. 3: Der kopernikanische Komparativ. Die kopernikanische Optik, S. 793f.; vgl. Friedrich (Anm. 5), S. 287.

[52] Blumenberg (Anm. 51), S. 793.

[53] Ganz in diesem Sinne wird man Christians Plädoyer für „klare Vorstellungen von einem besseren Morgen, um unser Handeln im Heute zu motivieren“ (Christian [Anm. 36], S. 335), zugleich auch als Gebrauchsanweisung seines Geschichtsnarrativs und speziell von dessen futurologischen Ausblicken begreifen können. Der Institutionalisierung von ‚Big History‘ als (schulische) Wissensdisziplin, der globalen Verbreitung und didaktischen Vermittlung ihres „Wissensagglomerats“ (Seibt [Anm. 7]) dient speziell auch das gemeinsam von David Christian und Bill Gates initiierte „Big History Project“: https://www.bighistoryproject.com/home (letzter Zugriff: 26.12.2023).

große Erzählform unter den Vorzeichen von Kohärenz und Linearität in Erscheinung tritt, gleichsam als Gegenmodell zur ausdifferenzierten „verwissenschaftlichte[n] Historie",[54] so sagt dies wohl mehr noch etwas aus über das Verhältnis dieses Geschichtserzählens zu postmodernen als über sein Verhältnis zu vormodernen Traditionen.

Abstract: This article explores the representation of the present and the prognoses for the future, as offered by pre-modern and contemporary conceptions of global history. In this way my paper focuses on the ‚Sächsische Weltchronik', a ‚classic' of Middle Low German literature which, in its three recensions A, B and C and their individual manuscript redactions, reveals very different options for narrating the end of history. The insights into the possibilities of an experience and interpretation of global history in the mode of the pre-modern universal chronicle narrative that can be gained from the example of the ‚Saxon World Chronicle' are placed in the wider context of the Latin universal chronicle of the time (Frutolf von Michelsberg/Ekkehard von Aura, Otto von Freising) and finally compared to the contemporary design of ‚Big History' by David Christian. In this way it may become evident how suchlike grand narratives as literary texts, despite all epistemological differences, use cultural narratives in their specific applications and complex superimpositions in order to transform the experience of contingency into meaning and orientation under the sign of their respective historico-philosophical concept.

[54] Seibt (Anm. 7); vgl. Christian (Anm. 9).

Wolfram-Studien XXVII (2025)
Erich Schmidt Verlag Berlin

Lambert Slaggert – Franziskaner, Künstler, Chronist in Ribnitz (Mecklenburg) zu Beginn des 16. Jahrhunderts

von HANS-JOACHIM ZIEGELER (Köln)

Der Franziskaner Lambert (oder Lambrecht) Slaggert ist im ersten Drittel des 16. Jahrhunderts mehrfach nachgewiesen:[1] 1514 ist er als Lesemeister im Franziskanerkloster in Salzwedel bezeugt.[2] Vor 1523, dem Beginn der Reformation in Stralsund, war er dort im Franziskanerkloster. Jedenfalls dürfte er identisch sein mit jenem Slaggert, den der Stralsunder Bürgermeister Franz Wessel 1550 in einem ebenso polemischen wie interessanten Bericht über die vorreformatorischen religiösen Gebräuche in Stralsund erwähnt. Der in einer Greifswalder Handschrift überlieferte Bericht[3] trägt den Titel: ‚*Etlike Stücke, wo idt vormals ihm pawestdhome mit dem gadesdenste thom Stralsunde gesthan, beth vp dadt jar 1523, dadt sehele* [‚selige'] *her Casten Ketelhodt dorch scickunge des Allmechtigen dadt reine wordt gades anhoff tho predigende, dorch her Frantz Wessell borgermeister thom Sunde beschreuen. Anno 1550*'.[4] Im 13. seiner insgesamt 34 *Stücke*

---

1 Zitate aus Slaggerts Chroniken im Weiteren nach: Die Chroniken des Klosters Ribnitz, bearb. v. Friedrich Techen (Mecklenburgische Geschichtsquellen 1), Schwerin 1909; Nachweise erfolgen in den Fußnoten mit Techen (Anm. 1) und im Fließtext mit Seiten- und gegebenenfalls Zeilenzahl in Klammern nach Zitat. Das Digitalisat der Ausgabe vgl. unter: http://purl.uni-rostock.de/rosdok/ppn750542047 (letzter Zugriff: 03.01.2024).

2 Nachgewiesen im Beitrag von Bernd Schmies / Kirsten Schmies / Rosemarie Leineweber, Salzwedel Franziskaner, in: Brandenburgisches Klosterbuch. Handbuch der Klöster, Stifte und Kommenden bis zur Mitte des 16. Jahrhunderts, Bd. 1–2, hg. v. Heinz-Dieter Heimann u. a. (Brandenburgische historische Studien 14), Berlin 2007, Bd. 2, S. 1040–1054, hier: 1042, 1044, 1048; die Quelle dafür vermutlich Stadtarchiv Salzwedel „Rep. I, Fach 36, Nr.7a (1514)".

3 Nach Auskunft der Greifswalder UB derzeit (Mai 2023) bis auf weiteres nicht zugänglich.

4 Franz Wessels, weiland Bürgermeisters der Stadt Stralsund, Schilderung des katholischen Gottesdienstes in Stralsund kurz vor der Kirchenverbesserung. Nach einer

berichtet Wessel *Vann etlikenn cappelenenn vnde papen, alse: her Jurgen Hintzen, h. Vögeler, Slaggerdt, h. Herman Wendt, wo se de passie geprediget hebbenn.*[5] Und so liest man von den auf compassio, Verlebendigung und Dramatisierung bedachten Passions-Predigten des Kaplans Hintze an der Stralsunder Hauptkirche St. Marien, vom Kaplan Vögeler am Spital St. Jürgen (Georg), vom Kaplan Wendt an St. Jacob und auch von Slaggert am Franziskanerkloster St. Johannes: *Noch was tho S. Johannes en gardian, hete Slaggerdt, de hadde v efte vj poppen thogerichtet, de tǒgede he dem volke; die eine: „so was Christus gestalt vor Annas;" de ander: „so gestalt vor Caiphas;" de drudde: „so vor Pilato," vnd so vordan; dadt ehm ock bewilen etlige poppen entfellen van der cantzell. Mit solckem gokelwerke brachten se de tidt hen bi 7 stunden: van vij slegen beth dadt idt j efte ij vp den middagh sloch.*[6] 1522 schließlich wird Slaggert, wie er selbst in der von ihm verfassten und geschriebenen Chronik des Clarissen-Klosters zu Ribnitz berichtet, vom Hamburger Kapitel des Ordens an das von Heinrich II. von Mecklenburg 1323/24 gegründete Kloster gesandt. Heinrich II., genannt der Löwe, hatte verfügt, dass das Kloster *van synen eghenen erfguderen up sinem eghenen have* (78,1–2) innerhalb der Stadtmauern von Ribnitz errichtet werden sollte.[7] Ribnitz liegt zwischen Rostock und Stralsund an der Mündung der Recknitz in den Saaler Bodden der Ostsee; der Fluss bildet in seinem Unterlauf die Grenze zu Pommern. Slaggert ist dort von Michaelis, dem 29. September 1522 an, liest die Messe, hört die Beichte, ist eine Zeit lang auch Guardian der kleinen Gruppe der Franziskaner, die die Frauen im Kloster seelsorgerisch betreuen, ist künstlerisch tätig und verfasst die Chronik, die er auf den Tag genau zehn Jahre nach seiner Ankunft am Abend vor Michaelis 1532 mit dem

---

alten Handschrift herausgegeben und mit Erläuterungen begleitet von D. Ernst Heinrich Zober, [...] Stralsund [...] 1837. Digitalisat: https://purl.uni-rostok.de/rosdok/ppn175187611X (letzter Zugriff: 03.01.2024). Hinweise auf diese Ausgabe bei Techen (Anm. 1), S. 12* Anm. 55, zuvor bei C[arl] F[erdinand] Fabricius, Bruchstück aus der deutschen Chronik des Fräulein=Klosters St. Claren=Ordens zu Ribbenitz von Lambrecht Slagghert, Franciscaner=Lesemeister, aus Stralsund, in: Jahrbücher des Vereins für meklenburgische Geschichte und Alterthumskunde 3 (1838), S. 96–140, hier: 100 mit Anm. 7. – Ein früherer Druck von Wessels Schrift bei Friedrich Rühs, Pommersche Denkwůrdigkeiten. Erster [und einziger] Band, Greifswald 1803, S. 162–186 u. 300–323, der zitierte Auszug S. 180; Rühs, dessen Abdruck ersichtlich voller Fehler ist, liest statt *sehele* im Titel *sehlige*; von Balthasar (s. u.) *seel.* Der Auszug aus Wessels Schrift nach dem Abdruck von Augustin von Balthasar, Jus Ecclesiasticum Pastorale [...] Zweiter Theil, Rostock / Greifswald 1763, S. 876–888, hier: 880, übrigens auch bei Bernd Neumann, Geistliches Schauspiel im Zeugnis der Zeit, Bd. 1–2 (MTU 84 u. 85), München 1987, Bd. 1, S. 674 (Nr. 2649).

5 Wessel (Anm. 4), S. 8f.

6 Ebd., S. 9.

7 In der lateinischen Chronik: *monasterium ordinis s. Clare in Ribbenitz de bonis suis in fundo proprio* [...] *fundandum duxerat*. Ebd., S. 14,27f.

Bericht vom Brand des *bǻckhus* in dem zum Kloster gehörenden *Peterstorpe* zu Ende führt. Es mag ihn sein Blick für Entwicklungslinien, für bestimmte Schlüsselereignisse, für Kontinuitäten und Brüche dazu gebracht haben, die eigentliche Chronik mit diesem Eintrag zu beenden, auch wenn ein paar wenige weitere Anmerkungen, bald nach dem 4. August 1533, vielleicht auch noch bis 1538, nachzuweisen sind.[8]

Slaggert ist, vor allem wegen seiner niederdeutschen Kloster-Chronik, in der historischen Forschung, speziell in der zur Landesgeschichte Mecklenburg-Vorpommerns ein Begriff, die Germanistik hat bislang – bis auf zwei, erst vor wenigen Jahren erschienene Beiträge von Volker Honemann 2011 und 2015[9] – so gut wie keine Notiz von ihm genommen; er dürfte durch alle germanistischen Netze gerutscht sein – es gibt keine Artikel im Verfasserlexikon der deutschen Literatur des Mittelalters, im Verfasserlexikon ‚Deutscher Humanismus 1480–1520', im ‚Literaturwissenschaftlichen Verfasserlexikon Frühe Neuzeit in Deutschland 1520–1620', in der NDB oder im ‚Literaturlexikon' und kein Stichwort im Handschriftencensus; der Aufsatz von Honemann 2011 ist in der ‚Germanistik' nicht verzeichnet, der Wikipedia-Artikel ist eine verkürzte Zusammenfassung des ADB-Artikels von 1892. Mein Beitrag möchte dieser historisch wie literarhistorisch interessanten Figur, der überdies auch noch mit guten Argumenten wenigstens die Mitarbeit an sechs Bildtafeln zugeschrieben wird, zu etwas mehr Aufmerksamkeit verhelfen.

---

8 *An deme dage Michaelis* [1522, 29.09.] *quam hir up den hoff vor enen bychtvader broder Lambrecht Slaggert uth deme capittel Hamborch*; letzter Eintrag Slaggerts in der Chronik: *Item in sunte Michaelis avende* [1532, 28.09.] *des morgens vrǒ brande aff dat bǻckhus tho Peterstorpe*; *Anno domini MV^c^XXXIII. in deme dage Justini martiris, up den mǻndach vor festum nivis vor der vesper starff in got den heren suster Anna Dechow* [...]. Zitate nach Techen (Anm. 1), S. 130,5–7; 172,28f.; 206b,19–26. – Volker Honemann, Die Ribnitzer Chroniken des Lambert Slaggert, in: Mecklenburgische Jahrbücher 126 (2011), S. 91–110, hier: 96, hat einen der Einträge zu Ursula, der letzten Äbtissin des Klosters, vgl. Techen (Anm. 1), S. 68, 19–21, so verstanden, dass er noch 1538 von Slaggert selbst und nicht einem der Fortsetzer seiner Chronik vorgenommen worden sei. Ich glaube nicht, dass dieses Argument in dem Fall wirklich belastbar ist; dass Ursula eines Tages den Abbatiat übernehmen würde, ist von Beginn an und nach dem Muster der früheren Äbtissinnen deutlich, es konnte ihr Name als neunte Äbtissin bereits früher als 1538 eingetragen und das Datum vom Beginn ihrer Amtszeit später ergänzt worden sein.

9 Honemann (Anm. 8); ders., Franziskanische Geschichtsschreibung, in: Geschichte der Sächsischen Franziskaner-Provinz von der Gründung bis zum Anfang des 21. Jahrhunderts. Bd. 1: Von den Anfängen bis zur Reformation, hg. v. Volker Honemann, Paderborn u. a. 2015, S. 731–844, hier: 824–833 („Lambert Slaggerts Chronik des Klarissenkonvents Ribnitz").

1. Chroniken

1.1 Lateinische Chronik

Von Lambrecht Slaggert sind zwei Chroniken des Klosters Ribnitz überliefert, eine lateinische und eine niederdeutsche. Eine Handschrift der lateinischen Chronik ist nicht erhalten. Der in hohen Ämtern im Herzogtum (Schleswig)-Holstein-Gottorf tätige, 1738 in den Adelstand erhobene Ernst Joachim von Westphalen[10] hat die lateinische Chronik jedoch, wie er schreibt, *autore fratre franciscano Lamberto Schlaggert ex autographo* im vierten Band seiner monumentalen ‚Monumenta inedita Rerum Germanicarum praecipue Cimbricarum et Megapolensium' 1745 abgedruckt und herausgegeben.[11] Leider hat Westphalen keine weiteren Hinweise zu Fundort, Ausstattung etc. dieser Handschrift, die er, zu Recht oder zu Unrecht, für ein Autograph hielt, gegeben. Er hatte jedenfalls Zugang zu beiden Chroniken, hat aber lediglich einige, z. T. gekürzte Auszüge aus der niederdeutschen Chronik an geeigneter Stelle oder am Schluss seines Abdrucks[12] der lateinischen Chronik zusätzlich geboten und damit verdeutlicht, dass beide sich einander doch in wesentlichen Zügen gleichen. Die niederdeutsche Chronik nämlich sei, so hat es Westphalen formuliert, ein *exemplum* der lateinischen, wenn auch eines, das ihr gegenüber *passim mutilatum, passim amplificatum* sei.[13] Parallel zum Prolog der lateinischen Chronik

---

10 Carsten Erich Carstens, Art. ‚Westphalen, Ernst Joachim von', in: ADB 42 (1897), S. 218–221.

11 Chronicon coenobii Ribenicensis ordinis S. Claræ ab a. 1206. Vsqve ad a. 1540. Autore fratre franciscano Lamberto Schlaggert, Sundensi. Ex autographo, in: Monumenta inedita rerum germanicarum præcipue cimbricarum, et megapolensium, quibus varia antiquitatum, historiarum, legum juriumque germaniæ, speciatim holsatiæ et megapoleos vicinarumque regionum argumenta illustrantur, supplentur et stabiliuntur. E codicibus manuscriptis, membranis et chartis avthenticis erui studuit notasque adjecit et cum præfatione instruxit Ernestus Joachimus de Westphalen, [...] Tomus IV. Cum tabulis æri incisis et indice rerum in omnes tomos. Leipzig [...] 1745, Sp. 841–888. Digitalisat: digital.ub.uni-duesseldorf.de/ihd/content/titleinfo/1612362 (letzter Zugriff: 03.01.2024).

12 Vgl. ebd., Sp. 841f. den Prologus ante rem der niederdeutschen Chronik; Sp. 848f. in deutscher Übersetzung die Urkunde vom 16.08.1311 (Meklenburgisches Urkundenbuch [MUB], hg. v. dem Verein für Meklenburgische Geschichte und Alterthumskunde, Bd. 5: 1301–1312, Schwerin 1869: MUB 5, Nr. 3483, S. 590–592); Sp. 853f. die Urkunde vom 13.12.1328 (MUB 7, Schwerin 1872, S. 645f.); Sp. 871 wird aus der niederdeutschen Chronik an passender Stelle eine dort abgeschriebene Urkunde vom 25.03.1442 ergänzt, vgl. Techen (Anm. 1), S. 109–111; ähnlich ist Westphalen dann auch ab Sp. 883 vorgegangen, indem er weitere Abschnitte (Nachträge) aus der niederdeutschen Chronik übernimmt und damit die lateinische ergänzt.

13 Chronicon (Anm. 11), Sp. 871 (Anm. *), heißt es vor dem Abdruck des Auszugs aus der niederdeutschen Chronik wörtlich: *In exemplo huius Chronici vernaculo passim*

hat Westphalen auch den zweiten Teil des Prologs der niederdeutschen Chronik, an dessen Ende sich Slaggert als deren Verfasser nennt, abdrucken lassen und suggeriert auf diese Weise, dass er Slaggert als Autor auch der lateinischen Chronik ansieht, ohne jedoch auch hier anzugeben, worauf sich sein Urteil letztlich gründet. Im Index zu allen vier Bänden seiner Ausgabe findet sich lediglich unter dem Stichwort *Ribbenicense monasterium* ein weiterer verdeutlichender Verweis, dass *ejus Chronicon a Lamberto Slaghert compositum* sei.[14]

Diese letzte Formulierung stammt freilich mutmaßlich nicht unmittelbar von Westphalen, sondern von dessen Neffen Johann Carl Henrich Dreyer (1723–1802) – wenn man dies denn glauben darf. Ahasver von Brandt hat besagten Dreyer in seinem NDB-Artikel[15] so charakterisiert: „D[reyer] war ein Vielschreiber, oberflächlich und unzuverlässig, namentlich in seinen Quellenangaben und -zitaten, die er offensichtlich nicht nur für seine Zwecke ummodelte, sondern geradezu auch erfand; eine Anzahl viel benutzter, auch noch in den Urkundenbüchern des 19. Jh. veröffentlichter Texte des 13. Jh. sind zweifelsfrei Fälschungen von seiner Hand. Mit den Schätzen des ihm anvertrauten Lübecker Archivs ging er völlig unbedenklich um." Das hat seinen Nachfolger im Amt Ahasver von Brandt vielleicht mehr noch sogar als die „Fälschungen" besonders erzürnt. Tatsächlich hat Dreyer auch zur lateinischen Chronik eine nachweislich falsche Angabe in die Welt gesetzt: Im dritten Heft von ‚Jetztlebendes gelehrtes Mecklenburg'[16] hat Dreyer in seinem offensichtlich von ihm veranlassten und inspirierten, wenn nicht selbst verfassten Porträt zwei Dinge behauptet: „Er [Dreyer] ůbersetzte in der Zeit, da er bey ihm [von Westphalen] im Hause war, des Hederichs Schwerinsche und des Lambert Schlaggerts Ribbenitzer Chronik aus dem plat- und deutschen [!] in Latein, welche, wie sie aus seiner Feder gekommen, im dritten [!] Band der monumentorum ineditorum abgedruckt worden."[17] Und unter seinen insgesamt 60 aufgeführten Schriften

---

mutilato passim amplificato sequitur h. l. charta Transactionis inter Senatum & Coenobium a. 1442 […]. Ähnliche Formulierung: Sp. 883, Hinweise darauf bei Techen (Anm. 1), S. 3*.

14 Auf den unpaginierten Seiten findet sich unter *Schlaggert* lediglich der Hinweis *(Lamb.) autor Chron. Ribbenic.*; mit Verweis auf Bd. IV, Sp. 841, was jedoch allein die Überschrift der lateinischen Chronik dort aufnimmt.

15 NDB 4 (1959), S. 122f.

16 Jetztlebendes gelehrtes Mecklenburg. Aus autentischen und andern sichern Quellen herausgegeben von J. C. Koppe. Drittes Stück, Rostock / Leipzig 1784. Digitalisat: https://gdz.sub.uni-goettingen.de/id/PPN558662366?tify=„panX":0.482,„panY":0.337,„view":„info",„zoom":0.737 (letzter Zugriff: 03.01.2024).

17 Ebd., S. 52f. – Schwerinische Chronica von M. Bernardo Hederico, Rectore der Schulen zu Schwerin / trewlich zusammen gezogen. Rostock […] 1598 (VD16 H920) ist in Westphalens Monumenta Inedita (Anm. 11), Tomus III, Sp. 1645–1685 in lateinischer, mehr oder weniger wörtlicher Entsprechung enthalten, wie Stichproben gezeigt

erscheint an 7. Stelle: „7) Index universalis in Tomos IV monumentorum inedit. rerum Germ. & Cimbricarum E. J. de Westphalen. Er hat diese recht mů̊hsame Arbeit nach dem Modell des indicis, welches Haltaus [...] gemacht, verfertigt, und hie und da einige Anmerkungen eingestreuet."[18] In der Tat heißt es in Bd. 4 von Westphalens Ausgabe, dass der „Index vniversalis in qvatvor tomos [...] a Io. Carol. Henr. Dreyer" angelegt worden sei[19] – und das dürfte kaum ohne Wissen und Billigung seines Onkels so gewesen sein.

Nachdem jedoch Georg Christian Friedrich Lisch 1846 in einer seiner zahlreichen Miszellen mit der ihm eigenen Autorität mitgeteilt hatte, dass „in der Biographie des bekannten Dompropstes Dreyer († 1802)" vom Herausgeber Koppe im ‚Jetztlebende[n] gelehrte[n] Mecklenburg' von 1784 „eine Aufklärung" über den „Verfasser der lateinischen Bearbeitung gegeben" sei,[20] hat diese „anscheinend so verläßliche Äußerung"[21], dazu geführt, dass man nicht mehr der lateinischen „Übersetzung", sondern nur noch der niederdeutschen Chronik als dem „Original" Aufmerksamkeit schenkte, denn von ihr habe, so Techen, „eine neuere zuverlässige Abschrift zu Gebote" gestanden,[22] die offenbar unter den landesgeschichtlich Interessierten kursierte. Außerdem kam es zur

haben. Es folgen diverse Anhänge (Sp. 1685–1732), u. a. Sp. 1696–1701 ein Neudruck der Ekloge von Johannes Bocer († 1565) *Panegyris ad illustrissimos Principes* [...] *D. Iohannem Albertum et D. Udalricum fratres et Duces Megalburgenses etc.* [...], zuerst 1564; vgl. dazu Lothar Mundt, ‚Bocer(us), Johannes', in: Frühe Neuzeit in Deutschland 1520–1620. Literaturwissenschaftliches Verfasserlexikon, Bd. 1, Berlin / Boston 2011, Sp. 296–307, hier: 303. Die Anhänge sind z. T. 1605 datiert und dürften schon allein deswegen, wie Bocers Ekloge, schwerlich von Dreyer stammen. Hederich († 1605) hat noch eine im Vorwort auf den 3. April 1605 datierte, komplett lateinisch verfasste historische Schrift: ‚Parentatio Reverendissimi Illvstrißimique Principis ac Domini, Domini Vdalrici, Administratoris Dioecesios Sverinensis, Ducis Megapolensis, Principis Vandalorum, Comitis Sverini, Rostochij & Stargardiae', Rostock 1605 publiziert (VD17 14: 077961 F), so dass die Annahme, er habe selbst eine lateinische Version seines ‚Chronicon Sverinense' verfasst, Einiges für sich hat. Sie ist allerdings weder im VD16 noch im VD17 nachzuweisen.

18 Koppe (Anm. 16), S. 73.

19 Chronicon (Anm. 11), erste, ungezählte, Seite nach Sp. 3532.

20 G[eorg] C[hristian] F[riedrich] Lisch, Miscellen und Nachträge, in: Jahrbücher des Vereins für Meklenburgische Geschichte und Alterthumskunde 11 (1846), S. 206–232, hier: 231f.

21 Techen (Anm. 1), S. 3*.

22 Techen (Anm. 1), S. 3*. Gemeint ist damit wahrscheinlich eine Abschrift des mit Techen befreundeten Arztes Dr. Friedrich Crull aus Wismar, der seine verschiedenen Beiträge anonym oder mit dem Kürzel „C. D. W." publizierte; vgl. Techen (Anm. 1), S. 1* Anm. 2, wo von „Crulls Abschrift" die Rede ist; vgl. außerdem Friedrich Techen, Verzeichnis der Schriften des Dr. Friedrich Crull-Wismar, in: Jahrbuch des Vereins für Meklenburgische Geschichte und Alterthumskunde 76 (1911), Jahresbericht, S. 27–30. (Die Jahresberichte sind den Jahrbüchern beigebunden.)

Veröffentlichung von Auszügen aus der niederdeutschen Chronik von Carl Ferdinand Fabricius, zuerst 1835 in seinem ‚historischen Roman' ‚Die Acht und Vierzig. Eine Erzählung aus Stralsund's Vorzeit'[23] und in den Mecklenburgischen Jahrbüchern von 1838[24]; schließlich haben Crull 1857[25] und Lisch 1863[26] je einen weiteren Auszug publiziert; eine Reihe von Auszügen auch in Bänden des Mecklenburger Urkundenbuchs (MUB).[27]

Erst Friedrich Techen hat für seine 1909 erschienene Ausgabe beider Chroniken eine „Vergleichung" der niederdeutschen Chronik mit der angeblichen Übersetzung vorgenommen. Sie hat „ergeben, daß die Aussage Dreyers über seine Übersetzertätigkeit mit der Wahrheit nicht bestehn kann, und daß vielmehr der Herausgeber der Lateinischen Chronik [d. i. Westphalen] Recht hat, indem jene für alle ältern Nachrichten die Grundlage der Slaggertschen Chronik bildet". Mit dieser Aussage hat Techen die gesamte weitere Beschäftigung mit beiden Chroniken für die nächsten gut 100 Jahre, genau bis 2011 bestimmt.[28] Um seiner These willen, dass die lateinische Chronik die ältere und gebende, die mittelniederdeutsche die jüngere und nehmende sei, hat er einen Satz der lateinischen Chronik ignoriert, ihn nicht einmal diskutiert, der zu einer anderen Bewertung des Verhältnisses zwischen beiden Chroniken führt. Diesen Satz hat erst Volker Honemann 2011 sozusagen wiederentdeckt, obwohl er möglicherweise bereits Westphalen das Argument für eine Verfasserschaft Slaggerts auch der lateinischen Chronik geboten hat. Der Satz lautet:

---

23 Carl Ferdinand Fabricius, Die Acht und Vierzig. Eine Erzählung aus Stralsund's Vorzeit, Stralsund 1835, S. 345–349; entspricht Techen (Anm. 1), S. 133,33–135,33.

24 Fabricius, Bruchstück aus der deutschen Chronik des Fräulein=Klosters St. Claren=Ordens zu Ribbenitz (Anm. 4), S. 108–140; entspricht Techen (Anm. 1), S. 125,5–153,13.

25 C. D. W. [= Carl Ferdinand Crull], Chronistische Aufzeichnungen aus dem Kloster Ribnitz aus dem Ende des sechszehnten Jahrhunderts, in: Jahrbücher des Vereins für Meklenburgische Geschichte und Alterthumskunde 22 (1857), S. 198–205; entspricht Techen (Anm. 1), S. 176,10–183,19 mit Ausnahme von S. 177,5–18).

26 Georg Christian Friedrich Lisch, Die gemalten Fenster der Klosterkirche zu Ribnitz, in: Jahrbücher des Vereins für Meklenburgische Geschichte und Alterthumskunde 28 (1863), S. 316–322, hier: 320–322; entspricht Techen (Anm. 1), S. 207,22–209,36.

27 Z. B. Techen (Anm. 1), S. 3*. Vgl. S. 77,40–78,8 und S. 172,30–173,9 (MUB VII, 1872, Nr. 4497 mit Anm.), S. 82,28–83,42 (MUB VIII, 1873, Nr. 5114), S. 84,28–86,42 (MUB VIII, 1873, Nr. 5034) usw.

28 Techen (Anm. 1), S. 3*. Vgl. Ingo Ulpts, Die Bettelorden in Mecklenburg. Ein Beitrag zur Geschichte der Franziskaner, Klarissen, Dominikaner und Augustiner-Eremiten im Mittelalter (Saxonia Franciscana 6), Werl 1995, S. 111–134, 205–236, hier: 111 u. ö.; Wolfgang Huschner, Die Gründung des Klarissenklosters Ribnitz (1323/24–1331). Eine landesherrliche Stiftung gegen städtischen und weltgeistlichen Widerstand, in: Gestiftete Zukunft im mittelalterlichen Europa. Festschrift für Michael Borgolte zum 60. Geburtstag, hg. v. Wolfgang Huschner u. Frank Rexroth, Berlin 2008, S. 333–351, hier: 340f.

A. 1529. quadragesimali tempore de consensu Dorothee Abbatisse venerandus pater frater *Joachim Meyger* & confessor dominarum, una cum fratre me *Lamberto Slaggheri* confessore & venerando patre fratre *Joachimo* aptaverunt locum quendam pro libraria, quam eciam libris suis ornaverunt ac fenestris.[29]

Das spricht dafür, dass Slaggert sich zumindest als Schreiber der lateinischen Chronik begreift, wahrscheinlicher jedoch, wofür eine Reihe weiterer Indizien spricht, dass er sich damit „an dieser Stelle selbst als Autor“ auch des Texts der „gesamten lateinischen“ Chronik nennt.[30] Im letzten seiner wichtigen und bedeutsamen Beiträge für die Mecklenburgische Geschichte, vor allem die Klostergeschichte, insbesondere die des Ribnitzer Klosters, hat dem nun auch Wolfgang Huschner zugestimmt.[31] Dies akzeptiert, bedeutet, dass Slaggert auf der Basis einer wahrscheinlich lateinischen (Kloster-)Chronik, aber zusätzlichen weiteren ausgewerteten Quellen seine lateinische Chronik verfasst hat, die ihm, wie die „Übersetzungsrichtung“ zeigt, zugleich für seine niederdeutsche Chronik gedient hat.[32] Volker Honemann hat sogar gemeint, Indizien dafür gefunden zu haben, dass Slaggert „für die Darstellung der letzten Jahrzehnte parallel an den beiden Texten gearbeitet“ habe.[33] Vorausgesetzt, dies ließe sich weiter erhärten, würde dies auch besser erklären, dass es sich, nach meinem Eindruck, keineswegs immer in der niederdeutschen um eine Eins-zu-Eins-Übersetzung der lateinischen Version handelt, vielmehr tragen, abgesehen von den fehlenden Teilen hier, den ergänzten dort, die beiden Chroniken durch

---

29 Zitat nach Westphalen, Monumenta Inedita (Anm. 11), Tomus IV, Sp. 882; Techen (Anm. 1), S. 59,27–32 ergänzt nach *Meyger* Komma und „[gardianus]“, danach die Übersetzung: „Anno 1529. In der Fastenzeit [10.02. bis 28.03.] haben mit Zustimmung der Äbtissin Dorothea der verehrungswürdige Pater Bruder Joachim Meyer, Guardian und Beichtvater der Schwestern, zusammen mit m i r , dem Beichtvater Lambert Slaggert und eben dem verehrten Pater Bruder Joachim einen geeigneten Raum für die Bibliothek eingerichtet und ihn auch mit ihren Büchern sowie mit Fenstern schön ausgestattet.“ Techen kommentiert diesen Satz, etwas sehr versteckt, lediglich auf diese Weise: „Gleichzeitig aber ist die Lateinische Chronik unabhängig von der Slaggertschen fortgesetzt, sogar über Slaggert hinaus. Dabei muß Slaggert Einen Satz wenigstens dort selbst eingetragen haben“. Techen (Anm. 1), S. 8* mit Anm. 22: 59,27ff.

30 Honemann (Anm. 8), S. 99; entsprechend Honemann, Franziskanische Geschichtsschreibung (Anm. 9), S. 827.

31 Wolfgang Huschner u. a., Ribnitz, Klarissen, in: Mecklenburgisches Klosterbuch. Handbuch der Klöster, Stifte, Kommenden und Prioreien (10./11. – 16. Jh.) [MKB], Bd. 1–2, hg. v. Wolfgang Huschner u. a., Rostock 2016, Bd. 2, S. 767–838, hier: 823; zuvor bereits Wolfgang Huschner, Franziskaner und Klarissen in Mecklenburg am Vorabend der Reformation, in: Mecklenburgische Jahrbücher 131 (2016), S. 263–283, hier: 273 Anm. 42.

32 Honemann (Anm. 8), S. 98.

33 Ebd., S. 106.

Umstellungen in der Syntax, Begründungsdifferenzierungen oder -erweiterungen doch auch einen jeweils eigenen Akzent. Eine Überprüfung dessen wird in der Anlage der „für ihre Entstehungszeit vorzüglichen Ausgabe Friedrich Techens“[34] nicht erleichtert; es wäre gut, man hätte die beiden Chroniken nicht wie dort nacheinander, sondern parallel, im Druck oder einem Digitalisat, nebeneinander zur Verfügung.

1.2 Niederdeutsche Chronik

1.2.1 Der erste Teil der Chronik – Bucephalus und Namen über Namen

Das Autograph von Slaggerts niederdeutscher Chronik ist in der jetzt als Digitalisat[35] greifbaren Handschrift des Landeshauptarchivs Schwerin (Signatur: LHAS 1.12–1 Chroniken, Nr. 2) überliefert. Es handelt sich um eine Papierhandschrift, deren nunmehr insgesamt 111 oben rechts durchgezählte Blätter eines größeren Quartformats (ca. 29 x 21 cm)[36] nach dem Papierspaltverfahren restauriert worden sind. Die neue, wohl unmittelbar nach der Restaurierung, jedenfalls nach 2011, nach Honemanns Aufsatz, vorgenommene und für das Digitalisat gültige Blattzählung oben rechts ersetzt damit eine ältere, mit Bleistift vorgenommene Zählung in der Mitte unten auf der Rectoseite der Blätter, vermutlich vom Anfang des 20. Jahrhunderts, die wohl (überwiegend) von Techen stammt, der „bei der Kollationierung nach der vorgefundenen Ordnung neu paginiert“ hat.[37] Leider weichen die neue und die etwa 100 Jahre ältere Blattzählung mehrfach und unterschiedlich voneinander ab, so dass die Koordination von Digitalisat und Techens Ausgabe, der bei Blatt- und Seitenwechsel stets seine Zählung vermerkt, nicht eben leichtfällt, zumal Techen den Text seiner Ausgabe gegen die von ihm fixierte Ordnung der Blätter der Handschrift mehrfach umgestellt hat.[38] Die Ordnung der Blätter der nach Techens

---

34 Ebd., S. 91.

35 https://www.digitale-bibliothek-mv.de/viewer/image/PPNlhasn1121nr2/ (letzter Zugriff: 03.01.2024).

36 Vgl. Techen (Anm. 1), S. 1* Anm. 2.

37 Ebd.

38 Zunächst ein Überblick: Bl. 1–24 stimmen beide Zählungen überein; Bl. 3r–24v ist gedruckt in Techen (Anm. 1), S. 183,20–216,12. – Bl. 34r–67v der gegenwärtigen Zählung entspricht in Techens Zählung Bl. 30r–63v, in diesem Abschnitt differieren beide Zählungen also um jeweils vier Zähler; gedruckt Techen (Anm. 1), S. 65,1–108,17. – Bl. 68r–69v der gegenwärtigen Zählung entspricht in Techens Zählung Bl. 65r–66v, gedruckt Techen (Anm. 1), S. 108,19–111,6. – Bl. 70r–108r der gegenwärtigen Zählung entspricht in Techens Zählung Bl. 68r–106r, in diesem Abschnitt differieren beide Zählungen also um je zwei Zähler; gedruckt Techen (Anm. 1), S. 111,7–172,29. – Bl. 1r/v (Techen Bl. 1r/v) ist gedruckt Techen (Anm. 1), S. 216f., Bl. 2r/v (Techen

Worten „jetzt des Einbandes entbehrende[n] Papierhandschrift"[39] ist jedoch seit 1909 bis heute 2021 unverändert. Dass es sich auch heute um eine „einbandlose ‚Loseblattsammlung'"[40] handelt, dürfte im Zustand der Handschrift begründet sein, die schwerlich ohne Textverlust neu zu binden sein dürfte. Ursprünglich

---

Bl. 2r/v) ist leer. – Zu Bl. 3r–24v s. o. – Die neun Bll. 25–33 der gegenwärtigen Zählung sind mit den Angaben bei Techen (Anm. 1), S. 176 Anm. 2 und S. 216c nur bedingt zu koordinieren; einige leere Bl. werden als „nicht paginiert" bezeichnet, für andere fehlen genauere Angaben: Bl. 25r–26v sind leer; Bl. 27r – Techen (Anm. 1), S. 176 Anm. 2: „nach fol. 24 auf nicht paginiertem Blatte" – ein nachgetragener Text, gedruckt Techen (Anm. 1), S. 176 Anm. 2. – Bl. 27v, Techen (Anm. 1), S. 216c: „danach auf einem Blatte für sich [!] ein Bild des heil. Franz", Federzeichnung des Franciscus (Abb. 3 am Ende des Beitrags), der nicht von Slaggerts Hand stammende Text dazu ist bei Techen nicht gedruckt. – Bl. 28r–29r, Techen (Anm. 1), S. 216c: „darauf auf mehreren Blättern je drei Paare gegeneinander geneigter geschweifter leerer Schilde", Federzeichnungen dieser leeren Wappenschilde. – Bl. 29v–30v leer. – Bl. 31r, Techen (Anm. 1), S. 216c: „und endlich ein Bild der heil. Klara", Federzeichnung der Hl. Clara (Abb. 4 am Ende des Beitrags), der nicht von Slaggerts Hand stammende Text dazu ist bei Techen nicht gedruckt. – Bl. 31v–33v leer (dazu keine Angaben bei Techen). – Zu Bl. 34r–67v s. o. – Darauf fehlen der Handschrift, mindestens seit dem späten 17. Jh., zwei Blätter (vielleicht ein Doppelblatt?), die Techen als Bl. 64 u. Bl. 67 jedoch in seiner Zählung berücksichtigt hat, vgl. Techen (Anm. 1), S. 108e–f und 111b–c. – Zu Bl. 68r–69v und Bl. 70r–108r s. o. – Bl. 108v (Techen Bl. 106v) ist gedruckt in Techen (Anm. 1), S. 174,35–175,29. – Bl. 109r (Techen, S. 172d „Pfeilerinschrift auf nicht gezähltem Blatte") ist gedruckt in Techen (Anm. 1), S. 172,30–173,9. – Bl. 109v–110v leer (nicht gezählt bei Techen). Bl. 111r (Techen Bl. 107r), ist gedruckt in Techen (Anm. 1), S. 175,30–176,9. Bl. 111v (Techen Bl. 107v) ist leer. Damit endet Slaggerts Chronik. – Bei den von Techen (Anm. 1), S. 173,10–174,2 und S. 174,3–34 gedruckten Texten handelt es sich um zwei (?) Bll. des Kopiars mit Ereignissen der Jahre 1472–1533 bzw. von 1420; zum ersten Bl. vermerkt Techen (Anm. 1), S. 173a, „das Folgende auf dem Pergamentvorsatzblatte des Kopiarius", zum zweiten Bl.: „Ein Blatt für sich von Slaggerts Hand", Techen (Anm. 1), S. 174a. – Das von Techen (Anm. 1), S. 176,10–177,16 Gedruckte stammt „aus dem Diplomatar fol. 51", danach „177,17 [recte: 177,19] bis 183,19 in der Chronik, nicht paginiert", Techen (Anm. 1), S. 176a; referiert werden nicht immer chronologisch geordnete Ereignisse der Jahre 1527, 1537, 1538, dann 1553 und 1565 bis 1578, diese auch gedruckt bei Crull (Anm. 25).

39 Techen (Anm. 1), S. 1* Anm. 2, darauf hat auch bereits Fabricius (Anm. 4), S. 97, hingewiesen. – Die folgenden Angaben zum äußeren Zustand der Handschrift beruhen auf eigenen Beobachtungen am Digitalisat (s. o. Anm. 35). Dr. Antje Koolman (LHA Schwerin) danke ich vielmals dafür, dass sie bestätigt hat (März 2023), dass es sich weiterhin um eine Loseblattsammlung handelt (sie wird in einem Schuber aufbewahrt), dass die Blätter durch Anfaserung restauriert worden sind und dass der Holzschnitt (Bl. 1r, Abb. 1; s. u. S. 556f. mit Anm. 98) aufgeklebt worden ist. Auch die Kopiar-Handschrift, aus dem die Chronik ausgelöst worden ist und aus der Techen (Anm. 1) Einiges abgedruckt hat, ist wohl erhalten und im LHA Schwerin aufbewahrt.

40 Honemann (Anm. 8), S. 93.

war sie als „letzte, unvollständige Lage“,[41] zusammen mit einer Reihe von Nachträgen, demnach nach 1578, in ein Urkundenkopiar des Klosters eingebunden, aus dem sie jedenfalls vor 1838 ausgelöst war; mit den Kopien der Urkunden waren die Blätter der Chronik durch eine auch heute noch weitgehend erhaltene Foliierung mit römischen Ziffern verbunden (Bl. 47–96: *cxlviij–cc*). Insgesamt ist die Handschrift durchgängig von einer Hand, mit hoher Wahrscheinlichkeit der Slaggerts, von 1522/23 bis 1532/33 evtl. 1538 (s. o.) beschrieben; vereinzelt gibt es Ergänzungen und Nachträge, z. T. von Slaggerts, z. T. aber auch von anderer, vermutlich späterer Hand, so relativ kompakt Bl. 108v u. 111r Notizen zu den Jahren 1568, 1537, 1527, 1576 bzw. 1577 u. 1538.[42]

Die Aufzeichnungen Slaggerts sind in zwei große Abschnitte gegliedert. Nach der derzeitigen Ordnung und der entsprechenden Blattzählung der „Loseblattsammlung“ beginnt das Konvolut mit dem ersten Teil etwas überraschend für eine Klosterchronik mit einem aufgeklebten Holzschnitt aus einem Druck, worüber in der Auszeichnungsschrift Slaggerts in Fraktur geschrieben ist *Bucephalus dat pert Allexandri* (Abb. 1 s. u. S. 557). Unter dem etwa quadratischen, fast die ganze Breite des Blattes einnehmenden Holzschnitt, der Alexander mit einem mit Dornen bestückten Streitkolben („Morgenstern“) bewaffnet auf dem *Bucephalus* zeigt, beginnt ein auf der Versoseite des Blattes fortgesetzter Text, der erläutert, was es mit diesem *pert des groten konynges Allexandri* auf sich habe.[43] Ein Bezug zum Ribnitzer Kloster oder zu Mecklenburg wird darin, wenn man nicht beim *ossencop* des menschenfressenden Pferdes hellhörig werden sollte, nicht explizit hergestellt.[44] Auf dieses, der Anordnung nach, erste Blatt folgt zunächst ein leeres Blatt (2r/v), darauf eine Reihe weiterer Einzelblätter, auf denen jeweils neu angesetzt verschiedene Verzeich-

---

[41] MUB 5 (Anm. 12), S. IV. Weitere Hinweise dazu in MUB 1, Schwerin 1863, S. XXVIII; Techen (Anm. 1), S. 1* Anm. 2 u. S. 173,10–174,2, S. 174,3–34 („ein Blatt für sich von Slaggerts Hand“!, s. 174a), S. 176,10–177,16 („aus dem Diplomatar [= Kopiar] fol. 51“, s. 176[a]), S. 177,17–183,19 („in der Chronik, nicht paginiert“, s. 176a).

[42] Es handelt sich um die zu Techens Zeit und nach Techens Zählung offensichtlich aufeinander folgenden Bll. 106v u. 107r, gedruckt ebd., S. 174,35–175,29 u. 175,30–176,9, s. dort unter 174a u. 175g. Dazwischen befinden sich, jedenfalls heute, das zu Techens Zeit ungezählte, jetzt als Bl. 109 gezählte Blatt mit der von Slaggert auf der Rectoseite abgeschriebenen Inschrift auf einem Pfeiler *in der broder chor*, ebd., S. 172,30–173,9, und ein leeres Blatt, heute Bl. 110, dessen Rectoseite leer, dessen Versoseite am oberen, zerstörten Rand noch mit jetzt nicht mehr deutbaren Buchstaben beschrieben ist.

[43] Bl. 1r/v, vgl. https://www.digitale-bibliothek-mv.de/viewer/image/PPNlhasn1121nr2/1/ (letzter Zugriff: 03.01.2024); Text, ohne Abbildung, gedruckt in Techen (Anm. 1), S. 216f.

[44] Vgl. dazu unten S. 556–559 mit Anm. 98–104.

nisse mit vielen Namen enthalten sind, die, wo nötig und möglich, für weitere Eintragungen und Nachträge genügend freien Raum lassen.

So findet sich Bl. 3r/v ein in zwei Spalten angelegtes Register der Predigten (*sermon*), die durch das Jahr hindurch an bestimmten Sonn- und Festtagen zu halten sind. Diese Ordnung wurde, so heißt es, vom Visitator des Klosters und Kustos von Lübeck, von der *irluchteden hochgebaren vorstynnen froychen Dorothea tho Mekelenborch, abbatissa tho Ribbenitz* und in Gegenwart des *gardians unde des bichtvaders her Nicolaus Vangen unde ock der computisten des closters ofte conventes* (183,20–186,6) erlassen. Nicolaus Vanghen, so nach der etwas später (Bl. 9v–10r) verzeichneten Liste der *namen der bychtvedere*, war 1509 Beichtvater. Zu ihm, als einzigem dieser Liste außer zu Lambert Slaggert selbst, schreibt Slaggert einen längeren Kommentar:

> Tho deme lasten he [Vanghen] quam tho Ribbenitz na uthwysinghe synes horsames breve van deme Gripeswolde. He vant vele manck den susteren, dat alle nicht horde tho ener guden reformacien. Darumme heft he myt der abbatissen ghearbeydet, dat alle syrlicheyt, de de susteren hadden in eren volden dukeren, mantel unde cappen, alle mosten affleggen unde ock vormiden de swarten cappen unde nicht nichtes eghens hebben, men de abbatissa in allen, wes en notroff were, se scholde besorgen, so id in allen gheystlyken klosteren ene wanheyt ys. Dartho vele susteren gans ghutwillich weren umme salicheyt ere ßelen, de alle tyd baven alle tydtlick ghut schal anghesen werden. Desse anbegin was ghut, men yd heft nen bestant ghehat. Wol des ene orsake ys, wert got van hemmel wol vynden in syner tydt. (195b)

Man hört selbst diesen wenigen Sätzen, die Slaggert Jahre später, nach 1509, verfasst haben muss, noch an, welch ein Eingriff in die nach der Urban-Regel gestaltete Lebensweise dieser Gemeinschaft es war, dass alle Frauen des Klosters *nicht nichtes eghens hebben* sollten und dass zwar *vele susteren gans ghutwillich weren*, das zu verwirklichen, aber es bei etlichen auch erhebliche Widerstände gegeben haben dürfte, wie es an anderer Stelle der Chronik auch näher ausgeführt wird.[45] In diesem ersten Teil der Chronik hält Slaggert jedoch, ohne die Konflikte eigens zu erwähnen, mit der Abschrift (?) eines Dokuments die näheren Umstände dieses Verzichts auf persönliches Eigentum der *susteren* fest, den die Äbtissin selbst offenbar urkundlich festgehalten, und als eigenen Entschluss sozusagen zu Protokoll gegeben hat. Dort heißt es unter der Überschrift *Uphevinghe der clenodie der suster*:

> Anno domini 1510 ick suster Dorothea, ghebaren froychen tho Mekelenborch etc., unwerdich abbatissa tho Ribbenitze, hebbe averghetrachtet unde tho synnen ghenamen, dat alle byldelke [‚billige'] ghelofte, de de cristlyke kerke tholeth, eyn jeder ys vorwant unde plichtich tho holden. Up dat wy mytd eynander unsen ghelofte mochten

[45] Bl. 80v–81r, Techen (Anm. 1), S. 125,5–38.

ghenoch dō̊n, so hebbe wy samptlyken alle clenode an golde, sulver unde ghelde avergegeven nach rade unde vormaninge unde heten unser prelaten, besundergen unses ministers van der provincien van Sassen tho ener groter bevestinghe unser upghehaven unde anghenamen reformacien, de sulve vorghemelten clenodye antholeggen an ewighe lantgudere, in dem dyt gadeshus wat swach ys van upheving der pachten. So hebbe ick anghesen alle myne leven ghestlyken dochteren unde susteren des closters tho allen dingheren ghutwillich, dat ere regule mydtbringhet, unde hebbe en tho wolgheval ghekoft tho enem ewygen arffkope dorch der forsten desser lande, mynen fruntlyken leven broderen, bewillinge van den erbaren menren van der Lů twe dorpe (213,1–20).

An drei miteinander unverbundenen Stellen dieser verschiedenen Listen und Verzeichnisse im ersten Teil der Chronik hält Slaggert zwei zentrale Ergebnisse der Reform der Ordnung des Klosters von 1509 für die nachkommenden Generationen fest, die Ordnung der Predigten für das Jahr und die strikte Aufgabe persönlichen Eigentums. Zugleich erfährt man auch, mit welchen Instanzen die Äbtissin, die formal die Befugnisse hat, diese Reform durchzusetzen, sich auseinanderzusetzen und abzustimmen hat, mit der Ordensleitung der Franziskaner und mit ihren Brüdern, den zu dieser Zeit regierenden Herzögen von Mecklenburg Heinrich V., „dem Friedfertigen" (*1479, 1503–1552) und Albrecht VII., „dem Schönen" (*1488, 1534–1547), aber auch mit ihren *ghestlyken dochteren unde susteren*, auf deren Gutwilligkeit sie ebenso angewiesen ist. Dass dies ebenso wie die Berufung auf den alles regulierenden *horsam* nicht nur eine Floskel ist, erfährt man, wenn man im zweiten großen Teil der Chronik liest, dass die *susteren* ihrer Vorgängerin Elisabeth 1492 im Zuge der vorhergehenden Reform eben den *horsam* verweigert haben.[46] Elisabeth war die Schwester von Dorotheas Vater Magnus II. und dessen Bruder Balthasar, die jene Reform, von der hier auch ansatzweise die Rede ist, in Zusammenhang mit dem Ausbau der Landesherrschaft angestoßen haben.[47] Kaum ohne das Zutun beider dürfte Elisabeth zur Resignation und dürften die *susteren* zur Aufgabe des *horsam* veranlasst worden sein. Die Reform von 1509 hingegen ist vor dem Hintergrund der Versuche des Provinzialministers der Saxonia zu sehen, mit der Durchsetzung eines strengeren Armutsgebotes – auch im einzigen Klarissenkloster Mecklenburgs in Ribnitz, deren Seelsorge den Franziskanern anvertraut war – die Basis für eine erneuerte Union der drei bis vier Zweige unter den Franziskanern zu schaffen, der Konventualen, dann der sog. Martinianer und der strengen Observanten. Mit der Aufgabe privaten Eigentums, das die *susteren* nicht zuletzt aus den *almissen* für das Gebetsgedenken der Stifter erworben hatten und erwarben, entzog man jedoch dem gesamten Konvent die Le-

46 Ebd., S. 121,33–122,3.

47 Dazu Eike Wolgast, Das vorreformatorische landesherrliche Kirchenregiment in Mecklenburg im Vergleich, in: Mecklenburgische Jahrbücher 131 (2016), S. 221–242, bes. S. 230f.

bensgrundlage, da ja die Klarissen – im Gegensatz zu den Franziskanern – strenger Klausur unterworfen waren.[48] Beides zugleich, strenge Klausur und einen auskömmlichen Lebensunterhalt zu sichern, ließ sich offenbar nur umsetzen, indem Dorothea in dem oben im Auszug zitierten Dokument erklärte, dass sie, mit Erlaubnis des Konvents, selbst *ethlyke*, also nicht alle, ihrer *clenodye* und einiges vom Altargerät des Klosters verkauft habe, das zusammen mit dem, was die *susteren* und andere von ihrem Eigentum gegeben haben, ausreichend sein musste für die Summe, die zum Kauf der zwei Dörfer benötigt wurde, denn diese brauchten die *susteren* dringend, wie es anderer Stelle heißt, *tho notroff des closters* (125,24).

Auf die im *register der sermon* formulierte Regel, welche die franziskanischen Brüder im Kloster wie die *susteren* des Konvents verpflichtet, folgt im ersten Konvolut der Blätter nun auf Bl. 4r–7r ein zweispaltiges, alphabetisch sortiertes Verzeichnis der *vorstorven juncfrowen unde sustere desses closters van anbegynne*; eingeschlossen sind darin, was man gern überliest, unter *f* wie *frater*, die Namen von 26 verstorbenen franziskanischen Brüdern (Bl. 5r).[49] Slaggert hätte die *broder* gewiss leicht in einem eigenen Verzeichnis separat aufführen können. So aber erscheint in diesem gemeinsamen, alphabetisch gleich gewichteten Verzeichnis die enge Gemeinschaft von Klarissen und Franziskanern auf dem Papier wie im Kloster, als übergeordnete Einheit, in der ein Bereich den Brüdern mit dem lateinischen *f* zugewiesen ist. Und auch in den knappen Bemerkungen zu einigen der *susteren* oder *broder* wird deutlich, dass in dieser Gemeinschaft das von den Stiftern gedachte Modell eines Klarissenklosters Realität geworden ist, wie dies bereits früher in dem von König Wenzel I. gegründeten Agneskloster in Prag, dem von den Habsburgern gegründeten Königsfelden oder dem von dem Wettiner Dietrich von Landsberg gegründeten Klarissenkloster in Weißenfels (Saale) angelegt war.[50] Auch lässt sich in diesen kleinen Anmerkungen zu den Namen bereits eine minimalistische Chronik des Klosters *van anbegynne* lesen: So heißt es zu *Beata*, sie sei *eyn froychen tho Mekelenborch unde eyn dochter heren Hinrickes, de dyt closter heft geven*, gewesen, womit auch der Gründer des Klosters Heinrich II. mit dem Beinamen „der Löwe" (*1266, 1287–1329) benannt und zwar präzise als *her* bezeichnet ist; der Titel eines Herzogs wurde erst 1348 seinen Söhnen Albrecht II. und Johann I. von Kaiser Karl IV. verliehen.[51] Beata war von 1349 bis 1398 die erste von acht Äbtissinnen

[48] Zu den Reformen des 15. und 16. Jahrhunderts vgl. MKB (Anm. 31), Bd. 2, S. 776f., und Volker Honemann, Die Reformbewegungen des 15. und frühen 16. Jahrhunderts in der Saxonia, in: Honemann (Hg.) (Anm. 9), S. 45–164.

[49] Techen (Anm. 1), S. 186–190.

[50] Vgl. dazu Wolfgang Huschner, Heinrich II. von Mecklenburg, Anna von Sachsen-Wittenberg und die Klarissen, in: Mecklenburgische Jahrbücher 123 (2008), S. 7–31; Ulpts (Anm. 28), S. 111–116, 128–131.

[51] Dazu etwa: Mecklenburgische Geschichte. Von den Anfängen bis zur Landständi-

aus dem Hause Mecklenburg, die einander bis zur Auflösung des Klosters im Amt folgten; diese Reihe wurde nur von 1408 bis 1423 unterbrochen, als, nach dem plötzlichen Tod von Äbtissin und Vikarin an der Pest von 1408, Cecilia Mallin, *de eddele was ghebaren*, gewählt worden ist.[52] Zu *Dideryck van Studiis* (Dietrich von Studitz) wird angemerkt, er sei *de erste broder unde scaffer desses closters, de dat buwede* oder zu *Johan Malchow eyn van den ersten broderen, de dyth closter hebben stichtet*. Und die Namen von vier Nonnen tragen den zusätzlichen Hinweis *eyn van den IIII ersten susteren desses closters* oder *eyn van den ersten IIII juncfrowen, de hir warden herghesant* oder schließlich bei *Meltildis* (Mechthild) *van Stendel, de erste abbatissa desses salygen closters.*[53] Im zweiten Teil der Chronik liest man dann zum Jahr 1329 das Folgende:

> Van thokumpst der susteren in dyt closter.
>
> Anno MCCCXXIX. an deme Palme daghe [16.4.] dorch vorsychtycheyt unde bevel des vaders ministers in deme hilghen horsam sint ghekamen de gheystlyken unde erbaren juncfrowen des ordens sunte Clare uth der custodien tho Lyptz [Leipzig] unde uth deme closter Witzcenvels dartho uthgekoren dyt closter in gheystlickheyt annemen unde buwen tho Rybbenitz. Dyt sint de namen der susteren: Meltildis, Elyzabeth van Stendel, fedderken [Kinder von Geschwistern väterlicherseits], suster Katherina, Clara van Budessen, susteren (87, 1–10).[54]

Man erfährt also bereits aus der Liste der Namen der *susteren* und *broder*, wer der Stifter des Klosters war, wer von franziskanischer Seite aus die Gründung begleitet und auf den Weg gebracht hat – von den langwierigen und schwierigen Verhandlungen und Auseinandersetzungen Dietrichs von Studitz ist in beiden Chroniken des längeren die Rede – und woher die ersten Nonnen des Ribnitzer Klosters kamen, das „mit den Weißenfelser Nonnen auch die auf Besitz und Eigentum verpflichtende Urban-Regel für Klarissen" übernahm.[55] Urban IV. hatte diese Regel 1263 für den gesamten Orden erlassen, doch blieb ein kleiner Zweig des Ordens bei der von der Heiligen Clara vorgesehenen, zur radikalen, „doppelten" Armut verpflichtenden Regel.[56] Die dauernden Auseinanderset-

---

schen Union von 1523. Auf der Grundlage von Hans Witte neu bearb. v. Manfred Hamann (Mitteldeutsche Forschungen 51), Köln / Graz 1968, S. 159–178, bes. S. 173.

52 Vgl. Bl. 66v–67r: *De V. abdiske desses closters*. Techen (Anm. 1), S. 106,28–107,34.

53 Ebd., S. 186–189, unter *Clara van Budessem*, *Elizabeth van Stendel*, *Katherina Stendals* (fehlerhafter Eintrag), *Katherina Budessen*, vgl. ebd., S. 23,3–5 u. 87,1–10.

54 *fedderken* ist nach Karl Schiller / August Lübben, Mittelniederdeutsches Wörterbuch, Bd. 5, Bremen 1880, S. 217f., in der angegebenen Bedeutung nicht nachgewiesen; in der lateinischen Chronik wird nach *Mechtildis de Stendalia* und *Elisabet de Stendalia* vermerkt, letztere sei *ejus consanguinea*, während es für *Catharina* und *Clara de Budessen* heißt, sie seien *ambo uterine*. Techen (Anm. 1), S. 276, erläutert *fedderken* mit „Geschwisterkinder".

55 Ulpts (Anm. 28), S. 129.

56 Vgl. hierzu auch MKB (Anm. 31), Bd. 2, S. 780–782.

zungen im sog. Armutsstreit der Franziskaner, in den die Klarissenkonvente aufgrund ihrer engen Verbindung zu den Franziskanern involviert waren, und die nachfolgenden Reform- und Unionsbemühungen des 15. Jahrhunderts in der Saxonia und anderswo, von denen oben die Rede war, haben hier ihre Wurzeln.[57]

Der langen Liste der verstorbenen Angehörigen des Klosters mit ca. 270 Namen folgen nun vier weitere Listen mit Namen. Bl. 7va die Reihe der *namen der abbatisken desses closters* von Beginn an bis zur Gegenwart (*de achte abbatissa ys nu noch suster Dorothea*; 191,21)[58] und Bl. 7vb–8ra *de namen der vicarien.*[59] Es folgen Bl. 8va–9ra *de namen der gardian unde bichtveder* und Bl. 9va–10rb *de namen der bychtvedere.* Auch hier vermerkt Slaggert in kurzen Kommentaren Wichtiges und für die Amtszeit Kennzeichnendes. Auffällig ist die Unterschiedlichkeit der Gaben, die ihnen zugeordnet werden; während die Stiftungen von zwei der *vicarien* in Höhe ihres Geldwertes angegeben werden, haben sich die Guardiane und die Beichtväter eher mit ihrer Arbeit für die Baulichkeiten des Klosters oder mit Gaben verdient gemacht, die eindeutig durch ihren sakralen Gebrauch definiert sind und die die Franziskaner wohl selbst als *almissen* geschenkt bekommen haben; nur bei *broder Conradus de Werle* werden *XL marck* und bei Nicolaus Marquart, der *eyn sulverne amitte myt Marien Magdalenen bylde unde I myssal* dem Kloster gegeben hat, werden zusätzlich auch *CC marck* erwähnt, – dabei könnte es sich aber um ein Versehen handeln.[60] Betont wird dagegen, dass Nicolaus de Buga *de erste gardian in der reformacie in deme jar unses heren na syner borth MCCCCXCII* war. Eine solche Formel findet sich neben keinem anderen Namen außer dem von Nicolaus Vanghen, dessen Bemühungen um eine *gude refomacie* oben bereits zitiert sind. Zuletzt schreibt Slaggert zu seinen eigenen handwerklichen Tätigkeiten für das *bychthus*; er habe *slapkameren vor den vader minister unde vor andere vedere*

57 Zur Gründung des Ribnitzer Klosters und zum Zusammenhang mit dem Armutsstreit vgl. MKB (Anm. 31).

58 Dieser Formulierung entspricht in der lateinischen Chronik ein Eintrag zum Jahre 1480: *Anno 1480. domina Sophia genuit domino suo Magno filiam Dorotheam, que nunc est abbatissa et mater sororum in Ribbenitz* [. . .]. Techen (Anm. 1), S. 51,4–6. Aber, und dies ist wichtig für das Verhältnis der lateinischen und der niederdeutschen Chronik, Slaggert übernimmt diesen Satz nicht an der entsprechenden und weitgehend übereinstimmenden Stelle der niederdeutschen Chronik (vgl. ebd., S. 120,1–5), sondern im Verzeichnis der *abbatisken desses closters.* Honemann (Anm. 8), S. 95 hat auf die Stelle in der lat. Chronik hingewiesen.

59 Techen (Anm. 1), S. 191f.

60 Techen (Anm. 1), S. 192 *zu suster Ghese Marlow, suster Gertrud Westvals* und *suster Anna Beren*; S. 193f. zu *broder Gotfrydus Welzyn, Conradus de Werle* u. *Nicolaus Marquart*; zu letzterem gibt es Bl. 5rb und 8vb unterschiedliche, z. T. nachgetragene Angaben. Vgl. Techen (Anm. 1), S. 188a u. 193b.

gebaut und habe *de dornse groter maket unde darin settet enen nygen kachgeloven.* Wichtig ist ihm dabei wiederum, woher das Geld für die gebrauchten Materialien kommt: *Dyt heft he* [Slaggert] *alle van synen almissen uthgherichtet unde sulvest bearbeydet, also dat vor oghen ys unde men dat seen mach, unde dartho ene nyge lucht, de stunt I gulden.* Es folgen danach, jeweils mit Beginn auf neuer Seite oder Spalte, eine Liste derjenigen, die das Kloster *myt eren mylden almissen* (197) bedacht haben, beginnend mit hochadligen Damen und Herren, danach mit namentlich genannten Bürgern aus Lübeck, Wismar, Rostock, Ribnitz, Stralsund und Greifswald (Bl. 10va–13vb), die Summen ihrer *almissen* bewegen sich etwa zwischen *VI marck tho rente tho der lampe vor deme sacramente in der broder ko͛r* und *CCCCC unde L marck tho jarliker rente tho wasse unde tho den lampen in dem ko͛r unde up deme slaphuße unde tho wyne* (201b) oder der überaus reichen Spende des Lübeckers Johann Kran:

> Johan Kran [...] heft buwen laten der broder torne unde sunte Katherinen altar unde dartho bestedighet alle misseghewede unde notroff unde alle jar IIII gulden tho rente, unde den bichtvederen, de dar missen holden, ock IIII gulden, unde deme closter alle jar XIIII marck upboringhe. He heft ock buwen laten dat scranck vor deme kore unde vele gudes ghedan (200a-b).[61]

Darauf (Bl. 14r) folgt eine Liste der in der Sakristei aufbewahrten *stucke*, u. a. wird erwähnt *dat blawe guldene garwete heft dat closter ghekregen van ener suster unde juncfrowe halven desses closters, de uthsedyß wurt, de se in deme closter mosten voden* (203).

Zwei weitere Verzeichnisse mit Namen folgen (vgl. Abb. 2 am Ende des Beitrags). Über dem ersten steht *Anno MV^c unde XXIII. vant yk desse juncfrowen, der ere namen hirna stan ghescreven, alle lewendich.* Darunter sind aufgeführt 46 Namen der *susteren* des Ordens, die der 10 *kinder* und die der 14 *denstsusteren*, die zusammen den Konvent bilden (204f.). Über dem nachfolgenden Verzeichnis mit 13 Namen der zwischen 1523 und 1533 verstorbenen *susteren* findet sich die Überschrift *Hyr volgen na de namen der vorstorven susteren van deme talle* [‚Anzahl, Gruppe'] *der levendighen hyrvor ghescreven* (205f.). Nun sind Listen mit Namen von Menschen, die vor 500 Jahren lebten und starben, gewiss nicht an sich schon interessant. Hier aber kann man Slaggert ein wenig bei der Arbeit beobachten und auch sein Verständnis von Geschehen und Geschichte ansatzweise erkennen: Die Formulierung der Überschrift über der ersten Namensliste (Bl. 14v), er habe *desse juncfrowen*, deren Namen folgen, zu Beginn seiner Tätigkeit in Ribnitz *alle lewendich* erlebt, impliziert ja, dass einige dieser Namen in

61 Die Namen aller Spender sind ebd., S. 197–203, verzeichnet; vgl. bes. S. 201b zu *broder Marten Bremer*, S. 200b zu *her Hinrick Byter*, S. 201b zu *Kunne, Rixe unde Lucke, dre susteren ghenomet de Ronnegerwen, umme salicheyt der selen erer olderen unde erer.*

Zukunft aus dieser Liste zu streichen sein und in die gleichzeitig und gegenüber, Bl. 15r, angelegte Liste einzutragen sein werden, so dass das zu Beginn leere Blatt, dann wenn es Zeit ist, mit seiner Schrift sich füllen wird. Diese Formulierung für das so eigens hergestellte Layout der Seiten ist ja nicht nur die Wiederholung der trivialen Weisheit von Werden und Vergehen, sondern scheint doch den Schreibprozess vom Geschehen zur Geschichte im Ansatz zu reflektieren. Und so geschieht es denn auch: Die 13 Namen der Verstorbenen werden in der ersten Liste gestrichen, mit dem *requiescat in pace* versehen und dann in die zweite Liste im Laufe der Jahre eingetragen. Zugleich bekommt jede dieser Frauen ihre eigene Geschichte, auch sie bleiben nicht nur Namen (und dank der Register und Hinweise Techens lässt sich dies unkompliziert nachverfolgen): 1529 stirbt *suster Tale Spetes de olde*, von der 1526 in der Chronik berichtet wird, sie habe *in der styllen weken* [...] *vorantwardet der abbatissen froychen Dorothea tho Mekelenborch I bock, eyn schone nyge collectarium, wol ghebunden, tho der ere gades unde nuttycheyt der susteren umme salycheyt wyllen erer ẞelen, darvor se gaff L marck van erem eghenen gelde* (141,5–10). Dass Tale Spetes eine besondere Position im Konvent innehatte, zeigt sich auch darin, dass sie in der ersten Liste gleich nach der Äbtissin und der *vicaria* genannt wird und dass diese *vicaria*, als sie nach 16 Amtsjahren in Gegenwart des Provinzialministers resigniert, *dorch eren vordenst* den Platz *negest olde suster Tale Spetes* in der Hierarchie erhält und dieser *Tale Spetes* gleichgestellt wird (160,36f.). 1524 stirbt *Geske Gronow, conversa*, 1527 *Wobbeke Holsten, ene kokensuster*. 1531 stirbt Cecilia van Stenderen, ein Mädchen aus jener Gruppe junger *frowen*, die noch nicht Profess abgelegt hatten und *kinder* genannt werden; sie hatte zusammen mit ihrer Mutter die Aufnahme in den Konvent der *juncfrowen* erlangt, was Slaggert heftig als ein *nyge dinck* kritisiert und unterstellt, *dat mer angheseen ys er ghelt, dat se lavede medethobringhen deme closter, alse ere selen salicheyt* (139,13f.). Schließlich Anna Dechow, *ene computiste unde altsuster* (165,12); sie erkrankt 1529 an der *swetenden suke* (165,20), dem ‚Englischen Schweiß', einer pandemisch sich verbreitenden Krankheit mit binnen eines Tages eintretendem tödlichen Verlauf.[62] Obwohl 25 Schwestern, der Guardian, der Beichtvater, der *scaffer* (165,15), der Organist und 3 Mägde erkranken, sind im Kloster keine Todesfälle zu beklagen.[63] Anna Dechow ist auch unter denen, die 1510 ihre *clenodie* zum Kauf der zwei Dörfer opfern, in diesem Fall *C marck unde XII marck rente* (214,15). Anna Dechow stirbt 1533. Es ist Slaggerts letzter

62 Vgl. Georg Christian Friedrich Lisch: Die Schweißsucht in Meklenburg im Jahre 1529 und der fürstliche Leibarzt, Professor Dr. Rhembertus Giltzheim, in: Jahrbücher des Vereins für Meklenburgische Geschichte und Alterthumskunde 3 (1838), S. 60–83; zuletzt auch, mit weiteren Literaturhinweisen: John Christiansen, The English Sweat in Lübeck and North Germany, 1529, in: Medical History 53 (2009), S. 415–424.

63 Vgl. Techen (Anm. 1), S. 165,1–23.

(datierter) Eintrag, der letzte auch auf dem Blatt mit den Namen derer, die zu seiner Zeit im Kloster verstorben sind (15v).

Es folgt (wiederum auf neuem Blatt, Bl. 17r) ein Bericht über die Besitzrechte am Dorf Volkershagen, das 1455 gekauft worden ist und zu dessen Kauf eine Reihe von Personen eine erhebliche Menge an Geld gegeben haben, darunter neun *susteren* etwa die Hälfte der ganzen Kaufsumme, *suster Rycke Brandes* allein 250 *marck van eren almissen* (207,6). Angeschlossen ist (Bl. 19r–20r) eine Beschreibung des vielleicht größten Schatzes, den das Kloster besessen hat: In der 1393 geweihten,[64] neuen Klosterkirche befanden sich auf Süd- und Nordseite acht Glasfenster, sie sind bei einem Hagelunwetter 1578 zerstört worden.[65] Als habe er geahnt, dass sie einmal nicht mehr existieren würden, hat Slaggert diese Fenster ausführlich für den ersten Teil der Chronik beschrieben, mit ihrer Position in der Kirche und der Nähe zum jeweiligen liturgischen Ort, mit ihren je einzelnen Bildern, vor allem mit Bildern der Stifter und ihren Wappen.[66] Der Rang der Stifter spiegelt die Kostbarkeit der Fenster;[67] ihre Schönheit lässt sich immerhin nach einigen Scherben-Funden erahnen.[68] Gleichzeitig zeigt sich hier, auch in den, leider nicht zu Ende gebrachten, Wappenzeichnungen, die wahrscheinlich ebenfalls von Slaggert stammen (Bl. 18v, 19r), ein Motiv der Arbeit Slaggerts, das auch im Weiteren keine unbedeutende Rolle spielt – sein Interesse an Kunst, an Kunst für das Kloster, für die Gemeinschaft von *susteren* und *brodern*.

Nach einer ähnlich genauen Beschreibung von vier *lyckstenen in deme kore* (Bl. 20r/v), aufwendig hergestellten Grabplatten renommierter Patrizier aus Lübeck und Ribnitz, folgt die Beschreibung eines letzten Grabsteines, die hier zitiert sei, weil mit ihr ein Aspekt der Arbeit mit Quellen und der Quellenkritik Slaggerts deutlich wird, die gewöhnlich eher kritisch herablassend gewürdigt

---

64 Nach einer Urkunde vom 13. Oktober 1393, gedruckt nach „dem im Besitze des Klosters Ribnitz befindlichen Diplomatarium Ribn. fol. XXXIX", in: MUB (Anm. 12), Bd. 22, Nr. 12563, S. 295f.

65 In den Nachträgen zur Chronik auf nicht paginierten Blättern des Kopiars, so Techen (Anm. 1), S. 176a, gedruckt ebd., S. 183,1–5 und 183,13f.

66 Bl. 19r–20r; vgl. ebd., S. 207,22–209,36.

67 Für den Stifter des sechsten Fensters in der Reihenfolge der Beschreibungen Slaggerts hat Wolfgang Huschner eine überzeugende Lösung für die Identifikation der unbekannten, nicht durch Wappendarstellungen zu erschließenden Stifter vorgetragen; Huschner hält den *konynck myt siner konynginnen*, die im Fenster zu sehen waren und von denen Slaggert schreibt, für Władisław II. Jagiełło, seit 1386 König von Polen, und dessen Gemahlin Hedwig von Mecklenburg-Stargard, vgl. MKB (Anm. 31), Bd. 2, S. 801. Ein Hinweis auf die Kosten für Glasfenster Bl. 103v, vgl. Techen (Anm. 1), S. 164,18–21.

68 Eine Abbildung in MKB (Anm. 31), Bd. 2, S. 816, eine weitere in Axel Attula, Dame von Welt, aber auch Nonne. Vom Klarissenkloster zum Adligen Damenstift: Katalog zur Ausstellung, Ribnitz-Damgarten 2011, S. 43.

worden ist. Es heißt hier jedoch: *Item dar lycht noch eyn sten vor der dor in deme kore by Maryen altar, dar ys nene scryft up ghehowen. Wol darunder lycht begraven, dat kann ick nicht scriven* (210,29–31). Umgekehrt heißt dies, dass Slaggert im Rahmen seiner Möglichkeiten die Quellen, die ihm zur Verfügung standen, ausgewertet hat, und dort, wo sich Lücken ergaben, geschwiegen oder, wo nötig, aus anderen ergänzt hat (dazu s. u.).

Es folgt eine letzte Reihe von Namen auf Verso- und Rectoseite von Bl. 21. Sie ist freilich für die Ökonomie und für die Rechte des Klosters und seiner Äbtissin doch von größerer Wichtigkeit. Unter der Überschrift *Desse kerken* – in Fraktur und rot markiert – *heft tho vorlyen de abbatissa unde dat closter Ribbenitz* (211,3f.) werden fünf Kirchen genannt, für die das Kloster das Patronatsrecht hatte, an erster Stelle *de kerke bynnen Ribbenitz*. Um dieses Recht der Besetzung der Pfarre an der einzigen Stadtkirche von Ribnitz mit den entsprechenden Einkünften hatte es jahrelangen, auch auf anderen Feldern ausgetragenen, erbitterten Streit zwischen dem Kloster (vertreten vor allem durch Dietrich von Studitz) und dem Rat der Stadt, dem Pfarrherrn sowie dem zuständigen Bischof von Schwerin und dessen Kapitel gegeben, in den dann auch der Bischof von Lübeck und der Papst in Avignon involviert waren – dies zumal in einer Zeit, in der die Söhne des bald verstorbenen Gründers, Heinrichs II. von Mecklenburg, noch unmündig waren. Bedenkt man, dass auf dem Höhepunkt dieses Konflikts, um 1329, Johannes XXII. und Kaiser Ludwig IV. „der Bayer" mit den unterschiedlichen Fraktionen des Franziskanerordens auf unterschiedlichen Seiten im Streit um die apostolische Armut standen und ihrerseits mit einem Gegenkönig oder einem Gegenpapst konfrontiert waren, ist die Nennung der *kerke bynnen Ribbenitz* an dieser Stelle nicht einfach nur ein Name, sondern, wenn man so will, im fernen Mecklenburg ein Abglanz des Namens der Rose und eine Art Triumphgesang in drei Worten.[69]

Unter den fünf Kirchen ist darauf wiederum in Fraktur und rot markierter Überschrift eine Rubrik zu den Meierhöfen eröffnet: *Desse meygerhöve heft dat closter* (211,7). Zu zweien der vier Höfe gibt es ausführlichere Anmerkungen. *Froudenberge* (Freudenberg) sei dem Eifer und den Mühen der Äbtissin Dorothea um Schenkungen ihrer Brüder und Balthasar, ihres Vaters Bruder, zu verdanken: *Hyrvor heft ere gnade sampt myt den susteren des closters syck vorbunden tho ener ewygen dechtnysse tho holden ofte na der nonen ofte na deme gracias tho lesen alle daghe den salmen de profundis ad te clamavi myt eynem*

[69] Die nach der Ribnitzer Pfarrkirche genannten Kirchen in *Swan* (Schwaan), *Darsow* (Dassow), *Zvustrow* (Wustrow) und *Marlow* sind, z. T. ebenfalls nach Auseinandersetzungen, seit dem 14. oder 15. Jh. dem Kloster inkorporiert; vgl. MKB (Anm. 31), Bd. 2, S. 799f., zu Schwaan Ulpts (Anm. 28), S. 230. Aufschlussreich zu den Rechtsverhältnissen und Besitzungen sind die Karten MKB (Anm. 31), Bd. 2, S. 796f.; entsprechende Urkunden etwa MUB (Anm. 12), Bd. 22, Nr. 12377, 12787, 12842.

versikel unde collecten anno MV^c^XVI (211,14–19).[70] Um Petersdorf, das ursprünglich anteilmäßig zur Ribnitzer Pfarrkirche gehörte, hatte es wiederholt Auseinandersetzungen zwischen Kloster und Pfarrherr gegeben, mit dem Ergebnis, dass 1434 erwähnt wird, es sei *so wust gheworden.*[71] 90 Jahre später aber, Slaggert ist zu dieser Zeit ein Jahr im Kloster, nimmt sich die Äbtissin Dorothea des Hofes nun mit Energie an. Regelmäßig, beinahe Jahr um Jahr wird von Bauten in Petersdorf geschrieben, geradezu als Gegengewicht zu Nachrichten aus Stralsund, wo *de boße vorgiftige Martiner*, Slaggerts und anderer Begriff für Anhänger Martin Luthers, *alle kerken bynnen deme Sunde hadden ghebraken* (134,3f.): Gleich zweimal wird gewürdigt, dass 1523 der Hof zu Petersdorf von Grund auf neu gebaut worden ist, *de lange thovoren wůst hadde ghelegen, dorch beve^e^l unde heten der hochghebaren irluchteden gnedyghen moder abdiske*, die *van erer eghenen geofferden fruntlyken gaven unde gyft* dazu gegeben hat, *tho vormeren de gudere des gadeshůs unde tho troste den susteren unde der ganzen sammelinghen etc.* (130,30–36).[72] 1524 wird eine neue Scheune errichtet,[73] im selben Jahr auch das Backhaus;[74] 1525 ist die Ernte so gut, dass die Scheune auf dem Klosterhof ohne das Getreide aus Petersdorf schon voll ist *bet baven an de hanenbalken* (137,11f.). 1526 vergnügen sich die Schwestern beim – ungewohnten – Brechen von Flachs aus Petersdorf,[75] im selben Jahr lässt die Äbtissin dort einen Teich zur Viehtränke anlegen,[76] 1529 wird die *perdemole* (Göpel) auf dem Klosterhof abgebaut und das Holz für einen Stall und eine Kate in Petersdorf verwendet (Slaggert missbilligt, dass man *buten* baue und dazu auch noch *XII tunne bers* gebraucht habe, während *bynnen* die Schäden blieben) (167,23–32). 1531 wird in Petersdorf ein weiterer Teich angelegt, aus dem zusätzlich Wasser auf die Mühle geleitet werden könnte, wenn nötig – die Kosten für vier *grever*, die für die Strecke von acht Ruten (*roden*) jeweils einen Gulden bekommen und noch für zehn Tage eine *tunne bers unde eten dartho*, belaufen sich am Ende auf

---

70 Die Bemühungen um Freudenberg lassen sich in beiden Chroniken verfolgen, hier die Nachweise aus der niederdeutschen Chronik: Herzog Balthasar, ein Bruder, und Erich, ein Sohn von Magnus II., überlassen 1507/08 testamentarisch ihren jeweiligen Anteil dem Kloster (ebd., S. 124,28–125,4); 1516 schenken Heinrich V. und Albrecht VII., beide Söhne Magnus II. und Brüder der Äbtissin Dorothea, ihre Anteile ebenfalls dem Kloster. Sie helfen 1528 offensichtlich auch der Äbtissin bei einem handfesten Konflikt um einen Amtmann (Bauern) gegen einen Adligen (ebd., S. 162,28–35).

71 Zitiert nach Ulpts (Anm. 28), S. 230 m. Anm. 154.

72 Das zweite *e* in *beve^e^l* mit Superskript *e*; fast wörtlich wiederholt werden die Aussagen auf S. 211,19–23. Vgl. dagegen den dürftigen Vermerk des Neubaus in der lateinischen Chronik in: Techen (Anm. 1), S. 57,3.

73 Vgl. ebd., S. 132,15–18; 194b,13–18; 211,24–26.

74 Vgl. ebd., S. 211,26f.

75 Vgl. ebd., S. 149,18–29.

76 Vgl. ebd., S. 151,37–42.

XXX gulden tho samen tho lone (171,5–23). Insgesamt habe die Äbtissin *van eren eghene gheschenke* [...] *161 marck (CLXI) tho Peterstorp* [*vorbuwet*] (211,28–30). Nach dieser Klimax an bewunderndem Respekt für die Äbtissin, die ihre *almissen*, die hier *gheschenke* genannt werden, aus Sorge und *tho troste den susteren* in Petersdorf investiert hat, wirkt der letzte Eintrag zu Petersdorf wie ein Abgesang nicht erfüllter Zuversicht. Es ist 1532 zugleich der letzte Eintrag in der Chronik überhaupt: *Item in sunte Michaelis avende des morgens vrő brande aff dat bắckhus tho Peterstorpe* (172,28f.).[77]

Unterbrochen durch das Protokoll der *Uphevinghe der clenodie der suster* (Bl. 22r–23r; 213,1–215,3) folgen zwei letzte Verzeichnisse dieses ersten Teils der Chronik. Das erste der beiden Verzeichnisse nennt die 17 *dorpe des closters* mit der jeweiligen Anzahl der *erve* („Höfe") und *katen* (Bl. 21vab; 212,1–20). Nachdem nun die Rechte, der Besitz und die Schätze des Klosters auf den Seiten zuvor entfaltet worden sind, wird das Kloster im zweiten Verzeichnis zu einem wichtigen, aber doch nur einem kleinen Teil der Herrschaft der umso mächtigeren Herzöge von Mecklenburg. Dort heißt es (Bl. 24ra; 215a) in einer Überschrift, die, wie die anderen zuvor, in Fraktur geschrieben und eigens rubriziert ist: *De heren unde hertegen tho Mekelenborch hebben in deme vorbenomeden lande II biscopdome unde VII juncfrowenclostere etc.* Und dann werden, man hat schon den Eindruck stolz, aufgeführt: zwei Bistümer (Ratzeburg, Schwerin), sieben *juncfrowencloster*, *desse hebben alle lanthgudere* (darunter, wie gerade notiert, eben auch Ribnitz), vier Domkirchen, drei Komtureien und eine Priorei der Johanniter. Eigens, unter der Überschrift *In deme lande tho Wenden*, werden dann aus dem 1436 heimgefallenen Landesteil der Linie Werle-Wenden[78] genannt (Bl. 24rb) drei Abteien, eine Präzeptur der Antoniter, zwei *domheren*-Stifte, fünf *juncfrowencloster*, eine Kartause, ferner aus dem gesamten Fürstentum 29 *borge, slote unde hőve der vorsten* (darunter *Swerin hovetborch*) und 38, später noch um 13 ergänzte, *borge slote unde hove des adels* (215a–216b).

Mit diesem Verzeichnis endet dieser Teil der jetzt als „Loseblattsammlung" erhaltenen Chronik. Dass diese Bestandsaufnahme an Personen, Rechten und Besitz des Klosters auch in der Art und Weise der Aufzeichnung wesentlicher Bestandteil der Chronik ist, mag deutlich geworden sein; mit beinahe jedem der hier nach bestimmten Kriterien verzeichneten Namen ist eine Geschichte oder ein Rechtstitel verbunden. Im zweiten Teil, der „eigentlichen" Chronik, wird berichtet, was dazu beigetragen hat, dass dieser Zustand erreicht worden ist.

Nun ist die Bezeichnung ‚erster' und ‚zweiter' Teil der Chronik keineswegs selbstverständlich, sie bezieht sich auf die Anordnung der Blätter in der Rei-

---

[77] Vgl. *Eodem anno in vigilia Michaelis archangeli pistrina in Peterstorpe periit totaliter igne* (ebd., S. 60,8f.).

[78] Vgl. Witte / Hamann (Anm. 51), S. 217–219.

henfolge, wie Techen sie vorgefunden hat. Es gibt jedoch von dieser Handschrift drei, offensichtlich eng zusammenhängende, Abschriften aus dem Ende des 17. Jahrhunderts in Kopenhagen, Greifswald und Schwerin.[79] Wie Techen zeigen konnte, hat Ernst Joachim von Westphalen die jetzt in Kopenhagen befindliche Abschrift für seine Ausgabe einiger Auszüge aus Slaggerts niederdeutscher Chronik genutzt, und Techen selbst konnte alle drei Abschriften einsehen und auch stellenweise für seine Ausgabe nutzen.[80] Jedenfalls zwei dieser Abschriften, die in Kopenhagen[81] und die in Greifswald[82], bieten die Verzeichnisse und Listen des ‚ersten' Teils im Anschluss an die Chronik, obwohl diese Verzeichnisse zu Beginn des Papierkonvoluts Bl. 3r–24v und vor der eigentlichen Chronik stehen, die mit Bl. 34r beginnt und Bl. 108v endet (beide Angaben nach der jetzigen Blattzählung). Auch Techen bietet die beiden Teile von Slaggerts Autograph in dieser Reihenfolge, zuerst die Chronik (S. 65–172), danach die Verzeichnisse (S. 183–216). Warum er sich für diese Anordnung der beiden Teile entschieden hat, begründet er nicht, weist vielmehr daraufhin, dass nach seiner, Techens, Auffassung, Slaggert mit einer kurzen Notiz auf Bl. 8va angezeigt habe, dass die Chronik im Anschluss an die Verzeichnisse folge. Es heißt dort zum ersten Guardian des Klosters: *Broder Dideryck van Studenytz, koster der custodien tho Lubke, was de erste gardian unde scaffer desses closters, de vele heft ghedån gudes darby, so eyn yslick mach horen, de averlest desse cronyke navolgende* (192b–193a).[83] 1838 befanden sich jedenfalls, wie Fabricius vor seiner Publikation der Aufzeichnungen Slaggerts zu den Jahren 1509–1527 schreibt,

---

79 Vgl. Conrad Borchling, Mittelniederdeutsche Handschriften in Skandinavien, Schleswig-Holstein, Mecklenburg und Vorpommern. Zweiter Reisebericht (Nachrichten von der Königl. Gesellschaft der Wissenschaften zu Göttingen. Philologisch-historische Klasse. Beiheft), Göttingen 1900, S. 79f. (zu Kopenhagen, Königliche Bibliothek, NKS f. 317), S. 195 (zu Greifswald, UB, Mscr. 60 in Fol.) und S. 200, Nr. 5 (zu Schwerin, LB Mecklenburg-Vorpommern, unbek. Sign.).

80 Anders Honemann (Anm. 8), S. 94, vgl. jedoch Techen (Anm. 1), S. 2* Anm. 3 und ebd., S. 156,28 (Bl. 100r) sowie 164,18–165,10 (= Bl. 103v).

81 Vgl. Borchling (Anm. 79), S. 79f.

82 Vgl. Herrmann Müller, Die Manuscripta Germanica der Königlichen Universitätsbibliothek zu Greifswald, in: ZfdPh 6 (1875), S. 104–119, hier: 112 zu Nr. 60 „Papier in folio" an fünfter Stelle.

83 Vgl. Techen (Anm. 1), S. 16*: „Die Beigaben, die in der Handschrift der Chronik vorausgehn, sind als Anhang hinter die Chronik gerückt, vorher aber (S. 174–183) die Fortsetzung eingefügt, die die Chronik im letzten Viertel des 16. Jahrhunderts erfahren hat." Und ebd., S. 16*, Anm. 88: „Schon die ältere Abschrift hat umgestellt. Daraus darf aber nicht gefolgert werden, daß die Handschrift ehemals anders geordnet gewesen sei. Denn daß die Chronik den übrigen Aufzeichnungen folgen sollte, ist auf S. 193 [von Techens Ausgabe, gemeint ist die oben zitierte Notiz Bl. 8va] mit dürren Worten gesagt". Zum Verhältnis der drei Abschriften heißt es jedoch an anderer Stelle, ebd., S. 2* Anm. 3: „Eine Priorität der einen vor den anderen habe ich für keine dieser Hss. ausmitteln können."

die „verschiedenen Anhänge und Register, welche v. Westphalen l. c. 885ff. beschreibt, [...] in einem besondern Papier=Umschlage, ganz außer Zusammenhange mit der Chronik“[84]. Zu der Ordnung im Papier-Umschlag äußert er sich nicht. Westphalen gibt die Blätter jedoch stark gekürzt und möglicherweise nur nach der Kopenhagener Abschrift in der Reihenfolge Bl. 21r/v, 17r, 3r–15v, 24r/v wieder, beginnt also mit dem Einzelblatt mit den Patronatsrechten über die Kirchen und den Besitzungen an Meierhöfen und Dörfern, einschließlich dem Blatt zu Dorf Volkershagen, danach folgen vom *register der sermon* bis zu den *vorstorven susteren* die Angaben in gleicher Folge wie sie Techen vorlagen, diesen wiederum folgen erneut auf einem Einzelblatt die Angaben zum Herrschaftsbereich der Herzöge. Westphalen gibt keinen Hinweis auf den Bucephalus Bl. 1r/v sowie die Fenster und die Grabmäler Bl. 18v–20v.[85] Ob alle diese Blätter also in dem Kopiar, in dem sie einmal enthalten waren, vor oder nach der Chronik und in der Reihenfolge, in der sie Techen wiedergibt, eingebunden waren, muss solange offenbleiben, bis der Zusammenhang mit dem Kopiar selbst noch einmal, wenn möglich, überprüft worden ist. Interessant wäre auch, zu prüfen, ob die jetzt in Kopenhagen befindliche Abschrift aus dem Nachlass Westphalens, der gute Verbindungen zur dänischen Regierung hatte,[86] nach Kopenhagen gekommen ist und ob dort noch Weiteres zu finden wäre. Einstweilen muss jedoch genügen, dass Slaggert selbst einen engen Bezug der beiden Teile, der Verzeichnisse und der *cronyke navolgende* hergestellt hat; beide beruhen auf den gleichen, intensiven Quellenstudien, das Eine ist ohne das Andere nicht zu denken.

1.2.2 Der zweite Teil der niederdeutschen Chronik – *so yck dat sulve clarliken noch wyl scriven in vortgange desser croniken na der jarschar, also yd gheschen ys* (109,31–33)

Unabhängig davon, ob die Blätter mit den Verzeichnissen und Listen der Chronik ursprünglich ein wenig anders geordnet oder eher an zweiter Position, nach der mit einem Prolog beginnenden ‚eigentlichen‘ Chronik eingebunden waren, zeigt doch gerade die Art und Weise der Zusammenstellung und der offenen oder nicht immer expliziten Kommentierung, dass Slaggert das ihm in verschiedenen Quellentypen vorliegende Material nach verschiedenen Kriterien auszuwerten und in entschiedener Absicht anzuordnen verstanden hat.

---

84 Fabricius (Anm. 4), S. 98.

85 Das Referat Westphalens entspricht dem Druck bei Techen (Anm. 1), S. 211,3–212,20; 206 (die letzten sechs Zeilen, dazu ebd., S. 2* Anm. 3); 183,20–206,28. Dazu außer ebd., S. 2* Anm. 3, S. 16* Anm. 88.

86 Vgl. Carstens (Anm. 10), S. 219f.

Im Prolog diskutiert Slaggert im Rahmen der Aufgabe, vor die er sich mit dem Verfassen einer Chronik gestellt sah, auch die Probleme von Sichtung und Auswahl der Quellen sowie Art und Weise der Darstellung und ihr Ziel. *tho troste* – in der lateinischen Chronik *pro solacio* (3,10) – will er, wie er zweimal in eigenwilligen Formulierungen betont, *den susteren unde deme closter tho Ribbenitz ordens sunte Claren* die Geschichte *scriven, tho troste unde in ene ewige dechnysse* (65,14f.) und *tho wolgheval unde troste* (66,12f.). Es reflektieren diese Formulierungen auf ihre Weise die beiden Schriftworte, die Slaggert im lateinischen wie im niederdeutschen Prolog an den Anfang stellt. Liest man sie, wie sie Slaggert, isoliert von ihrem Kontext, zitiert, sind sie nichts weiter als die topische Aufforderung des Gedenkens, der *memoria*: *Memoriale est*, im Niederdeutschen ergänzt um die Übersetzung *ene dechtnisse ys dyt* (3,1; 65,1f.), so spreche der Prophet Hosea im zwölften Kapitel (Os 12,5), und *mementote operum predecessorum, que fecerunt* (3,1f.), bzw. [*w*]*eset dachtaftych unde denket an de werke, de jw vorvart hebben ghedan* (65,3f.), heiße es im ersten Makkabäerbuch (I Mcc 2,51). Vollständiger lautet die insgesamt, auch textkritisch, schwierige Stelle beim Propheten Hosea nach der Vulgata jedoch: *Dominus Deus exercituum Dominus memoriale eius* (Slaggert, 3,1: *memoriale est*; ‚Gott [ist] der Herr, der Herr der Heerscharen, gedenke[t] seiner' oder ‚ist sein Name'),[87] dies im Rahmen einer Strafrede über einzeln aufgezählte Freveltaten der Stämme Israels in ihrer Geschichte, die des Herrn Gebote nicht achten, obwohl ihnen Propheten gesandt sind, die ihnen ihre Strafe prophezeien und auch den rechten Weg weisen. Umgekehrt erinnert der Priester Mattatias im Makkabäerbuch seine Söhne an die einzeln aufgezählten und belohnten Taten derjenigen in der Geschichte Israels, die Gott die Treue hielten, verbunden mit dem Appell, entsprechend zu handeln und angesichts der Bedrängnisse nicht zu verzagen, sondern den Kampf gegen den Diadochen Antiochus aufzunehmen. Die beiden nur in einem Wort aufgerufenen Stellen ergänzen einander und so sind sie wohl auch in die vermutlich als bedrängend empfundene Gegenwart der Leser hineingesprochen: Ein Sprecher formuliert durch die Reihung von Beispielen Geschichte, indem er einzelne Episoden exemplarisch schlechten oder exemplarisch guten Verhaltens gegenüber Gott, dem Herrn der Heerscharen und damit dem Herrn der Geschichte, erzählt, um die Zuhörer der Gegenwart zu einem entsprechenden Bedenken ihres eigenen Tuns zu veranlassen. Ob der Erfolg dessen sich bei den jeweiligen Zuhörern in den Büchern des Alten Testaments einstellt, bleibt, liest man weiter, durchaus zweifelhaft. Geschichte wird dort wie hier auf eine offene Zukunft hin geschrieben.

---

87 Möglich ist natürlich auch am Beginn des Satzes, wie eher im Hebräischen: ‚Der Herr ist Gott'. Manfred Schulze und Johann Friedrich Kohlhaas danke ich vielmals für die Diskussion der Stelle und Hilfe bei der Übersetzung.

Zugleich gewinnt damit die Autorrolle der Chronik ihr eigenes Profil. Es gibt einerseits *de werke*, die die Vorfahren *hebben ghedan*. Für diese *werke* ist der Autor nicht verantwortlich, sie sind ihm ohnehin nur vermittelt und, vielleicht, schriftlich zugänglich. Die Menge der überlieferten *ghescheften unde werken* ist jedoch unüberschaubar groß und erzwingt eine Auswahl; allein dafür ist der Autor, mit Rücksicht auf die ihm verliehene Zeit, verantwortlich. In Slaggerts Worten:

> Van welkeren ghescheften unde werken in velen boken wy vinden, de nicht ick alle kan bestemmen [‚angeben, nennen'], ock nicht van alle den schefthen kan scriven. Nochdenne etlyke hebbe ick ghedacht tho scriven, so got myn here gnade my vorlyet, na vorlope der tydt tho troste unde in ene ewige dechnysse den susteren unde deme closter tho Ribbenitz ordens sunte Claren. Hirumme bidde ick alle, de in desser scryft wes fruchtbares sint lesen, my nicht dat sulve wyllen tholeggen, men gade van hemmel, van deme alle, dat de mynske deyt, heft enen uthvlote unde eyn anbeghyn (65,10–19).[88]

(Eine besondere Pointe dieses Satzes könnte sein, dass *fruchtbar* ebenso als ‚fruchtbar, nützlich' wie als ‚furchtbar' verstanden werden kann.)[89]

Im Rahmen dieser Leitvorstellungen erwähnt Slaggert nun seine Quellen und legt den *susteren* (66,1), die ihn *myldichliken hebben ghebeden* (66,2), die Worte in den Mund, welcher Art sein Schreiben sein solle. Es lassen sich verschiedene Arten von Quellen erkennen. Im Rahmen der Widmung *desses bokes* (66,28) an die Äbtissin Dorothea berichtet Slaggert, er habe in Gegenwart *etlyker susteren gheredet van etlyken ghescheften, van der ersten vorhandelinghe, levende unde reymente unses ordens vedere unde brodere unde sustere ordens sunte Claren* (65,29–31). Daraufhin sei er gebeten worden, *dat ick sulke ghescheften unde ander mer, de ick ghelеßen hedde, ock welker ick in erer cronike vunde ghescreven, mer uthbreden unde vortan vorlenghen, unde thoscriven wolde, wes darynne vorsumet were, mede dar intekende de jarschar, wen yd gheschen ys* (66,2–7). Darüber hinaus habe er *begheret tho sende de hovetbreve des hochghebaren unde eddelen hertogen heren Hinrick de Lowe van Mekelenborch unde andere breve desses closters*. Auch diese Urkunden seien ihm *ghewyßet unde vorreket* worden, so dass er erfahren habe, *van weme unde wen dyt salyghe closter ys unde worumme ghebuwet*, wie jetzt ein jeder *in vortgank desses bokes* dies *leßen unde sen* könne (66,20–28). Als seine Quellen benennt Slaggert danach Ordensgeschichte, Viten

---

88 Die lateinische Chronik setzt einen etwas anderen Akzent: *Si quid in his ipsis lectoribus arriserit, non utique mihi adscribendum putavi, sed deo permunifico gratulandum puto, a quo semper effluit, quicque egregium potest humana fragilitas* (3,11–14).

89 Zur Metathese des *r* siehe Agathe Lasch, Mittelniederdeutsche Grammatik (Sammlung kurzer Grammatiken germanischer Dialekte 9), 2. Aufl. Tübingen 1974, S. 133f. (§ 231); zu *fruchten* (Akk.) ‚Furcht', *men fruchtet* ‚fürchtet'; *fruchte yk* ‚ich fürchte', vgl. auch Techen (Anm. 1), S. 98,38.; 126,12; 168,8.

des Hl. Franciscus und der Hl. Clara, eine Klosterchronik, die Haupturkunden des Klostergründers und andere Urkunden des Klosters. Alle die dort aufgeschriebenen *ghescheftte* seien in ihrem jeweiligen Zusammenhang entsprechend auszubreiten und auch kritisch zu beleuchten und jeweils mit der Jahreszahl zu versehen, also chronologisch, im Ansatz annalistisch, zu ordnen. Gleichzeitig werden auch die Instanzen genannt, denen sich Slaggert verpflichtet weiß, das Haus Mecklenburg, dessen Archiv er offensichtlich nutzen und Einblick in die dort aufbewahrten Urkunden nehmen durfte, der Orden, die *susteren* und vor allem die Äbtissin des Klosters, welcher er am Ende dieses Prologs und am Tag der Hl. Cecilia 1523 die Chronik widmet.

Slaggert setzt das hier entwickelte Programm im Weiteren konsequent um. Durchgängig und immer einmal wieder hält er fest, dass er das wie verlangt ausgebreitete Wissen, schriftlichen Quellen entnommen hat. Zweimal wird das *scap* erwähnt, *dar des gadeshus breve ynne liggen* (213,39; 99,14). Die Urkunden, ihr Rang und auch ihr Zustand werden genannt, z. B. das *dodenbo̊ck* des Klosters, dazu *etlyke breve* mit der Stiftung von *mylden almitzen*, wie es *in dessen sulven bůcke ock ghescreven steyt mit korten reden unde worden* (98,28–32) oder die Urkunde über den Verkauf von *Poppendorp* an das Kloster, sie sei *vorsegelt unde vorbrevet, also syck dat temet unde thobehoret, men nicht gans, dar feylen noch etlyke segel ane* (125,27–29). Eine Urkunde über die gütliche Einigung des Klosters mit dem Rat der Stadt Ribnitz wird wörtlich zitiert (109,34–111,2), und Slaggert fügt hinzu: *Desse hovetbreff ys ovel bewaret van den prelaten, wente de hunde hebben darmede spelet unde jamerlyken thotreden, vordorven unde hole darin ghereten, dat grot schade ys* (111,3–6).[90] Zugleich verdeutlicht Slaggert durch *nu* und *noch* die Zeitverhältnisse zu den geschilderten Ereignissen oder Zuständen aus der Perspektive des Schreibenden. Einen solchen Vermerk gibt es auch in den Verzeichnissen zur Äbtissin Dorothea (s. o.), und es heißt etwa zur 1510 verstorbenen Ursula, die 1506 Heinrich V. geehelicht hatte, sie sei Schwester des Markgrafen Joachim von Brandenborch († 1535), *de nu noch regeret* (124,16);[91] oder besonders aufwendig 1508, als Slaggert zum Geburtsjahr zu *froychen Dorothe* notiert, *welker na vorlope der tydt ys gheworden eyn abdiske tho Ribbenitz dorch de eskinge unde vorsichticheyt gades des almechtygen* (120,3–5).[92] Gebündelt erscheint das im Prolog explizierte Programm in den

[90] Vergleichbar auch die Bestätigung des Besitzes von Wind- und Wassermühle *buten vor der stadt* durch den *breff* [. . .] *myt deme groten ßegel des hertogen tho Mekelenborch etc.* (101,31–33).

[91] Ähnlich 119,34 zu *hertich Hinrick, de nu regeret.*

[92] Ähnlich und noch aufwendiger zu Elisabeth, der Tochter Herzog Ulrichs II. aus der Stargarder Linie, zu deren Geburtsjahr 1468 vermerkt wird, sie sei *geystlyke juncfrow in deme closter tho Rene* (Rehna) und dort *na vorlope der tydt* Priorin geworden, und [*d*]*esse sulve noch levet dorch den wyllen gades* (118,30–35); Elisabeth starb 1532, vgl. die Falttafel im Anhang zu Witte / Hamann (Anm. 51).

Einträgen zu drei Töchtern Herzog Heinrichs IV. zum Jahre 1438, nüchtern registrierend zu Katharina (*was in eynem juncfrowencloster werlick umme ghestlyker tůcht wyllen unde gude sede tho leren, unde do se VII jar olt was, vyl se van ener treppen, darvan se starff* [109,22–25]) oder gleich darauf zu Anna (*was vortruwet hertich Buggeslaf, deme vorsten tho Stettin, men er de tydt des haves quam, dat de vorste scholde nemen syne brut, ys se ghestorven* [109,26–28]), leicht maliziös, aus bestimmten Gründen, zu *[f]roychen Elizabet*: Sie *wurt gegeven in dat closter tho Rybbenitze, do se olt was V jar, unde wurt dar abbatissa na vorlope der tydt, so yck dat sulve clarliken noch wyl scriven in vortgange desser croniken na der jarschar, also yd gheschen ys* (109,29–33). Es war demnach alles rechtens, wie sie Äbtissin geworden ist, doch wie sie zur Resignation vom Amt offensichtlich gezwungen worden ist, weil sie sich vermutlich gegen die von ihren Brüdern durchgesetzte Reform gewehrt hat, übergeht Slaggert mit beredtem Schweigen.[93]

Einerseits ist an diesen letzten drei Beispielen zu sehen, wie es Slaggert, wie nun schon mehrfach beobachtet, gelingt, die mit bestimmten Personen, hier Katharina und Anna, verbundenen Hoffnungen und Erwartungen auf Seiten der Fürsten aufzubauen und dann nicht einfach das Todesdatum zu nennen, sondern durch *uthbreden unde vortan vorlenghen, unde thoscriven* (66,4f.) der näheren Umstände die Erwartungen lakonisch und nicht ohne Komik ins Leere laufen zu lassen. Die dreimalige Wiederholung – bereits zuvor war vom älteren Bruder der drei berichtet worden *Hertich Johan, de ander sone, reysede tho deme hilgen grave na Jherusalem, men nicht he ys wedder tho hus ghekamen* (109,14f.) – lässt ein Darstellungsmuster erkennen, dessen sich Slaggert auch im Ganzen seiner Chronik bedient. Er verfügt, wie er immer einmal wieder einfließen lässt, vom Standpunkt des Chronisten aus über die Zeitläufte, kann von vornherein beurteilen, welche Erwartungen erfüllt, welche Absichten eingelöst werden konnten – wie der Leser des Propheten Hosea und der Geschichte Israels oder

---

93 Ausführlicher noch als in den anderen Fällen sind sowohl die Einsetzung Elisabeths ins Amt als auch ihre (offenbar erzwungene) Resignation dargestellt worden (114,32–118,18 und 120,31–122,13); hier bedient sich Slaggert ausdrücklich der Formulierung, sie sei *umme veler orsake wyllen, de tuchtiger sint tho vorswigen also tho scriven*, [...] *vorlaten van den susteren* [...] (121,35–122,1). Immerhin wird sie kritisiert, weil sie dem Kloster für das *nige slaphus vele schult* aufgeladen und auch, anders als ihre Nachfolgerin Dorothea, *vele van eren guderen vo͛rsettet unde vorpandet* habe (121,24–29). Offenbar hielt Slaggert die Vorwürfe gegen Elisabeth dennoch für überzogen oder für konstruiert; jedenfalls könnte man dies aus der Darstellung der Vorgänge insgesamt und aus seinen bedauernden Worten schließen, dass sie unter zwei nichtadlige Verwalterinnen des Abbatiats gestellt wurde: *Des froychen Elyzabeth ser unthovreden was. Nochdenne moste er gnaden dat sulve dulden unde vele mer noch lyden etlyke tydt lanck etc.* (122,11–13). Vgl. auch die Würdigung anlässlich ihres Todes (124,21–26).

der Makkabäer-Bücher. Zugleich ist er offensichtlich darauf bedacht, die Unverfügbarkeit von Zukunft, ihre Offenheit für nicht zu erwartende Ergebnisse darzustellen. Das Ordnen der Ereignisse – der *ghescheftе*[] *unde werke*[] (65,10) – *na der jarschar* (109,32) bietet ihm die Möglichkeit, aus seinen Quellen auszuwählen, kleinere Erzähleinheiten zu komponieren, durch deren Reihung ein Ineinander verschiedener Kontinuitäten zu vermitteln, sie durch verschiedene Mittel, Rück- und Vorgriffe, thematische Analogien, Identitäten von Personen in verschiedenen Handlungszusammenhängen etc. über die Abbrüche miteinander zu größeren Einheiten zu verknüpfen, zugleich aber in immer neuen Ansätzen *na der jarschar* mit Anderem, Gegenläufigem, Einbrüchen, Unglücken, aber auch Ergänzendem, Neuen in wiederum verschiedenen Entwicklungslinien zu kontrastieren. Drei je unterschiedlich zusammengesetzte Personenverbände sind in diesem Spiel mit einer eigenwilligen Dramaturgie des Erzählens die entscheidenden, wenn auch sehr variablen Größen: der Orden der Franziskaner mit seinen Untergliederungen in Provinzen, Kustodien und einzelnen Klöstern, das Fürstenhaus Mecklenburg in seinen Generationen und das Klarissenkloster mit den *susteren* und den ihnen zugeordneten *brodern* der Franziskaner. Das Zusammenspiel dieser Größen wird im Ribnitzer Kloster konkret; es ergibt sich aus bestimmten, z. T. andernorts formulierten Regeln und Gewohnheiten, die stets neu auszuhandeln sind, wobei auch weitere Gruppierungen eine Rolle spielen, wie etwa der Rat der Stadt, der Weltklerus und deren Instanzen, am Ende auch akut gebildete, unfeste Größen: *uplop, her omnes rat etc.* (141,43). In diesem mitunter nur mühsam ausgehandelten Zusammenspiel der verschiedenen Institutionen und ihrer Angehörigen geht es immer wieder um Rechte und ihre Auslegung, bis zur Groteske in der über Jahrzehnte, ja Jahrhunderte dauernden Auseinandersetzung über die *privets*, die getrennten Abtritte der *susteren* und *broder* auf der Klostermauer, die zugleich die Stadtmauer bildete. Rechte in ihren ganz unterschiedlichen Regelungen und Spielarten sind ein großes, wenn nicht das große Thema, von dem Slaggert, nicht zuletzt bedingt durch seine Quellen, erzählt. Bezeichnend ist dafür auch, dass die Chronik in ihren beiden Teilen wie auch andernorts in ein Urkunden Kopiar, also in eine zur Sicherheit angelegte Rechts-Geschichte des Klosters eingebunden war, vermutlich an chronologisch passender Position. Ein speziell für die Klarissen des Klosters und die Franziskaner wichtiges, das Leben der Gemeinschaft regulierendes und für die Chronik folglich wichtiges Rechts-Thema war das Verständnis von Besitz und Armut, was die Frage der *almissen* und ihre Verwendung ebenso berührt wie das Verhältnis von Äbtissin und Guardian, Landesherr und *minister* der Saxonia, Reform und Nicht-Reform samt allen sonstigen Weiterungen.

Es möchte, hoffentlich, deutlich geworden sein, dass die Verschränkung dieser und anderer Themen im Erzählen von den *gheschеften unde werken* der Menschen *na der jarschar* das Interesse auch der Germanistik an diesem Autor wecken könnte. An zwei Ausschnitten der Chronik möchte ich dies noch einmal vorführen, ihrem Beginn und den immer wieder deutlich werdenden Interessen Slaggerts für Kunst und auch für Technik.

Dass nach dem im Prolog formulierten Credo die Folgen von Entscheidungen und Handlungen der Menschen nicht im Letzten vorhersehbar sind, sondern alles, *dat de mynske deyt, heft enen uthvlote unde eyn anbeghyn* von *gade van hemmel* (65,18f.), sucht Slaggert mit dem Anfang seiner Chronik im Schreiben umzusetzen. Vielleicht hat er sich irgendwann die Frage gestellt, was dazu geführt haben mag, dass ihm nun in einem Klarissenkloster kurz vor Thule unter ganz anderen Umständen als bisher in Salzwedel oder Stralsund Aufgaben gestellt sind. Und er hat diese Frage nach den Anfängen nicht wie die in Süddeutschland entstandenen Schwesternbücher der Dominikaner mit einem Lob der vorbildhaften Viten der ersten Schwestern eröffnet,[94] sondern fragt weit grundsätzlicher nach den Anfängen überhaupt. Zwar sucht er sie nicht bei Adam und Eva, findet sie aber doch immerhin bei Clara und konsequenterweise zuvor bei Franciscus, ohne, und das ist wichtig, vorauszuschicken, dass dies die notwendigen Voraussetzungen seien, um zu verstehen, wie beider Existenz oder Verhalten dazu geführt habe, dass in Ribnitz Klarissen in Klausur leben. Es ist anzunehmen, dass seinen Zuhörerinnen oder Leserinnen die Vita des Franciscus und die der Hl. Clara wenigstens in Umrissen soweit bekannt war, dass sie ihnen nicht neu erzählt werden musste. Die Chronik aber vermeidet es, einen unmittelbaren Zusammenhang herzustellen zwischen dem Entschluss des Franciscus, die Welt zu verlassen und in Armut zu leben, und den Ribnitzer Nonnen und Mönchen. Die Chronik wird damit auf eine unbestimmte Zukunft hin geöffnet, deren Ziel nur der *gnade gotes*, nicht menschlichen Ratschlüssen zu verdanken sein wird. Und so beginnt die Chronik auf neuer Seite (Bl. 31v) getreu dem annalistischen Prinzip mit dem Satz: *Na der bort Cristi MCC unde VI. jar Franciscus dorch inghevinghe des hilghen ghestes heft vorlaten de werlt* (66,39f.). Franciscus habe eine bald vom Papst approbierte Regel formuliert (*ghemaket*) und bereits 1212, wiederum *dorch inblasinghe des hilghen gheystes den anderen orden der hilghen juncfrowe unde moder sunte Claren* gemacht und bestätigt, *welker orden desse jegenwardyghen juncfrowen desses closters unde susteren navolgen syn dorch de gnade gades werkinghe* (67,7–11). Danach (!), 1213, habe sich dann Clara in ihrem Wunsch, die Welt und ihre Eltern zu verlassen und *Cristum vor enen ewyghen brudegham* zu wählen (67,12–15), dem Hl. Franciscus angeschlossen, und ihrem *exempel* seien viele, einzeln genannte Töchter von Königen und des Hochadels und auch der Meck-

---

94 Vgl. Honemann (Anm. 8), S. 100 mit Anm. 25. Der „Schreibanlass“ der Schwesternbücher scheint mir aber doch ein grundsätzlich anderer zu sein als der von Slaggerts Chronik(en).

lenburger Herren, von Beata bis Ursula, gefolgt. In einzelnen, mit der Jahreszahl versehenen Schritten beschreibt die Chronik dann Aufstieg und Verbreitung des Franziskanerordens zwischen 1219 und 1288, endet also nicht mit, sondern noch vor der Gründung des Ribnitzer Klosters, ist jedoch von 1223 an auf den Aufbau und die Verbreitung des Ordens in der Saxonia konzentriert. Dabei wird auf einem eigenen Blatt (Bl. 38r/v) der Rechtsstellung der Franziskaner in den Klarissenklöstern besondere Aufmerksamkeit gewidmet. Der Schluss der Bulle Papst Innozenz' IV. von 1245, die vollständig in der lateinischen wie in der niederdeutschen Chronik aufgenommen ist, sei hier zitiert, um die heikle Stellung der Franziskaner gegenüber den *susteren*, vor allem der Äbtissin zu beschreiben:

> Dorch sulke vorsichticheyt in den closteren, in welkeren in der tydt [nach einer etwas anderen Entscheidung Gregors IX.] broder sint ghewest dorch den horsam der prelaten, noch vortan scholen dar ghesant werden na beschedenheyt der minister van den provincien brodere, de ryp unde bequeme den juncfrowen mogen sin, de allene den sulven ghestlyken juncfrowenclosteren in den ghestlyken scheften unde acht vorweßen scholen unde denen, doch under deme horsam unde straffinghe der minister, alzo de anderen brodere in den closteren sin scholen, etc. (70,38–71,5)

Zuvor wird ausgiebig die Zögerlichkeit des Ordens referiert, den Klarissen im Kloster überhaupt zu dienen. Wenn nun die in der Bulle vorgenommene Eindringlichkeit der Unterscheidung noch einmal aufgenommen wird, dass die Franziskaner den Klarissenklöstern allein in *ghestlyken scheften* vorstehen (*vorweßen*)[95] und dienen (*denen*), im Übrigen aber unter der Jurisdiktion der Ordensoberen stehen sollten, so mag dies auch damit zu tun haben, dass das Misstrauen und die Verdächtigungen gegen die Gemeinschaft im Doppelkloster seit Gründung des Ribnitzer Klosters offenbar anhielten. Slaggert berichtet aus seinen Quellen von einem Vorfall, dass eine Magd, die *kranck van hovede* gewesen sei, aus dem Kloster entwichen und von einem Ratsherrn aus Ribnitz dazu gebracht worden sei, öffentlich auszusagen, *dat III juncfrowen weren swanger in deme closter; item, dat III juncfrowen uth deme orden weren ghelopen; item, dat vele juncfrowen seten umme er bősheyt wyllen in deme kerkener* (95,11; 95,29–32) und anderes mehr. Im Münchner Cgm 714 ist eine schwankhafte Verserzählung, in der Handschrift als *Der Gardian* betitelt, überliefert,[96] in der zwei Guardiane nacheinander die naiven Töchter einer Witwe dazu überreden, Christus als ihren Bräutigam zu wählen; die erste wird vom Guardian, der sich als ihr Bräutigam Christus ausgibt, wie vor ihr schon andere im Lauf des folgenden Jahres im Kloster geschwängert, dies dient der Schwester, als der näch-

---

[95] Ein Pendant zu *vorweßen* fehlt in der lateinischen Chronik (10,31–11,7).

[96] Vgl. Die deutsche Märendichtung des 15. Jahrhunderts, hg. v. Hanns Fischer (MTU 12), München 1961, S. 258–267.

ste Guardian sie zu Christus überreden will, als Warnung *vor dem wolf, der in schwarzen kutten gat* (V. 325) – die eine Geschichte wie die andere bezieht ihr Setting offensichtlich aus den gleichen Ressentiments, Phantasien und Vorstellungen.

Nach dieser Franziskaner-Chronik beginnt, wiederum auf neuem Blatt (Bl. 39r), eine weitere und parallel dazu konstruierte Ursprungsgeschichte, diesmal unter der Überschrift *Hirna volget dat anbeghin van den heren unde vorsten van Mekelenborch unde ere ǒrsprunck* (71,12f.). Deren Anfang wird noch weiter als die des Franciscus zurückverlegt – bis zu *Anthirius*, der *de erste konynck der Obetriten* gewesen sei, *eyn hertich thovoren under deme groten konynghe Allexandro* (71,14–16). Woher Slaggert diese und die folgenden Angaben hat, ist des Längeren ungefähr bekannt; es sind einige der zwischen 1510/12 und etwa 1524 entstandenen, z. T. gedruckten historischen Werke des 1525 verstorbenen Nikolaus Marschalk, seit 1505 Rat Herzog Heinrichs V., Jurist beider Rechte, gut vernetzter Humanist, seit 1510 mit Vorlesungen an der Rostocker Universität betraut.[97] Slaggert hat also, ohne Quellenangabe in diesem Fall, die sozusagen neueste Forschung rezipiert, um parallel zur Franziskaner-Chronik auch eine Ursprungsgeschichte für den Gründer des Ribnitzer Klosters zu konstruieren, Heinrich II. von Mecklenburg, „der Löwe" genannt. Es würde zu weit führen, hier die Werke Marschalks näher zu charakterisieren, es mag genügen, die Quellen für den Bucephalus-Komplex in Text und Bild sowie für die angeblichen Obotritenfürsten näher zu bestimmen. Die Parallelen zu ähnlichen Wappen-Interpretationen unter den Welfen oder Ableitungen fürstlicher, vor allem königlicher Herkunft von antiken Heroen im Umkreis Maximilians sind ohnehin unübersehbar.

In der prachtvoll angelegten und illustrierten Handschrift seiner in der Volkssprache verfassten ‚Mecklenburgischen Reimchronik'[98] befindet sich Bl. 7v ein Bild des von rechts nach links auf dem Bucephalus reitenden Alexander. Das Pferd hat, wie es in Slaggerts Text heißt, *eyn hovet so eyn ossencop, unde de vǒrvote also mynsken vote, unde at mynscken vlesck, de vorordelt weren tho deme dode, ofte sus ander doden mynsken corper edder lycham* (216,15–18). Das

[97] Gerlinde Huber-Rebenich, Art. ‚Marschalk, Nikolaus', in: Deutscher Humanismus 1480–1520. Verfasserlexikon, hg. v. Franz Josef Worstbrock, Berlin / Boston 2013, Bd. 2, Sp. 161–203.

[98] Schwerin, Landesbibliothek Mecklenburg-Vorpommern, Ms. 376; Digitalisat: https://purl.uni-rostock.de/rosdok/ppn1667014099 (letzter Zugriff: 03.01.2024). Zur Handschrift: Michael Bischoff, Geschichtsbilder zwischen Fakt und Fabel. Nikolaus Marschalks Mecklenburgische Reimchronik und ihre Miniaturen (Materialien zur Kunst- und Kulturgeschichte in Nord- und Westdeutschland 30), Lemgo 2006. – Der Text ist gedruckt bei Westphalen, Monumenta Inedita (Anm. 11), Tomus I, Sp. 561–646.

Abb. 1: LHAS 1.12–1 Chroniken, Sign. 2 (https://www.digitale-bibliothek-mv.de/viewer/image/PPNlhasn1121nr2/1/), Bl. 1r

Pferd hat am Kopf Hörner, es „ist damit beschäftigt, einen zu Boden gezwungenen Mann zu fressen. [...] Als Überbleibsel eines früheren Opfers liegen ein abgetrennter Arm und ein Kopf am Boden."[99] Im Druck des Holzschnitts in der niederdeutschen Chronik Slaggerts (Abb. 1) vertilgt das Pferd, das vorn Menschenfüße hat, gerade die Hand eines Menschen; eine weitere Hand, ein Knochen und eine leere Rüstung liegen am Boden. Ob der Holzschnitt in der Ribnitzer Chronik, der mit einem feinen, aber kräftigen Tinten-Strich gerahmt ist und dessen Landschafts-Strichlinien ebenfalls in der Handschrift mit feinen kurzen Strichen über eine Lücke zwischen Druck und Rahmen bis zum Rahmen geführt werden, die Miniatur aus der ‚Mecklenburgischen Reimchronik' zum Vorbild genommen und sie eigenständig weitergeführt hat, ist nicht zu sagen; die einzelnen Elemente in der Miniatur und im Druck stimmen jedenfalls überein und sind wohl in beiden Fällen dem entsprechenden Text entnommen. Ein Druck von Marschalks Reimchronik ist bislang nicht bekannt.

Der Text zum Holzschnitt *Bucephalus dat pert Allexandri* ist, in Manchem wörtlich, aus dem entsprechenden Abschnitt in Marschalks lateinischen, nur in Handschriften überlieferten ‚Vitae Obetritarum' übernommen. Dort trägt das 7. Kapitel des ersten Buchs die Überschrift *De Bucephalo & antiqvitate Bucrani,*

[99] Bischoff (Anm. 98), S. 130, dort auch S. 129–131 zum Verhältnis der Handschriften-Miniatur zum Holzschnitt in der Ribnitzer Chronik, der „eingeklebt" sei.

id est galea ex capite bovis, qvam primi Obetritarum reges retulere.[100] Auf die Übereinstimmung der Texte in der niederdeutschen Chronik und in den ‚Vitae Obetritarum' hat Techen hingewiesen und dabei auch darauf aufmerksam gemacht, dass die Formulierung, Alexander habe *ane wetent synes vaders* (216,21) das Pferd zuerst geritten, nicht in den ‚Vitae', sondern sich nur in der ‚Mecklenburgischen Reimchronik' finde,[101] in der Ausgabe Westphalens steht sie im 2. Kapitel, V. 13.[102] Hinzugefügt sei noch, dass im Holzschnitt der Bucephalus auf dem rechten vorderen und hinteren Schenkel ein Mal trägt mit dem Mecklenburger Wappen; davon ist nun wieder nur in den 1521 gedruckten ‚Annales Herulorum' Marschalks die Rede (VD16 ZV18228 u. M1111). Dort wird auch etwas ausführlicher als in den anderen Werken Marschalks berichtet,[103] dass Anthyrius als Anführer eines Heereszuges, dessen Angehörige sich ihrer Kleidung und Abstammung von den Amazonen wegen Obotriten nennen, zum König gewählt worden sei und nach dem Tode Alexanders sich in das Land der Heruler begeben habe, das vorher in der Mecklenburger Landschaft verortet worden ist. Anthyrius habe als Wappen für die Schiffsflaggen in Erinnerung an Alexanders Pferd das Haupt des Bucephalus geführt, das dann später irrtümlich für einen Ochsenkopf gehalten und zum Mecklenburger Wappen wurde – mit von Kaiser Karl IV. verliehenen goldenen Hörnern. Es mag sein, dass Slaggert dieser Geschichte wie andere auch einige Skepsis entgegengebracht hat; außer der Geschichte des Bucephalus findet sich jedenfalls sonst nichts in seiner Chronik. Nur mit einem Stierkopf-Wappen, gemalt auf Bl. 39r unter den dort genannten vier ersten Königen der Obotriten, stellt er diesen Bezug her.[104] Die vier Könige werden alle samt ihren Gemahlinnen, die sie aus den Königshäusern verschiedener Völker geheiratet haben, genannt, und die Namen dieser Königinnen erlauben nun auch, diesen Passus der Chronik auf ein weiteres Werk Marschalks zurückzuführen. Es ist der von Marschalk selbst um 1522/23 gedruckte ‚*Ausztzog der Meckelburgischen Chroniken*' (VD16 ZV30996), das einzige der bekannten Werke Marschalks, in dem außer den Namen der Könige auch die Namen aller für sie erfundenen Ehefrauen genannt sind, wie sie bei

[100] Ausgabe von Westphalen, Monumenta inedita (Anm. 11), Tomus II, Sp. 1501–1573, hier: 1507f.

[101] Techen (Anm. 1), S. 216 Anm. 1.

[102] Westphalen, Monumenta Inedita (Anm. 11), Tomus I, Sp. 567, entspricht in der Handschrift Bl. 8r, V. 7.

[103] Referiert nach ‚Annales Herulorum' in der Ausgabe von Westphalen, Monumenta Inedita (Anm. 11), Tomus I, Sp. 203–206.

[104] Zu Marschall und zum Mecklenburger Wappen vgl. auch: Wolfgang Richter, „Bucephalus" und „Ochsenkopf". Das mecklenburgische Wappen in den Schriften des Rostocker Humanisten Nikolaus Marschalk, in: Fachtagung Numismatik 1977, hg. v. Kulturbund der DDR, Fachgruppe Numismatik Rostock (Numismatisches Arbeitsmaterial), Rostock 1977, S. 6–14.

Slaggert dann erscheinen.[105] Für möglich halte ich endlich, dass Slaggert auch Einblick hatte in die Mecklenburger Bilderhandschrift von 1526 (LHAS 1.12–2 Fürstengenealogien, Nr. 1),[106] in der „36 Könige der Obotriten von Anthyrius bis Pribislaw samt ihren Frauen, gefolgt von 14 mecklenburgischen Fürstenpaaren jeweils mit ihren Wappen"[107] gemalt von Erhard Altdorfer dargestellt sind. Für dieses imponierende „Renaissancekunstwerk"[108] ist der *Ausztzog* offensichtlich die Textvorlage gewesen und ausdrücklich darauf bezogen.[109] Die, allerdings nicht alle ausgefüllten, Wappenbilder der niederdeutschen Chronik wiederholen ganz überwiegend das Muster der gegeneinander geneigten Wappenpaare der Fürstenpaare (s. Bl. 13v, 18v, 19r, 20r, 28r–29r, 39r, 41r, 44r, 46v, 60r, 62r, 62v, 65r, 67v, 75v, 77r, 78r).

Ausgiebig genutzt für seine weiteren Ausführungen zu den obotritischen Fürsten des Hauses Mecklenburg, vor allem zu Heinrich Borwin I., der *was eyn krystlowighe here unde vorstorde de affgoderyge, wo he konde* (71,29–31), und dessen Sohn Heinrich Borwin II. bis zur sog. ersten Mecklenburgischen Hauptteilung, hat Slaggert wieder, neben der Chronik Ernst von Kirchbergs,[110] Marschalks ‚Annales Herulorum'. All dies spricht dafür, dass nicht nur die Äbtissin Dorothea Slaggerts Arbeit gefördert hat, sondern wohl auch ihre Brüder Heinrich und Albrecht oder deren Kanzler Kaspar von Schöneich, der wiederum mit Nikolaus Marschalk befreundet war. Und es kommen in Slaggerts Darstellung am Ende die mit Franciscus und Anthyrius beginnenden Linien der Franzis-

---

105 Herausgegeben von Andreas Röpcke, Nikolaus Marschalks *Ein Ausztzog der Mekkelburgischen Chronicken* – die erste gedruckte Mecklenburgische Chronik auf Deutsch, in: Mecklenburgische Jahrbücher 115 (2000), S. 43–73, hier: 57–72, die Namenpaare S. 59.

106 Die Mecklenburger Fürstendynastie und ihre legendären Vorfahren. Die Schweriner Bilderhandschrift von 1526, hg. v. Andreas Röpcke, Bremen 1995; ein Digitalisat der ‚Fürstengenealogie': https://www.digitale-bibliothek-mv.de/viewer/fullscreen/PPNLHAS_1_12_2_fuerstengenealogien_001/1/ (letzter Zugriff: 03.01.2024).

107 Huber-Rebenich (Anm. 97), Sp. 193.

108 Kristina Hegner, Die Mecklenburger Fürstengenealogie von 1526 als Renaissancekunstwerk, in: Mecklenburgische Jahrbücher 115 (2000), S. 75–112.

109 Vgl. Röpcke (Anm. 105), S. 58f.

110 Jürgen Petersohn, Art. ‚Ernst von Kirchberg', in ^{2}VL Bd. 2 (1980), Sp. 618–620. Dass die nur in einer „Prachthandschrift" erhaltene Chronik (LHAS 1.12–1 Chroniken, Nr. 1; Digitalisat: https://www.digitale-bibliothek-mv.de/viewer/image/PPNLHArchivChronik_001; letzter Zugriff: 03.01.2024) „im Mittelalter keine weitere Wirkung entfaltet" habe, wie Petersohn schreibt (Sp. 619), gilt nur dann, wenn man das Mittelalter am 1.1.1500 enden lässt; dass Slaggert vermutlich auch diese Handschrift hat einsehen können, zeigt die Nähe zum Fürstenhof, die man ihm, wie Marschalk, einräumte. Die alte Ausgabe der Reimchronik in: Westphalen, Monumenta inedita (Anm. 11), Tomus IV, Sp. 593–840, ist nun ersetzt durch: Mecklenburgische Reimchronik des Ernst von Kirchberg, hg. v. Christa Cordshagen u. Roderich Schmidt, Köln / Weimar / Wien 1997.

kaner und der Mecklenburger Fürsten in Heinrich II. und seinem franziskanischen Beichtvater Dietrich von Studitz zusammen, die anfangs des 14. Jahrhunderts die Gründung des Klosters erst ermöglichen. Sie wird dann als durch die Wiedergutmachung von Verfehlungen Heinrichs verursachtes, von Visionen und Wundern begleitetes, durch die Überwindung von enormen Widerständen charakterisiertes Unterfangen geschildert. Eine Erfolgsgeschichte wird es danach durch die von vornherein für den Abbatiat vorgesehene jeweils älteste Tochter des Hauses Mecklenburg, die im Alter von drei bis sieben Jahren unter großer Anteilnahme von hochrangigen Zeugen *myt groter leve unde andacht gade deme heren unde Marien, syner moder, unde der hilligen juncfrowe sunte Claren tho lave der abdisken* [...] *gheoffert unde vorantwerdet in dat closter* werden (105,30–33, hier am Beispiel Hedwigs zitiert). Sie werden korrekt, im Beisein zumeist des Provinzialministers der Saxonia vom Konvent meist in sehr jungen, zwischen 18 und etwa 25 Jahren gewählt und führen das Amt lange. Die Wahl, die Einsetzung mit Siegel und Schlüssel und die Dauer des Abbatiats geben der Chronik einen in langen Perioden ausgefalteten Rhythmus vor, der erst durch Krisen im Zuge der von den Provinzialministern angestoßenen Reformen gestört wird.

Dies im Detail zu verfolgen, führt hier zu weit, auch wenn es reizt, die Schilderung aufzunehmen von der im Klosterhof veranstalteten Rehjagd (140,16–21), vom Bau und der lang ersehnten ersten Nutzung eines eigenen Badhauses für die Franziskaner-*vedere* (150,1–32), vom Vorführen nie gesehener Maultiere durch den Provinzialminister (139,28–33), von der symbolisch und emphatisch aufgeladenen ersten Beisetzung einer Fürstin im Kloster Doberan nach ihrem Tod am Tag der Stigmatisation des Hl. Franciscus (126,1–36), von der Kritik an König Christian von Dänemark für das „Stockholmer Blutbad" (130,8–22), vom Brand in Ribnitz und vom großen Regen, der nicht nur am *seestrande*, sondern *aver dat gantze Dudeske lanth* gefallen sei (111,33–114,8). Mag mit dieser kleinen Aufzählung auch die öfter hervorgehobene „Lebendigkeit" der Darstellung Slaggerts anschaulich werden, so geht mit ihrer Isolation vom jeweiligen Kontext ebenso ein wesentlicher Aspekt der Darstellung *na der jarschar* verloren, wie wenn man sich allein auf das Herauspräparieren eines für die Klostergeschichte wichtigen Aspekts konzentrieren wollte.

Nach der ausführlichen Beschreibung der Fenster der Klosterkirche im Rahmen der Verzeichnisse des ersten Teils der Chronik findet sich die erste Äußerung zu etwas zweckgebunden Künstlichem im Rahmen liturgischer Handlungen im Jahr 1523: *In desseme jar heft broder Lambrech Slaggert, bychtvader, ghemalet den officiatrixstol dorch bede unde beredinghe suster Anna Buggenhagen* (131,1–3). [*F*]*roychen Ursula* ist 1525 *erstmals officiatrix gheweset* und hat sowohl die *vesper* als auch die *mette*[] *myt den anderen tyden* [...] *na wanheyt des ordens* an einem besonderen Festtag geleitet (138,35–39). Anna Buggenhagen wird mehrfach genannt, zusammen mit ihrer Schwester *Ypolita* unter den Schwestern des Konvents, die Slaggert 1522 *lewendich* vorfindet (204b,4); vielleicht ist sie auch gemeint unter den *anderen dochtern* eines gewissen *Deghener Buggenhagen*, der im Rahmen der *uphevinghe der clenodie XXX marck* für sie gibt (214,21–23). Vor allem aber taucht sie noch zweimal auf in Zusammenhang mit weiteren Angaben zu Arbeiten Slaggerts als Maler: Sie hat den Leim gesotten und die Farbe zubereitet bei der Ausmalung des frisch geweißelten Refektoriums 1528 (160,10f.) und war dabei, als die Äbtissin Dorothea 1530 *dat Maryen bilde, dat uppe ereme kore steyt achter ofte by deme sacramente* hat *ghesyren laten* [...] *myt twen flogelen.* In diesen Flügeln

> stån II apostel also sunte Thomas, welker er gnaden apostel, unde sunte Mathias, de froychen Ursula apostel ys, unde an der anderen syden buten steyt sunte Ursulen bylde, welker beyde flogel unde lede der tafelen hebben bereth unde vorguldet III susteren, alse suster Anna van der Lů, suster Anna Bugghenhagen unde suster Cristina Bodins. De bilde heft ghemalet broder Lambrecht Slagghert, bichvader, unde am avende Martini gheendiget (170,34–171,4).

Cristina Bodins und *Anna van der Luͤ* begegnet man auch bei den Arbeiten am Refektorium, dort haben sie mit Slaggert geholfen, *de bylde uthwerpen* (‚zu entwerfen‘). Dort hatte Slaggert schon zuvor an die Wand *eyne scyve* gemalt, *dar men up mach seen, wo yd ys in der stunden, so se recht wert ghestellet*, und außerdem hatte er dort *etlyke sproke, beyde tho Latin unde tho Dude dar sulvest henne screven up de want* (144,21–25). Schließlich trifft man die beiden *susteren* dann auch beim dritten Objekt, bei dem Slaggert gemalt hat. Nachdem Dorothea 1531, wahrscheinlich auch von Slaggert, *de hylge drevaldicheyt unde dat aventeten up eyn breͤt up er chor* hatte malen lassen (172,19f.), wird 1532 *jegen dat fest Francisci* [...] *gesettet dat grote sunte Franciscus bylde up dat chor*, zu dem Dorothea das Gold gegeben hatte; aber *besundergen Anna van der Luͤ unde Christina Bodins makeden dat fundament unde broder Lambrecht Slagghert, bichtvader, gaff dartho alle verwe unde måͤlde dat ganze breͤt* (172,21–27).

Diesem fürsorglichen Umgang mit Gebäuden, Bildern und Skulpturen wird nun im langen Eintrag zu 1525 das entgegengestellt, was in Ribnitz vom sog. Stralsunder Kirchenbrechen vermutlich durch den geflohenen Franziskaner Joachim Pake berichtet worden ist. Danach haben

> de boße vorgiftige Martiner, so se alle kerken bynnen deme Sunde hadden ghebraken unde etlike bilde daruth ghenamen unde in stucken ghehowen unde vorbrant, an unse closter ordens Francisci sunte Johans kerke unde breken de karkdoͤr up myt groten bomen, unde alle, dat in der kerken was, se thobreken, tafelen up den altaren, alle bilde unde den preddick*stoͤll* unde dat lectrum [...]. Under desser tydt twe vorlopen monneke spelden uppe den orgelen, beyde grote unde clene, up dat men nicht scholde horen ere brekent. See hebben nichtes nichtes gheschonet, wol dat id grot gelt unde swar arbeyt hadde ghekostet unde muͤge. Marien bilde tho der medelidinghe hebben se

berowet unde wech ghenamen alle er ghesmucke unde deme bilde dat hovet afgheslagen unde entwey gheklovet (134,3–17).

Die pointierte Gegenüberstellung von Aufbau und Zerstörung wird mit dem Bericht über die Vertreibung der Brigitten aus ihrem Kloster in das von den Dominikanern verlassene Kloster fortgesetzt: *Wat se mer myt den armen juncfrowen willen anrichten, kan ick nicht scriven tho desser tydt. Gans bedroflick was desse invoringe der juncfrowen in de stadt. Vele spotteske, honlyke unde schendighe worde mosten se horen van den bosen, gadesvorgetenen Martiner, de noch got fruchteden unde vor de mynsken sick schemeden* (135,24–30). Noch für dasselbe Jahr aber wird berichtet, dass die Äbtissin

> heft beteren laten de klenen orgelen unde renoveren dorch den organisten broder Joachim Pake [s. o.], leßemester der hilgen scryft van deme Sunde. In deme orgele heft nene pipe mer ghestan, men alle heft he se uthghenamen vor Jacobi unde ys wedder bereyt worden stigmatum Francisci aver al [25.07.–17.09.]. He heft den bås affghetogen unde andere mer vorthoge darin ghemaket unde beredet gans jegen Katherine [25.11.]. Ik mende, yd hadde gans bereyt ghewest, so arbeyde he daraver baven dat jar (136,21–29).

Die allgemeine Unruhe greift auch auf Ribnitz über, Hilfe wird beim Landesherrn gesucht: Die Äbtissin lässt den *borghermeystern* ausrichten,

> dat se mochten darup trachten, dat ere undersathen in der stadt unde hantwarkesknechte de prester in er gnaden kerke der parre mochten lathen unghestraffet unde unghehonet er preddekere, ofte er gnade myt eren heren brodere wolden dat anders vorseen, welker deme rade unde der stadt nicht wurde wol behaghen (141,13–18).

Heinrich V. aber und sein Bruder Albrecht tendieren offenbar in unterschiedliche Richtungen, Heinrich scheint wohl eher zu den „Martinern" zu neigen, Albrecht eher zu den anderen. Da kommt 1529

> broder Valentin Korte, principal tho Rostke, unde helt dar sine vardelave [‚Abschiedsschmaus'], do he uth der cappe unde uth deme orden wolde then unde wolde werden hertich Hinrickes tho Mekelenborch syn denre unde cappellan, so men sede, des ick doch nicht love. Des hebben sick vele frouwet unde myt em slampampet achte dage lanck (165,24–30).

Und während so ein Stück der alten Ordnung nach dem anderen wegzubrechen scheint, wird sie im Kloster aufrecht zu halten gesucht. Die große und die kleine Orgel werden langwierig und zur Freude aller erneut neu gerichtet, 1528 lässt die Äbtissin vier neue Glasfenster *vor ere celle an den gevel* einsetzen. *Darin stan twe schilde unde de IIII hovetfeste also de bort Cristi, de upstandinge, de sendinge des hilghen ghestes unde de hemmelvart Marien* (162,37–41) jede *tafele costede ł gulden* (164,20f.). Und Bruder Joachim Meyger, der Guardian (der möglicherweise einen Mann erschlagen hat und fliehen musste) und Slaggert richten mit ihren einzeln genannten Büchern, die sie nicht mehr brauchen, eine Bibliothek ein (163f.). Ob sich in diesen Werken Anknüpfungspunkte für die sechs noch jetzt in Ribnitz aufgestellten Holztafelbilder finden lassen, die Slaggert – vielleicht unter Mitarbeit der oben genannten drei Schwestern – zugeschrieben werden, könnte eine Untersuchung wert sein. Dass es schwerfallen dürfte, für die Tafeln mit ihrer „sonderbaren Mischung aus Massenproduktion und individuell erscheinendem Einzelstück [...] eine Parallele zu finden",[111] muss ja nicht das letzte Wort sein. Auch Slaggert findet anlässlich der Hochzeit von Sophia, der Tochter Heinrichs V., mit Herzog Ernst I. (nicht *Eryk*!) von Braunschweig-Lüneburg, genannt der Bekenner, zu einem versöhnlicheren Wort: *Got geve en leve unde fredesamheyt unde dat ewyge levent na desseme levende na deme wyllen gades. Gůt Martins was de here unde gůt Lutters* (159,15–17).

Abstract: From 1522 to 1532, the Franciscan Lambert Slaggert is documented as spiritual advisor of the nuns at the Poor Clares convent in Ribnitz on the Baltic Sea, founded in 1323/24 by Henry II of Mecklenburg. During this time, at the request of the abbess and convent, he wrote a chronicle of the religious house, whose existence and history he recounted and explained from its very beginnings on the basis of the sources available to him: On the one hand, it is the decision of St Francis and St Clara to renounce the world and, on the other, it is the history of the princes of Mecklenburg, who trace themselves back to the Obotrites and their first king Anthirius, a military leader under Alexander the Great (according to several historical works by Nikolaus Marschalk). Slaggert develops a chronicle of the institution *na der jarschar* (‚in the order of the years') from these beginnings, which are sketched out for an indefinite future. The annalistic principle makes it possible to sketch the history of the convent as an open process based on the sources made available to him by the convent and the princes, the quite dramatic finale of which is described in the opposing movements of the first years of the Reformation in Mecklenburg. The destruction of the established church life, especially in the towns, is contrasted

[111] Christoph Gerhardt, Meditationsbilder aus dem ehemaligen Klarissenkloster Ribnitz (Bez. Rostock, DDR), in: Trierer theologische Zeitschrift 98 (1989), S. 95–112 mit 6 Abbildungen. Zu den Tafeln ferner Axel Attula, Beobachtungen zu sechs Meditationstafeln aus dem Klarissenkloster Ribnitz, in: Ecclesiae ornatae. Kirchenausstattungen des Mittelalters und der frühen Neuzeit zwischen Denkmalwert und Funktionalität, hg. v. Gerhard Eimer / Ernst Gierlich / Matthias Müller (Kunsthistorische Arbeiten der Kulturstiftung der Deutschen Vertriebenen 6), Bonn 2009, S. 143–160. – Attula hält auch die beiden Zeichnungen des Franciscus und der Clara, Bl. 27v und 31v der Chronik-Handschrift, für solche „Lambrecht Slaggerts", Attula (Anm. 68), S. 12f. Das hat gewiss, wie eine ganze Reihe weiterer Zuschreibungen (vgl. etwa ders., Beobachtungen zu sechs Meditationstafeln [Anm. 129], S. 145–159), einen hohen Grad an Wahrscheinlichkeit für sich, ein wirklicher Nachweis ist dafür allerdings, soweit ich sehe, bislang nicht erbracht, ebensowenig dafür, dass die Chronik wirklich ein Autograph Slaggerts ist: „Falls es Urkunden oder sonstige Schriftstücke von der Hand des Lambert Slaggert gibt, sollte sich dies eindeutig klären lassen", so, mit Recht denke ich, Honemann (Anm. 8), S. 94 Anm. 9.

with the prosperity of the monastic community, which, after decisive reforms in the spirit of St Francis, was able to withstand the external and internal dangers until the end of the chronicle, thanks to the convent under the leadership of the abbesses, all of whom came from the Mecklenburg royal family.

Abb. 2: LHAS 1.12–1 Chroniken, Sign. 2 (https://www.digitale-bibliothek-mv.de/viewer/image/PPNlhasn1121nr2/28–29/), Bl. 14v/15r.

Abb. 3: LHAS 1.12–1 Chroniken, Sign. 2 (https://www.digitale-bibliothek-mv.de/viewer/image/PPNlhasn1121nr2/54/), Bl. 27v; Abb. 4: LHAS 1.12–1 Chroniken, Sign. 2 (https://www.digitale-bibliothek-mv.de/viewer/image/PPNlhasn1121nr2/61/), Bl. 31r.

Wolfram-Studien XXVII (2025)
Erich Schmidt Verlag Berlin

Floire und Blanchefleur im deutschen Norden

Eine text- und stoffgeschichtliche Spurensuche

Mit Edition der ripuarischen Fragmentüberlieferung

von CHRISTINE PUTZO (Lausanne) und BERND BASTERT (Bochum)

1. Floire und Blanchefleur – eine europäische Erfolgsgeschichte

Floire und Blanchefleur verbindet schon im Kindesalter eine unauflösliche, schicksalsgetriebene Liebe. Er jedoch ist ein Königssohn im muslimischen Spanien, sie die Tochter einer christlichen Sklavin am Hof, Beute eines Raubzugs von Floires Vater in christlichem Gebiet. Floires Eltern, entsetzt angesichts dieser *mésalliance*, versuchen das Paar zu trennen, indem sie Floire unter dem Vorwand des Schulbesuchs in eine andere Stadt schicken und in seiner Abwesenheit Blanchefleur an fahrende Händler verkaufen, über die sie in den Besitz des Emirs von Babylon gelangt. Nach Floires Rückkehr wird ihm der Tod seiner Geliebten vorgegaukelt. Vor Leid möchte er sich das Leben nehmen, woraufhin seine Eltern ihm die Wahrheit gestehen. Der verzweifelte junge Mann folgt daraufhin Blanchefleurs Spur, erreicht Babylon, wo das Mädchen in einem Turm gefangen gehalten wird, kann durch eine List den Wächter des Turms auf seine Seite ziehen und wird von diesem, versteckt in einem Korb voller Blumen, zu seiner Geliebten in den Turm geschmuggelt. Weitere Hindernisse bleiben zu überwinden, bis das Paar, in der Ehe vereinigt, glücklich nach Spanien zurückkehren kann, wo Floire mitsamt allen seinen Untertanen zum Christentum konvertiert. Schon, indem der Roman so die Vision einer iberischen Reconquista in die Geschichte eines Liebespaars bettet, eignet ihm aus mittelalterlicher Perspektive eine weltgeschichtliche Dimension. Gewichtiger noch dürfte die dynastisch-genealogische Bedeutsamkeit der Eheschließung zwischen Floire und Blanchefleur gewesen sein: Ihr Enkel, so berichten die meisten Fassungen, werde kein geringerer sein als Karl der Große.[1]

---

1 Zum Motiv der „Ansippung“ an die karolingische Dynastie, das sich auch in anderen Erzähltexten, etwa im ‚König Rother‘ oder in der ‚Guten Frau‘ findet, vgl. Karl-Ernst

Es verwundert nicht, dass diese Erzählung, im deutschsprachigen Diskurs heute am bekanntesten in der elsässischen Bearbeitung Konrad Flecks (um 1200), zu einer Erfolgsgeschichte des Mittelalters wurde, deren Verbreitung die des anderen großen illegitimen Liebespaars der höfischen Literatur, Tristan und Isolde, bei weitem in den Schatten stellt. Nahezu alle volkssprachigen Literaturen des europäischen Mittelalters erzählen die Geschichte von Floire und Blanchefleur, Flore und Blanscheflur, Floris und Blancheflour, Floris und Blancefloer, Flos und Blankeflos, Flors und Blanzeflors, Florio und Biancef-fora oder Flores und Blancaflor – die Liste ließe sich fortsetzen. Bald nach der Mitte des 12. Jahrhunderts wohl im westfranzösischen Sprachraum zuerst überliefert,[2] verbreitete sich der Roman seit dem 12. und 13. Jahrhundert in einer ‚insularen' Tradition nach England und Norwegen sowie in einer ‚kontinentalen' Tradition in den niederländischen, niederdeutschen und hochdeutschen Sprachraum.[3] Zu diesen Fassungen, von der Forschung des 19. Jahrhunderts zur Gruppe der ‚version aristocratique' (Version I) zusammengefasst, tritt als weitere Überlieferungslinie die in der Handlung etwas abweichende sogenannte ‚version populaire' (Version II),[4] in der Floire nicht nur als sentimentaler Held, sondern auch als Kämpfer erscheint und auf dem Weg nach Babylon Aventiuren bestehen muss. Außerdem fehlen dieser Version die aufwendigen Descriptiones der Version I (‚aristocratique'), wie etwa die Ekphrase des babylonischen Turms mit dem wundersamen Garten. In der vermeintlich volkstümlicheren ‚version populaire' oder Version II verbreitet sich die Geschichte seit dem 14. Jahrhundert in zahlreiche Literaturen des südeuropäischen Raums und von dort zurück in den Norden, ist aber bereits im ausgehenden 12. Jahrhundert auch in einer einzelnen westfranzösischen Fassung belegt.[5] In der jün-

---

Geith, Carolus Magnus. Studien zur Darstellung Karls des Großen in der deutschen Literatur des 12. und 13. Jahrhunderts (Bibliotheca Germanica 19), Bern / München 1977, S. 126–128, 139–141 (Zitat: 128, 139), sowie Bernd Bastert, Helden als Heilige. *Chanson de geste*-Rezeption im deutschsprachigen Raum (Bibliotheca Germanica 54), Tübingen / Basel 2010, S. 75.

2 Robert d'Orbigny, Le Conte de Floire et Blanchefleur. Nouvelle édition critique du texte du manuscrit A (Paris, BNF, fr. 375) publié, traduit, présenté et annoté par Jean-Luc Leclanche (Champion classiques. Série „Moyen Âge" 2), Paris 2003. Zur Lokalisierung und Datierung vgl. ebd. die Einleitung des Herausgebers, S. VII–XXVIII, hier: XIV–XVIII, der für das Loiretal, vielleicht Tours, plädiert, sowie abweichend Frankwalt Möhren, Dictionnaire étymologique de l'ancien français. Complément bibliographique, Berlin / Boston 2021, Sp. 374.

3 Diese Unterteilung nach Jean-Luc Leclanche, Contribution à l'étude de la transmission des plus anciennes œuvres romanesques françaises. Un cas privilégié: *Floire et Blancheflor*, Bd. 1–2, Lille 1980, hier: Bd. 2, S. 83–113.

4 Floire et Blanceflor. Poèmes du XIIIe siècle, publiés d'après les manuscrits avec une introduction, des notes et un glossaire par M. Édélestand du Méril, Paris 1856, S. xix-xxviii. Bereits Hans Herzog, Die beiden Sagenkreise von Flore und Blanscheflur. Eine litterarhistorische Studie, Wien 1884, S. 3f., schlug die neutraleren Benennungen „I. Version" und „II. Version" vor.

geren Forschung wird zudem die Existenz einer dritten Version des Stoffs erwogen, die bereits im beginnenden 13. Jahrhundert von Spanien aus über Frankreich nach Skandinavien gestrahlt habe und dabei vermeintlich distinktive Handlungselemente der Versionen I und II (‚aristocratique' und ‚populaire') in sich vereint haben könnte.[6]

Die vielsprachigen, chronologisch bis in die Frühe Neuzeit und geographisch bis in die Neue Welt reichenden späteren Bearbeitungen der unterschiedlichen Versionen können hier unerwähnt bleiben[7] – mit Ausnahme des mittelniederdeutschen Versromans ‚Flos unde Blankeflos', dessen textueller und stofflicher Vorgeschichte dieser Beitrag gelten soll. Zu Unrecht hat die niederdeutsche Fassung lange ein Schattendasein in der Forschung geführt, birgt sie doch, wie dieser Beitrag zeigen möchte, weitgehend übersehene Erkenntnisse über die frühe Stoffgeschichte der europäischen Floire-Romane und erlaubt zugleich Einblick in den Vermittlungsweg eines französischen Stoffs in den niederdeutschen Rezeptionsraum.

2. Der mittelniederdeutsche Versroman ‚Flos unde Blankeflos' und die niederländisch-deutsche Gruppe

Der in fünf Handschriften und Fragmenten des 15. Jahrhunderts überlieferte Roman von ‚Flos unde Blankeflos' entstand vielleicht im 14. Jahrhundert in

---

5 Floire et Blancheflor. Seconde version. Edition du ms. 19152 du fonds français avec introduction, notes et glossaire par Margaret M. Pelan (Associations des publications prés les universités de Strasbourg), Paris 1975. Seit Leclanche (Anm. 3), Bd. 1, S. VIII, wird diese Fassung als ‚Roman de Floire et Blanchefleur' bezeichnet, die der Version I (oder ‚aristocratique') dagegen als ‚Conte de Floire et Blanchefleur' (Anm. 2). Vgl. zuletzt Vanessa Obry, Les versions françaises de *Floire et Blancheflor* en contexte manuscrit. Lectures médiévales et infléchissement génériques, in: Itinéraires de Floire et Blancheflor du XIIe au XVIe siècle: Mise en livre, diffusion et réception, éd. par Sofia Lodén, Vanessa Obry et Anne Réach-Ngô (Cahiers de Recherches Médiévales et Humanistes 38), Paris 2019, S. 243–263.

6 Vgl. Patricia E. Grieve, Floire and Blancheflor and the European Romance (Cambridge studies in medieval literature 32), Cambridge / New York 1997; Miriam Edlich-Muth, A Saint's romance: Rósa, Rosana and the Hispano-Scandinavian links shaping *Flóres saga ok Blankiflúr*, in: Medieval romances across European borders, hg. v. Miriam Edlich-Muth (Medieval Narratives in Transmission 1), Turnhout 2018, S. 57–75. Vgl. Christine Putzo, Konrad Fleck ‚Flore und Blanscheflur'. Text und Untersuchungen (Münchener Texte und Untersuchungen zur deutschen Literatur des Mittelalters 143), Berlin / München / Boston 2015, S. 12–20.

7 Vgl. Putzo (Anm. 6), S. 2–11 (mit weiterer Literatur), seither bes.: Lodén / Obry / Réach-Ngô (Hg.) (Anm. 5); Floire et Blancheflor en Europe. Anthologie, éd. par Sofia Lodén et Vanessa Obry (Moyen Âge européen), Grenoble 2022.

Westfalen[8] – Datierung wie Lokalisierung bedürften allerdings der Überprüfung.[9] Neben ‚Valentin und Namelos'[10] handelt es sich um die einzige vollständig erhaltene Bearbeitung eines französischen Romans in mittelniederdeutscher Sprache,[11] ein Befund, der im Kontext der überhaupt ausgeprägten Verbreitung

---

8 Vgl. Hartmut Beckers, Art. ‚Flos vnde Blankeflos', in: ²VL 2 (1980), Sp. 761–764, hier: 762.

9 In seinem Artikel für das ‚Verfasserlexikon' setzte Beckers (Anm. 8), Sp. 762, „weitgehend auf Vermutungen angewiesen", den Roman in „die erste Hälfte des 14. Jh.s", in einem bald darauf publizierten anderen Beitrag jedoch ohne Angabe von Gründen deutlich später ins „letzt[e] Viertel des 14. Jh.s": ders., ‚Flos und Blankflos' und ‚Von den sechs Farben' in niederdeutsch-ostmitteldeutscher Mischsprache aus dem Weichselmündungsgebiet, in: ZfdA 109 (1980), S. 129–146, hier: 129, 136. Zuvor hatte Otto Decker, ‚Flos vnde Blankeflos'. Kritische Ausgabe des mittelniederdeutschen Gedichtes, Rostock 1913, S. 118, den Roman aufgrund überwiegend konjizierter Formen „in das letzte Dezennium des 13. Jahrhunderts" datiert. Dem widersprach Ludwig Wolff, Art. ‚Flos unde Blankeflos', in: ¹VL 1 (1933), Sp. 624–626, u. Bd. 5, Berlin (1955), Sp. 223, hier: Bd. 1, Sp. 625, und begründete ebd., seinerseits wenig überzeugend, die seither transportierte Datierung „vor Mitte des 14. Jhs." mit den zahlreichen hochdeutschen Reimformen und einer angeblichen metrischen „Abhängigkeit vom hd. Vorbild der ritterlichen Zeit". Von Deckers Belegstellen bleibt nach Abzug der konjizierten Formen allein der Reim *kinden* : *vinden* (V. 99f.), der den endungslosen Plural des Neutrums *kint* nachweist. Diese gerade im niederdeutschen und mitteldeutschen Sprachraum in der Tat konservative Form könnte indes auf den ripuarischen Text des 13. Jahrhunderts zurückzuführen sein (dazu unten, Abschnitt 3) und wäre besonders in einem Verstext allein auch nicht ausreichend für eine Frühdatierung. Vgl. Thomas Klein / Hans-Joachim Solms / Klaus-Peter Wegera, Mittelhochdeutsche Grammatik. Teil II: Flexionsmorphologie. Bd. 1: Substantive, Adjektive, Pronomina, Berlin / Boston 2018, S. 152–156 (§ S83–S86), ferner Thomas Klein, Zum *r*-Plural im Westgermanischen, in: North-Western European Language Evolution 66/2 (2013), S. 169–196, bes. S. 188. Die auf Decker zurückgehende Lokalisierung des Textes nach Westfalen stellt Loek Geeraedts, Die Stockholmer Handschrift Cod. Holm. Vu 73. Edition und Untersuchung einer mittelniederdeutschen Sammelhandschrift (Niederdeutsche Studien 32), Köln / Wien 1984, S. 42f., in Frage; auch hier ist indes das Verhältnis des mittelniederdeutschen und des ripuarischen Textes zu berücksichtigen (s. Abschnitt 3).

10 Vgl. den Beitrag von Tina Terrahe in diesem Band.

11 Vgl. Hartmut Beckers, Mittelniederdeutsche Literatur – Versuch einer Bestandsaufnahme. (I), in: Niederdeutsches Wort 17 (1977), S. 1–58; (II), in: Niederdeutsches Wort 18 (1978), S. 1–47; (III), in: Niederdeutsches Wort 19 (1979), S. 1–28, hier: (I), S. 23–33, bes. S. 28f.; Gerhard Cordes, Mittelniederdeutsche Dichtung und Gebrauchsliteratur, in: Handbuch zur niederdeutschen Sprach- und Literaturwissenschaft, hg. v. dems. u. Dieter Möhn, Berlin 1983, S. 351–390, hier: 371. – Außer in der veralteten kritischen Edition von Decker (Anm. 9) steht der Text in diplomatischen Abdrucken der meisten Textzeugen zur Verfügung; vgl. zuletzt Volker Krobisch, Die Wolfenbütteler Sammlung (Cod. Guelf. 1203 Helmst.). Untersuchung und Edition einer mittelniederdeutschen Sammelhandschrift (Niederdeutsche Studien 42), Köln / Weimar / Wien 1997, S. 281–321, und Geeraedts (Anm. 9), S. 38–44, 207–243. Vgl.

des Erzählstoffs von Floire und Blanchefleur in den *Nideren Landen* zu sehen ist.[12] Konrad Flecks kunstvolle Bearbeitung mag heute am bekanntesten geblieben sein, doch ist hervorzuheben, dass sie im oberdeutschen Raum in diesem Zeitraum ganz für sich steht. Nördlich flankiert sie dagegen eine Gruppe weniger beachteter Floire-Romane in niederländischer, mitteldeutscher und niederdeutscher Sprache, zu der neben dem hier besprochenen niederdeutschen ‚Flos unde Blankeflos' das maasländische Bruchstück eines ‚Floyris' (um 1160/70),[13] Diederics van Assenede flämischer Roman ‚Floris ende Blancefloer' (um 1250)[14] und auch das ripuarische Fragment von ‚Flors inde Blanzeflors' (erste Hälfte 13. Jahrhundert)[15] zählen, dessen Verhältnis zur niederdeutschen Fassung allerdings einer Neubewertung bedarf.

Es ist bemerkenswert, dass mit Ausnahme der mittelniederdeutschen Bearbeitung, die auf den nur fragmentarisch erhaltenen ripuarischen Roman zurückgeht, alle genannten Fassungen auf teils engem geographischen Raum unabhängig voneinander aus dem Französischen übertragen wurden: Alle Verfasser berufen sich auf eine französische Quelle; keiner der Autoren scheint aber eine der anderen deutschen bzw. niederländischen Fassungen gekannt zu haben – kurz: Jede Fassung (mit Ausnahme der niederdeutschen) basiert jeweils neu auf einer anderen französischen Vorlage. In keinem der Fälle ist diese französische Quelle klar bestimmbar: Zwar werden für alle der genannten Romane Vorlagen angenommen, die zur Gruppe der Version I (‚aristocratique') zählen, doch sind die Varianten zur erhaltenen französischen Fassung dieser Version zu markant, als dass sie als direkte Quelle für eine einzige der niederländischen oder deutschen Bearbeitungen in Frage käme.[16]

Besonders deutlich nun weicht gerade die mittelniederdeutsche Fassung, ‚Flos unde Blankeflos', von den erhaltenen französischen, aber auch von den übrigen deutschen und niederländischen Bearbeitungen der Version I ab. Dies

---

jetzt: Flos unde Blankeflos. Edition, Übersetzung, Kommentar. Mit einem Anhang zum ‚Trierer Floyris' und zu ‚Flors inde Blanzeflors', hg. v. Bernd Bastert u. Elisabeth de Bruijn (Mittelniederdeutsche Bibliothek 2), Berlin 2025.

[12] Vgl. Elisabeth de Bruijn, Die „Floris ende Blancefloer"-Überlieferung in den *Nideren Landen*, in: Dialog mit den Nachbarn. Mittelniederländische Literatur zwischen dem 12. und 16. Jahrhundert (ZfdPh 130. Sonderheft), hg. v. Bernd Bastert, Helmut Tervooren u. Frank Willaert, Berlin 2011, S. 113–126.

[13] Bastert / de Bruijn (Hg.) (Anm. 11), S. 185–220.

[14] Diederic van Assenede, Floris ende Blancefloer, hg. u. übersetzt v. Johan H. Winkelman u. Gerhard Wolf (Bibliothek mittelniederländischer Literatur 7), Münster 2014.

[15] Die Mühlheimer Bruchstücke von Flors und Blanzeflors, hg. v. Heinr[ich] Schafstaedt (Gymnasium und Realschule zu Mülheim am Rhein, Abhandlung zum Jahresbericht über das Schuljahr 1905–1906), Mülheim am Rhein 1906. Vgl. auch Bastert / de Bruijn (Hg.) (Anm. 11), S. 163–183.

[16] Leclanche (Anm. 3), Bd. 2, S. 106–111.

betrifft schon ihren Umfang. Im Vergleich mit allen älteren europäischen Fassungen fällt der mittelniederdeutsche Roman durch seine Kürze und Schlichtheit auf: In nur etwa 1500 Versen – nicht einmal der Hälfte des Umfangs der erhaltenen französischen Version I und kaum einem Fünftel der mittelhochdeutschen Fassung Konrad Flecks – beschränkt sich der unbekannt gebliebene Verfasser auf die nüchterne und schmucklose Wiedergabe der Handlung. Noch in Beckers' Abriss der mittelniederdeutschen Literaturgeschichte führte dieser Textzustand zu einer literarischen Geringschätzung des Romans, die seinen Stellenwert in der – spärlichen – Forschung bis in die jüngste Vergangenheit überhaupt kennzeichnete:

> Künstlerisch ist der mnd. Text von mäßiger Qualität; jedem feineren Redeschmuck und jedem behaglichen Verweilen beim Detail abhold, geht es dem mnd. Dichter einzig um eine straffe und klare Darstellung der zugleich unterhaltenden und zum Herzen sprechenden Handlung.[17]

In Verbindung mit einem auffälligen Schwerpunkt der Überlieferung im Gebiet der deutschen Ostseeküste,[18] also im Raum der Hanse, schien eine mentalitätsgeschichtliche Erklärung nahezuliegen: So ist die knappe und sachliche Erzählweise des niederdeutschen ‚Flos' mit der pragmatischen Natur spätmittelalterlicher Groß- und Fernhandelskaufleute in norddeutschen Städten verbunden worden,[19] wie man auch die – freilich alle Versionen des Romans kennzeich-

---

17 Beckers (Anm. 11), (I) S. 29. Vgl. ähnlich schon Wolff (Anm. 9), Sp. 625f., Elfriede Schad, Konrad Flecks „Floire und Blanscheflur". Ein Vergleich mit den Zeitgenossen und mit dem mnd. Gedicht „Flos unde Blankeflos", Diss. masch. Marburg 1941, S. 5f., 17, 31, 34–36 u. ö., Karin Cieslik, Höfische Romanstoffe im niederdeutschen Raum: Flos unde Blankeflos, in: Deutung und Wertung als Grundprobleme philologischer Arbeit. Festkolloquium zum 60. Geburtstag von Prof. Dr. sc. phil. Wolfgang Spiewok (Greifswalder Germanistische Forschungen 11), Greifswald 1989, S. 102–110, hier: 107, und noch Jürgen Meier / Dieter Möhn, Spuren der Vergangenheit für die Gegenwart. Hundert niederdeutsche Texte zwischen dem 9. und 17. Jahrhundert (Schriften des Instituts für niederdeutsche Sprache 33), Leer 2008, S. 252.

18 Vgl. Elisabeth de Bruijn / Mike Kestemont, Contrastive Multivariate Analyses of the Middle Low German *Flos unde Blankeflos* Tradition, in: Neuphilologische Mitteilungen 114 (2013), S. 171–205, hier: 178f., sowie jetzt grundlegend Elisabeth de Bruijn, Verhalende verzamelingen. *Flos unde Blankeflos* en de overlevering van de Middelnederduitse narratieve literatuur (Miscellanea Neerlandica 46), Leuven 2021.

19 Vgl. etwa Hans Teske, Der niederdeutsche Literaturkreis in Brügge im Mittelalter, in: Mitteilungen aus dem Quickborn 32 (1938/39), S. 86–88, hier: 87f. Die Bedeutung der Hansekaufleute für die Verbreitung und Rezeption des Romans betonten Wolfgang Stammler, Die deutsche Hanse und die deutsche Literatur [zuerst 1919], in: ders., Kleine Schriften zur Literaturgeschichte des Mittelalters, Berlin 1953, S. 218–238, hier: 223, ders., Geschichte der niederdeutschen Literatur von den ältesten Zeiten bis auf die Gegenwart (Aus Natur und Geisteswelt 815), Leipzig 1920, S. 47f., G[errit] J[an] Dieperink, Literarische Wanderwege im Gebiet der Hanse, in: Jahrbuch des

nende – Thematik des Warentauschs als Anpassung an ein kaufmännisch geprägtes, „‚hanseatisch' eingestellte[s]" Publikum gewertet hat.[20]

Doch hebt sich der niederdeutsche ‚Flos' nicht nur durch seinen geringen Umfang und die einfache Erzählweise von den anderen Fassungen der Version I ab, sondern auch durch seine Handlung, welche einerseits Merkmale aufweist, die von beiden bekannten Versionen des Stoffs abweichen, anderseits auch Details enthält, die zum Handlungsbestand der Version II (‚populaire') gezählt werden. Das beginnt schon mit dem Erzähleingang: Nicht per Schiff nach Galicien im christlichen Nordwesten der Iberischen Halbinsel führt im mittelniederdeutschen Text die Heerfahrt des spanischen Königs, auf der die spätere Mutter Blankeflos' entführt und als Sklavin an den sarazenischen Hof gebracht wird, sondern auf dem Landweg *to Avernen*, wohl nach Navarra (V. 9–41).[21]

Vereins für niederdeutsche Sprachforschung 65/66 (1939/40), S. 106–117, hier: 107f., sowie in jüngerer Zeit noch Ralf G. Päsler, Zwischen Deutschem Orden und Hanse. Zu den Anfängen literarischen Lebens im spätmittelalterlichen Preußenland, in: Ostpreußen, Westpreußen, Danzig. Eine historische Literaturlandschaft (Schriften des Bundesinstituts für Kultur und Geschichte der Deutschen im östlichen Europa 30), hg. v. Jens Stüben, München 2007, S. 155–172, hier: 168f., und, vorsichtig abwägend, Karin Cieslik, Das Konzept des männlichen Protagonisten im mittelniederdeutschen Roman ‚Flos unde Blankeflos', in: Schriften und Bilder des Nordens. Niederdeutsche Medienkultur im späten Mittelalter, hg. v. Monika Unzeitig, Christine Magin u. Falk Eisermann (Zeitschrift für deutsches Altertum. Beiheft 28), Stuttgart 2019, S. 31–49, hier: 38, 49. Vgl. kritisch bereits Loek Geeraedts, Literarische Beziehungen zur Zeit der Hanse. Zur Entmythologisierung einer Stammlerschen These, in: Sprachkontakt in der Hanse. Aspekte des Sprachausgleichs im Ostsee- und Nordseeraum. Akten des 7. Internationalen Symposions über Sprachkontakt in Europe, Lübeck 1986, hg. v. P. Sture Ureland (Linguistische Arbeiten 191), Tübingen 1987, S. 107–121, sowie jetzt die ausführliche Diskussion bei De Bruijn (Anm. 18), S. 379–384, die zu dem Ergebnis gelangt, „dat het onderzoekscorpus geen aanwijzingen biedt voor het bestaan van een (burgerlijke) Hanzeliteratuur, een visie die het onderzoek lange tijd heeft gedomineerd" (ebd., S. 408).

20 Johan H. Winkelman, Florisromane, in: Höfischer Roman in Vers und Prosa, hg. v. René Pérennec u. Elisabeth Schmid (Germania Litteraria Mediaevalis Francigenia 5), Berlin / New York 2010, S. 331–367, hier: 342f., Zitat S. 343. Vgl. ähnlich schon Schad (Anm. 17), S. 11f.

21 Bastert / de Bruijn (Hg.), (Anm. 11). Verweise auf den mittelniederdeutschen Text stehen, sofern nicht anders angegeben, mit Angabe nur der Verszahlen nach dieser Ausgabe. Der Name *Averne* (V. 13, 15) kann sowohl Navarra als auch die zentralfranzösische Auvergne bezeichnen: vgl. Wim van Anrooij / Remco Sleiderink, Averne, Auvergne en Navarra. Over de betekenis van een geografische aanduiding, in: Spiegel der Letteren 38 (1996), S. 185–188. Hier liegt Navarra näher, nicht nur geographisch, sondern auch, weil ausdrücklich vom *koninghe van Averne* die Rede ist. Dies schließt nicht aus, dass zugleich die Auvergne, in welcher einer der historischen Jakobswege Frankreichs seinen Ausgang nahm, assoziativ anklingt; vgl. Raymond Oursel, Pèlerins du Moyen Age. Les hommes, les chemins, les sanctuaires, 2. Aufl., Paris 1978, S. 163–177, bes. die Karten S. 167 u. 171.

Der von den spanischen Sarazenen getötete französische Graf, in dessen Begleitung die gefangene Christin sich auf dem Pilgerweg befand, ist nicht wie in allen Fassungen der Version I ihr Vater, sondern wie in der Version II (‚populaire') ihr Gatte (V. 30, 38).[22] Die Blumennamen der neugeborenen Kinder werden nicht wie in den meisten Fassungen auf den Tag ihrer Geburt, *pascha florum* bzw. *pasque florie*, zurückgeführt,[23] sondern schlicht *na der bloghenden tyt, / dar se ane gheboren syt*, gebildet (V. 109–126, Zitat V. 109f.). Dazu muss der Erzähler in einem in der Stockholmer Handschrift mit dem Reimwort *amen* schließenden Einschub die französischen Namen erst ins Deutsche übersetzen (V. 119–126).

Die Trennung des Paars wird zweifach erzählt: Es ist zunächst nicht, wie in allen anderen Fassungen, Flos, der vorübergehend vom Hof entfernt und in eine andere Stadt geschickt wird, sondern vielmehr Blankeflos. Weil es Flos allein am Hof dann so schlecht ergeht, dass sein Vater Mitleid bekommt, lässt er das Mädchen zurückbringen (V. 179–189). Erst als danach die häufigen Küsse und Umarmungen der beiden erneut Grund zur elterlichen Sorge geben, wird nun Flos in eine andere Stadt geschickt und Blankeflos in seiner Abwesenheit verkauft: nicht, indem sie, wie in fast allen anderen Fassungen, zufällig im Hafen liegenden babylonischen Kaufleuten angeboten wird, sondern indem ein Händler gezielt damit beauftragt wird, das Mädchen nach Rom zu bringen, um sie dort *umme groten schat* (V. 221) zu verkaufen. Er wird dort für sie drei goldene Kelche anstatt, wie aus den anderen Fassungen bekannt, einen einzigen erhalten (V. 248). Eine ähnliche Doppelung kennzeichnet auch die Handlungsfolge nach Flos' Rückkehr an den Hof, wenn er gleich zwei aufeinanderfolgende Suizidversuche unternimmt. Als man ihm über das Schicksal seiner verschwundenen Geliebten nichts zu sagen weiß, versucht er zunächst, sich zu erstechen. So ist es aus Fassungen der Version I (‚aristocratique') bekannt, wenn auch der niederdeutsche Jüngling zu einem Schwert greift,[24] nicht wie sein Pendant in anderen Fassungen zum Griffel der fernen Geliebten (V. 374–419). Als man ihm danach vom vermeintlichen Tod Blankeflos' berichtet und ihm ein fingiertes Grabmal zeigt, stürzt sich der verzweifelte junge Mann in eine Grube mit Löwen, die ihn auf wundersame Weise verschonen (V. 420–503). Diese Szene nun gilt dezidiert als Teil des Handlungsbestands von Version II (‚populaire'). Sie findet sich außer im mittelniederdeutschen ‚Flos' nur im frühesten französischen Vertreter dieser Version, dem ‚Roman de Floire et Blanchefleur',[25] sowie allerdings auch in einer einzigen französischen Handschrift des

22 Vgl. Pelan (Hg.), Floire et Blancheflor. Seconde version (Anm. 5), V. 54–60.

23 Vgl. Putzo (Anm. 6), S. 534.

24 Nach Handschrift B zu einem Messer; vgl. Bastert / de Bruijn (Hg.) (Anm. 11), Kommentar zu V. 413, S. 153.

25 Pelan (Hg.), Floire et Blancheflor. Seconde version (Anm. 5), V. 1532–1622. Die Szene ist hier länger und inhaltlich reicher als im ‚Flos'.

‚Conte de Floire et Blanchefleur' der Version I (‚aristocratique'), wo sie im Verbund mit einer weiteren, ausschließlich dort überlieferten Szene auftritt – aus Sicht der Forschung ein Fall von Interpolation.[26]

Zu den markantesten Eigenheiten des niederdeutschen Romans schließlich zählt die Palastanlage des babylonischen Herrschers, in deren Mitte sich der Turm mit der gefangenen Blankeflos befindet. Er ist im ‚Flos' von neun Mauern umgeben, zwischen denen sich große Wohnräume erstrecken. In diesen *hove* (V. 715) leben Wächter mitsamt ihren Frauen und ihrem Ingesinde. Die äußeren Mauern hüten drei Fürsten, die als Vasallen des babylonischen Herrschers für die Bewachung und das Wohlergehen der im Turm lebenden Frauen verantwortlich sind. Die innerste Mauer bewachen drei weitere Männer, bei denen es sich um Brüder (der Fürsten an der äußeren Mauer?) handelt (V. 348–351, 684–691, 716–719). Flos verschafft sich Eintritt in die Palastanlage, indem er sich als Händler ausgibt und zunächst der Dame in der zuäußerst gelegenen Wohnhalle Edelsteine und kostbare Stoffe verkauft. Die zufriedene Kundin schickt ihn weiter zu einer anderen Dame, offenbar zu der im Wohnraum hinter der nächsten Mauer (V. 720–771). Auf diese Weise, so ist der an dieser Stelle nicht ganz klare Text wohl zu verstehen, arbeitet Flos sich durch die Mauerringe vor bis hin zur innersten Mauer. Bei den dort wachenden Brüdern funktioniert seine Taktik zunächst zwar nicht, doch zeigen sie sich empfänglich für teure Geschenke und bewirten ihn nach anfänglicher Ablehnung schließlich gar mit Wein. Gegen die Zahlung großer Summen Goldes gelingt es Flos, sie als Vasallen zu verpflichten, so dass sie ihm Zutritt zum Turm verschaffen (V. 772–929). Erst hier schließt der Verlauf der Handlung wieder ungefähr an die Fassungen der Version I an.

Haben diese ungewöhnlichen Handlungsmerkmale in der frühen Forschung noch zu komplizierten, methodisch nicht immer haltbaren Überlegungen über die Quellenverhältnisse der niederdeutschen Fassung und ihre Relation zu den französischen Fassungen sowie den anderen Bearbeitungen in germanischen Sprachen geführt,[27] scheinen die offenen Fragen, die sich daraus ergeben, der

---

26 Beide Szenen sind abgedruckt im Anhang der Ausgabe von Leclanche: Leclanche (Hg.), Robert d'Orbigny (Anm. 2), S. 186–197. Vgl. auch Leclanche (Anm. 3), Bd. 1, S. 1–457, V. 793–998A. Zur textkritischen Beurteilung vgl. ebd., Bd. 2, S. 81f., 185–188, sowie Leclanches Einleitung in Leclanche (Hg.), Robert d'Orbigny (Anm. 2), S. XXVf.

27 Vgl. Du Méril (Anm. 4), S. lx-lxiv; F[ranz] C[arl] Schwalbach, Die Verbreitung der Sage von Flore und Blancheflor in der europäischen Literatur, in: XV. Programm des Königl. Wilhelms-Gymnasiums zu Krotoschin zu Ostern 1869, hg. v. Aug[ust] Gladisch, Krotoschin / Ostrowo 1869, S. 1–29, hier: 7f., 28; Heinrich Sundmacher, Die altfranzös. und mhd. Bearbeitung der Sage von Flore und Blanscheflur, Göttingen 1872, S. 11; Herzog (Anm. 4), S. 11, 56–58; Joachim Reinhold, Floire et Blancheflor. Etude de littérature comparée, Paris 1906, S. 41–49; Lorenz Ernst, Floire und Blant-

neueren Forschung aus dem Blick geraten zu sein. Nicht zuletzt aufgrund der etablierten, wenngleich ungenügend gesicherten Spätdatierung der mittelniederdeutschen Bearbeitung werden sie zwanglos als kreative Zutat oder Kontamination des niederdeutschen Bearbeiters erklärt. ‚Flos und Blankeflos' gilt heute als freie Bearbeitung einer Fassung der Version I (‚aristocratique') durch einen spätmittelalterlichen Redaktor, der auch über Kenntnisse einer Fassung der Version II (‚populaire') verfügte und Handlungselemente daraus nach der Erinnerung ergänzte.[28] Dass die Dinge so einfach nicht liegen und auch, dass die angenommene Spätdatierung des mittelniederdeutschen Textes ohnehin kein Kriterium für die Bewertung seines Handlungsbestands sein kann, zeigt sich erst, wenn man einen weiteren Zeugen in die Rechnung einbezieht: das wenig beachtete, schlecht edierte und ungenügend untersuchte ripuarische Fragment, das als Vorlage der mittelniederdeutschen Bearbeitung gilt.

3. ‚Flos unde Blankeflos' und ‚Flors inde Blanzeflors'

Das ‚Verfasserlexikon' behandelt den mittelniederdeutschen Roman ‚Flos unde Blankeflos' aus dem 14. Jahrhunderts und das ripuarische Romanfragment ‚Flors inde Blanzeflors' aus dem 13. Jahrhundert in zwei getrennten Artikeln.[29] Ebenso sind die beiden Texte auch im ‚Handschriftencensus' oder im jüngsten Übersichtsartikel zu den Floire-Romanen in der Handbuchreihe ‚Germania Litteraria Mediaevalis Francigena' separat aufgeführt.[30] Dabei ist fraglich, ob dies gerechtfertigt ist. Formal stehen sich der ripuarische ‚Flors' und der niederdeutsche ‚Flos' so nahe, dass nur im weitesten Sinne von einer Bearbeitung gesprochen werden kann und eher von varianten Überlieferungen e i n e r Fassung die Rede sein könnte, ungeachtet zahlreicher Abweichungen. Dabei ist anzunehmen (aber nicht erwiesen), dass die niederdeutschen Handschriften – welche auch untereinander stark variieren – in den meisten Fällen sekundäre Lesarten bieten und es sich bei der ripuarischen Überlieferung um eine textge-

---

scheflur. Studie zur vergleichenden Literaturwissenschaft (Quellen und Forschungen zur Sprach- und Culturgeschichte der Germanischen Völker 118), Straßburg 1912, S. 50–62; Decker (Anm. 9), S. 126–166; Joachim Reinhold, Floire und Blancheflor-Probleme, in: Zeitschrift für romanische Philologie 42 (1922), S. 686–703, hier: 693.

28 So die maßgebliche Studie Leclanches (Anm. 3), Bd. 2, S. 110f., aber auch schon die Mehrheit der oben, Anm. 27, genannten quellenkritisch orientierten älteren Forschung und etwa auch Hermann Jellinghaus, Geschichte der mittelniederdeutschen Literatur (Grundriss der Germanischen Philologie 7), 3., verb. Aufl., Berlin / Leipzig 1925, S. 22. Vgl. unten, Abschnitt 6.

29 Beckers (Anm. 8); ders., Art. ‚Flors inde Blanzeflors', in: ^{2}VL 2 (1980), Sp. 760f.

30 https://handschriftencensus.de/werke/1069, https://handschriftencensus.de/werke/111 (letzter Zugriff jeweils: 25.09.2022); Winkelman (Anm. 20), S. 342, 363.

schichtlich ältere Stufe handelt.[31] Doch haben wir es bei dem ripuarischen Fragment und den entsprechenden Abschnitten in den niederdeutschen Handschriften mit einem im Versbestand in großen Teilen übereinstimmenden, im Wortlaut dabei ähnlichen bis identischen Text zu tun, der allerdings – und hier ist ein Grundsatzproblem der Erforschung mittelniederdeutscher Literatur berührt[32] – in unterschiedlichen Dialekten überliefert ist: Eine der beteiligten Mundarten fällt ins mitteldeutsche, also hochdeutsche Gebiet, die andere ins niederdeutsche. Aber darf dieser Umstand aus literaturwissenschaftlicher Perspektive wirklich dazu führen, die ripuarische und die niederdeutsche Überlieferung werksystematisch zu trennen? Dies geschähe schließlich nicht, wenn der Dialektunterschied zwischen den zwei Textzeugen nicht eine hochdeutsche und eine niederdeutsche, sondern etwa zwei hochdeutsche Varietäten beträfe, wie es in der Überlieferung höfischer Erzählliteratur sehr häufig der Fall ist. Geographisch könnte dabei eine vergleichbare, unter Umständen größere Distanz vorliegen, ohne dass eine kritische Grenze wie die Benrather Linie überschritten wäre. Mindestens im mitteldeutsch-niederdeutschen Grenzgebiet, einem sprachlichen Interferenzraum, für den kaum mit wechselseitigen Verständnisschwierigkeiten zu rechnen ist, ist es daher literaturhistorisch nicht angemessen, die hochdeutsch-niederdeutsche Isoglosse allzu mechanisch zum klassifizierenden Faktor werden zu lassen.[33] Dafür sprechen im vorliegenden Fall übrigens auch die spät bekannt gewordenen Berliner Fragmente einer Abschrift des Romans aus dem beginnenden 15. Jahrhundert in mitteldeutsch-niederdeutscher Mischsprache.[34] Zugleich wird aus dieser Perspektive deutlich, dass die offene Frage nach der Datierung und Lokalisierung von ‚Flos unde Blankeflos'[35] sich

---

[31] Vgl. in diesem Sinne neben Beckers (Anm. 8) zuletzt etwa Krobisch (Anm. 11), S. 120f.

[32] Vgl. dazu auch den Beitrag von Jörn Bockmann und Robert Langhanke in diesem Band.

[33] Erst in der jüngeren Forschung, vielleicht nicht zufällig in Publikationen einer niederländischen Wissenschaftlerin, sind die ripuarischen Fragmente und die niederdeutschen Handschriften des ‚Flors' bzw. ‚Flos' systematisch als Zeugen ein- und desselben Textes erfasst worden: Vgl. De Bruijn (Anm. 12), S. 121, dies. / Kestemont (Anm. 18), S. 178f.; dies., Give the reader something to drink: Performativity in the Middle Low German *Flos unde Blankeflos*, in: Neophilologus 96 (2012), S. 81–101, hier: 82, Anm. 1, sowie jetzt De Bruijn (Anm. 18), S. 107–116. Zuvor hatte lediglich Decker (Anm. 9) die ripuarischen Fragmente wie selbstverständlich als gleichwertige Textzeugen für seine kritische Ausgabe des mittelniederdeutschen Romans verwendet, was ihm die Kritik Wolffs (Anm. 9), Sp. 623f., hier: 623, eintrug.

[34] Berlin, Staatsbibl., Fragm. 2 u. Fragm. 3. Vgl. dazu Beckers (Anm. 9), der allerdings davon ausgeht, dass diese Abschrift auf einer niederdeutschen Vorlage beruht und ihre Dialektmischung erst durch die Sprachsituation in der Stadt Elbląg (Elbing) um 1400 entstand, wo aufgrund des Nebeneinanders einer Deutschordensniederlassung und einer lübischen Kaufmannssiedlung eine im Ostseeraum einmalige hochdeutsch-niederdeutsche Zweisprachigkeit bestanden habe: vgl. ebd., S. 133–136.

[35] Vgl. Anm. 9.

allenfalls auf die Umschrift ins Niederdeutsche beziehen kann und dass diese zudem nicht unbedingt als Ergebnis eines einzelnen Schaffensakts zu denken ist, sondern sich, wie die Berliner Fragmente nahelegen, auch prozesshaft vollzogen haben kann. Für eine Bestimmung des Entstehungsraums kommt damit nur der kleine Anteil der Reime in Frage, welche ausschließlich niederdeutsch reimen.[36]

Von den 183 erhaltenen Versen des ripuarischen Fragments stimmen (die etwa fünfzehn bis auf wenige Buchstaben verstümmelten Verse nicht berücksichtigt) über 100 Verse im Wortlaut oder in Teilen davon, im Reim oder aber inhaltlich mit den entsprechenden Versen in der einen oder der anderen Handschrift des niederdeutschen Textes überein,[37] wobei die heute in Stockholm liegende Sammelhandschrift S aus dem ersten Drittel des 15. Jahrhunderts, deren hochdeutsche Vorlage Geeraedts' Untersuchung erwiesen hat,[38] dem ripuarischen Bruchstück am nächsten steht und zugleich die meisten Übereinstimmungen mit allen anderen Handschriften aufweist. Sicher nicht zufällig ist auch der Text der mitteldeutsch-niederdeutschen Berliner Fragmente A dem ripuarischen nah.[39] Die folgende synoptische Probe zwischen dem ripuarischen Text und dem der Stockholmer Handschrift mag die Relation der Abschriften verdeutlichen. Es handelt sich um die Szene, in der die spanische Königin die Schwangerschaft der christlichen Sklavin entdeckt:

---

[36] Nur einzelne dieser Reime gehören zum Korpus des ‚Atlas spätmittelalterlicher Schreibsprachen des niederdeutschen Altlandes und angrenzender Gebiete', und diese sind im gesamten niederdeutschen Altland verbreitet. Vgl. Robert Peters / Christian Fischer / Norbert Nagel, Atlas spätmittelalterlicher Schreibsprachen des niederdeutschen Altlandes und angrenzender Gebiete (ASnA), Bd. 1–3, Berlin / Boston 2017, Kt. 24 ‚Brief' u. Kt. 33 ‚tun (Infinitiv)', dazu den mittelniederdeutschen Text nach der Stockholmer Handschrift (Geeraedts, Anm. 9), V. 380 *bref* (: *lef*) und V. 308, 797, 1136 *don* (: *lon*). Beide Formen kommen besonders, aber keineswegs nur im Ostfälischen vor und sind auch mitteldeutsch denkbar; bei beiden wird die Aussagekraft weiter dadurch gemindert, dass für das jeweilige Reimwort auch variante Formen denkbar wären.

[37] Vgl. ähnlich schon Ernst (Anm. 27), S. 50.

[38] Stockholm, Königl. Bibl., Cod. Vu 73, fol. 47^r–67^r. Vgl. Geeraedts (Anm. 9), S. 65–75; Geeraedts (Anm. 19).

[39] Vgl. die Analyse aufgrund des lemmatisierten Wortschatzes bei De Bruijn (Anm. 18), S. 114–116, die auch Handschrift W (Wolfenbüttel, Herzog August Bibl., Cod. 1203 Helmst., fol. 108^r–142^v) näher an den ripuarischen Text rücken lässt. Zu den Berliner Fragmenten vgl. oben, Anm. 34. Beckers (Anm. 9), S. 135f., weist die naheliegende Erklärung, dass die Berliner Fragmente textgeschichtlich eine Zwischenstufe zwischen der ripuarischen Fassung und der niederdeutschen Bearbeitung bezeugen, zugunsten seiner Hypothese einer Entstehung in der zweisprachigen Stadt Elbląg ab. Dagegen ist freilich anzuführen, dass der Text der Berliner Fragmente dort, wo er sich mit dem der ripuarischen Bruchstücke überschneidet, dem ripuarischen Text und besonders dem der Stockholmer Handschrift erkennbar näher steht als dem aller übrigen Handschriften (V. 91–118 rip., s. Anhang; V. 265–297 im Abdruck bei Becker, ebd., S. 142).

‚Flors inde Blanzeflors‘ (rip.)[40]	‚Flos unde Blankeflos‘ (nd., Handschrift S)[41]
„mich dunkit an urme gedene,	„My dunket an yuwer bere*n*,
is id, so ich mich verwe*n*e,	
we so ir nu hey geberit,	
dat ir in urme lande werit	Dat gy an yuweme lande were*n*
eyn veil wail geborren wijf.	Eyn harde wol ghe bore*n* wyf
also geschaft is uch der lijf.“	Wyl wol ghe schopen ys yuwe lyf.“
do antwerde dei *grevinn*en	Do sprak de gruy*n*ne
[Nach V. 54 fehlen ca. 2 Verse.]	Myt duldych lyken synne:
	„Jk en was de beste nycht
noch ouch, v*ro*uwe, dey argeste.“	Noch de duldegheste [argeste W[42]], des weset berycht.“
de konincin*ne* si ane *sach*,	De kony*n*ghy*n*ne de greuynne [se B[43]] an sach,
minneclich*en* si date *sprach*:	My*n*nychlyken se to er sprak [dat se sprach B]:
„vile kranc *ur* varwe sint,	„Gy synt harde blek an yuwer varwe*n* stalt.
	Dot yw dat sorghen mo*n*nechvalt?“
	„Koni*n*ghy*n*ne leue vrowe myn
ich in *w*eis, o*f* *i*r dragit ein kint.“	Jk gha myt eyneme kyndelyn
dei vrouwe *a*ntwerde over lanc:	
„ja, ich, vrou*we*, des bin ich kranc,	
ouch is mir *le*idis veil gescheyt.	
mir hait dei *h*eiden*s*che deit	
minen ma*n* doit geslagen,	Dar to han ik myne*n* ma*n* vor loren
des mois i*c*h ruwich herze dragen,	Jk wolde dat yk were vnghe boren.“
als ich is leyder neit inmach.“	
de koninc*i*nnen zu ir sprach:	Ouer sprak de koni*n*ghy*n*ne:
	„Be rychtet my leue greuy*n*ne,
„zu wilger *z*ijt sal dat wesen,	An welkeme daghe mach dat syn, [an welker tijd sal dat werden schin B]
dat ir des kindes sult genesen?“	Dat tu scholt hebben dat kyndelyn?“
	De greuyn*n*e to der kony*n*ghy*n*ne*n* sprak:
	„So yk yw warlyken saghen mach,
„vur meye, vrouwe, ein lutzel zijt,	Vor deme meyge eyne korte tyt
so man in*n*e usme lande quijt,	Some*n* in vnseme lande ghyt
dat grun*e* paischedach sin:	Jndeme hylghen passche daghe
so wene ich haven dat kint min.	So ghyft my got eyn kynt dat yk yw saghe.“

40 Vgl. Anhang.

41 Text: Bastert / de Bruijn (Hg.) (Anm. 11).

42 Vgl. Anm. 39. Zu der Lesart *duldegheste* in S vgl. W[ilhelm] Seelmann, Dilde, Dulde (Zu Flos unde Blankflos Vs. 60), in: Jahrbuch des Vereins für niederdeutsche Sprachforschung 10 (1884), S. 131f.

43 Berlin, Staatsbibl., mgo 186, fol. 68v–101v.

Der Textvergleich weist Varianten im Bereich synonymer Wörter aus (z. B. *gedene/beren* V. 48/65, *veil/harde* V. 52/67, *antwerde/sprak* V. 54/69), zeigt sinnneutrale Unterschiede in der Wortstellung (z. B. V. 67/81) und in Formulierungen (z. B. V. 64/79) sowie für beide Handschriften Plus- und Minusverse. Exemplarisch für größere Differenzen können V. 58f. des ripuarischen Textes und die Variante in V. 75–78 des niederdeutschen Textes stehen: Während sich die Erkenntnis der Königin, dass ihre Sklavin ein Kind erwartet, im ripuarischen Bruchstück sofort einstellt, erscheint sie in allen niederdeutschen Handschriften in eine Frage-Auskunft-Struktur gebettet. Es wird also die gleiche Handlungsinformation in unterschiedlicher Darstellungsform vermittelt, ohne dass sich jedoch ein Sinnunterschied ergäbe.

Dieser Befund ist repräsentativ: An keiner Stelle des erhaltenen Textes weichen der ripuarische und die niederdeutschen Textzeugen in Inhalt und Sinn voneinander ab oder überliefern signifikant unterschiedlichen Wortlaut. Der ripuarische Text aus der ersten Hälfte des 13. Jahrhunderts darf mithin als Zeuge der gleichen Fassung des Romans gelten, die auch die späten Handschriften in einer mittelniederdeutschen sowie in einer mittelhochdeutsch-mittelniederdeutschen Mischform überliefern.[44] Welche Konsequenzen diese methodische Neuperspektivierung für die Beurteilung der ripuarisch-niederdeutschen Fassung und ihrer stoffgeschichtlichen Position hat, wird noch zu zeigen sein. Zunächst jedoch seien die – leider verschollenen – ripuarischen Fragmente näher betrachtet.

4. Die ripuarischen Fragmente von ‚Flors inde Blanzeflors'

Unter den germanischen Vertretern des Erzählstoffs von Floire und Blanchefleur haben die Fragmente des ripuarischen Romans die geringste Aufmerksamkeit gefunden. Der internationalen Forschung sind sie ganz unbekannt geblieben,[45] und auch die Germanistik hat ‚Flors inde Blanzeflors' lediglich

---

44 Stellenweise erlaubt gar der mittelniederdeutsche Text Aufschluss auf den in der fragmentarisch erhaltenen Abschrift gelegentlich verderbten Text des ripuarischen Romans, so etwa in V. 97, wo es – inhaltlich abwegig – heißt, dass Blanzeflors *durch bode noch durch breif* (‚weder durch Boten noch durch Briefe') dazu zu bewegen sei, sich dem Herrscher von Babylon zuzuwenden. Hier scheint der Beginn eines Verses verlesen worden zu sein, der in V. 283 der mittelniederdeutschen Fassung lautet: *he bot, dat men …* .

45 Keine der bedeutenden stoffvergleichenden Studien wie etwa Leclanche (Anm. 3) oder Grieve (Anm. 6) berücksichtigt die ripuarische Fassung – möglicherweise, weil sie Reinhold (Anm. 27) in der grundlegenden französischsprachigen Untersuchung von 1906 nicht bekannt war und später nur in wenigen, ausschließlich deutschsprachigen

registriert, kaum jedoch untersucht.[46] Die Bruchstücke einer zerschnittenen Handschrift wurden Anfang des 20. Jahrhunderts in der Bibliothek des Gymnasiums zu Mülheim am Rhein, heute ein Stadtteil von Köln, entdeckt. Leider sind sie zu einem unbekannten Zeitpunkt verlorengegangen.[47] Der Text der Fragmente (Anhang) stand nur durch den 1906 erschienenen Fundbericht Heinrich Schafstaedts zur Verfügung, der neben einer Beschreibung auch einen vollständigen Abdruck enthält.[48] Dieser freilich bot keine günstigen Vorausset-

---

Publikationen Erwähnung fand. Eine Ausnahme bildet Roberto Giacone, Floris and Blauncheflur. Critical Issues, in: Rivista di Studi Classici 27 (1979), S. 395–405. Vgl. auch Bernd Bastert / Christine Putzo / Marie-Sophie Winter, Flors inde Blanzeflors. Notice et traduction, in: Lodén / Obry (Hg.), Floire et Blancheflor en Europe (Anm. 7).

46 Neben dem ursprünglichen Fundbericht durch Heinrich Schafstaedt (Anm. 15) sind lediglich Ernst (Anm. 27), S. 50–53, und Hans Teske, Untersuchungen zu den mittelniederdeutschen Epen. I: Die Einordnung der Mülheimer Bruchstücke von Flors und Blanzeflors, in: Korrespondenzblatt des Vereins für niederdeutsche Sprachforschung 51 (1938), S. 61–64, zu nennen, wobei Teskes These, die mittelniederdeutsche Bearbeitung gehe auf eine verlorene mittelniederländische Kurzfassung von Diederics van Assenede Roman zurück und sei somit unabhängig von der ripuarischen Version, schon Beckers (Anm. 8) zu Recht verwarf. Vgl. ferner die kurzen Erwähnungen durch Hartmut Beckers, Die mittelfränkischen Rheinlande als literarische Landschaft von 1150 bis 1450, in: Literatur und Sprache im rheinisch-maasländischen Raum zwischen 1150 und 1450, hg. v. Helmut Tervooren u. Hartmut Beckers (Zeitschrift für deutsche Philologie 108. Sonderheft), Berlin 1989, S. 19–49, Helmut Tervooren, Van der Masen tot op den Rijn. Ein Handbuch zur Geschichte der mittelalterlichen Literatur im Raum von Rhein und Maas, Berlin 2006, S. 96, Winkelman (Anm. 20), S. 342f., sowie im Zusammenhang mit ‚Flos unde Blankeflos' Decker (Anm. 9), S. 14f., und in jüngerer Zeit De Bruijn (Anm. 12), S. 120f., De Bruijn (Anm. 18), S. 107–116.

47 Dies könnte bereits wenige Jahre nach Entdeckung der Fragmente im Zusammenhang mit ihrem Verleih nach Rostock geschehen sein, wo Otto Decker sie für seine 1913 erschienene Dissertation auswertete. Er berichtet darin, dass die Stadtverwaltung Mülheim „so liebenswürdig war, die Bruchstücke auf unsere Universitäts-Bibliothek zu senden, die sie mir freundlichst zum Gebrauch übermittelte" (Decker [Anm. 9], S. 14). Vielleicht verzögerte sich am Vorabend des Ersten Weltkriegs die Rücksendung, oder sie erschwerte sich, weil Mülheim im Jahr 1914 in die Stadt Köln eingemeindet wurde und die Stadtverwaltung in neue Strukturen überging. Den Verlust der Fragmente bemerkte erst Hartmut Beckers Ende der 1970er Jahre bei den Recherchen für das ‚Verfasserlexikon' (Anm. 29). Seine Nachforschungen in der Bibliothek des Naturwissenschaftlichen Gymnasiums Köln-Mülheim, im Historischen Archiv der Stadt Köln, im Stadtarchiv Köln sowie in der Landesbibliothek Wiesbaden (am dortigen Realgymnasium wirkte Schafstaedt, als ihm die Bruchstücke für den Fundbericht [Anm. 15] überlassen wurden) ergaben nur, dass die Fragmente sich an keinem dieser Orte befinden; vgl. den Hinweis im ‚Handschriftencensus', https://handschriftencensus.de/1160, letzter Zugriff 25.09.22. Auch eine Recherche im Universitätsarchiv Rostock, die Jan Cölln freundlicherweise auf unsere Bitte durchführte, erbrachte keine Hinweise auf den Verbleib der Fragmente nach ihrem Verleih nach Rostock.

48 Schafstaedt (Anm. 15). Vgl. jetzt auch Bastert / de Bruijn (Hg.) (Anm. 11), S. 163–183.

zungen für eine sinnvolle Lektüre, da er bei durchlaufender Versnummerierung Textlücken nicht klar kennzeichnet und somit syntaktischen oder inhaltlichen Zusammenhang suggeriert, wo keiner bestehen kann. Zudem stehen zwei schwer identifizierbare Textstücke an der falschen Stelle und sind in der Reihenfolge vertauscht.

Erhalten sind fünfzehn Bruchstücke unterschiedlicher Größe, welche aus dem Einband eines 1575 in Köln gedruckten Exemplars der Dietenberger-Bibel[49] gelöst worden waren. Dieses war der Bibliothek „von Herrn Prof. Brüggemann" geschenkt worden und stammte nach dessen Aussage „aus einem 1804 aufgehobenen Nonnenkloster zu Dortmund".[50] Dabei dürfte es sich um das 1224 erstmals als Prämonstratenserinnenstift erwähnte Katharinenkloster handeln, welches zur Erzdiözese Köln gehörte.[51] Probst und *perpetuus visitator* des

---

49 Catholische Bibell/ Das ist/ Alle buecher der H. Schrifft/ [...] trewlich verteutscht/ vnd mit vielen heilsamen Annotaten erleuchtet/ durch D. Johan Dietenberger, Köln: Gerwin Calenius u. Johann Quentels Erben, 1575 (VD16 B 2782). Die Universitäts- und Stadtbibliothek Köln besitzt ein Exemplar dieses Drucks, das aus dem Bestand der Gymnasialbibliothek Mülheim stammt und dem Augenschein nach um 1900 einen neuen Einband erhielt (Signatur GBIV7430). Allerdings hat dieses Exemplar ein (von moderner Hand?) nachgezeichnetes Titelblatt mit der falschen Jahresangabe 1598. Es bleibt daher unsicher, ob es sich um den Trägerband der Fragmente handelt.

50 Schafstaedt (Anm. 15), S. 10. Bei dem Vorbesitzer dürfte es sich um den 1836 geborenen Professor Hermann Brüggemann handeln, seit 1888 Oberlehrer am Apostelgymnasium zu Köln und damit einer der Lehrer Konrad Adenauers; vgl. dazu den Eintrag in der Personalkartei der Gutachterstelle für deutsches Schul- und Studienwesen, Berliner Institut für Lehrerfort- und -weiterbildung und Schulentwicklung, digital verfügbar in der Archivdatenbank der Bibliothek für Bildungsgeschichtliche Forschung (https://archivdatenbank.bbf.dipf.de/, letzter Zugriff: 25.09.22).

51 Vgl. Norbert Reimann, Dortmund. Prämonstratenserinnen, gen. das Katharinenkloster, in: Westfälisches Klosterbuch. Lexikon der vor 1815 errichteten Stifte und Klöster von ihrer Gründung bis zur Aufhebung, hg. v. Karl Hengst (Quellen und Forschungen zur Kirchengeschichte und Religionsgeschichte 44,2), Bd. 1, Münster 1992, S. 252–255; Friedrich Wilhelm Saal, Das Dortmunder Katharinenkloster. Geschichte eines westfälischen Prämonstratenserinnen-Stiftes, in: Beiträge zur Geschichte Dortmunds und der Grafschaft Mark 60 (1963), S. 5–90; Ferdinand Zumbusch, Geschichte des Katharinenklosters zu Dortmund und des Dorfes Kirchlinde bei Dortmund, in: Beiträge zur Geschichte Dortmunds und der Grafschaft Mark 11 (1902), S. 17–42. Nach Schafstaedt (Anm. 15), S. 10, ist ein Teil der Bibliothek des Dortmunder Frauenklosters, aus dem auch die Dietenberger-Bibel stammte, in den Besitz des späteren Kölner Kardinals Antonius Fischer übergegangen, der seit 1864 als Religionslehrer in Essen gewirkt hatte. Dessen Bibliothek ist heute Teil der Kölner Diözesan- und Dombibliothek (Handbuch der historischen Buchbestände in Deutschland, Österreich und Europa, hg. v. Bernhard Fabian, Bd. 4, Hildesheim / Zürich / New York 1993, S. 101). Die fünf dort vorhandenen Druckexemplare des 16. Jahrhunderts dieser Provenienz sind allerdings sämtlich im 17. Jahrhundert neu gebunden worden (Auskunft von Dr. Harald Horst, Diözesan- und Dombibliothek Köln, 28.02.2020). Ohnehin ist es wahrscheinlicher, dass die ripuarische ‚Flors'-Handschrift bereits im Umfeld der Kölner Offizin makuliert wurde (s. unten S. 583).

Katharinenklosters war der Abt des rund 30 Kilometer nördlich von Köln gelegenen Klosters Knechtsteden, *advocatus* und Schutzherr der Erzbischof von Köln. Der Bibeldruck könnte als Geschenk oder etwa auch durch den Eintritt einer Nonne ins Dortmunder Kloster gelangt sein. Auch wenn damit ein möglicher Vermittlungsweg des ripuarischen Romans vom rheinländischen in den niederdeutschen Raum gewissermaßen vorgezeichnet scheint, ist doch davon auszugehen, dass die ripuarische Handschrift bereits in Köln im Zusammenhang mit dem Bibeldruck von 1575 makuliert wurde. Wie ein nur zwei Jahre später, 1577, einsetzendes Rechnungsbuch der Offizin Quentel bezeugt, verkaufte Gerwinus Calenius, der die Offizin in dieser Phase leitete, seine Druckerzeugnisse regelmäßig in fertig gebundener Form und beauftragte damit fünf verschiedene in der Stadt ansässige Buchbinder.[52] Weiteres Makulaturmaterial aus der zerschnittenen Handschrift könnte sich darum in den Einbänden anderer erhaltener Exemplare dieser Druckausgabe oder überhaupt in Kölner Drucken dieses Zeitraums, besonders solchen aus der Offizin Quentel, verbergen.

Die fünfzehn Bruchstücke stammen aus fünf(?) längsweise aus Doppelblättern geschnittenen Querstreifen (5 × 16 cm), die gemeinsam mit Resten einer weiteren Handschrift[53] über den Rücken des Buchblocks und auf die Innenseiten der Deckel geklebt wurden, um den Holzeinband zu fixieren. Zum Zeitpunkt ihrer Entdeckung waren sie durch den Gebrauch des Trägerbandes in je drei Stücke zerrissen. Sie stammten aus einer einspaltig beschriebenen, kleinformatigen Handschrift, deren Seiten eine Größe von etwa 13 × 8 cm hatten und 22 bis 24 Verse enthielten.[54] Nur auf der ersten Seite führen rote Zierstriche durch den ersten Buchstaben jedes Verses.[55] Schafstaedts Hinweis, dass die Verse „durch Reimpunkte voneinander getrennt“[56] waren, ist vermutlich nicht so zu interpretieren, dass die Verse durchgehend geschrieben wären, sondern er scheint zu meinen, dass sich Reimpunkte am Ende der Zeilen befanden. Dafür

---

52 Vgl. Otto Zaretzky, Ein Quentelsches Rechnungsbuch aus der zweiten Hälfte des 16. Jahrhunderts, in: Annalen des historischen Vereins für den Niederrhein 93 (1912), S. 55–102, hier: 76f.; vgl. dazu die Nachweise bei Isabel Heitjan, Die Stellung der Buchgewerbetreibenden in der Stadt Köln und zu ihrer Universität (15. bis 18. Jahrhundert), in: Archiv für die Geschichte des Buchwesens 11 (1971), Sp. 1130–1358 (Register). Vgl. auch Wolfgang Schmitz, Die Überlieferung deutscher Texte im Kölner Buchdruck des 15. und 16. Jahrhunderts, Habil. masch. Köln 1990, S. 446–453, bes. S. 450.

53 Es handelt sich um „zwei kleinere Pergamentstücke mit lateinischer Prosa, anscheinend religiösen Inhalts“. Schafstaedt (Anm. 15), S. 11.

54 Vgl. Schafstaedt (Anm. 15), S. 10–12; die durchschnittliche Verszahl auch anhand der Angaben ebd., S. 15.

55 Vgl. Schafstaedt (Anm. 15), S. 15.

56 Schafstaedt (Anm. 15), S. 12.

spricht, dass er an gleicher Stelle die Länge der Verszeilen mit 3,5 bis 6 cm angibt. Schafstaedts Angaben zur Verteilung des erhaltenen Textes auf die Reste der Doppelblätter sind wenig transparent, doch lassen sich sein Textabdruck und seine eigenwillige Blattzählung[57] sinnvoll nur so deuten, dass die Streifen vier verschiedenen Doppelblättern entstammten. Sie sollen hier eine neue römische Zählung erhalten: I und II entsprechen Schafstaedts Doppelblättern 1 und 2; III und IV hingegen, die Schafstaedt vertauschte, seinen Doppelblättern 4 und 3. Aus III ist nur ein Bruchstück der linken Hälfte des Doppelblatts, also eines Blatts (fol. 5), erhalten. Insgesamt liegen damit Reste von sieben Blättern vor, die hier eine neue arabische Zählung erhalten.

Anhand eines Vergleichs mit der niederdeutschen Überlieferung und unter der Voraussetzung, dass die auf den besser erhaltenen Seiten erkennbare Zahl von 22 bis 24 Versen pro Seite konstant ist, lassen sich die zwischen den überlieferten Textstellen fehlenden Verse und ebenso die Zahl der verlorenen Blätter hypothetisch berechnen. Trotz offener Fragen zu Blatt 4, die vielleicht auf Abweichungen im Versbestand und im Text an dieser Stelle der ripuarischen Handschrift deuten,[58] weist die Kalkulation auf drei aufeinanderfolgende Quaternionen. Andere Möglichkeiten bleiben denkbar, doch ist die wahrscheinlichste Struktur der drei Lagen (a, b, c), aus denen die Reste der Doppelblätter I–IV stammen, die folgende:

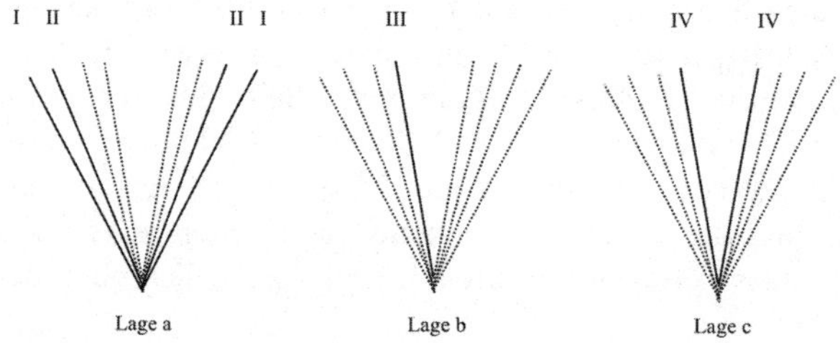

Der erhaltene Text bietet daher an drei Stellen, nämlich jeweils auf den linken Hälften von I und II (fol. 1–2), auf den rechten Hälften von I und II (fol. 3–4)

[57] Die Angaben neben seinem Textabdruck, welche nach Schafstaedt (Anm. 15), S. 13, die „einzelnen Pergamentstücke“ bezeichnen, beziehen sich mitsamt den Recto- und Versobezeichnungen („a“ bzw. „b“) nicht auf die einzelnen Bruchstücke und auch nicht auf die zusammengesetzten Blätter, wie ebd., S. 15, notiert, sondern vielmehr auf die Doppelblätter, welchen er die Bruchstücke zuordnet. So gilt bei einem Text, der auf der rechten Hälfte eines Doppelblatts gestanden hat, dass „b“ die Rectoseite ist und „a“ die Versoseite eines Blatts. Zugleich markiert Schafstaedt mit dieser Angabe nicht nur Doppelblatt- oder Blattwechsel, sondern auch die Schnittlinien der Bruchstücke jedes Doppelblatts.

[58] Vgl. unten Anm. 110 und 111.

sowie auf IV (fol. 6–7), das das innerste Doppelblatt einer Lage war, zusammenhängende Passagen, welche durch den unvollständigen Erhalt der Blätter allerdings Textlücken unterschiedlicher Größe aufweisen. Durch die starke Beschädigung der Pergamentstreifen konnten zudem auch auf den erhaltenen Stücken zahlreiche Verse nicht oder nicht vollständig entziffert werden.[59] Schafstaedt datierte die Schrift der Fragmente unter Berufung auf den Kölner Stadtarchivar Hermann Keussen ans Ende des 13. Jahrhunderts.[60] Diese Angabe lässt sich nicht mehr überprüfen, doch weist seine Beschreibung einzelner Buchstabenformen sicher auf die Zeit nach 1250 und in der Tat am ehesten ins späte 13. Jahrhundert.[61] Die Verse sind in nordripuarischem Dialekt geschrieben; die Handschrift dürfte nicht weit vom Fundort der Fragmente im Kölner Raum entstanden sein, wo sie für den in Köln gedruckten Trägerband auch makuliert wurde. Die Datierung des ripuarischen Romans ‚Flors inde Blanzeflors', von dem diese Fragmente zeugen, ist dagegen schwierig. Belastbare Hinweise fehlen, wenn auch stilistische und sprachliche Merkmale auf die erste Hälfte des 13. Jahrhunderts deuten mögen.[62] Dazu passen auch mögliche Rezeptionsspuren bei den Grafen von Jülich und im Kölner Stadtadel, auf die Beckers hingewiesen hat: „sowohl die um 1250 geborene Tochter des Grafen Wilhelm IV. von Jülich und der Richardis von Geldern als auch die etwa ein Jahrzehnt jüngere Tochter des Kölner Ritters Dietrich Razo (Raize) erhielten jeweils den Namen Blanzeflors".[63]

---

59 Vgl. Schafstaedt (Anm. 15), S. 11.

60 Schafstaedt (Anm. 15), S. 12.

61 Schafstaedt (Anm. 15), S. 13, dort etwa der Hinweis auf das gebogene ‚Meyersche' ⟨r⟩ nach ⟨b⟩, ⟨d⟩, ⟨o⟩, ⟨p⟩ und auch nach ⟨v⟩; vgl. Karin Schneider, Paläographie und Handschriftenkunde für Germanisten. Eine Einführung (Sammlung kurzer Grammatiken germanischer Dialekte. B. Ergänzungsreihe 8), 3., durchges. Aufl., Berlin / Boston 2014, S. 44. Auch die regelmäßige Schreibung ⟨ei⟩ für das neue lange /i/ aus mittelhochdeutsch /ie/ weist ins späte 13. Jahrhundert: vgl. Hermann Paul, Mittelhochdeutsche Grammatik. 25. Aufl., neu bearb. v. Thomas Klein, Hans-Joachim Solms u. Klaus-Peter Wegera. Mit einer Syntax von Ingeborg Schöbler, neubearb. u. erw. v. Heinz-Peter Prell [Sammlung kurzer Grammatiken germanischer Dialekte. A. Hauptreihe 2], Tübingen 2007, § L18, S. 79 u. § L 48, S. 107. Die Schrift der Fragmente besaß laut Schafstaedt, S. 12, große Ähnlichkeit mit der von Handschrift A des ‚Nibelungenlieds' (München, Staatsbibl., Cgm 34), deren Entstehung nach Karin Schneider, Gotische Schriften in deutscher Sprache. Bd. 1: Vom späten 12. Jahrhundert bis um 1300. Textband, Wiesbaden 1987, S. 233, „kaum über die achtziger Jahre [des 13. Jahrhunderts] hinaus" anzusetzen ist.

62 So Beckers (Anm. 8), Sp. 760.

63 Beckers (Anm. 46), S. 29, 46. Zu Blanzeflors Raitze vgl. Hans J. Domsta, Die Kölner Außenbürger. Untersuchungen zur Politik und Verfassung der Stadt Köln von der Mitte des 13. bis zur Mitte des 16. Jahrhunderts (Rheinisches Archiv 84), Bonn 1973, S. 126. Der Name der Tochter Wilhelms IV. von Jülich lautete nach Thomas R. Kraus, Jülich, Aachen und das Reich. Studien zur Entstehung der Landesherrschaft

Die Bruchstücke überliefern unterschiedlich lange Ausschnitte aus vier Handlungsteilen. Die erste erhaltene Partie (V. 1–76) stammt vom Beginn des Romans. Sie erzählt die Ausfahrt des spanischen Königs, die Gefangennahme der christlichen Pilgerin sowie die Gesellschaft der Königin und ihrer neuen Sklavin am Hof bis zu der oben bereits zitierten Stelle, an der die beiden ihre gemeinsame Schwangerschaft bemerken und den Zeitpunkt der Geburt berechnen. Ein zweiter Ausschnitt (V. 77–139) setzt an dem Punkt der Handlung ein, an dem Blanzeflors an den Emir von Babylon verkauft worden ist. Wenige Verse schildern noch den wundersamen Kelch, der zum Kaufpreis gehört; dann wechselt die Szene zu Blanzeflors' Gefangenschaft im babylonischen Turm, ihrer Sehnsucht nach Flors und einem Gespräch mit einer Gefährtin, Claricia, die ihr im Turm Gesellschaft leistet. Am Ende dieses Ausschnitts sind noch einige Verse überliefert, welche die babylonische Palastanlage mit dem Turm beschreiben. Auf den dritten Ausschnitt (V. 140–150), der nur aus wenigen, stark beschädigten Versen besteht und für sich unverständlich bleiben müsste, wird noch besonders zurückzukommen sein. Die vierte, nur ganz bruchstückhaft erhaltene Passage schließlich entstammt dem Teil des Romans, in dem Flors die drei Brüder, die das innerste Tor der Mauern um den babylonischen Turm bewachen, als Lehnsmänner gewinnt.

5. Das Zeugnis der ripuarischen Fragmentüberlieferung

Wenn bereits die ripuarischen Fragmente aus der ersten Hälfte des 13. Jahrhunderts als Zeuge der gleichen Fassung eines norddeutschen Romans von Floire und Blanchefleur gelten können, den auch ‚Flos unde Blankeflos' vertritt, dann steht die Beurteilung der mittelniederdeutschen Überlieferung aus dem 14. (?) Jahrhundert mitsamt ihren ungewöhnlichen Handlungsvarianten unter grundlegend neuen Voraussetzungen. Angesichts der wenigen Reste, die sich auf der ripuarischen Textstufe erhalten haben, ist zwar weiterhin nicht grundsätzlich auszuschließen, dass an den Stellen, für die kein Vergleichsmaterial zur Verfügung steht, ein späterer niederdeutscher Bearbeiter die Handlung – frei kreativ oder nach der Erinnerung an andere Fassungen der Geschichte – umgestaltet hätte. Eine solche Annahme liegt aber nicht nahe und ist methodisch kaum zu begründen. Zudem will es der Zufall der Überlieferung, dass die Reste der ripuarischen Handschrift gerade die markantesten Merkmale des niederdeutschen Textes bestätigen.

---

der Grafen von Jülich bis zum Jahre 1328 (Veröffentlichungen des Stadtarchivs Aachen 5), Aachen 1987, S. 35, 140, 150, allerdings „Blanchefleur".

Dies betrifft vor allem die ungewöhnliche Gestaltung der babylonischen Palastanlage: V. 133–139 des ripuarischen Fragments beziehen sich auf die drei Burggrafen, die damit belehnt sind, *de neysten* – offenbar die drei äußeren, also dem Herantretenden nächstgelegenen – *porzen dri* (V. 134) zu bewachen.[64] Der letzte erhaltene Handlungsausschnitt bezeugt auch die drei Brüder, welche die innerste Mauer sichern und von Flors als Lehnsmänner gewonnen werden (V. 151, V. 175–183). Der gleiche Abschnitt belegt zudem, dass schon auf der ripuarischen Textstufe Flors die Unterstützung des Wächters bzw. der Wächter nicht etwa durch Freigebigkeit beim Schachspiel gewinnt, wie es fast alle anderen Fassungen der Version I (‚aristocratique‘) erzählen, sondern durch simple Bestechung. Dieses Motiv findet sich, vermischt mit dem des Schachspiels, bereits in der ältesten erhaltenen europäischen Version des Stoffs überhaupt, dem maasländischen ‚Floyris‘,[65] aber auch in Boccaccios ‚Filocolo‘ (1336/38),[66] der einflussreichsten Bearbeitung der Version II (‚populaire‘), sowie in der spanischen ‚Crónica carolingia‘ aus dem 13. (?) Jahrhundert, die keiner der zwei Versionen klar zugeordnet werden kann.[67] Im frühesten Vertreter der Version II (‚populaire‘), dem französischen ‚Roman de Floire et Blanchefleur‘, scheint es ebenfalls anzuklingen.[68] Das ‚Zürcher Buch vom Heiligen Karl‘ (vor 1475) schließlich, eine Prosabearbeitung von Konrad Flecks Roman, der aber auch weitere Quellen zugrunde liegen könnten, berichtet wie die ripuarischen Fragmente von reiner Bestechung ohne Verbindung mit listiger Großzügigkeit beim Schachspiel.[69] Vor allem aufgrund des frühen ‚Floyris‘ ist die Frage, ob das

---

[64] Also nicht, wie im mittelniederdeutschen Text, V. 349f., zu dritt das äußerste Tor. Doch ist die Darstellung dort nicht ohne Widersprüche: In V. 684f. bewachen die drei Burggrafen drei Mauern, offenbar die äußeren drei. Auch wird Flos von der Frau des ersten Burggrafen weiter nach innen zur Frau des zweiten weitergeschickt werden (V. 763). Beides bestätigt die ripuarische Lesart, was darauf deutet, dass der mittelniederdeutsche Text in V. 349f. korrumpiert ist.

[65] Trierer (maasländischer) Floyris, V. 103–119, in: Bastert / de Bruijn (Hg.) (Anm. 11), S. 192–195.

[66] Giovanni Boccaccio, Filocolo, hg. v. Antonio Enzo Quaglio (Tutte le opere 1), Mailand 1967, S. 486f. (Kap. IV,99).

[67] Crónica carolingia, hg. v. Francisco Bautista, in: ders., La materia de Francia en la literatura medieval española. La „Crónica Carolingia“. Flores y Blancaflor, Berta y Carlomagno (Instituto Biblioteca Hispánica, Serie mayor 1), San Millán de la Cogolla 2008, S. 123–339, hier: 185f. – Zur umstrittenen Sonderstellung der ‚Crónica carolingia‘ vgl. Grieve (Anm. 6) und Putzo (Anm. 6), S. 12–20.

[68] Vgl. Pelan (Hg.), Floire et Blancheflor. Seconde version (Anm. 5), V. 2637–2648. Vgl. René Pérennec, Le ‚Trierer Floyris‘, adaption du roman de Floire et Blancheflor, in: Études germaniques 35 (1980), S. 316–320, hier: 318.

[69] Das Buch vom Heiligen Karl, in: Deutsche Volksbücher. Aus einer Zürcher Handschrift des fünfzehnten Jahrhunderts, hg. v. Albert Bachmann u. Samuel Singer (Bibliothek des Litterarischen Vereins in Stuttgart 185), Tübingen 1889, S. 1–114, hier:

Bestechungsmotiv eine Zutat des maasländischen Bearbeiters ist oder ob es bereits in seiner nicht erhaltenen französischen Vorlage vorhanden war, kontrovers diskutiert worden.[70] Akzeptiert man es als ursprünglich, wie es die ripuarischen Fragmente nahelegen, ist eine nicht erhaltene französische Version des Romans anzunehmen, die sich vom überlieferten ‚Conte de Floire et de Blanchefleur' der Version I (‚aristocratique') in diesem Punkt unterschied.

Darauf weist auch die komplizierte Gestaltung der babylonischen Palastanlage in der ripuarisch-niederdeutschen Fassung, die ohne Parallele in anderen erhaltenen Floire-Romanen ist.[71] Es scheint sich dabei um einen Reflex der ‚runden Stadt' Bagdad zu handeln, die der islamischen Geschichtsschreibung zufolge im 8. Jahrhundert durch den Abassidenherrscher Al-Mansur erbaut wurde. Nach der im 11. Jahrhundert entstandenen Geschichte Bagdads (‚Ta'rīkh Baghdad') des Al-Khatib al-Baghdadi war die Residenz des Kalifen in konzentrischen Kreisen von einem Graben und zwei Ringmauern umgeben.[72] Weitere Quellen legen nahe, dass sich innerhalb dieser Struktur ein weiterer Ring aus Wohngebäuden befand, welche auf der Innenseite nochmals durch die Randmauer eines großen Hofs begrenzt wurden, in dessen Zentrum die Moschee und der Palast des Kalifen lagen. Zwischen den zwei Mauern, zwischen der inneren Mauer und dem Gebäudering und auch zwischen dem Gebäudering und der Hofmauer erstreckten sich – genau wie es der ripuarisch-mittelniederdeutsche Roman erzählt – Zwischenräume (*faṣīl*) von beträchtlicher Größe.

9f. Vgl. Putzo (Anm. 6), S. 141–153, zur Frage weiterer Quellen neben Konrad Flecks ‚Flore und Blanscheflur'.

70 J[ohannes] H[endrikus] Winkelman, Die Brückenpächter- und die Turmwächterepisode im ‚Trierer Floyris' und in der ‚Version Aristocratique' des altfranzösischen Florisromans (Amsterdamer Publikationen zur Sprache und Literatur 27), Amsterdam 1977, bes. S. 21–37; ders., Zum „Trierer Floyris", in: Neophilologus 66 (1982), S. 391–406, hier: 393–396 (mit Verweis auf weitere Literatur). Vgl. zusammenfassend Winkelman (Anm. 20), S. 338–341.

71 Schwach klingt Boccaccios Fassung an, in der der Turmwächter Sadoc von „molti sergenti", allesamt Eunuchen, unterstützt wird, die nachts schwer bewaffnet auf einer Wiese auf allen Seiten des Turms postiert werden: Quaglio (Hg.), Filocolo (Anm. 66), S. 473 (Kap. IV,86). Im ‚Conte de Floire et Blanchefleur' der Version I bewachen und bedienen im Inneren des Turms auf jeder der drei Etagen drei Eunuchen unter dem Befehl des Turmwächters die darin lebenden Frauen: Leclanche (Hg.), Robert d'Orbigny (Anm. 2), V. 1909–1918. In der ‚Crónica carolingia' – Bautista (Hg.), ‚Crónica carolingia' (Anm. 67), S. 185 – erfährt Flores, dass er den Turm nicht umrunden könne, da er mit dem Palastgebäude verbunden sei und dementsprechend zwei Tore besitze, eines zum Palast und eines nach außen. Vor dem äußeren befinde sich der Wächter.

72 Abôû Bakr Aḥmad ibn Thâbit Al-Khatîb al-Bagdâdhî, L'introduction topographique à l'histoire de Bagdâdh, hg. v. Georges Salmon (Bibliothèque de l'École des hautes études, sciences historiques et philologiques 148), Paris 1904, S. 86–90.

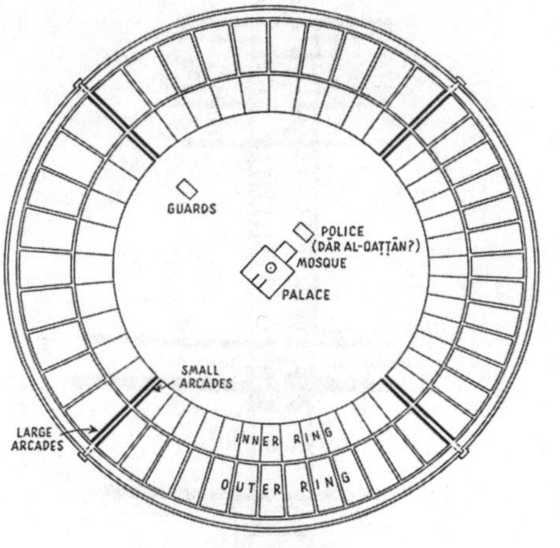

Abb. 1: Die runde Stadt Bagdad (Rekonstruktion), mit freundlicher Genehmigung des Autors aus: Lassner, The Caliph's personal domain (Anm. 73), S. 30.

Durch diese führten, beginnend an den vier Außentoren der Anlage, vier ummauerte Gänge (*ṭāqāt*), über welche man – wie im ripuarisch-niederdeutschen Roman – durch eine Reihe bewachter Binnentore in die Mitte der Ringstruktur gelangte.[73] Seitlich dieser Gänge befanden sich Arkaden, in deren Gewölben Räume für die Wächter eingerichtet waren.[74]

Kaum denkbar, dass ein ripuarischer oder niederdeutscher Bearbeiter eine so ungewöhnliche Architektur erfunden hätte und die Übereinstimmung mit der Darstellung Bagdads in der arabischen Historiographie auf bloßem Zufall beruhte – vielmehr dürfte eine heute verlorene französische Quelle vorgelegen haben, deren Beschreibung der Palastanlage, sicherlich vermittelt über Zwischenstufen, auf die islamischen Geschichtsschreiber zurückführt.[75] Auch nach

---

73 Vgl. Jacob Lassner, The Caliph's personal domain: The city plan of Baghdad reexamined, in: Kunst des Orients 5 (1968), S. 24–36, hier: 29–31; ders., The Shaping of 'Abbāsid Rule (Princeton Studies on the Near East 5102), Princeton, NJ 1980, S. 185–189.

74 Vgl. Lassner, The Caliph's personal domain (Anm. 73), S. 31. Vgl. auch Al-Khatîb al-Bagdâdhî (Anm. 72), S. 92.

75 Gilles Polizzi, L'Arbre vermeil: Bagdad et la genèse du jardin courtois dans l'invention et les réécritures de *Floire et Blanchefleur* (1150–1550), in: Lodén / Obry / Réach-Ngô (Hg.), Itinéraires de Floire et Blancheflor (Anm. 5), S. 299–317, hier: 305, weist darauf hin, dass auch die Bezeichnung und der Name des Wächters in Boccaccios ‚Filocolo' auf die islamische Geschichtsschreibung zurückgehen könnten: Boccaccios Wächterfigur wird als „l'Arabo" bezeichnet und heißt „Sadoc" – Al-Khatîb überlie-

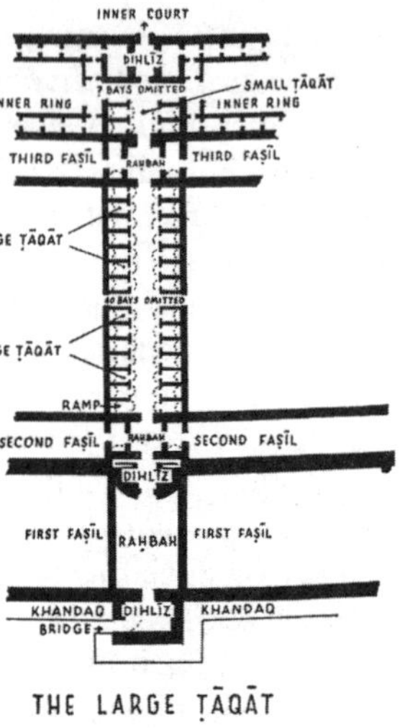

Abb. 2: Der Arkadengang zum Palast (Rekonstruktion), mit freundlicher Genehmigung des Autors aus: Lassner, The Caliph's personal domain (Anm. 73), S. 31.

einer Quelle für die List, die es Flors bzw. Flos erlaubt, als Händler durch die Wohnräume der Wächter bis vor die innerste Mauer der Palastanlage vorzudringen, braucht man dort nicht lange zu suchen. Vorübergehend nämlich, so berichten mehrere Geschichtsschreiber, gestattete Al-Mansur in den Arkaden der Zugangswege zum Palast Märkte. Von dieser Praxis, so heißt es weiter, musste wieder Abstand genommen werden, weil ein byzantinischer Gesandter den Kalifen auf eine Sicherheitslücke aufmerksam gemacht habe: Mühelos könnten Eindringlinge in den Palast gelangen, indem sie sich als Kaufleute ausgäben und vortäuschten, Handel zu treiben.[76]

fert die Namen der Gartenarchitekten Al-Mansurs als „Ar-Rabia“ und „Abân ibn Ṣadaḳa“; vgl. Quaglio (Hg.), Filocolo (Anm. 66), S. 473 (Kap. IV,86); Salmon (Hg.), Al-Khatîb al-Bagdâdhî (Anm. 72), S. 91. Polizzi vermutet, dass Boccaccio eine über Sizilien vermittelte arabische Quelle benutzte. Das Zeugnis der ripuarisch-niederdeutschen Fassung legt hingegen nahe, dass sich Reflexe solcher Quellen schon in einer französischen Fassung befunden haben könnten, so dass es wahrscheinlicher ist, dass sie von dort in Boccaccios Vorlage gelangten.

[76] Vgl. Salmon (Hg.), Al-Khatîb al-Bagdâdhî (Anm. 72), S. 99; die gleiche Episode auch in: Al-Manṣūr and al-Mahdī, translated and annotated by Hugh Kennedy (The History of al-Ṭabarī 29), New York 1990, S. 7f. Vgl. ferner Alexandre M. Roberts, Al-Manṣūr and the Critical Ambassador, in: Bulletin d'études orientales 60 (2011), S. 145–160, mit Nachweis weiterer Quellen.

Die in der jüngeren Forschung überwiegende Ansicht, mit dem Babylon der Floire-Romane sei nicht das asiatische Babylonien im heutigen Irak, sondern „Babylone-Le Caire", also das ägyptische Kairo, gemeint,[77] verliert damit nicht grundsätzlich an Plausibilität, waren doch die geographischen Kenntnisse über den vorderen Orient im mittelalterlichen Zentraleuropa vage genug, dass die arabische Palastanlage durchaus auch in Ägypten imaginiert werden konnte. Noch im 15. Jahrhundert wurde der babylonische Turm der Floire-Romane mit dem ägyptischen Borg el-Arab assoziiert, das der flämische Adlige Joos van Ghistele in seinem Reisebericht als *le Tour Darabij* bezeichnet, *up welken men seit dat de schoone Blanchefluer in bewaernessen was om te scinckene eenen souldaen van Egipten* [...], *die vervolcht wart van eenen jonghelinc uut jonsten, ghenaemt Florius.*[78] Unabhängig davon bietet der Reflex der islamischen Geschichtsschreibung in der Beschreibung der Palastanlage neue Anknüpfungspunkte für die seit jeher diskutierte These arabischer Quellen der europäischen Floire-Romane.[79] Gilles Polizzi hat jüngst gezeigt, dass auch Motive der – in der ripuarisch-niederdeutschen Fassung nicht vorhandenen – Beschreibung des babylonischen Gartens auf die Geschichte Bagdads in der islamischen Chronikliteratur zurückgehen. So führt er den wundersamen Baum und die Zauberquelle, die im französischen ‚Conte de Floire et Blanchefleur'[80] und den meisten Adaptationen als Tugendprobe funktionieren, auf den Bericht von einer hydraulischen Maschine zurück, die während des Kalifats von Al-Muqtadir im frühen 10. Jahrhundert anlässlich eines byzantinischen Diplomatenbesuchs angefertigt wurde.[81]

---

77 Leclanche (Hg.), Robert d'Orbigny (Anm. 2), S. 25 (Zitat). Vgl. Putzo (Anm. 6), S. 545f.

78 Ambrosius Zeebout, Tvoyage van Mher Joos van Ghistele, uitgegeven met inleiding, aantekeningen en een onderzoek naar de bronnen door R[enaat] J. G. A. A. Gaspar (Middeleeuwse studies en bronnen 58), Hilversum 1998, S. 213f.

79 Vgl. etwa S[amuel] Singer, Arabische und europäische Poesie im Mittelalter, in: Zeitschrift für deutsche Philologie 52 (1927), S. 77–92, bes. S. 77–81; Mario Cacciaglia, Appunti sul problema delle fonti del Romanzo di „Floire et Blancheflor", in: Zeitschrift für romanische Philologie 80 (1964), S. 241–255 (mit Forschungsüberblick), sowie Alev Tekinay, Materialien zum vergleichenden Studium von Erzählmotiven in der deutschen Dichtung des Mittelalters und den Literaturen des Orients (Europäische Hochschulschriften. Reihe 1: Deutsche Sprache und Literatur 344), Frankfurt am Main u. a. 1980, S. 107–115, 228f.

80 Vgl. Leclanche (Hg.), Robert d'Orbigny (Anm. 2), V. 1961–2038, Baum und Quelle ebd., V. 2021–2072. Vgl. Polizzi (Anm. 75).

81 Vgl. Salmon (Hg.), Al-Khatîb al-Bagdâdhî (Anm. 72), S. 135, 138f. Die Maschine hatte die Form eines silbernen Baumes mit vergoldeten Ästen und verschiedenfarbigen Blättern, aus welchen sich Wasser in ein Becken ergoss. Auf den Ästen des Baumes sangen silberne Vogelautomaten, während seine farbigen Blätter sich im Wind bewegten. Allerdings berichten schon seit dem 9. Jahrhundert Quellen von Vogelauto-

Von besonderem Interesse ist ferner der oben bereits erwähnte dritte Ausschnitt aus der Handlung des ripuarischen Romans. Er besteht aus zwei sehr kurzen Textstücken von nur sechs bzw. fünf Versen, die zudem noch stark beschädigt sind und ohne Vergleichstext unverständlich bleiben. Schafstaedt gelang die Identifizierung nicht, so dass er sie einfach ans Ende seines Abdrucks stellte.[82] Der Vergleich mit ‚Flos unde Blankeflos' erlaubt es jedoch, jedenfalls den Anfang dieser Partie mit hoher Wahrscheinlichkeit jener Szene des mittelniederdeutschen Textes zuzuschreiben, in der Flos sich in eine Grube mit Löwen stürzt:[83]

	‚Flors inde Blanzeflors' (rip.)[84]		‚Flos unde Blankeflos' (nd., Handschrift S)[85]
140 (178)	si inwolde*n* eme ne*it* …	484	Dat gy my nyt en ethen […]
	noch he *ink*unde ge…	490	He en konde den lowen alzo nycht raden
(180)	mit in geynre hande …		
	dat si eme eyt w*u*rden …	491	Dat se eme yecht wolden schaden
	als Flors do dat ve …		To lesten flos dat vor nam
145 (183)	dat si …		Dat em nytht arghes wan den louwen qua*m*

Für die Textpartie V. 146–150 (173–177) finden sich in der mittelniederdeutschen Bearbeitung zwar keine so deutlichen sprachlichen Korrespondenzen. Doch fügen sich die erhaltenen Reste inhaltlich gut in das Gespräch des verzweifelten Flors mit seinen Eltern, das auf die Löwengrubenszene folgt. Ein Vers des niederdeutschen Textes aus dieser Passage klingt zudem an:

146 (173)	… havet *di*ch	
	… veil sere vrouwen	(vgl. S, V. 519: Des wolde yk my vroywen zere[86])
(175)	… sins herzen rouwen	
	… hant.	
150 (177)	… was bewant.	

maten am byzantinischen Kaiserhof; vgl. Constantin Canavas, Automaten in Byzanz. Der Thron von Magnaura, in: Automaten in Kunst und Literatur des Mittelalters und der Frühen Neuzeit, hg. v. Klaus Grubmüller u. Markus Stock (Wolfenbütteler Mittelalter-Studien 17), Wiesbaden 2003, S. 49–72, hier S. 50–54.

82 Vgl. Schafstaedt (Anm. 15), S. 13 und V. 173–183 in seiner Zählung.

83 Vgl. diesen Hinweis bereits in der Rezension der Ausgabe Schafstaedts durch J[ohannes] Franck, in: Deutsche Literaturzeitung 27 (1906), Sp. 2502f., hier: 2502, und auch bei Decker (Anm. 9), S. 14.

84 Vgl. Anhang. Die Verszahlen in Klammern entsprechen der Zählung bei Schafstaedt (Anm. 15).

85 Text: Bastert / de Bruijn (Hg.) (Anm. 11).

86 Ebd.

Wenn nun nicht erst der niederdeutsche Flos, sondern schon der ripuarische Flors in der ersten Hälfte des 13. Jahrhunderts den Selbstmordversuch in der Löwengrube unternahm, ist die Behauptung, ein niederdeutscher Bearbeiter des 14. Jahrhunderts hätte diese Szene nach einer Fassung der Version II (‚populaire') interpoliert,[87] nicht mehr haltbar. Vielmehr scheint auch diese Szene der verlorenen französischen Vorlage des ripuarischen Autors zuzuweisen sein, deren Umrisse sich nach den bisherigen Beobachtungen von den zwei erhaltenen französischen Fassungen beträchtlich unterschied und die zudem die Differenzierung in zwei Stoffversionen mit scheinbar distinktiven Handlungselementen schon für die französische Literatur des 12. oder 13. Jahrhunderts grundsätzlich in Frage stellt.

6. Ergebnisse

Der enge Zusammenhang zwischen dem Text der ripuarischen Fragmentüberlieferung und ‚Flos unde Blankeflos' lässt den mittelniederdeutschen Roman des 14. (?) Jahrhunderts in verändertem Licht erscheinen. Die einfache Gestaltung und die ungewöhnlichen Handlungsbestandteile des mittelniederdeutschen ‚Flos', die implizit oder explizit seine künstlerische Abwertung begründeten, werden in wesentlichen Punkten durch die ripuarische Überlieferung aus der ersten Hälfte des 13. Jahrhunderts bestätigt und, wie sich zeigte, zudem durch französische und wohl auch ältere arabische Quellen gestützt. Sie gewinnen damit auch für die verlorene Vorlage der ripuarisch-niederdeutschen Fassung, einen französischen Floire-Roman des 12. oder beginnenden 13. Jahrhunderts, an Wahrscheinlichkeit.

Der mittelniederdeutsche Roman erweist sich so als ein wichtiger Zeuge, vielleicht sogar als ein Schlüssel für die Beurteilung der europäischen Tradition des Erzählstoffs. Er liefert wertvolle Hinweise auf eine der uns unbekannt gebliebenen französischen Fassungen, die in den Jahrzehnten um 1200 im deutschsprachigen Raum kursierten, und zwar mit einem deutlichen Schwerpunkt in den *Nideren Landen*, die einmal mehr als wichtige Kontaktzone zwischen Romania und Germania vor allem in der frühhöfischen Zeit erscheinen.[88] Die verlorene französische Fassung unterschied sich nach dem Zeugnis des ripuarisch-niederdeutschen Romans in einer Reihe von Handlungselementen von den erhaltenen; sie rückt zudem in einzelnen Merkmalen zur Version II (‚populaire'), auch wenn sie Version I (‚aristocratique') insgesamt näher steht. Ihr Handlungsbestand repräsentiert offenbar eine der älteren, vielleicht eine der

---

87 Vgl. oben, S. 574f. mit Anm. 25 u. 26.

88 Vgl. Beckers (Anm. 46), S. 22–34.

ältesten europäischen Fassungen der Floire-Geschichte. Darauf deutet nicht zuletzt das in der Forschung immer wieder konstatierte Fehlen höfischer Gestaltungselemente im mittelniederdeutschen Roman, der sich indes, wie bisher übersehen wurde, in dieser Hinsicht von den ripuarischen Fragmenten nicht unterscheidet. Allzu fraglos wurde zudem vorausgesetzt, dass dieser Textzustand sekundär sei: das Resultat einer „Eliminierung der dem Stoff ursprünglich eigenen höfischen Züge“, wie es im ‚Verfasserlexikon‘ heißt.[89] Doch liegt die Annahme näher, dass hier die Konturen eines französischen Romans der frühhöfischen Zeit sichtbar werden, dem jene kunstvollen Gestaltungselemente noch nicht eigneten, über welche die älteste erhaltene französische Fassung, das ‚Conte de Floire et Blanchefleur‘, bereits verfügt. Ein ähnliches Bild zeigt übrigens der maasländische ‚Floyris‘, der ebenfalls auf eine französische Fassung zurückzugehen scheint, die älter ist als das erhaltene ‚Conte de Floire et Blanchefleur‘.[90]

Diese Perspektive steht im Gegensatz zur etablierten Einschätzung des mittelniederdeutschen Romans als einer freien, künstlerisch anspruchslosen Bearbeitung im städtisch-kaufmännischen Milieu des Spätmittelalters, welche in der deutschsprachigen Forschung wesentlich auf Wolffs Artikel in der ersten Auflage des ‚Verfasserlexikons‘ – den Beckers' Artikel in der zweiten Auflage unglücklicherweise echot – und die Marburger Dissertation seiner Schülerin Schad über das „Spätm[ittel]al[terliche], Volkstümlich-Bürgerliche in Denkweise und künstlerischer Formung“ des mittelniederdeutschen Romans zurückgeht.[91] Unüberhörbar schwingt hier der Topos von der geringen literarischen Qualität und der schlichten, ‚unhöfischen‘ Machart niederdeutscher Textproduktion mit, welcher bis weit ins 20. Jahrhundert hinein eine angemessene Erschließung der mittelalterlichen Literatur des norddeutschen Raums behinderte.[92] Die handlungsbetonte Erzählweise sowie die im Vergleich mit dem

---

[89] Beckers (Anm. 8), Sp. 763. Ähnlich etwa Schad (Anm. 17), S. 5: „Der mnd. Dichter macht aus der Erzählung von Fl. und Bl. etwas mehr Volkstümliches, wenn man einmal so sagen darf“.

[90] Vgl. Winkelman, Die Brückenpächter- und die Turmwächterepisode (Anm. 70), und ders., Zum „Trierer Floyris“ (Anm. 70). Anders Gilbert de Smet, Der Trierer Floyris und seine französische Quelle, in: Festschrift für Ludwig Wolff zum 70. Geburtstag, hg. v. Werner Schröder, Neumünster 1962, S. 203–216; ders., Zur Turmwächterepisode im ‚Trierer Floyris‘, in: Medium Aevum *deutsch*. Beiträge zur deutschen Literatur des hohen und späten Mittelalters. Festschrift für Kurt Ruh zum 65. Geburtstag, hg. v. Dietrich Huschenbett u. a., Tübingen 1979, S. 327–333. Vgl. auch ders., Art. ‚Trierer Floyris‘, in: ^{2}VL 9 (1995), Sp. 1043–1047, hier: 1045f.

[91] Wolff (Anm. 9), Bd. 5, Sp. 223; Beckers (Anm. 8); Schad (Anm. 17).

[92] Dazu Annika Bostelmann / Franz-Josef Holznagel, Vorüberlegungen zu einer Publikationsreihe ‚Mittelniederdeutsche Bibliothek‘, in: Unzeitig / Magin / Eisermann (Hg.), Schriften und Bilder des Nordens (Anm. 19), S. 1–13, bes. S. 3–10.

französischen ‚Conte de Floire et Blanchefleur' und besonders mit Konrad Flecks ‚Flore und Blanscheflur' schmucklose Gestaltung des Romans erschienen aus dieser Perspektive nicht als Reflex einer frühhöfischen Vorlage, sondern gingen im tradierten Stereotyp einer simpleren Denkart und weniger entwickelten Kunstfertigkeit auf, das mit dem Niederdeutschen assoziiert wurde, bei wohlwollender Darstellung auch in der zweifelhaften Kategorie des Volkstümlichen.[93]

Die erneuerte Perspektive entspricht dennoch einer Position, die in der frühen stoffvergleichenden Forschung bereits vertreten wurde, und zwar zuerst von Du Méril:

> Bien des détails semblent d'ailleurs indiquer qu'elle [i. e. la version en bas-allemand] conservait mieux la tradition primitive, et la grossièreté d'une forme toute populaire ne permet pas d'attribuer ces apparences d'archaïsme à l'ingénieuse imagination de l'auteur.[94]

Kaum eine der zahlreichen im 19. und frühen 20. Jahrhundert erschienenen Untersuchungen zur Stoffgeschichte der Floire-Tradition vermochte ihm hierin zu folgen.[95] Lediglich Decker schloss sich Du Mérils These in seiner 1913 erschienen Rostocker Dissertation nachdrücklich an und ging so weit, ‚Flos unde Blankeflos' als einzigen erhaltenen Vertreter einer dritten Stoffgruppe neben der Version I (‚aristocratique') und der Version II (‚populaire') zu bestimmen. Als gemeinsame Quelle der zwei überlieferten französischen Fassungen und der verlorenen französischen Vorlage des ripuarisch-niederdeutschen Romans nahm er „den Urflore" an.[96]

---

93 Entsprechende Wertungen durchziehen die ältere Forschungsliteratur zu ‚Flos und Blankeflos'. So führt Schad (Anm. 17), S. 99, „die mangelnde Kompositionsfähigkeit" des mittelniederdeutschen Autors „auf eine mehr primitive Denkart" zurück, zudem darauf, dass es „dem Dichter schwer fällt, sich zu konzentrieren". Reinhold, Floire und Blancheflor-Probleme (Anm. 27), S. 44 u. 46, betont das „procédé enfantin" des Autors – „et qui dit enfantin dit aussi primitif et populaire" – und bescheinigt ihm „une main [...] maladroite, une imagination très faible". Die Beschreibung der babylonischen Palastanlage, in der arabischen Chronistik ein Höhepunkt der Geschichte Bagdads, erscheint in einem niederdeutschen Text als „d'une banalité extrême" (ebd., S. 48). In der gönnerhaften Darstellung Stammlers, Geschichte der niederdeutschen Literatur (Anm. 19), S. 48, wird der Roman „zu einer Fabel, die sich so recht zum Vorlesen am bürgerlichen Herd eignete und vor allem dem weiblichen Geschlechte zusagte".

94 Du Méril (Hg.) (Anm. 4), S. lxf.

95 Vgl. oben, Anm. 27. Nur Schwalbach (Anm. 27), S. 7f., 28, wiederholt Du Mérils Position.

96 Decker (Anm. 9), S. 127. Vgl. die Textvergleiche ebd., S. 126–166, dazu die kritische Rezension durch Joachim Reinhold, in: Literaturblatt für germanische und romanische Philologie 38 (1917), Sp. 362–370, hier: 362–366.

Deckers bemerkenswerte These markierte zwar einen vorläufigen Schlusspunkt der deutschsprachigen stoffgeschichtlichen Forschung zur Floire-Tradition, hat sich aber nicht durchgesetzt und überhaupt wenig Beachtung gefunden. In ihrer Rigidität wird sie kaum zu halten sein. Dennoch lässt sie aufhorchen, wird doch die in jüngerer Zeit wieder auflebende stoffgeschichtliche Diskussion – in der die deutschsprachige Forschung nur eine periphere und die ripuarisch-niederdeutsche Fassung keinerlei Rolle spielt – von dem Streit um eine ganz ähnliche These bestimmt: die einer verlorenen dritten Stoffversion, welche Merkmale der etablierten Versionen I und II in sich vereine und in einzelnen erhaltenen Fassungen, vor allem in der spanischen ‚Crónica carolingia', indirekt erkennbar sei.[97] Allerdings gibt es keine auffälligen Übereinstimmungen zwischen den Besonderheiten dieser vor allem in der amerikanischen Hispanistik postulierten dritten Überlieferungslinie und denen des mittelniederdeutschen Romans, so dass dieser dann schon eine vierte markieren müsste. In Verbindung mit ähnlich ambigen Befunden am maasländischen ‚Floyris',[98] am spät entdeckten vatikanischen Fragment des französischen ‚Conte de Floire et Blanchefleur'[99] und auch an der skandinavischen Überlieferung[100] scheint ein anderer Schluss nahezuliegen: Der ripuarisch-niederdeutsche Roman ist ein weiteres und besonders deutliches Indiz dafür, dass in der Tradition des Erzählstoffs von Floire und Blanchefleur in französischer Sprache offenbar schon früh eine unbekannte Anzahl von Parallelfassungen existierte, unter denen das erhaltene ‚Conte de Floire et Blanchefleur' der Version I (‚aristocratique') nur eine einzige ist und von denen andere die vermeintlich distinktiven Handlungselemente der als sekundär geltenden Version II (‚populaire') bereits enthalten konnten. Dass das ‚Conte' gleich in mehreren Handschriften und Fragmenten erhalten blieb, mag an seiner kunstvollen höfischen Gestaltung liegen, die, so könnte man spekulieren, diese Fassung von anderen abhob und seine Überlieferung begünstigte. Dass zudem eine mit Kampfszenen ausgestaltete zweite Fassung erhalten blieb, nämlich der nur in einem einzigen Textzeugen unvoll-

---

97 Vgl. Grieve (Anm. 6), Putzo (Anm. 6), S. 12–20 (mit weiterer Literatur). Eine ähnliche These vertrat bereits Gaston Paris, Il Cantare di Fiorio e Bianciflore, in: Romania 28 (1899), S. 439–447, vgl. dazu Putzo (Anm. 6), S. 15, Anm. 50.

98 Vgl. oben, Anm. 90.

99 Vgl. Grieve (Anm. 6), S. 19; Janet F. van der Meulen, Niet over rozen. Over Diederic van Assenedes proloog en ‚verstandelike' vertaling van de Oudfranse *Floire et Blancheflor*, in: Op avontuur. Middeleeuwse epiek in de Lage Landen, hg. v. Jozef D. Janssens (Nederlandse literatuur en cultur in de middeleeuwen 18), Amsterdam 1998, S. 79–106.

100 Vgl. Helle Degnbol, Le poème français *Floire et Blancheflor*, le récit en prose norroise *Flóress saga ok Blankiflúr* et la chanson suédoise *Flores och Blanzaflor*, in: Revue des Langues Romanes 102 (1998), S. 65–95; Grieve (Anm. 6), S. 36–39; Edlich-Muth (Anm. 6).

ständig überlieferte ‚Roman de Floire et de Blanchefleur' der Version II (‚populaire'), könnte schlicht dem Zufall der Überlieferung zu verdanken sein. Dieses Bild entspricht dem Modell gleichwertiger Parallelfassungen, das Bumke an der frühen Überlieferung mittelhochdeutscher höfischer Romane und Heldenepen entwickelt hat.[101] Nichts zwingt aus dieser Perspektive dazu, mit dem seit Leclanche[102] etablierten Forschungsstand die französische Version I (‚aristocratique'), vertreten durch das ‚Conte de Floire et Blanchefleur', zum Archetypus eines ‚Ur-Floire' zu erklären und zugleich anzunehmen, die französische Version II (‚populaire'), vertreten durch den ‚Roman de Floire et Blanchefleur', sei hieraus abgezweigt. Der erstaunlichen Variabilität und zugleich vergleichsweise schlechten Überlieferung des französischen Floire-Romans im 12. und beginnenden 13. Jahrhundert – für die auch die niederländisch-deutschen Fassungen mit ihren unterschiedlichen, durchweg nicht erhaltenen französischen Vorlagen sprechen – wird das in der Frühzeit der Forschung etablierte zweiteilige Modell nicht gerecht. Ebenso wenig aber wäre es angemessen, es aufgrund neuerer Befunde durch ein drei- oder gar vierteiliges zu ersetzen. Das Bild, das die erhaltenen Texte in verschiedenen europäischen Sprachen zeichnen, legt es vielmehr nahe, von einer allzu starren Klassifizierung der Stoffversionen ebenso Abstand zu nehmen wie von der Suche nach einem Archetypus und von dem Versuch, Abhängigkeiten zwischen den zwei überlieferten und den zu erschließenden französischen Fassungen zu etablieren.[103]

---

[101] Joachim Bumke, Die vier Fassungen der ‚Nibelungenklage'. Untersuchungen zur Überlieferungsgeschichte und Textkritik der höfischen Epik im 13. Jahrhundert (Quellen und Forschungen zur Literatur- und Kulturgeschichte 8 [242]), Berlin / New York 1996, bes. S. 30–60. Möglicherweise hat auch die Nähe des Floire-Stoffs zur Heiligenlegende mit ihrer Tendenz zur „réécriture hagiographique" die außergewöhnlich breite Fassungsbildung begünstigt; vgl. La réécriture hagiographique dans l'occident médiéval. Transformations formelles et idéologiques, hg. v. Monique Goullet und Martin Heinzelmann (Beihefte der Francia 58), Ostfildern 2003. Vgl. auch Edlich-Muth (Anm. 6), die kürzlich zeigen konnte, dass sowohl die hagiographisch geprägte altnordische ‚Flóres saga' als auch die bisher wenig beachtete italienische ‚Leggenda della Reina Rosana' aus dem 14. Jahrhundert auf eine gemeinsame hagiographische Traditionslinie des Stoffs verweisen. Diese muss nicht unbedingt mit Edlich-Muth (Anm. 6), S. 73f., in den mediterranen Raum verortet werden, von wo aus eine spanische Version nach Skandinavien vermittelt worden wäre, sondern könnte durchaus auch der frühen französischen Tradition angehört haben.

[102] Leclanche (Anm. 3), Bd. 2, S. 57–82.

[103] Damit erübrigen sich auch die an verschiedenen Stellen der Forschung immer wieder entstandenen, nach stets gleichem Muster verlaufenden Diskussionen darum, ob ein von der Version I (‚aristocratique') abweichender Handlungsbestand einer Fassung nun Aufschluss auf einen älteren, nicht erhaltenen Text erlaube oder ob er das Resultat von Kontamination oder freier Gestaltung sei. Außer für den mittelniederdeutschen Roman entwickelten sich solche Diskussionen etwa auch für das ‚Zürcher Buch vom heiligen Karl', vgl. Putzo (Anm. 6), S. 141–153, für die ‚Crónica carolingia' vgl.

Christine Putzo / Bernd Bastert

Anhang: ‚Flors inde Blanzeflors'

Da die Fragmente des ripuarischen Romans verschollen sind, kann sich die folgende Edition nur auf die Transkription Heinrichs Schafstaedts (Anm. 15) stützen. Sie bietet seinen Text mit einer zurückhaltenden graphischen Normalisierung.[104] Auch die von Schafstaedt eingesetzte Interpunktion wird modifiziert. Die zahlreichen Wortergänzungen, die er an den Schnitträndern der Bruchstücke vorgenommen und durch eckige Klammern markiert hat, werden übernommen und durch Kursivdruck gekennzeichnet. (Hingegen werden die Schnittlinien durch Wörter, welche Schafstaedt graphisch dokumentierte, nicht wiedergegeben.) Außer Schafstaedts Wortergänzungen stehen auch die von uns vorgenommenen Emendationen kursiv; sie werden in einem Apparat nachgewiesen.

Um die Orientierung zu erleichtern, wird der Text gemäß den erhaltenen Handlungsausschnitten in vier Abschnitte gegliedert und mit Überschriften versehen. Zwei kurze Passagen, die Schafstaedt nicht zuordnen konnte und daher ans Ende seiner Transkription stellte, werden der Szene mit Flors' Suizidversuch in der Löwengrube zugeordnet und entsprechend neu positioniert. Die Umstellung der Verse führt zu einer neuen Zählung ab V. 140; die alte Zählung nach Schafstaedt erscheint ab dort in Klammern. Zwischen den einzelnen Bruchstücken fehlende Verse werden, sofern bei Schafstaedt notiert, nach seiner Schätzung angegeben, bei größeren Lücken auch aufgrund eines Vergleichs mit dem mittelniederdeutschen Text und anhand der hypothetischen Lagenberechnung. Die Blätter erhalten gegenüber Schafstaedts Abdruck, der nur die Doppelblätter nummerierte, eine durchlaufende arabische Zählung, auch wenn nur jeweils fol. 1 und 2, 3 und 4 sowie 6 und 7 tatsächlich aufeinander folgten.

Putzo, ebd., S. 12–20, und sogar für den frühen maasländischen ‚Floyris' (vgl. oben, Anm. 90), für den Winkelman, Die Brückenpächter- und die Turmwächterepisode (Anm. 70) schon 1977 eine ältere Vorlage wahrscheinlich machen konnte.

104 Auflösung der Abkürzungen; einheitliche Wiedergabe von ⟨s⟩ und ⟨ſ⟩ als ⟨s⟩; Differenzierung von ⟨u⟩ / ⟨v⟩ und ⟨i⟩ / ⟨j⟩ nach vokalischem bzw. konsonantischem Gebrauch; einheitliche Kleinschreibung außer bei Namen; keine Wiedergabe des funktionslosen übergeschriebenen ⟨o⟩, welches in der Handschrift jedes ⟨u⟩ mit vokalischem Wert erhält – vgl. Paul (Anm. 61), § E 34, 3.2.1, S. 44 –, auch dort, wo man es als Umlautbezeichnung interpretieren könnte; Verbindung der Negationspartikel *in-* mit dem Verb.

Die gefangene Christin

[vgl. Bastert / de Bruijn (Hg.) (Anm. 11), V. 9–92]

1r	[Vor V. 1 fehlen ca. 6 Verse.]	. . . . . .
	. . . . . . chte	. . . . . .
	. . . . . . egre	. . . . . .
	. . . . . . vesten	. . . . . .
	. . . . . . en besten	. . . . . .
	. . . . . . ere	. . . . . .
	. . . . . . here	. . . . . .
	. . . .	. . . . . .
	. . . . . . elden	. . . . . .
	. . . . . . n gelach	
	de dat lant so vaste be*sach*,	der das Land so gut schützte,
	dat he si mit minnen	dass er sie weder auf gütliche Weise
	neit inkunde gewinnen,	in seine Gewalt bringen konnte
	noch mit eingen sinen *he*ren.	noch mit irgendeinem seiner Heere.
	do sulde he danne keren.	Da musste er umkehren.
	binnen deisen selven stunden,	In derselben Zeit,
	dat si sich reyden begunden,	als sie sich vorbereiteten,
1v	[Vor V. 17 fehlen ca. 6 Verse.]	
	do veyngen si e . . .	da fingen sie . . .
	des hadde der g . . .	. . . hatte der G[raf?]. . .
	dri man erslou*g* . . .	Drei Männer erschlug . . .
	de zarrezine . . .	Die Sarazenen . . .
	dey pilgrine d . . .	Die Pilger . . .
	den greven si . . .	Den Grafen sie . . .
	mit eren inde . . .	mit Ehre und . . .
	braych*t*en si de . . .	brachten sie . . .
	vur den spani*schen*. . .	vor den spanischen . . .
	der koninc dey vrouwe ersach.	Der König betrachtete die Dame.
	id was eme leif, zu hant he sprach:	Es war ihm angenehm, sogleich sprach er:
	„nu brengit *si* urre vrouwen,	„Bringt sie eurer Herrin.
	ich wil des w*a*il getrouwen,	Ich bin mir sicher,
	dat si si gerne sal haven.“	dass sie sie gern haben wird.“
	der koninc b*e*gunde heym draven	Der König ritt nach Hause,
	mit mayngin heilden heirlich	begleitet von vielen herrlichen Helden,
2r	weder in sin koninc*rich*,	zurück in sein Königreich,
	inde gaven dei grevin*n*en	und [sie] gaben die Gräfin
	der selver konincinn*en*.	jener Königin.
	da si der wanede alzoi*s*.	Sie wandte sich ihr sogleich zu.
	hey sagit uns dat buc*h* franzois,	Hier berichtet uns das französische Buch,
	dat id queme also se*der*,	dass es danach geschah,

dat dey hirschaf gein*c a*ll neder	dass die ganze Gesellschaft herunterging,
her in dar benekin sic*h*,	um darin zu spazieren,[105]
als id in was gewone*lich*,	wie es ihre Gewohnheit war –
bis up dei konincinne	bis auf die Königin
inde irre grevinne.	und ihre Gräfin.
de sasen samen alleyne	Die saßen allein zusammen
inde neden pelle cleyne,	und bestickten feine kostbare Seide,
irme heren eynen van*e*n.	eine Fahne für ihren Herrn.
dei konincinne sprag dei vrouwe ane:	Die Königin sprach die Dame an:
„mich dunkit an urme gedene,	„Mir scheint anhand eurer Gestalt,
is id, so ich mich verwe*n*e,	wenn es ist, wie ich glaube,
we so ir nu hey geberit,	so, wie ihr euch hier verhaltet,
dat ir in urme lande werit	dass ihr in eurem Land
eyn veil wail geborren wijf.	eine sehr hoch geborene Frau wart.
also geschaft is uch der lijf."	So ist euer Äußeres beschaffen."
do antwerde dei *grevinn*en	Da antwortete die Gräfin:
[Nach V. 54 fehlen ca. 2 Verse.]	
2v noch ouch, v*ro*uwe, dey argeste."	auch nicht, Herrin, die niedrigste."
de konincin*ne* si ane *sach*,	Die Königin sah sie an,
minnecliche*n* si date *sprach*:	Freundlich sagte sie:
„vile kranc *ur* varwe sint,	„Ihr seid ganz blass,
ich in*w*eis, o*f i*r dragit ein kint."	ich frage mich, ob ihr nicht ein Kind erwartet."
dei vrouwe *a*ntwerde over lanc:	Die Frau antwortete nach einiger Zeit:
„ja, ich, vrou*we*, des bin ich kranc,	„Ja, Herrin, darum bin ich geschwächt,
ouch is mir *le*idis veil gescheyt.	auch ist mir viel Leid geschehen.
mir hait dei *h*eiden*s*che deit	Mir haben die Heiden
minen ma*n* doit geslagen,	meinen Mann totgeschlagen.
des mois i*c*h ruwich herze dragen,	Deshalb bin ich traurig,
als ich is leyder neit inmach."	so traurig, wie ich nur sein kann.
de koninc*i*nnen zu ir sprach:	Die Königin fragte sie:
„zu wilger *z*ijt sal dat wesen,	„Zu welcher Zeit wird es sein,
dat ir des kindes sult genesen?"	dass ihr das Kind zur Welt bringt?"
„vur meye, vrouwe, ein lutzel zijt,	„Eine kurze Zeit vor Mai, Herrin,
so man in*n*e usme lande quijt,	[wird,] wie man in unserem Land sagt,
dat grun*e* paischedach sin:	der grüne Ostertag[106] sein:

[105] Die räumlichen Bezüge bleiben unklar. Möglicherweise sind zwischen V. 36 und 37 Verse ausgefallen. Doch auch der Text in v. 39f. ist fraglich: Schafstaedt (Anm. 15), S. 16, notiert, dass die Lesung von *gein .ll* und *sich* unsicher sei. Vielleicht lautete das Ende von v. 39 *allweder* (‚wieder').

[106] In der Stofftradition ist Palmsonntag (französisch *pasque florie*, lat. *pascha florum*) der Geburtstag des Liebespaars, woraus sich in den meisten Fassungen – nicht aber in der

so wene ich haven dat kint min.	Dann glaube ich mein Kind zu bekommen.
so geit m*i*n gedinche zu."	So erwarte ich es."
de konincinne antwerde du:	Da antwortete die Königin:
„vrouwe, *vol* gelicher dingen ..."	„Dame, ganz genauso..."

[Zwischen V. 76 und V. 77 fehlen ca. 180 Verse.][107]

Blanzeflors im Turm

[vgl. Bastert / de Bruijn (Hg.) (Anm. 11), V. 260/272–354]

3r sulde man al den ia*mer* clayn,	Sollte man all den Schmerz beklagen,
de da geschede wil*ent e*,	der früher dort geschah,
so sulen wir ilen d*este* me.	So müssen wir umso mehr eilen.
want e sal un*s* der *word*en gebrechen,	Denn eher werden uns die Worte fehlen,
e uant bien so sp*rech*en.[108]	ehe ... ? ... so sprechen.
durh reyt sal m*an dei* leit loven	Zu Recht soll man die Deckel
inde dei steyne da*r bo*ven	und die Edelsteine darauf
*v*an den neppen a*l besun*der,	ganz besonders preisen, die der Kelche
de koufe, gulden a*l*s ei*n* zunder.	– der Kaufpreis, golden wie eine Flamme.
dar inne me dan eyn*i*ch leit.	Die sind mit mehr als einem besetzt.
des w*u*nderde al dei k*ris*ten deyt!	Darüber würde die ganze Christenheit staunen!
nu lasen wir bliven d*e*ise wort	Nun lassen wir diese Worte bleiben
inde horen hey e*vene* v*o*rt,	und hören hier gleich weiter,

mittelniederdeutschen – auch die Blumennamen ableiten. Das hier gebrauchte Wort *paischedach* bedeutet ‚Ostersonntag' und wird vom ripuarischen Bearbeiter vermutlich in diesem Sinne gebraucht. Dafür spricht auch die Angabe, dass der Festtag *vur meye* [...] *ein lutzel zijt* liege (V. 70), denn nach der dionysischen Tafel kann Ostern spätestens auf den 25. April fallen, Palmsonntag damit spätestens auf den 18. April; vgl. Hermann Grotefend, Taschenbuch der Zeitrechnung des deutschen Mittelalters und der Neuzeit, 12. Aufl., durchges. v. Jürgen Asch, Hannover 1982, S. 4f. Niederdeutsch ist die Bezeichnung *paischedach* – als ‚kleiner' Paschetag – allerdings auch für den Palmsonntag belegt; vgl. Deutsches Rechtswörterbuch. Wörterbuch der älteren deutschen Rechtssprache, Bd. 10, hg. v. der Heidelberger Akademie der Wissenschaften, unter Mitarb. v. Almuth Bedenbender bearb. v. Heino Speer, Weimar 2001, Sp. 541.

107 Schafstaedt (Anm. 15), S. 17, geht an dieser Stelle von 150 fehlenden Versen aus. Nach dem Vergleich mit dem Text des niederdeutschen ‚Flos' liegt jedoch eine Lücke von etwa 180 Versen vor. Dazu passt auch die hypothetische Lagenberechnung der zerstörten Handschrift, nach der hier zwei Doppelblätter fehlen. Bei durchschnittlich 22 bis 24 Versen pro Seite hätten darauf 176 bis 192 Verse gestanden.

108 e va*n* b*in* (*pin*) *ze* sp*rech*en („ehe wir von Leid berichten')?

*d*a wir de rede le*i*sen:[109]	dort, wo wir die Erzählung unterbrachen:
wat halp dat deme koninge,	Was nützte es dem König,
dat he de vrouwe ge*rne* sach	dass er die Dame gerne ansah
inde si deme koufmanne gaf	und sie dem Kaufmann
sevenwerf mit deme gulde,	siebenfach mit Gold aufwog,
sint si sijn neit inwolde?	da sie ihn nicht wollte?
Florse hadde si so leif,	Sie liebte Flors so sehr,
dat si durch bode noch durch breif	dass sie weder durch Boten noch durch Briefe
des . . . . eit	. . . . . .
[Nach V. 98 fehlen ca. 2 Verse.]	
3v zvenzich ju*ncvr*ouwen userkorn,	Zwanzig erlesene Jungfrauen,
hovesch, be*hag*el inde wijs,	höfisch, wohlgefällig und klug,
waren mit *ir d*agelijs,	waren täglich bei ihr,
de si baden a*lzu*male,	die baten sie alle,
dat si neme *den a*mirale.	dass sie den Amiral annähme.
na Florse si *sere* daichte,	An Flors dachte sie schmerzlich,
dat si des kon*ings* neit inaichte	so dass sie den König nicht beachtete
noch inwolde *gei*n blitschaf,	und auch nicht fröhlich sein wollte,
sint dat si Florse begaf.	seit sie Flors verlassen hatte.
Claricia, eine mait wail erzogen,	Claricia, ein höfisch gebildetes Mädchen,
de doichter w*a*s eyns herzogen,	das die Tochter eines Herzogs war,
ersach dat al an der vrouwen,	sah der Dame genau an,
dat si hadde grose*n* ruwen.	dass sie von großer Trauer erfüllt war.
eins morgens veil vru	Eines Morgens sehr früh
minnenclichen sprach si ir zu:	sprach sie freundlich zu ihr:
„suse, herzeliche vrouwe,	„Anmutige, liebe Dame,
desen jemerlichen rouwe	diese leidvolle Trauer
inmoit ir neit inne verdragen.	könnt ihr nicht im Inneren aushalten.
wilt ir in mir *n*eit sagen?	Wollt ihr mir nicht davon erzählen?
dat neyme ich up min ere,	Ich gebe euch mein Ehrenwort,
ich inmelden uch nummermere.“	dass ich euch niemals verraten werde.“
Blanzeflors …	Blanzeflors …
[Ausfall von ca. 23–24 Versen?][110]	

[109] Der gestörte Reim deutet darauf hin, dass V. 90f. korrumpiert sind. Nach Schafstaedt (Anm. 15), S. 18, fehlt der erste Buchstabe des Verses nicht aufgrund der Zerstörung der Handschrift, sondern wurde ausgelassen. Vermutlich sollte er später in roter Farbe hinzugefügt werden.

[110] Der Vergleich mit Handschrift S bzw. der Edition von Bastert / de Bruijn (Hg.) (Anm. 11) zeigt hier 23 bis 24 Fehlverse, deren Inhalt für die Kohärenz der Handlung kaum verzichtbar sind. Schafstaedt (Anm. 15) vermerkt an dieser Stelle jedoch keine Lücke. Zudem müsste bei einem Ausfall dieses Umfangs eine ganze Seite und damit auch deren Rückseite, also eigentlich doppelt so viel Text, fehlen. Auch ließe sich die Relation zum Text auf Blatt 4, der rechten Hälfte von Doppelblatt I, nicht herstellen. Dieser Befund könnte auf einen nicht material bedingten Textausfall in der ripuari-

4r ?	vol gelich sint unse *na*men.	„Unsere Namen ähneln sich sehr.
	dat quam danaf ma .. eirlich.	Das kam ... ? ...
	wir waren beide so g*eli*ch,	wir glichen uns beide so,
	dat man an un*seme a*ngesichte	dass man an unserem Aussehen
	erkennen kunde *mit* nichte,	nicht erkennen konnte,
	wilch eyn of ander *we*re."	welcher der eine oder der andere wäre."

[Fehlender Text][111]

4r ?	inde ke...[112]	Und ...
	dan .e ...	...
	inde vr ...	und ...
	alsus d...	So ...
	de up de ...	der auf ...
	mit nu ...	mit ...
	da huden...	Da bewachten ...

[Fehlender Text]

4v	de neysten p*o*rzen dri.	die nächsten (äußersten?) drei Tore.

schen Handschrift deuten, doch wird sich die Frage ohne Zugang zu den Fragmenten nicht mehr klären lassen. Auffällig ist zugleich, dass sich das Bruchstück mit V. 121–126 nicht klar zuordnen lässt: Schafstaedt platzierte die Verse an dieser Stelle, wies sie aber keinem Doppelblatt zu. Auf fol. 3v, das bereits 21 Verse trägt und unten beschnitten ist, können sie kaum noch stehen. Möglicherweise gehören V. 121–126 gar nicht, wie Schafstaedt annahm, in das Gespräch zwischen Blanzeflors und Claricia, entsprechend etwa V. 328–333 des niederdeutschen Textes, sondern zu einem wesentlich späteren Abschnitt, dem Gespräch zwischen Flors und dem Amiral, entsprechend etwa V. 1416–1419 des niederdeutschen Textes. V. 123–125 des ripuarischen Textes könnten nämlich sowohl V. 332f. als auch den fast gleichlautenden V. 1418f. des niederdeutschen Textes entsprechen. Freilich läge damit ein einzelnes Bruchstück einer zusätzlichen, weit entfernten Lage vor, über dessen Rückseite nichts bekannt wäre.

[111] Zwischen V. 126 und V. 134 fehlen im Vergleich mit Handschrift S nur 16 Verse, zu wenig für eine Seite. (Doch ist die Position von V. 121–126 unsicher, vgl. Anm. 110.) Wenn die Zuordnung der Bruchstücke stimmt, muss die ripuarische Handschrift hier Plusverse aufgewiesen haben. Zudem müssten die nicht identifizierbaren Zeilenanfänge V. 127–133 zu den fehlenden Versen gehören. Sie weisen allerdings keine Berührungen mit dem entsprechenden Text in den niederdeutschen Handschriften auf, so dass der ripuarische Text hier vielleicht von der niederdeutschen Überlieferung abwich. Zu dem Bruchstück mit den Anfängen von V. 127–133 lässt sich im Abdruck Schafstaedts (Anm. 15) auch keine Versoseite identifizieren – es sei denn, es handelt sich entgegen der Angabe Schafstaedts um die Vorderseite des Stücks mit den Versenden von V. 133–139, womit aber fraglich würde, was die Rückseite des Stücks mit V. 121–126 sein soll. Zugleich ist denkbar, dass Schafstaedt das Bruchstück mit den stark verstümmelten Versen 127–133 falsch zugeordnet hat: Es könnte durchaus etwa auch Teil von fol. 5r sein, der Text müsste dann vor V. 140 stehen (vgl. etwa V. 131 mit V. 463 des niederdeutschen Romans).

[112] „Voraus gehen noch die Reste der Buchstaben van al, doch ist die Lesung unsicher", Schafstaedt (Anm. 15), S. 19.

135	de gelene*t* w*a*ren dar af,	Die waren damit belehnt,
	inde man in *sul*ge meide gaf,	und man gab ihnen Lohn,
	dat si daden *de* waichte,	damit sie Wache hielten,
	beide dach *inde* naichte,	sowohl am Tag als auch in der Nacht,
139	of eyman dar up queme.	falls jemand herauf käme.

[Zwischen V. 139 und V. 140 fehlen ca. 121 Verse.]

Flore in der Löwengrube (?)

[vgl. Bastert / de Bruijn (Hg.) (Anm. 11), V. 484–523]

5r 140 (178)	si inwold*en* eme ne*it* …	Sie wollten ihn nicht …
	noch he *ink*unde ge…	noch konnte er …
(180)	mit in geynre hande …	mit ihnen keinerlei …
	dat si eme eyt w*u*rden …	dass sie ihm nicht … wurden.
	als Flors do dat ve …	Als Flors das …,
145 (183)	dat si …	dass sie …

[Zwischen V. 145 und 146 fehlen ca. 22 Verse.]

		… hat dich
5v 146 (173)	…… havet *di*ch	… sehr freuen
	… veil sere vrouwen	… der Schmerz seines Herzens
(175)	… sins herzen rouwen	… haben
	… hant.	… war …
150 (177)	… was bewant.	

[Zwischen V. 150 und 151 fehlen ca. 284 Verse.]

Flors gewinnt die Wächter für sich

[vgl. Bastert / de Bruijn (Hg.) (Anm. 11), V. 807–815, 829–837, 857–864, 874–881]

6r 151 (140)	Flors zu eyme broder *spr*ach:	Flors sprach zu einem der Brüder:
	„gerne hedde ich ure k*un*de,	„Gerne würde ich eure Bekanntschaft machen,
	want ich bedur*f*e veil*e*r vrunde.	denn ich bedarf vieler Freunde.
	wulde ur ein werden m*i*n man,	Wollte einer von euch mein Lehnsmann werden,
155 (144)	zu meden geve ich em*e* dan	gäbe ich ihm zum Lohn
(145)	hundert marc zu sinen hulden,	hundert Mark für seine Treue,

	dar zu w*o*lde ich id wal verschulden	dazu würde ich es reichlich vergelten
158 (147)	mit ander mime go*de*."	mit anderen Dingen, die ich besitze."

[Zwischen V. 158 und 159 fehlen ca. 22 Verse]

6v 159 (148)	zu Florse, sim*e* here.	zu Flors, seinem Herren.
160 (149)	Flors zu eme sprechen began,	Flors sprach zu ihm,
(150)	want he w*as* worden sin man:	denn er war sein Lehnsmann geworden:
	„ich sal dir m*i*ne noit clagen,	„Ich werde dir meine Not klagen,
	want ich ir l*e*nger neit inkan verdragen.	denn ich kann sie nicht länger ertragen.
	irschinis du ein *helpe in truw*en,[113]	Erweist du dich als getreuer Helfer,
165 (154)	id insal dich *nummer ruw*en,	wirst du es nie bereuen,
166 (155)	erlichtis d*u d*at herze min."	wenn du mein Herz erleichterst."

[Zwischen V. 166 und 167 fehlen ca. 22 Verse]

7r	wat so mir dar na ges … "	was immer mir danach …"
	Der porcenere sprac*h* … *mu*t:	Der Wächter sprach … Stimmung:
	„Unlange havet m*ir zu* gu*t*	„Für kurze Zeit habt [ihr] mir
170 (159)	gegeven deise richeyt!	diese Reichtümer zum Nutzen gegeben!
(160)	dat sain ich uch in wairheit:	Ich versichere euch:
	den *w*itz, den wir ha*ven ge*dain,	Der gute Einfall, den wir hatten,
	he sal uns beiden *veil ovel* ergayn:	wird es uns beiden sehr schlecht ergehen lassen:
174 (163)	id sal ur doit nu *wesen*."	Es wird euer Tod sein."

[Zwischen V. 174 und 175 fehlen ca. 21 Verse]

7v 175 (164)	der porce*nere keyrde zu hant*,	Der Wächter ging sogleich dorthin,
(165)	da he sine *b*rodere vant.	wo er seine Brüder fand.
	he sprach: „*id* is vns wail gegain,	Er sprach: „Es ist uns gut gegangen,
	ich have*n* hundert marc intfain	ich habe hundert Mark
	van dism*e* grosen heren.	von diesem vornehmen Herrn erhalten.
180 (169)	nu sult ir *u*ch zu eme keren	Nun sollt ihr euch ihm zuwenden
(170)	inde werden *ouch* sine man,	und ebenfalls seine Lehnsmänner werden.
	so sulen w*ir sam*en deilen dan	So werden wir dann
	deisen gro*sen* sch*a*tz gemeyne."	diesen großen Reichtum miteinander teilen."

10 bes…s *13* [e]ren *24* braychen *38* se[r] *39* gein. ll *56* sach] sprach *57* sprach] sach *59* veis *63* [h]eidenche *78* wil… *79* d… me *82* m.. leit *85* as *87* wnderde *90* lesen *117* eit *135* gelene *143* wrden *153* bedurte *157* wlde *168* sprac[h] ….. ot *169* m . z gu … *172* vitz *181* wrden

113 Schafstaedt (Anm. 15), S. 20, notiert zu dieser Stelle: „Die vorgeschlagene Ergänzung kann nur den Sinn treffen, sie enthält 3 bis 4 Buchstaben zu viel."

Christine Putzo / Bernd Bastert

Abstract: This article discusses the Middle Low German romance *Flos unde Blankeflos*, which has been preserved in five fifteenth-century manuscripts. It is one of numerous versions of the French Floire and Blanchefleur material that, from the twelfth century onwards, circulated across many European literatures. Due to unusual plot elements in the Middle Low German version, as well as its plot-centred narrative design and its style, which seems simple in comparison to other versions, *Flos unde Blankeflos* has been deemed a free adaptation of a low artistic level, originating from an urban mercantile background in the late Middle Ages. This article, however, shows that the little-considered fragments of a Ripuarian *Flors inde Blankeflors* romance from the first half of the thirteenth century, which are based on a lost French romance and are considered the Middle Low German author's source, provide a similar text with only insignificant variants. Hence, they preserve the same version of the romance as the late Middle Low German manuscripts. It is further shown that some of the unusual plot elements of *Flos unde Blankeflos* are supported by French and possibly also by Arabic sources. The Ripuarian-Low German version thus points to an older French version of the Floire and Blanchefleur material whose storyline differed from that of the preserved French versions, thus potentially shedding new light on the early history of the material. The article is accompanied by an edition of the Ripuarian fragment, together with a Modern German translation.

Wolfram-Studien XXVII (2025)
Erich Schmidt Verlag Berlin

‚Valentin und Namelos'

Narrative und überlieferungsgeschichtliche Spezifika eines mittelniederdeutschen Versromans im europäischen Literaturtransfer

von TINA TERRAHE (Greifswald)

1. Verkannt, verurteilt und ignoriert: ‚Valentin und Namelos'

Als einer der längsten Romane, die im mittelniederdeutschen Sprachraum überliefert wurden, ist der ‚Valentin und Namelos' ein wichtiges Werk und kann hinsichtlich seiner Genese, der narrativen Strategien und spezifischen Rezeptionsbedingungen als Schlüsseltext für den Hanse- und Ostseeraum gelten.[1]

Der niederdeutsche Versroman wurde bereits zur Entstehungszeit zwar durchaus rezipiert, jedoch war dem Erzählstoff später unter dem Titel ‚Valentin und Orson' ein wesentlich größerer Erfolg beschieden: In zahlreiche Sprachen übersetzt, dramatisierte man den Text sogar in Deutschland, England, Spanien sowie Frankreich und verbreitete ihn seit dem 15. Jahrhundert in unzähligen, oft reich illustrierten Druckauflagen.[2] Dieses sog. ‚Volksbuch', das der Berner

---

[1] Der Text wird nach der heute maßgeblichen Ausgabe zitiert: Valentin und Namelos. Mittelniederdeutsch und Neuhochdeutsch, hg. v. Erika Langbroek, Annelies Roeleveld u. Arend Quak (Amsterdamer Publikationen zur Sprache und Literatur 127), Amsterdam / Atlanta, GA 1997; eine Edition der verschiedenen Versionen bietet Wilhelm Seelmann, Valentin und Namelos. Die niederdeutsche Dichtung, die hochdeutsche Prosa, die Bruchstücke der mittelniederländischen Dichtung (Niederdeutsche Denkmäler 4), Norden / Leipzig 1884, der zurückgegriffen hat auf die erste Ausgabe: Namnlös och Valentin. En medeltids-roman, hg. v. Gustaf E. Klemming (Samlingar utgifna af Svenska Fornskrift-Sällskapet. Tredje Delen 1), Stockholm 1846.

[2] Zu der bemerkenswerten Druckgeschichte vgl. die noch immer einschlägigen Angaben bei Seelmann (Anm. 1), S. XXX–XL; Ergänzungen bei Arthur Dickson, Valentine and Orson. A Study in Late Medieval Romance, London 1929; vgl. hier zuletzt Lydia Zeldenrust u. Sofia Lodén, Valentin and his Wild Brother in European Literature: How French is a Medieval French Romance?, in: Interfaces 9 (2022), S. 144–179.

Wilhelm Ziely zuerst aus dem Französischen übersetzt hat, unterscheidet sich von der mittelniederdeutschen Fassung eklatant, indem es wesentlich ausführlicher erzählt.[3]

Während die mittelniederdeutsche Literatur in vielen Fällen auf oberdeutsche Vorlagen zurückgeht, daher oft als Rezeptions- oder Übersetzungsliteratur aufgefasst und somit in ihrer Bedeutung geschmälert wird,[4] ist ‚Valentin und Namelos' hingegen Zeugnis einer literarischen Übernahme aus dem Niederländischen, mit der man ohne jeglichen hochdeutschen Einfluss in ganz eigener Weise kreativ umgegangen zu sein scheint und deren Bearbeitungstendenz der hochdeutschen Druckfassung diametral entgegensteht.

Die Konzentration der straffen Erzählweise auf den Handlungsverlauf unter Auslassung sämtlicher unnötiger Details scheint einerseits ein narratives Spezifikum gewesen zu sein, das man schätzte, denn die niederdeutsche Fassung wurde nicht nur nach Mitteldeutschland, sondern bis nach Schweden hin tradiert. Der Text entfaltete also über den Entstehungsraum hinaus eine gewisse Strahlkraft. Gerade dieser konzise Erzählduktus hat andererseits aber im Zusammenhang mit der unpassenden Klassifizierung als höfischer Roman einer bis heute vereinzelt noch vorherrschenden Abwertung des Werkes in der Forschung Vorschub geleistet.[5]

Zudem hat man immer wieder Theorien zu den Abhängigkeitsverhältnissen der verschiedenen Fassungen untereinander und zu den vermeintlichen Vorla-

---

3 Die erste erhaltene Druck-Fassung erschien französisch in Lyon 1489 unter dem Titel ‚Histoire des deux nobles et vaillants chevaliers Valentin et Orson', die 1521 von dem Berner Wilhelm Ziely ins Hochdeutsche übertragen wurde. Vgl. hierzu zuletzt Christine Putzo, Wilhelm Ziely (Olwier und Artus, Valentin und Orsus, 1521) und das Fiktionsproblem des frühneuhochdeutschen Prosaromans, in: Oxford German studies 40, 2 (2011), S. 125–152. Der ‚Volksbuch'-Begriff geht zurück auf Joseph von Görres, Die teutschen Volksbücher. Nähere Würdigung der schönen Historien-, Wetter- und Arzneybüchlein, welche theils innerer Werth, theils Zufall, Jahrhunderte hindurch bis auf unsere Zeit erhalten hat, Heidelberg 1807. Der Terminus impliziert für die frühneuhochdeutschen Prosaromane fälschlicherweise den sog. ‚gemeinen Mann' als Publikum einer Literatur, die weiterhin dem Hochadel und einem wohlhabenden städtischen Patriziat vorbehalten bleibt; vgl. hierzu insb. Christa Bertelsmeier-Kierst, Erzählen in Prosa. Zur Entwicklung des deutschen Prosaromans bis 1500, in: Zeitschrift für deutsches Altertum und Literatur 143 (2014), S. 141–165; Jan-Dirk Müller, Volksbuch / Prosaroman im 15. / 16. Jahrhundert. Perspektiven der Forschung, in: IASL Sonderheft 1: Forschungsreferate (1985), S. 1–128. Im Hinblick auf die mittelniederdeutsche Literatur ist dieses Diktum möglicherweise einer Revision zu unterziehen oder zumindest auf ein intendiertes Publikum im wohlhabenden Bürgertum zu erweitern.

4 Christa Bertelsmeier-Kierst, Durchbruch zur Prosa und der Einfluss des Buchdrucks auf die deutschsprachige Erzählliteratur des 15. Jahrhunderts, in: Early printed narrative literature in Western Europe, hg. v. Bart Besamusca, Elisabeth de Bruijn u. Frank Willaert, Berlin / Boston 2019, S. 17–47.

5 Die Abwertung wird noch im aktuellen Artikel der Verfasserdatenbank weiterhin fortgeschrieben und beruht auf den moralisch motivierten Urteilen des frühen

gen der mittelniederdeutschen Bearbeitung entworfen, die letztlich spekulativ bleiben müssen. Wo aber kein Prätext auszumachen ist, sind auch Analysen zu spezifischen narrativen Verfahren und Übersetzungsprinzipien der mittelniederdeutschen ,Valentin'-Version hinfällig. Lange Zeit tat eine schlechte Editionslage ihr Übriges, der inzwischen zwar abgeholfen wurde,[6] allerdings erkannte man bald das nächste Desiderat: Weil an diesem Werk besonders deutlich wird, dass die in der spezifischen Fassung vorliegende Textintention maßgeblich durch die im Codex mitüberlieferten Texte evoziert wird und folglich ohne die Mitüberlieferung nur unzulänglich erfasst werden kann,[7] braucht es eine vollständige Edition der Sammelhandschrift (Stockholm, Königliche Bibliothek, Cod. Holm. Vu 73). Diese liegt inzwischen sogar vor,[8] wurde aber für die relevanten Forschungsfragen kaum genutzt: Der viel diskutierte Erzählstil etwa wurde bislang meist separat für einzelne Texte des Codex untersucht, wobei man zu unterschiedlichen, sich widersprechenden Ergebnissen kam, die für die Gesamthandschrift noch nicht miteinander abgeglichen wurden.[9]

---

20. Jahrhunderts; vgl. Hartmut Beckers, ,Valentin und Namelos', in: ^{2}VL 10 (1997), Sp. 156–161; vgl. hierzu auch unten S. 620f., Anm. 41 und 44.

6 Vgl. hierzu Anm. 1; sämtliche Editionen richten sich nach der älteren und besseren Handschrift S (Anm. 1), bessern aber die dort vorhandenen großen Lücken nach dem Hartebok (H); vollständige Edition: Het Hartebok. Hs. Hamburg, Staats- und Universitätsbibliothek, 102c in scrinio, hg. v. Erika Langbroek, Annelies Roeleveld u. Ingrid Biesheuvel (Middeleeuwse verzamelhandschriften uit de Nederlanden 8), Hilversum 2001. Zur Forschungsgeschichte der ,Valentin'-Editionen siehe v. a. Loek Geeraedts, Die Stockholmer Handschrift Cod. Holm. Vu 73 (Valentin vnde Namelos, De vorlorne sone, Flos vnde Blankeflos, Theophelus, Die Buhlschaft auf dem Baume, De deif van brugghe, De segheler). Edition und Untersuchung einer mittelniederdeutschen Sammelhandschrift (Niederdeutsche Studien 32), Köln 1984, S. 28–35; Jürgen Meier, Die mittelniederdeutsche Verserzählung ,De Deif van Brugge'. Stoffgeschichtliche und sprachliche Untersuchungen (Sprache und Schrifttum 7), Neumünster 1970, hier S. 7–11.

7 Diesen Aspekt betont für ,Valentin und Namelos' besonders Ralf G. Päsler, Text und Textgemeinschaft. Zu mittelniederdeutschen Sammelhandschriften und zur niederdeutschen und niederschlesischen Überlieferung von ,Valentin und Namelos', in: Bundesinstitut für Kultur und Geschichte der Deutschen im Östlichen Europa: Berichte und Forschungen 15 (2007), S. 27–41, der für die Handschrift zwar kein „konsequent verfolgtes Anordnungs- oder Auswahlprinzip" (S. 33) veranschlagt, aber doch auch eine gewisse Sammlungsintention oder auch inhaltliche Gemeinsamkeiten feststellt. Auf die Wichtigkeit, den ,Valentin und Namelos' im Kontext der Mitüberlieferung in der jeweiligen Sammelhandschrift zu untersuchen, verweist insbesondere auch Loek Geeraedts, Literarische Beziehungen zur Zeit der Hanse. Zur Entmythologisierung einer Stammlerschen These, in: Sprachkontakt in der Hanse. Aspekte des Sprachausgleichs im Ostsee- und Nordseeraum. Akten des 7. Internationalen Symposions über Sprachkontakt in Europa, Lübeck 1986, hg. v. Per S. Ureland (Linguistische Arbeiten 191), Berlin 1987, S. 107–121, hier S. 119.

8 Vgl. Geeraedts (Anm. 6).

9 Dieses Desiderat betont schon Geeraedts (Anm. 7), S. 119; die wenigen seither erschienenen Publikationen haben daran nichts geändert.

Im vorliegenden Beitrag möchte ich die besondere Rolle des mittelniederdeutschen ‚Valentin und Namelos' im europäischen Literatur- und Kulturtransfer näher bestimmen. Unabhängig von der bisherigen Abwertung soll der Erzählstil einer möglichst unvoreingenommenen Analyse unterzogen und die Klassifizierung als höfischer Roman außer Acht gelassen werden; vielmehr soll das Werk mit dem Erzählstil der mitüberlieferten Texte in der Sammelhandschrift S abgeglichen werden. Da es sich bei dem relevanten Codex um eine thematisch strukturierte Textzusammenstellung handelt, kann der zugrundeliegende Interessenshorizont des anvisierten Publikums anhand narrativer Charakteristika und motivischer Schwerpunkte genauer verortet werden. So sind Rückschlüsse auf den sozialhistorischen Kontext einer Sammelhandschrift möglich, deren Textfassungen im Gegensatz zur mittelhochdeutschen einer ganz eigenen Erzähllogik folgen.[10] Da aber schon allein der ‚Valentin und Namelos' eine große Fülle an rezeptionsästhetischen, narrativen und gattungsspezifischen Eigenarten zu bieten hat, können die mitüberlieferten Texte im vorliegenden Beitrag zunächst nur exemplarisch herangezogen werden.[11]

2. Der literarische und sozialgeschichtliche Kontext: die Sammelhandschrift

Bei der mittelniederdeutschen Erzählung von ‚Valentin und Namelos' handelt es sich um einen paargereimten Versroman, der in zwei Handschriften nahezu vollständig überliefert ist, von denen für die aktuelle Fragestellung allerdings nur die ältere in Betracht gezogen werden soll: Die um 1420 entstandene Sammelhandschrift Stockholm, Königliche Bibliothek, Cod. Vu 73 (S).[12] Den ‚Va-

---

10 Zur mittelniederdeutschen Literatur und ihren Spezifika im Vergleich zur hochdeutschen vgl. exemplarisch Jürgen Meier / Dieter Möhn, Die Textsorte des Mittelniederdeutschen, in: Sprachgeschichte. Ein Handbuch zur Geschichte der deutschen Sprache und ihrer Erforschung, hg. v. Werner Besch u. a. (Handbücher zur Sprach- und Kommunikationswissenschaft 2.2), Berlin ^{2}2000, S. 1470–1477; Hartmut Beckers, Mittelniederdeutsche Literatur – Versuch einer Bestandsaufnahme (I), in: Niederdeutsches Wort 17 (1977), S. 1–58; (II), in: Niederdeutsches Wort 18 (1978), S. 1–47; (III), in: Niederdeutsches Wort 19 (1979), S. 1–28; zu weiterführender Literatur siehe Doreen Brandt, Bibliographie zur Mittelniederdeutschen Literatur. Bestand, Geschichte, Forschung, Oldenburg / Rostock ^{2}2022.

11 Eine eingehendere Analyse des Zusammenspiels aller im Sammelkodex überlieferten Texte bereite ich in einer anschließenden Studie vor.

12 Vgl. mit weiterführender Literatur den Handschriftencensus: https://handschriftencensus.de/5800 (letzter Zugriff 25.06.2021); Siglen nach Seelmann (Anm. 1). Zu Datierung, Entstehung der Handschrift und Besitzern vgl. v. a Geeraedts (Anm. 6), S. 7–25; ders. (Anm. 7), S. 111–113; Elisabeth de Bruijn, Copy-paste? Die handschriftliche

lentin und Namelos' überliefert weiterhin das Hartebok (H),[13] eine Textsammlung, die 1476 geschrieben und ebenfalls thematisch zielgerichtet zusammengestellt wurde, dabei jedoch andere Schwerpunkte verfolgte. Eine eingehende Untersuchung dieser Handschrift wäre ebenfalls lohnend, sprengt aber den hier anvisierten Rahmen, und da es sich bei ‚Valentin und Namelos' um ein jüngeres und sekundäres Rezeptionszeugnis des Werkes handelt, beschränke ich mich in dieser Analyse auf die Stockholmer Sammlung.

Die Herkunft des Stoffes nimmt man übereinstimmend im frühen 14. Jahrhundert in Frankreich an. Weiterhin ist man sich darüber einig, dass der mittelniederdeutschen Bearbeitung eine mittelniederländische Fassung zugrunde liegen muss, von der allerdings nur noch Fragmente erhalten sind.[14] Die Handschrift S überliefert daneben noch andere Texte, für die zum Teil ebenfalls mittelniederländische Vorlagen zu veranschlagen sind:[15]

1) ‚Valentin und Namelos' (Bl. 1^r–33^r)
2) ‚Der verlorene Sohn' (Bl. 33^r–47^r)
3) ‚Flos vnde Blankeflos' (Bl. 47^r–67^r)
4) ‚Theophilus'-Spiel (Bl. 67^r–83^r)

Präsentation mittelniederdeutscher epischer Texte in Handschrift Stockholm, KB, Cod. Holm. Vu 73, in: Jahrbuch des Vereins für Niederdeutsche Sprachforschung 135 (2012), S. 33–57. Für die Überlassung eines Digitalisats der Handschrift zu Forschungszwecken bin ich Elisabeth de Bruijn zu Dank verpflichtet.

13 Hamburg, Staats- und Universitätsbibl., Cod. 102c in scrin.; vgl. hierzu Handschriftencensus: https://handschriftencensus.de/3818 (letzter Zugriff 25.06.2021); für die vollständige Edition siehe Langbroek / Roeleveld / Biesheuvel (Anm. 6).

14 Die aus der 2. Hälfte des 14. Jahrhunderts stammenden Fragmente ediert Seelmann (Anm. 1). Unklar bleibt auch, ob eine oder mehrere mittelniederländische Zwischenstufen zu veranschlagen sind; vgl. Beckers (Anm. 5). Zur Stoffgeschichte siehe zuletzt ausführlich Davide Bertagnolli, Valentin und Namelos und die Gesetzmäßigkeiten der kulturellen Interferenz: eine Diskussion, in: Der Kurzroman in den spätmittelalterlichen Sammelhandschriften Europas / Pan-European Romances in Medieval Compilation Manuscripts, hg. v. Miriam Edlich-Muth (Imagines Medii Aevi. Interdisziplinäre Beiträge zur Mittelalterforschung 40), Wiesbaden 2018, S. 55–69. Die wichtigste und bis heute einschlägige Untersuchung ist diejenige von Seelmann (Anm. 1). Auf inzwischen verworfenen Annahmen beruht der Fassungsvergleich von Gerrit J. Dieperink, Studien zum Valentin und Namelos. Ein Beitrag zur Geschichte der literarischen Beziehungen zwischen Flandern, Mittel- und Niederdeutschland und Schweden zur Zeit der Hanse (Nederlandsche Bijdragen op het geb. van Germaansche philologie en linguistiek 3), Haarlem 1933. Eine Sprachuntersuchung der gesamten Handschrift legt Meier (Anm. 6) vor. Weitere Thesen bei Geeraedts (Anm. 6) und Geeraedts (Anm. 7). Neue Ideen zur Genese bei Elisabeth de Bruijn, Contrastive multivariate analyses of the Middle Low German ‚Flos unde Blankeflos' tradition, in: Neuphilologische Mitteilungen 114,2 (2013), S. 171–205.

15 Auf niederländische Vorlagen gehen neben ‚Valentin und Namelos' jedenfalls auch die Texte 3) und 6) zurück; vgl. hierzu u. a. Langbroek / Roeleveld / Biesheuvel (Anm. 6), S. 32.

5) ‚Die Buhlschaft auf dem Baume B' (Bl. 83^{v})
6) ‚Der Dieb von Brügge' (Bl. 84^{r}–95^{v})
7) ‚Die Frau des Seekaufmanns' (Bl. 95^{v}–97^{v})[16]

Auf eine Entstehung im hypothetischen „Literaturkreis in Brügge"[17] weist lediglich die mitüberlieferte Erzählung ‚Der Dieb von Brügge', wobei Jürgen Meier diese Annahme aus sprachhistorischer Perspektive bestätigt gefunden haben will und zugleich an stilistischen Merkmalen nachzuweisen meint, dass zumindest die Texte Nr. 1), 2) und 5) auf ein und denselben Verfasser zurückgehen.[18]

Die Frage, ob es sich bei dem Schreiber auch um den Verfasser handelt, kann inzwischen verneint werden, da – was man lange Zeit ignoriert hat – der Codex von zwei verschiedenen Händen geschrieben wurde; wo genau der Schreiberwechsel allerdings zu verorten wäre, ist bislang umstritten:[19] Meines Erachtens schreibt die erste Hand bis Bl. 51^{v} und ab Bl. 52^{r} setzt die zweite Hand ein, sodass der Wechsel genau zwischen den beiden Blättern stattgefunden haben muss (siehe Abb. 1 und 2). Elisabeth de Bruijn ist aufgefallen, dass die zweite Schreiberhand zugleich nachträglich rubriziert und Überschriften wie auch Epiloge hinzugefügt hat,[20] zahlreiche weitere kodikologische Details sind bislang aber noch unerforscht. Unklar bleibt ferner, ob die Textfassungen in S auf einer Schriftvorlage beruhen oder – und dafür würden möglicherweise die starken Kürzungen und die Reduktion auf den Handlungsverlauf sprechen – ob die relativ direkte Vorlage von S auf einer Niederschrift aus dem Gedächtnis nach dem Hören eines mündlichen Vortrags beruht, die dann von den beiden Schreibern kopiert wurde.[21]

---

16 Werktitel und Blattangaben nach dem Handschriftencensus: https://handschriftencensus.de/5800 (letzter Zugriff 25.06.2021).

17 So noch Beckers (Anm. 5); den Begriff, der in nahezu jeder Publikation zur Handschrift fällt, prägte Hans Teske, Der niederdeutsche Literaturkreis in Brügge, in: Mitteilungen aus dem Quickborn 32 (1938 / 1939), S. 86–88.

18 Vgl. Meier (Anm. 6); vgl. hierzu auch Beckers (Anm. 5); Beckers (Anm. 10), S. 33–35; Geeraedts (Anm. 6 und 7) These von einer hochdeutschen Vorlage wurde inzwischen als höchst unwahrscheinlich verworfen; vgl. hierzu Beckers (Anm. 5); Langbroek / Roeleveld / Quak (Anm. 1), S. ii. Die inzwischen für obsolet erklärten Vorschläge zur Herkunft des Verfassers reichen von Skandinavien bis nach Mittelfranken; vgl. hierzu Seelmann (Anm. 1), S. XIV; Geeraedts (Anm. 6), S. 102 und (Anm. 7), S. 17f.

19 Der Schreiberwechsel müsste laut Geeraedts (Anm. 6), S. 75, Anm. 53, bei V. 361 anzusetzen sein, also im unteren Viertel von Bl. 51^{v}; de Bruijn (Anm. 12), S. 37, verortet den Wechsel hingegen mitten auf Bl. 52^{r}.

20 Vgl. de Bruijn (Anm. 12), S. 44.

21 Die Idee einer Niederschrift nach dem Hören wurde verschiedentlich vorgebracht, kann letztlich aber nicht verifiziert werden; vgl. hierzu schon Seelmann (Anm. 1); Geeraedts (Anm. 6), S. 101, meint hingegen, mit Sicherheit von einer schriftlichen Vorlage ausgehen zu können.

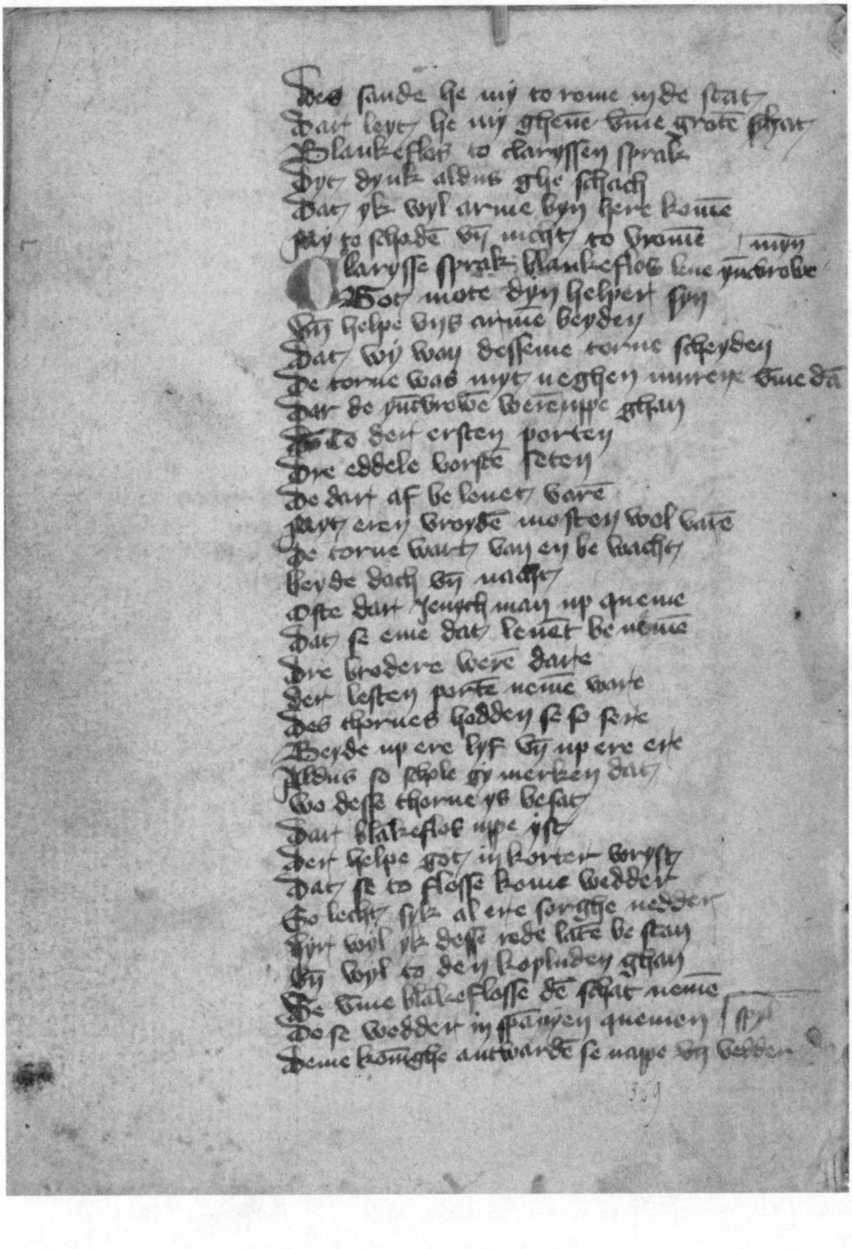

Des sande he my to rome myde stat
Dat leyt he my ghene vme grote schat
Blankeflos to claryssen sprak
Dyt dynk aldus ghe schach
Dat yk wyl arme byn here kome
my to schade vn nicht to vrome / myn
Claryssse sprak blankeflos leue iuncvrowe
Got mote dyn helper syn
vn helpe vns arme beyden
Dat wy van dessem torne scheyden
De torne was nyt neghen muren vme da
Dar de iuncvrowe were ynne ghan
Vnde den ersten porten
Dre eddele vorste seten
De dar af be leuet ware
Myt eren vrowde mosten wol vare
De torne wart van en be wachten
beyde dach vn nacht
Ofte dar Jenych man up queme
Dat se eme dat leuent be neme
Dre brodere were darte
Der lesten porte neme ware
Des thornes hedden se so sere
Beyde up ere lyf vn up ere ere
Aldus so schole gy merken dat
Wo desse thorne ys besat
Dar blankeflos ynne ist
Der helpe got in korter vryst
Dat se to flosse kome wedder
So lenk syk al ere sorghe nedder
Nu wil yk desse rede late be stan
Vn wyl to den koplnden ghan
De vme blankeflosse de schat neme
Do se wedder in spanyen quemen / [illegible]
Deme konnighe antwarde se mappe vn bedder
369

Abb. 1: ‚Flos vnde Blankeflos‘ – Königliche Bibliothek zu Stockholm, MS Vu 73, fol. 51v.
Foto: Lina Löfström Baker.

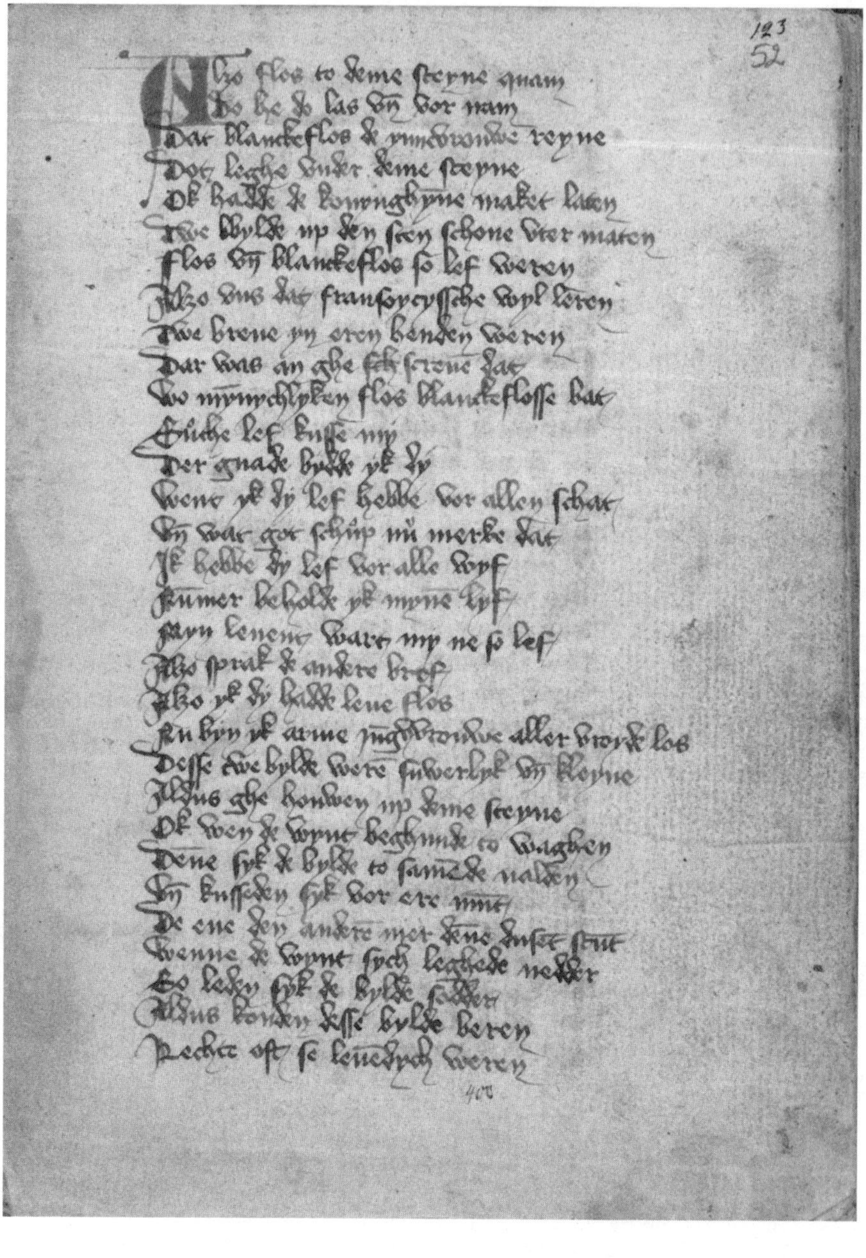

Abb. 2: ‚Flos vnde Blankeflos' – Königliche Bibliothek zu Stockholm, MS Vu 73, fol. 52r. Foto: Lina Löfström Baker.

Während die Frage nach der Vorlage nicht nur unentscheidbar, sondern auch müßig ist, liegt nahe, dass die Mündlichkeit sowohl im Zusammenhang mit der Entstehung der Handschrift – vielleicht als Niederschrift nach dem Hörensagen – als auch mit ihrem Gebrauch eine sehr große Rolle gespielt hat:[22] Darauf könnten einige Erzählereinschübe, wie etwa die sog. ‚Trunkbitten' oder auch ‚Trunkheischen' verweisen, die den Anschein erwecken sollen, als ob die Stockholmer Handschrift in Trinkstuben oder Wirtshäusern vorgelesen wurde.[23]

Auch dem Hartebok ist ein beträchtliches Maß an (fingierter) Performativität zu eigen, indem sich hier auf Bl. 82 ein expliziter Verweis darauf findet, dass die Handschrift für eine Theateraufführung verwendet wurde.[24] Dieser Befund korrespondiert wiederum mit der von André Schnyder angenommenen Verwendung der Handschrift S als Aufführungsmanuskript für das ‚Theophilus'-Spiel.[25] Im Kontext dieser sehr oralen und performativen Disposition von S

---

22 Zu den performativen Aspekten und zur Funktion der ‚Trunkbitten', die allerdings auch schon in der französischen Chanson de geste-Tradition auftreten, vgl. v. a. Elisabeth de Bruijn, Give the reader something to drink. Performativity in the Middle Low German ‚Flos unde Blankeflos', in: Neophilologus 96 (2012), S. 81–101; de Bruijn (Anm. 12), S. 49; Ulrike Zellmann, Doppelte Gewalt. Die niederdeutsche Lesart des Zwillingsromans ‚Valentin und Namelos', in: Schnittpunkte. Deutsch-niederländische Literaturbeziehungen im späten Mittelalter, hg. v. Angelika Lehmann-Benz, Ulrike Zellmann u. Urban Küsters (Studien zur Geschichte und Kultur Nordwesteuropas 5), Münster u. a. 2003, S. 145–166, hier: 147. Vgl. zu diesen Stellen besonders Friedel H. Roolfs, Variationen über ‚Robert den Teufel': ‚De vorlorne sone' in der Stockholmer Handschrift Cod. Holm. Vu 73, in: Westfeles unde sassesch. Festgabe für Robert Peters zum 60. Geburtstag, hg. v. Robert Damme u. Norbert Nagel, Bielefeld 2004, S. 273–291, hier: 286–288; Ruth Schmidt-Wiegand, Prolegomena zu einer Texttypologie des Mittelniederdeutschen, in: Aspekte der Germanistik. Festschrift für Hans-Friedrich Rosenfeld zum 90. Geburtstag, hg. v. Walter Tauber (Göppinger Arbeiten zur Germanistik 521), Göppingen 1989, S. 261–283, hier: 274f.

23 Dass solche poetischen Elemente, die in der Märendichtung nicht ungewöhnlich und eher als eine „bewußt eingesetzte, literarisierte oder fingierte Mündlichkeit" einzuschätzen seien, anstatt eine tatsächliche Vorlesepraxis zu spiegeln, hat Holznagel plausibel gemacht; vgl. Franz-Josef Holznagel, Der Wiener Codex 2705. Untersuchungen zu Überlieferung und Form kleinerer mittelhochdeutscher Reimpaardichtungen des 13. Jahrhunderts. Habil. masch. Köln 1999; für den Hinweis und die Einsicht in das Manuskript bin ich Franz-Josef Holznagel zu Dank verpflichtet. Vgl. zu diesem Komplex weiterhin de Bruijn (Anm. 22); Roolfs (Anm. 22), S. 286f.; Zellmann (Anm. 22), S. 147.

24 Vgl. Langbroek / Roeleveld / Biesheuvel (Anm. 6), S. 13 und S. 29.

25 André Schnyder, Das mittelniederdeutsche Theophilus-Spiel. Text – Übersetzung – Stellenkommentar (Quellen und Forschungen zur Literatur- und Kulturgeschichte 58 [292]), Berlin / New York 2009, S. 325–327: Die Aufzeichnung Vers für Vers sei mit Reimpunkten versehen, „die Regieanweisungen sind rot, sprachlich schon durch ihren lateinischen Wortlaut abgesetzt, sie verwenden meist das Präsens". Wenn S schon

kann auch die knappe und rationalisierende Erzählweise positiv zur Geltung gekommen sein, denn die mittelniederdeutsche Kurzfassung trug – umgekehrt zum üblichen geographischen Rezeptionsverlauf vom Hoch- zum Niederdeutschen[26] – zur Verbreitung des Werkes vom nördlichen Sprachraum aus südwärts in den mitteldeutschen und weiter nach Nordosten in den altschwedischen Sprachraum bei, wo jeweils Prosaauflösungen bzw. ‚sekundäre Verhochdeutschungen' des Textes entstanden.[27]

3. Der Weg des Textes: Mittelniederdeutsche Literatur und die Hanse

Der mittelniederdeutsche Raum funktioniert im Falle des ‚Valentin und Namelos' also nicht nur als Rezeptionsraum für diesen ursprünglich altfranzösischen und mittelniederländischen Text, sondern man produziert hier einen eigenen im unikalen Erzählmodus, kombiniert ihn mit passend empfundenen

nicht als direktes Bühnenmanuskript gedient haben mag, so könnte es sich seiner Ansicht nach um eine „Zwischenaufzeichnung des Textes vor seiner erneuten Umsetzung als Aufführungsgrundlage" handeln.

26 Zur üblichen Literatur-Rezeptionsroute vom Mittelhoch- ins Mittelniederdeutsche siehe Bertelsmeier-Kierst (Anm. 4), S. 18: Es „setzt sich in der Regel nur eine Fassung durch oder es werden je eine oberdeutsche und eine niederdeutsche Fassung gedruckt, wobei die niederdeutschen Ausgaben meist von den oberdeutschen Drucken abhängig sind"; für entsprechende Beispiele siehe ebd., S. 36.

27 Zu den ‚Verhochdeutschungen' vgl. Beckers (Anm. 5); hierzu zählt zunächst das mitteldeutsche Bruchstück K: ehem. Königliche Bibliothek Stockholm, Gramsche Sammlung (1 Perg.bl. in kl. 8°, ostmd.; seit dem 19. Jahrhundert verschollen); Siglen nach Seelmann (Anm. 1), S. XI, Edition ebd., S. 72f. Die mitteldeutsche Prosabearbeitung befand sich in der heute ebenfalls verschollenen Handschrift Breslau / Wrocław, Stadtbibliothek, Cod. R 304 (Kriegsverlust); zur Handschrift und ihren mitüberlieferten Texten siehe auch den Handschriftencensus: https://handschriftencensus.de/7412 (letzter Zugriff 25.06.2021); Tina Terrahe, Heinrich Steinhöwels ‚Apollonius'. Edition und Studien (Frühe Neuzeit 179), Berlin / Boston 2013, S. 75f.; Päsler (Anm. 7), S. 38f.; Edition des Prosa-‚Valentin und Namelos' bei Seelmann (Anm. 1), S. 74–104. Während in der Forschung über die Abhängigkeit der Breslauer Prosafassung von S Einigkeit herrscht, meinen Langbroek / Roeleveld / Quak (Anm. 1), S. i-iii, dass es sich bei der Breslauer Prosa um eine eigenständige Bearbeitung einer mittelniederländischen Fassung handelt. Zur altschwedischen ‚Valentin'-Prosafassung vgl. Seelmann (Anm. 1), S. XIf.; Kurt Erich Schöndorf, Einwirkungen mittelniederdeutscher Literaturwerke auf die schwedische Übersetzungsliteratur, in: Niederdeutsch in Skandinavien, Akten des 1. Nordischen Symposions ‚Niederdeutsch in Skandinavien' in Oslo, 27.2.–1.3.1985, hg. v. Kurt E. Schöndorf, Kai-Erik Westergaard u. Karl Hyldgaard-Jensen (Beihefte zur Zeitschrift für deutsche Philologie 4), Berlin 1987, S. 128–146; Edition in Auszügen bei Seelmann (Anm. 1), S. 105–108.

anderen Texten und exportiert ihn, nachdem man ihn für tradierungswürdig befunden hat, weiter in den hochdeutschen und schwedischen Raum.

Auch wenn zum Stockholmer Codex zahlreiche Studien und eine vollständige Edition vorliegen, fehlt bislang ein frei zugängliches Digitalisat, und auf seine Entstehungsbedingungen können nur vage Rückschlüsse gezogen werden. Die Rezeptionsroute, welche die ,Valentin und Namelos'-Geschichte von den Niederlanden die Nord- und Ostsee entlang nach Schweden zurücklegt, vollzieht die Handschrift selbst gewissermaßen nach, indem sie im 15. Jahrhundert im Besitz eines schwedischen Ritters und dessen Frau nachzuweisen ist.[28] Vorher muss sich der Codex in den Händen desjenigen befunden haben, der darin das Spesenverzeichnis seiner Reise durch Pommern hinterlassen hat.[29]

Hinweise auf weitere Vorbesitzer oder die Identität der Schreiber fehlen, und doch ist die Handels- und Hafenmetropole Brügge als Entstehungsort der Handschrift S immer wieder Gegenstand von Hypothesen gewesen: zum einen, weil der mitüberlieferte ,Dieb von Brügge' auf die Stadt als Entstehungsort hinweisen könnte; zum anderen aufgrund der zweiten Handschrift, die den ,Valentin und Namelos' überliefert.[30] Das Hartebok (H) kann nämlich mit Sicherheit im Besitz von Johan Coep nachgewiesen werden, der 1533–1542 *Ael-*

---

[28] Als erster Besitzer oder auch Auftraggeber des Codex auszuschließen ist dieser von 1445–1471 urkundlich belegte schwedische Ritter und Ratsherr Arend Bengtsson aus dem Geschlecht Ulf, der in zweiter Ehe mit Hebla Albrektsdotter aus dem Geschlecht Bydelsbak verheiratet war, und deren beider Wappen sich auf dem Rückendeckel des jetzigen Bucheinbandes finden; vgl. hierzu u. a. Meier (Anm. 6), S. 12–22, der v. a. die sprachhistorischen Aspekte der Hs. berücksichtigt; weiterhin Geeraedts (Anm. 7), S. 111, und Karin Cieslik, Das Konzept des männlichen Protagonisten im mittelniederdeutschen Roman ,Flos und Blankeflos', in: Schriften und Bilder des Nordens. Niederdeutsche Medienkultur im späten Mittelalter, hg. v. Monika Unzeitig, Christine Magin u. Falk Eisermann (Zeitschrift für deutsches Altertum und deutsche Literatur. Beihefte 28), Stuttgart 2019, S. 31–49, hier: 37.

[29] Ediert ist dieses Verzeichnis bei Meier (Anm. 6), S. 20 mit genauen Angaben über den Reiseverlauf aus der Gegend südwestlich von Stettin kommend über Anklam Richtung Greifswald und zurück. Das Verzeichnis bricht mitten im Satz ab, was Meier zu der Vermutung veranlasst hat, dem Handschriftenbesitzer sei etwas zugestoßen; vgl. hierzu ebd., S. 19–21; siehe hierzu weiterhin Roswitha Wisniewski, Zwei Sammelhandschriften aus Pommern. Besonders zu ,Marienklage', ,Theophilus', ,De segheler', in: Vom vielfachen Schriftsinn im Mittelalter. Festschrift für Dietrich Schmidtke, hg. v. Freimut Löser u. Ralf G. Päsler (Schriften zur Mediävistik 4), Hamburg 2005, S. 623–635, hier: 629–631.

[30] Die Entstehung der Handschrift in Brügge vermuten aufgrund dessen und ohne weitere stichhaltige Indizien Seelmann (Anm. 1); Tilo Brandis, Mittelhochdeutsche, mittelniederdeutsche und mittelniederländische Minnereden. Verzeichnis der Handschriften und Drucke (Münchener Texte und Untersuchungen zur deutschen Literatur des Mittelalters 25), München 1968, S. 233; Beckers (Anm. 10), S. 33; Beckers (Anm. 5).

termann der Flandernfahrergesellschaft war, also Vorsitzender einer Handelsniederlassung am Kontor in Brügge, Lübeck, Hamburg oder einer anderen Hansestadt.[31] Dieses Indiz evozierte im 19. Jahrhundert die malerische These vom Ursprung der ‚Valentin'-Erzählung am Stapelplatz in Brügge oder auch vom Schreibort des Werkes in Hamburg,[32] die teils noch heute auch in ausgeschmückter Form kursiert. Laut Hartmut Beckers

> erscheint die von Dieperink geäußerte Vermutung recht plausibel, daß der Dichter [des ‚Verlorenen Sohnes'], ein in Brügge lebender Niederdeutscher, sein Werk gar nicht nach einer schriftlichen Quelle, sondern nach dem Gedächtnis, in Anlehnung an einen in Flandern gehörten Vortrag einer verlorenen mndl. Erzählung, verfaßt habe.[33]

Der ‚Valentin und Namelos' stelle aus diesem Grund das „eindeutigste Zeugnis dar für jene niederdt.-niederländischen Literaturkontakte, die durch das Zusammenwohnen der niederdt. Hansekaufleute mit ihren niederländ. Hosteliers in Brügge leicht zustande kommen konnte", und die auch bei anderen Texten eine Rolle gespielt hätten (‚Verlorener Sohn', ‚Dieb von Brügge'), „so daß man mit einiger Berechtigung von der Existenz eines sog. hansisch-niederdt. Literaturkreises in Brügge sprechen kann".[34]

Selbst wenn der große Einfluss des spätmittelalterlichen Brügge – als „Mittelpunkt des nordeuropäischen Grosshandels im Mittelalter, nächst Konstantinopel die bedeutendste Handelsstadt, die es überhaupt gab"[35] – auf den niederdeutschen Raum unbestritten ist,[36] kann weder die Entstehung des

---

[31] Dietrich Schmidtke, Studien zur dingallegorischen Erbauungsliteratur des Spätmittelalters. Am Beispiel der Gartenallegorie (Hermaea 43), Tübingen 1982; siehe hierzu u. a. Langbroek / Roeleveld / Biesheuvel (Anm. 6), S. 30; Seelmann (Anm. 1), S. X. Den Besitzereintrag zitiert der Handschriftencensus: http://www.handschriftencensus.de/3818 (letzter Zugriff: 25.06.2021): Bl. 81[r]: *Johann Coep hort dit bok to, wol dat fyndt, de geuet em wedder, he schal bergelt hebben edder nicht*.

[32] So schon Seelmann (Anm. 1), S. XV; Dieperink (Anm. 13), S. 156f.; dazu kritisch Langbroek / Roeleveld / Biesheuvel (Anm. 6), S. 31–33.

[33] Beckers (Anm. 10), S. 33. Falls dieser, so eine andere unbewiesene These, zugleich auch der Verfasser des ‚Verlorenen Sohns' und damit der Annahme von Meier (Anm. 6) zufolge auch derjenige des ‚Valentin und Namelos' sowie des ‚Dieb von Brügge' wäre, dann käme er im Epilog des ‚Verlorenen Sohns' V. 919 selbst zu Wort und sagte, dass er nicht nur geschrieben, sondern auch gedichtet habe: *De dyt bok ghe dychtet vn ghe screue hat*, dem möge das Himmelreich beschieden sein; das Buch soll „der verlorene Sohn" genannt werden, *Dat neme yk uppe de truwe myn, / Dat he was vor loren* (V. 924f.). Die Texte der Handschrift S werden zitiert nach Geeraedts (Anm. 6); vgl. hierzu auch de Bruijn (Anm. 12), S. 41.

[34] Beckers (Anm. 10), S. 31, im Rückgriff auf Seelmann (Anm. 1), S. XIXf.

[35] Seelmann (Anm. 1), S. XIX.

[36] Zur Rolle von Brügge und dem Vorbild Flanderns bei der Vermittlung von stadtbürgerlicher Kultur und Literatur vgl. Werner Paravicini, Brügge und Deutschland, in: Brügge und Europa, hg. v. Valentin Vermeersch, Antwerpen 1992, S. 99–127; Noël

Harteboks (H) noch die des niederdeutschen Valentin-Romans in S in diesem regionalen oder städtischen Kontext zweifelsfrei nachgewiesen werden. Das Phantasma von einem dichtenden hanseatischen Kaufmann, „etwa eine[m] Klerk, der nach dem Vorbilde seiner flandrischen Collegen seine Mussestunden der Poesie widmete",[37] muss hypothetisch bleiben.

Ungeachtet dessen ist aber den Annahmen von Hartmut Beckers zuzustimmen, dass die besondere Vorbildfunktion der hochdeutschen Kultur in hochmittelalterlicher Zeit geradezu ein „Hemmnis für die Entfaltung der mittelniederdeutschen Literatur"[38] darstellte, dass ab dem 13. Jahrhundert dann im städtischen Bürgertum vermehrte Bestrebungen zu verzeichnen sind, eine originäre niederdeutsche Literatur der hochdeutschen gegenüber zu etablieren und dass die Hanse mit ihrer Infrastruktur und den involvierten Akteuren in dieser Entwicklung mit Sicherheit eine signifikante Funktion eingenommen hat.[39] An den großen nordeuropäischen Handels- und Umschlagplätzen, den Nachrichtenbörsen und Märkten für Kunst und Literatur hat die „Hanse mit all ihren Facetten bis hin zur Entwicklung einer innerstädtischen Kultur die Textproduktion der mnd. Zeit entscheidend geprägt" und ist daher im Hinblick auf bestimmte Motive, Topoi und narrative Spezifika „als textkulturstiftende[r] Bezugsrahmen zu wählen, um markante Züge des überlieferten Textbestandes aufzuzeigen".[40] Vor diesem kultur- und sozialhistorischen Hintergrund sollen im Folgenden die poetischen und genrespezifischen Eigenarten des ‚Valentin und Namelos' herausgearbeitet und seine Position im Literatur- und Kulturtransfer des europäischen Nordens verortet werden.

Geirnaert, Brügge und das europäische Geistesleben im Mittelalter, in: ebd., S. 224–251.

37 Seelmann (Anm. 1), S. XX; die Idee wurde übernommen und für schlüssig befunden von Wolfgang Stammler, Die deutsche Hanse und die deutsche Literatur, in: Hansische Geschichtsblätter Wismar 45 (1919 / 1920), S. 35–69, und ist seither aus der Forschung nicht mehr wegzudenken.

38 Beckers (Anm. 10), S. 8.

39 Vgl. Beckers (Anm. 10), S. 11–14. Vgl. in diesem Band auch die Diskussion der Kategorien ‚Stadt' und ‚Hanse' in den Beiträgen von Bockmann/Langhanke (allgemein zu beiden Kategorien in der Literaturgeschichtsschreibung mnd. Literatur), von Brandt (zur Hanse als zu kurz greifendes, alleiniges Erklärungsmodell der bisherigen Forschungsgeschichte für die Beschreibung mnd. Literaturgeschichte) und von Schröder (über die höchst vielfältige Textproduktion im Sozial- und Kulturraum Stadt am Beispiel Rostocks).

40 Meier / Möhn (Anm. 10), S. 1471. Zur historischen Rezeption von Literatur in der Region der Hanse siehe exemplarisch Horst Wernicke, Literarische Rezeptionsbedingungen im Hanseraum aus historischer Sicht, in: Die deutsche Literatur des Mittelalters im europäischen Kontext. Tagung Greifswald, 11.–15. September 1995, hg. v. Rolf Bräuer (Göppinger Arbeiten zur Germanistik 651), Göppingen 1998, S. 135–147; Ureland (Anm. 7).

4. Die Crux der Gattungstypologie: Mittelniederdeutsches Erzählen

Bei der literaturwissenschaftlichen Beurteilung des ,Valentin und Namelos' stellt die Gattungstypologie eine Crux dar, ein Konstrukt der Forschung, das eine objektive Bewertung des vormodernen Erzählstils behindert: Ursprünglich als höfischer Roman klassifiziert, wurde der mittelniederdeutsche ,Valentin' in der Literaturwissenschaft massiv missbilligt, weil man an ihm die Elemente höfischen Erzählens vermisste.[41] Berücksichtigt man bei der Gesamtüberlieferung in der Handschrift S, dass der ,Valentin' hier erstmals – und daneben nur im Hartebok – überliefert ist, die Texte 5) bis 7) in diesem Codex unikal tradiert werden und zudem bereits die Verfasseridentität für die Texte 1), 2) und 6) veranschlagt wurde, so ist meines Erachtens davon auszugehen, dass die hier vorliegende Textsammlung nicht auf gattungstypologischer Basis zusammengestellt wurde, sondern in all diesen Werken einfach nur die Erzähltechnik eines einzelnen Verfassers oder Geschichtensammlers auszumachen ist, der so erzählt, wie es ihm für sein Gebrauchsinteresse und das von ihm anvisierte Publikum zweckmäßig erscheint. Dementsprechend lässt sich in allen mitüberlieferten Texten der gleiche knappe Erzählduktus beobachten, der den Gang der Handlung auf das Wesentliche reduziert, auf ausschmückende Details und v. a. auf moralische Belehrungen verzichtet.

Auf der Suche nach der Vorlage hatte man den ,Valentin und Namelos' mit den Fragmenten des mittelniederländischen Versromans verglichen und war dabei zu dem Ergebnis gekommen, dass der niederdeutsche Erzähler v. a. vereinfacht, kürzt und seine Intention daher in der reinen Unterhaltung zu verorten sei.[42] Die Reduktion von geistlich gefärbten moral-didaktischen Einschüben und Wertungen sowie der ausschließliche Unterhaltungsanspruch kamen in Zeiten, in denen die Literaturwissenschaft selbst gerne moralisierte, einem Negativbefund gleich, da solche Texte nicht mehr der horazischen Devise des *prodesse et delectare* zu entsprechen schienen, sondern ausschließlich das *delectare*

[41] Vgl. hierzu auf ,Valentin und Namelos' bezogen Beckers (Anm. 10), S. 31f.; siehe ebenfalls Beckers (Anm. 5): „Auch die ursprünglich spezifisch höfische Wertwelt der Erzählung ist dieser Reduktion fast vollständig zum Opfer gefallen." Die jüngste negative Wertung des ,Valentin und Namelos' als „heute nicht mehr recht genießbar[es] [...] (Mach-)Werk" stammt von Jens Pfeiffer, ,The Good, the Bad and the Ugly'. Zur Figurenzeichnung im mittelniederdeutschen Versroman ,Valentin und Namelos', in: Archiv für das Studium der neueren Sprachen und Literaturen 245 (2008), S. 241–257, hier: 241.

[42] Vgl. Meier (Anm. 6), S. 84f.; Beckers (Anm. 10); S. 35. Ohne die dabei in der Forschung übliche negative Wertung konstatieren diesen Sachverhalt Meier / Möhn (Anm. 10), S. 1475.

im Blick hätten. Nachdem Wilhelm Seelmann 1884 die Eigenarten der verschiedenen ‚Valentin'-Bearbeitungen noch relativ wertfrei gegenübergestellt hatte,[43] fällte Hermann Jellinghaus ein seiner Zeit entsprechend vernichtendes Urteil über die Handschrift insgesamt: Sie enthalte „[n]ovellenartige Erzählungen, sämtlich den Ehebruch feiernd und in ihrer Art den Novellen der jüngsten ostdeutschen Hochdekadenz zu vergleichen [...], in welche[n] sogar der Diebstahl geadelt wird".[44]

In Bezug auf den mittelniederdeutschen ‚Valentin und Namelos' stets das Vorbild der mittelniederländischen beziehungsweise altfranzösischen (nicht mehr erhaltenen, aber vermeintlich) ‚höfischen Erzählkunst' vor Augen, an das dieser Text nicht heranreiche,[45] folgte aus dem Vorlagenvergleich eine so negative Wertung, dass sie die Forschung dazu bewogen haben mag, das Werk nicht weiter zu berücksichtigen – selbst wenn der identische Erzählstil für andere Texte, für die man gattungstypologisch keine höfischen Wurzeln veranschlagte (wie für den ‚Dieb von Brügge'), als besonders passend empfunden wurde, sodass man ihn lobend hervorhob:

> Der Verfasser verzichtet auf jeden Kommentar und beschränkt sich bei der Darstellung der Handlung konsequent auf den äußeren, sinnlich wahrnehmbaren Ablauf des Geschehens. Diese Haltung fördert nicht nur die Dramatik, sondern kommt auch den Akten der Überlistung zugute [...]. Dramatik, pointierte Komik und formale Geschlossenheit machen die Erzählung zu einem der Höhepunkte in der dt. mal. Novellistik.[46]

Berücksichtigt man die Herkunft der Motive und die Anbindung der Figuren an die altfranzösischen *enfance*-Dichtungen, so scheint es auch aus gattungsspezifischer Perspektive nicht angebracht, sie im Milieu der höfischen Dichtung zu verorten.

> Die Zwillinge werden aufgrund verleumderischer Intrigen eines Bischofs gleich nach der Geburt ausgesetzt und voneinander getrennt: während der eine, Valentin, als Findling am Hofe seines Großvaters Pipping ritterlich erzogen wird, wächst der andere im Wald als tierhafter Wilder heran. Jahre später trifft der zum vorbildlichen Ritterjüng-

---

43 Vgl. Seelmann (Anm. 1), S. XVI–XXV.

44 Hermann Jellinghaus, Geschichte der mittelniederdeutschen Literatur (Grundriß der germanischen Philologie 7), Berlin / Leipzig ^{3}1925, S. 23.

45 So Beckers (Anm. 10), S. 31f., der auf S. 30 zudem „naive Stoffreude" [sic!] und derben Humor beklagt.

46 Jürgen Meier, Art. ‚Der Dieb von Brügge', in: ^{2}VL 2 (1978), Sp. 86–88; der ‚Dieb von Brügge' soll seiner Ansicht nach auf den gleichen Verfasser wie ‚Valentin und Namelos' zurückgehen. Positiv bewertet den Erzählstil im Hinblick auch auf den ‚Valentin' etwa ebenso Gerhard Cordes, Mittelniederdeutsche Dichtung und Gebrauchsliteratur, in: Handbuch zur niederdeutschen Sprach- und Literaturwissenschaft, hg. v. dems. u. Dieter Möhn, Berlin 1983, S. 351–390, hier: 377.

ling herangewachsene Valentin bei einer Jagd auf seinen einem wilden Tier gleichenden Bruder, besiegt den ihn Angreifenden und führt ihn gefangen an den Königshof. Von einer unerklärlichen Sympathie zu dem fortan Namelos genannten Wilden hingezogen, gewöhnt Valentin ihn allmählich an menschliche Lebensart und hat in ihm damit einen selbstlos treuen Freund und Kampfgefährten gewonnen, mit dem er zur Suche nach den unbekannten Eltern auszieht. Nachdem diese gefunden, aus Kriegsbedrängnis (so der Vater) bzw. aus der Gefangenschaft eines Riesen (so die Mutter) gerettet und miteinander versöhnt worden sind, und nachdem die Jünglinge königliche Bräute gewonnen haben, übernehmen sie die Königsherrschaft in Frankreich und Ungarn.[47]

Motivisch, erzähltechnisch und personell ist das Werk jedenfalls wesentlich eher der Sphäre französischer Heldenepik und somit der Erzähltradition der Chanson de geste zuzuordnen, wenngleich ich eine Lesart vor dem Hintergrund spezifischer Gattungsparadigmen generell für problematisch halte.[48]

Der Erzählstoff ist über den Titelhelden und dessen Großvater König Pippin direkt an den karolingischen Sagenkreis angebunden, enthält neben diesem historiographischen Anspruch aber auch thematische Anklänge an biblisches[49] und antikes[50] Erzählen. Parallelen zum Minne- und Abenteuer- beziehungsweise Familienroman sind ebenso vorhanden wie Motive arthurischen Erzählens,[51] wobei auch die Thematik des Heidenkampfes nicht fehlt. Bei den Per-

---

47 Beckers (Anm. 5).

48 Völlig vernachlässigt hat man bislang die Parallelen des Erzählens zur Historiographie, die vor dem Hintergrund des zeitgenössischen Wahrheitsanspruches der ‚Volksbücher' eine immense Rolle spielen. Für den ‚Valentin und Namelos' wird dieser Rezeptionsweg bei der Breslauer Fassung besonders relevant; siehe unten S. 625, Anm. 57. Im Hinblick auf die frühneuhochdeutschen Prosaromane habe ich diese Problematik bereits in zwei Aufsätzen behandelt, vgl. Tina Terrahe, Feenroman oder Kreuzzugspropaganda? Die ‚Melusine' des Thüring von Ringoltingen im soziokulturellen und zeithistorischen Kontext, in: Der Kurzroman in den spätmittelalterlichen Sammelhandschriften Europas / Pan-European Romances in Medieval Compilation Manuscripts, hg. v. Miriam Edlich-Muth (Imagines Medii Aevi. Interdisziplinäre Beiträge zur Mittelalterforschung 40), Wiesbaden 2018, S. 155–166; dies., *Veritas fabulosa et fictio historica* bei Heinrich Steinhöwels ‚Apollonius' und Johannes Hartliebs ‚Alexander': Zur politisch-ideologischen Funktionalisierung zweier ‚Romane' im Kontext der Kreuzzugsideologie des 15. Jahrhunderts, in: Die Bedeutung der Rezeptionsliteratur für Bildung und Kultur der Frühen Neuzeit (1400–1750) III. Beiträge zur zweiten Arbeitstagung in Wissembourg / Weißenburg (März 2014), hg. v. Peter H. Andersen u. Barbara Lafond-Kettlitz (Jahrbuch für Internationale Germanistik, Reihe A, Kongressberichte 120), Bern u. a. 2015, S. 275–310.

49 Die Geschichte des ausgesetzten Valentin erinnert an Moses'- Kindheit und es liegen Reminiszenzen an die Brüderpaare Kain und Abel sowie Jakob und Esau vor; vgl. Zellmann (Anm. 22) und Pfeiffer (Anm. 41), S. 248.

50 Die Aufzucht des ausgesetzten Kindes durch eine Wölfin erinnert zumindest an die Geschichte von Romulus und Remus, aber auch die Motive von schmerzhafter Trennung und glücklicher Wiedervereinigung der Familienmitglieder finden sich bereits in der antiken Erzähltradition wie etwa in der ‚Historia Apollonii regis Tyri'.

51 Man verweist in diesem Zusammenhang üblicherweise auf den wilden Mann in Hart-

sonenbeschreibungen liegen die auffälligsten Parallelen zwischen Namelos und Rennewart vor, die beide aufgrund einer erst nachträglich entdeckten Verwandtschaft als bisher nicht höfisch erzogene Fremde an den Hof eingegliedert werden, dabei aber auf Pferd und Rüstung verzichten, stattdessen entspannt neben ihren berittenen Brüdern herlaufen und sich ausschließlich mit einer Keule bewaffnen:[52]

Valentyn rorde syn ros myt den sparn	Valentin berührte sein Pferd mit den Sporen.
Namelos lep allens voren	Namelos lief ganz vorne;
He sprank sprunghe alzo eyn perd	er machte Sprünge wie ein Pferd
Myt syner koluen wol gheward	mit seiner Keule gut bewaffnet.
(V. 1003–1006)	

Aus der gleichen Erzähltradition stammt auch das Motiv von einer unerklärlichen Verbindung zwischen den Geschwistern, die im ,Valentin und Namelos' regelrecht unchristlich als natürliche verwandtschaftliche Verbundenheit auf die Macht der Natur zurückgeführt wird: *Dar wrochte der naturen kunst* (V. 914).[53] Einerseits mag dies auf die „Stimme des Blutes"[54] zu beziehen sein, die im genealogischen Ordnungsschema den Herrschaftsanspruch legitimiert und bekräftigt.[55] Andererseits ist der philosophische Diskurs signifikant, der die Natur im Sinne der „Gotterscheinungen" (*theophanias*) als Metapher Gottes auffasst:

> Natur als Selbstwerdung Gottes zu denken führt darauf, Natur als Erscheinung des schöpferischen Prinzips des Werdens zu sehen. [...] Indem wir ihn [...] in den Erscheinungen erfahren, werden wir seiner selbst als des schöpferischen Prinzips allen

manns ,Iwein', was meines Erachtens aber nicht sehr naheliegt; vgl. hierzu Zellmann (Anm. 22), S. 155.

52 Zur Parallele mit der Figur des Rennewart aus der altfranzösischen Epik vgl. Zellmann (Anm. 22), S. 155, mit Verweis auf andere altfranzösische ,Aliscante'-Erzählungen und Pfeiffer (Anm. 41), S. 257, der auf die ähnliche Personenbeschreibung der Rainoarz-Figur in der ,Chanson de Guillaume' hinweist: Chanson de Guillaume, übers., eingel. und mit Anmerkungen versehen v. Beate Schmolke-Hasselmann (Klassische Texte des romanischen Mittelalters in zweisprachigen Ausgaben 20), München 1983, insb. S. 226–229.

53 Ähnlich formulieren V. 1148, H1579 und 1714, die sich auf die Kraft und Meisterschaft der Natur berufen. Zur ,Herrschaft der Natur' vgl. auch Silke Winst, Freundespaar und Bruderpaar: Verflechtungen von Freundschaft und Verwandtschaft in spätmittelalterlichen Bearbeitungen von ,Valentin und Namelos' und ,Amicus und Amelius', in: Verwandtschaft, Freundschaft, Bruderschaft, hg. v. Gerhard Krieger, München 2010, S. 427–439, hier S. 434.

54 Zellmann (Anm. 22), S. 157.

55 So Winst (Anm. 53), S. 435, der zufolge das Narrativ aber letztendlich nur die Gewaltausübung rechtfertigen soll.

Erscheinens teilhaftig, wird er selbst. Deswegen darf dieses schöpferische Prinzip nicht noch hinter den Erscheinungen, dem Unverborgenen, gesucht werden. Als *non apparentis apparitio* zeigt sich Natur als Selbstwerdung Gottes.[56]

Im Gesamtkontext der mitüberlieferten Texte schlägt sich zudem das Faible für den unwahrscheinlichen sozialen Aufstieg (hier: eines wilden Mannes) zum König nieder. Die Faszination für dieses Motiv findet sich auch im ‚Verlorenen Sohn' sowie im ‚Dieb von Brügge' und könnte bei aller gebotenen interpretatorischen Vorsicht Rückschlüsse auf das intendierte Publikum des Werkes zulassen: Im Gegensatz zu den Literaturrezipienten, die für die mittelhochdeutsche Literatur vornehmlich in den adeligen Kreisen der (Fürsten-)Höfe zu veranschlagen sind, wird für die mittelniederdeutsche Literatur vor dem kultur- und wirtschaftsgeschichtlichen Hintergrund der Hanse grundsätzlich ein eher städtisches und somit auch stadtbürgerliches, also teils auch nicht-adeliges Publikum angenommen, zu dem das städtische Patriziat, der sog. Stadtadel, zu zählen ist. Zu diesem Schluss kommt auch Ralf Päsler, der sowohl die Stockholmer Handschrift S als auch das ‚Hartebok' (H) zusammen mit einer kleinen

---

56 Johann Kreuzer, Natur als Selbstwerdung Gottes – Überlegungen zur Schrift ‚Periphyseon' (*De divisione naturae*) des Johannes Scottus Eriugena, in: Mensch und Natur im Mittelalter. 1. Halbbd., hg. v. Albert Zimmermann u. Andreas Speer (Miscellanea Mediaevalia 21), Berlin / New York 1991, S. 3–19, hier: 19. Zu diesem Komplex siehe auch die übrigen Beiträge ebd. Einflussreich ist in diesem Sinne gewiss auch Alanus' ab Insulis ‚De planctu naturae' und die Schule von Chartres; vgl. hierzu insb. Theo Kobusch, Geschichte der Philosophie. Bd. 5: Die Philosophie des Hoch- und Spätmittelalters, München 2017, S. 152, sowie Christoph Huber, Die Aufnahme und Verarbeitung des Alanus ab Insulis in mittelhochdeutschen Dichtungen. Untersuchungen zu Thomasin von Zerklære, Gottfried von Straßburg, Frauenlob, Heinrich von Neustadt, Heinrich von St. Gallen, Heinrich von Mügeln und Johannes von Tepl (Münchener Texte und Untersuchungen zur deutschen Literatur des Mittelalters 89), Zürich / München 1988. Zu berücksichtigen ist sicherlich auch Martianus Capella und der von ihm geschilderte Einfluss der Gestirne auf den Menschen; vgl. Martianus Capella, Die Hochzeit der Philologia mit Merkur (*De nuptiis Philologiae et Mercurii*), hg. v. Hans Günter Zekl, Würzburg 2005. Ähnlich staunt auch in der ‚Melusine' des Thüring von Ringoltingen der Erzähler über die wunderliche Macht der Natur: *wie mag die natur an ir selbst ein solich gestalt haben, das sü eynem man lat werden, der von synem übeltuon und syner mistat sol in großem glück und zittlichen eren erhohet werden, wan es doch unzimlich ist*; Thüring von Ringoltingen: Melusine, in: Romane des 15. und 16. Jahrhunderts. Nach den Erstdrucken mit sämtlichen Holzschnitten. Bibliothek deutscher Klassiker, hg. v. Jan-Dirk Müller (Bibliothek deutscher Klassiker 54), Frankfurt a. M. 1990, S. 9–176, hier: 40. Für diese und weitere Hinweise danke ich Amelie Bendheim, Jörn Brockmann u. Uta Störmer-Caysa. Siehe hierzu demnächst auch Tina Terrahe, *Glantz der Sternen* und die Schönheit des Kosmos: Ästhetische Strategien der Wissensvermittlung in astrologischen Texten des Mittelalters, in: Dichten über den Himmel. Disziplinäre und interdisziplinäre Blicke auf ein Leitthema der deutschsprachigen Literatur des Mittelalters, hg. v. Amelie Bendheim, Heinz Sieburg u. Uta Störmer-Caysa, Wiesbaden 2025 (i. Dr.).

Reihe von Handschriften zwischen Hanse und mittelalterlichem Preußenland verortet, und dabei die Textsammlungen als Ganzes in den Fokus nimmt:

> Die Handschriften sind für ein städtisches Publikum bearbeitet, und zwar ein stadtbürgerliches, das enge Verbindungen mit der Hanse unterhält und somit im Stadtpatriziat und bei den Groß- bzw. Fernhandelskaufleuten zu suchen ist. Es wäre zu erweisen, ob hier mittels Literatur ein bestimmtes Selbstverständnis einer Gruppe zum Ausdruck kommt. Erste Ansätze, die Handschriften bzw. Texte dieser Handschriften in einem kulturhistorischen Zusammenhang zu sehen, zeigen, dass es sich hierbei nicht allein um einfache Unterhaltung handelt, sondern dass mit ihnen bestimmte Gesellschaftsbilder und Wertvorstellungen tradiert werden.[57]

Während die Stammlersche These vom bürgerlichen Fernhandelskaufmann von der Forschung übereinstimmend verworfen wurde, ist vielmehr von einem städtischen Patriziat als literarischem Publikum auszugehen, dessen Interessen sich konservativ an denjenigen des ‚alten Adels‘ orientierten. Durch Verwandtschaft und Heiratspolitik waren beide gesellschaftlichen Gruppen auf das Engste miteinander verflochten und diese Form der ‚literarischen Interessenbildung‘ schlug sich vielfältig nieder: im Turnierwesen, in der Namensgebung und generell in der kulturellen Orientierung am traditionellen fürstlichen Repräsentationsstil, an dem sich die stadtadelige Oberschicht ausrichtete.[58]

---

[57] Ralf G. Päsler, Zwischen Deutschem Orden und Hanse. Zu den Anfängen literarischen Lebens im spätmittelalterlichen Preußenland, in: Ostpreußen – Westpreußen – Danzig. Eine historische Literaturlandschaft, hg. v. Jens Stüben (Schriften des Bundesinstituts für Kultur und Geschichte der Deutschen im Östlichen Europa 30), München 2007, S. 155–173, hier: 169. Die Ausrichtung auf das städtische Publikum sieht Päsler besonders in der Breslauer Prosa-Fassung und ihrem Sammlungszusammenhang repräsentiert, wo sämtliche enthaltene Texte auf ihre historische Faktizität hin ausgerichtet werden und es sich (pointiert formuliert) nicht mehr um eine Sammlung von Erzähltexten, sondern um eine Kompilation der Geschichte Ungarns handelt. Siehe hierzu auch Päsler (Anm. 7), S. 40; zur Handschrift Breslau / Wrocław, Stadtbibliothek, Cod. R 304 (Kriegsverlust) siehe Anm. 27. Ediert hat die Breslauer Fassung des ‚Valentin und Namelos‘ Seelmann (Anm. 1), S. 74–104.

[58] Vgl. Literarische Interessenbildung im Mittelalter. DFG-Symposion 1991, hg. v. Joachim Heinzle (Germanistische Symposien. Berichtsbände 14), Stuttgart / Weimar 1993. Zu den Rezeptionsspezifika der städtischen Literatur siehe bereits Ursula Peters, Literatur in der Stadt. Studien zu den sozialen Voraussetzungen und kulturellen Organisationsformen städtischer Literatur im 13. und 14. Jahrhundert (Studien und Texte zur Sozialgeschichte der Literatur 7), Tübingen 1983. Zur spezifischen Rezeption der Artus-Tradition im niederdeutschen Sprachgebiet vgl. Jürgen Wolf, Arthuriana im deutschen Norden. Das Mysterium des (deutschen) Nordens: breites Artusinteresse ohne literarische Zeugnisse?, in: Artushof und Artusliteratur, hg. v. Matthias Däumer, Cora Dietl u. Friedrich Wolfzettel (Schriften der Internationalen Artusgesellschaft 7), Berlin 2010, S. 325–340. Aus historischer Perspektive siehe zu dieser gesellschaftlichen Gruppe Oliver Auge, Handlungsspielräume fürstlicher Politik im Mittelalter. Der südliche Ostseeraum von der Mitte des 12. Jahrhunderts bis in die frühe Reformationszeit (Mittelalter-Forschungen 28), Ostfildern 2009.

Wenn sich in den Texten in S nun das Erzählschema des sozialen Aufstiegs eines Habenichts' zum König wiederholt als beliebter Topos zeigt, mag man die dahinterliegende Faszination wohl eher im städtischen Patriziat verorten wollen, wo man sich weniger auf Abstammung, standesgemäße Geburt und dynastisches Geschlecht als alleinige Herrschaftslegitimation beruft. Damit soll nicht gesagt sein, dass sich der ‚Valentin und Namelos' oder auch die anderen in S überlieferten Texte dezidiert im Diskurs zwischen Geburts- und Tugendadel positionieren würden; vielmehr wird mit dem Erzählmuster (modern gesagt: vom Tellerwäscher zum Millionär) der teleologische Beweis geführt, dass alles schon im Vorhinein bestimmt ist und dass am Ende immer diejenige Person zum Zuge kommt oder den Sieg davon trägt, die ihn tatsächlich auch verdient hat.

Wo sich ein ‚stadtadeliges' Publikum ebenso wie das ländliche auch für die ‚Stimme des Blutes' im Sinne der Genealogie als Adelsnachweis interessierte, so gilt dies in verstärktem Maße für das Höfische, das im ‚Valentin und Namelos' eine ambivalente Stellung einnimmt. Die Forschung hat dem Text wiederholt Unrecht getan, indem man ihn als einen ‚höfischen Roman' verstand, an dem alles Höfische verloren gegangen sei, weil es der mittelniederdeutsche Erzähler sträflich vernachlässigt habe.[59] Vorab muss festgehalten werden, dass weder die altfranzösische noch die niederländische Fassung in einer Form erhalten ist, die empirische Vergleiche ermöglichen würde. Dennoch vertrat Beckers im Hinblick auf die Vorlagensituation Thesen, die sich auf rekonstruktionsoptimistische Mutmaßungen älterer Studien stützen: Die altfranzösische ‚Valentin'-Dichtung entstamme dem „Repertoire der abenteuerlich-märchenhaften höfischen Epik des 14. Jh.s", woraufhin die mittelniederländische Fassung „einläßlich mit epischer Breite erzählt worden" sei. Demgegenüber wäre dann in der mittelniederdeutschen sog. ‚Kurzfassung' „die ursprünglich spezifisch höfische Wertwelt der Erzählung [...] dieser Reduktion [auf den Handlungsverlauf] fast vollständig zum Opfer gefallen".[60]

Tatsächlich gibt es zwar einige höfische Motive oder Werte, die Davide Bertagnolli in dem Bestreben anzuführen scheint, die Ehre des Textes retten zu wollen: Ein feierlicher Empfang der Gäste am Hof des Königs Pippings (V. 10), der hilfreiche Griff des Ritters Blandemer, mit dem er der Dame Phila auf ihr

59 Abgesehen von de Bruijn (Anm. 12), S. 33, die vom längsten höfischen Roman der niederdeutschen Literatur spricht.

60 Beckers (Anm. 5): „Als letzter Rest findet sich eine zweimalige Berufung auf die ritterliche Verpflichtung zur Hilfetat vor allem Frauen gegenüber. Demgegenüber bleibt der hier und da einmal fallende Begriff *hovesch* inhaltsleere Floskel." Dass das spezifisch Höfische zurückgenommen worden sei, findet auch Päsler (Anm. 7), S. 36. Die ältere Forschung ist überwiegend der Ansicht, nichts Höfisches sei mehr in der Erzählung vorhanden, was impliziert, dass es das eigentlich hätte sein sollen, bevor sich ein unhöfischer norddeutscher Erzähler des Textes annahm.

Pferd hilft (V. 360f.) und die große Linde, die dem Liebespaar Namelos und Rosemunt Schutz bietet (V. 1630–1635).[61] Besonders die Liebesszene unter der Linde scheint mir aber, wenn überhaupt höfisch, dann eher eine höfische Parodie zu sein, weil es hier eben gerade nicht zum Liebesvollzug kommt, wie es in der höfischen Literatur zu erwarten wäre, und weil die Erzählung ja auch zeigen will, wie der wilde und vollkommen unhöfisch erzogene Namelos sich zwar etwas unbedarft, aber nicht untalentiert in der höfischen Liebe versucht:

Namelos nam se by der hant	Namelos nahm sie bei der Hand
He ghynk nicht werne dar he vant	und ging nicht weit von dort, wo er
Ene grone lynde breyt	eine grüne breite Linde fand.
Dar settede he de maghet meyt	Da setzte er das fröhliche Mädchen
Vruntlyken in dat gras	freundlich ins Gras.
He spelde dat ere wylle was	Er scherzte mit ihr, wie sie gern wollte,
Allent wes em duchte gut	alles was ihm gut schien,
So men noch myt houeschen vrowen dut	wie man ja mit höfischen Damen tut.
(V. 1628–1635)	

Mit Jürgen Meier und Dieter Möhn scheint mir eher plausibel, dass die höfisch-ritterliche Literatur im Hanseraum wohl kaum eine beträchtliche Rolle gespielt hat,[62] was weder für ‚Valentin und Namelos' noch für die anderen in S überlieferten Texte einem negativen Werturteil gleichkommen sollte, sondern vielmehr eine objektive Analyse dieser Texte ermöglicht, die einer eigenen narrativen Logik folgen.

Eingehende komparatistische Untersuchungen zwischen den mittelniederländischen Fragmenten und der mittelniederdeutschen ‚Valentin'-Fassung stehen noch aus, den Befunden von Ulrike Zellmann zufolge liegt aber in den niederländischen Bruchstücken eine Kriegerethik im Sinne der Chanson de geste-Erzählmuster vor, die an drastischen Ekelhaftigkeiten, etwa bei den Schilderungen der Kämpfe und Gewalt, nur von altfranzösischen Texten zu überbieten ist, wenn Gedärme blutig hervorhängen und ganze Fleischstücke mit bloßen Händen herausgerissen werden.[63] Genau wie die mittelhochdeutschen Bearbeiter altfranzösischer Epen mildert der mittelniederdeutsche Erzähler solche blutigen, brutalen und derb-voyeuristischen Details ab. Für die Reduktion auf den Tathergang der Geschichte darf man wohl geradezu dankbar sein; ist sie

61 Vgl. Bertagnolli (Anm. 14), S. 66, der den Text nach den Versangaben von Seelmann (Anm. 1) zitiert.

62 Vgl. Meier / Möhn (Anm. 10), S. 1473: „Maßgebend waren vielmehr die durch den Handel gegebenen interkulturellen Kontakte, welche den Zugang zu ‚fremden' Literaturen eröffneten."

63 Vgl. Zellmann (Anm. 22), S. 153.

doch möglicherweise schlicht dem Zwang geschuldet, solche unappetitlichen Szenen zu eliminieren, um die Erzählung für ein deutschsprachiges Publikum überhaupt erst rezipierbar zu machen – unabhängig davon, ob im hoch- oder niederdeutschen Raum.[64]

Weitere Parallelen zum narrativen Duktus der Chanson de geste sind zu verzeichnen, die den Gepflogenheiten der höfischen Literatur entgegenstehen und von der Forschung daher gerne als Beleg für die Disqualifizierung des ‚Valentin' als unhöfisch herangezogen wurden. In erster Linie ist hier immer wieder die Tier- und Instinkthaftigkeit hervorzuheben, die nicht nur bei dem wild im Wald herangewachsenen Namelos, sondern auch bei der Dame Phila oder dem am Hof erzogenen Valentin zu beobachten ist. Besonders im Kontext der Beschreibung von Phila sei aber schon hier auf die codexübergreifend auffällig positive Frauendarstellung hingewiesen, die sich auch im ‚Valentin und Namelos' abzeichnet: Als sie im Begriff ist, ihre Zwillinge zu gebären, lässt man Phila in dieser hochgefährlichen Situation äußerster Hilflosigkeit absichtlich alleine, weshalb der Erzähler sie mit einem armen Tier (V. 131) vergleicht. Nachdem der Bruder sie unstandesgemäß als *dumme wîf* (V. 210) beschimpft und man sie zu Unrecht des Mordes an ihren beiden Kindern angeklagt hat (V. 164–166), reagiert sie mit zwar unhöfischem, aber durchaus nachvollziehbarem Zorn, indem sie ihren Peiniger, den Bischof Vrankart, an den Haaren reißt und ihm die Nase abbeißt (V. 242–251).[65] Als undamenhafte menschliche Regung wird in der Forschung auf den Schweiß verwiesen, der Rosemunt ausbricht, als sich ihr Gatte dazu entscheidet, auf die Suche nach den Eltern aufzubrechen (V. 1717), obwohl der Schweißausbruch wiederholt als äußerlich sichtbares physisches Anzeichen für innere Erregung vom Text mehrfach und stereotyp verwendet wird.[66]

Tierhaftigkeit kommt besonders im Hinblick auf die Brüder zum Tragen und man verweist immer wieder auf das animalische Erbe, das die Mutter Phila ihren Söhnen mitgegeben habe.[67] Auch wenn der Zwilling Valentin am Hof

64 Ganz parallel agiert der Pfaffe Konrad, der in seinem ‚Rolandslied' die sehr drastischen Schilderungen der altfranzösischen ‚Chanson de Roland' massiv abschwächt, kürzt und mildert. Ob diese Bearbeitungsstrategie einem höfischen Publikum geschuldet ist, oder sich nicht vielmehr auf die generellen Vorlieben der deutschsprachigen Rezipienten bezieht, müsste auf einer breiteren Textbasis eruiert werden.

65 Vgl. hierzu auch Bertagnolli (Anm. 14), S. 66; Winst (Anm. 53), S. 432; Zellmann (Anm. 22), S. 151f., die im Sinne der „Instinkthaftigkeit" ebenfalls Parallelen zu den Chanson de geste vorliegen sieht.

66 Vgl. Bertagnolli (Anm. 14), S. 66. In V. 18 bricht die Mutter des Königs vor Zorn in Schweiß aus; in V. 1527 bricht dem Riesen vor Liebe der Schweiß aus.

67 Vgl. Bertagnolli (Anm. 14), S. 66; Winst (Anm. 53), S. 432; Pfeiffer (Anm. 41), S. 252f; Zellmann (Anm. 22), S. 151f. Zur Tierhaftigkeit in der mittelalterlichen Literatur siehe v. a. Udo Friedrich, Menschentier und Tiermensch. Phantasmen der

erzogen wurde, päppelt man ihn mit Ziegenmilch auf (V. 195–199), während der im Wald ausgesetzte Namelos von einer Wölfin gesäugt wird (V. 119–124). Diese Erziehung schlägt sich dann in einem phasenweise rein instinktgeleiteten tierischen Verhalten nieder und äußert sich besonders drastisch in den Praktiken männlicher Gewaltanwendung: Sowohl Valentin als auch Namelos töten ihre Gegner mit bloßen Händen.[68]

Typische Elemente der Chanson de geste sind neben dem sehr breit angelegten Verräter-Motiv v. a. die blutigen Kampfschilderungen:[69]

He stak vnde sluch so menghen steke	Er stach und versetzte so viele Schläge,
Wor he stunt dat wart blot	daß es, wo er stand, vor Blut ganz naß wurde.
Dat blut den gronen cle bevlot	Das Blut strömte über den grünen Klee.
(V. 667–669)	

Auch der beliebte Kontrast vom roten Blut im Grün der Natur wird bedient: *Dat grone gras was vorden rot* (V. 688: Das grüne Gras war ganz rot geworden).[70]

Zu diesen Motivparallelen kommt auch das von Beckers konstatierte „auffällige Fehlen einer metaphysischen Perspektive im Roman"[71] als Kennzeichen der französischen Heldenepik und passt mit der oben schon erwähnten Vorstellung von einer natürlichen Vorherbestimmtheit der Dinge zusammen, gegen die der Mensch selbst nichts auszurichten vermag, und die den unsichtbar wirkenden Kräften und Mächten der Natur zugeschrieben wird.

Beim ‚Valentin und Namelos' haben wir es mit einer Geschichte zu tun, die auf handlungslogischer Ebene ganz unproblematisch ohne eine Gottheit auskommt, und dass der Verräter hier der Bischof ist, könnte noch ein Zufall sein, wenn sich nicht auch in den anderen Texten der Sammelhandschrift eine ausgeprägte antigeistliche Haltung offenbaren würde. In Kombination mit der

Grenzüberschreitung in der Literatur des Mittelalters (Historische Semantik 5), Göttingen 2009, der den ‚Valentin und Namelos' allerdings nicht berücksichtigt.

68 Vgl. hierzu auch Winst (Anm. 53), S. 432; zur Gewalt im ‚Valentin und Namelos' allgemein siehe v. a. Zellmann (Anm. 22); Markus Kohlmeier, Analyse und Vergleich der Normendarstellung in ausgewählten frühneuhochdeutschen Prosaromanen. Unter besonderer Berücksichtigung der Zivilisationstheorie von Norbert Elias (Europäische Hochschulschriften. Reihe 1: Deutsche Sprache und Literatur 1812), Frankfurt a. M. u. a. 2001, S. 215–229.

69 Blutig erzählt im deutschsprachigen Raum allen voran das ‚Rolandslied' des Pfaffen Konrad, wenn Blut in Strömen fließt und die Leichen der Feinde mit sich reißt (V. 4335–4354), große Lachen bildet, in denen die Feinde ersticken und ertrinken (V. 5147f., 5972f.), und Gewässer anschwellen lässt (V. 8591f.).

70 Vgl. wiederum das ‚Rolandslied', wo das Blut die schönen Wiesenblumen rot färbt (V. 8590f.).

71 Beckers (Anm. 5).

Natur als lebensbeherrschender Kraft und der nicht erkennbaren christlichen Prägung des Erzählens fügt sich die spezielle Darstellung der Geistlichkeit im ‚Valentin und Namelos' in das Gesamtbild einer Sammelhandschrift, die mit kirchlichen Würdenträgern nicht eben zimperlich umgeht.

Protagonist der Verschwörung und somit letztlich auch Auslöser allen Übels ist der Bischof Vrankart. Als schlechter Ratgeber des ungarischen Königs Crisomus gelingt es ihm, dessen Mutter auf seine Seite zu ziehen, und die beiden schmieden den Plan, die Zwillingssöhne der französischen Braut Phila zu töten. Die mangelnde Motivierung dieses handlungsauslösenden Moments ist seitens der Forschung immer wieder beanstandet worden und die mitteldeutsche Breslauer Prosa-Fassung versucht hier, ihrem Prätext gegenüber nachzubessern, indem sie erklärt, die Liebe zwischen Crisomus und der Schwester des französischen Königs Phila sei dem Bischof und der Mutter des Königs Leid, weshalb sie „die Frucht verderben" wollten (*wy sy dy fruchte mochtin vorterbin*).[72] Zusätzlich sind in der Prosafassung Rangstreitigkeiten bei der Brautwerbung vorausgegangen: Die beiden sehen nicht ein, dass die französische Braut nach Ungarn geholt werden muss und sie Teil dieses Zuges sein sollen. Zunächst verweigern sie daher die Reise, bis König Crisomus zornig wird und sie zur Fahrt zwingt.[73] Der Neid und die Missgunst des Bischofs verlagern sich später auf den unerkannten Königssohn Valentin, der aufgrund seiner inneren Vorzüge am ungarischen Hof ehrenvoll behandelt wird.

Das aus der Chanson de geste stammende Verräter-Motiv kommt nach dem geplanten Zwillingsmord ein zweites Mal sehr ähnlich wie in der ‚Chanson de Roland' zum Einsatz: Vrankart versucht, sich mit dem heidnischen Kaiser zu verbünden, um den Seinen Schaden zuzufügen und sich für das ihm vermeintlich angetane Unrecht zu rächen. Obwohl Vrankart dem heidnischen Kaiser die Flucht anbietet, erkennt dieser, der ein ehrenvoller Mann ist (*myt ghuden seden*; V. 1820), die Tücke des Verräters und beruft sich über die Religionen hinweg auf eine Kriegerehre, der zufolge er als Gefangener gut behandelt worden sei und daher die Treue nicht brechen wolle, selbst wenn ihn dies das eigene Leben kosten sollte.

Auch die Bestrafung des Verräters erinnert markant an diejenige des Genelun im ‚Rolandslied',[74] und selbst wenn hier, wie sonst auch, der Erzählstil rein auf

---

72 Vgl. hierzu Seelmann (Anm. 1), S. 77, Z. 14f.

73 Das Motiv der Missgunst um die Herrschaftsnachfolge funktioniert im Versroman nicht recht, weshalb nur vage Verweise auf Motivparallelen möglich sind, beispielsweise zum Kindermord des König Herodes.

74 Genelun wird im ‚Rolandslied' mit Händen und Füßen gefesselt, an die Schwänze wilder Pferde gebunden, die ihn durch Dornengestrüpp zu Tode schleifen; vgl. Das Rolandslied des Pfaffen Konrad. Mittelhochdeutsch / neuhochdeutsch, hg. v. Dieter Kartschoke (Reclams Universal-Bibliothek 2745), Stuttgart 1993, V. 9011f. Der Pfaf-

den Handlungsverlauf reduziert bleibt, so kann der Text eine gewisse Schadenfreude darüber nicht verbergen, dass dem Verräter, der sich obendrein noch als kirchlicher Würdenträger in besonderer Weise versündigt hat, mit dieser brutalen Hinrichtung Gerechtigkeit widerfährt:

De byscop ghude aller sake	Der Bischof gestand alles
Myt vnblydelyker sprake	auf traurige Art und Weise.
He wart ghenomen myt der hast	Er wurde schnell festgenommen
Vnde bunden to twen perden vast	und an zwei Pferde gebunden
Vnde wart gheslepet vort vnde wedder	und wurde hin und zurück geschleppt,
De ene strate up de andere nedder	die eine Straße hoch, die andere nieder.
Dar wart he houwen vyl schyre	Danach wurde der Verräter ganz schnell
De verrader in ver quartere	in vier Teile gehauen
Vnde wart an ver enden up en rat	und wurde an vier Enden jeweils auf einem
Ghesettet de byscop vor de stat	vor die Stadt gestellt, dieser Bischof. [Rad
Darna wart gheøuet vyl	Danach kannte man große Freude,
Blydescop vnde vyl mennych spyl	und wurde manches Spiel getrieben
Van den ghenen de dar waren	von denjenigen, die dort waren.
De øueden vrowede al sunder sparen	Man genoß die Freude unaufhörlich.
(V. 2120–2133)	

Bedenkt man, dass der Bischoff Vrankart sich v. a. an Phila vergangen hat, so kann die grausame Bestrafung auch als Satisfaktion aufgefasst werden, die besonders auf die Rehabilitation der zu Unrecht schlecht behandelten Frau abzielt. Möglicherweise ist es daher auch kein Zufall, dass sich beide bekannten Handschriften der schwedischen Fassung in weiblichem Besitz nachweisen lassen.[75] Die im ‚Valentin und Namelos' andeutungsweise vorhandenen frauen-

fe Konrad schildert dies wörtlich parallel zur ‚Kaiserchronik', wo es beim Tod des Ypolit ebenfalls heißt: Man band ihn *wilden rossen zu den zagelen: / durch dorne und durch hagene*; vgl. Deutsche Kaiserchronik (MGH, Scriptores 8. Deutsche Chroniken und andere Geschichtsbücher des Mittelalters 1,1), hg. v. Edward Schröder, Hannover 1892, V. 6655f. Wiederum drastischer erzählt die ‚Chanson de Roland' die Vierteilung, indem Ganelon Hände und Füße an je einen Pferdeschwanz gebunden werden. Vier Knechte treiben die vier Pferde auf einem Feld in vier verschiedene Richtungen und diese zerreißen seinen Körper in vier Teile; vgl. Das altfranzösische Rolandslied, zweisprachig, hg. v. Wolf Steinsieck, Stuttgart 2015, V. 3964–3971. Vgl. hierzu auch Monika Schulz, *was bedürfen wir nu rede mêre*? Bemerkungen zur Gerichtsszene im ‚Rolandslied', in: Amsterdamer Beiträge zur älteren Germanistik 50 (1998), S. 47–72, hier: 63: „Das Zerstückeln bzw. Zerreißen Geneluns ist die übliche Strafe für Hoch- und Landesverrat." Bereits der spätantike Historiograph Jordanes berichtet in seiner Gotengeschichte (6. Jh.), dass der Gotenkönig Ermanarich aus Zorn eine Frau bestrafte, indem er sie an die Schwänze wilder Pferde binden und auseinanderreißen ließ; vgl. Jordanes, Die Gotengeschichte, hg. v. Lenelotte Möller, Wiesbaden 2012, S. 102.

75 Kurt Erich Schöndorf, Einwirkungen mittelniederdeutscher Literaturwerke auf die

freundlichen und klerikerkritischen Tendenzen finden sich wesentlich stärker noch in den mitüberlieferten Texten, wenn sich etwa Theophilus mit dem Teufel verbündet oder in der ‚Buhlschaft auf dem Baum' ein Geistlicher wiederholt die Ehefrau eines blinden Mannes verführt.[76] Die Standfestigkeit und unerschütterliche Treue einer Frau, die ebenfalls von einem Geistlichen in Versuchung gebracht wird, stellt der ‚Seekaufmann' heraus, und auch der ‚Dieb von Brügge' hat frauenfreundliche Aspekte, betont daneben aber wiederum die Genugtuung über die vielfältigen Möglichkeiten des ‚kleinen Mannes' im Hinblick auf einen standesmäßigen Aufstieg.

Die zahlreichen codexübergreifenden Aspekte können im begrenzten Rahmen dieses Beitrags nur exemplarisch angedeutet werden. Um die essenziellen Fragen nach den inhaltlichen Gemeinsamkeiten und den Eigenarten der gesamten Stockholmer Textsammlung eingehender zu analysieren, muss ich auf meine zweite Untersuchung verweisen und schließe mit einigen vorläufigen Thesen.

5. Schluss

Die relative Eigenständigkeit der mittelniederdeutschen Textfassungen im Gegensatz zu den hochdeutschen oder anderssprachigen Pendants ist bemerkenswert und lässt ein spezielles mittelniederdeutsches Erzählverfahren in S erkennen: In dem Sammelcodex sind fast ausschließlich unikal überlieferte Textfassungen miteinander vereint, die aufgrund ihrer Unabhängigkeit von den parallelen Stoffbearbeitungen auf mündliche Tradition beruhen könnten. Die ausgeprägten und möglicherweise fingierten Oralitäts- und Performativitätsmerkmale, die den Texten zu eigen sind, schlagen sich auch in den sog. ‚Trunkbitten' und dem konzisen Erzählduktus nieder, weshalb zu fragen ist, ob sich hier auf textgenetischer, erzähltechnischer und rezeptionsästhetischer Ebene ein mittelniederdeutscher Sonderweg abzeichnet, dessen narrative Spezifika sich

---

schwedische Übersetzungsliteratur, in: Niederdeutsch in Skandinavien. Akten des 1. Nordischen Symposions ‚Niederdeutsch in Skandinavien' in Oslo, 27.2.–1.3.1985, hg. v. Kurt E. Schöndorf, Kai-Erik Westergaard u. Karl Hyldgaard-Jensen (Beihefte zur Zeitschrift für deutsche Philologie 4), Berlin 1987, S. 128–146, hier: 137, allerdings im Besitz weiblicher Adeliger, was der These von der Etablierung eines stadtbürgerlichen und antihöfischen Publikums jedenfalls im schwedischen Raum widersprechen würde.

[76] Ein gegen die Geistlichkeit gerichtetes Erzählen ist ungewöhnlich in Anbetracht der allgemeinen Tendenz, dass in der mittelniederdeutschen Literatur eigentlich das Geistliche vor dem Weltlichen rangiert; vgl. dazu Annika Bostelmann / Franz-Josef Holznagel, Vorüberlegungen zu einer Publikationsreihe ‚Mittelniederdeutsche Bibliothek', in: Schriften und Bilder des Nordens (Anm. 28), S. 1–13, hier: 2; Beckers (Anm. 10), S. 13f.

möglicherweise auch in anderen Texten oder Sammelhandschriften des Hanse- und Ostseeraums verifizieren lassen.

Entsprechend werden in S bestimmte Themen und Motive codexübergreifend forciert, anhand derer auf bestimmte Normen, Ideale und Werte geschlossen werden kann: Vor dem Hintergrund eines kaum erkennbaren christlichen Gottesbezugs zeigen die mittelniederdeutschen Werke mit Rückgriff auf die teleologische Vorstellung von der Macht der Natur eine dezidiert klerikerkritische Haltung. Flankiert wird dieses Weltbild von einer auffallend (und für die Zeit untypisch) positiven intradiegetischen Darstellung der Frauenfiguren und Weiblichkeit im Allgemeinen. Die zudem vorhandenen explizit weltlichen und unhöfischen Tendenzen, die sich im ‚Valentin und Namelos‘ und den anderen Texten des Codex ausmachen lassen, könnten in Kombination mit der Faszination für den überraschenden sozialen Aufstieg den Schluss nahelegen, dass sich das Rezeptionsinteresse über den althergebrachten höfisch-adeligen und klerikalen Einflussbereich hinaus auch in der städtischen Oberschicht etabliert haben könnte.[77] Dazu passt auch der ungewöhnliche geographische Rezeptionsweg des ‚Valentin und Namelos‘, der eine große Wertschätzung der niederdeutschen Erzählung bezeugt, indem sie zweifach verhochdeutscht und zusätzlich ins Altschwedische übersetzt wird.

Diese Indizien könnten die These von einer sich etablierenden Stadtkultur stützen, die ein „stadtbürgerliches Interesse oder auch eine besondere Rolle der Hansestädte bei der Entstehung und Verbreitung der Dichtung“[78] annimmt. Die motivspezifischen Schwerpunkte dieser weltlich-laikalen Bearbeitungstendenz verweisen zudem auf den Interessenhorizont eines Publikums, das (stärker als dasjenige des mittel- und süddeutschen Sprachraums) im Begriff ist, sich von den adeligen, höfischen und geistlichen Sphären zu emanzipieren. In engster Verwobenheit zum klassisch-höfischen Ideal des ländlichen ‚alten‘ Adels etablieren sich in der Handschrift S eigene Formen der literarischen Selbstvergewisserung und Repräsentation. Als markantestes Spezifikum konnte dabei das bunte-balladeske und gewaltzentrierte Erzählverfahren der Chanson de geste-Tradition identifiziert werden, das den mittelniederdeutschen ‚Valentin und Namelos‘ in Kombination mit den übrigen poetischen Finessen zu einem Text macht, der sich hinter der hochdeutschen Langversion und den übrigen europäischen ‚Valentin und Orson‘-Varianten nicht zu verstecken braucht.

---

[77] Für die Figurenzeichnung konstatiert Zellmann (Anm. 22), S. 153, passend eine „Tendenz zur Verallgemeinerung, die das heldenepische Personal aus einem ehemals gruppenspezifischen Vorverständnis völlig herausgelöst und so in eine nicht-höfische, nicht-feudale Welt importierbar gemacht“ hat.

[78] Cieslik (Anm. 28), S. 38; ähnlich Bertagnolli (Anm. 14), S. 65; Beckers (Anm. 10), S. 11–14.

Tina Terrahe

Abstract: The story of ‚Valentin und Namelos' (‚Valentin and Orson') has been handed down since the 13th century and it was translated into numerous European languages. Since the 15th century it can be found in printed format and in Germany, England, Spain and France it has even been dramatised. The narrative is rooted in the Charlemagne-epics, and originally came from the French. Although the work was initially a great success with the public, it is currently barely considered for research. The current lack of interest in the Middle Low German version, which makes for interesting reading as well as text analysis, can be traced back to the 19th century during which time the text was marginalised and its literary importance diminished. The narrative seems to follow a special Middle Low German path in many ways: Instead of divine providence, it relies on the power of nature, the clergy is disparaged, the narrator paints a positive image of women and regulates his way of telling more towards the chanson de geste than the courtly literature. Therefore, the text seems to be addressed to urban and bourgeois recipients in the Hanseatic region who appreciated the concise narrative style.

Wolfram-Studien XXVII (2025)
Erich Schmidt Verlag Berlin

Workshopbericht: Der Seele Trost und Speise

Zur Konzeption der mittelniederdeutschen Exempelsammlung ‚Der Große Seelentrost'

von DOREEN BRANDT (Oldenburg)

Der ‚Große Seelentrost' (GST) zählt zu den „Hauptwerken des mittelniederdeutschen Prosaschrifttums"[1]. In der Mitte des 14. Jahrhunderts entstanden, als sich im niederdeutschen Sprachraum der Schreibsprachenwechsel vom Lateinischen zum Mittelniederdeutschen vollends Bahn brach, sind bis heute insgesamt 59 Handschriften und 43 Drucke überliefert;[2] Zentren der Tradierung waren der ostniederländisch-niederrheinisch-westfälische sowie der ostfälisch-mitteldeutsche Raum.[3] Der GST versammelt etwa 200 Exempel; ein katechetisches Rahmengespräch zwischen Lehrer und Schüler (Beichtvater, Beichtkind) über die Zehn Gebote strukturiert die Kompilation; zu ihren stofflichen Quellen zählen Legenden, biblische Geschichten, Visionen, Mirakel, novellistische Stoffe u.v.m.[4] Die Forschung sieht den literarischen Reiz und literaturgeschichtlichen Wert des GST einerseits in den Exempeln selbst und den Erzählstoffen, die die Sammlung mit ihnen tradiert,[5] andererseits – in einer ganzheitlichen Perspektivierung der Sammlung – in dem Verhältnis zwischen

---

1 Nigel F. Palmer, Art. ‚Seelentrost', in: [2] VL 8 (1992), Sp. 1030–1040, hier: 1031.

2 Zur handschriftlichen Überlieferung vgl. unten Abschnitt 3. Zur Drucküberlieferung vgl. Margarete Schmitt, Die Drucke des Seelentrostes, in: Der Große Seelentrost. Ein niederdeutsches Erbauungsbuch des vierzehnten Jahrhunderts, hg. v. Margarete Schmitt (Niederdeutsche Studien 5), Köln / Graz 1959, S. *32–*34. Niederdeutsche Drucke des GST seien nach Schmitt, ebd., S. *34, nicht nachweisbar.

3 Margarete Schmitt, Zur Lokalisierung des Seelentrostes, in: Der Große Seelentrost (Anm. 2), S. 132*–136*, hier: 135*.

4 Zu den Quellen vgl. Margarete Andersson-Schmitt, Mitteilungen zu den Quellen des Großen Seelentrostes. Mit einem Exkurs über die Tänzer von Kölbecke, in: Niederdeutsches Jahrbuch 105 (1982), S. 21–41. Zu den direkten Vorlagen zählen die ‚Legenda aurea' von Jacobus de Voragine wie der ‚Speculum historiale' des Vinzenz von Beauvais.

5 Margarete Schmitt, Der Exempelbestand des Großen Seelentrostes, in: Der Große Seelentrost (Anm. 2), S. 35*–43*, hier: 35*. Helmut Tervooren, Van der Masen tot op den Rijn. Ein Handbuch zur Geschichte der mittelalterlichen volkssprachlichen Li-

den Exempeln bzw. ihren Vorlagen und dem lehrhaften, katechetischen Anspruch, der mit dem Prolog, der Dekalogstruktur und dem Rahmengespräch kommuniziert wird.[6] Dieser Perspektivierung schloss sich der vierte Workshop im Vorfeld der Tagung der Wolfram von Eschenbach-Gesellschaft e. V. 2021 zum Thema „Literatur im mittelniederdeutschen Sprachraum (1200 bis 1600) – Produktion und Rezeption" an und stellte in diesem Zusammenhang die Sammlungskonzeption des GST ins Zentrum. Unter der Leitung von Doreen Brandt (Oldenburg) und Hellmut Braun (Rostock) fand der Workshop online am 15. September 2021 statt. Insgesamt elf Teilnehmerinnen und Teilnehmer aus Bochum, Düsseldorf, Greifswald, München, Oldenburg, Tübingen und Wuppertal waren der Ausschreibung und Einladung zur Diskussion über den GST gefolgt.

1. Einführung

Der Workshop begann mit einem knappen einführenden Überblick zur Überlieferung des GST, zu seinen Vorlagen, seiner literaturgeschichtlichen Einordnung sowie seiner Erforschung und entwickelte auf diese Weise die Fragestellung, die mit den Teilnehmerinnen und Teilnehmern erörtert werden sollte.

Der GST wird in der jüngeren Forschung nahezu einstimmig als Exempelsammlung bezeichnet und aufgefasst.[7] Mit Studer handle es sich dabei

> zunächst [um] jede Form der gemeinsamen Überlieferung einer Gruppe von Exempla [...], die sich durch eine irgendwie erkennbare Zusammengehörigkeit auszeichnet. Eine solche Zusammengehörigkeit kann durch innere oder äußere Kriterien begründet sein.[8]

Die genauere Charakterisierung des GST reicht schließlich von der „typische[n] spätmittelalterlichen Exempelsammlung"[9] über eine von nur insgesamt vier

---

teratur im Raum von Rhein und Maas. Unter Mitarb. v. Carola Kirschner u. Johannes Spicker, Berlin 2006, S. 61.

6 Burghart Wachinger, Der Dekalog als Ordnungsschema für Exempelsammlungen. Der ‚Große Seelentrost', das ‚Promptuarium exemplorum' des Andreas Hondorff und die ‚Locorum communium collectanea' des Johannes Manlius, in: Exempel und Exempelsammlungen, hg. v. Walter Haug u. Burghart Wachinger (Fortuna vitrea 2), Tübingen 1991, S. 239–263. Edith Feistner, Gattungstransformation im Seelentrost. Zum System der Gattungen exemplarischer Rede, in: Jahrbuch der Oswald von Wolkenstein-Gesellschaft 10 (1998), S. 111–124.

7 Jörn Bockmann, Vision und Exempel. Gattungskontext und Sinnvermittlung von Visionsexempeln im „Großen Seelentrost", in: Jahrbuch des Vereins für niederdeutsche Sprachforschung 137 (2014), S. 7–28. Feistner (Anm. 6). Monika Studer, Exempla im Kontext: Studien zu deutschen Prosaexempla des Spätmittelalters und zu einer Handschrift der Straßburger Reuerinnen (Kulturtopographie des alemannischen Raums 6), Berlin / Boston 2013. Wachinger (Anm. 6).

8 Studer (Anm. 7), S. 123.

9 Bockmann (Anm. 7), S. 10.

volkssprachigen Prosaexempelsammlungen, die nach Anfängen der Gattung am Ende des 13. Jahrhunderts im 14. Jahrhundert entstanden sind, noch im 15. Jahrhundert weite Verbreitung fanden und schließlich auch von der Handschrift in den Druck gelangten,[10] bis zur „einzige[n] deutsche[n] Exempelsammlung des Spätmittelalters, die nach dem Dekalog geordnet ist"[11]. Mit Blick auf eben dieses Alleinstellungsmerkmal schließt der GST zugleich an die Tradition katechetischer Schriften an, so dass Schmitt schon 1959 konstatierte:

> Der Hauptmasse seines Stoffs nach ist er eher ein Exempelbuch als ein Katechismus, ohne sich jedoch der Tradition des mittelalterlichen Exempelbuchs klar einzufügen. [...] Der ST ist somit ein Werk, in dem sich mehrere Traditionen kreuzen und das daher unter verschiedenen Geschichtspunkten betrachtet werden muss.[12]

Entgegen dieser Beobachtung einerseits und der (konsensuellen) Diskursivierung des GST als Exempelsammlung andererseits beschäftigten sich bislang nur wenige Beiträge mit der Konzeption der Sammlung und mit dem Verhältnis der Exempel zu ihrem Kontext – zum Prolog, zur Dekalogstruktur wie auch zum katechetischen Rahmengespräch.[13] Das mag auch darin begründet liegen, dass Exempelsammlungen von der Forschung zum Teil als bloße Reservoire für andere Verwendungskontexte aufgefasst wurden,[14] während neuere Untersuchungen den Eigenwert solcher Sammlungen betonen, weswegen folglich nach ihrer Zusammensetzung und nach ihrer Funktion zu fragen sei.[15] Dafür plädierte auch Burghart Wachinger:

> Studien zur Typologie und zur Geschichte von Exempelsammlungen sind notwendig [...]; denn das einzelne Exemplum ist immer vom Kontext und Programm der Sammlung mitbestimmt. Aber auch die Sammlungen als solche verdienen wissenschaftliches Interesse. So imponierend in dieser Hinsicht die Erschließungs- und Sichtungsleistungen der bisherigen Forschung, [...], auch sind, sie bedürfen der Zusammenschau über die Epochengrenzen hinweg und der Ausdifferenzierung in Spezialstudien, die erst die ganze Komplexität des Zusammenspiels von Eigendynamik des gesammelten Materials und in sich spannungsreicher Programmatik der Sammlung sichtbar machen können.[16]

So stellte etwa Feistner mit Blick auf die Quellengruppe der Legenden fest, dass das Exempel die Quellen seinen eigenen Prämissen unterwerfe. „Wo es im Sinn

---

10 Studer (Anm. 7), S. 136. Neben dem GST sind dies die ‚Alemannischen Vitaspatrum', die Valerius-Maximus-Übersetzung des Heinrich von Mügeln und die deutsche Übersetzung der ‚Gesta Romanorum'.

11 Wachinger (Anm. 6), S. 243.

12 Margarete Schmitt, Die literaturgeschichtliche Stellung des Seelentrostes, in: Der Große Seelentrost (Anm. 2), S. 137*–145*, hier: 137*.

13 Wachinger (Anm. 6). Feistner (Anm. 6).

14 Zu dieser Diskussion vgl. Studer (Anm. 7), S. 124.

15 Ebd., S. 123.

16 Wachinger (Anm. 6), S. 255.

der übergeordneten ‚Beweisführung' nötig ist, können Legenden regelrecht verhackstückt und Heilige in ihrer eigenen Geschichte zur Nebensache werden."[17] Demgegenüber kam Wachinger zu dem Schluss, dass andere Exempel gegenüber dem katechetischen Anspruch der Kompilation eine markante Eigenständigkeit behaupteten, indem sie einen „Erzählüberschuss" produzierten.[18]

2. Konzeption und Programmatik der Sammlung

Im zweiten Teil des Workshops wurde die in der Einführung skizzierte Problemstellung aufgegriffen und die Frage nach dem Sammlungscharakter des GST und hier insbesondere nach dem Verhältnis von Exempeln und katechetischem Rahmengespräch diskutiert. Grundlage der Diskussion waren der Prolog sowie die Kapitel zu Gebot 7 und Gebot 8.

Der Prolog macht die Programmatik des GST explizit: Wie der Hl. Hieronymus die Heilige Schrift aus dem Hebräischen ins Lateinische übersetzt habe, so habe der Kompilator des GST – vermutlich ein Geistlicher[19] – den Wunsch, *eyn bouck to scriuene van der hilgen scrift vte deme latine in dat dudesche to godes loue vnde myme euenen kristenen to vromen.* (3,31–4,1) Das Buch wolle er zusammenlesen aus vielerlei Büchern, wie die Bienen den Honig aus vielerlei Blumen zusammentragen, und es solle *der selen trost* heißen. (4,1–3) Der Trost der Seele beruhe nämlich auf religiöser Unterweisung und auf der Betrachtung der Heiligen Schrift. Die Heilige Lehre speise die Seele, wie das Brot den Leib speise. (1,15–17) Verbunden ist dieses Anliegen mit einer Kritik an weltlichen Büchern und ihrer Lektüre, denn diese spende keinen Trost (1,26f.) und sei deshalb nichts als Zeitverschwendung (2,1).

Die Kapitel 7 und 8 divergieren sehr stark. Das wurde in einem ersten Schritt von den Teilnehmerinnen und Teilnehmern herausgearbeitet. Kapitel 7 (218,1–222,31) behandelt das siebente Gebot *Mynsche, du neschalt nicht stelen* (‚Du sollst nicht stehlen'). Das katechetische Rahmengespräch überwiegt deutlich gegenüber den Exempeln. Das Kapitel ist kasuistisch angelegt: Das Beichtkind fragt nach immer neuen möglichen Fällen und Konstellationen des Stehlens und der Beichtvater erläutert, in welchen Fällen es sich um Stehlen handelt und wie nach geistlichem Recht damit umzugehen sei. Das geistliche Recht wird dabei über das weltliche Recht gestellt (219,25). Überwiegend werden Fehlverhalten und entsprechende Buße diskursiv im Gespräch verhandelt,[20] erst am

---

[17] Feistner (Anm. 6), S. 117.
[18] Wachinger (Anm. 6), S. 244.
[19] Palmer (Anm. 1), Sp. 1032.
[20] Interessanterweise wird das Beichtkind dabei einmal weiblich konturiert, und zwar in Nr. 6: ‚Das Gut des Ehegatten'.

Ende folgen drei sehr kurze Exempel (Nr. 11: ‚Abt Senon', Nr. 12: ‚S. Arsenius', Nr. 13: ‚Der Diebstahl des Achor'). Insgesamt erinnert das Kapitel in seiner Anlage an die seit dem Frühmittelalter überlieferte Gattung der sog. Bußbücher als „katalogartige[n] Zusammenstellungen von Verfehlungen (Sünden) mit Angabe der Buße, die im kirchl. Bußverfahren auferlegt werden sollte".[21] Zum Thema ‚Kauf gestohlenen Gutes' führen Beichtkind und Beichtvater folgendes Gespräch:

> *Vader leue, mot ik yenich vorstolen gut kopen? Kint leue, du ne most des nicht kopen. Welk mynsche koft eyn vorstolen dingk vnde he newiste des nicht, dat yd vorstolen were, wordet eme to wetten, he scholdet to hant weddergeuen, vnde he nemach sin gelt nicht wedderesschen. Latet also wesen, dat yd eyn wertlijk recht also hedde gesat, dat he syn gelt wedder mochte esschen, nochtan schal he des nicht don, wente geistlijk recht tred bouen wertlijk recht.* (219,20–26)

Kapitel 8 (223,1–238,22) ist dem 8. Gebot gewidmet: *Mynsche, du ne schalt nicht valschliken tugen* (‚Du sollst nicht falsch Zeugnis reden'). Dieses wird dahingehend vom Beichtvater expliziert, dass der Christ Lüge (*logene*) und Betrug (*valscheit*) unterlassen und stattdessen treu (*truwe*) und ehrlich (*waraff-tich*) sein soll. (223,4–6) Anders als in Kapitel 7 stehen in Kapitel 8 diesmal die Exempel im Vordergrund, während das Rahmengespräch – und mit ihm zunächst auch der Lehrduktus – fast völlig dahinter zurücktritt. Nur zwischen den Exempeln 3 (‚Crescentia') und 4 (‚Amicus und Amelius'), 4 und 5 (‚Die Schüler des Pythagoras'), 7 (‚Zwei Freunde') und 8 (‚Der Ritter und der Löwe'), 9 (‚Der Löwe des hl. Hieronymus') und 10 (‚Die Pilger von Kompostella') sowie 10 und 11 (‚Drei Gesellen') wird das Rahmengespräch wieder aufgenommen. Hier erfüllt es unterschiedliche Funktionen, die im Plenum besprochen wurden: Es kann mit der formelhaften Wiederaufnahme und Bekräftigung der Lehre ein Exempel abschließen und zugleich zur nächsten Exempelreihe überleiten und in dieser Hinsicht als ein ‚Scharnier' fungieren. Dies trifft beispielsweise zu auf die Gesprächssequenz zwischen Exempel Nr. 3 und Nr. 4: *Kynt leue, du neschalt nicht vntruwe wesen noch valsch. Weme du truwe louest, deme schaltu truwe leisten wente in den dot. Nym eyn bilde an twen kumpanen. Dar van wil ik dij seggen:* [...] (229, 8–10). Zugleich wird die eingangs formulierte Lehre zum 8. Gebot (223,4f.) hier erweitert um die Forderung, treu bis in den Tod zu sein. Demgegenüber kann das Rahmengespräch zwischen zwei Exempeln – ebenfalls unter Wiederholung der Lehre – ein Exempel abschließen, wie zum Beispiel das Rahmengespräch zwischen Exempel 4 und Exempel 5 (233,9f.: *Kint leue, dijt schal dij eyn lere sin, dat du de valscheit laten schalt vnde schalt truwe sin*), oder

---

21 Allen J. Frantzen, Art. ‚Bußbücher', in: LMA. Studienausgabe 2, Stuttgart / Weimar 1999, Sp. 1118–1123, hier: 1118.

aber ohne näheren Bezug zum vorausgehenden Exempel ein neues Exempel oder eine neue Exempelreihe einleiten. So heißt es zwischen Exempel 7 und 8: *Kynt leue, du schalt truwe sin; dat leren dij de vnvornuftigen creature* (236,17), woran sich mit den Exempeln 8 und 9 zwei Geschichten anschließen, die das Treuegebot am Beispiel des Löwen gegenüber einem Ritter (Nr. 8) und gegenüber dem Hl. Hieronymus (Nr. 9) veranschaulichen. Und im Anschluss an Exempel 9 leitet die Gesprächssequenz *Kynt leue, du schalt truwe kumpan wesen, wan du bist in der pelegrimatese. Bistu vntruwe, du vorlusest al din arbeit* (237,24f.) über zu den folgenden Exempeln 10 und 11, die jeweils die Treue unter Pilgern thematisieren. Interessanterweise schließt das Kapitel mit einem Exempel, das an die Schwankliteratur anschließt. Wachinger sah in diesem Exempel 11 von den ‚Drei Gesellen' auf Pilgerschaft, von denen zwei auf hinterlistige Weise den dritten um das letzte Brot bringen wollen, während jener Dritte den Betrugsversuch erkennt und durch eigene List hintertreibt, ein Beispiel für die Spannung von „Lehrzweck und Eigendynamik" und den eingangs genannten „Erzählüberschuß"[22].

> Der lebenskluge Rat ‚Reise nicht zu dritt' hat gewiß mit dem achten Gebot noch weniger zu tun als die immanente Ethik des Schwanks, nach der man Betrüger betrügen darf. Aber die simple Parallelität des ‚Du sollst nicht' überspielt die Abschweifung von der ethischen Thematik.[23]

Insgesamt lässt sich zum einen festhalten, dass das Rahmengespräch in Kapitel 8 zwar nur sehr sparsam eingesetzt ist, dass es dabei aber in jedem Fall die Lehre des 8. Gebotes wiederholt, den Lehrzweck der Exempel auf diese Weise präsent hält und die etwaige Eigendynamik einzelner Erzählungen damit wenn auch nicht unterbindet, so doch zumindest kontrolliert. Dazu trägt auch der Umstand bei, dass in dem längsten Exempel des Kapitels, Exempel Nr. 4 über die einander zum Verwechseln ähnlich sehenden Freunde ‚Amicus und Amelius',[24] die Lehre darüber hinaus in der Erzählung selbst – und zwar in der Erzähler- wie der Figurenrede – mehrfach aktualisiert wird.[25] Mithilfe der the-

---

22 Wachinger (Anm. 6), S. 244.

23 Ebd., S. 245.

24 Vgl. Edith Feistner, Art. ‚Amicus und Amelius', in: ^{2}VL 11 (2004), Sp. 85–87.

25 *Desse twe kindere loueden truwe kumpanige to samne.* (229,17) *Do was dar in deme houe eyn greue, de was Amelius sunderlike frunt, de hadde eme truwe kumpanie gelouet.* [...] *Do bewisede eme de greue vntruwe* [...]. (230,21–24) *Ik wil dij nu truwe bewisen. Ik wil vor dij vechten vnde wil vor dij in den dot ghan.* (230, 32f.) *O herte leue kumpan, du heuest my sulke truwe bewiset, dat ik dij nummer mer to vullen danken mach.* (231,31f.) *Dar na wolde got bewisen, wu anneme eme dat ys, dat eyn mynsche syneme euenen kristenen truwe kumpanie holde,* [...]. (232, 4f.) *Here, alweldige got, wente du geboden heffst den luden, dat eyn mynsche den anderen schal leiff hebben alse sijk suluen vnde schal eme truwe bewisen in synen noden, su an de truwe, de myn kumpan my bewiset heft vnde dat*

matischen Kernwörter ‚Treue' und ‚Freundschaft' werden im Ergebnis Rahmengespräch und Exempel nicht nur eng miteinander verknüpft, sondern aktualisieren auch gleichermaßen die Lehre des 8. Kapitels, wie die Diskussion im Plenum ergab. Exempel Nr. 4 zeichnet sich in dieser Hinsicht gegenüber den übrigen, ebenfalls längeren Exempeln in besonderer Weise aus, denn eine gleichermaßen verwirklichte Wiederaufnahme der Lehre dokumentieren diese nicht.

Zum anderen gliedern und strukturieren die Sequenzen des Rahmengesprächs die Exempelsammlung in Kapitel 8 und etablieren auf diese Weise vier größere thematische Exempelgruppen:

- Gruppe 1: Exempel 1 bis 3 über Frauen als Leidtragende davon, dass das Gebot gebrochen wurde,[26]
- Gruppe 2: Exempel 4 bis 7 über treue Freundschaft (*truwe kumpanie*),
- Gruppe 3: Exempel 8 und 9 über die Treue von Tieren gegenüber Menschen (hier am Beispiel des Löwen),
- Gruppe 4: Exempel 10 und 11 über (Un-)Treue unter Pilgern.

Insofern ist das Rahmengespräch nicht nur dem Lehrzweck der Kompilation verpflichtet, sondern dient durchaus auch der Orientierung des Lesepublikums innerhalb des Kapitels.[27]

Mit Blick auf die auffällig divergente Ausgestaltung der Kapitel zu Gebot 7 und 8 – insbesondere auf die Tatsache, dass das kasuistisch angelegte Kapitel 7 kaum Exempel enthält, stellte sich die Frage, ob die Bezeichnung des GST als ‚Exempelsammlung' überhaupt zutreffend ist. Zweifelsohne überliefert der GST eine Gruppe von Exempeln und darf in dieser Hinsicht und im Sinne der oben angeführten Definition als Exempelsammlung gelten, doch birgt dieser Begriff immerhin auch die Gefahr einer einseitig auf die Exempel fokussierten Betrachtung der Kompilation, wohingegen andere in die Dekalogstruktur und das katechetische Rahmengespräch eingebrachte Textformen ausgeblendet werden.[28]

---

ik van rechter truwe willen myner kindere blot hebbe gegoten, irbarme dijk ouer mynen kumpan vnde makene gesunt van syner suke. (232,23–28) *Also bleuen se kumpane in dem dode, de truwe kumpane weren an dem leuende.* (233,6f.)

[26] Die Exempel lassen sich dem „Erzähltyp ‚Errettung aus unverschuldeter Not'" zuordnen. Vgl. zu diesem Erzähltyp Martin Schubert, Heilige Einsiedler und unzüchtige Pfaffen. Mittelniederdeutsche Exempelsammlungen des Mittelalters, in: „Aller Ehre werth und nicht leicht zu ersetzen...". Sprache – Dichtung – Überlieferung, hg. v. Hermann Cölfen u. a. (Schriftenreihe der Arbeitsstelle für Edition und Editionstechnik 8), Duisburg 2019, S. 89–102, hier S. 95f.

[27] Inwiefern sich dies auch in der Einrichtung der Handschriften niederschlägt, bliebe zu prüfen. Das Rostocker Fragment theol. 68 zeichnet die Gesprächssequenzen durch Rubrizierung aus.

[28] Dies betrifft die Sammlung von Reimgebeten in Kapitel 4, aber mehr noch die zahl-

Für die Unterschiede zwischen Kapitel 7 und 8 wurden im Workshop verschiedene Begründungsansätze diskutiert. So ist zum einen erwogen worden, dass der Gehalt eines Gebotes die Art seiner Entfaltung und Vermittlung bestimmt, was in dem Zwischenfazit mündete: Je konkreter ein Gebot ist, desto weniger bedarf es womöglich seiner Erläuterung mithilfe von Exempeln. Ob das Gebot 7: ‚Du sollst nicht stehlen', jedoch tatsächlich einfacher zu verstehen und zu vermitteln ist als das Gebot 8: ‚Du sollst nicht falsch Zeugnis reden', bedarf sicherlich noch weiterer Überlegungen und theologischer Fundierung. Letztlich zeigt doch auch die kasuistische Anlage von Kapitel 7 wie komplex der Bereich des Stehlens ausfällt. Wie weit die Auffassung zum Thema ‚Lügen' in Kapitel 8 reicht, wird allerdings ebenso deutlich, denn die Exempel verhandeln nicht eigentlich ‚Unwahrheit sagen', sondern vielmehr das Thema Treue. Sie widmen sich ganz diesem Aspekt des 8. Gebots, demonstrieren diesen aber mit den oben genannten vier Exempelgruppen anhand unterschiedlicher Situationen. Kapitel 7 ist demgegenüber darauf bedacht, das Stehlen in all seinen Aspekten zu berücksichtigen. Zum anderen wurde vorgeschlagen, in der mit Kapitel 7 und 8 manifestierten Disparatheit des GST einen Hinweis auf verschiedene Publikumsgruppen zu sehen.

Einig war sich das Plenum dahingehend, dass die Kapitel 7 und 8 das im Prolog kommunizierte Programm des GST – die Speisung der Seele mittels religiöser Unterweisung – auf je andere Weise umsetzten, dass Kapitel 7 mit der Dominanz der Gesprächssequenzen stärker dem lehrhaften katechetischen Anspruch entgegenkommt und dass Kapitel 8 demgegenüber mit der Dominanz der Erzählsequenzen und ihrer stellenweisen Tendenz zur „Eigendynamik" stärker die Idee der Exempelsammlung verwirklicht, die nicht nur der Belehrung, sondern auch der Unterhaltung dienen will. Die Teilnehmerinnen und Teilnehmer fassten dies jedoch nicht als Problem auf, sondern sahen in der Disparatheit des GST sein eigentliches Programm und Konzept, indem die Sammlung verschiedene Modi der religiösen Belehrung durchspiele und vorführe. Seine ausschließliche Zuordnung – entweder zur katechetischen Literatur oder zu den Exempelsammlungen – wurde hingegen ausdrücklich infrage gestellt, denn der Text selbst lasse keine eindeutige Entscheidung zu. Da Exempelsammlungen überdies zwar zu Unterweisungszwecken angelegt wurden, zugleich aber auch „als solche gelesen" wurden,[29] schlössen sich beide Aspekte ohnehin nicht aus.

---

reichen „Abhandlungen", so bezeichnet von Schmitt (Anm. 5), S. 35*, die in allen Kapiteln vorkommen, besonders gehäuft in den Kapiteln 6, 7 und 9.

29 Studer (Anm. 7), S. 35.

3. Die Rostocker Fragmente

Eine aktuelle Übersicht über die handschriftliche Überlieferung des GST bietet der Handschriftencensus: https://www.handschriftencensus.de/werke/2829 (letzter Zugriff: 08.01.2024). Dort werden derzeit 59 mittelalterliche Handschriften verzeichnet, zwei mehr als noch im September 2021.[30] Im Zentrum des Workshops standen die zwei mittelniederdeutschen Rostocker Fragmente theol. 68 und theol. 69, die Schmitt noch nicht kannte[31] und die im September 2021 auch noch nicht im Handschriftencensus verzeichnet waren. Mittlerweile ist das Fragment theol. 69 hier dokumentiert. Beide Fragmente sind aus Papier und stammen aus dem 15. Jahrhundert; sie sind zweispaltig eingerichtet und rubriziert; bei der Schrift handelt es sich jeweils um eine Bastarda.[32] Das nach wie vor weitgehend unbekannt gebliebene Fragment theol. 68 wurde im Workshop Gegenstand einer näheren Betrachtung. Am Beispiel von Blatt 5r, Spalte b war im ersten Schritt die Seiteneinrichtung der Handschrift von Interesse. Das Plenum kam hier u. a. zu dem Ergebnis, dass die Rubrizierung den Beginn eines neuen Exempels markiert. Denn mit roter Tinte ausgeführt sind nicht nur die zwei Zeilen hohen Initialen am Textbeginn, sondern auch die Sequenzen der jeweils vorangehenden Rahmengespräche, die zum neuen Exempel überleiten. Im zweiten Schritt wurde der Auszug, den Blatt 5r, Spalte b bietet mit der entsprechenden Textstelle in der GST-Ausgabe von Schmitt (40,26–41,6) kollationiert. Es handelt sich dabei um einen Abschnitt aus der Exempelsammlung zum 2. Gebot. In diesem Zusammenhang zeigte sich, dass Fragm. theol. 68 eine andere GST-Redaktion bietet als die Handschriften, die Schmitt ihrer Edition zugrunde gelegt hat (K, S, O).

---

30 Stand Dezember 2023.

31 Vgl. Margarete Schmitt, Die Handschriften des Großen Seelentrostes, in: Der Große Seelentrost (Anm. 2), S. 11*–31*.

32 Vgl. die Beschreibungen in: Kurt Heydeck, Die mittelalterlichen Handschriften der Universitätsbibliothek Rostock (Kataloge der Universitätsbibliothek Rostock 1), Wiesbaden 2001, S. 369f. (Fragm. theol. 68), S. 370f. (Fragm. theol. 69). – Beide Fragmente wurden digital reproduziert und sind zugänglich im Rostocker Dokumentenserver der Universitätsbibliothek Rostock: Fragm. theol. 68: https://purl.uni-rostock.de/rosdok/ppn1696246830 (letzter Zugriff: 08.01.2024). Fragm. theol. 69: https://purl.uni-rostock.de/rosdok/ppn1696251826 (letzter Zugriff: 08.01.2024).

4. Der Löwe des Heiligen Hieronymus

Nach Edith Feistner gebe es im GST keine Legenden mehr, sondern nur noch Exempel, die *materialiter* von Legenden abstammten.[33] Sie konstatiert,

> daß das Exempel die Quellen seinen eigenen Prämissen unterwirft und dabei mit einer bemerkenswerten, bis ins Mark der Ursprungsgattung reichenden Freiheit über die Texte verfügt. Wo es im Sinn der übergeordneten ‚Beweisführung' nötig ist, können Legenden regelrecht verhackstückt und Heilige in ihrer eigenen Geschichte zur Nebensache werden. Wo dies nicht nötig ist, verlieren die Legenden gleichwohl ihre gattungsspezifische *raison d'être*: Das Leben des Heiligen dient nicht mehr der Betrachtung, Bewunderung und Verehrung, sondern wird als verfügbares Demonstrationsobjekt auf einen Lehrsatz projiziert.[34]

Zu den Bearbeitungsstrategien („Zuordnungsstrategien"), die bei der Anpassung der Legenden an ihren neuen Funktionskontext zur Anwendung gebracht wurden, zählt Feistner die Atomisierung, also die Möglichkeit, aus der Lebensgeschichte des oder der Heiligen einzelne Episoden oder Elemente der Erzählung auswählen, andere hingegen vernachlässigen zu können, da das Exempel im Unterschied zur Legende ja nicht darauf festgelegt sei, das Lebensbild eines Heiligen nachzuzeichnen.[35] Eine zweite Strategie sei nach Feistner die Enthistorisierung und Entindividualisierung der Legende, also „die Tilgung jener Merkmale, mit denen in der Legende die Spezifizität des Heiligen, seine Historizität und seine liturgisch-rituelle Verehrung profiliert werden".[36] Als dritte Strategie nennt Feistner die Wiederholung des Lehrsatzes im Exempel, „um das narrativ präsentierte Handlungsmodell noch enger auf die übergeordnete Lehre zu beziehen". Dies könne, so Feistner, nicht nur durch den Erzähler geschehen, sondern – besonders effektiv – auch durch einen der Protagonisten selbst.[37]

Mit der Diskussion der Frage, ob und inwiefern die von Feistner am Beispiel ausgewählter Exempel aus den Geboten 1 bis 4 des GST extrapolierten Strategien auch mit Blick auf das Hieronymus-Exempel zu Gebot 8 (= Exempel Nr. 9: 236,28–237,23) nachgewiesen werden können, wurde der Workshop abgerundet. Das Ergebnis der Diskussion bestätigte Feistner im Großen und Ganzen. Mit Blick auf die Strategie der Atomisierung kann eine deutliche Fokusverschiebung vom Heiligen Hieronymus hin zur Treue des Löwen – gemäß des 8. Gebots – beobachtet werden. Das 8. Gebot selbst wird zwar nicht in der Erzähler- oder Figurenrede des Exempels Nr. 9 selbst wiederholt, jedoch in der

33 Feistner (Anm. 6), S. 117.
34 Ebd., S. 117.
35 Ebd., S. 116f.
36 Ebd., S. 117.
37 Ebd., S. 119.

Rahmengesprächssequenz, mit der zu den Löwenexempeln Nr. 8 und Nr. 9 übergeleitet wird (*Kynt leue, du schalt truwe sin; dat leren dij de vnvornuftigen creature* [236,17]). Auch Aspekte der Enthistorisierung finden sich in Exempel Nr. 9. Interessant ist dabei der Einbezug des Löwenexempels Nr. 8. Denn während in Nr. 9 der Heilige immerhin seinen Namen Hieronymus behält, geht die Anpassung der Quelle an den Verwendungskontext bei Exempel Nr. 8 sogar so weit, dass der vom Löwen begleitete Ritter (eigentlich Iwein) namenlos bleibt. Als Grund für den unterschiedlichen Grad der Bearbeitung der Quellen in Hinsicht auf die Strategie der Enthistorisierung wurde von den Teilnehmerinnen und Teilnehmern erwogen, dass es sich im Fall von Exempel Nr. 8 um eine Quelle aus dem Bereich der weltlichen Erzählliteratur (Höfischer Roman) handelt und dass gerade diese Literatur – programmatisch für den GST – im Prolog kritisiert worden ist als Literatur, die keinen Trost spenden könnte und deshalb Zeitverschwendung wäre[38]. Wie weit diese vorläufige Beobachtung trägt, muss jedoch weiteren Untersuchungen vorbehalten bleiben. Im Prolog wird auch schon die Hieronymus-Legende verarbeitet; die Tatsache, dass Hieronymus die Heilige Schrift aus dem Hebräischen ins Lateinische übersetzt hat, macht den Heiligen zum Vorbild für den Kompilator des GST.[39] Die programmatische Bedeutung, die Hieronymus damit für das Anliegen und die Konzeption des GST zukommt, mag eine Erklärung dafür sein, dass die Bearbeitung und Enthistorisierung der betreffenden Legende für Exempel Nr. 9 in Gebot 8 vor dem Namen des Heiligen Halt gemacht hat.

***

Für das Interesse an dem ‚Großen Seelentrost' und für die vielen anregenden Diskussionsbeiträge bedanken sich Hellmut Braun und Doreen Brandt als Leitungsteam des Workshops bei den Teilnehmerinnen und Teilnehmern. Annalena Otte und Joschka von Lienen aus Oldenburg gebührt ein besonderer Dank für das Protokoll. Ohne den technischen Support der Universität Rostock wäre der Workshop nicht möglich gewesen. Auch dafür danken alle Beteiligten.

Abstract: The ‚Große Seelentrost' (GST) is one of the „major works of Middle Low German prose writing" (Palmer). Created in the middle of the 14th century, a total of 59 manuscripts and 43 prints have survived to this day. The GST contains around 200 examples; the compilation is structured by a catechetical discussion between teacher and pupil (confessor, penitent) about the Ten Commandments; its material sources include legends, biblical stories, visions, miracles, novellistic material and much more. Research

---

[38] Vgl. oben Abschnitt 2.
[39] Vgl. oben Abschnitt 2.

sees the literary appeal and literary-historical value of the GST on the one hand in the examples themselves and the narrative material that the collection passes on with them, and on the other hand in the relationship between the examples and the doctrinal, catechetical claim that is communicated with the prologue, the Decalogue structure and the framing dialogue. The fourth workshop in the run-up to the 2021 conference of the Wolfram von Eschenbach-Gesellschaft e. V. on the topic of „Literature in the Middle Low German language area (1200 to 1600) – production and reception“ followed this perspective and focused on the GST's collection concept in this context.